MAÎTRESSE DE L'EMPIRE

Du même auteur
aux Éditions J'ai lu

Les chroniques de Krondor :
1 – Pug, l'apprenti, *J'ai lu* 5823
2 – Milamber, le mage, *J'ai lu* 6035
3 – Silverthorn, *J'ai lu* 6150
4 – Ténèbres sur Sethanon, *J'ai lu* 6379

Les nouvelles chroniques de Krondor :
1 – Prince de sang, *J'ai lu* 7667
2 – Le boucanier du roi, *J'ai lu* 7760

La trilogie de l'Empire :
1 – Fille de l'Empire, *J'ai lu* 8009
2 – Pair de l'empire, *J'ai lu* 8140

RAYMOND E. FEIST
& JANNY WURTS

MAÎTRESSE DE L'EMPIRE

LA TRILOGIE DE L'EMPIRE - LIVRE TROISIÈME

TRADUIT DE L'AMÉRICAIN
PAR ANNE VÉTILLARD

Titre original :
MISTRESS OF THE EMPIRE

© Raymond E. Feist and Janny Wurts, 1992

Pour la traduction française :
© Bragelonne, 2004

Ce livre est dédié à Kyung et Jon Conning,
en témoignage de notre reconnaissance
pour avoir partagé leurs connaissances et leur amitié.

REMERCIEMENTS

Après avoir écrit trois romans au cours de ces cinq dernières années, nous tenons à remercier les personnes suivantes, sans lesquelles ces ouvrages n'auraient pas été aussi satisfaisants, pour nous-mêmes comme pour le lecteur :

Les Noctambules du Vendredi, avec qui tout a commencé il y a longtemps, lorsque R.E.F. a demandé où se trouvait Midkemia. Il lui fut ensuite impossible de ne pas écrire l'histoire...

Nos éditeurs Adrian Zackheim, Jim Moser, Pat LoBrutto et Janna Silverstein, pour nous avoir lâché la bride sur le cou.

Elain Chubb, pour la cohérence et les finitions.

De nombreuses personnes de nos maisons d'édition, qui se sont bien plus impliquées que ne l'exigeait leur devoir, celles qui sont allées vers d'autres rivages et celles qui sont toujours avec nous.

Jonathan Matson, pour avoir été plus qu'un agent.

Mike Floerkey, pour avoir répandu la bonne parole et pour ses suggestions techniques.

Et Kathlyn Starbuck et Don Maitz, pour avoir respectivement supporté R.E.F. et J.W. durant ces six dernières années, alors que nous étions impossibles à vivre. Le fait que nous soyons toujours mariés en dit long sur votre patience et votre amour.

Raymond E. Feist
Janny Wurts
San Diego (Californie) / Sarasota (Floride)
Juin 1991

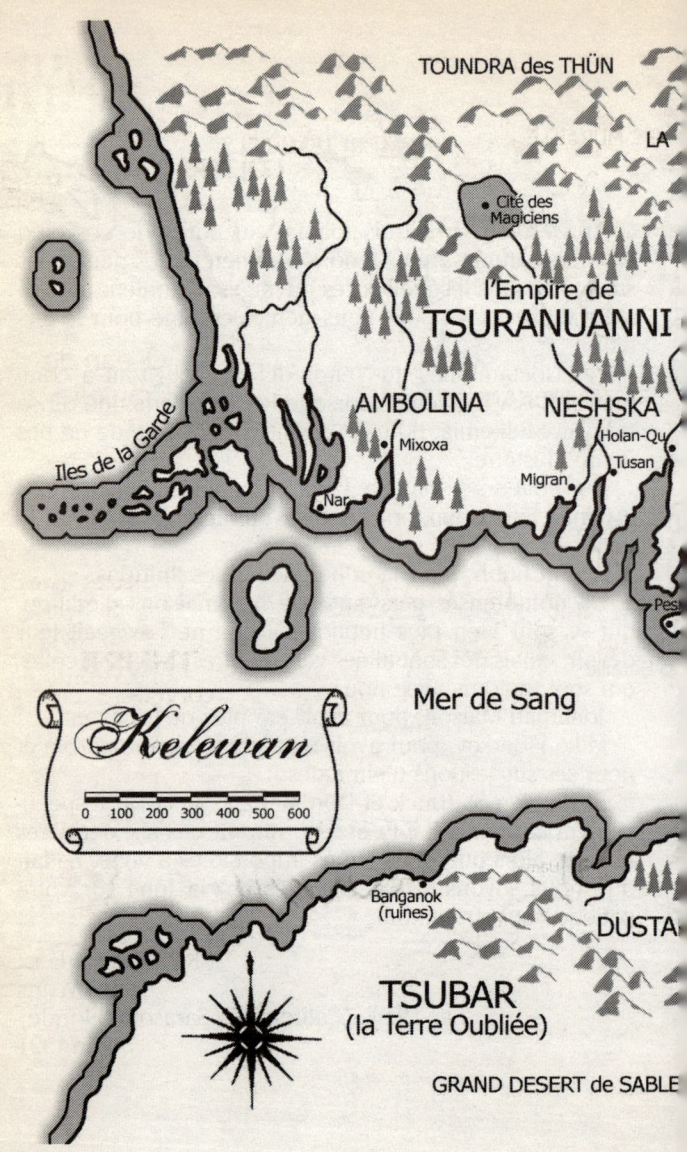

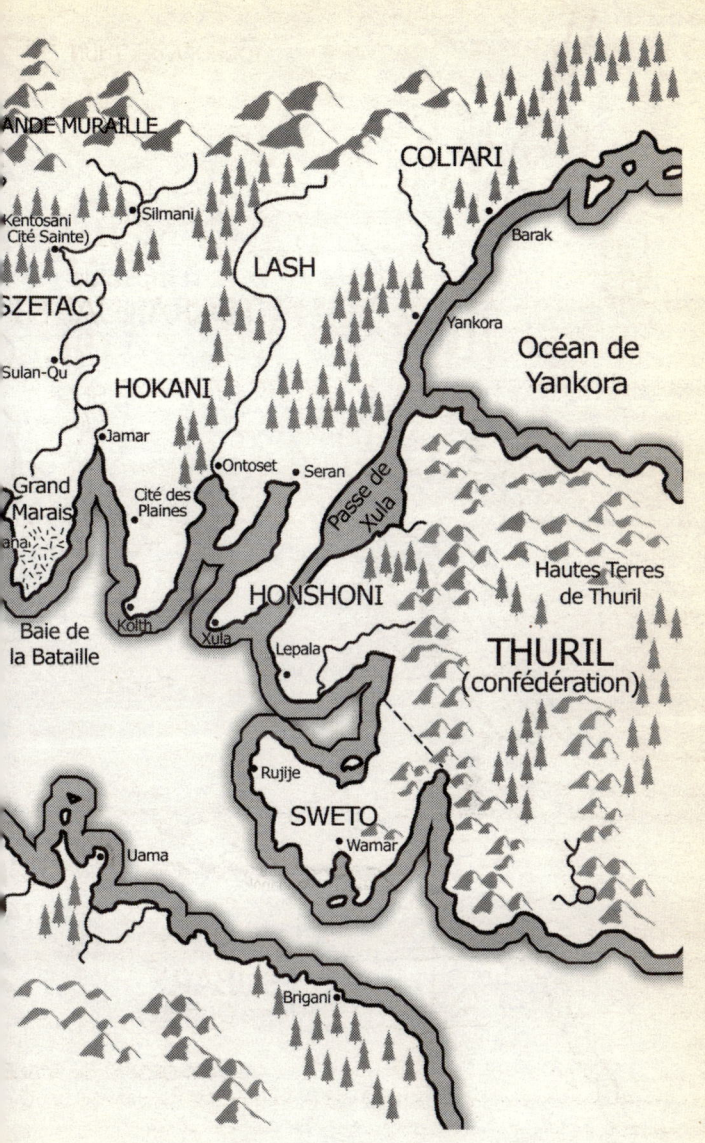

1

TRAGÉDIE

Le soleil brillait en cette belle matinée d'automne.

Au bord du lac, l'herbe étincelait de rosée, tandis que la brise emportait doucement les cris des shatra en train de construire leurs nids. La dame Mara des Acoma savourait la fraîcheur de l'air, qui allait bientôt céder la place à la chaleur du jour. Assise dans son palanquin, son époux à côté d'elle et son fils de deux ans, Justin, somnolant sur ses genoux, elle ferma les yeux et poussa un long soupir de contentement.

Mara glissa ses doigts dans la main de son compagnon. Hokanu sourit. Il était indéniablement d'une grande beauté, et un guerrier éprouvé... Ces temps plus tranquilles n'avaient pas diminué son apparence athlétique. Il serra la main de son épouse d'une façon possessive, masquant sa force sous une grande douceur.

Les trois années qui venaient de s'écouler avaient été heureuses. Pour la première fois depuis son enfance, Mara se sentait en sécurité, protégée des intrigues politiques incessantes et meurtrières du jeu du Conseil. L'ennemi qui avait tué son père et son frère ne la menaçait plus. Il n'était plus que poussière et mauvais souvenirs, et il avait entraîné sa famille dans sa chute. L'empereur avait même donné ses terres ancestrales et son magnifique manoir à Mara.

La superstition affirmait que la malchance s'attachait à la terre d'une famille déchue... Mais en cette merveilleuse matinée, le malheur semblait se cacher. Le palanquin avançait lentement le long du lac, et le couple de seigneurs partageait la paix de cet instant en contemplant le foyer qu'il avait créé.

Nichée entre des collines abruptes couronnées de rochers, la vallée qui avait autrefois appartenu aux seigneurs des Minwanabi était non seulement naturellement défendable, mais si belle qu'on l'aurait crue bénie des dieux. Un ciel placide se reflétait sur le lac aux eaux ridées par les rames de la légère embarcation qui emportait les dépêches destinées aux intendants de la Cité sainte. Des péniches manœuvrées par des esclaves chantant à pleins poumons transporteraient bientôt les récoltes de céréales vers les entrepôts. Les marchandises y resteraient stockées jusqu'à ce que les crues de printemps permettent leur transport en aval.

La brise sèche de l'automne faisait ondoyer les herbes dorées, et le soleil matinal donnait aux murs du manoir l'apparence de l'albâtre. Plus loin, dans une dépression naturelle, les commandants Lujan et Xandia faisaient manœuvrer de concert des troupes acoma et shinzawaï. Hokanu hériterait un jour du titre de son père, car son mariage avec Mara n'avait pas uni les deux maisons. Des guerriers en vert acoma marchaient au même pas que des soldats en bleu shinzawaï, leurs rangs parsemés du noir des divisions insectoïdes cho-ja. Grâce à l'octroi des terres minwanabi, dame Mara avait gagné l'alliance de deux fourmilières supplémentaires, et obtenu de leurs reines trois compagnies de guerriers engendrés pour le combat.

Un ennemi assez stupide pour lancer une attaque contre les Acoma serait rapidement anéanti. Mara et Hokanu, avec l'appui de leurs vassaux et alliés, commandaient à eux deux une armée permanente sans égale dans l'empire. Seuls les gardes blancs impériaux de la Lumière du Ciel, accompagnés de levées d'autres maisons placées sous leurs ordres, pouvaient rivaliser avec ces deux armées. Et si des troupes expérimentées et une forteresse quasi imprenable ne suffisaient pas à assurer la tranquillité de Mara, le titre de pair de l'empire, qu'elle avait reçu pour services rendus à Tsuranuanni, lui offrait une adoption honorifique dans la famille même de l'empereur. En fait, les gardes blancs impériaux prendraient probablement sa défense, car d'après les règles de l'honneur si chères à la culture tsurani, une insulte ou une menace envers Mara était une offense à la famille même de la Lumière du Ciel.

— Tu sembles particulièrement satisfaite de toi, ce matin, murmura Hokanu à l'oreille de son épouse.

Mara se pencha et posa la tête contre l'épaule d'Hokanu, les lèvres entrouvertes pour recevoir son baiser. Au plus profond de son cœur, la passion impétueuse qu'elle avait éprouvée pour le père de Justin, l'esclave barbare à la chevelure flamboyante, lui manquait. Mais elle avait fini par accepter cette perte. Hokanu était une véritable âme sœur, qui partageait sa finesse politique et son goût pour l'innovation. Il avait l'esprit vif, était bon et lui était entièrement dévoué. Il tolérait même sa nature volontaire, comme peu d'hommes de sa culture auraient pu le faire. Avec lui, Mara parlait comme une égale. Le mariage avait apporté à la jeune femme un contentement profond et durable, et même si son intérêt pour le grand jeu du Conseil avait diminué, elle n'y participait plus contrainte par la peur. Le baiser d'Hokanu rendait cet instant aussi chaleureux qu'une coupe de vin, quand soudain un cri aigu déchira le silence.

Mara se dégagea de l'étreinte de son époux, son sourire se reflétant dans les yeux sombres d'Hokanu.

— Ayaki, conclurent-ils simultanément.

L'instant suivant, le bruit de tonnerre d'un cheval au galop résonna sur le sentier longeant la rive du lac.

Hokanu resserra son bras autour de l'épaule de son épouse, tandis que le couple se penchait pour observer les pitreries du fils aîné et héritier de Mara.

Un cheval à la robe aussi noire que le plumage d'un corbeau surgit d'une trouée entre les arbres, la crinière et la queue flottant au vent. Des pompons verts ornaient sa bride, et une plaque ornée de perles cousues empêchait la selle de glisser sur ses flancs élancés. Le jeune garçon, qui venait d'avoir douze ans, était penché sur des étriers laqués. Ses cheveux étaient aussi noirs que la robe de sa monture... L'enfant fit tourner le hongre en tirant sur les rênes et chargea le palanquin de Mara, le visage empourpré par l'excitation de la course, sa superbe robe décorée de sequins flottant derrière lui comme une bannière.

— Il est devenu un cavalier intrépide, dit Hokanu avec admiration. Et son cadeau d'anniversaire semble lui plaire.

Mara regardait le garçon, une expression de plaisir sur le visage, alors que celui-ci manœuvrait les rênes pour lancer sa monture sur le sentier. Ayaki était sa joie, la personne qu'elle aimait le plus au monde.

Le hongre noir secoua la tête pour protester. L'animal était plein de fougue, et impatient de courir. Mara ne se sentait pas vraiment à l'aise devant ces immenses animaux importés du monde barbare de Midkemia, et elle retint son souffle avec appréhension. Ayaki avait hérité de la nature sauvage de son père, et depuis la tentative d'assassinat où il avait échappé de justesse au poignard d'un tueur, des humeurs chagrines l'envahissaient de temps à autre. Dans ces moments-là, il semblait vouloir défier la mort, comme si en affrontant le danger il ressentait plus intensément la vie qui coulait dans ses veines.

Mais aujourd'hui l'enfant était d'humeur joyeuse, et le cheval avait été choisi autant pour sa docilité que pour sa vivacité. Le hongre s'ébroua bruyamment et obéit à l'injonction des rênes. Il se mit tranquillement au pas, à côté des porteurs du palanquin de Mara qui tentaient difficilement de maîtriser leur peur du grand animal, et de ne pas s'écarter par réflexe.

La dame leva le regard alors que le garçon et le cheval entraient dans son champ de vision. Ayaki serait grand, un héritage de ses deux grands-pères. Il avait aussi hérité de la tendance acoma à la minceur, et du courage obstiné de son père. Bien qu'Hokanu ne soit pas son père par le sang, l'homme et l'enfant s'aimaient et se respectaient. N'importe quel parent pouvait être fier d'Ayaki, car le jeune garçon montrait déjà l'intelligence qui lui serait nécessaire à l'âge adulte, pour entrer dans le jeu du Conseil en tant que seigneur des Acoma.

— Jeune fanfaron, le taquina Hokanu. Nos porteurs sont peut-être les seuls de l'empire à avoir le privilège d'être chaussés de sandales, mais si tu crois que nous ferons la course contre toi jusqu'au pré, tu te fais des illusions.

Ayaki répondit par un rire. Il fixa sa mère de ses yeux sombres, emplis de l'ivresse de l'instant.

— En fait, je voulais demander à Lax'l si je pouvais mettre notre vitesse à l'épreuve contre un Cho-ja. Il peut être intéressant de voir si ses guerriers peuvent rattraper une troupe de cavalerie barbare.

— S'il y avait une guerre, ce qui n'est pas le cas pour le moment, les dieux soient loués, répondit Hokanu d'un ton un peu plus sérieux. Sois poli, et n'offense pas le commandant Lax'l quand tu le lui demanderas.

Le sourire d'Ayaki s'élargit. Ayant grandi auprès des étranges Cho-ja, il n'était pas du tout intimidé par leurs manières particulières.

— Lax'l ne m'a toujours pas pardonné de lui avoir donné un jomach avec une pierre à l'intérieur.

— Il t'a pardonné, intervint Mara. Mais ensuite, il a tiré la leçon de cette expérience et ne s'est plus laissé prendre à tes farces, ce qui est bien. Les Cho-ja n'ont pas le même sens de l'humour que les humains. (Regardant Hokanu, elle ajouta :) En fait, je ne pense pas qu'ils comprennent nos plaisanteries.

Ayaki fit la grimace et sa monture se cabra légèrement sous lui. Les porteurs s'écartèrent brusquement des sabots qui virevoltaient, et le cahot du palanquin dérangea le jeune Justin, qui s'éveilla avec un cri d'indignation enfantine.

Le cheval noir s'effaroucha à ce bruit. Ayaki le retint d'une main ferme, mais l'animal fougueux recula de quelques pas. Hokanu gardait un visage impassible, bien qu'il ait envie de rire devant la détermination et la maîtrise de soi féroces du jeune garçon. Justin lança un vigoureux coup de pied dans le ventre de sa mère. Mara se pencha vers lui pour le prendre dans ses bras.

Quelque chose siffla soudain près de l'oreille d'Hokanu, venant de derrière lui et faisant flotter les rideaux du palanquin. Un petit trou apparut dans la soie, à l'endroit même où la tête de Mara se trouvait une seconde auparavant. Hokanu se jeta brusquement sur son épouse et son fils adoptif pour les protéger de son corps, tout en tournant pour regarder dans la direction opposée. Dans l'ombre des buissons, le long du sentier, se mouvait une silhouette noire. Avec un instinct aiguisé sur les champs de bataille, Hokanu réagit sans réfléchir.

Il poussa son épouse et le bambin hors du palanquin, leur faisant un bouclier de son corps. En sautant brusquement, il renversa la litière, leur accordant ainsi une protection supplémentaire.

— Les buissons ! hurla-t-il, tandis que les porteurs tombaient à la renverse.

Les gardes tirèrent leurs épées pour défendre leur maîtresse. Mais ne voyant aucune cible claire, ils hésitèrent.

Sous l'amas de coussins, Mara poussa un cri de surprise qui couvrit les plaintes de Justin.

— Qu'est-ce que...

— Derrière les buissons d'akasi ! cria Hokanu aux gardes.

Le cheval frappa le sol du pied, comme pour chasser un insecte. Ayaki sentit le hongre frémir sous lui. L'animal coucha les oreilles et secoua sa lourde crinière, pendant que le garçon tirait sur les rênes pour l'apaiser.

— Doucement, mon grand. Du calme.

Il n'entendit pas l'avertissement de son beau-père, rivant son attention sur la monture qu'il tentait de contrôler.

Hokanu lança un regard au palanquin. Les gardes se précipitaient maintenant vers les buissons qu'il avait désignés. Il se retourna pour vérifier qu'une autre attaque ne venait pas d'une autre direction, et vit Ayaki en train d'essayer frénétiquement de calmer son cheval dangereusement excité. Un bref reflet de soleil sur la laque trahit la présence d'une minuscule fléchette fichée dans le flanc de l'animal.

— Ayaki ! Descends !

Le cheval décocha une violente ruade. La fléchette qui avait percé sa peau avait fait son œuvre, et ses veines charriaient un poison neurotoxique. L'animal se mit à rouler des yeux, qui bientôt se révulsèrent. Il se cabra, très haut, et poussa un cri presque humain.

Hokanu s'écarta d'un bond du palanquin. Il tenta d'attraper les rênes du hongre, mais les sabots furieux le forcèrent à reculer. Il esquiva, tenta une nouvelle fois de saisir les lanières de cuir, et manqua son coup alors que le cheval se débattait. Connaissant assez bien les chevaux pour se rendre compte que l'animal était devenu fou, il hurla au garçon qui s'accrochait de toutes ses forces à l'encolure de sa monture :

— Ayaki ! Saute ! Maintenant !

— Non, cria l'enfant, non par esprit de rébellion, mais par courage. Je peux le calmer !

Hokanu bondit à nouveau pour s'emparer des rênes, tellement terrifié par le danger que courrait l'enfant qu'il ne songeait plus à sa propre sécurité. La sollicitude du garçon aurait pu être justifiée si l'animal avait été simplement effrayé. Mais Hokanu avait déjà vu les effets d'une fléchette empoisonnée ; il reconnaissait les frissons qui parcouraient les muscles du cheval et son manque soudain de coordination : les symptômes d'une toxine à action rapide. Si la fléchette avait touché Mara, la mort serait survenue en quelques secondes. Chez un animal qui faisait dix fois sa taille, la fin serait plus lente à venir, plus chaotique et plus douloureuse. Le cheval hurlait son agonie, et un spasme secoua sa grande carcasse. Il découvrit des dents jaunes et lutta contre le mors, alors qu'Hokanu manquait une nouvelle fois les rênes.

— Du poison, Ayaki ! cria-t-il par-dessus les hennissements du cheval devenu fou.

Hokanu se fendit pour attraper l'étrier, espérant dégager le garçon. Soudain, les jambes du cheval se raidirent et s'écartèrent, lorsque ses muscles furent frappés de paralysie. Puis son arrière-train s'effondra et il tomba à la renverse, entraînant l'enfant avec lui.

Le bruit mat de la lourde carcasse qui frappait la terre se mêla au hurlement de Mara. Ayaki refusa de sauter pour se dégager au dernier moment. Toujours à cheval, il fut projeté sur le côté, et son cou fut violemment secoué par les soubresauts de l'animal alors que la force de la chute le jetait à terre. Le cheval frissonna et roula sur le garçon...

Ayaki ne poussa pas le moindre cri. Hokanu évita les sabots furieux qui fouettaient l'air tandis qu'il faisait rapidement le tour de l'animal ivre de douleur. Il rejoignit le garçon d'un bond, mais il était trop tard. Coincé sous le poids de l'animal agonisant, l'enfant semblait trop pâle pour être réel. Il tourna ses yeux sombres vers Hokanu, et sa seule main libre se tendit pour attraper celle de son père adoptif, un battement de cœur avant la mort.

Hokanu sentit les petits doigts tachés de terre mollir dans sa main. Une rage terrible l'envahit.

— Non ! hurla-t-il, comme s'il suppliait les dieux.

Les cris de Mara résonnaient à ses oreilles, et il prit conscience de la présence des soldats de sa garde d'honneur, qui l'écartaient pour pouvoir soulever le cheval mourant. L'animal fut roulé sur le côté, et lâcha un dernier gémissement quand ses poumons se dégonflèrent et que son dernier souffle traversa ses cordes vocales. Mais Ayaki ne pouvait plus protester de cette manière devant une mort brutale et prématurée. Dans sa chute, le cheval lui avait broyé la poitrine, et ses côtes saillaient de sa chair déchirée comme des tronçons d'épées brisées.

Le jeune visage aux joues trop blanches regardait encore le ciel limpide, les yeux ouverts et surpris. La main qui s'était tendue vers un beau-père bien-aimé pour repousser l'horreur des ténèbres était vide, ouverte. La marque d'une ampoule à moitié guérie sur le pouce témoignait de son entraînement assidu à l'épée de bois. Ce garçon ne connaîtrait jamais les honneurs ou les horreurs de la bataille, le doux baiser de son premier amour, et la fierté de porter honorablement le sceptre d'un souverain.

La finalité d'une mort si soudaine était aussi douloureuse qu'une blessure béante. Hokanu éprouva un chagrin terrible et un sentiment d'incrédulité stupéfaite. Seuls les réflexes acquis sur les champs de bataille permirent à son esprit de lutter contre le choc.

— Recouvrez l'enfant d'un bouclier, ordonna-t-il. Sa mère ne doit pas le voir ainsi.

Mais les paroles avaient quitté trop tard ses lèvres engourdies. Mara s'était précipitée derrière lui, et il sentit le frôlement de ses robes de soie contre son mollet quand elle se jeta à genoux près de son fils. Elle tendit les mains pour le prendre dans ses bras, pour le soulever du sol poussiéreux, comme si la pure force de son amour pouvait le ressusciter. Mais ses mains se figèrent au-dessus des lambeaux de chair sanglante qui avaient été le corps d'Ayaki. Sa bouche s'ouvrit sans laisser échapper le moindre son. Quelque chose se brisa en elle. Instinctivement, Hokanu la prit dans ses bras et la blottit au creux de son épaule.

— Il a rejoint le palais du dieu Rouge, murmura-t-il.

Mara ne répondit pas. Hokanu sentait sous ses mains les battements rapides de son cœur. Ce n'est que tardivement qu'il remarqua la mêlée confuse dans les broussailles. La garde d'honneur de Mara s'était lancée avec fureur sur l'assassin vêtu de noir. Avant qu'Hokanu n'ait pu rassembler ses esprits pour leur ordonner de se calmer – on aurait pu faire avouer à un prisonnier quel ennemi l'avait engagé – les guerriers avaient définitivement mis fin au problème.

Leurs épées se levèrent et retombèrent, se teintant d'écarlate. En quelques secondes, le meurtrier d'Ayaki gisait dans son sang, éventré comme un jeune needra sur l'étal d'un boucher.

Hokanu ressentit pendant un instant de la pitié pour l'homme. Mais quand les soldats retournèrent le corps, il remarqua malgré le sang la courte tunique, les chausses noires et les mains teintes en rouge. Le masque de tissu qui dissimulait le visage fut écarté pour révéler un tatouage bleu sur la joue gauche. Seuls les membres du tong hamoï, une confrérie d'assassins, portaient cette marque...

Hokanu se releva lentement. Que les soldats aient abattu le tueur n'avait plus aucune importance : l'assassin aurait préféré mourir plutôt que de divulguer la moindre information. Les tong opéraient selon un code du secret extrêmement strict, et il était certain que le meurtrier ne savait pas qui avait payé son chef pour cette attaque. Et le seul nom important était celui de l'homme qui avait loué les services de la fraternité des hamoï.

Dans un coin froid de son esprit, Hokanu comprit que cette tentative de meurtre sur Mara avait dû coûter très cher. L'homme ne pouvait pas espérer survivre à sa mission, et un meurtre accompagné d'un suicide représentait une fortune en métal.

— Fouillez le cadavre, et retrouvez la route qu'il a empruntée sur le domaine, s'entendit-il déclarer d'une voix durcie par les émotions qui déchiraient son âme. Essayez de trouver des indices sur l'identité de celui qui a engagé le tong.

Le chef de troupe qui commandait la garde s'inclina devant le maître, et lança une série d'ordres secs à ses hommes.

— Laissez un garde près du corps du garçon, ajouta Hokanu.

Il se pencha pour réconforter Mara, et ne fut pas surpris de constater qu'elle était restée silencieuse, luttant contre l'horreur et l'incrédulité. Il ne lui tenait pas rigueur de son incapacité à garder son calme et à montrer une impassibilité tsurani bienséante. Ayaki avait été sa seule famille pendant de longues années, durant lesquelles elle n'avait eu aucun parent de son sang. La vie de Mara avant la naissance d'Ayaki avait déjà été ébranlée par de nombreux deuils. Il berça le petit corps frissonnant de son épouse contre le sien, tout en ajoutant quelques instructions à propos du garçon.

Mais alors que les dispositions étaient prises et qu'Hokanu tentait d'éloigner Mara avec tendresse, celle-ci se débattit.

— Non ! dit-elle d'une voix étranglée par le chagrin. Je ne le laisserai pas seul ici !

— Ma dame, nous ne pouvons plus aider Ayaki. Il se trouve déjà au palais du dieu Rouge. En dépit de son jeune âge, il a affronté la mort courageusement. Il sera bien accueilli. (Hokanu caressa les cheveux noirs de Mara, humides de larmes, et tenta de la calmer.) Tu te sentiras mieux au manoir, entourée de gens qui t'aiment, après avoir confié Justin à la garde de ses nourrices.

— Non, répéta Mara. (Au ton de sa voix, Hokanu sut instinctivement qu'il ne fallait pas la contrarier.) Je ne partirai pas.

Et bien qu'elle consente après un certain temps à ce que son enfant survivant soit emmené jusqu'au manoir sous la protection d'une compagnie de guerriers, elle resta longtemps assise sur le sentier poussiéreux, dans la chaleur du matin, regardant fixement le visage immobile de son fils aîné.

Hokanu ne la quitta pas un seul instant. La puanteur de la mort ne la chassa pas, pas plus que les mouches qui bourdonnaient et buvaient les larmes du cadavre suintant du hongre. Aussi maître de lui que sur un champ de bataille, Hokanu affrontait le pire et prenait les mesures nécessaires. D'une voix tranquille, il envoya un esclave chercher des domestiques afin qu'ils montent un petit pavillon de soie pour procurer de l'ombre à Mara. Celle-ci ne détourna pas une seconde le regard tandis que l'on dressait la petite tente au-dessus d'elle. Comme si les gens qui se trouvaient autour d'elle n'existaient pas, elle plongeait ses doigts dans la terre, jusqu'à ce que douze de ses meilleurs guerriers arrivent en armure de cérémonie pour emporter le corps de son fils. Personne ne protesta quand Hokanu ordonna que le garçon reçoive les honneurs du champ de bataille. La fléchette d'un ennemi avait provoqué la mort de l'enfant, aussi sûrement que si le poison avait frappé sa chair. Il avait refusé d'abandonner son cheval bien-aimé, et un tel courage et un tel sens des responsabilités chez quelqu'un d'aussi jeune méritaient d'être célébrés.

Le visage aussi rigide que celui d'une poupée de porcelaine, Mara regarda les guerriers soulever le corps de son fils. Ils le déposèrent sur une civière recouverte de plusieurs oriflammes vert acoma, et d'une bannière écarlate en hommage au dieu Rouge qui recueille toutes les vies.

La brise du matin avait cessé, et les guerriers œuvraient en suant à grosses gouttes. Hokanu aida Mara à se relever, souhaitant de toutes ses forces qu'elle ne craque pas. Il savait l'effort qu'il devait lui-même déployer pour garder son sang-froid, et pas seulement par égard envers Ayaki. Au plus profond de son cœur, il souffrait aussi pour Mara, dont il pouvait à peine imaginer la douleur. Il soutint les pas de son épouse tandis qu'elle avançait derrière la civière, puis le cortège descendit lentement la colline pour rejoindre le manoir qui, à peine quelques heures auparavant, avait semblé être un havre de félicité.

Les jardins luxuriants et les rives verdoyantes du lac, toujours aussi magnifiques, semblaient un crime contre la nature, face au spectacle du garçon ensanglanté et brisé étendu sur le brancard.

La garde d'honneur qui portait le corps se rangea devant la porte principale, que l'on n'utilisait que pour les occasions officielles. Les serviteurs les plus fidèles de la maisonnée attendaient à l'ombre de l'immense porte de pierre. Ils s'inclinèrent les uns après les autres devant la civière, pour rendre hommage au jeune Ayaki. Ils étaient conduits par Keyoke, le premier conseiller pour la guerre aux cheveux blanchis par l'âge. Celui-ci avait discrètement dissimulé dans un pli de son manteau de cérémonie la béquille qui lui permettait de marcher malgré une jambe perdue au combat. Alors qu'il récitait les paroles rituelles de condoléances, il regardait Mara avec le chagrin que pouvait ressentir un père, masqué derrière des yeux sombres et un visage ridé comme du vieux bois. Derrière lui attendait Lujan, le commandant des Acoma. Son habituel sourire désinvolte avait disparu et son regard acéré était troublé par des clignements de paupières qui tentaient de retenir ses larmes. Guerrier jusqu'au bout des ongles, il éprouvait des difficultés à garder sa maîtrise de lui. Il avait enseigné le maniement de l'épée au garçon étendu sur la litière, et ce matin même, l'avait félicité pour ses talents d'escrimeur.

Il toucha la main de Mara quand elle passa devant lui.

— Ayaki n'avait peut-être que douze ans, ma dame, mais il était déjà un guerrier exemplaire.

Sa maîtresse hocha à peine la tête pour lui répondre. Guidée par Hokanu, elle passa ensuite devant le hadonra. Petit, aussi timide qu'une souris, Jican semblait désespéré. Il avait récemment réussi à intéresser Ayaki, toujours fantasque, aux subtilités de la gestion d'un domaine. Leur jeu utilisant des pions en coquillage qui représentaient les marchandises commercialisables des Acoma n'encombrerait plus une étagère de l'armoire du petit déjeuner. Jican bredouilla les phrases officielles de condoléances qu'il adressa à sa maîtresse. Ses yeux bruns et sérieux semblaient refléter la douleur de Mara, alors qu'elle le dépassait au bras de son époux pour avancer vers son jeune conseiller Saric, et son assistant Incomo. Tous deux n'appartenaient que depuis peu à la maisonnée acoma ; mais Ayaki avait aussi gagné leur affection. Les condoléances qu'ils offrirent à Mara étaient sincères, mais elle ne put leur répondre. Seule la main d'Hokanu sur son coude l'empêcha de trébucher alors qu'elle montait les escaliers et pénétrait dans le couloir.

Le soudain passage à l'ombre fit frissonner Hokanu. Pour la première fois, le magnifique carrelage ouvragé ne lui donna pas un sentiment de sécurité. Les merveilleuses cloisons peintes que Mara et lui avaient commandées ne provoquaient plus son admiration. Il ne ressentait plus que des doutes dévorants. La mort du jeune Ayaki exprimait-elle le mécontentement des dieux, parce que Mara avait réclamé comme prix de sa victoire le domaine de ses ennemis vaincus ? Les Minwanabi, qui avaient autrefois parcouru ces galeries, avaient juré d'exterminer les Acoma dans une guerre de sang. Renonçant aux traditions, Mara n'avait pas brisé et enterré leur natami, la pierre sacrée qui garde les esprits des morts sur la Roue de la vie tant qu'elle reste exposée au soleil. Les fantômes des ennemis vaincus pouvaient-ils attirer la malchance sur elle et ses enfants ?

Craignant pour la sécurité du jeune Justin, et se réprimandant intérieurement d'ajouter foi aux superstitions, Hokanu se concentra sur Mara. Alors que les deuils avaient toujours renforcé son courage et l'avaient poussée à l'action, elle semblait maintenant foudroyée. Elle accompagna le cadavre du garçon dans la haute salle, avec la démarche d'un automate animé par un magicien. Elle s'assit, puis resta immobile à côté de la civière, pendant que les domestiques et les servantes lavaient la chair lacérée de son fils et le paraient des vêtements de soie et des bijoux auxquels son rang d'héritier d'une grande maison lui donnait droit. Hokanu restait auprès d'elle, souffrant de se sentir inutile. Il fit apporter de la nourriture, mais la dame refusa de manger. Il demanda à un guérisseur de préparer un somnifère, pensant, espérant presque, provoquer une réaction de colère.

Mara se contenta de secouer doucement la tête et de repousser la coupe d'un geste.

Les ombres sur le plancher s'allongeaient tandis que le soleil suivait sa course dans le ciel, et les baies percées dans le plafond laissaient passer des rayons de lumière de plus en plus obliques. Quand le scribe envoyé par Jican frappa discrètement à la porte principale pour la troisième fois, Hokanu prit enfin la direction des opérations et demanda à l'homme d'aller chercher Saric ou Incomo, afin de préparer la liste des maisons nobles qui devaient être informées de la tragédie. De toute évidence, Mara ne parvenait pas à prendre elle-même la décision. Depuis des heures, son seul mouvement avait été de prendre la main froide et rigide de son fils dans la sienne.

Lujan arriva presque au crépuscule, les sandales poussiéreuses, et le regard voilé d'une fatigue bien supérieure à ce qu'il avait jamais montré en campagne. Il s'inclina devant sa maîtresse et son époux, et attendit de recevoir la permission de parler.

Les yeux de Mara restaient tristement fixés sur son fils. Hokanu tendit la main et toucha son épaule raidie.

— Mon amour, ton commandant a des nouvelles.

La dame des Acoma bougea légèrement, comme si elle s'éveillait d'un long sommeil.

— Mon fils est mort, dit-elle faiblement. Si les dieux avaient été miséricordieux, cela aurait dû être moi.

Le cœur saisi par la compassion, Hokanu replaça doucement une mèche de Mara qui s'était échappée de sa coiffure.

— Si les dieux avaient été miséricordieux, cette attaque n'aurait jamais eu lieu.

Puis, constatant que la dame était retombée dans sa stupeur, il se tourna vers son officier.

Les deux hommes se regardèrent, anxieux. Ils avaient déjà vu Mara furieuse, blessée, ou même terrifiée à l'idée de perdre la vie. Elle avait toujours réagi en faisant preuve de caractère et avec un grand sens de l'innovation. Cette apathie ne lui ressemblait pas, et tous ceux qui l'aimaient craignaient qu'une partie de son esprit n'ait péri en même temps que son fils.

Hokanu s'efforça autant que possible de prendre le fardeau sur lui.

— Dis-moi ce que tes hommes ont trouvé, Lujan.

Si le commandant de Mara avait été un homme plus enclin à respecter les traditions, il aurait pu refuser de répondre ; même si Hokanu était noble, il n'était pas le maître des Acoma. Mais la faction shinzawaï de la maisonnée avait prêté un serment d'alliance avec les Acoma, et Mara n'était pas en état de prendre des décisions cruciales. Lujan laissa échapper un soupir de soulagement presque imperceptible. Les troupes de l'héritier des Shinzawaï étaient considérables, et les nouvelles que Lujan apportait n'étaient pas réjouissantes.

— Mon seigneur, nos guerriers ont fouillé le cadavre sans rien découvrir. Nos meilleurs traqueurs se sont joints aux recherches et, dans un recoin où l'assassin a semble-t-il dormi, ils ont trouvé ceci.

Il lui tendit un jeton de coquillage, peint en rouge et en jaune, et gravé du symbole triangulaire de la maison Anasati. Hokanu prit l'objet avec un geste de dégoût. Le jeton ressemblait à celui qu'un messager peut recevoir d'un souverain comme preuve de l'accomplissement de sa mission. Il était anormal qu'un ennemi confie un tel emblème à un assassin ; ou alors, le seigneur des Anasati ne voulait pas garder secrète sa haine pour Mara. Jiro était puissant, et allié ouvertement à des maisons qui souhaitaient abolir la nouvelle politique de l'empereur. C'était un érudit plutôt qu'un homme de guerre, et bien qu'il soit trop intelligent pour se laisser aller à des gestes aussi grossiers, Mara avait autrefois blessé sa virilité. Elle lui avait préféré son jeune frère comme premier époux, et, depuis ce jour, Jiro lui avait témoigné ouvertement une forte animosité.

Cependant, ce jeton de coquillage manquait terriblement de subtilité pour une manœuvre du grand jeu. Et le tong hamoï était une fraternité trop retorse pour commettre la folie d'emporter une preuve de l'identité du seigneur ou de la famille qui l'avait engagé. Son histoire remontait à des siècles, et sa politique était empreinte de secret. Lui acheter une mort assurait une discrétion absolue. Le jeton pouvait être un stratagème visant à rejeter le blâme de l'assassinat sur les Anasati.

Hokanu leva un regard soucieux vers Lujan.

— Tu penses que le seigneur Jiro est responsable de cette attaque ?

Sa demande était moins une question qu'une expression implicite de son doute. Il était évident que Lujan avait lui aussi des réserves quant à la découverte du jeton, alors même qu'il prenait son souffle pour répondre.

Mais le nom du seigneur des Anasati avait sorti Mara de sa léthargie.

— Jiro a fait cela ? (Elle se détourna vivement du corps d'Ayaki et vit le disque rouge et jaune dans la main d'Hokanu. Une grimace de fureur effrayante déforma son visage.) Les Anasati seront comme de la poussière dans le vent. Leur natami sera enterré dans des immondices et les esprits de leurs morts consignés aux ténèbres. Je ferai preuve de moins de mansuétude envers eux que je n'en ai témoigné aux Minwanabi !

Elle serra les poings. Elle regardait devant elle, sans voir son époux et son commandant, comme si elle pouvait matérialiser l'ennemi détesté par la seule force de sa haine.

— Mais cela ne suffira pas à payer le sang de mon fils. Pas même cela.

— Le seigneur Jiro n'est peut-être pas responsable, répondit Lujan, sa voix habituellement assurée enrouée par le chagrin. Vous étiez la cible, et non Ayaki. Après tout, le garçon est le neveu du seigneur des Anasati. L'assassin tong a pu être envoyé par n'importe lequel des ennemis de l'empereur.

Mais Mara ne semblait pas l'entendre.

— Jiro payera. Mon fils sera vengé.

— Penses-tu que le seigneur Jiro soit responsable ? répéta Hokanu à l'adresse du commandant.

Que le jeune héritier des Anasati se sente encore offensé, même après avoir hérité du sceptre et de la puissance de son père, témoignait d'un orgueil obstiné et enfantin. Un esprit mûr n'entretiendrait pas une telle querelle. Mais dans son arrogance et sa vanité, le seigneur des Anasati pouvait très bien souhaiter que le monde entier sache quelle main avait commandé la chute de Mara.

C'était cependant oublier que depuis que Mara était devenue pair de l'empire, sa popularité avait pris de trop grandes proportions. La virilité blessée de Jiro le rendait peut-être stupide, mais sûrement pas au point de s'attirer la colère de l'empereur.

Lujan tourna ses yeux sombres vers Hokanu et dit :

— Ce petit morceau de coquillage est la seule preuve dont nous disposons. Sa mise en évidence même pourrait être un stratagème subtil, comme si en attirant l'attention sur la maison Anasati, nous pourrions les écarter immédiatement de la liste des coupables et chercher ailleurs les responsables. (La colère couvait dans ses paroles. Lui aussi était furieux et indigné, et voulait frapper ceux qui avaient commis cet acte atroce.) Ce que je pense a finalement peu d'importance, conclut-il tristement.

Car l'honneur exigeait qu'il obéisse à la lettre aux ordres de sa dame, sans poser de questions. Si Mara lui demandait de rassembler la garnison des Acoma et de déclencher une guerre suicidaire, il obéirait, y mettant tout son cœur et toute sa volonté.

Le crépuscule assombrissait les fenêtres de la haute salle. Des domestiques entrèrent silencieusement pour allumer les lampes disposées autour du catafalque d'Ayaki. De la fumée parfumée embaumait l'air. Le reflet des flammes adoucissait la pâleur de la mort, et les ombres masquaient les bosses provoquées par les blessures de l'enfant, sous les robes de soie. Mara veillait seule. Elle regardait le visage ovale de son fils, et les cheveux de jais qui, pour la première fois dans sa mémoire, étaient restés coiffés plus d'une heure.

Ayaki avait été tout son avenir, jusqu'à l'instant terrible de la chute du cheval. Il avait incarné ses espoirs, ses rêves et plus encore : il était le futur gardien de ses ancêtres et incarnait la pérennité du nom des Acoma.

L'assurance excessive de sa mère l'avait tué.

Mara serra ses mains blanches sur ses genoux. Elle n'aurait jamais, jamais dû se laisser bercer par l'idée que ses ennemis ne pouvaient pas la toucher. Son sentiment de culpabilité pour ce relâchement de vigilance la poursuivrait jusqu'à la fin de ses jours. Comme la perspective du lendemain était devenue lugubre... À côté d'elle se trouvait un plateau avec les restes grappillés d'un repas ; elle ne se souvenait même plus du goût de la nourriture. La sollicitude d'Hokanu ne l'avait pas réconfortée ; elle le connaissait trop bien, et l'écho de sa propre souffrance et de sa colère qu'elle percevait derrière les paroles de son époux la plongeait dans des reproches encore plus amers.

Mais le jeune garçon ne pouvait plus la sermonner pour sa stupidité. Ayaki ne ressentait plus rien, était au-delà de la tristesse ou de la joie...

Mara ravala un hoquet de douleur. Comme elle souhaitait que cette fléchette l'ait frappée, elle, que les ténèbres qui mettent fin à toutes les luttes l'aient engloutie à la place de son fils. L'enfant qui lui restait ne diminuait pas son désespoir. De ses deux fils, Ayaki était celui qui avait le moins connu la plénitude de la vie, même s'il était l'aîné. Son père avait été Buntokapi des Anasati, dont la famille avait été l'ennemie de celle des Acoma. Mara avait beaucoup souffert de leur union et n'en avait retiré aucune joie. L'opportunisme politique l'avait poussée à utiliser la supercherie et à tendre des pièges à Buntokapi. Son esprit plus mûr lui faisait maintenant considérer ses actes envers son époux comme un meurtre. Ayaki avait été son expiation pour le suicide stérile de son père, qu'elle avait elle-même provoqué par ses machinations. Selon les principes du jeu du Conseil, elle avait remporté une victoire incontestable, mais elle considérait personnellement la mort de Buntokapi comme une défaite. Que la négligence de la famille de son premier époux ait fait de lui un outil qu'elle avait su exploiter ne faisait aucune différence. Ayaki lui avait donné une chance d'offrir un honneur durable au fantôme de son premier époux. Elle avait décidé que son fils s'élèverait à la grandeur que l'on avait refusée à Buntokapi.

Mais cet espoir était mort maintenant. Le seigneur Jiro des Anasati était le frère de Buntokapi... Que son complot contre elle ait mal tourné et ait provoqué la mort de son neveu modifiait une nouvelle fois l'équilibre de la politique entre leurs deux familles. Sans Ayaki, les Anasati étaient maintenant libres de reprendre les hostilités, restées dormantes depuis l'époque du père de Mara.

Ayaki avait grandi entouré des meilleurs précepteurs, et protégé par la vigilance de tous ses soldats acoma ; mais il avait fini par payer de sa vie les privilèges de son rang. À neuf ans, il avait failli être tué par le poignard d'un assassin. Ses deux nourrices et une vieille conseillère bien-aimée avaient été égorgées sous ses yeux. Ce souvenir lui avait laissé de terribles cauchemars. Mara résista à l'envie de caresser la main de son fils pour le réconforter. La chair était froide, et ses yeux ne s'ouvriraient plus dans la joie et la confiance.

Mara n'avait pas besoin de lutter pour retenir ses larmes ; la rage devant cette injustice étouffait son chagrin. Les démons intérieurs qui avaient poussé le père de l'enfant à devenir un homme cruel avaient plutôt inspiré de la mélancolie et des idées noires à Ayaki. Ce n'est que durant ces trois dernières années, depuis son mariage avec Hokanu, que la nature plus joyeuse de son fils avait repris le dessus.

La forteresse des Minwanabi, comme Ayaki aimait à le souligner, n'avait jamais été assiégée. Ses défenses étaient imprenables. De plus, Mara était pair de l'empire. Ce titre accorde la faveur des dieux, et assez de chance pour éloigner le malheur.

Maintenant, Mara se reprochait d'avoir permis à cette foi aveugle et enfantine de l'influencer. Elle avait pourtant utilisé assez souvent dans le passé les traditions et la superstition à son avantage. Elle avait été stupide et arrogante de ne pas voir que les mêmes choses pouvaient être exploitées contre elle.

Il était tellement injuste que son enfant paye pour ses erreurs.

Son jeune demi-frère, Justin, avait contribué à chasser les humeurs sombres d'Ayaki. Son second fils était l'enfant de l'esclave barbare qu'elle aimait toujours. Il suffisait à Mara de fermer les yeux un instant pour que le visage de Kevin lui revienne à l'esprit, presque toujours en train de sourire après une plaisanterie ridicule, ses cheveux et sa barbe roux luisant comme du cuivre sous le soleil de Kelewan. Elle n'avait jamais éprouvé avec lui le sentiment d'harmonie profonde qu'elle partageait maintenant avec Hokanu. Non, Kevin avait été tempétueux, impulsif, et par moments passionnément illogique. Il n'aurait pas caché son chagrin devant elle, mais aurait libéré ses émotions dans une tempête furieuse ; dans l'expression intense de la vie du Midkemian, elle aurait pu trouver le courage d'affronter cet outrage. Le jeune Justin avait hérité de la nature insouciante de son père. Il riait facilement, était prompt à faire des bêtises, et avait déjà la langue très agile. Et comme son père avant lui, Justin avait le chic pour tirer Ayaki de ses idées sombres. Il courait sur ses petites jambes potelées, trébuchait et tombait en riant... ou il faisait des grimaces ridicules jusqu'à ce qu'il soit impossible de rester mélancolique auprès de lui.

Mais Ayaki ne rirait plus aux éclats désormais.

Mara frissonna, et ne prit conscience qu'à ce moment de la présence de quelqu'un à côté d'elle. Hokanu était entré dans la pièce, à la manière étrangement silencieuse qu'il avait apprise auprès des forestiers du monde barbare.

Voyant qu'elle l'avait remarqué, il prit les doigts froids de son épouse entre ses mains chaudes.

— Ma dame, il est minuit passé. Tu ferais mieux de prendre un peu de repos.

Mara se détourna à demi du catafalque. Ses yeux sombres se fixèrent sur ceux d'Hokanu, et la compassion qu'elle lut dans son regard la fit fondre en larmes. Les traits d'une grande beauté de son époux se brouillèrent, et celui-ci changea ses mains de place, appuyant le corps de Mara contre son épaule. Il était fort, aussi mince et musclé que son père. Et s'il n'éveillait pas chez elle une passion sauvage comme le faisait Kevin, Mara partageait avec lui une entente parfaite. Il était son époux comme le père d'Ayaki ne l'avait jamais été, et sa présence, maintenant que le chagrin lui faisait perdre tout contrôle, était tout ce qui l'éloignait de la folie. La caresse qui cherchait à apaiser son chagrin était celle d'un homme capable de commander une armée sur un champ de bataille. Comme elle, il préférait la paix, mais quand la voie de l'épée devenait nécessaire, il avait le courage d'un tigre de Midkemia.

Maintenant, les Acoma auraient besoin de ses compétences pour le combat.

Tandis que les larmes ruisselaient sur ses joues, Mara ressentit une amertume sans limite. Le sentiment de culpabilité qu'elle éprouvait pouvait se cristalliser sur un bouc émissaire : Jiro des Anasati avait assassiné son fils. Pour cela, elle détruirait sa maison et la ferait disparaître de la mémoire des vivants.

Comme s'il percevait le tour horrible que prenaient ses pensées, Hokanu la secoua doucement.

— Ma dame, nous avons besoin de toi. Justin a pleuré pendant tout le repas, en demandant ce qui était arrivé à sa maman. Keyoke est venu toutes les heures réclamer des instructions, et le commandant Lujan a besoin de savoir combien de compagnies doivent être rappelées de la garnison de ton domaine de Sulan-Qu.

À sa façon subtile et inimitable, Hokanu n'avait pas remis en cause la nécessité d'entrer en guerre. Cela la soulagea immensément. S'il lui avait posé des questions, s'il avait cherché à la dissuader de se venger de Jiro en arguant qu'un simple jeton de coquillage n'était pas une preuve suffisante, elle aurait retourné sa rage contre lui. À cet instant, qui n'était pas avec elle était contre elle. Un coup avait été asséné aux Acoma, et l'honneur exigeait qu'elle agisse.

Mais la silhouette de son fils assassiné sapait toute sa volonté ; la vie sous toutes ses formes lui semblait aride, dénuée de tout intérêt.

— Dame ? demanda Hokanu. Il faut que tu prennes des décisions pour assurer la pérennité de ta maison. Car pour l'instant, tu *es* les Acoma.

Mara fronça les sourcils. Les paroles de son époux étaient la pure vérité. Lors de leur mariage, ils avaient décidé que le jeune Justin serait l'héritier des Shinzawaï après Hokanu. Soudain, Mara souhaita férocement que cette promesse n'ait jamais été prononcée. Elle n'aurait jamais accepté une telle chose si elle avait compris à quel point Ayaki était vulnérable.

Le cercle se refermait une nouvelle fois sur elle. Elle s'était montrée négligente. Si elle n'avait pas fait preuve d'une dangereuse imprévoyance, son fils aux cheveux noirs ne reposerait pas en grande pompe au centre d'un cercle de lampes mortuaires. Il serait en train de courir comme n'importe quel jeune garçon, d'affûter ses compétences de guerrier ou de chevaucher son grand cheval noir qui allait plus vite que le vent sifflant au-dessus des collines.

À nouveau, Mara vit en esprit la silhouette cabrée de l'immense animal, et les terribles sabots qui s'agitaient alors qu'il s'écroulait...

— Dame, la gronda gentiment Hokanu. (Il lui ouvrit tendrement les doigts et s'efforça de chasser la tension par une caresse.) C'est fini. Nous devons continuer à lutter pour les vivants. (Il essuya les larmes de son épouse du revers de la main. D'autres s'échappèrent immédiatement de ses paupières pour les remplacer.) Mara, les dieux n'ont pas été bienveillants. Mais mon amour pour toi est intact, et la foi que ta maisonnée a en toi brûle comme une lampe dans les ténèbres. Ayaki n'a pas vécu pour rien. Il était brave, fort, et il n'a pas fui ses responsabilités, même au moment de la mort. Nous devons agir comme lui, ou la fléchette qui a abattu son cheval aura porté plusieurs coups mortels.

Mara ferma les yeux, et tenta de chasser de sa conscience la fumée aromatique des lampes mortuaires. Elle n'avait pas besoin qu'on lui rappelle que des milliers de vies dépendaient d'elle, car elle était la souveraine des Acoma. Aujourd'hui, elle avait payé cher pour recevoir la preuve qu'elle ne méritait pas leur confiance. Elle n'était plus la régente d'un fils qui grandissait. Il lui semblait qu'elle n'avait plus de cœur, et pourtant elle devait se préparer pour une grande guerre, obtenir la vengeance pour sauver l'honneur de sa famille, et ensuite concevoir un nouvel héritier.

Mais l'espoir, l'avenir, les enthousiasmes et les rêves pour lesquels elle avait tant sacrifié étaient réduits en poussière. Elle se sentait engourdie, anéantie, au point de ne plus se soucier de rien...

— Mon seigneur et époux, répondit-elle d'une voix rauque, occupe-toi de mes conseillers et ordonne-leur ce que tu as suggéré. Je n'ai pas le cœur de prendre des décisions, et les Acoma doivent se préparer à la bataille.

Hokanu la regarda, les yeux blessés. Il admirait depuis longtemps la force de caractère de Mara, et voir sa merveilleuse audace anéantie par le chagrin lui déchirait le cœur. Il la tint serrée contre lui, comprenant la profondeur de sa souffrance.

— Dame, murmura-t-il, je t'épargnerai tout ce que je pourrai. Si tu veux lancer tes troupes sur Jiro des Anasati, je me tiendrai à la droite de ton commandant. Mais, tôt ou tard, tu devras reprendre le sceptre de ta maison. Tu es responsable du nom des Acoma. La perte d'Ayaki ne doit pas signifier la fin, mais le renouveau de ta lignée.

Incapable de parler, d'avoir même une pensée rationnelle, Mara appuya son visage contre l'épaule de son époux, et pendant un très long moment, ses larmes tombèrent sans un bruit sur la riche soie bleue de la robe d'Hokanu.

2

CONFRONTATION

Jiro fronça les sourcils.
Bien que la robe très simple qu'il portait soit légère et que le portique entourant la cour adjacente à sa bibliothèque soit encore frais à cette heure matinale, une fine pellicule de sueur perlait sur son front. Le plateau d'un petit déjeuner à peine grignoté se trouvait près de lui, et il tapotait de ses doigts nerveux le coussin brodé sur lequel il était assis. Il étudiait fixement l'échiquier disposé devant ses genoux. Il considérait isolément la position de chaque pièce, et tentait de déterminer le résultat probable de chaque manœuvre. Un mauvais choix ne serait pas immédiatement évident, mais contre son adversaire, ses conséquences risquaient de se révéler désastreuses plusieurs coups plus tard. Les érudits assurent que le jeu de shâh aiguise l'instinct d'un homme pour la bataille et la politique, mais Jiro, seigneur des Anasati, préférait les énigmes de l'esprit aux luttes physiques. Il aimait tout simplement leur complexité hypnotique.

Ses compétences à ce jeu avaient surpassé celles de son père et de ses professeurs à un âge très précoce. Quand il était enfant, son frère aîné Halesko et son jeune frère Buntokapi l'avaient rossé plus souvent qu'à leur tour pour la facilité méprisante dont il faisait preuve dans ses victoires. Jiro avait alors recherché des adversaires plus âgés, et avait même affronté des commerçants midkemians, qui visitaient de plus en plus souvent l'empire à la recherche de débouchés pour leurs marchandises venues d'un autre monde. Ils appelaient ce jeu échecs, mais les règles étaient les mêmes. Jiro avait trouvé peu de joueurs dans leurs rangs capables de lui offrir un réel défi.

Le seul homme qu'il n'avait jamais réussi à battre était assis en face de lui, et consultait distraitement une pile de documents placés méticuleusement sur ses genoux. Chumaka, premier conseiller des Anasati depuis l'époque du père de Jiro, était un homme sec comme un coup de trique, avec un visage étroit, un menton pointu et des yeux noirs impénétrables. Il jetait de temps en temps un coup d'œil à l'échiquier, s'arrêtant pour riposter aux déplacements de son maître. Jiro n'était pas irrité par la façon distraite dont son premier conseiller le vainquait régulièrement, mais ressentait plutôt de la fierté à l'idée qu'un esprit aussi agile serve les Anasati.

Le don de Chumaka pour anticiper les manœuvres politiques complexes semblait par moments frôler le surnaturel. Ses conseils perspicaces avaient été la raison majeure de la réussite du père de Jiro au jeu du Conseil. Alors que Mara des Acoma avait humilié les Anasati très tôt durant son ascension, les sages conseils de Chumaka avaient protégé les intérêts de la famille des désastres provoqués par le conflit entre les Acoma et les Minwanabi.

Jiro se mordait les lèvres, hésitant entre deux déplacements qui offraient de petits gains et un autre qui semblait plus prometteur dans une stratégie à long terme. Pendant qu'il réfléchissait, ses pensées revenaient au grand jeu : l'oblitération de la maison Minwanabi aurait pu être une cause de réjouissance, car ils avaient été les rivaux des Anasati... sauf que la victoire avait été remportée par la femme que Jiro haïssait le plus au monde. Son hostilité envers dame Mara était restée intacte depuis le moment où elle avait choisi son époux, et pris son jeune frère Buntokapi comme consort à sa place.

Jiro refusait d'admettre que si son ego n'avait pas été mis à mal, il serait mort des machinations de la dame à la place de Bunto. Bien qu'il se passionnât pour la réflexion et l'érudition, le dernier fils vivant de la lignée des Anasati restait dans ce domaine aveugle à la logique. Il nourrissait sa rancœur en broyant du noir. Que la chienne ait comploté de sang-froid la mort de son frère était une raison de plus pour se venger. Que Bunto ait été méprisé par sa propre famille n'avait aucune importance, tout comme le fait qu'il avait renoncé à tous ses liens envers les Anasati pour recevoir le sceptre des Acoma. La haine de Jiro était si profonde, si glaciale, qu'il préférait s'obstiner dans sa cécité, plutôt que de reconnaître qu'il avait hérité de la souveraineté de sa famille précisément parce que Mara l'avait dédaigné. Au cours des ans, sa soif de vengeance juvénile s'était assombrie pour devenir l'obsession durable d'un rival dangereux et rusé.

Jiro observait l'échiquier, mais ne levait pas la main pour avancer une pièce. Chumaka le remarqua tandis qu'il parcourait sa correspondance. Il haussa ses longs sourcils.

— Vous pensez encore à Mara.

Jiro sembla vexé.

— Je vous ai averti, reprit Chumaka de sa voix éraillée et dépourvue d'émotion. Ruminer votre haine perturbera votre équilibre intérieur et finira par vous coûter la partie.

Le seigneur des Anasati signifia son mépris en choisissant le plus audacieux des deux déplacements à court terme.

— Ah.

Chumaka eut la mauvaise grâce de paraître enchanté alors qu'il retirait la pièce mineure qui venait d'être capturée. La main gauche toujours occupée par ses papiers, il avança immédiatement son prêtre.

Le seigneur des Anasati se mordit les lèvres, vexé. Pourquoi son premier conseiller avait-il joué ainsi ? Absorbé dans ses réflexions pour deviner la logique derrière ce déplacement, Jiro remarqua à peine le messager qui venait d'arriver précipitamment dans la pièce.

Le nouvel arrivant s'inclina devant son maître. Immédiatement après avoir reçu le geste indolent qui lui donnait la permission de se redresser, il remit à Chumaka la sacoche scellée qu'il portait.

— Avec votre permission, maître ? murmura Chumaka.

— La correspondance est codée, n'est-ce pas ? demanda Jiro, qui ne voulait pas être interrompu pendant qu'il réfléchissait à son prochain coup.

Ses mains s'attardaient entre les pièces, pendant que Chumaka s'éclaircissait la gorge. Jiro considéra cette manifestation comme une affirmation.

— C'est bien ce que je pensais, dit-il. Ouvre donc tes dépêches. Et, pour une fois, que les nouvelles qu'elles contiennent perturbent ta concentration.

Chumaka laissa échapper un petit éclat de rire.

— Plus les commérages sont ignobles, et mieux je joue.

Il suivait du regard l'indécision de Jiro avec un amusement qui frôlait presque, mais pas tout à fait, le mépris. Puis il ouvrit la sacoche et utilisa l'ongle du pouce qu'il ne rongeait pas afin de pouvoir l'utiliser pour défaire les nœuds.

Alors qu'il feuilletait les papiers, il haussa les sourcils.

— Ceci est des plus inattendus.

La main du seigneur des Anasati se figea en l'air. Il leva les yeux, intrigué par la surprise de son premier conseiller.

— Quoi ?

Serviteur de deux générations de souverains, Chumaka était rarement pris au dépourvu. Il regarda son maître, les yeux assombris par la spéculation.

— Pardonnez-moi, seigneur. Je parlais de ceci. (Il tira un document de la sacoche. Puis, alors qu'il apercevait à la périphérie de son regard la pièce que Jiro s'apprêtait à saisir, il ajouta :) Votre déplacement est anticipé, maître.

Jiro retira sa main, partagé entre l'irritation et l'amusement.

— Anticipé, marmonna-t-il.

Il se cala à nouveau contre ses coussins, et modifia sa position pour se calmer. En changeant ainsi son point de vue, il voyait l'échiquier sous une nouvelle perspective ; un truc qu'il avait appris très jeune auprès de son père.

Chumaka tapotait sa joue tannée avec le document qui avait provoqué l'interruption, et souriait à sa façon énigmatique. Ordinairement, il aurait souligné une erreur. Mais au shâh, il ne donnait aucun conseil. Il voulait que Jiro paye les conséquences de ses choix.

— Celui-ci, marmonna-t-il, en faisant avec une petite plume une marque sur le parchemin.

Jiro revoyait sa stratégie à une allure folle. Quelle que soit la façon dont il examinait la situation, il ne percevait aucun danger.

— Tu bluffes.

Il avança la main pour déplacer la pièce contestée. Chumaka semblait légèrement écœuré.

— Je n'ai pas besoin de bluffer. (Il avança une autre pièce et déclara :) Votre seigneur de guerre est maintenant menacé.

Jiro vit le piège que son premier conseiller lui avait tendu : sa subtilité l'enrageait. Soit le maître abandonnait le centre de l'échiquier et était forcé de jouer une partie défensive, soit il perdait son seigneur de guerre, la pièce la plus puissante du jeu, et échangeait sa position contre une capacité offensive affaiblie. Le front de Jiro se plissa alors qu'il envisageait plusieurs coups successifs. Quelles que soient les combinaisons qu'il imaginait, il découvrait qu'il n'avait plus aucun moyen de gagner. Son seul espoir était de rechercher une partie nulle.

Il déplaça le prêtre qu'il lui restait.

Chumaka était maintenant plongé dans la lecture. Après le coup de son maître, il jeta cependant un regard vers l'échiquier, captura le prêtre avec un soldat et permit paradoxalement à Jiro de libérer son seigneur de guerre.

Poussé à la prudence par ce sursis, Jiro chercha à extrapoler le jeu aussi loin que possible. Ses réflexions lui suggérèrent trop tard la solution : il vit avec déception qu'il avait été manipulé pour faire le déplacement exact que son premier conseiller désirait. La partie nulle qu'il avait espérée était maintenant impossible, et la défaite n'était plus qu'une question de temps. Prolonger la partie ne servirait à rien... Chumaka semblait par moments inaccessible aux erreurs humaines.

Soupirant de frustration, le seigneur des Anasati abandonna la partie en renversant son empereur.

— Tu as gagné, Chumaka.

Il se frotta les yeux, saisi d'une migraine après toute cette tension nerveuse.

Chumaka lui lança un regard perçant par-dessus sa lettre.

— Votre jeu s'améliore constamment, seigneur Jiro.

Jiro laissa le compliment adoucir la douleur cuisante d'une défaite supplémentaire.

— Je me demande souvent comment tu peux jouer aussi brillamment, alors que ton esprit est absorbé par d'autres sujets, Chumaka.

Le premier conseiller replia vivement le document.

— Le shâh n'est qu'un aspect d'un esprit bien préparé, seigneur. (Retenant l'attention de son maître de ses yeux mi-clos, il ajouta :) Je n'ai aucun truc de stratégie, mais je connais mon adversaire. Je vous ai observé toute votre vie, maître. Depuis votre troisième déplacement, je pouvais deviner dans quelle direction vous alliez. À votre sixième déplacement, j'avais éliminé plus des quatre cinquièmes des possibilités totales du jeu.

Jiro laissa retomber mollement sa main sur ses genoux.

— Comment ?

— Parce que vous ressemblez à la plupart des hommes créés par les dieux, seigneur. On peut s'attendre à ce que vous agissiez d'une certaine manière, influencée par votre caractère. (Chumaka glissa le papier dans une grande poche de sa robe.) Vous avez passé une nuit paisible. Vous avez bien mangé. Même si vous étiez concentré, vous n'étiez pas... affamé. Au troisième déplacement, j'ai deviné que votre jeu refléterait la franchise, et... non l'audace ou le risque. (Accordant à Jiro toute son attention, il résuma :) Le secret est de trouver les indices qui révèlent les pensées de l'adversaire. Apprenez ses motivations, connaissez ses passions, et vous n'aurez pas besoin d'attendre pour savoir ce qu'il fera : vous pourrez anticiper son prochain déplacement.

Jiro lui rendit un sourire sans humour.

— J'espère qu'un jour, un maître de shâh nous rendra visite et pourra t'humilier, Chumaka.

— J'ai été humilié de nombreuses fois, seigneur, ricana le premier conseiller. De nombreuses fois. Mais vous ne l'avez jamais vu. (Son regard passa sur les pièces dérangées, et un souvenir satisfait y brilla.) Jouez contre ceux qui ne vous connaissent pas aussi bien que moi, et vous serez victorieux. En vérité, vous avez un don enviable pour la stratégie. Je ne suis pas un meilleur joueur de shâh que vous, maître. (Le premier conseiller choisit un autre document dans sa sacoche, alors qu'il finissait ses ruminations.) Mais j'ai bien mieux étudié votre personnalité que vous n'avez étudié la mienne.

Jiro se sentit mal à l'aise à l'idée que quelqu'un, même un serviteur aussi loyal que Chumaka, l'ait soumis à un examen aussi minutieux et détaillé. Puis il se reprit rapidement : il était heureux de compter cet homme parmi ses officiers de haut rang. Chumaka avait un rôle de conseiller, de confident et de diplomate. Mieux il connaissait son maître, mieux il servait les Anasati. Le haïr pour cette compétence suprême serait le fait d'un imbécile, l'erreur d'un maître trop orgueilleux pour reconnaître ses propres limites. Jiro se réprimanda pour avoir eu des soupçons égoïstes et indignes de lui, et déclara :

— Qu'est-ce qui t'a tant absorbé ce matin ?

Chumaka fureta dans la sacoche et choisit plusieurs autres lettres. Il poussa l'échiquier sur le côté pour faire de la place et disposa les documents autour de ces genoux.

— J'ai continué à poursuivre cette piste que nous avions sur le réseau d'espionnage des Acoma, et j'ai surveillé ces contacts, comme vous l'aviez demandé. Des nouvelles viennent juste de me parvenir, que j'essaie de faire cadrer avec le reste. (Sa voix se transforma en un murmure inintelligible alors qu'il triait une nouvelle fois ses piles de documents, puis il reprit à voix haute :) Je ne suis pas encore vraiment sûr... (Il passa un papier d'une pile à l'autre.) Excusez ce désordre, maître, mais de telles visualisations m'aident à garder la trace des liens entre les affaires. L'homme est trop souvent tenté de considérer les événements en ligne droite, dans un ordre particulier, alors qu'en réalité, la vie est plutôt... chaotique. (Il se caressa le menton avec le pouce et l'index.) J'ai souvent pensé à me faire construire une table avec des planchettes, pour pouvoir placer des notes à différentes hauteurs, pour mieux accentuer les interconnexions...

L'expérience avait appris à Jiro à ne pas se vexer des lubies de son premier conseiller. Il grommelait quelquefois durant son travail, mais il semblait produire des résultats d'une grande valeur dans ces moments-là. Chaque année, le réseau d'espionnage des Anasati pour lequel Jiro avait dépensé tout ce qu'il avait pu épargner fournissait des informations de plus en plus utiles. D'autres grandes maisons employaient souvent un maître espion pour gérer de telles opérations. Mais Chumaka lui avait vivement conseillé de ne pas laisser quelqu'un d'autre que lui surveiller son travail. Il insistait pour garder le contrôle direct des agents qu'il avait placés dans d'autres maisons, dans les guildes et les centres d'affaires. Même quand Tecuma, le père de Jiro, avait dirigé la maison Anasati, Chumaka avait de temps en temps quitté le domaine pour s'occuper en personne d'un problème particulier.

Même si Jiro s'impatientait devant les bizarreries de son premier conseiller, il savait quand il ne devait pas intervenir. Alors que Chumaka consultait les rapports de ses agents, le seigneur des Anasati remarqua que certains des documents empilés remontaient à presque deux ans. Certains ressemblaient à des notes prises à la hâte par le secrétaire d'un courtier en céréales, qui aurait utilisé les marges pour faire ses comptes.

— Quelle est cette nouvelle information ?

Chumaka ne releva pas les yeux.

— Quelqu'un a tenté de tuer Mara.

C'était une nouvelle capitale ! Jiro se redressa, irrité de ne pas avoir été prévenu immédiatement, et enragé à l'idée qu'une autre faction que les Anasati ait incommodé la dame.

— Comment le sais-tu ?

L'astucieux Chumaka pêcha le papier plié dans sa poche et le tendit à son maître. Jiro lui arracha le message, en lut les premières lignes, puis s'exclama :

— Mon neveu Ayaki est mort !

Le premier conseiller des Anasati interrompit son maître avant qu'il ne puisse se lancer dans une diatribe.

— La nouvelle ne nous parviendra officiellement que demain, seigneur. Cela nous donne aujourd'hui et cette nuit pour envisager notre manière de réagir.

Distrait de l'envie de punir son conseiller pour avoir retenu sans nécessité une information importante, Jiro se détourna pour réfléchir selon l'axe que Chumaka désirait. Politiquement, une inimitié féroce avait toujours opposé les Anasati et les Acoma, jusqu'au mariage entre Mara et Buntokapi. Depuis le suicide rituel de Bunto, son héritier Ayaki constituait un lien de sang entre les deux maisons. Le devoir familial était la seule raison qui avait suspendu les hostilités.

Aujourd'hui, le garçon se trouvait au palais de Turakamu. Jiro ne ressentait personnellement aucun regret à la nouvelle de la mort de son neveu. En fait, il avait enragé à l'idée que son parent mâle le plus proche ait porté le nom haï des Acoma. Mais maintenant, il n'était plus soumis à ce traité irritant qui l'obligeait, en tant qu'Anasati, à s'allier avec les Acoma pour la protection de l'enfant.

Cette contrainte avait enfin disparu. Mara avait nettement échoué dans son devoir de protectrice. Elle avait laissé l'enfant se faire tuer. Les Anasati avaient une excuse publique, non, le devoir honorable, de lancer des représailles pour venger la mort prématurée du garçon.

Jiro avait toutes les peines du monde à ne pas se réjouir ouvertement à l'idée qu'il pourrait enfin commencer sa vengeance contre Mara. Il demanda :

— Comment l'enfant est-il mort ?

Chumaka lança à son maître un regard de reproche direct.

— Si vous aviez lu la fin du document que vous tenez, vous le sauriez.

Le seigneur Jiro eut envie d'affirmer sa position de souverain.

— Pourquoi ne me le dis-tu pas ? C'est ton rôle de me conseiller.

Les yeux ardents et noirs de Chumaka revinrent vers ses papiers. Le vieil homme ne semblait pas irrité par la réprimande de son seigneur. En fait, il répondit sur un ton satisfait et onctueux.

— Ayaki est mort d'une chute de cheval. C'est la raison officielle. Ce que peu de gens savent, et ce qu'ont appris nos agents placés près du domaine acoma, c'est que le cheval aussi est mort. Il est tombé et a écrasé l'enfant après avoir reçu une fléchette empoisonnée.

L'esprit de Jiro rebondit sur les bribes intéressantes de la conversation précédente.

— Un assassin tong, supposa-t-il, dont la véritable cible était dame Mara.

L'expression de Chumaka resta férocement neutre.

— C'est ce qu'indique clairement le document que vous avez entre les mains.

Se sentant d'humeur magnanime, le seigneur Jiro inclina la tête en riant à moitié.

— J'accepte la leçon, premier conseiller. Maintenant, plutôt que te voir utiliser ces nouvelles comme un fouet pour m'instruire, j'aimerais entendre tes conclusions. Le fils de mon ennemie était néanmoins mon parent par le sang. Cette nouvelle me met en colère.

Chumaka se mit à ronger l'ongle du pouce qu'il ne gardait pas aiguisé pour briser les sceaux de sa correspondance. Ses yeux cessèrent de parcourir la page codée qu'il tenait encore, alors qu'il analysait la déclaration de son maître. Jiro ne montrait ouvertement aucune émotion, selon la coutume tsurani. S'il disait qu'il était en colère, il fallait le croire sur parole. L'honneur exigeait que le serviteur croie le maître. Mais Jiro était moins enragé qu'excité, devina Chumaka, ce qui ne présageait rien de bon pour Mara. Débutant tout juste son règne, Jiro ne parvenait pas toujours à envisager les bénéfices de décisions à long terme, comme de permettre à l'alliance entre les Anasati et les Acoma de se dissoudre lentement, en laissant tout simplement faire le temps.

Pendant que son conseiller réfléchissait, les nerfs de Jiro étaient mis à rude épreuve par le silence.

— Qui ? demanda-t-il de mauvaise humeur. Lequel des ennemis de Mara désire sa mort ? Nous pourrions nous faire facilement un allié, si nous sommes audacieux.

Chumaka se rassit plus confortablement et laissa échapper un profond soupir.

Derrière cette attitude de patience indulgente, Jiro se rendit compte que Chumaka était intrigué par le tour inattendu des événements. Le premier conseiller des Anasati était aussi passionné par la politique tsurani qu'un enfant aime les bonbons.

— Je peux imaginer plusieurs possibilités, reconnut Chumaka. Mais les maisons qui ont le courage d'agir manquent de moyens, et celles qui en ont les moyens manquent de courage. Vouloir la mort d'un pair de l'empire est... sans précédent.

Il se mordit la lèvre inférieure, puis fit signe à l'un des domestiques d'empiler les divers documents et de les emporter dans ses appartements. Devant l'impatience de Jiro, il déclara enfin :

— J'aventurerai une supposition : Mara a été attaquée par le tong hamoï.

Jiro rendit le message au domestique avec un sourire de mépris.

— Bien sûr, c'est le tong qui a agi. Mais qui a payé le prix de la mort ?

Chumaka se leva.

— Personne. C'est ce qui rend la chose si élégante. Je pense que le tong a agi pour ses propres raisons.

Surpris, Jiro haussa les sourcils.

— Mais pourquoi ? Que peut donc gagner le tong en tuant Mara ?

Un coursier apparut près de la cloison qui s'ouvrait sur le bâtiment principal du manoir. Il s'inclina, mais avant qu'il puisse parler, Chumaka devina la raison de sa présence.

— Maître, la cour s'est rassemblée, dit-il directement à son seigneur

Jiro fit signe au domestique de partir tout en s'extirpant de ses coussins. Alors que le maître et le premier conseiller marchaient d'un même pas vers la grande salle où le seigneur des Anasati conduisait ses affaires, Jiro réfléchissait à haute voix.

— Nous savons que Tasaio des Minwanabi a payé le tong hamoï pour tuer Mara. Penses-tu qu'il les a aussi payés pour se venger d'elle, en cas de défaite de sa famille ?

— Peut-être. (Chumaka énuméra les possibilités sur ses doigts, une manie qu'il avait quand il ordonnait ses pensées.) Une vengeance posthume des Minwanabi pourrait expliquer une attaque semblant venir de nulle part, les tong ayant choisi d'intervenir après des mois de tranquillité.

S'arrêtant dans l'ombre du couloir qui menait aux doubles portes ouvrant sur la haute salle, Jiro demanda :

— Si les tong agissent selon un contrat conclu avec Tasaio avant sa mort, feront-ils une nouvelle tentative ?

Chumaka haussa les épaules, ses os voûtés saillant comme des perches de tente sous sa robe de soie turquoise.

— Qui peut le dire ? Seul l'obajan des hamoï le sait ; lui seul a accès aux archives qui mentionnent les morts achetées et payées. Si le tong a juré la mort de Mara... il persévérera. S'il a simplement accepté de faire une tentative contre sa vie, il a rempli son obligation. (Il fit un geste d'admiration désabusée.) Certains pourront dire que notre noble pair de l'empire a la chance des dieux. Contre n'importe qui d'autre, l'envoi d'un assassin est une garantie virtuelle de succès. D'autres personnes ont échappé aux tong, une fois, voire deux. D'après mes sources, dame Mara a survécu à cinq tentatives d'assassinat. Son fils n'a pas été aussi chanceux qu'elle.

Les pas de Jiro résonnaient sur les dalles. Les narines du seigneur étaient dilatées, et il vit à peine les deux domestiques qui bondirent de leur poste pour lui ouvrir les portes de la salle d'audience. En passant devant leurs révérences obséquieuses, Jiro fit la grimace. Tenter d'obtenir de son premier conseiller une servilité convenable était une perte de temps. Jiro fit à nouveau la moue.

— Eh bien, il est dommage que l'assassin l'ait manquée. Cependant, nous pouvons encore saisir l'avantage : la mort de son fils va provoquer une grande confusion dans sa maisonnée.

Chumaka s'éclaircit délicatement la gorge.

— Les ennuis nous toucheront aussi, maître.

Jiro s'arrêta brusquement. Ses sandales couinèrent sur le sol lorsqu'il pivota pour faire face à son conseiller.

— Tu veux dire des ennuis pour les Acoma ? Ils ont perdu notre alliance. Non, ils ont craché dessus en permettant qu'Ayaki soit frappé.

Chumaka se rapprocha de son maître, pour que les courtiers qui attendaient à l'autre bout de la pièce pour l'audience ne puissent entendre.

— Parlez à voix basse, le sermonna-t-il. À moins que Mara ne trouve une preuve convaincante que la main de Tasaio des Minwanabi est venue la frapper depuis le palais des morts, il est logique qu'elle nous fasse porter le blâme de cette attaque. (Il ajouta avec acidité :) Vous vous êtes donné beaucoup de mal, lors de la mort du seigneur Tecuma, votre père, pour montrer ouvertement votre hostilité envers sa maison.

— Peut-être, fit Jiro en relevant le menton.

Chumaka ne reprit pas ses remontrances. À nouveau plongé dans sa fascination totale pour le grand jeu, il continua :

— Son réseau est le meilleur que j'ai jamais connu. J'ai une théorie : étant donné son adoption de toute la maisonnée des Minwanabi...

Les joues de Jiro s'empourprèrent.

— Un autre exemple de sa conduite blasphématoire et de son mépris pour les traditions !

Chumaka leva une main pour apaiser son seigneur. En certaines occasions, les raisonnements de Jiro étaient brouillés. Il avait perdu sa mère très jeune, à l'âge de cinq ans, et durant son enfance il s'était accroché de façon irrationnelle à la routine, à la tradition, comme si l'adhésion à l'ordre pouvait le protéger des incohérences de la vie. Il avait toujours tenté de dissimuler son chagrin derrière un mur de logique, ou une dévotion constante à l'idéal tsurani de respectabilité et de noblesse. Chumaka n'aimait pas encourager chez son seigneur ce qu'il considérait comme une dangereuse faiblesse. À son goût, les conséquences politiques d'un tel trait de caractère risquaient de devenir trop restrictives. Le péril, en fait, était immense. Dans une de ses propres manœuvres audacieuses, Chumaka avait pris l'initiative d'engager plus de deux cents soldats anciennement au service des Minwanabi. C'étaient des mécontents, qui nourriraient leur haine envers Mara jusqu'à leur dernier souffle. Chumaka ne les avait pas recueillis par pur plaisir, car il n'était pas déloyal.

Il avait discrètement installé les guerriers dans des baraquements lointains et secrets. Quelques questions prudentes lui avaient montré que Jiro resterait inflexible dans son refus de recevoir le serment de ces hommes pour qu'ils entrent au service des Anasati. D'après la coutume, ces soldats représentaient un véritable anathème. Ils n'avaient plus d'honneur et devaient être tenus à l'écart, de peur que le mécontentement des dieux qui avaient provoqué la chute de leur malheureuse maison ne retombe sur leur bienfaiteur. Mais Chumaka s'était abstenu de les renvoyer. Il n'avait aucun espoir d'obtenir un changement d'attitude de son maître. Mais un outil restait un outil, et ces anciens Minwanabi pourraient un jour s'avérer utiles, si le souverain des Anasati ne pouvait être sevré de sa haine puérile envers Mara.

Si les deux maisons devenaient ennemies, Chumaka savait que de tels guerriers constitueraient un atout, le jour où leurs services deviendraient nécessaires. Mara avait prouvé qu'elle était intelligente. Elle avait provoqué la ruine d'une maison bien plus puissante que la sienne. Il fallait se servir de la ruse pour répondre à la ruse, et Chumaka n'était pas homme à laisser passer une telle opportunité.

En fait, il considérait son secret comme un acte de loyauté. Et de toute façon, Jiro ne pouvait interdire ce qu'il ignorait.

Ces guerriers n'étaient pas tout. Chumaka dut retenir son envie de frotter ses fines mains l'une contre l'autre par plaisir anticipé. Il avait aussi ses espions. Déjà, quelques courtiers autrefois au service des Minwanabi travaillaient maintenant pour les Anasati et non pour les Acoma. Chumaka éprouvait le même plaisir, en faisant entrer ces gens au service de son maître, que lorsqu'il isolait la forteresse ou le prêtre de son adversaire sur un plateau de shāh. Il savait que les Anasati en tireraient à la fin un bénéfice. Son maître devrait alors reconnaître la sagesse de certains choix de Mara.

C'est pourquoi le premier conseiller des Anasati souriait en silence. Il savait toujours jusqu'où il pouvait aller, en contredisant Jiro. Escortant son seigneur vers sa réunion avec les courtiers, il déclara tranquillement :

— Maître, Mara a peut-être fait fi des traditions en prenant à son service les serviteurs de ses ennemis vaincus, au lieu de simplement les anéantir, mais elle a gagné des ressources incommensurables et sa puissance s'est renforcée. Elle était auparavant l'un des joueurs dominants du jeu du Conseil, et l'un des plus dangereux. Par ce coup de maître, elle est devenue le souverain le plus puissant de toute l'histoire de l'empire. À elles seules, les troupes acoma comptent maintenant plus de dix mille épées, et surpassent même les armées de plusieurs petits clans. Le clan Hadama et ses alliés réunis rivalisent même avec les gardes blancs de l'empereur ! (Chumaka devint pensif, et ajouta :) Je pense qu'elle pourrait gouverner l'empire en imposant sa volonté, si elle en avait l'ambition. La Lumière du Ciel n'a certainement pas envie de s'opposer à ses souhaits.

Jiro n'aimait pas qu'on lui rappelle l'ascension rapide de la dame, et se vexa encore plus.

— Qu'importe ! Quelle est ta théorie ?

Chumaka leva un doigt.

— Nous savons que Tasaio des Minwanabi avait employé le tong hamoï. Le tong continue à vouloir la mort de Mara. (En comptant sur un deuxième doigt, il énuméra :) Ces faits sont ou ne sont pas apparentés. Incomo, l'ancien premier conseiller de Tasaio, avait réussi à découvrir que des Acoma avaient infiltré la maisonnée des Minwanabi. Il y eut une profonde agitation ensuite, et un mystère reste entier : notre propre réseau a rapporté que quelqu'un avait tué tous les agents acoma entre le manoir des Minwanabi et la cité de Sulan-Qu.

Jiro eut un geste indifférent.

— C'est donc que Tasaio a fait tuer tous les agents aussi loin qu'il a pu remonter le réseau.

Le sourire de Chumaka devint prédateur.

— Et si ce n'était pas le cas ? (Il releva un troisième doigt.) Voici un autre fait : le tong hamoï a tué des serviteurs, à l'intérieur de la maisonnée des Minwanabi, qui étaient des agents acoma.

La contrariété du seigneur s'intensifia.

— Tasaio a ordonné au tong...

— Non ! l'interrompit Chumaka, manquant être irrespectueux. (Il corrigea rapidement ses manières, et transforma son éclat en leçon politique.) Pourquoi Tasaio louerait-il des tong pour tuer ses propres domestiques ? Pourquoi payer des assassins, alors qu'il lui suffisait de donner un ordre à ses gardes ?

— Je n'avais pas réfléchi à cela, répondit Jiro d'un air désabusé.

Son regard se porta en avant, vers les courtiers impatients qui s'agitaient tandis que le seigneur et le conseiller continuaient à tergiverser au seuil de la porte.

Chumaka ignora leur gêne. C'étaient des serviteurs après tout, et leur rôle était d'attendre le bon plaisir de leur maître.

— Il n'existe aucune raison logique à tout cela, maître. Cependant, nous pouvons faire une supposition : si j'étais la dame des Acoma, et si je souhaitais insulter à la fois le tong et Tasaio, quelle meilleure façon d'y parvenir que d'ordonner au tong, sous de fausses couleurs, de tuer mes propres espions ?

Jiro devint soudain beaucoup plus attentif. Il pouvait suivre le raisonnement de Chumaka, maintenant que celui-ci lui avait donné un premier indice.

— Tu penses que le tong hamoï a des raisons de réclamer une dette de sang à Mara ?

Chumaka se contenta de répondre par un large sourire.

Jiro reprit sa marche. Ses pas résonnèrent dans la vaste salle aux cloisons de papier fermées sur deux côtés. Des reliques de guerre fanées et une collection vénérable de bannières ennemies capturées au combat étaient suspendues aux poutres du plafond. Ces trophées rappelaient une époque où les Anasati s'étaient trouvés au premier plan dans les grandes batailles de l'histoire. La famille avait toujours suivi l'ancienne tradition de l'honneur. Elle s'élèverait bientôt aussi haut, Jiro en fit le vœu ; non, plus haut encore. Car il comploterait lui-même pour s'assurer de la défaite de Mara, et sa victoire retentirait dans tout l'empire.

À lui seul, il prouverait que Mara avait provoqué le déplaisir des dieux en graciant les serviteurs de son ennemi vaincu. À lui seul, il tirerait vengeance de son mépris des anciennes traditions. Lorsqu'elle mourrait, elle lirait dans ses yeux qu'elle avait commis sa pire erreur le jour où elle avait choisi Buntokapi comme époux. À la différence de la splendide haute salle des Minwanabi dont Mara avait hérité, celle des Anasati était aussi rassurante dans sa conception traditionnelle que les rituels anciens des temples. Jiro se complaisait dans cette ambiance. Bien qu'elle ne soit pas différente de la haute salle d'une centaine d'autres souverains, celle-ci était unique : elle était anasati. Les pétitionnaires et les serviteurs de haut rang étaient agenouillés des deux côtés de l'allée centrale. Omelo, le commandant des armées anasati, se tenait au garde-à-vous près de l'estrade sur laquelle Jiro conduisait les affaires de sa cour. Les autres officiers et conseillers de la maisonnée étaient disposés derrière lui.

Jiro monta sur l'estrade, s'agenouilla sur les coussins du seigneur, puis s'assit sur ses talons tout en ajustant sa robe de cérémonie. Avant de faire signe à son hadonra de commencer le conseil de la journée, il déclara à son premier conseiller :

— Renseigne-toi pour savoir si le tong poursuit ou non Mara de son propre chef. Je veux le savoir, pour que nous puissions mettre en application les meilleurs plans quand la nouvelle de la mort d'Ayaki deviendra officielle.

Chumaka frappa dans ses mains et un domestique se présenta derrière lui.

— Que deux coursiers se tiennent prêts dans mes appartements, au moment où je m'y rendrai.

Le domestique s'inclina et sortit en hâte, puis Chumaka fit une profonde révérence à son maître.

— Seigneur, je dois commencer immédiatement mes recherches. Je dispose de nouvelles sources qui pourraient nous fournir de meilleures informations. (Voyant une lueur de dureté s'allumer dans les yeux du seigneur Jiro, Chumaka effleura la manche de son maître.) Nous devons rester mesurés tant que le messager de Mara ne nous aura pas apporté l'annonce officielle de la mort d'Ayaki. Si vous parlez maintenant, votre domesticité se mettra à bavarder. Nous serions mal avisés de donner à notre ennemi la preuve que nous possédons des espions en des endroits sensibles.

Jiro écarta sèchement la main de Chumaka.

— Je comprends, mais ne me demande pas de me montrer négligent ! Toutes les personnes au service des Anasati devront le pleurer. Ayaki des Acoma, mon neveu, a été tué, et les hommes libres de notre maisonnée porteront tous un brassard rouge en signe de deuil. Quand les affaires de la journée seront terminées, tu prépareras une garde d'honneur pour notre départ à Sulan-Qu.

Chumaka ravala sa contrariété.

— Nous assisterons aux funérailles du garçon ?

Jiro laissa échapper un méchant sourire.

— Ayaki était mon neveu. Rester chez nous pendant que l'on honore ses cendres serait admettre notre responsabilité, ou faire preuve de lâcheté. Nous ne sommes coupables ni de l'un ni de l'autre. Il était peut-être le fils de mon ennemie, et plus rien ne m'empêchera maintenant de détruire sa mère, mais du sang anasati coulait dans ses veines ! Il mérite le respect auquel a droit un petit-fils de Tecuma. Nous apporterons une relique de notre famille pour qu'elle soit brûlée avec lui. (Les yeux de Jiro étincelaient alors qu'il finissait :) La tradition exige notre présence !

Chumaka garda pour lui ses réserves sur cette décision, et s'inclina pour signifier qu'il avait compris les ordres de son maître. Bien que le rôle d'un premier conseiller soit d'aider son seigneur à prendre les décisions politiques de sa maison, Chumaka était généralement irrité par les responsabilités plus mondaines de sa charge. Le jeu du Conseil avait changé de façon dramatique depuis que Mara des Acoma était entrée dans l'arène. Mais c'était toujours le grand jeu, et rien dans la vie ne fascinait plus le conseiller que le puzzle de la politique tsurani. Il se leva, aussi excité par la chasse qu'un chien courant.

Presque heureux en dépit de la perspective de développements funestes, le premier conseiller quitta la haute salle en marmonnant la liste des instructions qu'il donnerait à ses coursiers. Des pots-de-vin importants seraient nécessaires pour obtenir les informations qu'il désirait, mais si la moindre bribe de renseignement pouvait prouver sa théorie de ce matin, les gains surpasseraient largement le coût de l'opération. Alors que Chumaka s'arrêtait afin de laisser aux domestiques le temps de lui ouvrir la porte, ses lèvres esquissaient un sourire impie.

Des années s'étaient écoulées depuis qu'il avait mesuré son intelligence à celle d'un adversaire de valeur ! Dame Mara allait lui offrir beaucoup d'amusement si rien ne venait diminuer l'obsession du seigneur Jiro, et si les Anasati voulaient provoquer la ruine de sa maison.

Mara s'agitait dans son sommeil. Ses gémissements angoissés déchiraient le cœur d'Hokanu, et il souhaitait ardemment pouvoir l'aider, la toucher, lui murmurer quelques paroles pour diminuer sa souffrance. Mais elle avait très peu dormi depuis la mort d'Ayaki, et ces cauchemars lui offraient tout de même un peu de répit. L'éveiller la forcerait à reprendre conscience de son deuil, et l'obligerait à supporter à nouveau cette tension écrasante.

Hokanu soupira et regarda les motifs que le clair de lune dessinait sur les cloisons. Dans les recoins, les ombres lui semblaient plus sombres que jamais. Même le doublement de la garde à chaque porte et à chaque fenêtre ne lui permettait pas de retrouver la sensation perdue de paix. L'héritier des Shinzawaï, époux du pair de l'empire, était maintenant un homme seul, qui n'avait plus que son intelligence et son amour à offrir à une femme troublée. L'air nocturne était frais, ce qui était inhabituel pour des terres situées dans la province de Szetac. La proximité du lac en était peut-être la cause. Hokanu se leva et enfila la robe légère qu'il avait ôtée le soir précédent. Il en resserra la ceinture puis s'installa pour surveiller la natte de couchage, les bras fermement croisés sur la poitrine.

Il veilla, pendant que Mara s'agitait dans les draps. La chevelure de la jeune femme ressemblait à un fragment de nuit s'attardant dans l'air qui s'éclaircissait peu à peu. Le clair de lune cuivré s'évanouissait lentement, remplacé par une aube grise. La cloison qui s'ouvrait sur leur terrasse privée passait doucement du noir au gris perle.

Hokanu réprima une envie de faire les cent pas. Mara s'était éveillée durant la nuit, et avait sangloté dans ses bras en prononçant le nom d'Ayaki. Il l'avait serrée contre lui, mais sa chaleur ne l'avait pas réconfortée. Hokanu grinça des dents à ce souvenir. Il affronterait volontiers un ennemi sur un champ de bataille, mais ce chagrin... Un enfant mort alors que son avenir venait à peine de se dévoiler... Il n'existait aucun remède sous le ciel qu'un époux puisse offrir. Seul le temps atténuerait la douleur.

Hokanu n'était pas homme à jurer. Contrôlé et aussi tendu que les cordes les plus aiguës d'un tiral, il ne se permettait aucune faiblesse : rien ne devait déranger son épouse. Silencieux et gracieux comme un fauve, il fit coulisser la porte juste assez pour la franchir. La journée était trop belle, pensait-il en regardant le ciel vert pâle. Il aurait dû y avoir des orages, des rafales de vent, et même des éclairs et de la pluie. La nature elle-même aurait dû s'en prendre à la terre en ce jour des funérailles d'Ayaki.

De l'autre côté de la colline, dans le vallon devant les rives du lac, les préparatifs s'achevaient. Le bûcher s'élevait comme une pyramide de bois. Sur l'ordre d'Hokanu, Jican avait puisé sans compter dans le trésor des Acoma, et s'était assuré que seul du bois aromatique avait été acheté. La puanteur de la chair et des cheveux brûlés n'offenserait pas les sens des personnes qui assisteraient aux funérailles, ni la mère du garçon. Hokanu serra les dents. Mara ne disposerait d'aucune intimité dans ces circonstances douloureuses. Elle s'était élevée trop haut sur l'échelle sociale, et les funérailles de son fils seraient une cérémonie d'État. Des souverains viendraient de toutes les régions de l'empire pour lui témoigner leur respect – ou pour continuer leurs intrigues et leurs complots. Les chagrins, les joies, et même les catastrophes naturelles n'arrêtaient pas le jeu du Conseil. Comme une pourriture invisible s'attaquant au bois sous une couche de peinture, les circonstances qui avaient provoqué la mort d'Ayaki se répéteraient encore et encore...

Au nord, un nuage de poussière s'éleva à l'horizon. Des invités qui arrivaient déjà, supposa Hokanu. Il regarda à nouveau son épouse, rassuré de voir que ses rêves s'étaient calmés. Il franchit silencieusement la porte, donna quelques instructions au jeune coursier, et prit des dispositions pour que les servantes de la dame se trouvent à ses côtés quand elle s'éveillerait. Puis il laissa libre cours à sa nervosité et passa sur la terrasse.

Le manoir commençait à s'animer. Il vit Jican traverser presque en courant la cour située entre l'aile des cuisines et les quartiers des domestiques, où des blanchisseuses entraient déjà en hâte dans les chambres d'invités, des paniers de draps propres sur la tête. Vêtus pour la visite de personnages importants, des guerriers en armure de parade venaient relever la garde de nuit. Au milieu de cette atmosphère générale d'efficacité, deux silhouettes se promenaient du même pas près du lac, apparemment sans destination particulière. Hokanu éprouva immédiatement quelques soupçons, jusqu'à ce qu'il reconnaisse les deux hommes en regardant plus attentivement. Puis la curiosité le poussa à traverser la terrasse et à descendre les escaliers donnant accès aux jardins inférieurs.

Avançant tranquillement entre deux rangées de massifs d'akasi, Hokanu confirma sa première impression : Incomo et Irrilandi marchaient devant lui d'un pas tranquille, apparemment perdus dans leurs pensées. Mais l'ancien premier conseiller et l'ancien commandant de Tasaio des Minwanabi ne se promenaient pas sans but.

Intrigué par ce que ces deux anciens ennemis devenus de loyaux serviteurs pouvaient faire si tôt en cette triste journée, Hokanu se glissa silencieusement derrière eux.

Les deux hommes atteignirent le bord du lac. Le conseiller frêle comme un roseau et le guerrier au visage tanné et aux muscles endurcis s'agenouillèrent tous deux sur une petite éminence. Dans l'étroite bande de ciel entre les avant-toits en volutes de la grande demeure et la colline devant laquelle elle était construite, quelques nuages roses dérivaient, orangés par les premiers rayons dorés d'un soleil encore invisible.

Les deux hommes étaient assis comme s'ils priaient. Hokanu se rapprocha silencieusement. Pendant plusieurs minutes, le seigneur et les deux serviteurs formèrent un tableau figé. Puis l'aurore perça la pénombre et un rayon de soleil traversa le ciel, faisant étinceler une formation cristalline au sommet de l'éminence. Un éclair éblouit les trois hommes. La chaleur et les premières lueurs de l'aube baignèrent cet endroit calme et retiré, et les gouttelettes de rosée scintillèrent soudain comme des pierres précieuses. Irrilandi et Incomo s'inclinèrent jusqu'à ce que leur front touche le sol, répétant doucement des paroles qu'Hokanu ne parvenait pas à distinguer.

Pendant ce bref instant, le fils des Shinzawaï fut presque aveuglé par un éclair soudain, qui disparut quand l'angle des rayons du soleil levant changea.

Les deux hommes achevèrent leur étrange rituel et se relevèrent. Les yeux d'Irrilandi, aguerris par les combats, furent les premiers à repérer quelque chose d'anormal dans le matin tranquille. Il vit le seigneur qui attendait non loin d'eux, et s'inclina.

— Maître Hokanu, dit-il.

Surpris, Incomo imita son geste. Hokanu fit signe aux deux serviteurs de se diriger vers le manoir.

— Je ne pouvais pas dormir, expliqua-t-il d'un air désabusé. Je vous ai vus marcher tous les deux et je suis venu voir ce qui vous avait conduits ici.

Irrilandi eut un haussement d'épaules tsurani.

— Chaque jour, avant le lever du soleil, nous venons offrir nos remerciements.

Le silence d'Hokanu semblait demander une explication supplémentaire, même si le seigneur ne regardait personne et se contentait d'étudier ses pieds nus qui foulaient l'herbe humide de rosée.

Incomo s'éclaircit la gorge dans ce qui aurait pu passer pour de l'embarras.

— Nous venons ici chaque matin pour assister au lever du jour. Et pour offrir nos remerciements aux dieux, depuis que le noble pair de l'empire est venu habiter dans cette demeure.

Il regarda l'immense manoir, avec ses pignons à auvent, ses colonnades de pierre et ses cloisons aux linteaux pavoisés d'écarlate en hommage à Turakamu, le dieu Rouge, qui durant les rites de la journée accueillerait l'esprit d'Ayaki dans sa demeure. Incomo expliqua à Hokanu :

— Quand notre dame a provoqué la ruine de Tasaio, nous nous attendions tous à mourir ou à être réduits en esclavage. Au lieu de cela, nous avons reçu le cadeau de l'avenir : une nouvelle chance de servir et de gagner de l'honneur. Alors, à chaque lever du soleil, nous offrons des prières de remerciements pour cette grâce et pour le noble pair de l'empire.

Hokanu hocha la tête. Il n'était pas surpris par la dévotion de ces deux grands serviteurs. Le peuple adorait Mara, le nouveau pair de l'empire. Son personnel la servait avec une affection qui confinait à la crainte religieuse. Et, en vérité, elle aurait besoin du soutien total de sa maisonnée pour supporter son deuil. Un souverain détesté par ses gens pouvait s'attendre à ce qu'un désastre de cette ampleur rende son personnel hésitant. Des officiers occupant les rangs les plus élevés jusqu'aux plus humbles des esclaves, tout le monde risquait de s'inquiéter à l'idée que le ciel ait retiré la chance de la maison. Même sans le problème de la désapprobation divine, des ennemis mortels pouvaient profiter de cette opportunité et frapper quand les Acoma étaient plongés dans la confusion. La superstition se nourrissait de ses propres conséquences, puisqu'une maison affaiblie subissait des catastrophes, semblant ainsi attirer le mécontentement des dieux.

Hokanu ressentit une brève bouffée d'irritation. Dans cet empire, un trop grand nombre d'événements se mordaient la queue, jusqu'à ce que des siècles de coutumes rigides conduisent sa société vers la stagnation et l'inertie.

C'était ce cercle vicieux que Mara, Ichindar, l'empereur des nations, et lui s'étaient voués à briser.

La mort prématurée d'Ayaki représentait bien plus que de la douleur et du chagrin. Elle pouvait devenir un revers politique majeur et se transformer en cri de ralliement pour tous les souverains mécontents des récents changements. Si les Acoma montraient le moindre signe d'hésitation, il y aurait un affrontement. Et au cœur de la faction qui proclamait son adhésion rigide aux anciennes traditions, la voix des Anasati serait la plus forte.

Les invités ne viendraient pas aux funérailles pour observer la crémation du défunt et la fumée de son bûcher monter en spirale vers le ciel. Non, ils se surveilleraient les uns les autres comme des chiens affamés, et dame Mara serait assurément soumise à l'examen le plus minutieux. Tenaillé par la crainte, car il savait que sa dame était trop perdue dans sa douleur pour se soucier des problèmes périphériques, Hokanu poussa le portail ornementé pour traverser le jardin. Il avait oublié les deux hommes qui marchaient à ses côtés jusqu'à ce qu'Incomo déclare :

— Le premier conseiller Saric a tout arrangé, maître. Des divertissements ont été préparés pour les invités, et les gardes d'honneur de tous les souverains, sauf celles des plus importants, ont été cantonnées dans la garnison de l'autre côté du lac. Le bûcher a été imprégné d'huiles aromatiques, et tout a été organisé pour que la cérémonie soit la plus brève possible.

Hokanu ne trouva aucun réconfort dans les paroles d'Incomo. En soulignant de tels points, le conseiller montrait qu'il partageait son inquiétude. Le jeu continuerait, que la dame Mara puisse ou non se reprendre et le supporter.

— Nous ne ménagerons pas les honneurs rendus au jeune maître défunt, ajouta Irrilandi. Mais je vous suggère de rester au côté de votre dame, et de vous préparer à interpréter ses instructions.

Poliment, avec tact, l'officier et le conseiller de la maison Acoma reconnaissaient que leur maîtresse n'avait pas retrouvé ses moyens. Hokanu sentit une vague de gratitude l'envahir devant l'attitude de ces hommes, qui se préparaient tranquillement et fermement à couvrir les défaillances de leur dame. Il tenta de les rassurer, de leur montrer que la maison Acoma ne se débattrait pas dans les courants tumultueux du malheur comme un navire sans gouvernail.

— Je serai avec ma dame. Elle est touchée par votre dévouement et aimerait que je vous dise de ne pas hésiter à vous approcher si vous éprouvez des difficultés ou si vous avez des soucis.

Un regard de connivence passa entre le maître et les serviteurs. Puis Irrilandi s'inclina :

— Plus d'un millier de soldats ont prié Turakamu de les prendre à la place du jeune maître.

Hokanu hocha la tête avec respect. Ces soldats porteraient les armes durant les funérailles pour témoigner de leur vœu, exerçant un véritable effet dissuasif sur les seigneurs qui pourraient envisager de provoquer des troubles et ne pas respecter l'hospitalité des Acoma.

Ce nombre représentait également un grand honneur pour Ayaki. Le dévouement de ces hommes montrait aussi que dans les baraquements, la rumeur reconnaissait les conséquences politiques de ce qui était bien plus qu'une tragédie personnelle. Les seigneurs qui viendraient aujourd'hui se rassembleraient en cercle comme des jaguna, des charognards, pour voir quel butin ils pourraient arracher aux crocs du malheur.

Hokanu reçut les révérences des deux hommes, puis regarda par-dessus son épaule vers le lac, où des nefs d'apparat rejoignaient rapidement les quais. Des bannières flottaient au sommet des perches, et le chant des rameurs portait loin sur les eaux. Dans peu de temps, le domaine silencieux deviendrait une arène politique. Hokanu considéra la grande demeure de pierre qui avait été le foyer des Minwanabi durant des siècles. La résidence avait été conçue comme une forteresse, mais aujourd'hui il fallait inviter les ennemis à l'intérieur même de ses murs. Le prêtre de Chochocan, le dieu Bon, avait béni le domaine et Mara avait veillé à ce que le natami des Minwanabi soit placé dans une clairière isolée, pour que l'on puisse se souvenir d'une maison autrefois prestigieuse. Mais en dépit de ces mesures et des paroles de réconfort des prêtres, qui avaient assuré au noble pair de l'empire que ses actes lui avaient valu la faveur divine, Hokanu ravala un sentiment de crainte. Les profondeurs des avant-toits semblaient dissimuler des ombres d'où les fantômes des ennemis observaient la douleur de Mara en riant silencieusement.

Hokanu souhaita un instant avoir passé outre le choix audacieux de Mara, et choisit d'adhérer aux coutumes de la conquête exigeant que la demeure soit détruite. Chaque pierre aurait dû être portée jusqu'au lac et jetée dans ses profondeurs, chaque pièce de bois et chaque champ auraient dû être brûlés, et ces acres de terre fertile semées de sel. Selon les coutumes que tout le monde respectait depuis des siècles, un sol malchanceux ne devait rien nourrir, pour que le cycle des événements maudits puisse être brisé pour l'éternité. Malgré la beauté de ce domaine et de ces terres quasi imprenables, Hokanu dut réprimer une prémonition glaciale. Il lui semblait qu'il ne trouverait jamais le bonheur avec Mara tant qu'ils vivraient sous ce toit.

Mais ce n'était pas le moment de broyer du noir, alors que les invités de haut rang se pressaient déjà sur le débarcadère. Le consort du pair de l'empire redressa les épaules, et se prépara à la prochaine épreuve. Mara devait montrer un stoïcisme tsurani bienséant malgré sa douleur insurmontable. La mort de son père et de son frère, qui avaient été des guerriers, avait été une chose. La perte de son fils était bien pire. Intuitivement, Hokanu sentait que c'était le plus terrible coup du sort qui pouvait frapper la femme qu'il aimait plus que sa propre vie. Pour elle, il devait se montrer fort aujourd'hui, être une armure contre le déshonneur public. Même s'il était toujours l'héritier loyal des Shinzawaï, il adoptait l'honneur acoma comme sien.

Sûr et résolu, il retourna vers la terrasse située devant les appartements où dormait sa dame. Comme les cloisons n'étaient pas encore ouvertes, il comprit que les servantes l'avaient laissée se reposer sans la déranger. Il fit glisser silencieusement le panneau dans son rail et entra. Il ne parla pas, mais laissa la douce chaleur de la lumière du jour tomber sur la joue de son épouse.

Mara remua. Ses mains se refermèrent sur les draps emmêlés, ses yeux clignèrent et s'ouvrirent. Elle eut un hoquet et se redressa brusquement. Elle balaya la pièce du regard dans un accès de terreur, jusqu'à ce qu'Hokanu s'agenouille et la prenne dans ses bras.

Son teint était si pâle qu'elle donnait l'impression de ne pas avoir dormi du tout.

— Est-ce l'heure ?

Hokanu lui caressa l'épaule, alors que les servantes qui attendaient dans le couloir se précipitaient en entendant la voix de leur maîtresse.

— Le jour se lève, répondit-il.

Il aida doucement sa dame à se relever. Après lui avoir laissé le temps de retrouver son équilibre, il recula et fit signe aux domestiques d'accomplir leurs tâches. Mara restait debout, la mine lugubre, tandis que ses servantes préparaient son bain et ses vêtements. Hokanu endura le spectacle de son air hébété sans montrer la colère qui régnait dans son cœur. Si Jiro des Anasati était responsable de la douleur de sa dame, l'héritier des Shinzawaï fit le vœu de faire souffrir cet homme. Puis, se rendant compte qu'il était lui-même très peu vêtu en surprenant le regard admiratif de l'une des femmes de chambre de Mara, il oublia ses pensées vengeresses. Il frappa dans ses mains pour faire venir ses valets, et supporta leurs attentions en silence pendant qu'ils le vêtaient des robes de cérémonie choisies pour les funérailles d'Ayaki.

La foule avait envahi les collines environnant le manoir des Acoma. On pouvait distinguer les couleurs d'un millier de maisons, chaque assistant portant une ceinture, des nœuds ou des rubans écarlates en hommage au dieu Rouge, le frère de Sibi, Celle qui est la Mort, et seigneur de tous les êtres vivants. Cette couleur symbolisait aussi le sang du cœur du jeune garçon, qui ne battait plus pour revêtir son esprit de chair. Six mille soldats au garde-à-vous flanquaient le vallon où attendait le bûcher. Les guerriers acoma qui avaient voué leur vie au défunt se tenaient au premier rang, dans leur armure laquée de vert. Puis s'alignaient les soldats vêtus de bleu du consort shinzawaï de Mara. La garde impériale portant le blanc galonné d'or, envoyée par Ichindar pour transmettre ses condoléances, s'était rangée derrière eux. Kamatsu des Shinzawaï, le père d'Hokanu, venait ensuite, puis les familles du clan Hadama, qui avaient toutes des liens de sang avec Ayaki. Enfin, les maisons venues présenter leurs respects ou se lancer dans une nouvelle manche du grand jeu attendaient, réunies en une grande foule informe.

Les guerriers restaient aussi immobiles que des statues, la tête inclinée, la pointe de leur bouclier reposant sur le sol. Une épée était posée devant chacun d'eux, la pointe vers le bûcher, et croisée avec son fourreau vide. Derrière les soldats, en haut de la colline, les membres de la maisonnée se tenaient à une distance respectueuse du cortège, cédant la place aux puissants de l'empire venus dire adieu à un jeune garçon.

Des trompes sonnèrent, lançant la procession. Dans l'ombre du portique extérieur où les conseillers et officiers des Acoma s'étaient rassemblés, Mara lutta contre la faiblesse qui lui coupait les jambes. Elle sentit la main d'Hokanu sous son coude, mais son esprit n'enregistra pas la signification de cette sensation. Ses yeux, à demi dissimulés derrière le voile rouge du deuil, étaient fixés sur la litière où reposait le corps immobile de son fils. Le cadavre de l'enfant avait été revêtu d'une armure superbe, et ses mains se refermaient sur la poignée d'une rarissime épée de métal. La main écrasée par la chute avait été recouverte d'un gantelet par souci de décence, et sa poitrine brisée était cachée par la cuirasse et un bouclier au blason de shatra en feuilles d'or.

Il ressemblait à un guerrier endormi, prêt à répondre à l'appel des armes et à combattre dans la gloire et l'honneur de sa jeunesse.

Mara sentit sa gorge se nouer. Aucun événement antérieur, placer les reliques de son père et de son frère dans le jardin sacré de sa famille pour les pleurer, endurer la brutalité de son premier époux, perdre l'homme qui lui avait fait découvrir la passion de l'amour, la mort de sa bien-aimée mère adoptive... Rien ne se comparait à cet instant de pure horreur.

Même maintenant, elle ne pouvait croire, et encore moins accepter, la finalité de la mort de son premier-né. Cet enfant avait rendu sa vie supportable durant son premier mariage malheureux. Le rire insouciant du nourrisson avait chassé le désespoir, quand elle affrontait des ennemis trop puissants pour les moyens de défense de sa maison. Ayaki lui avait donné le courage de continuer. Grâce à son obstination et à un désir féroce de le voir vivre pour continuer la lignée des Acoma, Mara avait accompli l'impossible.

Aujourd'hui, tout cela allait être transformé en cendre. En ce jour maudit, un garçon qui aurait dû survivre à sa mère deviendrait une colonne de fumée assaillant les narines du ciel.

Un pas derrière Mara, le petit Justin demanda d'une voix maussade qu'on le prenne dans les bras. Sa nourrice le cajola pour qu'il reste debout sans faire de bruit. Sa mère semblait sourde à sa détresse, enfermée dans ses pensées lugubres. Elle avançait comme un automate, guidée par Hokanu, pendant que sa suite se préparait à lui emboîter le pas.

Les tambours résonnèrent. Leur rythme vibra dans l'air. Un acolyte vêtu d'écarlate plaça un roseau-ké teint en rouge dans les mains insensibles de la dame. Les doigts d'Hokanu se refermèrent sur ceux de son épouse, élevant le roseau avec elle de peur qu'elle laisse tomber le symbole religieux.

La procession avança. Hokanu prit Mara par la taille et la soutint durant la lente marche. Pour lui faire honneur, il avait délaissé l'armure bleue des Shinzawaï pour porter le vert des Acoma et un casque d'officier. Mara percevait confusément le chagrin de son époux, et dans une certaine mesure la peine de ses serviteurs – le hadonra, qui avait si souvent grondé le garçon pour avoir renversé de l'encre dans le scriptorium ; les nourrices et les précepteurs, qui avaient tous eu des bleus après ses crises de rage ; les conseillers, qui avaient de temps en temps souhaité avoir en main une épée de guerrier pour faire entrer un peu de bon sens dans la tête malicieuse du garçon, en lui frappant les fesses du plat de la lame. Les domestiques, les servantes et même les esclaves avaient apprécié l'esprit vif et joyeux d'Ayaki.

Mais ils n'étaient que des ombres, et leurs paroles de consolation que du bruit. Rien de ce que le monde pouvait dire ou faire ne semblait pénétrer la désolation dans laquelle était plongée la dame des Acoma.

Mara sentit la main d'Hokanu se poser doucement sur son bras, la guidant vers les escaliers aux marches basses. La première délégation officielle l'y attendait : celle d'Ichindar, éblouissante dans ses vêtements blanc et or. Mara pencha la tête alors que le cortège royal s'inclinait devant elle ; elle resta silencieuse derrière son voile pendant qu'Hokanu murmurait les phrases de circonstance.

On la fit avancer devant le seigneur Hoppara des Xacatecas, un allié si fidèle. Elle se comportait aujourd'hui devant lui comme devant un étranger, et seul Hokanu entendit les paroles bienveillantes et compréhensives du jeune homme. À son côté, toujours aussi élégante, la dame douairière des Xacatecas regardait le noble pair avec des yeux qui semblaient plus exprimer la clémence que la sympathie.

Quand Hokanu s'inclina devant elle, la dame Isashani prit le temps de lui saisir la main.

— Restez près de votre dame, l'avertit-elle, alors qu'elle donnait l'impression à l'assistance de présenter ses condoléances personnelles. Son esprit est encore en état de choc. Il est très probable qu'elle ne comprendra pas les conséquences de ses actes pendant quelques jours encore. Des ennemis chercheront sûrement à la provoquer pour gagner un avantage.

La politesse d'Hokanu prit une note sinistre alors qu'il remerciait la mère du seigneur Hoppara de ses prévenances.

Mara n'avait aucune conscience de ces nuances, pas plus que de l'habileté avec laquelle Hokanu détourna les insultes voilées des Omechan. Elle faisait la révérence au signal discret de son époux, et ne se souciait pas des murmures qui suivaient son passage. On chuchotait qu'elle s'était inclinée plus que nécessaire devant le seigneur Frasaï des Tonmargu ; que le seigneur des Inrodaka avait remarqué que ses mouvements manquaient de sa grâce et de son ardeur caractéristiques.

Elle n'avait plus de but dans la vie au-delà du petit corps fragile qui gisait sur la litière, dans son dernier repos.

Le cortège suivait d'une démarche pesante le rythme étouffé des coups de tambour. Le soleil montait à l'horizon tandis que la procession avançait lentement vers le vallon où l'on avait préparé le bûcher. Hokanu murmura quelques paroles polies à tous les souverains qui méritaient une salutation personnelle. Un dernier contingent, vêtu d'un noir profond, attendait entre la litière et le bûcher.

Touché par une crainte révérencieuse, Hokanu se força à faire le pas suivant, sa main se serrant sur le coude de Mara. Si la jeune femme comprit qu'elle se trouvait devant cinq Très-Puissants, des magiciens de l'Assemblée, elle n'en donna pas le moindre signe. Que ces personnes soient au-dessus des lois et qu'elles aient choisi d'envoyer une délégation lors de ces funérailles ne la fit même pas s'arrêter. Hokanu fut le seul à réfléchir aux conséquences de leur présence, et à trouver que, dernièrement, les Robes Noires avaient semblé s'intéresser beaucoup plus que d'habitude aux courants de la politique. Mara s'inclina devant les Très-Puissants comme elle l'avait fait devant tous les autres seigneurs, sans se soucier des paroles de sympathie que lui offrait le corpulent Hochopepa, qu'elle avait rencontré à l'occasion du suicide rituel de Tasaio. La gêne toujours présente quand Hokanu se trouvait face à son véritable père lui échappa complètement. Le regard glacial du magicien aux cheveux roux qui se tenait derrière Shimone, plus taciturne, ne la déconcerta pas. Qu'elles soient hostiles ou bienveillantes, les paroles des magiciens ne parvinrent pas à percer son apathie. Toutes les vies que leurs pouvoirs pouvaient menacer n'avaient pas autant de valeur que celle que Turakamu et le jeu du Conseil avaient déjà jugé bon de lui prendre.

Mara entra dans le cercle rituel autour du bûcher. Elle regarda avec des yeux durs comme la pierre son commandant soulever la forme trop immobile de son fils, et la déposer avec tendresse sur sa dernière couche de bois. Il redressa l'épée, le casque et le bouclier, puis recula, sans la moindre désinvolture dans son attitude.

Mara sentit le léger signal d'Hokanu. Engourdie, elle avança pendant que les tambours résonnaient une dernière fois derrière elle, avant de se taire. Elle posa le roseau-ké sur le corps d'Ayaki, mais ce fut Hokanu qui éleva la voix pour pousser la lamentation traditionnelle :

— Nous sommes rassemblés ici pour commémorer la vie d'Ayaki, fils de Buntokapi, petit-fils de Tecuma et de Sezu !

Mara se rendit compte que la phrase était bien trop courte, et fronça confusément les sourcils. Où donc était la liste des exploits de son fils aîné ?

Un silence embarrassant s'installa, jusqu'à ce que Lujan avance, mû par le regard désespéré d'Hokanu, et dirige doucement Mara pour l'orienter vers l'est.

Le prêtre de Chochocan approcha, vêtu de la robe blanche qui symbolise la vie. Il ôta son manteau et dansa, nu comme au jour de sa naissance, pour célébrer l'enfance.

Mara ne regardait pas la danse. Elle ne ressentait aucun sentiment d'expiation, et se sentait toujours coupable d'avoir relâché sa vigilance et provoqué ce désastre. Alors que le prêtre s'inclinait jusqu'à terre devant le bûcher, elle se dirigea vers l'ouest quand on le lui indiqua. Les sifflets des serviteurs de Turakamu fendirent l'air et le prêtre du dieu Rouge commença sa danse, pour garantir le passage d'Ayaki jusqu'au palais de son maître. Jusqu'à maintenant, il n'avait jamais eu à illustrer un animal du monde barbare, et sa représentation des déplacements d'un cheval aurait été risible si tout cela ne s'était pas terminé par une chute mortelle, qui avait écrasé tant de jeunes espoirs.

Les yeux de Mara restaient secs. Elle sentait son cœur s'endurcir jusqu'au tréfonds de son âme. Elle n'inclina pas la tête pour prier alors que les prêtres avançaient et coupaient la cordelette rouge qui liait les poignets d'Ayaki, libérant ainsi son esprit pour qu'il puisse renaître. Elle ne pleura pas et n'implora pas la faveur des dieux quand le tirik au blanc plumage, symbole de renaissance, fut libéré.

Le prêtre de Turakamu entonna sa prière pour Ayaki.

— À la fin, tous les hommes viennent devant mon dieu. Le dieu de la mort est un seigneur miséricordieux, car il abrège les souffrances et la douleur. Il juge ceux qui viennent devant lui et récompense la vertu. (D'un geste large de la main et en hochant sa tête couverte d'un masque en forme de crâne, le prêtre ajouta :) Il comprend les vivants et connaît la peine et le chagrin. (La baguette rouge désigna le bûcher et le garçon revêtu de son armure.) Ayaki des Acoma était un bon fils, engagé avec fermeté sur le sentier que ses parents avaient souhaité le voir emprunter. Nous ne pouvons que penser que Turakamu l'a jugé digne, et l'a rappelé à lui pour qu'il puisse nous revenir avec un destin encore plus grandiose.

Mara serra les dents pour ne pas pleurer. *Quelle prière pourrais-je prononcer sans qu'elle soit teintée de rage ? À part devenir le fils de la Lumière du Ciel lui-même, quelle renaissance serait plus honorable que d'être l'héritier des Acoma ?* Mara frissonna sous l'effet de sa rage contenue, et les bras d'Hokanu se refermèrent sur elle. Il lui murmura quelque chose qu'elle n'entendit pas quand les torches furent ôtées de leur support autour du cercle rituel. Le bois aromatique s'enflamma et un anneau glacial s'enroula autour du cœur de Mara. Elle regardait les flammes jaune et rouge monter vers le ciel, ses pensées très éloignées de l'instant présent.

Quand le prêtre de Juran le Juste approcha pour offrir sa bénédiction, seule une petite secousse discrète d'Hokanu l'empêcha de le maudire, de lui demander quelle sorte de justice existait dans ce monde où les petits garçons mourraient sous les yeux de leur mère.

Les flammes montèrent vers le ciel, puis engloutirent le bûcher dans un rugissement. Le bois traité épargna à l'assistance le spectacle du corps du garçon se recroquevillant et noircissant dans l'embrasement. Mais Mara regardait fixement le bûcher, toutes les fibres de son corps révulsées par l'horreur. Son imagination lui montrait ce qui se trouvait au cœur d'une clarté trop éblouissante pour être contemplée ; dans son esprit résonnaient les hurlements que le jeune garçon n'avait jamais poussés.

— Ayaki, murmura-t-elle.

La main d'Hokanu se serra avec suffisamment de force pour lui rappeler momentanément les convenances...

Pour lui rappeler le masque stoïque et rigide qu'un pair de l'empire doit arborer pour exprimer sa douleur en public. Mais l'effort de garder un visage impassible suffit à la faire trembler de tous ses membres.

Pendant de longues minutes, le craquement des flammes rivalisa avec les voix des prêtres qui chantaient leurs différentes prières. Mara lutta pour contrôler sa respiration et oublier la réalité monstrueuse où son enfant défunt disparaissait dans un nuage de fumée.

S'il s'était agi des funérailles d'une personne de moindre rang, l'instant aurait été venu pour les invités de partir discrètement, laissant aux proches du défunt un moment de deuil privé. Mais pour le décès des puissants, on s'abstenait d'une telle courtoisie. Rien ne fut épargné à Mara. Sur le devant de la scène, sous l'œil de la foule, elle restait immobile pendant que les acolytes de Turakamu lançaient de l'huile consacrée sur les flammes. Des vagues de chaleur montaient du bûcher, rougissant la peau de la jeune femme. Si elle versa quelques larmes, elles séchèrent en quelques secondes devant ce cruel brasier. Au-dessus du mur de flammes tourbillonnantes, une épaisse fumée noire s'enroulait vers le ciel, signifiant aux cieux qu'un esprit honorable s'en allait.

Le soleil ajouta à l'éblouissement, et Mara se sentit nauséeuse et prise de vertige. Hokanu se plaça du mieux possible pour lui donner de l'ombre. Malgré son inquiétude, il n'osait pas la regarder trop souvent, de peur de trahir sa faiblesse, alors que le temps s'écoulait lentement, comme une torture. Plus d'une heure passa avant que les flammes ne cessent. Puis d'autres prières et d'autres chants retentirent, alors que les acolytes étalaient les cendres pour les refroidir. Mara vacillait presque quand le prêtre de Turakamu entonna :

— Le corps n'est plus. L'esprit s'est envolé. Celui qui fut Ayaki des Acoma est maintenant ici, dit-il en touchant son cœur. Là, ajouta-t-il en toucha son front. Et dans le palais de Turakamu...

Les acolytes bravèrent les braises fumantes et se frayèrent un chemin jusqu'au cœur du bûcher consumé. L'un d'eux utilisa un morceau de cuir épais pour retirer l'épée tordue d'Ayaki, la passant rapidement à un autre qui attendait avec des chiffons humides pour refroidir le métal. De la vapeur s'éleva et se mêla à la fumée. Le regard terne, Mara endura le spectacle des prêtres de Turakamu qui remplissaient l'urne avec une pelle ornementale. L'urne contiendrait plus de cendres de bois que de cendres humaines, mais ces restes deviendraient le symbole de l'enterrement du corps dans le jardin des ancêtres. Car pour les Tsurani, l'âme à proprement parler voyage jusqu'au palais du dieu Rouge, mais une petite partie de l'esprit, son fantôme, reste aux côtés de ses ancêtres dans le natami de la maison. De cette façon, l'essence de l'enfant reviendrait dans une autre vie, alors que ce qui faisait de lui un Acoma resterait pour veiller sur sa famille.

Hokanu soutint son épouse quand les deux acolytes se présentèrent devant elle. L'un d'eux lui offrit l'épée, que Mara toucha. Puis Hokanu prit la pièce de métal tordu, alors que l'autre acolyte tendait l'urne. Mara reçut les cendres de son fils dans ses mains tremblantes. Ses yeux ne reconnurent pas ce qu'elle tenait, mais restaient fixés sur les restes éparpillés et calcinés du bûcher.

Hokanu lui toucha légèrement le bras et ils se tournèrent d'un même geste. Les tambours résonnèrent, alors que la procession faisait demi-tour et reprenait sa marche vers le jardin de méditation des Acoma. Mara n'avait pas l'impression de marcher. Elle ne ressentait que le froid glacial de la pierre de l'urne entre ses mains, réchauffée à la base par les cendres encore brûlantes qui se trouvaient à l'intérieur. Elle plaçait un pied devant l'autre, à peine consciente de son arrivée devant le portail à volutes qui marquait l'entrée du jardin.

Les serviteurs et Hokanu s'arrêtèrent en signe de respect. Une seule personne qui n'était pas de sang acoma avait le droit de franchir l'arche et de suivre le sentier dallé qui conduisait à l'intérieur : le jardinier dont la vie était consacrée à l'entretien du jardin. Même l'époux de Mara, qui était toujours un Shinzawaï, ne pouvait entrer dans ces lieux, sous peine de mort. Permettre à un étranger de pénétrer dans le jardin sacré insulterait gravement les fantômes des ancêtres acoma, et provoquerait un trouble durable de la paix et de l'harmonie du natami.

Mara s'écarta d'Hokanu. Elle n'entendit pas les murmures des nobles qui la regardaient, pleins de pitié ou hostiles, lorsqu'elle avança et disparut derrière les haies. Une fois déjà, sur l'ancien domaine de sa famille, elle avait entrepris la terrible tâche de consacrer les fantômes de ses proches au natami.

La taille du jardin la désorienta. Elle s'arrêta, serrant l'urne contre sa poitrine, dans un moment d'incompréhension stupéfaite. Ce n'était pas le jardin familier de son enfance, où elle était venue petite fille s'adresser au fantôme de sa mère ; ce n'était pas le sentier connu où elle avait échappé de justesse à la mort des mains d'un assassin tong, alors qu'elle pleurait son père et son frère. Cet endroit trop vaste lui était étranger, avec son grand parc où serpentaient plusieurs ruisseaux. Pendant une seconde, une ombre voila son cœur, lorsqu'elle se demanda si ce jardin, qui avait été le foyer des fantômes des Minwanabi durant tant de siècles, risquait de rejeter l'esprit de son fils.

Elle revit à nouveau le cheval tomber, une noirceur maléfique écrasant une vie innocente. Se sentant perdue, elle avala sa salive en retenant sa respiration. Elle choisit un sentier au hasard, ne se rappelant que confusément qu'ils conduisaient tous au même endroit : le bord d'un grand bassin où reposait l'ancienne pierre, le natami de sa famille.

— Je n'ai pas enterré profondément votre natami sous celui des Acoma, dit-elle à l'air qui l'écoutait.

Une petite voix lui chuchota qu'elle parlait comme une folle. La vie était folle, décida-t-elle, sinon elle ne serait pas ici en train d'accomplir des gestes vides de sens au-dessus des restes de son jeune fils. Sa démonstration extraordinaire de miséricorde, quand elle avait insisté pour que le natami des Minwanabi soit placé dans un endroit éloigné et bien entretenu pour que les fantômes des Minwanabi puissent connaître la paix, lui semblait à cet instant une folie vide de sens.

Elle n'avait plus la force d'en rire.

Un goût amer dans la bouche, Mara serra les lèvres. Ses cheveux sentaient les huiles parfumées et la fumée graisseuse. La puanteur lui donnait la nausée alors qu'elle s'agenouillait sur le sol chauffé par le soleil. Un trou avait été creusé à côté du natami, et la terre humide entassée sur le côté. Mara plaça dans la cavité l'épée tordue par les flammes, le bien le plus précieux de son fils, puis vida l'urne de ses cendres. De ses mains nues, elle reversa la terre dans le trou et la tassa.

Une robe blanche avait été laissée à son intention près de l'étang. Une fiole était posée sur ses plis soyeux, et non loin, se trouvaient le brasero traditionnel et le poignard. Mara prit le flacon, le déboucha et versa l'huile odorante à la surface de l'étang. Dans les miroitements de lumière diffractée qui jouèrent sur l'eau, elle ne vit aucune beauté, mais seulement le visage de son fils, le visage grimaçant de souffrance alors qu'il luttait pour prendre son dernier souffle. Les rituels ne lui procuraient aucun soulagement et lui semblaient une suite de bruits sans signification.

— Repose en paix, mon fils. Reviens à ta terre natale et dors avec tes ancêtres. Ayaki... Mon enfant...

Elle saisit sa robe au niveau de la poitrine et tira, déchirant le tissu. Mais aucune larme ne suivit son déchaînement de violence, comme cela avait été le cas lorsqu'elle avait observé ce rituel des années auparavant pour son père et son frère. Ses yeux restèrent douloureusement secs.

Elle plongea la main dans le brasero presque éteint. La morsure des quelques braises chaudes ne parvint pas à l'aider à focaliser ses pensées. Le chagrin restait une douleur sourde dans sa poitrine, alors qu'elle écrasait les cendres sur ses seins et son ventre pour symboliser le fait que son cœur n'était plus que cendres. En vérité, sa chair lui semblait tout aussi dénuée de vie que le bois calciné du bûcher. Elle leva lentement le poignard de métal ancestral, gardé aiguisé au fil des siècles pour cette cérémonie. Pour la troisième fois de sa vie, elle tira la lame de son fourreau et se coupa au bras gauche, percevant à peine la douleur dans le brouillard de son désespoir.

Elle maintint la légère blessure au-dessus de l'étang, laissant les gouttes de sang tomber et se mêler à l'eau, comme l'exigeait la tradition. Elle resta près d'une minute immobile, jusqu'à ce que la coagulation naturelle étanche le sang de la blessure. La croûte s'était à moitié formée quand elle tira distraitement sur sa robe, mais elle manquait de la volonté féroce nécessaire pour déchirer complètement le vêtement. Finalement, elle le passa simplement au-dessus de sa tête. Elle le laissa glisser à terre, une manche trempant dans l'eau de l'étang.

D'un mouvement mécanique, Mara ôta ses épingles de nacre, libérant la masse sombre de sa chevelure. La colère et la rage, le chagrin et la douleur auraient dû la pousser à tirer sur ses mèches, à s'arracher des poignées de cheveux. Ses émotions se consumaient sourdement, comme une étincelle étouffée par le manque d'air. Les petits garçons ne devaient pas mourir ; les pleurer dans une passion violente ne faisait qu'encourager l'acceptation de leur mort. Mara se contenta de tortiller quelques mèches d'un geste apathique.

Puis elle s'assit sur ses talons et contempla le jardin. Elle était la seule parmi les vivants à pouvoir apprécier une telle beauté immaculée. Ayaki n'accomplirait jamais le rite funéraire pour sa mère. Des larmes brûlantes jaillirent sans qu'elle le veuille, et Mara sentit un peu de la dureté enfermée en elle s'évanouir. Elle sanglota, s'abandonnant à la douleur.

Mais ce ne fut pas cette fois une libération qui lui apportait la clarté d'esprit. Ses pensées s'enfoncèrent toujours plus dans un tourbillon chaotique. Quand elle ferma les yeux, son esprit vacilla devant les images qui l'assaillirent : d'abord Ayaki en train de courir, puis Kevin, l'esclave barbare qui lui avait appris l'amour et qui, en plusieurs occasions, avait risqué sa vie pour son étrange conception de l'honneur. Elle vit Buntokapi, affalé sur la lame sanglante de son épée, ses immenses mains frissonnant alors que la vie quittait son corps. Elle reconnut une fois de plus qu'elle porterait à jamais la responsabilité de la mort de son premier époux. Elle vit des visages : ceux de son père et de son frère, puis celui de Nacoya, sa nourrice et mère adoptive.

Tous ne lui offraient que la souffrance. Le retour de Kevin dans son monde avait été aussi douloureux qu'un deuil, et aucun de ses êtres chers n'était mort de façon naturelle. Tous avaient été victimes des intrigues politiques et des machinations cruelles du grand jeu.

Une certitude horrible ne la quittait pas : Ayaki ne serait pas le dernier petit garçon à mourir pour les ambitions vides de sens des souverains de l'empire.

Cette réalité la frappa comme une torture : Ayaki ne serait pas le dernier. Saisie d'une crise d'hystérie née de son angoisse, Mara hurla et se lança la tête la première dans l'étang.

L'onde but ses larmes. Ses sanglots cessèrent dans un hoquet soudain quand l'eau froide entra dans ses narines, et que la vie la rappela à elle. Elle rampa sur la terre sèche en suffoquant. De l'eau coulait de sa bouche et de ses cheveux. Elle respira de façon saccadée, puis tendit machinalement la main vers la robe blanche, souillée par la terre et les huiles aromatiques.

Comme si elle était un esprit revêtu du corps d'une étrangère, elle se vit en train de passer le vêtement sur sa peau humide. Elle laissa ses cheveux ramassés sous le col. Puis le corps qui lui semblait une prison vivante se releva, et elle avança d'un pas hésitant vers l'entrée du jardin, où des milliers de gens l'attendaient avec des regards hostiles ou amicaux.

Leur présence la décontenança. En voyant le sourire arrogant d'un seigneur et l'intérêt égrillard d'un autre, elle lut la confirmation de cette vérité : la mort d'Ayaki se répéterait, encore et encore... D'autres mères hurleraient inutilement d'indignation devant les injustices du grand jeu. Mara baissa le regard, refusant de reconnaître la futilité de l'instant. Puis elle remarqua qu'il lui manquait une sandale. La boue et la poussière souillaient son pied nu, et elle hésita, se demandant si elle devait chercher sa chaussure perdue, ou jeter la sandale restante dans la haie.

Quelle importance, susurra une voix distante. Mara regardait son pied déchaussé avec un détachement surnaturel pendant que son corps quittait le jardin. Passant entre les haies qui protégeaient les lieux des regards, elle ne releva pas les yeux quand son époux se précipita vers elle pour reprendre sa place à côté d'elle. Les paroles d'Hokanu ne la réconfortèrent pas. Elle ne voulait pas sortir de sa retraite intérieure pour tenter de comprendre leur signification.

Hokanu la secoua gentiment, la forçant à relever les yeux.

Un homme en armure rouge se tenait devant elle. Mince, élégant, posé, il arborait une mine arrogante. Mara le regarda sans comprendre, distraite. Les yeux de l'homme se plissèrent. Il dit quelque chose. La main qui tenait un objet fit un geste, et quelque chose dans le mépris mordant qui transparaissait dans ses manières perça l'apathie de la jeune femme.

Le regard de Mara s'aiguisa. Ses yeux se fixèrent sur l'emblème du casque du jeune homme, et un long frisson la parcourut.

— Anasati ! dit-elle, d'une voix aussi rauque et aussi mordante qu'un coup de fouet.

Le seigneur Jiro lui rendit un sourire glacial.

— La dame daigne enfin me reconnaître, à ce que je vois.

Mara se raidit sous l'effet de la lente spirale de rage qui montait en elle.

Elle ne prononça pas un mot. Les doigts d'Hokanu lui serraient discrètement le poignet, formulant un avertissement dont elle refusa de tenir compte.

À ses oreilles résonnaient les rugissements d'un millier de sarcat enragés crachant leur défi, et le torrent de fleuves aux eaux grossies par les orages se brisant sur des rochers déchiquetés.

Jiro des Anasati leva l'objet qu'il tenait, un petit puzzle taillé avec astuce et formant une série d'anneaux de bois entrelacés. Il inclina la tête dans une révérence formelle, en murmurant :

— Le fantôme de mon neveu mérite un souvenir venant des Anasati.

— Un souvenir ! répondit Mara dans un chuchotement aigu et angoissé.

Son âme hurlait au plus profond de son cœur : le souvenir des Anasati avait envoyé son enfant sur un lit de cendres.

Elle ne se souvint pas s'être déplacée... Elle ne sentit même pas ses tendons se tordre violemment en arrière quand elle s'arracha à l'étreinte d'Hokanu. Son cri de rage déchira l'assemblée comme le bruit d'une épée de métal que l'on dégaine, et ses mains se levèrent comme des griffes.

Jiro sauta en arrière, laissant tomber le puzzle dans un geste de stupéfaction horrifiée. Puis Mara fut sur lui, le griffant pour atteindre sa gorge derrière les attaches de son armure.

Les seigneurs les plus proches poussèrent de hauts cris, choqués, en voyant cette femme minuscule, sans arme, sale et mouillée, se jeter sur son ancien beau-frère dans une crise de folie furieuse.

Hokanu bondit avec toute sa rapidité de guerrier, et parvint à tirer Mara en arrière avant qu'elle ne fasse couler le sang. Il la retint entre ses bras alors qu'elle se débattait.

Mais les dommages étaient irrévocables.

Jiro regardait le cercle de spectateurs stupéfaits.

— Vous êtes tous témoins ! cria-t-il avec une indignation teintée d'une joie sauvage.

Il avait maintenant la justification qu'il attendait depuis si longtemps. Il verrait un jour la dame Mara, vaincue, mordre la poussière sous son talon.

— Les Acoma ont insulté les Anasati ! Que toutes les personnes présentes sachent que l'alliance entre nos deux maisons est désormais brisée. Je réclame mon droit d'effacer cette atteinte à mon honneur, et j'exige une dette de sang !

3

LA GUERRE

Hokanu intervint.
Alors que Mara, plongée dans une fureur incontrôlable, frappait de ses poings la cuirasse de son époux, les guerriers de sa garde d'honneur se rapprochèrent en un cercle étroit pour cacher la crise d'hystérie de leur dame aux regards publics. D'une voix pressante, Hokanu appela Saric et Incomo.

Un coup d'œil vers leur maîtresse bouleversée suffit à convaincre les deux conseillers : la douleur et la tension avaient eu raison de leur dame. Elle ne reconnaissait plus personne et, de toute évidence, était dans l'incapacité d'offrir des excuses publiques au seigneur Jiro. C'était la vue même du souverain des Anasati qui avait déclenché cette crise. Même si la raison lui revenait avant que les invités ne partent, il n'aurait pas été judicieux de proposer une rencontre avec les groupes offensés pour qu'elle puisse demander leur pardon. Des dommages bien pires pourraient en résulter. Les deux conseillers, l'un âgé et expérimenté, l'autre jeune et talentueux, voyaient déjà que les problèmes que la défaillance de leur dame avait créés commençaient à s'amplifier. Il était trop tard, maintenant, pour réparer...

Hokanu comprit qu'il aurait dû être plus attentif, et mieux tenir compte de l'avertissement d'Isashani. Mais il ne devait pas laisser les regrets l'empêcher de prendre des décisions urgentes.

— Saric, lança-t-il, improvise une déclaration officielle. Ne prononce aucun mensonge, mais choisis tes mots pour suggérer que notre dame est tombée malade. Nous devons trouver immédiatement une stratégie pour atténuer les accusations d'insulte de Jiro, qui arriveront sûrement d'ici quelques heures, et inventer une raison plausible pour congédier nos invités officiels.

Le premier conseiller à la chevelure noire s'inclina et s'esquiva, songeant déjà au texte de sa déclaration officielle.

De sa propre initiative, le commandant Lujan prit le devant de la scène. En dépit des souverains qui se pressaient autour de ses guerriers pour regarder, bouche bée, Mara terrassée par le chagrin, il ne détourna pas le regard devant la honte de sa dame. Il se débarrassa de ses gantelets, de son épée et de son poignard, et s'agenouilla pour aider Hokanu à maîtriser Mara qui se débattait toujours, sans la blesser. En lui adressant un regard de profond soulagement, Hokanu continua à donner des instructions à Incomo.

— Rends-toi rapidement au manoir. Réunis les femmes de chambre de Mara et trouve un guérisseur qui sait préparer les soporifiques. Puis occupe-toi des invités. Nous aurons besoin de l'aide de tous les alliés qui nous restent si nous voulons éviter des hostilités armées.

— Le seigneur Hoppara et les forces des Xacatecas se rangent à vos côtés, annonça une voix féminine assez grave.

Les rangs serrés de la garde d'honneur s'écartèrent pour laisser passer la silhouette élégante, vêtue de jaune et de violet, de dame Isashani. Elle avait utilisé sur les guerriers l'effet presque mystique de sa beauté et de son sang-froid pour obtenir le passage.

— Et je peux vous aider pour Mara.

Hokanu lut la sincérité de son inquiétude dans ses yeux sombres et exotiques, puis hocha la tête.

— Que les dieux nous prennent en pitié pour mon manque de discernement, murmura-t-il en guise d'excuses. Votre maison a toute notre gratitude.

Puis il confia le soin de son épouse à la sagesse féminine de la dame douairière des Xacatecas.

— Elle n'a pas sombré dans la folie, le rassura dame Isashani, tout en refermant ses fines mains sur celles de Mara pour la réconforter. Le sommeil et le calme lui rendront la santé, et le temps guérira son chagrin. Vous devez vous montrer patient. (Puis, pragmatique, revenant à l'urgence politique, elle ajouta :) J'ai demandé à mes deux conseillers de se mettre sur la route des Omechan et des Inrodaka. Ma garde d'honneur, dirigée par Hoppara, trouvera une façon de s'interposer là où elle gênera le plus les autres agitateurs.

Deux ennemis de moins dont se préoccuper... Hokanu lança derrière lui un regard harassé. Mara disposait d'amis solides, qui la soutiendraient contre les factions cherchant à l'abattre. Elle était aimée de nombreuses personnes dans tout l'empire. Il avait le cœur brisé de ne pas pouvoir rester à ses côtés alors qu'elle se trouvait dans un état aussi terrible. Il se força à détourner le regard du petit cortège qui emmenait sa dame bouleversée vers le confort du manoir. En cet instant, se laisser gouverner par son cœur serait une véritable folie. Il devait s'endurcir, comme s'il allait s'engager dans un duel à mort. Un grand nombre d'ennemis étaient venus aux funérailles d'Ayaki précisément pour tirer avantage d'une telle opportunité. L'insulte de Mara envers Jiro ne pouvait maintenant plus être pardonnée. Le sang coulerait – c'était une conclusion connue d'avance – mais seul un idiot lancerait une attaque au cœur du domaine de Mara, alors que son armée était rassemblée en l'honneur d'Ayaki. Cependant, quand ils auraient franchi les frontières des terres acoma, les ennemis de Mara commenceraient à semer le trouble.

Hokanu devait réagir maintenant pour tenter d'écarter une guerre immédiate. Non seulement les Acoma seraient anéantis s'il faisait un faux pas, mais les guerriers et les ressources shinzawaï risquaient d'être entraînés dans cette lutte stérile. Tout ce qu'ils avaient accompli durant ces trois dernières années pour assurer à l'empereur un gouvernement centralisé risquait d'être jeté soudain aux quatre vents.

Il fallait réunir le conseil, envisager ce que l'on pouvait faire pour éviter l'extension du désastre. Il faudrait courtiser, cajoler ou menacer les seigneurs qui n'avaient aucune allégeance envers Mara ou Jiro, pour que ceux qui s'opposaient ouvertement à elle réfléchissent à deux fois avant de défier le noble pair de l'empire.

— Lujan, appela Hokanu dans le tumulte croissant. Arme la garnison et fais venir tes officiers les plus raisonnables. Quelles que soient les provocations, il faut placer tes patrouilles de façon à préserver la paix à tout prix.

Le grand plumet vert du casque de l'officier s'inclina par-dessus le chaos, traduisant l'acquiescement du commandant des Acoma. Hokanu prit une seconde pour remercier les dieux que Mara ait choisi ses serviteurs pour leur intelligence et leur bon sens. Garder la tête froide serait leur seul espoir d'épargner une catastrophe à la maison Acoma.

Attristé par le tour que prenaient les événements, Hokanu renvoya la garde d'honneur au manoir. Si Mara avait été moins elle-même, et plus l'épouse docile que tant de femmes de l'empire devenaient à cause de leur éducation traditionnelle, elle n'aurait jamais été assez forte pour assister aux funérailles officielles d'un fils assassiné. En tant que souveraine et pair de l'empire, elle se trouvait exposée aux regards publics, et on lui refusait même la fragilité humaine que l'on aurait pu pardonner à une mère de moindre rang.

Empêtrée dans un nœud d'intrigues, dame Mara était forcée d'endosser un rôle qui faisait d'elle une cible.

Une heure frénétique plus tard, Mara se reposait sur sa natte de couchage. Elle était assommée par les potions administrées par le prêtre de Hantukama, apparu comme par magie pour offrir ses services. Isashani avait pris la maisonnée en main et Jican, le petit hadonra, s'activait autant que trois hommes pour démentir les rumeurs les plus folles qui risquaient de se répandre parmi les serviteurs.

Hokanu se retrouva seul pour prendre les décisions nécessaires à la survie de la maison Acoma. Il écouta les rapports des serviteurs. Il prit des notes pour que Mara puisse les relire, quand elle serait guérie et capable d'agir.

Il nota quels invités s'étaient rangés à ses côtés, et qui avait parlé ouvertement contre elle. La plupart des nobles présents avaient fait preuve d'assez de dignité pour rester silencieux, ou avaient été trop choqués pour formuler une réponse hostile. Tous s'étaient attendus à passer la journée à méditer tranquillement, puis à être reçus par le pair de l'empire lors d'un dîner officiel. Au lieu de cela, ils rentraient déjà chez eux, consternés par l'acte impardonnable perpétré par la femme qui occupait la charge la plus importante du pays, excepté le trône de l'empereur. Plusieurs représentants de grandes maisons s'étaient arrêtés, ostensiblement, pour présenter leurs respects. Sauf pour le seigneur des Keda, Hokanu avait murmuré des remerciements creux à ces hommes impatients de repérer les signes d'affaiblissement de la maison Acoma. Le seigneur Hoppara et les seigneurs du clan Hadama avaient fait un très bon travail, se déplaçant dans la foule des invités sur le départ, atténuant par tous les moyens possibles les conséquences de l'affront de Mara envers les Anasati. Après une discussion avec un seigneur des Hadama ou le seigneur Hoppara, de nombreux souverains prêts à s'indigner devant cette entorse au protocole étaient plus enclins à oublier l'éclat d'une mère affligée.

Un autre noble avait été frustré dans ses tentatives pour gagner les appartements intérieurs : le seigneur des Anasati. Jiro avait insisté avec raideur, affirmant que l'insulte envers sa personne était irréparable. Une meute de partisans s'était rassemblée sur ses talons alors qu'on lui refusait la porte de Mara. Ils avaient enfin trouvé un point de ralliement. Même un seigneur considérant Mara comme une amie proche aurait éprouvé des difficultés à ignorer une telle attaque personnelle. Pour un ennemi, c'était impossible. Dans la culture tsurani, le pardon n'est qu'une forme de faiblesse à peine moins honteuse que la capitulation. En l'espace de quelques secondes, la dame avait transformé de simples adversaires politiques en alliés de ses ennemis mortels.

Jiro n'avait pas exigé d'excuses publiques. En fait, il s'était entouré des seigneurs mécontents qui avaient le plus vociféré contre les réformes politiques d'Ichindar.

Saric et Incomo en étaient arrivés à la conclusion que le seigneur des Anasati sabotait délibérément toutes les propositions de conciliation, choisissant de faire porter le blâme du scandale sur les seules épaules des Acoma. Les réclamations bruyantes de Jiro parvenaient aux oreilles de toute l'assistance : il s'était rendu aux funérailles de son neveu, sous une trêve considérée comme traditionnelle par toutes les personnes présentes... Et il avait subi une attaque physique, une humiliation des mains de son hôtesse et une accusation publique. Même si tous les souverains comprenaient la raison de l'acte irrationnel de Mara, ou compatissaient à son chagrin, personne ne pouvait nier le fait qu'elle avait mortellement insulté Jiro sans offrir de réparation. Les Anasati ignoraient sciemment toutes les tentatives d'atténuer l'accusation en exploitant l'incapacité actuelle de Mara à offrir des excuses rationnelles.

La haute salle des Acoma était devenue étouffante, les cloisons ayant été fermées pour la soustraire aux regards inquisiteurs des curieux. Les portes étaient gardées par des vétérans des guerres passées, couturés de cicatrice. Ils ne portaient pas leur brillante armure de cérémonie laquée, mais un équipement de campagne convenablement éprouvé lors de précédents engagements. Assis sur une estrade plus basse et moins formelle que la grande estrade seigneuriale, déserte en l'absence de Mara, Hokanu demanda tranquillement l'opinion des assistants sur les événements de la journée.

Que les officiers les plus proches et les plus loyaux des Acoma acceptent de répondre à un consort qui n'était pas le seigneur à qui ils avaient prêté allégeance montrait leur incommensurable respect pour le jugement d'Hokanu. Même si l'héritier des Shinzawaï ne pouvait commander l'honneur de ces hommes, ces derniers lui accordaient leur confiance absolue, car ils savaient qu'il agissait pour le bien de leur maîtresse. Hokanu était très touché par leur dévouement, mais cela le troublait aussi, car cette attitude montrait combien ils comprenaient l'ampleur du danger que courait Mara. Hokanu pria pour être à la hauteur de la tâche.

Grave et immobile, il écoutait le commandant Irrilandi et Keyoke, le conseiller pour la guerre, détailler les forces de la garnison, au moment même où le commandant Lujan préparait les troupes acoma pour le combat. Comme pour souligner ses propos, le vieux Keyoke tapotait le moignon de sa jambe coupée avec sa béquille.

— Même si Jiro sait qu'il sera vaincu, il n'a pas le choix : l'honneur exige qu'il réponde à une insulte publique en versant le sang. Je doute qu'il se contente d'un duel de champions. Pire, si les cris d'accusation de Mara ont été entendus par d'autres personnes plus éloignées de la scène, la suggestion que Jiro a engagé le tong hamoï pour tuer Ayaki pourrait être considérée par les Ionani comme une insulte, qui ne pourrait se terminer que par un appel au clan.

Une immobilité absolue suivit cette déclaration, qui fit résonner les pas des domestiques dans toute la salle. Plusieurs personnes assises à la table se tournèrent pour écouter les appels des officiers des maisons, rassemblant les familles de leurs maîtres dans des palanquins pour un départ rapide. Quelques-unes se regardèrent, partageant le même sentiment : une guerre de clans déchirerait l'empire.

Face à ces sinistres considérations, Saric aventura :

— Mais qui pourrait sérieusement songer à une telle chose ? Un tong ne révèle jamais le nom de ses employeurs, et la preuve que nous avons trouvée et qui implique les Anasati dans l'attaque ne suffit pas, étant donné les pratiques clandestines de la fraternité des hamoï. Je soupçonne assez fortement qu'il s'agit d'une fausse piste intentionnelle.

Incomo hocha la tête, agitant un doigt déformé par l'arthrite.

— La preuve de l'intervention de Jiro dans la mort d'Ayaki est *trop* évidente. Aucun tong ne peut survivre et gagner de riches clients en se montrant aussi imprudent. Et les hamoï sont le tong le plus puissant parce que leurs secrets n'ont jamais été découverts. (Il regarda les visages autour de la table.) Après... combien ? Cinq tentatives d'assassinat contre Mara ? Ils permettraient soudain à l'un des leurs d'être pris en possession d'une preuve impliquant les Anasati dans le complot ? Improbable. Certainement contestable. Et pas vraiment convaincant.

Hokanu regarda les conseillers, avec un éclair dans les yeux aussi terrible que la lumière se reflétant sur l'acier barbare.

— Nous avons besoin d'Arakasi.

Les talents du maître espion acoma étaient nombreux, et sa capacité à dénouer les écheveaux politiques et à discerner clairement l'influence de la cupidité des milliers de souverains de l'empire, était presque surnaturelle.

— Nous avons besoin de lui pour suivre la piste de cette preuve, qui montre la culpabilité de Jiro. Car l'identité du véritable meurtrier de l'enfant se trouve derrière cette machination. (Hokanu soupira.) En attendant, les spéculations ne nous mèneront nulle part. Maintenant que Tasaio des Minwanabi a disparu, qui oserait vouloir la mort du pair de l'empire ?

Dans la pénombre, Saric se gratta le menton. D'une voix non dénuée de sympathie, il déclara :

— Maître, vous êtes aveuglé par l'amour que vous portez à votre épouse. Le petit peuple de l'empire la considère comme un porte-bonheur, mais son rang élevé provoque la jalousie dans d'autres cœurs. Un grand nombre de seigneurs souhaiteraient voir le noble pair rejoindre le palais de Turakamu, simplement parce qu'elle ne respecte pas les traditions, et à cause de son ascension à un rang que n'a jamais atteint un seul seigneur de guerre. De nombreux souverains aimeraient voir le rang de sa maison diminuer, et ses ambitions restreintes, parce qu'elle a la faveur d'Ichindar. Ils aimeraient provoquer le déshonneur de Mara... s'ils l'osaient.

— Alors, qui oserait ? lança Hokanu d'une voix impatiente.

— De nous tous, Arakasi est le seul qui pourrait le savoir. (Regardant Incomo, Saric formula la question qui s'agitait depuis quelque temps dans son esprit.) Y aurait-il la moindre raison de penser que votre ancien maître ait pu lancer cette attaque par-delà le royaume des morts, pour se venger ?

Alors que les yeux de Keyoke se durcissaient devant cette possibilité, l'ancien premier conseiller du seigneur des Minwanabi, maintenant second conseiller de la dame des Acoma, s'éclaircit la gorge. Il considéra sans ciller la méfiance qui se concentrait sur lui.

— Si c'est le cas, je n'ai pas participé à un tel complot. Mais Tasaio était un homme secret, et dangereux. Il a souvent pris des dispositions sans les porter à ma connaissance. J'étais souvent congédié dans des circonstances où la plupart des seigneurs auraient exigé ma présence. Je sais que l'obajan du tong hamoï est venu personnellement rendre visite à Tasaio. À cette époque, j'ai eu l'impression que ces événements concernaient des questions restées sans réponse à propos du meurtre d'espions acoma entrés au service des Minwanabi. (Le visage étroit d'Incomo affichait un dégoût marqué alors qu'il concluait :) Tasaio et l'obajan échangèrent des menaces, puis conclurent un marché. Mais aucun homme vivant n'entendit leurs paroles. La seule chose que je puisse dire, c'est qu'au cours de ma vie, je n'ai jamais vu le seigneur des Minwanabi aussi frustré. Il s'est même laissé aller à une démonstration de colère folle. Tasaio avait de multiples facettes, mais il perdait rarement le contrôle de ses nerfs.

Saric ajouta à ce récit quelques observations spéculatives.

— Si l'ancien conseiller des Minwanabi lui-même ne sait pas si Tasaio a laissé des ordres pour déclencher une vengeance posthume, je pense que nous gaspillerons nos efforts à tenter de le deviner. Plus important : Tasaio n'était pas le genre d'homme à envisager une seule seconde la défaite, et c'était un tacticien hors pair. Étant donné qu'il a cru jusqu'à la fin qu'il pourrait écraser notre dame dans une guerre ouverte, pourquoi supposer qu'il a choisi la voie des lâches et payé le prix de la mort de Mara, alors qu'il pensait qu'elle n'avait pas la moindre chance de survivre ? Nous devrions peut-être nous pencher plus attentivement sur les ennemis de Jiro. Mara est l'un des rares souverains de l'empire assez puissants pour s'engager contre les Anasati sans se retrouver dans une impasse.

De plus, comme elle dispose du soutien impérial, il est plus que probable qu'une discorde entre les Acoma et les Anasati conduirait à un désastre pour le seigneur Jiro.

— Et cependant, le seigneur des Anasati semble assez impatient de répondre à la provocation que le destin et notre malheur lui ont offerte, intervint Hokanu. Il ne refuse pas le conflit. Cela ne le disculpe pas le moins du monde du meurtre d'Ayaki. Jusqu'à ce que mon épouse soit capable de reprendre les choses en main, je vais présumer de son opinion et prendre une décision. Ordonnez à la garnison de se préparer à se mettre en campagne. La guerre aura lieu, et nous devons nous y préparer.

Keyoke inclina silencieusement la tête. Il n'accorderait pas à la réunion la solennité d'une seule parole, puisqu'il ne pouvait parler qu'en présence de sa dame. Mais son signe d'acquiescement témoignait de son soutien inconditionnel. Saric, plus jeune et moins lié par les anciennes traditions, inclina la tête devant Hokanu dans un geste qui ressemblait beaucoup à la révérence d'un conseiller devant son maître légitime.

— Je vais préparer la déclaration de guerre officielle contre les Anasati. Lorsque Jiro aura répondu, nos armées marcheront.

Keyoke lança un regard à Irrilandi, qui hocha la tête pour indiquer son approbation. La plupart des effusions de sang tsurani se déroulaient subrepticement, lors d'embuscades et de raids, sans que personne ne reconnaisse publiquement sa responsabilité. Mais une bataille officielle entre deux maisons était un événement empreint de cérémonie, honoré depuis la nuit des temps. Les deux armées se rencontraient sur un champ de bataille à une date convenue, et l'une d'elles quittait les lieux victorieuse. Aucun quartier n'était demandé ou accordé, sauf en de rares circonstances, et là aussi selon des règles fixées par les coutumes. L'Histoire gardait le souvenir de batailles qui avaient fait rage durant des jours... Et il n'était pas rare que les deux maisons soient anéanties à l'issue des combats.

Puis Hokanu alla un degré plus loin.

— Je demande que nous avertissions le clan Hadama.

Saric haussa les sourcils, très inquiet, mais également intrigué par les conséquences subtiles de la suggestion.

— Vous provoquez un appel au clan des Anasati ?

Hokanu soupira :

— J'ai un pressentiment...

Keyoke intervint dans l'une de ses rares interruptions, pour soutenir l'intuition d'Hokanu.

— Jiro n'est pas un guerrier. Son commandant, Omelo, est un général assez compétent, mais il n'excelle pas dans les engagements à grande échelle. L'appel au clan est le meilleur espoir de Jiro pour garder intactes sa maison et son armée. Nous ne provoquerons pas ce qui est une décision courue d'avance.

— Plus encore, ajouta Incomo. Dans le fond, le seigneur Jiro est surtout un érudit, qui méprise la vulgarité des conflits armés. Il souhaite avoir une raison pour déclarer la guerre à Mara, car il nourrit contre elle une haine qui remonte à sa jeunesse. Mais il préfère les attaques cachées, les embuscades et les ruses. C'est un maître du shâh. Ne l'oubliez pas. Il cherchera à nous anéantir par le subterfuge, et non par la force brute. Si nous lançons les premiers l'appel au clan, il y aura alors une possibilité pour que le clan Ionani ne permette pas aux intérêts anasati de le conduire à la destruction. Nous sommes plus puissants que Jiro en combat ouvert. Si les membres de son clan acceptent de soutenir ses obsessions, et aggravent la situation en considérant cette offense comme une atteinte à leur honneur, le clan Hadama réagira.

Hokanu soupesa tout cela sans beaucoup d'espoir ni d'enthousiasme. Que le clan Ionani marche ou non contre elle, le seigneur Jiro s'était débrouillé pour devenir le fer de lance de toutes les factions qui avaient des raisons de saper la puissance de Mara. Il n'était pas le seul à avoir compris qu'autre chose se dissimulait derrière cette querelle personnelle. Il entrevoyait une discorde plus profonde et plus durable, révélée par le nombre important de souverains qui s'étaient présentés aux funérailles d'Ayaki. Le Grand Conseil était peut-être aboli, mais ses traditions de lutte continuaient en secret, avec une intensité féroce, à la moindre excuse dont les nobles de l'empire pouvaient s'emparer. Que les Robes Noires aient envoyé aux obsèques une délégation de cinq personnes montrait aussi que leur penchant à intervenir dans l'arène politique était loin d'être assouvi, depuis l'accession d'Ichindar au pouvoir absolu.

Finalement, Hokanu conclut :

— Nous avons peut-être suffisamment de troupes et d'alliés pour écraser les Anasati, mais à quel prix ? À la fin, cela ne changera peut-être rien. Nous ne pouvons qu'espérer qu'un affrontement rapide et sanglant sur le champ de bataille limitera les dégâts, et divisera les traditionalistes avant qu'ils puissent s'allier et s'organiser pour former un parti politique uni.

— Maître Hokanu, intervint Saric en voyant l'expression de tristesse infinie qui se peignait sur le visage du consort acoma, la voie que vous avez choisie est la meilleure parmi toutes celles possibles. Soyez assuré que notre dame n'aurait pu faire mieux, si elle avait été en mesure d'entendre nos conseils. Partez maintenant, allez la rejoindre, car elle a besoin de vous. Je donnerai les instructions aux scribes pour qu'ils préparent tous les documents nécessaires, et j'organiserai les messagers pour les porter au domaine du seigneur Jiro.

En dépit du soulagement de cette déclaration de soutien illimité, Hokanu quitta la salle l'air hagard. Si sa démarche était celle d'un guerrier, vive et pleine d'assurance, ses mains étaient celles d'un époux inquiet, refermées en poings impuissants.

Saric resta dans la haute salle, alors que les autres officiers acoma brisaient le cercle et sortaient. Seul dans l'ombre étouffante, il frappa du poing une main qui avait perdu ses cals depuis sa promotion au rang de conseiller. Cet ancien guerrier avait le cœur serré en songeant aux amis qu'il avait laissés dans les baraquements, et à la femme qu'il servait et qui avait conquis sa loyauté. Si les Acoma parvenaient à agir assez rapidement pour mettre fin à cette dispute avant qu'elle ne s'étende, ce serait un véritable miracle. Un grand nombre de seigneurs mécontents s'étaient retrouvés avec trop peu de responsabilités depuis le démantèlement du Grand Conseil. La paix leur avait laissé trop d'occasions pour fomenter des troubles. Les anciens partis politiques s'étaient dissous, la raison même de leur existence annihilée par le nouveau règne d'Ichindar.

L'empire était calme, mais bien loin d'être apaisé. Le climat d'agitation resté en suspens depuis trois ans était maintenant mûr pour une nouvelle guerre civile.

Saric aimait sa souveraine et appréciait l'intelligence remarquable dont elle avait fait preuve pour changer la seule société qu'il ait jamais connue. Mais il regrettait la suppression du titre de seigneur de guerre et des pouvoirs du Grand Conseil, car ces éléments pouvaient au moins être interprétés selon des siècles de précédents établis par le grand jeu. Aujourd'hui, même si les maisons de l'empire suivaient toujours les anciennes traditions, les règles du jeu avaient changé.

La spéculation devenait trop incertaine, décida Saric avec une grimace de dégoût. Il quitta la salle déserte, se dirigeant vers les appartements qu'il avait choisis lorsque Mara était venue occuper l'ancien domaine des Minwanabi. Alors qu'il rejoignait sa suite, il envoya le coursier de Mara chercher un scribe. Quand l'homme arriva avec sa sacoche de parchemins d'encriers et de plumes, le premier conseiller des Acoma dicta ses instructions d'une voix hachée et concise :

— Prépare un message pour tous nos intendants et agents. Si Arakasi fait connaître sa présence en un quelconque endroit de l'empire, il faut l'informer qu'il doit revenir immédiatement au domaine.

Le scribe s'assit sur le sol sans faire de commentaire, mais il semblait troublé lorsqu'il plaça une planchette de bois sous un parchemin, et qu'il commença à rédiger le premier document.

— Ajoute ceci dans le code de cryptage numéro sept, conclut Saric en faisant les cent pas, n'ayant pas d'autre moyen d'extérioriser son agitation : « Notre dame court un danger mortel. »

Le carillon résonna, et un courant d'air agita les tentures de soie qui cloisonnaient la grande salle de réunion de la Cité des magiciens. Les ombres projetées par les flammes des lampes à huile vacillèrent quand un magicien apparut sur le motif tracé au centre du sol. Il le quitta d'un pas vif. Juste sur ses talons apparurent successivement deux confrères. Ils furent suivis par d'autres, et d'autres encore, jusqu'à ce qu'une foule de silhouettes vêtues de robes noires se soient rassemblée sur les bancs placés le long des murs. Les immenses portes aux gonds de cuir s'ouvrirent en craquant, pour laisser entrer les mages qui avaient choisi de rejoindre la réunion à pied, sans utiliser de moyen surnaturel.

La salle de l'Assemblée s'emplissait rapidement et silencieusement.

Les délégués convergeaient de toutes les allées et ruelles de la Cité des magiciens, un ensemble de bâtiments et de terrasses couvertes qui transformaient toute une île en un véritable labyrinthe. Construite au milieu d'un grand lac, dans les contreforts de la Grande Muraille, les montagnes les plus septentrionales de l'empire, la Cité des magiciens n'était accessible que par magie. Les Robes Noires résidant dans des provinces lointaines rejoignaient les lieux par téléportation, répondant à l'appel envoyé par l'Assemblée durant la matinée. Rassemblés en nombre suffisant pour constituer un quorum, les magiciens formaient le groupe le plus puissant de Tsuranuanni, car ils n'étaient pas soumis aux lois. Personne, pas même l'empereur, n'osait s'opposer à leurs ordres et à ce privilège absolu, qui durait depuis des milliers d'années.

En quelques minutes, les bancs furent tous occupés. Hodiku, un mage frêle au nez en bec d'aigle, d'âge moyen, et qui préférait passer son temps à étudier dans la Cité sainte, avança jusqu'à la place du maître des débats, au centre de la mosaïque dessinée sur le sol. Sa voix résonna sans le moindre effort dans l'immense salle.

— Nous sommes réunis aujourd'hui pour parler du bien de l'empire.

Cette phrase traditionnelle fut accueillie en silence, car les problèmes qui exigeaient la convocation de l'Assemblée des Très-Puissants avaient toujours un rapport avec la situation de l'empire.

— Aujourd'hui, dans le saint des saints du temple de Jastur, le sceau rouge a été brisé !

Cette annonce provoqua un murmure choqué. Ce n'est que lorsqu'une guerre officielle est annoncée entre deux maisons ou deux clans que les portes voûtées de la grande salle du temple du dieu de la guerre sont ouvertes, pour permettre l'entrée du public. Hodiku leva les mains pour demander le retour au calme.

— Mara des Acoma, en tant que souveraine de sa maison et chef de guerre du clan Hadama, a déclaré la guerre au seigneur Jiro des Anasati !

Des exclamations de surprise fusèrent dans la salle. Même si quelques-uns des plus jeunes magiciens se tenaient au courant des événements récents, ils étaient loin de constituer une majorité. Ils avaient prêté serment à l'Assemblée durant les bouleversements provoqués par l'Ennemi, cette entité qui avait mis en péril leur monde de Kelewan et celui de Midkemia, de l'autre côté de la faille. L'immense menace contre ces deux civilisations avait nécessité l'intervention des magiciens, qui avaient aidé l'empereur Ichindar à s'emparer du pouvoir absolu sur les nations de l'empire. Durant cette immense crise, il avait fallu empêcher les querelles internes d'affaiblir le pays. Ces jeunes mages avaient peut-être pris goût à ces méthodes interventionnistes, jusqu'à vouloir utiliser leurs pouvoirs pour influencer le cours des événements. Mais les membres les plus anciens de l'Assemblée, engoncés dans leurs habitudes et plongés dans leurs recherches savantes, considéraient l'ingérence dans la politique tsurani comme une impolitesse crasse. C'était au mieux une corvée inopportune, que l'on ne devait accomplir que dans les circonstances les plus extrêmes.

Pour une faction encore plus réduite, dirigée par Hochopepa et Shimone, autrefois des intimes du magicien barbare Milamber, les transformations récentes du gouvernement traditionnel étaient intéressantes pour des raisons plus profondes. Ils avaient observé la façon de penser midkemiane, et cela les avait poussés à considérer les affaires de Tsuranuanni sous un jour nouveau. Et comme la dame Mara était actuellement la clé de voûte du parti d'Ichindar, ces nouvelles de guerre les concernaient au plus haut point. Vieux pratiquant de la politique tsurani, Hochopepa leva une main potelée jusqu'à son visage et ferma ses yeux sombres avec un soupir.

— C'est bien ce que tu avais prédit, murmura-t-il à l'oreille de l'ascétique Shimone, frêle comme un roseau. Des problèmes, au moment où les nations de l'empire peuvent le moins se le permettre.

Aussi taciturne que d'habitude, Shimone ne répondit pas. Avec une attention digne d'un faucon, il regardait plusieurs des magiciens les plus impulsifs bondir sur leurs pieds, indiquant ainsi leur désir de prendre la parole. Hodiku choisit une jeune Robe Noire nommée Sevean en le montrant du doigt. L'homme désigné avança jusqu'au centre de la pièce, pendant que les autres s'asseyaient.

Une année à peine s'était écoulée depuis son accession à la maîtrise de la magie. Sevean avait l'esprit agile, la parole vive et se montrait souvent impulsif. Il portait des jugements à l'emporte-pièce, sans réfléchir, pendant que ses confrères plus aguerris attendaient d'entendre les membres les moins expérimentés de l'Assemblée avant de révéler leurs opinions. Il parla bien trop fort pour l'acoustique extraordinaire de la salle.

— L'opinion générale est que Jiro a trempé dans la mort du fils du noble pair de l'empire.

Ce n'était pas vraiment une révélation. Shimone esquissa une petite moue de dégoût, pendant qu'Hochopepa marmonnait juste assez fort pour que la moitié de la salle entende :

— Eh bien, il a encore espionné les conversations dans le salon d'Isashani, pour se tenir au courant des derniers commérages ?

Shimone ne répondit pas. Comme beaucoup de magiciens expérimentés, il considérait l'utilisation des pouvoirs magiques pour espionner les affaires de la noblesse comme le summum de la vulgarité. Sevean fut embarrassé par la remarque d'Hochopepa et par les regards durs de plusieurs anciens dans l'assistance. Perdant un instant ses moyens, il raccourcit brusquement son discours, répétant :

— Enfin, c'est ce que beaucoup de monde croit.

D'autres magiciens tentaient d'attirer l'attention du maître des débats. Hodiku en choisit un, un initié à l'élocution lente et à la lourde corpulence, qui commença à pérorer d'une voix monotone, exprimant un point de vue qui n'avait aucun rapport avec la question. Pendant ce temps, les mages plus chevronnés parlaient tranquillement entre eux, ignorant la majeure partie de son discours.

Un mage assis deux rangs derrière Hochopepa et Shimone, nommé Teloro, inclina la tête vers les deux compères.

— Quel est le cœur du problème, Hocho ?

Le magicien dodu soupira et arrêta de remuer les pouces.

— Le sort de l'empire, Teloro. Le sort de l'empire.

Teloro se raidit devant cette réponse vague. Puis il révisa sa première impression : l'attitude du magicien corpulent ne trahissait peut-être aucune inquiétude, mais sa voix était empreinte d'une profonde conviction.

Shimone et Hochopepa semblaient s'intéresser à une discussion se déroulant de l'autre côté de la salle, où plusieurs magiciens tenaient un conseil privé. L'orateur actuel s'assit, et un homme aux épaules voûtées appartenant à ce petit groupe de chuchoteurs se leva. Teloro entendit alors Hochopepa murmurer :

— Maintenant, nous allons peut-être voir comment va se dérouler cette première manche.

Hodiku fit signe à l'homme d'avancer. Il était mince, et portait ses cheveux bruns coupés au-dessus des oreilles, à la mode tsurani appelée coupe de guerrier. Ce style était une affectation étrange pour une Robe Noire. Mais de toute façon, Motecha était un magicien assez étrange. Il avait été l'ami des deux frères qui avaient soutenu activement l'ancien seigneur de guerre. Quand Elgoran était mort et qu'Elgohar était parti servir sur le monde de Midkemia, Motecha s'était arrangé pour minimiser les relations entre lui et les deux frères.

L'attention de Shimone et d'Hochopepa s'intensifia quand Motecha commença son discours.

— N'y a-t-il donc aucune limite à l'ambition de dame Mara ? Elle a déclenché une guerre de clans, pour une insulte personnelle qu'elle a infligée en tant que dame des Acoma.

Hochopepa hocha la tête comme si une de ses hypothèses se confirmait.

— Motecha a donc fait alliance avec les Anasati. Étrange. Il ne fait jamais preuve d'originalité dans ses opinions. Je me demande qui lui a mis cette idée en tête ?

Shimone leva la main.

— Ne me distrais pas par tes remarques. Je veux écouter ce qu'il dit.

Motecha agita une main ornée de plusieurs bagues, comme s'il invitait ses confrères à le contredire. Mais il n'était pas aussi magnanime dans son appel à la contradiction que son geste le suggérait, puisqu'il enchaîna immédiatement pour empêcher toute interruption.

— De toute évidence, non. Le noble pair ne s'est pas satisfait de défier les traditions en adoptant les troupes de son ancien ennemi...

— Ce que nous avons tous reconnu comme une brillante manœuvre, intervint Hochopepa, parlant une nouvelle fois juste assez fort pour faire hésiter l'orateur.

Teloro et Shimone réprimèrent leur amusement. Le magicien corpulent était passé maître dans l'art d'embarrasser les confrères qu'il jugeait trop arrogants. Alors que Motecha semblait sur le point de reprendre ses remarques déjà préparées, Hochopepa ajouta :

— Mais je vous en prie, je ne voulais pas vous couper... Continuez, ne vous interrompez pas pour moi.

Motecha avait néanmoins perdu le fil de son discours. Il balaya son hésitation d'un geste, et déclara :

— Elle écrasera les Anasati...

Fumita, qui représentait les doyens de l'Assemblée, se leva. Après un hochement de tête approbateur d'Hodiku, il intervint :

— Excusez mon interruption, Motecha, mais une défaite anasati n'est pas assurée, ni même probable. Étant donné l'évaluation parfaitement connue des troupes disponibles dans les deux camps, il était couru d'avance que Jiro devait contre-attaquer en lançant un appel au clan. Seules, les armées des Anasati n'auraient pas fait le poids devant celles de dame Mara. La dame a agi avec audace en rassemblant le clan Hadama. Cela lui a déjà coûté très cher, politiquement parlant. Elle perdra de puissants alliés – en fait, deux d'entre eux seront forcés par les liens du sang de s'engager contre elle sur le champ de bataille, pour se ranger du côté de Jiro – et bien que les Acoma disposent d'une richesse impressionnante et d'une grande puissance, les deux clans sont à peu près de force égale.

Hochopepa sourit ouvertement. La tentative insidieuse de Motecha pour pousser l'Assemblée à favoriser les Anasati était maintenant anéantie. Plutôt que de se rasseoir, Fumita continua :

— Mais cette affaire recèle un autre problème, dont nous devons nous soucier.

Motecha releva le menton et lui céda la place, écœuré. Il s'éloigna, et comme aucun autre Très-Puissant ne se levait pour réclamer la parole, Hodiku fit simplement signe à Fumita de continuer.

— Je sais que les questions d'honneur sont considérées comme sacro-saintes, mais nous devons prendre en compte une seule chose : cet affrontement entre clans affaiblira-t-il la structure interne de l'empire et mettra-t-il sa stabilité en danger ?

Un murmure parcourut l'Assemblée, mais personne ne se fit connaître pour débattre du problème. Il était indéniable que le clan Ionani et le clan Hadama étaient des factions importantes, mais aucun ne rassemblait suffisamment de fidèles pour troubler l'ordre civil de façon irréparable. Hochopepa savait que son allié Fumita gagnait du temps ; l'inquiétude que révélait cette tactique dépassait largement le règlement d'une querelle personnelle entre deux maisons à propos d'une insulte. Le pire était déjà à moitié accompli : le conflit entre les Anasati et les Acoma avait provoqué le regroupement des factions qui s'opposaient à Ichindar. Les mécontents désorganisés se ralliaient déjà à la cause de Jiro, formant un parti traditionaliste qui pouvait constituer une opposition dramatique au nouvel ordre de l'empire. Bien que ces seigneurs ne soient pas encore assez furieux pour participer aux effusions de sang, si le Grand Conseil avait encore existé et si un vote s'était tenu à cet instant, le seigneur Jiro aurait gagné sans l'ombre d'un doute assez de soutiens pour s'emparer du titre de seigneur de guerre. Certains magiciens considéraient l'ascension d'Ichindar au pouvoir absolu comme un expédient sacrilège : il fallait revenir à la situation d'avant l'Ennemi, et la Lumière du Ciel devait reprendre son rôle traditionnel. Hochopepa se trouvait à la tête d'un petit groupe qui appréciait les récents changements, et écouta distraitement Fumita, dont la tactique consistait à gagner du temps. Il concentra son attention sur Motecha, pour voir auprès de qui il allait graviter. Il confia à son confrère :

— Ah, voici la véritable main qui soutient la cause de Jiro.

D'une légère inclinaison de la tête, il indiqua que Motecha discutait maintenant avec un magicien d'allure athlétique, à peine sorti de l'adolescence, assez quelconque, sauf pour la chevelure rousse que l'on apercevait sous son capuchon noir. Il avait d'épais sourcils, un air renfrogné, et l'attitude d'un homme qu'une nervosité excessive pousse à remuer continuellement.

— Tapek, l'identifia Shimone. Il fait partie des apprentis qui ont brûlé un bâtiment lors de leur entraînement pour leur maîtrise. Il a découvert ses talents très jeune, mais il lui a fallu beaucoup de temps pour apprendre la retenue.

Le visage d'Hochopepa se plissa d'inquiétude.

— Ce n'est pas un ami de Jiro. Je me demande quel est son intérêt dans tout cela ?

Shimone releva à peine les épaules, le geste le plus proche qu'il ait jamais fait se rapprochant de l'énigmatique haussement d'épaules tsurani.

— Ce genre de personne est attiré par les ennuis, comme un bâton flotte vers le centre d'un tourbillon.

Pendant ce temps, le débat continuait. Prenant soin de prononcer un discours neutre, de peur que quelqu'un ne souligne son lien de parenté avec Hokanu et la maison de Mara, Fumita parvint à sa conclusion.

— Je pense que si les clans Ionani et Hadama se détruisent l'un l'autre, nous devrons affronter des périls à la fois intérieurs et extérieurs. (Il leva un doigt.) Il ne fait aucun doute que la maison survivante, quelle qu'elle soit, sera tellement affaiblie que les autres l'attaqueront immédiatement... (Il leva un second doigt, ajoutant :) Quelqu'un peut-il démentir cet autre fait ? Les ennemis à l'extérieur de nos frontières profiteront de nos dissensions internes pour nous attaquer.

— C'est à mon tour de contribuer à l'excès général d'air chaud, marmonna Hochopepa, qui se leva rapidement.

Semblant n'attendre que cela, Fumita s'assit avec une telle brusquerie que personne ne put bondir sur ses pieds assez vite pour empêcher Hodiku de donner la parole au magicien corpulent.

Hochopepa toussa pour s'éclaircir la gorge.

— Mon frère érudit nous a fait un excellent résumé, commença-t-il, s'échauffant avant de se lancer dans un discours de virtuose. Mais nous ne devons pas nous laisser aveugler par la rhétorique.

Les lèvres de Shimone se crispèrent devant ce demi-mensonge. Son compagnon trapu marchait lourdement, de droite et de gauche, croisant le regard de tous les magiciens assis sur les premiers rangs pour capter leur attention.

— J'aimerais souligner que de tels affrontements n'ont jusqu'à maintenant jamais annoncé la fin de la civilisation, telle que nous la connaissons ! (Il hocha la tête pour insister sur ce point.) Et nous n'avons aucun renseignement nous indiquant que les peuples qui vivent sur nos frontières se tiennent prêts à attaquer. Le long de notre frontière est, les Thurils sont trop occupés par le commerce pour rechercher le combat, tant que nous ne leur donnerons pas de raisons de le faire. Ils peuvent se montrer difficiles à vivre, mais le profit leur semble plus intéressant que les effusions de sang. Tout du moins, cela semble être le cas depuis que l'Alliance pour la guerre a abandonné ses tentatives de conquête de leurs terres.

Un murmure de désapprobation parcourut la salle envahie par l'ombre, car la tentative d'annexion des Hautes Terres des Thurils pour en faire une nouvelle province s'était terminée dans la disgrâce pour l'empire. Il était considéré comme inconvenant de rappeler cette défaite. Les scrupules d'Hochopepa ne l'empêchaient pas d'utiliser ce point pour mettre ses contradicteurs en porte-à-faux. Il éleva simplement la voix pour être entendu par-dessus le brouhaha.

— Les hommes du désert de Tsubar ont conclu un traité irrévocable avec les Xacatecas et les Acoma en faveur de l'empire, et nous n'avons eu depuis aucune reprise des hostilités à Dustari.

L'Assemblée ne manqua pas l'allusion à cette victoire passée de Mara. Un sourire s'épanouit sur le visage rond d'Hochopepa, alors que le tumulte s'apaisait pour redevenir un silence respectueux.

— Selon l'avis général, l'empire est paisible au point d'en devenir ennuyeux. (Puis, dans un changement dramatique, son sourire s'évanouit et il se renfrogna, agitant un doigt devant l'assemblée.) Aurai-je besoin de rappeler à mes frères que le pair de l'empire est considéré comme un membre de la maison impériale par adoption ? Une convention étrange, j'en conviens, mais c'est la tradition. (Il agita la main pour désigner Motecha, qui avait tenté de discréditer Mara.) Si nous étions assez imprudents pour agir d'une quelconque façon en faveur des Anasati, l'empereur pourrait tout à fait considérer cette réaction comme une attaque contre sa famille. Et, pour en venir au cœur du sujet, Elgohar et moi-même avons assisté à l'exécution du dernier seigneur de guerre. Lors de sa pendaison... (Il marqua une pause pour faire un effet de manche, et se tapota la tempe.) Voyons si je peux me souvenir des paroles exactes de la Lumière du Ciel, lors de cette occasion où un magicien a conspiré et a trempé dans la politique du Conseil. Oh, oui, il avait dit : Si jamais on découvre qu'une autre Robe Noire a comploté contre ma maison, le privilège des Très-Puissants sera révoqué : ils cesseront d'être en dehors de la loi. Même si je devais lancer *toutes les armées de l'empire* contre votre magie, même si je devais provoquer la ruine totale de l'empire, je ne permettrai pas que l'on défie à nouveau la suprématie impériale. Est-ce bien compris ? »

Lançant un regard sinistre à toute l'assemblée, Hochopepa ajouta :

— Je vous assure qu'Ichindar était parfaitement sincère. Ce n'est pas le genre d'homme à proférer ce type de menace à la légère. Nos précédents empereurs se contentaient peut-être de rester assis sur leur trône, à faire leurs saintes dévotions aux temples et à engendrer des héritiers avec leurs différentes épouses et maîtresses, (et il éleva à nouveau la voix mais ce n'est pas le cas d'Ichindar ! C'est un véritable souverain, et non une marionnette divine portant le costume d'une fonction religieuse !

Baissant la voix, forçant les magiciens présents à lui accorder toute leur attention pour l'entendre, Hochopepa résuma :

— Ceux d'entre nous qui ont assisté aux funérailles du fils du noble pair savent parfaitement que l'écart de dame Mara est dû à son chagrin incommensurable. Elle doit maintenant supporter les conséquences de sa honte. Dès l'instant où elle a attaqué Jiro à mains nues, ce conflit était inévitable. Notre fonction est de protéger l'empire, et je doute éminemment que nous puissions justifier notre engagement dans des activités où nous pourrions tous nous retrouver (en faisant trembler la salle de sa voix de tonnerre, il poursuivit :) en train d'affronter les armées de l'empire sur un champ de bataille, pour une simple insulte personnelle ! (Puis d'une voix calme et raisonnable, il reprit :) Nous gagnerions, bien sûr, mais il n'y aurait plus grand-chose à protéger dans l'empire après cela.

Hochopepa se rassit enfin.

Le silence ne dura qu'un instant avant que Tapek ne bondisse sur ses pieds. Hodiku lui accorda la parole d'un hochement de tête. Les robes du mage à la chevelure rousse tourbillonnèrent alors qu'il rejoignait d'un pas agité le centre de la salle.

Son visage était pâle, tandis qu'il observait l'assemblée plongée dans une réflexion silencieuse.

— Nous avons suffisamment entendu parler de dame Mara. Le parti lésé, je dois le souligner, est celui du seigneur Jiro. Il n'a pas ouvert les hostilités. (Tapek leva les bras.) Pour une fois, je vous prie de considérer les preuves directes plutôt que les belles paroles !

D'un geste large, il dessina un cadre dans l'air. Une incantation quitta ses lèvres, et la lumière se rassembla dans l'espace ainsi délimité. Un arc-en-ciel chatoyant se transforma en une image très nette, montrant une pièce aux murs recouverts de livres et de rouleaux de parchemins. Vêtu d'une robe très élégante dans sa simplicité, le seigneur Jiro y faisait les cent pas, témoignant d'une rare agitation. Chumaka était assis dans un coin sur un coussin, à peine à l'écart de la colère de son maître. Son visage ridé arborait une expression soigneusement neutre.

— Comment la dame Mara ose-t-elle me menacer ? tempêtait Jiro, plongé dans une colère noire. Nous n'avons rien à voir dans la mort de son fils ! Accuser notre maison d'avoir si peu d'honneur qu'elle frapperait un jeune garçon ayant du sang anasati dans ses veines est absurde ! La preuve placée par cet assassin tong est un stratagème transparent pour nous discréditer, et à cause d'elle, nous devons nous préparer à une guerre de clans !

Chumaka croisa ses doigts ornés de bagues de corcara sculpté, qu'il n'avait pas encore retirées depuis les funérailles.

— Le clan Ionani reconnaîtra l'injustice dont nous sommes victimes, dit-il dans un dernier effort pour calmer son maître. Nous ne marcherons pas seuls à la guerre.

— La guerre ! cria Jiro en se tournant brusquement, les yeux plissés de dégoût. La dame fait preuve d'une grande lâcheté en lançant la première cet appel aux armes ! Elle pense nous vaincre sans se salir les mains, en se servant de la force du nombre pour nous anéantir. Eh bien, nous allons utiliser notre intelligence et lui donner une leçon. Le clan Ionani pourrait nous soutenir ; c'est très bien. Mais je ne lui pardonnerai jamais de nous avoir poussés à une telle extrémité. Si notre maison sort victorieuse de cette attaque tyrannique, sois assuré que les Acoma se seront créé un ennemi redoutable !

Chumaka passa sa langue sur ses dents.

— L'arène politique est agitée par de nouveaux remous. Il y aura certainement des avantages à exploiter.

Jiro se retourna vers son conseiller.

— D'abord, que cette chienne soit maudite, nous devons réchapper à ce qui risque de devenir une véritable boucherie.

La scène fut brutalement interrompue quand Tapek frappa dans ses mains pour dissiper son sortilège. Le mage repoussa en arrière ses mèches couleur flamme, ricanant presque de mépris en voyant les anciens se raidir, outragés, devant cette intrusion dans l'intimité d'un noble.

— Vous allez contre la tradition ! cria une voix frêle depuis les bancs du fond. Que sommes-nous donc, de vieilles femmes cancanières, pour nous abaisser à utiliser l'arcane pour espionner ? Est-ce que nous épions les chambres des dames !

Son opinion semblait partagée par plusieurs membres de l'Assemblée aux cheveux gris, qui s'étaient levés brusquement et protestaient bruyamment.

Tapek cria sa réponse :

— L'éthique est contradictoire ! Que fait donc dame Mara des traditions ? Je dis qu'elle a osé transgresser les traditions ! Allons-nous attendre, et payer le prix de l'instabilité qu'elle risque de créer ? Quelle morale respectera-t-elle ? Ne vient-elle pas de prouver son manque de maîtrise de soi dans cette attaque méprisable contre le seigneur Jiro ?

Après cette remarque incendiaire, même Shimone semblait gêné.

— Elle a perdu un enfant d'une façon horrible ! l'interrompit-il. C'est une femme, et un être humain. Il est normal qu'elle commette des erreurs.

Tapek éleva ses deux mains au-dessus de sa tête.

— C'est une remarque très juste, frère, et les imperfections de la dame ne m'inquiètent pas. Mais elle s'est élevée à une hauteur vertigineuse selon les standards normaux. Son influence est devenue bien trop grande et sa puissance trop considérable. En tant que chef de guerre du clan Hadama et dame de la maison la plus puissante de l'empire, elle est la première des souveraines. Et, en tant que pair de l'empire, elle a une emprise dangereuse sur le peuple. J'admets parfaitement qu'elle n'est qu'un simple être humain ! Mais aucun souverain ne devrait être autorisé à posséder une telle influence dans l'empire ! J'affirme que nous devrions dès maintenant refréner ses excès, avant que les troubles ne grandissent et ne puissent plus être contenus.

Hodiku, en sa qualité de maître des débats, se frotta le menton devant le tour que prenait la discussion. Pour tenter de calmer le malaise qui parcourait l'assemblée, il fit appel à Hochopepa :

— J'ai une question à poser à mon sage confrère. Hocho, que pensez-vous que nous devrions faire ?

Se penchant en arrière, s'efforçant de paraître peu concerné en posant un coude sur le dossier de son banc, Hochopepa répondit :

— Que faire ? Mais, je pense que c'est évident. Nous ne devons *rien* faire. Laissons donc ces factions querelleuses avoir leur petite guerre. Quand leurs offenses à l'honneur auront été lavées dans un bain de sang, il sera assez facile de venir ramasser les morceaux.

Des voix s'élevèrent alors qu'une douzaine de magiciens bondissaient sur leurs pieds, cherchant à obtenir la parole. Shimone soupira bruyamment.

— Tu ne vas pas arriver à tes fins, cette fois, Hocho.

Le magicien corpulent prit son menton entre ses mains, et des fossettes creusèrent ses joues.

— Bien sûr que non, murmura-t-il. Mais je n'allais pas laisser ce gamin, cette tête brûlée, se lancer dans l'action sans lui imposer quelques limites.

Comme tous les Très-Puissants se trouvaient en dehors de la loi, ils étaient libres d'agir comme ils le jugeaient bon. Chacun d'eux pouvait intervenir de sa propre initiative contre Mara, s'il pensait agir pour le bien de l'empire. En posant le problème de la non-intervention devant l'Assemblée réunie, Hodiku en avait fait un sujet de consensus, nécessitant l'approbation du quorum. Une fois l'accord entériné, aucun membre de l'Assemblée ne pourrait volontairement défier la décision finale. Comme une résolution rapide du problème était sans espoir, Hochopepa changea de tactique : il devait maintenant forcer la procédure à imposer un jugement tempéré. Le magicien corpulent ajusta avec résignation ses robes autour de sa vaste taille.

— Bon, plongeons-nous dans le cœur du problème et laissons ces têtes brûlées se faire une extinction de voix à force de hurler. Quand ils seront bien essoufflés, nous leur montrerons le seul choix raisonnable et nous demanderons un vote, en leur laissant croire que l'idée venait d'eux dès le début. Il est plus sûr de laisser Tapek et Motecha penser qu'ils dirigent l'Assemblée vers un consensus, plutôt que de les laisser libres de prendre des initiatives regrettables.

Shimone lança un regard amer vers son compagnon corpulent.

— Pourquoi faut-il toujours que tu cherches une solution grâce à d'interminables débats ?

— As-tu une meilleure idée ? répondit vivement Hochopepa, d'une voix pleine de reproches.

— Non, rétorqua Shimone d'une voix sèche.

Ne voulant plus se donner la peine de reprendre la parole, il concentra son attention vers le centre de la salle, où les premiers orateurs rivalisaient déjà pour continuer les débats.

Le soleil matinal chauffait la grande tente de commandement. À l'intérieur, la pénombre sentait l'huile épaisse qui servait à rendre le cuir étanche, et la graisse permettant d'assouplir les lanières des armures et des fourreaux. L'odeur de la lampe à huile était absente, car la dame n'avait pas besoin de lumière. Vêtue de l'armure ornementale et du casque couronné de plumes du chef de clan Hadama, Mara était assise sur de magnifiques coussins de soie. Les rabats de l'entrée de la tente avaient été relevés, et la lumière matinale éclairait son profil sévère. Derrière elle, une main gantelée posée sur son épaule,

Hokanu observait l'armée disposée en rangs en contrebas, sur toute la largeur de la grande vallée.

La masse des guerriers qui attendaient assombrissait la prairie à perte de vue, depuis leur position avantageuse sur la colline : des lances et des casques impeccablement alignés, trop nombreux pour être comptés. Le seul mouvement visible était celui des plumets des officiers agités par le vent, où de nombreuses couleurs s'étaient jointes au vert acoma. Mais cette immobilité était trompeuse. À n'importe quel moment, tous ces hommes portant les couleurs du clan Hadama pouvaient se lancer à l'attaque, répondant à l'appel à l'honneur de leur chef de guerre.

Mara ressemblait à une sculpture de jade dans son armure de cérémonie. Son visage était tout aussi dénué d'expression que celui de n'importe quel chef de guerre tsurani. Mais les conseillers qui la servaient avaient remarqué dans son maintien une certaine fragilité due à la rigidité, comme si la raideur seule parvenait à contenir les émotions qui tourbillonnaient en elle. Ils se déplaçaient et parlaient doucement en sa présence, comme si un geste malencontreux ou un mot prononcé de travers risquaient de briser son contrôle, et de libérer à nouveau la rage irrationnelle qu'elle avait déchaînée contre le seigneur Jiro.

Dans cette situation, avec d'immenses armées à ses ordres, déployées et prêtes à passer à l'offensive, Mara était aussi imprévisible qu'un orage dont les éclairs n'ont pas encore frappé le sol. Car une déclaration de guerre officielle signifiait que l'on abandonnait toute ruse et toute stratégie, que l'on oubliait les feintes et les raisonnements, et que l'on se contentait de charger à découvert sur le champ de bataille, vers l'ennemi nommé dans la cérémonie au temple de Jastur.

Face aux armées hadama s'élevaient les bannières du clan Ionani. Comme dame Mara, le seigneur Jiro était assis en compagnie du chef de guerre des Ionani sur la crête de la colline opposée. Fier comme il convenait à sa lignée, il était déterminé à ne pas pardonner l'offense à son honneur perpétrée par la dame des Acoma. Derrière les rangs serrés des guerriers ionani, la tente de commandement arborait l'ancienne bannière de guerre écarlate et jaune des Anasati, placée sur un mât à côté de la tente noir et vert du seigneur Tonmargu, le chef de guerre du clan. Selon la tradition, l'emplacement des couleurs indiquait que l'affront fait aux Anasati avait été accepté par toutes les maisons, et ne serait résolu que par un bain de sang où le coût en vies ne compterait pas.

Mourir était tsurani ; vivre dans le déshonneur et la lâcheté était un sort pire que la mort.

Les yeux de Mara enregistraient tous ces détails, mais ses mains ne tremblaient pas. Ses pensées étaient murées, isolées dans un endroit glacial où même Hokanu ne pouvait pénétrer. La femme qui avait déploré la guerre et les tueries semblait maintenant impatiente de plonger dans une violence brutale. Le sang versé ne lui ramènerait pas son fils, mais la fièvre et l'horreur de la bataille pourraient peut-être l'empêcher de penser. Elle connaîtrait un sursis, oublierait sa souffrance et son chagrin, jusqu'à ce que Jiro des Anasati morde la poussière et soit réduit en charpie.

Sa bouche se durcit au fil de ses pensées, et Hokanu sentit sa tension intérieure. Il ne tenta pas de l'apaiser, sachant instinctivement qu'aucune parole de réconfort ne pourrait l'émouvoir. Il restait près d'elle, silencieux, tempérant ses décisions quand il le pouvait.

Un jour, elle s'éveillerait peut-être et accepterait les larmes pour ce qu'elles étaient. Jusqu'à ce que le temps commence à la guérir, il ne pouvait que lui offrir son soutien absolu, sachant que jusque-là, lui donner moins risquait de la pousser à prendre des mesures encore plus désespérées.

Hokanu suivait de l'œil les événements lointains avec une véritable impassibilité tsurani, lorsque plusieurs silhouettes quittèrent les lignes hadama pour s'approcher des rangs ionani. Lujan conduisait la délégation. Le soleil étincelait sur son armure et éclairait l'extrémité des plumets de ses officiers, leur donnant l'éclat de l'émeraude. À ses côtés marchaient ses deux chefs de bataillon, Irrilandi et Kenji, et derrière eux, selon leur rang, les chefs de bataillon des autres maisons du clan Hadama. Un scribe suivait enfin, pour noter les paroles échangées quand la délégation rencontrait son homologue au centre du site choisi pour la bataille selon la tradition. Une discussion établirait les termes de la guerre, les limites du champ de bataille, l'heure du début des hostilités, et la possibilité qu'un quartier soit accordé ou accepté. Mais Mara avait mis fin à tous les espoirs pour ce dernier arrangement.

Que les maisons du clan Ionani aient jugé bon de s'impliquer ne lui avait pas fait changer d'un pouce sa position. Elles pouvaient tomber ou survivre avec Jiro, et ainsi elle ne serait pas seule à souffrir des atrocités du jeu du Conseil.

Quand Keyoke, son conseiller pour la guerre, avait abordé le sujet, les yeux de Mara avaient étincelé de colère quand elle avait répondu :

— Pas de quartier.

Les lignes étaient maintenant formées, les enjeux définis. Nul ne pouvait remettre en cause les paroles de Mara en tant que chef de guerre. Hokanu parcourut rapidement du regard la tente de commandement, autant pour retrouver son aplomb que pour deviner l'humeur des personnes présentes. Keyoke avait préféré porter une armure plutôt que la robe de conseiller à laquelle son poste lui donnait droit ; Saric, qui avait combattu dans les rangs des armées acoma avant d'être promu à sa haute fonction avait aussi revêtu une armure. Une bataille allait bientôt faire rage, et il se serait senti nu en ne portant qu'une fine étoffe de soie.

Le vieil Incomo portait ses robes. Plus à l'aise avec une plume qu'avec un couteau de table, il restait immobile, les mains glissées dans sa ceinture, les traits tirés. Bien qu'il soit aussi aguerri à sa manière qu'un vieux général, il n'avait pas été éduqué dans les arts de la violence. L'appel au clan de Mara n'était pas l'acte d'une personne sensée. Jusqu'alors, la dame avait été l'incarnation même de la douceur et de la raison, et son adhésion venimeuse à la vengeance tsurani rituelle le terrifiait intérieurement. Mais ses années d'expérience comme conseiller des Minwanabi lui permettaient de rester ferme dans son obéissance.

Tous les hommes et toutes les femmes des Acoma, et toutes les maisons du clan Hadama attendaient que la volonté des dieux s'exprime aujourd'hui.

Des trompes retentirent et les grands cors de guerre incurvés résonnèrent. Les tambours battirent un rythme soutenu lorsque les délégations des Ionani et des Hadama se séparèrent, faisant demi-tour et rejoignant leurs rangs. Les roulements de tambour s'accélérèrent et la fanfare prit un tempo plus rapide. Lujan reprit sa place au centre des rangs, Irrilandi et Kenji allèrent sur les ailes droite et gauche, et les autres officiers rejoignirent la tête des armées de leur maison. Le soleil matinal faisait étinceler les bords laqués des boucliers et des lances, et enflamma le mouvement ondoyant de milliers de guerriers qui tiraient leur épée de son fourreau.

Les bannières claquèrent dans une rafale de vent, et certaines se déroulèrent près du fer, rouges en l'honneur de Turakamu le dieu de la mort, dont on demandait la bénédiction pour le massacre qui allait commencer. Un prêtre du dieu Rouge avança sur la bande étroite de terre qui séparait les armées et chanta une prière. L'augmentation de volume alors que les voix des guerriers se joignaient à la sienne rappelait le frémissement qui précède les cataclysmes. À côté du prêtre se tenait une religieuse vêtue de voiles noirs, une sœur de Sibi, Celle qui est la Mort. La présence d'une prêtresse de la sœur aînée de Turakamu montrait que de nombreux hommes étaient destinés à mourir en ce jour. Le prêtre termina son invocation et lança en l'air une poignée de plumes rouges. Il s'inclina jusqu'à terre, puis salua la prêtresse de la déesse de la mort. Tandis que les religieux se retiraient, les guerriers se mirent à hurler. Des cris et des insultes brisèrent le silence de la matinée, alors que les hommes injuriaient leurs ennemis de part et d'autre du champ de bataille. Des paroles impardonnables étaient échangées, pour sceller leur volonté de participer à un combat d'extermination : gagner ou mourir, comme l'honneur l'exigeait. Ces insultes permettaient de raffermir la volonté des soldats, pour que la lâcheté ne les tente pas. Le code de l'honneur tsurani était inflexible : un homme ne sauverait sa vie que par la victoire, sinon sa disgrâce se prolongerait sur la Roue de la vie et attirerait le malheur sur sa prochaine réincarnation.

Mara observait la scène sans passion. Son cœur était dur. Aujourd'hui, d'autres mères sauraient ce que l'on éprouve lorsqu'on pleure sur le corps d'un fils tué. Elle remarqua à peine les doigts d'Hokanu qui se refermaient sur les épaulières de son armure, lorsque le cœur de son époux commença à battre la chamade par anticipation.

L'héritier des Shinzawaï avait le droit de rester à l'écart, car il n'avait aucun lien de sang avec les Hadama ou les Ionani. Mais en tant qu'époux du noble pair, il se sentait obligé de superviser ce massacre. Maintenant, alors que l'excitation des guerriers atteignait un sommet et accélérait leur sang, une part plus sombre de sa nature attendait impatiemment l'appel qui déclencherait la charge. Il avait aimé Ayaki comme son propre fils et la mort du garçon le poussait à partager la rage de sa dame. La logique pouvait absoudre la maison Anasati, qui n'avait sans doute pas engagé le tong, mais la soif de ses émotions n'avait pas été étanchée. Que Jiro soit coupable ou non, le sang devait couler pour expier le sang versé.

Un messager envoyé par Lujan arriva à la tente de commandement. Il s'inclina jusqu'à terre, restant silencieux jusqu'à ce que la dame lui fasse signe de parler.

— Maîtresse et chef de guerre du clan Hadama, les commandants des Ionani ont donné leur accord. La bataille commencera quand le soleil se sera élevé de six diamètres au-dessus de l'horizon oriental.

Mara regarda les cieux, estimant le moment de l'attaque.

— Le signal de la charge sera donc sonné dans moins d'une demi-heure.

Elle inclina sèchement la tête pour signifier son accord. Mais le délai était encore plus long qu'elle ne le désirait : Ayaki n'avait pas disposé d'un tel sursis.

Les minutes passaient lentement. Les soldats continuèrent à hurler des insultes jusqu'à ce que leurs voix deviennent rauques. Le soleil progressait peu à peu dans le ciel, et l'air devenait de plus en plus chaud. Les personnes présentes dans la tente de commandement avaient tellement les nerfs à vif que le contact d'une mouche aurait suffi à faire exploser cette atmosphère de force contenue.

L'impatience d'Hokanu montait. Il était prêt à tirer l'épée, à voir son tranchant boire le sang de ses ennemis. Le soleil atteignit enfin la position désignée. Aucun signal ne passa entre les officiers supérieurs présents dans la tente de commandement. Keyoke prit une rapide inspiration au moment où Mara leva la main. Sur le champ de bataille, Lujan brandit son épée dégainée, et les trompettes sonnèrent l'appel à la guerre.

Hokanu avait tiré sa propre épée, sans réfléchir. La bataille risquait de finir avant même qu'il n'affronte un ennemi, car sa place était aux côtés de sa dame. Aucun guerrier ionani ne franchirait la garde d'honneur qui entourait la tente de commandement à moins que le clan Hadama ne soit mis en déroute. Mais Saric et lui se tenaient prêts à combattre.

Les notes de la fanfare semblèrent s'étirer pour l'éternité. Dans le lointain, Lujan attendait à la tête des armées, son épée haute étincelant comme une aiguille sous les rayons du soleil. De l'autre côté du champ de bataille, le commandant ionani tenait une pose similaire. Quand les épées des deux hommes s'abaisseraient, une multitude de soldats chargeraient en hurlant sur l'étroite bande de prairie, et les collines résonneraient du fracas des armes et des cris de guerre.

Hokanu prit une courte inspiration pour murmurer une prière rapide pour Lujan, car il était presque certain que le courageux commandant des armées acoma allait mourir. La densité de soldats dans les deux camps rendait improbable que les cinq premiers rangs survivent au choc initial. Les deux grandes armées s'écraseraient l'une contre l'autre comme deux mâchoires opposées, et seuls les guerriers des rangs les plus éloignés pourraient voir qui sortirait victorieux de l'affrontement.

L'instant d'immobilité prit fin. Les hommes terminèrent leur dernière supplique silencieuse aux dieux pour l'honneur, la victoire et la vie. Puis l'épée de Lujan frémit en entamant son mouvement de descente.

Alors que les guerriers se penchaient en avant, faisant passer le poids de leurs corps sur la pointe de leurs pieds, et que les bannières frissonnaient dans les mains des porteurs qui levaient les hampes vers le ciel, un coup de tonnerre claqua violemment dans le ciel vert dégagé.

La pression de l'air frappa Mara et Hokanu en plein visage. Des coussins s'envolèrent et Hokanu tituba. Il tomba à genoux, prenant Mara dans l'étreinte protectrice de son bras désarmé. Incomo fut projeté en arrière, ses robes s'enflant comme les voiles d'un navire, tandis que la tente de commandement grinçait et se gonflait sous la rafale de vent. Keyoke tomba en arrière, heurtant Saric qui le rattrapa et faillit chuter quand la béquille le frappa en travers des jambes. Les deux conseillers acoma s'accrochèrent l'un à l'autre pour retrouver leur équilibre, pendant qu'à l'intérieur de la tente, les tables se renversaient et que les cartes décrivant les plans de bataille s'enroulaient brusquement, tombant dans l'amas de tentures qui s'écrasaient sur la natte de couchage de Mara.

Dans un maelström de poussière, le chaos se répandit sur le champ de bataille. Les bannières craquèrent et claquèrent au vent, arrachées des mains de leurs porteurs. Un cri s'éleva des premiers rangs des deux armées lorsque les guerriers furent projetés au sol. Leurs épées frappèrent la terre, et non la chair. Plongés dans un désordre total par la bourrasque, les soldats arrivant derrière eux trébuchèrent les uns sur les autres, jusqu'à ce que plus personne ne soit capable d'avancer pour engager le combat.

Plusieurs silhouettes vêtues de noir apparurent dans l'espace vide entre les armées. Leurs robes n'étaient pas agitées par le vent, mais restaient immobiles, dans un calme surnaturel. La fureur des soldats se transforma en terreur respectueuse, quand les troupes des deux camps clignèrent leurs paupières couvertes de poussière. Ils virent que des Très-Puissants étaient arrivés, et bien que leurs armes restent dans leurs mains et que la soif de sang les tenaille toujours, personne ne se leva ou ne fit le moindre geste pour se jeter sur les mages qui se tenaient à mi-distance entre les deux armées. Les guerriers tombés restèrent allongés sur le sol, leurs visages pressés contre l'herbe. Aucun ordre de leur maître ou de leur maîtresse n'aurait pu les faire avancer, car toucher un Très-Puissant provoque une destruction totale, et est même considéré comme une offense aux dieux.

Mara observa d'un air hostile les Robes Noires qui contrariaient sa vengeance. Les lanières de son armure grincèrent lorsqu'elle se leva. Elle serra les poings, et des muscles tressaillirent dans sa mâchoire. Elle murmura :

— Non...

Une mèche de cheveux s'échappa de son casque, et son plumet de chef de guerre trembla comme un roseau agité par la brise. Un battement de cœur plus tard, un Très-Puissant se matérialisa à côté du rabat ouvert de la tente. Sa robe semblait taillée dans la nuit même, et bien qu'il ait la minceur de la jeunesse, son regard n'avait rien de juvénile. Une lueur semblable à une flamme brillait dans ses yeux, et contrastait avec sa peau et ses cheveux sombres. Sa voix se révéla étonnamment grave.

— Dame Mara, entendez notre volonté. L'Assemblée interdit cette guerre !

Mara pâlit. La fureur la saisit quand elle comprit qu'on l'empêchait d'accomplir sa guerre de clans. Elle n'avait jamais imaginé que l'Assemblée interviendrait et s'opposerait à sa volonté. Elle était aussi impuissante à protester devant ce développement que l'avait été son ancien ennemi, Tasaio des Minwanabi. Car lui refuser les moyens traditionnels de vengeance pour le meurtre d'Ayaki l'obligeait à forfaire à l'honneur des Acoma. Se retirer de cette confrontation sans effusion de sang la plongerait dans une disgrâce pire que toute la honte que les Anasati pourraient ressentir. Son fils ne serait pas vengé, et le seigneur Jiro obtiendrait la victoire. Il gagnerait l'estime de ses pairs pour son courage, car il était venu sur le champ de bataille, prêt à s'engager au combat pour défendre son honneur. Mais ce n'était ni son fils, ni les ancêtres de sa famille, dont les fantômes seraient humiliés pour avoir été privés du prix du sang pour un meurtre. La dame des Acoma serait l'accusatrice qui n'avait pas accompli sa vengeance par la force des armes, et elle perdrait une grande partie de la vénération due à son rang.

Mara retrouva l'usage de la parole.

— Vous m'obligez à forfaire à l'honneur, Très-Puissant.

Le magicien écarta sa remarque avec un calme hautain.

— Votre honneur, ou plutôt votre manque d'honneur, n'est pas mon affaire, noble pair. L'Assemblée agit comme elle le juge bon et, comme toujours, pour le bien de l'empire. Le carnage perpétré dans ce conflit entre les clans Hadama et Ionani affaiblirait les nations de l'empire et rendrait notre pays vulnérable à une attaque extérieure. Voici vos ordres : aucune force des Acoma et des Anasati, ou de leurs clans et alliés, ne peut s'engager sur un champ de bataille pour s'affronter, que ce soit pour cette affaire ou pour tout autre problème. Il vous est interdit de faire la guerre au seigneur Jiro.

Mara se retint de parler par la seule force de sa volonté. Elle était présente lorsque la Robe Noire barbare, Milamber, avait ouvert les cieux au-dessus de l'arène impériale. La puissance déchaînée ce jour-là avait tué, fait trembler la terre et déclenché une pluie de feu. Elle n'avait pas suffisamment sombré dans le chagrin pour perdre la raison et oublier ce fait essentiel : les mages étaient la force suprême de l'empire.

Le jeune magicien dont elle ignorait le nom l'observait dans un silence arrogant, alors qu'elle avalait difficilement sa salive. Ses joues étaient empourprées et Hokanu, près d'elle, pouvait sentir les tremblements provoqués par la rage qu'elle devait contenir. Mais Mara était tsurani. Elle devait obéir aux Très-Puissants. Elle hocha sèchement la tête.

— À vos ordres, Très-Puissant.

Elle s'inclina profondément, même si elle éprouvait un profond ressentiment. Puis elle se tourna à demi vers ses conseillers.

— Voici mes ordres : sonnez la retraite.

Devant cet ultimatum, elle n'avait pas le choix. Bien qu'elle soit la souveraine de la maison la plus puissante de Tsuranuanni, bien qu'elle soit pair de l'empire, elle ne pouvait que s'incliner devant l'inévitable et s'assurer qu'aucun manquement à la dignité ne viendrait alourdir le déshonneur qu'on lui imposait.

Hokanu relaya les ordres de sa dame. Saric s'ébroua et sortit de son immobilité stupéfaite. Il se hâta de faire lever de leur prostration servile les porteurs de signaux qui se trouvaient devant la tente. Keyoke leur tendit les drapeaux vert et blanc puis, comme s'ils étaient soulagés d'avoir une excuse pour s'éloigner de la silhouette noire attendant dans la tente de commandement, les messagers coururent précipitamment vers le sommet de la colline pour signaler l'ordre de retraite.

Sur le champ de bataille, parmi la masse agenouillée de ses guerriers, Lujan aperçut le signal. Il plaça ses mains en porte-voix et hurla l'ordre de retraite, tout comme les autres commandants du clan Hadama qui se tenaient près de lui. Comme une vague retenue de force, les hommes ramassèrent leurs épées et leurs lances, se levèrent lentement, et se regroupèrent selon leurs familles. Le mouvement se répandit dans les rangs alors que les soldats reprenaient leurs formations, et commençaient à revenir vers les collines et les campements respectifs de leurs maîtres.

Les troupes prêtes à charger si peu de temps auparavant refluèrent, laissant derrière elles une prairie piétinée, écrasée par la lumière du soleil. Les magiciens apparus entre les armées surveillèrent la retraite puis, leur tâche accomplie, disparurent un par un, réapparaissant sur la colline près de la tente de commandement des Ionani.

Plongée dans l'amertume, Mara remarquait à peine le magicien immobile devant elle, et Hokanu qui donnait des instructions aux troupes du clan Hadama pour qu'elles rentrent dans leurs garnisons domaniales respectives. Ses yeux contemplaient peut-être la fin d'une guerre, mais leur dureté ne fléchit pas. L'honneur devait être satisfait. Tomber sur son épée ancestrale n'était pas une réparation juste pour la vie d'Ayaki. La disgrâce publique persisterait, et ne serait pas oubliée. Jiro utiliserait cette honte pour rassembler les ennemis de la maison Acoma. Suffisamment secouée pour retrouver le sens de ses responsabilités, Mara ne pouvait qu'expier ses erreurs. Elle n'avait plus le choix maintenant, et devrait utiliser l'intrigue pour venger la mort d'Ayaki et régler l'insulte envers les Anasati.

Le jeu du Conseil devait maintenant lui servir, avec ses complots et ses meurtres secrets, dissimulés derrière une façade apparente de bienséance tsurani.

Une agitation survint alors devant la tente de commandement, un brouhaha de voix entremêlées, et parmi elles celle de Keyoke qui exprimait clairement son étonnement.

— Deux compagnies se déplacent sur le flanc, à l'extrême gauche !

Mara se hâta de sortir, la peur chassant ses pensées haineuses. Elle observa la vallée avec un sentiment d'incrédulité horrifiée, quand la troupe placée le plus à gauche des forces hadama refusa d'obéir aux ordres et s'élança vers les Ionani.

Le magicien qui avait suivi son mouvement siffla d'indignation, et plusieurs de ses confrères apparurent, comme venus de nulle part. Mara combattit une vague de panique devant les nouveaux arrivants. Si elle ne réagissait pas rapidement, les Très-Puissants la châtieraient comme si elle était responsable de cet acte de désobéissance. Dans quelques secondes, sa maison, son clan et tous les serviteurs loyaux des Acoma risquaient de mourir sous l'effet de la colère des magiciens.

— Qui commande l'aile gauche ? cria-t-elle d'une voix rendue aiguë par le désespoir.

Irrilandi, qui venait d'arriver sur la colline, répondit :

— C'est une compagnie de réserve, maîtresse. Elle est placée sous la responsabilité du seigneur des Petcha.

Mara se mordit les lèvres, réfléchissant à toute vitesse : Petcha était un seigneur qui avait hérité très récemment de son sceptre. Il était à peine sorti de l'adolescence, et on lui avait donné un commandement à cause de son rang, et non pour sa compétence ou son expérience. La tradition tsurani lui donnait le droit d'avoir une place au premier rang. Lujan avait compensé ce problème du mieux possible et avait placé le garçon à la tête d'une unité auxiliaire, à laquelle on n'aurait fait appel que lorsque l'issue de la bataille aurait été décidée. Mais maintenant, la jeunesse ou l'impétuosité du souverain risquaient de provoquer un désastre total.

Keyoke considéra la situation dans la vallée avec l'œil d'un maître tacticien.

— Le fou impétueux ! Il cherche à frapper alors que la confusion règne dans les rangs des Anasati ! N'a-t-il donc pas vu les Très-Puissants ? Comment peut-il ignorer leur arrivée ?

— Il a perdu la raison. (Hokanu désigna d'un geste les messagers, qui avaient rejoint même les troupes les plus éloignées.) Ou alors, il ne sait pas interpréter les drapeaux de signalisation.

Saric se hâta d'envoyer de nouveaux messagers, pendant que sur le champ de bataille, plusieurs autres officiers expérimentés se détachaient de la foule des guerriers en retraite et convergeaient en hâte vers les bannières en mouvement du seigneur des Petcha.

Sur la colline, dame Mara regardait, horrifiée, deux compagnies entières d'hommes portant l'armure au plumet orange et bleu du seigneur des Petcha s'élancer pour attaquer le flanc droit des Anasati. Les soldats en rouge et jaune de l'autre côté de la colline firent rapidement volte-face, et se préparèrent à recevoir la charge. Les ordres de leurs officiers flottèrent dans le vent alors qu'ils exhortaient leurs hommes à garder leur sang-froid. C'étaient des troupes expérimentées, ou alors la peur les rendait prudentes. Ils obéirent parfaitement aux ordres des Très-Puissants, et ne chargèrent pas pour répondre à la provocation du seigneur des Petcha.

Les mains nerveuses de Keyoke blanchirent sur sa béquille.

— Il est sage, ce chef de troupe anasati. Il ne violera pas l'ordre de retraite, et si nos hommes commandés par les Petcha continuent à progresser, ils devront escalader la colline. Il a le temps d'attendre, et peut-être même de maintenir la trêve.

Il avait prononcé ces paroles pour le bénéfice des Robes Noires, qui s'étaient rassemblées et formaient un groupe agité. Fronçant les sourcils sous leurs capuchons d'un noir d'encre, elles observaient les troupes des Petcha qui se ruaient vers le flanc ionani de la vallée et commençaient à l'escalader.

113

L'un des magiciens parla, et deux d'entre eux s'évanouirent dans un sifflement d'air compressé.

Les serviteurs de Mara se jetèrent à terre, saisis d'une peur abjecte, et plus d'un vétéran pâlit. Lujan semblait écœuré et Keyoke ressemblait à une statue de pierre.

Sur le champ de bataille, les deux Robes Noires réapparurent devant les troupes qui chargeaient. Aussi minuscules que des jouets, mais menaçants malgré leur petite taille, ils levèrent les mains vers le ciel. Une lumière verte surgit des extrémités de leurs doigts, et un éclair aveuglant explosa sur la route des assaillants.

Aveuglée par la persistance rétinienne, Mara dut cligner des paupières pour chasser les larmes de ses yeux. Quelques secondes s'écoulèrent avant qu'elle ne retrouve une vision claire. Elle se força à regarder la vallée, et retint un hoquet de surprise.

Au premier regard, tout semblait normal. Les soldats du seigneur des Petcha ne couraient plus ; ils se tenaient debout, immobiles, leurs armures orange brillant sous le soleil et leurs plumets s'agitant dans la brise. Mais un examen plus attentif montrait que leur impassibilité masquait une scène horrible. Les mains qui agrippaient encore des armes se tordaient et se contractaient, tandis que leur chair se boursouflait lentement. Les visages grimaçaient en une agonie silencieuse et cauchemardesque. Leur peau se couvrait de cloques, puis s'assombrissait, noircissait et se flétrissait. De la fumée s'éleva en spirales dans le vent, empestant la charogne brûlée. La chair craquelait et le sang qui suintait s'évaporait sur le champ.

Mara sentit son estomac se nouer sous l'effet de la nausée. Elle s'affaissa, tomba en arrière, mais fut rattrapée par Hokanu qui partageait son horreur et son angoisse. Même Keyoke, endurci par des dizaines de batailles, semblait écœuré jusqu'au plus profond de son âme.

Aucun cri ne retentissait sur le champ de bataille. Les victimes restaient immobiles comme des marionnettes, pendant que leurs yeux explosaient et que leurs orbites vides suintaient. Leurs langues devinrent des obscénités violettes, épaisses, qui jaillissaient de leurs bouches, et elles ne pouvaient même pas pousser un cri étranglé. Les cheveux fumaient et les ongles fondaient, mais les soldats vivaient encore, leurs soubresauts et leurs frissons clairement visibles pour les observateurs stupéfaits qui se tenaient au sommet des collines avoisinantes.

Saric étouffa un hoquet.

— Dieux, dieux, ils sont sûrement assez punis.

Le magicien qui s'était rendu le premier à la tente de Mara se tourna vers le conseiller.

— Ils ne seront assez punis que lorsque *nous* déciderons de leur permettre de rejoindre Turakamu.

— À vos ordres, Très-Puissant ! répondit Saric en se prosternant immédiatement, pressant son visage dans la terre comme un esclave. Je vous supplie de me pardonner, Très-Puissant. Je regrette mon éclat, et je vous présente mes excuses pour avoir pris la parole sans autorisation.

Le magicien ne daigna pas répondre, mais resta plongé dans un silence glacial, tandis que les guerriers petcha continuaient à souffrir mille tourments sur le champ de bataille. La chair brûlée se détacha de leurs corps, tombant encore fumante sur le sol. Les hommes finirent enfin par s'effondrer, d'abord l'un, puis l'autre, jusqu'à ce que deux cents guerriers gisent à terre, squelettes noircis étendus sur une herbe intacte, toujours vêtus de leurs armures luisantes. La bannière orange et bleu des Petcha reposait devant eux, ses pompons flottant dans le vent qui emportait à peine une trace de fumée.

Le jeune magicien finit enfin par s'écarter de ses confrères et s'adressa à la dame Mara.

— Notre autorité est absolue, noble pair. Que vos gens s'en souviennent. Tous ceux qui nous défieront s'attireront une annihilation instantanée. Est-ce bien compris ?

Mara réprima sa nausée, et murmura d'une voix rauque :

— À vos ordres, Très-Puissant.

Un autre magicien se sépara du groupe.

— Je ne suis pas encore satisfait.

Il regarda les officiers de Mara, tous debout à l'exception de Saric. Ils semblaient intimidés, comme la bienséance tsurani l'exigeait, mais aucun d'entre eux ne tremblait de terreur. Cette façade courageuse sembla augmenter le mécontentement de la Robe Noire.

— Qui nous a défiés ? demanda-t-elle à ses confrères, ignorant Mara.

— Le jeune seigneur des Petcha, répondit une voix glaciale et concise.

Une troisième voix s'éleva parmi les Robes Noires, cette fois plus tempérée.

— Il a agi de son propre chef, sans avoir reçu la permission ou l'approbation de son chef de guerre.

Le second magicien, un homme au regard acéré dont la tignasse rousse s'échappait par endroits de son capuchon, tourna son regard vers Mara.

— Le déshonneur de cet homme ne se termine pas ici.

Le magicien qui semblait vouloir jouer les médiateurs reprit la parole :

— Tapek, j'ai dit que dame Mara n'avait rien à voir avec ce geste de défi.

Tapek répondit par un haussement d'épaules, comme s'il était agacé par une mouche.

— En tant que chef de guerre du seigneur des Petcha, elle est responsable de la conduite de toutes les troupes placées sous son commandement.

Mara releva le menton. Son esprit se paralysa, quand elle comprit horrifiée que ces Robes Noires pouvaient ordonner sa mort, sans plus de scrupules qu'ils n'en avaient eu pour Tasaio des Minwanabi, dont le suicide avait été provoqué par leurs ordres. Ses officiers étaient paralysés de terreur. Les yeux de Keyoke prirent une dureté que personne n'avait encore jamais contemplée.

Hokanu eut un sursaut involontaire et faillit s'avancer, mais il fut arrêté par la poigne de fer de Lujan sur son bras.

Tous les spectateurs retinrent leur souffle. Si les Robes Noires ordonnaient la destruction de la dame, aucune épée, aucune supplique, aucun pouvoir de l'amour ne pourrait les en empêcher. La loyauté de milliers de serviteurs et de soldats, qui auraient donné volontiers leur vie pour elle, ne lui servirait à rien.

Pendant que Tapek observait la dame avec le regard impitoyable d'un serpent, le jeune magicien demanda :

— Le seigneur des Petcha est-il encore en vie ?

Lujan réagit instantanément, envoyant un messager sur le champ de bataille. Des minutes interminables s'écoulèrent. Tapek s'agitait avec impatience, pendant que le messager se renseignait sur les lieux du carnage. Un drapeau fut apporté pour faire des signaux. L'étendard plongea et s'agita, et Lujan traduisit le code.

— Tous ceux qui ont attaqué sont morts. (Il osa lever le regard vers les Très-Puissants alors qu'il concluait :) Le seigneur des Petcha conduisait ses hommes. Son corps n'est plus que cendres et ossements, comme celui des autres.

Le premier magicien hocha sèchement la tête.

— L'anéantissement du rebelle est un châtiment suffisant.

Le troisième magicien du groupe confirma son opinion.

— Qu'il en soit ainsi.

Mara faillit s'évanouir de soulagement, jusqu'à ce que Tapek avance brusquement devant elle. Dans les ombres profondes de son capuchon, il fronça ses sourcils épais pour exprimer son mécontentement. Ses yeux étaient pâles, aussi froids que les abysses des océans, quand il déclara d'une voix menaçante :

— Mara des Acoma, la maison des Petcha n'existe plus. Vous devrez vous assurer que tous les descendants de cette lignée soient morts avant le crépuscule. Le manoir et les baraquements seront brûlés, les champs incendiés. Quand les récoltes seront détruites, des domestiques acoma saleront la terre, pour qu'il ne pousse plus jamais rien sur ce sol. Tous les soldats qui ont prêté serment au natami des Petcha seront pendus. Vous laisserez leurs restes pourrir au vent, et vous ne leur offrirez pas l'asile, comme vous l'avez fait pour d'autres guerriers de maisons conquises. Tous les serviteurs libres des Petcha sont maintenant des esclaves au service de l'empereur. Tous les biens des Petcha appartiennent désormais aux temples. Le natami des Petcha devra être brisé à coups de masse et ses fragments enterrés, pour ne plus jamais connaître la chaleur du soleil, chassant à jamais les esprits des Petcha de la Roue de la vie. À partir de cette nuit et pour l'éternité, cette maison n'existe plus. Que cette fin montre que personne ne peut défier les ordres de l'Assemblée. Personne.

Mara força ses genoux à ne pas se dérober sous elle. Elle utilisa la moindre parcelle d'énergie pour respirer et retrouver sa voix.

— À vos ordres, Très-Puissant.

Elle s'inclina. Son armure lui écrasait les épaules, et son casque à plumet semblait peser sur son cou, mais elle se baissa jusqu'à ce que ses genoux et son front touchent le sol, et que la poussière souille les plumes d'un chef de guerre des Hadama.

Le jeune magicien inclina la tête, répondant superficiellement à la révérence de Mara, puis sortit un objet rond et métallique de sa robe. Il appuya sur un bouton avec son pouce. Un gémissement déchira le silence. Dans un claquement audible et un courant d'air, la Robe Noire disparut.

Le magicien dénommé Tapek s'attarda, observant la femme agenouillée sur le sol à ses pieds. Ses lèvres tressaillirent alors qu'il savourait sa prosternation.

— Veillez à ce que cette leçon soit bien apprise par tous les membres de votre clan, noble pair. *Quiconque* défiera l'Assemblée subira le même sort que les Petcha.

Il sortit un autre de ces objets ronds et disparut lui aussi un instant plus tard. Les autres Robes Noires s'évanouirent après lui, abandonnant la colline aux officiers choqués de Mara.

Des cris résonnaient dans la vallée, en contrebas, quand les officiers lancèrent des ordres à leurs soldats abasourdis. Les guerriers s'entassèrent sur les flancs des collines, certains se hâtant de mettre la plus grande distance possible entre eux et le carnage magique, d'autres répugnant à tourner le dos à l'ennemi, qui manœuvrait pour obéir au même édit que la dame Mara. Saric se remit debout, pendant que le commandant aidait sa dame, encombrée par son armure, à faire de même. D'une voix rauque, Mara ordonna à Lujan :

— Hâte-toi d'envoyer d'autres messagers. Nous devons disperser rapidement le clan, pour que d'autres mésaventures ne provoquent pas un nouvel incident.

Avalant difficilement sa salive et se sentant toujours nauséeuse, Mara fit un geste vers Saric.

— Et, que les dieux nous prennent en pitié, veille à ce que l'on exécute cet ordre terrible : l'annihilation des Petcha.

Saric hocha la tête, incapable de parler. Il avait un don pour lire le caractère des gens, et le souvenir de l'intensité de Tapek lui donnait des frissons. Mara avait reçu le pire châtiment imaginable : la destruction totale d'une famille loyale du clan, pour une offense aussi légère que l'impétuosité de la jeunesse. À cause de l'appel au clan de sa maîtresse, le jeune seigneur était mort dans une longue agonie. Avant le crépuscule, sa jeune épouse et ses fils qui n'étaient encore que des nourrissons seraient tués, tout comme les cousins et les parents qui portaient son nom. Qu'elle doive elle-même être l'instrument de ce décret injuste arracha Mara à son chagrin pour Ayaki. Pour la première fois depuis que le grand cheval noir avait écrasé le corps de son fils, l'étincelle d'un sentiment pour d'autres personnes qu'elle-même brilla dans ses yeux.

Saric s'en rendit compte alors qu'il s'éloignait d'un pas lourd pour accomplir la tâche horrible imposée aux Acoma par les Très-Puissants. Hokanu observait Mara, tout en la soutenant tandis qu'elle rentrait d'un pas hésitant dans la tente de commandement. Les feux de la magie de l'Assemblée avaient cautérisé les blessures de son esprit. Son obsession de vengeance contre Jiro avait cédé la place à une colère ardente, qui commandait maintenant sa raison.

Mara s'était retrouvée. Hokanu ressentit un soulagement amer devant ce changement. Il regrettait la disparition des Petcha ; mais la femme qu'il aimait était redevenue le pratiquant le plus dangereux du jeu du Conseil que l'empire ait jamais connu. D'un geste, elle renvoya les serviteurs qui s'étaient précipités pour ranger le désordre de la tente. Quand le dernier se fut éloigné à une distance suffisante, elle ordonna à Irrilandi de délacer les rabats de la tente, pour lui octroyer une certaine intimité.

Keyoke entra alors que le dernier rabat était libéré. Accomplissant la tâche d'un domestique, il alluma les lanternes pendant que Mara faisait les cent pas. Vibrante, et même bouleversée par la nervosité, elle observait les officiers de sa maison disposés en demi-cercle devant elle. Elle déclara d'une voix presque atone :

— Ils osent...

Keyoke se raidit. Il lança un bref regard à Hokanu, aussi muet que les autres. Mara atteignit le fatras des tentures intérieures, puis se retourna brusquement.

— Eh bien, ils apprendront.

Irrilandi, qui connaissait moins bien les sautes d'humeur de Mara que les autres, frappa son cœur de son poing pour la saluer.

— Dame, vous ne faites sûrement pas référence aux magiciens ?

Mara semblait minuscule, à la lueur de la lanterne qui éloignait les ombres de la tente caverneuse. Quelques secondes passèrent, emplies par les cris étouffés des officiers qui rassemblaient toujours les troupes à l'extérieur. Aussi tendue qu'une corde d'arc, Mara s'expliqua :

— Nous devons faire ce qui n'a encore jamais été tenté dans l'empire depuis sa création, mes loyaux amis. Nous devons découvrir une façon d'échapper aux ordres des Très-Puissants.

Irrilandi hoqueta de surprise. Même Keyoke, qui avait affronté la mort durant toute une vie de campagnes militaires, semblait ébranlé jusqu'au plus profond de son âme. Mais Mara continua d'une voix amère :

— Nous n'avons pas le choix. J'ai couvert de honte le nom des Acoma devant Jiro des Anasati. L'expiation par la guerre nous est interdite ; et je ne me jetterai pas sur mon épée. C'est une impasse pour laquelle la tradition n'a aucune réponse. Le seigneur des Anasati doit mourir à mon instigation, et je ne m'abaisserai pas à engager des assassins. Jiro a déjà utilisé ma disgrâce pour rassembler mes ennemis. Il a transformé les seigneurs mécontents en un parti uni de traditionalistes, et le règne d'Ichindar est en péril tout comme la pérennité du nom des Acoma. Mon seul héritier est mort, donc un suicide rituel de ma part n'est pas une solution. S'il faut sauver tout ce que j'ai gagné depuis que je vis, nous devons passer des années à nous préparer. Jiro doit mourir de ma main, et si ce n'est pas dans la guerre, ce sera dans la paix, en dépit de la volonté de l'Assemblée des magiciens.

4

ADVERSITÉ

Quelqu'un bougea.

Allongé au sommet d'une pile de balles de tissu, partiellement dissimulé par l'inclinaison d'un ballot posé de travers, Arakasi entendit ce qui ressemblait au frottement d'un pied sur les planches mal rabotées du parquet. Il se figea, mal à l'aise... Il n'était pas le seul à se dissimuler dans la pénombre de l'entrepôt. Silencieusement, il contrôla sa respiration, et força son corps à se détendre, pour annuler le moindre risque d'une crampe musculaire provoquée par sa position inconfortable. À une certaine distance, ses vêtements se confondraient avec les marchandises, le faisant passer pour un morceau de tissu froissé échappé de l'un des ballots. Mais de près, sa ruse ne supporterait pas la moindre inspection. Sa robe d'étoffe grossière ne pourrait jamais être confondue avec la soie stockée dans l'entrepôt. Se demandant s'il ne s'était pas piégé lui-même en se réfugiant dans ce bâtiment pour échapper à un supposé fileur, il ferma les yeux pour aiguiser ses autres sens. L'air sentait le moisi du grain répandu et des suintements des tonneaux d'épices exotiques. La résine odorante qui assurait l'étanchéité des bardeaux du toit se mêlait à l'odeur de cuir moisi des charnières des portes. Cet entrepôt avait été construit si près des quais que le plancher était inondé lors des crues de printemps, quand les eaux du fleuve franchissaient la digue.

Quelques minutes s'écoulèrent. Les murs étouffaient les bruits du quartier des quais : une querelle tapageuse entre un marin et une femme de la Maison du roseau, les aboiements d'un corniaud et le grondement incessant des roues des lourds chariots de marchandises tirés par des needra, qui s'éloignaient du fleuve. Le maître espion des Acoma s'efforça de reconnaître les différentes composantes de ce vacarme lointain, une par une, alors que le jour baissait. Une bande de gamins des rues passa en hurlant le long de l'entrepôt, l'animation du commerce diminuait. Rien d'inquiétant ne parvint à ses oreilles, parmi les appels des allumeurs de lampes qui travaillaient à l'autre extrémité de la ruelle. Arakasi avait depuis longtemps dépassé le moment où un autre homme aurait conclu qu'il avait imaginé le bruit entendu plus tôt. Ce qui avait ressemblé à un bruit de pas était sûrement le résultat de la tension et de l'imagination, mais Arakasi restait toujours parfaitement immobile.

Ses cheveux se dressaient encore sur sa nuque en guise d'avertissement. Arakasi n'était pas homme à prendre des risques inutiles, et la patience était primordiale dans un duel de ruse.

Il fut récompensé de sa persévérance quand un léger crissement suggéra le frottement d'une tunique contre du bois, ou une manche qui s'accrochait à une poutre. Ses doutes firent place à une certitude désagréable : quelqu'un se trouvait à l'intérieur de l'entrepôt...

Arakasi pria silencieusement Chochocan, le dieu Bon, pour qu'il lui permette de survivre à cet affrontement. La personne qui était entrée dans ce bâtiment sombre ne l'avait pas fait pour des raisons innocentes. Il était peu probable que cet intrus soit un domestique qui avait volé un peu de temps pour une sieste illicite, dans la chaleur de l'après-midi, puis avait trop dormi et oublié le dîner pour arriver à la nuit. Arakasi n'avait jamais fait confiance aux coïncidences, car une hypothèse erronée risquait de provoquer sa mort. Étant donné l'heure et la discrétion extrême de cet individu, il devait en conclure qu'il était toujours suivi.

Transpirant dans l'air immobile, Arakasi repassa en mémoire chaque pas qui l'avait conduit dans cette situation. Dans l'après-midi, il avait rendu visite à un fabricant de poteries de la ville d'Ontoset, pour contacter l'intendant d'une maison mineure qui était l'un de ses nombreux agents. Le maître espion avait l'habitude de rendre de temps à autre des visites personnelles à de tels hommes, pour s'assurer qu'ils restaient loyaux envers leur maîtresse acoma, et pour se protéger contre les infiltrations de l'ennemi. Le réseau de renseignements qu'il avait bâti depuis l'époque où il servait les Tuscaï avait énormément grandi sous le patronage des Acoma. La moindre négligence de sa part risquait de provoquer un millier de mésaventures, dont la moindre d'entre elles pouvait devenir désastreuse pour les intérêts de sa dame.

Il ne s'était pas montré imprudent lors de sa visite aujourd'hui. Des papiers et des références avaient donné de la vraisemblance à son déguisement de marchand indépendant de Yankora. L'annonce publique de l'intervention de l'Assemblée dans la guerre entre les Acoma et les Anasati avait atteint cette ville méridionale bien des jours après l'événement. Les nouvelles avaient tendance à circuler lentement dans les provinces les plus éloignées des fleuves, où des caravanes terrestres remplaçaient les péniches commerciales. Conscient que dame Mara aurait besoin de rapports à jour le plus rapidement possible, pour se protéger de contre-attaques éventuelles des Anasati ou d'autres ennemis rendus audacieux par les contraintes de l'Assemblée, Arakasi avait raccourci son séjour et s'était contenté d'un échange rapide de messages. En quittant l'atelier du potier, il soupçonnait déjà qu'il était suivi.

La personne qui l'avait pris en filature devait être douée. Il avait tenté par trois fois de semer son poursuivant dans la foule grouillante du quartier pauvre ; seule une vigilance quasi obsessionnelle lui avait permis d'entrevoir un visage, une main tâchée de goudron et, en deux occasions, le revers coloré d'une ceinture qu'il n'aurait pas dû voir plusieurs fois dans le tohu-bohu du trafic de fin de journée.

D'après ce que le maître espion avait pu déterminer, quatre agents s'étaient lancés sur sa piste, une équipe superbement entraînée appartenant sûrement à un autre réseau. Des marins ou de simples domestiques en tenue paysanne n'auraient pu travailler avec une coordination aussi parfaite. Arakasi jura intérieurement. Il avait maladroitement mis le pied dans le type d'embuscade qu'il tendait lui-même pour piéger des informateurs.

Son plan de secours n'avait pas été pris en défaut. Il avait rapidement traversé la place du marché, encombrée, où l'achat d'une nouvelle robe et son entrée soudaine dans une auberge bondée de fêtards lui avaient permis de faire disparaître le commerçant de Yankora au profit d'un messager de maison. Depuis des années, son habileté à modifier son attitude, ses mouvements et la disposition même de son ossature tout en marchant avait embrouillé plus d'un adversaire.

Revenu sur ses pas, il n'avait vu personne lorsqu'il avait regagné les quartiers de l'intendant et qu'il s'y était glissé par une porte dérobée. Là, il avait passé la tunique brune d'un ouvrier ordinaire, et s'était réfugié dans l'entrepôt situé derrière la boutique. Il avait rampé jusqu'au sommet des balles de tissu, avec l'intention d'y dormir jusqu'au matin.

Maintenant, il se maudissait intérieurement et se traitait d'imbécile. Quand les personnes qui l'avaient suivi l'avaient perdu de vue, elles avaient dû renvoyer l'un des leurs vers l'entrepôt, au cas où il y serait revenu. C'était une manœuvre qu'un homme moins sûr de lui aurait pu anticiper, et seule une chance miraculeuse avait permis au maître espion des Acoma d'entrer dans le bâtiment et de se cacher avant que l'agent ennemi ne se glisse à l'intérieur, pour attendre et observer les lieux. La sueur coulait dans le cou d'Arakasi. L'adversaire qu'il affrontait était dangereux ; il avait failli ne pas remarquer son entrée. L'instinct, plus que les faits, avait poussé Arakasi à la prudence.

L'obscurité était trop profonde pour qu'il devine l'endroit où se cachait son ennemi. Lentement, imperceptiblement, le maître espion des Acoma descendit la main pour attraper le petit poignard glissé dans sa ceinture. Toujours maladroit avec une épée, il avait un don extraordinaire pour le maniement du poignard. S'il parvenait à voir clairement sa cible, cette attente qui lui vrillait les nerfs pourrait peut-être se terminer. Mais s'il avait eu un souhait à sa disposition, il n'aurait pas demandé une arme aux dieux des facéties et de la fortune, mais plutôt de se trouver loin d'ici, sur la route, pour rejoindre Mara. Arakasi n'avait aucune illusion sur ses capacités et savait qu'il n'était pas un guerrier. Il avait déjà tué, mais sa défense reposait beaucoup plus sur sa vivacité d'esprit et sur la surprise qui lui permettait de porter le premier coup. C'était la première fois qu'il était véritablement cerné.

Un chuintement se fit entendre à l'autre bout de l'entrepôt. Arakasi arrêta de respirer quand une planche mal clouée grinça, écartée par un second homme qui se glissait à l'intérieur du bâtiment.

Le maître espion expira prudemment l'air qu'il avait retenu. L'espoir d'un meurtre discret s'évanouissait. Il lui fallait maintenant prendre deux ennemis en compte. De la lumière surgit quand l'un des hommes découvrit une lanterne. Arakasi plissa les yeux pour protéger sa vision nocturne, et sa situation devint soudain beaucoup plus critique. Même s'il était probablement caché aux yeux du premier agent, le nouvel arrivant, venant au fond de l'entrepôt, ne pouvait manquer de le découvrir en passant près de lui avec une lumière.

Sans alternative, Arakasi tâtonna pour évaluer l'espace libre qui devait exister entre les piles de ballots où il était étendu et le mur. En effet, le tissu avait besoin d'une certaine circulation d'air pour que les moisissures ne se développent pas. Ce marchand n'avait pas l'habitude de se montrer très généreux avec son espace de stockage ; le vide que le maître espion trouva était très étroit. Avec des picotements dans la nuque provoqués par le danger, il enfonça son bras jusqu'à l'épaule et le remua doucement pour déplacer le ballot de tissu. Il ne pouvait pas éviter le risque de renverser la pile. Mais s'il n'agissait pas, il serait de toute façon découvert. S'aplatissant de toutes ses forces contre le mur, et poussant le ballot du coude, Arakasi se glissa dans l'ouverture, qui s'élargissait peu à peu. Des échardes des planches brutes se logèrent dans ses genoux nus. Il n'osa pas s'arrêter, même pour articuler un juron silencieux, car au niveau du sol la lumière avançait.

Des bruits de pas progressaient dans sa direction, et les ombres formaient des arcs de cercle sur la charpente. Arakasi n'était qu'à moitié caché, mais sa position était suffisamment élevée pour que l'angle de la lumière passe au-dessus de lui. S'il avait attendu un battement de cœur supplémentaire, son déplacement aurait été repéré. Sa marge d'erreur était inexistante. Seuls les bruits de pas de son adversaire couvrirent le glissement de sa dernière descente furtive, alors qu'il se nichait dans l'espace minuscule qu'il avait dégagé.

Un murmure s'éleva de derrière les ballots.

— Regarde donc ça! (Comme s'il faisait quelques commentaires lors d'une inspection, l'homme continua à parler pour ne rien dire.) Entasser des étoffes précieuses comme s'il s'agissait de paille, ne valant pas d'être soigneusement emballées... Quelqu'un mérite une bonne correction...

Ses réflexions furent interrompues par le chuchotement du premier poursuivant.

— Par ici.

Arakasi n'osa pas se relever pour jeter un coup d'œil.

La lanterne progressa dans la main de son porteur invisible.

— Aucun signe de lui?

— Aucun. (Le premier poursuivant semblait irrité.) J'ai bien entendu quelque chose il y a un certain temps, mais ce devait certainement être des rats. Il y a plein d'entrepôts de céréales par ici.

Suffisamment rassuré pour s'ennuyer, le nouvel arrivant leva sa lanterne.

— Eh bien, il est quelque part dans le coin. L'esclave de l'intendant a bien insisté, et il assure qu'il est revenu et qu'il s'est caché. Les autres surveillent la résidence. Ils ont intérêt à le trouver avant le matin. Je ne veux pas être celui qui dira à notre maître qu'il s'est échappé.

— Tu as entendu les rumeurs? Que l'on a déjà vu ce gars auparavant, portant d'autres déguisements? C'est sûrement un messager, au moins, ou même un superviseur. (D'une voix joyeuse, le poursuivant ajouta :) Il n'est pas non plus de cette province.

— Tu parles trop, répliqua sèchement le porteur de la lanterne. Et tu te souviens de choses que tu ferais mieux d'oublier. Si tu veux continuer à respirer, tu ferais mieux de garder ce genre d'informations pour toi. Tu sais ce que l'on dit : Les hommes ont des gorges et les poignards des tranchants acérés.

Le conseil fut reçu avec un soupir.

— Combien de temps devrons-nous monter la garde ?

— À moins que l'on nous dise de partir, nous resterons presque jusqu'à l'aube. Cela serait dommage que nous soyons arrêtés, ou même tués par des gardes, comme de vulgaires voleurs.

Un grognement inintelligible mit fin à la conversation.

Arakasi se résigna à une longue et inconfortable attente. Son corps serait perclus de crampes au matin, et les échardes n'allaient pas améliorer la situation. Mais les conséquences d'une capture ne supportaient même pas d'être envisagées. Les langues trop bien pendues de ses traqueurs lui avaient confirmé sa pire hypothèse : il avait été repéré par un autre réseau d'espionnage. Qui que soit le chef des deux hommes qui le pourchassaient, qui que soit la personne à qui ils faisaient leur rapport, le maître de ce réseau travaillait pour une personne rusée, quelqu'un qui avait mis en place un système d'espionnage qu'il n'avait jamais remarqué jusqu'à maintenant. Arakasi réfléchit et se mit à avoir peur. Le hasard et l'intuition l'avaient épargné, là où des précautions complexes avaient échoué. Dans une situation inconfortable, plongé dans une chaude obscurité, il était mis au supplice par son évaluation de la situation.

L'équipe qui avait tenté de le capturer était habile, mais pas assez subtile pour s'empêcher de bavarder. Par conséquent, ils avaient dû être désignés pour capturer ce que leur maître présumait être un agent de liaison d'importance mineure dans l'organisation qu'il cherchait à infiltrer. Arakasi réprima un frisson. Signe révélateur de la profonde méfiance qui le motivait, il aimait de temps en temps accomplir en personne de petites missions, s'il en avait le temps. Son ennemi invisible avait dû avoir l'occasion d'apprendre qui il était, quel rang il occupait, ou le nom de la maîtresse qu'il servait. Il combattait peut-être l'adversaire le plus dangereux qu'il ait jamais rencontré. Quelque part, dame Mara avait un ennemi, dont la subtilité représentait un danger plus grand que tout ce qu'elle avait affronté jusque-là durant toute sa vie. Si Arakasi ne parvenait pas à quitter Ontoset vivant, s'il ne pouvait pas faire parvenir un message au domaine, la prochaine attaque risquait de surprendre sa maîtresse. La douleur sourde qui s'éveilla dans sa poitrine fit comprendre au maître espion que sa respiration était devenue rapide et faible, et il se força à reprendre le contrôle de son corps.

La sécurité de son réseau avait été compromise, alors qu'il n'avait pas eu le moindre indice de l'existence d'un problème. Cette faille révélait une stratégie complexe. Le second rôle de l'intendant avait dû être découvert ; Arakasi ne pouvait pas deviner comment précisément, mais une surveillance du trafic avait été mise en place sur les quais d'Ontoset, suffisamment attentive pour faire la différence entre les marchands réguliers et les étrangers. Que l'équipe dissimulée ait été suffisamment rusée pour déjouer deux déguisements d'Arakasi, après l'avoir remarqué comme messager ou superviseur, présageait mal de l'avenir.

Arakasi évalua le coût de la situation. Il devrait remplacer l'intendant. Un certain esclave allait mourir de ce qui devrait ressembler à des causes naturelles, et il faudrait fermer la boutique, une nécessité regrettable, car bien qu'elle serve essentiellement à l'espionnage, c'était l'une des rares entreprises acoma rentables utilisées par le réseau. Elle couvrait ses propres frais et fournissait des fonds supplémentaires pour les autres agents.

Une lumière grise filtra par une fissure du mur. L'aube était proche, mais les hommes ne montraient aucun signe d'agitation. Ils ne s'étaient pas endormis, et attendaient en espérant que l'homme qu'ils cherchaient se montrerait au dernier moment.

Les minutes s'étirèrent. Le ciel s'éclaircissait à l'extérieur. Les carrioles et les chariots passaient en grondant, les maraîchers apportant leurs produits sur les quais avant que la chaleur ne devienne trop étouffante. Le chant d'une équipe de rameurs s'éleva sur une péniche, sans la moindre harmonie, entrecoupé par les réprimandes d'une épouse houspillant un mari ivre. Puis un cri s'éleva au-dessus des bruits de la ville qui s'éveillait, très proche et pressant. Arakasi ne parvint pas à distinguer les paroles, car la voix était étouffée par les balles de tissus contre lesquelles il était caché, mais les deux autres hommes présents dans l'entrepôt se déplacèrent immédiatement. Le maître espion entendit le bruit de leurs pas décroître sur toute la longueur du bâtiment, puis la planche grincer quand les hommes l'écartèrent.

Ils étaient très probablement en train de s'enfuir ; ou s'ils étaient astucieux, ils faisaient semblant de s'en aller, et le bruit de leur départ n'était qu'une ruse. Un partenaire pouvait s'attarder pour voir si leur proie se dévoilerait en pensant qu'ils étaient partis.

Arakasi resta immobile, bien que les muscles de ses jambes soient noués et pris de crampes. Il attendit une minute, puis deux, les oreilles grandes ouvertes, guettant le moindre signe de danger.

Des voix résonnèrent à l'extérieur, devant les doubles portes, et le cliquetis du verrou à combinaison qui fermait l'entrepôt avertit Arakasi d'une arrivée imminente. Il se tortilla pour se libérer, et se rendit compte que ses épaules étaient complètement coincées. Ses bras étaient pressés contre ses flancs et ses jambes avaient glissé dans le vide ; il ne pouvait s'en aider. Il était piégé.

Il ressentit un moment de désespoir galvanisant. S'il était surpris et arrêté comme voleur, l'espion qui l'avait suivi l'entendrait. Un fonctionnaire de la ville corrompu recevrait alors un cadeau, et il se retrouverait entre les mains de son ennemi. Il perdrait toute chance de rejoindre Mara.

Arakasi appuya ses coudes contre le ballot, en vain. La faille où il était coincé s'élargit, mais il ne fit que tomber plus profondément dans l'interstice. Il se râpa les poignets et les avant-bras contre les planches du mur, et sentit la morsure de nouvelles échardes. Jurant silencieusement, il poussa et glissa inexorablement au fond de son trou, perdant tout espoir de s'extirper discrètement de sa cachette.

Les portes de l'entrepôt s'ouvrirent en grand. Le maître espion ne pouvait maintenant que prier, espérant avoir l'occasion d'improviser, alors qu'un contremaître beuglait :

— Prenez tous ceux-là ! Ceux qui sont contre ce mur !

La lumière du soleil et un courant d'air chargé de l'odeur boueuse de la rivière entrèrent dans l'entrepôt. Un needra meugla, des harnais grincèrent... Arakasi en déduisit que des chariots attendaient à l'extérieur d'être chargés. Il évalua ses différents choix. Il n'osait pas prendre le risque d'attirer l'attention sur lui, car un agent du réseau ennemi pouvait l'attendre dehors. Il pouvait être à nouveau suivi, et la chance ne lui sourirait pas une seconde fois. Puis son débat intérieur devint sans objet lorsque l'équipe d'ouvriers entra rapidement dans l'entrepôt, et que le ballot qui immobilisait son corps se mit à bouger.

— Hé ! appela quelqu'un. Fais attention à ce paquet mal ficelé, en haut.

— Un paquet mal ficelé ! intervint sèchement le contremaître. Quel est le chien qui a cassé une corde quand les balles ont été empilées et qui n'a pas signalé son erreur ?

Un brouhaha de réponses négatives masqua le mouvement d'Arakasi, quand il fléchit ses muscles douloureux en préparation de son inévitable découverte.

Rien ne se passa. Tous les ouvriers s'étaient mis à faire des excuses au contremaître. Arakasi profita de cette occasion pour se hisser en haut de la pile de tissus. Mais en repoussant la balle qui venait d'être déplacée, il la déséquilibra... Le paquet bascula soudain et atterrit sur le sol avec un bruit mat.

Le contremaître hurla son mécontentement.

— Imbécile ! Ces ballots sont bien plus lourds qu'ils n'en ont l'air ! Toi, là-haut, va chercher de l'aide avant de commencer à les pousser.

Tiens donc, se dit Arakasi. L'intendant devait avoir compris son dilemme et lui offrait une couverture. Il ne devait pas commettre la moindre erreur s'il voulait que le sauvetage improvisé fonctionne. Il se prosterna rapidement devant le contremaître. Le visage pressé contre la pile de tissus sur laquelle il était perché, il marmonna des excuses serviles.

— Eh bien, dépêche-toi ! cria le contremaître. Ta maladresse n'est pas une excuse pour rester là-haut à paresser. Occupe-toi de charger les chariots !

Arakasi hocha la tête, et commença à descendre de la pile de ballots, luttant contre la faiblesse de ses muscles raidis pour rester sur ses jambes. Le choc fut trop fort, après des heures d'inactivité forcée. Avant de s'effondrer, il se pencha, s'appuya contre le ballot tombé, et s'étira comme pour vérifier qu'il n'avait pas été blessé. Un ouvrier l'observait d'un air revêche lorsqu'il se redressa.

— Ça va ?

Arakasi hocha vigoureusement la tête, suffisamment fort pour faire tomber ses cheveux épars sur son visage.

— Alors, file-moi un coup de main, répondit l'ouvrier. On a pratiquement terminé de ce côté.

Arakasi fit ce qu'on lui demandait, et attrapa l'autre extrémité du ballot tombé. Travaillant en tandem avec l'ouvrier, il rejoignit l'équipe qui s'occupait du chargement. La tête baissée, les mains occupées, il utilisa tous les trucs à sa disposition pour modifier son apparence. De la sueur coulait le long de sa mâchoire. Il la récupéra dans sa main, la mêla à de la poussière et de la terre et se servit de cette boue pour assombrir la forme de ses pommettes. Il passa ses doigts dans la seule mèche de cheveux qu'il teignait depuis qu'une cicatrice l'avait blanchie, puis tapota artistiquement la teinture ainsi récupérée pour agrandir les ombres et donner l'illusion d'un menton plus court. Il fronça les sourcils, se renfrogna, et fit avancer sa mâchoire inférieure contre sa lèvre supérieure. Pour un passant, il ressemblait maintenant à un ouvrier un peu simple d'esprit. Puis il souleva son extrémité du ballot et regarda droit devant lui, ne faisant rien qui risque de l'identifier comme un fugitif.

Chaque aller-retour entre l'entrepôt et la ruelle mettait ses nerfs à vif. Quand le chariot fut enfin rempli, il avait déjà repéré un flâneur qui traînait dans l'ombre de la boutique, juste de l'autre côté de la rue. L'homme avait le regard vide, comme un mendiant abruti par une trop grande accoutumance au tateesha... sauf que ses yeux étaient bien trop attentifs. Arakasi réprima un frisson. L'ennemi était toujours sur sa piste.

Les chariots étaient maintenant prêts à partir, et les ouvriers y grimpaient les uns après les autres. Le maître espion de Mara se hissa tout naturellement à bord, et donna quelques coups de coude dans les côtes de l'homme assis près de lui pour se faire un peu de place.

— Est-ce que la petite cousine a eu la robe qu'elle voulait tant ? demanda-t-il d'une voix forte. Celle avec le galon à fleurs ?

Les fouets claquèrent, et le conducteur cria pour encourager ses bêtes. Les needra tirèrent sur leur harnais, et les chariots pleins à ras bord grincèrent et commencèrent à avancer. L'ouvrier auquel Arakasi avait parlé lui rendit un regard de franche surprise.

— Quoi ?

Comme si l'homme de grande taille avait dit quelque chose de drôle, Arakasi se mit à rire bruyamment.

— Tu sais bien. La petite fille de Lubal. Celle qui apporte les repas à la bande de Simeto, sur les quais.

— J'ai entendu parler de Simeto, mais jamais de Lubal, grogna l'ouvrier.

Arakasi se frappa le front, comme s'il était embarrassé.

— Tu n'es pas son ami Jido ?

L'autre homme se racla le fond de la gorge et cracha de la poussière.

— Jamais entendu parler de lui.

Les chariots atteignirent le coin de la ruelle et commencèrent à négocier le virage. Des gamins qui bloquaient le chemin se mirent à injurier le conducteur, et le contremaître agita un poing menaçant. Les enfants lui répondirent par des gestes obscènes, puis s'éparpillèrent comme une volée de moineaux. Deux chiens galeux galopaient à leur suite. Arakasi risqua un regard en arrière, vers la résidence de l'intendant. Le simple d'esprit intoxiqué au tateesha continuait à baver en regardant les portes de l'entrepôt, qu'un domestique était en train de fermer et de verrouiller.

Peut-être sa ruse avait-elle fonctionné.

Arakasi marmonna des paroles d'excuse à l'homme qu'il avait ennuyé, et posa sa tête sur ses bras croisés. Alors que le chariot poursuivait lourdement sa route, secoué de cahots par les pavés irréguliers et écrasant les détritus qui encombraient les caniveaux des quais, il étouffa un soupir de soulagement. Mais il n'était pas encore hors de danger, pas tant qu'il ne serait pas à plusieurs lieues d'Ontoset. Ses pensées se tournèrent vers l'avenir : la personne qui avait préparé ce piège chez l'intendant supposerait que son embuscade avait été découverte. Elle penserait aussi que la proie qui lui avait échappé allait deviner qu'une autre organisation travaillait dans le secteur. La logique lui disait que cet ennemi invisible prendrait des contre-mesures pour déjouer exactement le type de recherches qu'Arakasi devait maintenant lancer. Des couches et des couches d'obstacles brouilleraient la piste, et la branche d'Ontoset du réseau acoma serait plongée dans une totale perplexité. Arakasi devait dissoudre ses lignes de communication, sans laisser de traces. Deux séries d'opérations devraient aussi être rapidement lancées : une pour vérifier s'il existait des fuites dans les branches des autres provinces, et une autre pour étudier cette piste froide et tenter de débusquer ce nouvel ennemi.

Les difficultés étaient pratiquement insurmontables. Arakasi était doué pour résoudre les énigmes complexes, bien sûr. Mais celle-ci était potentiellement mortelle, comme le tranchant d'une épée enterrée dans le sable, que le pied du premier homme venu peut heurter. Le maître espion rumina jusqu'à ce que les chariots s'arrêtent sur les quais. Avec les autres ouvriers, il sauta sur l'appontement et aida à la manœuvre d'un palan. Les uns après les autres, les ballots de tissu furent sortis des chariots et placés dans les filets qui les attendaient. Arakasi manœuvra la perche avec les autres quand le filet fut plein, soulevant très haut la cargaison et la poussant sur le pont de la péniche amarrée le long du quai. Le soleil montait dans le ciel, et la chaleur augmentait. À la première occasion, Arakasi s'éclipsa sous le prétexte de boire un peu d'eau, et s'évanouit dans le quartier pauvre.

Il devait parvenir à s'enfuir d'Ontoset sans aucune aide. Il risquait d'être découvert s'il approchait le moindre maillon de son réseau. Pire, il pouvait conduire ses poursuivants vers une nouvelle piste, et révéler une plus grande partie de ses activités clandestines. Certains hommes dans cette ville accueillaient les fugitifs contre de l'argent, mais Arakasi n'osait pas les contacter. L'ennemi avait pu les infiltrer, et son besoin de s'échapper risquait de le relier d'une façon irréfutable avec l'incident de l'entrepôt. Il désirait ardemment prendre un bain et avoir le temps de retirer les échardes toujours logées sous sa peau, mais c'était impossible. La tunique grise d'un esclave ou les haillons d'un mendiant lui serviraient à passer les portes de la ville. Une fois hors des murs, il devrait se terrer dans la campagne jusqu'à ce qu'il soit certain d'avoir brouillé sa piste. Il pourrait alors tenter de prendre le déguisement d'un messager et courir pour rattraper son retard.

Il soupira, perturbé par la longue période de voyage qui l'attendait, seul avec ses suppositions. Ses pensées étaient troublées par cet adversaire inconnu, qui avait failli le mettre hors jeu en une seule manœuvre, et par le maître de cet ennemi, une menace invisible et hors d'atteinte. Après l'interdiction par les magiciens de la guerre de clans entre Mara et le seigneur Jiro, sa bien-aimée dame des Acoma était en danger. Les opportunistes et les ennemis se regrouperaient et formeraient des alliances contre elle. Elle aurait besoin des meilleurs renseignements pour la protéger des manœuvres sournoises et des intrigues meurtrières du grand jeu.

Le tailleur laissa l'ourlet de la robe de soie retomber jusqu'au sol. Des aiguilles d'os finement sculptées entre les dents, il recula pour admirer le tombé du vêtement de cérémonie commandé par le maître des Anasati.

Le seigneur Jiro endura l'examen minutieux de l'artisan en contenant son mépris. Impassible, il gardait les bras écartés pour éviter de se piquer aux épingles qui retenaient les manches. Son immobilité était telle que les sequins qui dessinaient les mortèles ornant le devant de la robe ne miroitaient même pas à la lumière du soleil passant par la cloison ouverte.

— Mon seigneur, zézaya le tailleur autour des épingles serrées entre ses dents, vous êtes splendide. Toutes les filles à marier de la noblesse qui contempleront votre magnificence s'évanouiront sûrement à vos pieds.

Les lèvres de Jiro se crispèrent. Il n'était pas le genre d'homme à apprécier la flatterie. Il prenait soin de son apparence, au point que les gens peu subtils le prenaient par erreur pour quelqu'un de vaniteux. Mais, en réalité, il connaissait parfaitement l'importance des vêtements quand il s'agit de faire bonne impression. Une tenue mal appropriée peut donner à un homme une apparence stupide, obèse ou frivole. Comme l'escrime et les rigueurs des combats n'étaient pas du goût de Jiro, il utilisait tous les autres moyens à sa disposition pour se donner une allure virile. Il pouvait ainsi gagner un avantage, ou remporter un duel d'intelligence beaucoup plus subtilement qu'un vulgaire triomphe sur un champ de bataille.

Fier de sa capacité à vaincre ses ennemis sans effusion de sang, Jiro dut se contenir pour ne pas se rebiffer devant le compliment étourdi du tailleur. Cet homme n'était qu'un artisan, un fournisseur valant à peine qu'on le remarque, encore moins que l'on s'irrite contre lui. Ses paroles n'avaient pas plus de conséquences que le vent, et c'est par pur hasard qu'il avait froissé Jiro en évoquant un souvenir qui provoquait un profond ressentiment. En dépit de l'attention extrême qu'il avait consacrée à ses manières et ses vêtements, dame Mara l'avait repoussé avec mépris. Elle lui avait préféré un Buntokapi vulgaire et maladroit. Même ce souvenir fugace fit transpirer Jiro d'une rage réprimée. Ses années d'efforts appliqués ne lui avaient servi à rien, et les Acoma avaient sommairement rejeté son intelligence et son charme étudié. Son lourdaud de frère, ridicule et même risible, l'avait emporté sur lui.

Jiro n'avait pas pardonné à Bunto ses airs supérieurs, et était encore blessé par le souvenir de son humiliation.

Il serra les poings et soudain n'eut plus la volonté de rester immobile.

— Je n'aime pas cette robe, déclara-t-il d'un ton sec et maussade. Elle me déplaît. Fais m'en une autre, et que l'on transforme celle-ci en chiffons.

Le tailleur pâlit. Il retira vivement les aiguilles de sa bouche et se prosterna, appuyant son front contre le parquet.

— Mon seigneur ! Je suis à vos ordres, bien sûr. Je vous supplie de pardonner mon manque de goût et de jugement.

Jiro ne répondit pas. Il fit un mouvement sec de la tête vers un domestique, pour qu'il retire la robe et la laisse tomber en tas par terre.

— Je porterai ma tenue de soie bleu et rouge. Va la chercher maintenant.

Il fut obéi par une horde de serviteurs nerveux. Le seigneur des Anasati punissait rarement ses esclaves et ses valets, mais le jour même où il était entré en possession de son héritage, il avait clairement annoncé qu'il n'admettrait qu'une obéissance immédiate.

Le premier conseiller Chumaka arriva pour faire son rapport, et remarqua la conduite obséquieuse et presque frénétique des domestiques. Il ne remua pas un cil... Il était le plus expérimenté des serviteurs anasati, et connaissait mieux que tout autre son seigneur. Le maître n'appréciait pas une déférence exagérée ; bien au contraire. Jiro avait grandi en tant que fils cadet, et il aimait que les choses se déroulent tranquillement et sans fanfare. Mais depuis qu'il avait hérité du sceptre du souverain sans avoir été éduqué pour tenir ce rôle, il était extrêmement sensible au comportement de ses inférieurs envers lui. S'ils manquaient de lui témoigner le respect dû à un seigneur, il le remarquait et en prenait immédiatement ombrage.

L'erreur d'un serviteur qui tardait à lui donner son titre, ou d'un esclave qui ne s'inclinait pas immédiatement quand il se présentait, n'était jamais pardonnée. Comme les vêtements raffinés et l'extrême politesse, l'adhésion tsurani traditionnelle au système de castes faisait partie intégrante de la façon dont les souverains étaient évalués par leurs pairs. Ayant renoncé aux aspects barbares du champ de bataille, Jiro était devenu un virtuose de la conduite civilisée.

Comme s'il n'était pas en train de piétiner une robe de soie précieuse comme s'il s'agissait de détritus, Jiro inclina la tête alors que Chumaka se relevait de sa révérence.

— Pourquoi viens-tu me consulter à cette heure, premier conseiller ? Aurais-tu oublié que j'avais prévu de discuter cet après-midi avec des lettrés venus de Migran ?

Chumaka inclina la tête sur le côté, comme un rongeur affamé peut fixer une proie en mouvement.

— Je vous suggère, mon seigneur, de faire un peu attendre les lettrés pendant que nous ferons une courte promenade.

Le seigneur Jiro était contrarié, même s'il n'en montrait pas le moindre signe. Il laissa ses valets de chambre nouer la ceinture de sa robe avant de répondre :

— Qu'as-tu à me dire de si important ?

Comme toutes les personnes présentes le savaient parfaitement, Jiro tenait sa cour l'après-midi, pour gérer ses affaires avec ses intendants. Si sa réunion avec les lettrés était retardée, il devrait la reporter au matin suivant, ce qui gâcherait l'heure qu'il consacrait ordinairement à la lecture.

Le premier conseiller des Anasati lui offrit un sourire crispé et géra habilement l'impasse.

— Cela concerne la dame Mara des Acoma et le lien que j'ai mentionné auparavant à propos des Tuscaï vaincus.

L'intérêt de Jiro s'éveilla.

— Les deux sont liés ?

L'immobilité de Chumaka devant les domestiques était une réponse suffisante. Intéressé, le seigneur Jiro frappa dans ses mains pour faire venir son coursier.

— Va trouver mon hadonra et dis-lui d'offrir des divertissements à nos invités. Il faudra leur expliquer que j'ai été retenu et que je les rencontrerai demain matin. Si cet arrangement les mécontentait, il devra ajouter que je songe à leur accorder mon patronage, si je suis suffisamment impressionné par leur habileté dans l'art de la rhétorique.

Le coursier s'inclina jusqu'au sol et se hâta de porter son message. Chumaka s'humecta les lèvres de plaisir anticipé, lorsque son maître lui emboîta le pas vers la cloison extérieure qui conduisait au jardin.

Jiro s'assit sur un banc de pierre ombragé, près d'un bassin. Ses doigts caressèrent la surface de l'eau pendant qu'il concentrait son attention sur Chumaka.

— Ce sont de bonnes ou de mauvaises nouvelles ?

Comme toujours, la réponse du premier conseiller était ambiguë.

— Je ne sais pas vraiment. (Avant que son maître puisse exprimer son mécontentement, Chumaka ajusta sa robe et pêcha une liasse de documents dans l'une de ses profondes poches.) Peut-être les deux, mon seigneur. Une petite surveillance routinière que j'avais mise en place m'a permis d'identifier quelqu'un de haut placé dans le réseau d'espionnage des Acoma.

Il marqua une pause, ses pensées se ramifiant vers des hypothèses vagues et inaccessibles.

— Quel a été le résultat ? demanda Jiro, qui n'était pas d'humeur à décrypter des sous-entendus qu'il n'avait pas la finesse de suivre.

Chumaka s'éclaircit la gorge.

— Il nous a échappé.

— Comment cela pourrait-il être une bonne nouvelle ? rétorqua Jiro, piqué.

Chumaka haussa les épaules.

— Nous sommes certains qu'il s'agissait de quelqu'un d'important. L'organisation entière d'Ontoset a été fermée après cette découverte. L'intendant de la maison des Habatuca est soudain redevenu exactement ce qu'il semblait être : un simple intendant. (Comme avec une arrière-pensée, il ajouta :) Ses affaires vont mal, donc nous pouvons émettre l'hypothèse que les marchandises que vendait cet homme provenaient des Acoma, et non des Habatuca. (Il jeta un coup d'œil à l'un de ses documents et le replia.) Nous savons que les Habatuca ne sont pas les pions des Acoma. Ils appartiennent depuis longtemps au clan Omechan, et sont des traditionalistes que nous pourrions trouver utiles un jour. Ils ne soupçonnent même pas que cet homme n'est pas un serviteur loyal. Mais c'est une maison très désorganisée...

Jiro se tapota le menton d'un doigt élégant et manucuré, et demanda :

— Le retrait de cet intendant est significatif ?

— Oui, mon seigneur. La perte de cette source de revenus va gêner toutes les opérations acoma dans l'Est. Je suppose que presque toutes les informations venant de cette région passaient par Ontoset.

Jiro sourit, mais son expression n'avait aucune chaleur.

— Très bien, alors nous les avons gênés. Mais maintenant, ils savent aussi que nos agents les surveillent.

— C'était inévitable, mon seigneur. Je suis d'ailleurs surpris qu'ils n'aient pas pris conscience plus tôt de notre surveillance. Leur réseau est bien construit et est expérimenté. Que nous ayons pu les observer aussi longtemps sans être repérés frôle le miracle.

Voyant une lueur briller dans les yeux de son premier conseiller, Jiro demanda :

— Quoi d'autre ?

— Je pense que ceci est lié au seigneur des Tuscaï, mort depuis longtemps. Des années avant que vous naissiez, en fait... Juste avant que Jingu des Minwanabi ne détruise la maison Tuscaï, j'avais découvert l'identité de l'un des agents clés du seigneur défunt, un marchand de céréales à Jamar. Quand le natami des Tuscaï a été enterré, j'ai pensé que l'homme allait jouer son rôle de marchand indépendant pour de bon. Il n'avait aucun lien public avec la maison des Tuscaï, et n'était donc pas obligé de devenir un proscrit.

Jiro se figea en comprenant ce que cela impliquait : une malhonnêteté vénale. On considérait que les serviteurs d'un maître dont la maison était détruite étaient maudits par les dieux. Ses soldats devenaient des esclaves ou des guerriers gris – tout du moins jusqu'à ce que dame Mara ne brise cette coutume de façon odieuse.

Plongé dans ses souvenirs, Chumaka ignora la gêne de son maître.

— Ma supposition était fausse, comme j'en suis maintenant venu à le croire. De toute façon, cela n'avait pas beaucoup d'importance, jusqu'à récemment.

» Parmi les gens qui vont et viennent à Ontoset, il y a deux hommes que je savais au service du marchand de céréales de Jamar. Ils m'ont montré le lien. Comme personne à part dame Mara n'a engagé de guerriers gris au service de sa maison, nous pouvons émettre l'hypothèse que l'ancien maître espion tuscaï et ses agents ont maintenant prêté serment aux Acoma.

— Nous avons donc ce lien, commenta Jiro. Pouvons-nous infiltrer son réseau ?

— Seigneur, il serait assez facile de tromper le marchand de céréales, et de faire entrer l'un de nos agents dans sa filière. (Chumaka fronça les sourcils.) Mais le maître espion des Acoma anticipera cette manœuvre. Il est extrêmement doué. Extrêmement...

Jiro interrompit ces réflexions du tranchant de la main.

Ramené au problème immédiat, Chumaka en vint au fait.

— Au pire, nous avons fortement embarrassé les Acoma en les forçant à fermer une branche majeure de leur organisation dans l'Est. Mieux, nous *savons* maintenant que l'agent de Jamar est à nouveau actif. Cet homme devra tôt ou tard faire son rapport à son maître, et alors nous reprendrons la chasse. Cette fois, je ne laisserai pas des imbéciles gérer le problème et tout gâcher comme ils l'ont fait à Ontoset. Si nous sommes patients, nous disposerons avec un peu de temps d'une piste claire qui nous conduira au maître espion des Acoma.

Jiro était moins enthousiaste.

— Nous risquons de perdre le fruit de nos efforts, maintenant que notre ennemi sait que son agent a été compromis.

— C'est vrai, maître, répondit Incomo en s'humectant les lèvres. Mais sur le long terme, nous avons de l'avance. Nous savons que l'ancien maître espion des Tuscaï travaille maintenant pour dame Mara. J'avais déjà fait des incursions dans son réseau, avant la destruction des Tuscaï. Je peux reprendre l'observation des agents que je soupçonnais d'appartenir aux Tuscaï il y a des années. Si ces hommes occupent toujours les mêmes fonctions, ce simple fait confirmera que ce sont bien des agents acoma. Je préparerai de nouveaux pièges, mis en place par des personnes à qui je donnerai personnellement leurs instructions. Contre ce maître espion, nous aurons besoin de nos meilleurs agents. Oui... (Un air de profonde satisfaction se peignit sur les traits du premier conseiller.) C'est la chance qui nous a permis de repérer le premier agent, et de presque nous emparer de quelqu'un de haut placé.

Chumaka agita ses documents pour éventer ses joues rosies.

— Nous surveillons actuellement la maison. Comme je suis certain que nos observateurs sont épiés, j'ai placé d'autres personnes pour observer ceux qui nous observent... (Il secoua la tête.) Mon adversaire est astucieux au-delà de toute imagination. Nous...

— Ton adversaire ? l'interrompit Jiro.

Chumaka réprima un sursaut et inclina respectueusement la tête.

— Le serviteur de l'ennemi de mon seigneur. Mon rival, si vous préférez. Permettez à un vieil homme cette petite vanité, seigneur. Ce serviteur des Acoma qui s'oppose à mon travail est un homme des plus méfiants et des plus rusés. (Il se référa à nouveau à ses papiers.) Nous allons isoler cet autre lien à Jamar. Puis nous pourrons poursuivre le prochain...

— Épargne-moi les détails ennuyeux, intervint Jiro. Je pensais t'avoir demandé de poursuivre ceux qui ont placé de fausses preuves quant à l'assassin de mon neveu...

— Ah, dit Chumaka avec un grand sourire, mais ces deux événements sont liés ! Ne l'ai-je pas dit plus tôt ?

Peu habitué à être assis sans le confort de coussins, Jiro changea de position.

— Si tu l'as fait, alors seul un esprit aussi tordu que le tien aurait pu comprendre la référence.

Le premier conseiller des Anasati interpréta la remarque comme un compliment.

— Maître, votre patience est touchante. (Il caressa le papier comme s'il s'agissait d'un métal précieux.) J'ai enfin une preuve. Ces onze agents acoma qui passaient des informations dans la filière de la province de Szetac et qui ont été mystérieusement assassinés au cours du même mois... Ils étaient aussi liés aux cinq autres espions morts dans la maisonnée de Tasaio des Minwanabi.

Jiro arborait une expression dure qui masquait une irritation croissante. Avant qu'il puisse parler, Chumaka se dépêcha de reprendre :

— C'étaient autrefois des *agents des Tuscaï*, tous jusqu'au dernier. Et il semblerait qu'ils aient été tués pour combler une faille dans la sécurité du réseau acoma. Nous avions un homme placé dans la maisonnée de Tasaio. Il a été renvoyé quand Mara a repris les terres des Minwanabi, mais il est resté loyal envers nous. Je possède ici son témoignage. Les meurtres perpétrés à l'intérieur du manoir de Tasaio ont été effectués par des tong hamoï.

Jiro était intrigué.

— Tu penses que l'agent de Mara a dupé les tong pour qu'ils effacent les traces des Acoma ?

Chumaka semblait content de lui.

— Oui. Je pense que ce maître espion trop intelligent pour son propre bien a commis l'erreur d'imiter le sceau de Tasaio. Nous savons que l'obajan a discuté avec le seigneur des Minwanabi. On raconte qu'ils étaient tous deux furieux. Si une querelle les avait opposés, Tasaio serait mort bien avant que Mara n'ait provoqué sa chute. Si les Acoma étaient à l'origine de la destruction de leurs propres agents compromis, et s'ils ont utilisé les hamoï à leur insu pour se débarrasser de ce risque, alors ils ont gravement insulté le tong. Dans ce cas, les Mains Rouges des Frères de la Fleur auraient voulu se venger personnellement.

Jiro digéra la nouvelle, les yeux mi-clos.

— Pourquoi impliquer les tong dans ce qui semble être un nettoyage de routine ? Si l'homme de Mara est aussi doué que tu l'affirmes, il n'aurait sûrement pas commis cette erreur grossière.

— Ce devait être une manœuvre désespérée, supposa Chumaka. La maisonnée de Tasaio était difficile à infiltrer. De notre côté, nous avions placé notre agent avant qu'il ne devienne seigneur, quand il était commandant en second dans l'armée du seigneur de guerre lors de l'invasion de Midkemia.

Alors que Jiro montrait encore de l'impatience, Chumaka soupira. Comme il aurait souhaité que son maître ait été éduqué pour penser et agir avec plus de prévoyance. Mais Jiro ne tenait jamais en place, même lorsqu'il était encore un jeune garçon. Le premier conseiller résuma la situation :

— Mara ne disposait plus d'aucun agent dans la maison Minwanabi qui n'ait été compromis. Les meurtres devaient donc être accomplis par un agent extérieur, et les transactions des tong avec Tasaio offraient une solution pratique...

— Ce ne sont que des suppositions, l'interrompit Jiro.

Chumaka haussa les épaules.

— C'est ce que j'aurais fait si j'avais été à la place du maître espion des Acoma. C'est un excellent innovateur. Nous aurions pu établir un contact avec le réseau d'Ontoset et remonter ses opérations pendant dix ans, et ne jamais faire le lien avec les agents du Nord, ceux de Jamar et de la filière de Szetac. Aller aussi loin, aussi rapidement que nous l'avons fait est plus dû à la chance qu'à mon talent, maître.

Jiro ne semblait pas impressionné par le sujet qui passionnait son premier conseiller. Il préféra revenir au problème qui concernait de près l'honneur des Anasati.

— Tu as la preuve que les tong ont agi de leur propre chef, déclara-t-il d'une voix sèche. En disposant d'une preuve de notre prétendue collusion dans l'assassinat d'Ayaki des Acoma, les hamoï ont souillé l'honneur de mes ancêtres. Il faut mettre fin à cet outrage ! Immédiatement !

Chumaka cligna des yeux, arrêté net dans ses réflexions. Il s'humecta rapidement les lèvres.

— Mais non, honorable maître. Pardonnez ma présomption si je vous conseille humblement de n'en rien faire.

— Pourquoi devrions-nous laisser les chiens du tong hamoï humilier la maison Anasati ? (Jiro se redressa sur le banc et foudroya Chumaka du regard.) Tu as intérêt à ce que ta raison soit excellente !

— Eh bien, reconnut Chumaka, pour tuer dame Mara, bien sûr. Maître, tout cela est très brillant. Quel ennemi plus dangereux les Acoma pourraient-ils avoir, à part une secte d'assassins ? Ils ruineront sa paix au-delà de tout espoir, à chaque tentative pour lui ôter la vie. Et ils finiront par réussir. Elle doit mourir : l'honneur de leur fraternité l'exige. Le tong hamoï va faire notre travail à notre place, et nous, pendant ce temps-là, nous pourrons diversifier nos intérêts et consolider la faction des traditionalistes. (Chumaka agita un doigt comme s'il sermonnait son maître.) Maintenant que la guerre a été interdite aux deux camps par les magiciens, Mara devra tenter de provoquer votre ruine par d'autres moyens. Ses ressources sont vastes et ses alliés nombreux. En tant que pair de l'empire, elle est populaire et puissante, et elle a l'oreille de l'empereur. Il ne faut pas la sous-estimer. Et en plus des atouts que je viens d'indiquer, c'est une souveraine particulièrement douée.

Jiro répondit d'une voix empreinte de reproches :

— Tu chantes ses louanges en ma présence ?

Sa voix restait calme, mais Chumaka n'avait aucune illusion ; son maître était offensé. Il répondit dans un murmure pour qu'aucun jardinier ou guerrier en patrouille ne puisse entendre.

— Je n'ai jamais réellement apprécié votre frère, Bunto. Sa mort n'a ainsi eu que très peu de conséquences pour moi, personnellement. (Alors que le visage de Jiro s'empourprait de rage, la réprimande de Chumaka l'arrêta comme un coup de poignard :) Et vous ne l'aimiez pas tant que cela, seigneur Jiro. (Tandis que l'élégant souverain au visage dur admettait à contrecœur cette vérité, Chumaka continua :) Vous oubliez le plus important : le mariage de Mara avec Bunto vous a sauvé la vie..., maître. (À court de cajoleries manipulatrices, le premier conseiller termina :) Si vous voulez absolument nourrir votre haine pour le pair de l'empire, je chercherai sa destruction de tout mon cœur. Mais je procéderai calmement, car laisser la colère obscurcir le jugement n'est pas simplement stupide – avec Mara, c'est suicidaire. Demandez à un diseur des morts du temple de Turakamu d'entrer en communion avec Jingu, Desio et Tasaio des Minwanabi. Leurs fantômes le confirmeront.

Jiro regarda la surface ridée du bassin, agité par des poissons orange. Après un long moment, il soupira :

— Tu as raison. Je ne me suis jamais soucié de Bunto ; il me tyrannisait quand nous étions enfants. (Il serra le poing et le plongea dans l'eau, effrayant les poissons.) Ma colère n'est peut-être pas légitime, mais elle brûle néanmoins dans mes veines ! (Il releva les yeux vers Chumaka, les paupières mi-closes.) Je suis le seigneur des Anasati. Je ne suis pas obligé de prendre des décisions sensées. Un tort a été fait à ma maison, et il *sera* redressé !

Chumaka s'inclina, avec un grand respect.

— Je veillerai à m'assurer de la mort de Mara des Acoma, maître, non pas parce que je la hais, mais parce que c'est votre volonté. Je resterai toujours votre fidèle serviteur. Maintenant que nous connaissons le maître espion de Mara...

— Tu connais cet homme ? s'exclama Jiro, stupéfait. Tu ne m'as pas dit que tu connaissais l'identité du maître espion des Tuscaï !

Chumaka fit un geste d'excuses.

— Pas son nom, ni son apparence, que les dieux maudissent ce génial démon. Je ne l'ai jamais rencontré, mais je reconnais son style dans l'exercice de son art. Il porte une signature révélatrice, comme celle d'un scribe.

— Ce qui est loin d'être une preuve, souligna rapidement Jiro.

— Une preuve irréfutable sera difficile à obtenir, si j'ai bien reconnu la patte de cet homme. Mais si l'ancien maître espion des Tuscaï est entré au service de Mara, les dieux peuvent encore nous sourire. C'est peut-être un maître de la ruse, mais j'ai sa mesure. Ce que je sais des opérations passées des Tuscaï à Jamar devrait nous permettre d'infiltrer son réseau. Dans quelques années, nous accéderons peut-être à l'homme lui-même, et alors nous pourrons manipuler comme nous le voudrons les renseignements obtenus par les agents de Mara. Nous devrons dissimuler nos intentions par des manœuvres de diversion, en nous attaquant au commerce et aux alliances des Acoma. Pendant ce temps, le tong cherchera de son côté à provoquer la chute de Mara.

— Peut-être devrions-nous encourager un peu les efforts de la fraternité, proposa Jiro avec espoir.

Chumaka prit une inspiration rapide à cette simple suggestion. Il s'inclina devant son maître avant de commencer à parler, ce qu'il ne faisait que lorsqu'il était alarmé.

— Maître, nous devrions l'éviter à tout prix. Les tong sont très unis, et trop mortellement dangereux dans leur art pour que nous nous en mêlions. Il vaut mieux que nous gardions les Anasati le plus éloigné possible de leurs faits et gestes.

Jiro concéda ce point avec regret, pendant que son premier conseiller continuait avec optimisme :

— La fraternité des hamoï n'est pas du genre à agir sur un coup de tête... Non. Quand elle agit pour son compte, elle intervient toujours avec une grande lenteur et froidement. Les hamoï ont trafiqué il y a quelque temps avec Midkemia, et je n'ai jamais compris ce qu'ils préparaient. Mais maintenant, je soupçonne que leurs affaires ont des racines dans leurs tentatives à long terme pour nuire aux Acoma. La dame fait preuve d'une sympathie très connue pour les idées barbares.

— C'est bien le cas, concéda Jiro.

Sa mauvaise humeur disparut pour laisser la place à la réflexion ; il observait les jeux des poissons. Aucun conseiller de maison n'était plus doué que Chumaka pour relier des fragments d'informations apparemment sans rapport les uns avec les autres. Et dans l'empire, tout le monde avait entendu des rumeurs sur l'idylle de la dame avec un esclave midkemian. C'était une vulnérabilité qui valait la peine d'être exploitée.

Rassuré par les manières adoucies de son maître, et jugeant avec précision que le moment était venu, Chumaka ajouta :

— Les Anasati peuvent supporter ce léger affront à propos de cette preuve maladroite. Les imbéciles et les enfants peuvent croire à des indices aussi ineptes. Mais les souverains les plus sages savent tous que les tong gardent étroitement leurs secrets. Les puissants de l'empire ne croiront jamais sérieusement à un stratagème aussi transparent pour lier votre nom à un tueur à gages. Le nom des Anasati est ancien, son honneur inattaquable. Ne montrez que de l'indifférence devant les insultes mesquines, maître. Elles ne sont pas dignes de l'attention d'un grand seigneur. Qu'un seigneur ose seulement s'avancer pour suggérer le contraire, et vous réglerez énergiquement le problème. (Chumaka termina en citant une pièce de théâtre que Jiro aimait beaucoup.) « De petits actes vont de pair avec de petites maisons et de petits esprits. »

Le seigneur des Anasati hocha la tête.

— Tu as raison. Ma colère a quelquefois tendance à m'aveugler.

Chumaka s'inclina devant le compliment.

— Maître, je vous demande la permission de prendre congé. J'ai déjà commencé à réfléchir aux pièges que l'on peut tendre au maître espion de Mara. Nous ferons semblant d'avancer maladroitement sur la piste révélée à Ontoset, ce qui éloignera l'œil attentif de notre autre axe d'action, quand nous œuvrerons silencieusement à Jamar pour poser un poignard sur la gorge de la dame des Acoma.

— Excellent, Chumaka, sourit Jiro.

Il frappa dans ses mains pour le congédier. Alors que son premier conseiller s'inclinait à nouveau et s'éloignait rapidement, marmonnant tout en échafaudant ses complots, le seigneur resta près du bassin. Il réfléchit à l'avis de Chumaka, et ressentit un vif sentiment de satisfaction. Lorsque l'Assemblée des magiciens avait interdit la guerre entre sa maison et celle de Mara, il avait secrètement ressenti une profonde satisfaction. Comme la dame avait été privée de son armée et de la suprématie nette que la force du nombre lui donnait sur le champ de bataille, le jeu entre eux avait été égalisé.

— L'intelligence, murmura le seigneur des Anasati, agitant l'eau et faisant fuir les poissons dans un éclair de cercles confus. La ruse, et non l'épée, provoquera la chute du noble pair. Elle mourra en sachant qu'elle a commis une erreur en choisissant mon frère à ma place. Je suis le meilleur des deux, et quand je rencontrerai Buntokapi dans le palais du dieu Rouge après ma mort, il saura que je l'ai vengé, mais aussi que j'ai écrasé sous mon talon et réduit en poussière sa précieuse maison Acoma !

Arakasi était en retard. Ses difficultés à revenir mettaient les conseillers acoma sur des charbons ardents, au point que le commandant Lujan redoutait d'assister au conseil du soir. Il se hâta de rejoindre ses appartements pour reprendre le casque à plumet qu'il avait ôté durant ses heures de loisir. Sa démarche était décidée, précise et équilibrée, comme seule pouvait l'être celle d'un escrimeur habile. Mais son esprit était préoccupé... Ses hochements de tête envers les sentinelles en patrouille qui le saluaient sur son passage étaient machinaux.

Les couloirs du manoir des Acoma comptaient désormais autant d'hommes armés que de domestiques. Depuis le meurtre d'Ayaki, l'intimité était devenue presque inexistante, particulièrement la nuit quand des guerriers supplémentaires dormaient dans le scriptorium et les différentes ailes des suites des invités. La chambre d'enfant de Justin était un véritable camp armé. Lujan se dit que le gamin devait avoir du mal à jouer avec ses petits soldats, à cause du fracas constant des sandales de guerre frappant le plancher de sa chambre.

Mais comme il était le seul à porter le sang de la lignée des Acoma après Mara, sa sécurité était d'une importance primordiale. Sans les rapports fiables d'Arakasi, les patrouilles faisaient leurs rondes dans l'incertitude la plus totale. Elles sursautaient devant la moindre ombre, et les hommes dégainaient presque leur épée au bruit des pas des domestiques amoureux qui se rendaient à leurs rendez-vous secrets. Lujan soupira, puis se figea, alerté par le son d'une épée glissant hors de son fourreau.

— Toi, là-bas ! hurla une sentinelle, halte !

Lujan se mit à courir et tourna le coin du couloir à toute vitesse. Devant lui, un guerrier était en garde, l'épée tirée, prêt au combat. Il se tenait devant un recoin plongé dans l'ombre, où rien ne semblait anormal. Derrière lui,

Lujan entendit les petits coups secs et le pas très particulier d'un homme qui se déplaçait à toute vitesse sur une béquille. Il comprit que Keyoke, le conseiller pour la guerre de Mara, avait aussi entendu que quelque chose n'allait pas. Le vieil homme avait été commandant trop longtemps pour ignorer le cri d'alarme d'un soldat, et il se précipitait pour voir qui était entré par effraction dans les couloirs les plus profonds du manoir.

Pourvu que ce ne soit pas un autre assassin, pria Lujan en courant. Il avait des difficultés à voir dans l'obscurité, et remarqua qu'une lampe qui aurait dû être allumée avait été éteinte. *Ce n'est pas bon signe,* pensa-t-il sinistrement. Le conseil soudain ajourné par cette intrusion lui semblait maintenant une corvée moins désagréable. Sans les informations précises d'Arakasi, les complexités du commerce et les changements malaisés des alliances à la cour d'Ichindar pouvaient devenir incompréhensibles au point de vous rendre fou. Mais une nouvelle attaque par un lanceur de fléchettes tong, aussi loin à l'intérieur du périmètre des patrouilles, était un événement trop désolant à considérer. Des mois s'étaient écoulés depuis la mort d'Ayaki, mais Justin avait encore des cauchemars où il revoyait la chute du cheval noir...

Lujan s'arrêta avec une glissade près du guerrier à l'épée dégainée, les clous de ses sandales éraflant le sol de pierre.

— Qui va là ? demanda-t-il.

Le vieux Keyoke s'arrêta avec un bruit sec de l'autre côté du soldat, et posa la même question d'une voix dure.

Le guerrier n'avait pas changé de position, mais de la pointe de son épée il indiqua d'un geste infime un recoin entre deux poutres qui soutenaient un raccord de charpente. Lors d'une vieille réparation, on avait remplacé une section de bois pourri. Le manoir qu'habitaient Mara et Hokanu était ancien, et ils se trouvaient dans l'une des ailes d'origine. Les ardoises que les sandales de guerre de Lujan avaient rayées de blanc avaient près de trois mille ans. Elles avaient été usées par des générations innombrables, dont les pas avaient creusé des ornières dans la pierre. *Cette demeure comporte bien trop de recoins per-*

mettant d'abriter des intrus, pensa Lujan alors qu'il regardait dans la direction indiquée par la sentinelle. Un homme rôdait effectivement dans l'ombre. Il tenait les mains écartées en signe de soumission, mais son visage était maculé d'une manière suspecte, comme s'il avait utilisé la suie d'une lampe pour noircir la blancheur révélatrice de son visage.

Lujan dégaina son épée. Le visage impassible, Keyoke leva sa béquille et appuya sur un ressort caché, ce qui fit sortir une fine lame de la canne. Bien qu'il ait perdu une jambe, il gardait apparemment son équilibre sans faire le moindre effort.

Lujan s'adressa sèchement à l'intrus qui se trouvait maintenant face à trois lames nues :

— Sors ! Garde les mains en l'air si tu ne veux pas mourir embroché.

— Pour mon retour, j'aurais préféré ne pas être accueilli comme une pièce de viande sur un étal de boucher, répondit une voix aussi râpeuse qu'un morceau de fer rouillé.

— Arakasi, souffla Keyoke, levant son arme pour le saluer.

Son profil en lame de couteau se fendit d'un rare sourire.

— Par les dieux ! jura Lujan.

Il tendit la main et toucha la sentinelle, qui abaissa sa lame. Le commandant des Acoma frissonna en comprenant à quel point le maître espion de Mara avait failli mourir des mains d'un garde acoma. Puis le soulagement et le retour de sa bonne humeur le firent rire aux éclats.

— Enfin ! Depuis combien d'années Keyoke et moi tentons-nous de mettre en place des patrouilles imprévisibles ? Serait-il possible que pour une fois, mon cher ami, tu n'aies pas réussi à leur échapper ?

— Le voyage de retour a été ardu, avoua Arakasi. En plus, ce manoir a plus de guerriers en service que de domestiques. On ne peut pas faire trois pas sans trébucher sur un homme en armure.

Keyoke rengaina sa lame secrète et replaça sa béquille sous son aisselle. Puis il passa ses doigts dans ses cheveux blancs, comme il n'avait jamais pu le faire lorsqu'il était commandant, car il portait perpétuellement un casque de bataille.

— Le conseil de dame Mara doit bientôt commencer. Elle a besoin de vos informations.

Arakasi ne répondit pas, mais sortit de derrière les poteaux où il s'était caché. Il était vêtu comme un mendiant. Ses cheveux longs étaient d'une saleté repoussante, et de la suie semblait s'être incrustée dans sa peau. Et il sentait affreusement la fumée de bois...

— Tu ressembles à un chiffon qu'un ramoneur aurait retiré d'une cheminée, remarqua Lujan, en faisant signe à la sentinelle de reprendre sa patrouille interrompue. Ou alors tu as dormi dans les arbres pendant près d'une semaine.

— Ce n'est pas loin de la vérité, marmonna Arakasi, détournant un regard irrité.

Keyoke n'aimait attendre pour personne ; maintenant libre d'exprimer son impatience, ce qu'il n'avait pas eu le loisir de faire durant toutes les années où il avait commandé ses troupes, il était parti vers la salle du conseil en faisant claquer sa béquille. Comme s'il avait été soulagé par le départ du vieil homme, Arakasi se pencha, releva le bord de sa robe, et gratta une écorchure infectée.

Lujan se caressa le menton. Il proposa avec tact :

— Tu devrais d'abord venir dans mes appartements. Mon valet a l'habitude de préparer un bain à l'improviste.

Un bref silence s'ensuivit. Finalement Arakasi soupira.

— Des échardes, avoua-t-il.

Comme ce simple mot allait sûrement être la seule explication qu'il recevrait, Lujan devina le reste.

— Elles sont infectées. Cela signifie qu'elles ne sont pas récentes. Et que tu étais trop pressé pour prendre le temps de les retirer.

Un autre silence suivit, confirmant la supposition. Arakasi et Lujan se connaissaient depuis l'époque où ils étaient au service de la maison Tuscaï, et ils avaient partagé durant de nombreuses années la vie de guerriers gris.

— Suis-moi, pressa le commandant. Si tu parais devant la dame Mara dans cet état, les domestiques seront obligés de brûler les coussins sur lesquels tu te seras assis. Tu pues comme un Khardengo qui a perdu son chariot.

Vexé d'être comparé aux nomades qui voyagent de ville en ville, vendant des divertissements bon marché et faisant de petits travaux déshonorants, Arakasi fit une moue dédaigneuse.

— Tu peux me dénicher une aiguille de métal ? marchanda-t-il prudemment.

Lujan se mit à rire.

— Il se trouve que je le peux. J'ai eu l'honneur de plaire à l'une des couturières de notre dame. Mais tu me devras une faveur. Si je lui demande de me prêter un tel trésor, il est certain qu'elle aura des exigences...

Sachant parfaitement qu'un grand nombre de jeunes filles de la maisonnée auraient accepté de compromettre leur prochaine réincarnation sur la Roue de la vie contre la promesse de baisers de Lujan, Arakasi ne fut pas impressionné.

— Je peux très bien utiliser l'un de mes poignards.

Son indifférence apparente énerva Lujan.

— Les nouvelles que tu apportes ne sont pas bonnes.

Arakasi se plaça juste devant le commandant des armées acoma. La lumière de la lampe placée dans le couloir éclairait ses pommettes décharnées et assombrissait les cernes sous ses yeux.

— Je pense que je vais accepter le bain que tu m'as offert, répondit-il avec un air obtus.

Lujan savait qu'il valait mieux ne pas taquiner son ami le maître espion en lui faisant remarquer qu'il avait l'air de ne pas avoir mangé ou dormi depuis une semaine. Cette fois, cette observation ressemblerait plus à la vérité qu'à une plaisanterie.

— Je vais te trouver cette épingle, offrit-il, puis il se hâta de continuer par un trait d'humour pour calmer la fierté froissée d'Arakasi. Même si tu n'en as certainement pas besoin, si tu portes tes poignards. Je doute que ma sentinelle ait compris que lorsqu'elle te tenait en respect à la pointe de son épée, tu pouvais la tuer et la tailler en pièces avant même qu'elle n'ait l'occasion de porter un coup.

— Je suis doué, reconnut Arakasi. Mais aujourd'hui, hélas, pas assez pour cet exploit.

Il reprit sa marche. Ce n'est qu'alors que Lujan se rendit compte que le maître espion avait du mal à tenir sur ses jambes. Il laissa échapper un petit cri d'inquiétude, et Arakasi lui décocha son regard le plus narquois et le plus vexé, en disant :

— Je te demande sur ton honneur de ne pas me laisser m'endormir dans mon bain.

— T'endormir ou te noyer ? rétorqua Lujan, tendant rapidement la main pour aider le maître espion à garder son équilibre. Mon vieux, mais dans quoi t'es-tu retrouvé ?

Mais le commandant eut beau harceler le maître espion, il ne reçut aucune explication jusqu'à ce que le bain soit pris, le casque récupéré, et le conseil bien entamé.

Keyoke était déjà assis dans la lumière jaune d'un cercle de lampes, ses mains tannées croisées sur la béquille posée en travers de ses genoux. La nouvelle du retour d'Arakasi avait été envoyée aux cuisines, et les domestiques avaient apporté en hâte des plateaux chargés de nourriture. Hokanu se trouvait à la droite de Mara, à la place normalement occupée par le premier conseiller, alors que Saric et Incomo étaient assis en face d'elle et s'entretenaient à voix basse. Les bras enroulés autour de ses genoux, Jican était caché derrière une montagne d'ardoises. Des corbeilles bourrées à craquer de parchemins formaient comme des bastions de chaque côté de lui, et il arborait une expression légèrement angoissée.

Arakasi parcourut rapidement l'assemblée du regard et commenta laconiquement :

— Notre commerce a subi quelques revers en mon absence, à ce que je vois.

Jican se hérissa en entendant sa remarque, ce qui permit effectivement que tout le monde ne voie pas immédiatement l'état pitoyable du maître espion.

— Nos affaires ne sont pas compromises, se défendit rapidement le petit hadonra. Mais plusieurs entreprises hasardeuses sur les marchés impériaux se sont mal passées. Mara a perdu des alliés chez les marchands qui possèdent aussi des intérêts anasati. (Avec un soulagement visible, il conclut :) La vente aux enchères de la soie n'a pas souffert.

— Pour le moment, intervint spontanément Incomo. Les traditionalistes continuent à gagner de l'influence. Les gardes blancs impériaux d'Ichindar ont plus d'une fois dû verser le sang pour réprimer des émeutes à Kentosani.

— Les halles sur les quais, affirma Arakasi, résumant la situation. J'en ai entendu parler. Notre empereur réussirait peut-être à arrêter les dissensions s'il parvenait à engendrer un héritier qui ne soit pas une fille.

Les yeux se tournèrent vers la dame des Acoma... Ses serviteurs attendaient tous ce qu'elle pourrait bien leur demander.

Plus maigre encore que lors des funérailles d'Ayaki, elle était néanmoins parfaitement calme. Son visage avait été lavé de tout maquillage. Le regard concentré et acéré, elle avait doucement posé ses mains sur ses genoux. Elle prit enfin la parole :

— Arakasi m'a révélé que nous sommes confrontés à une nouvelle menace.

Seule sa voix trahissait la tension nerveuse permanente qui la minait, et qu'elle cachait derrière une façade tsurani de maîtrise de soi. Jamais avant le décès d'Ayaki elle ne s'était exprimée avec une haine aussi claire et dure.

— Je vous demande à tous d'accorder à Arakasi toute l'aide qu'il pourra solliciter, sans poser de questions.

Lujan envoya un sourire amer à Arakasi.

— Tu avais déjà sali ses coussins, à ce que j'entends, murmura-t-il d'une voix irritée et vexée.

Keyoke semblait un peu contrarié. La découverte du maître espion avait été trop tardive. La patrouille qui l'avait finalement repéré rôdant dans les couloirs ne l'avait trouvé qu'après qu'il ait eu un entretien avec la maîtresse, sans avoir été remarqué par personne. Conscients de cet échange muet, mais obligés par les règles de la politesse de l'ignorer, les deux autres conseillers inclinèrent la tête pour signifier qu'ils accéderaient aux souhaits de leur maîtresse. Seul Jican s'agita, conscient que la déclaration de Mara allait semer à nouveau le chaos dans les finances des Acoma. Les services et les opérations d'Arakasi coûtaient toujours très cher, ce qui inquiétait constamment et terriblement le petit hadonra.

Une brise passa par les fenêtres ouvertes dans le plafond de la haute salle des Acoma, qui avait été creusée dans le flanc de la colline sur laquelle s'appuyait le manoir. En dépit de la lumière des lampes, les recoins les plus éloignés de la pièce restaient plongés dans l'obscurité. Les globes cho-ja sur leur trépied n'avaient pas été allumés, et l'estrade basse utilisée pour les réunions informelles formait le seul îlot de lumière. Les domestiques qui servaient restaient à une distance discrète, à portée de voix si on avait besoin d'eux, mais suffisamment loin pour ne pas entendre les discussions. Mara reprit :

— Ce dont nous allons parler ici doit rester seulement dans ce cercle. (Elle demanda à Arakasi :) De combien de temps as-tu besoin pour contrer cette nouvelle menace ?

Arakasi haussa les épaules en levant les mains vers le ciel, ce qui révéla une contusion jaune sur l'un de ses poignets.

— Je ne peux que faire des suppositions, maîtresse. Mon instinct me dit que l'organisation que j'ai rencontrée est basée dans l'Est, probablement à Ontoset. Nous avons gardé des liens ténus entre cette ville, Jamar et la Cité des plaines, puisque la couverture était un commerce tenu par un intendant. Un ennemi qui aurait découvert notre travail dans l'Ouest n'aurait vu qu'une simple coïncidence dans la liaison avec l'Est. Mais je ne sais pas d'où le dommage est parti. La piste a pu commencer ailleurs.

Mara se mordit les lèvres.

— Explique-moi.

— J'ai fait quelques vérifications rapides avant de revenir à Sulan-Qu. (Encore plus calme et plus glacial que Keyoke avait pu l'être avant une bataille, le maître espion continua :) En surface, nos intérêts commerciaux semblent protégés à l'ouest et au nord. L'expansion récente, que j'ai été à regret obligé d'arrêter, se concentrait au sud et à l'est. Notre adversaire inconnu a peut-être découvert par hasard une opération que nous venions de mettre en place... Ou peut-être pas. Je ne peux rien dire. Ses actions ont été ressenties très clairement. Il a détecté certains aspects de notre système de courriers, et a étudié nos méthodes de construction de réseau. Cet ennemi a placé des observateurs à l'endroit le plus propice pour piéger un agent, dans l'espoir de le suivre jusqu'à un responsable important de la filière. Je peux donc en déduire qu'il possède son propre réseau pour tirer avantage d'une telle opportunité.

Hokanu passa son bras autour de la taille de Mara, même si l'attitude de la jeune femme n'indiquait nullement qu'elle avait besoin d'être réconfortée.

— Comment peux-tu en être certain ?

— Parce que c'est ce que j'aurais fait, répondit Arakasi sans détour. (Il lissa l'étoffe de sa robe pour dissimuler les marques que les échardes avaient laissées sur ses tibias.) J'ai failli être capturé, et ce n'est pas un exploit facile. (Ses phrases neutres impliquaient un manque total de vanité, alors qu'il levait un doigt.) Je suis inquiet parce que la sécurité du réseau est compromise. (Il leva un deuxième doigt et ajouta :) Et je suis soulagé d'être arrivé à m'échapper sans encombre. Si l'équipe qui m'a poursuivi avait deviné qui elle avait cerné, elle aurait pris des mesures plus extrêmes et se serait montrée bien plus minutieuse. Elle aurait abandonné le subterfuge pour parvenir à me capturer à tout prix. Elle devait donc s'attendre à piéger un courrier, ou un superviseur. Ma qualité de maître espion des Acoma n'a très probablement pas été découverte.

Mara se redressa, soudain péremptoire.

— Alors il me semble raisonnable que tu ne t'occupes pas de ce problème.

Arakasi recula de surprise.

— Ma dame ?

Mara interpréta mal sa réaction ; croyant qu'elle l'avait blessé en remettant ses compétences en question, elle tenta d'adoucir sa déclaration.

— Tu es essentiel pour la résolution d'un autre problème qui demande notre attention. (Elle congédia gentiment Jican d'un geste, en ajoutant :) Je pense que les problèmes commerciaux peuvent attendre.

Le petit homme s'inclina pour exprimer son accord et claqua des doigts pour appeler ses secrétaires afin qu'ils l'aident à rassembler ses comptes et ses parchemins. Puis Mara ordonna à tous les domestiques de quitter la haute salle. Quand les immenses doubles portes furent refermées, la laissant seule avec ses conseillers les plus proches, elle déclara à son maître espion :

— J'ai une autre mission à te confier.

Arakasi exprima clairement son opinion :

— Maîtresse, nous courons un grave danger. En fait, je crains que le maître que sert ce réseau d'espionnage ennemi soit l'homme le plus dangereux qui puisse exister.

Mara ne trahit rien de ses pensées, lorsqu'elle hocha la tête pour lui donner l'autorisation de continuer.

— Jusqu'à cette rencontre, j'avais la vanité de me considérer comme un maître dans l'exercice de mon art. (Pour la première fois depuis que la discussion avait commencé, le maître espion dut s'arrêter pour choisir ses mots.) Cette faille dans notre sécurité n'était absolument pas due à notre maladresse. Mes hommes à Ontoset ont agi avec une discrétion irréprochable. Pour cette raison, je crains que l'ennemi que nous affrontons puisse m'être supérieur.

— Ce qui me conforte dans ma décision en ce domaine, annonça Mara. Tu confieras la résolution de cette difficulté à quelqu'un d'autre, en qui tu as toute confiance. De cette façon, si cet ennemi inconnu se montre digne de tes louanges, nous perdrons un homme moins essentiel à nos besoins.

Arakasi s'inclina, dans un mouvement raidi par le désarroi.

— Maîtresse...

Sèchement, Mara répéta :

— J'ai une autre mission pour toi.

Arakasi se tut immédiatement. La coutume tsurani interdisait à un serviteur de questionner son souverain ; et, de plus, la dame avait pris sa décision. On ne pouvait pas raisonner avec la dureté qui gouvernait son âme depuis la mort de son fils aîné. Il pouvait au moins se rendre compte de cela. Il était également évident qu'Hokanu le sentait lui aussi, car même lui se retenait de s'opposer aux moyens d'action choisis par sa dame. Personne n'osait exprimer cette vérité inconfortable : aucun agent du vaste réseau d'Arakasi n'était aussi méticuleux ou expérimenté que lui pour contrer une menace de cette ampleur. Mais le maître espion ne désobéirait pas à sa maîtresse, bien qu'il éprouve une peur mortelle pour sa sécurité. Il pouvait seulement manœuvrer d'une manière alambiquée, obéissant à ses ordres au sens littéral, mais les détournant de son mieux dans ses actions générales. Tout d'abord, il devait s'assurer que l'homme qu'il chargerait nommément de repérer cette nouvelle organisation pourrait lui faire régulièrement ses rapports. Il était extrêmement troublé que dame Mara écarte cette terrible menace avec une telle facilité, mais il la respectait suffisamment pour au moins entendre ses raisons avant de juger qu'elle avait tort.

— Quel est cet autre problème, ma dame ?

Ses manières attentives adoucirent la brusquerie de Mara.

— Je veux que tu découvres tout ce que l'on peut apprendre sur l'Assemblée des magiciens.

Pour la première fois depuis qu'il était entré au service de Mara, Arakasi sembla étonné par son audace. Il écarquilla les yeux et sa voix ne devint plus qu'un murmure.

— Les Très-Puissants ?

Mara hocha la tête vers Saric, qui avait étudié personnellement cet aspect de la question.

Il prit la parole depuis l'autre extrémité du cercle :

— Au cours de ces dernières années, plusieurs événements m'ont fait remettre en question les motivations des Robes Noires. Selon la tradition, nous tenons pour acquis qu'elles agissent pour le bien de notre empire. Mais les choses ne se présenteraient-elles pas sous un jour différent si, en fait, ce n'était pas le cas ? (L'humour pince-sans-rire de Saric fit place à un malaise intense et brûlant, alors qu'il ajoutait :) Il y a plus grave encore. Et si la sagesse de l'Assemblée était dirigée vers ses propres intérêts ? Le prétexte est la stabilité de l'empire ; alors pourquoi les Très-Puissants devraient-ils craindre que les Acoma écrasent les Anasati pour assouvir une juste vengeance ? (Le premier conseiller des Acoma se pencha en avant, posant les coudes sur ses genoux.) Ces magiciens sont loin d'être des imbéciles. Je refuse de croire qu'ils ne comprennent pas qu'en permettant à un seigneur qui commande un meurtre par trahison de ne pas être châtié, ils plongent l'empire dans un conflit extrême. Une mort qui n'est pas vengée est une contradiction expresse de l'honneur. Sans les manœuvres politiques du Grand Conseil, privés du levain des concessions mutuelles constantes entre factions, nous nous retrouvons avec des maisons à la dérive, dépendant de la bonne volonté et des promesses des autres pour survivre.

Mara nuança l'explication pour son maître espion :

— En l'espace d'une année, au moins une douzaine de maisons cesseront d'exister, parce que l'on m'a interdit d'engager le combat contre ceux qui voudraient rétablir le règne d'un seigneur de guerre. On m'a ôté toute puissance dans l'arène politique. Mon clan ne peut lever l'épée contre les traditionalistes, qui utilisent maintenant Jiro comme emblème. Si je ne peux pas lui faire la guerre, je ne peux plus respecter mon serment de protéger les maisons qui dépendent de l'alliance des Acoma.

Fermant les yeux un moment, elle sembla rassembler toute son énergie.

L'estime d'Arakasi pour sa dame augmenta encore, alors qu'il comprenait quelque chose : Mara avait assez récupéré de son deuil pour retrouver la raison. Elle savait au fond de son cœur que les preuves contre Jiro étaient trop évidentes pour être prises au sérieux. Mais elle devait payer sans renâcler le prix de sa perte de contrôle lors des funérailles. Elle avait humilié le nom de sa famille, même si la culpabilité ou l'innocence de Jiro étaient sujettes à discussion. Admettre maintenant l'innocence des Anasati serait avouer publiquement son erreur. Elle ne pouvait pas le faire honorablement sans soulever une question bien pire. Pensait-elle vraiment que son ennemi était innocent du meurtre d'Ayaki, ou cherchait-elle simplement à éviter la confrontation et oublier sa vengeance ? Ne pas venger un meurtre serait un déshonneur irrévocable.

Même si maintenant elle regrettait amèrement sa rage et son manque de discernement, Mara ne pouvait que gérer la situation comme si elle avait toujours cru à la trahison des Anasati. Agir autrement n'était pas tsurani, et serait une faiblesse que ses ennemis exploiteraient immédiatement pour provoquer sa chute.

Comme pour échapper à des souvenirs désagréables, Mara reprit :

— Dans les deux ans à venir, un bon nombre de familles que nous considérons comme des alliés seront éteintes ou déshonorées, et un plus grand nombre de seigneurs neutres seront persuadés ou poussés par la pression politique d'entrer dans le camp des traditionalistes. Le Parti impérial réduit fera face mais, sans nous, se retrouvera devant la probabilité désastreuse qu'un nouveau seigneur de guerre réinstalle le Grand Conseil. Si l'aube de ce triste jour devait se lever, l'homme qui porterait le manteau blanc et or serait Jiro des Anasati.

Arakasi se frotta la joue avec une phalange, réfléchissant intensément.

— Alors vous pensez que l'Assemblée pourrait se mêler de politique pour des raisons qui lui sont propres. Il est vrai que les Robes Noires ont toujours été jalouses de leur intimité. Je n'ai jamais entendu parler d'un homme qui serait entré dans leur cité et qui aurait survécu pour raconter son aventure. Dame Mara, pénétrer les secrets de cette forteresse sera dangereux, et très difficile, si ce n'est purement et simplement impossible. Les Très-Puissants possèdent des sortilèges de vérité qui rendent impossible l'infiltration d'un espion dans leurs rangs. J'ai entendu bien des histoires... Même si je ne suis pas le premier maître espion à tenter une telle opération, quelqu'un qui irrite une Robe Noire avec le mensonge dans son cœur ne meurt généralement pas de sa belle mort.

Mara serra les poings.

— Nous devons trouver un moyen de connaître leurs motivations. Plus encore, nous devons découvrir une façon d'arrêter leur interférence, ou tout du moins d'obtenir une délimitation nette des paramètres qu'ils nous imposent. Nous devons savoir jusqu'où nous pouvons aller sans provoquer leur colère. Avec le temps, peut-être que nous réussirons à négocier avec eux.

Arakasi inclina la tête, résigné, mais réfléchissant déjà aux grands moyens que ce problème exigeait. Il n'avait jamais espéré vivre jusqu'à un âge avancé. Les énigmes, et même les énigmes dangereuses, étaient les seules délices qu'il comprenait, même si celle que sa dame venait de lui proposer allait probablement provoquer rapidement sa destruction.

— À vos ordres, maîtresse. Je vais commencer immédiatement à réorienter les recherches de nos agents dans le Nord-Ouest dans cette direction.

La négociation était un espoir futile, un choix qu'Arakasi avait rejeté dès le début. Pour marchander, on doit disposer d'une force impressionnante ou d'une récompense attirante. Mara possédait la puissance et la popularité, mais lui aussi avait été témoin de la démonstration de pouvoir d'un seul magicien, quand Milamber avait interrompu les jeux impériaux. Les milliers de guerriers de dame Mara et ceux de tous ses amis et alliés, n'étaient rien comparés aux forces mystérieuses que l'Assemblée avait à sa disposition. Et que pouvait-il exister dans le monde et sous les cieux qu'un Très-Puissant puisse désirer et ne pas prendre tout simplement ?

Glacé, Arakasi considéra la dernière possibilité pour exercer une pression : l'extorsion. L'Assemblée détenait peut-être un secret qui justifierait qu'elle accepte de vendre ses faveurs afin d'empêcher sa révélation... Quelque chose pour lequel elle serait prête à faire des concessions, pour s'assurer que Mara garderait le silence... Cette idée même était une pure folie. Les Très-Puissants étaient au-dessus de toutes les lois. Arakasi estima que même s'il avait assez de chance pour découvrir un tel secret, il serait plus probable que les Robes Noires s'assureraient du silence définitif de Mara en la mettant simplement à mort d'une façon horrible.

Il sentait que Saric, Lujan et Keyoke le comprenaient, car leurs yeux étaient fixés sur lui quand il se leva pour faire sa révérence finale. Cette fois, Mara osait trop, et ils craignaient tous le résultat de ses décisions. Glacé jusqu'au cœur, Arakasi se détourna. Rien dans ses manières n'indiquait qu'il maudissait un destin cruel. Non seulement il devait faire fi de tous ses instincts qui l'avertissaient que dame Mara allait affronter le plus grand péril qui l'ait jamais menacée, mais il était aussi obligé d'abandonner tous ses efforts pour mettre en place des contre-mesures. Des pans entiers de sa vaste organisation devraient cesser toute activité, jusqu'à ce qu'il ait résolu une énigme à laquelle aucun homme n'avait osé s'attaquer. Le mystère attendait d'être dévoilé, au-delà des rives du lac sans nom qui entourait l'île de la Cité des magiciens.

5

MACHINATIONS

Deux ans passèrent.

Aucune nouvelle tentative d'assassinat ne fut lancée contre la dame des Acoma. Même si tout le monde restait vigilant, la sensation d'un danger immédiat avait diminué.

La tranquillité qui régnait sur le manoir quand les premières lueurs de l'aube baignaient la chambre à coucher n'en devenait que plus précieuse. Les pressions dues aux développements récents défavorables et aux frictions entre les diverses factions politiques pesaient de plus en plus lourd sur les ressources de la maison Acoma.

Mais à cette heure, seules les patrouilles s'activaient, car les messagers apportant les nouvelles de la journée n'étaient pas encore arrivés. Un oiseau chanta sur les rives du lac. Hokanu resserra ses bras autour de sa bien-aimée. Il caressa la peau douce comme de l'ivoire du ventre de sa dame, et une légère rondeur l'alerta. Brusquement, toutes les matinées où elle s'était cloîtrée et l'avait tenu à l'écart, tout comme ses conseillers de confiance, prirent un sens. Une rougeur de plaisir extatique suivit sa déduction. Hokanu sourit, en pressant son visage contre les douces vagues de la chevelure de son épouse.

— Les sages-femmes t'ont-elles déjà dit si le nouvel héritier des Acoma sera un garçon ou une fille ?

Mara se tordit dans ses bras, écarquillant les yeux d'indignation.

— Je ne t'ai pas dit que je suis enceinte ! Laquelle de mes servantes m'a trahie ?

Hokanu ne répondit pas ; seul son sourire s'élargit.

La dame tendit les mains et attrapa les poignets d'Hokanu dont les bras l'enserraient toujours, et conclut :

— Je vois... Toutes mes servantes sont loyales, mais je ne peux pas toujours garder mes secrets devant toi, mon époux.

Mais c'était faux. Aussi sincères que puissent être leurs relations, il y avait des mystères en elle que même Hokanu ne pouvait comprendre, particulièrement depuis la mort de son fils aîné. Comme si le chagrin avait étendu une ombre sur elle... Et bien que sa chaleur alors qu'elle posait son visage contre celui de son époux soit bien réelle, tout comme son plaisir en lui murmurant à l'oreille d'une voix solennelle qu'il allait bientôt être père aussi bien par le sang que par l'adoption, Hokanu perçut une nuance plus sombre dans sa voix. Quelque chose troublait Mara, et qui cette fois n'avait aucun lien avec la mort d'Ayaki ou l'intervention de l'Assemblée dans sa tentative de vengeance contre Jiro. Il sentit aussi que ce n'était pas le moment de poser la moindre question.

— Je t'aime, dame, murmura-t-il. Il vaut mieux que tu t'accoutumes à la sollicitude, parce que je vais te choyer honteusement jusqu'au jour de la naissance. (Il la retourna dans ses bras et l'embrassa.) Ensuite, nous nous rendrons peut-être compte tous les deux que j'ai pris une très bonne habitude, dont je ne pourrai me défaire.

Mara se nicha contre lui, lui caressant de ses doigts la poitrine.

— Tu es le meilleur époux de tout l'empire, mon aimé... Bien meilleur que ce que je mérite.

Cette affirmation était discutable, mais Hokanu garda le silence. Il savait qu'elle l'aimait profondément et elle lui donnait autant d'attention et de satisfaction que toute autre femme tsurani aurait pu le faire. Cependant, il avait au fond de lui la certitude que, dans leurs relations, quelque chose d'indéfinissable manquait du côté de Mara. Il s'était épuisé en vain à tenter de comprendre ce sentiment. Car sa dame ne lui mentait jamais et n'était jamais avare de son affection. Mais il y avait toujours des moments où ses pensées étaient ailleurs. Elle avait besoin d'autre chose, et son instinct avertissait Hokanu qu'il ne pouvait le lui offrir.

Toujours pragmatique, Hokanu ne tentait pas de forcer l'impossible, mais construisait sur leurs années de vie commune un contentement et une paix aussi durables et solides qu'un monument. Il avait réussi à lui donner le bonheur... jusqu'à ce qu'une fléchette frappe le cheval qui avait tué son fils.

Mara remua à nouveau contre lui, ses yeux sombres apparemment fixés sur le jardin floral, visible derrière la cloison ouverte. La brise agitait doucement ses fleurs favorites, les kekali, et leur lourd parfum entrait dans la chambre. À l'arrière-plan, Hokanu entendait le boulanger sermonner un jeune esclave pour sa paresse ; les bruits de la péniche des dépêches, que l'on chargeait sur le quai, étaient étrangement amplifiés par l'eau immobile et le silence du matin brumeux.

Hokanu saisit les doigts de Mara et les caressa. Voyant qu'elle ne réagissait pas immédiatement, il sut qu'elle ne réfléchissait pas à des choses ordinaires.

— Penses-tu encore à l'Assemblée ? demanda-t-il, en sachant parfaitement que ce n'était pas le cas.

Cependant, il savait qu'une approche oblique briserait la glace qui enserrait les pensées de sa dame, et l'aiderait à commencer à parler.

Mara referma son étreinte sur sa main.

— La sœur de ton père a deux garçons, et tu as un petit-cousin qui a cinq enfants, dont trois fils.

Ne sachant pas vraiment à quoi menait cette ouverture, mais comprenant à peu près le tour de la conversation, Hokanu hocha la tête. Instinctivement, il devina la prochaine pensée de Mara.

— Si quelque chose devait arriver à Justin avant que ton enfant ne naisse, mon père pourrait choisir parmi plusieurs cousins et parents pour désigner un successeur au sceptre des Shinzawaï. Mais tu ne devrais pas t'inquiéter, mon amour. J'ai l'intention de rester en vie et de te protéger envers et contre tous.

Mara fronça les sourcils, plus troublée qu'il ne l'avait initialement pensé.

— Non. Nous avons déjà parlé de tout cela. Je ne veux pas que le nom des Acoma fusionne avec celui des Shinzawaï.

Hokanu l'attira contre lui, conscient maintenant de la raison de sa nervosité.

— Tu as peur pour le nom des Acoma, je te comprends. Jusqu'à ce que notre enfant soit né, tu es la dernière de ta lignée.

La tension de Mara alors qu'elle hochait la tête trahit la profondeur d'une peur qu'elle combattait et tenait cachée depuis près de deux ans. Après tous les sacrifices qu'elle avait consentis pour assurer la pérennité de la lignée de ses ancêtres, et qui n'avaient mené qu'à la mort de son fils, il ne pouvait pas lui en tenir rigueur.

— À la différence de ton père, je n'ai plus de cousins ni aucune autre option. (Elle prit une rapide inspiration et plongea directement au cœur du sujet.) Je veux que Justin prête serment sur le natami des Acoma.

— Mara ! s'exclama Hokanu, surpris. Ce qui est fait est fait ! Le garçon a presque cinq ans maintenant, et il a déjà été consacré aux Shinzawaï !

Mara semblait plongée dans une profonde détresse. Ses yeux étaient trop grands pour son visage et ses os trop saillants, la conséquence de son chagrin et des nausées matinales.

— Libère-le de son serment...

Elle semblait désespérée, et son attitude avait une dureté et une détermination qu'Hokanu n'avait observées qu'en présence d'ennemis ; et les dieux savaient qu'il n'était pas son ennemi. Il étouffa son émoi initial, tendit la main et attira à nouveau Mara contre lui. Elle tremblait de tous ses membres, bien que sa peau ne soit pas froide. Patiemment, soigneusement, il étudia la situation. Il tentait de démêler ses motivations et d'arriver à la comprendre, pour trouver des raisons d'accepter sa demande. Car il savait, par égard pour son père, qu'il ne ferait de faveur à personne en changeant l'allégeance de Justin – et encore moins au garçon lui-même. L'enfant était maintenant assez grand pour commencer à comprendre la signification du nom qu'il portait.

La mort de son frère aîné avait été suffisamment dure pour le petit garçon, sans qu'il devienne un pion du jeu politique. Même si Hokanu aimait Mara de toutes ses forces, il savait aussi que la haine de Jiro n'était pas une menace qu'il souhaitait placer sur les épaules d'un enfant innocent.

L'harmonie que partageaient la dame et son consort était à double tranchant ; Mara avait aussi le don de deviner les pensées secrètes d'Hokanu. Elle déclara :

— Il est bien plus difficile d'assassiner un garçon capable de marcher, de parler et de reconnaître des étrangers, qu'un nourrisson dans son berceau. En tant qu'héritier des Shinzawaï, notre futur bébé sera plus en sûreté. Une maison, une lignée entière, ne pourra pas être anéantie par une seule mort.

Hokanu ne pouvait pas réfuter une telle logique. Ce qui le troublait et l'empêchait d'acquiescer, c'était sa propre affection pour Justin, sans mentionner le fait que son père adoptif, Kamatsu, adorait littéralement le petit garçon. Un homme pouvait-il faire courir d'aussi graves dangers à un enfant commençant à peine à goûter aux joies de la vie ? Ou devait-il mettre un bébé innocent en péril ?

— Si je meurs, murmura Mara d'une voix presque inaudible, il n'y aura plus rien. Plus d'enfant... plus d'Acoma. Mes ancêtres perdront leur place sur la Roue de la vie, et il ne restera personne pour représenter l'honneur de ma famille aux yeux des dieux.

Elle n'ajouta pas, comme elle l'aurait pu, que tout ce qu'elle avait accompli serait réduit à néant.

Son consort s'extirpa des coussins et se redressa, la tirant vers lui pour qu'elle s'appuie contre sa poitrine. Il repoussa en arrière ses cheveux noirs.

— Dame, je vais réfléchir à ce que tu m'as demandé.

Mara se retourna, se libérant de ses caresses. Belle, déterminée et furieuse, elle se redressa et le regarda droit dans les yeux.

— Tu ne dois pas réfléchir. Tu dois décider. Libère Justin de ses vœux, car les Acoma ne doivent pas vivre un autre jour sans avoir un héritier qui me succédera.

Une note d'hystérie transparaissait dans sa voix. Hokanu perçut quelque chose derrière cette tirade, une autre inquiétude, un souci qu'elle n'avait pas encore mentionné, et qu'il avait failli ne pas voir dans toute cette agitation.

— Tu te sens cernée parce qu'Arakasi met beaucoup de temps à accomplir la mission que tu lui as confiée, devina-t-il, frappé par une inspiration.

Mara sembla perdre d'un coup toute son énergie.

— Oui. Peut-être lui ai-je trop demandé... Ou peut-être ai-je commencé à suivre une voie plus périlleuse que je ne le pensais, quand je l'ai envoyé étudier les affaires de l'Assemblée. (Dans un rare moment de doute, elle avoua :) J'étais furieuse et je me suis montrée impétueuse. En vérité, les événements se sont déroulés bien plus facilement que je ne le redoutais au début. Nous avons géré la nouvelle offensive des traditionalistes sans rencontrer les difficultés que j'avais anticipées.

Hokanu l'écouta, mais ne fut pas dupe et ne crut pas une seconde qu'elle considérait l'affaire comme réglée. Plus que jamais, la tranquillité actuelle et les imbroglios mineurs qui perturbaient les transactions commerciales annonçaient qu'un mouvement plus profond se préparait. Les seigneurs tsurani étaient rusés ; leur culture applaudissait depuis des milliers d'années les souverains qui savaient se montrer subtils, qui mettaient en place une stratégie complexe et longue, pour s'assurer une brillante victoire des années plus tard. Le seigneur Jiro prenait très probablement son temps, parachevant les préparatifs avant de frapper. Ce n'était pas un Minwanabi, et il ne résolvait pas ses conflits sur le champ de bataille. En réalité, l'édit de l'Assemblée lui avait accordé un temps illimité et la liberté de comploter contre les Acoma par l'intrigue, en suivant son penchant naturel.

Ni Mara ni Hokanu ne choisirent de souligner ce point, que tous deux craignaient. Un long moment de silence s'installa, entrecoupé par les bruits du domaine qui s'éveillait. La lumière qui filtrait à travers les cloisons passa du gris au rose doré, et les chants d'oiseaux pénétrèrent dans la chambre, couvrant les appels des officiers surveillant la relève de la garde – des guerriers qui ne patrouillaient pas aussi près du manoir avant la mort d'Ayaki.

Ils ne parlaient pas non plus d'une évidence qu'ils comprenaient peu à peu : les Anasati avaient dû être la cible de la fausse preuve placée par le tong. Jiro et les traditionalistes de la vieille garde souhaitaient la mort de Mara, ce qui rendait leur hostilité logique. Mais une troisième faction avait pu rester complètement dans l'ombre et provoquer ce schisme dans l'alliance entre les Acoma et les Anasati garantie par la vie d'Ayaki. La tentative de meurtre avait été lancée contre Mara. Si elle était morte selon ce plan, son fils lui aurait succédé en tant qu'héritier. Hokanu se serait retrouvé seul dans la position vulnérable d'un régent. Il aurait dû gérer un affrontement entre les Acoma, en tentant de préserver leur indépendance comme sa dame l'aurait désiré, et les Anasati, qui auraient cherché à annexer la maison en raison de leur lien de sang avec le garçon.

Si le contrat d'assassinat qui avait provoqué la mort d'Ayaki n'avait pas été rédigé sous le sceau de Jiro, tout ce qui s'était passé depuis pouvait très bien être le fruit des complots d'un troisième parti, ou même du seigneur dont le réseau d'espionnage avait compromis la sécurité du réseau d'Arakasi.

— Je pense, répondit Hokanu, gentiment mais fermement, que nous ne devrions pas tenter de résoudre ce problème avant d'avoir reçu des nouvelles d'Arakasi, ou de l'un de ses agents. S'il a fait des progrès dans ses tentatives d'espionnage du conseil des Très-Puissants, son réseau nous préviendra. Pour le moment, pas de nouvelles sont de bonnes nouvelles.

Pâle, nerveuse et se sentant glacée, Mara hocha la tête. De toute façon, l'inconfort de sa grossesse allait bientôt rendre la conversation difficile. Elle s'allongea dans les bras de son époux, inerte, tandis qu'il claquait des doigts pour faire venir les servantes. Seule sa singulière dévotion le fit rester aux côtés de son épouse durant les premières heures de ses malaises. Quand elle commença à protester en disant qu'il avait sûrement mieux à faire de son temps, il se contenta de sourire.

L'horloge sonna. Mara repoussa les cheveux humides de son front et soupira. Elle ferma les yeux un instant pour les soulager. Lire l'écriture minuscule des rapports commerciaux de ses intendants de Sulan-Qu était une fatigue permanente. Mais sa pause ne dura que quelques secondes.

Une domestique entra avec un plateau. Cette intrusion fit légèrement sursauter Mara, mais elle se résigna à l'interruption lorsque la servante disposa un déjeuner léger sur une petite table basse placée à côté d'elle et encombrée de dossiers.

Alors que le regard de sa maîtresse se tournait de son côté, la servante s'inclina et toucha le parquet de son front, dans un signe d'obéissance qui était presque celui d'une esclave. Comme Mara le soupçonnait, la jeune fille portait une livrée galonnée de bleu, la couleur des Shinzawaï...

— Ma dame, le maître m'envoie vous apporter un déjeuner. Il dit que vous êtes trop mince, et que le bébé n'aura pas assez de nourriture pour grandir si vous ne prenez pas le temps de manger.

Mara posa une main sur son ventre qui commençait à grossir. Le petit garçon que les sages-femmes lui avaient promis semblait se développer à la perfection. Si elle-même semblait pâlotte, l'impatience et l'énervement en étaient plus probablement la cause que son alimentation. Cette grossesse l'usait ; elle était impatiente qu'elle se termine et que la question de son héritage soit résolue. Elle n'avait compris à quel point elle avait appris à se reposer sur Hokanu que lorsque leurs relations étaient devenues plus tendues. Son désir de faire de Justin l'héritier des Acoma lui avait coûté très cher, et elle attendait impatiemment la naissance de l'enfant pour qu'Hokanu et elle puissent oublier leur altercation.

Mais les mois jusqu'à la naissance semblaient s'étirer à l'infini. Pensive, Mara regardait par la fenêtre les buissons d'akasi en fleurs, et les esclaves qui s'affairaient avec des cisailles pour tailler les massifs et dégager le sentier. Le parfum enivrant lui rappelait un autre cabinet de travail, dans son ancien manoir, et un jour où un esclave barbare aux cheveux roux avait ébranlé sa conception de la culture tsurani. Maintenant, Hokanu était le seul homme dans l'empire qui semblait partager ses rêves et ses idées de progrès. Dernièrement, il était devenu difficile de lui parler sans que le problème de leur descendance surgisse entre eux.

La servante sortit discrètement. Mara regarda le plateau de fruits, de pain et de fromage frais avec un manque d'enthousiasme flagrant. Elle se força cependant à remplir une assiette et à grignoter, même si la nourriture lui semblait dénuée de saveur. L'expérience lui avait appris qu'Hokanu passerait plus tard pour vérifier si elle avait mangé, et elle ne souhaitait pas affronter la tendresse implorante de son regard si elle cédait à son envie de ne pas toucher au repas.

Le rapport qui l'occupait était bien plus grave qu'il ne lui avait semblé au premier abord. Un entrepôt près du fleuve avait brûlé, ce qui avait endommagé les stocks de peaux qu'elle gardait en réserve pour les marchés de printemps. Les prix n'avaient pas été intéressants cette saison, et plutôt que de vendre le cuir avec un profit trop minime, Jican avait préféré l'emmagasiner pour une livraison tardive au fabricant de sandales. Mara fronça les sourcils. Elle posa son assiette à peine touchée sur le côté, par habitude. Ce n'était un secret pour personne que sa maison était la seule de l'empire à fournir des sandales aux porteurs esclaves et aux ouvriers agricoles. Jusqu'à maintenant, ce sujet n'avait fait d'elle que la cible des commérages de salon. Les seigneurs traditionalistes de la vieille garde riaient haut et fort et racontaient que ses esclaves dirigeaient sa maisonnée ; un grand prêtre particulièrement acariâtre du temple de Chochocan, le dieu Bon, lui avait envoyé une lettre acerbe, l'avertissant que traiter les esclaves avec trop de douceur était une offense à la volonté divine. « Si vous leur rendez la vie trop facile, avait prévenu le prêtre, ils ne pourront plus effectuer leur pénitence pour avoir encouru la défaveur des dieux. Ils risquent de revenir sur la Roue de la vie sous la forme d'un rongeur ou d'un autre animal immonde, pour ne pas avoir assez souffert dans leur vie actuelle. Protéger les pieds des esclaves des coupures et des plaies se fait sûrement au détriment de leur âme éternelle. »

Mara avait répondu par une lettre pleine de banalités destinées à apaiser le prêtre mécontent, et avait continué à fournir des sandales à ses esclaves.

Mais ce dernier rapport, portant la signature de son intendant et l'impression du sceau usé qui servait aux inventaires hebdomadaires, constituait un tout autre problème. Pour la première fois, une faction ennemie avait cherché à exploiter cette petite gentillesse au détriment de la maison acoma. Elle était sûre que la destruction des peaux serait suivie d'une rumeur soudaine dans les baraquements des esclaves, affirmant qu'elle avait elle-même organisé l'incendie en secret, comme prétexte pour s'épargner le coût de fabrication de sandales supplémentaires. Comme la possession de chaussures donnait non seulement du confort, mais aussi un statut considérable aux esclaves acoma aux yeux de leurs homologues des autres maisons, ce privilège était férocement convoité. Aucun esclave ne songerait jamais à se rebeller, car la désobéissance envers le maître ou la maîtresse allait contre la volonté des dieux. Même si la pensée que leur distribution annuelle de sandales risquait d'être révoquée ne se verrait pas en surface, elle provoquerait des négligences dans les travaux des champs ou dans d'autres tâches qui seraient accomplies avec mauvaise volonté. L'impact sur les finances des Acoma serait subtil, mais tangible. Le sabotage de l'entrepôt était peut-être une machination insidieuse et rusée, car pour compenser le manque de cuir, Mara risquait d'attirer l'attention de personnes plus importantes qu'un vieux prêtre fanatique, et qui lui écriraient des lettres de protestation. On pourrait considérer dans certains milieux qu'elle devenait vulnérable, et les temples qui étaient jusque-là amicaux pourraient soudain devenir *neutres*, au point même d'en devenir presque hostiles.

Elle ne pouvait pas se permettre d'avoir des difficultés en ce moment avec le clergé, surtout pas depuis que les ennemis de l'empereur et les siens s'étaient alliés pour la ruiner.

Elle oublia complètement le plateau du déjeuner, et prit une feuille vierge et une plume pour écrire à l'intendant de Sulan-Qu. Elle lui donna l'autorisation d'acheter de nouvelles peaux pour les envoyer au fabricant de sandales. Puis elle envoya son jeune coursier chercher Jican, qui reçut à son tour l'ordre de demander aux serviteurs et aux contremaîtres d'écouter les rumeurs, pour que la question des sandales des esclaves ne devienne jamais un problème.

Au moment où ce sujet fut enfin clos, le fruit baignait au milieu d'une flaque de jus et le fromage avait coulé sur l'assiette, n'ayant pas résisté à l'air humide de l'après-midi. Plongée dans le rapport suivant de sa pile de dossiers, qui traitait d'une transaction commerciale destinée à nuire aux Anasati, Mara entendit des bruits de pas derrière la cloison.

— J'ai terminé avec le plateau de déjeuner, murmura-t-elle sans relever la tête.

Pensant que le domestique emporterait les restes de son repas avec sa sollicitude silencieuse habituelle, elle garda l'esprit fixé sur son rapport. Mais quel que soit le nombre de caravanes attaquées, de champs de hwaet anasati brûlés, de ballots de tissu détournés des marchés ou de navires envoyés vers le mauvais port, Mara n'en tirait que peu de satisfaction. Son chagrin ne diminuait pas. Elle serra plus fort les parchemins, cherchant dans l'écriture serrée une façon de faire sentir sa haine à son ennemi, à l'endroit qui le blesserait le plus.

Des mains passèrent au-dessus de ses épaules, prirent le rapport et lui massèrent doucement le cou, devenu douloureux à force de rester immobile.

— Les cuisiniers vont demander qu'on leur autorise le suicide par la lame, quand ils verront comme tu t'es peu souciée de leur plateau de déjeuner, ma dame, dit Hokanu dans son oreille.

Il fit suivre son reproche d'un baiser sur le sommet de sa tête et attendit, alors que Mara rougissait d'embarras pour l'avoir confondu avec un serviteur. Elle regarda tristement le repas presque intact.

— Pardonne-moi. J'étais tellement plongée dans ce que je faisais que je l'ai oublié.

Avec un soupir, elle se retourna dans les bras de son époux et lui rendit son baiser.

— De quoi s'agit-il, cette fois, de problèmes de moisissures dans les sacs de thyza ? demanda-t-il, une lueur brillant dans les yeux.

Mara frotta son front douloureux.

— Non. Les peaux pour le fabricant de sandales. Nous achèterons de quoi les remplacer.

Hokanu hocha la tête, car il était l'un des rares hommes de l'empire qui n'aurait pas rétorqué que des sandales pour des esclaves était un gaspillage de bon argent. Consciente de la chance d'avoir un tel époux, Mara lui rendit son étreinte et tendit héroïquement la main vers le plateau de nourriture.

Son mari lui attrapa le poignet avec une fermeté qui ne souffrait pas de discussion.

— Ce repas est perdu. Nous allons demander aux domestiques d'apporter un plateau frais, et je vais rester pour le partager avec toi. Nous avons passé trop peu de temps ensemble, ces derniers jours.

Il fit le tour des coussins, sa grâce d'escrimeur donnant toujours de la beauté à ce que Mara savait être des réflexes dangereusement mortels. Hokanu portait une ample robe de soie, retenue par une ceinture de coquillages ornée d'une boucle incrustée de lapis-lazuli. Ses cheveux étaient humides, ce qui signifiait qu'il était venu après le bain qu'il avait l'habitude de prendre après avoir travaillé avec ses officiers.

— Tu n'as peut-être pas faim, mais je pourrais manger un harulth entier. Lujan et Kemutali avaient décidé de vérifier si ma future paternité ne m'avait pas rendu négligent et trop confiant.

Mara lui rendit un faible sourire.

— Ils sont tous les deux en train de soigner leurs contusions dans un bain ? demanda-t-elle avec espoir.

— Tout comme moi, il y a quelques minutes, répondit Hokanu d'un air désabusé.

— Es-tu devenu trop confiant ? le pressa Mara.

— Par les dieux, non, rit Hokanu. Jamais dans cette maison. Justin m'a tendu deux embuscades sur le chemin des bains, et une autre encore quand j'en suis sorti. (Puis, ne voulant pas s'attarder sur le sujet de l'enfant qui était devenu un motif de dispute, il se hâta de demander pourquoi le sillon entre les yeux de son épouse était encore froncé.) À moins que tu ne fronces les sourcils pour vérifier, toi aussi, que je ne suis pas devenu trop confiant, termina-t-il.

Mara, surprise, se mit à rire.

— Non. Je sais comme ton sommeil est léger, cher cœur. Je saurai que tu es devenu trop confiant la nuit où tu cesseras de t'éveiller en sursaut, et de lancer des oreillers et des draps en direction du moindre bruit étrange.

Heureux de voir un instant de gaieté chez son épouse, Hokanu frappa dans ses mains pour qu'un domestique vienne prendre le plateau abandonné, et demanda que la cuisine en apporte un nouveau. Quand il eut fini de s'occuper de ces détails, il tourna les yeux vers Mara et sut, en voyant son regard lointain, qu'elle était à nouveau plongée dans ses réflexions. Ses mains étaient rigides, et ses doigts entrelacés sur ses genoux de la façon qui montrait qu'elle pensait à la mission qu'elle avait confiée à son maître espion.

L'intuition d'Hokanu fut confirmée quand Mara déclara :

— Je me demande jusqu'où Arakasi a pu aller, dans sa tentative d'infiltration de la Cité des magiciens.

— Nous ne discuterons pas de cette question avant que tu aies mangé, répondit Hokanu en la menaçant gentiment. Si tu te laisses encore mourir de faim, il ne restera plus rien de toi, si ce n'est un ventre énorme.

— Occupé par ton fils et futur héritier ! répondit Mara, joueuse, mais pas aussi perceptive que d'habitude, en faisant référence à un sujet sensible.

Hokanu laissa passer la remarque, préférant que Mara reste assez calme pour apprécier les fruits, le pain léger et les viandes qu'il avait commandés. Finalement, la tentative d'Arakasi pour braver la sécurité de l'Assemblée des magiciens était probablement un choix de conversation plus inoffensif.

À ce moment précis, Arakasi était assis dans une taverne bruyante dans le nord de la province de Neshka. Il portait la robe rayée d'un conducteur de caravane libre, parfumée de façon très authentique au crottin de needra, et son œil droit semblait avoir acquis un certain strabisme. Il gardait l'œil gauche plissé pour compenser, et aussi pour masquer sa tendance à pleurer quand il buvait l'alcool brûlant prétendument distillé par les Thûn à partir des tubercules qui poussaient dans la toundra. Arakasi s'humecta une nouvelle fois le gosier avec la liqueur infâme, et offrit la flasque au maître de caravane qu'il avait cajolé durant les dernières heures pour tenter de l'enivrer.

Le caravanier avait un estomac solide comme la pierre et tenait très bien l'alcool. C'était un homme chauve, aux muscles massifs, avec un rire tonitruant et une tendance regrettable à donner à ses compagnons de grandes claques dans le dos. *C'est probablement la raison pour laquelle les places de chaque côté de lui restent vides*, se dit Arakasi. Sa cage thoracique était couverte de bleus, après avoir heurté à maintes reprises le rebord de la table sous les coups de battoir exubérants du marchand. Il aurait pu choisir une autre personne comme source d'information, se dit-il après coup. Mais les autres maîtres de caravane avaient tendance à rester avec leur équipe, et il avait besoin de quelqu'un que l'on tenait à l'écart. S'insinuer dans un groupe uni et tenter d'éloigner un homme de ses camarades lui aurait probablement pris trop de temps. Il avait bien la patience nécessaire, car il avait plusieurs fois passé des mois à gagner la confiance de certains individus pour obtenir les informations dont Mara avait besoin. Mais ici, dans les tavernes quasi désertes du nord, un homme ayant de bons amis risquait de se souvenir d'un étranger qui posait des questions sur des choses qu'un charretier local aurait dû connaître.

— Argh ! brailla l'énorme maître de caravane, beaucoup trop fort au goût d'Arakasi. Ch'sais pas pourquoi un homme choisirait d'boire une telle pisse. (L'homme souleva la flasque dans son poing massif et loucha d'un air soupçonneux sur son contenu.) C'goût-là est assez empoisonné pour t'brûler la langue.

Il termina sa diatribe en buvant une énorme gorgée.

Arakasi vit venir une nouvelle claque amicale, et cala juste à temps ses paumes contre la table de bois. Le coup l'atteignit entre les deux omoplates, et les tréteaux tremblèrent, faisant s'entrechoquer la vaisselle d'argile bon marché.

— Hé ! cria le propriétaire de l'auberge depuis son comptoir. Pas de bagarre ici !

Le maître de caravane rota.

— L'est stupide, confia-t-il dans un murmure chargé de relents d'alcool. Si on avait envie d'casser que'que chose, on pass'rait les tables à travers les murs et on f'rait tomber ce toit puant. On perdrait pas grand-chose. D'toute façon, y'a des tisseuses de toile dans les chevrons et des punaises qui mordent dur dans la literie du grenier.

Arakasi regarda les lourds morceaux de bois qui avaient servi à construire les tréteaux, et admit qu'ils pouvaient très bien servir de béliers.

— Assez lourds pour faire craquer les portes de la Cité des magiciens, murmura-t-il avec une note suggestive.

— Ha ! (L'homme solidement charpenté reposa la flasque si fort que les planches de la table vibrèrent.) Un imbécile pourrait essayer. T'as pas entendu parler du garçon qui s'est planqué dans un chariot, l'mois dernier ? Eh ben, tu sais quoi ? Les domestiques d'ces magiciens ont fouillé toutes les marchandises, et y z'ont pas trouvé l'gamin. Mais quand l'chariot a roulé sous les arches de la porte, du côté gauche du pont qui va dans l'île, et ben, y'a un rayon de lumière qu'est sorti d'l'arche et qu'a fait frire le dessus du ballot de laine où l'gamin s'était planqué. (Le conducteur se mit à rire et frappa la table, faisant sauter la vaisselle.) Par les sept enfers ! Tu sais quoi ? Les domestiques des magiciens s'sont mis à courir dans tous les sens, en lançant des avertissements, en criant « Mort et destruction ! ». Juste après, le gamin s'est mis à hurler assez fort pour être entendu jusqu'à Dustari, et puis y s'est mis à courir sur la route jusqu'à la forêt, comme s'il avait l'feu aux fesses. On l'a r'trouvé plus tard, remarque, mais y s'est passé plusieurs jours avant qu'il arrête de pleurer. (Le maître de caravane posa son doigt contre sa tempe et cligna de l'œil d'un air entendu.) Y lui ont brouillé la tête, tu vois. Y pensait qu'il était en train d'être dévoré par des démons du feu, ou un truc dans c'genre.

Arakasi digéra cette histoire pendant que le maître de caravane prenait une autre gorgée de tord-boyaux. L'homme s'essuya les lèvres sur son avant-bras poilu et regarda fixement le maître espion de Mara. Sa voix baissa et devint presque menaçante.

— Dis même pas en blaguant qu'tu veux traverser la porte d'la Cité des magiciens. Si tu touches à l'Assemblée, tu nous f'ras tous perdre not'boulot. J'ai pas envie d'finir ma vie dans la peau d'un esclave, pas du tout !

— Mais le garçon qui a voulu entrer en douce, pour faire une farce, n'a pas perdu sa liberté, souligna Arakasi.

— L'aurait p't-être mieux valu, répondit le maître de caravane d'une voix morose. (Il prit une nouvelle gorgée.) L'aurait p't-être mieux valu. Y peut plus dormir à cause de ses cauchemars, et le jour, y marche comme quelqu'un qui s'rait déjà mort – l'a toujours la tête brouillée. (La peur lui faisant baisser la voix, le maître de caravane ajouta :) J'ai entendu dire qu'y ont le moyen d'savoir ce qui y'a dans la tête des gens qui viennent sur l'île. Comme le gamin voulait juste faire une farce, y l'ont laissé vivre. Mais j'ai entendu des histoires, que si tu leur veux du mal... (Il leva la main, le pouce dirigé vers le sol) Tu t'retrouves au fond du lac. (Il continua à murmurer :) Le fond du lac est couvert de cadavres. Y fait trop froid ici pour qu'ils gonflent et r'montent à la surface. Les morts restent en bas. (Avec un hochement de tête pour appuyer sa déclaration, le maître de caravane conclut d'une voix plus normale :) Les magiciens aiment pas qu'on s'mêle de leurs affaires, c'est sûr...

— Une gorgée à leur santé et à leur tranquillité, dit Arakasi en récupérant la flasque et en buvant, anormalement vexé.

La mission que Mara lui avait confiée était presque impossible. Les caravanes ne dépassaient jamais la porte du pont du lac. Là, les charretiers cédaient les rênes à des domestiques de la cité intérieure, et chaque cargaison était soigneusement fouillée avant que les marchandises puissent entrer. Le pont n'allait pas jusqu'à l'île, mais se terminait sur un embarcadère, où les denrées étaient chargées sur des bateaux, et inspectées une seconde fois. Puis des marins les faisaient traverser sur des barges maniées à la perche, jusqu'à la Cité des magiciens.

C'était le troisième homme à lui raconter le sort réservé aux intrus : personne ne pouvait s'infiltrer dans la Cité des magiciens, et tous ceux qui avaient essayé avaient été transportés par magie jusqu'à leur tombe au fond des eaux, ou avaient perdu la raison.

Confronté à cette conclusion sinistre, Arakasi but une longue gorgée pour se fortifier. Puis il céda le reste de la liqueur au maître de caravane aux cheveux ébouriffés, et se glissa discrètement dehors pour utiliser les latrines.

Dans la puanteur obscure des latrines de l'auberge, Arakasi étudiait les murs de planches grossières, où les conducteurs de caravane de passage avaient gribouillé ou gravé un assortiment varié d'initiales, de commentaires moqueurs sur la qualité de la bière de l'auberge, et les noms de leurs dames de la Maison du roseau favorites qu'ils avaient laissées dans les maisons closes du sud. Parmi les graffitis se trouvait la marque qu'il cherchait, inscrite à la craie : un petit bonhomme dessiné debout, avec de simples traits. Au niveau des genoux du personnage, une ligne avait été tracée de travers, comme si la main de l'artiste avait glissé dans sa hâte. Mais en la voyant, Arakasi ferma ses yeux fatigués et poussa un soupir de soulagement.

Son agent, qui se trouvait être le garçon de courses d'un charbonnier, était passé, et les nouvelles étaient bonnes. L'équipe de l'entrepôt où il avait failli être piégé par des ennemis avait été tenue à l'écart du réseau de renseignements depuis deux ans et demi, et enfin, le teinturier de l'autre côté de la route avait promu son plus vieil apprenti. Le fils d'un commerçant qui se proposerait pour prendre la place ainsi libérée serait un agent acoma. Arakasi pouvait au moins commencer à reconstruire son réseau. L'entrepôt s'était contenté de mener de simples opérations commerciales depuis la journée désastreuse où il avait failli être capturé. Le propriétaire avait accepté avec résignation et un visage de marbre sa rétrogradation du rang d'espion à celui de commerçant. Arakasi et lui étaient tous deux très désireux de commencer à licencier différents membres de l'équipe et quelques dockers, mais ils ne pouvaient pas agir trop rapidement. Ces hommes avaient de la valeur, et certains seraient utiles comme agents dans des postes plus éloignés. Mais cela n'était pas possible si la boutique était toujours sous la surveillance de l'ennemi. Et, en jugeant par l'aisance avec laquelle le réseau adverse avait failli le prendre, Arakasi n'osait pas penser autrement. Lentement, minutieusement, il devait aborder le problème sous un autre angle. Placer un de ses hommes chez le teinturier, qui pourrait observer les agents qui surveillaient encore l'entrepôt, lui apprendrait bien des choses.

Prenant brusquement conscience qu'il ne devait pas rester trop longtemps dans les latrines, il accomplit les ablutions attendues et ouvrit la porte de bois grinçante. Puis, frappé par une intuition déplaisante, il s'interrogea brusquement sur la vacance dans la boutique du teinturier. Elle n'était peut-être pas fortuite... À la place de cet ennemi rusé, ne tenterait-il pas, lui aussi, d'introduire son propre agent à cette place ? Quelle meilleure façon de surveiller l'entrepôt, après tout ? Les passants et les mendiants attendant dans un coin étaient bien plus voyants qu'une taupe placée dans un commerce voisin.

Glacé par cette froide certitude, car il pensait que son ennemi était aussi rusé que lui, Arakasi jura et fit demi-tour. Marmonnant comme s'il avait oublié quelque chose, il bouscula le gamin d'un charretier qui traversait la cour pour se rendre aux latrines, et entra violemment en claquant la porte derrière lui.

— Le voilà, que les dieux soient remerciés, marmonna-t-il, comme si égarer un objet dans des toilettes publiques puantes faisait partie de sa vie quotidienne.

D'une main, il arracha un bouton de nacre de sa manche, et de l'autre, il effaça la tête de la silhouette tracée à la craie et grava une marque obscène juste à côté avec son ongle.

Il se hâta de sortir, et confronté au garçon furieux dont il avait interrompu la course, haussa les épaules. Il montra vivement le bouton comme excuse.

— Un porte-bonheur que m'a donné ma petite amie. Elle me tuera si je le perds.

Le fils du charretier lui fit une grimace de sympathie et se précipita vers les latrines. À le voir, il avait dû boire plus que de raison la bière de l'auberge. Arakasi attendit que la porte ait claqué et se soit totalement refermée avant de se glisser dans les bois, derrière la route. Avec un peu de chance, le gamin du charbonnier passerait dans la semaine. Il verrait la modification du dessin à la craie, et l'obscénité qui signifiait l'abandon de l'embauche de l'agent comme apprenti du teinturier. Alors qu'Arakasi avançait silencieusement entre les conifères, sous un ciel gris qui n'était pas de saison, il rumina et se dit qu'il serait peut-être profitable de faire surveiller le gamin qui prendrait finalement la place de l'apprenti. S'il était innocent de toute duplicité, il n'en résulterait aucun mal. Et si c'était un agent double, comme son intuition le lui suggérait, il pourrait les conduire jusqu'à son maître...

Quelque temps plus tard, Arakasi était allongé sur le ventre dans les buissons dégouttant d'eau, frissonnant dans le froid inhabituel des latitudes septentrionales. Une pluie légère et le vent soufflant du lac conspiraient pour lui rendre la vie difficile. Mais il avait passé des heures dans cette cachette, en plusieurs occasions. Depuis ce point élevé de la forêt, sur une petite péninsule, il pouvait observer à la fois la porte du pont et le débarcadère où seuls des serviteurs loyaux des magiciens chargeaient les marchandises dans de petites embarcations, et les transportaient vers la cité. Il avait depuis longtemps conclu qu'une entrée clandestine par les chariots de livraison était une entreprise vouée à l'échec. Le récit du maître de caravane ne faisait que confirmer ses soupçons : toutes les marchandises à destination de la cité étaient surveillées par des moyens magiques qui détectaient la présence d'intrus. Ce qu'il cherchait maintenant, c'était une façon d'entrer discrètement dans la cité, en évitant l'arche construite au-dessus du pont, d'où l'on pouvait apparemment tout voir.

L'île était trop éloignée pour qu'on puisse la rejoindre à la nage. Depuis la cachette d'Arakasi, les bâtiments paraissaient fondus en une masse de tours pointues, dont l'une était assez grande pour percer les nuages. Grâce à la longue-vue de navire qu'il avait achetée dans une échoppe sur la côte, il pouvait distinguer des maisons aux murs élevés, reliées par des passerelles sinueuses et arquées. Les rives du lac étaient couvertes par des édifices aux façades de pierre, percées de fenêtres aux formes bizarres et d'étranges portes voûtées. Il n'y avait pas de rempart et, autant qu'il pouvait en juger, pas de sentinelles. Cela n'excluait pas une défense magique. De toute évidence, la seule façon pour un intrus de pénétrer dans la cité était de traverser le lac de nuit, dans une embarcation, puis d'escalader un mur de jardin ou de chercher un trou quelconque pour entrer.

Arakasi soupira. C'était un travail de voleur, et un bateau serait nécessaire, dans cette région où il n'y avait ni habitations, ni villages de pêcheurs. Cela voulait dire qu'il devrait en introduire un en contrebande, dans un chariot. Ce n'était pas une tâche aisée, car les caravanes qui se rendaient au lac étaient composées d'hommes qui se connaissaient intimement les uns les autres. De plus, il aurait besoin d'un homme d'une discrétion à toute épreuve, et un tel individu ne se trouve pas dans les milieux honnêtes. Il était prévisible que résoudre ces deux problèmes ne serait ni facile ni rapide. Mara devrait attendre longtemps des informations qu'il pourrait être, en vérité, impossible d'obtenir.

Gardant toujours son sens pratique, Arakasi s'extirpa de son trou humide et regarda dans la forêt. Il s'étira les muscles du cou, secoua l'humidité de ses vêtements, et reprit son chemin vers l'auberge construite au bord de la route. Tout en marchant, il réfléchissait intensément, une habitude qui lui avait très souvent permis d'avoir d'excellentes intuitions. Il ne s'attarda pas sur la question qui le préoccupait pour le moment, mais se mit à songer à un autre problème, qui ne lui avait pas semblé significatif au début, mais qui était en train de devenir une source croissante de contrariété.

Malgré tous ses efforts, il ne parvenait pas à placer de nouveaux agents dans la maisonnée des Anasati. Un seul espion restait encore actif, mais il était âgé. C'était un vieux confident du père de Jiro, que le jeune seigneur avait pris en aversion. Le serviteur avait été relégué à un poste subalterne, et toutes les nouvelles qu'il entendait étaient à peine plus intéressantes que les commérages des rues. Pour la première fois, Arakasi se demanda si ses déconvenues successives dans le remplacement de cet agent n'avaient pas une autre explication qu'une pure coïncidence.

Ses sept échecs avaient certainement semblé anodins, dus apparemment à la malchance ou au choix d'un mauvais moment : Jiro plongé dans une crise de colère ; un intendant d'humeur trop belliqueuse pour accorder une faveur à un vieil ami ; et plus récemment, une maladie de l'estomac qui avait empêché un serviteur de confiance de faire la recommandation nécessaire pour recruter un nouveau venu.

Arakasi s'arrêta net, sans se soucier de la pluie qui tombait de plus en plus fort. Il ne sentait plus le froid ni les gouttes d'eau qui se glissaient dans son col, mais il frissonna sous l'effet de l'illumination.

Il avait été un imbécile de ne pas avoir soupçonné cela plus tôt. Le hasard n'avait peut-être aucune influence dans cet enchaînement de petits malheurs, sans lien apparent. Et si, depuis le début, ses tentatives pour infiltrer la maisonnée des Anasati avaient été bloquées par un esprit plus intelligent que le sien ?

Glacé jusqu'aux os, Arakasi reprit sa route. Il avait longtemps admiré le premier conseiller de l'ennemi, Chumaka, dont le génie politique profitait aux Anasati depuis le règne du père de Jiro. Maintenant, Arakasi se demandait si ce fameux adversaire inconnu et rusé qu'il combattait n'était pas Chumaka.

Il continua inexorablement ses réflexions : était-il possible que les Anasati soient derrière toute l'histoire de l'entrepôt de soie ? L'élégance de cette possibilité plaisait beaucoup au maître espion de Mara. Un seul ennemi doué avait beaucoup plus de sens que deux ennemis non apparentés possédant un génie équivalent.

Profondément troublé, Arakasi pressa le pas. Il avait besoin de se réchauffer, de se sécher, et de trouver un endroit confortable où réfléchir sans être dérangé. Car chaque tentative contrecarrée montrait qu'il affrontait un rival qui était largement à sa hauteur. Il était navré de considérer qu'il pouvait exister un lien entre un tel homme et le plus grand ennemi de Mara, et encore plus que le talent de ce rival puisse dépasser le sien.

Faire entrer un espion dans la Cité des magiciens était une entreprise impossible et l'importance de cette mission pâlissait devant la menace que le conseiller de Jiro faisait courir au réseau d'espionnage de Mara. Car Arakasi n'entretenait aucune illusion. Il comprenait parfaitement et intelligemment les implications du jeu du Conseil. Il y avait bien autre chose en jeu qu'une querelle entre deux puissantes familles. Mara était un personnage éminent de la cour de l'empereur, et sa chute risquait de déclencher une guerre civile.

6

GAMBITS

Chumaka fronça les sourcils.

Avec une irritation croissante, il parcourut du regard les rapports coincés entre deux piles de notes qu'il avait préparées pour la prochaine session de la cour de son maître. Les nouvelles n'étaient pas bonnes du tout. Il porta la main à sa bouche et se rongea un ongle, la frustration le rendant agressif. Il avait été si près de retrouver le maître espion qui avait bâti l'ancien réseau des Tuscaï ! Il s'était attendu à ce que le réseau d'Ontoset soit fermé après la poursuite manquée de l'entrepôt de soie. Mais ce qui n'avait aucun sens, c'était que presque trois ans plus tard, la branche apparemment indépendante de Jamar soit toujours dormante.

Les maisons qui se donnaient la peine de dépenser de l'argent pour monter des réseaux d'espionnage avaient tendance à en devenir dépendantes. Il était simplement inconcevable qu'un seigneur qui s'était habitué à rester informé par des moyens clandestins se résigne soudain, après la découverte d'un messager, à abandonner un avantage si durement gagné. C'était encore plus vrai pour la dame Mara ; elle se montrait audacieuse ou prudente selon les circonstances, mais n'avait jamais été excessivement craintive. La mort de son fils ne pouvait avoir changé sa nature de façon aussi radicale. Il était normal qu'elle utilise tous les moyens à sa disposition et qu'elle ne se laisse pas dissuader par un revers mineur. Chumaka tressaillit légèrement quand la chair tendre sous l'ongle qu'il était en train de ronger se fendit. Il essuya le doigt ensanglanté sur sa robe, et remit ses papiers en ordre, distrait et préoccupé. La situation l'irritait. Chaque jour, Jiro risquait de lui demander des réponses directes. Le premier conseiller de la maison Anasati répugnait à admettre qu'il devenait désespéré. Il n'avait pas le choix et devait considérer l'impensable : cette fois, il affrontait peut-être un adversaire qui le surpassait.

L'idée qu'un esprit dans l'empire parvienne à déjouer les plans de Chumaka lui restait en travers de la gorge !

Mais une telle possibilité ne pouvait être exclue. Il savait dans ses tripes que le réseau tuscaï n'avait pas été démantelé, qu'il était simplement dormant ou qu'il s'était tourné vers d'autres activités. Mais où ? Et pourquoi ? Ne pas le savoir lui valait des nuits blanches. Des cernes sous les yeux marquaient profondément son visage déjà anguleux.

Le grincement du bois graissé sortit Chumaka de sa rêverie distraite. Les serviteurs ouvraient déjà les cloisons de la haute salle pour préparer l'audience publique de Jiro. Omelo disposait la garde d'honneur du seigneur à côté de l'estrade, et le hadonra surveillait la disposition de ses intendants et de ses secrétaires. Dans quelques minutes, les alliés ou les maisons qui venaient courtiser le seigneur des Anasati arriveraient et seraient escortés à leur place selon leur rang. Le seigneur Jiro entrerait le dernier pour entendre les pétitionnaires, échanger quelques bavardages et, quelquefois, négocier une nouvelle affaire.

Chumaka réunit les papiers dans sa main pour en faire un rouleau qu'il enfonça dans sa sacoche. Il avança en marmonnant jusqu'à l'estrade, et s'assura que ses coussins préférés étaient arrangés à son entière satisfaction. La liste des invités de Jiro était longue, et cette audience risquait de durer jusqu'au soir. Homme maigre avec des os saillants, Chumaka aimait disposer d'une bonne quantité de rembourrage sous son postérieur, durant ces longues sessions. Il considérait la douleur physique comme une distraction à ses réflexions, et avec ce maître espion rival si doué pour lui échapper, il ne pouvait se permettre de manquer la moindre évolution des événements.

La haute salle se remplissait rapidement. Des domestiques entraient et sortaient en hâte, apportant des rafraîchissements et plaçant les esclaves qui maniaient les éventails. La journée était chaude, mais Jiro avait pris l'habitude subtile de s'assurer que ses invités soient confortablement installés, dans la fraîcheur. Il pourvoyait à leurs besoins pour accroître leur patience. Eux, croyant qu'il les choyait pour s'attirer leurs faveurs, sentaient leur ego suffisamment flatté pour lui accorder assez souvent des concessions plus larges que ce qu'ils avaient l'intention de céder au premier abord.

Le seigneur Jiro entra presque sans fanfare. Le scribe annonça son nom, et le maître avança, encadré seulement par deux guerriers qui le suivaient un pas en arrière. Aujourd'hui, Jiro portait des vêtements d'une coupe simple, bien qu'ils soient taillés dans la plus belle des soies. Il choisissait toujours une allure et des habits riches, mais sans ostentation. Sa tenue pouvait être interprétée comme décidée et virile, ou innocente comme celle d'un adolescent, selon l'avantage qu'il souhaitait obtenir. Chumaka remarqua l'effet ambivalent et se frotta le menton, pensif : si Jiro n'avait pas été choisi par les dieux pour porter le sceptre des Anasati, il aurait pu faire un superbe agent de terrain.

Ses spéculations frivoles furent interrompues quand le jeune maître monta sur l'estrade. Ses guerriers le flanquèrent alors qu'il prenait place sur ses coussins, et annoncèrent avec cérémonie :

— L'audience est ouverte.

Puis, alors que l'huissier avançait au milieu des invités pour annoncer le premier visiteur de sa liste, Jiro se pencha vers Chumaka pour s'entretenir avec lui à voix basse :

— À quoi dois-je prêter attention aujourd'hui, premier conseiller ?

Chumaka se tapota le menton d'une phalange.

— Pour réussir à compromettre le soutien des Xacatecas envers dame Mara, nous aurons besoin d'alliés. Plus précisément, nous aurons besoin de leurs richesses. Réfléchissez à l'offre du seigneur des Matawa, qui propose de transporter par péniche nos céréales, vers le sud, en échange de certaines concessions. (Il tira la note appropriée des nombreuses feuilles qui encombraient sa sacoche, et parcourut rapidement quelques lignes.) Le seigneur souhaite trouver un époux convenable pour sa fille. Ce neveu bâtard de votre cousin pourrait-il faire l'affaire ? Il est jeune, et n'est pas si laid que cela. Le mariage dans une maison noble réorienterait ses ambitions et, comme il se trouve en bas de la lignée, cela nous fournirait un nouvel allié. (Chumaka baissa la voix quand d'autres personnes approchèrent de l'estrade.) La rumeur affirme que ce seigneur des Matawa commerce avec les Midkemians de la cité de LaMut.

Entendant sa remarque, Jiro lui lança un regard interrogateur.

— La rumeur ? Ou les renseignements de l'un de tes informateurs ?

Chumaka s'éclaircit la gorge, restant volontairement dans le flou.

— Je rappelle à mon seigneur que de nombreuses personnes appartenant aux consortiums des marchands de LaMut sont nées à Tsuranuanni. Elles peuvent nous offrir les mêmes avantages que ceux qu'apprécient les Acoma, grâce à leurs concessions commerciales exclusives. (Il finit dans un murmure chargé de signification.) Mara a bien anticipé les événements, quand elle a obtenu sa dispense du gardien du sceau impérial. Elle a agi sur une intuition, et possède maintenant la mainmise sur les marchandises de Midkemia importées par la Faille. Mais comme elle s'est basée sur une idée générale, suite à une folle inspiration, elle n'a pas pu tout anticiper. Il existe une demi-douzaine de produits que nous pouvons importer pour notre plus grand profit. Même si Mara parvient à bloquer les tentatives commerciales anasati avec Midkemia, elle ne peut pas faire grand-chose pour empêcher les gens de LaMut de vendre leurs marchandises de l'autre côté de la Faille au seigneur des Matawa.

Jiro sourit.

— À quel point le seigneur des Matawa souhaite-t-il une licence exclusive de transport ? Sa fille est-elle vraiment très laide ?

Chumaka laissa échapper un large sourire.

— La fille tient de sa mère, qui ressemble à un chien. Et à un chien au physique particulièrement ingrat, en vérité. Elle a aussi deux jeunes sœurs. Toutes deux ont les dents de travers, et le titre ne permet de se débarrasser que de l'aînée. Le père a besoin d'arrondir ses finances si ses plus jeunes enfants veulent échapper au triste sort de devenir les consorts de marchands de basse caste. Cela signifie que le seigneur des Matawa a vraiment très envie de cette concession commerciale.

Alors que le délégué de la maison la plus mineure approchait de l'estrade et s'inclinait avec respect, Jiro termina son entretien avec Chumaka :

— Ton conseil semble bon. Je vais faire du seigneur des Matawa un homme heureux.

Il se tournait poliment vers le premier pétitionnaire pour l'écouter, quand venant du fond de la salle un tapage soudain fit se retourner la moitié des assistants. Un homme rougeaud en robe violette se frayait un chemin parmi les domestiques qui attendaient à la porte. Ces derniers étaient des esclaves et, de peur d'encourir le mécontentement de leur maître, ils se jetèrent face contre terre pour s'excuser de leur erreur. L'homme qui avait fait intrusion ne leur prêta pas la moindre attention, mais avança d'un pas décidé dans la salle, ignorant les protestations étonnées des domestiques anasati qui le suivaient. Il passa devant les invités de Jiro assis en rangs, sans plus les regarder que s'il avait été seul dans la haute salle. Marchant directement vers l'estrade, et faisant osciller les bannières de guerre suspendues dans la charpente par le déplacement d'air qu'il provoquait, il s'arrêta devant Jiro avec une glissade. Trop agité pour respecter les bonnes manières ou l'étiquette, il s'écria :

— Avez-vous la moindre idée de ce qu'elle a fait ?

L'envoyé qu'il avait dérangé semblait froissé ; Jiro lui-même était troublé, mais il le cacha en lançant un regard rapide à Chumaka. Son premier conseiller lui murmura alors le nom approprié derrière sa main, d'une voix que seul son maître put entendre.

Pour garder le contrôle de cette confrontation surprenante, le seigneur Jiro déclara de son ton le plus glacial :

— Soyez le bienvenu, seigneur Dawan. Vous semblez... perturbé.

L'homme au cou épais lança la tête en avant. Il ressemblait à un needra mâle tentant de renverser une clôture pour rejoindre une femelle en chaleur. Crachant presque de colère, il agita ses deux mains en l'air.

— Perturbé ? Mon seigneur, je suis ruiné !

Conscient des murmures dans la salle, car les seigneurs et les envoyés devaient maintenant attendre devant cette infraction flagrante aux bonnes manières, Jiro éleva une voix qui se voulait apaisante :

— Seigneur Dawan, je vous en prie, asseyez-vous. Votre désarroi risquerait de vous faire subir un coup de chaleur.

À un signal de leur maître, des domestiques anasati se précipitèrent vers l'homme bouleversé pour lui apporter des rafraîchissements.

Se moquant de montrer du favoritisme, le seigneur Jiro enchaîna rapidement, conscient qu'il devait brider le ressentiment des autres pétitionnaires et évaluer rapidement cette interruption surprenante, pour en tirer le meilleur parti. Dawan des Tuscobar était occasionnellement un associé commercial, et un allié incertain. L'incapacité de Jiro à le gagner clairement à sa cause avait été une source d'irritation, mais l'inconvénient restait mineur. Cependant, les ramifications de cette situation étaient tout sauf minimes. La maison Tuscobar avait de l'influence sur le seigneur des Keda, dont le soutien lors de la confrontation avec Mara assurerait un solide avantage aux Anasati. Jiro jugea que cette alliance serait critique dans l'avenir, quand le complot des traditionalistes réussirait finalement à réinstaller le Grand Conseil.

Par-dessus les murmures mécontents des pétitionnaires, le seigneur Jiro déclara :

— Que tous ceux qui désirent l'aide des Anasati me prêtent attention. Ma maison écoute avec sympathie les difficultés de ses amis déclarés. Mon seigneur des Tuscobar, que s'est-il passé ?

Le seigneur aux traits bouffis prit une gorgée du verre de jus de fruit frais que lui tendait l'un des domestiques de Jiro. Il avala rapidement, dans un effort méritoire pour retrouver son calme.

— Ma flotte entière, qui transportait jusqu'au dernier grain de mes récoltes de l'année, a été coulée !

Jiro écarquilla les yeux dans son étonnement.

— Coulée ? Mais comment ?

— Par un quelconque sortilège maléfique tissé par cette sorcière, répondit Dawan.

— Une sorcière ? demanda Jiro en haussant les sourcils.

Dawan reposa son jus de fruit pour prendre la coupe de vin offerte par un autre serviteur. Il but longuement et s'essuya la bouche avant de se sentir suffisamment fortifié pour s'expliquer.

— Mara des Acoma. Qui d'autre ? Tout le monde sait qu'en tant que pair de l'empire, elle dispose d'une chance illimitée et de la faveur des dieux. Elle m'a ruiné en envoyant de fausses instructions au maître de ma flotte, lui ordonnant de transporter la récolte de cette année à Dustari, au lieu du marché des céréales de Lepala ! (Le seigneur Dawan faillit pleurer de frustration en ajoutant :) Cela m'aurait déjà fait suffisamment de mal. J'aurais simplement été réduit à la pénurie. Mais une tempête inhabituelle en cette saison s'est levée une semaine après le départ de Jamar, et tous mes navires ont coulé ! Je suis ruiné. (Il soulagea sa peine en prenant une autre immense gorgée de vin.) Je le jure sur mes ancêtres, Jiro : je n'épargnerai plus jamais mes efforts pour vous soutenir, et mettre fin à l'influence néfaste de cette femme.

Jiro reposa son menton sur son poing. Après avoir longuement réfléchi, il déclara :

— Je vous remercie de reconnaître les risques inhérents aux écarts de la tradition de dame Mara. Mais même si vous n'aviez rien dit, j'aurais aidé un vieil ami de ma famille. (Il se tourna immédiatement vers Chumaka.) Que notre hadonra écrive une lettre de crédit pour le seigneur des Tuscobar. (À Dawan, il ajouta :) Empruntez librement tout ce dont vous avez besoin. Prenez tout le temps nécessaire pour nous rembourser, selon les termes que vous estimerez convenables.

Dawan se raidit, oubliant son vin, alors qu'il regardait Jiro avec méfiance.

— À quel taux d'intérêt ?

Comme s'il accordait tous les jours des largesses aux nécessiteux, Jiro agita la main.

— Aucun ! Je ne tirerai pas profit de l'infortune d'un ami. (Tranquillement, il ajouta :) Surtout si sa détresse a été provoquée par mon ennemie.

Dawan se leva et fit une révérence extravagante.

— Jiro, que toutes les personnes présentes soient mes témoins ! Vous êtes un homme d'une grande noblesse et d'une immense générosité. Vos ancêtres vous regardent et sont fiers de vous. (Il s'inclina à nouveau, puis montra finalement de la déférence pour la patience des autres invités, qui attendaient de recevoir l'attention du seigneur des Anasati.) Et je prie cette noble assemblée de pardonner mon interruption.

Jiro se leva. Indiquant à Chumaka de le rejoindre, il escorta personnellement le seigneur des Tuscobar jusqu'à une porte latérale, où il ajouta avec un geste empreint de camaraderie :

— Balivernes. Il n'y a rien à pardonner. Maintenant, profitez de mes bains et reposez-vous. Restez pour le repas de ce soir, et passez même la nuit ici si vous le désirez. Vous pourrez rentrer chez vous demain.

Il désigna un esclave pour escorter le seigneur des Tuscobar, flatté, et légèrement ivre.

Alors que son maître retournait sur l'estrade, jouant à la perfection le rôle du seigneur magnanime, Chumaka murmura :

— C'est étrange, ne pensez-vous pas ? Pourquoi Mara souhaiterait-elle s'attaquer à un attentiste comme Dawan ? Cela n'a aucun sens.

Jiro regarda son premier conseiller avec un amusement intense.

— Mais elle ne l'a pas fait. J'ai moi-même fait fabriquer ces fausses instructions. C'est moi qui ai envoyé de faux ordres au maître de la flotte de Dawan.

Chumaka s'inclina très bas, ricanant silencieusement. Tranquillement, pour qu'aucun pétitionnaire ne puisse l'entendre, il répondit :

— Vous me surprenez, seigneur. Vous devenez un joueur expérimenté, aussi bien au shâh qu'au jeu du Conseil. Comment êtes-vous parvenu à diriger le blâme vers Mara ?

Jiro semblait content de lui.

— Notre hadonra a répandu des rumeurs, suivant ainsi mes instructions. Dawan et les autres ont été mis au courant des insultes et des mésaventures que nous a fait subir la dame au cours des dernières années. J'ai simplement copié ses méthodes, et laissé Dawan tirer ses propres conclusions. (Marchant d'un pas décidé vers l'estrade, il ajouta :) Oh, et aussi en m'assurant que Dawan apprenne que les céréales des Acoma étaient envoyées cette saison sur les marchés de Lepala.

Chumaka rougit avec un plaisir évident.

— Admirable, maître. C'est une idée suffisamment brillante pour me donner l'envie de l'avoir eue moi-même.

Alors que le seigneur et le premier conseiller remontaient sur l'estrade, ils partageaient tous deux la même pensée : chacun se considérait comme chanceux de disposer de l'autre, car ils travaillaient remarquablement bien ensemble. Quand l'ancien Grand Conseil serait rétabli et le secret du réseau d'espionnage de Mara dévoilé, alors la dame aurait des raisons de s'inquiéter, car même la chance extraordinaire d'un pair de l'empire ne suffirait pas à éviter la destruction de sa maison.

Frustrée, Mara faisait les cent pas. Pendant des semaines, un mur de froideur l'avait séparée de son époux. La résistance d'Hokanu à son désir de voir Justin renoncer à ses liens envers les Shinzawaï pour devenir l'héritier des Acoma était compréhensible. Hokanu aimait le garçon aussi profondément que s'il était son propre fils. La mort d'Ayaki avait fait de lui un père encore plus protecteur et, en se souvenant de cette mort, Mara ressentit encore cette amertume qui semblait ne jamais devoir diminuer.

Elle marqua une pause entre deux pas nerveux, et posa une main sur la balustrade du balcon qui surplombait son jardin privé. Oh, que ne donnerait-elle pas pour passer une heure avec la vieille et sage Nacoya, souhaita-t-elle en vain. Son ancienne nourrice, mère adoptive et premier conseiller, lui avait toujours donné des avis allant droit au cœur de toutes les difficultés. Même quand Mara avait refusé d'écouter ses conseils et persisté à prendre des risques inacceptables pour la vieille femme, Nacoya avait toujours vu la vérité au fond des choses. Pour les problèmes de cœur, sa sensibilité était sans égale. Mara soupira. C'est Nacoya qui avait remarqué la première l'affection croissante de sa maîtresse pour l'esclave barbare Kevin, bien avant que Mara elle-même admette la possibilité de cet amour. La dame des Acoma avait maintenant terriblement besoin des conseils de la vieille femme. Elle essaya d'invoquer la voix de Nacoya, mais le fantôme de sa bien-aimée nourrice reposait trop loin, ces jours-ci.

Un coup de pied du bébé mit soudain fin à sa rêverie. Elle hoqueta, pressa une main sur son gros ventre et affronta l'inconfort avec un sourire. Son futur enfant avait déjà la force d'un bébé tigre barbare. Hokanu ressentirait sûrement les choses de façon différente quand il contemplerait son premier fils. La fierté de la paternité l'adoucirait, il cesserait de s'entêter et céderait à sa demande pour que Justin devienne l'héritier des Acoma. La chair issue de sa propre chair lui ferait comprendre que telle était la volonté des dieux, que cet enfant qu'ils avaient engendré ensemble était le véritable héritier du titre des Shinzawaï.

Mara s'appuya contre le linteau de la cloison, anticipant le bonheur de ce moment. Elle avait porté deux enfants, l'un d'un homme qu'elle méprisait et l'autre d'un homme qu'elle adorait. Ces deux enfants lui avaient donné quelque chose de complètement inattendu. La naissance d'Ayaki, dont la conception avait été un devoir d'honneur, la nécessité d'assurer la pérennité des Acoma, était devenue une réalité joyeuse car elle avait aimé immédiatement l'héritier pour lequel elle avait tant œuvré. Son enfant allait hériter de la grandeur des Acoma. Quand elle l'avait pris dans ses bras, le rire du bébé lui avait procuré une joie intense, et l'honneur de sa famille ne lui avait jamais plus semblé un concept distant et abstrait.

Mara attendait ardemment le moment où Hokanu ressentirait lui aussi cet instant magique. La naissance de leur fils les rapprocherait, et mettrait fin à ce duel glacial de volonté. La paix reviendrait entre eux, et les enfants acoma et shinzawaï grandiraient ensemble vers un avenir grandiose.

Même si Mara n'avait jamais été consumée de passion pour l'époux qu'elle chérissait, elle en était venue à dépendre de leurs liens étroits. Sa bienveillance était un réconfort, sa sagesse un refuge, son intelligence un soulagement face aux dangers et aux soucis, et sa compréhension calme et intuitive une tendresse sans laquelle elle ne pouvait pas vivre. Il lui manquait. Son amour était devenu le point d'ancrage de son bonheur. Elle ne s'en était rendu compte que lorsqu'elle avait dû s'en passer. Car même s'il était de plus en plus proche d'elle, son esprit devenait de plus en plus absent. Cette privation la faisait souffrir plus que tout ce qu'elle avait pu imaginer.

Les souvenirs des gestes absents d'Hokanu ne cessaient de la hanter ; la caresse désinvolte de sa main sur son visage, lorsqu'elle s'éveillait ; le coin de ses lèvres qui se relevait légèrement quand quelque chose l'amusait pendant que Mara tenait sa cour... Ils ne partageaient plus leur plateau de chocha l'après-midi, lorsqu'Hokanu lisait les rapports de ses conseillers militaires et qu'elle revoyait les notes commerciales des courtiers et intendants éloignés que lui présentait quotidiennement Jican. Leurs relations étaient devenues silencieuses et tendues, et même si Hokanu ne s'attardait pas sur ce sujet, il avait prolongé son entraînement aux armes pour rester occupé durant les heures qu'il passait auparavant en sa compagnie. Ils n'avaient échangé aucune parole amère, ne s'étaient même pas querellés, mais leur désaccord sur l'héritage de Justin empoisonnait toutes leurs relations. Mara caressa la peau tendue de son ventre, priant pour que cette séparation se termine à la naissance de leur fils.

À part Nacoya, Hokanu était, à sa connaissance, la seule âme qui suivait ses pensées sans le moindre malentendu. Dans son ventre, le bébé lui décocha un autre coup de pied. Mara se mit à rire.

— Bientôt, mon petit, lui murmura-t-elle.

Une servante qui attendait non loin, prête à obéir à ses ordres, sursauta en entendant le son de sa voix.

— Maîtresse ?

Mara s'éloigna lourdement de la cloison.

— Je ne veux rien, si ce n'est cet enfant, qui semble aussi impatient d'arriver que moi de le voir naître.

La servante se redressa, alarmée.

— Dois-je appeler...

Mara leva la main.

— Non, l'heure n'est pas encore venue. La sage-femme et le guérisseur ont dit qu'il faut attendre au moins encore un mois. (Elle fronça les sourcils.) Mais je me demande si ce bébé ne viendra pas plus tôt.

Quelqu'un toqua poliment à la porte intérieure. Mara arrangea sa robe plus convenablement sur son corps énorme, et hocha la tête pour que la servante ouvre la cloison qui donnait sur le couloir. Jican, le hadonra, s'inclina sur le seuil.

— Maîtresse, un marchand midkemian s'est présenté pour demander la permission de faire du commerce.

Il n'était pas habituel que Jican la dérange pour un sujet dont il s'occupait généralement lui-même. Le hadonra gérait les immenses possessions de Mara depuis si longtemps qu'il pouvait anticiper pratiquement toutes ses décisions, même celles avec lesquelles il était en désaccord. Anxieuse de savoir ce qui se passait, Mara demanda :

— Que désires-tu ?

Toujours timide dans les situations qui sortaient de l'ordinaire, Jican répondit précautionneusement :

— Je pense que vous devriez voir les marchandises de cet homme, maîtresse.

Heureuse de trouver une diversion durant ce nouvel après-midi sans la compagnie d'Hokanu, Mara frappa dans ses mains pour que sa servante lui apporte une robe plus appropriée pour recevoir un étranger. Après avoir enfilé un vêtement de soie miroitante aux longues manches et à la taille ample, elle fit signe à son hadonra de la précéder. Le marchand attendait dans une salle à colonnades ombragée, dans l'aile des scribes. Mara et Jican empruntèrent les couloirs caverneux creusés en partie dans le flanc de la colline pour quitter les appartements ensoleillés que la dame partageait avec Hokanu. Prenant conscience de la nervosité du hadonra en entendant la rapidité de ses pas, Mara lui demanda :

— Les marchandises qu'il propose ont-elles quelque chose de spécial ?

— Peut-être. (Le petit homme lança un regard de côté, qui confirma son malaise.) Je pense que votre présence est nécessaire pour évaluer l'offre de ce marchand.

Des années de loyaux services avaient appris à Mara à tenir compte des intuitions de son hadonra. Comme il ne se lançait pas immédiatement dans la description des marchandises offertes, la dame continua à l'interroger :

— Quoi d'autre ?

Jican s'arrêta.

— Je... (Son incertitude devint une franche hésitation. Il fit une brève révérence en guise d'excuse, puis bafouilla :) Je ne suis pas sûr de la façon dont il faut traiter cet homme, maîtresse.

Assez accoutumée aux petites manies de son hadonra pour comprendre que d'autres questions ne feraient que l'angoisser davantage, Mara continua à marcher dans un silence attentif.

Quelques pas plus tard, l'explication vint toute seule.

— Parce qu'il est... qu'il était tsurani.

Mara réfléchit à ce détail.

— Il vient de LaMut ?

La baronnie de LaMut était gouvernée par le frère d'Hokanu, et la plupart des délégations commerciales du Royaume comprenaient un ancien soldat tsurani, qui servait d'interprète. Jican hocha la tête, de toute évidence soulagé de ne pas avoir besoin de continuer ses explications.

— Un Tsurani qui préfère les coutumes du Royaume.

La raison de la gêne du hadonra était maintenant plus claire : même si Mara assouplissait les traditions et faisait entrer à son service des hommes sans maître, l'idée de quelqu'un préférant rester sur un monde étranger sans lien avec une maison – même si l'un d'entre eux était Kasumi, le propre frère d'Hokanu – était très bizarre, même pour elle. Qu'un tel homme dirige la délégation commerciale rendait les négociations plus délicates que de coutume.

Le long couloir intérieur s'ouvrit enfin sur un portique à colonnades qui donnait sur la façade méridionale du manoir. Le sentier de gravier menant vers la porte principale le longeait. Là, à l'ombre de vieux arbres, l'escorte du marchand formée d'un petit groupe de porteurs et de dix gardes du corps attendait. Mara écarquilla les yeux. Elle n'avait pas remarqué immédiatement que les gardes étaient plus nombreux que d'habitude, à cause de leur grande taille ! Un examen plus attentif lui révéla qu'ils étaient tous midkemians, une chose assez rare pour que les sentinelles à l'entrée du manoir les observent subrepticement tout en montant la garde. Des bribes de conversation en langue étrangère atteignirent les oreilles de Mara, et l'accent, si familier, la fit s'arrêter une fraction de seconde. Des souvenirs de Kevin de Zūn envahirent son esprit, jusqu'à ce qu'un Jican impatient et angoissé lui rappelle ses obligations du moment. Se maîtrisant instantanément, elle se hâta d'entrer dans l'aile de service, pour rejoindre la salle où le marchand attendait.

L'homme était assis très poliment sous l'estrade informelle qu'elle utilisait lorsqu'elle négociait avec des étrangers. Des sacs et des coffrets d'échantillons étaient disposés près de lui, et ses mains reposaient à la vue de tous sur ses genoux. Il portait une splendide robe de soie, de toute évidence de fabrication étrangère : le lustre était différent, et les teintes mêlées formaient des motifs qu'elle n'avait jamais vus à Tsuranuanni. L'effet était audacieux et frisait presque l'insolence, décida Mara, plissant les yeux pour mieux observer l'homme tout en s'approchant. Il s'était présenté comme un marchand, mais était vêtu comme un grand souverain de l'empire. Mais il n'était pas noble ; à la place du sceau familial habituellement brodé sur la ceinture ou les épaules, il portait le symbole barbare de LaMut, une créature ressemblant à un chien et que l'on appelait un « loup ». *Cet homme est arrogant,* se dit Mara, alors qu'elle permettait à Jican de l'aider à monter les petites marches et à s'asseoir sur ses coussins.

Les manières de l'étranger étaient impeccables. Quand la dame fut confortablement installée, il s'inclina jusqu'à ce que son front touche la natte sur laquelle il était agenouillé. Il marqua une pause assez longue pour témoigner de son profond respect, tandis que Jican le présentait à sa maîtresse :

— Ma dame, voici Janaio, de la cité de LaMut.

Janaio se redressa avec grâce et sourit.

— Honneur à votre maison, noble pair. Allez-vous bien, dame Mara ?

Mara inclina la tête.

— Je vais bien, Janaio de... LaMut.

Un détail lui sauta aux yeux. Cet homme portait de l'or ! Mara ravala de justesse un hoquet de surprise inélégant. Par décret impérial, tous les bijoux et effets personnels métalliques étaient soigneusement enregistrés lors de leur entrée par la Faille de Midkemia. Les marchands du monde barbare s'indignaient souvent lorsque les fonctionnaires leur confisquaient leurs bottes et leur prêtaient de simples sandales quand ils s'embarquaient dans leurs voyages dans l'empire. Mais les objets saisis leur étaient toujours rendus lorsqu'ils repartaient. Le trésor impérial avait appris une dure leçon quand les premiers Midkemians étaient retournés chez eux sans leurs bottes : l'économie de la province de Lash avait été plongée dans le chaos lorsque les clous de fer arrachés aux semelles avaient été échangés contre des centis.

Le marchand jouait avec la chaîne d'or passée autour de son cou.

— J'ai donné des garanties que je ne laisserais pas ce bijou derrière moi, dame Mara, expliqua-t-il en remarquant ce qu'elle regardait.

Ce détail rappela à la jeune femme l'origine tsurani de son visiteur, car personne n'aurait fait confiance à un barbare pour tenir parole devant la tentation. Les Midkemians ne croyaient pas à la Roue de la vie. L'honneur ne les liait pas car ils ne craignaient pas de perdre la faveur des dieux.

Mara conservait un calme extérieur. Cet homme était audacieux ! Bien qu'un tel bijou puisse être de l'autre côté de la Faille une possession modeste pour un homme aisé, sur Kelewan il égalait le revenu annuel d'une maison mineure. Et cet homme le savait parfaitement. Son étalage public d'un tel trésor était un geste ostentatoire, calculé. Mara attendit avec une certaine réserve, pour voir ce que ce marchand souhaitait exactement gagner dans cette négociation.

Quand elle eut laissé passer un intervalle de temps convenable pour lui rappeler son rang, elle demanda :

— Très bien... Que puis-je faire pour toi ?

L'homme ne manqua pas de remarquer la nuance : la phrase tsurani de Mara était directement traduite de la langue du Royaume. L'ouverture astucieuse de Mara l'informait sans détour qu'elle avait déjà conclu des affaires avec des marchands midkemians. Il lui répondit en respectant impeccablement le protocole tsurani.

— Je suis un modeste courtier en épices et douceurs, maîtresse. Étant donné mon passé (il fit un geste large), je suis très avantagé pour connaître les produits très particuliers de ma patrie adoptive qui seraient rentables ici, dans l'empire.

Mara hocha la tête, lui concédant ce point. Janaio reprit à sa manière doucereuse :

— Mais plutôt que de gaspiller vos heures précieuses par de vains discours, je vous supplie de m'accorder votre indulgence et de laisser mes marchandises parler d'elles-mêmes.

Poussée par la curiosité, Mara répondit :

— Que proposes-tu ?

Janaio montra les divers coffrets et sacs disposés près de lui.

— Voici des échantillons. Comme il est pratiquement l'heure où de nombreuses personnes dans l'empire cessent de travailler pour se laisser tenter par une tasse de chocha, peut-être voudriez-vous tester quelque chose de plus exotique ?

Malheureusement, la remarque rappela à Mara qu'Hokanu partageait habituellement ce moment avec elle en prenant une collation. Elle réprima un soupir. Elle était fatiguée et avait besoin d'une sieste, car le bébé interrompait son sommeil la nuit.

— Je n'ai pas beaucoup de temps.

— Je vous en prie, intervint rapidement Janaio. (Il s'inclina pour tenter de tranquilliser la dame.) Je ne vous retiendrai pas longtemps. Vous serez largement récompensée de votre patience, aussi bien en plaisir qu'en richesse, je vous l'assure.

Jican se pencha vers sa dame.

— Laissez-moi faire venir un goûteur, maîtresse, la conseilla-t-il.

Mara regarda attentivement son hadonra. Lui aussi était intrigué... Et il semblait avoir quelque chose d'autre à dire à propos de ce mystérieux marchand venu d'au-delà de la Faille. Elle baissa la main pour prendre l'éventail coincé sous sa ceinture. L'ouvrant d'un geste sec et l'utilisant pour dissimuler ses lèvres à son visiteur, elle murmura :

— Que devrais-je savoir d'autre sur cet homme ?

Jican semblait gêné.

— Un soupçon, murmura-t-il de telle façon qu'elle soit la seule à l'entendre. J'ai reçu un message d'un intendant de l'un de nos alliés. Ce Janaio a aussi fait des ouvertures au seigneur des Matawa.

— Qui soutient fermement les traditionalistes et Jiro... (Mara agita son éventail.) Crois-tu qu'il espère obtenir de meilleurs prix en jouant sur nos rivalités ?

Le hadonra fit une moue dubitative, réfléchissant.

— Je n'en sais rien. C'est possible. S'il a des marchandises d'une valeur inhabituelle, la maison qui obtiendra la concession en tirera de grands bénéfices.

Cela tranquillisa Mara. Elle ne devait pas permettre à la fatigue due à sa grossesse de céder un avantage aux Anasati sans le leur disputer. Elle frappa dans ses mains pour faire venir un coursier, et l'envoya chercher un cuisinier qui lui servirait de goûteur. Elle fit aussi demander Saric et Lujan, car elle aurait peut-être besoin ultérieurement de leurs conseils.

Janaio approuva ses précautions avec obséquiosité :

— C'est très sage, dame Mara. Mais je vous assure, mes intentions sont parfaitement honnêtes.

Mara croisa ses mains sur son ventre sans faire de commentaires. Aucune précaution n'était assez rigoureuse alors qu'elle portait l'enfant d'Hokanu et approchait de son terme. Elle attendit, peu réceptive aux tentatives de Janaio pour faire la conversation, jusqu'à ce que son conseiller arrive à son appel.

L'air de surprise de Saric lorsqu'il entra révéla qu'il avait pris l'homme pour un Midkemian habillé à la mode de l'empire. Un simple regard du premier conseiller des Acoma suffit à ce que Janaio se redresse sur sa natte. Comme si son instinct l'avertissait qu'il devait respecter l'intuition de Saric, il énuméra brusquement ses garanties :

— Pour soulager votre inquiétude, grande dame, puisque les aliments que j'apporte sont tellement exotiques que personne sur cette terre ne connaîtra suffisamment leur goût pour détecter une altération du produit, je vous propose de partager chaque coupe avec vous.

Peu impressionné par la chaîne en or et cette belle rhétorique, Saric accueillit sa déclaration avec un visage de marbre. Il regardait attentivement le marchand qui relevait ostensiblement ses manches, pour montrer qu'il ne portait ni bague ni bracelet et qu'il n'avait rien dissimulé dans sa robe.

— Si vous demandez à vos domestiques de préparer de l'eau chaude, trois pots et des tasses venant de vos propres réserves, je fournirai les ingrédients. Puis vous pourrez choisir quelle tasse je goûterai et laquelle vous boirez. (Souriant devant le calme absolu de Saric, il ajouta :) Si vous le désirez, dame, je courrai le même risque.

Intriguée en dépit de la réserve de son premier conseiller, Mara demanda :

— Qu'est-ce que tu tentes d'importer dans notre empire ?

— Des breuvages raffinés, maîtresse. Un merveilleux assortiment de boissons savoureuses et fortes, qui étonneront votre palais. Si cette aventure se révélait rentable, et je vous assure qu'elle le sera, alors j'importerai aussi dans l'empire des vins et des bières exotiques préparés par les vignerons et les brasseurs les plus réputés du Royaume des Isles.

Mara continua à jauger son visiteur. Il n'était pas étonnant que cet homme soit resté sur Midkemia. Il avait peut-être servi comme soldat avant la bataille finale de la guerre de la Faille, mais c'était un marchand-né. Elle lança un regard oblique à Lujan alors qu'il arrivait d'un pas vif pour prendre sa place à côté d'elle. Si le destin l'avait jeté de l'autre côté de la Faille, avec sa langue agile et son esprit acéré, son commandant aurait très bien pu se trouver assis devant elle à vendre des produits exotiques.

D'une certaine façon, cette supposition était rassurante. Cependant, il n'était pas dans la nature de Mara d'accorder facilement sa confiance, particulièrement quand Saric n'avait pas dit un mot en faveur de la proposition de cet étranger. Elle choisit d'abord franchement le sujet de son ennemi Anasati :

— Quels arrangements as-tu pris avec le seigneur des Matawa ?

Janaio lui sourit à la manière d'un Midkemian. Un autre souverain tsurani aurait pu être déconcerté par une telle franchise, mais Mara avait trop bien connu Kevin pour se méprendre ; en fait, ce maniérisme étranger la rassura. Janaio continua :

— Vous avez entendu parler de mes discussions, mais je vous assure qu'il n'y a rien de secret. Les produits que je propose sont des produits de luxe, qu'il faut manier délicatement et qui doivent être proposés par des négociateurs habiles et placés sur les marchés appropriés. Je serais un très mauvais marchand si je n'examinais pas toutes les options. Le seigneur des Matawa a envoyé de nombreux émissaires à travers la Faille pour tenter d'établir un courtage régulier.

Les lèvres de Mara se pincèrent alors qu'elle réfléchissait aux implications de cette démarche. Jican murmura quelque chose à Saric, qui hocha la tête et lui toucha doucement le bras.

— Ma dame, nous savons que les Matawa souhaitent faire des incursions dans votre domaine commercial. Ils ne peuvent pas déroger à la patente impériale qui vous donne une licence exclusive sur certaines marchandises, mais ils espèrent constituer une présence rivale, pour s'emparer de tout le commerce non réservé qu'ils pourront arracher aux mains de nos intendants. Ils peuvent établir légalement des droits de commerce exclusifs de l'autre côté de la Faille, où nous n'exerçons aucun contrôle. Le rapport d'Arakasi indique que le financement de cette tentative pourrait bien venir de Jiro.

Écœurée que la politique intervienne de plus en plus, même dans les aventures les plus inoffensives, Mara inclina la tête vers Janaio.

— Fais venir ce dont tu as besoin.

Les domestiques acoma étaient dévoués et efficaces. Fiers de soutenir l'honneur de leur dame, ils apportèrent rapidement des plateaux avec plusieurs pots et tasses de porcelaine. Un esclave les suivait, portant une marmite d'eau bouillante.

Janaio disposa ses différents paquets et fioles avec des gestes théâtraux.

— D'abord, annonça-t-il, quelque chose de fort et de savoureux. (Il versa de l'eau dans l'un des pots où il fit tomber un petit sachet de tissu.) Ce délice pousse sur un arbuste dans les régions méridionales du Royaume, maîtresse. Les feuilles sont coûteuses à sécher et à transporter, et parce qu'elles sont sensibles à la moisissure, seules les personnes très riches peuvent se permettre d'acheter les petites quantités qui atteignent les terres du Nord. Pour cette raison, la boisson que je suis en train de préparer n'est pas devenue très populaire dans ma ville de LaMut. Quand vous l'aurez goûtée, je crois que vous serez d'accord avec moi pour dire que c'est probablement à cause du manque de familiarité. (Il souleva le couvercle du pot, respira la vapeur, et ferma les yeux.) Je pense que vous conviendrez avec moi que ce breuvage raffiné remportera l'approbation des nobles tsurani de bon goût.

Sur ces mots, il versa la boisson, emplissant la pièce d'une odeur exotique et épicée. Quand les trois coupes furent remplies, il hocha la tête en direction du serviteur de Mara, qui reprit le plateau et l'apporta jusqu'à l'estrade pour que la dame puisse choisir celle qu'elle préférait. Elle fit signe à l'esclave qui avait apporté la marmite de goûter l'une d'entre elles. Le domestique lui tendit l'une des deux qui restaient et rapporta le plateau à Janaio.

Le marchand leva sa tasse, en disant :

— Buvez précautionneusement pour ne pas vous brûler la langue, maîtresse.

L'arôme étranger fascina Mara. Il était différent de tout ce qu'elle connaissait, et elle le trouvait extrêmement appétissant. Elle goûta le breuvage. Le premier goût était âcre et étrange, mais tonique et plein de saveurs. Elle réfléchit un moment, et déclara :

— Je pense qu'un peu de miel permettrait de diminuer un peu l'amertume.

Le marchand sourit.

— Vous m'ôtez les mots de la bouche, noble pair. Sur Midkemia, nous utilisons du sucre blanc confectionné à partir d'une plante que l'on nomme « betterave ». Certaines personnes préfèrent ajouter une goutte de lait, d'autres le jus d'un fruit acide ressemblant au ketundi kelewanais.

Mara prit une nouvelle gorgée et apprécia encore plus le breuvage.

— Quel nom lui donnes-tu ?

— C'est du thé, noble pair, répondit l'homme en souriant.

Mara se mit à rire.

— On donne à de nombreuses choses le nom de « thé », Janaio de LaMut. Quelle est la plante que tu as préparée ?

Le marchand répondit par un haussement d'épaules tsurani.

— C'est le nom de la plante, ou plutôt des feuilles de l'arbuste. Quand quelqu'un à LaMut parle de « thé », il se réfère à ce breuvage, et non aux mélanges de diverses plantes que l'on fait infuser dans de l'eau bouillante que l'on boit ici. Cette boisson délicieuse existe en une multitude de variétés, corsées, subtiles, douces ou amères. On choisit selon les occasions.

Maintenant fascinée, Mara hocha la tête.

— Quoi d'autre ?

Janaio choisit un autre pot dans la vaisselle acoma et prépara un second breuvage.

— Ceci est une boisson très différente.

Un liquide noir aux arômes riches et lourds fut présenté à Mara. Cette fois, Jican remplaça le goûteur, son excitation dépassant sa prudence. Mara pouvait à peine attendre que son hadonra ait testé sa coupe avant de goûter à son échantillon. La décoction était amère, et cependant piquante.

— Comment appelles-tu cette boisson ? Elle me rappelle vaguement le chocha.

Janaio s'inclina devant son plaisir évident.

— C'est du café, maîtresse. Et comme le thé, il en existe des milliers de variétés. Celui que vous buvez provient de plants qui poussent sur les hauteurs des collines de Yabon. Bon, corsé, mais peu délicat. (Il frappa dans ses mains, et l'un de ses domestiques apporta un autre panier, plus petit et orné de rubans gaiement colorés.) Laissez-moi vous offrir ce présent. Voici une douzaine d'échantillons que vous pourrez consommer à votre convenance. Chacun est clairement étiqueté selon le type de grain utilisé, avec des instructions pour sa préparation.

Mara posa sa tasse à moitié vide. Cette séance de dégustation la divertissait et lui faisait oublier son mariage troublé, mais le jour s'avançait alors qu'elle s'attardait dans l'aile des scribes. Elle répugnait à se priver de l'heure qu'elle passait toujours en compagnie de son fils pendant qu'il prenait son dîner. Justin venait juste d'avoir cinq ans et il était encore trop jeune pour comprendre un retard.

Sentant son impatience, Janaio leva une main pour la supplier.

— Vous n'avez pas encore goûté la boisson la plus étonnante. (Rapidement, avant que la dame puisse se lever et prendre congé, il demanda à son domestique :) S'il vous plaît, pourrais-je avoir du lait de needra ?

Mara aurait pu rejeter cette requête devant la présomption de l'homme, mais elle savait que les Midkemians agissent souvent avec impétuosité. Elle cacha sa fatigue et fit signe à un domestique de courir chercher ce qu'on lui demandait. Dans l'intervalle, Saric se pencha vers l'oreille de sa dame.

— Prêtez attention aux subtilités, la conseilla-t-il. Cet homme est né sur Tsuranuanni. Il imite les manières bravaches d'un Midkemian, presque comme s'il savait que vous avez eu de la tendresse, autrefois, pour une telle conduite. Je n'aime pas l'aisance avec laquelle il joue sur vos sympathies, ma dame. Vous vous montrerez prudente, s'il vous plaît ?

Mara appuya son éventail contre son menton. Son conseiller avait raison de souhaiter de la mesure.

— Ce Janaio boit depuis le même pot que moi. Il n'y a sûrement aucun mal à essayer un échantillon de plus. Ensuite, l'entrevue sera terminée.

Saric répondit en hochant à demi la tête, mais le regard qu'il échangea avec Jican fit s'arrêter le petit hadonra. Quand le serviteur revint avec une petite cruche de lait, Jican indiqua qu'il souhaitait aussi une tasse pour goûter, différente de celle de l'esclave qui continuerait à faire son office.

— Mais bien sûr, accepta Janaio d'une voix plaisante. Vous êtes un homme clairvoyant, qui souhaite comprendre toutes les nuances du commerce que sa maison pourrait entreprendre.

Puis les conseillers de Mara regardèrent, étonnés, le marchand verser des portions égales de lait et d'eau bouillante dans le dernier pot. Sa chaîne étincela quand il se pencha sur son panier, en continuant à parler :

— Parfois, vous préférerez n'utiliser que du lait, ce qui donne une plus grande richesse à la boisson.

Il termina ses préparatifs avec des gestes encore plus théâtraux. Il fit de nouveau passer le plateau de tasses pleines au domestique, indiquant que Mara devait choisir la sienne la première. Elle s'en abstint et attendit que Jican et le goûteur aient pris leur tasse. L'odeur de la boisson était enivrante. Le petit hadonra oublia son anxiété et goûta. Il recula la tête avec un petit cri quand il se brûla la langue.

Le marchand eut la grâce de ne pas rire.

— Mes excuses, ma dame. J'aurais dû penser à vous avertir : cette boisson est servie très chaude.

Jican retrouva son aplomb.

— Ma dame, déclara-t-il d'une voix tout excitée, le goût de cette rareté est incroyable.

Le hadonra et la dame regardèrent l'esclave qui servait de goûteur. Plus prudent que Jican, il ne s'était pas brûlé la langue, et aspirait bruyamment la boisson avec un plaisir si évident que Mara fit signe au domestique de lui apporter le plateau.

Alors qu'elle choisissait entre les deux dernières coupes, Janaio ajouta :

— Si le café vous rappelle le chocha, alors cette merveille pourrait vous rappeler le chocha-la que l'on prépare pour les enfants. Mais si vous me permettez cette comparaison, le chocha-la est au chocolat ce que mon humble position est à votre grandeur.

Mara goûta et ferma les yeux devant ce goût merveilleux. Incapable de cacher sa surprise et son plaisir, elle soupira dans un ravissement parfait.

Souriant, Janaio accepta la dernière tasse du plateau et but à longues gorgées.

— Voici le chocolat, maîtresse.

Mara ne put s'empêcher de penser à Kevin, qui avait fait remarquer en plusieurs occasions combien lui manquaient les chocolats des fêtes de son monde natal. Elle comprenait enfin son sentiment.

Chassant les larmes qui perlaient au coin de ses yeux, et faisant passer cette indiscrétion sur le compte de la vapeur de la tasse, Mara déclara :

— C'est une boisson merveilleuse.

Janaio déposa sa tasse vide et s'inclina.

— Je désirerais la permission de recevoir une licence d'importation exclusive, maîtresse.

Mara secoua la tête avec un franc regret.

— Je ne peux pas te l'accorder, Janaio de LaMut. Ma patente du gouvernement impérial est limitée à certaines marchandises.

De toute évidence désappointé, le marchand fit de grands gestes.

— Alors peut-être pourrions-nous conclure un contrat commercial ? Si vous n'avez pas le moyen d'accorder une exclusivité, laissez-moi au moins la possibilité de faire mon courtage par l'intermédiaire de la maison commerciale la plus puissante de l'empire.

Mara but une nouvelle fois du délicieux liquide, se rappelant enfin à la prudence.

— Et les Matawa ?

Janaio eut une petite toux de mépris.

— Leur offre était insultante, non, humiliante, et ils n'ont pas les courtiers expérimentés que vous employez. Ils exigent des interprètes pour conclure leurs affaires, une situation gênante pour quelqu'un œuvrant dans le marché de luxe, comme moi. Je ne désire pas me retrouver dans des situations propices aux malentendus, ou même à un risque extérieur d'exploitation.

Savourant les dernières gouttes de sa boisson, Mara ajouta :

— Cela, tout du moins, je peux l'accorder. (Le regret teintait sa voix alors qu'elle ajoutait :) Je ne peux pas empêcher d'autres marchands de nous apporter ces breuvages, mais peut-être que quelques achats astucieux à LaMut empêcheront tes rivaux d'entrer en compétition contre nos intérêts.

Puis, satisfaite de laisser la discussion de tous les détails à Jican, elle se prépara à prendre congé.

Le marchand s'inclina, touchant le sol de son front.

— Maîtresse, votre sagesse est légendaire.

Mara se leva.

— Quand nous serons tous deux devenus riches grâce à l'importation de chocolat dans l'empire, alors j'accepterai ce compliment. Mais d'autres sujets requièrent maintenant ma présence. Jican écrira les documents scellant le partenariat que tu demandes.

Alors que des domestiques se dépêchaient de ramasser les tasses sales, et que Jican commençait à plisser le front en envisageant des problèmes commerciaux complexes, Mara quitta la pièce, aidée par Lujan et Saric.

Dehors, caché par l'obscurité d'un couloir intérieur, Saric lança un regard réprobateur à sa maîtresse.

— Vous avez pris de grands risques, ma dame. N'importe quel marchand midkemian d'origine tsurani aurait pu être autrefois au service des Minwanabi.

Devenue impatiente parce qu'elle avait manqué sa sieste, Mara répondit sèchement :

— Vous l'avez tous vu. Il a bu la même quantité que moi. (Puis elle s'adoucit.) Et ces boissons rares m'ont fait éprouver des sensations merveilleuses.

Saric s'inclina, indiquant son mécontentement par son silence.

Mara avança vers la chambre d'enfant d'où, même à une aile de distance, parvenaient les cris furieux de Justin. Son soupir se transforma en rire.

— Je suis en retard et, de toute évidence, les serviteurs sont débordés. (Elle posa une main sur son ventre énorme et inconfortable.) Je suis pressée que ce bébé naisse, même si avec un autre enfant dans la maison, plus personne ne connaîtra la paix. (Elle se dirigea avec un sourire d'adolescente dans la direction du vacarme provoqué par Justin.) Je pourrais même regretter de ne plus être dorlotée quand je devrai à nouveau m'asseoir sans l'aide de deux beaux jeunes hommes.

Lujan sourit, appréciant son humour, et le visage de Saric refléta son expression.

— Hokanu fera de son mieux, j'en suis sûr, pour vous garder enceinte indéfiniment.

Mara rit, mais l'amertume sous-jacente n'échappa pas à ses conseillers.

— Il le fera, j'en suis sûre, si nous arrivons à nous mettre d'accord pour que Justin devienne l'héritier des Acoma.

Elle est têtue, articula silencieusement Saric pour son cousin par-dessus la tête penchée de sa dame.

Après le crépuscule, le marchand nommé Janaio de LaMut rejoignit un entrepôt désert de la ville de Kentosani, en compagnie de son escorte de gardes mercenaires midkemians. L'heure était tardive. Les mèches des lampes du quartier riche avaient diminué, tandis que dans les bâtiments délabrés près du fleuve, seul le dernier quartier de la lune projetait de la lumière. Les rues, plongées dans une obscurité d'un noir d'encre, étaient envahies par la brume du Gagajin. Autrefois, la pègre de la ville s'attaquait à loisir au peu de passants qui osaient s'aventurer ici sans escorte, mais maintenant les patrouilles de l'empereur repoussaient les mécontents et les vagabonds dans les ruelles les plus sombres. Les seuls rôdeurs osant se risquer à découvert étaient les chiens, qui fouillaient les ordures des marchés.

Bien que le quartier soit calme selon les normes tsurani, la ville était loin d'être paisible pour des oreilles midkemianes. Même à l'intérieur de l'entrepôt, on entendait les cris d'une matrone de la Maison du roseau qui insultait un client qui s'était montré brutal avec l'une de ses filles. Des chiens aboyaient, et un jiga éveillé à cette heure tardive lançait des cocoricos incongrus. Non loin de là, un enfant se mit à pleurer. Les mercenaires engagés pour servir d'escorte à Janaio se dandinaient, mal à l'aise, dérangés par l'odeur étrangère de la boue froide et humide des marécages. Ils ne savaient pas pourquoi ils avaient été emmenés dans ce bâtiment à moitié pourri ; pas plus qu'ils ne comprenaient précisément pourquoi ils avaient été payés pour traverser la Faille. Leur employeur les avait soigneusement interrogés, et il avait exigé qu'ils ne parlent pas le moindre mot de tsurani. Mais le travail dans le Royaume avait ralenti depuis la bataille de Sethanon, et pour des hommes sans beaucoup de liens avec leur patrie, la somme offerte avait été rondelette.

Les porteurs posèrent leurs ballots et attendirent les ordres, pendant que les gardes du corps maintenaient leur formation derrière Janaio. Sans un bruit, des cordes de soie aux extrémités plombées descendirent soudain de la charpente. Elles s'enroulèrent vivement et fermement autour de la gorge des barbares sans méfiance.

Des assassins en noir sautèrent ensuite de leurs perchoirs invisibles, utilisant leur poids et leur vitesse pour soulever les gardes. Les cous de quatre hommes se brisèrent instantanément, tandis que les autres suffoquaient et donnaient des coups de pied pendant qu'ils étaient hissés et lentement étranglés.

Horrifiés, les porteurs regardaient mourir les mercenaires midkemians. Les yeux écarquillés, paralysés par la terreur, ils savaient qu'il valait mieux ne pas pousser de cris pour donner l'alarme. Leur peur fut de courte durée. Deux autres assassins vêtus de noir surgirent des ombres et avancèrent dans leurs rangs désarmés comme le vent dans les roseaux. En moins d'une minute, les dix porteurs de Janaio gisaient, morts, le sang s'écoulant de leurs gorges tranchées sur le plancher. Les assassins qui retenaient les gardes armés en hauteur lâchèrent leurs cordes. Les Midkemians morts tombèrent en tas avec un bruit sourd, l'un d'eux les phalanges écrasées sous la hanche, l'autre la langue mordue et la barbe tachée de sang.

Janaio retira ses riches vêtements et les lança sur les cadavres. L'un des assassins vêtus de noir s'inclina devant lui et lui offrit un petit sac. Janaio en retira une robe sombre qu'il jeta sur ses épaules. Il prit rapidement une fiole dans sa poche et appliqua sur ses mains un onguent à l'odeur douceâtre. La graisse ôta une couche de maquillage ; s'il y avait eu plus de lumière, on aurait pu voir la teinture rouge et les tatouages d'un assassin hamoï.

Sortant des ténèbres les plus épaisses de l'entrepôt, une voix grave demanda :

— Est-ce fait ?

L'homme qui n'était pas un marchand et qui ne s'appelait Janaio que par commodité, inclina la tête.

— Comme vous l'avez ordonné, honorable maître.

Un homme trapu, à la démarche trop légère, sortit de sa cachette. Il cliquetait et tintait tout en marchant, des bijoux en os accrochés à des lanières de cuir heurtant les instruments de mort qu'il portait à la ceinture. Sa robe était décorée de disques découpés dans les crânes de ses victimes, et les lanières de ses sandales avaient été taillées dans de la peau humaine tannée. Il n'accorda pas le moindre regard aux corps jonchant le sol, bien qu'il évitât de marcher dans les flaques de sang. Puis l'obajan du tong hamoï hocha la tête, et la mèche qui pendait de son crâne rasé se tordit dans son dos.

— Bien. (Il leva un bras énorme et musclé et tira une fiole de sa robe.) Tu es certain qu'elle a bu ?

— Tout comme moi, maître. (Le faux marchand s'inclina à nouveau très bas.) J'ai placé le poison dans le chocolat, sachant que cette boisson était la plus irrésistible. Son hadonra y a échappé par chance, en se brûlant la langue. Mais la dame a bu sa tasse jusqu'à la dernière goutte. Elle a avalé suffisamment de poison pour tuer trois hommes.

Son discours terminé, l'assassin s'humecta les lèvres. Anxieux, en sueur, il maîtrisa sa nervosité et attendit.

L'obajan fit rouler entre ses paumes épaisses la fiole contenant l'antidote du poison rare mélangé au chocolat. D'un regard de pierre, il observa les yeux de son serviteur, qui suivaient tous ses gestes. Mais l'homme angoissé cacha son désespoir. Il garda son calme et ne supplia pas son maître.

Les lèvres de l'obajan s'écartèrent dans un sourire.

— Tu as bien travaillé.

Il lui tendit la fiole, colorée en vert, le symbole de la vie. L'homme qui s'était fait appeler Janaio de LaMut prit la promesse de grâce dans ses mains tremblantes, fit sauter le cachet de cire, et but d'un trait le liquide amer. Puis il sourit lui aussi.

Une seconde plus tard, son expression se figea. La peur le toucha, puis une sorte de spasme d'incertitude. Il écarquilla les yeux au moment où une violente douleur le frappait dans l'abdomen, et il regarda vivement la fiole vide. Puis ses doigts perdirent toute force. Le flacon avec sa promesse de vie factice lui échappa et ses genoux se dérobèrent sous lui. Un gémissement s'échappa de ses lèvres et il tomba à terre, plié en deux.

— Pourquoi ?

Sa voix n'était plus qu'un croassement, brisée par les spasmes de l'agonie.

La réponse de l'obajan fut très douce :

— Parce qu'elle a vu ton visage, Kolos, tout comme ses conseillers. Et parce que cela répond aux besoins des hamoï. Tu meurs dans l'honneur, en servant le tong. Turakamu t'accueillera dans son palais avec un grand festin, et tu retourneras sur la Roue de la vie à une meilleure place.

L'homme trahi combattit son envie de se débattre dans son agonie. L'obajan fit remarquer froidement :
— Tes souffrances vont se terminer rapidement. Dès maintenant, ta vie s'enfuit :
Suppliant, le mourant roula des yeux pour tenter de voir le visage qui restait dans l'obscurité. Il s'efforça de prendre une inspiration étranglée et haletante.
— Mais... père...
L'obajan s'agenouilla et posa une main teinte en rouge sur le front de son fils.
— Tu fais honneur à ta famille, Kolos. Tu me fais honneur.
Sous la caresse, la peau en sueur frissonna une fois, puis deux, et devint flasque. Une puanteur monta alors que les muscles des intestins se détendaient dans la mort, et l'obajan se releva en soupirant.
— Et de toute façon, j'ai d'autres fils...
Le maître du tong hamoï fit un signal, et ses gardes vêtus de noir se rassemblèrent autour de lui. Rapidement, silencieusement, ils se glissèrent sur son ordre hors de l'entrepôt, laissant les morts sur place. Seul au milieu du carnage, invisible aux yeux des vivants, l'obajan prit un petit morceau de parchemin dans sa robe et le laissa tomber aux pieds de son fils assassiné. La chaîne en or sur le cadavre attirerait l'attention des charognards ; les corps seraient trouvés, leurs effets dérobés, et le papier referait surface lors d'une enquête ultérieure. Au moment où le chef du tong tournait les talons pour sortir, le sceau rouge et jaune de la maison Anasati tomba en voltigeant sur le plancher poisseux de sang frais.

La première douleur frappa Mara juste avant l'aube. Elle s'éveilla, roulée en boule, et étouffa un petit cri. Hokanu s'éveilla en sursaut à côté d'elle. Ses mains inquiètes la trouvèrent immédiatement, pour la réconforter.
— Est-ce que tu vas bien ?
La sensation d'inconfort passa. Mara se souleva sur un coude et attendit. Rien ne se passa.
— Une crampe. Rien de plus. Je suis désolée de t'avoir dérangé.

Hokanu regarda son épouse dans la lumière grise de l'aube. Il caressa ses cheveux emmêlés, le sourire qui était absent depuis de si longues semaines relevant les coins de ses lèvres.

— Le bébé ?

Mara sourit de joie et de soulagement.

— Je pense. Peut-être qu'il m'a donné un coup de pied pendant que je dormais. Il est vigoureux.

Hokanu laissa sa main glisser du front de son épouse à sa joue, puis la posa doucement sur son épaule. Il fronça les sourcils.

— Tu sembles glacée

Mara haussa les épaules.

— Un peu.

L'inquiétude d'Hokanu s'accentua.

— Mais il fait chaud ce matin. (Il caressa à nouveau sa tempe.) Et ton visage est trempé de sueur.

— Ce n'est rien, répondit rapidement Mara. Je vais aller mieux.

Elle ferma les yeux, se demandant avec inquiétude si les boissons exotiques qu'elle avait goûtées la veille au soir avaient pu l'indisposer.

Hokanu perçut son hésitation.

— Laisse-moi appeler le guérisseur pour qu'il t'examine.

L'idée de l'intrusion d'un serviteur dans leur premier moment d'intimité depuis des semaines resta en travers de la gorge de Mara.

— J'ai déjà eu des enfants, mon époux. (Elle s'efforça d'adoucir la sécheresse de sa voix.) Je vais bien.

Mais elle n'eut aucun appétit au petit déjeuner. Consciente des yeux d'Hokanu fixés sur elle, elle bavarda et ignora le frisson brûlant qui, durant un instant, descendit le long de sa jambe comme un éclair de feu. Elle avait dû se pincer un nerf en s'asseyant, se dit-elle. L'esclave qui lui avait servi de goûteur avait semblé en bonne santé lorsqu'il avait apporté les plateaux. Quand Jican arriva avec ses ardoises, elle se plongea dans les rapports commerciaux, heureuse finalement que l'épisode de la crampe ait apparemment banni la distance entre Hokanu et elle. Il passa la voir par deux fois, alors qu'il revêtait son armure pour son entraînement matinal avec Lujan, et quand il revint de son bain.

Trois heures plus tard, la douleur revint en force. Les guérisseurs se précipitèrent auprès de leur dame alors qu'elle était transportée, haletante, jusqu'à sa natte de couchage. Hokanu laissa à moitié écrite la lettre qu'il adressait à son père pour se précipiter à son chevet. Il resta près d'elle, les mains entrelacées aux siennes, gardant parfaitement son calme pour que sa peur n'ajoute pas à la détresse de son épouse. Mais les remèdes de l'herboriste et les massages ne soulagèrent pas Mara. Son corps se tordait, saisi de contractions, trempé de sueur par les crampes et la souffrance. Le guérisseur posa les mains sur son ventre et hocha gravement la tête vers son assistant.

— L'heure est venue ? demanda Hokanu.

Il reçut pour réponse un hochement de tête affirmatif alors que le guérisseur continuait ses soins, et que l'assistant se tournait vivement pour envoyer le coursier de Mara chercher la sage-femme le plus rapidement possible.

— Si tôt ? demanda Hokanu. Tu es sûr que tout va bien ?

Le guérisseur releva les yeux avec un air exaspéré. Sa révérence n'était qu'un hochement de tête superficiel.

— Cela arrive, seigneur consort. Maintenant, je vous prie, laissez votre dame à son travail et faites venir ses servantes. Elles sauront mieux que vous ce dont elle a besoin pour être installée confortablement. Si vous ne pouvez pas rester tranquille ou trouver une diversion, demandez aux cuisiniers de préparer de l'eau bouillante.

Hokanu ignora les ordres du guérisseur. Il se pencha, embrassa la joue de son épouse et murmura à son oreille :

— Ma courageuse dame, les dieux savent sûrement combien je te chéris. Ils te garderont saine et sauve et rendront la naissance facile, ou les cieux me répondront de leur échec. Ma mère a toujours dit que les bébés de sang shinzawaï étaient toujours impatients de naître. Le nôtre ne semble pas différent.

Mara répondit à sa gentillesse en lui serrant la main, avant que les doigts de son époux ne lui soient arrachés par des servantes qui, devant les directives qu'aboyait le guérisseur, poussaient fermement le consort des Acoma hors de ses propres appartements.

Hokanu regarda son épouse jusqu'au dernier instant, alors que les cloisons étaient refermées. Puis, abandonné à lui-même dans le couloir, il se demanda s'il allait demander du vin. Mais il changea immédiatement d'idée quand il se rappela que Mara lui avait une fois raconté que sa brute de premier époux s'était enivré à mort lors de la naissance d'Ayaki. Nacoya avait dû gifler le mufle pour le dégriser et lui annoncer la bonne nouvelle de la naissance de son fils.

L'événement devait se fêter, certainement, mais Hokanu ne voulait pas raviver chez Mara un souvenir malheureux en arrivant près d'elle avec une haleine empestant l'alcool. Il fit alors les cent pas, incapable de penser à une diversion appropriée. Il ne pouvait pas s'empêcher d'écouter avidement tous les bruits qui s'échappaient de derrière les cloisons fermées, pour tenter de les identifier. Les pas précipités ne lui apprenaient rien, et devant ce silence, il s'inquiétait de ce que Mara pouvait endurer. Il se maudit et enragea intérieurement de ne pas avoir sa place dans les mystères de la naissance. Puis ses lèvres se tordirent en un demi-sourire, quand il se dit que cette affreuse et impossible frustration de ne pas savoir devait être très proche de ce qu'une épouse ressent quand son mari part sur le champ de bataille.

Finalement, son attente fut interrompue quand Lujan, Saric, Incomo et Keyoke arrivèrent de la haute salle, où Mara n'était pas parue pour le conseil du matin. Un simple regard vers un Hokanu bouleversé, et Incomo comprit ce qu'aucun serviteur n'avait pris le temps de leur dire.

— Comment va dame Mara ? demanda-t-il.

— Ils disent que l'enfant arrive.

Keyoke prit un visage de marbre pour masquer son inquiétude, et Lujan secoua la tête.

— C'est tôt.

— Mais cela arrive de temps en temps, se hâta d'ajouter Incomo pour les rassurer. Les bébés ne naissent pas selon une règle absolue. Mon fils aîné est né à huit mois. Il a grandi, est devenu un homme fort et en bonne santé, et n'a jamais semblé avoir le moindre problème.

Mais Saric restait trop immobile. Il ne lança pas son habituel trait d'esprit qui aidait à détendre l'atmosphère quand l'inquiétude énervait trop ses compagnons. Il regarda Hokanu avec des yeux sombres et prudents et ne dit absolument rien. Ses pensées revenaient sans cesse, sinistrement, à un marchand qui portait de l'or comme s'il n'avait aucune valeur.

Les heures passèrent. Les conseillers de Mara négligèrent leurs devoirs et restèrent à attendre. Ils demeuraient ensemble, apportant leur soutien tacite à Hokanu, patientant dans la pièce plaisante réservée aux méditations de la dame. De temps en temps, Keyoke ou Lujan envoyait un domestique porter un ordre à la garnison, ou Jican transmettait des messages à Saric pour avoir une réponse. La journée devenait de plus en plus chaude, et quand les domestiques apportèrent le déjeuner à la demande d'Hokanu, personne ne parut avoir faim. L'état de Mara ne semblait pas s'améliorer, et alors que l'après-midi s'étirait vers la soirée, même Incomo se retrouva à court de platitudes.

Personne ne pouvait plus nier l'évidence : l'accouchement de Mara se révélait très difficile. Plusieurs fois, des gémissements sourds et des pleurs résonnèrent dans le couloir, mais le plus souvent, les gens qu'aimaient Mara n'entendaient que le silence. Le soir tomba, et des domestiques entrèrent sans un bruit pour allumer les lampes. Jican rejoignit le groupe, de la poussière de craie sur les mains, et admit avec un temps de retard qu'il ne lui restait plus aucun rouleau comptable à vérifier.

Hokanu s'apprêtait à lui offrir quelques paroles de sympathie amicale quand le hurlement de Mara déchira l'air comme un coup d'épée.

Il se tendit, puis se retourna sans un mot et partit en courant dans le couloir. L'entrée de la chambre de sa dame était à demi ouverte ; si elle ne l'avait pas été, il aurait déchiré la cloison. Derrière la porte, illuminées par la clarté des lampes, deux sages-femmes tenaient son épouse convulsée de douleur. La peau blanche de ses poignets et de ses épaules était rougie par des heures de tourments.

Nauséeux, Hokanu prit une inspiration terrifiée. Il vit le guérisseur à genoux, au pied de la natte de couchage, les mains ensanglantées. La panique arracha l'herboriste à sa concentration lorsqu'il leva le regard pour demander à son assistant des linges froids, et qu'il vit qui se tenait au-dessus de lui.

— Maître, vous ne devriez pas être ici !

— Je ne serai nulle part ailleurs, rétorqua Hokanu du ton qu'il aurait utilisé pour donner des ordres à ses troupes. Explique-moi ce qui va mal. Immédiatement !

— Je...

Le guérisseur hésita, puis abandonna toute tentative de discours quand le corps de la dame s'arqua dans ce qui ressemblait à un spasme d'agonie.

Hokanu se précipita immédiatement aux côtés de Mara. Il repoussa de l'épaule une sage-femme fatiguée, attrapa le poignet de Mara qui se débattait, et pencha son visage au-dessus du sien.

— Je suis là. Calme-toi. Tout ira bien, je te le promets sur ma vie.

Elle réussit à hocher la tête entre deux contractions. Ses traits étaient déformés par la douleur, sa peau cendreuse et luisante de sueur. Hokanu retint son regard avec le sien, autant pour la rassurer que pour ne pas voir les dommages pour lesquels il ne pouvait rien faire. Il devait faire confiance au guérisseur et aux sages-femmes pour bien faire leur métier, même si sa dame bien-aimée semblait inondée par son propre sang. Les draps remontés sur ses hanches étaient trempés, écarlates. Hokanu avait vu, mais ne s'était pas encore permis d'admettre la réalité, ce que les serviteurs en larmes avaient été trop lents à dissimuler : un minuscule corps bleu et inerte, qui gisait comme un chiffon entre les pieds de Mara. Si cela avait jamais été un enfant, ce n'était plus maintenant qu'un morceau de chair déchiré, meurtri et sans vie.

La colère envahit Hokanu à l'idée que personne n'avait osé lui dire ce qui s'était passé, que son fils et celui de Mara était mort-né.

La contraction passa. Mara retomba inerte dans ses bras, et il la serra tendrement contre lui. Elle était si épuisée qu'elle gisait là, les yeux fermés, cherchant à reprendre son souffle et n'entendant plus rien. Ravalant sa douleur comme un charbon ardent, Hokanu tourna un regard mauvais vers le guérisseur.

— Mon épouse ?

Le serviteur secoua silencieusement la tête. Dans un murmure, il avoua :

— Envoyez votre messager le plus rapide à Sulan-Qu, mon seigneur. Faites venir un prêtre de Hantukama, car... (Le chagrin ralentit sa voix alors qu'il terminait sa phrase :) Je ne peux rien faire d'autre. Votre épouse se meurt.

7

LE COUPABLE

Le messager fit un écart.

Se souciant à peine d'avoir failli être renversé, Arakasi s'arrêta net sur la route. Le soleil était haut dans le ciel, trop proche du zénith pour qu'un messager acoma se déplace avec une telle hâte à moins que sa mission ne soit urgente. Arakasi fronça les sourcils lorsqu'il se rappela l'expression sinistre du courrier. Prenant immédiatement sa décision, le maître espion fit demi-tour et se mit à courir en direction de Sulan-Qu.

Arakasi avait le pied agile, et était habillé comme le coursier d'un petit commerçant. Mais il lui fallut tout de même plusieurs minutes pour rattraper le messager, et malgré ses questions frénétiques l'homme ne ralentit pas l'allure.

— Oui, je porte un message de la maison Acoma, répondit le messager. Son contenu n'est pas ton affaire.

Luttant contre la chaleur, la route creusée d'ornières et poussiéreuse, et l'effort qu'il lui fallait déployer pour suivre un homme qui ne souhaitait pas être retardé, Arakasi ne perdit pas de terrain. Il étudia les yeux étroits du messager, son nez épaté et son large menton et retrouva le nom de l'homme dans sa mémoire.

— Hubaxachi, fit-il après une pause. Je suis un serviteur fidèle de Mara, et c'est certainement mon affaire de savoir quelle urgence te fait courir vers Sulan-Qu sous le soleil de midi. La dame ne demande pas à ses courriers de risquer un coup de chaleur sur un caprice. Il y a donc un problème.

Le courrier le regarda, ébahi. Il reconnut enfin Arakasi, l'un des proches conseillers de Mara, et ralentit pour prendre un petit trot.

— Vous ! s'exclama-t-il. Comment aurais-je pu vous reconnaître sous ce costume ? Vous portez les couleurs de l'association des marchands des Keschaï !

— Ne t'occupe pas de cela, rétorqua sèchement Arakasi, à court de patience et de souffle. (Il arracha le bandeau qui avait trompé le serviteur.) Dis-moi ce qui se passe.

— C'est la maîtresse, haleta le messager. L'accouchement s'est mal passé. Son fils n'a pas vécu. (Il sembla rassembler ses forces avant de prononcer la phrase suivante.) Elle souffre d'une grave hémorragie. On m'a envoyé chercher un prêtre d'Hantukama.

— Déesse de la miséricorde ! faillit crier Arakasi.

Il fit demi-tour et courut ventre à terre vers le manoir des Acoma. Le bandeau qui avait complété son déguisement voletait, oublié, dans son poing.

Si l'on avait envoyé le courrier le plus rapide de la dame chercher un prêtre d'Hantukama, cela signifiait que Mara était mourante.

Une brise agitait les rideaux, et les serviteurs marchaient sur la pointe des pieds. Assis au chevet de Mara, le visage impassible pour masquer son angoisse, Hokanu aurait préféré affronter les épées d'un millier d'ennemis plutôt que de se reposer sur l'espoir, la prière, et les caprices incertains des guérisseurs. Il refusait de penser à l'enfant mort-né, à ce petit corps bleu torturé par la mort. Le bébé était perdu, parti rejoindre Turakamu sans même avoir respiré. Sa dame vivait encore, mais à peine.

Son visage avait la pâleur de la porcelaine, et les bandages et les compresses froides que les sages-femmes utilisaient pour tenter de diminuer l'hémorragie semblaient n'avoir aucun effet. Le lent flux écarlate continuait à s'écouler, inexorablement. Hokanu avait vu des blessures fatales sur les champs de bataille qui l'avaient moins inquiété que cette tache rampante et insidieuse, qui se renouvelait chaque fois que l'on changeait les bandages.

Il se mordait les lèvres, plongé dans un désespoir silencieux, sans avoir conscience de la lumière du soleil ou des appels de corne de la péniche de dépêches, qui apportait les nouvelles de Kentosani.

— Mara, chuchota doucement Hokanu, pardonne à mon cœur entêté.

Bien qu'il ne soit pas extrêmement pieux, il croyait, comme on l'enseigne dans les temples, que le wal, l'esprit intérieur, enregistre ce que les oreilles et l'esprit conscient n'entendent pas. Il parlait comme si Mara était consciente et l'écoutait, même si elle était aussi immobile qu'une statue sur sa natte, plongée dans le coma.

— Tu es la dernière des Acoma, dame, parce que je n'ai pas voulu accéder à ta requête de libérer Justin de ses vœux, pour qu'il devienne ton héritier. Maintenant, je regrette mon égoïsme, et ma réticence à admettre le danger qui menace le nom des Acoma. (Hokanu marqua une pause pour maîtriser les tremblements de sa voix.) Moi qui t'aime, je n'ai pas pu concevoir un ennemi qui oserait t'atteindre, malgré ma protection, pour te frapper. Je n'avais pas pensé à la nature elle-même, ni aux périls de l'accouchement.

Les cils de Mara ne remuaient pas. Sa bouche ne tremblait ni ne souriait, et même le froncement de ses sourcils était absent. Hokanu passa les doigts dans ses cheveux noirs épars sur les oreillers de soie, et lutta contre une terrible envie de pleurer.

— Je parle officiellement, ajouta-t-il, et cette fois, sa voix le trahit. Vis, ma forte, ma belle dame. Vis, pour qu'un nouvel héritier des Acoma puisse prêter serment devant toi sur le natami de ta famille. Entends-moi, mon épouse bien-aimée. À partir de cet instant, je libère le fils de Kevin, Justin, de ses obligations envers la maison Shinzawaï. Il est à toi, pour fortifier le nom et l'héritage des Acoma. Vis, ma dame, et ensemble nous ferons d'autres fils pour l'avenir de nos deux maisons.

Les yeux de Mara ne s'ouvrirent pas à la nouvelle de sa victoire. Inerte sous la couverture, elle ne remua pas quand son époux inclina la tête et perdit finalement sa bataille contre les larmes. Pas plus qu'elle ne sursauta au bruit d'un pas presque silencieux et d'une voix de velours qui ajoutait :

— Mais elle a un ennemi qui ose les frapper, elle et l'enfant en son sein, de sang-froid.

Hokanu se tendit comme un ressort et se retourna pour se retrouver face à une silhouette sombre : Arakasi, récemment arrivé avec la péniche des dépêches, les yeux aussi impénétrables que l'onyx.

— De quoi parles-tu ?

La voix d'Hokanu était tranchante comme une lame. Il remarqua qu'Arakasi était poussiéreux, épuisé et en sueur, et que sa main tremblante serrait toujours son bandeau rouille et bleu.

— Il y a autre chose qu'une fausse couche difficile ?

Le maître espion parut rassembler toute son énergie. Puis, sans hésiter, il fit son rapport.

— Jican me l'a appris à mon arrivée. Le goûteur de Mara ne s'est pas réveillé de sa sieste, cet après-midi. Le guérisseur l'a vu et dit qu'il semble plongé dans le coma.

Un instant, Hokanu sembla un homme de verre, d'une vulnérabilité totale. Puis les muscles de sa mâchoire se contractèrent. Il parla, d'une voix aussi inflexible que l'acier barbare :

— Tu suggères que mon épouse a été empoisonnée ?

Maintenant, c'était Arakasi qui ne pouvait plus parler. La vue de Mara, gisante, immobile, l'avait anéanti et il ne put que hocher silencieusement la tête.

Hokanu pâlit, mais chaque parcelle de son corps paraissait calme lorsqu'il murmura :

— Un marchand d'épices d'au-delà de la Faille est venu hier offrir à Mara des concessions commerciales pour des boissons exotiques, fabriquées à partir d'herbes rares et de plantes venues de Midkemia.

Arakasi retrouva sa voix.

— Mara les a goûtées ?

Le consort laissa échapper un « oui » étranglé, et, d'un même geste, les deux hommes bondirent vers la porte.

— Les cuisines, haleta Hokanu alors qu'il renversait presque la sage-femme venue changer les compresses de Mara.

— C'est exactement ce à quoi je pensais, répondit Arakasi, faisant un écart pour éviter le coursier qui attendait à son poste dans le couloir. Y a-t-il la moindre chance pour que la vaisselle n'ait pas encore été lavée ?

Le manoir était immense, des pièces s'étant rajoutées les unes aux autres après des siècles de modes changeantes. Alors qu'Hokanu courait à perdre haleine dans le labyrinthe des couloirs des serviteurs, des arches et des petites volées d'escaliers, il se demandait comment Arakasi pouvait connaître le chemin le plus court jusqu'aux cuisines, puisqu'il était rarement au manoir. Et cependant, le maître espion choisissait sa route sans poser la moindre question au consort de Mara.

Quand les deux hommes traversèrent un hall à l'intersection de cinq couloirs entre les différentes ailes, Arakasi choisit sans se tromper la bonne porte. Hokanu oublia suffisamment son angoisse pour s'étonner.

Malgré son inquiétude, Arakasi le remarqua.

— Des cartes, haleta-t-il. Vous oubliez que cet endroit était autrefois la demeure du plus grand ennemi de Mara. Je serais un mauvais maître espion si je ne connaissais pas la disposition de la maison de cet homme. Il faut savoir dire aux agents à quelles portes écouter, sans mentionner la fois où l'assassin d'une guilde a reçu des instructions explicites lui indiquant quels serviteurs tuer...

Arakasi s'arrêta dans l'évocation de ses souvenirs, les yeux assombris par la réflexion.

— Qu'y a-t-il ? demanda Hokanu alors qu'ils couraient le long d'un portique dallé, dont les rideaux de soie s'agitaient au souffle de leur passage. À quoi penses-tu ? Je sais que cela a un rapport avec Mara.

Arakasi secoua la tête, dans un geste de dénégation haché.

— J'ai eu une intuition. Quand je pourrai la prouver, je vous en dirai plus.

Respectant les compétences d'Arakasi, Hokanu ne le poussa pas à lui donner une réponse. Il mit tout son cœur et toute son énergie dans sa course, atteignant les cuisines un demi-pas avant le maître espion.

Les domestiques étonnés levèrent les yeux des mets qu'ils préparaient. Les yeux écarquillés, ils reconnurent leur maître essoufflé et se prosternèrent immédiatement sur le sol.

— Je suis à vos ordres, seigneur, cria le chef cuisinier, en appuyant le front sur les carreaux du sol.

— Les plats, les tasses, haleta Hokanu d'une voix hachée. Toute la vaisselle que ma dame a utilisée quand le marchand d'épices étranger était ici. Sortez tout, pour que le guérisseur puisse les inspecter.

La nuque du chef cuisinier pâlit.

— Maître, murmura-t-il, j'ai déjà échoué et je ne peux satisfaire votre requête. Les tasses et les plats d'hier ont été nettoyés et rangés, comme d'habitude, au coucher du soleil.

Arakasi et Hokanu échangèrent des regards angoissés et désespérés. Tous les détritus qui n'avaient pas été jetés aux jiga avaient sûrement été brûlés, pour ne pas attirer les insectes.

Il ne restait aucune trace de la variété de poison que le marchand d'épices midkemian avait utilisée. S'ils ne parvenaient pas à découvrir quelle potion avait frappé Mara, ils n'auraient aucun espoir de trouver un antidote.

Sachant instinctivement qu'Hokanu était sur le point de se lancer dans un acte explosif et inutile, Arakasi l'agrippa fortement par les épaules.

— Écoutez-moi ! s'écria le maître espion d'une voix qui fit trembler les domestiques agenouillés sur le sol. Elle se meurt, oui, et le bébé est mort, mais tout n'est pas perdu !

Hokanu ne dit rien, mais son corps restait aussi tendu qu'une corde d'arc entre les mains d'Arakasi.

Plus doucement, le maître espion continua :

— Ils ont utilisé un poison lent...

— Ils voulaient qu'elle souffre ! cria Hokanu dans son angoisse. Ses meurtriers voulaient que nous la regardions tous mourir, impuissants.

Risquant un terrible châtiment, car il posait les mains sur un noble et provoquait un homme très prêt de craquer sous l'effet de la fureur et de la souffrance, Arakasi secoua rudement le maître.

— Oui et oui ! cria-t-il à son tour. Et c'est justement cette cruauté qui va lui sauver la vie !

Il avait maintenant capté l'attention d'Hokanu ; et il savait qu'une grande partie de la rage du guerrier était dirigée contre lui. En sueur, conscient du danger qu'il courait, Arakasi continua :

— On ne pourra pas trouver de prêtre d'Hantukama à temps. Le plus proche...

Hokanu l'interrompit.

— L'hémorragie l'emportera bien avant que le poison ait fini d'agir.

— Que les dieux la prennent en pitié... Mais non ! fit brutalement Arakasi. J'ai parlé avec la sage-femme quand je suis arrivé. Elle a envoyé un messager au temple de Lashima pour avoir des feuilles et des fleurs de couronne d'or. Un cataplasme de cette plante arrêtera l'hémorragie. Cela nous laisse une petite marge de temps pour retrouver le marchand d'épices.

La raison revint dans les yeux d'Hokanu, mais sa voix ne s'adoucit pas :

— Ce marchand avait des porteurs barbares.

Arakasi hocha la tête.

— Il s'habillait aussi avec ostentation. Tout cet or aura sûrement attiré l'attention.

Malgré son immense inquiétude, Hokanu montra de la surprise.

— Comment le sais-tu ? Tu as rencontré l'homme sur la route ?

— Non. (Arakasi rendit un sourire rusé au consort de Mara en le lâchant.) J'ai entendu les commérages des serviteurs.

— Est-ce qu'il t'arrive de manquer des détails ? demanda l'époux de Mara, stupéfait.

— Souvent, pour mon éternelle frustration.

Embarrassé, Arakasi jeta un regard vers le sol, le maître et lui se souvenant à cet instant que les domestiques de la cuisine étaient toujours prosternés à leurs pieds.

— Pour l'amour des dieux ! s'exclama Hokanu. Relevez-vous tous et reprenez votre travail. Vous n'êtes pas responsables du malheur de votre maîtresse.

Alors que les esclaves et les serviteurs se levaient et reprenaient leurs tâches autour des planches à découper et des broches, Arakasi tomba à genoux devant Hokanu.

— Maître, je vous demande officiellement la permission de poursuivre ce marchand d'épices étranger, pour trouver un antidote pour ma dame Mara.

Hokanu lui répondit par le bref hochement de tête qu'un commandant peut donner à un guerrier sur le champ de bataille.

— Va, et ne perds plus de temps en révérences, Arakasi.

Le maître espion fut sur ses pieds en un clin d'œil et courut jusqu'à la porte. Ce n'est que lorsqu'il l'eut franchie et qu'il se fondit dans l'ombre du couloir, que son contrôle rigide lui échappa. Extrêmement anxieux, il envisagea les autres facettes de la situation qu'il n'avait pas expliquées à Hokanu.

Le marchand d'épices avait été très voyant, avec ses porteurs barbares et ses bijoux ostentatoires ; et ce n'était certainement pas par hasard. Un homme né sur Kelewan n'aurait jamais porté sans une excellente raison du métal sur une route publique. Arakasi savait déjà que la piste de l'homme serait facile à suivre ; car il avait l'intention qu'on le suive... Le maître espion ne découvrirait que ce que le maître de cet homme voulait bien qu'il trouve, et l'antidote pour Mara ne ferait pas partie de ces informations.

Sous le portique entre la haute salle et les escaliers menant aux quartiers des domestiques, le maître espion de Mara se mit à courir. Il avait déjà un soupçon : il s'attendait à trouver les cadavres du marchand d'épices et de ses porteurs...

Dans une minuscule pièce en triangle du grenier, Arakasi ouvrit un coffre. Les charnières de cuir grincèrent quand il reposa le couvercle contre le mince mur de plâtre. Il fouilla dans le coffre, à la recherche des robes colorées au hwaet d'un prêtre itinérant d'Alihama, une déesse mineure protégeant les voyageurs. Le tissu était souillé de vieilles taches de graisse et de poussière de la route. Rapidement, le maître espion de Mara passa la tunique sur ses épaules nues, et attacha les cordelettes et les boutons. Puis il extirpa de la malle une paire de sandales usées, une ceinture rayée violette, et un long chaperon orné de pompons. Il choisit enfin un encensoir de céramique, où étaient suspendues des clochettes d'argile munies d'un battant en corde.

Son déguisement de prêtre d'Alihama était maintenant complet ; mais en tant que maître espion, il y ajouta plusieurs précieux couteaux de lancer, chacun parfaitement équilibré et aussi mince qu'un rasoir. Il en cacha cinq dans sa large ceinture de tissu ; les deux derniers furent glissés entre les semelles de ses sandales en cuir de needra, sous une rangée de faux points.

Quand il franchit le seuil de sa minuscule chambre à coucher, il prit une longue démarche chaloupée, et regarda attentivement autour de lui alors qu'il descendait les escaliers. L'un de ses yeux semblait loucher.

Lorsqu'il sortit du manoir, sa transformation était si parfaite qu'Hokanu faillit le manquer. Mais la ceinture large et voyante attira l'attention de l'héritier des Shinzawaï, et comme il n'avait vu aucun prêtre d'Alihama nourri dans les cuisines, il comprit avec un sursaut d'étonnement qu'Arakasi avait presque réussi à se glisser devant lui sans qu'il le remarque.

— Attends ! appela-t-il.

Le maître espion ne se retourna pas mais continua à avancer d'un pas traînant vers l'embarcadère, avec l'intention d'attraper la prochaine barge de dépêches vers Kentosani.

Ayant revêtu les grandes bottes et les chausses étroites que les Midkemians portent quand ils montent à cheval, Hokanu dut courir de façon assez inconfortable pour rattraper le maître espion. Il lui saisit l'épaule... et bondit brusquement en arrière dans une esquive d'escrimeur, quand l'homme virevolta à son contact, presque trop rapidement pour un être humain.

Arakasi éloigna la main de sa ceinture. Il plissa les yeux, louchant en direction d'Hokanu, et ajouta d'une voix de velours :

— Vous m'avez surpris.

— C'est ce que je vois. (Un peu maladroit, ce qui ne lui était pas habituel, Hokanu fit un geste en direction de la robe de prêtre.) Les péniches et la marche sont trop lentes. Je viens avec toi, et nous prendrons tous les deux des chevaux.

Le maître espion se raidit.

— Votre place est aux côtés de votre dame.

— Je le sais parfaitement. (Hokanu était angoissé, et sa main triturait la cravache de cuir passée dans sa ceinture.) Mais que puis-je faire ici, si ce n'est la regarder dépérir peu à peu ? Non. Je viens.

Il ne dit pas ce qui était présent à l'esprit des deux hommes : Arakasi était un serviteur des Acoma. En tant que consort de Mara, Hokanu n'était pas légalement son maître ; la loyauté d'Arakasi ne lui était pas due.

— J'en suis réduit à te le demander, dit-il d'une voix chagrinée. Je t'en prie, permets-moi de t'accompagner. Pour le bien de notre dame, laisse-moi t'aider.

Les yeux sombres d'Arakasi évaluèrent Hokanu sans pitié, puis se détournèrent.

— Je vois ce que cela vous ferait si je refusais votre requête, répondit-il tranquillement. Vous pouvez venir si vous le désirez, mais vous jouerez le rôle de mon acolyte.

Hokanu rétorqua d'une voix tranchante :

— Hors de ce domaine, combien de personnes ont-elles vu un cheval des terres barbares de l'autre côté de la Faille ? Penses-tu que quelqu'un s'amusera à observer les cavaliers ? Au moment où ils auront fini de regarder les bêtes, nous serons déjà passés dans un grand nuage de poussière.

— Très bien, reconnut Arakasi, bien que l'incongruité entre son costume et le moyen de transport préféré d'Hokanu l'inquiétât.

Il suffirait d'un homme intelligent qui relie son visage à celui d'un prêtre qui ne suivait pas les règles de son ordre et montait une créature d'au-delà de la Faille, pour que tout son ouvrage soit compromis. Mais quand il considéra les risques que courait Mara, il comprit qu'il aimait sa maîtresse plus que son travail, plus que sa propre vie.

Si elle mourrait, son pari pour l'avenir et la création d'un empire meilleur et plus fort ne serait plus que poussière.

Sur une intuition, il proposa :

— Si vous le voulez, mon seigneur. Mais vous m'attacherez à la selle, et vous me conduirez devant vous comme un prisonnier.

Hokanu, qui se dirigeait d'un pas vif vers les écuries, lança un regard surpris par-dessus son épaule.

— Quoi ? Pour ton honneur, je ne te ferai jamais subir un tel traitement !

— Vous le ferez. (Arakasi le rejoignit d'un pas. Il louchait encore ; il semblait qu'aucune distraction ne pouvait lui faire quitter son déguisement.) Vous le devez. J'aurai besoin de ces robes de prêtre plus tard. Nous devons donc adapter les circonstances pour qu'elles conviennent à la situation. Je suis un prêtre qui a été assez déloyal pour essayer de voler, alors qu'on lui accordait l'hospitalité. Vos domestiques m'ont surpris. Je suis renvoyé à Kentosani pour être livré à la justice du temple.

— C'est assez plausible. (Hokanu congédia d'un geste impatient le serviteur qui se hâtait d'ouvrir le portail et escalada la clôture pour gagner du temps.) Mais ta parole est suffisante. Je ne t'attacherai pas.

— Vous m'attacherez, répéta Arakasi, en souriant légèrement. À moins que vous ne vouliez vous arrêter six fois par lieue pour me ramasser dans la poussière. Maître, j'ai porté tous les costumes de l'empire, et même plusieurs déguisements étrangers à Tsuranuanni, mais aussi sûrement que les dieux aiment la perversité, je n'ai jamais tenté de chevaucher un animal. Cette perspective me terrifie.

Ils avaient atteint la cour où, suivant les ordres d'Hokanu, un citoyen midkemian libre attendait avec deux chevaux sellés et prêts à être montés. L'un était un gris robuste, l'autre un alezan, et bien qu'ils soient moins fougueux que le hongre d'un noir luisant qui avait appartenu à Ayaki, Hokanu vit qu'Arakasi observait les créatures avec appréhension. Malgré son inquiétude pour Mara, il remarqua aussi que le strabisme du maître espion restait aussi prononcé qu'auparavant.

— Tu mens, l'accusa le Shinzawaï, d'une voix affectueuse qui effaçait le sens insultant de ses paroles. Tu as de l'eau glacée à la place du sang, et si tu n'étais pas aussi inapte au maniement de l'épée, tu aurais fait un formidable commandant d'armée.

— Allez chercher de la corde, répondit succinctement Arakasi. Je vais vous apprendre comment les marins font des nœuds, maître Hokanu. Et pour notre bien à tous les deux, j'espère que vous saurez les serrer.

Les chevaux partirent au galop dans un bruit de tonnerre, la poussière s'élevant en nuage dans l'air de midi. La circulation sur la route souffrit de leur passage. Les needra tirant des chariots de marchandises s'ébrouèrent et firent des écarts de toutes leurs six pattes pour se hisser sur la sécurité du bas-côté. Leurs conducteurs hurlaient de rage, puis de crainte respectueuse, lorsque les créatures à quatre pattes venues de l'autre côté de la Faille les dépassaient à vive allure. Les messagers bondissaient sur le côté, les yeux écarquillés, les caravanes des marchands brisaient leur formation, les charretiers et les maîtres de route étaient aussi éberlués que les fermiers.

— Vous n'avez jamais fait sortir ces créatures du domaine ? demanda Arakasi d'une voix tendue.

Attaché par les poignets au pommeau de la selle et par les chevilles à une corde qui passait sous le ventre de sa monture, il endurait un inconfort indescriptible alors qu'il tentait de garder son assise et sa dignité. Sa robe de prêtre flottait comme un drapeau autour de sa ceinture, et l'encensoir lui battait le mollet à chaque pas.

— Essaie de te détendre, lui suggéra Hokanu, voulant se montrer secourable.

Il était assis sur sa selle avec une grâce fluide, ses cheveux sombres volant au vent et ses mains tenant fermement les rênes. Il ne ressemblait pas à un homme tourmenté par des ampoules dans des endroits que l'on ne nomme pas. S'il n'avait pas été aussi inquiet pour son épouse, il aurait pu apprécier le chaos que les animaux exotiques semaient sur la route.

— Comment sais-tu où commencer les recherches à Kentosani ? demanda Hokanu alors qu'ils ralentissaient le long d'une étendue boisée, pour laisser respirer les chevaux.

Arakasi ferma les yeux, endurant stoïquement les secousses quand son hongre répondit à la traction sur les rênes et passa d'un petit galop à un long trot, puis finalement à un pas plus tranquille. Le maître espion soupira, écarta l'encensoir de sa cheville meurtrie, et lança un regard de côté qui en disait long. Mais sa voix ne contenait aucune nuance d'écœurement lorsqu'il répondit à la question d'Hokanu :

— La Cité sainte est le seul endroit de l'empire où habitent déjà des Midkemians, et où des Thurils et même des hommes du désert se promènent en costume indigène. Je pense que notre marchand d'épices a voulu être voyant, puis a cherché à dissimuler sa piste pour qu'elle devienne plus difficile à suivre, afin que nous le retrouvions, mais pas trop tôt. Je pense qu'il a un maître qui lui a donné des instructions concernant votre dame, et que cet homme, cet ennemi, ne voulait pas garder cette manœuvre secrète.

Le maître espion n'ajouta pas une seconde supposition, plus révélatrice. Il préférait ne pas exprimer ses soupçons tant qu'il n'aurait pas de preuve. Les deux hommes chevauchaient en silence, sous le feuillage de grands ulo. Des oiseaux se réfugiaient dans les branches à la vue et à l'odeur des bêtes étrangères. Les chevaux commencèrent par donner des coups de queue pour chasser les mouches, puis les ignorèrent.

L'aisance d'Hokanu en selle était en profonde contradiction avec les émotions qui l'agitaient. À chaque virage de la route, sous les ombres de chaque arbre, il imaginait des dangers. Des souvenirs le hantaient, le visage pâle de Mara sur l'oreiller, ses mains anormalement immobiles sur la couverture... Souvent, il se sermonnait, se disant que cette inquiétude lui faisait gaspiller son énergie, mais il ne pouvait pas contrôler ses pensées. Son tempérament de guerrier s'énervait devant sa quasi-impuissance, car il ne pouvait que fournir des chevaux pour accélérer la mission d'Arakasi. Le maître espion était compétent dans son art ; Hokanu était presque certain qu'un compagnon le dérangeait dans son travail. Mais il savait que s'il était resté au manoir, le spectacle de Mara pâle et inerte l'aurait plongé dans une rage noire. Il aurait rassemblé des guerriers et marché sur Jiro, envoyant au diable le décret de l'Assemblée. Un froncement de sourcils lui barrait le front. Même maintenant, il devait se retenir pour ne pas saisir sa cravache et en frapper l'animal qu'il chevauchait. Pour donner libre cours à sa rage intérieure, son sentiment de culpabilité et sa souffrance, il aurait fait galoper l'animal jusqu'à ce qu'il s'écroule d'épuisement.

— Je suis heureux que vous soyez avec moi, dit soudain Arakasi.

Hokanu chassa ses pensées déplaisantes et vit le regard énigmatique du maître espion fixé sur lui. Il attendit, et après un intervalle de temps rempli par le bruissement du vent dans les arbres, Arakasi s'expliqua :

— Avec vous à mes côtés, je ne peux pas me permettre d'être négligent. Cette responsabilité accrue va me permettre de me maîtriser, alors que pour la première fois de ma vie, j'éprouve le besoin de me montrer téméraire. (Fronçant les sourcils, absorbé dans ses pensées, Arakasi regarda ses mains liées. Il plia les doigts, mettant les nœuds à l'épreuve.) Mara est spéciale pour moi. J'éprouve envers elle des sentiments que je n'ai jamais ressentis pour mon ancien maître, même quand sa maison a été anéantie par ses ennemis.

Surpris, Hokanu répondit :

— Je ne savais pas que tu avais servi une autre maison.

Se rendant compte qu'il venait de laisser échapper une confidence, Arakasi haussa les épaules.

— J'ai initialement construit mon réseau pour le seigneur des Tuscaï.

— Ah, acquiesça Hokanu. (*Cela explique bien des choses*, pensa-t-il.) Alors tu es entré au service des Acoma en même temps que Lujan et les autres anciens guerriers gris ?

Le maître espion hocha la tête, ses yeux intenses suivant chaque nuance de l'attitude du consort de Mara. Il sembla arriver à une décision intérieure.

— Vous partagez ses rêves...

De nouveau, Hokanu fut étonné. Cet homme avait une acuité d'esprit presque dérangeante.

— Je veux un empire libéré de l'injustice, du meurtre autorisé et de l'esclavage, si c'est à cela que tu penses.

Les chevaux continuaient à avancer, semant la confusion dans une caravane qui approchait. Les charretiers et l'homme qui menait les bêtes d'une carriole de cuisine commencèrent à crier et à les désigner du doigt. La réponse tranquille d'Arakasi se détacha sans effort sur le vacarme ambiant :

— Sa vie est bien plus importante que les nôtres. Si vous continuez avec moi, maître, vous devez comprendre ceci : pour elle, je mettrai votre vie en danger aussi impitoyablement que la mienne.

Conscient que d'une façon ou d'une autre le maître espion laissait parler son cœur et qu'il éprouvait des difficultés à partager des confidences, Hokanu ne tenta pas de répondre directement.

— Il est temps de reprendre de la vitesse.

Il talonna les flancs de son hongre, et lança les deux montures au petit galop.

Les ruelles malfamées de Kentosani empestaient les détritus et le ruissellement des pots de chambre des pauvres. Le maître espion et le seigneur shinzawaï avaient laissé les chevaux aux soins d'un propriétaire d'auberge tremblant, qui s'était incliné et avait balbutié qu'il était indigne de s'occuper de bêtes aussi rares. Son visage exprimait une terreur absolue lorsque les deux hommes étaient partis. L'agitation que la présence des chevaux avait provoquée parmi le personnel de l'auberge avait masqué le départ d'Arakasi et d'Hokanu. Tous les domestiques et tous les clients s'étaient précipités dehors, pour regarder et désigner du doigt les chevaux midkemians, alors que les garçons d'écurie habitués aux placides needra éprouveraient les pires difficultés à maîtriser ces animaux beaucoup plus vifs.

Dans un changement de rôles ironique, le maître espion avait maintenant le dessus. Hokanu ne portait plus que son pagne, et jouait le personnage d'un pèlerin qui effectuait sa pénitence en servant de domestique à un prêtre, pour apaiser la divinité mineure qu'il avait offensée. Ils se fondirent dans la foule de l'après-midi.

À pied au lieu d'être porté dans un palanquin, et se trouvant pour la première fois de sa vie sans garde d'honneur, Hokanu commençait à comprendre combien la Cité sainte avait changé depuis que l'empereur avait mis fin au Grand Conseil et pris le pouvoir absolu. Les grands seigneurs et les grandes dames ne voyageaient plus accompagnés d'une forte escorte de guerriers, car maintenant des gardes blancs impériaux patrouillaient dans les rues pour maintenir l'ordre. Alors que les quartiers centraux étaient généralement sûrs, bien qu'encombrés par la circulation – les chariots des fermiers, les processions des temples et les messagers pressés – les ruelles écartées plus sombres et plus étroites où vivaient les ouvriers et les mendiants, ou les ruelles puantes derrière les entrepôts sur les quais, n'étaient pas autrefois un endroit où un homme ou une femme pouvait s'aventurer sans escorte armée.

Cependant, Arakasi connaissait déjà de façon intime ces passages sombres, depuis bien avant l'abolition du titre de seigneur de guerre par Ichindar. Le maître espion suivait une route tortueuse passant sous des arches moussues, dans des ruelles circulant entre des bâtiments construits les uns contre les autres et où n'entrait pas la lumière du soleil. Il traversa même une fois le canal malodorant d'un collecteur couvert, bouché par les détritus.

— Pourquoi suivre une route aussi détournée ? demanda Hokanu lors d'une pause, alors qu'une meute hurlante de gamins des rues, lancée à la poursuite d'un chien famélique, les dépassait.

— L'habitude, avoua Arakasi.

Son encensoir fumant se balançait à la hauteur de ses genoux, l'encens permettant d'adoucir partiellement la puanteur du caniveau. Ils passèrent devant une fenêtre derrière laquelle une vieille femme toute ridée était assise, en train de peler des jomach avec un couteau à manche d'os.

— Cette auberge où nous avons laissé les chevaux est une maison assez honnête, mais les vendeurs de rumeurs s'y retrouvent pour échanger des nouvelles. Je ne voulais pas que l'on nous suive ; quand nous sommes partis, il y avait un domestique des Ekamchi sur nos traces. Il avait vu les chevaux à la porte principale et en avait déduit que nous appartenons à la maisonnée des Acoma ou des Shinzawaï.

— Nous l'avons semé ? demanda Hokanu.

Arakasi sourit légèrement, levant sa main fine pour faire un signe de bénédiction au-dessus de la tête d'un mendiant. L'homme roulait des yeux déments et marmonnait dans sa barbe, de toute évidence frappé de folie par les dieux. Avec un petit mouvement de corde qui fit tournoyer l'encensoir et obscurcit l'air de fumée, le maître espion répondit :

— Absolument, nous l'avons semé. Apparemment, il ne voulait pas salir ses sandales dans le puits à ordures que nous avons traversé il y a deux pâtés de maison. Il a fait le tour et nous a perdus de vue pendant une seconde...

— Durant laquelle nous sommes entrés dans le collecteur, conclut Hokanu, en riant doucement.

Ils passèrent devant la devanture aux volets fermés d'une boutique de tisserand, et s'arrêtèrent devant celle d'un boulanger, où Arakasi acheta un petit pain sur lequel il étala de la confiture de sâ en faisant des zigzags. Le vendeur qui s'occupait d'un autre client fit signe à son apprenti, qui laissa entrer le faux prêtre et le prétendu pénitent dans l'arrière-boutique isolée par un rideau. Quelques minutes plus tard, le vendeur lui-même parut. Il regarda attentivement les deux visiteurs et s'adressa finalement à Arakasi :

— Je ne t'avais pas reconnu sous ce déguisement.

Le maître espion lécha la confiture sur ses doigts, et répondit :

— Je veux des nouvelles, et je suis pressé. Un marchand d'épices vêtu de façon voyante, portant des bijoux de métal. Il avait des porteurs barbares. Peux-tu le trouver ?

Le boulanger essuya la sueur de sa mâchoire grasse.

— Si tu peux attendre jusqu'au crépuscule, quand nous donnons les restes de pâte aux petits mendiants, j'aurai une réponse pour toi.

Arakasi semblait irrité.

— Ce sera trop tard... Il faut que j'utilise ton messager.

Comme par magie, un morceau de parchemin apparut entre ses doigts. Peut-être que le maître espion l'avait caché durant tout le voyage dans sa manche, pensa Hokanu, mais il n'en était pas vraiment sûr.

— Il faut apporter ceci au fabricant de sandales du coin de la rue des Barils et de la ruelle des Tanneurs. Le propriétaire se nomme Chimichi. Dis-lui que ton gâteau brûle.

Le vendeur de pain semblait dubitatif.

— Fais-le ! murmura Arakasi d'une voix acide qui fit dresser les cheveux sur la nuque d'Hokanu.

Le boulanger leva des mains couvertes de farine, les paumes vers le ciel en signe de soumission, puis beugla pour faire venir son apprenti. Le garçon partit avec le morceau de parchemin, et durant toute son absence, Arakasi fit les cent pas comme un sarcat en cage.

Le cordonnier Chimichi se révéla être un homme mince et nerveux, dont les ancêtres venaient sûrement du désert, car il portait des pompons gras et des talismans sous sa robe. Ses cheveux plats tombaient sur ses yeux fuyants. Il arborait sur les mains des cicatrices qui auraient pu être provoquées par l'un de ses outils, mais plus probablement, pensa Hokanu d'après leur nombre et leur emplacement, elles avaient été infligées par les mains habiles d'un tortionnaire. L'homme se pencha pour franchir le rideau, clignant encore des yeux en quittant la lumière du soleil, un petit pain dans la main avec de la confiture étalée selon le même motif que celui d'Arakasi.

— Imbécile, siffla-t-il au prêtre. Tu risques ma couverture en m'envoyant un signal d'urgence comme cela, puis en me faisant venir ici. Le maître te fera brûler pour une telle négligence.

— Le maître ne le fera certainement pas, répondit sèchement Arakasi.

— C'est vous ! sursauta le cordonnier. Dieux, je ne vous avais pas reconnu dans ces haillons de prêtre. (Les sourcils de Chimichi se froncèrent dans une grimace digne de son héritage tsubar.) Qu'est-ce qui ne va pas ?

— Un certain marchand d'épices, arborant une chaîne d'or et accompagné de porteurs midkemians.

L'expression de Chimichi s'éclaira.

— Mort, répondit-il d'une voix atone. Ses porteurs avec lui. Dans un entrepôt du chemin des Vendeurs-de-Hwaet, si on peut faire confiance aux ragots du coupe-jarret qui a tenté de troquer des maillons de la chaîne contre des centis, chez les changeurs de monnaie. Qu'un tel homme se soit trouvé en possession d'or diminue le risque qu'il ait fabriqué son histoire de toutes pièces.

— La patrouille impériale est-elle déjà au courant pour les corps ? intervint Arakasi.

— Probablement pas. (Chimichi déposa son petit pain et essuya un doigt poisseux sur son tablier. Ses yeux fuyants et profondément enfoncés se tournèrent vers le maître espion.) Vous avez déjà vu un changeur de monnaie faire un rapport quand il n'y est pas obligé ? Les taxes sur les métaux ne sont pas légères, ces jours-ci, avec notre Lumière du Ciel qui a besoin d'augmenter les effectifs de son armée contre la menace des traditionalistes de la ligne dure.

Arakasi coupa les élucubrations de l'homme en levant la main.

— Les secondes comptent, Chimichi. Mon compagnon et moi allons nous rendre à cet entrepôt pour inspecter les cadavres. Ta tâche est de monter une diversion pour occuper suffisamment la patrouille impériale, et nous laisser entrer et sortir facilement du bâtiment. Je ne veux pas qu'un garde blanc soit libre d'enquêter sur ces meurtres avant que ce soit le bon moment.

Chimichi releva ses cheveux pour révéler un sourire et des dents étonnamment blanches et parfaites. Celles de devant étaient taillées en pointe, à la mode du désert profond.

— Par Keburchi, le dieu du chaos ! jura-t-il avec un plaisir évident. Cela fait longtemps que nous n'avons pas eu une bonne petite émeute. La vie commençait à devenir ennuyeuse.

Mais quand il termina sa phrase, il parlait déjà dans une pièce vide. Surpris, il cligna des yeux et marmonna :

— La mère de cet homme devait être un fantôme.

Puis son visage se plissa sous l'effort de la concentration. Il se dépêcha de sortir pour aller transformer une journée ordinaire et paisible du quartier commerçant en un chaos total.

Le crépuscule tomba, assombrissant l'entrepôt déjà obscur. Hokanu était accroupi à côté d'Arakasi, un allume-feu brûlant à la main. Dehors, des cris et des bruits de destruction se répercutaient dans les rues adjacentes... Quelqu'un hurlait des obscénités par-dessus un vacarme de vaisselle brisée.

— Les entrepôts des marchands de vin, murmura Hokanu. Dans quelques minutes, nous aurons de la compagnie. (Il s'arrêta pour faire avancer le petit morceau de tissu roulé, qui avait pratiquement brûlé jusqu'au niveau de ses doigts.) Les portes de ce bâtiment ne sont pas très solides.

Arakasi hocha la tête, le visage invisible sous son capuchon de prêtre. Ses doigts bougèrent, furtifs et rapides, au-dessus du corps d'un des porteurs, qui avait largement dépassé le stade de la rigidité cadavérique et commençait déjà à gonfler.

— Étranglé, murmura-t-il. Ils ont tous été étranglés.

Il traversa les zones sombres et claires dessinées sur le sol par la lumière des torches et des incendies, qui passait par les interstices entre les planches des murs. Sa concentration ne faiblissait pas.

Hokanu tressaillit quand la flamme se rapprocha encore de ses doigts. Il changea sa prise, et alluma le dernier morceau de tissu qu'il pouvait arracher à son pagne déjà largement entamé. Au moment où il releva les yeux, Arakasi était en train de fouiller le cadavre du marchand d'épices.

La chaîne et les robes de soie de l'homme avaient déjà disparu, volées par le coupe-jarret que Chimichi avait mentionné. Mais l'éclairage fourni par le petit morceau de tissu montrait suffisamment de détails pour conclure que l'homme n'était pas mort par strangulation. Ses mains étaient crispées, et ses yeux aveugles et secs exorbités. Sa bouche était grande ouverte, et il s'était mordu la langue. Du sang maculait le plancher, mais sa barbe était encore peignée et parfumée.

— Tu as trouvé quelque chose, dit Hokanu, conscient de l'immobilité d'Arakasi.

Le maître espion releva les yeux, qui luisaient faiblement sous son capuchon.

— Beaucoup de choses. (Il retourna la main de l'homme, révélant un tatouage.) Notre coupable appartient au tong hamoï. Il en porte la marque. Son imposture, lorsqu'il s'est fait passer pour un habitant de l'autre côté de la Faille, indique qu'il s'agissait d'un plan à long terme.

— Ce n'est pas le style de Jiro, résuma Hokanu.

— Pas du tout. (Arakasi recula sur ses talons, sans se soucier du claquement d'une planche qui frappait les pavés, non loin de là, à l'extérieur de l'entrepôt.) Mais on veut nous le faire penser.

Dans la nuit, un marin jura et quelqu'un rugit une réponse indignée. La populace furieuse se rapprochait, et le vacarme était parfois couvert par l'appel de trompe d'un des chefs de troupe impériaux.

Hokanu avait lui aussi refusé de considérer comme une preuve le morceau de parchemin portant le sceau des Anasati. Aucun fils de Tecuma ni aucun seigneur conseillé par un démon aussi intelligent que Chumaka n'aurait condescendu à une telle évidence.

— Qui ? demanda Hokanu, la soudaineté de son désespoir transparaissant dans sa voix.

Chaque minute qui passait augmentait le risque qu'il ne revoie jamais Mara vivante. Le souvenir de l'état où il l'avait laissée, pâle, inconsciente et exsangue, manquait de paralyser sa raison.

— Les tong peuvent-ils être achetés pour accomplir autre chose qu'un assassinat ? Je pensais qu'ils prenaient leurs contrats dans l'anonymat.

Arakasi était en train de fouiller une nouvelle fois les sous-vêtements du marchand d'épices. Les souillures de la mort ne le répugnaient pas, pas plus que la puanteur ne semblait perturber sa réflexion.

— Le mot important est, d'après moi, le mot contrat. Les traditionalistes purs et durs de cet empire sont-ils suffisamment riches pour jeter des chaînes d'or aux mendiants, juste pour nous donner une piste à suivre ? (Ses mains s'arrêtèrent, se jetèrent sur quelque chose et revinrent avec un petit objet.) Ah !

Le triomphe s'entendait dans la voix du maître espion.

Hokanu aperçut une lueur de verre vert. Oubliant la puanteur des cadavres, il se rapprocha et avança le morceau de tissu enflammé vers l'objet que tenait Arakasi.

C'était une petite fiole. Un liquide noir et poisseux recouvrait ses parois intérieures. Le bouchon, s'il y en avait eu un, manquait.

— Une fiole de poison ? demanda Hokanu.

Arakasi secoua la tête.

— Il y a bien du poison à l'intérieur. (Il tendit l'objet à Hokanu pour qu'il puisse le sentir. L'odeur était résineuse et terriblement amère.) Mais le verre est de couleur verte. Les apothicaires la réservent généralement aux flacons qui contiennent des antidotes. (Il regarda le visage du marchand d'épices figé dans un rictus hideux.) Pauvre gars... Tu pensais que la main de ton maître te donnait la vie.

Le maître espion arrêta ses songeries et regarda fixement Hokanu.

— C'est pourquoi le goûteur ne l'a jamais soupçonné. Cet homme a ingéré le même poison que Mara, sachant qu'il s'agissait d'une substance à action lente, et parce qu'il était sûr de pouvoir obtenir l'antidote à temps.

La main d'Hokanu trembla et la flamme vacilla. Dehors, les cris montaient en crescendo, et le fracas des coups d'épée se rapprochait.

— Nous devons partir, le pressa Arakasi.

Hokanu sentit des doigts fermes se refermer sur son poignet, le tirant pour le relever.

— Mara, murmura-t-il dans une explosion de souffrance incontrôlable. Mara...

Arakasi le tira brusquement en avant.

— Non, fit-il vivement. Nous avons de l'espoir maintenant.

Hokanu tourna des yeux morts vers le maître espion.

— Quoi ? Le marchand d'épices est mort. Comment peux-tu dire que nous avons de l'espoir ?

Les dents d'Arakasi étincelèrent dans un rictus de satisfaction féroce.

— Parce que nous savons qu'il existe un antidote. Et la marque du fabricant est indiquée au fond de la fiole de poison. (Il tira une nouvelle fois un Hokanu engourdi vers la planche déclouée du côté du quai, par laquelle ils étaient entrés.) Je connais l'apothicaire qui utilise cette marque. Je lui ai déjà acheté des informations par le passé. (Le maître espion se pencha et plongea dans la pénombre humide et malodorante de la ruelle, derrière les poissonneries.) Tout ce que nous avons à faire est d'éviter le grabuge que Chimichi a déclenché pour nous, et de trouver l'homme pour l'interroger.

8

L'INTERROGATOIRE

Hokanu courait.
Les rues étaient un véritable chaos de bruit et de citoyens en fuite... Arakasi n'était qu'une ombre parmi eux, reconnaissable uniquement à sa volumineuse robe de prêtre qui flottait au vent. Hokanu était un guerrier endurci et en bonne forme, mais il n'était pas habitué à marcher pieds nus. Après s'être cogné les orteils sur des pavés légèrement surélevés, avoir dangereusement glissé sur les dépôts visqueux des caniveaux, et posé une fois le talon sur un tesson de poterie, il aurait accepté même des sandales trop petites en dépit des ampoules qu'elles lui auraient infligées. Si Arakasi avait conscience des difficultés du seigneur, il ne ralentissait pas l'allure pour autant.

Hokanu aurait préféré mourir que de se plaindre. La vie de Mara était en jeu, et chaque minute qui passait lui faisait craindre qu'elle dépasse le point de non-retour, que le hideux poison lent l'ait atteinte au-delà de tout espoir de guérison.

— Ne réfléchis pas, se disait-il à voix basse. Contente-toi de courir.

Ils passèrent devant la boutique d'un potier, où le propriétaire s'agitait en chemise de nuit, brandissant le poing en direction des passants. Arakasi poussa le guerrier shinzawaï sur la droite.

— Des soldats, murmura-t-il, à peine essoufflé. Si nous continuons tout droit, nous irons pile sur eux.

— Des gardes impériaux ?

Hokanu obéit au changement de direction, une grimace se peignant sur son visage quand ses orteils écrasèrent quelque chose qui empestait l'oignon pourri.

— Je ne sais pas, répondit Arakasi. La lumière me joue des tours et je ne vois que les plumets des casques. (Il prit une profonde inspiration.) Nous ne resterons pas pour le savoir.

Il plongea à gauche dans une ruelle encore plus étroite et immonde que la précédente. Les bruits de l'émeute s'évanouirent, remplacés par le trottinement furtif des rats, le pas traînant d'un allumeur de lampes boiteux qui rentrait chez lui après son travail, et le grincement du chariot d'un marchand de légumes tiré par un needra aux os saillants.

Arakasi releva son capuchon et se baissa vers une porte recouverte de mousse.

— Nous sommes arrivés. Faites attention à la porte – la voûte est très basse.

Hokanu dut se plier en deux pour entrer. Ils pénétrèrent dans une cour minuscule envahie par les herbes folles, et ce qui ressemblait au jardin d'un apothicaire débordant de plantes médicinales. Au centre, un bassin à poissons était, lui, envahi par les algues et les carex. Hokanu vola un moment pour se laver les pieds. L'eau était tiède et répugnante. Dégoûté, il se demanda si des gens ou des chiens avaient utilisé le bassin comme latrines.

— C'était une citerne à l'origine, chuchota Arakasi comme pour répondre à sa pensée. À l'odeur, Korbargh doit y jeter ses eaux de lavage.

Hokanu fronça le nez.

— Korbargh ? Quel genre de nom est-ce ?

— Thuril, répondit le maître espion. Mais le bonhomme n'est pas natif des Hautes Terres. Je dirais qu'il coule plus de sang du désert dans ses veines que toute autre chose. Ne vous laissez pas abuser. Il est intelligent, et il parle autant de langues que moi.

— Et cela fait combien de langues ? chuchota Hokanu.

Mais Arakasi avait déjà levé le poing pour frapper à la planche qui servait de porte à Korbargh.

Le panneau s'écarta avec une secousse qui fit sursauter Hokanu.

— Qui est là ? gronda une voix bourrue.

Imperturbable, Arakasi répondit dans la langue gutturale du désert. La personne à qui il s'adressait tenta de refermer violemment la porte, mais le maître espion poussa son encensoir dans l'entrebâillement pour bloquer en position ouverte l'épais morceau de bois.

— Laisse-nous entrer pour voir ton maître, sale petit nain, ou je t'arrache la langue ! fit-il dans un dialecte tsurani vulgaire utilisé par les voleurs et les mendiants.

Hokanu ne l'avait jamais entendu parler sur ce ton, et cela lui donna la chair de poule.

Le nain répondit quelque chose qui ressemblait à une obscénité.

— Trouve une meilleure excuse, répondit Arakasi, et, d'une vive inclinaison de la tête, il invita son prétendu pénitent à l'aider à enfoncer la porte.

Fou d'inquiétude pour son épouse, Hokanu se jeta sur la planche de bon cœur. Il frappa le panneau de l'épaule avec une telle force que le nain fut renversé et les charnières de cuir arrachées. Dans un vacarme de chute de bois, Arakasi et Hokanu s'élancèrent dans ce qui ressemblait à un vestibule aux dalles de terre cuite, décoré de frises datant de l'époque où le quartier avait été un peu plus prospère. Le nain râlait dans un mélange de langues infâme, se plaignant que ses doigts avaient été écrasés et qu'il avait été blessé à la tête par la barre de la porte, éjectée de son support, et qui gisait brisée sur le sol.

— Elle était pourrie de toute façon, remarqua Hokanu, en enlevant des échardes de son épaule. Elle n'aurait même pas empêché un rat d'entrer.

Arakasi lui toucha le bras pour lui recommander le silence. Hokanu obéit plutôt que de s'offenser de sa présomption. Quand un étranger immense, extrêmement musclé et vêtu d'une robe brodée de li entra, le noble shinzawaï écarquilla les yeux.

— Du sang du désert, disais-tu ? murmura-t-il.

Arakasi ne prêta pas attention au commentaire et s'adressa au nain dans la langue du désert. Celui-ci s'arrêta immédiatement de hurler, se releva à toute vitesse, et s'enfuit par une faille dans le mur latéral comme une gazen poursuivie par un fauve.

— Par les dieux, tonna le géant dans sa robe efféminée. Tu n'es pas un prêtre.

— Je suis heureux que tu t'en rendes compte, répondit le maître espion. Cela va nous épargner un préambule inutile.

Il donna l'impression qu'il allait baisser son capuchon, mais ses manches se relevèrent, révélant un entrelacs de lanières de cuir. Les fourreaux de poignard qu'il retenait étaient vides, et quand Arakasi baissa les bras, deux éclairs d'argent brillaient dans ses mains.

Le hoquet de surprise d'Hokanu, quand il découvrit que le maître espion de Mara possédait des armes en métal, fut couvert par le beuglement de taureau de Korbargh.

— Tiens donc ! Alors c'est toi qui as tué mon apprenti.

Arakasi passa sa langue sur ses dents.

— Tu as une bonne mémoire, à ce que je vois. C'est bien. (Le maître espion était si calme que l'on aurait pu croire que ses poignards étaient tenus par une statue de pierre.) Tu te souviens, alors, que je peux te frapper au cœur avant même que tu puisses penser, et encore moins t'enfuir. (Le maître espion ajouta à l'adresse d'Hokanu :) Prenez ma ceinture et attachez-lui les poignets et les chevilles.

Le géant prit une inspiration pour protester mais s'arrêta devant le mouvement de poignet d'Arakasi. Hokanu prit le plus grand soin de ne pas passer dans la ligne de visée du maître espion alors qu'il défaisait sa ceinture. Elle était tressée dans du cuir de needra, et plus résistante que de la corde tissée. Hokanu serra étroitement les nœuds, son inquiétude pour Mara effaçant toute la pitié qu'il aurait pu éprouver pour cet homme.

Une immense poutre de bois soutenait le plafond, où étaient fixés des crochets permettant de suspendre les lampes à huile que préfèrent utiliser les riches. Ils n'abritaient pour le moment que des toiles d'araignée, mais à la différence des lanières de cuir dont se servent les pauvres, ils n'avaient pas pourri et étaient toujours aussi solides.

Suivant le regard d'Arakasi, Hokanu faillit sourire.

— Tu veux que je le suspende par les poignets ?

Devant le hochement de tête d'Arakasi, le géant se mit à hurler d'une voix stridente dans une langue qu'Hokanu ne reconnut pas. Le maître espion répondit avec les mêmes accents gutturaux, puis changea de langage par politesse envers son maître.

— Cela ne t'aidera pas, Korbargh. Ta femme et ce rustaud de garde du corps que tu as envoyé avec elle sont retenus. Il y a une émeute dehors, et les gardes blancs impériaux sont sortis en force, barricadant les rues où elle faisait ses courses. Si elle est raisonnable, elle passera la nuit dans une auberge et ne reviendra chez vous qu'au matin. Ton domestique Mekeh est parti se cacher sous le tonneau de bière de ton cellier. Il a vu comment est mort ton dernier apprenti, et tant que je serai là, il n'osera pas pointer le bout de son nez, même pour répondre à un appel au secours. Maintenant, je vais te demander une chose, et tu vas me répondre : quel antidote aurait dû remplir la fiole que mon compagnon va te montrer ?

Hokanu tira sur la corde, l'attacha sur le côté pour la tendre, et sortit la fiole verte qu'ils avaient récupérée dans l'entrepôt sur le cadavre du marchand.

Déjà pâle avec ses bras tendus vers le haut, Korbargh devint blanc comme un linge.

— Je ne sais rien de tout cela. Rien.

Les sourcils d'Arakasi se relevèrent.

— Rien ? (Sa voix semblait empreinte de douceur et de regret.) Ah, Korbargh, tu me déçois.

Puis son expression se durcit et sa main se détendit dans un geste d'une extrême rapidité.

L'acier traversa la pièce comme un éclair. La lame frôla la joue de Korbargh, coupant une mèche de cheveux graisseux, et s'enfonça avec un bruit sourd dans la poutre.

D'une voix changée, Arakasi cracha :

— Il y a trois symboles dans l'écriture du désert sur cette fiole. C'est ton écriture. Maintenant, parle. (Alors que le prisonnier relevait le menton pour nier une nouvelle fois, Arakasi l'interrompit.) Mon compagnon est un guerrier. Son épouse est en train de mourir à cause de ton immonde breuvage. Doit-il te décrire les méthodes les plus inventives qu'il utilise pour arracher des informations aux éclaireurs ennemis capturés ?

— Qu'il le fasse, haleta Korbargh, effrayé mais toujours obstiné. Je ne dirai rien.

Les yeux sombres d'Arakasi se dirigèrent vers Hokanu. Il lui fit un petit sourire, impitoyable et glacial.

— Pour le bien de votre dame, dites à cet homme comment vous faites parler les prisonniers.

Comprenant ce que désirait le maître espion, Hokanu appuya ses épaules contre le mur. Comme s'il avait tout son temps, il décrivit diverses méthodes de torture tirées de rumeurs, de vieux rapports retrouvés dans le manoir des Minwanabi lorsqu'il avait été nettoyé pour l'arrivée de Mara, d'histoires racontées aux nouvelles recrues pour leur faire peur, et d'autres petites choses qu'il improvisa. Comme Korbargh ne semblait pas être très imaginatif, Hokanu s'attarda avec une délectation impie sur les détails les plus horribles.

Korbargh commençait à suer et à frissonner. Ses mains travaillaient ses liens, non pas dans l'espoir de s'échapper, mais dans un mouvement de peur irraisonné et désespéré. Jaugeant le moment avec une grande finesse, Hokanu se tourna vers Arakasi.

— À ton avis, quelle méthode devrions-nous essayer en premier ? Les aiguilles chauffées à blanc ou les leviers et les cordes ?

Arakasi se gratta le menton en réfléchissant. Ses yeux semblaient caresser le corps tremblant de l'apothicaire. Puis son visage arbora un sourire qui fit réprimer un frisson à Hokanu.

— Bien, dit-il d'une voix traînante. (Ses yeux étaient aussi froids que la glace.) Tu veux savoir ce que je pense ?

Korbargh se débattit dans ses liens.

— Non ! hurla-t-il d'une voix rauque. Non, je ne vous dirai rien de ce que vous voulez savoir.

— Nous attendons, le coupa Hokanu. Je pense que cette baguette de tapisserie dans l'autre pièce servira parfaitement de levier. Et je sais où nous pouvons trouver non loin d'ici ces insectes qui dévorent la chair...

— Non ! Attendez ! hurla Korbargh.

— Alors, intervint Arakasi d'une voix raisonnable, tu vas nous donner la recette de l'antidote qui aurait dû se trouver dans cette fiole.

La tête de Korbargh s'agita dans un geste d'affirmation frénétique.

— Des feuilles de sessali trempées dans de l'eau salée pendant deux heures. Adoucissez le mélange avec une bonne dose de miel d'abeilles rouges, pour que votre dame ne vomisse pas les herbes salées. Une petite gorgée. Attendez une minute. Puis une autre gorgée. Attendez encore. Puis autant qu'elle pourra en boire. Plus elle en avalera, plus elle guérira rapidement. Quand ses yeux se seront éclaircis et que la fièvre la quittera, une petite tasse du mélange toutes les douze heures pendant trois jours. Voilà l'antidote.

Arakasi se tourna vers Hokanu.

— Partez, fit-il brièvement. Prenez les chevaux et rentrez chez vous en toute hâte. Tous les guérisseurs possèdent des feuilles de sessali dans leurs réserves, et, pour Mara, le temps est compté.

Angoissé, Hokanu regarda le corps suspendu de Korbargh, qui pleurait maintenant dans un soulagement hystérique.

— Je vais continuer pour savoir avec qui il est en rapport, continua Arakasi d'une voix pressante mais il parlait dans le vide.

Hokanu avait déjà disparu par la porte brisée.

L'air de la nuit entrait par l'ouverture, et refroidissait la peau trempée de sueur de Korbargh. À quelque distance, deux ivrognes rentraient chez eux en titubant et en chantant. Quelqu'un lança un pot d'eau sale par une fenêtre, et le bruit d'éclaboussement fut couvert par l'aboiement surpris d'un chien des rues.

Arakasi restait immobile.

Décontenancé par le silence, Korbargh s'agita dans ses liens.

— V-vous allez m-me laisser p-partir ? Je vous ai donné l'antidote...

Une ombre sur le mur ténébreux, Arakasi se retourna. Ses yeux brillaient comme ceux d'un prédateur lorsqu'il répondit :

— Mais tu ne m'as pas dit qui a acheté le poison, dans la bouteille camouflée en antidote.

Korbargh s'agita à nouveau dans ses liens.

— Cela me coûtera la vie si je vous le dis !

Aussi silencieux qu'un chat, Arakasi avança jusqu'au prisonnier et arracha le poignard de la poutre. La lame, d'une valeur inestimable dans la culture pauvre en métal de Kelewan, étincelait dans l'obscurité. Le maître espion passa son pouce sur l'acier, comme s'il testait son tranchant.

— Mais ta vie n'est plus sujette à marchandage. Ce que nous allons déterminer, c'est la façon dont tu vas mourir.

— Non, pleurnicha Korbargh. Non. Je ne peux pas en dire plus. Même si vous me pendiez, et que les dieux arrachaient mon esprit à la Roue de la vie pour ce déshonneur.

— Je vais te pendre, répondit rapidement Arakasi, à moins que tu ne parles : cela est certain. Mais une lame peut infliger des blessures très douloureuses à un homme, avant que l'on n'utilise la corde pour l'expédier chez Turakamu. Ce n'est pas une question d'honneur ou de déshonneur, Korbargh, mais d'avoir une fin miséricordieuse ou de subir une longue agonie. Tu connais les drogues qui procurent une mort sereine. (Plaçant la pointe du poignard sur le gras du bras du prisonnier, il continua :) Et tu sais quelles sont les drogues sur tes étagères qui te feront te tordre de douleur sous la torture, des drogues qui accentuent la souffrance, qui te tiendront éveillé, et qui te feront croire que le temps passe lentement.

Korbargh restait suspendu par les poignets, les yeux agrandis par la peur.

Arakasi tapota la pointe de son poignard, pensif.

— J'ai tout le temps nécessaire, mais je n'ai pas envie de le gaspiller à écouter le silence.

— Mon épouse... commença le vendeur de poisons, désespéré.

Le maître espion l'interrompit.

— Si ta femme rentre à la maison avant que tu m'aies dit ce que je veux savoir, elle te rejoindra. Ton garde du corps sera mort avant d'avoir franchi la porte, et tu me regarderas essayer mes méthodes sur elle. Je lui ferai prendre des drogues pour la garder consciente, puis je découperai sa chair en bandelettes ! (Quand le grand homme commença à pleurer de terreur, Arakasi lui demanda :) Ton apprenti nain se contentera-t-il de piller ta maison, ou vous donnera-t-il à tous deux des funérailles convenables ? (Arakasi haussa les épaules.) Il volera tout ce qui a la moindre valeur, tu le sais très bien. (Regardant autour de lui, il ajouta :) Étant donné l'emplacement de ta maison et ta clientèle, je doute que quiconque rapporte rapidement vos meurtres à la garde. Il est très possible qu'aucun prêtre ne dise même une prière pour vous deux.

Korbargh grogna quelques paroles inintelligibles, et Arakasi arrêta de le menacer. Il avança, saisit le bord de la robe de son captif, et découpa un morceau de tissu. Ce n'était pas de la soie, mais le tissage était tout de même complexe et un ruban brodé ornait l'ourlet. Arakasi tortilla le tissu d'une façon experte pour en faire un bâillon. Avant qu'il puisse le placer dans la bouche de Korbargh, l'énorme homme hoqueta et supplia :

— Si tu me bâillonnes avant de commencer tes tortures démoniaques, comment pourrais-je te dire ce que tu veux, si j'ai envie de parler ?

Arakasi ne s'arrêta pas une seconde, mais enfonça le tissu entre les dents de l'empoisonneur. Pendant que l'homme se débattait et se tordait dans tous les sens, le maître espion attachait le bâillon avec des nœuds aussi sûrs que ceux d'un marin.

— Je suis tout sauf un imbécile, répondit-il d'une voix de velours.

Arakasi abandonna l'homme attaché pour monter les escaliers. Il revint avec plusieurs fioles qu'il tint l'une après l'autre devant les yeux de Korbargh.

— De la racine de tai-gi, pour augmenter la sensibilité et la souffrance, commença-t-il. De la poudre d'écorce de buisson de jinab, qui garde un homme éveillé pendant des semaines. Des feuilles de sinquoï, qui font passer le temps lentement. Tu vas bientôt découvrir que je les connais aussi bien qu'un guérisseur. Et j'ai été enseigné dans l'usage des poignards par un expert. Tu n'auras pas le droit de hurler quand l'agonie commencera, et si tu voulais t'épargner de la douleur et parler d'abord, il est trop tard. Tu as déjà renoncé à cette option.

Avec une douceur qui donnait des frissons, le maître espion découpa la robe de Korbargh. Il découvrit à l'air nocturne un ventre velu de buveur de sã, puis il se détourna et disparut brièvement dans la pièce voisine.

Korbargh se débattit dans ses liens comme un poisson pris à un hameçon, et ne s'arrêta que lorsqu'il fut épuisé. Il pendait, inerte, quand Arakasi revint avec la lampe à huile servant à éclairer le bureau lorsque le comptable venait faire les comptes, et le panier que le domestique utilisait pour la couture.

Le maître espion de Mara posa ces objets sur une petite table, qu'il souleva et plaça sur sa gauche. Puis il retira le poignard de sa ceinture, et cligna des yeux pour vérifier son tranchant. Comme c'était une arme de métal, sa lame effilée comme un rasoir brilla d'une façon sinistre et parfaite.

Le marchand de poisons gémit dans son bâillon tandis qu'Arakasi expliquait :

— Je vais commencer sans utiliser les drogues. Tu peux imaginer ce que tu ressentiras une fois que je te les aurai administrées.

Il s'avança et, tranchant précautionneusement, ouvrit la première couche de peau depuis le nombril de sa victime jusqu'à l'aine. Du sang gicla sur les dalles, et Korbargh poussa un cri étouffé. Il rua une fois puis s'effondra.

— Reste tranquille, lui recommanda Arakasi. Je déteste saboter le travail.

Sa victime n'était pas en position de tenir compte de ses propos, mais le maître espion ne semblait pas s'en soucier. Sa main rapide compensait facilement les soubresauts et les sursauts de Korbargh. Il fit une autre entaille légère et retira un triangle de peau, qu'il jeta sur le côté. Il découpa ensuite la couche de graisse sous-jacente puis, comme s'il accomplissait une dissection dans une école de médecine, il mit le muscle à nu.

— Vas-tu parler maintenant ? demanda Arakasi sur le ton de la conversation.

Korbargh secoua la tête, refusant toujours de répondre. Il suait à grosses gouttes, qui tombaient sur le sol et se mêlaient à son sang. Ses cheveux et sa barbe étaient trempés. Il gémit dans son bâillon, mais son regard gardait une expression belliqueuse.

Arakasi soupira.

— Très bien. Mais je tiens à t'avertir que la souffrance vient à peine de commencer.

La main qui tenait le poignard se déplaça avec une précision extrême, et les muscles de l'abdomen de sa victime s'ouvrirent.

Korbargh poussa un cri aigu étouffé. Sans se troubler, le maître espion repéra les veines sectionnées et les ligatura avec du fil. Puis sa lame se mit au travail sur les entrailles mises à nu, et le sang coula plus rapidement.

Le sol était devenu aussi glissant que dans un abattoir, et l'air s'était empli de la même puanteur. Korbargh perdit le contrôle de sa vessie, et un liquide âcre s'ajouta à la flaque de sang.

— Maintenant, dit Arakasi, son ombre se redressant alors qu'il regardait le visage du vendeur de poisons, as-tu quelque chose de constructif à me dire ? Non ? Alors je crains que nous ne devions travailler sur les nerfs.

Le poignard plongea dans les tissus vivants et sépara des viscères la gaine d'un nerf, qu'il gratta très doucement.

Korbargh se débattit, incapable de hurler. Ses yeux roulaient, et ses dents s'enfoncèrent profondément dans le tissu âpre du bâillon. Puis il s'évanouit sous l'effet de la douleur.

Un moment plus tard, sa tête se releva brusquement quand une odeur âcre emplit ses narines. Lorsqu'il cligna des yeux pour s'éclaircir les idées, des mains puissantes versèrent un liquide à l'odeur immonde entre ses lèvres dont le bâillon avait été retiré, tout en pinçant ses narines pour le forcer à avaler. La souffrance revint dans une agonie aveuglante, et son esprit fut saisi d'une horrible clarté.

— Tu vas parler maintenant, lui suggéra Arakasi. Sinon, je vais continuer jusqu'au matin. (Il essuya sa lame poisseuse, la rangea soigneusement dans sa ceinture.) Puis, quand ton épouse arrivera, je recommencerai sur elle, pour voir si elle sait quelque chose.

— Démon ! haleta l'homme blessé. Diable ! Que ton corps et ton esprit pourrissent, et que tu te réincarnes dans ta prochaine vie sous la forme d'une moisissure !

Le regard indifférent, Arakasi enfonça la main dans son ouvrage sanglant et tira.

Korbargh poussa un cri perçant.

— Le nom, le pressa le maître espion, implacable.

Et les mots jaillirent de la bouche de Korbargh, lui donnant le nom qu'il cherchait :

— Ilakuli, répéta Arakasi. Un vendeur de rumeurs que l'on peut trouver dans la rue des Rêves-Pénibles.

Le vendeur de poisons lui répondit par un hochement de tête misérable. Il avait commencé à pleurer, et son visage ressemblait à de la graisse jaune.

— Je pense qu'il appartient au tong hamoï.

— Tu penses ? soupira Arakasi comme s'il relevait l'erreur d'un enfant. J'en suis certain.

— Et pour mon épouse ?

— Le tong la poursuivra peut-être. C'est un risque que tu connaissais quand tu as accepté de leur vendre du poison. Mais je serai parti depuis des heures quand elle reviendra, et en ce qui me concerne, elle est sauve.

Arakasi leva rapidement la main et trancha la gorge de Korbargh.

Il sauta en arrière lorsque le sang jaillit, et que sa victime donna le dernier coup de pied de sa vie. Il moucha immédiatement la mèche de la lampe à huile. Une obscurité miséricordieuse tomba et dissimula le carnage.

Arakasi continua à travailler dans le noir, les mains tremblantes et maintenant agitées de spasmes. Il referma la robe de Korbargh et renoua la ceinture, pour que lors de son retour, sa jeune épouse ne soit pas accueillie par les détails macabres des événements de la nuit. Le maître espion décrocha le corps et le déposa dans une posture de repos sur le sol. Il ne pouvait rien faire pour le sang. Quand il avait cherché la lampe, il avait vu que la maison ne disposait pas d'eau de lavage. Il s'essuya les mains du mieux qu'il put sur une tapisserie, ce qui était tout de même préférable à la natte de prière qui était le seul autre choix de serviette possible. Puis, dans un coin de la chambre à coucher de Korbargh, il céda enfin à ses nerfs. Il s'agenouilla devant un vase de nuit qu'il agrippa et vomit violemment.

Il continua à avoir des haut-le-cœur bien après que son estomac se fut vidé. Puis, incapable de repasser par le vestibule, il sortit par une fenêtre.

Les rues étaient pratiquement désertes, l'émeute étant réprimée depuis longtemps. Quelques traînards se hâtaient de rentrer chez eux, et plusieurs silhouettes sombres rôdaient dans les ruelles obscures. Un prêtre frissonnant et dépenaillé ne possède rien de valeur qui vaille la peine de le dépouiller ; on laissa Arakasi tranquille. Le vent nocturne qui soufflait sur son visage l'aida à reprendre le contrôle de ses nerfs. Un bref arrêt près d'un bassin ornemental dans l'entrée de ce qui était probablement une maison close lui permit de rincer le reste du sang qu'il avait sur les mains. Du sang restait incrusté sous ses ongles, mais pour le moment, il n'avait pas le courage d'utiliser son poignard pour l'enlever. Il partit au petit trot, et pour chasser de son esprit ce qui s'était passé dans la boutique de Korbargh, il réfléchit à l'information qu'il avait gagnée en se rendant malade.

Il avait entendu parler d'Ilakuli ; et il connaissait en ville un homme qui saurait où le trouver. Arakasi pressa le pas...

Hokanu courait à perdre haleine. Les deux montures épuisées qu'il tirait par les rênes trottaient à ses côtés, le poitrail couvert d'écume, les naseaux distendus soulignés d'écarlate. Sa peur pour Mara continuait à le faire tenir debout, bien longtemps après que ses muscles et ses tendons s'étaient épuisés. Il portait encore le pagne d'un pénitent. Il avait récupéré ses vêtements à l'auberge, mais il n'avait pris que le temps de chausser ses sandales. Il avait enfourné le reste de ses habits dans les sacoches de selle de l'alezan, sans se soucier de son apparence, et il ressemblait plus à un mendiant, à demi nu et couvert de saleté et de sueur, qu'à un guerrier tsurani.

Sa seule préoccupation était la recette de l'antidote qui constituait le dernier espoir de survie pour son épouse.

La brume s'attardait dans les vallons, rendant les arbres et le paysage fantomatiques dans les premières lueurs de l'aube. Le portique de prière voué à Chochocan dressait sa blancheur dans le val comme s'il surgissait des terres spectrales gouvernées par Turakamu, le dieu de la mort. Hokanu courut sous ses voûtes gracieuses, ayant à peine conscience des silhouettes saintes dans leurs niches, ou de la lampe votive allumée par un prêtre de passage. Il trébucha, ne se souciant que d'une chose : ce portique marquait presque la fin de son voyage. Les frontières du domaine se trouvaient juste derrière les prochaines collines, dans un défilé gardé par ses propres patrouilles. Un messager serait posté là-bas, avec un officier de confiance et un guérisseur militaire. Avec de la chance, celui-ci aurait dans sa sacoche les herbes pour l'antidote. Et toutes les cuisines seigneuriales possèdent du miel d'abeilles rouges...

Malgré ses articulations douloureuses et hoquetant dans son épuisement extrême, Hokanu espéra que le dieu Bon lui pardonnerait d'avoir négligé la prière de passage que le portique était censé inspirer. Il manquait de souffle pour parler, et il savait que s'il s'arrêtait, il tomberait et s'évanouirait. Enfoncé dans l'abîme de l'épuisement, Hokanu passa sous l'arche et pénétra dans la brume perlée du vallon.

Les chevaux sentirent l'embuscade avant lui.

Le grand alezan renâcla, s'arrêta et s'ébroua, tandis que la jument faisait un écart. Tiré en arrière par leur halte soudaine, Hokanu laissa échapper un hoquet de frustration. La flèche tirée d'un buisson sur le bord de la route le manqua de quelques centimètres, s'enfonçant dans l'accotement sans le toucher...

Instantanément, il donna un coup de coude à l'alezan, le faisant tournoyer dans une pirouette folle. La jument s'ébroua et se cabra, le hongre poussa un hennissement et rua. Hokanu arracha son épée du fourreau suspendu à la selle. Sous le couvert des animaux affolés, il fit demi-tour et se glissa sous l'arche du portique de prière de Chochocan.

Hokanu n'osait penser qu'il n'y avait qu'un seul homme en embuscade. Il offrit une brève prière au dieu Bon pour que ces hommes, quels qu'ils soient, ne connaissent pas les chevaux venus du monde barbare. Les bêtes étaient sa seule chance de rester en vie.

Leurs rênes toujours attachées ensemble, ses montures se débattaient devant l'arche. Le hongre était déterminé à décocher une ruade ou à mordre pour se défendre, tandis que la jument paniquée virevoltait, tirait sur les rênes et se cabrait pour s'enfuir. Hokanu fit le pari qu'aucun assassin né sur Kelewan n'oserait s'approcher de ces sabots meurtriers pour se précipiter vers l'arche et l'assaillir. La seule option de ses agresseurs était de l'attaquer par le flanc en passant de l'autre côté de l'arche. Que Chochocan soit loué, l'ancien seigneur minwanabi qui avait fait élever cette offrande n'avait pas regardé à la dépense. L'immense portique était massif, construit en pierre, avec d'énormes poutres et des arcs-boutants pour le soutenir. Il était orné de multiples sculptures, de flèches dorées et d'une multiplicité de voûtes, de niches et de recoins de prière. Six archers pouvaient s'y dissimuler et gêner considérablement la circulation sur la route. C'était sans aucun doute la raison réelle du geste de dévotion du vieux seigneur.

Hokanu ne pouvait que lui être reconnaissant d'une telle impiété, lorsqu'il quitta le bouclier offert par les chevaux paniqués et qu'il escalada les sculptures ouvragées, se hissant à la force des bras sur une poutre de la charpente. Il se balança et se glissa dans un recoin, derrière un visage sculpté illustrant la félicité. Haletant silencieusement, Hokanu s'enfonça dans l'ombre superficielle. Il s'appuya contre le mur latéral, les yeux grands ouverts, cherchant désespérément à reprendre son souffle. Une seconde passa comme une éternité. Alors que son étourdissement s'estompait, le noble shinzawaï remarqua que le visage se trouvant juste au-dessus de lui était creux. L'envers était construit comme une embrasure, et les yeux de la statue étaient percés. Un homme qui s'y dissimulerait pourrait observer toutes les personnes passant sous le portique de prière, dans un sens ou dans l'autre.

Si Hokanu n'avait pas été à bout de souffle ou en danger mortel d'être assassiné, il aurait ri à pleine gorge. Dans l'empire, même la religion n'échappait pas au jeu du Conseil ! De toute évidence, d'anciens seigneurs minwanabi avaient placé des guetteurs dans ce portique pour les avertir des arrivées dans leur domaine, et pour espionner la circulation et le commerce passant sur cette route. Quel que soit le subterfuge auquel cet endroit avait servi dans le passé, Hokanu saisit l'avantage de sa découverte. Il attrapa la poutre de soutènement, se laissa glisser dans l'envers creux et regarda par les trous des yeux de la statue.

La jument et le hongre continuaient à virevolter, leurs rênes maintenant complètement emmêlées. L'un des animaux avait rué dans un pilier du portique, car une dépression en forme de sabot ornait maintenant l'une des caryatides de l'arche d'entrée. Soudain, les chevaux se retournèrent d'un même élan, le hongre en s'ébrouant. Tous deux regardèrent la nuit, tendus, les oreilles inclinées en avant pour mieux écouter. Alerté par ses montures, Hokanu distingua des mouvements dans l'ombre, au-delà du portique de prière.

Des silhouettes vêtues de noir rôdaient dans la brume, espacées en formation de contournement. Les trois hommes de tête portaient des arcs. Deux autres suivaient en arrière-garde, et, au grand soulagement de l'homme qu'ils pourchassaient, ils observaient tous les coins et recoins du portique de prière au niveau du sol.

La jument aperçut les hommes avant le hongre. Elle releva la tête avec une telle force que les rênes se brisèrent. Avec un sifflement, elle s'emballa et partit d'un bond sur la route. La peur lui fit prendre le grand galop, l'instinct la conduisant vers son foyer et son écurie. Les rôdeurs en noir s'écartèrent brusquement de sa route, puis reprirent leur formation. Plus flegmatique, l'alezan les regardait, les oreilles et la queue levées, tendu. Puis il secoua sa crinière, se gratta l'encolure en la frottant contre le bras de la caryatide abîmée et trotta à une courte distance, plongeant les naseaux dans l'herbe pour brouter le long de la route.

Sous les arches du portique de prière rendu humide par la nuit, tout devint soudainement silencieux. Hokanu éprouva un sentiment de consternation douloureux comme un coup de poignard. Ses poumons assoiffés d'oxygène peinaient encore après sa course, et ses efforts pour calmer sa respiration l'étourdissaient dangereusement. Obligé de prendre une décision désagréable, il choisit de revenir à découvert et de se battre, plutôt que de sombrer dans l'inconscience et de permettre à ses ennemis de le capturer évanoui.

Ses cinq attaquants l'entendirent immédiatement. Ils se raidirent comme des chiens découvrant leur proie, et se placèrent devant le repaire de leur gibier. Puis deux d'entre eux passèrent leur arc à leur épaule. Les trois autres se disposèrent en formation défensive, pendant que les deux premiers commençaient l'escalade du portique.

Hokanu retourna son épée et la lança comme une javeline. L'arme atteignit l'homme le plus corpulent en pleine gorge, passant derrière le sternum et traversant le cœur. Réduit au silence avant de pouvoir crier, il tomba avec un bruit sourd qui fit sursauter le hongre et lui fit redresser la tête. Hokanu avait vaguement conscience du cheval qui se déplaçait nerveusement autour du pilier, derrière le portique. Puis, reprenant conscience de son environnement immédiat, il se baissa vivement derrière son abri quand trois flèches sifflèrent vers sa cachette.

L'une frappa le bois avec un bruit mat, tandis que les deux autres firent sauter des éclats à l'oreille de la Fortune. Déviées, elles se fichèrent dans les poutres derrière la statue. Hokanu attrapa le poignard qu'il avait caché dans son pagne. Il se recula dans son recoin, aussi loin que sa taille le lui permettait, et tendit la main gauche pour arracher du bois l'une des flèches.

Une silhouette vêtue de noir apparut, un profil se découpant contre la masse sombre des poutres qui soutenaient la charpente du portique de prière. Le couteau de lancer d'Hokanu le frappa au cou, et elle tomba en arrière en gargouillant. Son compagnon ne fut pas assez stupide pour la suivre, et s'esquiva tout en dégageant son arc. Hokanu vit la pointe de l'arme luire dans la pénombre. Sa peau se hérissa quand il comprit qu'un trait allait bientôt le transpercer. Il inversa la flèche dans sa main pour la saisir comme un poignard, et se prépara à bondir sur l'archer.

Une voix bourrue s'écria en contrebas.

— Ne te presse pas. Contente-toi de le bloquer. Oridzu va grimper sur l'autre statue et le tirer d'en haut.

Angoissé et amer, Hokanu comprit que son abri ne le protégeait que contre les attaques venant du bas. Sur chaque flanc, la statue imposante du dieu offrait un avantage tactique parfait au-dessus de sa position. S'il tentait de se cacher de l'homme qui était en train d'escalader la sculpture, il serait clairement vulnérable aux tirs des assassins qui attendaient en bas. Pire, et plus cruel : la recette de l'antidote qui sauverait Mara disparaîtrait avec lui. Arakasi n'avait aucune raison de penser qu'il n'avait pas réussi à rejoindre le manoir. Hokanu maudit la hâte qui l'avait poussé à quitter Kentosani sans prendre les minutes nécessaires pour réunir une escorte. Même s'il n'avait pas eu le temps de réquisitionner des soldats de son père ou de la maison de Mara, il aurait pu au moins engager des mercenaires. N'importe quelle sorte de soutien armé aurait pu faire échouer l'embuscade des assassins.

Mais il avait renoncé à l'escorte en faveur de la rapidité que lui procureraient les chevaux exotiques de Midkemia. Ces créatures pouvaient distancer le messager le plus rapide, et Hokanu avait placé le danger que courait son épouse au-dessus de sa sécurité personnelle.

Maintenant Mara allait payer pour la folie de son époux. Elle mourrait, dernière descendante des Acoma, ne sachant pas combien l'homme qu'elle aimait avait été près d'apporter l'antidote pour la sauver.

Lorsque le bruit furtif du déplacement des hommes atteignit les oreilles d'Hokanu, celui-ci se mit à jurer. Ce n'était pas un, mais deux assassins qui escaladaient les statues. Ils allaient lui tirer dessus des deux côtés, et étant donné la tournure d'esprit des défunts Minwanabi, Hokanu s'attendait parfaitement à ce que les anciens seigneurs aient caché des embrasures derrière les autres sculptures du portique de prière. Il risquait d'être abattu sans même avoir vu ses attaquants.

Désespéré, cerné et tremblant de fatigue et de rage, Hokanu referma le poing sur la flèche qui était sa seule arme. Il se préparait à se ruer sur l'homme qui le bloquait. Il mourrait, mais peut-être pourrait-il emporter avec lui, dans le palais de Turakamu, un autre de ses ennemis.

Mais alors qu'il se raidissait pour s'écarter du mur, une flèche siffla. Il se baissa, trop tard. Le trait s'enfonça dans sa hanche et s'y ficha avec un bruit mat ; Hokanu ressentit une terrible douleur, irradiant jusqu'à l'os.

Ses lèvres se découvrirent dans un grondement silencieux et un rictus de douleur. Une souffrance animale et une rage noire le consumaient et lui donnaient une clarté d'esprit surnaturelle. Il attrapa le bois de la flèche et le brisa. La douleur qu'il ressentit le fit involontairement reculer. Un second trait s'enfonça dans le bois à l'endroit où s'était trouvé son torse. Appuyé sur un genou et pleurant des larmes de douleur, il tâtonnait avec ses doigts ensanglantés pour trouver un point d'appui afin de se relever. Le choc lui avait coupé les jambes, et celle qui n'était pas blessée lui semblait prise de crampes.

Par miracle, sa main se referma sur un morceau de bois poli, qui avait été sculpté en forme de poignée. Le mouvement le fit grimacer. Il utilisa ses dernières forces pour redresser son corps blessé, et cria quand la poignée tourna soudain avec un grincement et céda dans sa main.

Elle n'était pas fixée, comprit-il paniqué. Il entendit à peine le bruit sec d'une autre flèche qui mordait le bois près de son oreille. Accablé, épuisé, il se sentit glisser vers le bas, au moment où une section du mur disparaissait...

Bien sûr ! pensa-t-il, et la poussée d'adrénaline qui suivit le fit rire à voix basse. Le vieux seigneur minwanabi avait fait construire une porte pour permettre à ses espions de s'enfuir, et il venait de découvrir accidentellement son mécanisme d'ouverture. La trappe s'ouvrit vers l'extérieur du portique, tirant Hokanu de l'obscurité et du tir croisé des flèches ennemies pour le projeter dans une aube d'un gris perle.

Ses pieds furent happés impitoyablement par la trappe qui s'ouvrait en grand, le laissant suspendu au levier de déclenchement. Cette chute n'était rien pour un homme en bonne santé, à peine quatre mètres. Mais, avec une pointe de flèche dans la hanche, Hokanu craignait que le choc ne le tue, ou ne le fasse s'évanouir. Il lâcha la flèche inutile qu'il tenait encore, donna des coups de pied, se tortilla et chercha désespérément à s'accrocher quelque part, mais il ne réussit pas à trouver une seconde prise. Sa blessure le faisait terriblement souffrir, et ses yeux s'emplissaient de larmes d'une façon exaspérante.

Un guerrier vêtu de noir arriva derrière la niche qu'il venait de quitter. Il déplaça ses mains gantées, encocha une nouvelle flèche, et commença à viser soigneusement.

Haletant, Hokanu regarda en contrebas, pour voir un nouveau cercle d'ennemis convergeant vers la route. Seul le cheval, qui broutait innocemment l'herbe en laissant traîner ses rênes, les avait empêchés de charger immédiatement. L'animal était inoffensif, mais les assassins restaient prudents après la démonstration de colère équine dont ils avaient été témoins. L'alezan vit les assassins approcher, et s'écarta d'eux d'un pas tranquille, jusqu'à ce qu'il se trouve exactement sous Hokanu.

— Que Chochocan te bénisse, sanglota à moitié le guerrier shinzawaï.

Il se laissa tomber.

Le plongeon lui brûla l'estomac, et le choc lorsque son corps frappa la selle faillit l'anéantir. La douleur à la hanche fut éclipsée par l'insulte infligée à sa virilité. Le hongre toussa, releva brusquement la tête dans son étonnement, et tomba à genoux sous le choc.

— Cours, espèce de viande pour chiens ! hurla Hokanu, autant pour soulager sa douleur que pour motiver le cheval. Il se pencha en avant, agrippant la crinière de ses deux mains. Bien qu'il ne soit qu'à moitié en selle, et qu'une de ses jambes traîne sur le flanc de l'animal, Hokanu frappa du talon de sa jambe intacte pour pousser le hongre à se relever.

C'est à ce moment que les archers commencèrent à tirer. Frappé à l'encolure, à l'épaule et à la croupe, le cheval rua, mais la fortune souriait toujours à Hokanu : le mouvement le lança vers l'avant et lui permit de s'accrocher au rabat de la selle avec sa bonne jambe, pour ne pas tomber. Le cheval s'enfuit au galop vers son écurie.

Le martèlement de la course menaçait de faire vider la selle à Hokanu. Il s'accrocha, étourdi, abasourdi par la douleur. Ses mains restaient serrées, les phalanges blanchies, sur la crinière du cheval, et son sang coulait et s'envolait dans le vent, se mêlant à celui de sa monture. Il essaya, sans y parvenir, de retrouver son équilibre sur la selle. Sa hanche blessée l'empêchait de se replacer. Il n'était pas allé aussi loin, pensait-il en serrant les dents, pour tout gâcher en tombant de cheval !

Mais il glissait inexorablement sur le côté, jusqu'à ce que sa cheville traîne dans la poussière. Il ne tenait maintenant que par un genou, et le cheval avait commencé à avancer par petits bonds. Il resta suspendu le temps d'un, deux, trois sauts. Puis il dut ouvrir les mains. Son corps décrivit une courbe dans l'air...

... et fut brutalement rattrapé, arraché sans cérémonie aux effets de la gravité par deux mains gantelées.

— Et merde ! hurla Hokanu, puis il heurta le sol. La douleur lui arracha un cri perçant. L'air devint noir, puis d'un blanc aveuglant, et il entendit des voix crier.

L'une d'elles était celle de Lujan.

— Des assassins, haleta-t-il. Sur ma piste.

— Ils sont déjà morts, mon seigneur, répondit le commandant de Mara d'une voix brusque. Restez tranquille, vous saignez.

Hokanu se força à ouvrir les yeux. Le ciel semblait tourner au-dessus de lui, vert et bizarrement exempt de brume. Le soleil projetait une lumière dorée sur les visages de l'une de ses patrouilles.

— Nous avons vu la jument revenir ventre à terre, sans cavalier, disait quelqu'un. Nous avons compris qu'il y avait des problèmes sur la route. Arakasi est-il avec vous ?

— Non, haleta Hokanu. À Kentosani. Écoutez-moi...

Il réussit malgré la douleur à réciter la formule de l'antidote qui était le seul espoir de guérison de Mara.

Avec l'efficacité experte d'un commandant, Lujan ordonna à son guerrier le plus rapide de se débarrasser de son armure et de courir rejoindre le guérisseur avec les instructions qu'Hokanu venait de donner. Alors que l'homme partait en courant, Hokanu s'acharnait à rester conscient dans le vacarme incessant de la patrouille qui reprenait sa formation.

D'autres hommes furent envoyés chercher un palanquin pour porter jusqu'au manoir le consort blessé de la dame, dont la vision passait alternativement d'un noir d'encre à une clarté douloureuse. Hokanu entendit le bruit du tissu que l'on déchirait, et sentit l'air contre sa peau enflammée quand Lujan découvrit sa blessure.

— Mon seigneur, dit le commandant des Acoma, il faut que cette pointe de flèche soit ôtée très rapidement si l'on veut que la blessure ne s'infecte pas.

Hokanu retrouva son souffle avec opiniâtreté.

— Vous ne toucherez pas à cette flèche, grinça-t-il. Pas avant que j'aie rejoint ma dame, et que je l'aie vue de mes propres yeux guérie par l'antidote.

— À vos ordres, mon seigneur. (Le commandant des Acoma se releva, d'un mouvement brusque et rapide.) Chef de troupe, cria-t-il à un sous-officier, rassemble quatre hommes et prépare un brancard ! Mon seigneur Hokanu doit se trouver aux côtés de sa dame le plus rapidement possible !

9

MIRACLE

Le ciel s'obscurcissait.

Des domestiques entrèrent à pas discrets dans la chambre de Mara pour fermer les cloisons et allumer les lampes. Ils achevèrent leur tâche et s'inclinèrent silencieusement devant leur maîtresse, qui gisait sur ses coussins, pâle comme un linge. Puis ils sortirent, laissant Hokanu veiller seul son épouse, dans un silence qui mettait ses nerfs à rude épreuve.

Sept heures s'étaient écoulées depuis que l'antidote avait été administré, et l'état de sa dame ne montrait aucun signe d'amélioration. Les paupières de Mara ne battaient pas dans un sommeil empreint de rêves, et sa respiration ne s'accélérait pas plus qu'elle ne changeait. Alors que le crépuscule s'approfondissait derrière les cloisons et que les ténèbres gagnaient du terrain, isolant le mari et l'épouse dans un faible cercle de lumière, Hokanu connut le doute. Et si Korbargh avait menti et les avait trompés en leur donnant un faux antidote ? Et si l'embuscade au portique de prière avait retardé son arrivée des quelques minutes fatidiques, et que Mara ait pris le remède trop tard ? Et si les dieux s'étaient détournés d'eux, et que tout ce qu'ils avaient accompli dans leur vie devenait futile par l'arrêt inévitable du destin ?

La douleur sourde de sa blessure et son inquiétude incessante pour Mara le rendaient fou. Déchiré par le besoin d'agir, de faire quelque chose alors que l'on ne pouvait qu'attendre, il tendit le bras et prit la main de Mara. Était-ce son imagination, ou sa peau était-elle un peu moins moite ? Ou était-ce son propre corps meurtri qui devenait fiévreux, alors que la pointe de flèche dans sa jambe commençait à provoquer une infection ? Les doutes chassaient les incertitudes, et pour briser ce cycle inutile d'inquiétude, Hokanu tenta de parler.

— Mara, commença-t-il.

La pièce vide ne faisait qu'accentuer sa solitude.

— Mara...

Il cherchait en vain quelque chose à dire ; mais toutes les paroles avaient été prononcées, les excuses interminables, les affirmations d'amour. Qu'une politique mesquine mette en danger une femme qui avait tant de vie en elle ne servait qu'à accentuer l'injustice de la société tsurani : une injustice que Mara s'était vouée à changer, engageant aussi la lignée acoma. Hokanu ferma les yeux pour retenir ses larmes, ne sachant pas si sa faiblesse venait d'un profond regret enfoui dans son cœur, ou si elle était provoquée par sa blessure.

Combien de temps resta-t-il immobile, combattant des émotions indignes de la femme qui luttait contre la mort, allongée sur une natte près de lui ? Hokanu n'aurait pu le dire. Sauf que lorsqu'il releva la tête quand quelqu'un toqua à la porte, l'obscurité derrière les cloisons avait pris la plénitude de la nuit.

— Entrez, dit-il, étourdi par le mouvement soudain que l'interruption lui avait fait faire.

Il se rendit compte qu'il n'avait pas mangé depuis la veille ; la faim était sûrement la cause de son vertige.

Lujan entra et s'inclina vivement. Bien qu'il ne soit normalement pas de service à cette heure, car il se reposait durant le repas du soir, il portait encore son armure et l'épée toute simple qu'il préférait pour les tâches quotidiennes. Poussiéreux, sentant la sueur, il se redressa et observa le maître avec un regard pénétrant, serrant les lèvres en attendant la permission de parler.

Hokanu lui fit un vague geste apathique.

— Seigneur ?

Le ton de la question ne ressemblait pas du tout à la voix normale du commandant des Acoma. Certain qu'une question pleine de tact sur sa santé allait suivre, Hokanu se raidit. Sa main se resserra sur celle de Mara, et il demanda vivement :

— As-tu un rapport à faire ?

Lujan releva le menton devant la réprimande.

— J'ai pris la liberté d'envoyer une patrouille d'éclaireurs, commandée par le chef de bataillon Irrilandi.

L'ancien commandant des Minwanabi avait dirigé les patrouilles qui surveillaient les collines autour du domaine pendant plus d'années que Lujan n'avait vécues.

Hokanu hocha la tête pour que l'officier acoma continue.

Lujan reprit :

— La patrouille a découvert une petite force armée qui se préparait à faire une incursion. Il y a eu bataille. La plupart des ennemis sont morts, mais deux ont été capturés vivants. L'un d'eux s'est montré bavard. Il semblerait que les archers qui vous ont tendu une embuscade n'étaient que des éclaireurs. Ils avaient été envoyés en reconnaissance sur la route, pour choisir le site approprié d'une embuscade plus décisive. Mais ils ne s'attendaient pas à ce que vous soyez monté et que vous voyagiez à une telle vitesse. Ils ont été surpris et ont dû improviser. Les autres hommes, déguisés en bandits, n'étaient pas encore en place, et, de toute évidence, seule la faveur des dieux vous a sauvé la vie.

Assez embrouillé par la gêne de sa blessure, Hokanu hocha la tête.

— As-tu trouvé qui a envoyé ces chiens meurtriers ?

Lujan hésita avant de répondre. Ses yeux inquiets restaient fixés sur le maître, tandis qu'il glissait ses pouces sous son baudrier.

— Jiro, finit-il par lâcher. La preuve est irréfutable. Le seigneur des Anasati est derrière tout cela.

Hokanu cligna des yeux pour s'éclaircir les idées.

— Alors il devra mourir.

— Non... Mon époux, tu ne dois même pas exprimer une telle idée à voix haute. Comment pourrions-nous aller à l'encontre du décret de l'Assemblée des magiciens ? murmura une voix faible surgissant des coussins.

Lujan et Hokanu se retournèrent en même temps.

Les yeux de Mara étaient ouverts et lucides, dans un visage aux traits tirés. Ses doigts se refermèrent faiblement sur la main de son époux.

— Comment pourrions-nous tuer Jiro si les Très-Puissants ont interdit notre guerre de sang ?

— Que le dieu Bon soit remercié ! s'exclama Hokanu. (Il se pencha sur sa femme et lui embrassa la joue, bien que le mouvement l'étourdisse.) Mon amour, comment te sens-tu ?

— Contrariée, confessa Mara. J'aurais dû me méfier et ne pas goûter ce chocolat. Mon avidité à gagner un nouveau monopole commercial a failli provoquer ma perte.

Hokanu lui caressa la main.

— Repose-toi maintenant. Nous avons de la chance de t'avoir encore parmi nous.

Le front de Mara se plissa et elle fronça les sourcils.

— Le bébé ? Qu'est-il advenu de notre fils ?

Mais l'angoisse sur le visage d'Hokanu lui dit tout ce qu'elle avait besoin de savoir. Elle se recroquevilla sur elle-même et ferma les yeux.

— Deux fils, chuchota-t-elle. Deux fils morts, et nous ne pouvons pas verser de sang en châtiment.

Cette phrase sembla épuiser ses dernières ressources, car elle sombra dans le sommeil, une rougeur de colère colorant encore la pâleur de ses joues.

Une nuée de serviteurs surgit dans la chambre de la malade à l'instant même où la dame sombrait dans le sommeil. Un guérisseur portant une sacoche de remèdes leur ordonna d'aérer la literie de Mara, et de descendre les mèches des lampes. Lujan n'attendit pas de recevoir des ordres, mais avança, attrapa Hokanu dans ses bras puissants, et souleva de force le maître du chevet de Mara.

— Commandant ! déclara le Shinzawaï d'une voix sèche et irritée. Je peux marcher tout seul, et dès cet instant, vous êtes libre de sortir.

Il reçut en réponse le sourire le plus désarmant de Lujan.

— J'appartiens à ma dame, maître Hokanu. Aujourd'hui, je ne prendrai pas d'ordre d'un Shinzawaï. Si vous étiez l'un de mes guerriers, je vous interdirai immédiatement de vous déplacer avec une telle blessure. Et pour vous dire la vérité, c'est la colère de ma dame que je crains le plus. Je vais vous conduire chez le chirurgien pour qu'il retire cette pointe de flèche. Si vous deviez mourir des complots de Jiro pendant que dame Mara dort, cela ne lui rendrait pas du tout service.

Son ton était presque insolent, mais dans ses yeux brillait un remerciement venu du fond du cœur pour l'homme qui avait sauvé la femme qui représentait tant dans leurs vies.

Le chirurgien reposa ses instruments tachés de sang, releva les yeux de son travail, et croisa le regard de Lujan. La lumière de la lampe brunissait les surfaces luisantes de sueur de son visage, révélant une expression tendue.

— Non, la lumière est suffisante, dit-il d'une voix rauque. Je vois assez bien pour travailler.

— Alors le pronostic n'est pas bon, chuchota Lujan.

Ses mains restaient calmes et fermes sur la jambe d'Hokanu, autant pour rassurer le blessé que pour le retenir s'il faisait un mouvement involontaire pouvant gêner le travail du chirurgien. Hokanu avait bu du vin de sâ mêlé d'herbes narcotiques pour atténuer la douleur, et ne pourrait peut-être pas comprendre assez clairement où il était et ce qui se passait pour garder son honneur et rester immobile. Cependant, même si sa lucidité était précaire, son esprit restait conscient. Si les nouvelles étaient mauvaises, le wal d'Hokanu, son moi intérieur, n'avait pas besoin de l'entendre avant qu'il ait suffisamment récupéré pour garder son sang-froid.

Soit les paroles de Lujan n'avaient pas été assez discrètes, soit l'homme blessé restait suffisamment éveillé pour refuser d'être épargné. Hokanu leva faiblement la tête.

— Si quelque chose ne va pas, je veux le savoir maintenant.

Le chirurgien s'essuya les mains sur un chiffon. Il s'épongea aussi le front, bien qu'il ne fasse pas chaud dans son infirmerie. Il lança un regard inquiet vers Lujan, qui hocha la tête, puis se tourna vers le consort de Mara.

— La pointe de la flèche a été retirée, maître. Mais elle était profondément enfoncée dans l'os, et vos divers mouvements et courses ont provoqué de nombreux dommages. Des tendons et des ligaments ont été tranchés, et mes compétences sont insuffisantes pour recoudre certains d'entre eux.

Il n'ajouta pas que la blessure était profonde, et que les lacérations risquaient de provoquer une infection. Des compresses absorberaient les suintements, mais c'était tout ce qu'il pouvait faire.

— Es-tu en train de me dire que je ne pourrai plus marcher ?

La voix d'Hokanu ne se brisa pas, mais était aussi sèche que lorsqu'il donnait ses ordres à ses soldats.

Le guérisseur soupira.

— Vous marcherez, maître. Mais vous ne conduirez plus jamais une charge sur un champ de bataille. Vous boiterez, et votre équilibre sera compromis. Au combat, le premier ennemi que vous rencontrerez remarquera votre handicap et vous tuera facilement. Mon seigneur, vous ne devez plus jamais revêtir une armure. (Il secoua sa tête grise avec sympathie.) Je suis désolé. C'est le mieux que je puisse vous promettre.

Hokanu tourna son visage vers le mur, et resta complètement immobile. Ses mains, même, ne se tendirent pas pour se refermer ; sa rage, ou sa souffrance, restait cachée. Lujan, qui était lui aussi un guerrier, savait ce qu'il avait à l'esprit : Hokanu était l'héritier de son père, et il avait été le commandant des armées shinzawaï. C'était une mauvaise chose qu'un homme pouvant recevoir le sceptre d'une grande maison devienne infirme. Lujan remarqua un très léger tremblement dans les tendons de la jambe, sous ses mains. Il sentit son cœur se briser, mais n'osa pas offrir de paroles de sympathie, de peur que la dignité à laquelle Hokanu s'accrochait désespérément ne lui échappe.

Et cependant l'homme que Mara avait épousé montra une fois de plus l'ampleur de son courage.

— Continue ton travail, chirurgien, dit-il. Recouds ce que tu peux, et pour l'amour des dieux, ne me donne plus de vin médicinal. Je veux être conscient quand ma dame s'éveillera, et pas à moitié abruti ni plongé dans un apitoiement provoqué par la boisson.

— Approchez la lampe, alors, marmonna le chirurgien. Je vais terminer aussi rapidement que possible.

— Bon serviteur, je peux vous apporter une certaine assistance, dit une voix tranquille depuis le seuil de la porte.

Le chirurgien sursauta de surprise, la main à moitié tendue vers son plateau d'instruments. Contrarié, Lujan faillit relâcher sa prise sur la jambe d'Hokanu.

— J'ai dit au garde du couloir que le maître ne devait pas être dérangé. Quelle qu'en soit la raison.

Il se tourna à moitié, prenant son souffle pour réprimander le soldat négligent, et se tut brusquement, horrifié.

Le vieil homme vêtu de robes brunes grossières qui se tenait au seuil du cercle de lumière n'était pas un domestique, mais un prêtre d'Hantukama, le dieu de la guérison. Lujan avait déjà vu un de ses confrères en une autre occasion. Celui-ci avait sauvé Keyoke de plusieurs blessures mortelles reçues dans une bataille et d'une amputation de la jambe qui s'était infectée. Il reconnut l'ordre auquel l'étranger appartenait au demi-cercle de cheveux rasés à l'arrière de sa tête, et à la tresse complexe qui pendait sur sa nuque. Connaissant la difficulté qu'il y avait à obtenir les services d'un tel prêtre, Lujan s'inclina aussi profondément que le plus indigne des marmitons pour se faire pardonner sa remarque étourdie.

— Pardonnez, noble prêtre, mes mauvaises manières. Au nom de ma maîtresse, vous êtes le bienvenu. Ma conduite brutale est une image pitoyable de l'honneur de cette maison.

Le prêtre avança, silencieux sur ses pieds nus. Son visage bronzé par le soleil n'exprimait aucune offense mais seulement la plus profonde sympathie, lorsqu'il toucha l'épaule du guerrier.

— Avec votre maître et votre dame blessés, vous seriez un mauvais protecteur si vous ne cherchiez pas à leur épargner les intrusions.

Lujan répondit, le visage toujours posé contre le sol :

— Noble prêtre, si vous êtes venu nous aider, mes sentiments n'ont aucune importance devant les besoins de mon maître et de ma dame.

Le prêtre fronçait maintenant les sourcils, une expression terrible sur un visage habituellement serein. Ses mains se serrèrent, avec une force surprenante, et il releva Lujan de sa posture de soumission.

— Au contraire, répondit-il d'une voix sèche. L'esprit et les sentiments de tous les hommes sont égaux aux yeux de mon dieu. Je te pardonne ton manquement aux bonnes manières, digne guerrier. Va, maintenant. Laisse-moi m'occuper de ton maître, et reprends ton poste à la porte, avec toute ta vigilance.

Lujan salua le prêtre, la main sur le cœur, et sortit comme il venait de le lui ordonner. Le chirurgien fit rapidement une demi-révérence, et se prépara à le suivre. Mais le prêtre lui fit signe de rester alors qu'il rejoignait le chevet d'Hokanu.

— Mon novice n'est qu'un jeune garçon, et il est trop fatigué par le voyage pour m'aider. Il dort, et si je dois servir mon dieu, j'aurai besoin d'aide.

Le prêtre posa sa sacoche. Il prit la main en sueur du blessé dans la sienne et regarda Hokanu dans les yeux.

— Fils de mon dieu, comment vas-tu ?

Hokanu inclina la tête, le mieux qu'il pouvait faire pour exprimer sa courtoisie.

— Je vais suffisamment bien. Que votre dieu vous bénisse, et que Chochocan vous accorde sa faveur, pour vous avoir guidé jusqu'à cette maison. (Il prit une inspiration difficile, et força sa voix à rester calme malgré la douleur.) Si je peux me permettre, je vous prie de vous occuper de ma dame. Elle en a plus besoin que moi.

Le prêtre fit une petite moue.

— Non, je ne crois pas. (Il leva la main, pour arrêter les protestations d'Hokanu.) Et c'est à moi d'en juger. J'ai déjà vu le noble pair. J'ai voyagé jusqu'à cette demeure pour venir à son aide, car son sacrifice et son amour pour son peuple sont connus des fidèles de mon dieu. Mais elle se remet assez bien sans la bénédiction d'Hantukama. Vous avez apporté l'antidote à temps.

Hokanu ferma les yeux, avec un soulagement visible.

— Je suis heureux d'entendre qu'elle se remettra.

— Elle se remettra. (Le prêtre s'interrompit, l'air soudain soucieux. Il choisit soigneusement ses mots et ajouta :) Mais en tant que consort, vous devez savoir qu'elle ne pourra plus porter qu'un seul enfant. Le poison a fait des dégâts, et c'est le mieux que les pouvoirs de guérison de mon dieu puissent permettre.

Hokanu ouvrit brusquement les yeux, qui semblaient d'un noir d'encre à la lueur vacillante de la lampe. Il garda son calme de guerrier, et son angoisse ne transparut pas... Sa dame ne pourrait pas avoir les nombreux enfants dont elle avait terriblement envie, pour assurer à la fois sa lignée et celle d'Hokanu.

— Alors ce sera suffisant, noble prêtre.

Le silence retomba sur la chambre, le chirurgien restant immobile pour respecter les sentiments de son maître. Le sifflement de la lampe à huile se mêlait au chuchotement de la brise derrière la cloison et, plus loin, au pas d'un guerrier qui participait à la relève de la garde. Comme l'été était terminé, les créatures amphibies étaient silencieuses sur les rives du lac ; seuls les insectes chantaient dans la douce chaleur de la nuit.

Dans le silence et la paix qui régnaient en cette heure tardive, le prêtre d'Hantukama reprit la parole :

— Maître Hokanu, cela n'est pas suffisant.

Le consort de Mara focalisa son regard avec difficulté, à cause de l'engourdissement provoqué par le vin drogué. Il regarda le petit prêtre, maigre et ridé, et se redressa à moitié.

— Que pourriez-vous me demander d'autre, que je n'aie pas déjà donné ?

Le prêtre d'Hantukama soupira et lui rendit un mince sourire.

— C'est que vous donnez trop, fils de mon dieu. Votre amour et votre dévotion pour votre dame consument tout ce que vous avez et tout ce que vous êtes. L'héritier des Shinzawaï a risqué la santé de sa jambe pour elle, et donnerait sa vie pour épargner la sienne. Je parle pour mon dieu, et je dis que cela est trop.

Les joues d'Hokanu s'empourprèrent de colère.

— Et quel honneur aurais-je si je ne secourais pas Mara avant de songer à mon bien-être ?

Le prêtre le repoussa contre ses coussins d'une main douce, mais ferme.

— Elle n'a pas besoin d'être secourue, rétorqua-t-il, franc et direct. Elle est pair de l'empire et dame des Acoma. Elle possède sa propre force. Elle a besoin de vous comme confident et compagnon, non comme bouclier.

Hokanu prit une inspiration pour répondre. Le prêtre le secoua vivement, ce qui lui coupa le souffle.

— Vous êtes aussi important qu'elle aux yeux de l'empire et de mon dieu. La pérennité de cette nation et l'amélioration de la vie pour tous, promise par la Lumière du Ciel, reposent sur vous autant que sur elle, héritier de la maison des Shinzawaï. Vous êtes l'un des principaux joueurs de ce jeu du Conseil modifié. Vous devez le comprendre.

Trop affaibli pour protester, Hokanu s'appuya contre les coussins.

— Vous parlez comme si vous connaissiez l'avenir, dit-il d'une voix fatiguée. Que savez-vous donc que nous ne voyons pas ?

Mais le prêtre ne répondit pas. Il préféra s'écarter de l'épaule d'Hokanu, et poser ses mains sur la chair, de chaque côté de la blessure de la hanche. D'une voix douce et ferme, il s'adressa au chirurgien :

— Ouvrez ma sacoche, bon chirurgien. Si cet homme doit se relever et marcher sans boiter, nous avons une longue nuit de travail devant nous, et nous devrons invoquer la bénédiction de mon dieu.

Les nouvelles de l'embuscade contre Hokanu et la certitude de la guérison de Mara rattrapèrent Arakasi sur une péniche descendant le fleuve depuis Kentosani. Le messager qui apporta la nouvelle arriva juste après l'aube, durant un arrêt de l'embarcation pour le chargement de fruits frais. Il embarqua avec les esclaves portant les paniers de jomach, et se glissa discrètement à l'avant vers les passagers entassés sur le pont, qui payaient leur passage inconfortable un centi par personne. La péniche était encombrée de trois familles de ramasseurs de fruits itinérants, de deux mendiants couverts de croûtes chassés de Kentosani pour avoir pratiqué leur art sans licence impériale, et d'un messager de guilde qui avait une cheville enflée et qui allait dans le Sud demander la charité d'un oncle en attendant que sa blessure guérisse.

Arakasi était assis entre deux caisses pleines, son capuchon sombre tiré sur son visage. Comme il était aussi sale que les mendiants et semblait aussi louche qu'un voleur des rues, les paysannes avec leurs nourrissons grognons et leurs ribambelles d'enfants malingres l'évitaient ostensiblement. Le nouveau venu trouva suffisamment de place pour se glisser à côté de lui, et lui murmurer les nouvelles du domaine acoma.

Les yeux fermés, la tête appuyée négligemment contre un tonneau, le maître espion semblait endormi. Il avait du charbon sous les ongles et une entaille non soignée au menton. Il sentait mauvais comme s'il ne s'était pas lavé depuis une semaine. Mais ses oreilles entendaient parfaitement. Après un moment durant lequel il réfléchit intensément, il grogna d'une voix endormie, roula sur le côté et répondit dans un chuchotement à peine perceptible :

— Je ne descendrai pas au confluent des rivières. Dis à nos agents là-bas de transmettre mes respects à notre maître et à notre maîtresse. Si on a besoin de moi, que le réseau me demande auprès du tailleur de gemmes installé près de la boutique de l'empailleur de trophées à Sulan-Qu. Tu reconnaîtras l'endroit au crâne de harulth dessiné sur l'enseigne.

Le messager toucha le poignet du maître espion en signe de confirmation. Puis il fit un bruit écœuré, se pencha vers le plus proche des passagers et commença à prêcher pour un obscur clergé de Lulondi, le dieu des fermiers.

— Va-t'en, enquiquineur, rétorqua la victime ennuyée. Je n'aime pas les légumes, et les mouches sont assez nombreuses dans ce voyage sans que tu viennes me casser les pieds par-dessus le marché !

Le messager s'inclina, donnant avec insouciance un coup de coude dans le genou d'une paysanne. Elle l'injuria, et lui décocha un coup de pied dans les mollets.

L'altercation attira l'attention du capitaine de la péniche.

— Hé, vous là-bas ! Restez tranquille, ou je vous passe tous par-dessus bord.

La paysanne protesta bruyamment :

— C'est cette vermine qui racole pour son dieu, et, de toute façon, est-ce qu'il vous a donné une pièce pour son passage ?

Le capitaine fronça les sourcils, avança d'un pas décidé et regarda l'homme allongé que la paysanne lui désignait d'un doigt calleux.

— Toi ! Espèce de misérable gueux mangé par la vermine et infesté de plaies ! Tu as un centi pour payer ta place ?

Le capitaine tendit la main, suant à grosses gouttes et au comble de la contrariété.

L'homme qu'il avait désigné marmonna d'une voix pitoyable :

— Je vous supplie de me laisser rester, en échange de la bénédiction de Lulondi.

Le capitaine de la péniche fronça les sourcils et fit claquer ses doigts.

— Je vais te la donner, la bénédiction de Lulondi.

À son signal, deux marins quittèrent l'endroit où ils se reposaient, près du bastingage. Musclés comme des lutteurs, ils avancèrent sur leurs jambes arquées et s'inclinèrent devant leur maître.

— Fichez-le à la baille, ordonna le capitaine d'une voix écœurée. Et sans douceur, puisqu'il a cherché à embarquer en douce.

Des sourires identiques fendirent le visage des deux marins. Ils attrapèrent leur victime par les poignets, le soulevèrent et le jetèrent par-dessus bord.

L'homme atterrit dans un grand bruit d'éclaboussements et dans un jaillissement d'eau sale qui inonda pratiquement la barque du vendeur de fruits, attachée le long de la péniche pour le transfert des marchandises. Les esclaves le chassèrent à grands coups de rames, et l'équipage de la péniche, les passagers du pont et les passants rassemblés sur la rive rirent de bon cœur lorsque le misérable se débattit pour se dégager des plis mouillés de sa cape, et nagea comme un rat d'eau pour rejoindre la berge.

— La bénédiction de Lulondi ? Et puis quoi encore... grogna le capitaine de la péniche.

Il se retourna, se remettant à penser à ses affaires, et enjamba un Arakasi qui ronflait sans lui jeter le moindre regard.

Deux jours plus tard, le maître espion de Mara débarquait à Sulan-Qu. Il rejoignit les quais, discret dans la chaleur de midi. Les rues étaient pratiquement désertes, les boutiques fermées pour la sieste. Les quelques flâneurs qui s'attardaient dormaient à l'ombre des avancées des fenêtres et des balcons, ou fouillaient les détritus dans le caniveau à la recherche d'une croûte à manger. Arakasi se rendit à la Maison des sept étoiles, une maison close fréquentée par de riches nobles aux goûts exotiques. Sous la voûte d'une porte de derrière ornée de chérubins qui s'embrassaient, il frappa selon une séquence convenue. Le panneau s'ouvrit, et une femme immense et obèse, au cou orné de colliers de perles et de corcara, le tira à l'intérieur.

— Par les dieux, murmura-t-elle d'une voix aussi grave que celle d'un homme, es-tu toujours obligé de venir ici puant comme un rat d'égout ? Nous avons des clients en haut qui pourraient s'offusquer de l'odeur.

Arakasi lui décocha un sourire désarmant.

— Allons, Bubara, ne me dis pas que tu as usé toute l'eau de bain aux feuilles de kekali et de citrus aussi tôt dans la journée ?

La mère maquerelle grogna en reniflant.

— Pas vraiment. Les filles et les garçons doivent sentir bon.

Elle tira d'un coup sec sur un petit bras inerte qui dépassait de derrière un rideau, et un enfant sourd-muet, nu comme un ver et dont la peau avait la couleur des fèves de chocha-la, se précipita et s'inclina devant elle.

Elle fit un geste vers Arakasi et hocha la tête.

Le petit garçon regarda le visiteur crasseux, pencha la tête sur le côté, et sourit avec délice quand il le reconnut. Sans se soucier de l'odeur, il prit la main souillée de charbon et emmena le maître espion vers les bains.

Arakasi hérissa la chevelure du gamin et sortit d'une poche secrète un bonbon fabriqué par les Cho-ja. Le garçon sourit, montrant des gencives pathétiques là où, à son âge, des dents auraient dû se trouver. Il poussa de petits gémissements de plaisir et inclina plusieurs fois son front sur ses poings en geste de remerciement.

Comme avec une arrière-pensée, Arakasi ajouta deux pièces de coquillage.

— Quelqu'un devrait t'acheter des vêtements, marmonna-t-il et il attrapa l'enfant par le coude, le relevant alors qu'il allait se prosterner par terre.

Il le caressa une nouvelle fois sur la tête et lui fit signe de partir. Il était déjà venu ici de nombreuses fois et savait dans quelle pièce se rendre.

Il descendit un couloir, toucha un fragment de sculpture qui déverrouillait une porte secrète, et grimpa un escalier sombre et étroit pour rejoindre un réduit sous les avant-toits. Derrière lui, le petit garçon étreignait ses cadeaux comme un trésor, et rampa sur les beaux tapis pendant de longues minutes, sans que personne ne le remarque.

Dans la pièce étroite, sous la chaleur des bardeaux frappés par le soleil de midi, Arakasi fouilla dans un assortiment de coffres et de caisses qui contenaient des vêtements en tout genre, depuis des robes étincelantes et perlées jusqu'aux tuniques d'ouvriers agricoles. Il choisit une livrée orange et violette et une paire de sandales poussiéreuses, avec un trou au niveau de l'orteil du pied gauche. Il mit ses robes sales en boule dans un autre coffre qui contenait ce qui ressemblait à des haillons de mendiant puis, vêtu uniquement de sa crasse et d'un pagne sale, il redescendit l'escalier pour profiter des bains de la maison close.

Une heure plus tard, il était à genoux dans les bureaux de la guilde des prêteurs d'argent, une brosse et un seau à la main. Le commerce de l'après-midi avait repris, et s'il passait un peu trop de temps à laver les dalles autour du bureau de l'employé assis près de l'allée centrale, personne ne fit de commentaire. Les marchands avaient tendance à lui décocher des coups de pied pour lui faire dégager le passage lorsqu'ils entraient et sortaient, particulièrement s'ils avaient du retard dans le remboursement de leur prêt, ou si la malchance était à l'origine de leur demande de crédit : une caravane attaquée par des bandits, ou une cargaison de soie détruite par le mauvais temps.

Les querelles avaient tendance à s'envenimer dans la chaleur de l'après-midi, et personne ne remarqua que le domestique marmonnait dans sa barbe tout en frottant les dalles.

Sauf l'employé qui tenait la tête inclinée sur le côté, en recopiant des rangées de chiffres...

— ... et une trace de hafta dans de la crotte de chien, grognait Arakasi. Devrait y avoir une loi pour empêcher les petits chiens des dames de déféquer dans les rues. (Il renifla, maudit son dos douloureux, et de la même voix chantante ajouta :) Ça offense mon nez, pour sûr, et as-tu remarqué si le garçon rouge a fait des versements pour une sorte de prix du sang ? Encore de la merde dans l'eau de lavage, et j'en ai marre de remplir mon seau.

L'employé essuya la sueur de son front, ramassa une ardoise sur un coin de son bureau, et y inscrivit quelque chose. Puis il la plaça sur une autre pile d'ardoises à moitié effacées et pleines de poussière de craie, et lança un coup de pied au laveur de sol, l'atteignant en plein dans les côtes.

— Hé, toi. Lave-moi ça.

Arakasi lui témoigna une profonde déférence et pressa son nez sur les dalles mouillées.

— À vos ordres, monsieur, maître, à vos ordres.

Il accepta la pile d'ardoises, s'éloigna pour prendre un chiffon, et s'attela à la tâche qu'on venait de lui confier. Il continuait à marmonner, toujours sur le même ton, lorsqu'il arriva à l'ardoise portant les notes inscrites à la hâte. En voyant les chiffres qui s'y trouvaient, avec des dates notées en code sur le côté, il éprouva des difficultés à manier son chiffon d'un geste calme. En trois mouvements de poignet, l'ardoise était propre et les chiffres et les dates inscrits dans sa mémoire. Il semblait toujours aussi inoffensif et insignifiant, mais le rythme de ses battements de cœur avait doublé.

Car garçon rouge était le nom de code pour les Anasati, et l'employé était l'un de ses agents, soigneusement placé. Les nombres communiqués avaient révélé que de grosses sommes en métal avaient été payées par le premier conseiller des Anasati. Elles n'avaient pas servi à des opérations commerciales, car le hadonra s'en serait chargé, et la plupart auraient été des règlements envoyés à des marchands effectuant des transactions régulières. L'une des sommes avait été empruntée juste avant la date de la découverte presque désastreuse d'Arakasi dans l'entrepôt de soie. Ces événements étaient-ils liés ? Et deux autres versements, plus récents, pouvaient être des paiements au tong hamoï, le prix du sang pour des assassinats ciblés.

Arakasi nettoya la dernière ardoise et revint d'un pas traînant vers le bureau de l'employé. Il reprit le lavage du sol, et jura copieusement quand l'employé lança un morceau de papier de thyza vers la corbeille et la manqua. Le morceau de papier froissé atterrit sur les dalles propres d'Arakasi. Il le récupéra, s'inclina obséquieusement, et le déposa dans le tonneau à déchets. Mais un deuxième morceau de papier plié à l'intérieur du premier resta dans sa paume, puis s'évanouit dans un pli de son pagne.

Le maître espion endura les taloches et les coups des marchands alors qu'il continuait à frotter le sol en progressant dans l'allée centrale, jusqu'à ce qu'il atteigne le refuge d'un coin éloigné.

Juste avant l'heure de la fermeture, quand les voix étaient les plus fortes et les visiteurs à bout de nerfs, un marchand habillé avec ostentation s'arrêta devant le bureau de l'agent d'Arakasi. Il lança un regard rapide dans la boutique, vit que tous les autres employés étaient occupés, et posa une question.

L'employé apparemment agité laissa tomber sa craie. Arakasi trempa sa brosse dans son seau et s'attaqua à une nouvelle section du sol, mais il avait incliné la tête selon un angle qui lui permettait d'observer nettement l'échange devant le bureau de l'employé, en regardant sous son bras.

Les deux hommes parlèrent pendant quelques minutes. Des jetons de coquillage changèrent de mains, invisibles pour tous ceux qui se tenaient debout, mais pas pour un domestique accroupi au ras du sol. Le marchand regarda à droite et à gauche, les yeux brillants d'excitation.

Arakasi, marmonnant toujours, réprima un froncement de sourcils. Où diable avait-il déjà vu cet homme ? réfléchissait-il. Quand ? Et finalement il trouva la réponse, lui qui était si habile à repérer tous les détails d'un événement, quelle que soit leur incongruité apparente.

Avec un frisson d'excitation, il sut que l'homme habillé en marchand arrogant n'était autre que Chumaka, le premier conseiller des Anasati.

— Par la grâce de Chochocan, grognait-il, ce maudit sol n'en finira jamais.

Il tira son seau sur le côté, bloquant à moitié la porte qui conduisait aux latrines. Un instant plus tard, il fut récompensé par un autre coup de pied dans les côtes, quand l'employé qui se hâtait de répondre à l'appel de la nature trébucha sur lui.

— Maudit sois-tu, imbécile ! (Il se pencha pour lui donner un autre coup de pied pour le punir, et entre deux insultes, dit précipitamment :) Le marchand voulait savoir si quelqu'un s'était renseigné sur les comptes des Anasati. Je lui ai dit que plusieurs hommes louches et douteux m'avaient offert des pots-de-vin à ce sujet, juste pour qu'il se fasse du souci.

283

Arakasi réprima un sourire, et pressa son visage contre le sol comme un esclave faisant des excuses.

— Désolé, monsieur, maître, je suis désolé. C'est une nouvelle sacrément intéressante, et pardonnez-moi ma maladresse, je vous en supplie.

— Je ne te pardonne rien ! s'écria l'employé. Va dans la rue et lave le perron ! Et assure-toi qu'aucun sale mioche n'a pissé sur les piliers du côté de la ruelle, pendant que tu y es.

Arakasi s'inclina à plusieurs reprises et sortit rapidement. Mais bien qu'il ait envoyé son équipe de gamins des rues les plus doués sur la piste du marchand, il ne parvint pas à retrouver la trace de Chumaka.

Au crépuscule, le maître espion de Mara fut obligé de reconnaître l'intelligence de son rival. Il était aussi très inquiet. Il se sentait glacé de découvrir dans le camp d'un ennemi l'existence d'un homme aussi habile que lui pour le subterfuge. Car non seulement Jiro avait juré de détruire Mara, mais il était aussi le membre le plus dangereux de la faction traditionaliste qui voulait renverser l'empereur. D'autres seigneurs exprimaient peut-être plus ouvertement leur opposition, mais Arakasi n'avait aucun doute sur le fait que Jiro trouvait un avantage en laissant les autres parler à sa place. Les progrès accomplis dans la transformation d'un gouvernement tombé dans la stagnation et la décrépitude étaient toujours menacés. Alors que le soir tombait et que les rues s'assombrissaient, Arakasi se hâta de rejoindre la Maison des sept étoiles. Il devait s'y rendre pour changer d'identité, et revenir directement vers sa maîtresse. Il était arrivé dans un cul-de-sac en remontant la piste du tong hamoï, mais il avait d'autres nouvelles inquiétantes à rapporter, concernant les affaires politiques de l'empire. Il était encore plus énervé de découvrir par hasard que Chumaka, le premier conseiller de Jiro des Anasati, avait éprouvé le besoin de protéger sa piste.

Lequel de ses agents, se demanda Arakasi avec anxiété, avait été découvert ?

10

ENTRACTE

Mara s'agitait.

Les effets débilitants de son empoisonnement passaient trop lentement à son goût. Deux mois s'étaient écoulés depuis les événements, et elle était encore trop faible pour voyager. Elle regarda le soleil de l'après-midi qui rayait de lumière le tapis de son cabinet de travail, et fronça les sourcils. Elle aurait dû se trouver à la Cité sainte, pour assister à la réunion semestrielle des conseillers de l'empereur. Frasaï des Tonmargu, le commandant impérial, ne jouissait plus de toute sa santé ; on murmurait même dans les salons qu'il devenait sénile. Ces rumeurs étaient sans fondement, mais même durant ses plus belles années de chef de guerre de son clan, le seigneur des Tonmargu avait gouverné d'une main hésitante, tentant de plaire à toutes les factions divergentes. Mara s'inquiétait. Si Frasaï perdait toute autorité, et si le chancelier impérial Kamatsu, le père d'Hokanu, était harcelé de tous côtés par les attaques des traditionalistes, qui menaçaient non seulement sa prospérité mais aussi celle de tous ses alliés et soutiens, la réunion de cet automne risquait de devenir un véritable champ de bataille.

Les jours sanglants de l'époque du jeu du Conseil, tel qu'il avait été pratiqué sous le règne d'un seigneur de guerre, étaient encore trop récents pour être oubliés.

Mara frappa son écritoire de son petit poing dans une démonstration inhabituelle de frustration, et se leva pour faire les cent pas. Qu'elle soit trop faible pour marcher sans l'aide d'une canne la fit rougir de contrariété. Les domestiques qui veillaient à ses besoins, et même le jeune messager près de la porte, détournèrent le visage pour ne pas voir les émotions qui transparaissaient avec une évidence embarrassante sur le visage de leur dame.

Mais aujourd'hui, elle était trop exaspérée pour perdre son temps à maintenir une impassibilité tsurani bienséante. S'il avait été là, le barbare Kevin l'aurait taquinée à ce sujet. Mara sentit un serrement de cœur en un endroit qu'elle croyait endurci depuis longtemps.

— Que cet homme soit maudit ! marmonna-t-elle, et elle frappa le sol de sa canne pour appuyer ses propos.

Une voix douce la gronda gentiment depuis le seuil de la porte :

— L'empire ne va pas s'effondrer parce que son noble pair favori n'est pas en assez bonne santé pour se rendre au conseil.

Vêtu d'une simple robe trempée de sueur après son entraînement aux armes, Hokanu entra ; la boiterie de sa jambe avait pratiquement disparu. Lorsque Mara se retourna vers lui, furieuse, il lui attrapa les poignets. Elle n'avait plus de force, et avait tellement maigri que les doigts d'Hokanu pouvaient encercler ses poignets comme des menottes. Il devait faire attention pour ne pas la blesser. Il reprit la parole, d'une voix qui démentait le manque de fermeté de ses mains :

— Ma dame, le seigneur Hoppara a les choses bien en main. Le conseil ne partira pas en pièces parce que tu es absente.

Mara releva les yeux, furieuse. Quelques secondes plus tard, elle déclara :

— Arrête de me traiter comme si j'étais en verre. Toi et moi savons très bien que les traditionalistes échafauderont des intrigues perverses, et que près de la moitié d'entre elles se noueront dans la salle du conseil. Des marchés seront conclus, des dispositions seront prises, des conditions acceptées, et un grand nombre de seigneurs qui auraient agi avec prudence ne le feront pas, *parce que je ne serai pas présente !*

Hokanu sourit, ouvrit une de ses mains, et repoussa une mèche qui s'était échappée de la coiffure de Mara. Alors qu'il l'enroulait autour de ce qu'il pensait être la bonne épingle de jade, il cacha sa souffrance lorsqu'il vit que les mèches sombres avaient perdu leur lustre, et que la peau de sa dame n'avait plus l'éclat de la coquille de corcara. Sa souplesse de danseuse avait disparu durant les semaines où elle était restée alitée. Mara semblait encore pâlotte, et même Lujan ne parvenait plus à la faire se reposer durant la chaleur de l'après-midi.

— Oublions la politique impériale, bel oiseau. J'ai pris la liberté de faire venir tes femmes de chambre, car tu as une visite.

— Par tous les dieux, des vêtements d'apparat ? (La fureur de Mara commença à se transformer en irritation.) Je vais suffoquer. Quel père vient me rendre visite cette fois, espérant toucher l'ourlet de ma robe pour avoir de la chance et trouver un bon mari pour ses cinq filles hideuses ?

Hokanu se mit à rire, la saisit par la taille et la souleva dans ses bras.

— Comme nous sommes agressive aujourd'hui... Sais-tu que Jican a été contacté par un marchand qui lui offrait du métal pour récupérer tes vêtements usés ? Il voulait confectionner des rubans dans l'étoffe et les vendre comme souvenirs.

Mara se raidit d'indignation.

— Jican ne me l'a pas dit !

— Il savait... commença Hokanu, puis il grogna quand la jeune femme frêle comme un spectre lui décocha un coup de coude sous le diaphragme.

Il changea Mara de place dans ses bras, pour qu'une contusion résultant de son entraînement à l'épée ne soit pas à sa portée, et continua vaillamment à parler :

— Ton hadonra ne t'a rien dit. Il savait que tu demanderais que le pauvre homme soit chassé du domaine à coups de fouet, et il a jugé que cela témoignerait d'un manque certain d'hospitalité, même envers un intrigant et un impertinent.

Au moment où son époux sortait dans le couloir, Mara prononça un mot qui aurait certainement terni l'image respectable que les gens du peuple se faisaient d'elle. Puis elle donna un petit coup dans le bras de son époux.

— Alors, quelle est cette personne que Jican et toi avez estimée suffisamment sereine pour que je la reçoive ?

Un sourire fendit le beau visage d'Hokanu.

— Tu vas réclamer tes fards... Il s'agit de dame Isashani des Xacatecas.

— Ici ?

La voix de Mara devint stridente de consternation. Elle leva la main et commença avec inquiétude à remettre ses cheveux en place.

Comme c'était la première fois qu'il la voyait se soucier de son apparence depuis sa fausse couche, Hokanu remercia silencieusement la femme à la beauté provocante qui attendait dans le plus beau salon de Mara. Peut-être qu'après cette visite, la dame des Acoma entendrait raison, et arrêterait de gaspiller les forces dont elle avait besoin pour guérir dans une nervosité à fleur de peau. Le prêtre guérisseur lui avait révélé que l'antidote avait été administré à Mara au moment même où elle atteignait les portes du palais du dieu Rouge. Avec du repos et du calme, il faudrait trois mois à son corps pour récupérer, puis encore un autre pour qu'elle retrouve toutes ses forces. Mais l'état émotionnel de Mara, après la mort d'un nouvel enfant et une tentative d'assassinat presque réussie, avait été tout sauf apaisé. Hokanu craignait qu'il faille plus de trois mois pour que son épouse redevienne la femme qu'il connaissait.

Les contorsions emphatiques de Mara rappelèrent douloureusement à Hokanu que la santé de son épouse n'avait pas été la seule à souffrir. S'il n'allait pas rapidement transpirer dans un bain chaud, il serait perclus de courbatures le lendemain. Comme de bien entendu, la dame comprit la raison de sa grimace.

— Tu ne dois pas trop attendre avant d'aller prendre ton bain, mon cher époux. Si Isashani est venue ici, l'atmosphère de subtilité et d'intrigue qui flottera autour d'elle sera aussi lourde qu'un parfum entêtant. Il faudra un beau visage pour la flatter et lui soutirer des informations, et comme je ne suis pas un homme et l'un de ses favoris, tu es tenu par ton honneur de consort des Acoma d'assister à l'entrevue.

Hokanu n'était pas si fatigué par son exercice ou aveugle aux nuances, pour ne pas entendre la peur transparaissant dans la voix de son épouse.

— Qu'est-ce qui te trouble, ma dame ? Normalement, les visites de dame Isashani te ravissent.

Mara leva de grands yeux vers lui, dont l'iris semblait presque noir dans l'ombre plus dense du couloir.

— Le grand jeu, murmura-t-elle. Il provoque trop souvent des effusions de sang, et des rumeurs parlent d'un nouveau complot contre l'empereur.

Le visage d'Hokanu se durcit.

— Je serai là. Mais après mon bain, et après vous avoir laissé l'occasion de refaire connaissance.

Des motifs politiques dangereux pouvaient être à l'origine de la visite de la veuve douairière des Xacatecas ; mais Hokanu préférait risquer la damnation plutôt que de laisser passer la chance de voir Mara bénéficier de l'intuition subtile et de l'intelligence de la souveraine des Xacatecas.

Mara ressemblait à une enfant perdue sous le poids de ses robes d'apparat. Elle entra dans le salon d'une démarche mesurée et modeste, non pour préserver son apparence délicate, mais à cause de sa faiblesse. L'éclat de ses émeraudes et de ses jades éclipsait celui de ses yeux, et la révérence qu'elle fit à la femme de grande taille qui l'attendait en robes violet et or fut par nécessité superficielle et brève. Une révérence prolongée l'aurait fait tomber à genoux, et elle refusait obstinément et fièrement d'avoir un serviteur à ses côtés pour la soutenir.

Dame Isashani des Xacatecas se leva de ses coussins dans un tourbillon de soies précieuses et de parfum. Ses yeux d'un brun doré étaient légèrement bridés, ce qui lui donnait un regard exotique. Des fils d'argent apparaissaient dans sa chevelure auburn, et des fragments brillants de poudre de coquillage avaient dû être mêlés à la poudre de thyza qu'elle utilisait pour lisser ses pommettes saillantes. Le fard étincelait de minuscules points de lumière, et accentuait son teint de lait et de rose, qui avait gardé l'éclat de la jeunesse comme par le sortilège d'un magicien. Renommée pour sa beauté, crainte pour sa perspicacité et reconnue comme une manipulatrice hors pair, la dame douairière des Xacatecas avança précipitamment vers Mara et la soutint en lui prenant le bras.

— Ma chère, de toute évidence, vous n'êtes pas encore remise. (Sa voix délicate et mélodieuse avait le timbre d'un vieil instrument transmis de génération en génération de musiciens.) Et entre amies, il est inutile de perdre son temps en civilités.

Mara s'assit avec gratitude sur des coussins moelleux. Sa voix lui sembla aussi sèche que du sable lorsqu'elle ouvrit la conversation par les paroles d'accueil d'usage envers une personne de position sociale plus élevée.

— Soyez la bienvenue dans ma demeure, dame. Allez-vous bien ?

Isashani inclina la tête, un sourire impertinent creusant des fossettes sur ses joues.

— Je remercie le noble pair pour cette courtoisie imméritée, répondit-elle, le ton de sa voix exprimant un plaisir sincère devant l'inversion de leurs rangs par Mara.

Bien qu'elle soit l'aînée de Mara en âge et expérience, elle n'était qu'une ancienne souveraine et Mara était pair de l'empire.

— Je vais très bien, mais vous ressemblez à du gruau d'hwaet abandonné au soleil pour le bétail. Ma chère, avez-vous oublié l'idée même de manger ?

Ces paroles aussi directes qu'un coup de lance ne surprirent pas Mara, mais cette franchise avait désarçonné plus d'un adversaire de la maison des Xacatecas, dont l'esprit s'embrouillait devant la beauté enjôleuse de la dame.

Mara détourna le regard de l'éblouissante soie violette brodée d'inestimables fils d'or, et aussi des plateaux de sucreries et de fruits coupés que les domestiques avaient laissés à la disposition de son invitée. Elle esquiva.

— Vous n'êtes sûrement pas venue pour m'entendre me plaindre de ma santé.

En fait, les aliments n'avaient plus aucune saveur pour elle. Le poison avait rendu son estomac sensible et délicat.

La réponse de la dame fut aussi tranchante et vive qu'une riposte d'escrime :

— Je ne suis certainement pas venue vous voir vous complaire dans votre bouderie.

Mara réprima un tressaillement. Si cette réprimande était venue de toute autre personne, elle l'aurait considérée comme une insulte. Mais les yeux profonds d'Isashani contenaient une sympathie qui la brûlait comme une gifle, parce que la dame était sincère. Mara soupira, et une émotivité qui s'était endurcie depuis sa fausse couche s'adoucit un peu.

— Je suis désolée. Je ne m'étais pas rendu compte que mon humeur était si transparente.

— Être désolée ne suffit pas. (Isashani tendit une main parfaitement manucurée, choisit une assiette et lui servit une portion de fruits.) Mangez, sinon j'appelle vos servantes pour qu'elles vous reconduisent directement dans votre lit.

Elle le ferait sûrement, pensa Mara, et ses servantes perfides lui obéiraient probablement, sans prendre le temps de s'enquérir des souhaits de leur maîtresse, qui n'iraient peut-être pas dans le même sens. Isashani avait l'autorité d'un vieux général sur un champ de bataille, et, en sa présence, les gens avaient tendance à obéir au doigt et à l'œil, et à réfléchir ensuite aux conséquences de leurs actions. Comme elle ne se sentait pas assez forte pour discuter, Mara commença à grignoter une tranche de jomach. Elle aussi pouvait se montrer directe.

— Pourquoi êtes-vous venue ?

Isashani lui répondit par un long regard évaluateur. Puis, comme si elle était rassurée de voir que la force intérieure de Mara n'était pas aussi diminuée que sa résistance physique, elle se versa elle-même une tasse de chocha du pot qui attendait sur le plateau.

— Le seigneur Jiro des Anasati a fait des ouvertures au plus vieux fils bâtard de feu mon époux.

Sa voix était aussi dure que l'acier si rare des barbares, contrastant avec sa beauté fragile.

Mara reposa sa tranche de fruit à peine entamée. Elle fronça les sourcils.

— Wenaseti ? interrogea-t-elle calmement.

Un hochement élégant de la tête de son invitée lui confirma qu'il s'agissait bien de ce fils bâtard, et Isashani le compléta d'un petit sourire de salut. Que Mara connaisse ce nom était impressionnant, car le défunt seigneur Chipino avait goûté aux concubines et aux courtisanes comme à des vins raffinés. Ses bâtards étaient aussi nombreux que la vermine, et bien qu'ils aient tous été élevés en toute équité et impartialité par la maison Xacatecas, leurs tempéraments et leurs caractères variaient comme le temps. Le vieux seigneur avait ouvert sa couche aussi bien à la beauté qu'à l'intelligence, et bien qu'aucune des femmes qui lui avaient donné un enfant n'ait pu défier la position prééminente d'Isashani comme dame et épouse, certaines avaient eu la défaite amère, et avaient transmis leur ressentiment à leur rejeton. L'héritier actuel, Hoppara, faisait confiance à la connaissance de la politique familiale et à la perspicacité de sa mère pour tenir en main sa collection interminable de frères, sœurs et parents bâtards.

— Pour notre plus grand bonheur, ajouta Isashani, avec une étincelle dans le regard qui suggérait des problèmes plus âpres maintenant réglés, Wenaseti est un fils loyal envers sa lignée. Jiro a essuyé une rebuffade.

Le froncement de sourcils de Mara ne se dissipa pas, et la lueur dans le regard d'Isashani ne s'adoucit pas. Second du seigneur Frasaï comme commandant impérial, le seigneur Hoppara des Xacatecas occupait une position centrale à la cour de l'empereur. Qu'il soit jeune pour tenir un poste aussi important le rendait vulnérable. Ses avis résolus, sa perspicacité et sa vivacité d'esprit redonnaient souvent un peu de fermeté au seigneur Frasaï trop influençable. Il pouvait ainsi prendre certaines mesures à temps, pour éviter les désastres fomentés par la faction traditionaliste, qui cherchait à miner les réformes et à restaurer la charge de seigneur de guerre.

Si le seigneur Hoppara était évincé, cela signifierait que le Parti de l'empereur perdrait une position clé pour sa défense : une étape dangereuse, qui rapprocherait l'empire des effusions de sang et d'une guerre civile dont la menace était à peine écartée. Quelque chose dans l'attitude d'Isashani avertit Mara.

— Vous avez eu une tentative d'assassinat.

Le visage d'Isashani devint aussi figé que de la porcelaine.

— Plusieurs...

Mara ferma les yeux. Elle se sentait faible jusqu'au tréfonds de son âme, oppressée soudain par une lassitude qui lui donnait envie d'abandonner la grande lutte. De restreindre ses espoirs et ses efforts à la survie des Acoma, devant les périls qui se refermaient autour d'elle comme un cercle d'épées. Mais elle était pair de l'empire, et n'était plus la jeune fille inexpérimentée arrachée au service de Lashima pour reprendre le sceptre d'une maison menacée. Les ennemis de l'empereur étaient aussi les ennemis des Acoma ; car elle était devenue la poutre maîtresse qui soutenait un grand toit. Pour abattre le règne impérial, Jiro et ses alliés devaient d'abord le priver du soutien de Mara.

La pensée qui vint ensuite fut que le tong hamoï avait trop bien réussi dans ses tentatives d'assassinat contre ses amis, ses alliés et sa famille. Car tant que Jiro serait le souverain des Anasati, il continuerait de s'abaisser à engager des assassins. Les tong étaient devenus un problème bien trop grave, que plus aucun allié des Acoma ne pouvait ignorer sans risques pour sa sécurité. Mara n'oublierait jamais l'horreur de sa strangulation presque réussie, ou la souffrance de sa fausse couche provoquée par le poison. Elle souffrirait jusqu'à la fin de sa vie de la douleur de la mort d'Ayaki. Plongée dans ses sombres pensées, elle ne prit conscience de l'arrivée d'Hokanu qu'en entendant les paroles de salutation formelles d'Isashani.

Elle ouvrit les yeux pour voir son époux s'incliner sur la main de la dame des Xacatecas. Il se montrait aussi timide qu'un adolescent, une attitude étrange pour un homme qui avait commandé des armées au nom de l'empereur, et dont le savoir-vivre avait fait que Mara était enviée par toutes les jeunes filles à marier des grandes maisons. Isashani semblait déconcerter les hommes avec une telle facilité, que la rumeur soutenait qu'elle était une sorcière qui manipulait secrètement ses admirateurs par des enchantements. Mais Hokanu était l'un de ses favoris, et les douces flatteries et badineries de la dame des Xacatecas le mirent tout de suite à l'aise. On disait que les hommes dont elle ne se souciait pas restaient muets en sa présence pendant un intervalle de temps remarquable.

Toujours à moitié troublé par le charme d'Isashani, Hokanu s'assit à côté de son épouse. Il prit la main de Mara dans la sienne, et déclara :

— Nous sommes nous aussi lassés de jouer au mo-jo-go avec les tong. (Il se référait à un jeu de cartes où l'on engage souvent des paris élevés.) Vraiment, ce serait un soulagement général si Ichindar engendrait un fils. Un héritier mâle pour le trône impérial ferait beaucoup pour éteindre les feux de la faction traditionaliste.

Les yeux sombres d'Isashani étincelèrent d'amusement.

— Ces années ont été très ennuyeuses pour l'arrangement des mariages, je suis bien d'accord avec vous. Tous ces fils de la noblesse préfèrent prendre des concubines que des épouses, dans l'espoir d'épouser une princesse impériale. Les fêtes sont en train de devenir assez meurtrières, avec tant de jeunes filles à marier qui se crachent à la figure comme de jeunes sarcats.

De là, la conversation passa à la guerre commerciale entre un consortium du clan Omechan et un groupe du clan Kanazawaï, qui infligeait des revers au père d'Hokanu sur le marché de la résine. Contrariée par la pénurie de cuir laminé qui avait suivi, la guilde des armuriers était sur le point de se jeter dans la bataille, tandis que le travail des capitaines de navire et des dockers à Jamar était paralysé par les embargos qui perturbaient les calendriers de navigation. Comme les Acoma avaient des peaux qui moisissaient dans leurs entrepôts de Sulan-Qu, ce qui n'était pas le cas pour les Anasati, l'avis général était que les alliés de Jiro étaient à l'origine de ces troubles. Et cela ne faisait aucun bien aux Omechan de se rappeler que c'était leur propre désunion qui avait fourni à l'empereur l'occasion de s'emparer du pouvoir absolu.

L'après-midi s'écoula et le soir arriva. Quand la lassitude de Mara devint évidente et qu'elle s'excusa pour se retirer, Isashani prit enfin congé. Assise dans son palanquin près de la porte, ses porteurs à leur place prêts à partir, elle leva ses yeux dorés vers Hokanu et décocha un dernier commentaire acéré :

— Quant à vous, jeune homme, vous devriez prendre la peine de vous assurer que votre épouse mange convenablement. Sinon les commérages assureront que vous l'affamez pour la pousser plus vite vers la tombe, dans l'espoir de rejoindre le cercle des courtisans qui soupirent après la fille aînée d'Ichindar.

Les sourcils d'Hokanu se levèrent comme s'il avait été chatouillé par une épée.

— Dame, est-ce une menace ?

Isashani sourit avec une douceur venimeuse.

— Vous pouvez y compter. Mon défunt époux aimait beaucoup Mara, et je ne veux pas que son fantôme vienne me hanter. De plus, mon Hoppara vous défierait probablement en duel s'il voyait votre dame si triste. Après l'héroïsme dont elle a fait preuve durant la Nuit des épées sanglantes, il lui compare toutes les jeunes femmes qu'il rencontre.

— Vraiment ? (La voix d'Hokanu devint sérieuse.) Aucun homme de l'empire n'aime notre noble pair autant que moi. Et votre visite lui a fait plus de bien que vous ne pouvez l'imaginer.

La visite de dame Isashani poussa tout du moins Mara à reprendre soin de son apparence. Elle fit appel à l'habileté de ses femmes de chambre, et si au début l'amélioration de son teint fut due uniquement au maquillage, Hokanu prit soin de ne pas la harceler. Si elle passait encore de longues heures à consulter ses rapports, elle faisait maintenant l'effort de manger un peu plus ; et quand elle prit l'habitude de méditer dans un petit esquif sur le lac, sa pâleur disparut peu à peu.

— Il est très difficile de se ronger les sangs au milieu de l'eau, sous un ciel paisible, dit-elle, débarquant un soir sur la rive, alors que les derniers feux du crépuscule doraient les vaguelettes du lac.

La serrant dans ses bras, Hokanu se détesta à l'idée d'être obligé d'interrompre cet instant privilégié. Mais elle saurait bientôt, et ne souhaitant pas provoquer une explosion de colère, il n'osa pas lui cacher les dernières nouvelles.

— Arakasi est de retour.
— Déjà ? (Mara releva le visage, embrassant les lèvres de son époux, l'air absent et préoccupé.) Il a dû entendre parler de la tentative d'assassinat sur le seigneur Hoppara avant même l'envoi de ma convocation.

Leur moment d'intimité cessa et la dame se hâta d'aller retrouver son maître espion. Hokanu l'accompagna jusqu'au manoir, à travers les couloirs envahis par les ombres du crépuscule, parmi les serviteurs qui se dispersaient pour allumer les lampes à huile. Dans l'une des cours intérieures, on entendait les échos lointains des cris de joie de Justin.

— Pourquoi mon fils semble-t-il si énervé ? demanda Mara.

Hokanu passa son bras autour des épaules de son épouse.

— C'est un nouveau jeu. Ton conseiller pour la guerre a pris le pari avec le garçon que celui-ci ne parviendrait pas à le surprendre dans une embuscade. Justin a commencé à rôder derrière chaque meuble, et les domestiques n'utilisent plus les couloirs de derrière de peur d'être attaqués.

— Et Keyoke ? (Mara tourna le dernier coin et parcourut un autre couloir orné d'une vieille mosaïque usée.) S'est-il fait surprendre ?

— Plusieurs fois, répondit Hokanu en riant. Son ouïe n'est plus aussi fine qu'avant, et sa béquille fait de lui une proie facile.

Mara secoua la tête.

— Il faudrait juste que Justin ne le terrorise pas. Le vieux soldat a reçu suffisamment de cicatrices au service des Acoma sans avoir besoin d'être harcelé au crépuscule de sa vie.

Mais Hokanu savait que Keyoke ne se souciait pas le moins du monde des bleus qu'il aurait à la suite de ce pari. Justin avait gagné l'affection du vieil homme, et était devenu le petit-fils qu'il n'avait jamais eu.

Le couple atteignit la porte du cabinet de travail de Mara. Hokanu dégagea son bras et lança à son épouse un regard interrogatif. Les domestiques n'avaient pas encore éclairé ce couloir. Le visage de Mara formait un ovale pâle dans l'ombre ; son expression était indéchiffrable. Après un moment, elle déclara :

— Reste avec moi, cette fois. Les nouvelles que m'a données dame Isashani m'ont troublée, et j'aimerais entendre ton avis.

Hokanu perçut l'inquiétude dans sa voix.

— Dois-je faire venir Saric et Incomo ? demanda-t-il.

Mara lui répondit en secourant légèrement la tête :

— Non. Ils n'approuveraient pas ce que je prépare, et je ne vois pas l'intérêt d'endurer leurs critiques.

Soudain glacé dans la chaude obscurité, malgré les appels des domestiques dans le lointain et les odeurs de souper venant des cuisines, Hokanu tendit la main et releva le menton de Mara d'un doigt.

— À quoi penses-tu, belle dame ?

Le ton de sa voix contrastait avec une appréhension qui lui coupait le souffle. Mara lui répondit après un instant de silence :

— Je pense que le tong hamoï nous empoisonne l'existence depuis bien trop longtemps. J'ai perdu un fils et un bébé par sa faute. Je ne veux pas que dame Isashani souffre de la même façon, et je dois au moins cela à son défunt époux, le seigneur Chipino.

Hokanu lâcha un soupir, peiné par la tension qui revenait entre eux chaque fois qu'ils abordaient le sujet des enfants.

— Ce n'est pas le tong mais l'ennemi qui l'emploie qu'il faut craindre.

Mara lui répondit par un infime hochement de tête.

— Je sais. C'est pourquoi je vais demander à Arakasi de pénétrer dans le quartier général des hamoï et de voler leurs archives. Je connaîtrai leur employeur, et je dévoilerai ses complots aux yeux de tous.

— Son nom est probablement Anasati, répondit Hokanu.

— L'un des noms... (La voix de Mara devint lugubre.) Je voudrais aussi connaître le nom de tous les autres, pour que plus jamais un parent ne perde un jeune héritier à cause d'une politique meurtrière. Viens, entrons, et chargeons Arakasi de cette tâche difficile.

Hokanu ne put que hocher la tête en pénétrant dans le cabinet de travail. Il éprouvait un respect proche d'une crainte révérencieuse pour le maître espion, depuis qu'il l'avait vu en action la nuit où ils avaient cherché l'antidote. Mais même pour un homme possédant sa ruse et son sens du camouflage, infiltrer le tong hamoï était une tâche impossible. Hokanu n'avait pas d'argument à opposer à sa dame pour la dissuader d'envoyer son maître espion à la mort, au moment où elle avait le plus besoin de ses services.

Arakasi sortit préoccupé du cabinet de travail de sa dame. Il avait terminé la conversation la voix rauque. Le rapport de cette nuit avait été long, le résultat d'une campagne de nombreux mois de travail. Le maître espion avait beaucoup demandé à ses agents, les avait exhortés à chercher des réponses même devant le danger posé par le premier conseiller de Jiro, Chumaka. Deux hommes avaient dû renoncer à leur couverture pour obtenir des informations, et avaient choisi le suicide par la lame plutôt que d'affronter un interrogatoire et la torture, et de risquer de trahir leur maîtresse. Et bien qu'ils aient contré plusieurs complots de traditionalistes et des revirements de vieilles alliances contre l'empereur, Arakasi et ses agents n'avaient pas réussi à mettre un nom sur l'employeur qui avait envoyé le tong hamoï contre Mara.

Plus inquiétantes encore que la dernière tentative d'assassinat contre le seigneur Hoppara, plusieurs autres avaient été déjouées par une espionne d'Arakasi placée dans la maisonnée des Xacatecas. Elle s'était montrée deux fois *maladroite* près des cuisiniers, et avait renversé des assiettes de nourriture qu'elle soupçonnait contenir du poison.

Ce rapport avait fait ouvertement tressaillir Mara. Son visage avait pâli, puis s'était empourpré. Arakasi ne l'avait encore jamais vue en proie à une colère aussi profonde. Les paroles de sa maîtresse résonnaient encore dans son esprit, marquées par une douleur qui ne l'avait jamais quittée depuis la mort d'Ayaki.

— Arakasi, avait-elle dit, je te demande de trouver un moyen pour voler les archives du tong hamoï. Ces attaques contre nous, et maintenant contre les alliés de notre empereur, doivent impérativement cesser. S'il y a quelqu'un d'autre que les Anasati derrière tout cela, je veux que tu le découvres.

Arakasi avait accepté son ordre, plaçant son poing sur son cœur dans un salut de soldat. Après des mois d'efforts pour pénétrer les comptes des Anasati, et trois tentatives infructueuses pour placer de nouveaux agents dans le domaine de Jiro, il considéra l'ordre de s'attaquer directement au tong comme un soulagement. Dans sa frustration, Arakasi avait concédé que Chumaka était de loin l'adversaire le plus habile qu'il ait jamais affronté. Mais même un politicien aussi brillant que le premier conseiller des Anasati ne pouvait anticiper une manœuvre aussi téméraire que ce défi lancé aux assassins. Et si Chumaka ne connaissait pas le nom du maître espion de Mara, il commençait à comprendre de mieux en mieux ses méthodes, ce qui lui permettait d'anticiper les manœuvres d'Arakasi. Une petite dose d'inattendu, surtout si aucune motivation claire ne pouvait être discernée, pourrait perturber Chumaka pendant un certain temps.

Aussi silencieux qu'une ombre et plongé profondément dans ses pensées, Arakasi tourna dans le couloir, restant par habitude dans la zone la plus sombre. Cette galerie étroite traversait les parties les plus anciennes du domaine. Les planchers étaient construits sur deux hauteurs, un héritage d'un seigneur oublié qui pensait devoir toujours se trouver plus haut que ses serviteurs. Il s'était aussi passionné pour les bibelots, ou peut-être était-ce la manie de l'une de ses épouses. Dans les murs, des niches profondes abritaient des statues et diverses œuvres d'art. Arakasi pensait personnellement que ces objets étaient dangereux, car certains étaient assez grands pour dissimuler un assassin, ou un enfant de grande taille.

C'est pourquoi il ne fut pas entièrement surpris quand un cri assourdissant résonna dans son dos, et que quelqu'un bondit sur lui avec force dans l'intention de le faire tomber.

Il virevolta, rapide et léger, et se retrouva les bras chargés d'un gamin de six ans qui donnait des coups de pied, furieux de voir son attaque surprise anticipée.

Le maître espion de Mara souffla sur une mèche de cheveux roux pour l'écarter de ses lèvres, et demanda d'un ton égal :

— Ressemblerais-je tant à Keyoke aujourd'hui, que tu as jugé bon de mettre mes réflexes à l'épreuve ?

Le jeune Justin se mit à rire et à gigoter, et réussit à lever son épée de bois incrustée de disques de nacre.

— J'ai déjà tué Keyoke deux fois, aujourd'hui ! se vanta-t-il.

Arakasi haussa les sourcils. Il changea de prise, surpris par la force qu'il devait déployer pour retenir le petit garçon plein d'énergie. C'était bien le fils de son père, avec son attitude impertinente et des jambes aussi longues que celles d'une corani, une antilope connue pour sa grande rapidité.

— Et combien de fois Keyoke t'a-t-il tué aujourd'hui, petit diable ?

Justin prit un air penaud.

— Quatre fois.

Il ajouta une phrase grossière dans la langue barbare, qu'il avait probablement entendue dans les baraquements de la bouche d'un soldat qui avait fait la campagne de Dustari avec Kevin. Arakasi prit mentalement note que le garçon avait les oreilles aussi aiguisées que son esprit ; l'enfant n'était plus trop jeune pour ne pas écouter aux portes de ses aînés.

— J'ai le sentiment que l'heure de se coucher est passée depuis longtemps, l'accusa le maître espion. Tes nourrices savent-elles que tu es encore debout ?

Et il commença prudemment à marcher dans la direction de la chambre de l'enfant.

Justin secoua sa masse de cheveux bouclés.

— Les nourrices ne savent pas où je suis. (Il sourit fièrement, puis il sembla consterné lorsque le doute s'insinua dans son esprit.) Vous ne leur direz pas ? Je serais certainement puni.

Une lueur brilla dans les yeux d'Arakasi.

— Il y a un prix à payer, dit-il avec tout le sérieux possible. Tu devras me faire une promesse en échange de mon silence.

Justin prit un air solennel. Puis, comme il avait vu les soldats le faire aux jeux de dés pour reconnaître une dette, il leva son poing fermé et posa le pouce sur son front.

— Je tiendrai ma parole.

Arakasi se retint difficilement de sourire.

— Très bien, honorable jeune maître. Tu ne feras pas un bruit quand je te glisserai dans ta chambre ; tu t'allongeras sur ta natte sans bouger, et tu garderas les yeux fermés jusqu'à ce que tu te réveilles au petit matin.

Justin poussa un cri de trahison. Il ressemblait tant à son père, pensa Arakasi, alors qu'il entraînait l'enfant qui protestait vers sa chambre. Kevin non plus n'acceptait pas le protocole ou les convenances. Il était honnête quand cela embarrassait franchement tout le monde, et mentait chaque fois que cela l'arrangeait. Il était un anathème pour une maison tsurani bien tenue, mais la vie était certainement moins amusante depuis son retour sur Midkemia. On disait même que Jican, qui avait été la victime d'une grande part des plaisanteries de Kevin, faisait des remarques nostalgiques sur son absence.

Égal à lui-même, Justin cessa son vacarme sur le seuil de sa chambre. Il ne voulait pas risquer de provoquer la colère de ses nourrices en prolongeant son caprice. Il tint sa parole de guerrier quand Arakasi le glissa sous ses couvertures ; mais il ne ferma pas les yeux. Il préféra fixer un regard indigné et outragé sur Arakasi quand celui-ci se releva, jusqu'à ce qu'il perde la bataille contre la fatigue et sombre dans le sommeil profond et sain d'un jeune garçon.

Le maître espion ne doutait pas le moins du monde que l'enfant serait ressorti de sa chambre s'il n'était pas resté près de lui pour s'assurer qu'il respectait sa parole de guerrier. En de nombreux points, le garçon était plus midkemian que tsurani, une caractéristique que sa mère et son père adoptif encourageaient.

Que ses manières étrangères se révèlent un avantage à l'âge adulte, ou qu'elles laissent le nom et le natami des Acoma vulnérables aux menées de Jiro et de ses alliés, nul ne pouvait le prédire. Arakasi soupira en franchissant la porte pour se rendre dans les jardins éclairés par la lune. Arrivé dans les appartements qu'il utilisait lors de ses rares séjours au domaine, Arakasi quitta son déguisement le plus récent, celui d'un colporteur vendant des bijoux bon marché. Il prit un bain tiède, ne voulant pas perdre de temps en faisant venir des domestiques pour réchauffer l'eau de la baignoire, et réfléchit tout en se frottant le dos pour ôter la poussière de la route.

Les seules archives écrites que gardaient les hamoï, comme tous les autres tong, devaient être la possession de l'obajan en personne. Seul un successeur digne de confiance, généralement un fils, savait où ces parchemins étaient dissimulés, en cas de mort accidentelle de l'obajan. Pour qu'Arakasi puisse ne serait-ce que localiser les archives, il devait se trouver au contact même du chef des Frères de la fleur rouge, le tong le plus puissant de l'empire.

Arakasi se teignit les cheveux, ses mouvements vigoureux lui permettant de libérer sa frustration. Entrer dans le cœur du domaine des tong serait bien plus difficile que ses anciennes incursions dans le palais impérial.

Arakasi n'avait rien dit des risques encourus. Il n'avait eu qu'à regarder le visage blême de Mara pour savoir que de nouveaux soucis ne feraient que retarder la guérison totale de sa dame. Elle connaissait les risques des ordres qu'elle venait de donner, et serait suffisamment nerveuse sans que personne ne remette en plus son jugement en question.

Arakasi s'installa confortablement, sans prêter attention à l'eau qui avait refroidi. Il réfléchit à sa rencontre avec Justin. Le maître espion savait que l'inquiétude de Mara devait se concentrer sur la santé de son seul enfant survivant. La tâche qu'il partageait avec d'autres serviteurs acoma était de veiller à ce que le garçon survive jusqu'à l'âge adulte. À l'heure actuelle, cela signifiait qu'il devait trouver le moyen d'abattre l'homme le plus dangereux et le mieux gardé de tout l'empire : l'obajan du tong hamoï.

Qu'un homme sensé considère cette mission comme impossible ne semblait pas préoccuper le moins du monde Arakasi. Ce qui troublait son esprit retors était que pour la première fois dans sa longue carrière, il n'avait pas la moindre idée de par où commencer. La localisation du quartier général de la fraternité des assassins était un secret étroitement gardé. Les agents qui recevaient les paiements pour les meurtres n'étaient pas naïfs, comme l'avait été l'apothicaire qu'il avait dû torturer dans une ruelle de Kentosani. Ils se suicideraient – comme beaucoup l'avaient déjà fait en de nombreuses occasions – avant de révéler le nom de leur contact au sein du réseau. Ils étaient aussi loyaux envers leur culte meurtrier que les agents d'Arakasi l'étaient envers Mara. Troublé, le maître espion sortit du bain et se sécha. Il s'habilla d'une robe toute simple. Pendant presque la moitié de la nuit, il se reposa, à demi plongé dans la méditation, passant sa mémoire au crible pour trouver des faits ou des visages qui pourraient lui donner le début d'une piste.

Quelques heures avant l'aube, il se leva, fit quelques exercices d'assouplissement et rassembla les rares objets dont il aurait besoin. Il sortit du manoir sans attirer l'attention des sentinelles. Hokanu avait un jour plaisanté en disant qu'un soldat risquait de tuer accidentellement le maître espion de Mara, si celui-ci continuait à rôder la nuit dans le domaine. Arakasi avait répondu que le garde qui le tuerait devrait alors recevoir une promotion, car il aurait débarrassé Mara d'un serviteur incompétent.

L'aube trouva Arakasi sur l'autre rive du lac, marchant d'un pas vif tout en réfléchissant intensément. Il formulait des plans, les examinait sur toutes les coutures puis les rejetait, mais il ne ressentait aucun désespoir, seulement le sentiment croissant d'un défi à relever. Au crépuscule, il avait atteint le fleuve et s'était mêlé aux voyageurs qui attendaient sur une péniche, passager anonyme parmi tant d'autres, qui se rendait à la Cité sainte.

11

DEUIL

Des mois s'écoulèrent.

Les couleurs reparurent enfin sur les joues de Mara. Le printemps revint, les needra donnèrent naissance à leurs petits, et les juments barbares mirent au monde sept poulains en pleine santé pour agrandir le cheptel. Avec la permission de Lujan, Hokanu s'appropria deux patrouilles de soldats et, au cours de l'été, commença à leur enseigner à monter à cheval, puis les fit manœuvrer montés, en formation.

La poussière des manœuvres flottait au-dessus des champs dans la chaleur sèche, et en fin d'après-midi, des rires et des plaisanteries animaient la rive du lac quand les soldats au repos regardaient leurs camarades faire nager leurs animaux barbares, ou brosser la sueur de leur robe luisante après un exercice. Les cavaliers et les chevaux n'étaient pas les seuls à ressortir trempés du lac, certains jours où les jeux et les blagues étaient un peu plus rudes. Depuis le balcon en terrasse que Tasaio utilisait autrefois pour surveiller les manœuvres, Mara regardait souvent la scène. Elle était accompagnée de ses femmes de chambre et de son jeune fils, et de plus en plus souvent de son époux, qui portait encore sa tenue d'équitation, ses bottes et son sabre.

Un après-midi, alors que le soleil descendait et qu'un vétéran grisonnant et couturé de cicatrices se penchait pour embrasser sur les naseaux la jument qui lui avait été attribuée, Mara eut son premier sourire insouciant depuis des semaines.

— Les hommes se sont certainement habitués aux chevaux. Un grand nombre de leurs petites amies se sont plaintes qu'ils passent plus de temps dans les écuries que dans leur lit...

Hokanu sourit et glissa ses mains autour de sa taille mince.

— Te plains-tu de la même chose, mon épouse ?

Mara se retourna dans ses bras, et aperçut Justin qui les regardait avec ses grands yeux bleus candides. Son expression lui rappela de façon poignante celle de son père, avant que l'enfant ne fasse avec ses doigts un geste grossier qu'il n'avait certainement pas appris auprès de ses nourrices.

— Vous allez faire un bébé, cette nuit, déclara-t-il, fier de sa déduction, et pas du tout déconcerté quand sa nourrice la plus proche lui donna une tape sur la joue.

— Petit impertinent ! Comment osez-vous parler ainsi à votre mère ? Et quel que soit l'endroit où vous avez appris ce geste, vous serez fouetté si vous recommencez.

La nourrice s'inclina devant le maître et la maîtresse, le visage rouge de confusion, et emmena vers son lit un Justin qui protestait.

— Mais le soleil est toujours haut, s'indignait-il avec la plus grande énergie. Comment pourrai-je dormir si je peux toujours voir le jour ?

Les deux silhouettes disparurent dans l'escalier qui descendait la colline, les cheveux de Justin brillant comme des flammes dans la lumière déclinante.

— Par les dieux, il grandit vite, dit affectueusement Hokanu. Il va falloir que nous lui trouvions bientôt un maître d'armes. L'écriture et le calcul ne suffisent apparemment pas à l'empêcher d'espionner les domestiques.

— Ce n'est pas ce qu'il fait. (Les mains de Mara se serrèrent autour de la taille mince de son époux, appréciant les muscles restés fermes grâce aux heures d'équitation.) Il se glisse dans les baraquements, ou dans les quartiers des esclaves, chaque fois qu'il en a l'occasion. Et il écoute attentivement quand les hommes se vantent de leurs exploits avec les filles de la Maison du roseau ou avec les servantes. Il est bien le fils de son père, quand il s'agit de regarder les femmes. Et quelque chose qu'il a dit ce matin à ma servante Kesha l'a fait rougir comme une jeune fille, ce qu'elle n'est plus.

Mara pencha la tête sur le côté, et regarda son époux entre ses paupières mi-closes.

— C'est un petit garçon égrillard et mal élevé... Nous ferions bien de le marier jeune, de peur qu'il n'engendre des bâtards acoma comme on sème du hwaet, avec la moitié des pères de l'empire le poursuivant l'épée haute pour venger l'honneur de leurs filles.

Hokanu rit doucement.

— De tous les problèmes qu'il pourrait te poser, c'est celui qui me soucie le moins.

Mara écarquilla les yeux.

— Il a à peine sept ans !

— Alors il est largement temps qu'il ait un petit frère, dit Hokanu. Un autre petit démon dont il s'occupera, ce qui distraira son esprit et l'éloignera de problèmes plus ennuyeux.

— Tu es un petit garçon égrillard et mal élevé, rétorqua Mara, et elle s'échappa de ses bras avec un rire vif et enthousiaste. Elle descendit la colline en courant, sa robe à moitié ouverte dans sa désinvolture.

Hokanu se remit de sa surprise et la suivit. Le plaisir, plus que l'exercice, lui rosissait les joues. Cela faisait bien trop longtemps que sa dame ne s'était pas montrée joueuse, depuis son empoisonnement. Comme il savait qu'elle le souhaitait, il courut sans se forcer, et n'allongea pas son pas long et athlétique pour la rattraper avant qu'elle n'ait atteint le ravin près de la rive du lac.

C'était le plein été, mais les herbes sèches gardaient encore une trace de verdure. Les insectes piqueurs du début de la saison s'étaient dispersés, et les insectes nocturnes aux cris perçants n'étaient pas encore morts. L'air était chaud et sirupeux. Hokanu plongea vers son épouse pour l'attraper, et ils roulèrent à terre, essoufflés, les vêtements en désordre, abandonnant complètement les convenances.

— Mon seigneur et consort, il me semble que nous avons un problème : nous sommes à court d'héritiers.

Les doigts d'Hokanu étaient déjà en train de dénouer les attaches de la robe de Mara.

— Les sentinelles de Lujan patrouillent le long de la rive du lac, lorsque la nuit tombe.

Mara lui répondit par un sourire, un éclair de blancheur luisant dans le crépuscule.

— Alors nous n'avons pas de temps à perdre, dans tous les sens du terme.

— Ce n'est pas du tout un problème, répondit gaiement Hokanu.

Après cet échange, ils n'eurent plus la concentration nécessaire pour bavarder...

L'héritier des Shinzawaï, si attendu et qui avait provoqué tant de querelles, dut être conçu cette nuit-là sous le ciel estival, ou plus tard parmi les coussins parfumés, après une coupe de vin de sâ tardive partagée dans leurs appartements. Six semaines plus tard, Mara en était sûre. Elle reconnaissait les signes, et même si elle se sentait mal quand elle s'éveillait, Hokanu pouvait l'entendre chanter le matin. Mais le sourire d'Hokanu était doux-amer. Ce qu'il savait et que Mara ignorait, c'était que cet enfant serait son dernier, un miracle que le prêtre guérisseur d'Hantukama avait pu lui accorder.

Jusqu'à ce qu'il entende une querelle entre les marmitons et le fils bâtard de l'un des courtiers de la maison, Hokanu n'avait jamais pensé que l'enfant puisse être une fille. Il oublia le problème, et ne prêta pas attention aux paris pris dans les baraquements sur le sexe du futur bébé.

Que le dernier enfant de Mara, qui allait devenir l'héritier du nom de sa famille et de sa fortune, puisse ne pas être un fils n'était tout simplement pas convenable.

Cette grossesse qui avait commencé dans l'insouciance et la désinvolture ne continua pas dans cette voie, surtout après l'empoisonnement de Mara et les tentatives d'assassinat sur les alliés des Acoma. Lujan tripla ses patrouilles et inspecta personnellement les points de contrôle dans les cols. Les tours du portique de prière au-dessus de l'entrée de la rivière étaient constamment pourvues de sentinelles, et une compagnie de guerriers se tenait toujours prête à intervenir. Mais l'automne vint dans la sérénité, les needra furent conduits sur les marchés et le commerce continua paisiblement. Même les caravanes de soie ne furent pas attaquées, ce qui n'était pas habituel et ne contribua pas à calmer l'inquiétude générale. Jican passait des heures à marmonner sur ses piles d'ardoises. Même les bénéfices sur les excédents de hwaet ne semblèrent pas le dérider.

— La nature se montre souvent plus généreuse avant les grandes tempêtes, grognait-il avec pessimisme quand Mara se plaignait que son agitation lui donnait mal à la tête.

Alourdie par son ventre qui s'arrondissait, elle avait des difficultés à parcourir les pièces en sa compagnie, quand elle le suivait pendant ses rapports.

— Tout est bien trop tranquille, répondait le frêle hadonra, se laissant tomber comme un petit oiseau plongeur sur les coussins, devant l'écritoire de sa maîtresse. Je n'aime pas cela, et je ne crois pas que Jiro reste assis innocemment, le nez enfoui dans ses vieux parchemins.

En fait, les agents d'Arakasi avaient envoyé des nouvelles. Jiro n'était pas oisif : il avait engagé des ingénieurs et des menuisiers pour construire une étrange machine dans ce qui avait été autrefois la cour d'honneur de son père. Il était tout à fait probable que ce matériel soit destiné au siège et à la sape, et grâce à quelques commérages habiles et bien placés, le seigneur Hoppara des Xacatecas avait convaincu le vieux Frasaï des Tonmargu de puiser dans le trésor impérial. Des ouvriers avaient commencé à réparer les fissures des remparts de Kentosani et de la citadelle intérieure de l'empereur, provoquées par le tremblement de terre du magicien renégat Milamber, quand il avait semé le chaos lors des jeux impériaux des années auparavant.

Alors que l'automne s'étirait et que la saison humide approchait, Mara devint aussi agitée que son hadonra, et incapable même de faire les cent pas. Son seul répit fut lors du huitième anniversaire de Justin, quand Hokanu offrit sa première vraie épée au garçon, en remplacement de l'arme factice qu'utilisent habituellement les enfants.

L'héritier des Acoma reçut la petite lame superbement ouvragée avec une grande solennité, et résista à l'envie de la manier dans tous les sens autour de lui. Si Keyoke lui avait enseigné la conduite appropriée en présence de ses parents, une telle retenue lui manqua le lendemain matin quand il descendit la colline au pas de charge, la lame nue, pour sa leçon avec son maître d'armes.

Mara regardait son fils depuis la terrasse, soupirant de ne pouvoir assister à l'entraînement de Justin. Mais ses guérisseurs ne la laissaient pas quitter ses coussins, et son époux, qui était généralement indulgent quand elle se montrait entêtée, ne voulait pas céder. Il ne fallait pas risquer l'héritier qu'elle portait. Pour adoucir sa réclusion, il lui faisait envoyer tout ce qu'elle demandait.

Alors que le terme de la grossesse approchait, les cadeaux de la noblesse arrivèrent, certains somptueux, d'autres un geste purement symbolique, le minimum que la tradition exigeait. Un vase très cher mais excessivement laid fut le cadeau de Jiro au pair de l'empire pour la naissance de son futur enfant. Amusée par son humour sardonique, Mara ordonna qu'on le donne à ses servantes pour qu'elles s'en servent de pot de chambre...

Mais le cadeau qu'elle apprécia le plus furent les livres précieux envoyés dans des coffres qui sentait le moisi et la poussière. Isashani les avait préférés à des boîtes laquées ou à des oiseaux exotiques. En lisant le texte de la carte de vœux, Mara avait ri de bon cœur. Sous son maquillage et ses allures féminines, la finesse d'Isashani ne connaissait aucune limite. Ce fut son fils Hoppara qui envoya un cadeau plus traditionnel mais étonnamment extravagant, sous la forme d'une merveilleuse composition florale.

Entourée de vases peints, Mara respirait le parfum des fleurs de kekali fraîchement coupées et tentait de ne pas penser à Kevin, le barbare qui des années auparavant lui avait le premier enseigné, dans le crépuscule d'un jardin, le bonheur d'être une femme. Avec un froncement de sourcils qui n'était pas provoqué par le manque d'éclairage, elle étudiait un traité sur les armes de guerre et les campagnes militaires. Ses rides s'accentuèrent lorsqu'elle considéra la possibilité que Jiro ait étudié le même texte. Puis ses pensées vagabondèrent. Les messages d'Arakasi arrivaient irrégulièrement depuis qu'elle l'avait chargé de s'emparer des archives du tong hamoï. Elle ne l'avait pas vu depuis des mois ; son intelligence vive et son appréciation intarissable des commérages les plus étranges lui manquaient. Refermant le livre, elle tenta d'imaginer où il se trouvait. Peut-être dans une auberge éloignée, déguisé en bouvier ou en marin... Ou en train de prendre un repas tardif sur un marché, dans une ville lointaine... Elle refusait de considérer qu'il pouvait être mort.

En ce moment même, Arakasi se reposait sur le flanc au milieu de draps de soie emmêlés, et passait des doigts légers et experts sur la cuisse d'une fille superbe. Qu'elle soit par contrat la propriété d'un autre homme et qu'il risque sa vie pour l'avoir séduite, n'était pas le centre de ses préoccupations. Il était entré par la fenêtre. Durant l'après-midi, la chambre à coucher du seigneur était le dernier endroit où les domestiques et les gardes du maître absent qui devaient surveiller la vertu d'une concubine esclave, s'attendraient à la trouver avec un amant.

La jeune fille s'ennuyait suffisamment pour être excitée par cette aventure, et était assez jeune pour se croire immunisée contre le malheur. Son dernier maître était vieux et gras, et ses prouesses avaient diminué avec l'âge. Arakasi représentait une autre sorte de défi. C'était elle qui était blasée, ayant été éduquée pour donner du plaisir dans les jeux de l'amour depuis l'âge de six ans. Qu'il réussisse ou non à l'exciter était l'enjeu du moment.

Pour le maître espion de Mara, le pari qu'il avait l'espoir de gagner était bien plus élevé.

Dans la pénombre des cloisons fermées, l'air était lourd d'encens et du parfum de la jeune femme. Les draps avaient été traités avec des herbes que certaines personnes considéraient comme aphrodisiaques. Arakasi, qui avait lu des ouvrages de médecine, savait qu'il ne s'agissait que de superstition. Le vieux maître était suffisamment riche pour ne pas se soucier de gaspiller son argent. L'arôme floral était mielleux, faisant regretter à Arakasi que les cloisons doivent rester fermées. Il aurait presque préféré porter le pagne et le tablier puants qu'il avait achetés aux teinturiers de Sulan-Qu, et qu'il utilisait pour se déguiser quand il ne voulait pas que les passants bien nés regardent de trop près son visage. Au moins, la puanteur lui aurait permis de rester vigilant. Alors que là, il devait lutter pour ne pas sombrer dans un sommeil fatal.

La fille remua. Les draps glissèrent sur sa peau dans un froissement de soie. Elle était magnifique, les courbes de son corps soulignées par la lumière de l'après-midi, ses cheveux s'étalant sur les oreillers en lourdes mèches couleur miel. Des yeux bridés semblables à du jade se fixèrent sur Arakasi.

— Je n'ai jamais dit que j'avais une sœur...

Elle faisait référence à un commentaire vieux de quelques minutes. Les doigts du maître espion glissèrent derrière sa hanche, descendirent et continuèrent à la caresser. Les yeux magnifiques de la jeune femme se fermèrent à moitié et ses mains étreignirent la soie, comme un chat pétrissant un tissu de ses pattes.

Arakasi répondit d'une voix de velours :

— Je le sais par le marchand qui a vendu ton contrat.

La jeune fille se raidit sous sa caresse, gâchant dix minutes de soins attentifs. Elle avait eu suffisamment d'hommes pour ne pas s'en soucier.

— Ce n'est pas une remarque prudente.

L'insulte suggérée par la phrase n'entrait pas en ligne de compte. Que cette femme vaille en réalité à peine mieux qu'une prostituée très chère n'était pas le problème. C'était l'identité de l'acheteur de sa sœur qu'il était dangereux de connaître, et le vendeur qui avait fait la transaction ne se serait jamais montré assez insouciant, ou imprudent, pour le révéler. Arakasi écarta d'une caresse les boucles de miel, et saisit délicatement la nuque de la jeune fille.

— Je ne suis pas un homme prudent, Kamlio.

Les yeux de la séductrice s'écarquillèrent et ses lèvres dessinèrent un sourire malicieux.

— C'est bien vrai. (Puis son expression devint pensive.) Tu es un homme étrange. (Respirant profondément, elle fit semblant de faire la moue.) Quelquefois, je pense que tu es un noble qui se fait passer pour un pauvre marchand. (Elle le fixa d'un regard assuré.) Tes yeux sont plus vieux que ton visage. (Alors que le temps passait et qu'il ne répondait pas, elle ajouta :) Tu n'es pas très bavard. (Puis elle s'humecta les lèvres d'une façon suggestive.) Et tu n'es pas amusant non plus. Bien. Amuse-moi. Je suis le jouet d'un d'autre homme. Pourquoi risquerais-je la disgrâce pour devenir le tien ?

Alors qu'Arakasi prenait son souffle pour répondre, Kamlio leva un doigt et le posa sur ses lèvres. Ses ongles étaient saupoudrés de poudre d'or, le plus cher des cosmétiques.

— Ne me dis pas que tu achèteras ma liberté parce que tu m'aimes. Ce serait une banalité.

Arakasi bénit d'un baiser la peau rose de l'extrémité de ses doigts. Puis, très doucement, il écarta sa main pour pouvoir parler. Son expression était légèrement offensée.

— Ce ne serait pas une banalité. Ce serait la vérité.

Mara n'avait jamais placé de limite à ses dépenses, et pour un enjeu aussi élevé que l'accès au chef le mieux gardé du tong, elle accéderait à sa demande.

La fille dans ses bras devint glaciale et méfiante. La libérer de son contrat de sept ans, signé et vendu à son vieux maître, coûtait le prix d'un hôtel particulier. Mais la racheter complètement et compenser le coût de son éducation et de sa formation auprès du marchand de la maison de plaisirs qui avait investi en elle... Elle valait le prix d'un petit domaine. Son contrat serait vendu et revendu, jusqu'au moment où sa beauté s'évanouirait et où même ses compétences entre les draps seraient méprisées.

— Tu ne seras jamais assez riche pour cela. (Même sa voix était méprisante.) Et si le maître qui t'emploie est aussi riche que tu le dis, alors je risque ma vie en discutant avec toi.

Arakasi pencha la tête et lui embrassa le cou. Ses mains ne se resserrèrent pas quand elle se raidit. Elle pouvait s'écarter de lui quand elle le voulait. La jeune fille comprit cette nuance, et appréciant cette subtilité, resta immobile. Peu d'hommes la traitaient comme si elle avait une volonté propre, ou même comme si elle éprouvait des sentiments. Celui-ci était une exception. Et ses mains étaient expertes. Elle entendit la note de sincérité dans sa voix quand il ajouta :

— Mais je ne travaille pas pour un maître.

Elle comprit la nuance dans sa voix. Sa maîtresse n'aurait que peu d'usage pour une courtisane de luxe. L'offre de liberté pouvait être réelle, s'il avait accès à de grosses sommes d'argent.

Les mains d'Arakasi firent le chemin perdu et Kamlio frissonna. Il était plus qu'une exception : il était doué. Elle s'installa un peu plus confortablement, son ventre se coulant contre la courbe du corps de son amant.

Comme si les pas des domestiques ne résonnaient pas dans un sens puis dans l'autre dans le couloir, dont ils n'étaient séparés que par une cloison, la caresse d'Arakasi descendit sur la peau dorée de la jeune fille. Kamlio s'appuya contre lui. Le plaisir lui venait assez rarement, à elle qui n'était qu'un objet acheté et vendu pour assouvir les besoins des hommes. Si on la découvrait, elle serait sûrement battue ; mais son partenaire connaîtrait une mort honteuse au bout d'une corde. Il était exceptionnellement courageux, ou inconscient jusqu'à la folie. À travers sa peau caressée et cajolée qui avait acquis une sensibilité inhabituelle, la fille sentit les battements calmes du cœur de son amant.

— Cette maîtresse, murmura Kamlio d'une voix alanguie. Elle signifie beaucoup pour toi ?

— En ce moment, je ne pense pas vraiment à elle...

Mais ce ne furent pas ses paroles qui la convainquirent quand leurs lèvres se joignirent dans une tendresse ressemblant à de l'adoration. Le baiser brouilla tous ses doutes et peu de temps après, toutes ses pensées. La lumière du soleil filtrée par les fenêtres se mêlait au brouillard d'or rouge derrière ses yeux, alors qu'elle savourait comme un vin renommé la passion qui surgissait en elle.

Haletante et trempée par la fine sueur de l'amour, Kamlio s'oublia enfin, s'accrochant au corps de son amant alors que la jouissance explosait en elle. Elle rit et pleura et, partagée entre la stupéfaction et l'épuisement, murmura le nom de l'endroit où sa sœur avait été vendue, bien loin, à Ontoset.

En dépit du passé mystérieux de son amant, il ne vint pas à l'idée de Kamlio que son partenaire pouvait être autre chose qu'un acteur parfait... jusqu'à ce qu'elle roule sur le côté. La caresse légère qui avait bercé son corps avait disparu dans les replis des draps chauds. Elle rejeta en arrière ses cheveux trempés, et ses yeux merveilleux se plissèrent de fureur quand elle découvrit que la fenêtre était ouverte, et que son amant avait disparu en emportant même ses vêtements.

Vexée, elle ouvrit la bouche pour appeler et le faire arrêter et exécuter, malgré ses mains habiles et ses promesses mensongères. Mais au moment où elle prit son inspiration pour pousser un cri, le loquet de la cloison se souleva.

Arakasi avait dû entendre la démarche lourde de son vieux maître, revenu plus tôt de sa réunion avec son hadonra. Les épaules voûtées, tremblant, les cheveux gris, le seigneur entra d'un pas traînant dans la chambre. Ses yeux laiteux clignèrent lorsqu'il remarqua les draps emmêlés, et ses mains froides et sèches se tendirent pour caresser la peau, encore chaude et humide après un excès de passion.

— Ma chère, es-tu malade ? demanda-t-il de sa voix chevrotante.

— Des cauchemars, répondit la jeune fille, boudeuse, mais son instinct la poussa à utiliser son humeur pour augmenter sa séduction. J'ai somnolé dans la chaleur de l'après-midi, et j'ai fait un cauchemar, rien de plus.

Heureuse que son habile amant aux cheveux sombres ait réussi à s'enfuir, Kamlio soupira et consacra toute son habileté à son maître décrépit, qui lui semblait quelquefois plus difficile à satisfaire qu'elle-même.

Dehors, dissimulé par un écran de plantes grimpantes et de buissons d'akasi mal entretenus, Arakasi écoutait attentivement les bruits qui sortaient de la chambre à coucher. Soulagé, et ressentant une colère inhabituelle, il enfila rapidement ses vêtements. Il n'avait menti qu'une seule fois : il n'avait pas cessé de penser à sa maîtresse.

Depuis qu'il avait engagé sa loyauté au service des Acoma, Mara était devenue au fil des ans la clé de voûte de sa vie.

Mais cette fille, presque trop gâtée, endurcie par le ressentiment que pouvait éprouver une prostituée élevée par la Maison du roseau, l'avait ému. Les attentions qu'il avait eues à son égard avaient été sincères, et cela en soi était troublant. Arakasi se secoua pour chasser le souvenir des longs cheveux fins de Kamlio et de ses yeux clairs comme des joyaux. Il avait un travail à terminer, avant de pouvoir s'occuper de la liberté de la jeune fille. Car l'information qu'elle lui avait donnée, en croyant naïvement ne révéler qu'un secret de famille, était la localisation possible du harem de l'obajan du tong hamoï. Le lien ténu qu'elle était parvenue à conserver avec sa sœur, et qu'elle utilisait pour échanger des lettres superficielles et assez chaotiques, était plus périlleux qu'elle ne le pensait.

Il avait fallu des mois à Arakasi pour remonter la piste d'une rumeur parlant d'une courtisane d'une beauté inhabituelle, la sœur d'une autre fille achetée par un certain marchand, un marchand qu'Arakasi soupçonnait être un agent du tong hamoï. Ce dernier était mort maintenant, une conséquence nécessaire de l'identification d'Arakasi. Mais son achat d'une courtisane aussi chère avait conduit le maître espion à la quasi-certitude que la sœur de Kamlio devait appartenir à l'obajan, ou à l'un de ses lieutenants les plus proches.

Le fait qu'elle ait été envoyée à Ontoset avait un sens tout particulier. Il était bien plus sûr pour le tong que son siège soit très éloigné de l'endroit où on le contactait habituellement, un sanctuaire mineur à l'extérieur du temple de Turakamu. De nombreux agents d'Arakasi soupçonnaient que la base des assassins se trouvait à Jamar ou à Yankora, parce que c'était de là que tous leurs messages partaient.

Arakasi avait résisté à la tentation de partir immédiatement pour Ontoset et avait passé de précieuses semaines à Kentosani pour retrouver la sœur de la fille.

Le maître espion avait étudié sa proie pendant des semaines avant de faire sa connaissance. Détournant les questions de Kamlio par de vagues allusions, il lui fit croire qu'il était le fils d'un noble puissant, tombé en disgrâce à cause d'une aventure amoureuse.

Il avait risqué plusieurs fois une mort honteuse pour voir Kamlio, jusqu'à ce qu'elle l'accueille enfin dans son lit.

Sans elle, Arakasi aurait pu fureter toute sa vie et ne jamais découvrir un indice sur ce qu'il cherchait sur l'ordre de Mara. Il s'assit, aussi immobile qu'une pierre, attendant le crépuscule et l'occasion de s'enfuir, et réfléchit à ce qu'il devait réellement à cette fille éduquée pour n'être rien de plus qu'un jouet sexuel. Il savait qu'il devait quitter cette femme et ne plus jamais la revoir, mais quelque chose en lui avait été ému. Il était confronté maintenant à une nouvelle peur : qu'il implore Mara d'intervenir pour racheter le contrat de la jeune fille, et qu'une fois libre, Kamlio rie du souci sincère qu'il se faisait pour elle.

Arakasi avait été élevé par des femmes de la Maison du roseau, et il envisageait facilement la raison de son mépris. Dissimulé par les buissons, souffrant de morsures d'insectes et de crampes musculaires provoquées par son immobilité forcée, le maître espion soupira. Il ferma les yeux, mais ne put échapper au bruit des efforts marathoniens se déroulant dans la chambre à coucher, alors que la jeune fille tentait de satisfaire la lubricité d'un homme trop vieux pour parvenir à ses fins. Arakasi endura une attente longue et douloureuse. Quand il fut certain que le vieux maître s'était endormi, il partit silencieusement. Mais il emporta avec lui des souvenirs vivaces et l'impression inconfortable et indésirable qu'il était tombé amoureux de Kamlio. Ses sentiments pour elle étaient une pure folie ; tous les liens émotionnels envers ceux qui n'étaient pas des Acoma le rendaient vulnérable. Et il savait que s'il était vulnérable, dame Mara l'était aussi.

Le messager hésita après avoir fait sa révérence. Encore haletant après sa course dans les collines longeant le domaine, il aurait pu faire une pause pour retrouver son souffle ; ses mains étaient nerveuses, et les yeux qu'il leva vers Hokanu étaient assombris par la pitié.

L'héritier des Shinzawaï n'était pas le genre d'homme à être intimidé par le malheur. Les campagnes militaires lui avaient appris qu'il faut affronter immédiatement les désastres et les surmonter, pour ne pas laisser une ouverture et le triomphe à l'ennemi.

— Les nouvelles sont mauvaises, dit-il rapidement. Parle.

Toujours muet et avec une seconde révérence de sympathie, le messager tira un parchemin de son tube de transport façonné dans des bandelettes d'os liées par une cordelette. À l'instant où Hokanu vit la teinture rouge qui bordait le parchemin, il sut : il s'agissait d'un décès. Au moment où il accepta le document et en brisa le sceau, il devina que le nom qui se trouvait à l'intérieur était celui de son père.

Le moment n'aurait pas pu être pire, pensa-t-il dans cet intervalle stupéfait et incrédule avant que le chagrin ne frappe son esprit comme un coup de poing. Son père, mort... L'homme qui l'avait compris comme nul autre ne l'avait fait. L'homme qui l'avait adopté quand son véritable père avait été recruté par l'Assemblée des magiciens, et qui l'avait élevé avec tout l'amour qu'un fils pouvait demander.

Il n'y aurait plus de discussions de minuit devant une bière de hwaet, ou de plaisanteries à propos d'une gueule de bois le lendemain matin... Plus de conversations érudites, de réprimandes ou de joie partagée devant les victoires. Le fils auquel Mara allait bientôt donner naissance ne rencontrerait jamais son grand-père.

Chassant des larmes soudaines, Hokanu congédia machinalement le messager. Jican apparut comme par enchantement, et s'occupa tranquillement de lui offrir un repas, et de lui donner le jeton en os que les courriers reçoivent quand ils ont accompli leur mission. Le hadonra finit de faire le nécessaire, puis se retourna vers l'époux de sa maîtresse, attentif. Hokanu n'avait pas bougé, sauf pour écraser le parchemin bordé de rouge dans son poing.

— Les nouvelles sont mauvaises, devina Jican avec compassion.

— Mon père, répondit Hokanu d'une voix étranglée. Il est mort dans son sommeil, sans souffrances, de cause naturelle. (Il ferma les yeux un moment, les rouvrit, et ajouta :) Mais nos ennemis vont néanmoins se réjouir.

Jican tripota les pompons de sa ceinture, timide, soucieux et silencieux. Il avait rencontré Kamatsu des Shinzawaï et connaissait bien le hadonra du seigneur. L'hommage le plus approprié qui lui vint à l'esprit n'était pas le plus habituel, ni le plus élégant. Il parla néanmoins :

— C'était un homme qui manquera à ses serviteurs, jeune maître. Il était très aimé.

Hokanu leva des yeux assombris par la douleur.

— Mon père était comme cela, soupira-t-il. Il ne maltraitait ni les hommes ni les bêtes. Son cœur était immense. Comme Mara, il était capable de voir au-delà des traditions, avec justice. C'est grâce à lui que je suis devenu ce que je suis aujourd'hui.

Jican laissa le silence se prolonger, pendant que dehors résonnaient les pas d'une sentinelle qui passait devant la fenêtre. Puis il suggéra, très doucement :

— Dame Mara se trouve dans l'atelier, avec le fabricant de jouets.

Le nouveau seigneur des Shinzawaï hocha la tête. Il alla retrouver son épouse avec un poids terrible sur ses élégantes épaules. L'héritier que portait sa dame devenait plus important que jamais. Même si Hokanu avait beaucoup de cousins, et même deux ou trois neveux bâtards, aucun d'eux n'avait été éduqué selon la grande vision de son père adoptif. Aucun d'eux n'avait la sensibilité et la clarté d'esprit nécessaires pour reprendre la place de l'homme qui avait été le bras droit de l'empereur Ichindar.

L'atmosphère de l'atelier plongé dans la pénombre était un mélange de poussière, de chaleur, d'effluves aromatiques de copeaux de bois et de résine, et de l'odeur âcre de la colle de needra. Le moindre recoin était encombré d'étagères regorgeant de coupons de tissu, de paniers de plumes ; il y avait aussi un râtelier très ordonné d'outils de menuisier. Parmi eux figurait un inestimable couteau de métal importé du monde barbare, grâce auquel Mara avait acheté l'admiration éternelle et les services d'Orcato, fabricant de jouets, génie et grand dissimulateur, avec un penchant pour les plaisanteries salaces et la boisson. Mara ne prêtait pas attention à sa grossièreté, ni à sa tendance à oublier qu'elle était une femme et à parler avec elle d'égal à égale. Elle ne se souciait pas non plus de son odeur, un mélange de vieille sueur et de graines de tecca avec lesquelles il épiçait sa nourriture. Quand Hokanu entra, la dame et l'artisan étaient tous deux penchés au-dessus d'une machine en bois leur arrivant à la taille, autour de laquelle était disposée une armée de petits soldats peints.

— Voilà, déclarait Orcato de sa voix chevrotante de vieillard où transparaissait une note d'enthousiasme enfantin. Si vous tirez sur cette ficelle et que vous libérez ce levier, maîtresse, nous saurons si nous avons perdu ou non notre temps.

La lueur de joie impie qui brillait dans son regard démentait son sarcasme. Décoiffée, fébrile et avec un ventre énorme, Mara penchait un visage sali par la poussière. Elle poussa un petit cri très surprenant dans la bouche d'une dame, et tira sur une corde à pompons.

L'appareil sur le plancher réagit par un cliquetis, un claquement, puis une corde, du bois et de l'osier se tendirent violemment. Ce qu'Hokanu reconnut comme la réplique d'un engin de siège destiné à lancer des rochers au-dessus d'un rempart n'accomplit pas l'office auquel il était destiné. Au lieu de cela, le bras de levier se déplaça en formant un arc de cercle, déchargeant ses projectiles parmi les rangs ordonnés des figurines qui l'entouraient. Les petits soldats s'éparpillèrent et rebondirent dans l'air poussiéreux, et des cailloux ricochèrent sur les murs. Hokanu les évita, et grimaça devant le cri de délice spontané de la dame.

Orcato, le fabricant de jouets, caqueta de plaisir et tira une fiole d'une poche cachée sous son tablier en cuir de needra.

— Un toast aux dieux des farces et de la malice ?

Il offrit une gorgée à la dame et se figea en apercevant Hokanu sur le seuil de la porte.

— Nous avons réussi, mon seigneur, annonça-t-il, joyeux et excité comme un petit garçon. Nous avons trouvé un moyen de retourner la passion de Jiro pour les machines de guerre contre ses propres troupes.

Il s'arrêta, but une longue gorgée et ricana une nouvelle fois, puis offrit la flasque au maître.

Ce fut Mara qui remarqua la rigidité du visage d'Hokanu.

— Que se passe-t-il ? demanda-t-elle, son inquiétude soudaine aussi discordante qu'un cri.

Elle avança difficilement avec son ventre proéminent, contournant l'engin miniature et marchant sur les petits soldats éparpillés par terre.

Son chagrin augmenté de voir la joie quitter soudain le visage de son épouse, Hokanu s'efforça de retrouver la parole.

— Par les dieux, murmura Mara, le rejoignant et cherchant maladroitement à se glisser entre ses bras. C'est ton père, n'est-ce pas ?

Elle l'attira vers elle, le volume de leur enfant à naître pressé entre eux. Hokanu sentait ses tremblements, et savait que le chagrin de Mara était réel. Son père avait été aimé dans tout l'empire. Il s'entendit répondre d'une voix atone :

— Il est mort naturellement. Sans souffrances. Dans son lit.

Le fabricant de jouets lui tendit sa flasque. Hokanu l'accepta, et but sans vraiment se rendre compte du breuvage qu'elle contenait. La morsure de l'alcool libéra sa voix, et son cerveau se remit lentement à fonctionner.

— Il y aura des funérailles officielles. Je dois être présent.

Il était trop conscient de la vulnérabilité de son épouse enceinte et de son héritier, qui ne devait plus maintenant être mis en danger. Alors qu'il sentait que Mara prenait son souffle pour parler, il secoua la tête et déclara rapidement :

— Non. Tu ne viendras pas. Je ne vous exposerai pas, ni toi ni notre futur enfant, aux manœuvres de nos ennemis.

Elle s'agita, sur le point de protester.

Hokanu la secoua doucement, sans se préoccuper de l'alcool délétère qui s'échappait de la flasque et tachait l'épaule de la robe de Mara.

— Non. Kamatsu l'aurait compris, mon amour. Il aurait agi comme je dois le faire, et t'aurait suppliée de rendre visite à ta famille adoptive, que tu as grandement négligée ces derniers temps. Tu iras à Kentosani et tu présenteras tes respects à l'empereur Ichindar. Il a perdu un ardent défenseur avec la mort de mon père. Il est convenable que tu sois présente pour adoucir son chagrin.

Mara se détendit contre lui ; et il lut dans ce geste qu'elle le comprenait et qu'elle lui était reconnaissante. Elle ne discuterait pas avec lui, bien qu'il sache par la façon dont elle dissimulait son visage dans sa manche qu'elle pleurait pour lui, et parce que la laideur de la politique l'obligeait à se séparer d'elle en cette heure de deuil.

— Ma dame, murmura-t-il, et il enfouit son visage dans la chevelure de Mara.

Derrière lui, parcourant un plancher jonché de petits soldats peints aux couleurs de Jiro, le fabricant de jouets s'éclipsa sans faire un bruit.

12

AVERTISSEMENT

La foule hurlait.
Les soldats acoma escortant leur maîtresse luttaient pour garder leur place contre la pression inexorable des corps. Malgré leur crainte révérencieuse, les gens criaient et appelaient pour témoigner de leur admiration envers la dame qui était pair de l'empire, et tous s'efforçaient de tendre les bras pour ne serait-ce qu'effleurer les rideaux qui voilaient son palanquin. La légende disait que toucher un pair de l'empire portait bonheur. Comme la dame elle-même n'était pas à portée, ses soldats avaient appris que les gens du peuple se contentaient d'essayer de toucher ses vêtements, ou si même cela n'était pas possible, les rideaux de son palanquin. Après avoir été surpris une fois, quand Mara était sortie avec ce qui avait semblé une escorte convenable avant que l'empereur ne lui accorde son titre, et qu'elle était arrivée à un rendez-vous de l'autre côté de la ville ses robes salies et les tentures de son palanquin dans un désordre complet, ses officiers avaient compris.

Maintenant, Mara ne s'aventurait plus en public sans une escorte d'au moins cinquante soldats. En sueur, Lujan se disait à cet instant que même cinquante hommes semblait à peine suffisant. Le peuple aimait le noble pair au point où il risquait des orteils écrasés, des contusions et même un coup de hampe de lance pour pouvoir s'approcher d'elle. L'aspect le plus déroutant de sa popularité était que les masses ne s'offensaient pas de la brutalité des soldats qui les repoussaient. La foule se précipitait volontairement vers des coups qui risquaient de les blesser gravement, en poussant des acclamations et en criant le nom de Mara.

Emmitouflée dans une robe toute simple et cachée à la vue derrière de lourdes tentures qui retenaient inconfortablement la chaleur, Mara était allongée sur ses coussins, les yeux fermés, les mains posées sur son ventre distendu. Elle pouvait à peine sentir l'odeur d'encens si particulière de la Cité sainte, et qui recelait tant de souvenirs. Le parfum des arbres en fleurs ne l'atteignait pas du tout, pas plus que les appels mélodieux des vendeurs. Elle ne pouvait qu'endurer la bousculade des masses, et entendre leurs cris poussés à pleine gorge. Avec mélancolie, elle se rappela les jours de sa jeunesse, quand elle avait été novice du temple de Lashima et qu'elle avait parcouru ces mêmes rues, pieds nus. Elle essaya de ne pas penser à une autre époque, quand un grand barbare aux cheveux roux avait marché à côté de son palanquin, emplissant ses oreilles de commentaires impertinents, et ses yeux de son sourire.

Dans la pénombre étouffante, derrière les tentures teintes en rouge par déférence pour le dieu de la mort et le décès du père d'Hokanu, elle réfléchit à son époux, parti seul assister aux funérailles officielles et affronter les ennemis et les complots, pour déterminer quels amis de son père resteraient à ses côtés, maintenant qu'il prenait le sceptre de la maison Shinzawaï. Sans héritier, il serait examiné attentivement par les marchands offrant des contrats de courtisane ; les jeunes filles à marier qui cherchaient à élever leur statut en portant le bâtard d'un homme puissant le flatteraient et le courtiseraient...

En pensant à son époux, Mara souhaita que leurs adieux n'aient pas dû être aussi rapides. Mais le moment de la naissance était proche, et avec le décès d'un seigneur situé aussi haut dans la hiérarchie impériale, il y avait bien plus que la maison Shinzawaï à mettre en sécurité durant ce changement. La mort de Kamatsu laissait un vide important dans le conseil de l'empereur, et les machinations politiques se succéderaient jusqu'à ce que le pouvoir soit redistribué en d'autres mains.

Ce n'était pas uniquement pour sa sécurité personnelle que Mara rendait visite à la famille impériale. Et bien que les gardes blancs impériaux du palais gardent son jeune fils, Justin, avec la même vigilance que les propres enfants de la Lumière du Ciel, elle s'inquiétait.

Car depuis l'abolition de la charge de seigneur de guerre, avec la salle du Grand Conseil emplie seulement des échos du passé, le palais était devenu le centre de toutes les intrigues. Arakasi y avait des agents ; ils monteraient la garde pour découvrir les complots. Mais la vie de Mara serait plus confinée, plus encadrée par les cérémonies, et dépourvue des défis quotidiens du commerce dont elle aimait tant s'occuper chez elle. Même si Jican était plus que digne de confiance pour s'occuper des problèmes de commerce en son absence, elle restait inconsolable. Car derrière ces regrets se dissimulait sa véritable appréhension : elle ne souhaitait pas donner naissance à son enfant dans un lit étranger, loin de la protection et de l'amour d'Hokanu. Et si l'enfant naissait avant qu'elle puisse rentrer chez elle, son séjour à Kentosani devrait par nécessité être prolongé, jusqu'à ce que le nourrisson soit capable de supporter les rigueurs d'un voyage.

Les doigts de Mara se serrèrent sur ses robes humides, comme pour retenir les coups de pieds vigoureux du bébé. Elle était hantée par une peur indéfinissable, et craignait les forces à l'œuvre contre les Acoma, les Shinzawaï et l'empereur, qui n'attendraient ni se reposeraient pendant que les enfants qui devaient un jour hériter passaient les années nécessaires à grandir.

Le palanquin descendit, et fut posé avec une grande douceur. Mara se redressa alors que les rideaux étaient écartés, laissant entrer la lumière éblouissante du marbre baigné par le soleil. Elle avait rejoint le palais, et avait été plongée si profondément dans ses préoccupations qu'elle n'avait pas remarqué la diminution du vacarme de la foule. Les gens du peuple continuaient à crier et à l'appeler, mais de derrière la grande porte de bois doré qui conduisait dans l'enceinte du quartier impérial.

— Ma dame ? l'interrogea Saric.

Le premier conseiller des Acoma lui offrait sa main pour l'aider à se lever. Incomo ne les avait pas suivis durant ce voyage, car il avait accompagné Hokanu pour l'aider à jauger les machinations des invités qui se rendraient sur le domaine shinzawaï pour les funérailles. Bien qu'il n'ait qu'une trentaine d'années, Saric avait beaucoup appris depuis qu'il avait quitté les rangs des soldats pour prendre cette charge dans la maisonnée acoma. Mara avait longtemps hésité avant de lui accorder officiellement le titre de premier conseiller, et pendant un temps s'était demandé si elle n'allait pas confier ce poste à Incomo, qui avait déjà tenu ce rôle chez les Minwanabi. Mais finalement, elle avait fait confiance au jugement de son prédécesseur : en dépit des remontrances constantes dont elle l'avait accablé, Nacoya, l'ancien premier conseiller de Mara, avait eu une haute opinion de son esprit agile et de sa compréhension rapide. Saric prouvait qu'il avait été un bon choix. Mara releva les yeux, observant les prunelles noisette de l'homme qui soutenait fermement son regard, et dont le sourire ressemblait beaucoup à celui de son cousin Lujan.

— À quoi pensez-vous, ma dame ? demanda-t-il alors qu'il l'aidait à sortir du palanquin.

La lueur qui brillait dans ses yeux démentait l'innocence de sa question, et voyant que sa maîtresse l'observait tout autant qu'il le faisait, il rit sous cape. Comme Lujan, il osait souvent une familiarité qui frôlait l'insolence.

D'un ton pince-sans-rire, inspectant les robes de voyage bien coupées mais très simples de son conseiller, Mara répondit :

— Je pense que nous avons besoin de travailler sur ce que tu considères comme des robes de cérémonie.

— J'ai été bien trop occupé depuis que j'ai été nommé à mon poste pour trouver le temps de recevoir des tailleurs, ma dame. Je vais immédiatement m'occuper de faire préparer des robes de cérémonie. (Puis il ajouta en souriant :) Je doute, d'ailleurs, que les vêtements d'apparat et les insignes de cérémonie de la vieille grand-mère puissent m'aller.

Ce qui signifiait que l'âge n'avait pas encore courbé ses épaules, et qu'il n'avait pas encore assez de cheveux gris. Émue par un serrement de cœur pour la vieille Nacoya qui recelait plus de souvenirs que de chagrin, Mara rétorqua :

— Tu as une langue bien libre et bien agile pour parler ainsi de tes responsabilités, alors que d'après ce que je vois, tu as déjà perdu mon héritier...

— Justin ?

Avec un haussement de sourcils surpris, Saric se retourna à moitié. Le garçon avait en effet quitté le palanquin, alors qu'il se trouvait là une demi-seconde plus tôt. Saric dissimula une envie de jurer derrière un visage de marbre. Il aurait dû anticiper l'impatience du petit garçon, après la crise de colère qui était survenue plus tôt, quand Justin avait été obligé de voyager en palanquin plutôt qu'avec son moyen de transport favori : perché sur les larges épaules de Lujan, à la tête de la procession. Le fait que, dans les rues encombrées de hordes de gens venus admirer le noble pair, il devienne ainsi une cible tentante pour les assassins ennemis n'avait eu aucune importance pour son penchant enfantin pour l'aventure.

Un regard rapide sur la cour de marbre, avec ses superbes arbres festonnés de plantes grimpantes en fleurs, montrait plusieurs arches où le garçon aurait pu se précipiter pour se cacher.

— Eh bien, soupira Mara d'une voix pleine de regret, il est peu probable qu'il se fasse tuer dans le palais gardé par deux milles gardes blancs impériaux...

Elle n'avait pas besoin d'ajouter qu'il était certain que Justin allait commettre une énorme bêtise. Et comme l'empereur était venu lui-même l'accueillir, ordonner aux soldats de chercher l'enfant avant que la cérémonie de bienvenue soit terminée l'aurait insulté.

La dame des Acoma rajusta sa ceinture, releva le menton, et avança pour faire sa révérence devant la Lumière du Ciel.

Ichindar lui-même lui offrit la main pour l'aider à se redresser avant que sa grossesse ne provoque une maladresse. Sa peau était chaude, et elle pouvait sentir tous les os de sa main. Mara sourit et regarda le visage de l'empereur, prématurément ridé par les soucis. Bien qu'il soit encore dans la force de l'âge, Ichindar portait le poids de son sceptre et la marque de ses responsabilités. Ses épaules s'étaient un peu affaissées depuis la dernière fois où elle l'avait vu, et ses yeux semblaient plus larges car son visage s'était amaigri. Comme il n'avait jamais été un guerrier, il comptait sur la coupe et la richesse de ses robes pour donner à sa silhouette la majesté nécessaire à son rang. Aujourd'hui, l'empereur semblait noyé dans un tissu étincelant comme du diamant tissé, où s'entrelaçaient des fils d'argent sans prix. Ses cheveux étaient plats sous une coiffe massive de plumes dorées, et il portait de l'or étincelant au cou, aux poignets et à la ceinture. Son regard était chaleureux et brillant alors qu'il observait Mara à son tour, et qu'il lui rendait le salut impérial.

Une fois les formalités accomplies, il lâcha les poignets de Mara et retira son immense coiffe. Un domestique avança en courant, s'inclina jusqu'à terre, et accepta l'ornement en silence. Ichindar, quatre-vingt-onze fois empereur de Tsuranuanni, passa dans sa chevelure couleur de miel brun une main où brillaient de nombreuses bagues, et sourit.

— Vous m'avez manqué, dame. Il s'est passé beaucoup trop de temps depuis que vous nous avez fait le plaisir de votre compagnie.

Sa voix était sincère, bien qu'il ne soit un secret pour personne qu'il préférait la compagnie des hommes. Mais comme il devait engendrer un héritier, il partageait ses nuits avec une succession infinie d'épouses et de concubines, toutes choisies pour leur beauté et leur capacité à porter des enfants plutôt que pour leur intelligence.

Mais il avait nommé Mara pair de l'empire pour le service qu'elle avait rendu au pays en asseyant fermement son pouvoir sur le trône d'or. Elle avait apporté la stabilité à l'empire, en aidant à l'abolition de la charge de seigneur de guerre. Ce titre avait provoqué de telles rivalités entre les prétendants, qu'il avait poussé les états au bord de la guerre civile un trop grand nombre de fois.

Bien que la voie suivie par son gouvernement soit encore incertaine, et que la faction traditionaliste gagne de jour en jour des soutiens plus nombreux, Ichindar considérait Mara comme une alliée puissante et, plus encore, comme une amie. Son arrivée lui procurait une grande joie. Il l'étudia attentivement, vit les regards qu'elle lançait subrepticement vers les arches, et se mit à rire.

— Votre fils s'est enfui il y a quelques instants avec ma fille aînée, Jehilia. Il se trouve dans le verger avec elle, probablement grimpé dans un arbre en train de cueillir des jomach verts. Devons-nous nous rendre là-bas et taper des mains poisseuses, avant que ces deux polissons ne se retrouvent avec un terrible mal de ventre ?

Le visage de Mara s'adoucit.

— Le mal de ventre serait le dernier de nos soucis, confessa-t-elle. Si je connais bien mon fils, des sentinelles sont certainement en train de subir un bombardement déshonorant.

Mais au moment où Mara réussissait à s'extirper de son convoi de domestiques et de bagages, et alors que la suite personnelle de l'empereur se replaçait autour d'eux, un hurlement de rage enfantin et masculin résonna dans la sérénité de la cour baignée de soleil. D'un même élan, Mara et Ichindar se hâtèrent de grimper les marches, pour distancer leur escorte et franchir la porte voûtée de gauche.

Ils se précipitèrent le long d'un sentier bordé de buissons et de massifs de fleurs exotiques, et atteignirent la cour du jardin juste à temps pour entendre un bruit d'éclaboussements. Justin se tenait sur le rebord de marbre d'un bassin, les mains sur les hanches, la poitrine gonflée comme un jiga en colère. À ses pieds, engoncée dans des robes or et blanc trempées, une petite fille était assise dans l'eau, ses cheveux blonds plaqués sur la tête ; un maquillage coûteux dégoulinait en longues traînées sur son visage furieux.

Mara prit son expression maternelle la plus sévère, pendant que l'empereur retenait difficilement son rire. Mais avant que l'un des parents puisse intervenir dans ce qui risquait de dégénérer en match de lutte, un troisième personnage entra dans la bataille, portant des robes aussi coûteuses que celles de la petite fille, mais embaumant les parfums exotiques. Elle aussi était blonde, et d'une beauté radieuse en dépit de ses protestations angoissées et de son évidente incompétence en matière d'autorité maternelle.

— Oh ! cria-t-elle. Oh ! Misérable garçon, qu'as-tu fait à mon trésor ?

Justin tourna un visage empourpré vers elle, et répondit avec désinvolture par-dessus les cris de Jehilia :

— Elle m'a flanqué une gifle, votre petit trésor.

— Oh ! s'écria la femme. Elle n'aurait jamais fait cela ! Mon trésor !

À ce moment-là, Mara avança, attrapa Justin par le bras, et le fit descendre de son perchoir.

— Alors, tu l'as poussée dans l'eau, n'est-ce pas ?

Elle reçut pour seule réponse un sourire insolent éclairant un visage constellé de taches de rousseur, et entrevit un éclair brillant dans les yeux bleus de Justin. La gifle qu'elle envoya sur les joues du garçon mit fin à son sourire, et bien qu'elle ait vu le début d'une meurtrissure violette, Mara ne lui fit pas quartier.

— Tu vas donner la main à la princesse, l'aider à sortir du bassin, et t'excuser.

Alors que le garçon ouvrait la bouche pour protester, elle le secoua vivement.

— Immédiatement, Justin ! Tu as souillé l'honneur des Acoma et tu dois réparer ta faute.

Une Jehilia offensée se remit sur ses pieds. Des poissons s'agitaient autour de ses chevilles alors que, rouge de colère, elle attendait que l'on cède à son caprice.

— Oh, mon trésor, sors de cette eau glaciale, gémissait la femme. (Sa ressemblance avec l'enfant permettait de la reconnaître sans l'ombre d'un doute : c'était la dame Tamara, première épouse d'Ichindar et mère de la fillette.) Tu pourrais tomber malade, si tu restes dans ces vêtements mouillés !

Jehilia fronça les sourcils, et son visage au teint de rose et de pêche redevint écarlate. Elle regarda la main tendue de Justin comme s'il s'agissait d'une vipère, pendant que son père – l'empereur de Tsuranuanni et la Lumière du Ciel – observait la scène avec un amusement extrême. Il était plus doué pour gouverner des seigneurs en guerre que pour s'occuper des disputes entre son enfant et celui de sa famille adoptée.

Mara se rendit compte de l'impasse, et réprimanda sèchement la fillette :

— Prenez la main de Justin, princesse. C'est la seule chose convenable à faire, puisque vous avez insulté sa fierté en le frappant. Il est lâche de frapper un homme, puisqu'il ne peut pas vous rendre la pareille. Si Justin vous a poussée dans l'eau, vous avez mérité votre plongeon, et j'oserai dire que vous devez tous deux corriger vos manières et tirer une leçon de cette mésaventure. Agissez donc comme une vraie dame, sinon je veillerai à ce que vos nourrices vous fouettent tous les deux comme les enfants que vous êtes encore.

— Oh ! Ma chérie ne devrait jamais être fouettée ! cria la mère de la fille aînée de l'empereur. Si quelqu'un essayait, j'en défaillerais...

À cette remarque, Ichindar tourna avec ironie ses yeux noisette vers la dame des Acoma.

— Ma vie est devenue un enfer à cause d'un excès de femmes fragiles. Leurs enfants ne peuvent pas être fouettées, sinon elles défaillent...

Mara rit de bon cœur.

— Donnez aux enfants les fessées qu'ils méritent, et laissez les dames défaillir tant qu'elles le veulent. Cela les endurcira.

— Oh ! (La dame pâlit. Aussi furieuse maintenant que sa fille, elle rétorqua :) Notre Lumière du Ciel n'oserait pas ! C'est un homme doux, et toutes ses épouses l'adorent.

La bouche d'Ichindar se tordit en une grimace de dégoût. De toute évidence, il préférait se retirer que de supporter encore une dispute. Mara savait que les femmes le déconcertaient. Attristée de le voir ainsi tyrannisé, et comprenant ce qu'il devait ressentir pour avoir été forcé de se marier dès l'âge de douze ans, avec une nouvelle épouse ou une nouvelle concubine partageant sa couche tous les mois, elle intervint à nouveau.

Justin termina ses excuses à Jehilia. Il prononça les paroles sans bouderie ni rancune, aussi rapide à pardonner que l'était son père barbare. Quand il eut terminé sa révérence, Mara attrapa les doigts glacés de la fillette et la poussa fermement vers sa mère angoissée et furieuse.

— Jehilia, dit la dame des Acoma, emmène dame Tamara à l'intérieur et confie-la aux soins d'une bonne femme de chambre. Puis change de vêtements, et viens me rejoindre dans la cour de mon jardin. Je t'enseignerai, comme mon frère me l'avait montré, ce qu'il faut faire quand des petits garçons importuns essayent de vous faire tomber.

La colère de Jehilia se dissipa en une surprise ravie.

— Vous savez lutter, noble pair ?

Mara rit de bon cœur.

— Je te montrerai, et si Justin accepte de rester à l'écart des bassins à poissons, il m'aidera.

Près d'elle, l'héritier du sceptre des Acoma poussa un cri de joie, et Jehilia, tout aussi expansive, hurla comme un guerrier. Puis elle virevolta dans un tourbillon de cheveux mouillés et harcela sa mère bouleversée et indignée, pour la faire sortir du jardin. Ichindar avait suivi toute la scène avec stupéfaction...

Il se tourna vers Mara avec un air de respect mystifié.

— Je devrais vous ordonner plus souvent de venir et vous donner la direction de mon harem.

Le sourire de Mara s'évanouit.

— Grands dieux, surtout pas ! Vous ne savez donc rien des femmes ? Le meilleur moyen de semer la zizanie est de donner le pouvoir à une autre femme. Je me retrouverais face à une vilaine rébellion, et de nombreuses robes seraient mises en lambeaux, seigneur empereur. Le seul problème que je vois entre votre harem et vous est le nombre de vos épouses : vous vous retrouvez à cinq cent trente-sept contre un.

L'empereur de tout Tsuranuanni rit.

— C'est bien vrai. Je suis l'époux le plus docile de tout le pays. Si toutes ces dames n'étaient pas si belles, j'éprouverais moins de difficulté à les réprimander.

Mara renifla bruyamment.

— Selon le commandant de mes armées, dont le charme fait des ravages chez les jeunes filles durant ses permissions, plus le visage est beau, plus grand est le besoin de réprimandes.

— Peut-être, reconnut Ichindar d'une voix un peu mélancolique. Si je les connaissais mieux, je serais peut-être mieux disposé à leur égard. Seules restent celles qui portent mes enfants, vous le savez. De ces cinq cent... et je ne sais combien d'épouses et de concubines, je n'ai parlé qu'à sept d'entre elles en plusieurs occasions.

Mara se rendit parfaitement compte que la voix de l'empereur était troublée. Les murs du palais ne le protégeaient pas contre les commérages de la rue : même la Lumière du Ciel avait entendu les ragots disant qu'il n'était pas assez viril pour engendrer un fils. Bien qu'il soit marié depuis plus de vingt ans, il n'avait que sept enfants, toutes des filles, la plus vieille n'ayant que deux ans de plus que Justin. Ichindar fit un geste en direction des bâtiments et de leur fraîcheur.

— Une collation nous attend, dame Mara. Dans votre condition, ce serait une insulte de vous garder debout sous le soleil une seconde de plus.

La lourde fumée des rites funéraires restait suspendue dans l'air. L'odeur âcre de la cendre piquait les narines d'Hokanu, alors qu'il réfléchissait, les coudes appuyés sur la rambarde d'un balcon qui surplombait une cour remplie d'invités. Après les jardins opulents du domaine acoma et de la résidence impériale, ceux des Shinzawaï lui semblaient minuscules. Les invités avançaient dans les sentiers étroits surpeuplés, parlant à voix basse, prenant les rafraîchissements que leur offraient les domestiques à chaque croisement. En raison de l'honneur et du rang de Kamatsu, un grand nombre de personnes qui n'avaient aucun lien de clan ou de parenté avec lui étaient venues, mettant à rude épreuve l'hospitalité de la maison.

La cérémonie pour honorer le défunt seigneur des Shinzawaï avait été rapidement expédiée, à cause de la chaleur. Le corps du patriarche avait été gardé en attente uniquement jusqu'à l'arrivée de son héritier. Un grand nombre d'invités avaient rejoint le domaine avant Hokanu ; les plus polis ou les moins curieux avaient attendu pour venir qu'il soit arrivé.

Les rayons du soleil de la fin de l'après-midi traversaient la fumée qui s'enroulait autour du bûcher. La récitation des honneurs de Kamatsu avait été longue, dépassant de loin l'heure de midi. Les cendres étaient encore trop chaudes pour être rassemblées dans l'urne cérémonielle qu'Hokanu emporterait dans le jardin de méditation abritant le natami de sa famille. L'air sentait le citron, les clous de girofle et les amandes, brûlés pour adoucir la puanteur de la mort, et d'autres arômes plus rares, les parfums des dames et les huiles douces servant à lisser les cheveux des élégants. Une brise écartait parfois la fumée, et l'odeur des fleurs placées dans des pots d'argile disséminés dans la cour l'emportait. Les effluves âcres de la teinture écarlate des tentures de deuil étaient plus faibles. De temps en temps montait le fumet des viandes rôties, du pain frais et des gâteaux. Les domestiques s'affairaient en cuisine.

Hokanu paressait dans ses robes rouges, les yeux mi-clos ; on aurait dit un homme perdu dans ses rêveries, sauf que ses phalanges serraient si fort la balustrade qu'elles en devenaient blanches. En contrebas, les conversations se concentraient sur des sujets politiques. Deux thèmes prédominaient : l'éligibilité des célibataires qui rivalisaient pour obtenir la main de la princesse Jehilia âgée de dix ans ; et quel seigneur serait désigné par la Lumière du Ciel pour reprendre le poste laissé vacant par la mort de Kamatsu.

Ces charognards avides auraient tout de même pu attendre que les cendres du vieil homme aient refroidi, pensait Hokanu avec ressentiment.

Un pas résonna sur le plancher de bois usé derrière lui. Il se raidit dans l'attente d'un nouveau serviteur qui s'adresserait à lui en l'appelant seigneur ; mais le titre ne vint pas. Touché par une vague crainte, Hokanu se retourna à moitié, ses mains se refermant par réflexe sur l'épée de métal familiale qu'il portait en l'honneur de la journée. Il s'en était servi durant la cérémonie pour trancher la cordelette rouge qui enserrait les poignets de son père, libérant son âme vers le palais de Turakamu.

Mais ce n'était pas un assassin qui se trouvait devant lui. Un homme de stature moyenne l'attendait, vêtue d'une robe noire anonyme.

Hokanu lâcha la poignée de l'arme entourée de soie avec une rapidité coupable.

— Je suis désolé. Très-Puissant, je n'ai pas entendu le carillon qui annonçait votre présence.

— Je ne suis pas venu par magie, répondit le magicien de sa voix grave et familière.

Il repoussa son capuchon, et la lumière du soleil illumina des traits ridés qui, aujourd'hui, semblaient presque amers. La ligne de ses pommettes et de son front montrait une ressemblance marquée avec celle d'Hokanu ; et si le mystère de son regard avait été moindre, leurs yeux auraient été presque identiques. Le Très-Puissant nommé Fumita traversa le balcon et donna à Hokanu une étreinte empreinte de cérémonie.

Par le sang, ils étaient père et fils ; mais selon les lois de l'Assemblée, les liens du sang n'importaient plus.

Se montrant prudent en voyant la lassitude qui se peignait sur les traits du vieil homme, Hokanu chuchota :

— Vous ne devriez pas être ici.

Des émotions contradictoires, à peine contenues, faisaient rage dans l'âme du guerrier. Les pouvoirs de son père s'étaient éveillés très tard, un fait rare, mais qui arrivait de temps en temps. Alors qu'il était dans la fleur de l'âge, il avait dû abandonner son épouse et son jeune fils pour revêtir la robe noire. Pour Hokanu, ses premiers souvenirs de Fumita étaient rares, mais vivaces : une joue rugueuse, le soir, alors qu'il passait les bras autour du cou de son père ; l'odeur de la sueur quand Fumita retirait l'armure qu'il avait portée dans la cour d'honneur avec les soldats. Jeune frère du seigneur des Shinzawaï, Fumita avait été considéré comme le futur commandant des armées shinzawaï jusqu'au jour où les magiciens étaient venus le chercher. Hokanu se souvenait douloureusement de sa mère, qui n'avait plus jamais ri après son départ.

Les sourcils épais de Fumita remuèrent légèrement, tandis qu'il réprimait leur froncement.

— Un Très-Puissant peut se rendre n'importe où, n'importe quand.

Et le défunt était son frère ; le pouvoir les avait séparés, le mystère les avait tenus à l'écart. Le magicien ne parlait jamais de l'épouse qui avait renoncé à son nom et à son rang pour entrer dans un couvent. Il regarda le visage du fils qu'il ne pouvait plus reconnaître comme sien, et ses robes de soie que la brise agitait sans effort semblaient peser lourdement sur ses épaules raidies.

Il resta silencieux.

Hokanu, dont les dons d'intuition frôlaient parfois le surnaturel, parla pour lui :

— Si je veux reprendre la politique de mon père et me placer aux côtés de l'empereur, je dois annoncer mes intentions clairement et rapidement. Alors les ennemis qui sinon s'allieraient contre la Lumière du Ciel devront se dévoiler devant moi, le bouclier de l'empereur. (Il laissa échapper un petit rire dénué d'humour.) Comme si cela avait de l'importance. Si je m'écartais, laissant l'honneur de la chancellerie impériale à une maison rivale, les ennemis frapperaient ensuite mon épouse, qui porte l'héritier de notre nom.

Un rire vulgaire résonna au-dessus du bourdonnement général de la conversation. Un domestique passa devant la cloison qui conduisait sur le balcon ; il vit le jeune seigneur en conversation avec un magicien, s'inclina et disparut silencieusement. Anormalement sensible aux odeurs et à son environnement, et chaque nerf mis à vif par le chagrin qu'il éprouvait pour son père adoptif, Hokanu entendit un de ses cousins élever la voix dans une discussion animée. À entendre les consonnes mal articulées, Devacaï n'avait pas perdu de temps pour goûter amplement les vins. Hokanu savait pertinemment ce qui se passerait si l'honneur et le destin des Shinzawaï passaient à cette branche éloignée de la famille.

Quelque part dans les profondeurs du manoir, une servante riait doucement et un enfant pleurait. La vie continuait. Et à en juger à l'intensité du regard de Fumita, le mage n'était pas venu seulement pour honorer le bûcher funéraire de son frère défunt.

— Vous avez quelque chose à dire qui n'est pas plaisant, je le vois... dit Hokanu, la gorge serrée par l'effort qu'il lui fallut déployer pour trouver le courage d'aborder le sujet le premier.

Fumita semblait troublé, ce qui était un mauvais présage. Même avant de revêtir la robe noire, il restait habituellement maître de ses expressions, ce qui faisait de lui un redoutable adversaire aux cartes. Le mage passa les pouces dans la cordelette de sa ceinture, et s'assit, se perchant maladroitement sur une jardinière. Des fleurs s'écrasèrent sous son poids, dégageant de lourds effluves qui épaissirent encore l'air étouffant et enfumé.

— Je vous transmets un avertissement, consort du noble pair.

Le choix du titre en disait long. Hokanu avait lui aussi envie de s'asseoir, mais des taches de sève sur ses robes de deuil pourraient être interprétées comme un signe de faiblesse, comme s'il s'était oublié ou avait été vaincu par la prostration. Il resta donc debout, l'effort endolorissant ses pieds.

— L'Assemblée est troublée par mon épouse ?

Le silence s'éternisa, entrecoupé par les voix des invités, plus fortes maintenant, car le vin échauffait les conversations. Finalement, sans regarder Hokanu mais en observant le plancher comme s'il pouvait y discerner des défauts invisibles, Fumita répondit précautionneusement :

— Écoutez-moi. D'abord, sachez que l'Assemblée se comporte comme tous les groupes d'hommes qui tentent d'arriver à un accord. Les magiciens discutent, délibèrent, se divisent en factions. Personne ne souhaite être le premier à suggérer une décision qui porterait malheur en compromettant la vie d'un pair de l'empire.

Hokanu prit une inspiration rapide.

— Ils savent, pour le fabricant de jouets de Mara.

— Et ils connaissent la nouvelle passion de Jiro pour l'ingénierie expérimentale. (Fumita releva les yeux, le regard acéré.) Il y a peu de choses dans l'empire que mes confrères ignorent. S'ils usent de faux-fuyants, c'est parce qu'ils ne parviennent pas à se mettre d'accord sur le parti à prendre. Mais la moindre provocation les unira. Craignez cela.

La fumée et les odeurs étaient assez écœurantes pour donner la sensation de s'y noyer. Hokanu soutint le regard du Très-Puissant, et lut de l'angoisse derrière le visage impassible.

— J'ai entendu. Quoi d'autre ?

Fumita cligna des yeux.

— Vous vous souvenez qu'un ancien membre de l'Assemblée, le Très-Puissant barbare Milamber, provoqua il y a quelque temps une grande destruction lors des jeux impériaux.

Hokanu hocha la tête. Il n'avait pas été présent, mais Mara si, tout comme Lujan. Leurs descriptions de l'événement étaient cauchemardesques, et toutes les personnes qui avaient vu les pierres renversées, les poutres noircies par le feu tombé du ciel, et les bâtiments éventrés depuis la cité intérieure jusqu'au quartier des quais où des tremblements de terre avaient secoué la Cité sainte, n'avaient pas oublié.

— Aucun Très-Puissant ne possède les pouvoirs de Milamber. La plupart sont beaucoup moins doués. Certains sont plus des érudits que des tisseurs de sortilèges.

Fumita redevint silencieux, les yeux attentifs.

Hokanu comprit l'indice, et formula une supposition importante :

— Certains sont querelleurs, mesquins, et peut-être trop pétris de leur propre importance pour agir de façon décisive ?

— Si des ennuis surviennent, répondit lentement Fumita, vous êtes celui qui a prononcé ces paroles. Pas moi. (Il ajouta très doucement :) Le mieux que vous puissiez espérer est un délai avant le coup de grâce. Ceux qui veulent mettre fin à l'abandon des traditions deviennent de plus en plus forts. Imposer un débat permettra de gagner du temps, mais même ceux d'entre nous qui voudraient vous aider ne peuvent retenir la main d'un autre mage. (Il fixa sur son ex-fils un regard qui exprimait tous les sentiments qu'il ne pouvait énoncer à voix haute.)

Quelles que soient les circonstances, je ne peux vous protéger.

Hokanu hocha la tête.

— Dites adieu à mon frère Kamatsu pour moi, finit le magicien. Il était joie, force et sagesse, et sa mémoire reste mon inspiration. Régnez sagement. Il me disait souvent qu'il était fier de vous.

Le mage retira un petit objet métallique de sa robe et appuya sur un bouton. Un bourdonnement grave et surnaturel interrompit le murmure des conversations, et Hokanu se retrouva seul sur le balcon, au-dessus d'une cour qui grouillait de parents et d'invités. Parmi eux se trouvaient des ennemis, cherchant la moindre faiblesse à exploiter, ou à reconnaître ses forces pour trouver le moyen de les saper. Tel était le jeu du Conseil. Mais le nouveau seigneur des Shinzawaï était le seul à penser, alors qu'il observait à travers la fumée les visiteurs dans leurs vêtements d'apparat, que jamais jusque-là les enjeux n'avaient été aussi élevés. Cette fois, le prix, la pomme de discorde, était l'empire du Tsuranuanni lui-même.

Le dernier rite, le plus intime, pour le patriarche shinzawaï défunt fut terminé au coucher du soleil, alors qu'une brume basse se levait sur la terre du jardin de méditation. Le nouveau souverain s'attardait dans le sanctuaire sacré de sa famille, apaisé par le crépuscule et la solitude.

Les ombres violettes s'allongeaient entre les arbres chargés de fruits de l'automne. Hokanu choisit un banc de pierre et s'assit, mais la chaleur était encore oppressante. Aucune brise ne s'était levée pour le rafraîchir, et les cendres de la crémation voletaient toujours dans l'air, presque immobiles, dessinant des ombres à travers le feuillage que le soleil perçait. Hokanu caressa les bords inégaux du vêtement qu'il avait déchiré pour la cérémonie d'adieu de Kamatsu. Ses mains se refermèrent, durement, froissant le tissu. Son domaine était plein d'invités auxquels il devait penser, et il se sentait égoïste de voler un moment de paix.

Mais l'immobilité du jardin de méditation et le bourdonnement paresseux des insectes qui se nourrissaient des fruits tombés à terre, lui donnaient le temps de réfléchir. L'avertissement de Fumita ne concernait pas seulement Mara, avait compris son consort. Hokanu fronça les sourcils. Les rares paroles du magicien avaient été pour les Shinzawaï, et pour le fils qui portait maintenant le sceptre du seigneur. Quand il avait dit, Je ne peux vous protéger », le vous n'avait pas été un pluriel mais un singulier.

Si, en tant que seigneur des Shinzawaï, Hokanu choisissait l'agression contre les Anasati en faveur de Mara, l'Assemblée des magiciens n'aurait pas d'autre choix qu'agir – parce qu'il était le consort de Mara. Il n'était pas son souverain, mais il était à moitié Acoma de cœur, s'il ne l'était de nom. Hokanu n'était pas pair de l'empire. Il n'avait pas le rang de Mara et ses honneurs comme bouclier.

Non, l'avertissement de Fumita n'avait pas été pour sa dame. Il avait été pour lui, un conseil contre la tentation d'abuser de la patience d'une Assemblée aux opinions divergentes, sur des problèmes qui n'avaient pas de précédent.

Hokanu comprit dans un éclair de lucidité froide qu'il devait à tout prix garder les Shinzawaï à l'écart de la lutte contre le seigneur Jiro. Il vit, avec le talent intuitif de sa famille, exactement ce que Fumita n'avait pas dit. Il était maintenant le seigneur de l'une des maisons les plus puissantes de l'empire et, bien qu'il ne soit pas officiellement le chef de guerre du clan, il hériterait de la direction du clan Kanazawaï lors du prochain conseil. Si les liens de son mariage faisaient s'unir les armées shinzawaï et acoma en une cause commune, entraînant avec elles les clans Kanazawaï et Hadama, aucune force dans l'empire ne pourrait s'opposer à elles. L'Assemblée divisée mettrait fin à ses querelles, et serait forcée d'agir pour répondre à ces circonstances désespérées.

Il ne faudrait jamais lui donner cette raison de s'unir, ou les Acoma et les Shinzawaï seraient réduits en poussière, pour ne plus jamais se relever. Hokanu avait vu la mort de deux cents guerriers, suivie de l'annihilation d'une maison honorable, des mains d'*un seul* magicien. Aucune armée ne pouvait s'opposer à des centaines d'entre eux, unis.

Hokanu se leva pour sortir. Le jardin sacré des Shinzawaï ne lui semblait plus un havre de paix, et la sueur coulant sur sa peau lui donnait des frissons. La place à son côté où Mara aurait dû se tenir lui semblait encore plus froide et vide...

13

COUP DE THÉÂTRE

Arakasi attendait.

Au-dessous de lui, la sentinelle se déplaçait silencieusement, les pieds revêtus de chaussettes doublées conçues pour la discrétion. Elle portait la courte tunique noire et les pantalons traditionnels des assassins du tong hamoï, et sa cagoule ne laissait voir que ses yeux. Un arc court lui barrait le dos, et à sa ceinture pendait un carquois de flèches et toute une variété d'armes de contact placées à portée de main. L'assassin avançait sous l'arbre où était perché le maître espion, qui osait à peine respirer, et s'évanouit dans le crépuscule comme l'ombre de la mort. Arakasi compta mentalement, les nombres déroulant une formule complexe qu'il avait inventée au fil des ans, et qui lui permettait de connaître précisément le temps écoulé, indépendamment de sa respiration, de son rythme cardiaque ou de tous les autres critères qui pouvaient l'influencer. Un entraînement avec des sabliers lui avait permis de perfectionner son système jusqu'à obtenir une exactitude extrême. Quand le maître espion atteignit le nombre qui indiquait dix secondes, ses yeux inquisiteurs repérèrent un mouvement à l'extrémité la plus lointaine du sentier. Il connut alors un sentiment de satisfaction aussi enivrant qu'un triomphe. La seconde sentinelle était arrivée exactement au moment qu'il avait estimé.

La tâche la plus périlleuse qu'il ait jamais entreprise commençait bien. Mais Arakasi n'avait aucune illusion : une telle chance ne continuerait pas. Il était seul, dans une position où même la faveur des cieux ne pouvait protéger la vie d'un homme. Il était allongé, immobile, sur une branche d'arbre dans le jardin de l'obajan du tong hamoï. Au-dessous de lui, le garde qui faisait sa ronde le tuerait sans la moindre hésitation s'il le repérait. Comme son prédécesseur, la nouvelle sentinelle inspecta l'herbe, les sentiers et les buissons à la recherche d'indices révélateurs de la présence d'un intrus. Le maître espion n'avait laissé aucune trace ; mais il suait à grosses gouttes. Les gardes étaient incroyablement prudents. Le second assassin continua sa route. Comptant pour déterminer un intervalle de temps spécifique, Arakasi jugea que le moment était venu et descendit sans bruit de son arbre pour rejoindre le sol. Prenant soin de ne poser les pieds que sur les pierres plates ornementales placées entre les massifs de fleurs, il courut rapidement vers un fossé de drainage, où il avait caché ses maigres possessions. Dans une petite dépression, derrière un écran de buissons de khadi, juste à la limite de la ligne de patrouille des sentinelles hamoï, Arakasi respira profondément et calma ses nerfs à vif.

À la lisière des bois, à une centaine de pas à l'ouest, un complice l'attendait, le poignard déjà à la main pour réagir à une découverte malvenue. Arakasi leva une branche morte et indiqua par signaux que la patrouille se déplaçait selon l'horaire prévu. Le jardin qu'il voulait infiltrer était protégé par dix-huit assassins, tous attentifs, des sentinelles prudentes mais suffisamment humaines pour être faillibles. La surveillance qu'ils effectuaient était complexe et semblait au premier abord aléatoire. Mais peu d'observateurs avaient la patience glaciale d'Arakasi, ou sa fascination intense pour les mathématiques. Il avait compté pour rien les jours passés allongé dans la terre, mordu par les insectes, frappé par le soleil ou la pluie. Le plus important était qu'il avait découvert leur rythme, et inventé des formules pour prédire leur route.

Son agent posté en renfort portait la tenue d'un archer lashiki – un garde mercenaire de la province du Nord. Comme celui d'Arakasi, son équipement ne révélait pas plus sa véritable identité qu'une douzaine de déguisements qu'il avait portés et abandonnés au cours des ans.

Pas plus que son véritable nom n'était Sabota. Arakasi n'avait jamais fait pression sur lui à cause de cette petite manie : la véritable origine de Sabota était son problème, et il avait prouvé en d'innombrables occasions qu'il était un messager digne de confiance. De tous les agents se trouvant près d'Ontoset que le maître espion pouvait mettre à contribution, Sabota était le plus fiable. Et Arakasi devait confier à cet homme une mission aussi critique pour la survie de la dame que pour la sienne.

Une barbe d'un mois dissimulait le visage du maître espion. Il ressemblait surtout à un mendiant, après toutes ces semaines passées dans la campagne. Mais si un observateur s'était trouvé assez près pour voir ses yeux alors qu'il commençait une seconde série de signaux plus complexe avec le bâton, il n'aurait pas pu le prendre pour autre chose que ce qu'il était réellement : un homme suprêmement dangereux, prêt à se lancer dans une mission à laquelle il ne pensait pas survivre.

À la lisière du bosquet, l'homme appelé Sabota étudia le message du maître espion. Sa mémoire était impeccable. Il hocha une fois la tête et partit sans jeter un regard en arrière.

Accroupi derrière un mince rideau d'épineux, Arakasi ferma les yeux. Il ne pria pas, et remplaça la prière par l'espoir. Car Sabota emportait des instructions pour le second du réseau d'espionnage des Acoma, un homme que Mara n'avait jamais rencontré et qu'Arakasi avait désigné comme successeur s'il ne revenait pas de cette mission.

Les enjeux étaient maintenant dévoilés. Si un nouveau message n'était pas envoyé dans un nombre précis de jours, un nouveau maître espion se présenterait à dame Mara. Tous les détails sur le tong qu'Arakasi avait réussi à découvrir seraient transmis, et de nouveaux plans seraient mis en place pour tenter de détruire l'obajan des hamoï et contrer les infiltrations de Chumaka des Anasati.

Arakasi ferma les yeux. La tension lui donnait des maux de tête, ce qui n'était pas normal. Pour lui, la vie avait toujours été une danse exsangue et délibérée, avec le danger comme partenaire glacial. Cela l'ennuyait de penser qu'il avait pu garder Sabota près de lui plus longtemps que nécessaire : cela faisait déjà deux jours qu'il avait déchiffré l'énigme des patrouilles. Cette attente n'avait pas été une précaution ; en fait, elle n'avait fait qu'augmenter le risque que le tong change ses habitudes pour déjouer justement le type d'étude qu'il venait de terminer. Arakasi se frotta les tempes. Peu habitué aux conflits intérieurs, il prit une série de longues inspirations pour se calmer.

Arakasi était mû par une loyauté indéfectible envers Mara depuis que les Acoma avaient accompli sa longue vengeance contre les Minwanabi. L'inquiétude pour la sécurité de sa dame le hantait maintenant, car s'il mourrait durant cette mission insensée, un homme moins doué que lui devrait reprendre son poste. Depuis qu'il avait abandonné sa tentative d'infiltration de la Cité des magiciens, des signes de manipulation étaient apparus quand ses agents de Jamar avaient repris un statut actif. Cela ne pouvait être que l'œuvre de Chumaka des Anasati. Durant les longues nuits de veille passées à observer les patrouilles du tong, Arakasi s'était inquiété du moment choisi. Nul ne savait à quel point son réseau était compromis, et c'était un moment terrible pour penser laisser les rênes à son successeur. Arakasi se donna mentalement une gifle de reproche. S'il devait mourir, quelle importance avait sa vie ? Jamais auparavant il ne s'était épuisé en s'inquiétant de faits et de circonstances qui échappaient à son contrôle.

Il était largement temps qu'il se déplace. Chassant une autre incongruité qui le rendait fou, le souvenir de ses mains se glissant dans la chevelure de miel d'une courtisane qu'il aurait dû oublier, il força ses pensées à se concentrer sur l'instant présent. La prochaine pause entre les patrouilles allait survenir. S'il devait agir ce soir, il ne devait pas perdre de temps, car grâce aux indications glanées au cours de longues semaines d'observation, il savait que le grand palanquin laqué arrivé au manoir cet après-midi avait transporté le maître absent depuis longtemps.

L'obajan du tong hamoï résidait à nouveau dans son havre de plaisir.

Arakasi rampa hors du fossé en se glissant sous de petits buissons, puis courut, courbé, le long d'un sentier du jardin. Il plongea dans l'ombre d'un muret surmonté de tuiles, conscient maintenant qu'il s'était irrémédiablement engagé. Il n'y aurait plus d'intervalle dans les patrouilles opérant le long du périmètre du domaine, jusqu'à ce que la lumière du jour rende la traversée impossible sans être repéré par l'un des postes de garde situés dans des balcons de bois, faisant saillie sur les hauteurs de la maison.

L'attente sous le muret se prolongea durant une heure. Pour passer le temps, Arakasi revit tous ses préparatifs, réexaminant tous les succès et toutes les frustrations qui avaient marqué sa mission jusqu'à l'instant présent.

La piste avait été très difficile à suivre, et avait commencé par le repérage de la sœur de la courtisane aux cheveux de miel. Le marchand d'esclaves qui avait négocié le contrat des filles avait été assez facile à retrouver, mais la trace de la sœur de Kamlio disparaissait sur le marché où elle aurait dû être remise à son acheteur tong.

Le travail d'Arakasi avait été ensuite gêné par la proximité d'Ontoset, où le nouveau réseau remplaçait progressivement l'ancien mis à mal par la mésaventure de l'entrepôt de soie, et se trouvait encore en phase de construction. Après avoir passé des semaines à suivre de fausses pistes, Arakasi en avait conclu que les filles choisies par le tong n'avaient jamais atteint le marché d'Ontoset.

Le maître espion avait remonté la route et, grâce à la remarque étourdie d'un charretier ivre, avait appris que des chariots d'esclaves emportant des filles d'une beauté exceptionnelle étaient en de rares occasions détournés dans les collines, au nord de la ville. Il avait encore passé plusieurs semaines à explorer cette région, à suivre et à cartographier chaque sentier, piste de gibier et marais des grandes terres au nord d'Ontoset. Sabota et trois autres agents avaient mené cette mission à bien, vivant sur les terres environnantes comme des bandits, volant des jiga ou des légumes aux fermiers, pêchant dans les ruisseaux, mangeant même des baies et des noisettes. L'un d'eux avait été tué alors qu'il tentait d'acheter du grain dans un village, à quelques lieues au nord-ouest – mais cette mort avait donné de précieux renseignements, car elle indiquait que l'agglomération était contrôlée par les tong, et que les étrangers n'y étaient pas les bienvenus. Le fermier qui avait tué l'agent acoma l'avait attaqué par-derrière, avec un couteau. Véritable expert dans l'art du poignard, Arakasi avait examiné le cadavre repêché dans la rivière : le meurtre avait été l'œuvre d'un assassin expérimenté. Arakasi s'était caché dans le grenier d'un moulin, en aval, pour écouter les commérages : les villageois qui avaient observé le meurtre ne faisaient pas le moindre commentaire, mais vivaient leur routine quotidienne comme si rien d'inhabituel ne s'était passé.

Personne n'avait remarqué la présence du maître espion ; personne ne vit la piste qu'il avait effacée quand il était reparti. Arakasi passa à nouveau en revue les vérifications qu'il avait effectuées à Ontoset, en comptant les chariots de fermiers qui entraient, et en notant quelle couleur de poussière recouvrait leurs roues lorsqu'ils se présentaient aux gardes des portes. Il s'était assuré qu'il n'avait pas été suivi. Il avait ensuite passé plusieurs semaines dans un fossé, le long de la route, se nourrissant de gâteaux et de fruits secs. Des mois après le meurtre de son agent, Arakasi avait retracé la route de trois chariots de ce village. Revenu à Ontoset, il avait revêtu les robes d'un charretier et s'était lancé dans de longues nuits d'ivresse. Différents chariots arrivèrent et repartirent, jusqu'à ce que revienne finalement l'un de ceux qu'il cherchait. Profitant d'une petite promenade à l'extérieur de la taverne avec trois compagnons de beuverie, il s'était appuyé sur l'un des chariots pour uriner, et avec un couteau dissimulé dans son autre main, il avait encoché le cuir durci qui entourait la roue.

Surveillant la route, Sabota avait attendu la pluie durant de nombreux jours. Puis la roue marquée d'un signe distinctif les conduisit enfin au palais de plaisir du tong.

Arakasi savait qu'il avait bien travaillé. Personne n'aurait pu établir un lien entre l'ivrogne de la taverne et un pauvre ouvrier agricole itinérant offrant ses services de ferme en ferme, baissant la tête à cause de la chaleur.

Cependant, il suait à grosses gouttes. L'homme qu'il cherchait à piéger était l'individu le plus mystérieux de l'empire, et de loin le mieux gardé. Certains seigneurs étaient morts pour avoir simplement contemplé le visage de l'obajan.

Tasaio des Minwanabi avait été la seule exception, et les pots-de-vin en métal qu'il avait versés étaient légendaires... Sauf si l'on savait qu'il avait utilisé du métal de contrebande, importé illégalement durant ses années de service militaire de l'autre côté de la Faille.

L'interruption dans le passage des patrouilles allait bientôt survenir. Arakasi mâcha une tranche de viande séchée, bien qu'il n'ait plus aucun appétit. Mais se nourrir était maintenant une question de survie ; sinon, ce maigre repas serait le dernier de sa vie...

Le maître espion avala la fin de ses réserves et s'allongea de tout son long sur la terre mouillée. Fermant une nouvelle fois les yeux, il focalisa ses sens vers la nuit, écoutant tous les bruits et les crissements des insectes, humant l'air chargé d'humidité. Tout changement le mettrait immédiatement en alerte. Son chronométrage exigeait une concentration absolue. Il attendit, transpirant de plus en plus. Ses pensées vagabondaient à son insu, car il était troublé par une appréhension vague qu'il ne pouvait nommer.

Cette anomalie le dérangeait profondément, mais il ne put y réfléchir car le moment d'agir était venu. Le crissement des sandales qui foulaient le sentier de gravillons se fit entendre, juste de l'autre côté du mur ; dix secondes, vingt secondes, trente : Arakasi s'élança dans la nuit comme un spectre.

Il bondit par-dessus le mur et traversa le jardin, sautant par-dessus les sentiers et marchant toujours sur les bordures de pierre des massifs de fleurs pour ne pas déranger les graviers. De la lumière scintillait entre les arbres. Arakasi plongea à plat ventre et s'introduisit difficilement sous l'arche d'un pont ornemental. Le niveau de l'eau était assez haut dans le petit ruisseau à cette époque de l'année, et son écoulement dissimula le bruit de ses éclaboussements. Il avait à peine assez d'espace sous la poutre centrale pour garder son visage à la surface de l'eau. Le bruit d'une petite cascade frappant un rocher en contrebas masquait sa respiration rapide alors qu'il se figeait, le cœur battant la chamade. Un groupe d'hommes arrivait sur le sentier. Quatre d'entre eux portaient le noir des assassins, avec une ceinture blanche indiquant qu'ils occupaient un rang élevé dans la hiérarchie du tong. Deux gardes avançaient dans le jardin, flanquant le groupe pour protéger deux hommes. L'un d'eux était mince, vêtu d'une soie tissée au motif floral des hamoï, ses yeux roulant de chaque côté alors qu'il examinait nerveusement son environnement. Mais c'est sur l'autre homme que l'attention d'Arakasi se concentra.

Celui-ci avait une silhouette massive, et un corps immense sans la moindre parcelle de graisse. Il portait une robe brune flottante, dont le capuchon rejeté en arrière révélait un visage qui n'était jamais découvert hors de chez lui. L'homme qui aurait pu se faire passer pour un prêtre itinérant ou un moine, arborait fièrement le chignon haut et la longue mèche de cheveux qui indiquait son rang suprême. Son crâne rasé portait les complexes tatouages rouges qui étaient l'apanage de l'obajan.

Tapi sous le pont, dans l'obscurité, étroitement enchâssé entre les pierres et la terre humide, Arakasi sourit alors que les pas résonnaient et faisaient craquer les planches au-dessus de lui. Il n'avait pas gaspillé son temps : il se trouvait assez près du chef du tong hamoï pour pouvoir le frapper.

Mais ce n'était pas le moment d'attaquer. Les gardes battaient les buissons de chaque côté du sentier. Le niveau anormalement élevé de l'eau rendait le recoin sous le pont trop étroit pour qu'un homme adulte puisse s'y abriter sans bloquer le ruisseau. Et en effet, un rôdeur ordinaire n'aurait jamais pu s'écarter du courant d'eau en appuyant ses coudes contre les poutres latérales comme le faisait Arakasi. L'espion ignorait la douleur qui lui vrillait les muscles. Vingt-quatre assassins se trouvaient maintenant dans le domaine. Il se retint de laisser libre cours à son allégresse. Un simple reflet de lumière frappant par hasard ses dents risquait de le trahir. Mais qu'il y ait dix-huit ou vingt-quatre assassins n'avait aucune importance.

Il avait mis la tête à l'intérieur de la gueule du harulth, et mettait au défi le prédateur le plus dangereux de Kelewan de refermer sa mâchoire.

Le groupe de l'obajan franchit le pont, probablement pour se rendre dans le belvédère couvert construit près du mur, et y passer une soirée agréable. Arakasi devrait attendre toute la nuit avant d'intervenir. À la dernière heure avant l'aube, il tenterait d'entrer dans le manoir. Il avait en effet déterminé qu'il n'existait qu'une seule façon d'infiltrer ce nid d'assassins, et avait admis sinistrement qu'après cet exploit, il ne disposerait d'aucun moyen pour en sortir en toute sécurité.

Lorsque la nuit noire commença à s'éclaircir, Arakasi tremblait de fatigue. Plongé maintenant à moitié dans l'eau, il remercia Chochocan, le dieu Bon, que les patrouilles des gardes n'aient pas modifié leur routine en raison de la présence de l'obajan. Il se força à emplir son estomac d'eau. Il lui fallait maintenant accomplir l'acte le plus désespéré de sa vie, et se préparer à entrer dans le manoir. La sentinelle suivante arriva à l'heure prévue. De sous l'arche du pont, Arakasi surveilla les environs. Quand le garde atteignit la limite de son champ de vision, le maître espion se glissa silencieusement à découvert. La rosée abondante dissimulerait les gouttes d'eau qui tomberaient de ses vêtements trempés. Il avança rapidement, sachant qu'il devait maintenir une distance égale entre les deux gardes, qui tueraient impitoyablement tous ceux qu'ils rencontreraient. Si celui qui se trouvait devant lui s'arrêtait pour gratter une démangeaison, ou si celui qui se trouvait derrière marchait un peu plus vite que normalement, Arakasi risquait de mourir avant même de savoir qu'il était découvert.

Le maître espion résista à la tentation de hâter le pas. Peu de situations exigeaient un contrôle aussi précis de ses déplacements. Progressant le plus silencieusement possible, il avançait de côté, seuls ses avant-bras, ses genoux et ses orteils touchant le sol. Cela lui coûtait un effort immense, alors que sa résistance était déjà amoindrie.

Après avoir progressé sur soixante mètres, Arakasi s'effondra sur le sol. Il eut un léger étourdissement en se retenant de prendre de longues inspirations, mais il força ses oreilles à guetter le moindre bruit indiquant qu'il avait été repéré. Aucune alarme ne fut donnée. Il étudia le ciel. Le gris précédant l'aube apparaissait maintenant. D'expérience, il savait que l'aube et le crépuscule sont les moments où les sentinelles ont le plus de difficultés à voir, quand tout est réduit à des ombres informes.

Des bruits de pas approchèrent. Le garde, qui avait été derrière lui, passa à moins d'un mètre de sa position. Mais la sentinelle dirigeait son attention vers le mur extérieur, et non sur le sol, à gauche de ses pieds. Et Arakasi était devenu une véritable ombre, allongé dans l'herbe à côté du manoir, la respiration arrêtée, les mains prêtes pour se déplacer.

La sentinelle s'arrêta. Arakasi continuait à compter, des gouttelettes de sueur tombant sur le sol. À un certain nombre, le garde reprit sa route. Arakasi bondit immédiatement sur ses pieds, retira une corde de sa ceinture et envoya son extrémité plombée au-dessus de la branche d'un arbre. Celui-ci étendait sa ramure vers la maison, entre les balcons abritant d'autres gardes. Exposé sur trois côtés, Arakasi ne disposait que de quelques secondes avant que la patrouille suivante apparaisse derrière le coin du bâtiment. Il devait maintenant courtiser la chance. Il grimpa à la corde, restant le plus près possible du tronc épais pour éviter de faire bruisser le feuillage. Il s'allongea sur la branche et ramena sa corde, une main après l'autre.

Ses longues observations étaient maintenant inutiles. Il n'avait trouvé aucun moyen d'apprendre ce qui se passait à l'intérieur de la maison et ne savait rien de précis, si ce n'est qu'il devrait improviser un plan en observant les allées et venues des serviteurs.

Arakasi rampa le long de la branche. Il devait se montrer prudent. L'arbre était un takaï, que l'on faisait pousser pour ses fruits magnifiques ; les branches avaient tendance à être fragiles et à se briser si on leur faisait porter trop de poids. Le feuillage était mince et dissimulait difficilement le maître espion alors qu'il progressait sous les poutres d'un balcon gardé. La nécessité de rester silencieux lui nouait les muscles, et le contrôle qu'il devait exercer sur sa respiration allumait un incendie dans sa poitrine.

Les maisons kelewanaises sont généralement construites en laissant un espace entre le plafond intérieur et le toit, pour laisser s'échapper la chaleur qui s'accumule sous les avant-toits. Cette demeure ne devait pas être différente, mais une grille de bois avait pu être ajoutée pour améliorer la sécurité. Arakasi n'avait plus de refuge sûr, et il se trouvait trop à l'intérieur du domaine pour retourner en arrière en ayant la moindre chance de survie. Le ciel commençait à s'éclairer d'argent, mais la pénombre sous les chevrons était complète. Arakasi tâtonna dans l'ombre.

La voie d'entrée qu'il avait espéré trouver existait bel et bien, comme il l'avait supposé. Seules de petites lamelles de bois lui barraient la route dans l'espace réduit entre le toit de tuiles et le plafond de plâtre. Arakasi sortit l'un de ses rares couteaux de lancer en métal. L'acier pouvait faire pression et sortir les lamelles de leurs logements chevillés, là où une lame tsurani de cuir laminé se serait brisée. Arakasi travailla rapidement. Il récupéra les copeaux et les éclats de bois tandis qu'il se frayait un chemin à travers la petite ouverture, puis utilisa la graisse de sa propre sueur pour enduire les chevilles des lamelles et les remettre en place sans qu'elles grincent. Il se permit ensuite un moment d'exultation silencieuse. Il avait réussi l'impossible. Bien qu'il soit recroquevillé dans un espace trop étroit pour être confortable, il se trouvait maintenant à l'intérieur du bâtiment.

Il se reposa pendant que la garde changeait sur la plate-forme extérieure. Puis, il avança à tâtons le long des poutres jusqu'à ce qu'il repère la poutre maîtresse de la charpente. Il s'installa pour une longue attente, car il avait maintenant toute la journée devant lui pour espionner la disposition des pièces invisibles sous lui.

Arakasi était allongé, écoutant attentivement les voix mélodieuses des femmes discutant juste au-dessous de lui. Son succès dépendait maintenant de la chance que l'obajan rende visite à ses femmes, car le maître espion doutait de survivre à une autre journée à transpirer dans l'espace étouffant sous le toit.

Le bois raboté grossièrement de la charpente poussiéreuse lui mordait les cuisses et les bras, et l'irritait à travers le tissu léger de sa tunique. Il endura cette gêne, pliant un membre après l'autre pour soulager les crampes provoquées par une mauvaise circulation du sang. S'il succombait aux besoins de son corps dans cet endroit, il mourrait. S'il somnolait, il risquait de rouler, de tomber de la poutre étroite et de s'écraser dans la pièce au-dessous de lui à travers le mince plafond de plâtre. Avec un humour sinistre, il considéra aussi que ses ronflements épuisés pouvaient conduire des gardes vigilants vers sa cachette. Tapi dans l'obscurité, il tira son poignard d'acier. Alors que ses joues et ses mains étaient chatouillées par les vagabondages des insectes rampants, il ressentit un mélange enivrant de joie intense et de regret ; la joie d'être arrivé si près du but sans avoir été découvert ; le regret de ne pas pouvoir terminer toutes les tâches qui lui restaient.

Sous lui, des fissures dans le plâtre laissaient filtrer une lueur orangée. Des domestiques avaient allumé des lampes, ce qui signifiait que la nuit était tombée. Il entendait le rire argentin des femmes ; de temps à autre résonnait une voix qui lui rappelait celle d'une autre fille, et un après-midi passé dans des draps de soie. Arakasi remua, agacé par ses pensées. Kamlio était beaucoup trop présente dans son esprit : la sensation de sa chevelure épaisse dans ses mains, de sa peau crémeuse, de ses baisers... Le simple souvenir de la courtisane le faisait transpirer de désir. Mais ce qui hantait son esprit, encore et toujours, ce n'était pas le simple accouplement de la chair. Il rêvait de ces yeux profonds et de l'intelligence qui y brillait, de temps à autre ternie par l'ennui ou rendue rusée par les mauvais traitements. Les manières de Kamlio semblaient dures, mais c'était un cynisme qui dissimulait un abîme de souffrances. Il savait aussi que ses mains et son corps avaient plu à la jeune femme, et qu'avec du temps, il pourrait l'émouvoir et atteindre sa douce nature enfouie comme un trésor.

S'il survivait à la mission de ce soir, il achèterait la liberté de Kamlio, et lui montrerait peut-être les joies grisantes d'une vie libre. Si elle l'acceptait ; si, après une vie passée à céder aux exigences et aux caprices de nombreux maîtres, elle ne trouvait pas les hommes répugnants... Dans la pénombre, les lèvres d'Arakasi se retroussèrent dans une moue de mépris de soi. Il rêvait ! Il rêvait comme un gamin amoureux ! La vie ne lui avait-elle pas appris qu'il ne faut jamais accorder de crédit aux désirs imprévisibles du cœur ?

Il étouffa une envie irrésistible de jurer.

Par une ironie des plus noires et des plus amères, la mission qui lui avait permis de la connaître risquait de provoquer la mort de la jeune femme. Avec une logique rigoureuse, dans la chaleur étouffante sous la charpente, Arakasi s'avoua la stricte vérité : il faudrait un miracle des dieux pour qu'il ressorte vivant de cette expédition. Il avait maintenant une chance de frapper l'obajan, comme il l'avait prévu. Mais même si son coup était mortel, échapper aux meilleurs assassins du tong – et après eux, à la colère vengeresse du tiranjan, le successeur de l'obajan – était un rêve impossible.

La fatigue et la tension firent frissonner Arakasi. Il changea sa prise sur le manche de son poignard, rendu étrangement glissant par la sueur du doute. Comment pouvait-il – tenté par une courtisane enchanteresse – placer son bien-être au-dessus de la volonté de Mara, sa dame, dont la vie lui était plus précieuse que la sienne ? Mais Kamlio y était parvenue. Pour Mara, l'obajan des hamoï mourrait. Mais le maître espion sut que, s'il survivait à cette mission, une petite partie de lui-même, de sa vie personnelle, devrait rester secrète. Il brûlait d'explorer le sentiment qu'il éprouvait pour la courtisane, qu'il s'agisse ou non d'amour – et qui pouvait facilement provenir d'une pitié ridicule. Le respect de lui-même qu'il avait retrouvé grâce à la destruction de la maison Minwanabi l'exigeait : il devait tenir compte de ses propres besoins en tant qu'homme, et les réconcilier avec les devoirs qui le mettaient quotidiennement en danger.

Il aurait pu mourir, anonyme, un millier de fois, sous le déguisement d'un mendiant, d'un prêtre itinérant, d'un marin, d'un diseur de bonne aventure, d'un négociant en épices, d'un marchand des quatre saisons ou d'un messager. Et un millier de fois, il avait affronté ce risque sans hésiter, car il avait contemplé les abysses et ne craignait pas la mort. Mais maintenant, alors qu'il se trouvait dans la situation la plus périlleuse de sa carrière, il pensait soudain que tout cela avait de l'importance. Si la mort l'emportait, il voulait que ses cendres soient honorées sur des terres acoma, et que la belle courtisane au regard mélancolique pleure et crie son nom devant son bûcher. Il se retrouvait enchaîné à un sentiment à l'heure même où son identité devait rester à tout prix secrète.

La survie des Acoma, de la dame bien-aimée qui lui avait rendu son honneur, et peut-être même de l'empire dépendait d'une retenue parfaite. Arakasi avait mené une existence si décousue que l'amour ne l'avait enchaîné qu'une seule fois dans le passé, et bien moins que la loyauté envers la femme qui lui avait rendu sa fierté et sa dignité. Bien qu'il adorât Mara, elle ne troublait pas ses rêves. Arakasi la chérissait comme un prêtre aime sa déesse. Mais Kamlio avait ému une partie de son âme qui était restée cachée à tous les autres. Et spécialement à lui-même, se repentit-il silencieusement.

Les rires des femmes se calmèrent. Arakasi se tendit, arraché à ses pensées par une démarche qui faisait grincer le plancher. Le bruit indiquait des sandales de cuir cloutées, et le poids d'un homme de grande taille. Une femme prononça des paroles de bienvenue, et des pieds nus et parfumés chuchotèrent sur le carrelage ; des coussins et une collation étaient apportés pour le confort du maître, supposa Arakasi. Il changea de position de façon infinitésimale ; sa main tenant le poignard était redevenue chaude et sèche.

L'étroitesse de son perchoir dans le grenier lui sembla soudain étouffante, d'une façon intolérable. Il combattit l'instinct qui lui disait de respirer plus profondément, de bouger, d'agir prématurément. Malgré la douleur, il força chaque muscle à se détendre et à garder sa position. Des senteurs mêlées de parfums montèrent dans l'air surchauffé, passant dans les fissures entre le plâtre et les poutres. Puis Arakasi entendit le tintement du cristal, lorsque des servantes apportèrent des rafraîchissements à leur maître, et plus tard, une joueuse de vielle qui accompagnait une chanteuse, pour le divertissement de l'obajan. Il sentit des huiles douces, et reconnut les profonds soupirs de contentement d'un homme massé par des mains habiles. Le corps maltraité du maître espion eut l'amabilité de se rappeler à lui en tentant d'avoir des crampes.

Patience, se rappela-t-il intérieurement.

Plus tard encore, un pas léger trahit le départ d'une servante de bain, dont la marche était gênée par le poids des serviettes sales. Les yeux mi-clos, Arakasi imagina la scène dans la chambre qui se trouvait sous son perchoir, dans la charpente. La musicienne avait ralenti le rythme de sa mélodie, et la chanteuse avait abandonné les paroles, sa voix glissant dans un fredonnement langoureux. La carafe de cristal qui contenait le vin de sâ épicé tinta lorsqu'elle fut reposée sur un plateau de pierre polie – presque vide maintenant, jugea Arakasi par la tonalité du tintement. Les chandelles de cire étaient presque toutes consumées. La faible lumière qui s'échappait à travers les minuscules fissures du plafond avait pris les tons plus chauds de l'éclairage d'une lampe à huile. Arakasi entendit le soupir d'une fine étoffe qui tombait à terre, et le maître se leva dans un craquement de genoux. Il laissa échapper un immense soupir alors qu'il s'étirait.

Pour la première fois depuis son entrée dans le harem, l'obajan du tong hamoï prit la parole :

— Jeisa... (Il s'arrêta un instant après avoir prononcé ce nom, ses yeux brillant peut-être de luxure.) Alamena, Tori...

Il attendit, prolongeant cruellement un intervalle de tension palpable, tandis que les femmes non désignées installées à ses pieds attendaient de savoir si elles seraient choisies ou rejetées, dissimulant soigneusement leur désappointement ou leur joie devant le sort qui leur était réservé.

L'obajan soupira une nouvelle fois.

— Kamini, termina-t-il. Le reste de mes fleurs peut disposer.

Arakasi cligna des yeux pour dissiper les picotements de ce qu'il espérait être de la sueur. Pas Kamini ! Les dieux n'étaient pas cléments ce soir. Il aurait voulu que Kamini se trouve loin de la chambre du maître à cette heure, car elle était la sœur de Kamlio, la fille qui hantait ses rêves.

Le maître espion chassa férocement de son esprit l'image du visage de Kamlio. S'il se mettait à rêvasser, il deviendrait négligent et mourrait.

Une cloison glissa et se referma dans la chambre en contrebas ; puis une autre cloison s'ouvrit, et Arakasi entendit les bruissements des insectes nocturnes par-dessus le sifflement de la lampe à huile. Le grenier ne s'était pas rafraîchi ; les tuiles du toit retenaient encore la chaleur de la journée, bien que le soleil soit couché depuis longtemps et que la nuit soit assez avancée pour que la rosée commence à se déposer. La mélodie de la musicienne et de la chanteuse avait diminué jusqu'à ne plus être qu'un murmure par-dessus lequel Arakasi entendait le froissement des draps de soie et le rire étouffé d'une fille. Il attendit, aussi immobile qu'un prédateur, écoutant avidement les soupirs de contentement de sa proie devenir les respirations rapides de la passion ; il attendit encore lorsqu'une fille commença à gémir dans l'étreinte du plaisir... ou de ce qui simulait le plaisir. Arakasi chassa l'image d'une autre fille, qui avait appris depuis l'enfance à feindre toutes les subtilités de la jouissance...

Arakasi se fit silencieusement des reproches. Il avait trop transpiré, et la déshydratation l'étourdissait dangereusement. Il se força à se concentrer, chaque muscle noué par la tension. Le poignard dans sa main lui semblait comme une extension de sa chair vivante, lorsque l'obajan, emmêlé dans des draps humides au milieu des filles ardentes, ouvrit la bouche et cria dans l'apogée de son orgasme.

À cet instant, le maître espion bascula, plongeant dans l'air chaud. Il frappa le plafond de plâtre et le traversa dans une pluie de fragments, de débris et de poussière. Durant sa chute, ses yeux accoutumés depuis longtemps à l'obscurité virent clairement, à la lumière de la lampe à huile, la masse des corps entremêlés sur la natte. Il choisit la forme sur le sommet, la silhouette plus massive, et orienta son poignard en conséquence.

Il ne disposait que d'une seconde pour demander aux dieux que le seul moment où l'obajan du tong hamoï n'ait pas d'arme à portée de main et ne soit pas protégé par des gardes soit dans la nudité de l'accouplement.

Puis il s'écrasa sur la masse suante de l'obajan et de ses femmes, et enfonça l'acier inestimable dans la chair. Arakasi sentit que la trajectoire de la lame était déviée par les tendons et les os. Il n'avait pas réussi à le tuer sur le coup.

L'obajan était immense, mais son corps n'avait pas une once de graisse. Son gémissement de plaisir devint un cri de douleur et d'alarme. Arakasi fut projeté loin de sa proie comme un poisson jeté d'un bateau de pêche. Son talon heurta la jambe d'une femme et il tomba. Non seulement le maître des assassins était fort, mais il était aussi rapide. Ses mains s'élancèrent vers une pile d'armes posées à côté de la natte. Trois fléchettes frappèrent les draps de soie, alors qu'Arakasi roulait sur le côté. Une fille hurla de douleur et de peur.

La lampe à huile s'éteignit. Une vielle tomba dans un craquement assourdissant, et la chanteuse s'interrompit, puis hurla. Des pas résonnèrent dans le couloir, alors qu'Arakasi se dégageait des draps emmêlés, et repoussait une fille qui lui griffait l'épaule. Son second poignard glissa dans sa main comme s'il possédait une vie, un souffle et un désir qui égalaient les siens. Le maître espion donna un coup sec du poignet, et l'arme s'enfonça après une trajectoire parfaite dans la gorge de l'obajan.

Le maître du tong hamoï beugla une nouvelle fois, enragé. Mais la lame avait touché l'artère, et le sang giclait. Il leva la main pour tenter d'étancher le flot écarlate, et faillit se trancher le pouce sur la lame acérée. Se découpant contre le carré pâle de la porte, Arakasi vit les épaules de l'obajan frissonner alors que la vie s'enfuyait de son corps. Sa longue mèche de cheveux retomba dans son dos tandis qu'il s'effondrait et tombait à genoux, la poitrine couverte d'une grande tache de sang.

Arakasi se tourna, jetant les filles et les draps de part et d'autre, dans l'obscurité. Il roula sur le côté, lança un coussin dans la direction des bruits de pas d'un poursuivant. Quelqu'un trébucha et frappa les dalles avec un choc mou. Le prenant par erreur pour l'assaillant, quatre gardes qui arrivaient bondirent et se ruèrent sur le malheureux. Ses protestations masquèrent les déplacements d'Arakasi alors que, la main sur le mur, le maître espion filait à toute vitesse vers l'extrémité la plus éloignée de la chambre.

La lumière des étoiles était juste suffisante pour qu'il y voie. Prenant soin de ne pas laisser un reflet sur l'acier trahir sa position, Arakasi tira un autre poignard de sa ceinture. Il le lança, et l'un des gardes tomba, étreignant son ventre en hurlant. Le bruit détourna l'attention des autres assassins, permettant à Arakasi de tirer ses poignards et de se débarrasser des quatre gardes qui entraient par le couloir extérieur. Ils moururent l'un après l'autre, au milieu des cris des courtisanes et de la sentinelle blessée, gisant sur le plancher. L'obajan reposait entre les draps, immobile dans la mort.

Arakasi passa à travers la cloison, et quitta la pièce en passant derrière le linteau. Il n'osait pas s'attarder pour voir si les filles l'avaient vu partir, ni si elles avaient eu l'intelligence de donner l'alerte. Stimulé par l'adrénaline, il bondit et saisit la poutre de l'angle du toit. Suspendu par les mains, il se coula sous les avant-toits obscurs, sa dernière lame serrée entre les dents.

Il s'était à peine installé dans sa cachette que des bruits de pas résonnèrent dans la pièce, venant du couloir adjacent.

— Dehors ! cria l'un des assassins. L'homme qui a tué notre maître s'est enfui dans le jardin !

Désespéré, Arakasi arracha avec les ongles un bardeau de la gouttière. D'un geste ample, il lança le morceau de tuile dans un massif de fleurs. La sentinelle à l'ouïe aiguisée qui avait surgi par la porte se précipita dans les buissons, taillandant la végétation avec son épée. Arakasi aurait pu caresser les cheveux de l'homme tellement il était passé près de lui.

D'autres assassins se précipitèrent dehors.

— Où est-il ?

L'homme à l'épée arrêta de fouiller les buissons.

— J'ai entendu un mouvement.

— Vite ! appela le deuxième garde. Apportez des torches ! Le tueur est en train de s'enfuir alors que nous perdons du temps !

Ils se dispersèrent pour explorer le jardin, pendant que des hommes portant de l'éclairage convergeaient vers eux pour les aider dans leurs recherches. Arakasi se balança et descendit du toit. Ombre dans l'obscurité, il fit un pas de côté et se baissa pour entrer par une cloison adjacente, pénétrant dans la maison que ses poursuivants n'avaient pas encore pensé à fouiller.

D'autres assassins surgirent dans la chambre à coucher. Ils rencontrèrent le premier homme, qui revenait.

— Il a dû passer par-dessus le mur. Patrouillez le périmètre, vite, avant qu'il ne s'enfuie !

Des cris interrogateurs arrivaient du harem. La nouvelle de la mort de l'obajan avait réveillé les serviteurs, et certains cédaient à la panique. Le tong était rapide et impitoyable dans ses châtiments, et dans une maison aussi bien gardée, ses membres penseraient que le responsable de la mort du maître avait bénéficié de l'aide d'un complice. La domesticité entière risquait d'être mise à mort pour s'assurer de l'élimination des traîtres. Les serviteurs les plus intelligents comprirent immédiatement que la fuite était leur seule chance de survie. La peur seule gardait ces malheureux au service d'une fraternité de meurtriers ; la plupart d'entre eux préféraient risquer un avenir incertain plutôt que d'affronter une mort déshonorante.

Arakasi ne pouvait qu'espérer que la confusion provoquée par la fuite de douzaines de domestiques terrifiés lui procurerait une ouverture. Un homme plus sensé aurait sans doute tenté de s'échapper, mais sa mission n'était pas achevée. Pour Mara, il devait pénétrer dans le cabinet de travail de l'obajan et voler les archives du tong.

Le calme était revenu sur la chambre à coucher voisine. Arakasi prit le risque de supposer que, dans l'ardeur des recherches, les gardes avaient laissé leur défunt maître seul. Il entra par la cloison qu'il avait brisée plus tôt et découvrit une scène de carnage.

Du sang éclaboussait tout ce qui se trouvait à moins de trois mètres de la natte. Deux filles nues étaient restées à côté de la forme massive du maître assassiné, la lumière des étoiles soulignant faiblement leurs silhouettes d'argent. L'une d'elles le regardait fixement, silencieusement. Avec des gestes répétitifs et absurdes, elle tentait d'essuyer le sang d'une peau irrémédiablement tachée d'écarlate. L'autre se tordait dans les draps en gémissant. Frappée par une fléchette empoisonnée, elle était incapable de se lever. Avec une détermination sinistre, Arakasi récupéra ses deux couteaux de métal, l'un dans le cou de l'obajan et l'autre dans le ventre d'un garde qui gisait, les membres écartés, aux pieds de son maître.

Arakasi passa au pied de la natte, son regard s'arrêtant sur la courtisane blessée. Il s'immobilisa, son attention involontairement attirée. La chevelure de la fille ressemblait à une flaque d'huile baignée par la lune, étincelant de reflets d'or pâle. Son visage était tourné vers le ciel, exposé à la lumière vacillante des torches venant du jardin. Comme une blessure au cœur, le maître espion vit qu'elle avait exactement les mêmes traits que sa sœur.

Elles étaient jumelles.

Le cœur d'Arakasi fit un bond dénué de toute logique. Sous la lumière de la lune, les mains fines de la jeune femme tiraient désespérément sur la fléchette qui perçait sa poitrine, et le maître espion ne parvenait pas à la différencier de la fille qu'il avait caressée et à qui il avait fait l'amour. Ébranlé par une souffrance qui menaçait d'étouffer son âme, Arakasi lutta pour retrouver son calme glacial et ses facultés d'analyse. Il était le maître espion des Acoma, accomplissant une mission pour le pair de l'empire. Il devait garder l'esprit clair et trouver les archives de l'obajan.

Mais à l'instant où il avait le plus besoin de sang-froid, son objectivité l'abandonna. Devant l'agonie d'une courtisane, sa propre survie devint soudain aussi dépourvue de sens que tenter de capturer les rayons du soleil à mains nues.

L'esprit d'Arakasi hurlait qu'il ne devait pas faillir à Mara, tandis que son cœur lui ordonnait de tomber à genoux aux côtés de la fille blessée. Le temps et les circonstances se brouillèrent. Il ne pouvait plus distinguer qui était la courtisane qui l'avait envoûté, et qui était sa sœur jumelle. Dans l'obscurité, sous les rayons de la lune, leurs identités semblaient se confondre dans un douloureux instant d'anéantissement. Refusant d'obéir à son instinct de conservation, Arakasi prit le corps dans ses bras. Il berça la jeune femme, immobile, les yeux écarquillés, jusqu'à ce qu'elle frissonne, hoquette et, après ce qui lui sembla une éternité, cesse finalement de respirer.

Arakasi avait l'impression d'avoir été roué de coups. Ses ongles avaient creusé la chair de ses paumes, et ses dents avaient fait couler le sang de ses lèvres. Le goût salé sur sa langue et la puanteur de la mort qui envahissait ses narines lui donnèrent la nausée. Il remarqua à peine la femme vivante qui marmonnait parmi les draps ensanglantés. Son esprit enregistrait ses balbutiements, mais ne les comprenait pas. Arakasi arracha à sa poitrine une respiration déchirante, et se força à déverrouiller ses membres raides. Son cœur se glaça alors que la morte échappait à son étreinte. Par instinct, il réagit soudain à un bruit venant de derrière lui. Le domestique qui venait d'entrer était un eunuque du harem, venu prendre soin des femmes. Le poignard lui entailla le cou de façon oblique. Il s'étrangla et s'écroula violemment contre le montant de la porte. Arakasi avait toujours été rapide, mais ce soir, ses mouvements étaient maladroits alors qu'il trébuchait sur la fille tombée à terre. Ses pieds se prirent dans les draps trempés de sang et s'accrochèrent dans les coussins. Il frappa l'eunuque au ventre dans un geste de lutteur, et le repoussa sur le côté. La force du mourant était incroyable. Les mains d'Arakasi cherchèrent une prise, glissèrent... Il enfonça alors ses doigts dans la blessure, et grâce au sang qui gicla soudain sur son visage, il comprit qu'il avait arraché l'artère de son adversaire. Utilisant ses phalanges pour empêcher sa victime de crier, il fut mordu jusqu'à l'os.

Si les gardes de l'obajan n'avaient pas été en train de fouiller le jardin à la recherche d'un assassin qui, selon toutes probabilités, devait être en train de s'enfuir, la lutte aurait attiré l'attention. En fait, suspendu à un mourant qui s'accrochait aux tentures des murs avant de s'écraser finalement contre les coffres et les tables, Arakasi éprouva une sensation d'irréalité. Il fallut un long moment à l'eunuque pour mourir de son hémorragie. Quand il fut enfin inerte, Arakasi sortit en titubant de la chambre.

Il n'avait jamais exploré l'intérieur de la maison. Le peu de renseignements qu'il avait acquis durant sa longue attente sous la charpente l'avait maintenant déserté, alors qu'il cherchait le journal qui était l'âme du tong. Un tel livre contenait tous les contrats avec leurs clauses, dans un code connu seulement de l'obajan. Les intermédiaires ne savaient rien, à part le nom des victimes qui devaient mourir.

Les archives étaient l'héritage du tiranjan, qui devait reprendre la direction du tong après l'assassinat de son chef. Le livre ne serait pas laissé sans protection, et même avant que l'agitation de la fouille ne commence à se calmer, le conseiller de l'obajan à la longue robe flottante enverrait le tiranjan le récupérer.

Arakasi entendit des voix lointaines et un cri. Son séjour dans la maison était maintenant limité à une poignée de minutes, et son esprit restait brouillé par le souvenir de la mort horrible d'une jeune fille. Il se sermonna violemment, et repassa en esprit toutes les hypothèses qu'il avait formulées durant les heures d'attente étouffante sous la charpente. Il se trouvait dans le palais des plaisirs. L'obajan était venu ici pour se distraire. Le livre des archives qui restait toujours près de lui devait se trouver dans cette demeure, dans un endroit spécialement conçu pour lui. La cloison mobile la plus solide devait donner sur la pièce renforcée où les chroniques du tong étaient conservées.

Arakasi avança d'un pas léger dans le couloir, restant le plus possible dans l'ombre. Il éteignait toutes les lanternes qu'il rencontrait, frissonnant et sursautant à chaque bruit. Il tourna un coin et faillit entrer en collision avec un homme qui lui tournait le dos. Le bruissement de l'acier alors qu'il tirait son dernier poignard fit se retourner son adversaire. C'était un guerrier, qui gardait une porte. Arakasi se lança sur lui et lui trancha les tendons du poignet, alors même que l'homme baissait la main pour dégainer son épée. Le maître espion ne ressentit aucune douleur lorsqu'il frappa la trachée du garde du tranchant de sa main mordue aux doigts ensanglantés, et qu'il plaquait violemment son adversaire contre le bois.

Quelqu'un hurla en entendant le bruit.

Pour ne pas perdre de temps, Arakasi fit passer son ennemi à travers la cloison. Le garde résista, les yeux agrandis par une profonde terreur. Alors qu'il tombait en arrière à l'intérieur de la chambre forte, sa main indemne tenta désespérément de se raccrocher au mur.

Puis il tomba. Des cordons s'accrochèrent à ses chevilles et des fléchettes jaillirent des murs. Le plancher sur lequel il était tombé descendit avec un grincement, et des pieux de bois aiguisés et durcis par de la résine sortirent de motifs percés dans le dallage, empalant son corps secoué de spasmes.

Arakasi ne prêta aucune attention aux râles d'agonie de sa victime Se basant sur le dernier geste de l'homme, il observa attentivement le mur et trouva une niche entre les fresques. Il reconnut le trou pour ce qu'il était, une ouverture pour placer une goupille qui désamorcerait les pièges mécaniques de la pièce. Il enfonça son poignard dans la fente et se précipita dans la chambre forte.

Des frissons glaciaux parcouraient sa peau. Il entendait des bruits de course dans le couloir, qui convergeaient vers lui. Devant lui, éclairé par une seule lampe, se trouvait un grand meuble ressemblant à un bureau, sur lequel était posé un énorme livre. Il bondit par-dessus le cadavre du garde, réfléchissant à une vitesse folle.

Si la porte avait été piégée, le bureau devait l'être aussi. La déduction logique était qu'un voleur qui avait survécu aux défenses de la pièce devait être très doué, un maître en mécanismes complexes. Arakasi choisit alors une tactique imprévisible : il utiliserait tout simplement la force.

Il ravala le goût métallique de la panique et attrapa la lourde lampe de céramique. Puis il se pencha, et enfonça le panneau de bois formant le fond du bureau. Il regarda vers le haut pour localiser et désarmer l'entrelacs de fils et de leviers qui déclencherait le piège s'il soulevait le livre, et trouva quelque chose en dessous.

Un parchemin étroitement roulé était posé sous le mécanisme du piège. Il le sortit de sa cachette et le regarda d'un rapide coup d'œil. Le parchemin extérieur était écrit en code et fermé par des rubans marqués des fleurs du tong hamoï. Le livre sur le bureau était un leurre, un piège placé en évidence. Arakasi tenait dans ses mains les vrais comptes du tong.

Les cris d'alarme se rapprochaient. Le maître espion enfonça le parchemin dans sa robe et rejoignit rapidement la porte. Il arracha son couteau du trou et courut, s'éloignant des voix qui se rapprochaient derrière l'angle du couloir.

Il courait aveuglément, tremblant d'une peur nouvelle provoquée par son succès. Malgré tous ses plans, malgré tous ses préparatifs méticuleux, il n'avait jamais envisagé qu'il survivrait à la mort de l'obajan. Maintenant la mise avait doublé ; car sans les chroniques du tong, le tiranjan ne pourrait pas reprendre la direction du clan. Les contrats ne seraient pas remplis, et les assassins hamoï failliraient à leur honneur. En fait, Arakasi tenait entre ses mains le natami de la confrérie meurtrière. Sans lui, le tong perdrait sa crédibilité et finirait par disparaître.

Des appels jaillirent dans le couloir qu'Arakasi venait de quitter lorsque la cloison brisée fut découverte. Des cris suivirent quand les gardes qui se précipitaient à l'intérieur de la chambre forte furent victimes des pièges réamorcés lorsque le maître espion avait retiré le poignard utilisé comme goupille de verrouillage. La poursuite s'engagea immédiatement, et les survivants se dispersèrent pour fouiller toute la maison. Arakasi eut à peine le temps de se glisser dehors par une fenêtre avant que l'un des assassins se lance sur ses traces.

Une piqûre à l'épaule lui révéla qu'une fléchette venait de le toucher. Elle était sûrement empoisonnée, mais il n'avait pas le choix et devait l'ignorer. Les antidotes qu'il avait apportés étaient cachés à l'extérieur du périmètre de la demeure avec le reste de son équipement. Arakasi se précipita à travers le jardin, sauta dans un arbre, et se lança par-dessus le premier mur. Suspendu pendant un court instant, il entendit siffler des fléchettes, et puis le bruit plus lourd des flèches qui volaient dans les branches au-dessus de sa tête.

Il regarda frénétiquement autour de lui à la recherche d'une possibilité d'évasion. Un groupe de domestiques paniqués passait rapidement devant lui. Tentant de s'enfuir du domaine, ils se glissaient en silence contre le mur en cherchant une voie vers la liberté.

Arakasi s'insinua dans leurs rangs, ce qui fit hurler de terreur l'une des femmes. Un homme se jeta à ses genoux en le suppliant d'avoir pitié de lui. Les vêtements noirs du maître espion l'avaient fait prendre pour un assassin, comprit-il avec une joie presque hystérique. Prenant une profonde inspiration, Arakasi hurla :

— Les domestiques ont assassiné l'obajan ! Tuez-les tous !

Son cri rauque fit s'éparpiller les serviteurs dans toutes les directions, et il courut comme eux vers le mur extérieur. Que les pisteurs du tong retrouvent donc sa piste parmi cette confusion, pensa-t-il alors qu'il s'écorchait les paumes en sautant par-dessus le mur.

Au bord de l'épuisement physique et mental, il se fraya un chemin jusqu'à l'endroit abrité qu'il avait choisi pour le cas où il réussirait par miracle sa mission. Il y avait caché ses antidotes et quelques drogues qui le forceraient à rester vif et alerte, jusqu'à ce qu'il rejoigne la sécurité ou la mort. Il paierait cher pour les avoir utilisées, et des semaines de repos lui seraient ensuite nécessaires, mais c'était le prix de la survie. Il avala rapidement les doses nécessaires et se dépouilla de ses vêtements ensanglantés, qu'il abandonna sous un grand rocher. D'une autre de ses fioles, il versa dans ses mains un liquide âcre qui le fit soudain pleurer. C'était de l'essence de slu-leeth, une énorme créature des marais que les autres animaux trouvaient repoussante. Aucun chien n'accepterait de suivre sa piste, et en fait, la simple exposition à cette odeur ruinerait le sens de l'odorat de l'animal durant des jours. Alors qu'il frottait l'onguent infect sur sa peau, un picotement dans l'épaule lui rappela qu'il avait encore une fléchette fichée dans sa chair. Il retira la pointe barbelée et enfila une tunique propre. Il ne pouvait rien faire pour la morsure de ses phalanges, et il jura en comprenant que sa main enflerait et s'infecterait sûrement.

Il ne pouvait rien faire d'autre qu'avoir confiance dans l'antidote qu'il avait avalé pour contrecarrer les effets du poison. Il avait assez bien deviné ceux qui lui seraient nécessaires, un héritage des connaissances qu'il avait glanées en inspectant les étagères de Korbargh.

Dans la nuit, Arakasi commença à courir à longues foulées, ses pieds chaussés de sandales frappant régulièrement la piste rocheuse qui le conduisait vers la sécurité. Alors qu'il courait dans l'herbe mouillée par la rosée, le souvenir de la fin de Korbargh et celui d'une autre mort lui firent admettre les changements qui s'étaient opérés en lui. Il ne pourrait plus jamais prendre de telles mesures contre un homme, même pour Mara, même pour son devoir, même pour l'honneur... Pas depuis qu'il avait tenu dans ses bras une courtisane agonisante, qu'il avait confondue un instant avec une autre fille... Il avait irrévocablement pris conscience des élans de son cœur. Si les antidotes de Korbargh ne correspondaient pas au poison qui circulait dans ses veines... Arakasi était fataliste – jusqu'à ce qu'un autre souvenir lui revienne en mémoire : la fille à moitié folle dans la chambre de l'obajan. Ses pleurs hystériques revenaient dans son esprit, et ses marmonnements prenaient une clarté effrayante. Elle avait dit : Il connaissait Kamini ! »

Il y avait en fait deux sœurs jumelles. L'une appartenait à un vieil homme impuissant, et l'autre était morte avec l'obajan. Arakasi se mit alors à courir, essoufflé et épuisé avant même de commencer. Pour la première fois de sa vie, il pria avec ferveur les dieux de Kelewan, suppliant Sibi, Celle qui est la Mort, de ne pas l'appeler au palais de son frère Turakamu. Il avait besoin de chance, ou d'un miracle, peut-être même des deux. Car son erreur et sa distraction dans la chambre de l'obajan envoyaient la mort frapper à la porte de Kamlio. Il avait laissé la démente en vie, en train de balbutier un nom, et une recherche serait lancée pour retrouver l'assassin. Les gardes survivants de l'obajan ne parviendraient pas à explorer tous les recoins du domaine dans l'obscurité. Mais le jour venu, quand le tiranjan arriverait pour mettre de l'ordre dans le chaos, une chasse plus méthodique commencerait. La courtisane serait questionnée.

Arakasi admit une seconde et terrible vérité : à cause de Kamlio, il risquait de parler s'il était capturé. Il chassa son angoisse par un sanglot étouffé. La seule façon de sauver la jumelle qu'il aimait était de faire intervenir Mara ; et la seule façon de protéger sa dame était de s'assurer du silence de la fille, car elle savait qu'il travaillait pour une puissante et richissime maîtresse. De telles souveraines étaient rares dans l'empire. Le tong redoublerait alors ses attaques contre Mara. Là où il avait frappé auparavant pour l'honneur, il attaquerait maintenant pour sa survie. Arakasi n'avait que quelques minutes d'avance sur les assassins dans sa course pour rejoindre Kamlio. S'il pouvait trouver l'un de ses nouveaux agents à Ontoset, il pourrait transmettre son précieux fardeau, mais il n'avait pas un instant à perdre. À partir du moment où la fraternité comprendrait que le meurtrier de l'obajan avait reconnu Kamini, elle mènerait des recherches et remonterait la piste depuis le domaine jusqu'au marchand d'esclaves, pour retrouver la jumelle survivante. Et elle ne laisserait qu'une piste de cadavres derrière elle, après avoir posé ses questions. *Si mes agents de Kentosani recevaient leurs ordres avant qu'il ne parvienne à récupérer Kamlio...*, pensa le maître espion.

Transpirant, Arakasi accéléra le pas, traversant les champs et les jardins et foulant la terre battue d'une piste de gibier qui conduisait vers la rue principale. Ah, s'il pouvait disposer de l'un des maudits chevaux d'Hokanu à cet instant...

Bien qu'il restât indéfectiblement loyal envers la dame Mara, Arakasi avançait mû aussi par ses propres besoins, comme il le devait. Il fut empli d'une étrange allégresse, comme s'il venait seulement de comprendre qu'il était encore en vie. Son attaque insensée sur l'obajan avait réussi, et il avait les archives du tong en sa possession. Cette victoire l'enivrait. Il chérissait chaque sensation : le choc de la route sous ses pieds, les piqûres des échardes sous sa peau, sa respiration brûlante et difficile... Une part de son esprit reconnaissait les effets des drogues qu'il avait avalées, mais il savait aussi que cette conscience surnaturelle venait de sa découverte des véritables enjeux de cette mission.

Tout en se hâtant dans la nuit, il analysait minutieusement cette révélation. Fils d'une femme de la Maison du roseau, il n'avait jamais considéré l'amour entre un homme et une femme comme un mystère. Depuis toujours, il avait survécu grâce à son intelligence, son intuition et sa connaissance profonde des rapports humains. Il avait observé la relation entre Mara et le barbare Kevin, et avait été intrigué. Il avait attribué le feu dans le regard de sa maîtresse en présence de cet homme à un besoin féminin d'avoir des relations romanesques. Sinon, pourquoi donc se donner la peine et l'ennui de porter des enfants, avait-il rationalisé froidement.

Maintenant, courant comme si son cœur allait éclater, la gorge congestionnée par les larmes qu'il ne pouvait verser, il pensait à une fille aux cheveux de miel qui vivait encore, et à sa sœur jumelle morte. Alors qu'il écartait les branches couvertes de rosée et qu'il trébuchait avec une insouciance étonnante sous la lumière de la lune, il vit qu'il avait eu tort. Stupidement, pitoyablement tort...

Il avait vécu la moitié d'une vie, et avait failli manquer la signification de la magie de ce sentiment que les poètes appellent « amour ». Il s'arrêta avec une glissade, et regarda dans les deux directions de la route pour retrouver le palanquin qu'il avait préparé, et qui devait l'attendre.

Il réfléchissait tout en reprenant son souffle. En supposant qu'il parvienne à en réchapper et à préserver la sœur survivante de la vengeance des tong – qui après son ouvrage de cette nuit remonteraient jusqu'à elle – le cynisme de la jeune femme, né de ses rêves brisés, lui permettrait-il de lui enseigner un jour ce qu'il souhaitait maintenant connaître ? Il brûlait de voir si le vide, qu'il venait de découvrir au fond de son cœur, pourrait jamais être comblé.

Il se retourna vivement et, sur la route déserte, comprit encore une chose, aussi terrifiante que les autres en cette nuit d'analyse : c'était la dernière mission qu'il avait pu entreprendre en croyant qu'elle n'aurait pas de conséquences personnelles. Car il avait irrémédiablement perdu le détachement qui l'avait distingué de ses pairs, et qui lui avait donné la vision objective, claire comme de la glace, qui avait fait de lui un génie dans sa spécialité.

Un besoin s'était éveillé en lui et l'avait transformé ; il ne pourrait plus regarder les gens à travers le filtre d'une indifférence insensible. Il ne pourrait plus imiter leurs manières et prendre n'importe quelle identité à volonté. La courtisane aux cheveux pâles l'avait changé à jamais.

Un oiseau nocturne se mit à chanter, quelque part dans les bois. Le feuillage surplombait la route, assombrissant la clarté de la lune et dissimulant les étoiles éparpillées dans le ciel. Se retrouvant dans une brume montante, sur un sentier vide et sans le moindre indice, pas même un peu de poussière, pour déterminer dans quelle direction le palanquin l'attendait, Arakasi choisit sa route au hasard. Torturé par l'ironie de ses réflexions, il se demandait si son adversaire dans les jeux de l'intrigue, Chumaka des Anasati, avait le même défaut dans sa nature humaine, et vivait en l'absence d'amour. Et s'il ne l'avait pas, la nouvelle vulnérabilité d'Arakasi le laisserait-elle à découvert face aux attaques d'un homme qui avait un don incroyable pour l'espionnage et qui était l'ennemi le plus implacable de Mara ?

Arakasi se tourmentait, tandis que les bruits des créatures de la nuit semblaient se moquer de lui. Ressentant plus d'angoisse en quelques minutes qu'il n'en avait connue durant toute sa vie, le maître espion épuisé, effrayé mais exultant, pressa le pas vers un avenir et un objectif plus terribles que tout ce qu'il avait laissé derrière lui.

14

RÉVÉLATION

Le brouillard se leva.

Arakasi avançait dans le quartier du fleuve de Jamar, dans un épuisement total qui l'engourdissait jusqu'à la moelle. Il n'avait remarqué aucun signe de poursuite durant les nuits passées, mais il n'osait pas s'arrêter pour se reposer. Le tong était derrière lui, quelque part, le suivant comme un chien sur la piste d'un gibier. Les assassins le perdraient dans cette ville, parmi dix mille étrangers, mais ils se tourneraient simplement vers leur autre piste : l'indice qui les conduirait vers la sœur de Kamini. Ce n'était plus qu'une question de jours avant qu'ils ne trouvent Kamlio.

Comme Mara résidait toujours au palais impérial, Arakasi perdrait la précieuse avance qu'il avait gagnée. Le palanquin commercial le plus rapide, avec deux équipes de porteurs supplémentaires, l'avait transporté d'Ontoset à Jamar en une semaine. La course mouvementée ne lui avait pas permis de dormir, mais son corps épuisé par les drogues avait sombré dans une sorte d'hébétude pendant les quelques heures par jour dont les porteurs avaient besoin pour se reposer.

Aujourd'hui, six jours après la mort de l'obajan, il avait payé les porteurs de palanquin épuisés près de l'entrée du marché principal de Jamar, puis s'était perdu dans la foule des ouvriers qui installaient les étalages des commerçants et disposaient les marchandises pour la journée. Jamar était le port le plus prospère de l'empire et le quartier des quais formait une petite communauté à part entière, où les navires de haute mer rencontraient les embarcations fluviales. Arakasi trouva un petit mendiant assis devant une maison close, fermée à cette heure matinale. Il lui montra un coquillage valant cent centis, plus de richesses que le gamin n'en gagnerait en une année.

— Quelle est la route la plus rapide pour remonter le fleuve ?

Le gamin bondit sur ses pieds et indiqua avec des gestes qu'il était muet. Arakasi fit signe au garçon de lui montrer. S'élançant dans la foule matinale qui se rassemblait près de la cabane d'un vendeur de saucisses, le garçon le conduisit en amont, vers un quai où une demi-douzaine de petites embarcations étaient amarrées. Puis, devant un marinier corpulent, le garçon indiqua par mime qu'Arakasi trouverait ici ce qu'il cherchait. Le maître espion lui donna le coquillage.

La transaction fut remarquée par le batelier, qui jusque-là avait considéré l'homme crasseux comme un mendiant ordinaire. Voyant le coquillage, il changea son évaluation et arbora un large sourire.

— Vous désirez remonter rapidement le fleuve, messire ?

— J'ai besoin d'atteindre Kentosani en toute hâte, répondit Arakasi.

Le visage joufflu de l'homme exprima la fierté.

— Je possède l'embarcation la plus rapide de la ville, messire. (Il pointa le doigt vers le fleuve, désignant un navire de dépêches bas sur l'eau et en bon état, disposant d'une petite cabine et amarrée à quelque distance du quai.) Elle s'appelle *La Maîtresse du fleuve*. Quatre bancs pour huit rameurs, et une belle voile.

Arakasi évalua la ligne de l'embarcation et sa voile latine efficace. Elle n'était peut-être pas aussi bonne que son capitaine le disait, mais il perdrait une trop grande part de sa précieuse avance s'il cherchait un autre navire, qui serait à peine plus rapide.

— Elle me semble correcte, répondit Arakasi d'une voix neutre. Les rameurs sont-ils à bord ?

— Oui, répondit le capitaine. Nous attendions un marchand de Pesh, qui désire rejoindre Sulan-Qu. Il a loué la cabine, messire, mais si vous voulez bien voyager sur le pont, vous pourrez prendre la cabine de Sulan-Qu à Kentosani. Le prix est normalement de cinq cents centis, mais comme vous partagez le navire sur la moitié du chemin, je ne vous demanderai que trois cents.

Arakasi plongea la main dans une poche secrète de sa manche et en tira un jeton d'argent de la taille de son pouce. Devant l'éclat du métal, plus de richesses qu'un marinier n'en verrait jamais en une seule fois dans toute sa vie, le capitaine écarquilla les yeux.

— Je prendrai la cabine, déclara Arakasi avec fermeté. Et nous partons immédiatement. Le marchand de Pesh devra prendre d'autres dispositions.

Toutes les protestations déontologiques que le capitaine aurait pu formuler moururent immédiatement sur ses lèvres. Arakasi lui offrait une richesse incommensurable, et il faillit tomber en arrière dans sa précipitation pour l'escorter vers la barque minuscule qui dansait au pied du quai. Les deux hommes descendirent l'échelle, le capitaine largua l'amarre et rama comme si dix mille démons le poursuivaient, de peur que le marchand lésé n'apparaisse et ne déclenche un scandale.

Arakasi monta à bord de *La Maîtresse du fleuve* pendant que le capitaine attachait la barque et levait l'ancre. La coque verte avait été peinte n'importe comment, mais elle ne présentait aucun signe de pourriture et semblait bien entretenue. Le capitaine était peut-être économe, mais il gardait son navire en bon état.

Les rameurs et le timonier reçurent leurs ordres et le capitaine escorta Arakasi jusqu'à la minuscule cabine, alors que *La Maîtresse du fleuve* faisait demi-tour dans le courant et commençait à remonter le fleuve.

À peine plus grande qu'une petite cabane et placée au centre du navire, la cabine était assez spacieuse pour abriter deux personnes. Elle était sombre et empestait l'odeur d'une lampe à huile mêlée au parfum entêtant du précédent passager. Les hublots qui laissaient passer la lumière et l'air étaient pourvus de tentures de soie et les coussins étaient usés, mais Arakasi avait souvent vu pire.

— Cela ira, déclara Arakasi. Maintenant, j'exige une

chose : personne ne doit me déranger. Toute personne qui entrera dans la cabine avant que nous atteignions Kentosani mourra.

Arakasi n'était pas le premier passager bizarre que le propriétaire du navire ait transporté, et étant donné le prix qu'il avait payé, celui-ci n'éleva aucune objection sur les conditions énoncées.

Arakasi s'assit, ferma les portes à persiennes, puis retira le paquet qu'il portait à l'intérieur de sa robe. Les archives du tong avaient toujours été en contact avec sa peau depuis le moment où il avait fui le manoir de l'obajan. Maintenant qu'il avait enfin l'occasion d'en parcourir les pages, il attaqua son étude des textes codés. Mais les caractères étranges se troublaient devant ses yeux. Posant la tête sur le parchemin jauni, il sombra dans un sommeil épuisé.

Quand il reprit conscience, un regard à travers le hublot lui montra qu'ils se trouvaient déjà à mi-chemin de la Cité sainte. Il avait dormi pendant deux jours et une nuit. Déjeunant d'un panier de fruits qui avait sans doute été laissé dans la cabine à l'intention du marchand de Pesh, il commença à déchiffrer le code du tong. C'était un code astucieux, mais qui ne dépasserait pas le talent d'Arakasi pour le décryptage, étant donné qu'il n'avait rien d'autre à faire durant les trois prochains jours. Le maître espion vit quatre colonnes, et supposa que chaque ligne donnait quatre informations différentes : la date du contrat, le prix accepté, le nom de la cible et le nom de la personne qui achetait le contrat. Il y avait des croix à côté de toutes les entrées, sauf des dernières.

Arakasi remonta en arrière jusqu'à ce qu'il trouve une autre entrée sans croix. Il supposa qu'il s'agissait du nom de Mara des Acoma, et que la personne qui avait payé le contrat était Desio des Minwanabi. Une autre croix manquante, plus loin dans les archives, serait à nouveau pour le nom de Mara, avec le nom du père de Desio, Jingu, comme commanditaire. La comparaison des caractères révéla que le code consistait en une méthode de substitution complexe, en employant une clé modifiée à chaque utilisation.

Pendant des heures Arakasi étudia les pages, essayant une solution, puis une autre, en écartant une troisième. Mais après un jour et demi de travail, il commença à identifier le processus de modification.

Quand il atteignit Kentosani, il avait traduit le journal, et l'avait relu plusieurs fois en entier. Il se procura une plume et du papier auprès du capitaine, et écrivit une clé de décodage pour Mara, n'osant pas traduire directement le texte de peur que le journal ne tombe dans d'autres mains. Mais il souligna une entrée qu'il avait découverte avec une certaine angoisse, car ses ramifications exigeaient l'attention de sa dame.

Quand le bateau atteignit la Cité sainte, Arakasi sauta sur le quai avant même que le propriétaire n'ait fini d'amarrer son embarcation, disparaissant sans un mot dans la foule. Il ne s'arrêta que le temps d'acheter des vêtements plus convenables, et se rendit immédiatement au palais. Là, il signala sa présence, endurant le tourment de l'attente avec les gardes impériaux tandis que son message passait de serviteur en serviteur pour atteindre finalement Mara. S'il avait eu plus d'astuce ou de temps, il aurait pu inventer un déguisement pour l'approcher plus directement. Mais le parchemin qu'il portait était extrêmement important, et il ne pouvait risquer d'être tué par des gardes blancs impériaux qui l'auraient pris pour un assassin.

Quand il fut enfin escorté jusqu'à Mara, qui se reposait dans son jardin privé, sa maîtresse lui sourit, bien que sa grossesse l'empêchât de se lever pour l'accueillir.

Une légère brise d'après-midi souffla, soulevant la poussière sur les pierres des massifs, lorsque le maître espion arriva devant Mara et s'inclina.

Avec une émotion qui changeait de ses manières sèches habituelles, Arakasi déclara :

— Dame, la mission est accomplie.

Mara ne manqua pas de remarquer les changements survenus chez son maître espion. Elle écarquilla les yeux, et fit signe à ses servantes de sortir, puis elle indiqua à son maître espion de s'asseoir près d'elle, sur le banc.

Arakasi obéit et tendit un paquet entouré de soie à sa maîtresse. Elle l'ouvrit et vit le parchemin avec les rubans rouges et l'empreinte de la fleur des hamoï.

— Le tong est-il détruit ?

La voix d'Arakasi refléta une lassitude inhabituelle.

— Presque. Il reste un petit problème à régler.

Mara jeta un coup d'œil sur le code, vit la clé, et posa les archives sur le côté pour les étudier plus tard.

— Arakasi, qu'est-ce qui ne va pas ?

Le maître espion eut des difficultés à trouver ses mots.

— J'ai découvert... quelque chose à mon sujet... lors de ce voyage, maîtresse. (Il prit une profonde inspiration.) Je ne suis peut-être plus le même homme qu'autrefois... Non, je *ne suis plus* le même homme qu'autrefois.

Mara résista à l'envie de le regarder dans les yeux. Elle ne voulut pas y lire ses doutes, et attendit qu'il continue.

— Maîtresse, au moment où nous sommes le plus en danger, menacés par l'Assemblée et par Jiro des Anasati... je ne suis plus sûr d'être à la hauteur de la tâche qui nous attend.

Mara toucha sa main avec affection et douceur.

— Arakasi, j'ai toujours admiré ton ingéniosité, et je m'amusais beaucoup à chaque fois que tu apparaissais mystérieusement, dans un déguisement quelconque. (Elle le regarda avec un grand sérieux, et reprit d'une voix chaleureuse :) Mais pour chaque vêtement étrange, il y avait une histoire, une mission au cours de laquelle tu avais enduré le danger et la souffrance.

— Une jeune fille est morte, répondit Arakasi.

— Qui était-elle ?

— La sœur d'une autre femme.

Il hésita, douloureusement incertain.

— Elle est importante pour toi, cette autre femme ?

Arakasi regarda le ciel vert au-dessus du jardin, se rappelant un visage qui était tour à tour celui d'une courtisane séductrice et celui d'une jeune fille agonisante et terrifiée.

— Je ne sais pas. Je n'ai jamais connu quelqu'un comme elle...

Mara resta silencieuse un moment.

— J'ai déjà dit que c'était toi que j'admirais le plus parmi tous ceux qui sont à mon service. (Ses yeux se fermèrent alors qu'elle réfléchissait à tout cela.) De tous mes officiers les plus proches, tu as toujours semblé être celui qui avait le moins besoin d'affection.

Arakasi soupira.

— En vérité, ma dame, j'ai toujours pensé moi-même que je n'avais pas ce besoin. Aujourd'hui, je m'interroge.

— Tu penses que le maître espion des Acoma ne peut pas se permettre d'entretenir une amitié ?

Arakasi secoua la tête avec emphase.

— Non, il ne le peut pas, ce qui nous pose un problème.

— Quel genre de problème ?

Arakasi se leva, comme si donner libre cours à son agitation pouvait diminuer son désarroi.

— Le seul homme en qui j'aurais confiance pour avoir la compétence de vous protéger à ma place est, malheureusement, celui qui tente de vous détruire.

Mara leva les yeux vers lui, une étincelle d'humour dans le regard.

— Chumaka des Anasati ?

Arakasi hocha la tête.

— Je dois continuer à rechercher ses agents et à les détruire.

— Et pour ce problème qui n'est pas terminé avec les tong ?

Arakasi comprit au premier coup d'œil que Mara voulait connaître toute l'histoire. Alors il lui raconta son voyage vers le sud, qui s'était terminé par la mort de l'obajan. Il mentionna le risque que la courtisane Kamlio leur faisait courir.

— Tant que le tong garde un espoir de récupérer les archives, ses assassins tortureront et tueront tous ceux qu'ils soupçonneront d'avoir des informations. Ce n'est que lorsque leur honneur sera compromis publiquement qu'ils commenceront à s'affaiblir et à dépérir.

» Ce parchemin est le seul moyen qu'ils possèdent pour savoir quels contrats d'assassinat ils doivent honorer. Quand on saura que les archives ont été volées, n'importe qui pourra prétendre que le tong lui doit une mort, et la fraternité n'aura aucun moyen de prouver que c'est un mensonge. De plus, c'est son natami, et sa disparition prouve que Turakamu lui a retiré sa faveur.

Arakasi enfonça ses pouces dans sa ceinture. Il s'arrêta comme s'il choisissait ses mots, puis déclara :

— Quand vous aurez terminé de lire ces archives à votre entière satisfaction, je m'assurerai que tous les vendeurs de rumeurs de la Cité sainte soient mis au courant du vol. Quand la nouvelle se répandra, le tong se dissipera comme de la fumée.

Mais là encore, Mara ne se laissa pas détourner du problème sous-jacent.

— Cette courtisane. C'est elle qui a... provoqué un tel changement en toi ?

Les yeux d'Arakasi trahirent sa confusion.

— Peut-être. Ou peut-être n'est-elle qu'un symptôme de ce changement. De toute façon, elle est... un danger pour votre sécurité. Par prudence, elle devrait être... réduite au silence.

Mara observa l'attitude et les manières du maître espion puis annonça son jugement :

— Va et sauve-la des tong... Réduis-la au silence en la plaçant sous la protection des Acoma.

— Cela exigera une immense somme d'argent, maîtresse.

Alors qu'il détaillait les problèmes pratiques, sa voix dissimulait à peine son soulagement et son embarras.

— Plus que tu ne m'as demandé auparavant ? l'interrogea Mara en faisant semblant d'avoir peur.

Arakasi avait toujours été son serviteur le plus dépensier, et les sommes généreuses qu'elle avait mises à sa disposition lui avaient valu plusieurs réprimandes de Jican.

— Ce n'est pas quelque chose que je ferai pour le bien des Acoma, révéla-t-il, dans une supplique qui d'une certaine façon échappa à son contrôle rigide.

Il n'était plus le serviteur sûr de lui, mais un suppliant. Mara l'avait vu une seule fois comme cela, quand il croyait avoir failli et qu'il l'avait suppliée de lui donner la permission de se suicider par l'épée. Elle se leva et lui serra fortement la main.

— Si tu fais cela pour toi, alors tu agis aussi pour les Acoma. C'est ma volonté. Jican se trouve dans les appartements. Il te fournira tous les fonds dont tu as besoin.

Arakasi ouvrit la bouche pour parler, mais ne put trouver aucun mot. Il se contenta alors de s'incliner et de dire :

— Maîtresse...

Mara le regarda partir, et lorsqu'il entra dans ses appartements dans le palais, elle fit signe à une servante qui attendait près de la porte. Elle avait besoin d'une boisson fraîche et apaisante. Pendant que la servante s'approchait pour s'enquérir de ses besoins, Mara réfléchit aux conséquences de la perte de jugement d'Arakasi. Elle prenait un risque en l'encourageant à épargner la courtisane. Mais, pensa-t-elle avec une amertume née de ses deuils passés, quel avenir auraient-ils si elle ne permettait pas aux affaires de cœur de s'épanouir ?

Une lumière brillante traversait le dôme. Elle enflammait le trône d'or, et projetait des taches triangulaires sur l'estrade pyramidale. Vingt marches plus bas, elle réchauffait le sol de marbre et faisait luire la rambarde devant laquelle les suppliants venaient s'agenouiller pour leur audience avec la Lumière du Ciel. En dépit des efforts des jeunes esclaves qui agitaient des éventails de plumes, la salle du trône de l'empereur était suffocante. Les fonctionnaires étouffaient de chaleur dans leurs vêtements d'apparat, et le plus jeune des deux hommes présents, le seigneur Hoppara, préférait rester immobile. Il faisait trop chaud pour s'agiter. Le vieux seigneur Frasaï s'affaissait sur son coussin, piquant du nez de temps à autre sous son casque de cérémonie, luttant contre le sommeil.

Les cinq prêtres de l'assistance marmonnaient et s'occupaient de leurs encensoirs, ajoutant des relents d'encens à une atmosphère déjà étouffante.

Sur le trône d'or, croulant sous le poids de nombreuses capes somptueuses superposées et de la couronne de plumes massive de l'empire, Ichindar semblait usé et trop maigre pour un homme qui approchait à peine de la quarantaine. Il avait dû prendre durant toute la journée des décisions difficiles, et l'audience n'était pas encore terminée. Une fois par semaine, de l'aube au crépuscule, l'empereur tenait une cour d'appel durant laquelle son peuple pouvait l'approcher. Il devait rester assis et prononcer des jugements tant que des suppliants s'approchaient du trône, jusqu'au coucher du soleil, à l'heure où les prêtres chantaient les prières du soir. Autrefois, quand le seigneur de guerre régnait sur le Conseil, le Jour des Appels était purement cérémoniel. Des mendiants, des prêtres de rang inférieur, des gens du peuple avec de petites récriminations venaient entendre la sagesse de l'empereur qui partageait les mystères des dieux. À cette époque, Ichindar avait souvent somnolé sur son trône pendant que les prêtres parlaient en son nom, dispensant des aumônes ou des conseils selon ce que permettait la justice des dieux.

Mais la nature du Jour des Appels avait changé. Les suppliants qui venaient demander audience étaient souvent des nobles, et fréquemment des ennemis cherchant à affaiblir, extorquer ou briser le pouvoir impérial. Maintenant, un Ichindar rigide était assis sur le trône d'or. Il devait s'adonner au meurtrier jeu du Conseil, dans ses paroles et ses jugements, sachant que l'enjeu était souvent sa propre suprématie. Il était toujours épuisé au crépuscule, et en de nombreuses occasions, il ne s'était même plus rappelé le nom de l'épouse choisie cette semaine-là pour partager sa couche.

Aujourd'hui, il n'osait pas pencher la tête, même de façon infime, de peur que le poids de la couronne ne lui torde le cou. De ses ongles couverts de poussière d'or, il donna une gentille chiquenaude à la femme assise à ses pieds sur un coussin or et blanc.

— Dame, vous ne devriez pas rester ici. Vous devriez plutôt vous reposer dans la fraîcheur des jardins, près des fontaines mélodieuses.

En fin de grossesse, et assez fatiguée pour que sa peau semble transparente, Mara réussit à esquisser un sourire.

— Si vous essayez de me donner un ordre, je ruinerai toute votre autorité en refusant de partir.

Ichindar étouffa un rire derrière son col incrusté de perles.

— Vous le feriez, n'est-ce pas, femme capricieuse. Quand je vous ai nommée pair de l'empire, j'ai créé un monstre.

Le sourire de Mara disparut alors qu'elle inclinait la tête vers le dallage, en contrebas, où le suppliant suivant approchait et faisait sa révérence. Ses yeux devinrent aussi durs que du métal précieux, et les mains qui serraient son éventail blanchirent sur ses genoux.

Ichindar suivit son regard, et murmura ce qui aurait pu être un blasphème. L'un des prêtres se retourna, agacé, puis regarda à nouveau devant lui lorsque la voix de l'empereur résonna dans la grande salle d'audience voûtée :

— Seigneur Jiro des Anasati, sachez que vous avez l'oreille des dieux par notre intermédiaire. Le ciel entendra votre supplique et nous vous répondrons. Relevez-vous. Vous avez la permission de parler.

Le léger sifflement des consonnes indiquait clairement qu'Ichindar était irrité. Ses yeux noisette étaient glaciaux lorsqu'il regarda le seigneur des Anasati se redresser et avancer jusqu'à la rambarde, son regard avide d'érudit fixé intensément sur le trône d'or et sur la femme assise aux pieds de l'empereur. Jiro s'inclina une nouvelle fois. Bien qu'il respectât les règles de la courtoisie à la perfection, son élocution gracieuse semblait néanmoins moqueuse.

— L'estrade impériale reçoit des visites aujourd'hui, commença-t-il en se tournant vers Mara. Bonjour à vous, dame des Acoma, pair de l'empire.

Ses lèvres s'étrécirent en ce qu'un ami aurait pu prendre pour un sourire. Son ennemie savait ce qu'il en était réellement.

Mara sentit un frisson parcourir sa peau. Jamais auparavant elle ne s'était sentie aussi impuissante durant une grossesse. Sous le regard de prédateur de Jiro, elle avait l'impression d'être lourde et maladroite, et cela la rendait nerveuse. Mais elle ne perdit pas le contrôle de ses nerfs et ne se laissa pas piéger.

La voix cassante d'Ichindar brisa le silence qui se prolongeait, tandis que la dame des Acoma et le seigneur des Anasati se foudroyaient du regard. Même si l'empereur était maigre et usé, son autorité restait bien réelle, une aura de force palpable, même dans cette salle immense.

— Si vous êtes venu vers nous comme suppliant, seigneur Jiro, ne nous faites pas perdre notre temps par de vaines conversations mondaines.

Jouant à la perfection le courtisan expérimenté, Jiro écarta d'un geste la réprimande. Un éclair d'or accompagna son mouvement ; il portait des anneaux de métal, sa seule affectation qui lui permette d'étaler sa richesse. Le reste de sa tenue était très simple.

— Mais, Votre Majesté, protesta-t-il avec une certaine familiarité, je viens bien comme suppliant. Et ma raison, je dois l'admettre, est mondaine.

Mara résista à l'envie de remuer sur son coussin. Qu'est-ce que Jiro avait à l'esprit ? Son ton informel était déjà une insulte envers la Lumière du Ciel, mais une insulte que l'on ne pouvait pas relever sans porter atteinte à la dignité d'Ichindar. Réagir devant la présomption de Jiro serait lui donner trop de poids. Une personne assise sur le trône d'un dieu ne peut pas prendre ombrage d'un affront aussi insignifiant.

La Lumière du Ciel garda un silence glacial pendant une minute, tandis que Jiro gardait ses sourcils levés de façon suggestive. Le seigneur Anasati devrait lui-même relancer la conversation, s'il voulait évoquer la raison de sa venue.

Jiro inclina la tête, comme s'il venait juste de se rappeler le véritable motif de sa visite. Son visage prit une expression libidineuse très subtile, et une de ses paupières s'abaissa pour suggérer un clin d'œil.

— Je suis venu parce que j'ai entendu de nombreuses rumeurs sur la célèbre beauté de votre fille Jehilia. Je vous demande une faveur, Votre Majesté : partagez avec votre peuple la joie que vous éprouvez en la contemplant. Je demande à lui être présenté.

Mara retint une explosion de rage. Jehilia n'était qu'une petite fille d'à peine dix ans, et n'avait pas encore atteint l'âge adulte. Elle n'était pas une femme de la Maison du roseau, que des hommes qui n'étaient pas ses parents pouvaient admirer comme des badauds ! Elle était certainement trop jeune pour être courtisée, ou même pour que l'on suggère qu'elle reçoive des soupirants Jiro faisait preuve d'une subtilité retorse et profonde, pour oser venir ici exprimer une telle pensée en public. Les ramifications de sa remarque étaient infinies, et figurait parmi elles un affront implicite à la virilité de la Lumière du Ciel. Sans fils, Ichindar devait assurer la lignée impériale par le mariage de sa fille. Comme le seigneur des Anasati se montrait présomptueux en donnant du crédit aux commérages des rues assurant que l'empereur n'aurait pas de fils, et que le quatre-vingt-douzième souverain de l'empire serait l'homme qui gagnerait la main de Jehilia !

Mais aucune parole de colère ne pouvait être prononcée ; Mara serra les dents, consciente de la fureur des conseillers d'Ichindar assis sur les côtés de l'estrade, et dont les visages s'empourpraient sous l'effet de l'émotion. Rendue sensible par sa propre vulnérabilité, elle se rendit compte que les trois prêtres officiant sur l'estrade pyramidale étaient indignés, mais n'avaient pas le pouvoir d'intervenir. Le seigneur Hoppara étranglait littéralement sa ceinture à l'endroit où aurait dû pendre son épée, si les armes n'avaient pas été interdites en présence de l'empereur. En tant que père de la fillette, Ichindar restait immobile comme la pierre. Les bijoux sur sa cape étaient devenus des étincelles immobiles, comme s'il se retenait même de respirer.

Pendant un long moment de tension, personne ne bougea dans la grande salle d'audience.

Avec une audace sans précédent, Jiro ajouta un commentaire indolent à sa pétition :

— J'ai récemment fait quelques lectures intéressantes. Saviez-vous, Votre Majesté, qu'avant votre règne, sept princesses impériales furent présentées lors de leur dixième anniversaire, ou même avant. Je peux vous donner leurs noms, si vous le désirez.

Mara savait que c'était une deuxième insulte envers un homme dont le rôle s'était autrefois limité à la mémorisation de sa lignée et à d'autres problèmes à connotation religieuse qui n'avaient rien à voir avec le gouvernement. Ichindar connaissait parfaitement ces sept fillettes, et sûrement aussi les circonstances particulières qui avaient imposé leur présentation publique avant leur puberté. Et sa charge était maintenant bien plus qu'une dignité purement religieuse.

Le soleil frappait durement le sol de marbre et de topaze, et les gardes impériaux se tenaient aussi immobiles que des statues. Soudain, d'un geste délibéré et glacial, Ichindar posa ses poings serrés sur les bras du trône d'or. La colère raidissait son visage, lui donnant l'apparence d'un camée se découpant sur le décor de ses multiples cols. Mais sa voix était contrôlée et avait son ton majestueux habituel quand il daigna répondre.

— Mon seigneur des Anasati, dit-il en faisant sonner ses consonnes sous le dôme qui surplombait la salle, nous serons très heureux de vous présenter notre fils, quand les dieux choisiront de nous bénir en nous donnant un héritier. Quant à notre fille Jehilia, si le seigneur des Anasati aime tant prêter attention aux commérages des nourrices qui vantent toujours la beauté extraordinaire des enfants qu'elles adorent, nous donnons la permission de faire peindre son portrait par l'un des artistes que nous protégeons, pour qu'il soit envoyé au domaine des Anasati. Telle est notre volonté.

La phrase traditionnelle résonna dans le silence. Ichindar n'était pas la figure purement emblématique qu'avaient été ses ancêtres, mais un empereur qui luttait pour conserver son autorité. Mara se tassa sur son coussin, le soulagement lui ôtant toutes ses forces ; la réaction de l'empereur devant l'agression de Jiro avait été exemplaire. Le portrait d'une enfant ! Ichindar avait habilement désamorcé le dilemme. Mais, malheureusement, le plus grand problème restait. Jiro avait osé être le premier à exprimer à voix haute l'idée que Jehilia permettrait à son époux de s'asseoir sur le trône d'or. Elle ne resterait plus une adorable princesse royale très longtemps, mais deviendrait un trophée durement convoité dans le grand jeu. Se souvenant qu'elle avait été autrefois une toute jeune fille arrachée au monastère de la déesse Lashima pour être jetée dans l'arène sanglante de la politique de l'empire, Mara sentit son cœur aller instinctivement vers l'enfant.

Ichindar perdrait en partie les rênes du pouvoir le jour où sa fille aînée se marierait. À moins qu'il ne puisse concevoir un héritier mâle, les traditionalistes utiliseraient Jehilia comme un outil puissant pour saper son règne, surtout si son époux était un noble puissant et bien placé.

En contrebas, devant la balustrade des suppliants, Jiro croisa les bras sur sa poitrine pour le salut traditionnel à l'empereur. Il s'inclina devant la garde d'honneur d'Ichindar, et se releva en souriant.

— Je remercie Votre Majesté. Je serai très heureux de suspendre le portrait de Jehilia au mur de ma chambre.

La repartie était mesquine ; *Jiro n'a pas tout à fait osé dire le mur de ma chambre à coucher,* se dit Mara, vindicative. Mais qu'il se soit abaissé à un commentaire aussi vulgaire lors d'une audition publique montrait son mépris pour l'homme assis sur le trône d'or. Et Mara comprit, avec une intuition fulgurante, que Jiro ne se serait pas montré aussi venimeux si elle n'avait pas été présente. La raillerie envers Ichindar avait aussi été destinée à la faire réagir.

— Je crains qu'aujourd'hui ma présence ne vous ait pas été bénéfique, murmura-t-elle alors que les grandes portes se refermaient bruyamment derrière le seigneur des Anasati.

Ichindar s'apprêta à tendre la main vers elle en un geste de sympathie, puis se rappela qu'il se trouvait dans une audience formelle, et se retint avant qu'un conseiller n'ait besoin de s'avancer pour intervenir.

— Ma dame, vous avez tort, murmura-t-il. (Ses cheveux étaient plaqués sur son front, trop trempés de sueur pour être séchés par les éventails des jeunes esclaves, et ses poings ne s'étaient pas desserrés sur les accoudoirs du trône.) Si vous n'aviez pas été présente, aussi forte qu'un roc à mes pieds, j'aurais certainement perdu mon sang-froid ! (Il termina sa phrase avec une sauvagerie qu'il avait retenue devant l'ennemi qui l'avait mis en colère.) Voilà un homme bien dénué de scrupules, qui s'abaisse à attaquer en utilisant l'amour d'un père pour son enfant.

Mara ne répondit pas. Elle avait connu de nombreux hommes aussi peu scrupuleux que Jiro. Elle se rappela d'une façon poignante deux enfants assassinés, un garçon et une fillette âgés de moins de cinq ans – les enfants du défunt seigneur des Minwanabi – qui étaient morts à la suite de ses propres actions. Sa main se posa sur son ventre arrondi et la forme de son enfant à naître. Elle serra résolument les dents. Elle avait perdu un fils, et un enfant d'Hokanu qu'elle n'avait jamais eu l'occasion de connaître. Elle jura une nouvelle fois que la mort de tous ces enfants ne devait pas être comptée pour rien. Elle mourrait, et le nom des Acoma deviendrait poussière devant la fureur de l'Assemblée des magiciens, avant qu'elle laisse Jiro rétablir le titre de seigneur de guerre et ramener les conflits sanglants qui avaient animé au nom de l'honneur le jeu du Conseil.

Maintenant que les premiers pas vers le changement avaient été faits, elle était déterminée à ne pas céder un pouce de terrain.

Son regard croisa celui d'Ichindar, comme s'ils avaient échangé leurs pensées à voix haute. Puis les portes se rouvrirent, et le héraut impérial annonça le suppliant suivant.

Le temps leur sembla très long jusqu'au crépuscule.

Hokanu ôta ses gants d'équitation en cuir, trempés de sueur.

— Où est-elle ? demanda-t-il au personnage vêtu de blanc qui se tenait devant la porte et lui bloquait le passage.

Mais le serviteur obèse ne bougea pas d'un pouce. Son visage luisant et rond comme la lune devint rigide de mécontentement devant l'entorse à l'étiquette du seigneur des Shinzawaï, qui faisait preuve d'une hâte par trop inconvenante. Le hadonra impérial était un homme attentif aux nuances, et il dirigeait le vaste complexe des appartements privés de l'empereur avec une efficacité inébranlable et impitoyable. Les mites n'infestaient pas les armoires impériales, les domestiques vaquaient à leurs tâches avec une précision mécanique, et les maris anxieux ne dérangeaient pas la tournée d'inspection matinale du hadonra impérial par des ordres convenant mieux à un champ de bataille.

Figé en plein milieu de la porte du vestibule, l'homme énorme croisa ses avant-bras charnus.

— Vous ne pouvez pas passer à cette heure, mon seigneur.

Hokanu se retint de répondre par un commentaire acerbe.

— On m'a dit que l'accouchement de mon épouse avait commencé il y a deux jours. Depuis lors, j'ai chevauché en toute hâte depuis mon domaine au-delà de Silmani, et je n'ai pas dormi. Je veux savoir si ma femme est saine et sauve et si mon héritier est en bonne santé, si vous voulez bien me laisser entrer dans ses appartements.

Le hadonra impérial serra les lèvres. L'odeur des créatures barbares qui imprégnait les vêtements d'Hokanu était une offense. Quelle que soit la puissance du seigneur, même s'il était l'un des plus fermes soutiens de la Lumière du Ciel, il empestait le cheval, et il aurait dû se baigner avant de paraître dans ces couloirs.

— Vous ne pouvez pas passer, répondit le serviteur sans se laisser intimider. L'empereur a commandé une représentation de sobatu pour ce matin.

Le hadonra faisait référence à une forme d'opéra classique, dans le grand style, pour lequel dix pièces seulement avaient été composées. Puis, comme si Hokanu n'avait pas été éduqué convenablement et n'était pas le fils d'une des plus grandes maisons de l'empire, le serviteur ajouta :

— La troupe impériale Shalotobaku utilise les pièces qui se trouvent derrière cette porte comme vestiaire, et je pense qu'il est inutile de vous rappeler que nul ne peut poser les yeux sur eux, sauf la famille immédiate de l'empereur.

Hokanu refréna son irritation. Trop pressé et trop fier pour se quereller sur des nuances de généalogie avec un serviteur quand lui-même ne connaissait pas encore le statut de sa propre famille, il resta immobile et raide, de peur de tirer son épée dans sa rage et d'en venir aux menaces.

— Alors, bon et loyal serviteur, accomplissez votre devoir envers les comédiens de l'empereur, et indiquez-moi un chemin pour contourner l'aile qu'ils utilisent.

Le hadonra ne bougea pas et remonta son double menton d'un cran.

— Je ne peux pas quitter mon poste, seigneur. Il est de mon devoir de surveiller cette porte, et de veiller à ce que personne ne l'emprunte s'il n'est pas de sang royal.

Ce commentaire était plus que la patience d'un père anxieux pouvait supporter. Hokanu s'inclina depuis la taille comme s'il acquiesçait au respect pompeux de l'étiquette du hadonra. Puis, sans avertissement, il chargea. Son épaule mince et musclée s'enfonça durement dans le ventre du serviteur obèse. Le hadonra impérial laissa échapper une explosion d'air, suivie d'un grognement. Puis il se replia sur lui-même comme un poisson et tomba, manquant de souffle pour exprimer son indignation.

Hokanu n'était, de toute façon, plus en mesure de l'entendre car il s'était mis à courir dès l'instant où il avait réussi à atteindre le vestibule. Deux nuits et une journée passées à cheval ne l'avaient pas trop ankylosé et ses muscles obéissaient encore à ses ordres. Il s'élança au milieu d'hommes vêtus de costumes somptueux, certains dans la tenue provocatrice d'une courtisane, et portant tous sans exception un maquillage de plusieurs couches extrêmement voyant. Il bondit par-dessus le dos voûté d'un saganjan, cette créature légendaire que combattaient les héros tsurani du passé. La tête masquée se tourna pour le regarder passer, pendant que le milieu du corps qui ne prêtait pas attention à lui était brusquement arrêté et manquait de tomber. Le comédien qui jouait les pattes avant se retourna pour éviter le désastre, alors que celui qui se trouvait dans le ventre, juste derrière lui, partait dans une direction opposée. Toute la structure se mit à vaciller, et un instant plus tard l'immense créature s'effondra dans une pagaille de jambes emmêlées et de malédictions étouffées par des écailles de tissu et de cuir.

Sans se rendre compte qu'il avait abattu un dragon, Hokanu continuait à courir, traversant une volée de chanteuses qui ne portaient rien d'autre que des plumes. Un nuage de plumes détachées par son passage voletait derrière lui. Le jeune seigneur esquiva une épée de bois ornée de bannières, et fit un pas de côté pour éviter les mains de nain d'un karabugé au masque de cuir laqué, qui tentait de l'attraper pour le faire trébucher.

Il jura, et évita de marcher sur ce qui ressemblait à une princesse impériale, suçant son pouce et regardant le tumulte avec les yeux écarquillés d'une enfant de trois ans. Elle découvrit Hokanu, se souvint de lui comme de l'homme qui la faisait rire en lui racontant des histoires de monstres, et se mit gentiment à crier son nom.

Certains matins, conclut Hokanu, *le dieu des facéties s'amuse aux dépens d'un homme, et aucun acte d'apaisement ne pourrait lui apporter le répit, les catastrophes s'enchaînant les unes aux autres sans interruption.* Il devrait payer une lourde amende pour compenser l'honneur du hadonra impérial ; sans parler du prix prohibitif que l'on attribuerait à la dignité outragée d'un saganjan. Hokanu était rouge d'embarras et empestait la sueur autant que le cheval, quand il laissa derrière lui le chaos de la troupe d'opéra et réussit à atteindre le couloir qui conduisait aux appartements de sa dame dans le palais impérial.

Devant la superbe cloison sculptée qui conduisait aux chambres des dames, il rencontra Misa, la suivante personnelle de Mara. Incapable de contenir son anxiété, il bredouilla :

— Comment va-t-elle ?

La servante lui adressa un sourire triomphant.

— Oh, mon seigneur ! Vous pouvez être fier. L'enfant et la mère vont très bien, et elle est très belle.

— Bien sûr qu'elle est très belle, répondit Hokanu, rendu stupide par le soulagement et le relâchement de la tension nerveuse. Je l'ai épousée, n'est-ce pas ?

Il ne songea pas à s'arrêter ou à questionner Misa quand elle éclata de rire. Il se précipita dans une chambre pleine de soleil et de brise, où résonnait le doux chant d'une fontaine des jardins voisins. Il se rendit compte de son apparence repoussante au moment où il glissa sur le sol ciré pour s'arrêter devant l'épouse qu'il désirait tant voir.

Elle était assise sur des coussins brodés, son corps à nouveau mince vêtu d'une ample robe blanche. Ses cheveux étaient libres et elle penchait la tête, un sourire de ravissement se peignant sur son visage lorsqu'elle releva les yeux vers son époux. Et oui, un petit paquet blanc gigotait dans ses bras, avec des yeux sombres comme les siens, des lèvres en bouton de rose, et des langes aux couleurs bleues des Shinzawaï : l'héritier de son sang que lui avait donné la dame qu'il aimait.

— Mon seigneur, fit Mara, ravie. Sois le bienvenu. Laisse-moi te présenter ta fille et ton héritière, que j'ai l'intention d'appeler Kasuma en l'honneur de ton frère.

Hokanu s'arrêta au beau milieu d'un pas.

— Kasuma, dit-il d'une voix plus sèche qu'il ne l'aurait voulu, mais la surprise le rendait maladroit. Mais c'est un prénom de fi... (Il bredouilla et s'arrêta, comprenant enfin.) Une fille ?

Mara hocha la tête, les yeux emplis de bonheur.

— La voici. (Elle lui tendit le petit paquet, qui émit un bruit de contentement.) Prends-la dans tes bras, pour qu'elle puisse connaître son père.

Stupéfait, Hokanu regardait l'enfant sans bouger.

— Une fille.

Les mots ne voulaient pas s'enregistrer dans son esprit. Il restait sous le choc, muet, indigné que les dieux puissent être aussi cruels, que Mara ne puisse avoir qu'un seul enfant, et qu'il soit privé du fils dont il avait besoin pour assurer la grandeur de sa maison.

Mara vit sa confusion, et son sourire disparut. Dans ses bras, le bébé s'agitait avec insouciance, et la jeune mère éprouvait des difficultés à la tenir à bout de bras. Mais Hokanu ne faisait toujours aucun geste pour la prendre.

— Que se passe-t-il ? demanda Mara, la détresse transparaissant dans sa voix. (Elle était encore fatiguée par son accouchement, et incapable de maîtriser complètement ses émotions.) Tu penses qu'elle est laide ? Son visage sera moins rouge et moins ridé dans quelques jours.

Impuissant, blessé par la détresse croissante de son épouse et par son propre nœud de rage devant un destin si cruel, Hokanu secoua la tête.

— Elle n'est pas laide, ma dame bien-aimée. J'ai déjà vu des nouveau-nés avant aujourd'hui.

Tendant toujours le bébé à bout de bras vers son père, Mara se raidit, commençant à éprouver un sentiment d'indignation. Confondue par la froideur de son époux, elle explosa :

— Alors elle vous déplaît, mon seigneur ?

— Oh, par les dieux, rugit Hokanu, furieux d'avoir perdu le moindre vestige de tact, mais incapable de masquer sa déception. Elle est magnifique, Mara, mais j'aurais tellement voulu que ce soit un fils ! J'ai tellement besoin d'un héritier fort.

Les yeux de Mara étincelaient maintenant. D'abord blessée, elle se laissait lentement envahir par la colère. Elle baissa ses bras tendus, serra la petite Kasuma contre sa poitrine, et se raidit, terriblement offensée. Elle demanda froidement :

— Insinues-tu qu'une femme ne peut pas prendre le sceptre d'une grande maison, et faire prospérer le nom de tes ancêtres ? Penses-tu que la maison Acoma aurait pu acquérir une plus grande gloire si elle avait été dirigée par un homme ? Comment oses-tu, Hokanu ! Comment oses-tu présumer que notre fille devienne moins que je ne suis devenue ! Elle n'est pas infirme ou idiote ! Nous la guiderons et veillerons à son éducation ! Elle personnifiera parfaitement l'honneur des Shinzawaï, et elle n'a nul besoin d'être un petit garçon arrogant pour trouver sa voie vers la grandeur qui lui est destinée !

Hokanu leva ses mains ouvertes. Il s'assit lourdement sur un coussin qui se trouvait à proximité, troublé, fatigué et écœuré par une déception qu'il n'arrivait pas à exprimer. Il voulait ce qu'il avait perdu avec Ayaki et Justin : la camaraderie, la joie de montrer à un garçon la voie du guerrier, de lui enseigner à devenir un souverain intuitif et rusé. Il avait besoin du lien affectif qu'il avait perdu avec son frère, qui vivait maintenant dans le monde des barbares ; et de l'amour d'un homme qu'il avait éprouvé pour son père, parti récemment dans le palais de Turakamu. Il ne pourrait plus jamais retrouver ces liens familiaux, mais il avait ardemment désiré passer son héritage à un fils.

— Tu ne comprends pas, dit-il doucement.

— Pourquoi ne comprendrais-je pas ? rétorqua Mara. (Elle était au bord des larmes.) Voici ta fille, née de mon corps. Qu'as-tu besoin de plus comme héritier ?

— Là... dit Hokanu. Mara, je t'en prie, j'ai manqué d'égards. Bien sûr que je peux aimer Kasuma.

Il tentait d'apaiser la douleur de son épouse cachée derrière sa colère, et il tendit la main pour la réconforter.

— Ne me touche pas ! explosa Mara, en s'écartant. Prends ta petite fille dans tes bras, et souhaite-lui la bienvenue.

Hokanu ferma les yeux et se réprimanda intérieurement. Son intuition habituellement si pénétrante l'avait déserté en ce moment critique. Il aurait mieux valu que le saganjan tombe sur lui ou que le hadonra impérial ait gagné, plutôt qu'il surgisse dans les appartements de Mara et sabote complètement son accueil. Il tendit les mains, prit l'enfant des bras raidis de son épouse, et la berça. Son cœur se réchauffa devant Kasuma, qui agitait énergiquement les bras et les jambes. Les petites lèvres roses se plissèrent, et les yeux s'ouvrirent pour révéler deux joyaux, brillant d'un noir de jais dans un petit visage rouge et ridé. Elle était exquise et très belle, et effectivement son héritière. Mais rien ne pouvait effacer sa déception qu'elle ne soit pas un garçon.

Hokanu considéra les alternatives, puisque Mara ne pouvait plus avoir d'enfant. Il pouvait prendre une maîtresse, ou une courtisane, et engendrer un fils pour les Shinzawaï. Mais la pensée d'une autre femme sur sa natte le fit immédiatement souffrir et il la rejeta férocement. Non, il ne voulait pas entretenir des femmes pour la reproduction. La plupart des seigneurs ne cilleraient pas une seconde devant ce choix, mais Hokanu trouvait cette pensée répugnante.

Il leva les yeux et trouva Mara en larmes.

— Mon épouse, dit-il doucement. Tu m'as donné un enfant parfait. Je n'ai pas le droit d'être maladroit et de gâcher ce qui aurait dû être un moment de grande joie.

Mara étouffa un sanglot. Au cours des semaines passées au palais impérial, elle avait assisté aux conseils de l'empereur et lui avait servi de bras droit ; elle était parfaitement consciente de l'existence des factions qui cherchaient à saper l'autorité du trône d'or. Elle percevait les remous des marées de la politique, qui voulaient abolir les changements survenus et ramener l'ordre sanglant du règne du seigneur de guerre. Comme une lame posée sur son cou, elle sentait combien les nations de l'empire étaient au bord d'une guerre civile ouverte. Maintenant plus que jamais, il fallait présenter un front solide face aux factions qui préféraient un gouvernement traditionaliste.

— Kasuma fait partie du nouvel ordre, dit-elle à Hokanu. Elle doit reprendre le flambeau après nous, et Justin sera son frère. Si elle le doit, elle conduira des armées, tout comme Justin sera peut-être amené à maintenir la paix sans employer la force des armes, pour construire un avenir meilleur.

Hokanu partageait ce rêve.

— Je sais cela, ma bien-aimée. Je suis d'accord avec toi.

Mais il ne parvenait pas à oublier entièrement son chagrin ni la déception que ses rêves ne se concrétisent pas autour d'un garçon avec qui il aurait pu partager son amour des sports brutaux.

Mara perçut la demi-sincérité dans le ton de sa voix. Elle s'endurcit visiblement alors qu'elle reprenait l'enfant, ses mains caressant le lange qui couvrait la petite Kasuma. Elle ne parvenait pas à pardonner à Hokanu qu'il ne puisse pas accepter l'idée de sa fille aînée comme héritière, car elle ne savait pas que le prêtre d'Hantukama avait déclaré qu'elle ne pourrait pas avoir d'autre enfant.

Hokanu garda cette information pour lui. Il savait que s'il lui révélait ce secret, Mara le comprendrait immédiatement. Mais en la regardant, en voyant à quel point ses joues étaient creuses et son visage vieilli par l'inquiétude à cause de son séjour au palais impérial, il décida que cette légère brouille dans leurs relations se dissiperait d'elle-même avec le temps. Mais la souffrance qu'elle éprouverait en apprenant sa stérilité risquait de ne jamais la quitter, sa vie durant. *Qu'elle s'accroche à l'espoir*, décida-t-il, posant un regard affectueux mais distant sur son épouse et sa fille qui venait de naître.

— Nous nous débrouillerons, songea-t-il, sans se rendre compte qu'il parlait à voix haute. (Puis, inquiet de l'avertissement du Très-Puissant Fumita, il ajouta :) Que les dieux soient remerciés, cependant, que les Shinzawaï n'aient pas de grief contre Jiro des Anasati. Cela engendrerait des complications qu'aucun de nous ne pourrait se permettre.

Mara le regarda étrangement. Hokanu comprit, alors qu'il contemplait la pièce ensoleillée, que la préoccupation de sa dame pour son enfant était éclipsée par un souvenir désagréable. Il interpréta correctement son expression.

— Que se passe-t-il, mon amour ?

Mara n'avait pas oublié son chagrin, mais le tenait seulement à l'écart, car elle répondit brusquement :

— De mauvaises nouvelles. Arakasi a terminé sa mission contre l'obajan du tong hamoï, et il a rapporté ceci.

Elle pencha la tête vers le parchemin qui était posé sur une table basse. Hokanu s'approcha pour le consulter. Les mots avaient été tracés par une main lourde et épaisse, et semblaient codés. Hokanu était sur le point de demander d'où provenait ce texte et qu'elle était sa signification, quand il remarqua une tache d'eau sur le parchemin qui dessinait un léger relief là où frappait la lumière du soleil. Il représentait la fleur du tong hamoï, et le parchemin, avec sa calligraphie hideuse, ne pouvait être que les archives des contrats d'assassinat.

Toujours conscient du regard de son épouse fixé sur lui, le seigneur des Shinzawaï demanda :

— Que se passe-t-il ?

Mara prit une profonde inspiration.

— Mon bien-aimé, je suis désolée. Ton père avait des ennemis, en grand nombre. La vieillesse n'est pas la cause de sa mort, ni des causes naturelles. Un poison inconnu lui a été injecté par une fléchette durant son sommeil. La mort de ton père a été perpétrée par un assassin du tong et payée par Jiro des Anasati.

Le visage d'Hokanu se figea comme du marbre, la peau au-dessus de son crâne se tendant comme une peau de tambour sous l'effet du choc.

— Non, murmura-t-il incrédule, mais conscient de la vérité de la révélation de Mara.

Il reconsidéra sous un jour nouveau l'avertissement de Fumita lors des funérailles, et comprit que son père de sang, un magicien, avait d'une façon ou d'une autre appris l'intervention du tong dans l'ordre naturel des choses. Le chagrin le foudroya à nouveau : la vie de Kamatsu avait été indûment abrégée, et l'on avait volé les derniers jours ensoleillés d'un vieil homme sage et perspicace.

C'était une ignominie ! Une insulte à l'honneur ! Un seigneur des Kanazawaï avait été envoyé prématurément dans le palais du dieu Rouge, et, malgré tous les avertissements du monde, malgré l'Assemblée, Jiro des Anasati allait payer pour cette offense. L'honneur de la famille et l'honneur du clan exigeaient une mort pour rétablir l'équilibre.

— Où est Arakasi ? demanda sèchement Hokanu. Je voudrais lui parler.

Mara secoua tristement la tête.

— Il m'a remis le parchemin et l'a décodé, pour que nous puissions lire ses secrets. Puis il m'a demandé un congé, pour résoudre un problème d'honneur personnel. (Mara ne mentionna pas la grosse somme d'argent qu'il lui avait demandée, ni que la raison de son départ était une jeune femme.) Son exploit contre l'obajan était un acte courageux et risqué. Il a eu beaucoup de mérite de survivre. J'ai accédé à sa requête.

Elle fronça légèrement les sourcils, se rappelant leur entrevue. Elle avait alors pensé qu'il ne lui aurait jamais demandé une faveur à un moment aussi crucial si la confusion dans son cœur n'avait pas été contraignante.

— Il reviendra nous faire son rapport quand il le pourra, conclut Mara.

Personne n'avait été plus conscient du contenu explosif des archives du tong que le maître espion. D'autres morts que celle de Kamatsu étaient indiquées sur la liste ; ainsi que des tentatives d'assassinat qui avaient échoué, notées à côté de la somme payée par des seigneurs désireux d'éliminer des rivaux ou des ennemis.

L'assassinat sous toutes ses formes était un déshonneur pour la victime et, si la vérité était découverte, pour la famille ayant payé le contrat. Le parchemin volé par Arakasi contenait assez d'informations confidentielles pour plonger l'empire dans un chaos de guerres intestines, chaque famille désirant se venger comme Hokanu le voulait.

Que Kamatsu soit mort à cause de la fléchette d'un assassin était une offense que Mara ne pouvait laisser passer. Ses paroles étaient aussi dures que l'acier des barbares quand elle déclara :

— Mon époux, nous n'avons pas le choix. Nous devons trouver un moyen d'échapper au décret de l'Assemblée pour abattre le seigneur Jiro des Anasati.

— Pour Ayaki aussi, intervint Hokanu.

Il n'oublierait jamais le spectacle de la mort du petit garçon, un immense cheval noir affalé sur lui.

— Non, répondit Mara d'une voix empreinte de regret. Pour Ayaki, la dette est déjà payée.

Et, les larmes aux yeux, elle parla à Hokanu de la guerre personnelle de l'obajan contre la maison Acoma déclenchée par un stratagème d'Arakasi, lorsqu'il avait fallu tuer cinq domestiques minwanabi pour mettre fin à un espionnage ennemi.

— Le tong s'est offensé de l'intervention des Acoma, finit-elle. Il a agi de sa propre initiative pour détruire ma lignée, continuant à opérer au-delà du contrat conclu avec Tasaio des Minwanabi. (Sa dernière phrase fut amère :) Ils ont échoué : l'obajan est mort, comme il convenait, de la propre main d'Arakasi.

Hokanu regarda son épouse, aussi dure que du silex, oubliant sa maternité récente devant les sombres conséquences d'une politique meurtrière. Se sentant oubliée, Kasuma commença à s'agiter, son visage se contractant pour pousser un cri perçant.

— Mon épouse, proposa Hokanu, triste, irrité et frustré par les injustices de la vie, rentrons chez nous.

Son cœur alla vers Mara alors qu'elle tournait son regard vers lui, les yeux pleins de larmes contenues.

— Oui, répondit-elle, rentrons chez nous.

Elle ne songeait pas au magnifique domaine près du lac lorsqu'elle prononça ces paroles, mais au grand manoir niché au milieu des pâturages où elle avait grandi. Soudain, Mara désira vivement et désespérément retourner sur les terres de sa famille. Elle voulait retrouver un environnement familier, retrouver les souvenirs de l'amour de son père et d'une époque révolue, avant qu'elle ait goûté au vin enivrant du pouvoir et de la royauté. Sur ses terres natales, peut-être parviendrait-elle à affronter son chagrin et sa peur pour l'avenir des maisons Acoma et Shinzawaï.

15

SECRETS

Mara soupira.

Elle avait chaud, et elle était fatiguée et découragée après son voyage vers l'ancien domaine Acoma. Elle fut soulagée d'échapper au soleil de midi en entrant dans les tunnels des Cho-ja, un havre presque oublié. Son mariage avec Hokanu et les liens étroits qu'ils partageaient avaient peu à peu remplacé son besoin de trouver un réconfort dans la fourmilière. Mais avant cette époque, lors de ses premières années de règne, la pénombre aux senteurs épicées des passages souterrains où s'affairaient les ouvriers lui avait procuré un sentiment de sécurité, quand des dangers apparemment insurmontables l'avaient cernée de tous côtés.

Mais les périls venaient alors d'intrigues fomentées par des adversaires humains. Aussi écrasantes qu'aient semblé ses difficultés, aussi déplaisant qu'ait été son premier mariage avec un Anasati, elle n'aurait pu imaginer à l'époque les épreuves qu'elle vivait aujourd'hui. Les mauvais traitements avaient été remplacés par des blessures à l'âme, infligées par une trahison du seul homme qui comprenait vraiment son cœur. Quels que soient les dommages sournois que pourrait préparer Jiro à l'avenir, ses véritables ennemis étaient maintenant les magiciens. Ils pouvaient sur un caprice annihiler le nom des Acoma, et le souvenir même de son existence. Et c'étaient leurs décrets qui protégeaient Jiro et lui permettaient de comploter en toute liberté.

Le meurtre de Kamatsu avait laissé une rage profonde dans la poitrine de Mara. Des peurs dont elle ne devait jamais parler selon l'honneur tsurani lui faisaient constamment serrer les dents. Mara avait déjà éprouvé ces sentiments lorsqu'elle avait affronté ses ennemis, mais jamais sur une période aussi longue, et jamais pour des enjeux aussi élevés. Tout ce qu'elle aimait était en péril. Depuis la mort d'Ayaki, la tension lui était devenue si familière qu'elle avait oublié ce qu'était dormir et rêver sans faire des cauchemars.

La pénombre souterraine la rassurait. Isolée dans son propre silence mais sans être seule, elle se détendait alors que son palanquin s'enfonçait plus profondément dans les tunnels familiers de la fourmilière. Ses porteurs étaient un peu bousculés par les Cho-ja affairés ; l'air résonnait des ordres aigus des soldats et du claquement sec des pattes avant en chitine quand les chefs de patrouille frappaient leur thorax pour saluer sa suite. Sachant que ce répit n'était que temporaire, Mara s'abandonna à l'illusion du soulagement. Un moment, elle se crut revenue dans le passé, quand ses responsabilités et ses peines de cœur étaient moins fortes. Ses barrières intérieures se relâchèrent et des larmes apparurent au coin de ses yeux. Elle se mordit les lèvres, mais n'essuya pas ses pleurs. Dans la fourmilière des Cho-ja, à peine éclairée par la lueur violet-bleu des globes de lumière, sa faiblesse passerait inaperçue. Les soucis, la frustration et la douleur quotidienne provoquée par son impuissance à redresser les torts infligés à sa famille par les Anasati, l'oppressaient tous les jours un peu plus. Elle ne pouvait plus maintenant nier ses émotions. La mort de deux enfants, la fêlure de sa complicité avec son époux et plus proche confident, menaçaient de la submerger.

Les années durant lesquelles Mara avait pris confiance en elle et avait appris à contrôler n'importe quelle situation lui semblaient vides de sens. Sa domination du jeu du Conseil traditionnel avait été une fausse réussite, car le décret de l'Assemblée l'empêchait de venger l'honneur de sa famille selon la coutume. La politique et les intrigues s'orientaient maintenant vers des voies non traditionnelles. Mara avait perdu l'avantage qu'elle avait toujours utilisé, sa facilité à oublier les conventions, car aujourd'hui tous les souverains de l'empire se démenaient pour trouver de nouveaux moyens de dominer leurs anciens rivaux.

Les vieilles méthodes avaient été complètement bouleversées.

Même la destruction du tong hamoï, et la découverte certaine de la véritable culpabilité de Jiro ne lui apportaient que peu de soulagement. Car même si une menace envers les Acoma avait été réduite à néant, les Très-Puissants l'empêchaient toujours de venger une grave insulte à l'honneur.

Mara était revenue sur les terres de ses ancêtres en voyageant sur sa nef d'apparat. Mais ce n'était qu'un effort provisoire pour repousser le chagrin et la confusion car, en vérité, elle ne disposait d'aucun endroit calme pour chercher des solutions aux dilemmes qui la tourmentaient.

Mara ferma les yeux, bercée par le doux balancement de ses porteurs qui se frayaient un chemin dans les tunnels. L'air était plus chaud ici, alourdi par les senteurs exotiques de la fourmilière. Des globes de lumière étaient placés à des intervalles de plus en plus grand, et la foule d'ouvriers affairés avait diminué. Le piétinement des sandales humaines prit le pas sur le cliquettement des pattes chitineuses. Mara sut que sa suite devait approcher de la caverne de la reine. Mais la route ne lui était plus tout à fait familière. Depuis sa dernière visite, les murs et les arches grossièrement taillés avaient été lissés et polis, ou sculptés et décorés de tentures aux riches coloris. Si la disposition des couleurs et des pompons était inhabituelle pour des yeux humains, l'effet donnait un sentiment de prospérité. Ces différences semblaient étrangement contraster avec des sensations et des souvenirs intacts. Sans les mèches d'argent qui commençaient à apparaître sur ses tempes, Mara aurait pu se croire en train de revisiter son enfance. La maison où elle avait joué quand elle était petite fille, où elle s'était mariée pour la première fois et avait donné naissance à son premier enfant, où elle avait acquis le goût du pouvoir, lui avait paru d'abord la même – jusqu'à ce qu'elle prenne conscience avec un terrible serrement de cœur du silence qui régnait, là où son jeune fils avait autrefois couru en faisant un vacarme de tous les diables dans les couloirs.

Un sentiment de solitude terrible lui serra le cœur. Ayaki n'était pas le seul être aimé qu'elle avait perdu. L'environnement bien trop familier la peinait autant qu'il la réconfortait. Par les dieux, comme elle souhaitait voir Nacoya, son ancienne nourrice et premier conseiller, dont les réprimandes et les sages conseils avaient si souvent évité des catastrophes. De nouvelles larmes s'échappèrent des yeux de Mara alors qu'elle repensait à son barbare aux cheveux roux, Kevin de Zūn, qui lui avait appris la signification de l'amour et lui avait révélé sa féminité dans les jardins de kekali du domaine. Bien que Kevin l'ait d'abord rendue furieuse avec ses façons têtues et son manque de manières, et que l'obsession maniaque de la décence de Nacoya ait quelquefois été une gêne, ils lui manquaient tous les deux. L'entente qu'elle partageait avec Hokanu et qui avait remplacé ces relations perdues, lui avait semblé jusqu'à récemment un bastion invincible. Mais une ombre s'était levée entre eux depuis la déception d'Hokanu lors de la naissance de leur fille. Toujours en colère contre lui, Mara s'essuya les joues avec ses manches de soie. Le tissu aurait des taches d'humidité, mais elle s'en moquait ! Il avait presque fallu l'anéantissement de leur lignée pour qu'Hokanu admette la nécessité de nommer Justin héritier des Acoma. Qu'elle ait dû endurer la perte de leur premier enfant pour le convaincre l'avait fait moins souffrir que cela !

Maintenant la répugnance incompréhensible d'Hokanu à accepter Kasuma comme l'aînée des Shinzawaï élevait un nouveau mur entre eux. Il semblait qu'un fils, et seulement un fils, le satisferait. Comme si elle ne pouvait plus avoir d'enfants dans l'avenir, enrageait Mara avec amertume ; ou comme s'il n'était pas libre d'exercer son droit de souverain et de coucher avec une douzaine de concubines qui lui donneraient des enfants. Non, la signification de sa conduite était douloureusement claire : ce qu'il pouvait accepter chez son épouse – qu'une femme puisse être digne de régner sur une grande maison – était impensable pour sa fille.

Comme elle l'avait fait tant de fois dans le passé lorsqu'elle était découragée et désespérée, Mara était entrée dans les tunnels cho-ja à la recherche d'une perspective étrangère, d'un point de vue différent qui lui donnerait de nouvelles idées.

Un léger contact tira Mara de ses réflexions ; Lujan hochait la tête, lui signifiant que sa suite avait atteint la chambre de la reine.

Alors que son palanquin passait sous la dernière arche, avec ses rangées de sentinelles accroupies, si immobiles qu'elles ressemblaient à des statues de pierre polie, Mara reprit son calme. En entrant dans l'immense caverne, elle utilisa un vieux chant de méditation silencieuse pour se débarrasser de son sourd ressentiment. Quand ses porteurs la déposèrent enfin devant la grande estrade de la reine, elle avait retrouvé tout son sens du décorum.

La reine cho-ja dominait toute la pièce, sa masse soutenue par un immense piédestal de terre. Mara se souvenait de la taille minuscule de la reine quand elles s'étaient rencontrées pour la première fois, bien loin, dans la fourmilière où elle avait éclos. La délicate créature avait grandi et atteint sa pleine croissance sur le domaine acoma, dans l'année qui avait suivi sa naissance. Elle mesurait maintenant plusieurs fois la taille de ses serviteurs, dominant même les plus grands des guerriers. Seuls son thorax et sa tête avaient gardé leur taille initiale. Des ouvriers s'affairaient autour de son corps gigantesque, la gardant propre et confortable, tandis qu'elle pondait les œufs pour les différentes castes de Cho-ja : guerriers, ouvriers spécialisés dans une douzaine d'artisanats différents et, si la fourmilière devenait prospère au point de devenir surpeuplée, une nouvelle reine.

Mara inclina la tête, comme il convenait pour une égale.

— Je vous salue, dame des Acoma, pair de l'empire, dit la reine d'une voix claire et aiguë, qui tranchait nettement sur le bruit des ouvriers dans la galerie.

— Honneur à votre fourmilière, reine, répondit Mara alors que Lujan lui tendait la main pour la guider vers les coussins qui l'attendaient.

La rapidité des communications cho-ja était encore un mystère pour Mara ; d'une façon ou d'une autre, la reine semblait toujours savoir à l'avance qu'elle arrivait, et autant qu'elle pouvait en juger, la souveraine de la fourmilière semblait apprécier ses visites. Mara avait cessé de tenter de comprendre les Cho-ja selon les critères humains ; la compagnie d'un barbare venu d'un autre monde lui avait enseigné que persister à voir les choses avec des œillères tsurani l'empêchait de discerner des intuitions originales.

Alors que Lujan surveillait le placement et la disposition de sa garde d'honneur, ses domestiques déposaient des friandises et du thé midkemian, pour sa collation et pour les faire connaître aux intendants cho-ja. À l'inverse des prédictions pessimistes de Jican après son empoisonnement par le faux marchand midkemian, Mara avait développé une passion pour cette boisson relevée. Ne négligeant jamais une opportunité commerciale, elle avait oublié sa mésaventure personnelle et le thé, le café et le chocolat qu'elle importait maintenant avaient envahi le marché.

Une fois les banalités sur la dégustation du thé et le commerce terminées, la reine inclina la tête dans un mouvement que Mara en était venue à interpréter comme interrogateur.

— Quelle est la raison de votre visite, dame Mara ? Un coursier aurait pu facilement apporter les échantillons de douceurs que vous nous avez fait goûter.

Mara bredouilla à la recherche d'une réponse. Son hésitation était assez inhabituelle pour que Lujan se départe de son impassibilité de guerrier, et regarde d'un air inquiet si quelque chose n'allait pas. Prenant conscience grâce à l'erreur de son commandant que son silence pouvait être interprété comme de la duplicité, Mara choisit l'honnêteté, bien qu'elle risque de paraître ridicule.

— Je n'avais pas de but défini, si ce n'est le besoin de faire appel à votre sagesse.

La reine restait silencieuse. Autour d'elle, ses serviteurs s'affairaient à leurs tâches. Les guerriers de garde restaient accroupis, immobiles, mais Mara savait à quelle vitesse ils pouvaient réagir s'ils recevaient un ordre. Embarrassée et craignant de contrevenir à un point d'étiquette cho-ja, elle résista à l'envie d'offrir des excuses. Si elle offensait la reine, puis montrait de la faiblesse devant la force des Cho-ja, elle risquait de ne pas ressortir vivante de ces tunnels.

Comme si la reine avait perçu la gêne de son invitée, elle déclara :

— Un grand nombre de vos concepts nous sont inconnus, dame des Acoma. Ce que vous nommez la sagesse en fait partie. Vos intonations humaines indiquent une idée transmise par une génération plus ancienne à un esprit ayant moins d'expérience de la vie. Pardonnez-moi, je ne souhaite en aucune façon impliquer que notre espèce est supérieure à la vôtre, mais notre conscience n'est pas isolée. La conscience collective que nous partageons selon vos termes s'étend sur des millénaires. Pour nous, votre perspective est éphémère, car elle est liée à la durée d'une vie humaine. Mais dans la mesure où nous, Cho-ja, pourrons discuter de choses dépassant notre compréhension, nous chercherons à vous venir en aide.

La reine replia ensuite ses pattes avant vestigiales, ce qui indiquait la patience et l'attente.

Mara regardait sans le voir le fond de sa tasse de thé. Elle était consciente que l'individualité des Cho-ja n'était jamais séparée de la conscience collective de la fourmilière ; l'autonomie personnelle ne jouait aucun rôle dans leur culture, et seuls des siècles d'interaction entre les espèces avaient permis aux insectoïdes de conceptualiser l'idée d'une identité humaine individuelle, séparée de l'ensemble. Pour la fourmilière, l'individualité contenait une ironie intrigante et conflictuelle. Le concept de la bêtise, de quelqu'un agissant contre ses intérêts ou ceux de sa famille, semblait une démence aux proportions irrémédiables dans la perspective cho-ja. Et sans la bêtise, pensa ironiquement Mara, le processus d'apprentissage humain n'avait aucune signification ; le terme abstrait de sagesse devenait trop éphémère pour que la conscience de la fourmilière puisse le comprendre.

Mara fronça les sourcils, et tenta de reformuler sa phrase :

— D'après ma brève expérience, vos conseils et ceux d'autres êtres humains m'ont appris que je vivais dans un monde minuscule. Jusqu'à récemment, je pensais que je contrôlais un peu ce monde.

Elle n'avait pas besoin de parler du destin d'Ayaki ; ni d'aucun autre événement. La nouvelle de l'intervention de l'Assemblée dans sa guerre contre les Anasati s'était répandue jusqu'aux provinces les plus éloignées de l'empire, et même si les Cho-ja ne comprenaient pas toutes les nuances des affaires humaines, ils gardaient un souvenir précis des événements.

Peut-être que la conscience collective perçut que l'interdiction de l'Assemblée se trouvait au cœur des questions de Mara ; mais quelque chose la prévint certainement. Alors que la reine restait généralement assise, immobile – pour la première fois dans le souvenir de Mara – ses serviteurs arrêtèrent leurs mouvements frénétiques et se figèrent dans une immobilité absolue. Toute activité cessa dans la pièce, bien qu'aucun ordre apparent n'ait été donné pour réclamer le silence.

Le malaise de Mara se mua en peur.

La reine avait révélé depuis longtemps que les Cho-ja vendaient leurs alliances comme des marchandises. Mara avait payé des sommes faramineuses pour acheter la loyauté des fourmilières construites sur ses deux domaines. Elle frissonna à la pensée que l'influence des Très-Puissants pouvait s'étendre jusqu'ici, et que ses paroles ou ses suggestions risquaient de provoquer leur châtiment. Un tremblement de terre provoqué par la magie, même dix fois moins violent que celui qui avait ébranlé la Cité sainte lorsque le Très-Puissant Milamber avait déchaîné sa puissance, dévasterait complètement ces tunnels. Les arches et les voûtes s'écrouleraient dans un nuage de poussière, et des tonnes de terre noire s'effondreraient... Consciente du tremblement de ses mains, Mara les enfonça dans ses manches. Elle ne devait pas réfléchir ! Seulement agir. Et en vérité, la reine n'avait rien dit qui puisse indiquer à qui allait l'allégeance de la fourmilière.

Elle devait se contenter d'attendre.

Le silence prit une intensité surnaturelle. Peu à peu, les sens hypertendus de Mara perçurent un faible bourdonnement, aigu comme le battement d'ailes d'insectes. Elle se demanda si ce bruit pouvait être le signal d'une communication sur de longues distances. Puis elle décida que ce devait être le cas, car la reine parla avec l'autorité de quelqu'un qui a pris une décision.

— Mara des Acoma, vous avez fait une remarque que, si je peux aventurer une supposition, votre espèce appellerait sage. Vous avez remarqué que vous vivez dans un monde minuscule. Vous feriez bien de redéfinir les frontières de ce monde et de regarder les autres mondes qui coexistent avec le vôtre.

Mara se mordit les lèvres, réfléchissant rapidement. Derrière l'étiquette précise et guindée des mots de la reine cho-ja, elle sentait une certaine réticence. Alertée maintenant et cherchant un sens caché, Mara chercha à obtenir d'autres informations.

— Quelle sorte de mondes devrais-je examiner ?

Les ouvriers restèrent figés dans leur posture de repos, alors que la reine répondait :

— Le monde de Kelewan, tout d'abord. Vous nous avez souvent rendu visite, ce qu'aucun noble de votre peuple n'avait jamais fait. Même à l'aube de l'empire, quand nos deux races forgèrent le traité qui nous lie encore, aucun seigneur tsurani ne l'avait tenté.

Mara haussa les sourcils. Parmi tous les parchemins d'histoire qu'elle avait lus, aucun ne mentionnait l'existence d'un accord formel entre les Cho-ja et les hommes. Les relations entre les Tsurani et les Cho-ja étaient dictées par les traditions, c'était tout du moins ce qu'elle avait supposé, comme toutes les autres facettes de sa vie et de sa culture. Et cependant, l'empire remontait très loin dans les temps anciens ; comme la reine le lui avait rappelé avec tact, la mémoire humaine était éphémère.

— Je n'ai jamais entendu mentionner ce traité dont vous parlez. Pourriez-vous m'en dire plus ?

La reine massive restait si immobile, qu'elle aurait pu être une statue laquée de noir.

— Cela est interdit.

Stupéfaite, Mara oublia le silence surnaturel et les attitudes figées des ouvriers de reproduction. Ses paroles résonnèrent alors qu'elle bredouillait :

— Interdit ? Par qui ?

— Cela est interdit.

Choquée, et revenant à la prudence en entendant le timbre sifflant de la voix de la reine, Mara analysa cette réponse. Elle s'était peut-être montrée impolie, mais on ne lui avait pas encore ordonné de quitter la chambre royale. Bien que les mains d'un Lujan alarmé aient blanchi sur la hampe de sa lance, les guerriers de la reine étaient restés accroupis, au repos. Poussée par la curiosité et le besoin de prendre des risques, Mara supposa que la réticence de la reine provenait d'une source extérieure. D'après ce qu'elle avait compris, les Cho-ja n'avaient pas de religion, pas de dévotion ou de croyances en des dieux ou des forces dépassant la nature terrestre. Si l'interdit ne venait pas des Cieux, que restait-il ? La tradition ? Mara rejeta cette idée ; selon les normes humaines, les Cho-ja se comportaient comme des mercenaires. Leur cohérence était plus due au consensus qu'à une habitude. Un pacte secret semblait improbable, puisque la conscience collective interdisait ce concept : l'intimité n'était possible que chez une espèce possédant des esprits individuels.

Choisissant soigneusement ses mots, Mara aventura :

— Qu'en est-il des Cho-ja, Votre Majesté ? Quelle est l'histoire de votre race ?

La reine fit claquer ses griffes de devant, répondant à une pulsion impénétrable. Même si ses serviteurs restaient figés sur place, son ton aurait pu être celui de la conversation.

— Nous venons du Commencement, comme toutes les races, grandissant et gagnant des connaissances. Il y eut une époque, il y a des éons de cela, où nous vivions simplement. Nous étions l'une des nombreuses intelligences qui cherchaient à se faire une place sur un monde riche, à l'époque où l'homme vint pour la première fois...

— Le Pont d'or ? l'interrompit Mara, tentant de relier ces révélations à ce qu'elle savait de l'origine de son propre peuple.

— C'est ce que nous enseigne notre histoire, répondit la reine. Aucun œil cho-ja n'assista à l'arrivée de votre peuple, mais un jour il n'y avait pas d'hommes et le lendemain, une nation de réfugiés campait sur la rive près de l'endroit que vous nommez la Cité des plaines.

Cachant difficilement son excitation, Mara demanda :

— Vous avez des légendes d'avant le Pont d'or ?

— Des légendes ? (La reine remua une patte avant, d'une façon presque réprobatrice.) La traduction de votre mot implique une exagération ou un embellissement basé sur des souvenirs imparfaits. Je vous en prie, ne prenez pas offense de ma franchise, mais notre espèce n'a pas besoin de dramatiser son passé pour la postérité. Nous nous rappelons...

Mara sentit son cœur battre la chamade.

— Vous me dites que vous avez enregistré tout votre passé dans votre conscience collective ? demanda-t-elle en abordant prudemment le sujet, car elle sentait que quelque chose de capital était en jeu. Ou que vous vous souvenez réellement de ce qui s'est passé, comme si vous le voyiez par les yeux de vos ancêtres ?

— Nous n'avons qu'un esprit, nous ne sommes qu'un seul peuple. (Sans signal visible de la reine, les ouvriers de reproduction reprirent soudain leur activité frénétique habituelle.) Ce qui est vécu par un est partagé par tous, sauf lorsque l'un d'entre nous meurt dans l'isolement, loin des autres.

Soulagée d'être revenue à un sujet moins sensible, Mara considéra les implications de cette révélation. Elle savait depuis longtemps que les messages semblaient atteindre les autres fourmilières à une vitesse incroyable ; mais même dans ses rêves les plus fous, elle n'avait pas imaginé qu'une telle communication puisse être simultanée.

— Vous pouvez... parler avec la voix de celui qui était là-bas... ?

Son esprit luttait pour embrasser l'immensité d'une conscience qui se souvenait parfaitement du passé.

Amusée, la reine fit claquer ses mandibules.

— Nous étions là-bas, Mara. Selon vos concepts humains, j'étais là-bas... pas dans ce corps, bien sûr, ni avec cet esprit, mais... nous étions là-bas. Ce qu'ont vu mes ancêtres, je le sais comme ils le savaient.

Mara fit signe à un domestique de remplir sa tasse de thé, oubliant que l'eau avait sûrement refroidi. Lujan réprima un sourire quand elle le but. Il n'avait pas l'esprit aussi vif que sa maîtresse, mais il l'avait vue un trop grand nombre de fois transformer des connaissances obscures en avantages dans l'arène politique, pour considérer ses lubies comme des caprices. Il n'était pas stupide non plus et il pouvait imaginer l'impact profond des révélations de la reine. Tout ce que voyait un Cho-ja, tous les Cho-ja s'en rappelaient, et de toute évidence pendant des siècles. Intrigué, il observa et écouta la discussion alors que Mara revenait à un sujet plus délicat.

— Qu'est-il advenu des Cho-ja, depuis la venue de l'homme ?

Les ouvriers continuèrent leurs soins tandis que la reine répondait :

— Nous étions les premiers parmi plusieurs espèces, bien que nous ne fussions pas aussi nombreux qu'aujourd'hui. Nous étions forcés de lutter contre d'autres peuples, les Thûns, les Nummongnums, les Cha-deshs, les Sunns.

De tous ces noms, Mara ne connaissait que celui des Thûns. Elle résista à la tentation de s'écarter du sujet pour connaître tous les détails. Si elle survivait à sa quête de moyens pour assurer sa sécurité face aux magiciens, elle aurait des années de loisirs devant elle pour satisfaire sa fascination pour l'histoire des peuples.

Comme si elle avait senti où son invitée voulait en venir, ou peut-être pour d'autres raisons plus délicates, la reine se contentait de révéler des faits très généraux.

— Nos guerriers naissent pour notre protection ; les Cho-ja n'attaquent jamais d'autres Cho-ja, sauf en période de famine, quand une fourmilière doit lutter contre une autre pour que seule la lignée la plus vigoureuse survive.

Le combat d'une fourmilière pour la survie s'accomplit sans haine ; tuer n'est pas dans notre nature. Mais nous avons fait la guerre à d'autres peuples, car ils avaient une idée différente de leur place dans les mondes. De nombreux Cho-ja périrent inutilement, car des êtres vinrent parmi nous, des êtres terribles dont les actes outrepassaient les lois de l'intelligence, des êtres qui tuaient pour d'autres raisons que la nourriture ou la protection. À l'époque, comme maintenant, il nous semble qu'ils déclenchent des guerres pour l'amour du massacre. Ils s'emparent de terres dont ils n'ont pas besoin, et livrent des batailles pour s'octroyer une essence de pensée que nous ne comprenons pas, et qu'ils appellent l'honneur.

Le sang quitta le visage de Mara.

— Les Tsurani.

— Les hommes, la corrigea la reine d'une voix triste et douce. Nous vous considérons comme différente, dame Mara, mais la conscience collective le sait bien : aucun autre peuple sur ce monde que vous appelez Kelewan ne peut rivaliser avec votre espèce pour la sauvagerie. Car les hommes se battent sans raison. Alors que votre empire grandissait au cours des âges, les Cho-ja s'efforçaient de résoudre tous les problèmes qui nous séparaient. Mais les hommes revenaient, encore et encore, cherchant une nouvelle chose, un nouveau droit... Et quand nous refusions d'accepter des termes qui n'étaient pas raisonnables, les effusions de sang commençaient. Nous avons abandonné la lutte de nombreuses fois, pensant que les problèmes étaient résolus, pour être à nouveau assaillis pour des raisons qui n'avaient aucune logique. À la fin, nous avons cédé.

Mara tapotait la tasse de ses doigts, regardant les vaguelettes rider sa boisson froide.

— On vous a forcés à accepter un traité ?

Les occupants de la chambre reprirent leur immobilité absolue, et la voix sonore de la reine devint glaciale :

— Cela est interdit.

Mara écarquilla les yeux.

— C'est nous qui vous avons interdit de parler ?

— Cela est interdit.

Maintenant convaincue qu'elle n'avait pas offensé la reine, mais que celle-ci était liée par les termes d'un traité que les Cho-ja ne pouvaient pas, ou avaient juré de ne pas violer, Mara laissa ses pensées bondir sur le sujet.

— Qui détient le pouvoir de vous imposer le silence... L'Assemblée ? L'empereur ?

— Cela est interdit.

Mara desserra ses doigts douloureux pour ne pas briser la fragile tasse de porcelaine.

— Pardonnez ma curiosité. Je chercherai mes réponses ailleurs. (Tremblante d'appréhension et de frustration, Mara tenta d'attaquer sous un nouvel angle.) Quels sont les autres mondes que je devrais connaître ?

La tension dans la chambre ne diminua pas. Mara retint son souffle pendant que la reine restait silencieuse, le bourdonnement subliminal résonnant à nouveau dans les tunnels. Finalement, la reine fit claquer ses mandibules et répondit :

— Je peux vous dire deux choses sans violer mon serment. D'abord, il y a ceux qui, suivant leurs propres desseins, cherchent à s'opposer à vous et contre qui vous devez trouver de la protection. Écoutez bien, car nous savons : il viendra un jour où vous devrez défendre vos Acoma contre des puissances considérées comme suprêmes.

Mara relâcha le souffle qu'elle avait retenu, l'estomac soudain noué. Elle posa sa tasse de thé, avant que ses doigts privés de toute force ne la laissent tomber. Les seules puissances considérées comme suprêmes dans Tsuranuanni étaient la volonté des Cieux et l'Assemblée des magiciens. Comme les Cho-ja n'adhéraient à aucune religion, la référence de la reine ne pouvait pas être plus claire et plus terrible. Les Acoma devaient l'emporter sur les Très-Puissants !

Tandis que Mara s'efforçait de garder son sang-froid, la reine continuait :

— Peut-être, dame, devriez-vous vous demander : si d'autres mondes existent, où se trouvent-ils ?

Mara lutta pour raisonner sans penser aux dangers inconnus qui s'ouvraient comme un gouffre devant elle.

— Vous voulez parler de Midkemia, de l'autre côté de la Faille ?

— Vous pouvez vous rendre là-bas grâce au portail façonné par les Très-Puissants, mais où se trouve Midkemia dans le cosmos ?

Mara se redressa, surprise. Elle n'avait pas compris le dernier mot de la reine. Toutes les significations tsurani qu'elle connaissait se traduisaient par la voûte du ciel, ou le champ d'étoiles. La reine cho-ja sous-entendait-elle que Midkemia était placée dans le ciel avec les dieux ? Ce concept était absurde, et même risible ! Mais Mara avait appris qu'il vaut mieux ne pas prendre à la légère les croyances des autres cultures. Une guerre terminée depuis longtemps dans les déserts de Tsubar le lui avait appris, ainsi que de nombreuses querelles frustrantes avec son amant barbare, Kevin. Bien qu'elle gardât le silence avec tact, sa surprise dubitative avait dû être visible pour la perception aiguisée de la reine.

— Cela vous serait-il plus facile de penser que des mondes existent par milliers, un grand nombre ne se trouvant pas plus loin d'ici que la distance que vous pourriez parcourir en marchant durant toute votre vie ? demanda la reine.

Ses serviteurs étaient sortis de leur immobilité, et s'affairaient à nouveau, allant et venant vers l'alcôve fermée par un rideau qui abritait la chambre des œufs.

Complètement désarçonnée, Mara s'efforça de trouver un sens aux paroles de la reine. Ce n'était pas un mystère rendu incompréhensible par un mode de pensée étranger ; en termes humains, la reine semblait presque la faire jouer au ka-ta-go, un jeu de devinettes que pratiquent les enfants tsurani, où des indices et des suggestions aident deux rivaux à nommer un objet, un animal ou une plante que l'équipe adverse choisit. Mara décida qu'elle était délibérément promenée autour du sujet que la reine n'avait pas le droit d'aborder. Après une profonde réflexion, elle répondit :

— Je pourrais marcher vers de nombreux endroits au-delà des frontières de cet empire, avant que vienne mon heure de mourir ?

— Oui. (Les mandibules de la reine s'écartèrent dans une parodie du sourire humain.) Vous pourriez le faire, certainement.

Un encouragement, si ce n'était pas une confirmation directe ; l'excitation de Mara grandit.

— Les Thurils !

La reine resta prudemment évasive.

— Il y en a d'autres. Considérez les frontières de vos états.

Convaincue maintenant que l'information qu'elle cherchait était interdite, Mara se pencha avidement en avant. *Au-delà... Bien sûr !* Comme elle avait dû sembler naïve ! Comme la plupart des Tsurani, elle considérait que tous les peuples se trouvaient sous la domination de l'empire, saufs pour les terres perdues du sud, et les Thurils à l'est. Elle demanda doucement :

— Des peuples vivent-ils à l'est de la Confédération thuril ?

La reine répondit instantanément :

— On les appelle les Chadanas.

À peine capable de contenir son excitation, Mara chuchota :

— Ce sont des humains ?

— Ils vous ressemblent, à vous et aux Thurils, ma dame.

Mara lança un regard à Lujan, qui semblait aussi stupéfait qu'elle. Comme son peuple devait paraître provincial, à se considérer lui et son empire comme le centre de l'univers. La philosophie tsurani acceptait plus facilement la présence d'hommes vivant sur un monde de l'autre côté d'une faille magique, que l'existence d'autres continents sur Kelewan.

— Que trouve-t-on au-delà des terres des Chadanas ?

— Une vaste étendue d'eau, répondit la reine. Elle est salée, comme la mer de Sang, et c'est la demeure des egu.

Mara n'avait jamais vu ces egu, des serpents gigantesques qui habitent les profondeurs des océans. Mais elle avait voyagé en mer, et avait entendu les marins décrire les combats contre ces terribles créatures au moyen de lances enflammées.

— Existe-t-il d'autres terres de l'autre côté de ces océans ?

— Un grand nombre de nations, dame, reconnut la reine cho-ja. Aussi nombreuses que les terres au-delà de la mer qui se trouve à l'ouest.

Stupéfait au point d'en oublier le protocole, Lujan risqua une question :

— Pourquoi notre peuple ne connaît-il pas leur existence ?

Mara hocha rapidement la tête pour pardonner son impertinence.

— Pourquoi ?

— Cela est interdit.

Les pensées de Mara se brouillèrent. Qu'est-ce qui était interdit ? Pas la connaissance de l'existence d'autres nations au-delà de Tsuranuanni, sinon la reine n'aurait même pas mentionné ces quelques faits. Ces étrangers de l'autre côté des mers possédaient-ils des connaissances que les Robes Noires jugeaient menaçantes ? Mara réprima un frisson. De telles pensées étaient trop périlleuses pour les exprimer à voix haute, même ici. Elle échangea un regard lourd de signification avec l'immense reine cho-ja, dans un silence tendu par la frustration. Si seulement leurs deux espèces pouvaient parler clairement, tant de malentendus pourraient être dissipés ! Cependant, les implications tacites de ces révélations piquaient la curiosité avide de Mara. Elle se sentait revitalisée par un nouvel espoir. Même si la puissance de l'Assemblée pouvait encore se révéler suprême, et le nom de sa famille sombrer dans l'oubli, elle venait cependant de prendre conscience qu'un monde plus grand existait au-delà des frontières de l'empire. Elle pouvait voyager au-delà de ces limites, à la recherche de nouvelles connaissances, et peut-être trouver une réponse à son dilemme. Prenant soudain conscience des heures qu'elle avait passées dans le réseau de cavernes, Mara eut envie de partir. Si elle voulait quitter l'empire pour entreprendre cette quête, elle devrait user de subterfuges, et préparer du matériel adéquat et des plans précis. Ses ennemis, particulièrement Jiro, ne devaient pas avoir vent de son départ. Alors qu'elle passait en revue les détails pratiques de l'aventure, il lui vint à l'idée qu'elle pouvait aussi explorer certains domaines de sa propre culture. Elle pouvait commencer par les temples, dont les prêtres étaient initiés aux plus grands mystères. Il y avait aussi les pratiquants de la magie de la voie inférieure, des adeptes et parfois des charlatans, dont le don n'était pas assez développé pour mériter des études dans la Cité des magiciens.

Anxieuse de démarrer son nouveau projet, Mara se prépara à prendre congé de la reine.

— Majesté, la déesse de la destinée a dû me guider jusqu'à vous, car j'ai trouvé un nouveau départ pour affronter mes difficultés.

La reine agita une patte avant.

— Nous sommes contentes. Bien que nous jugions étrange que vous ayez dû parcourir autant de lieues et descendre le fleuve, alors que nous étions si proches.

Mara haussa les sourcils.

— Alors l'esprit de toutes les fourmilières est aussi un ? Je peux vous parler en m'adressant à la reine de la fourmilière des terres où je réside actuellement ?

— Toujours.

Heureuse d'avoir trouvé un moyen de communiquer quel que soit l'endroit où la mèneraient ses voyages, Mara reprit :

— Si je devais quitter l'empire, serais-je capable de vous consulter si je trouvais des Cho-ja dans un pays lointain ?

— Cela est interdit.

Mara se redressa, à nouveau alléchée par l'importance de la découverte.

— Une question encore, si vous pouvez me répondre. Pourquoi traitez-vous avec moi et avec les autres Tsurani, si nous sommes vos conquérants ?

La reine hésita. Craignant d'avoir finalement franchi les limites de la prudence, Mara osait à peine respirer. Puis, observant les ouvriers de reproduction qui continuaient leurs activités sans réagir, elle reconsidéra la situation : la reine était moins irritée qu'elle ne pesait ses mots. Un instant, Mara s'attendit à entendre que cette réponse, elle aussi, était interdite.

Mais la reine céda, inclinant légèrement la tête en arrière, et répondit d'une voix sévère :

— Nous ne sommes pas un peuple conquis, dame des Acoma.

— Mais le traité ?

Ne parvenant pas à comprendre, Mara soupira de frustration. La reine s'efforça vaillamment de clarifier les choses.

— Même une nation captive peut marchander.

Mara se leva de ses coussins, pour que les domestiques à qui elle avait fait signe de ranger la vaisselle du thé puissent accomplir leur tâche sans la déranger.

— Pourquoi me dites-vous toutes ces choses, Votre Majesté ?

Les yeux noirs à facettes se fixèrent sur Mara, insondables comme les pensées étrangères qu'ils dissimulaient. Puis la souveraine cho-ja parla d'une voix presque pensive et mélancolique :

— Avant que je ne fusionne dans la conscience collective, la jeune reine que j'étais se souvient d'une jeune femme humaine qui fut gentille avec elle et qui lui dit qu'elle était belle. Parmi tous ceux de votre nation, vous seule êtes venue vers nous avec l'intention de créer l'harmonie. Vous marchandez comme les autres, mais vous êtes plus... Vous êtes ce que les humains appelleraient, je pense, une amie. Si le fardeau qui opprime mon peuple dans cette nation doit s'alléger un jour, nous aurons besoin d'amis avec un esprit aussi audacieux que le vôtre.

Ainsi, le *traité* n'était pas un accord, après tout, mais des conditions imposées par la force ! Mara retint sa respiration. Elle n'osait pas insister pour en savoir plus, surtout que la reine avait fait signe à son commandant d'avancer pour qu'il la reconduise à l'extérieur. La discussion allait bientôt être terminée.

Ne sachant pas quel protocole utiliser pour une reconnaissance formelle d'amitié entre deux races, Mara choisit de faire la révérence qui dénote une alliance entre maisons. Elle ajouta des mots de sa propre invention :

— Vous avez toujours été une amie pour moi. J'accorde à votre peuple la même considération que je le ferais pour une maison de mon clan.

Quand la reine cho-ja hocha la tête pour reconnaître cette déclaration et accorder gracieusement à la suite acoma la permission de se retirer, Lujan aida sa dame à monter dans le palanquin. L'apathie silencieuse qui avait marqué son retour vers la maison de son enfance avait disparu. Maintenant les yeux de Mara brillaient. Ses mouvements étaient impatients alors qu'elle faisait signe aux porteurs de soulever les perches du palanquin. Le commandant plaça son casque à plumet sur sa tête et marcha au côté de sa dame pour sortir de la chambre de la reine.

Compagnon de nombreuses années, commandant de ses armées et autrefois bandit, Lujan ne pouvait s'empêcher de sourire. Il accompagnait une maîtresse pour laquelle il accepterait sans hésitation de mourir, non seulement pour l'honneur et le devoir dus à une souveraine, mais aussi par amour et fierté. En dépit de la menace écrasante posée par l'Assemblée des magiciens, Mara faisait preuve de l'esprit indomptable qui avait séduit son cœur dès leur rencontre. Car si une femme fatiguée d'une trentaine d'années était entrée dans ce labyrinthe souterrain, une dame vigoureuse ayant retrouvé sa confiance en elle, au faîte de sa puissance, en était ressortie. Contre toute attente, Mara avait défié les limites imposées par sa situation. Elle avait trouvé un objectif clair là où aucun espoir n'existait auparavant, pour affronter des difficultés que sa culture considérait comme insurmontables.

Un grand nombre de souverains tsurani seraient tombés sur leur épée de désespoir, devant le manquement à l'honneur que les Très-Puissants avaient imposé à la dame des Acoma. Son défunt ennemi Tasaio des Minwanabi, autrefois l'homme le plus puissant de l'empire, avait préféré se suicider plutôt que de supporter une telle honte. Ce n'était pas de la lâcheté, mais sa volonté indomptable qui liait Mara à la vie.

L'Assemblée, décida Lujan dans un moment de pure impudence, ferait mieux de veiller à ses propres intérêts. Comment sa minuscule dame trouverait un moyen d'affronter une magie aussi puissante et vaste que celle maniée par les Robes Noires, seuls les dieux le savaient.

Le soleil de l'après-midi traversait les cloisons et dessinait des rayures sur le parquet, tandis que les massifs d'akasi du jardin parfumaient l'air du cabinet de travail de Mara, dans le manoir ancestral des Acoma. L'horloge fabriquée par les Cho-ja carillonnait doucement pour sonner les heures. Malgré un ponçage soigneux et de nombreuses couches de cire, on discernait encore des griffures sur le plancher, près de la cloison. Le bois avait été abîmé le jour où le premier époux de Mara était entré d'un pas lourd en portant ses sandales de bataille cloutées, après une grande chasse au sarcat. De plus anciens souvenirs venaient ensuite : le seigneur Sezu plaçant le sceau de sa famille sur des documents, pendant que son fils Lanokota faisait des dessins à la craie sur le plancher, aux pieds de son père. Mara se souvenait avoir effacé par jeu les silhouettes griffonnées, maculant de poussière blanche ses paumes potelées de petite fille. L'odeur de la craie envahissait ses narines en ce moment même, comme aux jours lointains de son enfance. Mais le bébé qui jouait sur ses genoux était Kasuma ; et le garçon qui griffonnait sur le bois poncé des dessins que lui seul comprenait, était le fils aux cheveux de feu d'un barbare. C'étaient les propres mains de Mara qui posaient le sceau des Acoma sur la cire pour sceller la dernière lettre de la journée. Une corbeille de parchemins enrubannés attendait près de son écritoire l'arrivée du messager, qui veillerait à ce qu'ils soient apportés à la guilde pour une livraison rapide.

Mara reposa le lourd sceau et revit mentalement ses instructions pour Jican, Incomo et Keyoke, restés au domaine du lac. Ils veilleraient à la bonne gestion de ses affaires durant ce qui pouvait devenir une absence prolongée. Irrilandi, son second chef de bataillon, était actuellement aux côtés des Shinzawaï, soutenant Hokanu qui devait consolider sa position de souverain. Certains ennemis avaient lancé quelques attaques mineures, et une ou deux alliances avaient été rompues à cause des pressions des factions traditionalistes. Hokanu n'avait pas encore envoyé de réponse officielle à la demande de l'empereur, qui lui demandait de reprendre le poste impérial de son père. Dans une lettre à Mara, il avait expliqué que le retard de sa réponse était une ruse, destinée à pousser un rival hostile à se découvrir.

Il avait écrit : Le premier conseiller de mon père, Dogondi, est un véritable trésor. C'est un homme à l'intelligence diabolique, et il possède un grand sens de l'humour. Il aime humilier nos ennemis en les poussant à se ridiculiser. Comme il me disait l'autre jour, "Tuez un homme, et vous lui concédez de l'honneur aux yeux des dieux. Riez de lui et vous l'humiliez."

Mara esquissa un sourire en se souvenant de cette vérité. Puis son plaisir s'évanouit alors qu'elle songeait à la suite de la lettre de son époux. Bien qu'il soit sous pression et sujet quotidiennement aux critiques de plusieurs cousins jaloux, il aurait cependant pu demander des nouvelles plus détaillées de la santé de sa fille. Que Mara propose un voyage long et peut-être dangereux alors que l'enfant n'était pas encore sevrée ne semblait pas le troubler le moins du monde.

Mais, en toute justice, Hokanu n'était pas le genre d'homme à se ronger les sangs. Il pouvait être malade d'inquiétude intérieurement, mais ne pas vouloir accabler Mara. La dame des Acoma tenterait de travestir au mieux son voyage en faisant croire à un pèlerinage, et elle arriverait peut-être à duper ainsi ses ennemis traditionalistes. Les Anasati avaleraient sans doute la ruse pendant plusieurs mois, avant que le premier conseiller de Jiro ne découvre la vérité. Mais l'Assemblée des magiciens éventerait rapidement son subterfuge, si elle avait la moindre raison de douter de ses motivations. Mara ferma les yeux et écarta ses cheveux humides de son front. Elle repoussa le souvenir cauchemardesque de la pluie de flammes tombée sur l'arène impériale quand Milamber avait laissé éclater sa rage surnaturelle.

Si les Robes Noires décidaient de la stopper, tout serait perdu en un instant déchirant et brutal. Elle ne devait pas leur donner l'occasion d'avoir des soupçons, et cela signifiait des semaines de préparatifs.

Mara tenta à nouveau de chasser de ses pensées l'horreur de la destruction provoquée par Milamber lors des jeux impériaux. Elle avait entendu dire que la Robe Noire barbare avait été un mage indiscipliné, et même obstiné. L'Assemblée elle-même l'avait exilé, après ses actes qui avaient troublé l'ordre divin en provoquant la libération d'esclaves. Une pensée traversa l'esprit de Mara : peut-être que ce Milamber considérait la vie de la même façon bizarre que son amant Kevin... Pour lui, la vie signifiait peut-être plus que l'honneur, et la religion ne gouvernait peut-être pas la vie des hommes mais leur offrait des conseils. Mara fronça les sourcils. Si Milamber avait été considéré comme un renégat par ses confrères, ne pouvait-il pas devenir une source d'inspiration dans son dilemme actuel ?

Agissant sur une pulsion impérieuse, Mara frappa dans ses mains. L'esclave désigné pour être son coursier apparut à la porte. C'était un jeune garçon aux cheveux filasse qui se sentait encore mal à l'aise dans sa livrée toute neuve. Mara vit qu'il tremblait, saisi d'une peur révérencieuse, lorsqu'il s'inclina.

Elle eut pitié de lui, car ses fils n'avaient jamais été des garçons timides. Elle avait plus d'expérience pour remettre à leur place de jeunes guerriers impétueux que pour faire oublier sa crainte à un gamin trop calme.

— Kalizo, dit-elle. Viens ici.

Le gamin se remit maladroitement sur ses pieds, les yeux écarquillés. Il vint vers elle, trébuchant maladroitement sur le bord du tapis. Ses sandales étaient neuves, et les semelles n'étaient pas encore assouplies par l'usage.

Mara attrapa un bonbon cho-ja dans la coupe qui se trouvait près de son écritoire. Elle le jeta en l'air, et sourit quand le garçon oublia sa maladresse et l'attrapa au vol.

— Kalizo, peux-tu me dire quand la prochaine cargaison de soie partira vers la Cité des plaines, pour être exportée vers Midkemia ?

— La semaine prochaine, dame.

Le gamin zézayait, et son défaut était accentué par le bonbon dur qui emplissait sa bouche.

Mara réfléchit un instant, puis prit sa plume d'une main tremblante.

— J'ai une lettre qui doit partir avec le courtier, ajouta-t-elle. Va le chercher, car je veux lui parler.

— Tout de suite, dame.

Le garçon s'inclina, se retourna et partit avec une rapidité qui justifiait sa nomination à son nouveau poste. Mara se mordit les lèvres alors qu'il se mettait à courir derrière la cloison. Puis elle scella rapidement sa brève missive, qui était adressée à Milamber, Magicien, Royaume des Isles, Midkemia. Alors qu'elle faisait couler la cire et en imprégnait le sceau des Acoma, elle se demandait si ce cachet sur la lettre ne scellait pas son propre destin.

Puis le courtier chargé du commerce de la soie arriva, escorté par Kalizo. Les appréhensions de Mara disparurent devant la nécessité de donner à l'homme des instructions qui le firent trembler. Sa nervosité évidente fit pleurnicher la petite Kasuma, et Mara dut faire venir la nourrice de l'enfant. Justin jeta sa craie par terre en annonçant d'une voix forte qu'il avait faim. Droit et mince alors qu'Ayaki avait été trapu, il bondit sur ses pieds et proposa à Kalizo de faire la course jusqu'aux cuisines. D'un hochement de tête, Mara donna son accord au jeune esclave, qui sourit et se mit à crier, absolument pas décontenancé par la perspective d'un concours. Alors que les deux garçons partaient à toute vitesse, Mara s'attendit à moitié à entendre un cri de protestation de la vieille Nacoya... mais ces jours s'étaient enfuis à jamais.

Restée seule avec ses pensées alors que le soleil descendait sur l'horizon, Mara fit venir un domestique et lui demanda d'ouvrir les cloisons. Des années s'étaient écoulées depuis qu'elle avait vu les shatra s'envoler au crépuscule sur les terres acoma. Considérées comme le porte-bonheur de sa maison, ces créatures étaient une source de joie pour Mara, lorsqu'elles accueillaient la nuit par un rituel de vols et de chants qui ressemblait à une fête somptueuse. Alors que ses yeux suivaient la danse des oiseaux dont les silhouettes se découpaient sur les nuages teintés d'or, Mara repensa à son époux. Il n'avait pas pris de concubine, pas plus qu'il n'avait reparlé de sa déception en apprenant le sexe de Kasuma. Mara supposait qu'il laissait délibérément le problème de côté. La seule allusion d'Hokanu à ce sujet avait été la promesse d'une longue discussion lors du retour de Mara au domaine. Sur un bateau, avait-il dit, seuls tous les deux avec un repas léger et du vin de sã, sur des eaux calmes ; pas d'esclaves, pas de domestiques, seulement une lanterne et lui aux avirons. Le fait qu'il n'ait pas voulu aborder le problème dans ses lettres en disait long sur son embarras. Mara posa son menton sur ses mains et soupira. Quoi qu'il veuille lui dire, il s'écoulerait des mois avant qu'elle ait le loisir de rencontrer son époux, que ce soit sur l'eau ou la terre ferme. Car tous les préparatifs pour son départ étaient achevés. Elle pouvait maintenant commencer sa quête pour chercher une protection contre l'Assemblée. Tout ce qui la retenait était un dernier entretien avec Arakasi, qui devait venir faire son rapport dans les prochains jours.

Beaucoup plus tard, alors que le cabinet de travail était éclairé par une lampe à huile et que les étoiles étincelaient dans le ciel là où avaient volé les shatra, Mara fut dérangée dans sa lecture par le portier. Il venait lui dire qu'un poète itinérant habillé de guenilles était arrivé et suppliait la dame de lui accorder son indulgence.

Mara leva les yeux de son parchemin, à peine intéressée.

— Tu ne l'as pas envoyé aux cuisines, déclara-t-elle. Ce poète, a-t-il dit qu'il avait composé un chant pour moi selon les règles de versification du so-mu-ta ?

Le portier fronça les sourcils, la référence académique dépassant de loin son éducation pour qu'il puisse la comprendre.

— Exactement, dame. Il a insisté en disant que cela aurait une signification pour vous. (Son visage se creusa d'appréhension.) J'aurais dû le renvoyer. Il est vêtu de véritables guenilles.

L'expression de Mara devint plus chaleureuse, et elle eut un sourire.

— Il est vêtu de véritables guenilles, il n'a pas pris de bain, et il est peut-être même accompagné d'une jeune femme...

Le domestique écarquilla les yeux.

— Vous le connaissez ?

— Très bien. (Mara roula son parchemin, tendue et impatiente.) Fais-le venir.

Le portier s'inclina, toujours mystifié.

— À vos ordres, dame.

Peu de temps après, le poète et sa femme furent conduits dans le cabinet de travail privé de la dame. Arakasi portait une cape qui semblait avoir été façonnée dans des couvertures mangées aux mites, cousues au niveau des poignets et bordées de franges de mauvais goût arrachées sûrement à un tapis. Sa compagne était enveloppée dans une robe rapiécée et décolorée par le soleil, qui avait été autrefois décorée de sequins de coquillage. La plupart avaient été arrachés par l'usure, laissant une collection de fils qui pendouillaient tristement. Ses pieds étaient sales et ses sandales en lambeaux.

Après un regard rapide, Mara frappa dans ses mains pour faire venir des domestiques.

— De l'eau pour un bain. Des serviettes, du savon, et des habits venant de mon coffre à vêtements, qui soient beaux et propres. (Elle regarda sous le capuchon de la courtisane, et entraperçut une masse brillante de cheveux si lourds et si épais qu'ils ressemblaient à du miel d'abeilles rouges.) Choisis quelque chose de vert, suggéra-t-elle à la servante. (Puis elle sourit à Arakasi.) Quelle taille de plateau désires-tu pour ton repas ? Comme toujours, tu sembles affamé. (Elle leva un doigt alors que son maître espion prenait son souffle pour répondre.) Les poèmes peuvent attendre que vous vous soyez tous les deux rafraîchis.

Arakasi lui fit la révérence d'un artiste, et repoussa en arrière le capuchon de sa cape. À la lumière de la lampe, il semblait épuisé, avoir l'esprit meurtri, et ne tenir que grâce à ses nerfs. Mara fut interloquée. Puis la femme laissa glisser son manteau ; la dame des Acoma remarqua comment Arakasi la regardait, et comprit tout.

— Tu dois être Kamlio, l'accueillit-elle. Je te souhaite la bienvenue.

La jeune fille commença à se baisser pour faire la profonde révérence qui indiquait son statut modeste. Mara secoua légèrement la tête et, avec un mouvement aussi rapide qu'un réflexe d'escrimeur, Arakasi toucha le coude de la fille. Il arrêta sa révérence grâce au léger geste de recul qu'elle eut à son contact.

Comme si son geste n'avait pas indiqué un rejet, Arakasi s'adressa doucement à elle :

— La maîtresse a acheté ta liberté, et non ton service. Ton contrat t'appartient désormais. Tu peux le déchirer ou le revendre, comme tu préfères.

De ses mains agiles, il baissa le capuchon de la robe de Kamlio, dévoilant un visage d'une beauté à couper le souffle et des yeux pâles comme des étoiles, où brillait un profond ressentiment.

Mara réprima une envie de reculer, tant les manières de cette fille lui rappelaient celles d'une autre femme, une courtisane et espionne nommée Teani qui avait autrefois tenté de la tuer.

— Dieux, murmura-t-elle dans un souffle. Que les dieux vous prennent en pitié.

Ses paroles étaient pour Arakasi, et pour la jeune fille tourmentée qu'il avait délivrée de la servitude.

Kamlio prit la parole d'une voix grave et mélodieuse, où couvait une haine parfaite :

— Je voudrais entendre cette promesse de la bouche de la dame dont les centis m'ont achetée.

Mara réprima sa colère devant cette impertinence.

— Dans ce domaine, tu peux autant faire confiance à mon serviteur, Arakasi, qu'à moi-même. Kamlio, moi aussi, je lui dois la vie. J'ai choisi d'accepter avec joie ce présent qu'il m'a fait. C'est peut-être lui qui t'a trouvée, mon enfant. Mais n'oublie jamais ceci : c'est moi qui t'ai rachetée et qui t'ai libérée de ton esclavage. Tu n'as pas été amenée ici pour être offerte en récompense pour ses services. (La lumière de la lampe se refléta sur les yeux de la fille alors qu'elle devenait de plus en plus nerveuse. Mara soupira doucement, et continua :) Tu es une femme libre, Kamlio. Grâce à toi, j'ai un fils et une fille qui pourront vivre et recevoir leur héritage. Ma gratitude s'exprime sans condition. Tu peux quitter Arakasi, tu peux quitter ce domaine, et choisir ta propre route à partir de cet instant. Je te donnerai assez de richesses pour que tu puisses t'établir dans les affaires comme commerçante, ou pour vivre simplement dans un confort modeste pour le restant de ta vie. Tu peux aussi utiliser ce présent comme dot, si tu désires trouver un époux. Cependant, si tu désirais entrer à mon service, je serais heureuse que tu restes avec nous.

Le faible sifflement des lampes à huile emplit le lourd silence qui suivit. Les doigts de Kamlio s'ouvraient et se refermaient sur le tissu abîmé de sa robe. Elle ne souriait pas, ne se décontractait pas, mais restait tendue, comme un animal piégé et cerné. Mara se força à croiser son regard hostile, dur comme une pierre précieuse.

— Que désires-tu, Kamlio ?

De toute évidence, la jeune fille n'accordait aucune confiance à la gentillesse. Ses yeux brillaient trop, et ses manières exprimaient un véritable défi lorsqu'elle répondit :

— Noble pair, grande dame, je préférerais rester seule. Je ne veux pas de beaux vêtements, mais une robe laide. Je ne veux pas que les hommes posent leurs yeux sur moi. Je veux une natte pour dormir et une pièce pour moi toute seule.

— Tu auras ce que tu demandes, accepta Mara.

Elle envoya sa suivante personnelle, Misa, qui était depuis de nombreuses années au service des Acoma, et lui ordonna de conduire Kamlio à une chambre d'invité et de l'installer confortablement. Quand la fille fut partie, tout comme la servante qui avait apporté une bassine d'eau et des serviettes pour permettre à Arakasi de se rafraîchir, elle fit signe à son maître espion de s'asseoir à côté d'elle sur un coussin confortable.

Il se laissa tomber lourdement, comme si ses genoux ne supportaient plus son poids. Ses yeux étaient caves, presque hantés, et ses lèvres se tordaient en une grimace ironique. Il déclara doucement :

— Merci, dame.

Mara le regarda avec pitié.

— Elle compte tant que cela pour toi ?

Le maître espion croisa ses doigts sous son menton, le geste habituel qu'il faisait lorsqu'il se lançait dans une explication difficile.

— Elle m'a transformé. Quand je la regarde, je vois ma mère, quelquefois. Quand elle parle, elle me rappelle ma sœur. Toutes les deux pouvaient se montrer cruelles, dans les moments où elles souffraient le plus. (Il s'arrêta, puis ajouta :) Elle me blâme pour la mort de sa sœur. Elle a raison, j'en ai peur.

Doucement, Mara fit un geste au domestique qui attendait à la porte avec un plateau de nourriture. Alors que l'homme entrait dans un silence respectueux, elle observa le maître espion qu'elle connaissait depuis tant d'années, mais dont la vie restait un mystère pour elle. L'homme les servit, puis Mara lui fit signe de se retirer. Quand Arakasi et elle furent seuls, Mara reprit :

— Tu n'avais jamais mentionné ta famille, auparavant.

Arakasi leva soudain les yeux, brusquement sur la défensive.

— Il n'y avait pas grand-chose à dire. Ma mère était une femme de la Maison du roseau, dévorée par les maladies, brisée, et morte finalement de son commerce. Ma sœur a suivi ses traces ; elle est morte à l'âge de dix-huit ans, des mains d'un client violent.

— Je suis désolée, murmura Mara, et sa sympathie était sincère.

Elle aurait dû deviner. Arakasi accordait tellement d'importance à son allégeance envers sa maison, qu'il devait être né dans une famille sans honneur.

— Comment donc es-tu entré au service des Tuscaï ?

Arakasi eut un geste de dénigrement envers lui-même.

— Il y avait un guerrier qui fréquentait notre bordel. Il couchait souvent avec ma mère. J'avais tout juste trois ans, et j'étais impressionné par sa voix forte et son épée à la garde décorée d'une pierre précieuse. De temps en temps, il me donnait des bonbons, m'ébouriffait les cheveux et m'envoyait faire des courses. Je prenais ces missions très au sérieux. Ce n'est que plus tard que je compris que cet homme avait juste un peu plus de tact que les autres, et qu'il me faisait sortir pour pouvoir prendre la femme qu'il avait achetée sans avoir un gamin dans les jambes. À cette époque, j'ai décidé qu'il était mon père.

Mara ne l'interrompit pas et attendit, pendant qu'Arakasi tirait sur le fil d'une déchirure de sa cape. Après un moment, il reprit son récit :

— Quand ma mère est morte et que le soldat a couché avec une autre fille, je suis sorti par une fenêtre et je l'ai suivi jusqu'à son baraquement. C'était un chef de troupe des Tuscaï. Son épouse était cuisinière. Elle me nourrit en cachette. Je vivais surtout dans les rues, rôdant autour des auberges et des maisons des guildes, gardant les oreilles ouvertes. Je me suis mis à vendre des informations au hadonra du seigneur des Tuscaï, et au fil des ans, je lui suis devenu très précieux. Quand j'ai prévenu le seigneur des Tuscaï d'un complot contre sa vie instigué par les Minwanabi, il m'a permis d'entrer à son service.

Silencieusement, Mara se demanda dans quelle mesure le réseau d'espionnage d'Arakasi était déjà en place quand il avait prêté serment sur le natami des Tuscaï. Il devait probablement couvrir toute la région autour du domaine des Tuscaï, pour qu'un gamin des rues sans honneur puisse être remarqué par un souverain conventionnel et traditionaliste. Mara fut impressionnée, en voyant jusqu'où son maître espion s'était élevé depuis un départ aussi humble. Maintenant, il y avait cette fille, Kamlio, dont le destin était mêlé au sien contre son gré. Alors que le domestique versait du vin de sâ et sortait, Mara tendit un verre à Arakasi.

— Bois, l'encouragea-t-elle. Tu en as besoin.

En fait, il semblait malheureux, et encore plus maigre que la dernière fois où elle l'avait vu.

Le maître espion lui rendit un regard égal, les lèvres retroussées de dégoût. Il n'aimait pas boire : l'alcool émoussait ses réactions.

— Dame, dit-il d'une voix rauque et veloutée, je ne suis plus du tout ce que j'étais.

— Bois ! C'est un ordre ! rétorqua sèchement Mara. Tu es un homme, et tu as un cœur qui peut saigner, même si tu ne l'as découvert que très récemment. Et je dis que tu as tort. Tu es plus que ce que tu étais. La transformation qui est survenue t'a rendu meilleur.

— Pas si je souhaite continuer à tenir mon poste de maître espion. (L'aveu lui-même sembla le secouer. Arakasi tendit la main, prit une coupe sur le plateau et l'avala d'un geste violent.) Que savez-vous du meilleur ou du pire ? la défia-t-il.

— Tout. (La voix de Mara était empreinte de reproches.) J'ai eu Kevin et je l'ai perdu. J'avais un époux parfait qui comprenait mon cœur, jusqu'à ce qu'un malentendu stupide l'éloigne de moi. Deux de mes enfants sont morts.

Honteux, Arakasi entoura ses longs doigts expressifs autour de son verre. Il ne dit rien et se contenta d'observer le tapis. Un instant, la lumière d'une lampe révéla les efforts terribles qu'il faisait pour contrôler sa respiration.

— J'avais espéré que l'exemple de votre couple lui aurait ouvert les yeux sur une nouvelle vie. (Il haussa à peine les épaules, comme si les omoplates le démangeaient.) Vous avez été tous deux mes professeurs, dame.

Mara regarda l'homme assis devant elle, voûté et tendu. Par moments, ses prodigieuses compétences l'avaient rendu très humble. Mais aujourd'hui, elle comprenait combien ses réussites avaient été enracinées dans une logique calculatrice et froide.

— Arakasi, donne-lui sa liberté. Laisse-la se trouver.

Lorsque les yeux du maître espion, implorants, se relevèrent pour rencontrer son regard, Mara se rendit compte qu'elle aussi avait besoin d'un verre de vin de sâ. Elle tendit la main vers une coupe, goûtant la saveur douce-amère.

— Réfléchis, toi, le plus rusé de mes serviteurs. Tu n'as jamais éprouvé de ressentiment contre quelqu'un, parce que tu n'aimais pas. Kamlio peut haïr et ressentir de l'amertume, parce qu'elle peut être blessée. Sa nature profonde est une nature aimante, sinon pourquoi se défendrait-elle aussi férocement ?

Arakasi baissa les yeux.

— Je prie les dieux pour que vous ayez raison.

— J'ai raison.

La conviction de Mara résonna dans la pénombre familière de la pièce. Mais aucune vérité ne pouvait garantir le dénouement. Seul le temps dirait si Kamlio pourrait échapper à son passé et continuer à vivre sans en garder de séquelles.

Arakasi était assis comme un homme torturé, tournant et retournant le verre de cristal entre ses mains. En le regardant, Mara se dit que le maître espion avait perdu son intuition si perçante. Elle lui parla doucement pour le rassurer :

— Ta petite dame ne quittera pas le domaine. Elle restera ici et entrera à mon service. Cela, au moins, je le sais.

— Sinon elle serait partie immédiatement ? (Arakasi laissa échapper un rire amer.) Comment pouvez-vous en être sûre ?

— Elle n'aurait pas accepté mon hospitalité, sourit Mara. Sa fierté est comme les flammes. Au cours des ans, j'ai appris à juger rapidement la nature humaine. Vous irez très bien ensemble.

Arakasi se détendit un peu à cette remarque, reposa la coupe vide sur le sol ciré, et se servit une assiette de fruits, de fromage et de pain. Changeant rapidement de sujet, il commença :

— J'ai reçu votre message, dame. Je peux deviner pourquoi vous m'avez rappelé.

Il écrasa deux tranches de pain sur un épais morceau de fromage, sans oublier ses sentiments pour la courtisane. Mais sa voix ne montrait aucunement son conflit intérieur lorsqu'il ajouta :

— Je peux déjà vous assurer une chose. La Cité des magiciens est imprenable. Si vous envoyez quelqu'un là-bas pour y entrer, vous provoquerez le courroux de l'Assemblée. Nous avons tenté à sept reprises de trouver une entrée ; quatre hommes sont morts, les trois autres ont disparu et je les considère comme morts. Aucun ne permettra de remonter jusqu'à nous, mais une nouvelle tentative risquerait de nous faire tomber.

— C'est ce que je supposais.

Mara le regarda manger avec un sentiment de soulagement. Le jour où Arakasi oublierait son appétit, elle s'inquiéterait énormément. Pendant qu'il mâchait, elle lui raconta ses découvertes dans la fourmilière des Cho-ja, et lui parla de ses plans pour partir vers la Confédération thuril.

Arakasi lui répondit par un sourire ironique.

— Je ne pensais pas que vous aviez sérieusement l'intention de partir en pèlerinage.

Mara haussa les sourcils avec exagération.

— Je suis pieuse. N'avais-je pas autrefois fait le projet d'entrer au service du temple de Lashima ?

Une étincelle d'ironie dansa dans les yeux du maître espion.

— C'était, reconnut-il, bien avant que vous ne rencontriez un barbare midkemian aux cheveux roux.

Mara rougit jusqu'à la racine des cheveux.

— C'est vrai.

Elle rit de bon cœur. Arakasi réussissait toujours à aiguiser son intelligence. Le cœur qu'il avait gardé caché durant toutes ces années se révélait un délice pour elle.

— J'ai besoin que tu effaces mes traces par différents subterfuges. Je veux aussi que tu épluches les archives impériales pour trouver des textes historiques, qui pourraient nous indiquer quels événements ont conduit à la conclusion de ce mystérieux traité avec les Cho-ja.

Mara regarda de l'autre côté de la table basse et se rendit compte qu'Arakasi avait fini de manger. Le pain n'était plus que des miettes entre ses doigts, et ses yeux semblaient aussi noirs qu'un puits sans fond. Doucement, elle demanda :

— Que se passe-t-il ? As-tu peur de quitter la fille ?

— Non. (Le maître espion passa la main dans ses cheveux sombres emmêlés. La natte de poète sur sa tempe s'était à moitié défaite, malgré le ruban violet effiloché, pâli par le soleil, qui la retenait.) Je ne suis plus le meilleur homme pour ce travail, ma dame. Mon cœur n'est plus impitoyable.

— L'a-t-il jamais été ? rétorqua Mara.

Arakasi la regarda avec franchise, souffrant comme il ne l'avait fait qu'une autre fois en sa présence, à l'époque il avait cru avoir failli à son devoir et provoqué la mort de la vieille Nacoya.

— Oui, dame. Oui, je l'étais. Autrefois, j'aurais laissé le tong tuer Kamlio sans aucun remord. Je vous ai fait courir un risque en retournant la chercher. Il a fallu déployer une certaine persuasion et débourser des sommes importantes pour racheter son contrat. La transaction a été bien trop publique à mon goût.

Mara considéra le poids de son aveu. Elle observa un moment son verre de vin, à peine touché, qui s'était réchauffé dans la douceur de la soirée.

— Les Acoma n'ont personne d'autre à envoyer, dit-elle finalement, et elle lui cacha le prix de cette confidence.

Elle devait penser à Justin et Kasuma. Si, comme Fumita l'avait suggéré, seule sa qualité de pair de l'empire avait empêché l'Assemblée de la détruire, elle devait trouver une protection pour ses enfants. Sinon, ils seraient sans défense, inutiles, et deviendraient des marionnettes soumises aux caprices des Robes Noires, après son départ.

— Arakasi, laisse-moi te révéler quelque chose que la reine cho-ja a évoqué devant moi. Et si, depuis toujours, ce n'était pas la tradition qui a fait stagner l'empire durant ces milliers d'années ? Et si notre peuple s'efforçait de grandir et de changer, et qu'on l'en empêche ? Et si le grand jeu du Conseil, notre héritage d'honneur violent et sanglant, n'avait pas été ordonné par les dieux, mais utilisé systématiquement pour nous garder à notre place ?

Le sourcil gauche d'Arakasi se leva.

— Vous déclarez que vous êtes pieuse, murmura-t-il. Savez-vous, dame bien-aimée, que vos paroles sont une hérésie ?

— En fait, continua Mara, je pense que nos Très-Puissants ont fait plus que sauvegarder la paix impériale. Si j'ai bien compris ce que la reine cho-ja a tenté de m'expliquer, l'Assemblée a plongé toute notre culture dans la stagnation. Ce sont les Robes Noires qui nous interdisent le changement – pas les dieux, ni la tradition, et encore moins notre code de l'honneur. C'est pourquoi les mages sont intervenus dans la querelle entre les Acoma et les Anasati. J'ai suscité trop de changements, j'ai trop d'influence sur l'empereur et, en tant que pair de l'empire, je suis un symbole et un porte-bonheur pour le peuple. Si mes suppositions sont correctes, les magiciens ne se contentent pas d'espérer que je ne respecterai pas leur interdiction de guerroyer contre Jiro ; ils comptent dessus. Certains pourraient même intriguer pour provoquer cette situation. Ils attendent la moindre excuse pour venir me détruire.

Une brise qui traversa la cloison fit vaciller la flamme de la lampe, faisant ressembler Arakasi à une ombre immobile découpée dans la lumière.

— Hokanu n'abandonnera jamais son honneur, et ne permettra pas que le meurtre de son père reste impuni.

— Précisément, chuchota presque Mara. Ce serait trop demander, même pour quelqu'un élevé par un penseur progressiste comme l'était son père adoptif. Son père de sang, Fumita, l'a pratiquement mis en garde aux funérailles de Kamatsu. Comme Hokanu, je pense que l'Assemblée connaissait l'existence du contrat que Jiro avait conclu avec les assassins tong. Ils n'ont rien fait pour l'arrêter. Délibérément. C'est moi et ma lignée qu'ils veulent tuer. Et tôt ou tard, le destin leur fournira un prétexte.

La mèche devint plus brillante. Alors que l'obscurité reculait, Arakasi restait assis à contempler son verre vide, les yeux aussi insondables que de l'obsidienne.

— Vous avez donc besoin de moi pour fouiller les archives impériales, et pour couvrir votre absence pendant que vous voyagerez hors de l'empire à la recherche de réponses. (Ses doigts battaient un rythme agité sur le plancher tandis qu'il continuait à réfléchir à voix haute.) Vous me demandez cela, non pas pour les Acoma ou pour les Shinzawaï, mais pour le peuple de l'empire dont vous avez adopté la cause.

— Tu as compris. (Mara tendit la main vers la carafe et remplit leurs deux verres.) J'agis pour quelque chose de bien plus important que mon nom et mes ancêtres. Parce que j'ai l'espoir qu'un jour les esclaves pourront être libérés, et que des petits garçons comme tu l'étais, ou des filles comme Kamlio, pourront gagner de l'honneur grâce à leurs mérites.

— C'est une grande tâche. Je vous rends hommage, dame. (Arakasi avala rapidement son vin. Il la regarda d'un air encore lugubre, mais avec une expression pleine d'admiration sur le visage.) Un jour, j'ai dit que je souhaitais vous suivre dans votre route vers la grandeur. J'étais arrogant, froid et fasciné comme un homme qui tire fierté de sa capacité à résoudre des énigmes. Maintenant, je ne souhaite rien d'autre qu'une maison avec un peu de chaleur, et une femme à qui sourire, et qui ne connaisse pas le secret de la joie. Pour ma plus grande peine, j'ai appris cette leçon. Mais ce n'est pas une leçon dont peut tirer profit un maître espion, qui doit agir seulement en écoutant la raison.

Mara lui répondit par un sourire qui adoucit les angles que les épreuves et les années avaient creusés sur son visage.

— Alors, quand nous aurons trouvé le moyen de vaincre les Très-Puissants, nous devrons te trouver un nouveau poste.

Arakasi laissa échapper un rire cynique.

— Quel poste ? Je les ai tous essayés. Lequel devrai-je choisir, quand aucun ne m'ira mieux qu'un vêtement d'emprunt ?

— Quand le moment viendra, tu le sauras, l'assura la dame des Acoma.

Mais ces paroles de réconfort n'étaient que des banalités. Arakasi ressemblait à un vaisseau à la dérive, qui tournoyait dans le courant sans personne à la barre. Mara s'inquiéta pour lui, et pour la fille amère et blasée qui dormait dans les appartements des invités des Acoma.

Arakasi reposa son verre. Un papillon de nuit vola en cercles fous autour de la lampe à huile, projetant des ombres bondissantes. La tête du maître espion lui semblait tourner de la même façon. Le moment était venu pour lui de prendre congé. Le plateau de nourriture ne contenait plus que des miettes et une croûte de pain écrasée. Ses yeux restaient impénétrables lorsqu'il conclut :

— Je vais entreprendre ce que vous demandez, car je vois que vous en comprenez le prix. Mais cette fois seulement, j'oserai vous demander une faveur.

Mara leva sa coupe de vin et but à sa santé pour lui donner son accord.

— Tu as toujours obtenu de moi tout ce dont tu avais besoin, sans qu'aucune question ne te soit posée. Cela n'a pas changé.

Son maître espion leva les yeux vers elle, et pour la première fois de sa vie Mara vit dans son regard de la nervosité et de l'incertitude.

— Emmenez Kamlio avec vous chez les Thurils. Un marchand de passage l'entrapercevant par hasard, et faisant des remarques sur sa beauté à Sulan-Qu, pourrait faire venir les tong qui la recherchent. Quand vous reviendrez, la fraternité des hamoï aura déjà commencé à dépérir.

Le sourire de Mara fut un véritable soleil.

— C'est exactement ce que j'allais te proposer.

Les principes rigides de la culture tsurani avaient privé la courtisane d'espoir ; Kamlio était née pour devenir un objet de plaisir pour les hommes, qu'ils pouvaient utiliser à leur gré. Pour reprendre confiance en elle et échapper au destin de Teani, devenue une créature malsaine et tourmentée, Kamlio devait redécouvrir la personnalité qu'on lui avait appris à dissimuler depuis son enfance et qui avait été étouffée. Elle en aurait peut-être plus rapidement l'occasion si elle rencontrait une culture étrangère et des coutumes dont elle n'avait pas l'expérience.

Arakasi s'inclina profondément pour exprimer sa gratitude.

— Les dieux vous bénissent, maîtresse. (Il semblait sur le point d'ajouter quelque chose, mais termina en bafouillant :) Prenez soin d'elle. Les Acoma sont ma vie, mais elle est mon cœur.

Puis il se releva, son mouvement finissant de défaire sa tresse de poète. Il arracha le ruban violet comme s'il l'offensait, et sortit silencieusement par la cloison entrouverte.

Mara regarda derrière lui bien longtemps après qu'il eut disparu dans le couloir sombre. Devant elle, le papillon décrivit un dernier cercle suicidaire, et s'embrasa en passant trop près de la flamme.

— Les dieux les prennent en pitié, murmura Mara dans la pièce vide.

Il était difficile de savoir si ses paroles se référaient à la courtisane et au maître espion qui l'aimait, ou aussi à son époux qui devrait maintenant danser sur l'air joué par l'Assemblée.

16

CONTRE-OFFENSIVE

La partie s'acheva.

Chumaka reposa sa pièce de shâh avec un cliquetis, et en poussant un profond soupir de satisfaction.

— Échec et mat, maître.

La lumière brutale de l'aube ne faisait que souligner sa vivacité et ses yeux brillants.

Parfaitement coiffé et habillé lui aussi, Jiro fut chagriné d'avoir la preuve de la véracité des commérages de ses serviteurs. La vivacité d'esprit de son conseiller restait aiguisée, même à l'aube et avant le petit déjeuner. Le seigneur des Anasati regarda les pièces capturées regroupées sur un côté de l'échiquier.

— Tu es plein de vie ce matin, remarqua-t-il. Plus que d'habitude, si je puis parler franchement.

Chumaka se frotta les mains.

— Le réseau d'espionnage de Mara est enfin redevenu actif. Je savais qu'il ne s'agissait que d'une question de temps ! Il suffisait de faire preuve de patience. Qui que puisse être l'homme qui le dirige, il vient juste de commettre une erreur. Il pensait pouvoir me battre dans ce jeu d'attente, mais après des années de sommeil, il a enfin bougé !

Jiro se caressa le menton pour cacher un sourire.

— Il existe peu de serviteurs comme toi, qui peuvent supporter d'abandonner des années de travail sur la base de simples soupçons.

Le premier conseiller des Anasati apprécia la louange. Il se débarrassa de sa robe du matin abondamment brodée, et ajusta le mince vêtement de soie qu'il portait dessous pour s'assurer qu'il ne formait pas de plis disgracieux sur sa poitrine étroite. Il ajouta sur une note plaintive :

— Vous m'avez invité dans vos appartements pour le petit déjeuner. Devrais-je vous battre une seconde fois au shâh avant que nous puissions manger, seigneur ?

Ses doigts nerveux aux ongles rongés avancèrent par habitude pour replacer les pièces sur l'échiquier.

Jiro se mit à rire.

— Espèce de vieux tigindi, l'accusa-t-il, comparant son conseiller à un prédateur qui ressemble à un renard, et qui est renommé pour sa ruse. Tu préférerais jouer que manger.

— Peut-être.

Chumaka releva le nez, les yeux brillants.

Jiro accepta une nouvelle partie en inclinant la tête.

— Quelle idée traverse ton esprit tortueux, aujourd'hui ?

Chumaka posa la dernière pièce et fit signe à son maître de jouer en premier.

— C'est l'idée qui traverse l'esprit tortueux de Mara, corrigea-t-il.

Sachant qu'il valait mieux éviter d'interrompre son conseiller par des questions, Jiro avança un pion. La contre-offensive de Chumaka fut immédiate. Forcé de se plonger dans une méditation stratégique efficace, Jiro aurait voulu égaler le don de son adversaire pour réfléchir simultanément à plusieurs sujets, quand son conseiller expliqua son commentaire :

— À la fin de la semaine, votre maître ingénieur se rendra à Ontoset pour engager des charpentiers et des artisans afin de construire des machines de guerre, en se basant sur les prototypes que vous avez recréés d'après les anciens textes.

Jiro releva les yeux de l'échiquier, sans être intrigué. Ses engins de siège constituaient son plan le plus ambitieux, un secret qu'il avait réussi à cacher même à ses alliés les plus proches, ou tout du moins le pensait-il. Il n'aimait pas que le sujet soit abordé avec insouciance, mais sa voix montrait qu'il contrôlait son irritation.

— Mara n'a rien pu apprendre sur nos prototypes bâtis dans les cabanes de charbonniers...

— ... des forêts au nord d'Ontoset, intervint Chumaka. (Il était extrêmement agaçant quand l'impatience lui faisait terminer les phrases de ses interlocuteurs.) Oui. Cela fait un certain temps qu'elle est informée. (Chumaka fit un geste vers l'échiquier.) C'est à vous de jouer, maître.

D'une chiquenaude, Jiro poussa son prêtre sur une nouvelle case. Une rougeur envahissait ses pommettes, et ses yeux se plissèrent lorsqu'il demanda :

— Comment a-t-elle su ? Pourquoi ne m'as-tu pas dit plus tôt que notre sécurité était compromise ?

— Patience, mon seigneur. (Chumaka plaça son impératrice sur la ligne frontale.) Je vous le dis toujours, mais quand le moment est le plus propice.

Sur le point d'exploser de colère, Jiro se força à reprendre son calme. L'ingéniosité de Chumaka pouvait quelquefois se montrer excessive : comme si l'homme ne pouvait pas résister à l'envie de jouer à un petit jeu du conseil dans la maisonnée même de son maître. Mais si Chumaka manquait d'humilité, il compensait plus que largement ce défaut par un service très inventif. Le seigneur des Anasati dirigea sa colère sur l'échiquier, et attendit, dans un silence glacial, que son conseiller impertinent lui donne des détails.

Chumaka sourit avec l'allégresse qu'un enfant montre en découvrant qu'un insecte peut échapper à ses tourments en s'envolant.

— Mon seigneur, il est bon de voir que vous avez maîtrisé l'art de la patience. Nous avons permis aux machinations de Mara de s'épanouir pour mieux gâcher ses plans. Elle a conçu un projet astucieux pour infiltrer des artisans sur le site de construction, en plaçant quelques-uns de ses agents. Une fois sur les lieux, ils s'activeront et s'assureront que vos grands engins de siège auront des défauts de construction. Quand nous les utiliserons au combat, ou tout du moins c'est ce qu'espère la maîtresse des Acoma, les mécanismes fonctionneront de travers et frapperont nos propres troupes. Ou tout du moins, ils ne fonctionneront simplement pas, vous laissant devant les remparts de la ville avec du petit bois pour allumer le feu qui vous aura coûté très cher.

Suffisamment étonné pour montrer par inadvertance de l'admiration, Jiro leva les sourcils.

— Mara a imaginé un tel plan ?

— Elle emploie un fabricant de jouets de génie. (Chumaka déplaça une autre pièce de shâh et mit en danger le prêtre de Jiro.) C'est un plan assez amusant, vraiment.

Fronçant les sourcils, importuné par le jeu, mais refusant de concéder qu'il était battu sur les deux fronts, le seigneur des Anasati réfléchit à sa prochaine manœuvre les lèvres serrées. La tendance de son premier conseiller à garder des secrets frôlait l'irrespect. Mais Jiro se retint de formuler des critiques. Quand il jouait au shâh, son travers était son envie d'arriver rapidement à la conclusion. Il avait besoin de cultiver l'amour des intrigues complexes de Chumaka, qui adorait tisser ses toiles et placer des pièges contre ses ennemis des années à l'avance. Jiro choisit de garder son prêtre en réserve et de ne pas attaquer ; aujourd'hui, il était d'humeur prudente.

— Quelle manœuvre as-tu à l'esprit, premier conseiller ?

Chumaka répondit par un sourire reptilien.

— De voler sa stratégie à Mara. J'ai la liste des noms de ses agents. Nous pouvons nous arranger pour les engager, les faire entrer au cœur du territoire anasati, puis les faire disparaître.

— Pour les tuer ?

Le dégoût de Jiro pour les mesures brutales détourna son attention, et il dut se concentrer pour garder le rythme face au coup suivant de Chumaka.

Le premier conseiller avança un autre pion, mettant en danger deux pièces de son maître.

— J'aimerais me débarrasser discrètement de ces agents. (Il parlait d'une voix grave, comme un chat qui ronronne, ce qui indiquait qu'il était content de lui.) Pas pour les tuer. Ils peuvent détenir des informations qui nous intéressent. D'abord, j'aimerais bien savoir comment le fabricant de jouets de Mara avait l'intention de saboter notre équipement de siège. Je suis sûr que ses modifications doivent être très astucieuses pour échapper à notre surveillance durant la construction. Mais c'est plus par curiosité oisive qu'autre chose.

» Plus important, si nous pouvons obliger l'un de ces hommes à parler et apprendre leurs méthodes de transmission des informations, nous pourrons envoyer de faux messages dans tout le réseau d'espionnage acoma. La dame ne saura que son stratagème a été découvert que le jour où nous commencerons notre campagne contre l'empereur. Quand nos engins de siège attaqueront les remparts de l'enceinte impériale, elle s'attendra à ce qu'ils sèment le chaos dans nos rangs grâce au sabotage de ses agents. Elle aura sûrement disposé ses forces pour prendre avantage de la situation. (Avec une joie presque sensuelle à l'idée de renverser le complot de Mara, Chumaka ajouta :) Au lieu de cela, notre nouvel équipement fonctionnera parfaitement, et les Acoma se retrouveront sur le champ de bataille *à l'extérieur* des remparts, pendant que nous serons en train de consolider nos positions à l'intérieur du périmètre de l'enceinte impériale.

Jiro sacrifia sa forteresse et inclina la tête pour concéder l'argument à son premier conseiller.

— Je te laisse t'occuper de tous les détails.

Il n'aimait pas réfléchir aux moyens d'obtenir par la force des informations d'un captif. Ce n'est pas qu'il manquait de nerf pour cela ; tout simplement, la torture ne l'intéressait pas.

— Et en ce qui concerne Ichindar, je pensais que nous nous étions mis d'accord pour pousser un traditionaliste fanatique à l'assassiner, plutôt que de l'attaquer de front avec une armée. (Presque méchamment, Jiro conclut :) Les Robes Noires semblent ne pas apprécier l'idée d'une guerre civile.

— Bien sûr. Rien n'est plus destructeur dans toutes les sociétés. (Chumaka avança une autre pièce et releva les yeux pour accepter la sacoche de correspondance que venait de lui apporter l'un de ses assistants.) Mais comme nous en avons discuté, même un empereur mort aura des partisans. Ils se retrancheront tous derrière les remparts avec son héritière. Si vous voulez vous avancer pour devenir le sauveur de l'empire, et empêcher le chaos en restaurant la charge de seigneur de guerre, vous devrez vous emparer de Jehilia pour asseoir votre pouvoir. Même sans la résistance de Mara et d'Hokanu, vous devrez briser les défenses de l'enceinte pour parvenir jusqu'à la première princesse impériale... avant que quelqu'un d'autre ne le fasse à votre place.

Sauf pour la lueur qui avait brillé dans ses yeux à l'évocation de ses espoirs pour l'avenir, Jiro semblait absorbé par la partie de shāh. Chumaka se détourna de l'échiquier et feuilleta les dépêches roulées. Il en choisit une, l'examina attentivement pour vérifier qu'elle n'avait pas été trafiquée, puis brisa le sceau. Il lut rapidement son contenu, sans avoir besoin de s'arrêter pour déchiffrer le codage.

— Intéressant, songea-t-il à voix haute.

Il se demanda vaguement dans quelle mesure son maître s'irriterait s'il apprenait l'existence des ex-guerriers minwanabi, que Chumaka gardait en secret dans une province éloignée au nord.

S'ils devenaient utiles pour provoquer la chute de Mara, décida Chumaka, il serait félicité pour les avoir employés. Le premier conseiller des Anasati fit la grimace. Comme il souhaitait appartenir à une maisonnée dont la politique intérieure ne serait pas si délicate ! Ou avoir un maître dont la fierté ne serait pas si chatouilleuse. Alors que Jiro terminait son dernier déplacement, Chumaka avança son impératrice d'une chiquenaude. Il se demandait si une femme régnait de la même manière qu'un homme ; l'homologue de Chumaka en tant que maître espion avait-il les mains libres dans son travail ? Seule une intelligence exceptionnelle pouvait garder un tel réseau intact après la chute de la maison Tuscaï. Et la mansuétude dont Mara avait fait preuve en prenant à son service des hommes sans maître, avait montré la fausseté de la croyance assurant que de telles personnes n'ont pas d'honneur. Il était certain que les espions qui avaient travaillé pour le seigneur des Tuscaï étaient encore plus diligents dans leur service envers les Acoma.

À moins que l'homme qui les dirigeait ait été depuis le début une créature du seigneur Sezu ? Chumaka estima que non, puisque le père de Mara s'était toujours montré direct, aussi bien dans les conseils que sur les champs de bataille. Le premier conseiller des Anasati caressa son menton, à peine conscient de l'exclamation que poussa son maître devant l'échiquier en voyant son plan d'attaque menacé. Il reposa la dépêche et en prit une autre, dont le contenu le fit se redresser sur ses coussins en poussant un juron particulièrement inhabituel.

Distrait de ses malheurs sur l'échiquier, Jiro leva des yeux interrogateurs et alanguis.

— Que se passe-t-il ?

— Le démon ! (Chumaka désigna le rouleau de parchemin, qui semblait contenir des gribouillis tracés au hasard.) J'ai peut-être fait une erreur de calcul. Mais je l'ai presque certainement sous-estimé.

— Qui ? (Intrigué, Jiro repoussa l'échiquier sur le côté alors que son conseiller commençait à faire les cent pas.) Avons-nous un problème ? Un revers ?

Chumaka semblait très méfiant, les yeux devenus aussi profonds que les eaux immobiles d'un étang.

— Peut-être. L'obajan du tong hamoï a été assassiné. Dans son harem.

Jiro haussa légèrement les épaules.

— Et alors ?

— Et alors ! (Malgré son agitation, Chumaka retint son mouvement. Voyant l'expression de Jiro qui s'assombrissait devant sa remarque acide, il continua :) Maître, l'obajan était l'un des hommes les mieux gardés de l'empire et il a été poignardé. Plus grave encore, son assassin est parvenu à s'échapper. Sans laisser la moindre trace. C'est le travail d'un véritable professionnel. (Chumaka relut sa lettre plus attentivement. De plus en plus stupéfait, il ajouta :) On dit ici que la fraternité des tong s'est dissoute. Ce sont maintenant des hommes sans maître : des guerriers gris.

Une seule conclusion était possible.

— Cela ne peut que signifier que leurs archives ont été perdues ?

La voix de Jiro était peu crispée et soigneusement neutre. Le contenu des comptes des tong pouvait déshonorer sa maison en plusieurs occasions, dont la moindre n'était pas son dernier versement, l'achat d'un contrat contre le vieux Frasaï des Tonmargu. Celui-ci prêtait une oreille bien trop attentive à Hoppara des Xacatecas, quand il désirait un conseil pour prendre une décision politique. Tant que Frasaï restait en vie, la mort de Kamatsu ne servirait que très peu la cause des traditionalistes. Hokanu reprendrait bien assez tôt le poste de son père, mais son lien avec Mara et les Acoma ne le gênerait dans ses manœuvres contre les alliés de Jiro que lorsque le vote de soutien de Frasaï serait éliminé. Si le commandant impérial tombait, le chancelier impérial verrait sa puissance au conseil de l'empereur diminuer d'un coup. Mais Jiro avait besoin que la mort de Frasaï survienne d'une façon discrète ; tuer l'un de ses frères de clan, et plus spécialement son propre chef de guerre, était un acte extrême, même selon les normes tsurani.

Plongé dans ses pensées, Chumaka répondit d'une voix perplexe :

— Les comptes secrets ont été volés, ou tout du moins c'est ce que racontent en ce moment tous les colporteurs de rumeurs de la Cité sainte. Je me demande si Mara est en possession des archives du tong

Elle doit les posséder, déduisit-il. Si un allié s'était emparé de secrets aussi dangereux, les agents anasati en auraient été informés ; un ennemi aurait simplement utilisé ces informations pour gagner un avantage immédiat, à moins que... Le seul ennemi des Anasati soumis à des contraintes l'empêchant de déclencher un conflit était la faction Acoma-Shinzawaï qui s'axait sur Mara. Chumaka se caressa le menton, oubliant complètement la partie de shâh. Et s'il s'était trompé dans ses calculs ? Et si le maître espion des Acoma était un meilleur joueur que lui ? Et si un piège était tendu juste sous les pieds des Anasati, attendant qu'ils fassent un faux-pas pour se refermer ?

— Tu es inquiet, remarqua Jiro, d'une voix imitant l'ennui à la perfection.

Remarquant que son maître masquait un mécontentement extrême, Chumaka fit de son mieux pour s'écarter du sujet.

— Je suis prudent, reconnut-il, assez réaliste pour savoir que ses pires cauchemars se réalisaient rarement dans la vie.

Son imagination hyperactive lui donnait du génie dans son travail. Mais dans son empressement à croiser le fer avec son adversaire acoma, il pouvait tout à fait avoir fait preuve de négligences. Il devait se retirer du jeu, attendre et observer, comme un chasseur patient. Les agents entraînés par le fabricant de jouets de Mara devaient être capturés avec la plus extrême prudence.

Puis, comme si un sixième sens lui rappelait qu'il était resté immobile trop longtemps et que son maître intelligent et impatient était sur le point d'exprimer son mécontentement, Chumaka sourit vivement.

— Et si nous mangions ? Ou voulez-vous finir notre partie, que vous étiez sur le point de perdre ?

Jiro regarda fixement la disposition des pièces sur l'échiquier. Il eut un geste réprobateur qui se transforma en frappement de mains pour appeler les domestiques.

— Deux défaites avec un estomac vide sont plus que ce qu'un maître devrait affronter au lever du jour. (Jiro avait dû suivre le même raisonnement que Chumaka à propos de la mort de l'obajan, car il semblait assez agacé pour manger des chevilles de bois.) Qu'elle soit maudite, murmura-t-il d'une voix qu'il pensait trop discrète pour que son premier conseiller l'entende. Si elle n'avait pas la protection de l'Assemblée, j'aurais veillé à ce qu'elle soit humiliée et suppliante.

Le jardinier s'essuya le front. Se penchant dans une oisiveté apparente sur le manche de son râteau, il observait les massifs et les arbustes, sous le soleil de l'après-midi. Les fleurs avaient les couleurs brillantes de l'arc-en-ciel, sans qu'aucun péricarpe ou pétale fané ne gâte leur fraîcheur en se recroquevillant sous l'effet de la chaleur. La terre était ratissée et désherbée depuis que le jardinier avait commencé son travail. Chaque buisson était taillé pour offrir un maximum de beauté dans un espace réduit. L'officier impérial à la retraite à qui était attribué cette maison utilisait rarement ses appartements. Comme il aimait la paix et le silence, ses jardins étaient disposés de façon à atténuer le vacarme de la Cité sainte. La cataracte l'ayant rendu à moitié aveugle, il avait tendance à oublier le visage de ses jardiniers. C'est pourquoi ces merveilleux jardins privés, situés juste en face de la bibliothèque de Kentosani, offraient un lieu de rendez-vous parfait pour un maître espion désirant acheter clandestinement des informations à un copiste des archives.

Arakasi cracha dans ses paumes comme tout jardinier qui se respecte, et reprit son râteau. Ses mains bronzées par le soleil semblaient témoigner qu'il avait pratiqué de tels travaux durant toute sa vie, tandis qu'il traçait des rigoles parallèles dans la terre sèche. À l'exception de ses yeux, qui surveillaient discrètement l'entrée des archives, de l'autre côté de la rue, Arakasi jouait son rôle à la perfection.

En cela, il était encore plus méticuleux et plus prudent que d'habitude. Après le changement de perspective provoqué par Kamlio, il n'avait plus confiance dans ses réactions. Il doutait de sa capacité à agir avec son ancienne vivacité. Tout en ratissant le sol, il s'inquiétait ; l'émotion le ferait-elle hésiter ? Il ne considérait plus les gens, même ses ennemis, comme des pions sur un échiquier. Sa conscience personnelle, s'opposant à sa responsabilité de maître espion, lui posait un dilemme qu'il craignait de devoir affronter.

Depuis ses tentatives avortées pour infiltrer des agents dans la Cité des magiciens, il savait qu'une recherche sur de vieux textes parlant de magie ou d'époques interdites de l'histoire risquait d'attirer l'attention. De plus, les bibliothèques étaient la passion de Jiro et les espions des Anasati formaient la moitié du personnel. Comme les archives impériales étaient rarement consultées sauf par des étudiants en histoire, la plupart étant des novices d'un temple quelconque, un étranger risquait de provoquer une enquête. Depuis l'accession d'Ichindar au pouvoir absolu, le Jour des Appels était devenu l'endroit où l'on règle les querelles sur des points obscurs de la loi. Le Grand Conseil n'envoyait plus de messagers éplucher des piles de parchemins à l'encre à moitié effacée, pour avoir des éclaircissements sur les points les plus délicats de la tradition dans les débats entre marchands ou guildes.

Arakasi avait eu des difficultés à trouver un novice dont la loyauté n'était pas déjà compromise. À la fin, il avait dû demander la coopération des acolytes du dieu Rouge, qui pensaient devoir une faveur à la dame Mara. Pendant qu'il ratissait la terre près de l'entrée du jardin, le maître espion regardait subrepticement les portes sculptées de l'autre côté de la route. Il éprouvait une certaine inquiétude sur la façon dont son réseau avait perdu son efficacité. Il n'avait pas osé faire appel à ses agents placés au palais, car il supposait qu'ils étaient maintenant tous mis sous surveillance par Chumaka. Il avait repéré suffisamment de signes révélateurs pour comprendre que la branche de son réseau opérant au palais était compromise. Arakasi avait donc envoyé un étudiant qui semblait inoffensif, pour conduire les agents de Chumaka sur une fausse piste. Le maître espion des Acoma savait qu'il ne pourrait pas tromper très longtemps son ennemi.

Deux prêtres de Turakamu et un acolyte étudiant, porteurs d'une requête scellée du grand temple, avaient récupéré des textes sur les sujets qu'Arakasi avait réclamés. Le maître espion avait passé ses nuits à lire à la lueur d'une bougie des pages et des pages dont l'encre était à moitié effacée. Tous les matins, il envoyait des messages codés à Mara à l'ancien domaine acoma, réduisant les possibilités. Le conflit qui avait résulté dans le traité secret imposé aux Cho-ja pouvait être relié à des troubles civils qui s'étaient déroulés dix-huit cents ans auparavant, deux siècles après la fondation de l'empire ; ou à une autre période quatre cents ans plus tard, durant laquelle aucune guerre n'était mentionnée mais un examen des lignages familiaux montrait des héritages passant à des cousins et petits cousins, et à un nombre inhabituel d'héritiers mineurs. Si une épidémie avait été responsable de telles ruptures dynastiques, les textes de l'époque n'y faisaient pas référence.

Les archives des impôts de ces époques montraient aussi une augmentation des prélèvements de fonds ; les registres du trésor contenaient d'étranges vides, des lignes blanches qui auraient dû normalement indiquer comment de telles richesses étaient dépensées. Arakasi attendait maintenant la liste des commissions impériales pour les deux périodes qu'il étudiait. Si le sénéchal de l'empereur avait payé de fortes sommes à des artistes pour peindre des scènes de bataille, ou à des sculpteurs pour la conception d'arcs de triomphe commémoratifs, c'est qu'il y avait sûrement eu une guerre. Le maître espion pourrait ensuite étudier les archives des temples, pour voir si de riches veuves avaient fait des donations pour la construction de portiques de prière, afin que l'esprit de leurs époux morts sur le champ de bataille soit jugé par les dieux avec indulgence. Arakasi fronça les sourcils tout en continuant à ratisser le sol. S'il trouvait la preuve d'une guerre, il pourrait ensuite fouiller dans les archives familiales, et peut-être même dans le secteur privé, pour dénicher des faits ou des remarques dans les journaux intimes des souverains, à propos d'un conflit qui aurait pu être effacé des archives publiques.

Mara s'était montrée circonspecte dans ses instructions, probablement par déférence pour les appréhensions de son maître espion qui doutait de pouvoir continuer son travail aussi efficacement qu'auparavant. Elle ne nourrissait aucune illusion : elle savait, comme Arakasi le savait, que son lien avec Kamlio le rendait vulnérable. Mais s'il ménageait son cœur et sa peine, les Acoma tomberaient devant les intrigues plus sinistres de l'Assemblée des magiciens. Car un fait ressortait de plus en plus nettement : les Robes Noires avaient effectivement empêché les changements. Elles avaient permis l'ascension d'Ichindar parce qu'elles voulaient contrecarrer les projets de Tasaio des Minwanabi. Mais tôt ou tard, elles soutiendraient le point de vue des traditionalistes et permettraient la résurgence du titre de seigneur de guerre, forçant Ichindar à reprendre un rôle cérémoniel et purement religieux.

Résistant à l'envie d'essuyer la sueur de son front et en proie à un ressentiment violent, Arakasi enfonça son râteau dans la terre. Ses études des archives montraient, par omission, comment les Très-Puissants avaient maintenu l'empire dans la stagnation par des stratagèmes retors et sournois. Il n'était pas nécessaire d'être un grand historien pour repérer les accrocs inexpliqués dans le tissu de l'histoire tsurani.

Comme un tisserand s'inquiète devant des fils emmêlés et dénoue les nœuds les uns après les autres, Arakasi avait suivi des références cryptées pour esquisser un rapport dont les carences étaient flagrantes. Son rythme cardiaque s'accéléra, comme il ne l'avait jamais fait durant toute sa chasse pour retrouver l'obajan du tong hamoï. Toute son objectivité avait disparu, car il savait qu'il s'était lancé dans le plus grand duel de sa vie ; alors qu'il brûlait de l'envie d'éveiller les émotions d'une jeune fille qui avait capturé son cœur, il devait aider sa maîtresse à défier l'organisation la plus puissante que l'empire ait jamais connue : l'Assemblée des magiciens.

Arakasi arrêta de penser à l'avenir. Il considérait chaque jour comme un risque supplémentaire. Tout comme Mara, il savait qu'il ne pourrait pas continuer à être son maître espion, dans le cas improbable où sa maison pourrait résister à la volonté de l'Assemblée et survivre. Ajustant la ceinture qui retenait sa tunique et effleurant le baudrier contenant ses poignards dissimulé en dessous, il regarda les allées ratissées et les rangées de massifs de fleurs odorantes. Si le destin devait détruire les Acoma, ou si Mara n'avait pas de fonction honorable à lui offrir dans sa maisonnée lorsqu'il démissionnerait de son poste, il avait d'excellentes compétences d'ouvrier à sa disposition, pensa-t-il avec une note d'humour grinçant. Inspectant ses mains recouvertes d'une terre noire qui dissimulait les cals d'une douzaine de professions, il considéra qu'il existait de nombreux métiers moins honorables que s'occuper de plantes.

Tuer était certainement l'un d'entre eux. Son déchiffrage des archives du tong l'avait presque rendu malade devant la liste glaciale de générations et de générations de morts et le détail de tant de cruautés. Mara avait eu raison de l'utiliser comme un instrument impitoyable pour détruire la fraternité hamoï à la racine.

Mais même la justesse de cette décision ne permettait pas à Arakasi de se pardonner ses actes passés. La façon de vivre tsurani n'admettait que l'honneur gagné pour sa maîtresse, mais les relations qu'il avait eues avec le barbare Kevin avaient corrompu ses pensées ; le pardon de Mara pour sa fragilité très humaine, dans la chaleur ardente du jardin de kekali, avait provoqué les premières fissures. Depuis, la forteresse de son isolement s'était effondrée. Dénué de tout aveuglement, il savait maintenant ce qu'il en était.

Il s'était entraîné pour devenir une arme contre les gens de sa sorte. Kevin avait raison ; les Cho-ja avaient raison ; Mara et Hokanu avaient raison de vouloir échapper à la stagnation des jours anciens. Bien qu'un consentement inconditionnel ait été le mode de relation entre le maître et le serviteur durant toute la longue histoire de l'empire, Arakasi avait vu le mal provoqué par une telle façon de penser dans les yeux durs de Kamlio. Il voyait clair, maintenant, et il savait qu'il était coupable.

Je ne suis plus ce que j'étais avait-il dit à sa maîtresse lors de leur rencontre après l'assassinat de l'obajan. Cela avait été moins une affirmation qu'une mise à nu de son âme devant Mara. Arakasi soupira... Il était profondément attristé par l'idée qu'en dépit de tous les travaux de jardinage qu'il avait faits dans le passé, il n'avait jamais pu s'arrêter pour apprécier le résultat de ses efforts. Maintenant, il contemplait les rangées impeccables de jeunes fleurs avec un nouveau regard. Ressentant un étrange serrement de cœur, le maître espion se prit à penser qu'un jardinier de basse caste était peut-être l'homme le plus près de trouver l'équilibre sur la Roue de la vie. Il était certainement plaisant d'imaginer une vie en harmonie constante avec l'univers.

Arakasi se frotta les mains et retourna à son travail. En ce lieu, sa conscience éveillée devenait un danger. En dépit de la tranquillité apparente du décor, la destruction était très proche.

Le jour baissait. La lumière rouge du soleil frappait les piliers de l'entrée du jardin. Un vieux colporteur poussait sa charrette dans la rue, offrant dans un patois chantant des paquets d'écorce de tanzi aux épouses d'ouvriers libres, qui rentraient chez elles dans le quartier des quais après avoir quitté les temples. À peine mieux considérées que des esclaves, ces familles vêtues de guenilles brûlaient du tanzi pour adoucir l'air et masquer la puanteur des poissonneries construites le long des quais. L'encens flottait dans l'air depuis la place des Vingt-Dieux, où les prêtres ouvraient en grand les portes massives des temples. Les rites du crépuscule attiraient l'aristocratie venant prier, quand les rues étaient plus fraîches et que les marchands s'en allaient. Les premiers palanquins laqués arrivaient, dans le grondement des chariots vides des marchands de quatre saisons qui repartaient vers les fermes, après avoir approvisionné les marchés.

C'était l'heure précédant le crépuscule où toutes les couches sociales se croisent dans les rues ; l'heure où les messagers retirent leur bandeau et leur emblème de guilde et retournent chez eux en sifflotant, pour rejoindre leurs épouses et leur souper. Arakasi attrapa sa brouette et commença à rassembler sa binette, son râteau et ses plantoirs. Il observait attentivement la porte voûtée de la bibliothèque, comptant sur les distractions de l'heure pour couvrir la sortie de son messager ; les ouvriers seraient fatigués par leurs travaux et penseraient à leur repas du soir, tandis que les rideaux des palanquins seraient fermés, pour isoler les nobles des regards ébahis des gens du peuple.

Au moment où le jeune homme apparaîtrait, Arakasi sortirait du jardin en poussant sa brouette, et le scribe le croiserait pendant un bref instant, assez près pour déposer son rapport parmi les outils.

Arakasi entendit d'abord le son comme une distorsion dans l'air, et il faillit ne pas le remarquer à cause du grondement sur les pavés du chariot d'un marchand de vin, qui passait devant la porte. Puis l'instinct le fit se baisser derrière sa brouette avant que le véhicule ne s'éloigne, alors que ses oreilles identifiaient ce bruit pour ce qu'il était réellement : le bourdonnement magique qui faisait vibrer les os et qui précédait l'apparition d'un Très-Puissant.

Sa nuque se couvrit d'une sueur glacée. Étaient-ils venus pour lui ? Avaient-ils relié sa présence à un stratagème de dame Mara ? L'habitude seule permit à Arakasi d'assumer son déguisement, celui d'un jardinier brûlé par le soleil qui rassemblait ses outils à la fin de sa journée de travail. Son cœur battait la chamade et ses mains tremblaient comme celles d'un homme atteint de sénilité. Il avait connu la peur dans sa vie, en de nombreuses occasions ; mais jamais elle n'avait eu un tel empire sur lui. Jusqu'à ce qu'il rencontre Kamlio, elle n'avait jamais brisé les barrières de son cœur.

Deux Robes Noires apparurent un instant plus tard. Le chuintement inquiétant mourut, laissant la place à un silence où l'on n'entendait plus que le bourdonnement des abeilles. Les bruits de la rue semblaient étrangement distants, comme si le monde commençait et se finissait aux piliers de marbre qui flanquaient les portes du jardin.

Arakasi n'eut pas besoin de feindre la crainte révérencieuse qui le fit se jeter à terre derrière sa brouette. Il pressa son visage sur les rigoles poussiéreuses que son râteau avait tracées dans la terre.

Les Très-Puissants ne lui prêtèrent aucune attention. Comme s'il n'était pas plus vivant qu'une statue, ils avancèrent sur le sentier du jardin pour rejoindre le portail, et s'arrêtèrent à l'ombre de l'arche. Leurs yeux restaient fixés intensément sur les escaliers de la bibliothèque, de l'autre côté de la rue. Ils tournaient le dos à Arakasi. Depuis son point de vue avantageux, le maître espion remarqua que leurs pieds étaient incongrûment chaussés de pantoufles de velours convenant mieux à des planchers recouverts de tapis. Les mages ignorèrent le jardinier vulgaire agenouillé derrière eux, comme s'il n'était qu'un détail du décor, et non une personne capable d'entendre leur conversation.

Une tête sombre et encapuchonnée se rapprocha de celle de son compagnon.

— Il devrait sortir très bientôt. La divination a indiqué qu'il traverserait la rue et se dirigerait par ici.

Le magicien à qui il s'adressait hocha la tête de façon presque imperceptible.

Arakasi ne ressentit qu'un très léger soulagement quand il comprit que les Robes Noires n'étaient pas venues pour lui. Toujours tremblant, presque paralysé par la peur, il osa risquer un coup d'œil. Par-dessus les dents du râteau, entre les énigmatiques silhouettes noires des magiciens qui attendaient sous la voûte, il vit son messager qui sortait enfin de la bibliothèque, une lourde sacoche en bandoulière.

— Le voilà ! (Le Très-Puissant qui avait parlé désignait la silhouette du jeune scribe, qui descendait les marches d'un pas nonchalant.) C'est lui.

Un hochement de la seconde tête encapuchonnée lui répondit, et une voix incroyablement grave résonna :

— Comme vous l'aviez deviné, sa sacoche contient des parchemins.

— Le sujet ? demanda sèchement le premier magicien.

Son camarade ferma les yeux, plaça une main contre son front et de l'autre fit un geste dans l'air. Ses passes traçaient peut-être un sortilège, un symbole, ou un rituel de pouvoir incompréhensible. Le maître espion eut la chair de poule, tandis que la vibration de la magie le parcourait.

Le magicien à la voix grave gronda :

— C'est une liste. Des réquisitions impériales pour subventionner des œuvres d'art. Des arcs de triomphe, des statues commémoratives, des mémoriaux... (Il y eut une pause durant laquelle les deux Robes Noires semblèrent réfléchir.) Ces listes couvrent une période délicate pour nos intérêts. Très délicate.

Arakasi serra les mains sur sa simple tunique d'ouvrier, craignant que le roulement de tambour de son cœur puisse être entendu dans le silence du jardin.

Le palanquin d'une dame passa, porté rapidement par des esclaves arborant des bandeaux de soie. Retardé par le trafic, le scribe s'arrêta de l'autre côté de la rue. Des traces de parfum de femme se mêlèrent aux effluves des fleurs épanouies et à l'odeur plus campagnarde du crottin de needra laissé par les chariots tirés par des animaux.

Les Robes Noires chuchotèrent, tordant le cou pour arriver à voir le messager d'Arakasi. Ne soupçonnant rien, le scribe traversait maintenant la rue principale encombrée avec la démarche assurée d'un jeune homme qui attend sa récompense en centis pour aller la dépenser dans les tavernes.

— Il faudrait l'interroger, déclara le magicien à la voix glaciale. Il est peu probable que ce garçon mène de telles investigations pour son propre compte. Nous devons le placer en détention, et trouver si quelqu'un l'a engagé ou l'a forcé à faire de telles recherches.

L'autre Très-Puissant murmura son accord.

Arakasi ressentit une onde de panique presque totale. Si l'on obligeait le scribe à parler, sa couverture serait immédiatement dévoilée. Même avant Kamlio, même avant qu'il ne prenne conscience de sa vulnérabilité, le maître espion savait qu'il n'aurait aucune chance de garder ses secrets dans un interrogatoire mené par des hommes capables de lire les pensées. L'intervention de Mara serait révélée, instantanément et indéniablement, et la maison Acoma serait mise en péril.

Il devait agir.

Glacé sous sa tunique d'ouvrier, Arakasi sentit le métal de ses couteaux de lancer. Appuyé sur un avant-bras, il tâtonna pour desserrer sa ceinture. Ses mains lui semblaient trempées de sueur et engourdies tandis qu'il les glissait sous sa robe et attrapait les manches d'ébène de ses deux poignards : un pour le pauvre scribe et le second pour lui. Il devait tuer un innocent de sang-froid, et immédiatement après se trancher la gorge. Ensuite, il ne pouvait plus qu'espérer que le dieu Rouge l'emporte avant que les magiciens puissent lier son wal à son corps, et l'obliger à parler et trahir les siens.

Les Robes Noires avancèrent d'un même pas, cachant le spectacle de la rue à Arakasi. La peur lui serra la poitrine comme un étau. Dans sa main tremblante, le poignard prêt à être lancé lui semblait une chose morte, un morceau de bois. Une nausée lui brûlait le ventre. Il souhaitait presque que le pire arrive : que les magiciens n'avancent pas et que le scribe franchisse les arches pour se rendre à son rendez-vous dans le jardin, sans savoir ce qui se passait.

— Il vient, murmura le premier magicien.

Les deux hommes se séparèrent, s'enfonçant plus profondément dans l'ombre. Comme des statues encapuchonnées placées de chaque côté du portail, ils attendaient l'homme qui se frayait un chemin dans la rue encombrée.

La foule s'éclaircit un instant. Un vendeur de gâteaux passa, parfumant l'air d'une alléchante odeur de cannelle. Deux gamins se pourchassaient en hurlant, tandis qu'un chiot gambadait entre leurs jambes. L'air préoccupé, le scribe esquiva un vendeur d'eau corpulent, et ses doigts tachés d'encre serrèrent nerveusement le rabat de sa sacoche.

Il avança dans l'allée ombragée, devant le portail du jardin.

Arakasi chassa son sentiment de répulsion. Il avait tué, en maintes occasions. Mais il n'avait jamais réagi comme cela. La mort n'avait eu aucune signification pour son cœur dur comme la pierre, et il n'avait jamais éprouvé un élan d'empathie pour sa victime aussi débilitant. Sa volonté vacilla, alors même qu'il repliait son bras pour lancer.

Le soleil brilla sur la lame de son poignard, attirant l'attention du scribe. Il écarquilla les yeux, au moment même où les Très-Puissants avançaient vers lui, se dévoilant avec l'intention très nette de l'intercepter.

Arakasi se mordit les lèvres. Il devait agir ! Il évalua la distance, visa, et lutta pour bannir la nausée qui le submergeait.

— Halte ! ordonna de sa voix métallique et sonore le magicien le plus à gauche.

Le scribe obéit immédiatement, paralysé par la terreur.

— Nous voulons te questionner, déclara le second magicien, de sa voix de basse rocailleuse.

Pâle et tremblant, le scribe répondit :

— À vos ordres, Très-Puissants.

S'agrippant à la brouette comme si ses doigts pouvaient traverser le bois vieilli, Arakasi força le tourbillon de ses émotions à se calmer. Le meurtre avait dû se voir dans ses yeux lorsqu'il se dressa sur un genou pour lancer son arme, car le scribe recula de quelques pas, la panique clairement apparente sur son visage. Il avait vu sa mort dans la main d'Arakasi et dans une lame de poignard étincelante, prête à être lancée.

Il tourna les talons et s'enfuit à toutes jambes. Sa sacoche lui battait la hanche alors qu'il esquivait désespérément la foule dans la rue encombrée, courant à en faire éclater son cœur.

Le magicien à la voix grave se raidit de surprise. L'autre cria, indigné :

— Il nous défie !

La Robe Noire la plus proche du portail leva les mains. Un coup de tonnerre déchira l'air, faisant vibrer les outils dans la brouette et aplatissant les fleurs sous une rafale de vent soudaine et violente. Arakasi fut projeté face contre terre.

Il glissa ses armes sous son corps allongé puis cacha son visage dans ses mains, tandis que plusieurs explosions accompagnées d'éclairs ébranlaient le jardin. Des cris retentirent dans la rue, et Arakasi entendit nettement les bruits de pas des fuyards et le beuglement d'un needra terrifié. Un charretier frappa de son aiguillon l'attelage de son lourd chariot, pendant que le chiot qui avait joué avec les petits mendiants se mettait à glapir. Saisi de frissons incontrôlables, Arakasi regarda entre ses doigts.

À l'exception des passants qui couraient de façon désordonnée pour s'éloigner de l'entrée du jardin, la rue ne semblait pas différente ; le soleil couchant projetait toujours une lumière rouge sur les escaliers de la bibliothèque, et l'encens des temples flottait dans l'air. Mais cette odeur douce était maintenant mêlée à des effluves de chair brûlée... Un pitoyable amas fumant gisait sur les pavés, impossible à reconnaître comme une forme humaine. À côté, intacte malgré les explosions, la sacoche s'était ouverte et déversait son contenu sur le sol. Les rouleaux de parchemin s'agitaient dans une brise qui se calmait peu à peu.

— Pourquoi cet idiot s'est-il enfui ? rumina le magicien à la voix grave. (Il ajouta à l'adresse de son compagnon :) Vous n'auriez pas dû être aussi prompt à le réduire en cendres, Tapek. Maintenant, nous n'aurons plus la moindre idée de l'identité de son employeur. Cette fois, vous vous êtes laissé emporter par votre tempérament au prix de nos informations.

L'autre Très-Puissant se défendit avec un geste de dégoût.

— Il n'y a que deux suspects possibles, les Acoma et les Anasati. Personne d'autre n'a intérêt à faire des recherches dans les archives. Et il est impensable qu'un inférieur ose ainsi nous défier et ne soit pas châtié pour sa désobéissance.

Il se détourna du portail, sa moue de mépris clairement visible sous son capuchon. Son regard passa sur la brouette et les outils de jardinier, et s'attacha, dur comme la glace, sur la silhouette prosternée d'Arakasi.

Le maître espion sentit le contact de ce regard comme une lance enfoncée dans son dos. Il ne pouvait s'arrêter de trembler, pas plus qu'il n'osait bouger. Le souffle coincé dans sa gorge, il garda sa posture de soumission.

Le mage se rapprocha. Des pieds chaussés de pantoufles de velours s'arrêtèrent à quelques centimètres de son visage. Arakasi sentait les effluves âcres de l'ozone, mêlés à l'odeur de la poussière et aux senteurs vertes et humides des fleurs brisées.

— Connais-tu cet homme ? demanda le Très-Puissant.

Incapable de parler, Arakasi secoua la tête.

La seconde Robe Noire rejoignit son compagnon.

— Il pourrait mentir. Nous devons en être sûrs, dit-il, sa voix résonnant comme le tonnerre de la destinée aux oreilles d'Arakasi.

Le mage s'arrêta encore plus près de lui. Arakasi sentit un mouvement, comme si le magicien faisait une passe avec ses mains.

— Qui était cet homme ? demanda la voix grave du mage. Réponds !

Le tranchant acéré de la sorcellerie traversa l'esprit du maître espion. Piégé par un pouvoir implacable, il sentit ses poumons se gonfler et sa langue répondre contre son gré.

— Ce n'était qu'un scribe, s'entendit-il dire. Je ne connais pas son nom.

Envahi par une peur terrible, Arakasi ferma les yeux. Il ressentit une profonde tristesse à la pensée de ne plus jamais revoir Kamlio, et lui revint en mémoire le souvenir très vivace de l'après-midi qu'ils avaient partagé à faire l'amour, de son sourire alangui et de ses yeux durs qui avaient emprisonné son cœur à jamais. Par-dessus ce tourbillon de souvenirs, la voix d'un Très-Puissant résonna :

— Son esprit est un véritable chaos. Il pense que nous allons le tuer et... il a envie de revoir une femme. (Un rire dur échappa au magicien.) Ce fou rêve d'une belle et jeune courtisane qu'il connaissait autrefois. Sa seule pensée est de la revoir encore une fois avant de mourir.

Arakasi sentit la compulsion surnaturelle quitter son esprit et son corps, au moment même où l'autre Robe Noire déclarait :

— Un homme coupable penserait à son maître ou à la fuite. (Qu'Arakasi reste trop stupéfait pour bouger donna de la crédibilité à la conclusion de Tapek.) Non, ce n'est pas notre homme. Le contact du scribe s'est déjà échappé, sans nul doute. Ce vieux jardinier stupide ne sait rien. (Il sembla soudain irrité.) Vous aviez raison de me réprimander. Cependant, nous savons maintenant que quelqu'un cherche à rassembler des connaissances interdites. Nous devons retourner à l'Assemblée.

Les deux hommes s'éloignèrent.

Trempé de sueur et recouvert d'une poussière collante, Arakasi restait immobile. Ses oreilles enregistrèrent le bourdonnement sec et le souffle d'air annonçant le départ des Très-Puissants. Mais le crépuscule était tombé avant que ses forces ne lui reviennent. Il se leva en tremblant, et resta debout un long moment en s'appuyant de tout son poids contre sa brouette.

Devant le portail, dans la rue, des gardes blancs impériaux dirigeaient des esclaves qui ramassaient les cendres du scribe. Un esclave attendait sur le côté avec un seau et une brosse, pour enlever les marques de brûlure sur les pavés. Les beaux palanquins laqués des nobles faisaient de larges détours pour éviter la scène. Les gamins des rues en guenilles qui se rassemblent habituellement pour observer tout ce qui sort de l'ordinaire brillaient par leur absence.

Arakasi s'assit sur le bord de sa brouette et écouta les crissements des insectes nocturnes, pendant que les derniers rayons du soleil s'évanouissaient dans le ciel. La lune projeta sa lumière cuivrée sur les têtes fanées des fleurs brisées. Il n'avait pas besoin de voir les parchemins que devait lui apporter le scribe et qui avaient provoqué sa mort. La présence des Très-Puissants confirmait le bien-fondé de son intuition sur ces histoires. Bientôt, il pourrait partir discrètement pour aller faire son rapport à Mara.

L'incertitude qui l'avait envahi durant le moment de plus grand péril était bien pire. Même maintenant, il ne savait toujours pas s'il aurait pu accomplir son devoir, s'il aurait pu continuer son geste et lancer le poignard.

Mara, pensa Arakasi, *dame. Je suis devenu un danger pour votre cause.*

Mais dans la froideur de la nuit, il ne trouva aucune réponse. Il ne pouvait que faire de son mieux, car sa dame n'avait personne égalant ses compétences. Et telle qu'il connaissait sa maîtresse, Arakasi pensait que s'il s'était trouvé devant elle à cet instant, il n'aurait lu aucun reproche dans ses yeux.

Elle comprenait ses conflits intérieurs. Cette compréhension chez une souveraine l'émut presque jusqu'aux larmes. Alors qu'il se relevait et saisissait les brancards humides de rosée de sa brouette, Arakasi se demanda si la compassion de sa dame serait suffisante pour vaincre l'amertume de Kamlio. Il faillit rire à cette pensée, dans un reproche dur et terrible envers lui-même. Comme l'Assemblée avait été proche de découvrir les plans de sa dame pour contourner leur décret. Avant que Kamlio ne se trouve, ils pourraient bien être tous morts, carbonisés comme le cadavre dans la rue, et avec aussi peu d'avertissements.

17

CONSEILS

Mara s'assit tranquillement, le petit corps chaud de sa fille appuyé contre son épaule. Des mains de bébé potelées s'emmêlèrent dans ses cheveux, essayant d'attraper ses boucles d'oreilles de perles sculptées. Kasuma était fascinée par la couleur rouge, et si elle pouvait refermer sa main autour d'un objet qui l'intéressait, elle tentait avec détermination de l'enfourner dans sa bouche. La dame des Acoma protégea ses bijoux de la minuscule héritière des Shinzawaï en la laissant glisser sur elle, et en la faisant rebondir sur ses genoux. Les gazouillis de délice de l'enfant se mêlèrent aux cris de Justin, qui traversaient la cloison. Le garçon continuait à apprendre à devenir un guerrier et, sous la tutelle impitoyable de Lujan, il frappait un poteau de bois avec une épée d'entraînement. Aussi impatient que son père barbare, le garçon criait avec insistance à son professeur que les poteaux de bois étaient stupides, et qu'il devait avoir l'autorisation de frapper quelque chose de plus mobile. Comme les jiga qu'il avait harcelés la veille, ce pour quoi il avait été puni, pensa Mara avec un demi-sourire. Les cuisiniers aimeraient bien que Justin leur épargne le plus rapidement possible ses bêtises.

La dame savoura l'instant. Depuis qu'elle était séparée d'Hokanu, ces rares moments lui apportaient le seul bonheur qu'elle connaissait.

Kasuma lui fit un sourire mouillé. Mara toucha le nez du bébé, ralentissant intentionnellement son mouvement pour permettre aux petites mains qui s'agitaient d'attraper ses bracelets et de les faire tinter. Aujourd'hui, elle portait non seulement les bijoux de jade qu'elle mettait tous les jours, mais aussi l'inestimable bracelet de cuivre que Chipino des Xacatecas lui avait offert, pour faire spécialement plaisir à l'enfant. La joie de Kasuma l'avait réconfortée. *Ma mère aurait-elle aussi ressenti cela*, se demanda la dame des Acoma, *en regardant mon visage ?* Comme le cours de sa vie aurait été différent si sa mère avait vécu. Serait-elle restée au temple de Lashima et aurait-elle prononcé ses vœux, tandis que dame Oskiro devenait la souveraine des Acoma ? Sa mère aurait-elle gouverné comme Isashani le faisait, en employant de subtiles ruses féminines ? Ou le désespoir l'aurait-elle poussée, elle aussi, à de dangereuses innovations ?

Mara soupira. Ces suppositions sans fin ne servaient à rien. Tout ce qu'elle connaissait de sa mère était un portrait que le seigneur Sezu avait commandé avant la mort prématurée de sa dame, lors de la naissance de Mara.

Dans la cour, la voix de Lujan lança une réprimande, et le bruit des coups d'épée de Justin reprit à un rythme plus rapide. Mara ne pouvait entendre le claquement d'une épée de bois sans se souvenir d'Ayaki. Même si Justin ne ressemblait en rien à son défunt frère, il y avait des moments bizarres où un regard, une inclinaison de la tête ou un rire enfantin rappelait à Mara son fils aîné. Aujourd'hui, la cérémonie de passage à l'âge d'homme d'Ayaki aurait déjà eu lieu, se rendit compte Mara. Tant d'années s'étaient donc écoulées... On aurait pris les mesures de son fils pour lui confectionner une armure de bataille, et non une belle panoplie de cérémonie comme celles que l'on donne aux petits garçons. Mara repoussa ses songeries inutiles. Consciente des doigts de Kasuma qui tiraient sur ses bracelets, elle dut se forcer à ne pas broyer du noir en pensant à l'autre enfant d'Hokanu, celui qui avait été tué avant sa naissance par le tong hamoï.

Dans une heure, ses deux enfants survivants partiraient, prenant la route avec une escorte de confiance pour rejoindre la maisonnée impériale à Kentosani. Ils seraient plus en sécurité là-bas, jusqu'à ce qu'Hokanu se soit libéré de ses obligations envers les Shinzawaï et puisse revenir chez lui, au manoir du lac.

Mara ferma les yeux. Elle partirait demain pour son propre voyage, un voyage qui commencerait dans un territoire connu, mais qui pouvait la conduire bien loin de tout ce qui lui était familier. Elle profitait de ce dernier moment pour savourer la présence de sa petite fille. Les dieux seuls savaient combien de temps elle serait absente. Les années pendant lesquelles Ayaki avait grandi et qu'elle avait manquées durant la campagne de guerre à Dustari étaient rétrospectivement ce qui l'avait le plus blessée. Maintenant que l'enfant avait disparu, elle détestait les années que la politique l'avait obligée à passer loin de lui.

Pire, et beaucoup plus poignant, elle ne voulait pas que Kasuma grandisse en n'ayant pas d'autres souvenirs de sa mère qu'un portrait sur un tableau.

Un petit pied de bébé lui frappa doucement le menton. Mara sourit, ouvrit les yeux, et soupira en voyant la nourrice venir chercher sa fille. La journée était passée trop rapidement. La grande femme s'inclina, efficace dans l'accomplissement de son devoir. De toute évidence, elle n'aimait pas être témoin de la séparation entre une mère et son enfant.

— Tout va bien, la rassura Mara. Je sais qu'il y a des bagages à préparer, et que Kasuma doit avoir une chance de faire la sieste avant d'être empaquetée dans un palanquin avec son frère. Justin ne la laissera pas dormir, il sera trop occupé à brandir son épée à travers les rideaux du palanquin vers de prétendus brigands.

La sévérité de la nourrice s'adoucit.

— Ma dame, vos petits iront bien tous les deux et seront heureux. Vous ne devez pas vous inquiéter.

— Ne laisse pas l'empereur trop les gâter, l'avertit Mara, serrant Kasuma si fort dans ses bras que le bébé protesta en pleurant. Il se débrouille très mal avec les enfants, à toujours leur donner des bonbons, ou des bijoux que les bébés finissent immanquablement par mettre dans leur bouche. Un jour, l'une de ses pauvres filles s'étouffera, à moins que l'une de ses stupides épouses ne trouve le courage de lui enseigner ce qu'il est bon de donner aux enfants.

— Ne vous inquiétez pas, lui conseilla une nouvelle fois la nourrice.

Personnellement, elle pensait que c'était la cupidité qui empêchait les mères impériales de restreindre la générosité de leur époux. Elle tendit de grandes mains chaudes et accepta Kasuma des bras de sa mère. L'enfant se mit à pleurer plus fort, tendant des doigts potelés vers le cliquetis des bracelets qui s'éloignait.

— Chut. Là, petite fleur, roucoula la nourrice. Fais un sourire à ta mère pour qu'elle puisse l'emporter sur la route.

À cet instant, alors que Mara luttait contre une tristesse qui manquait de la faire fondre en larmes, un carillon résonna dans l'air. Dans la cour, le claquement de l'épée de bois de Justin s'arrêta brusquement. À en juger par son hurlement de contrariété, Mara supposa que Lujan avait tendu la main et saisi le bâton au beau milieu d'un mouvement. Ses yeux se fixèrent sur ceux de la nourrice, emplis d'une peur cachée.

— Va, dit-elle. Vite. Achète ce dont tu auras besoin sur la route s'il le faut, mais rejoins directement le palanquin. Lujan amènera Justin et rassemblera une escorte et des porteurs, s'il n'est pas déjà trop tard.

La nourrice fit une révérence rapide et effrayée, étouffant les pleurs de Kasuma contre son épaule. Puis elle se précipita vers la porte. Elle savait tout aussi bien que la maîtresse ce qui se passait : le carillon annonçait la venue d'un Très-Puissant.

Mara se secoua de sa paralysie. Le cœur battant d'appréhension, elle repoussa le chagrin déchirant qu'elle éprouvait à l'idée de ne pas pouvoir dire au revoir à son fils. Même si la logique lui disait que, si les Très-Puissants choisissaient d'agir contre elle, le garçon ne serait pas à l'abri sur la route, elle ne voulait pas prendre à la légère l'instinct d'une mère. Elle devait envoyer ses enfants, le plus rapidement possible, le plus loin possible des troubles imminents. Elle détacha avec effort ses yeux du seuil de la porte où la nourrice avait disparu avec sa fille, et frappa dans ses mains pour appeler son jeune coursier.

— Fais venir mon conseiller. Vite.

Elle faillit demander sa femme de chambre, pour qu'elle lui apporte une robe propre et un peigne afin de dénouer ses cheveux emmêlés par Kasuma, mais arrêta son geste.

Le métal rare qu'elle portait au poignet était suffisant pour impressionner un visiteur de qualité, et elle doutait que ses nerfs puissent supporter même la minute d'immobilité nécessaire pour qu'une servante la recoiffe.

À peine capable de maîtriser sa terreur, Mara quitta le confort du jardin situé devant ses appartements. Elle se hâta de parcourir les couloirs plongés dans la pénombre, leurs planchers de bois ciré résonnant d'une façon étrangement creuse sous son pas. Elle s'était habituée à la pierre, dans la résidence au bord du lac.

Tous les manoirs possèdent une pièce où un motif est gravé sur le sol. C'est l'endroit où les magiciens de l'Assemblée peuvent arriver par transport magique. Le décor de telles pièces peut varier du très simple à l'ostentatoire et le symbole d'invocation est propre à chacune. Mara franchit la porte basse et entra dans la pièce à cinq côtés. Elle prit sa place, juste à l'extérieur de la mosaïque de dalles vertes et blanches représentant le shatra symbole de sa famille. Elle réussit difficilement à hocher la tête avec raideur, pour saluer Saric et Chubariz, le hadonra choisi par Jican pour gérer son domaine ancestral. Au son du carillon, tous deux s'étaient présentés, comme cela était convenable pour la venue d'un Très-Puissant. Un moment plus tard, Lujan arriva, essoufflé, le regard fixe, et la main serrant fortement son épée.

Un second carillon retentit, signalant l'arrivée du magicien. Un souffle d'air cinglant fit voleter les cheveux décoiffés de Mara et se tordre les plumes du casque de cérémonie de Lujan. La souveraine serra les dents et força ses yeux à regarder droit devant elle.

Au centre du motif se tenait un homme barbu vêtu de robes brunes. Il ne portait pas de bijoux. Ses vêtements n'étaient pas de soie mais de laine tissée, serrés à la taille par une ceinture de cuir avec une boucle de cuivre de facture barbare. Il portait des bottes, et non des sandales, et dans la chaleur étouffante de la pièce sans fenêtre, ses joues pâles rosirent.

Saric et Lujan hésitèrent tous les deux, ayant déjà accompli la moitié de leur révérence. Ils s'étaient attendus à rencontrer un homme vêtu de noir, un Très-Puissant de l'Assemblée. Tous les magiciens dont ils avaient entendu parler portaient la robe de jais traditionnelle, et certainement aucun d'entre eux n'arborait une barbe.

Mara s'inclina en une profonde révérence, prolongeant son salut pour réfléchir à toute vitesse. Même si la Cité des magiciens se trouvait au nord d'Ontoset, le climat n'était pas assez froid pour qu'il gèle. Une seule raison pouvait expliquer l'habillement de son visiteur : il n'était pas tsurani. Le message impulsif qu'elle avait envoyé par-delà la Faille le mois précédent avait provoqué une réponse. Devant elle se tenait le magicien barbare Milamber, dont la colère déchaînée avait autrefois libéré des esclaves et dévasté les jeux impériaux.

Ces déductions ne diminuèrent pas la peur de Mara. Les croyances de ce Midkemian lui étaient inconnues. Elle avait été témoin de la violence de ses actes qui avaient provoqué son exil de l'Assemblée qui l'avait éduqué. Mais sa loyauté et son tempérament instable pouvaient toujours aller de ce côté. Son arrivée directe et rapide après sa vague prise de contact était déconcertante, car Mara n'avait pas anticipé de réponse plus élaborée qu'une simple lettre.

Bien que Milamber ne soit pas venu pour des affaires concernant directement l'Assemblée, il n'y avait aucune garantie qu'il ne réagirait pas dans l'intérêt de ses confrères tsurani. Depuis sa disgrâce, certains événements étaient survenus entre les deux mondes, qui l'avaient fait travailler de concert avec les mages de Kelewan. Mara se redressa après sa révérence.

— Très-Puissant, commença-t-elle d'une voix la plus calme possible, vous honorez ma demeure.

Les yeux sombres qui rencontrèrent ceux de Mara semblaient briller d'un amusement voilé.

— Je ne suis pas un Très-Puissant, dame Mara. Appelez-moi simplement Pug.

Le front de Mara se creusa.

— Aurais-je commis une erreur ? Votre nom n'est-il pas Milamber ?

Tout en étudiant la pièce lambrissée de bois, dépourvue de meubles, Pug répondit avec la simplicité qui caractérise la plupart des Midkemians.

— Je l'étais. Mais je préfère être appelé par le nom qui m'a été donné dans ma patrie.

— Très bien, Pug.

Mara lui présenta son premier conseiller et son commandant. Puis, ne sachant plus très bien comment se comporter en sa présence, et ne voulant pas être la première à aborder les sujets importants, elle proposa :

— Puis-je vous offrir une collation ?

L'attention de Pug revint immédiatement vers elle, intense et déconcertante. Mais les mains qui avaient manié des pouvoirs de destruction si terribles à Kentosani restèrent immobiles le long de son corps. Il se contenta d'incliner la tête.

Mara le conduisit par l'escalier de bois, à travers les sombres couloirs intérieurs, vers la haute salle du manoir. Saric, Lujan et le hadonra suivaient à distance respectueuse, les yeux brillant de curiosité et de crainte respectueuse. Le premier conseiller des Acoma avait entendu maintes fois, autour d'un verre de bière de hwaet, le récit de son cousin à propos de la destruction des jeux impériaux. Lujan avançait sur la pointe des pieds, attentif, sachant qu'il n'oserait même pas penser à manier ses armes devant un homme d'une telle puissance. Saric évalua le magicien barbare, fronçant le nez devant les étranges odeurs de fumée de bouleau et de cire qui imprégnaient les vêtements du mage. Pug était un homme de taille normale pour un Tsurani, ce qui le rendait petit selon les normes de sa patrie. Il semblait modeste, à l'exception de ses yeux, profonds dans leur mystère et terrifiants par le pouvoir qu'ils recelaient.

Alors que le groupe entrait par les larges portes menant dans la haute salle, Pug déclara :

— Il est bien dommage que vous ne résidiez pas dans votre demeure habituelle, dame Mara. J'ai entendu parler de la haute salle des Minwanabi, quand je vivais dans l'empire. La description de son architecture m'avait fasciné. (D'une voix presque aimable, il s'étendit sur le sujet :) Vous savez, j'avais aussi construit mon domaine sur la propriété d'une famille déchue. Près d'Ontoset... L'ancienne demeure des Tuscaï.

Mara regarda son invité. Son regard n'avait rien d'amical, et la fixait intensément. S'il indiquait qu'il savait quelque chose sur sa maisonnée, que son commandant, son premier conseiller et son maître espion avaient tous autrefois servi les Tuscaï, il ne montrait qu'une façade polie et aimable. Pug continua à avancer et balaya du regard la pièce où les ancêtres Acoma de Mara avaient tenu leur cour. Typique de la plupart des hautes salles tsurani, elle était ouverte sur deux côtés, avec des cloisons donnant sur un portique ombragé. Le plafond était voûté, à poutres apparentes, avec un toit de bois et de tuiles, et le parquet ciré montrait une usure due à de nombreuses générations.

— Impressionnant, ajouta-t-il, faisant référence aux étendards de guerre suspendus en rangs dans la charpente. Votre famille est l'une des plus anciennes de l'empire, à ce que je sais. (Il sourit, et des années s'effacèrent de son visage.) Je suppose que vous avez changé la décoration, quand vous avez pris possession de votre autre demeure ? Les goûts du défunt seigneur Tasaio étaient, d'après ce que l'on m'a dit, exécrables.

Son ton badin mit Mara à l'aise. Bien qu'elle soupçonnât que cela était exactement son but et qu'elle répugnât à baisser sa garde, elle lui était reconnaissante de laisser ses nerfs tendus se reposer.

— En effet. Mon défunt ennemi aimait les coussins de fourrure ou de cuir, et les tables incrustées d'os. Il y avait plus d'épées et de boucliers décorant les murs que Jican n'en avait inventorié dans l'armurerie minwanabi, et la seule soie que nous ayons trouvée servait aux oriflammes de bataille et aux attributs de guerre d'apparat. Les chambres d'invités ressemblaient à des quartiers d'officiers.

Mais comment se fait-il que vous en sachiez autant sur mes anciens ennemis ?

Pug se mit à rire avec une telle franchise qu'il était impossible de ne pas partager son hilarité.

— Par Hochopepa. Ce vieux bavard a officié lors du suicide rituel de Tasaio, et, si vous vous souvenez de lui, il est assez corpulent. Dans les lettres qu'il m'a envoyées, il se plaignait de ne pas avoir trouvé dans la maison de Tasaio un siège qui ne soit pas dur ou rembourré avec des morceaux de bois ; il disait aussi que les coussins étaient si étroits qu'ils étaient faits pour des guerriers en pleine forme physique.

Mara sourit.

— Kevin de Zūn m'a souvent dit que l'art le plus terne de Kelewan serait considéré comme tape-à-l'œil dans votre pays. On peut toujours arguer que les goûts sont une question de perspective. (La dame des Acoma fit signe à son invité d'avancer vers les coussins, disposés le long de l'estrade où le souverain des lieux tenait sa cour.) C'est ce que j'ai appris au cours des ans, mais il est si facile de l'oublier.

Pug s'inclina devant elle, permettant à Lujan de l'aider à s'asseoir la première. En tant que Très-Puissant, il aurait pu avoir droit à cet honneur. Mais de près, il était aussi modeste qu'un homme du peuple. Mara avait des difficultés à associer cet homme affable avec le personnage fier et immensément puissant, qui avait à lui seul provoqué la chute d'un seigneur de guerre. Mais il fallait plus que des apparences pour tranquilliser son conseiller et son commandant. Saric et Lujan attendirent que le magicien se soit confortablement installé avant de s'asseoir eux-mêmes. Le hadonra, plus effacé que les autres, ressemblait à un homme que l'on allait juger pour un crime capital.

Des domestiques s'empressèrent d'apporter des plateaux, offrant de la viande, des fromages et des fruits frais. D'autres apportèrent de l'eau chaude et tout un assortiment de breuvages. Pug se servit lui-même dans une assiette qui contenait des tranches de jomach, et avant que les serviteurs expérimentés puissent le lui offrir, se versa lui-même ce qu'il pensait être du chocha. Il but une gorgée, et les demi-lunes de ses yeux visibles au-dessus de la tasse s'écarquillèrent de surprise.

— Du thé !

Mara s'agita, inquiète.

— Vous préférez quelque chose d'autre ? Mon cuisinier peut préparer rapidement du chocha, si vous le désirez, Très-Puissant.

Pug leva une main.

— Non, le thé me convient parfaitement. Je suis juste surpris d'en trouver ici. (Puis ses yeux se plissèrent alors qu'il ajoutait :) Bien que selon tous les rapports que j'ai reçus, rien de ce qui a un lien avec la dame des Acoma ne devrait me surprendre.

Saisie d'un soudain malaise, particulièrement en apprenant qu'il connaissait des choses sur ses affaires de l'autre côté de la Faille, Mara prit une inspiration pour objecter :

— Très-Puissant...

— Je vous en prie, l'interrompit Pug. J'ai renoncé à ce titre quand il m'a été offert, lorsque l'Assemblée m'a demandé de réintégrer ses rangs. (Devant le haussement de sourcils stupéfait de Saric, le magicien midkemian hocha la tête.) Oui. Ils ont annulé mon ordre d'exil, après le conflit contre l'Ennemi venu menacer nos deux mondes. Je suis aussi un prince, maintenant, par adoption dans la famille royale. Mais je préfère Pug, magicien du Port des Étoiles, à tout autre titre. (Il se servit encore du thé, puis ouvrit son col de laine pour avoir un peu d'air sous le climat plus chaud de Kelewan.) Comment va Hokanu ? Je ne l'ai pas vu depuis... (Il fronça soudain les sourcils.) Depuis la fin de la bataille de Sethanon...

Mara soupira, cachant sa tristesse en grignotant un petit morceau de fruit pris sur le plateau.

— Il va bien, mais il doit s'occuper de quelques rivalités déplaisantes de ses cousins, depuis qu'il a hérité du titre de son père.

Un regret passa sur le visage de Pug lorsqu'il reposa sa tasse. Il n'avait pas touché au jomach qu'il tenait dans sa main, à la peau douce et aux ongles impeccablement manucurés.

— Kamatsu était l'un des meilleurs hommes que cette terre ait portés. Il manquera à de nombreuses personnes. À bien des égards, c'est à lui que je dois d'être ce que je suis devenu aujourd'hui. (Puis, comme si des pensées sombres le mettaient mal à l'aise, Pug eut un large sourire.) Hokanu a-t-il développé la même passion pour les chevaux que celle qui consume son frère ?

Mara secoua la tête.

— Il les apprécie, mais pas autant, loin s'en faut, que Kasumi. (Doucement, tristement, elle ajouta :) Ou Ayaki.

Pug s'attacha à cette allusion avec la sympathie franche et barbare qui lui avait souvent semblé si déconcertante chez Kevin.

— La mort de votre fils est une tragédie, Mara. J'ai un garçon qui a à peu près son âge. Il y a tant de vie en lui... (Il s'interrompit, tripotant ses manches dans sa gêne.) Vous avez été très courageuse, pour supporter une telle perte sans devenir insensible ou indifférente.

La façon dont ce magicien barbare connaissait ses affaires et son cœur était presque surnaturelle. Mara lança un regard vers Saric, qui semblait sur le point de faire un commentaire. Elle lui fit le signal qu'elle souhaitait parler la première, avant que le courage ne la quitte complètement.

— Pug, commença-t-elle, le terme familier lui venant difficilement aux lèvres, je vous ai envoyé ce message par pur désespoir.

Pug enfonça ses mains dans ses manches et l'observa, complètement immobile.

— Peut-être serait-il sage de commencer par le commencement.

Ses yeux étaient âgés, comme s'il avait contemplé des spectacles que l'esprit humain ne pouvait appréhender, et enduré des chagrins plus terribles que la perte d'un enfant. Un instant, Mara aperçut derrière son air mystérieux les pouvoirs cachés de cet homme dont les manières semblaient aussi simples que celle d'un cousin volubile. Elle se souvint du personnage en robe noire qui avait à lui seul détruit l'arène impériale, un gigantesque édifice de pierre dont la construction avait nécessité des dizaines d'années. Des centaines de personnes étaient mortes, et des milliers avaient été blessées dans cette terrible explosion de puissance. Tout cela parce que Milamber, ce magicien, n'avait pas accepté comme simple divertissement la brutalité d'un combat à mort entre des hommes. En dépit de son apparence banale et de ses manières chaleureuses, c'était un mage aux pouvoirs incommensurables. Mara frissonna brutalement, se sentant comme une petite fille devant la puissance retenue que cet homme semblait cacher si adroitement.

Mais il lui fallait aussi reconnaître que, seul, Pug s'était élevé contre la tradition. Cela lui avait valu d'être banni de l'Assemblée, pour des actes que celle-ci ne pouvait tolérer. Si les Acoma parvenaient à gagner une protection, il était une clé potentielle de cette connaissance.

Mara choisit de tout risquer, et renvoya Lujan et ses conseillers. Quand elle fut seule avec le magicien barbare, elle parla franchement. Elle commença par l'année où la mort de son père et de son frère l'avait forcée à prendre le sceptre de sa maison, et raconta les triomphes et les défaites qui avaient suivi. Elle parla sans s'arrêter pendant un long moment, négligeant son thé et la nourriture sur le plateau, terminant finalement par la confrontation avec les Anasati qui avait provoqué l'intervention de l'Assemblée.

Pug l'interrompit par une question. À partir de ce moment, il demanda souvent des éclaircissements sur une pensée ou une précision sur un détail, ou l'interrogea pour connaître les motivations d'une action. Mara fut impressionnée par la qualité de sa mémoire, car il demandait souvent des informations sur quelque chose qui avait été mentionné plus d'une demi-heure auparavant. Quand Mara parla des dernières découvertes d'Arakasi, sur les ruptures de continuité dans les documents anciens des archives impériales, les questions de Pug se firent plus précises.

— Pourquoi souhaitez-vous recevoir mon aide ? demanda-t-il enfin, d'une voix faussement douce.

Mara savait que seule une franchise absolue était de mise.

— Il est devenu apparent que l'Assemblée pourrait s'opposer à moi, non pas pour préserver la paix, mais pour arrêter les changements dans l'empire. Des Très-Puissants ont empêché notre nation de grandir depuis plus d'un millier d'années, si les estimations de mes conseillers et de mon maître espion sont correctes.

Bien qu'elle puisse être jugée et exécutée pour l'audace de ses accusations, Mara oublia toutes ses incertitudes. Si elle reculait devant cette occasion de gagner des informations, les Acoma étaient perdus de toute façon. Elle se força à exprimer en phrases claires ce qui était devenu la quête de sa vie depuis la mort d'Ayaki.

— Vos coutumes midkemianes m'ont montré que les anciennes traditions que les Tsurani révèrent le plus deviennent destructrices, quand elles résultent de la stagnation. Nous sommes devenus un peuple cruel, depuis l'époque du Pont d'or. Le mérite a été remplacé par un code de l'honneur complexe, et par un système de castes rigide. Je voudrais changer tout cela, et mettre fin à une politique impitoyable qui ne vise qu'un gain d'honneur personnel. Je voudrais que nos seigneurs rendent compte de leurs actes, et que nos esclaves soient libérés. Mais je soupçonne que l'Assemblée empêcherait même la Lumière du Ciel d'effectuer de tels changements politiques.

Mara leva les yeux et vit Pug qui contemplait le fond de sa tasse. Le soleil de cette fin d'après-midi dessinait des rayures sur le plancher, et les fromages avaient à moitié fondu sur les plateaux. Des heures s'étaient écoulées sans que personne ne le remarque. Tristement, Mara comprit que les questions du magicien midkemian lui avaient non seulement fait révéler plus de choses qu'elle ne l'aurait voulu, mais qu'elles avaient aussi cristallisé ses réflexions, ordonné son esprit et délimité exactement les problèmes qu'elle affrontait. Ressentant une nouvelle admiration pour le magicien barbare, car elle n'avait pas remarqué qu'il modelait ses pensées, Mara croisa les doigts. Plongée dans une fébrilité anxieuse, elle attendait son terrible jugement, ou le don de sa bienveillance.

Pendant un moment, rien ne bougea dans la haute salle si ce n'est les bannières de guerre agitées par la brise. Pug rompit enfin le silence :

— Beaucoup d'éléments de votre discours me rappellent des choses que j'ai ressenties... des choses que j'ai faites.

— Je ne vous suis pas, répondit nerveusement Mara.

— Simplifions les choses en disant que l'Assemblée est pleine de divergences, répondit Pug en souriant. Vue de l'extérieur, la société des magiciens peut ressembler à une entité monolithique, un organisme qui intervient de temps à autre dans les affaires de l'empire, mais qui en général reste isolé. (Il fit un grand geste comme les gens de sa culture avaient l'habitude d'en faire.) C'est bien loin d'être la vérité. Chaque Très-Puissant peut agir comme bon lui semble, en n'importe quelle occasion, car son éducation l'oblige à servir l'empire.

Mara hocha la tête.

Le regard de Pug capta le sien, assombri par une ironie qui aurait pu être de l'amusement si le sujet avait été moins grave.

— Cependant, par moments, deux magiciens peuvent avoir des opinions radicalement différentes sur la meilleure façon de servir l'empire. En de rares occasions, ces divergences se transforment en conflits.

Mara osa risquer une supposition :

— Alors certains Très-Puissants peuvent ne pas approuver l'intervention dans ma guerre contre les Anasati ?

— Ils seraient une minorité, reconnut Pug. (Peut-être que ses souvenirs de son exil de l'Assemblée lui revenaient à l'esprit, car il semblait évaluer l'enthousiasme de Mara.) Je suis sûr que d'autres soutenaient que votre mort aurait rapidement résolu le problème.

Délibérément prudent dans ses paroles, il ne confirma pas plus qu'il ne réfuta les suppositions de Mara concernant l'emprise de l'Assemblée sur la croissance de l'empire. En faits bruts, il ne lui avait rien dit de plus que ce que Fumita avait déjà suggéré à Hokanu lors des funérailles de Kamatsu.

Mara retint sa frustration alors que Pug se levait, de toute évidence avec l'intention de terminer leur entrevue. Désespérée à l'idée de perdre son soutien, elle ajouta rapidement :

— Je vous ai écrit en espérant que vous pourriez me dire comment me défendre contre l'Assemblée, si le besoin s'en faisait sentir.

— C'est ce que j'avais compris. (Soudain aussi dur que l'acier barbare, Pug croisa ses mains dans ses larges manches et regarda intensément Mara alors qu'elle se levait.) Accompagnez-moi jusqu'au motif.

Mara congédia d'un geste les domestiques qui s'étaient rapprochés pour débarrasser les plateaux de nourriture, et les deux guerriers qui avaient quitté leur poste près de la porte extérieure pour l'escorter. Consciente que Pug pouvait partir depuis n'importe quel endroit de sa demeure, elle supposait que sa demande indiquait qu'il souhaitait lui parler en privé. Alors qu'elle ouvrait la marche et sortait de la haute salle pour rejoindre le couloir intérieur plus sombre, Pug l'attira près de lui et effleura son bras.

— Pourquoi nourrissez-vous des soucis pour votre sécurité, Mara des Acoma ? (Doucement, il ajouta :) Si vous étiez une gentille enfant qui cesse d'ennuyer ses parents, vous n'auriez pas à craindre d'être punie.

En des temps meilleurs, Mara aurait pu sourire de cette image.

— Le dernier agent que j'ai envoyé dans les archives impériales, pour faire des recherches sur des divergences importantes dans les rapports financiers de certaines périodes historiques, a été incinéré sur place par l'Assemblée.

Comme si Pug connaissait de façon innée les couloirs de cette demeure étrangère, il se dirigea vers l'escalier qui menait à la salle du motif.

— La connaissance peut devenir une chose dangereuse, Mara des Acoma.

Il ne demanda pas quelles étaient les années sur lesquelles son agent s'était renseigné, ou quelles découvertes il avait pu faire. Son silence sur ce point ne faisait que souligner les craintes de Mara. Elle entra dans la salle du motif aux côtés du magicien. Pug se retourna et ferma la porte. Elle ne vit pas la passe qu'il fit avec ses mains, mais sa peau se glaça comme si un vent froid venait de la frapper et elle sut qu'un sortilège venait d'être lancé. Pug se redressa, le visage grave.

— Pendant quelques minutes, personne, pas même le plus doué de mes anciens confrères, ne peut entendre ce que vous direz.

Le visage de Mara perdit toute couleur.

— Des Très-Puissants pouvaient entendre tout ce qui s'est dit dans ma haute salle ?

Pug sourit pour la rassurer.

— Il ne leur est probablement jamais venu à l'idée d'essayer – cela est considéré comme un manquement aux bonnes manières. Bien que je ne puisse garantir cette réserve pour Hochopepa, si le sujet est assez important. Il adore fouiner partout.

Il prononça les dernières paroles avec affection, et Mara comprit que le magicien corpulent avait dû être l'un des amis et des alliés de Pug, après le bouleversement dans l'arène impériale. Même s'il était une Robe Noire, ce Hochopepa pouvait éprouver de la sympathie pour la cause des Acoma.

La question suivante de Pug lui fit oublier toutes ses suppositions.

— Mara, vous comprenez que les changements pour lesquels vous œuvrez bouleverseront tout l'empire ?

Épuisée par la tension nerveuse, Mara s'appuya contre les murs lambrissés de bois et regarda le symbole de shatra incrusté dans le sol.

— Devrions-nous continuer ainsi, et être gouvernés par des hommes qui assassinent des enfants, et laissent des gens de valeur se perdre dans la servitude quand leurs talents et leurs efforts mériteraient mieux ? Jiro des Anasati et la faction qu'il dirige préféreraient voir les mesquines luttes de pouvoir prendre la préséance sur tout le reste. Mes paroles sont une hérésie, mais je ne peux plus croire que les dieux approuvent un tel gaspillage.

Pug fit un geste désapprobateur.

— Alors, pourquoi vous préoccuper de l'Assemblée ? Qu'un assassin vous débarrasse de Jiro. Vous avez certainement assez de richesses pour acheter sa mort.

La dureté ordinaire de cette déclaration finit de désarmer Mara. Elle oublia qu'il était un magicien, oublia ses terribles pouvoirs, oublia tout, sauf sa propre angoisse et son amertume.

— Par les dieux, ne me parlez pas d'assassins ! J'ai détruit le tong hamoï, parce qu'il était une arme trop disponible pour les souverains cupides qui veulent servir leur cause égoïste. Les Acoma n'ont jamais engagé d'assassins ! Je préférerais que ma lignée s'éteigne et soit oubliée à jamais, plutôt que de commencer à m'adonner à de telles pratiques. Par sept fois, des contrats d'assassinat ont été placés sur ma tête. Par trois fois, les vies de ceux que j'aimais ont été envoyées à ma place par les tong dans le palais de Turakamu. J'ai perdu deux fils et la mère de mon cœur à cause de leurs mains sanglantes. (Puis, réalisant soudain à qui elle s'adressait, elle termina :) Ma réponse n'est pas entièrement due à ma haine des assassins. La mort de Jiro pourrait satisfaire l'honneur, mais cela ne terminerait rien, ne résoudrait rien. L'Assemblée cherchera toujours à provoquer la ruine de ma maison. Parce qu'Ichindar, Hokanu et moi-même, comme pair de l'empire, cherchons à compenser ce qui manque dans nos vies.

— Ce qui manque ? l'interrogea Pug en croisant les bras sur sa poitrine.

— En nous. Dans l'empire.

— Continuez...

Mara regarda intensément les yeux de Pug.

— Vous connaissez Kevin de Zûn ?

Pug hocha la tête.

— Pas très bien. Je l'ai rencontré ici pour la première fois...

— Quand ? (Arrachée complètement à ses pensées, Mara écarquilla les yeux de stupéfaction.) Vous ne m'avez jamais rendu visite. Je me serais sûrement souvenu d'un événement aussi capital !

Pug la regarda avec un humour amer.

— J'avais un statut bien inférieur à cette époque, celui d'esclave de maître Hokanu. Kevin et moi n'avons échangé que quelques mots. Mais je l'ai vu une fois depuis son retour, à la cour du prince à Krondor, lors d'une réception pour les barons de la frontière.

Mara réprima un sursaut féroce de son cœur. Elle demanda dans un murmure :

— Va-t-il bien ?

Ses yeux étaient implorants.

Pug hocha la tête, conscient des émotions profondes qui se cachaient derrière cette simple question. Pour répondre à un besoin que sa fierté ne permettrait jamais à Mara d'admettre, il ajouta spontanément :

— Kevin s'est fait un nom au service du prince Arutha. Les troisièmes fils de petits nobles doivent faire leur chemin grâce à leur intelligence. D'après ce que j'ai vu et entendu, il se débrouille très bien. Il sert dans le nord du royaume, auprès du baron de Hautetour, et je crois qu'il a bénéficié de plusieurs promotions.

La voix de Mara descendit et ses yeux se baissèrent alors qu'elle demandait doucement :

— S'est-il marié ?

— Je ne sais pas, je suis désolé. Le Port des Étoiles est loin de la cour, et des nouvelles précises ne me parviennent pas souvent. (Quand Mara releva les yeux, Pug remarqua :) Bien que je ne sois pas sûr de la réponse qui vous plairait le plus, oui ou non.

Mara eut un rire triste.

— Je ne le sais pas non plus.

Une lumière dorée passa sous la porte lorsqu'un domestique alluma des lampes dans le couloir. Le crépuscule créait des ombres violettes dans l'enceinte confinée de la salle du motif. Reprenant soudain conscience du passage du temps, Pug déclara vivement :

— Je dois partir. (Il prévint une seconde tentative de Mara pour le retenir.) Je ne peux vous offrir de la magie ou de sages conseils, dame. Je ne fais plus partie de l'Assemblée, mais même aujourd'hui, les serments que j'ai prêtés quand j'ai été accueilli dans cette fraternité lient mon esprit, s'ils ne touchent plus mon cœur. Même avec mes pouvoirs, il est difficile de désobéir à mon éducation. Je ne peux pas vous aider dans votre lutte. Mais je peux vous offrir ceci : vous avez raison de chercher des conseils à l'extérieur de l'empire, car vous trouverez peu d'alliés à l'intérieur de ses frontières.

Les yeux de Mara s'étrécirent lorsqu'elle se rendit compte qu'il était parfaitement informé de ses préparatifs secrets de voyage. Comment avait-il pu l'apprendre ? Qu'est-ce qui le rendait capable de lire au-delà de ce qu'elle avait pris grand soin de faire passer pour un pèlerinage ? Elle ne pouvait pas le deviner.

— Il est donc vrai que les Cho-ja ne peuvent pas m'aider.

Le visage de Pug se fendit d'un large sourire. Il s'écarta d'elle, avec une joie presque enfantine.

— Vous êtes allée plus loin vers la découverte du grand mystère que je ne le pensais. (Son visage reprit un masque neutre alors qu'il poursuivait.) Ceux qui se trouvent à l'intérieur de vos frontières, et qui pourraient souhaiter devenir vos alliés, en sont empêchés. Oui, vous devez chercher à l'extérieur de l'empire.

— Où ? le pressa Mara. Dans le Royaume des Isles ?

Mais elle sut immédiatement que la piste qu'elle suggérait était un faux espoir. Elle parlait déjà avec l'homme le plus puissant vivant de l'autre côté de la Faille.

Pug tendit les bras, laissant retomber les manches de sa robe brune. Il répondit de façon oblique :

— Saviez-vous que mon épouse était d'origine thuril ? Les Hautes Terres sont un endroit très intéressant. Vous devriez les visiter, un jour ou l'autre. Transmettez mes salutations à votre époux.

Sans ajouter un seul mot, il leva les mains au-dessus de sa tête et disparut. Le bruit de l'air se précipitant vers l'endroit qu'il avait occupé emplit le silence, tandis que les ténèbres nocturnes obscurcissaient la pièce.

Mara soupira et ouvrit la porte. Clignant des yeux devant la soudaine lueur de la lampe, elle vit Saric et Lujan qui l'attendaient. Elle déclara à son conseiller et à son officier :

— Rien n'a changé. Nous commençons notre pèlerinage demain.

Les yeux de Saric étincelèrent d'excitation. Après s'être assuré d'un regard qu'aucun domestique ne se trouvait à proximité, il chuchota :

— Nous allons plus loin que Lepala ?

Mara se mordit les lèvres pour ne pas sourire, prenant soin de ne pas montrer plus d'enthousiasme qu'un voyage pieux ne pouvait le justifier. Mais elle était tout aussi excitée et curieuse que son premier conseiller à l'idée de traverser les frontières de l'empire, et de se rendre dans des terres inconnues.

— Par le plus rapide des navires. Mais nous devrons d'abord rendre visite aux temples avant de partir à l'est. Si nous voulons apprendre quelque chose en rendant visite aux Thurils, nous devrons nous montrer circonspects lors de notre départ.

Les préparatifs qu'il restait à faire avant l'aube demandant leur attention, Lujan et Saric prirent congé de leur maîtresse. En les regardant partir, semblables dans leurs gestes comme seuls des parents proches peuvent l'être, Mara soupira. La maison paraissait vide et calme sans les enfants. Regrettant d'avoir perdu l'occasion de leur dire convenablement au revoir, elle partit en direction des escaliers et de son cabinet de travail, où les domestiques lui apporteraient son repas du soir. Les premières lueurs de l'aube ne viendraient jamais assez vite pour calmer ses nerfs à vif. Maintenant que sa route était claire, elle était impatiente de partir.

Elle ne pouvait pas deviner ce qui l'attendrait de l'autre côté de la frontière, sur les terres d'un peuple qui avait été l'ennemi de l'empire durant des années de guerres et d'escarmouches. Le traité actuel qui garantissait la paix était fragile ; les montagnards de la Confédération thuril étaient prompts à s'offenser et de nature belliqueuse. Mais le plus puissant magicien de deux mondes l'avait encouragée avec circonspection à entreprendre cette exploration. Sans rien d'autre qu'un vague pressentiment, Mara avait l'impression que lui, et lui seul, comprenait parfaitement les enjeux de son geste. Plus encore, il connaissait la gravité des périls qu'elle devait surmonter.

En passant devant des serviteurs qui s'inclinaient devant elle, pour rejoindre le confort de ses appartements, Mara se demandait à combien Pug avait estimé ses chances de réussite. À la réflexion, elle se dit qu'elle avait été sage de ne pas le lui demander. Si le magicien barbare lui avait répondu, ses paroles l'auraient sûrement découragée.

Le prêtre hurla. Les échos de son cri résonnèrent sous les voûtes massives du temple, qui dominaient des piliers de bois sculpté et des arcs-boutants. Le cercle assemblé des acolytes en robe rouge répondit par un chant rituel, et un carillon de métal rare sonna pour signaler la fin de la cérémonie matinale. Mara attendait tranquillement dans l'ombre, au fond de la pièce, entourée de sa garde d'honneur et assistée de son premier conseiller. Saric semblait absorbé dans des pensées bien éloignées de la religion. Ses doigts tapotaient en rythme les décorations en coquille de corcara de sa ceinture, et ses cheveux étaient ébouriffés, comme s'il avait passé ses doigts dans ses mèches dans un geste d'impatience. Bien qu'aucun de ses guerriers ne montrât le moindre signe d'inconfort, leur raideur indiquait qu'ils tournaient leurs pensées vers d'autres sujets quand ils se trouvaient dans l'enceinte sacrée du dieu Rouge. La plupart d'entre eux offraient des prières silencieuses aux divinités de la chance et de la bonne fortune, pour que leur rencontre finale avec le dieu de la mort soit la plus tardive possible.

Et en vérité, pensait Mara, le temple de Turakamu n'était pas un endroit conçu pour inspirer un sentiment de confort. Un autel ancien, autrefois le lieu de sacrifices humains – et qui l'était encore, selon les rumeurs – se trouvait sur la plate-forme surélevée au centre de la pièce. Des bancs de pierre entouraient le chœur, au sol usé par les pieds de nombreux adorateurs et creusé de rigoles qui allaient vers des bassins encastrés au pied de statues vieilles de plusieurs siècles, à la surface polie et tachée par les mains d'innombrables générations. Derrière les alcôves, les murs étaient peints de squelettes humains, de démons et de demi-dieux pourvus de nombreux bras et jambes. Les silhouettes se contorsionnaient et dansaient dans des postures d'extase ; en dépit de leur aspect grotesque, elles rappelaient à Mara d'autres fresques et d'autres peintures qui ornaient la Maison de la Plénitude, l'un des nombreux sanctuaires de Lashima que visitent les femmes qui désirent concevoir un enfant. Bien que les fresques du temple de Turakamu n'aient aucune connotation sexuelle, elles dépeignaient un certain sybaritisme, comme si les hideuses silhouettes entrelacées faisaient la fête et ne souffraient pas.

Attendant son audience, Mara pensait aux prêtres du dieu Rouge. Ils étaient effrayants, mais dans leurs conversations ils insistaient pour dire que tout le monde se retrouve un jour aux pieds de Turakamu, que la mort est un destin qu'il ne faut pas craindre ; mais plutôt accepter avec compréhension.

Le cercle des acolytes se forma en deux colonnes, enveloppées par les fumées entrelacées de l'encens. Mara vit la silhouette couverte d'une cape qui se trouvait à la tête de la procession s'arrêter. Elle s'adressa à un suppliant qui implorait la pitié du dieu pour une personne récemment disparue. Un parchemin recouvert de sceaux changea de mains ; très probablement un projet de la famille offrant une contribution généreuse au temple, si son legs était accepté. Les peintures les plus éloignées de l'autel sacrificiel montraient des hommes au visage béat, qui s'inclinaient devant le trône du dieu Rouge pour entendre la décision divine pour leur prochaine renaissance sur la Roue de la vie. Elle serait déterminée par l'équilibre de leurs dettes et de leurs gains d'honneur. On croyait que les défunts morts récemment pouvaient gagner de la valeur aux yeux du dieu Rouge grâce aux prières. Les pauvres venaient à pied pour témoigner de leur révérence et allumer des lampes d'argile bon marché, tandis que les riches arrivaient en palanquin, apportant des sommes généreuses pour subventionner les rites privés du temple.

Mara se demanda si de telles pratiques influençaient Turakamu, ou si elles étaient des encouragements pour ses prêtres, désirant placer des rubis sur leurs capes, et un meilleur confort dans leurs réfectoires et leurs cellules. Les trépieds en or massif qui soutenaient les lampes près de l'autel valaient le prix d'un royaume. Même si chaque temple des Vingt Dieux possédait des ornements coûteux, peu étaient aussi somptueusement décorés que les plus petits temples voués à Turakamu.

Une voix sortit Mara de sa rêverie.

— Noble pair, vous nous honorez.

La procession des acolytes avait atteint la porte de derrière et sortait lentement de la salle, mais le grand prêtre s'était écarté de la colonne pour s'approcher de la suite acoma. Sous sa peinture rouge et sa cape de plumes, c'était un homme de stature moyenne, vieillissant, à l'œil brillant. De près, il semblait surpris, et ses mains nerveuses montaient et descendaient sur le sceptre d'os décoré de crânes qu'il avait brandi durant la cérémonie.

— Je savais que vous commenciez un pèlerinage, dame Mara, mais j'avais supposé que vous vous rendriez au grand sanctuaire de la Cité sainte, et non dans notre humble demeure de Sulan-Qu. Je ne m'étais certainement pas préparé à l'honneur d'une visite personnelle.

Mara s'inclina légèrement devant le grand prêtre de Turakamu.

— Je ne souhaite pas insister sur le protocole. Et, en vérité, je suis venue jusqu'ici pour d'autres raisons que de simples dévotions. J'ai plutôt besoin de vos conseils.

Surpris, le grand prêtre haussa les sourcils, qui disparurent sous le rebord de son masque en forme de crâne, incliné en arrière sur sa tête maintenant que la cérémonie était terminée. Il n'était pas totalement nu et couvert de peinture rouge, comme cela était habituel pour les rites accomplis sur un sol non consacré. Mais ses cheveux étaient tressés avec des reliques qui ressemblaient à des morceaux d'oiseaux démembrés, et l'accoutrement visible sous sa cape de plumes écarlates semblait encore moins ragoûtant. Comme s'il prenait conscience que sa tenue de cérémonie n'était pas propice à une entrevue, le grand prêtre passa son sceptre au jeune acolyte qui attendait à l'écart, et ôta sa cape. Les ceintures croisées où ses reliques étaient suspendues étaient d'une facture ancienne, et deux autres serviteurs se précipitèrent vers lui pour les retirer de ses épaules avec un grand respect. Ils emportèrent le costume d'apparat en chantant, pour le replacer dans des placards verrouillés cachés dans un dédale de couloirs.

Vêtu d'un simple pagne et les yeux encore cernés de peinture rituelle, le prêtre semblait soudain plus jeune.

— Venez, proposa-t-il à Mara. Retirons-nous dans un environnement plus agréable. Votre garde d'honneur peut vous suivre, ou vous attendre dans les jardins, à l'intérieur de l'enceinte. Il y a de l'ombre là-bas, et un petit porteur d'eau veillera à ce qu'on leur apporte des rafraîchissements.

Mara fit signe à Lujan et à Saric de la suivre, et indiqua que le reste de son escorte pouvait se retirer. Aucun des guerriers ne sembla soulagé, mais leur démarche était plus assurée lorsqu'ils manœuvrèrent en formation pour se diriger vers la porte du jardin. Les hommes de guerre ne sont jamais à l'aise en présence des adorateurs de Turakamu. La superstition dit qu'un soldat qui passe trop de temps en prières devant le dieu Rouge s'attire la faveur de la divinité ; et que ceux que Turakamu se met à aimer sont fauchés sur le champ de bataille dans la fleur de l'âge.

Le grand prêtre conduisit Mara vers une petite porte latérale, puis dans un couloir sombre.

— Quand je ne suis pas en tenue de cérémonie, on m'appelle père Jadaha, noble pair.

Souriant à moitié devant le formalisme de ses propos, la dame répondit :

— Mara suffira, mon père.

La dame des Acoma fut conduite dans des appartements austères aux murs lambrissés sans aucune décoration et aux cloisons vierges de toute peinture. Les nattes de prière étaient teintes en rouge à la gloire de Turakamu, mais celles qui servaient à s'asseoir étaient tissées en fibres naturelles. Mara eut droit au coussinet le plus rebondi d'une série de pauvres coussins, dont le tissu était usé mais propre. Elle permit à Lujan de l'aider à s'asseoir, et offrit une rapide prière silencieuse pour implorer le pardon de Turakamu. Elle avait eu tort ; de toute évidence, dans le temple de Sulan-Qu les prêtres utilisaient l'argent donné par les familles pétitionnaires uniquement pour orner les pièces vouées à leur dieu. Quand Lujan et Saric se furent installés aux côtés de leur maîtresse, le grand prêtre envoya un serviteur chercher une collation. Un valet borgne arborant une cicatrice hideuse s'occupa de retirer la peinture de cérémonie du père Jadaha, et lui apporta une robe blanche bordée de galons rouges. Puis, devant un plateau de chocha et de gâteaux, le grand prêtre s'adressa à sa visiteuse :

— Mara, quel service le temple de Turakamu peut-il vous offrir ?

— Je ne sais pas exactement, père Jadaha. (Mara se servit par politesse une petite part de gâteau au sucre. Alors que Saric lui versait du chocha, elle ajouta :) Je cherche des connaissances.

Le prêtre répondit par un geste de bénédiction.

— Nos pauvres ressources sont à votre disposition...

Mara montra volontiers sa surprise, car cette acceptation rapide était inattendue.

— Vous êtes très généreux, mon père. Mais je vous propose humblement d'entendre d'abord mes demandes, avant de faire des promesses considérables.

Le grand prêtre sourit. Son serviteur borgne se retira en lui témoignant un respect évident. En voyant son visage dépourvu de peinture, Mara se dit que le chef des fidèles du dieu de la mort était un vieil homme aux traits aimables. Mince et en bonne forme physique, il avait les superbes mains d'un scribe, et ses yeux étincelaient d'intelligence.

— Que devrais-je craindre en faisant des promesses, dame Mara ? Vous avez montré ce dont vous étiez capable, en vous mettant au service de l'empire. Je doute beaucoup que les motivations de votre cœur soient devenues égoïstes ; pas après la conduite dont vous avez fait preuve lors de la chute de la maison Minwanabi. Plus que généreuses, vos actions étaient... sans précédent. Non seulement vous avez observé les rites convenables pour retirer le portique de prière que Desio avait dédié à votre mort, mais vous vous êtes assurée, sans penser à vous, qu'aucun déshonneur ne serait infligé au temple en demandant à ce que le portique de prière soit reconstruit hors de vos terres. C'est nous, les prêtres, qui avons une dette envers vous, pour le rôle que vous avez joué pour mettre fin à la tyrannie du Grand Conseil. De nouveau, nos conseils nous permettent d'influencer comme il se doit le cours de la vie quotidienne. (Le prêtre eut un geste triste et se servit une énorme tranche de gâteau.) Les changements de la structure du pouvoir ont toujours lieu lentement. Les souverains qui résistent à notre influence sont très liés dans leur opposition. Cependant, nous faisons des progrès.

Mara se souvint des paroles du délégué du temple de Turakamu qui avait officié lors du déplacement du portique de prière de Desio. À cette époque, des émotions trop vives lui avaient fait prendre les remarques du prêtre comme des flatteries doucereuses. Ce n'est que des années plus tard qu'elle pouvait apprécier leur sincérité. La découverte d'un soutien là où elle ne s'y attendait pas affermit son courage.

— J'ai besoin de connaître la nature de la magie.

Le grand prêtre se figea, sa tasse de chocha à mi-distance de ses lèvres. Il cligna les yeux une fois, le regard perdu dans le lointain. Puis, comme si la requête de la dame avait été banale, il se remit à siroter sa boisson. Il garda le breuvage un instant contre son palais avant d'avaler, peut-être parce qu'il souhaitait gagner du temps pour réfléchir ou, comme l'intuition sardonique de Saric osait le supposer, pour s'empêcher d'avoir une quinte de toux inconvenante.

Quelles que soient ses motivations sacerdotales, ses manières étaient calmes quand il reposa sa tasse.

— Que voulez-vous savoir sur la magie ?

Mara reprit le sujet avec ténacité, bien qu'il soit dangereux.

— Pourquoi ces pouvoirs sont-ils considérés du seul domaine de l'Assemblée ? Car j'ai vu des prêtres qui semblaient les manier.

Le grand prêtre regarda la petite femme déterminée qui était considérée comme la seconde personne la plus influente de l'empire après la Lumière du Ciel. Les yeux du prêtre recelaient des ombres insondables, et une froideur absente jusque-là.

— Les sanctions imposées par l'Assemblée à propos de votre querelle contre Jiro des Anasati sont bien connues, Mara. Si vous cherchez à vous armer contre les Robes Noires, vous vous engagez sur une voie périlleuse.

Il n'utilisa pas le terme honorifique de Très-Puissants, une nuance que remarquèrent Mara et ses conseillers. Comme les Cho-ja, se pourrait-il que les clergés des différents temples ne soient pas vraiment admiratifs envers les magiciens ?

— Pourquoi voudriez-vous penser que je complote contre l'Assemblée ? demanda Mara avec un franc-parler peu diplomatique.

Le père Jadaha ne semblait pas perturbé par sa franchise.

— Ma dame, le service de Turakamu conduit les gens de ma sorte à connaître le côté le plus sombre de la nature humaine. Les hommes qui détiennent le pouvoir depuis longtemps n'aiment pas montrer leurs faiblesses. Très peu font preuve de sagesse quand ils sont confrontés au changement et à la reconnaissance de ce qu'ils sont réellement. Malheureusement, un grand nombre réagissent pour défendre des positions qui ont perdu toute signification, simplement parce qu'ils craignent de voir saper leur sécurité. Même pour la croissance... Même pour améliorer leur vie... Ils résistent au changement simplement parce qu'il est éloigné du confort qu'ils connaissent. Vous représentez la chance, l'espoir et la bonne fortune pour le peuple de l'empire. Vous êtes devenue son champion, volontairement ou non, parce que vous vous êtes opposée à la tyrannie et la cruauté en provoquant l'abolition du titre de seigneur de guerre. Vous avez réussi à remettre en question la structure de pouvoir qui gouvernait ce pays depuis longtemps. Cela est interprété comme un défi, que vous le souhaitiez ou non. Vous vous êtes élevée à de grandes dignités, et ceux qui vous considèrent comme une rivale ont senti que vous leur faites de l'ombre. Deux puissances comme l'Assemblée et le pair de l'empire ne peuvent pas coexister sans conflits. Des milliers d'années dans le passé, les Robes Noires ont peut-être mérité leur position en dehors de la loi. Mais, aujourd'hui, elles considèrent leur omnipotence comme un droit divin. Comme leur honneur sacré, si vous préférez. Vous représentez le changement ; et eux, l'essence même de la tradition. Ils doivent vous vaincre pour maintenir leur suprématie. C'est la nature de la vie tsurani.

Le père Jadaha regarda à travers la cloison entrouverte pour laisser entrer un peu d'air. Le claquement de fouet d'un charretier retentit dans la rue, couvert par le cri d'un poissonnier qui vendait ses prises du matin. Comme si les bruits envahissants de la vie quotidienne imposaient des frontières mortelles à ses réflexions, le prêtre soupira.

— Autrefois, nous qui entrions au service des dieux avions de l'influence et une haute position dans la société, Mara des Acoma. Autrefois, nous pouvions encourager nos souverains à améliorer la vie de tous les hommes, ou tout du moins utiliser notre influence pour freiner une avarice et une cruauté excessives. (Le vieil homme redevint silencieux, les lèvres serrées par ce qui aurait pu être de l'amertume. Puis il déclara :) Il n'y a rien que je puisse vous offrir pour vous aider contre l'Assemblée. Mais j'ai un petit présent pour votre voyage.

Mara réprima son appréhension.

— Mon voyage ?

Son subterfuge avait-il été si transparent, pour que même le grand prêtre de Sulan-Qu discerne le vrai du faux dans la destination de son pèlerinage ? Le visage figé, Mara sentit que Saric lui effleurait la main. Son premier conseiller lui rappelait qu'elle ne devait pas révéler ce qu'elle allait faire à cause d'une simple supposition. Restant silencieuse, Mara regarda le prêtre se lever et se rendre devant un vieux coffre de bois.

— Pour trouver ce que vous cherchez, vous devrez voyager loin, Mara des Acoma. (Il déverrouilla la serrure et souleva le couvercle.) Je pense que vous le savez déjà.

Ses mains gracieuses d'une façon presque incongrue fouillèrent dans le coffre. Dans un nuage de poussière, Mara aperçut des parchemins et le bord de sceaux enrubannés. Le prêtre étouffa un éternuement dans sa manche.

— Excusez-moi. (Il agita dans l'air un ancien traité pour éclaircir l'atmosphère, puis reprit le cheminement de ses pensées :) Dans les rues, les vendeurs de rumeurs disent que vous emportez assez de bagages pour retourner sur les étendues sablonneuses de la Terre oubliée. Quiconque prêt à dépenser un coquillage d'un centi peut leur acheter cette information.

Mara sourit. Elle trouvait difficile de concilier l'image du prêtre qui avait officié aux rites matinaux du dieu le plus craint de Kelewan, avec celle d'un homme qui achetait des rumeurs dans les rues. Elle répondit d'une voix triste :

— J'avais espéré faire croire que j'emportais de magnifiques cadeaux pour les offrir aux temples où je m'arrêterai, pour présenter mes respects aux Vingt Dieux. Mais en vérité, vous avez raison. Mon pèlerinage me conduira vers un navire où j'embarquerai pour descendre la rivière, vers Jamar.

Le grand prêtre ressortit la tête de son coffre, une tache de poussière sur le nez et les yeux pétillants. Il tenait un très vieux parchemin, craquelé et duveteux.

— Je serais un bien mauvais conseiller pour les affligés si je ne savais pas repérer les subterfuges. Mais les prêtres ne cherchent pas à voir les choses du point de vue d'un souverain. Nous préférons les interpréter en faisant preuve de compréhension. (Il offrit le document à Mara.) Lisez ce parchemin. Il pourrait vous donner quelques indications.

Sensible à la détermination qui passait dans sa voix, Mara tendit le parchemin à Saric pour qu'il le range dans sa sacoche. Elle reposa son assiette de gâteau et se leva.

— Merci, mon père.

Le prêtre retint son regard, alors que Lujan et Saric se levaient à leur tour pour partir.

— Cherchez-vous des réponses dans la Terre oubliée, Mara ?

Assez sage pour savoir que, cette fois, elle ne devait pas rester circonspecte, Mara répondit :

— Non. Nous partons de Jamar pour rejoindre Lepala.

Comme si le sujet qui venait d'être abordé n'était qu'un simple bavardage, le prêtre chassa d'un geste un insecte qui s'était posé sur le bord du plat de gâteaux, puis enfonça confortablement ses mains dans ses manches.

— C'est une bonne chose, fille de mon dieu... Les chamans du désert sont... peu fiables. Un grand nombre d'entre eux traitent avec des puissances ténébreuses.

Saric ne put s'empêcher de pousser une petite exclamation en entendant cette remarque. Le prêtre répondit par un petit rire.

— Votre premier conseiller semble surpris.

Mara hocha la tête pour indiquer sa permission, et Saric s'excusa rapidement :

— Pardonnez mon manque de respect apparent, mon père, mais la plupart des gens considèrent... votre maître... comme une puissance ténébreuse.

Le visage du grand prêtre se plissa dans un rire silencieux.

— Croyez-moi, ce malentendu a souvent des avantages ! Mais la mort n'est que l'une des facettes du mystère de la Roue de la vie. Sans sa porte qui permet d'entrer dans le palais de Turakamu, où tous les esprits peuvent se ressourcer, notre vie ne serait qu'une existence dénuée de sens et d'âme. (Le grand prêtre avança pour raccompagner Mara et ses conseillers à la porte de ses appartements mais il continua à parler :) Notre magie, comme vous l'appelleriez, n'est pas un pouvoir surnaturel.

Il pointa son index vers l'insecte qui décrivait des cercles au-dessus du plat de gâteaux. Une ombre nette, presque subliminale sembla traverser l'air et la créature tomba d'un coup sur le sol.

— Nous utilisons cet aspect de la nature avec parcimonie, pour calmer les souffrances de ceux qui approchent de la fin, mais qui sont incapables de libérer leur emprise sur leur chair. L'esprit de la vie est puissant, quelquefois sans raison.

— Cela pourrait être une arme terrible, fit remarquer Lujan d'une voix plus grave qu'à l'accoutumée.

Mara comprit que, quoi qu'il le cachât bien, il se montrait aussi craintif que n'importe lequel de ses soldats devant les serviteurs de Turakamu.

Le prêtre haussa les épaules.

— Non, jamais.

Sans plus de cérémonie, il pointa son index vers la poitrine de Lujan. Le commandant des armées acoma fit un effort visible pour ne pas broncher, et de la sueur coula de sous la bande de son casque à plumet.

Rien ne se passa.

Même Mara se rendit compte que son propre cœur avait battu la chamade, alors que le prêtre ajoutait tranquillement :

— Ce n'était pas votre heure pour rencontrer le dieu Rouge, commandant. Mes pouvoirs sont ceux de mon dieu. Je ne pourrais pas vous envoyer dans son palais de ma propre autorité.

Saric, pour qui toute vie était une énigme à résoudre, fut le premier à surmonter son appréhension.

— Mais l'insecte... ?

— Son heure était venue. (Le prêtre semblait presque las.) Pour souligner un argument, je suppose.

Dégrisée, Mara remercia le prêtre pour ses conseils et ses vœux de succès. Son groupe et elle furent reconduits à la porte du temple par le serviteur borgne. Elle fut rejointe par sa garde d'honneur au pied de l'escalier de marbre. Mara entra dans son palanquin, perdue dans ses pensées. Elle ne donna pas immédiatement l'ordre à ses porteurs de partir, et durant cet intervalle, un gamin des rues déguenillé se précipita vers eux depuis une ruelle latérale, et s'écrasa contre Lujan.

Le commandant jura entre ses dents. Il redressa le gamin, fronçant le nez à l'odeur de ses vêtements sales, puis soudain son visage perdit toute expression.

Mara réprima son amusement. Utilisant le couvert des cris d'un colporteur, qui vendait des foulards de soie et des parfums bon marché aux femmes de la Maison du roseau, elle chuchota :

— Un autre messager d'Arakasi ?

Saric dressa l'oreille, pendant que Lujan enfonçait dans sa ceinture le message qu'il avait caché dans sa paume, en faisant semblant de s'essuyer les mains.

— Vermine, fit-il à voix haute, maudissant l'enfant qui s'enfuyait. (Baissant le ton pour que seuls Mara et Saric puissent l'entendre, il ajouta :) Mais où cet homme trouve-t-il des créatures aussi crasseuses pour travailler pour lui ?

Mara ne voulait pas révéler que son maître espion avait été autrefois l'un de ces malheureux gamins. De plus, leur utilisation comme porteurs de message avait deux avantages : personne ne les considérerait comme des espions parce qu'ils n'avaient que peu d'importance, et ils ne savaient pas lire. Depuis qu'Arakasi avait rencontré Kamlio, Mara soupçonnait aussi qu'un sentiment de pitié entrait en jeu. Son maître espion justifiait ainsi la dépense de quelques centis, qui permettaient à des enfants dans la misère d'avoir l'occasion de s'acheter un repas qu'ils n'avaient pas besoin de voler. D'une voix évasive, elle demanda :

— Arakasi en a-t-il trouvé un ?

Saric lui lança un regard sévère. Comprenant qu'elle se référait à un magicien de la voie mineure, qu'Arakasi tentait de trouver depuis la mésaventure qui avait mis fin à ses recherches dans les archives, le premier conseiller referma vivement les rideaux de Mara. Il répondit avec une voix exaspérante de familiarité :

— Plus tôt nous partirons pour trouver une taverne pour votre sieste, plus tôt vous pourrez l'apprendre.

— Nous ferons venir l'homme après la tombée de la nuit, chuchota Mara à travers l'étoffe.

Saric et Lujan échangèrent un regard d'agacement affectueux. Leur maîtresse semblait aussi écervelée qu'une petite fille. De toute évidence, elle considérait que ses recherches dans un domaine interdit étaient un défi excitant, après ces longs mois de frustration. Puis les porteurs soulevèrent le palanquin, et Saric et Lujan marchèrent d'un même pas aux côtés de leur maîtresse.

— Était-elle comme cela, quand vous êtes partis en campagne dans le désert ? murmura le premier conseiller à son cousin officier.

— Pas cette fois-là. (Lujan repoussa son casque en arrière avec un sourire.) Mais Keyoke m'a parlé d'une marche éperdue à travers la campagne, dans le territoire des Inrodakas, pour gagner l'alliance de la reine des Choja. Selon son récit, elle avait été pire encore.

— Les dieux nous protègent, répondit Saric en faisant un signe pour écarter le malheur.

Mais ses yeux riaient et sa démarche, comme celle de son cousin, était bondissante d'excitation.

— Ta curiosité nous tuera tous un jour, murmura Lujan. Mes recrues ont vraiment eu de la chance que tu aies abandonné l'épée du guerrier pour le manteau du conseiller.

Puis la garde d'honneur et les porteurs du palanquin se dirigèrent vers la taverne où Mara résiderait pendant son séjour à Sulan-Qu.

18

L'ÉVASION

Le vent fit claquer le rabat de la porte.

Jamel, magicien de la voie mineure, sursauta en entendant ce bruit, sa main en sueur agrippant le poignard qu'il serrait contre sa poitrine. Il savait qu'il ne disposait que de quelques secondes pour agir. Il faudrait quelque temps à son corps pour abandonner la vie, une fois qu'il se serait jeté sur sa lame. L'appréhension devant la souffrance qu'il allait endurer fit hésiter le petit homme. Il déplaça ses doigts humides, se mordant la lèvre inférieure. Il devait trouver du courage ! Les Robes Noires possédaient des sortilèges qui leur permettaient d'ordonner à son wal de rester à l'intérieur de son corps. S'il ne se trouvait pas aux pieds du dieu Rouge au moment où les magiciens arriveraient, les tortures qu'il subirait de leurs mains seraient bien pires qu'une mort douloureuse.

Car il les avait défiés, ouvertement, en parlant avec la dame Mara des Acoma. Les magiciens avaient été clairs dans leurs ordres concernant le noble pair. On ne devait rien lui dire au sujet de la magie, même si elle proposait de fortes sommes en récompense.

Sentant la bourse de centis de métal contre sa peau, Jamel réprima un rire amer. Il n'aurait jamais l'occasion de les dépenser ! Bien qu'il souhaitât ardemment disposer du temps nécessaire pour les remettre à la fille des rues qui habitait au dessous, et qui était son amie, le destin ne lui laisserait même pas la grâce de cette générosité. Il avait choisi sa voie. Il était trop tard, maintenant, pour dire ce qui n'avait jamais été dit et pour tenir ses résolutions.

Une dernière fois, Jamel regarda le taudis encombré qui avait constitué son foyer. Dans cette masure, il avait confectionné de nombreuses merveilles pour éblouir les enfants des riches. Comme sa vie aurait été différente si ses pouvoirs n'avaient pas été limités à la fabrication de jouets ! Avide des connaissances qui lui avaient été refusées, brûlant de tester les limites de ce qu'il n'avait jamais reçu l'autorisation d'essayer, Jamel laissa échapper un soupir amer.

— Les dieux soient avec vous, noble dame, murmura-t-il d'une voix craintive. Et que la malédiction de Zurgauli, le dieu de la malchance, frappe à jamais l'Assemblée.

Sur ces mots, il se jeta sur le sol, devant les coussins sur lesquels l'officier de dame Mara s'était assis.

Le poignard appuyé contre son cœur s'enfonça profondément et, finalement, son agonie fut brève.

Le sang imprégnait la terre sèche de la masure ; les bords déchiquetés des coussins éventrés montraient des croissants d'écarlate suintant, là où le flux chaud et humide avait été arrêté, puis absorbé, par le tissu. Les doigts tremblants et serrés de Jamel s'ouvrirent doucement, et ses yeux ouverts brillèrent à la lueur des charbons du brasero. L'instant suivant, un mouvement d'air balaya la pièce, éparpillant les cendres du parchemin où il avait tracé quelques notes pour Mara, avant de le brûler. Des plumes de calley, rangées dans un pot placé près du coffre à vêtements, voletèrent dans le courant d'air, et les clochettes d'un jouet oublié firent résonner leur chant inimitable dans le silence. Dehors, dans la noirceur de la nuit, un chien bâtard continuait à hurler.

Puis un faible bourdonnement résonna par-dessus le gémissement de l'air, et soudain le taudis ne fut plus vide. Près du cadavre de Jamel qui refroidissait apparurent deux silhouettes vêtues de robes noires, toutes deux minces comme des anguilles, l'une vieille et l'autre jeune.

Shimone repoussa son capuchon, et les charbons mourants du brasero soulignèrent de rouge son nez saillant. Il balaya la pièce du regard, faisant rapidement l'inventaire de tous les objets en désordre ; il s'arrêta, et renifla pensivement. Ses chaussons étaient humides, et la flaque dans laquelle il se tenait était encore chaude. Le cadavre aurait pu être un objet parmi tant d'autres, dans tout ce bric-à-brac, pour le peu de réaction qu'eût le magicien dont les yeux profonds étincelèrent lorsqu'il regarda son compagnon.

— Nous sommes arrivés trop tard, soupira-t-il.

Tapek poussa le corps de Jamel du bout du pied, et ses lèvres minces se retroussèrent de mépris.

— De quelques secondes seulement. (Il cracha ses paroles comme une malédiction.) Si ce misérable avait rassemblé son courage pendant une minute supplémentaire...

Shimone haussa les épaules. Ses cheveux argentés et clairsemés luisaient dans la lumière comme la crête d'un coq, tandis qu'il parcourait la masure dans toute sa longueur, laissant derrière lui des empreintes de pas poisseuses. Il examina attentivement les étagères, les corbeilles de parchemins usés, et même les coffres abîmés.

— Elle est venue ici. Cela suffit. (Il tendit un doigt et fit tinter la poupée portant une coiffure d'inestimables clochettes de métal.) De toute façon, le misérable est mort. En fait, il nous a épargné la peine de le tuer.

Tapek fronça ses sourcils épais, couleur de cannelle.

— Cela suffit-il vraiment ? (Il enjamba le corps du malheureux et arrêta les allées et venues agitées de son compagnon.) Que cet homme lui a-t-il dit ? Tout le problème est là ! Nous savons que Jamel a brisé son vœu d'obéissance. Il a pu dire n'importe quoi avant de s'enfoncer ce poignard dans le cœur !

Seul le léger sifflement des charbons résonnait dans la nuit. Le chien avait cessé d'aboyer. Même le grondement lointain qui venait des quais avait cessé. Les bruits quotidiens de Sulan-Qu s'étaient arrêtés un instant, comme si la ville retenait son souffle.

Shimone tendit un doigt qui ressemblait à une brindille sèche et toucha la poitrine de Tapek. Il déplaça sa main. Il ne lança aucun sortilège, mais le jeune magicien s'écarta comme par magie. Shimone le dépassa pour reprendre son examen des possessions de Jamel, et déclara :

— Vous voulez savoir ce qu'elle a demandé ? Regardez la scène, si vous voulez. Mais je pense que nous perdons notre temps. Maintenant, elle sait ce qu'elle sait. Nous ne pourrons rien y changer, mais nous pouvons agir en conséquence.

Tapek fit rouler ses épaules, dégageant ses poignets de ses manches. Ses yeux, pâles comme de l'huile, luisaient dans la lumière chaude comme ceux d'un fanatique.

— Exactement, nous agirons. Mais c'est la preuve du défi de Mara à nos décrets qui fera bouger les énormes fesses de gens comme Hochopepa. Nous avons besoin d'un consensus au sein de l'Assemblée, qu'il empêche avec l'aide de sa faction.

— Hocho n'est pas du genre à toujours vouloir remettre les choses au lendemain, rétorqua Shimone pour défendre son ami.

Le ton de sa voix avait faibli parce qu'il s'était penché pour regarder dans un coin poussiéreux sous une étagère.

— Eh bien, répondit hâtivement Tapek, car il n'était pas sourd aux réprimandes subtiles, qu'est-ce qu'un magicien de la voie mineure ne dirait *pas* à Mara ? Elle est révérée par le peuple. Les manants lui donneront tout ce qu'elle demande, juste pour gagner de l'estime aux yeux des dieux. Si elle a corrompu Jamel, de quelle autre preuve Hochopepa et vous auriez-vous besoin pour la condamner à mort ?

Shimone se redressa, époussetant distraitement du sang et de la poussière sur les poignets de sa robe.

— Jamel n'était pas un imbécile. Vous verrez.

— Je verrai !

Avec ostentation, Tapek leva les mains. Il lança un dernier regard à son confrère, dont le comportement se révélait difficile, voire récalcitrant. Bien qu'il soit depuis longtemps un ami d'Hochopepa, Shimone avait toujours semblé quelqu'un de raisonnable.

— *Vous* verrez, ajouta Tapek.

Puis il commença à murmurer l'incantation qui permet de faire rejouer les actions du passé immédiat à des formes spectrales.

Le froid sembla tisser sa toile dans l'atmosphère confinée de la masure, bien que l'air lui-même restât immobile. Shimone arrêta sa fouille des étagères. Il se pencha d'un air pensif et ferma les yeux du mort. Puis, dans un mouvement aussi vif que celui d'un oiseau, il recula contre le mur en croisant les bras, pour observer les résultats du sortilège de Tapek.

L'incantation sifflante du jeune magicien parvenait à sa fin. Tapek leva les mains fermement, comme pour concentrer sa volonté et ses pouvoirs. Une lumière brilla derrière le brasero, qui n'était pas projetée par le feu ou les charbons ardents. Elle s'éclaircit pour prendre un ton bleu argenté, glacial, qui devint finalement translucide. Elle s'affina progressivement pour dessiner des silhouettes, et montrer la forme de Jamel, assis, le visage tourné avec impatience vers le rabat de la porte. Quelques instants plus tard, des visiteurs entrèrent : Mara et ses deux serviteurs. Une conversation commença entre les différentes personnes, étrangement silencieuse. Shimone semblait aussi attentif aux bruits venant de l'extérieur, dans le quartier pauvre, qu'au déroulement du sort de vérité de Tapek.

La lecture sur les lèvres montrait que le sujet de la discussion était sans grande importance : Mara se faisait du souci à propos de l'éloignement de son époux, qui avait commencé quelques mois auparavant, lors de la naissance de leur fille. Une scène assez innocente ; sauf que Jamel commença, de façon très irritante pour les magiciens envoyés pour cette enquête, à s'occuper les mains et à jouer avec un morceau de soie. Toujours très opportunément, l'étoffe masquait ses lèvres. En voyant le mouvement de la soie provoqué par sa respiration, il était évident qu'il dissimulait ses paroles. Les traces de lumière qui frappent les objets d'une pièce peuvent être invoquées par magie et reprendre une forme cohérente, pour être revues même des jours plus tard, mais le son est trop fragile pour persister plus de quelques secondes.

Tapek jura. Aussi immobile qu'un relli, il regarda Jamel se lever et conduire Mara vers le mur. À ce moment-là, ils tournèrent le dos à la pièce, et selon toutes les apparences, le mage de la voie mineure se mit avec un grand sérieux à exécuter devant la dame exactement le genre de trucages qui font tant de tort à la réputation des magiciens dans leur ensemble. Des passes dans l'air, des mouvements qui ne signifient rien, mais sont destinées à impressionner les gens ignorants qui viennent acheter tel ou tel changement pour leur misérable vie... Tapek méprisait ces pratiques. Ses mains tremblaient de rage pendant qu'il maintenait les forces qui soutenaient son sortilège. Il déclara d'une voix acide :

— La dame semble soudain remarquablement stupide. C'est la quatrième, ou la cinquième, répétition de ces âneries ?

À sa grande fureur, Shimone semblait rire de bon cœur – pas ouvertement, cela n'était pas son style, mais une lueur semblait danser dans ses yeux profonds.

— Je vous avais prévenu, Tapek. Jamel n'était pas un idiot. Et la dame n'est certainement pas stupide.

La désapprobation voilée perceptible dans la voix de son collègue raviva la frustration de Tapek. Cependant, par détermination ou vexation, il endura la comédie des silhouettes spectrales, jusqu'à ce que Jamel finisse de tracer des symboles sans signification et commence à écrire sur un parchemin. Il restait penché par-dessus le document pour dissimuler ce qu'il écrivait. Comme le sortilège ne rappelait les événements du passé que du point de vue d'un observateur situé au centre de la pièce, quel que soit l'endroit où Tapek se déplacerait, il ne pourrait pas lire ce que Jamel était en train d'écrire. Le mage roux regarda fixement le brasero, ne comprenant que maintenant que Shimone avait déjà remarqué, probablement peu de temps après leur arrivée dans la demeure de Jamel les cendres du parchemin brûlé.

— Effectivement, fit remarquer le vieux magicien comme pour répondre aux pensées de Tapek. Les paroles étaient perdues avant même que nous arrivions.

Tapek libéra son sort à l'instant où Mara recevait le parchemin soigneusement plié et prenait congé. Sans se soucier de la terre imprégnée de sang ou des coussins trempés, Tapek fit les cent pas autour du brasero dans une rage contrôlée, chaque nerf tendu à se rompre.

— Par les dieux, si seulement je pouvais me tenir à la place de ce mur, et relancer mon sort de vérité, j'apprendrais beaucoup de choses. On voyait clairement par leur attitude que la dame et notre cadavre ont parlé ouvertement quand ils faisaient face aux étagères !

Shimone, toujours pratique, haussa les épaules.

— Nous perdons du temps.

Tapek se retourna vivement vers son collègue, qui avait maintenant l'attitude d'un vieux seigneur endurant avec impatience la lenteur d'un serviteur inepte.

— Mara ! s'exclama Tapek. Nous allons le lui demander !

Comme s'il venait d'être libéré et que ses pensées se transformaient en action, Shimone se dirigea vers la porte. Il releva le rabat de cuir et s'avança dans la puanteur à peine moins étouffante de la ruelle, annonçant :

— Je me demandais quand vous finiriez par y penser.

Laissant sur place le cadavre de Jamel, Tapek surgit sur les talons de son compagnon. Ses sourcils roux saillaient sur son front dans une expression terrible. S'il avait osé parler librement, il aurait accusé Shimone de faire de l'obstruction. Le vieux mage était un compagnon d'Hochopepa, et ces deux hommes étaient souvent les champions d'étranges causes. N'avaient-ils pas tous deux défendu Milamber après cette scène désastreuse aux jeux impériaux ? Tapek n'accordait aucune importance au fait que Milamber avait ensuite prouvé sa fidélité à l'empire, en avertissant l'empereur et l'Assemblée du danger que représentait l'Ennemi. Ses sentiments envers Elgohar, le magicien qui avait emprisonné Hochopepa et torturé Milamber, étaient mitigés. Elgohar avait été fou, bien sûr, mais il avait fait ce qu'il pensait être juste pour l'empire. Milamber l'avait détruit et, avec toutes ses autres offenses, avait montré les risques que provoquent les changements radicaux infligés à la tradition. Tapek était convaincu que les actions récentes de Mara, si elles n'étaient pas une preuve, représentaient une indication forte qu'elle complotait pour défier l'Assemblée. Et cet affront à la tradition faisait trembler de fureur le magicien au teint pâle.

Plongé dans une profonde indignation, Tapek faillit heurter Shimone, qui s'était arrêté au milieu de la rue et qui, selon toutes les apparences, écoutait le vent.

— De quel côté allez-vous regarder ? s'enquit Shimone.

Le froncement de sourcils de Tapek s'accentua. Il détestait jouer le rôle d'un subalterne, mais s'il n'invoquait pas un autre sortilège pour rejouer le passé, et laissait ce travail à Shimone, le vieux magicien flânerait de toute évidence durant tout le processus et se débrouillerait pour perdre la moitié de la nuit !

Il s'ensuivit plusieurs heures frustrantes, durant lesquelles Tapek, épuisé par l'effort déployé pour maintenir le sortilège, invoquait les silhouettes fantomatiques de Mara et de ses deux serviteurs. Ceux-ci, son premier conseiller et un soldat portant le plumet d'un commandant des Acoma, escortaient leur dame dans une promenade tortueuse dans les ruelles du quartier pauvre. Leur route décrivait des cercles, et parfois ils faisaient même demi-tour ! Tapek enrageait. Tenace comme un forcené, il les suivait. Il fut forcé d'attendre, lorsque la dame rendit une visite d'affaires à un marchand de tissu. Des coquillages changèrent de mains. Un paquet, scellé et enveloppé, fut remis à son conseiller. Puis la parade recommença. La dame revint enfin vers la place où ses domestiques et son escorte attendaient. Elle entra dans son palanquin. À sa grande irritation, Tapek se rendit compte que l'horloge de la ville indiquait trois heures ! Même l'obèse Hochopepa, décida-t-il, aurait perdu moins de temps que ce maudit pair de l'empire.

L'image spectrale de Lujan s'arrêta, leva la main pour rajuster son casque. L'inclinaison des plumes ne semblait pas lui plaire, et il les tordit dans un sens puis dans l'autre, son poignet dissimulant son visage tandis qu'il donnait des instructions complexes au chef de troupe qui commandait la garde d'honneur de sa maîtresse. Puis, enfin, la réplique spectrale et pâle comme la glace du palanquin s'éleva jusqu'aux épaules des porteurs fantômes. Le cortège flotta dans les rues obscures de Sulan-Qu. Alors que Lujan et le premier conseiller emportaient le colis enveloppé vers une destination inconnue, leurs lèvres indiquaient qu'ils échangeaient des vers de mirliton au contenu obscène.

À sa façon obtuse et exaspérante, Shimone ricanait devant cet humour sorti tout droit du caniveau. Il semblait répugner à suivre le palanquin de Mara, ce qui, pensa Tapek, écumant de rage, avait été leur objectif depuis leur départ de la Cité !

Plusieurs fois, Tapek dut renouveler son sortilège alors qu'il poursuivait l'image fantomatique. Les larges boulevards, les bâtiments et les rues animées cédaient la place à des centaines d'images brouillées, se superposant les unes aux autres. Il lui fallait déployer une grande énergie spirituelle pour suivre le bon groupe. Ce n'est que parce que les rares personnes qui se trouvaient dehors à cette heure très matinale cédaient immédiatement la place aux Robes Noires, que Tapek pouvait garder le contact avec l'illusion du palanquin de Mara. Et cette maudite dame suivait une route extrêmement tortueuse. Tapek était presque épuisé quand le sortilège le conduisit vers les marches du temple de Turakamu. Les silhouettes fantomatiques des porteurs et du palanquin se confondirent, alors que le passé convergeait vers le présent et que les esclaves de Mara posaient leur charge sur le sol. Tapek agita les mains et dissipa son sortilège. La lueur bleue s'évanouit, dévoilant le palanquin de Mara rangé sur le pavé, vide. Tapek cligna, pour dissiper la fatigue de ses yeux. Les gardes et les serviteurs de Mara avaient disparu, sans doute pour aller se détendre dans une taverne, pendant que leur maîtresse s'occupait, à l'intérieur, de ses affaires. Dans le ciel, les étoiles commençaient à pâlir avec les premières lueurs de l'aube. Tapek était d'une humeur de dogue, après s'être cogné les orteils contre les pavés. Il manqua de faire mourir de frayeur un esclave qui balayait les marches du temple du dieu Rouge, et envoya le malheureux chercher le grand prêtre en toute hâte. Un Très-Puissant est libre de se rendre où il le désire, mais même les magiciens respectent les traditions. Selon la coutume, personne n'entre dans un temple sans permission.

Shimone resta silencieux tout ce temps.

Heureusement, l'attente fut brève. Le grand prêtre du dieu de la mort était encore habillé, après la visite de Mara.

— Comment puis-je vous servir, Très-Puissants ?

Sa révérence était cérémonieuse, avec juste le degré de déférence pour une personne occupant un rang aussi élevé que lui.

Tapek mit un frein à son irritation.

— Nous cherchons la dame des Acoma pour un interrogatoire.

Le prêtre se redressa, une expression de consternation se peignant sur son visage.

— C'est très regrettable, Très-Puissants. La dame est arrivée récemment, l'esprit troublé par des problèmes personnels. Elle est venue me demander conseil, mais je n'ai pu réussir à la consoler. Selon son désir, elle s'est retirée dans le sanctuaire intérieur du temple de Turakamu. Elle fait retraite, Très-Puissants, pour méditer dans la paix. Elle espère que mon dieu pourra l'inspirer et lui indiquer le moyen de surmonter ses difficultés.

Tapek était assez furieux pour s'arracher les cheveux, mais il préféra rejeter son capuchon en arrière.

— Combien de temps cela durera-t-il ? Nous attendrons.

Le prêtre trembla, peut-être d'appréhension, mais ses yeux semblaient suprêmement confiants lorsqu'il répondit :

— Je suis désolé. Je doute beaucoup que dame Mara sorte de sa retraite cette nuit, ou toute autre nuit dans l'avenir. Elle a laissé des instructions à ses porteurs pour qu'ils rapportent son palanquin à son domaine de Sulan-Qu dans la matinée. Elle restera ici pendant des semaines au moins, si ce n'est des mois.

— Des mois ! (Tapek passait son poids d'un pied sur l'autre, puis foudroya le prêtre du regard.) Des mois ! s'exclama-t-il à nouveau, sa voix résonnant sur la place vide. (La Robe Noire continua sa tirade fielleuse.) J'ai peine à croire qu'une femme aussi contrariante que dame Mara se préoccupe de son état spirituel à cette heure avancée !

Le prêtre arrangea ses robes comme s'il rassemblait la dignité que son dieu lui avait accordée.

— Très-Puissant, un mortel peut se préoccuper de l'état de son âme à n'importe quelle heure, le corrigea-t-il doucement. Puis il croisa les bras dans une attitude béate.

Tapek bondit comme s'il allait se ruer dans l'escalier et violer la paix sacrée du temple. Mais Shimone tendit le bras et le retint.

— Réfléchissez, dit le vieux magicien d'une voix sèche. L'inviolabilité des temples remonte à des milliers d'années. Pourquoi briser la tradition du sanctuaire honorée depuis des générations, Tapek ? Mara devra bien sortir à un moment ou à un autre. Et si elle ne le fait pas, nous aurons alors atteint notre objectif, n'est-ce pas ?

Le magicien à la chevelure de flammes donnait l'impression d'avoir mordu dans un fruit pourri.

— Hochopepa, Fumita et vous, qui cherchez à la protéger, êtes des imbéciles ! murmura-t-il, furieux, pour que seul son confrère puisse l'entendre. Elle est dangereuse !

— Aussi dangereuse qu'un affrontement public entre l'Assemblée et les temples ? demanda Shimone, la voix menaçante.

Tapek sembla se calmer légèrement.

— Vous avez raison. Elle ne vaut pas la peine de faire un scandale public.

Shimone hocha la tête, silencieux, mais satisfait. Un faible bourdonnement commença à résonner dans l'air. Au moment où le prêtre se rendit compte que la confrontation était terminée, les deux Robes Noires avaient disparu dans un bruissement d'air et l'écho de la colère de Tapek.

Le cabestan claqua sur le pont du navire marchand. Le *Coalteca* ralentit puis s'arrêta avec une secousse, au moment où la lourde ancre de pierre gainée de cuir se cala contre l'écubier. Le capitaine hurla des ordres aux marins grimpés dans la mâture, pour qu'ils dénouent les cargues afin de déployer les voiles. Les drisses grincèrent lorsque les vergues furent hissées, et la toile de la voile peinte de couleurs vives s'enfla sous le vent marin. Confinée sous le pont, Mara faisait les cent pas dans la minuscule cabine de poupe. Ses désirs et son instinct lui criaient de monter au grand air alors que le vaisseau prenait la mer, mais la dissimulation était nécessaire. Après des semaines passées loin de l'air frais et du soleil, Mara rongeait son frein. Elle lança un regard vers son commandant, dont le visage habituellement bronzé avait pâli durant leur voyage à travers les tunnels cho-ja, depuis la ville de Sulan-Qu jusqu'au port lointain de la péninsule de Kolth.

Mara n'avait jamais voyagé dans les régions les plus méridionales de la province de Hokani. Elle avait entendu de Jican des descriptions de seconde main, et la frustration de ne pouvoir assouvir sa curiosité la rendait irritable. Comme elle aurait aimé pouvoir circuler discrètement à l'air libre, même au cœur de la nuit, pour voir la Cité des plaines ! C'est ici que se trouve la grande Faille qui conduit vers Midkemia, par où Kevin avait été renvoyé dans sa patrie. Elle aurait tant aimé voir les bâtiments de pierre des guildes ressemblant à des manoirs, qui constituent le cœur du commerce impérial dans le sud.

Mais Mara savait qu'elle ne devait pas risquer la colère de l'Assemblée pour un caprice frivole. La chance et l'ingéniosité de Lujan avaient permis de laisser une fausse piste qui se terminait au temple de Turakamu de Sulan-Qu, où la dame des Acoma était supposée faire retraite. Si les Robes Noires commençaient à soupçonner qu'elles avaient été victimes d'une supercherie, si dans une rue un mendiant la reconnaissait par hasard comme le pair de l'empire, sa vie et celles de sa famille pourraient immédiatement être compromises. Mara avait donc fait l'impensable selon les mœurs de l'aristocratie tsurani : elle avait revêtu les robes d'une esclave, et quitté Sulan-Qu en compagnie de Lujan et de Saric, portant tous les deux une armure ordinaire de mercenaire. Les fermiers et les marchands sortis avant l'aube l'avaient prise pour un butin de guerre. Ils n'avaient pas pensé à remettre en question ses vêtements gris d'esclave, et avaient regardé ouvertement sa silhouette mince et sa chevelure brillante. Quelques-uns avaient lancé des commentaires paillards, auxquels Lujan avait répondu sur le même ton, faisant preuve d'une excellente imagination en la matière. Sa vulgarité choquante avait permis de cacher que Saric avait été, au début, incapable d'oublier les traditions pour jouer la comédie, se raidissant en entendant les insultes adressées à sa maîtresse.

Un message laissé à un agent du réseau d'Arakasi avait provoqué une intervention rapide. Quand Mara et ses deux serviteurs étaient arrivés à la fourmilière cho-ja de son domaine, ils avaient été rejoints par dix guerriers triés sur le volet, portant une armure dénuée de tout symbole de maison. Ils étaient accompagnés d'un docker qu'elle n'avait jamais rencontré auparavant, et qui parlait le thuril comme s'il s'agissait de sa langue natale. Kamlio était venue avec eux, vêtue à nouveau des haillons dans lesquels Arakasi l'avait amenée, et rendue maussade par la perspective d'un voyage sous terre, en compagnie d'insectoïdes qui la terrifiaient.

Le trajet vers le sud avait été éprouvant. Épuisée par la nervosité et le confinement, ainsi que par l'expérience bizarre d'être considérée comme une marchandise, Mara se jeta dans l'alcôve remplie de coussins qu'elle avait autrefois partagée avec Kevin, lors du passage vers Tsubar. Dans ces quartiers familiers, l'absence de Kevin la touchait profondément, comme si leur séparation n'était survenue que la veille. Elle faillit regretter d'avoir il y a si longtemps acheté le *Coalteca* ; pourquoi n'avait-elle pas eu le bon sens d'oublier ses sentiments, et acheté un autre navire marchand ?

Mais le *Coalteca* était disponible ; elle avait agi sans consulter Jican. Elle avait l'impression que ce bateau lui portait chance. Son triomphe à Dustari avec le seigneur des Xacatecas lui valait encore l'admiration de tout l'empire, et maintenant que des forces aussi terribles que celles de Jiro et de l'Assemblée s'étaient levées contre elle, elle avait besoin d'être rassurée par tous les moyens, même ceux enracinés dans la superstition.

Kevin aurait pu rire de son irrationalité. Mara se sermonna, refusant de s'attarder dans le passé alors que l'avenir était si périlleux. Elle se détourna du souvenir de son amant barbare... et commença à se faire du souci pour Hokanu.

Son époux ne savait pas où elle se trouvait, et ne devait pas l'apprendre pour des raisons de sécurité. Elle ne pourrait même pas lui envoyer une lettre clandestine avant d'être profondément entrée dans le territoire thuril. Mara regretta vivement de ne pas avoir eu beaucoup d'occasion de parler avec lui depuis leur entrevue malheureuse après la naissance de Kasuma. Maintenant plus que jamais, elle éprouvait le besoin irrésistible de se confier à Hokanu, de sentir sa complicité et d'entendre ses intuitions toujours appropriées. Elle s'inquiétait pour lui, car il devait faire face à des parents cherchant à avancer dans la hiérarchie familiale. Des dissensions s'élevaient inévitablement après la mort d'un souverain puissant, quand les membres de la famille qui se considéraient comme des rivaux de l'héritier tentaient d'assouvir leurs ambitions. Mara soupira. Elle espérait que, si Hokanu acceptait la charge que lui offrait Ichindar, il rendrait visite à leurs enfants à la cour impériale. Kasuma ne devait pas grandir sans connaître l'amour d'un père, et l'enthousiasme de Justin dépassait certainement ce que les serviteurs impériaux avaient le cran de gérer. Mara soupira à nouveau, se demandant si elle reviendrait de Thuril, en rapportant de l'aide contre l'effroyable puissance de la magie, pour être vaincue par deux enfants transformés en sales gamins gâtés.

— Vous vous demandez si, après tout, ce voyage n'est pas une mauvaise idée ? fit remarquer une voix tranquille près de l'escalier.

Mara releva les yeux, surprise de trouver Saric debout sur le seuil de sa cabine. Les craquements de la coque du navire avaient masqué l'approche de son conseiller, et la robe simple qu'il portait lui permettait de se fondre dans l'ombre.

Mara sourit faiblement.

— Je pense que nous aurions pu nous passer de l'humeur revêche de Kamlio, répondit-elle, ne voulant pas révéler ses véritables pensées.

Saric lui rendit le demi-sourire lunatique qu'il arborait quand il était d'humeur malicieuse.

— Certainement... En l'entendant se plaindre des dispositions prises pour le couchage, on aurait pu penser qu'elle était la grande dame, et vous la servante intimidée.

Mara rit de bon cœur.

— Ai-je été si maussade ?

Son conseiller s'assit d'un geste plein de grâce sur un coffre de marine.

— Vous êtes-vous sentie maussade ? demanda-t-il.

— Oui.

Soudain consciente que son cœur se soulevait avec les mouvements du navire qui avançait toutes voiles dehors, Mara retira les épingles de ses cheveux et les laissa se dérouler dans son dos. Elle désigna d'un geste la cabine sombre, avec ses coussins aux étoffes vives et ses rideaux de perles achetés à un marchand du désert, qui claquaient et s'entrechoquaient à chaque coup de roulis.

— Je suis fatiguée des murs et du secret.

Elle n'ajouta pas qu'elle était nerveuse. Elle osait se rendre dans une terre étrangère sans porter le moindre insigne de son rang, avec pour toute escorte dix soldats et un guide qui était un ancien berger ! Cela ne ressemblait pas du tout à son voyage à Dustari ; elle avait alors voyagé en compagnie de son armée loyale, avec sa tente de commandement et tout le confort auquel elle était habituée.

Saric lui envoya un regard narquois.

— Vous êtes en train de souhaiter avoir pris le risque d'acheter un nouveau palanquin à Kolth.

L'étincelle dans ses yeux indiquait qu'il voulait en dire plus. Mara s'abstint de tout commentaire, jusqu'à ce que son premier conseiller passe les doigts dans ses cheveux coupés court, et ajoute :

— Lujan a regardé ce qui était disponible, vous savez. Il a trouvé un palanquin usé, une immense chose laquée de noir, incrustée de pierres de rivière et décorée de franges...

Il ménagea une pause dans son récit, comme un conteur.

— Continue, lui demanda Mara, distraite de sa mauvaise humeur. Pourquoi notre brave commandant n'a-t-il pas acheté cette monstruosité ?

Le visage de Saric se fendit d'un sourire diabolique.

— Aucun porteur sur les marchés aux esclaves n'avait assez de chair sur les os pour soulever ce maudit palanquin. Et votre garde d'honneur n'aurait pas assez de mains libres pour tirer l'épée si elle devait porter cette charge. De plus, selon Lujan, si la courtisane d'Arakasi et vous aviez dû être enfermées ensemble dans cette chose pendant plus d'une heure, vous vous seriez immanquablement battues comme des tseeshas.

Mara resta bouche bée devant cette allusion à la créature ressemblant à un chat, dont les femelles sont célèbres pour leur rivalité agressive.

— Lujan a dit cela ?

Saric ne répondit rien, ce qui donna un indice à Mara.

— Lujan n'a pas dit une telle chose ! cria-t-elle avec indignation. Es-tu encore en train de susciter des troubles, de vouloir plonger ton cousin dans la disgrâce ?

Saric eut l'honnêteté de paraître penaud.

— Dehors ! cria sa maîtresse. Laisse-moi et fais venir Kamlio. Si elle ne désire pas prendre de bain, ce n'est certainement pas mon cas, et je vais en profiter avant que nous nous éloignions trop des côtes et que la mer soit trop agitée pour que l'on puisse remplir une cuvette.

— Comme le souhaite ma dame, répondit Saric, se levant gracieusement pour faire sa révérence.

Alors qu'il sortait sans la moindre trace de honte sur le visage, sa dame se rendit compte qu'il avait atteint son objectif : l'humeur maussade de sa maîtresse avait disparu. Elle avait peut-être manqué la Cité des plaines et l'excitation de l'embarquement de Kolth ; mais elle se dirigeait vers un territoire qu'aucun Acoma n'avait jamais foulé.

Toutes les montagnes de Thuril se trouvaient devant elle, et son cœur battait la chamade devant cette aventure inconnue.

Plus tard, baignée, parfumée, mais portant toutefois des vêtements simples, Mara se tenait à la proue du *Coalteca*, regardant les vagues, l'écume et les bonds irisés des poissons jalor. Elle rit de délice en voyant l'éclair de leurs écailles briller sous le soleil, sans se soucier du regard acéré de Kamlio.

— Que trouvez-vous de si amusant dans ces eaux désolées ? demanda l'ancienne courtisane d'une voix boudeuse.

Elle semblait omettre délibérément le « dame » honorifique, comme si elle mettait Mara au défi d'en prendre ombrage.

— Je vois de la beauté, répondit la dame des Acoma, comme si la question n'était pas née de l'amertume de Kamlio. Je vois de la vie. Chaque moment de paix entre les luttes doit être chéri. J'ai appris cela depuis que je suis devenue souveraine.

Lujan s'approcha depuis le centre du navire, son casque sans plumet prenant la teinte cobalt du ciel qui s'assombrissait au-dessus d'eux. Il s'inclina devant Mara et déclara :

— Le navire tient bien la mer, maîtresse.

Mara leva les sourcils.

— Es-tu devenu marin, commandant ?

Lujan sourit, son expression un peu moins rusée que celle de Saric, mais tout aussi guillerette. Mara fut une nouvelle fois frappée par le sentiment qu'il fallait savourer ce moment.

— Non, admit son officier, mais c'est ce que le capitaine vient de dire...

Retirant son casque avec une grimace, car il ne lui allait pas aussi bien que le casque plus complexe qu'il avait dû abandonner à Sulan-Qu, il passa ses doigts dans ses cheveux mouillés et respira profondément l'air marin.

Sans prêter attention à la présence indifférente de Kamlio, Mara fit remarquer :

— Ce voyage me rappelle des souvenirs.

Lujan releva les yeux vers le mât de misaine et la grande toile aux couleurs criardes qui claquait dans les derniers rayons dorés du soleil.

— Le barbare me manque à moi aussi, maîtresse. Même s'il avait passé la dernière moitié du voyage la tête plongée dans une cuvette.

Mara ne put s'empêcher de rire.

— Soldat cruel, l'accusa-t-elle. Un jour, une tempête aura raison de ton estomac, et tu arrêteras alors de penser que le mal de mer est quelque chose de drôle.

— Par les dieux, répondit Lujan d'une voix âcre et amère, ne me souhaitez pas un tel destin alors que mon cousin est à bord ! Il me cuisinerait une soupe d'écailles de poissons en guise de remède, puis il irait raconter à toutes mes filles du Roseau favorites quelle tête j'ai quand ma peau devient verte.

Alors que Kamlio se raidissait dans une désapprobation silencieuse, Lujan lui adressa le sourire charmeur qui avait séduit la moitié des prostituées de la province, et qui les poussait à se pencher dangereusement au-dessus de la rambarde de leur balcon pour l'appeler.

— Je ne voulais pas vous offenser, belle fleur, mais mes filles adorent toutes leur travail. Elles ne rechignent pas à m'accorder leurs faveurs, et je ne les traite pas comme des marchandises. Je ne suis pas le marchand qui vous a achetée et qui vous a modelée pour les plaisirs du lit, pas plus que je ne suis l'un des maîtres qui vous a utilisée. Écoutez la sagesse, et arrêtez de rechercher ces gens-là dans tous les hommes que vous rencontrez.

Kamlio semblait prête à cracher du venin. Puis elle secoua sa chevelure d'or pâle, rassembla sa robe de patchwork voyante, et partit dans un silence compassé. Elle ne tourna pas la tête d'un millimètre devant les commentaires et les regards admirateurs des marins, mais descendit rapidement l'escalier pour rejoindre la cabine du second qui lui avait été attribuée.

— Ne dis rien, murmura rapidement Mara, alors qu'elle pressentait l'épithète que le commandant allait marmonner entre ses dents. Tu éveillerais moins son hostilité si tu cessais de l'appeler « belle fleur ».

Lujan semblait peiné.

— Mais elle est une belle fleur. Si elle devait se lacérer le visage et se défigurer, son corps ferait encore transpirer de désir tous les hommes.

Puis il rougit devant la franchise de son langage, comme s'il venait seulement de se souvenir que la personne à qui il s'adressait était une femme, et sa maîtresse.

Mara lui toucha le bras pour le rassurer.

— Je ne suis pas offensée quand tu parles de façon intime avec moi, Lujan. Tu es un peu devenu le frère que j'ai perdu, depuis le jour lointain où tu es entré à mon service dans cette clairière.

Lujan renfonça son casque sur ses cheveux ébouriffés.

— Je vous connais, dame, comme je connais mon propre cœur. Mais cette Kamlio me déconcerte. Je ne sais pas ce qu'Arakasi voit en elle.

— Il se voit lui-même, répondit la dame. Il voit des choses de son propre passé dont il se souvient, et il souhaite lui épargner les souffrances qu'il a vécues. C'est une attirance puissante.

Elle contempla la pénombre grandissante, se demandant si ses relations tendues avec Hokanu lui serreraient le cœur pour la même raison. Silencieusement, elle se demanda si Lujan, un autre homme, pourrait comprendre le motif de la réaction glaciale de son époux à la naissance de sa fille. Si Lujan avait été son frère, et non son commandant, elle aurait pu le lui demander. Mais ici, en public, sur le pont d'un navire, les traditions et les apparences l'en empêchèrent.

L'obscurité croissante s'étendait autour d'eux comme un rideau d'intimité. Mara étudia les traits de son commandant dans le crépuscule. Il avait gagné quelques rides et ses tempes commençaient à grisonner, depuis qu'elle l'avait libéré de sa vie de guerrier gris. Sans qu'elle l'ait remarqué jusqu'à maintenant, elle vit que son visage s'était hâlé à force de passer des heures à entraîner les troupes. Sa peau devenait peu à peu aussi tannée que celle de Keyoke. *Nous vieillissons*, pensa tristement Mara. *Et que pouvons-nous montrer, pour nos jours et nos labeurs ?* Face à leurs ennemis, ses enfants n'étaient pas plus en sécurité qu'elle ne l'avait été ; et si Hokanu avait été moins doué pour gouverner, il aurait peut-être dû verser le sang de sa propre famille pour garder dans le rang sa meute de cousins.

Mara soupira, sachant que si son frère avait vécu et hérité de la souveraineté à sa place, les Minwanabi auraient probablement réussi à s'emparer du titre de seigneur de guerre, et les changements précaires gagnés par le nouveau pouvoir de l'empereur ne seraient jamais survenus. Quelquefois, l'humour taquin de Lujan lui rappelait celui de Lanokota. Mais son frère avait à peine atteint l'âge d'homme et commençait tout juste à affronter les épreuves et les défis de la vie, quand elle l'avait perdu. Cet homme qui se trouvait à ses côtés avait atteint sa pleine maturité et sa puissance de guerrier. La dureté acquise durant ses années de hors-la-loi n'avait jamais entièrement quitté Lujan, en dépit de sa ferveur, de sa loyauté et de l'affection qu'il avait trouvée auprès de son prédécesseur, Keyoke. Frappée par le fait qu'un tel homme aurait dû avoir des fils, Mara déclara impulsivement :

— Tu devrais te marier, tu sais.

Lujan appuya son dos contre le bastingage et lui sourit.

— J'ai pensé, récemment, qu'il serait peut-être temps d'avoir un fils ou une fille.

Devenue plus sensible à cause de ce qui s'était passé entre Arakasi et Kamlio, Mara se demanda soudain si Lujan avait un amour, peut-être quelqu'un qu'il n'était pas libre de courtiser.

— Tu penses à une femme en particulier ?

Riant et regardant sa maîtresse avec affection, Lujan répondit :

— Je suis descendu à moins d'une douzaine de candidates.

Consciente qu'elle avait été légèrement taquinée, Mara s'exclama :

— Tu seras toujours une canaille ! Trouve-toi une femme compréhensive, sinon elle te réprimandera pour tes manières de séducteur, Lujan.

— Elle me grondera de toute façon, avoua le commandant. J'ai pris cette terrible habitude, voyez-vous, de dormir avec mes armes.

Il ne plaisantait qu'à moitié. Depuis que Mara avait accédé au pouvoir comme souveraine, les événements avaient contraint tous ses guerriers à se tenir en permanence sur le qui-vive, prêts au combat. Il y avait eu tout simplement trop d'attaques, venant de trop de sources invisibles. Le pire était qu'aujourd'hui, aucune épée dans l'empire ne pouvait la sauver. Mara perdit son envie de plaisanter. Elle regarda loin devant elle, vers l'horizon, et se demanda si elle trouverait sur cette rive lointaine et encore indiscernable dont elle avait désespérément besoin pour assurer la survie des Acoma.

La vigie hurla depuis la barre de flèche :
— Terre droit devant !

Mara se précipita vers le bastingage, les joues rosies par la brise du matin. Même Kamlio, qui se déplaçait rarement avec enthousiasme, la suivit. Légèrement à l'est de la proue du *Coalteca*, on distinguait une faible bosse indigo, le premier rivage que l'on apercevait à bord depuis le début de la traversée, rapide et sans histoire.

— Honshoni, dit Lujan. On dit que le miel d'abeilles rouges de ces collines est plus doux que celui de n'importe quelle contrée de l'empire.

Lepala était aussi célèbre pour sa soie, ses teintures exotiques, et le tissage aux merveilleux motifs que de tels luxes encourageaient. Mara soupira, désirant ardemment laisser libre cours à sa curiosité enfantine et s'arrêter pour explorer les marchés des ports méridionaux. Xula, Lepala et Rujije étaient des endroits enchanteurs, avec leurs bâtiments aux toits en flèche et aux balcons peints en écarlate. On disait que les seigneurs de Lepala gardaient des poissons exotiques dans leurs bassins, et des harems de centaines de femmes. Les volets des maisons étaient percés pour donner de l'ombre, et briser la force des vents marins. Les jardins abritaient d'immenses fleurs des climats chauds, qui ne s'épanouissaient qu'au crépuscule, mais qui emplissaient l'air nocturne de senteurs étranges, jusqu'à ce que le froid de la nuit les fasse se refermer. Les rues étaient pavées d'une pierre qui brillait comme de l'or quand elle était humide. Les récits des marins rendaient les étals des vendeurs et les maisons closes plus exotiques encore. Ils parlaient de boissons d'une force prodigieuse, de tavernes remplies de cages d'oiseaux multicolores, et d'auberges où les clients étaient rafraîchis par de jolies filles et de beaux garçons qui agitaient d'immenses éventails de plumes. Mais le *Coalteca* n'aborderait dans aucune de ces cités commerciales et animées. Il devait d'abord débarquer le groupe de Mara en toute sécurité dans une anse retirée et inhabitée, au fond de la baie entre Honshoni et Sweto. Seuls quelques villages de pêcheurs parsemaient la côte nord et sud.

La Confédération thuril revendiquait la partie est de la baie, son seul accès à la mer. Et comme les magiciens de l'Assemblée étaient enclins à apparaître et à disparaître à volonté à l'intérieur des frontières de l'empire, Mara avait suivi les recommandations de ses conseillers, et n'avait pas risqué un débarquement inutile. La cargaison officielle du *Coalteca* serait déchargée lors de son voyage de retour vers le nord. Si les Robes Noires ou un espion anasati en maraude suspectaient pour une raison ou pour une autre une déviation de son itinéraire normal, la dame serait déjà très loin, profondément entrée en territoire étranger et, si les dieux étaient cléments, hors de portée.

Quelques jours plus tard, le débarquement se fit dans un site aussi morne et désolé que dans les pires cauchemars de Mara. La plage où la chaloupe la déposa était déserte, un croissant gris-vert de galets de silex polis par la mer, hantée par des oiseaux en forme de faux. Quand Lujan la souleva du banc de nage et la porta à terre, des oiseaux de mer blanc et indigo décrivaient des cercles au-dessus d'eux. Leurs cris résonnaient douloureusement dans le vent et le fracas des brisants. De la poussière tourbillonnait sur les collines déchiquetées, couvertes de buissons et désolées. Au-dessus d'elles, prenant une teinte gris-bleu à cause de l'éloignement, l'entablement des hautes terres s'élevait. Il était bordé à l'horizon par des montagnes dont les cimes se perdaient dans des masses de nuages menaçants. L'arête d'ardoise de la chaîne de montagnes s'était révélée une forteresse imprenable pour les Tsurani qui avaient tenté de faire la guerre aux Thurils. De temps à autre, les forces de l'empire envahissaient ces terres inhospitalières, et étaient toujours contraintes de reculer dans les collines devant le harcèlement de féroces soldats hurlant des cris de guerre barbares, qui chargeaient nus, l'épée haute, la peau peinte de motifs étranges.

Petit, la voix douce, et ridé comme la peau d'un fruit sec, le guide s'arrêta devant Mara et déclara avec son accent guindé :

— Dame, il vaudrait mieux que vous ordonniez à vos gens de ne pas rester à découvert.

— J'aurais besoin de leur donner une raison pour cela, répondit Mara. Ce sont des guerriers honorables, et ils le prendraient mal si on leur disait de se déplacer comme des voleurs. Particulièrement alors qu'il n'y a pas la moindre habitation en vue, pas même la cabane d'un pêcheur.

Le guide passa sa langue sur sa gencive où manquaient deux de ses dents de devant. Il dansait d'un pied sur l'autre, de toute évidence gêné, puis il s'inclina dans une brève révérence.

— Dame, la paix entre l'empire et Thuril est fragile. Seuls des envoyés officiels et des commerçants licenciés franchissent la frontière, et uniquement en des points désignés. Si vos gens et vous étiez aperçus à deux jours de marche de ces rives, ou n'importe où près de la frontière impériale, vous seriez faits prisonniers et considérés comme des espions.

Quel que soit le sort que les Thurils réservaient aux espions, on pouvait penser que ce n'était pas plaisant à en juger par la sévérité de son expression.

Sachant que son propre peuple capturait des Thurils pour les jeux de l'arène impériale, Mara ne discuta pas plus longtemps et admit la nécessité du secret. Elle fit signe à Lujan de la rejoindre et lui murmura à l'oreille :

— Commandant, nous aurons grand besoin des connaissances que tu as acquises comme guerrier gris, pour garder notre présence secrète jusqu'à ce que nous ayons profondément pénétré dans le continent.

Sous la tignasse en désordre qui s'échappait de son casque, Lujan lui adressa un large sourire.

— Ah, dame, vous allez apprendre toutes mes ruses ! Quand vous verrez que des guerriers honorables se débrouillent très bien pour voyager comme des rôdeurs, leur ferez-vous encore confiance à l'avenir pour garder vos biens les plus précieux ?

— Ils pourront avoir tous mes biens précieux, avec ma bénédiction en prime, si notre mission réussit, répondit Mara, trop grave pour faire de l'humour, et reconnaissant les premiers signes de difficultés de l'expédition sur ces étranges rivages.

Plusieurs jours suivirent qui rappelèrent à Mara son voyage rapide à travers l'Empire, avant son premier mariage, pour gagner l'alliance de la reine cho-ja. À cette époque, comme maintenant, elle avait dormi dans un abri de fortune sur un sol dur, au milieu d'une petite escorte de guerriers. Parfois, elle avait voyagé à pied, la piste étant devenue trop difficile pour son palanquin. Là aussi le temps avait compté, car son groupe avait traversé les domaines de seigneurs ennemis, dans les profondeurs de la nuit.

Mais dans Kelewan, il y avait des forêts denses, presque des jungles, pour se cacher. Des brumes basses avaient dissimulé son escorte à l'aube et au crépuscule, et des porteurs avaient transporté les provisions.

À Thuril, le sol pierreux ne permettait la croissance que de rares buissons et d'herbes, fournissant un couvert bien maigre. Par moments, Mara devait marcher dans des ravins, glacée par les vents de ces hautes altitudes, ses minces sandales trempées par les touffes de mousse tourbeuse. Ses chevilles étaient égratignées par les carex aux tiges tranchantes, et ses mains commençaient à avoir des cals à force d'utiliser un bâton de marche pour garder son équilibre. Une fois, ils passèrent près d'un village, traversant les pâturages en rampant à la lumière de la lune. Des chiens aboyèrent dans leur direction, mais les jeunes garçons qui gardaient les troupeaux ne se réveillèrent pas.

Mara s'habitua au goût du gibier coriace abattu par les arcs de ses guerriers. Elle eut des courbatures dans des muscles dont elle ne soupçonnait même pas l'existence, après avoir marché durant de longues heures sur de nombreuses lieues. Étrangement, elle se délectait de cette liberté, et du spectacle de la voûte profonde du ciel où s'éparpillaient les nuages. Mais son plaisir le plus vif était de regarder Kamlio.

La jeune femme laissait ses longs cheveux se torsader et s'emmêler. C'était la première fois de sa vie qu'elle ne disposait pas de servantes pour les coiffer. Elle cessa de serrer les lèvres et de pâlir quand les guerriers lui parlaient. Elle avait rabroué ceux qui s'étaient approchés d'elle, et, à la différence des autres hommes qu'elle avait connus avant Arakasi, ils la laissèrent tranquille comme elle le demandait. Elle allait toute seule se laver dans les rivières glacées, et commença timidement à offrir son aide auprès du feu de camp, quand il devint évident qu'elle était douée pour la cuisine. Elle demanda aussi à Lujan de lui apprendre à se défendre avec un poignard. Les leçons commencèrent dans la pénombre, chaque nuit, durant lesquelles la voix mélodieuse de Kamlio prenait les intonations stridentes d'une poissonnière en train de jurer lorsqu'elle manquait son tir et essayait une nouvelle fois.

Lujan endura calmement son humeur acariâtre.

— Vraiment, dit-il un soir alors qu'elle semblait tout particulièrement éprouver des difficultés, vous devriez demander à Arakasi de vous montrer le maniement du poignard. C'est un maître dans cet art, et il connaît la meilleure façon d'utiliser les mouvements de poignet.

Kamlio se tourna vers lui, en proie à une telle fureur que le commandant saisit sa main juste derrière la lame nue qu'il lui avait prêtée, ne sachant pas si elle allait plonger le poignard dans son corps.

— Par les dieux ! cria Kamlio, offensée et venimeuse. C'est pour me défendre de cet homme que je veux apprendre à manier le poignard !

Elle se dégagea d'un geste brusque et partit dans le noir, plongée dans une violente colère. Lujan la regarda s'éloigner, faisant claquer sa langue en signe de reproche.

— Femme, personne ne peut gagner au couteau contre notre maître espion. (Alors qu'elle disparaissait, il ajouta doucement :) Vous n'avez pas besoin de vous défendre contre lui. Si vous vouliez arracher le cœur d'Arakasi, je pense qu'il resterait immobile et qu'il vous laisserait faire.

Beaucoup plus tard, dans les profondeurs d'une nuit sans lune, Mara s'éveilla en entendant les sanglots de la jeune fille. Elle lui demanda doucement :

— Il n'est plus nécessaire que tu revoies Arakasi, Kamlio, et c'est bien le problème, n'est-ce pas ?

L'ancienne courtisane garda le silence, et ses sanglots finirent par s'épuiser dans le sommeil.

Le lendemain, l'aube était nuageuse et froide. Kamlio revint de la corvée de bois les joues roses et les yeux rougis.

— Il a tué ma sœur ! cracha-t-elle à la dame des Acoma, comme en réponse aux paroles échangées durant la nuit.

— Il a tué l'obajan du tong hamoï, sur mon ordre, la corrigea Mara. Ce sont les fléchettes de l'obajan qui ont tué ta sœur.

Kamlio laissa tomber sa brassée de bois sur le feu naissant de Lujan, envoyant un nuage d'étincelles et de fumée dans le ciel.

Le berger qui leur servait de guide se mit à jurer en thuril.

— Fille stupide ! Ta colère risque de nous coûter la vie !

Lujan réagit le premier, arrachant la cape qu'il portait sur son armure. Il la jeta sur le petit feu, puis il bondit, attrapa le seau d'eau qui se trouvait non loin et arrosa l'étoffe avant qu'elle ne s'enflamme. Quelques volutes ternes de vapeur suintèrent des plis, et la puanteur de la laine de querdidra brûlée s'éleva dans l'air matinal.

— Debout, lança-t-il à son sous-officier. Nous levons le camp. Pas de petit déjeuner, et nous reprenons immédiatement la marche. Quelqu'un a peut-être vu cette fumée, et nous ne devons pas prendre le moindre risque pour la sécurité de notre dame.

Le petit berger lança un regard de reconnaissance au commandant acoma pour son sens pratique. Quelques minutes plus tard, le groupe de Mara avait repris la route, profitant des ravins et du maigre couvert que le paysage désolé pouvait offrir.

Quatre jours plus tard, le guide jugea que la contrée était suffisamment sûre pour voyager plus visiblement. Il accepta de l'argent de Mara, et osa descendre dans une petite vallée étroite, emplie de fumée, pour acheter des provisions au marché d'un village. Les centis impériaux étaient suspects, mais ils avaient de la valeur. Les gens des campagnes, avec leurs besoins simples, ne posaient pas de questions sur l'origine des pièces qu'ils recevaient ou de ceux qui les dépensaient. Mara soupçonna qu'elle n'était pas le premier Tsurani que le guide conduisait dans cette région. La contrebande entre l'empire et Thuril était risquée, mais très profitable. Cela semblait une carrière raisonnable pour un homme à l'héritage mixte, qui pouvait vivre dans les deux cultures.

Le berger revint avec deux sacs de cuir remplis de provisions, de la viande séchée, et une cape de tissu des collines pour remplacer celle que Lujan avait brûlée sur le feu de camp. Les marchandises arrivèrent au camp chargées sur le dos d'un petit animal gris, ayant la forme d'un cheval mais avec de longues oreilles et une queue ressemblant à un pinceau.

— C'est un âne, expliqua le guide, en réponse à la question curieuse de Mara.

Il prononça le mot maladroitement avec un accent assourdi, mais Mara reconnut son origine midkemiane. La présence d'un animal qui ne pouvait venir que de l'autre côté de la Faille, en passant par l'empire, prouvait que la contrebande était un commerce fructueux dans cette région.

— C'est un animal moins acariâtre que le querdidra, dame, et assez solide pour pouvoir vous porter.

En entendant cela, Mara haussa les sourcils.

— Moi ? Chevaucher cette chose ? Mais il est à peine plus grand qu'un needra nouveau-né !

— Marchez, si vous préférez, répondit le berger, d'une voix assez peu respectueuse. Mais vous risquez de vous tordre les chevilles sur la terre durcie des hauteurs, et vos guerriers se fatigueront rapidement s'ils doivent vous porter.

Il avait apporté pour Kamlio de petites bottes avec de solides semelles, lacées sur le devant et bordées de fourrure. Mara regarda les chaussures assez laides avec dégoût, et l'âne avec appréhension. Puis, avec un soupir, elle céda.

— Je chevaucherai. Montre à Lujan comment m'aider à monter.

Le berger fit une autre de ses courtes révérences, que Mara jugeait être sa façon de cacher son amusement.

— Ne soyez pas craintive, la taquina Lujan alors qu'il venait à ses côtés pour l'aider à monter à califourchon. Pensez à ce que j'ai ressenti dans le désert, le jour où j'ai dû monter sur le dos d'un Cho-ja. Ils sont plus glissants, et j'étais paniqué à l'idée de tomber et d'atterrir sur mon épée.

— C'était l'idée de Kevin, pas la mienne, se défendit Mara.

Puis elle s'arma de courage lorsque son commandant la souleva dans ses bras puissants, et la déposa comme une plume sur la selle de cuir teint fixée sur le dos de la bête.

L'animal était petit, tenta de se rassurer Mara, et le sol se trouvait à moins d'un mètre. Si elle tombait, le pire qu'elle risquait serait quelques bleus. Un petit prix à payer si elle pouvait trouver une protection contre les Robes Noires dans ces étranges collines arides. Et, en fait, l'allure de l'âne n'était pas si désagréable que cela, car il avait un pas court et le pied remarquablement sûr lorsqu'il avançait dans la rocaille.

Mara trouva son perchoir sur le dos de la créature assez inconfortable, mais elle cacha ses douleurs avec une impassibilité toute tsurani, tandis que l'expédition montait de plus en plus haut dans les collines inhospitalières. Dans l'après-midi, lorsqu'elle démonta et qu'un soldat emmena la bête pour l'abreuver, elle confia à Lujan que si elle avait su quelle sorte de créatures étaient les ânes, elle n'aurait jamais autorisé leur importation.

— Un petit cheval, vraiment ? avait-elle grogné, en s'asseyant avec raideur sur le sol pour partager un repas de pain dur et de fromage aigre.

Lujan se contenta de sourire.

— Ils sont plus fiables, d'après ce que l'on dit. L'homme qui les vend de l'autre côté de la frontière à Honshoni cherche déjà un nouveau troupeau, car ils sont bien plus performants que les querdidra comme bêtes de somme.

Mara dut avouer qu'elle était d'accord, en dépit de son postérieur douloureux. Elle avait enduré la compagnie des querdidra, à la fourrure puante et au mauvais caractère, quand elle avait traversé les montagnes de Tsubar lors de la campagne contre les pillards du désert. Mais lorsque l'âne leva sa queue filiforme pour lâcher du crottin, elle garda son opinion pour elle. Si cette créature était supérieure à la bête de somme indigène au sale caractère, il n'était certainement pas plus propre dans ses habitudes.

Soudain le berger qui leur servait de guide virevolta, oubliant sa croûte de pain. Faisant face au vent, il plissa les yeux, observant les collines mornes et couvertes de buissons, comme s'il pouvait lire dans les rochers et la végétation comme sur un parchemin.

— Nous sommes surveillés, révéla-t-il à voix basse à Lujan. C'est ce que je soupçonnais depuis que nous avons quitté ce village.

Le commandant continua à mâcher ostensiblement sa nourriture. Comme s'ils ne se trouvaient pas en danger immédiat, il demanda :

— Devons-nous prendre nos armes ?

Le berger se retourna, choqué.

— Pas si vous voulez survivre. Non. Continuez comme si de rien n'était. Si quelqu'un approche, ne faites aucun geste menaçant, quoi que l'on vous dise ou que l'on fasse pour vous provoquer. Assurez-vous qu'aucune tête brûlée parmi vos hommes ne parle ou ne tire son épée.

Lujan répondit par un sourire égal que seule Mara reconnut comme une fausse démonstration d'humour.

— Prends du fromage, proposa-t-il au berger.

Mais plus personne n'avait le cœur à manger, et peu de temps après la compagnie se regroupa et reprit la route. Ils avaient fait à peine une douzaine de pas quand un cri transperça l'air. Un homme portant des tresses noires et une grande cape flottante du même gris-vert terne que la terre bondit juste au-dessus du garde de tête, sur un grand rocher qui surplombait l'étroite piste.

Lujan leva la main alors que les gardes de Mara se tendaient. Mais les soldats n'oublièrent pas leurs ordres et ne tirèrent pas leurs armes, en dépit de leur surprise. Le montagnard thuril semblait avoir surgi de nulle part. Vêtu de son kilt traditionnel et de deux ceintures croisées sur la poitrine soutenant deux épées et plusieurs poignards, il demanda d'une voix forte :

— Pourquoi envahissez-vous la terre de Thuril, Tsurani ?

Son fort accent rendait sa question presque inintelligible, et sa voix était sans le moindre doute belliqueuse.

Mara talonna le petit âne, pour vaincre sa répugnance à marcher. Avant qu'il puisse avancer, le petit berger bondit jusqu'à la bride pour le retenir. Il répondit au défi, suivant la coutume du pays :

— Je parle pour la dame des Acoma, venue pour une mission de paix.

L'homme sauta du rocher, sa cape tourbillonnant et son kilt se soulevant pour dévoiler des cuisses extrêmement musclées. Les lanières croisées de ses sandales étaient garnies de pompons sous les genoux, et des talismans de pierre cliquetaient sur ses baudriers. De près, on pouvait voir que sa tête était rasée, sauf pour une plaque ronde au sommet du crâne, d'où tombaient des tresses qui poussaient sûrement depuis l'enfance. Elles descendaient jusqu'à sa taille, et leurs extrémités étaient également décorées de talismans.

Lujan chuchota à l'oreille de sa maîtresse :

— Il n'est pas vêtu pour la guerre, dame.

Mara hocha la tête. Elle avait lu que les Thurils ôtent leurs vêtements quand ils se battent, allant nus au combat. Ils ne portent que leurs baudriers, leurs casques à plumes, leurs boucliers et leurs armes, car ils tirent fierté de montrer que leur virilité n'est pas recroquevillée par la peur et ils s'assurent que leurs ennemis le sachent.

L'homme avança d'un pas arrogant vers Mara, qui se trouvait maintenant légèrement en avant des autres, car l'âne avait fait quelques pas nerveux. Mara tira fortement sur les rênes, se rappelant frénétiquement et silencieusement qu'elle devait se comporter comme si tout allait bien.

Le montagnard dit quelque chose dans son dialecte grossier et attrapa la bride de l'âne. Il souffla dans son nez, et pour une raison étrange, l'animal se calma. L'homme passa alors ses doigts dans ses talismans, et fit le tour de la tête de l'âne. Venant devant Mara, il se pencha jusqu'à ce que son nez touche presque celui de la dame, séparé par l'épaisseur d'un cheveu.

Iayapa la prévint :

— Noble pair, ne faites aucun mouvement. Il met votre courage à l'épreuve.

Mara retint son souffle et se força à ne pas fermer les yeux. À la périphérie de son champ de vision, elle percevait le malaise de ses hommes, démangés par l'envie de tirer leurs armes ; et de Kamlio, qui avait oublié son dégoût pour la gent masculine et qui s'était rapprochée du soldat le plus proche sous l'effet de la peur. Mais la discipline acoma tint bon. Les guerriers restèrent calmes, et quand Mara refusa de baisser le regard ou de s'écarter, le montagnard lâcha un grand soupir empestant l'ail, et se redressa. Il grogna, reconnaissant que son courage était suffisant.

— Qui parle pour toi, femme ?

Avant que Iayapa puisse l'en empêcher, Mara parla :

— Je dirige ce groupe.

L'homme découvrit des dents égales et blanches en une expression qui n'était certes pas un sourire. Son visage hâlé par un soleil ardent se plissa de mépris.

— Tu as du cran, femme ! Je veux bien le reconnaître... Mais que tu diriges ces hommes ? Tu es une femme... (À Lujan, qui était le plus proche, le montagnard adressa une nouvelle fois sa question :) Toi ! Je ne réponds pas à la langue d'une femme, et j'aimerais savoir : pourquoi venez-vous avec des soldats sur nos terres ? Vous cherchez la guerre ?

La dernière phrase semblait être une plaisanterie, car il éclata d'un rire rauque.

Mara fit signe à Lujan de rester silencieux et, comme si l'homme musclé ne se trouvait pas au garrot de son âne, elle s'adressa à son guide :

— Ce montagnard semble amusé. Pense-t-il que notre présence est comique ou a-t-il l'intention de faire un affront à notre honneur ?

Mais parce qu'il suivait son propre conseil, ou simplement parce qu'il était intimidé au point de garder le silence, Iayapa ne répondit pas.

Mara fronça les sourcils, obligée de faire appel à ses propres ressources. Selon les récits tsurani, les Thurils étaient des guerriers assoiffés de sang, prompts à l'attaque, sauvages dans les combats. Mais l'opinion d'une armée d'envahisseurs était suspecte, pensa Mara. Les seuls autres Thurils qu'elle avait observés avaient été des captifs envoyés dans l'arène. Ces hommes avaient prouvé qu'ils étaient sûrs d'eux, indépendants et courageux. Ils avaient préféré subir le fouet des contremaîtres tsurani plutôt que de se battre pour l'amusement de leurs geôliers.

Mara s'adressa à nouveau au Thuril :

— Je cherche votre chef.

Comme si un insecte s'était mis à parler à voix haute, le montagnard sembla surpris.

— Tu cherches notre chef ? (Il se caressa le menton comme s'il réfléchissait.) Pour quelle raison veux-tu le déranger ? Il a déjà une femme pour réchauffer son lit la nuit !

Mara se cabra, mais retint sa colère juste à temps. Elle fit un geste pour retenir Lujan, qui était prêt à bondir pour répondre à l'insulte. Mara se força à étudier calmement ce montagnard bravache. En vérité, il paraissait jeune, et devait avoir à peine plus de vingt-cinq ans. Selon la coutume tsurani, il était juste assez vieux pour disposer de son héritage. Et comme pour tout garçon à qui l'on confie ses premières responsabilités, ses manières n'étaient peut-être que des fanfaronnades, pour se rendre plus important dans un monde devenu plus grand.

— Je ne parle pas aux gamins. Conduis-moi maintenant à ton chef, ou je demanderai que tu sois puni pour ton impolitesse, quand je le trouverai moi-même.

L'homme recula de quelques pas, dans une fausse démonstration d'intimidation.

— Ma dame ! Mais bien sûr.

Il pivota sur ses talons dans un tournoiement de cape et de kilt, et mit deux doigts entre ses lèvres. Son sifflement perça l'air, faisant sursauter les guerriers de Mara.

— Ne dégainez pas vos épées, ordonna-t-elle à voix basse à Lujan.

Son commandant observa durement ses soldats, leur ordonnant du regard de se tenir tranquilles, alors que, dans une avalanche de cailloux et de graviers, plus d'une vingtaine d'hommes surgissaient autour de leur position. Tous étaient fortement armés, d'arcs, de lances et d'épées, et porteurs de ceinturons hérissés de couteaux de lancer ; un certain nombre des plus féroces et des plus grands portaient même des haches à double fer. La petite garde de Mara était surclassée à trois contre un, et, en cas de combat, le sentier où ils se tenaient deviendrait un véritable abattoir.

Prêt à mourir, Lujan murmura :

— Ils ne sont peut-être pas venus chercher des ennuis, mais ils se tiennent prêts au cas où les ennuis les trouveraient.

Le montagnard sur le chemin regarda ses renforts disposés en cercle. Il eut un sourire malicieux.

— Vous avez entendu la femme ! Elle pense ordonner à notre chef de me battre pour me punir de mon impolitesse !

Des rires grossiers accueillirent sa déclaration, ponctués par le sifflement d'épées que l'on dégaine.

Mara avala sa salive. Consciente qu'elle devait combattre ou céder, avant que ses hommes ne soient tués sur place et que Kamlio et elle soient capturées pour subir un destin connu des dieux seuls, elle força sa langue sèche à articuler :

— J'ai dit que nous sommes venus en paix ! Pour le prouver, mes hommes vont déposer leurs armes.

Devant le regard incrédule de Lujan, elle ajouta :

— Obéissez !

Obtempérant tous sans exception, les gardes tsurani débouclèrent leur ceinturon d'épée. Le fracas des fourreaux frappant la pierre sembla absorbé de façon pathétique par la grande voûte du ciel.

Le jeune guerrier arbora un sourire de prédateur. Il tendit la main, tira sur la lanière de cuir qui retenait sa tresse, et la tendit d'un coup sec entre ses mains.

— Attachez-les, lança-t-il à la cantonade. (Regardant Lujan, il ajouta :) Vous êtes des Tsurani ! Des ennemis de mon peuple. Nous verrons bien qui mon chef ordonnera de battre !

Mara ferma les yeux alors que le cercle de Thurils se précipitait sur son groupe sans défense. Mais elle ne réagit pas assez tôt pour éviter les regards concupiscents que les hommes les plus proches lançaient à Kamlio. Ses oreilles entendaient leurs commentaires dans une langue étrange, mais prononcés sur le ton de la dérision. *Les dieux nous protègent,* pensa-t-elle, *quel destin ai-je donc ordonné pour mes gens ?* Car selon tous les principes de l'honneur et toutes les croyances de sa religion, elle aurait dû veiller à ce que ses guerriers se fassent tuer jusqu'au dernier, et à ce qu'elle soit elle-même massacrée, avant de consentir à se rendre.

— Vous avez fait exactement ce qu'il fallait, grande dame, dit résolument Iayapa.

Mais alors que des mains brutales l'arrachaient de sa selle, et que des lanières de cuir graisseux s'incrustaient dans ses poignets, Mara n'était pas pour autant rassurée. Plus que la honte des Acoma était en jeu ici, se souvint-elle, tandis que ses guerriers enduraient en silence le déshonneur d'être ligotés. L'honneur, la fierté, même la paix, ne signifiaient rien si l'omnipotence de l'Assemblée n'était pas remise en question.

Mais alors que son groupe et elle étaient poussés, bousculés et raillés comme des esclaves, elle n'était pas sûre de ne pas préférer la mort.

19

CAPTIFS

Mara tomba.

Le montagnard qui l'avait poussée vers la colonne de prisonniers rit lorsqu'elle tomba à genoux sur les pierres aiguës. Il l'attrapa par le bras, la remit brutalement debout et la poussa à nouveau en avant. Mara trébucha contre Saric, qui, ligoté, la retint cependant fermement en éprouvant les pires difficultés à contrôler son indignation et son horreur.

— Vous devriez permettre au moins à ma maîtresse de chevaucher l'âne, protesta-t-il, sachant devant l'expression sombre de sa dame que sa fierté l'empêcherait de parler.

Il cracha chaque mot comme s'il prononçait une malédiction.

— Silence, chien tsurani ! On réserve un meilleur usage à cette bête !

Le montagnard qui semblait diriger la petite troupe appela un subordonné d'un geste, et lui donna des instructions.

Mara releva le menton, tentant de ne pas regarder le visage ensanglanté de Lujan. Celui-ci avait refusé de lever ses poignets pour qu'ils soient attachés, et bien qu'il ne se soit pas débattu, on l'avait brutalement malmené pour lui ligoter les mains dans le dos. Ses yeux étaient noirs de rage lorsqu'il vit quel était le « meilleur usage » que l'on destinait à la bête de somme : Kamlio avait attiré le regard de ces Thurils barbares. Sa beauté était considérée comme un butin et c'était elle, et non Mara, qui devait monter l'animal.

Quand Saric osa protester à nouveau, il fut frappé au visage tandis qu'on lui criait dans un tsurani maladroit :

— La femme aux cheveux sombres est presque à la fin de ses années de fertilité. Elle n'a pas beaucoup de valeur.

Mara endura cette honte supplémentaire, les joues brûlantes. Mais l'incertitude la dévorait, pendant que ses ravisseurs en kilt organisaient son escorte afin de reprendre la marche. Elle n'avait aucune indication sur ce que ces Thurils allaient faire de ses hommes et d'elle. D'après ce qu'elle savait du traitement que les Tsurani infligeaient aux montagnards captifs, elle ne s'attendait pas vraiment à ce que leur destin soit plaisant.

Les Thurils firent grimper leurs prisonniers dans les montagnes. Mara dérapait et trébuchait sur l'argile glissante, et fut trempée jusqu'aux genoux en traversant les ruisseaux qui descendaient des hauteurs. Ses sandales mouillées devinrent plus lâches, et ses pieds se couvrirent bientôt d'ampoules. Elle se mordait les lèvres, retenant des larmes de souffrance. Si elle perdait du terrain, l'un des montagnards la poussait d'un coup de coude, ou du plat de son épée ou de sa hache. Son dos portait des meurtrissures auxquelles elle n'était pas habituée. Kevin et ses compatriotes avaient-ils ressenti cette douleur lorsqu'ils avaient été conduits vers les marchés aux esclaves tsurani ? Mara pensait l'avoir compris quand elle avait décidé que l'esclavage était une plaie pour l'humanité. Maintenant, elle expérimentait personnellement la souffrance et la peur que de malheureux esclaves pouvaient ressentir, en étant sujets aux caprices d'autres personnes. Et bien que sa situation soit périlleuse, elle restait une femme libre et le serait à nouveau, si elle survivait. Mais que peut-on éprouver en sachant qu'il n'y a aucun espoir d'évasion ? La colère profonde et intime de Kevin sur le sujet ne la déconcertait plus, maintenant.

Kamlio était assise sur l'âne. Le visage de l'ancienne courtisane était pâle, mais son expression restait impassible, comme il convenait pour une Tsurani. Cependant lorsque la jeune fille regarda plusieurs fois dans sa direction, Mara devina la terreur et l'inquiétude derrière son masque imperturbable. Quelque chose avait dû s'éveiller en Kamlio, si elle éprouvait de l'inquiétude pour la maîtresse qui trébuchait, et que l'on poussait à côté de l'âne.

Les collines des basses terres devinrent plus escarpées alors que la journée s'avançait, et que les Thurils emmenaient leurs captifs toujours plus haut vers la région des plateaux. Épuisée et trempée de sueur, Mara se souvint des objectifs vitaux qui l'avaient poussée à accepter une reddition sans condition. Mais les abstractions morales semblaient avoir de moins en moins d'importance alors que la soif lui asséchait la gorge et que ses jambes commençaient à trembler à cause de la marche forcée. Elle tenta une nouvelle fois de raffermir sa résolution vacillante : elle devait découvrir le secret que les Cho-ja et les magiciens de la voie mineure avaient appelé « l'Interdit ». Le dénouement de cette énigme se trouvait sur cette terre hostile. Tout cela était encore plus déroutant car la solution se trouvait en dehors de son expérience tsurani. Mara n'avait aucune indication sur le sort qui l'attendait, et elle ignorait si elle parviendrait à se faire entendre d'une personne d'autorité. Elle ne connaissait même pas la langue des Thurils, et savait encore moins quelles questions poser. Comme elle s'était montrée présomptueuse ! En embarquant sur le *Coalteca*, elle avait cru qu'elle pourrait voyager vers ces rivages étrangers et faire une impression suffisante pour être écoutée courtoisement par les ennemis de son peuple, grâce à ses discours et à la force de sa personnalité ! Née dans les hautes sphères du pouvoir, n'ayant jamais été privée des privilèges de son rang, Mara comprenait maintenant comme ses prétentions avaient été stupides. Elle était pair de l'empire, le peuple la révérait, et elle n'avait jamais envisagé que des étrangers puissent agir différemment. Les leçons qu'elles avaient apprises auprès de Kevin de Zūn auraient dû l'avertir des différences entre les peuples. Les dieux lui pardonneraient-ils jamais sa stupidité ?

La peur envahissait peu à peu son esprit alors que ses ravisseurs la conduisaient vers un col élevé dans les collines, sans lui accorder le moindre repos. L'âne avançait laborieusement, sans se soucier des problèmes humains, content du sort que les dieux lui avaient réservé, celui d'une bête de somme. *Je porte une charge toute aussi lourde*, pensait Mara, trébuchant à nouveau et sentant la douleur dans ses poignets liés lorsqu'elle luttait pour garder son équilibre. Perdue dans ses tristes pensées, elle ne remarqua pas les regards d'inquiétude angoissée de Saric et de Lujan. Il n'y avait pas que le destin de sa famille qui reposait sur ses seules forces. La captivité lui apprenait une leçon douloureuse : personne ne devrait vivre selon les caprices d'un autre homme ou d'une autre femme. Mais c'était la seule façon de décrire la vie misérable du peuple tsurani. Son destin et celui des esclaves méprisés dépendaient d'elle, tout autant que le destin des nobles. Mais les réformes ne pourraient pas commencer à Tsuranuanni, tant que l'omnipotence de l'Assemblée ne serait pas brisée.

Des possibilités amères mirent à rude épreuve les braves résolutions de Mara : que Kasuma puisse être son dernier enfant, que la séparation entre Hokanu et elle dure le restant de sa vie, qu'elle ne puisse pas dissiper la répugnance de son époux à nommer une fille comme son héritière. La nature contraire de Kevin lui avait appris qu'aimer un homme ne garantit pas de vivre en paix avec lui. Le moment de sa vie le plus douloureux, et l'un de ceux qu'elle avait le plus regrettés, était le jour où le décret impérial l'avait obligée à renvoyer le barbare. Elle craignait qu'Hokanu la perde d'une manière aussi abrupte, sans qu'ils aient pu se dire tout ce qui avait tant d'importance pour eux. Mara déglutit, combattant le désespoir. Si elle ne pouvait pas raisonner ces Thurils, s'ils l'échangeaient ou la vendaient comme esclave, et si Hokanu devait avoir un fils, une autre femme devrait porter son enfant. Cette pensée la fit encore plus souffrir que tout l'inconfort physique du voyage. Elle retint bravement ses larmes.

Ce n'est qu'après coup qu'elle comprit que leur marche avait ralenti. Ses ravisseurs s'étaient arrêtés dans un vallon, entre des collines teintées de pourpre par les ombres de la fin de l'après-midi. Une compagnie de guerriers thuril plus jeunes en descendait les pentes. Dans un tournoiement de capes, ils brandissaient des armes et riaient bruyamment. Leurs retrouvailles avec le groupe qui conduisait le petit groupe de prisonniers furent jubilatoires. Les nouveaux venus observèrent Kamlio en levant les sourcils et en poussant des ululements d'appréciation. Ils tâtaient l'étoffe de la robe toute simple de Mara, parlant à voix forte, jusqu'à ce que la dame s'irrite d'être constamment observée.

— Que disent-ils ? demanda-t-elle brusquement à Iayapa, qui avançait la tête inclinée.

Il se recroquevilla encore un peu plus devant la demande impérieuse de Mara.

— Dame, avoua le berger, ce sont des hommes frustres.

Des cris de dérision fusèrent devant ses manières respectueuses, et quelqu'un déclara dans un tsurani bourru et maladroit :

— On devrait l'appeler Celui qui répond aux femmes, non ?

Des cris et des rires jaillirent, noyant presque les demandes furieuses de Mara et les supplications désespérées d'Iayapa :

— Dame, ne me demandez pas de traduire.

Derrière elle, l'un des jeunes hommes plaça sa main sur son entrejambe et roula des yeux comme s'il éprouvait un grand plaisir. Ses compagnons trouvèrent son attitude hilarante, car ils se frappèrent les épaules en riant.

Iayapa répondit par-dessus leur vacarme :

— Vous seriez offensée, grande dame.

— Dis-moi ! exigea Mara, alors que Saric et Lujan se rapprochaient d'un pas traînant, et prenaient leur position habituelle à ses côtés comme pour la protéger des sarcasmes des étrangers.

— Dame, je ne veux pas vous manquer de respect. (Si ses mains avaient été libres, Iayapa se serait prosterné. Ligoté, il avait l'air extrêmement tendu.) Mais vous me l'avez ordonné... Le premier, celui avec la cape verte, a demandé à notre guide s'il vous avait déjà prise.

Mara resta silencieuse, et hocha la tête.

Iayapa transpirait, en dépit de l'air frais des montagnes.

— Celui qui nous guide dit qu'il attend l'arrivée au prochain village, car vous êtes maigre et il aura besoin de coussins et de fourrures. (Presque en rougissant, il bredouilla le reste :) Le troisième qui s'est touché l'entrejambe a dit qu'un homme vous a répondu. Cela signifie que vous êtes une sorcière. Il a demandé à celui qui nous guide s'il ne prenait pas le risque, en tentant de vous toucher, que vous puissiez arracher sa... virilité et la lui faire manger. Les autres pensent que tout cela est très drôle.

Mara tira avec irritation sur les lanières qui lui enserraient les poignets. Comment pouvait-elle répondre avec dignité à de telles obscénités, attachée comme du bétail ? Elle réfléchit un moment, regardant Lujan et Saric. Les deux hommes semblaient sur le point de commettre un meurtre, mais ils étaient aussi impuissants qu'elle. Mais rien sous les cieux ne lui ferait endurer de telles injures sans même une résistance de principe ! Comme il ne lui restait plus que sa langue, Mara lança le cri le plus violent qu'elle pouvait pousser. Ces barbares grossiers ne comprenaient peut-être pas le tsurani, mais, par Turakamu, ils comprendraient ses intentions au ton de sa voix.

— Toi ! lança-t-elle, en faisant un mouvement brusque de la tête dans la direction du chef des montagnards qui les avait capturés. Quel est ton nom ?

L'homme au nez busqué à la tête de la colonne se raidit et, pratiquement sans réfléchir, se tourna vers elle. Le jeune homme lâcha l'entrejambe et regarda son aîné avec stupéfaction. Il dit quelque chose, auquel son chef répondit par un geste d'incompréhension. Ce dernier s'adressa ensuite à Iayapa dans sa propre langue, et les autres se mirent à rire.

Mara n'attendit pas la traduction.

— Cet idiot fanfaron qui n'a pas plus de cervelle que la bête qui porte ma servante fait maintenant semblant de ne pas me comprendre. (Elle fit siffler ses consonnes de méchanceté.) Alors qu'il a parlé en tsurani plus bas sur le sentier ?

Plusieurs montagnards se retournèrent en entendant sa déclaration, certains révélant leur surprise. *Tiens donc !* pensa Mara. *Ils sont donc plusieurs à parler notre langue, même si c'est avec difficulté.* Elle devait en profiter.

Mara continua à jouer le jeu du montagnard embarrassé, et s'adressa uniquement à Iayapa :

— Répète à ce bouffon, qui oublie les mots aussi facilement que sa mère a oublié le nom de son père, exactement ce que je vais dire. (Mara s'arrêta, puis ajouta dans un silence choqué :) Dis-lui qu'il est un petit garçon mal élevé. Quand nous atteindrons son village, je demanderai à ce que son chef le fouette pour ses manières inexcusables envers une invitée. Informe-le aussi que si je devais chercher de la compagnie pour ma couche, ce serait un vrai homme, pas un enfant qui tète encore le sein flétri de sa mère. Et lorsqu'il voudra me toucher, je rirai quand sa virilité n'arrivera pas à se lever. Il est aussi ignorant qu'un needra, et il sent encore plus mauvais. Il est plus laid que mon chien le plus miteux, et il vaut moins cher que lui – car mon chien, lui, sait chasser, et il est moins infesté de vermine. Dis-lui que son existence même fait honte à ses ancêtres, qui n'ont jamais eu d'honneur.

Soudain inexplicablement joyeux, Iayapa traduisit. Avant qu'il eût fini la première phrase, les yeux de tous les guerriers thuril se fixèrent sur la dame des Acoma. Quand il eut achevé la traduction de sa tirade, leur silence de pierre effraya Mara. Son cœur battait la chamade. Ils pouvaient très facilement la tuer. Un seigneur tsurani auquel un captif se serait adressé de cette manière l'aurait immédiatement fait pendre au premier arbre venu. Mais son destin ne pouvait pas être pire que l'esclavage, se dit Mara. Que ces hommes la pendent donc dans le déshonneur... Elle ne leur témoignerait que l'expression de son mépris le plus hautain.

Puis l'humeur de la troupe changea. À l'exception de la victime des insultes de Mara, tout le monde explosa de rire dans une grande démonstration d'allégresse, en se frappant les cuisses.

— La mégère a une langue habile et sait se servir des mots ! Vous l'avez entendue ? cria quelqu'un à l'homme insulté dans un tsurani lourdement accentué.

Cela confirma qu'il parlait suffisamment bien cette langue pour comprendre ce qui avait été dit devant lui, avant même la traduction de Iayapa. Plusieurs de ses compagnons riaient si fort qu'ils durent s'asseoir, les jambes flageolantes. Le guerrier que Mara avait admonesté l'étudia, le rouge lui montant aux joues, puis il hocha la tête une fois.

Lujan se rapprocha de Mara lorsqu'un autre guerrier thuril cria, agitant son arc vers Mara pour la saluer. Consciente, grâce au sourire de l'homme, qu'elle n'allait pas être exécutée sommairement, Mara demanda :

— Qu'a-t-il dit ?

Iayapa haussa les épaules.

— Que vous savez lancer des insultes aussi bien qu'un homme. C'est une sorte d'art chez les Thurils, maîtresse. Comme je l'ai parfaitement appris sur les genoux de ma mère, ce peuple peut se montrer extrêmement irritant.

Le tohu-bohu se calma peu à peu. Les plus jeunes guerriers se regroupèrent et prirent congé de l'escorte. Ils retournèrent à leurs tâches, certains riant encore en descendant le sentier. Les ravisseurs de Mara, y compris leur chef au visage écarlate, poussèrent leurs captifs tsurani vers le virage suivant, vers leurs demeures. Le soleil lançait ses derniers rayons obliques sur une prairie. Derrière cette grande étendue de terre découverte s'élevait une petite ville aux remparts de bois et aux maisons aux toits pentus. Des volutes de fumée montaient des cheminées de pierre, et les lances des sentinelles étaient visibles sur le chemin de ronde. La ville gardait un autre sentier qui serpentait entre les collines.

Les guerriers montagnards accélérèrent le pas, pressés de faire rentrer leurs captifs.

— Étrange, murmura Saric, son insatiable curiosité toujours en éveil en dépit des rigueurs de leur marche et du destin incertain qui les attendait. (À la différence des Tsurani, ces Thurils semblaient indifférents aux bavardages échangés par leurs prisonniers.) Cette herbe offrirait un bon pâturage pour du bétail, mais elle n'est pas broutée, seulement entrecoupée par des sentiers de bergers.

Devant ce commentaire, le chef des Thurils regarda par-dessus son épaule, les lèvres à demi relevées par le mépris. Il contredit de façon éhontée sa déclaration précédente par laquelle il avait prétexté ne pas comprendre le tsurani, et répondit avec un fort accent :

— Tu devrais être content d'avoir une escorte pour traverser ce pré, chien tsurani. Sans nous pour vous montrer le chemin, vous seriez tous perdus. Car ce sol est encore piégé après la dernière visite que les gens de votre espèce nous ont rendue dans les collines !

Lujan intervint pensivement :

— Vous voulez dire que votre peuple entretient encore des fortifications, depuis la dernière guerre ?

— Mais cela fait plus d'une dizaine d'années que les combats ont cessé, objecta Saric.

Lujan confia à voix basse à son cousin :

— Ils ont la mémoire longue.

Derrière son ton insouciant se cachait un sinistre pressentiment. Que les Thurils protègent encore leurs villages par des chausse-trapes meurtrières après autant de temps révélait la profondeur de leur ressentiment. Cela compliquerait toutes les tentatives de négociation. En tant que soldat, Lujan avait entendu les récits des vétérans revenus après l'invasion ratée de Thuril. Il valait mieux être tué qu'être fait prisonnier et soumis aux tortures vengeresses des femmes thuril.

Mais il dissimula sa peur à Mara alors qu'ils finissaient de traverser la prairie meurtrière. Ils passèrent sur un pont de bois qui enjambait un fossé, alimenté par un torrent rapide. L'eau bondissait par-dessus les roches et tourbillonnait en de noirs remous, formant des bassins trop rapides pour qu'un nageur puisse les traverser. Lorsque Lujan mesura du regard la possibilité d'une évasion en traversant le courant, le chef des montagnards le remarqua.

Il agita un bras protégé par un gantelet de cuir vers l'eau hérissée de rochers.

— Un grand nombre de guerriers tsurani se sont noyés ici, capitaine d'épée ! Un plus grand nombre encore s'est brisé le cou sur les pierres, en tentant en vain de construire un pont de cordes. (Il haussa les épaules, et son sourire revint.) Vos commandants ne sont pas stupides, ils sont juste entêtés. Après un certain temps, ils ont lancé des plates-formes ici... (Les franges de sa cape dansèrent alors qu'il indiquait une corniche près du pont abaissé.) Et là...

Il indiqua un autre affleurement rocheux un peu plus bas. Puis, comme si des guerriers du passé hurlaient encore leurs cris de guerre dans l'air gris du crépuscule, il leva les yeux vers la palissade menaçante.

— Ils ont failli l'emporter.

Mara s'était efforcée de suivre la conversation malgré sa fatigue.

— Vous deviez être un tout petit garçon à cette époque. Comment pouvez-vous vous en souvenir ?

Perdu dans ses souvenirs, le chef des montagnards oublia qu'il répondait à une femme :

— J'étais en haut, sur le rempart, pour apporter de l'eau à mon père et à mes oncles. J'ai aidé à porter les morts et les blessés. (Son visage se tordit en une grimace d'amertume et de rancune.) Je me souviens de tout cela.

Il fit avancer Lujan en lui décochant un coup de pied, et conduisit sa petite troupe sur le pont. Les ombres menaçantes de la porte dissimulèrent le ciel et les fortifications. Le chef répondit à la sommation d'une sentinelle invisible, puis poussa brusquement les captifs tsurani à l'intérieur. Lujan observa le rempart de bois, dont les planches étaient lisses à l'extérieur, mais dont l'intérieur n'avait pas été terminé. Les troncs portaient toujours des morceaux d'écorce et des moignons de branches, comme si les ouvrages de défense avaient été érigés en hâte.

— Cela a dû être une bataille féroce.

Le chef se mit à rire.

— Pas aussi féroce que cela, Tsurani. Nous nous étions déjà réfugiés sur les hauteurs, dans les collines, au moment de la troisième attaque, quand vos soldats se sont emparés des palissades. Nos chefs ne sont pas stupides, non plus. Si votre peuple voulait tant ce village, nous le leur laissions. Prendre un endroit est une chose ; le conserver en est une autre. (Avec une grimace de mépris, il ajouta :) Nous ne vous aurions pas laissé prendre les collines, Tsurani. (Il désigna d'un geste large les cimes qui se découpaient sur le ciel, au-dessus du mur.) Voici notre vrai foyer. Dans ces vallées, nous construisons de grandes salles et des maisons pour nous rencontrer, commercer et faire la fête, mais nos familles grandissent dans les hautes terres. C'est là que vos soldats sont morts, Tsurani, lorsque nous avons attaqué vos éclaireurs et vos patrouilles. Des centaines ont péri durant nos raids, jusqu'à ce que votre peuple se fatigue des hautes terres et retourne chez lui.

Le groupe de prisonniers avait maintenant dépassé la fortification et arrivait dans le quartier commerçant. Il commença à attirer l'attention. Des femmes qui lavaient leur linge en le frappant avec des pierres dans un grand bassin public cessèrent leur travail pour les désigner du doigt et les observer. Des gamins vêtus de plaids aux couleurs vives hurlèrent et coururent vers eux pour mieux les regarder. Les yeux grands ouverts, les plus jeunes préféraient rester dans les jupes de leurs mères, qui revenaient de chez le boulanger avec des miches de pain enveloppées dans du tissu. Certains des enfants, les plus sales et les plus agités, gambadaient autour des étrangers ligotés, en criant. Craignant que certains d'entre eux ne leur lancent des pierres, Lujan tourna brusquement la tête vers ses guerriers, qui se rapprochèrent le plus possible de leur maîtresse pour lui offrir une meilleure protection.

Mais aucun geste hostile n'eut lieu, à part des regards haineux de femmes d'un certain âge, dont les fils ou les maris avaient peut-être été tués par des guerriers impériaux lors de la guerre. L'âne qui portait Kamlio provoqua le plus d'enthousiasme, et les enfants se ruaient vers lui en poussant des jacassements excités. Les montagnards les repoussaient avec une rudesse feinte. Mais les plus petits continuaient à hurler :

— Il n'a que quatre jambes !

— Pourquoi est-ce qu'il ne tombe pas ? cria un autre, qui avait à peu près l'âge d'Ayaki au moment de sa mort.

Le soldat qui conduisait la bête répondait avec bonne humeur à leurs questions bruyantes. Il donnait aux enfants des réponses outrancières qui les firent pousser des cris aigus et hurler de rire.

Après un silence pensif, Mara remarqua :

— Si ces barbares bruyants avaient l'intention de nous tuer, les mères ne laisseraient certainement pas leurs jeunes enfants se mêler à nous. Elles seraient plutôt en train de les récupérer le plus vite possible pour les ramener à la maison.

Lujan se rapprocha encore plus de sa maîtresse.

— Les dieux fassent que vous ayez raison, ma dame.

Mais il restait plein d'appréhension. Il pouvait voir les regards de convoitise que Kamlio provoquait chez les hommes qui passaient dans la rue. Les femmes qui empaquetaient leur linge lavé avaient le visage amer et hostile, et un palefrenier portant des seaux d'eau cracha de mépris dans leur direction. Les Thurils étaient un peuple féroce, avaient insisté les vétérans qui étaient revenus des combats dans ces collines. Leurs enfants s'endurcissaient sur les genoux de mères qui avaient été prises comme butin de guerre, ou enlevées de force dans des raids.

Lorsque les montagnards firent s'arrêter leurs captifs sur une place, les Tsurani virent que le village entier consistait en un cercle de bâtiments appuyés contre le rempart. Un marché ouvert était ménagé au centre, avec des tentes pour les commerçants et des enclos de pieux épineux pour garder le bétail. Le groupe de Mara fut conduit dans le plus grand de ces enclos, tandis que les badauds riaient et lançaient des cris de dérision. Iayapa refusa de répondre à la requête de Saric qui lui demandait une traduction, et Mara elle-même était trop fatiguée pour s'en soucier. Elle n'avait qu'une seule envie : trouver un morceau de terre propre pour s'asseoir. Mais la boue dans laquelle elle marchait était couverte de déjections laissées par les animaux qui avaient occupé l'enclos avant eux. Elle enviait à Kamlio son siège sur l'âne, jusqu'à ce qu'elle jette un regard vers la jeune fille et comprenne à sa pâleur et à ses traits tirés qu'elle avait probablement des plaies après être restée en selle aussi longtemps. Les hommes ne la laissèrent pas descendre, mais attachèrent la monture à une perche, près de la porte. Puis ils s'accoudèrent aux poteaux, et échangèrent des murmures appréciateurs sur ses cheveux d'or et sa grande beauté. Furieuse que personne ne se soucie de leurs besoins physiologiques les plus fondamentaux, Mara se fraya un chemin entre ses officiers. Elle rejoignit la porte où les montagnards s'étaient regroupés, et exigea d'une voix forte :

— Qu'allez-vous faire de mes gens ? (Tremblant d'une colère que la peur accentuait, elle rejeta la tête en arrière pour écarter de ses yeux ses cheveux emmêlés.) Mes guerriers ont besoin de nourriture et d'eau, et d'un endroit décent pour se reposer ! Est-ce donc l'hospitalité que vous accordez aux étrangers qui viennent en mission de paix ? Des liens d'esclave et un enclos à bestiaux ? Honte sur vous, barbares infestés de vermine, engendrés dans la crasse comme des porcs !

Elle emprunta le mot midkemian qui désigne une bête dont les habitudes sont considérées comme répugnantes.

Le mot étranger sembla énerver les Thurils, qui froncèrent les sourcils alors que leur chef s'avançait. Rouge de colère ou peut-être d'embarras, il cria à Lujan :

— Fais taire cette femme, si tu veux qu'elle vive.

Le commandant des armées acoma le foudroya du regard. Il répondit de la voix qu'il utilisait sur les champs de bataille :

— Cette dame est ma maîtresse. Je prends uniquement mes ordres d'elle. Si tu as au moins l'intelligence de ne pas mouiller ta natte la nuit, tu ferais bien de faire la même chose.

Le chef des montagnards rugit de rage sous l'insulte. Il aurait pu tirer son épée et charger, mais l'un de ses compagnons le retint. Ils échangèrent quelques phrases en thuril. Ne comprenant pas leurs paroles, Lujan restait digne et muet pendant que le Thuril se laissait calmer. Le montagnard marmonna quelque chose de court et de guttural à l'homme qui l'avait retenu. Finalement, il laissa échapper un gros éclat de rire qui s'interrompit brusquement, lorsque les hommes qui les entouraient devinrent soudain très attentifs.

— Ce doit être leur chef, murmura Saric.

Il s'était placé près de l'épaule de Mara, sans se faire remarquer jusqu'à ce qu'il prenne la parole. Mara remarqua que toute leur escorte regardait un homme portant une grande cape, qui était sorti du plus imposant bâtiment bordant la place, et qui descendait un escalier de bois.

Les enfants s'éparpillèrent sur son passage lorsqu'il traversa la grande place, et les femmes qui portaient leur linge mouillé vers leur demeure détournèrent le visage par déférence.

Le chef était vieux et voûté, mais il se déplaçait avec une sûreté de pas qui lui permettait sans doute de négocier les pistes les plus abruptes. Mara estima qu'il devait avoir environ soixante ans. Des jetons de corcara sculptés par des mains tsurani étaient insérés dans ses nattes, sans aucun doute des trophées de guerre. Mara réprima un frisson lorsque l'ancien se fut suffisamment approché pour qu'elle se rende compte que les boutons de sa cape étaient faits d'ossements polis. Les récits étaient donc vrais : les Thurils pensaient qu'un objet façonné avec les restes d'un ennemi mort leur donnait de la force dans la vie. Les phalanges de Mara risquaient bien de devenir un ornement sur les vêtements d'un guerrier.

Le chef montagnard s'arrêta pour échanger quelques paroles avec le capitaine de l'escouade qui avait la responsabilité des prisonniers. Il désigna la courtisane aux cheveux d'or, puis l'âne, ajouta quelque chose et sourit. Le jeune chef salua, recevant de toute évidence son congé. En voyant son air satisfait, on pouvait deviner qu'il allait sûrement rentrer chez lui pour retrouver son épouse.

Mara semblait fatiguée et découragée, et poussé par la compassion, Saric cria :

— Vous n'allez pas nous présenter ?

L'officier montagnard s'arrêta entre deux pas. Ses hommes et son chef observaient la scène avec un vif intérêt, pendant qu'il réfléchissait s'il devait répondre ou non à la demande d'un prisonnier. Puis, avec un accent confus, il répondit :

— Présente-toi toi-même, Tsurani ! Ta femme semble suffisamment capable de se débrouiller avec sa langue !

Un autre guerrier montagnard intervint, avec un amusement malicieux :

— Notre capitaine se nomme Antaha, guide des Losos. Je te donne son nom pour que, lorsque tu demanderas à notre chef de le faire battre, il sache qui chercher.

Cette interruption fut accueillie par des rires tonitruants, auxquels se joignirent celui du vieux chef, et même celui des gamins et des femmes attendant près du lavoir. Agacée par ce peuple étrange et irritant, et perdant son sang-froid, Mara se mit une nouvelle fois au premier plan.

À l'adresse du chef qui riait en se frappant les genoux, elle déclara impérieusement :

— Je suis Mara, souveraine des Acoma, et je suis venue dans la Confédération thuril en mission de paix.

Le chef perdit son hilarité, comme s'il avait été giflé. Saisi par une colère froide, il reprit ses esprits.

— Une femme qui se tient dans les crottes de querdidra proclame qu'elle est une personne de haut rang et un émissaire de paix ?

Mara était blanche de rage. Conscient qu'elle approchait du point de rupture, et qu'insulter ce chef en public lui vaudrait certainement des représailles, Lujan se tourna désespérément vers Saric.

— Nous devons agir, même si ce n'est que pour détourner l'attention de notre maîtresse.

Mais le premier conseiller fit un pas en avant, sans sembler avoir entendu son cousin. Lorsque Mara ouvrit la bouche pour parler, Saric rompit le protocole et couvrit la voix de sa maîtresse.

— Chef parmi les Thurils, cria-t-il, vous êtes un imbécile, qui offrez à notre dame des Acoma l'hospitalité d'un enclos à bestiaux ! Vous parlez de dame Mara, pair de l'empire, membre de la famille royale de l'empereur Ichindar !

Le chef releva brusquement sa mâchoire carrée.

— Elle ?

Si ses paroles semblaient pleines de mépris, la déclaration de Saric ne sembla pas complètement perdue. Le vieil homme n'ajouta pas de commentaire désobligeant, mais fit signe sommairement à Antaha de reprendre sa tâche. Cette fois, les paroles du chef furent rapides et autoritaires, et, sous la pression de Saric, Iayapa les traduisit.

— Il dit que si Antaha amène des animaux dans le camp, il doit s'en occuper : les nourrir, les abreuver et leur donner de quoi dormir. Pas beaucoup, cependant, parce que la paille est rare et que les dieux n'aiment pas le gaspillage. La fille sur l'âne doit être abritée dans une cabane. Sa beauté est grande, et il faut la protéger pour l'homme qui gagnera le droit de la réclamer comme épouse.

Iayapa se troubla, car en entendant ces paroles, Mara le transperça d'un regard dur comme du silex. Mais la voix de la dame des Acoma ne contenait aucun ressentiment personnel lorsqu'elle lui ordonna :

— Termine.

Iayapa hocha la tête et s'humecta les lèvres.

— Le chef de ce village dit aussi qu'il a entendu parler du pair de l'empire, qui appartient à la famille de l'empereur de Tsurani. Il a ajouté qu'Ichindar se laissait gouverner par les femmes et que lui, un montagnard de Thuril, ne daignera pas parler en pleine rue avec une femme, même de lignée royale. Mais à cause du traité conclu entre Tsuranuanni et la Confédération, il n'est pas libre d'autoriser les hommes de son village à réclamer Mara comme butin.

Des ululements de déception parcoururent l'escouade de montagnards qui avait escorté le groupe dans le village. Deux des plus insolents firent des gestes obscènes.

Puis le chef se tourna vers les captifs dans l'enclos et s'adressa au commandant de Mara dans un tsurani totalement dépourvu d'accent, sûrement appris durant d'anciennes guerres.

— Si vos besoins ne sont pas satisfaits, Antaha sera considéré comme responsable. Demain, il rassemblera une escorte de vingt guerriers et vous emmènera, vous et vos femmes, vers le haut-chef à Darabaldi. Si nécessaire, le jugement sera prononcé par le conseil qui se tient là-bas.

Saric semblait furieux, mais il se calma quand Iayapa lui toucha le bras d'un geste suppliant.

— Premier conseiller, ne provoquez pas plus ces hommes, ou leur chef. Ce peuple n'aime pas les querelles et les discussions sur des points d'étiquette. Ils infligent la mort très rapidement, et sans regret. Nous aurions pu nous trouver au matin gisant la gorge tranchée, ou pire. En fait, être envoyés à Darabaldi plutôt que d'être répartis entre ceux qui nous ont capturés est une immense concession.

Saric regarda le crottin qui collait à ses sandales et échangea un regard dégoûté avec Lujan, dont les doigts semblaient perdus sans épée à étreindre.

— Cousin, fit gravement le conseiller acoma, si cela est une grande concession, on peut se poser des questions sur la nature d'une petite concession...

La tension était toujours là, mais ne pouvait pas totalement vaincre le courage du commandant de Mara. Il abandonna sa façade de stoïcisme tsurani et étouffa un rire grave.

— Par les dieux, mon vieux, tu continueras à spéculer sur des points de philosophie même dans la fumée de ton propre bûcher funéraire !

Puis, dans un ensemble parfait, le premier conseiller et le commandant se retournèrent pour s'occuper de leur maîtresse qui, à leurs yeux expérimentés, semblait minuscule, découragée et bien seule, même si elle gardait le dos droit et un visage impérieux.

Mara regardait un groupe de montagnards entreprenants qui s'occupaient de Kamlio et de l'âne.

— Penses-tu qu'ils vont lui faire du mal ? demanda-t-elle à Iayapa.

Les personnes qui étaient toutes proches perçurent de l'anxiété dans sa voix. L'ancien berger secoua la tête.

— Il n'y a jamais assez de femmes en âge de porter des enfants sur cette terre cruelle, et Kamlio est très belle, ce qui la rend doublement précieuse. Mais le chef de cette tribu doit donner son accord avant qu'un homme puisse marchander et la demander comme épouse. Sans son consentement, elle peut être admirée, mais personne ne la touchera. Tous les guerriers célibataires savent que l'ennuyer maintenant risque de les priver de toute chance de la réclamer ensuite comme compagne. Comme de nombreux hommes meurent dans les montagnes sans avoir jamais gagné d'épouse, la moindre occasion de réclamer une femme ne doit pas être gaspillée.

Mara avala difficilement sa salive.

— Il n'existe donc pas de courtisanes dans ce pays ? Iayapa sembla offensé.

— Seulement quelques-unes, à Darabaldi. Rares sont les femmes qui choisissent cette vie, car cela ne fait pas honneur à leur tribu. Les jeunes hommes peuvent leur rendre visite une ou deux fois par an, mais cela ne les réconforte pas durant les longues nuits d'hiver.

Par-dessus la tête du petit berger, Lujan et Saric échangèrent des regards lourds de sous-entendus.

— C'est un drôle d'endroit, marmonna Saric, regardant avec aigreur le sol jonché de crottin sur lequel, semblait-il, ils devraient attendre toute la nuit.

Ces Thurils jugeaient qu'il était tout à fait normal d'arracher une fille ou une femme à son foyer et de la voler dans un raid sanguinaire. Même l'épouse tsurani la plus opprimée avait le droit d'être entendue en public par son seigneur.

— De vrais barbares ! grogna Saric.

Puis il frissonna lorsqu'un vent glacial descendit des hauteurs. Il regarda sa dame minuscule et admira le cran qui lui permettait de garder sa dignité. Qu'elle soit ligotée, bousculée et traitée comme une esclave par de complets étrangers, le rendait suffisamment furieux pour tuer.

Comme si elle lisait ses pensées, Mara lui adressa le doux sourire qui n'avait jamais manqué d'inspirer sa loyauté et sa fierté.

— Je me débrouillerai, Saric. Empêche juste ton cousin belliqueux de perdre son sang-froid pour des choses qui n'ont aucune importance. Car ceci... (elle leva ses mains, toujours attachées avec des lanières de cuir brut) et cela... (elle souleva du pied un peu de terre souillée)... ne comptent pas. L'Assemblée des magiciens ferait bien pire. Que je puisse parler au haut-chef thuril à Darabaldi, c'est tout ce qui doit nous préoccuper.

Puis, alors que l'obscurité tombait et que des chandelles de suif commençaient à projeter une lumière orangée derrière les fenêtres tendues de cuir huilé qui bordaient la place, Mara inclina la tête et sembla méditer, comme les prêtresses de Lashima le lui avaient appris durant son adolescence qui semblait remonter si loin dans le passé.

Réchauffée par Saric et Lujan serrés contre elle, et protégée du froid et du sol souillé par la cape que son commandant avait insisté pour lui prêter, Mara s'éveilla quand quelqu'un lui toucha l'épaule. Le sommeil de l'épuisement total la quitta lentement. Elle cligna des paupières, remua, et ouvrit les yeux pour découvrir une obscurité à peine dissipée par la faible lueur projetée par les quelques fenêtres encore éclairées, de l'autre côté de la place.

— Que se passe-t-il ?

Son corps était ankylosé et douloureux, à cause de toutes ses meurtrissures et plaies consécutives à la longue marche de la journée.

— Quelqu'un vient, chuchota Saric.

Mara vit à son tour la lanterne qui avançait sur la place.

La silhouette emmitouflée dans une cape et qui avançait vers eux était celle d'une femme. Celle-ci fit un petit signe de tête à la sentinelle qui gardait l'enclos, mais ne lui adressa pas la parole. Un jeton changea de main, et une lueur se refléta brièvement sur un coquillage gravé.

Puis, en riant de bon cœur, la sentinelle la laissa passer. La femme avança dans l'enclos, tenant sa lanterne au-dessus de sa tête encapuchonnée. Elle examina les rangs des guerriers tsurani, sortis de leur sommeil et sur la défensive.

— Dame des Acoma ? (La voix était bourrue et profonde. Ce n'était pas celle d'une jeune femme, mais celle de quelqu'un ayant vécu et ri de nombreuses années.) Mon seigneur a changé d'avis, et a dit que vous pouvez vous abriter pour la nuit avec votre servante, dans la maison des femmes célibataires.

— Oserez-vous lui faire confiance ? chuchota Saric à l'oreille de sa dame. Cela pourrait être un stratagème pour vous séparer de nous.

— Eh bien, nous allons voir, répondit Mara sur le même ton. (Puis, suffisamment fort pour être entendue, elle déclara :) Si tes intentions sont honnêtes, coupe mes liens.

La femme thuril s'approcha avec la lampe, éclairant son chemin pour passer entre les guerriers de Mara.

— Mais bien sûr, dame Mara.

Elle plongea sa main libre sous sa cape et en sortit un poignard.

Mara sentit Lujan tressaillir contre elle à la vue d'une lame nue. Mais les mains liées, il ne pouvait pas faire grand-chose pour la défendre.

Plongé dans une anxiété maladive, il regarda la femme se baisser et couper habilement la lanière de cuir qui attachait les mains de sa dame.

Mara se frotta les poignets, forçant son visage à ne pas montrer sa souffrance lorsque la circulation revint dans ses doigts engourdis.

— Libère aussi mes officiers et mes hommes, exigea-t-elle impérieusement.

La femme recula, rengainant le poignard à sa ceinture.

— Je n'en ai pas le droit, dame Mara.

— Alors je ne viendrai pas, répondit la dame des Acoma d'une voix glaciale.

La femme emmitouflée haussa les épaules, indifférente.

— Restez ici, si vous préférez. Mais votre servante a besoin de vous. Elle n'arrête pas de trembler.

La fureur envahit Mara.

— Kamlio a-t-elle été blessée ?

La femme thuril garda le silence par fierté ; et dans l'obscurité, loin du halo de la torche, Iayapa intervint :

— Noble pair, vous insultez cette femme. C'est l'épouse du chef, et elle est venue vous offrir son hospitalité. Dire que votre servante a été blessée insulte toute sa tribu. Son geste de gentillesse est sincère, et je vous conseille de l'accepter.

Mara prit une inspiration glacée. C'était très bien de respecter l'honneur de ces barbares, mais qu'en était-il du sien ? Laisser ses guerriers dans la fosse à purin l'humiliait, car elle était leur dame.

Saric perçut son hésitation à travers le contact de leurs corps.

— Dame, proposa-t-il à voix basse, je pense que vous devez lui faire confiance. Nous avons déjà abandonné notre option de combattre. En tant que prisonniers, que pouvons-nous faire si ce n'est risquer les conséquences de cette première décision ?

Au fond de son cœur, Mara savait que son conseiller avait raison. Mais la partie d'elle qui avait reçu une éducation tsurani refusait de céder si facilement devant cette facilité sans honneur.

Lujan lui donna doucement un petit coup de coude dans les côtes.

— Ma dame, ne vous inquiétez pas pour vos guerriers. Ils dormiront dans cet enclos à querdidra comme s'il s'agissait d'un service d'honneur. Et si la moindre plainte franchit les lèvres de l'un d'entre eux, je le ferai fouetter pour l'endurcir ! J'ai amené mes meilleurs soldats pour vous protéger dans ce pays. Chacun d'entre eux a dû faire ses preuves pour nous accompagner et, si nécessaire, je pense qu'ils accepteront tous de mourir si on leur en donne l'ordre. (Il s'arrêta, et ajouta d'un air narquois :) S'allonger dans un peu de crottin est bien moins douloureux qu'un voyage à la pointe de l'épée vers le palais de Turakamu.

— C'est vrai, reconnut Mara, trop endolorie et écœurée pour parvenir à rire devant cette tentative d'humour. (Elle répondit à la femme qui portait la lampe :) Je viens.

Elle se leva difficilement, avec des gestes raides. Ses pieds couverts d'ampoules la brûlaient lorsqu'elle marchait, et l'épouse du chef lui tendit la main et la soutint avec une exclamation de sympathie. Lentement, Mara traversa l'enclos en boitant et rejoignit la porte que les sentinelles tinrent ouverte.

L'une d'elles fit un commentaire en thuril lorsqu'elle passa avec l'épouse du chef. La femme ne se retourna pas, mais lui lança quelques paroles pleines de mépris.

— Les hommes ! confia-t-elle à Mara dans un tsurani sans accent. Quel dommage que leur cerveau ne soit pas aussi rapide à s'éveiller que leur membre, lorsque les circonstances demandent un peu de vivacité d'esprit.

Assez surprise pour sourire, si elle s'était sentie moins malheureuse, Mara céda à la curiosité.

— Est-il vrai que les hommes de votre peuple trouvent leurs femmes en les volant à leurs familles, durant un raid ?

La silhouette encapuchonnée tourna la tête vers elle, et Mara eut l'impression d'un visage ridé par les épreuves et l'amusement.

— Mais bien sûr, répondit l'épouse du chef thuril. (Sa voix était colorée par un rire et un dédain cinglant.) Accepteriez-*vous* de coucher avec un homme qui ne vous a pas prouvé qu'il est un guerrier habile, qu'il sait effrayer ses ennemis, et qu'il peut subvenir aux besoins de sa famille ?

Mara haussa les sourcils. Après tout, les filles tsurani cherchaient les mêmes qualités chez un époux, même si les rituels pour faire sa cour étaient différents. La dame des Acoma n'avait jamais pensé voir sous un tel éclairage une coutume qu'elle présumait barbare. Mais d'une certaine façon, les paroles de cette femme avaient un certain sens.

— Je m'appelle Ukata, reprit chaleureusement l'épouse du chef. Et si je suis désolée de quelque chose, c'est qu'il m'ait fallu autant de temps pour faire rentrer un peu de bon sens dans la tête de mon époux stupide, pour vous protéger du froid !

— J'ai beaucoup à apprendre sur vos coutumes, avoua Mara. En écoutant parler vos guerriers et votre chef, j'avais pensé que les femmes avaient peu d'influence dans ce pays.

Ukata grogna tandis qu'elle aidait Mara à monter les petites marches de bois de la maison centrale. C'était une grande bâtisse à poutres apparentes, couverte d'un toit de chaume. La fumée de la cheminée sentait les écorces aromatiques, et d'étranges symboles de fertilité étaient gravés dans les montants de la porte.

— Ce que disent les hommes, et ce qu'ils sont vraiment, sont des choses bien différentes, comme vous devez bien le savoir à votre âge !

Mara garda le silence. Elle avait eu la chance d'avoir un époux qui l'écoutait comme une égale, et un amant barbare qui lui avait révélé sa féminité. Mais elle n'était pas familière du sort des autres femmes que leurs maris dominent. Les plus malheureuses étaient comme Kamlio, impuissantes à exercer une influence sur des décisions qui les concernaient. Les meilleures étaient de formidables manipulatrices, comme la dame Isashani des Xacatecas. Les hommes la considéraient comme le modèle suprême de l'épouse tsurani, et cependant aucun seigneur, allié ou ennemi, n'avait réussi à prendre le pas sur elle.

Ukata leva le loquet de bois et ouvrit la porte dans un grincement. Une lumière dorée se répandit dans la nuit, et l'odeur douce d'un feu d'écorces brûlant dans la cheminée de pierre envahit l'air. Mara suivit l'épouse du chef à l'intérieur de la maison.

— Par ici, dit une voix féminine et douce. Retirez ces sandales sales.

Mara était ankylosée et mit du temps pour se pencher ; des mains la poussèrent doucement sur une chaise de bois. Accoutumée aux coussins, elle se percha maladroitement sur le siège, pendant qu'une jeune fille aux tresses rousses lui retirait ses chaussures. Le tapis tissé étendu sur le sol semblait un luxe de douceur pour ses orteils gelés. Assez fatiguée pour s'endormir sur la chaise, Mara lutta pour rester éveillée. Elle pouvait apprendre beaucoup de choses sur le peuple thuril si ces femmes acceptaient de discuter avec elle. Mais en écoutant les accents assourdis qui résonnaient dans la salle et, voyant des sourires timides sur le visage des jeunes célibataires dont elle partagerait la demeure, Mara comprit qu'elle n'aurait pas la finesse d'Isashani pour les conversations entre femmes. Plus à l'aise dans une rencontre politique de clan ou une réunion gouvernementale, la dame des Acoma frotta ses chevilles couvertes d'ampoules et s'efforça de trouver l'inspiration pour se débrouiller au mieux.

Elle avait besoin d'une interprète. Au premier regard, les jeunes célibataires semblaient toutes avoir moins de seize ans, et devaient donc être trop jeunes pour avoir vécu la dernière guerre et appris le tsurani. Mara regarda le cercle de visages éclairé par les lampes, jusqu'à ce qu'elle retrouve la tête grise d'Ukata ; comme elle le soupçonnait, l'épouse du chef semblait sur le point de ressortir.

— Attendez, dame Ukata, l'appela Mara, lui donnant le titre que son peuple aurait accordé à une femme de la noblesse. Je ne vous ai pas convenablement remerciée pour m'avoir libérée de l'enclos à bestiaux, pas plus que je n'aie eu l'occasion de dire à votre peuple pourquoi je suis ici.

— Les remerciements ne sont pas nécessaires, dame Mara, répondit Ukata en faisant demi-tour. (La plus jeune des filles céda la place à son aînée pour lui permettre d'avancer jusqu'à la chaise de Mara.) Notre peuple n'est pas aussi barbare que vous, les Tsurani, le supposez. J'ai porté des enfants et je les ai vus mourir au combat, donc je comprends pourquoi nos hommes continuent à haïr les gens de votre sorte. Quant à la raison de votre présence ici, vous pourrez la dire à notre haut-chef à Darabaldi.

— Si on me laisse m'exprimer, répondit Mara avec une certaine acidité. Vos hommes, vous devez l'admettre, ont une capacité de concentration assez réduite.

Ukata rit de bon cœur.

— Vous serez écoutée. (Elle tapota la main de la dame tsurani, avec des doigts calleux, mais doux.) Je connais l'épouse du grand chef. Elle se nomme Mirana, et nous avons été élevées dans le même village, avant le raid où elle a été emmenée comme épouse. Elle est aussi dure qu'une vieille pierre, et assez loquace pour briser la volonté de n'importe quel homme, même celle de son époux au cerveau mou. Elle veillera à ce que vous soyez entendue, ou elle insultera sa virilité devant ses guerriers jusqu'à ce que ses parties sexuelles se recroquevillent de honte.

Mara écouta avec stupéfaction.

— Vous semblez très calme quand vous parlez des raids à l'issue desquels on vous emmène loin de votre foyer et de votre famille, remarqua-t-elle. Vos maris ne vous battent-ils pas si vous dites des choses peu flatteuses sur eux ?

Une pluie de questions des jeunes filles, et de nombreux cris, « Da ? Da ? », suivirent la déclaration de Mara. Ukata céda et traduisit. Cela provoqua une série de petits rires, qui se calmèrent quand l'épouse du chef reprit la parole :

— Les raids pour voler des épouses sont... purement cérémoniels... une coutume de ce pays, dame Mara. Elle vient d'une époque où les femmes étaient encore plus rares qu'aujourd'hui et où un mari gagnait son rang dans la société selon l'âge auquel il parvenait à voler une épouse. De nos jours, les femmes sont enlevées sans effusion de sang. Il y a beaucoup de cris et de poursuites, avec des injures terribles et des menaces de représailles, mais tout cela n'est que de la comédie. Autrefois, ce n'était pas le cas... Les raids des temps anciens étaient sanglants et des hommes mouraient. Aujourd'hui, un homme gagne l'estime de ses pairs selon la distance à laquelle il va chercher une épouse, et selon le degré de combativité du village qui la défend. La maison des jeunes filles se trouve toujours au centre de nos défenses. Mais vous remarquerez aussi que seules les jeunes filles d'un certain âge et qui ont envie de trouver un époux, viennent vivre ici.

Mara regarda le cercle des jeunes visages, qui n'étaient pas encore marqués par la vie.

— Vous voulez dire que vous toutes ici *voulez* être emmenées par des étrangers ?

Devant leurs regards d'incompréhension totale, Ukata répondit à leur place :

— Les jeunes filles regardent les garçons quand ils viennent visiter le village, et ceux-ci les espionnent à leur tour. (Avec un sourire, elle ajouta :) Si elle juge qu'un garçon manque de séduction, la jeune fille hurle avec conviction, au lieu de pousser de faux cris de peur. Le soupirant ainsi rejeté est chassé par les pères du village. Mais peu de jeunes filles souhaitent être laissées à l'écart quand les guerriers viennent nus lors des raids. Être ignorée est considéré comme une marque de laideur ou d'imperfection. Si une jeune fille n'est pas enlevée par un pillard, la seule solution qu'il lui reste pour gagner un mari est d'attendre que deux soupirants viennent pour la même fille, de se jeter sur le dos de celui qui a échoué et de le chevaucher jusqu'à sa maison sans être jetée à terre !

Mara secoua la tête, stupéfaite par une coutume aussi étrange. Elle avait beaucoup à apprendre, si elle voulait comprendre ces étrangers et obtenir leur aide par la négociation. Ukata ajouta :

— Il est tard, et vous partirez tôt demain matin. Je vous suggère de rejoindre la natte de couchage que les filles vont vous montrer, et de passer le reste de la nuit à vous reposer.

— Je vous remercie, dame Ukata.

Mara inclina la tête avec respect et se laissa conduire dans une petite alcôve fermée par un rideau, et qui servait de chambre à coucher aux jeunes Thuriles. Le sol était tapissé de fourrures, et la petite lampe à huile qui brûlait à l'écart éclairait une masse de cheveux blonds éparpillés dans la literie. Kamlio se reposait déjà ici, immobile, recroquevillée sur le côté. Sa peau claire ne présentait aucune trace de coup. Soulagée qu'il ne soit rien arrivé à la belle courtisane d'Arakasi, Mara indiqua d'un geste à la jeune Thurile qui s'attardait qu'elle avait tout ce dont elle avait besoin. Puis, elle se dépouilla avec gratitude de sa robe sale. Vêtue seulement de la légère robe de soie qui lui servait de sous-vêtement, elle se glissa sous les fourrures, et tendit la main pour éteindre la lampe.

— Dame ? (Kamlio ouvrit les yeux et l'observa. Elle était parfaitement éveillée et ne faisait que semblant de dormir.) Dame Mara, que va-t-il nous arriver ?

Laissant la lampe allumée, Mara rassembla les couvertures sous son menton et observa la jeune fille dont les yeux ressemblaient à des pierres précieuses lumineuses. Il n'était pas étonnant que le désir ait submergé Arakasi ! Kamlio était assez belle pour ensorceler tous les hommes, avec sa peau laiteuse et sa chevelure fine et blonde. Même si la dame des Acoma souhaitait ardemment la rassurer, elle savait qu'il valait mieux ne pas lui mentir. Si les attraits de cette courtisane avaient éveillé les émotions de son maître espion, que ne feraient pas les Thurils pour la garder, avec leur tradition d'enlever des femmes lors de raids ?

— Je ne sais pas, Kamlio.

L'incertitude de Mara était perceptible, malgré tous ses efforts.

Les doigts délicats de l'ex-courtisane se resserrèrent sur les fourrures de la literie.

— Je ne veux pas rester parmi ces gens.

Pour la première fois, son regard ne fuit pas lorsqu'elle parla de ses désirs personnels.

— Que voudrais-tu, alors ? (Mara profita de ce moment de vulnérabilité que leur terrible situation avait créé.) Tu es trop intelligente pour rester à mon service comme domestique, Kamlio, et trop peu éduquée pour prendre un poste à responsabilités. Qu'aimerais-tu faire ?

Les yeux verts de Kamlio étincelèrent.

— Je peux apprendre. D'autres se sont élevés et ont gagné un rang à votre service, qui n'était pas celui de leur naissance. (Elle mordilla sa lèvre pulpeuse et après un moment, un peu de sa nervosité sembla la quitter, comme si elle avait brisé une barrière intérieure en exprimant ses ambitions.) Arakasi, dit-elle avec hésitation. Pourquoi a-t-il insisté pour vous demander d'acheter ma liberté ? Pourquoi avez-vous accepté sa requête, si ce n'est pour me donner à lui ?

Mara ferma brièvement les yeux. Elle était trop fatiguée pour cela ! Une parole de travers, une réponse insuffisante, et elle risquait de détruire le bonheur qu'espérait son maître espion. L'honnêteté était son meilleur choix, mais comment choisir les phrases les plus appropriées ? Épuisée par la migraine et par la douleur dans chacun de ses muscles – après la marche forcée de la journée – la dame des Acoma se rendit compte que le tact d'Isashani n'était pas à sa portée. La franchise qu'elle avait apprise auprès de Kevin de Zūn devrait suffire.

— Tu lui rappelles les femmes de sa famille, nées elles aussi dans une vie qui ne leur convenait pas, et qui elles aussi n'avaient jamais appris comment aimer.

Kamlio écarquilla les yeux.

— Quelle famille ? Il m'a dit que vous étiez toute sa famille et tout son honneur.

Mara accepta le poids de cette déclaration.

— Je suis peut-être devenue sa famille. Mais Arakasi est né sans maître. Sa mère était une femme de la Maison du roseau. Il n'a jamais connu le nom de son père, et il a vu son unique sœur assassinée par un homme lubrique.

La courtisane assimila ces informations en silence.

L'observant, et craignant d'en avoir trop dit mais incapable de s'arrêter, Mara ajouta :

— Il veut que tu sois libérée de ton passé, Kamlio. Je le connais assez bien pour te promettre ceci : il ne te demandera rien de plus que ce que tu lui donneras librement.

— Vous aimez votre époux de cette manière, rétorqua Kamlio, avec une note d'accusation acerbe dans la voix, comme si elle refusait l'existence de telles relations entre un homme et une femme.

— Absolument.

Mara attendit, souhaitant pouvoir reposer sa tête et fermer les yeux, pour oublier dans le sommeil cette conversation et tous ses autres problèmes.

Mais le besoin de Kamlio l'en empêchait. La jeune femme triturait nerveusement les fourrures et, changeant brusquement de sujet, déclara :

— Dame, ne me laissez pas parmi ces Thurils ! Je vous en supplie. Si on me force à devenir l'épouse d'un de ces étrangers, je ne trouverai jamais qui je suis, quelle sorte de vie pourrait me plaire. Je pense que je ne comprendrai jamais la signification de la liberté que vous m'avez donnée.

— N'aie crainte, Kamlio, répondit Mara, perdant sa bataille contre l'épuisement. Si jamais je dois quitter ce pays, j'emmènerai tous mes gens avec moi.

Comme si elle pouvait confier sa vie à cette assurance, Kamlio tendit la main et éteignit la lampe. Plus tard, Mara espéra qu'après cela, la jeune femme ne lui fit pas d'autres confidences, car elle plongea dans un sommeil sans rêve, enfouie dans l'étroite alcôve parfumée par les herbes.

Au matin, la dame Mara et sa servante bénéficièrent d'un bain chaud dans les appartements des femmes, suivi d'un petit déjeuner de pain frais et de fromage de querdidra. Kamlio était pâle, mais semblait calme. Cependant Mara remarqua une certaine fragilité dans ses manières, qui devait provenir plus de l'inquiétude que de son amertume habituelle. Devant la maison, à en croire les cris et les rires qui retentissaient, une grande agitation régnait sur la place du village. Mais Mara ne pouvait rien distinguer à cause de la membrane de cuir huilé tendue sur les fenêtres. Quand elle posa une question, les jeunes filles qui étaient ses hôtesses lui répondirent par des regards d'incompréhension. Sans la présence d'Ukata pour traduire ses paroles, elle ne put qu'endurer le repas simple avec politesse, jusqu'à ce qu'une escorte de guerriers arrive à la porte et demande que les deux femmes tsurani sortent.

Kamlio pâlit. Mara lui toucha la main pour la rassurer, puis leva le menton et sortit la première.

Un chariot attendait près de l'escalier, devant la porte. Il avait de hautes parois d'osier, et deux querdidra et l'âne récalcitrant y étaient attelés. Le poil gris de l'animal midkemian était parsemé de crachats de querdidra, et il tentait en vain de ruer dans les brancards pour se venger. Les bêtes à six pattes clignaient des yeux avec leurs cils ridiculement longs, et retroussaient les lèvres comme si elles riaient.

Les guerriers de Mara étaient attachés au chariot. Ils ne sentaient pas le crottin dans lequel ils avaient dû passer la nuit, et ils étaient propres, bien que trempés. Alors qu'il regardait sa dame descendre les marches, Lujan semblait empourpré par une sorte de satisfaction intérieure, tandis que Saric étouffait un sourire. Étonnée par la tenue correcte de ses soldats, Mara regarda plus attentivement et se rendit compte que les montagnards thuril, qui continuaient à fanfaronner pendant leur garde, considéraient leurs captifs avec un nouveau respect.

Bien qu'elle soupçonnât que le vacarme qu'elle avait entendu à travers les murs de la maison pouvait être lié d'une façon ou d'une autre à ce changement d'attitude, Mara n'eut pas le loisir d'en parler. Les guerriers thuril s'approchèrent, et les deux femmes furent hissées sans ménagement par-dessus le panneau arrière du chariot, et déposées sur le fond recouvert de paille. Des parois d'osier s'élevaient sur trois côtés, tressées trop serré pour que Mara puisse voir dehors. Les guerriers refermèrent solidement le panneau arrière. Toujours captives, les femmes sentirent une secousse lorsque le conducteur sauta sur le chariot et rassembla les rênes, puis elles entendirent le craquement de l'osier et des roues quand il utilisa son aiguillon pour faire avancer l'attelage.

L'âne et les querdidra avaient du mal à tirer ensemble. Le chariot tanguait et tressautait sur les ornières, et la paille – sûrement prise dans l'étable d'un éleveur – sentait le bétail. Kamlio semblait malade de peur, et Mara la fit s'allonger dans la paille. Elle offrit à la jeune femme sa robe supérieure, car le vent arrivait des hauteurs en rafales glaciales.

— Je ne t'abandonnerai pas, Kamlio, la rassura-t-elle. Tu n'es pas venue ici pour devenir l'épouse d'un Thuril mal dégrossi.

Puis, incapable de rester tranquille, Mara se pencha contre l'osier du côté de Lujan, et lui demanda pourquoi ses guerriers étaient trempés.

Comme la veille, les gardes thuril ne semblaient pas se soucier de voir leurs prisonniers discuter. On permit à Lujan de se rapprocher de la roue peinte de couleurs vives, pour répondre à sa maîtresse autant qu'il le voulait.

— Nous nous sommes plaints, disant que nous ne voulions pas entrer dans leur capitale en sentant le purin, répondit le commandant des Acoma, d'une voix rendue grave par l'amusement. On nous a alors permis d'aller jusqu'à la rivière, sous bonne garde. (Mais un gloussement de rire échappa tout de même à son contrôle.) Bien sûr, nos armures et nos vêtements étaient souillés, alors nous nous sommes dévêtus pour les nettoyer. Cela a provoqué une grande agitation chez les montagnards. Iayapa nous en a expliqué la raison : les Thurils ne se mettent nus que pour aller au combat. Il y a eu beaucoup de cris et de doigts tendus. Puis quelqu'un a dit dans un mauvais tsurani que nous n'étions pas drôles, car nous ne répondions pas aux insultes. En effet, nous étions bien incapables de comprendre ces grognements grinçants que ces gens appellent un langage.

Lujan marqua une pause.

Mara appuya sa joue contre l'osier qui craquait avec les cahots de la route.

— Continue.

Lujan s'éclaircit la gorge. De toute évidence, il avait encore du mal à retenir son rire.

— Saric a relevé le défi, criant à Iayapa de tout traduire, quelles que soient la vulgarité et l'obscénité de ses propos. (Le chariot tressauta sur une ornière particulièrement profonde, et Lujan interrompit son récit, sans doute pour sauter par-dessus le trou.) Et les échanges sont devenus rapidement très intimes. Ces Thurils ont commencé à nous expliquer comment selon eux nous avions eu nos cicatrices de combat. D'après eux, les femmes de la Maison du roseau de notre pays ont l'habitude de mettre nos meilleurs soldats en déroute avec leurs ongles. Ou nos sœurs couchent toutes avec des chiens et des jiga, et nous nous écorchons nous-mêmes avec nos ongles en nous querellant pour mieux les voir.

Lujan s'interrompit à nouveau, cette fois sinistrement. Mara agrippait l'osier assez fort pour que ses phalanges blanchissent. Les insultes que Lujan avait mentionnées étaient suffisamment humiliantes pour que l'honneur d'un homme exige vengeance, et la dame doutait que son commandant ait répété les pires injures. D'une voix enrouée, car elle était désolée et furieuse d'avoir conduit des guerriers aussi braves dans une situation aussi humiliante, elle répondit :

— Cela a dû être terrible à supporter.

— Pas si terrible que cela. (La voix de Lujan devint aussi dure que l'acier des barbares.) Les autres soldats et moi-même avons pris exemple sur Papéwaio, dame.

Mara ferma les yeux, se souvenant douloureusement du brave Papé qui lui avait tant de fois sauvé la vie. Après l'une de ses interventions, il avait dû porter le bandeau noir des condamnés à mort. C'était pour elle qu'il avait dû renoncer à la mort par l'épée qu'il avait méritée, et qu'il avait continué à vivre, son bandeau sombre symbolisant un triomphe que seuls sa dame et ceux qui le connaissaient pouvaient comprendre. Finalement, il était mort pour lui sauver la vie, assassiné par un Minwanabi. Mara se mordit les lèvres, arrachée à ses souvenirs par les oscillations et les cahots du chariot. Elle espérait que ces guerriers, les plus doués et les meilleurs de sa garde d'honneur, ne souffriraient pas d'une mort prématurée. Le vieux Keyoke, son conseiller pour la guerre, lui avait appris que la mort au combat sur une terre étrangère n'était pas, contrairement à ce que la vieille coutume affirmait, la meilleure fin qu'un soldat puisse mériter.

— Continue, dit-elle, cachant à Lujan les larmes qui lui serraient la gorge.

Elle pouvait presque imaginer le haussement d'épaules de son commandant.

— Dame, il n'y a pas grand-chose d'autre à raconter. Vos guerriers ont accepté de ne pas prendre ombrage des paroles creuses des Thurils. Et les montagnards ont semblé surpris par leur attitude. Ils nous ont interpellés et nous ont demandé pourquoi nous ne prenions pas la peine de défendre notre honneur. Et Vanamani leur a répondu du tac au tac que nous étions *votre* honneur, dame. Nous n'entendrions aucune parole qui ne viendrait pas de vos lèvres, ou des lèvres d'un ennemi. À ce moment-là, Saric est intervenu et a ajouté que les Thurils n'étaient pas des ennemis, mais des étrangers, et que les paroles de telles gens étaient aussi vides de sens que le hurlement du vent sur les pierres. (Lujan termina sa dernière phrase avec un rire narquois.) Vous savez, ces montagnards ont alors arrêté de nous insulter. Je pense que notre loyauté les a impressionnés. Nous n'avons pas mordu à l'hameçon, même lorsque la femme qui nous commande était absente, et captive tout comme nous. Iayapa nous a appris qu'à l'époque des guerres, de nombreux Tsurani avaient été insultés pour qu'ils se lancent dans des charges stupides, et avaient ainsi été tués par les montagnards cachés derrière les rochers.

— Lujan, répondit Mara, sa voix tremblant de gratitude malgré son désir de paraître impassible, tous tes hommes doivent être félicités pour leur bravoure. Transmets-leur mes compliments, si tu le peux.

Car ils avaient tenu bien au-delà de ce qu'exigeait leur devoir, bien au-delà des principes de la culture tsurani qui affirme que l'honneur est supérieur à la vie. Chacun de ces hommes avait remis son honneur personnel entre les mains de sa maîtresse. Mara observa ses paumes, marquées de rouge par l'osier qu'elle avait serré. Elle pria les dieux pour qu'ils lui accordent d'être digne d'une telle confiance, et que ses gens ne soient pas tous vendus comme esclaves, ce qui serait le pire des déshonneurs.

20

LE CONSEIL

Les heures s'éternisaient.

Confinée dans le chariot d'osier, exposée aux vents violents et au soleil qui apparaissait et disparaissait entre les nuages coiffant les montagnes, Mara s'efforçait de rester patiente. Mais l'incertitude et les cris tonitruants des guerriers de l'escorte thuril lui sciaient les nerfs. Pour passer le temps, elle demanda à Iayapa de lui décrire les terres qu'ils parcouraient. Il avait peu de choses à dire. Il n'y avait pas de villages, seulement quelques hameaux isolés qui s'accrochaient aux flancs des collines rocheuses, environnés de broussailles dévastées par les troupeaux. Au-dessus des collines violettes, de grandes montagnes se découpaient sur l'horizon de façon sinistre, couronnées de rochers quand elles n'étaient pas cachées par les nuages. Darabaldi, la cité du grand conseil des chefs, était supposée se trouver dans les contreforts du plus grand massif. Quand Mara demanda à Iayapa d'interroger leur escorte pour savoir combien de temps prendrait leur voyage, elle ne reçut comme réponse que des rires et des commentaires paillards. Poussée à bout et exaspérée par l'inaction, elle commença à enseigner à Kamlio les techniques apaisantes de méditation qu'elle avait apprise au temple quand elle était novice.

Les dieux savent que la pauvre fille pourrait avoir besoin d'une forme de consolation, avant que ces gens ne déterminent notre destin, pensa Mara.

Les montagnards ne s'arrêtaient que pour manger des saucisses, du fromage de querdidra aigre et du pain, accompagnés d'une bière légère et âcre étonnamment rafraîchissante. Ces pauses étaient animées par des vantardises bruyantes et quelquefois des paris, quand les guerriers s'affrontaient au bras de fer.

L'obscurité tomba, et le brouillard s'installa en couches glaciales sur la terre. L'âne était maintenant trop fatigué pour ruer vers les querdidra qui partageaient ses brancards, même si les bêtes à six pattes continuaient à retrousser leurs lèvres dans sa direction et à lui cracher dessus. Mara se pelotonna contre Kamlio pour se réchauffer. Peut-être même réussit-elle à dormir pendant un moment.

Les étoiles dessinaient des motifs de points brillants au-dessus de leurs têtes, quand elle fut réveillée par les aboiements de nombreux chiens. « Des chiens de berger », remarqua Iayapa, et non les chiens plus grands et plus lourds utilisés pour la chasse. En sentant la fumée dans l'air, l'odeur âcre du bétail confiné, des détritus en train de pourrir et des peaux tannées, Mara supposa que leur escorte approchait d'un village ou d'un groupe d'habitations assez important.

— Darabaldi, lui répondit une voix bourrue quand elle posa la question.

Mais quand elle demanda plus d'informations pour savoir quand elle pourrait parler avec le conseil des chefs, son escorte ne répondit que par des commentaires vulgaires.

— Quelle importance, femme... Es-tu si impatiente d'apprendre qui t'achètera ? Peut-être que tu as peur qu'il soit vieux et que sa virilité n'arrive plus à s'éveiller ?

Devant cette déclaration offensante, Saric osa répondre par une apostrophe vulgaire dans la propre langue des Thurils, qu'il avait peut-être apprise le matin même lors du bain. Les montagnards ne furent pas le moins du monde offensés, mais se mirent à rire. Avec réticence, ils parurent accorder un peu de respect au premier conseiller acoma.

La lumière des torches envahit le chariot. Mara leva le regard et aperçut une grande porte fortifiée, surmontée par des torchères remplies de graisse qui produisaient une fumée huileuse. Depuis les remparts de pierre et de rondins, des guerriers thuril vêtus de plaids aux couleurs ternes lancèrent une sommation au groupe qui approchait.

Antaha répondit, puis se lança dans un discours très rapide accompagné de gesticulations, dont certaines étaient assez vulgaires. D'après l'amusement évident des sentinelles et leurs regards dans sa direction, Mara supposa que leur ravisseur faisait le récit de leur capture. La scène du bain dans la rivière ne fut apparemment pas omise, car les sentinelles se poussèrent du coude et ululèrent à l'adresse de Lujan et de Saric.

Puis les gardes firent signe à l'escorte et aux captifs tsurani de passer la porte, et le chariot s'ébranla, avec un braiment de l'âne et des cris aigus des querdidra.

— Eh bien, commenta Mara à Kamlio, toute la ville va savoir que nous sommes arrivés, avec la fanfare que viennent de sonner nos animaux de trait.

Elle souhaitait toujours ardemment que les flancs en tannerie du chariot soient assez bas pour lui permettre de regarder, mais elle changea d'idée un instant plus tard quand elle entendit un bruit mat résonner contre la paroi. Quelqu'un leur avait lancé une pierre, ou peut-être du crottin séché... Des cris en thuril se mêlèrent aux hurlements aigus des enfants pris en train de faire une bêtise, et les tirs s'arrêtèrent. Au-dessus des parois d'osier, Mara distinguait des bâtiments de pierre à un étage et des enseignes aux couleurs ternes qui se balançaient dans le vent. Les montants des balcons et les rebords des fenêtres étaient tous ornés de totems sculptés, et les toits à pignons pointus semblaient étranges à ses yeux tsurani. Les avant-toits recouverts de chaume étaient eux aussi gravés de runes ou autres inscriptions. La plupart des fenêtres étaient fermées par des volets et barrées, sauf celles où se pressaient des femmes aux joues potelées, qui criaient et faisaient des gestes de bienvenue obscènes.

— Des prostituées, jugea Kamlio, amère et nerveuse.

Mara vit sa peur muette qu'une telle mansarde puisse devenir sa future demeure.

La dame des Acoma se mordit les lèvres. Elle savait qu'il était bien plus probable que Kamlio devienne la femme d'un fils de chef, mais elle ne pouvait pas s'empêcher de s'interroger. Si son maître espion se retrouvait une nouvelle fois sans maître, prêterait-il serment de fidélité aux Shinzawaï, comme Hokanu le lui demanderait certainement ? Ou resterait-il un agent libre et viendrait-il dans ces collines hostiles, explorant toutes les villes thuril à la recherche de la fille qui lui avait volé son cœur ? Si elle avait dû parier sur un choix, Mara pensait qu'il viendrait chercher Kamlio.

Le chariot cahota sur ce qui ressemblait à une zone de pavés ou de dalles de pierre, puis fit une embardée avant de s'arrêter. Le panneau d'osier à l'arrière fut retiré par un montagnard blond qui sourit en dévoilant une dent manquante, et qui fit signe à Mara et Kamlio de descendre. Derrière la garde thuril et les badauds qui s'étaient rassemblés, une maison très longue s'appuyait au rempart du village. Mara l'examina rapidement, et se dit que la bâtisse ressemblait à une petite forteresse. Les portes de bois sculpté étaient grandes ouvertes, mais un rideau de laine tissé de motifs carrés et de lignes était tendu en travers de l'entrée. Avant que Mara puisse en voir plus, un guerrier thuril la poussa vers le rabat de la porte. Kamlio, Saric, Lujan et Iayapa furent séparés des autres et la suivirent.

Quand elle parvint au seuil, Mara s'émerveilla de la douceur de l'étoffe qu'elle frôla. Puis, les autres captifs agglutinés sur ses talons, elle entra en clignant des yeux, à cause de l'air enfumé de la pièce sans fenêtre.

La salle était vaguement éclairée par la lueur rougeâtre de braises amoncelées, plus pour la cuisine que pour donner de la chaleur. L'air renfermé empestait la laine, le ragoût et l'humanité entassée. Sur un banc-coffre surélevé, placé devant un immense foyer de pierre, une vieille femme était assise en train de carder de la laine de querdidra avec un peigne d'os. La silhouette en contrebas était celle d'un vieil homme, assis jambes croisées sur une chaise d'osier tressé. Lorsque les yeux de Mara se furent accoutumés à la pénombre, elle vit que ses cheveux étaient gris. Sa bouche renfrognée était encadrée de rides profondes, et était surmontée d'une grande moustache qui pendait sur ses bajoues. Les extrémités de la moustache étincelaient de perles colorées, qui cliquetèrent quand il leva le menton.

Iayapa parla rapidement à voix basse à Saric, qui à son tour murmura à Mara :

— Cet homme porte la moustache d'un chef. D'après les talismans qui y sont accrochés, ce pourrait bien être le haut-chef en personne.

Mara dissimula sa surprise. Elle s'était attendue à rencontrer un grand personnage, et non un homme à l'allure ordinaire vêtu d'un kilt vert sans aucune décoration. Le bol où il mangeait était creusé dans un bois grossier, et sa cuillère cabossée était en coquille de corcara. Déconcertée par ce manque d'apparat, la dame des Acoma faillit ne pas remarquer les autres hommes, assis dans l'ombre en demi-cercle, leur conversation s'éteignant dans un murmure à l'entrée de son groupe.

Pendant un moment, les Thuril qui venaient d'arriver et leurs captifs regardèrent ceux qui étaient assis, qui les observaient silencieusement en retour, sans se préoccuper du repas qu'ils dégustaient un instant auparavant.

Étonnamment, ce fut la vieille femme qui arrêta son cardage et rompit le silence la première :

— Tu pourrais leur demander ce qu'ils veulent.

L'homme avec la moustache de chef se retourna sur son siège, pointant sa cuillère dans la direction de la femme.

— Silence, vieille sorcière ! Je n'ai pas besoin de toi pour me dire ce que je dois faire !

Alors que Mara haussait les sourcils, étonnée à la fois par le manque de politesse et de cérémonie formelle, le chef des Thurils se retourna vers eux. Les perles de sa moustache cliquetèrent lorsqu'il désigna Saric du menton, car il était le plus proche de lui.

— Qu'est-ce que tu veux, Tsurani ?

Saric était passé maître dans l'art d'arborer des expressions trompeuses, quand il le désirait. La demi-lumière projetée par les braises éclairait un visage de marbre, comme si le grand chef thuril s'était adressé à quelqu'un d'autre.

Mara comprit l'intention de son conseiller et s'avança. Dans un silence total, elle déclara d'une voix brusque :

— Je suis venue dans votre pays à la recherche d'informations.

Le chef thuril se raidit comme si on l'avait giflé. Ses yeux se dirigèrent brusquement vers la dame qui se tenait devant lui, puis hésitèrent et se détournèrent. Il semblait regarder au-dessus de la tête de Mara, et ne put donc pas manquer de remarquer les larges sourires d'Antaha et des autres guerriers de l'escorte.

— Tu restes ici sans rien faire, et tu permets à une captive de parler quand elle n'y est pas autorisée, rugit-il d'une voix convenant mieux à un champ de bataille.

Bien que le cri lui ait percé les oreilles, Saric avança sans se laisser déconcerter. En dépit de ses mains liées, il exécuta une révérence convenable.

— Antaha a fait ce qu'il fallait, noble chef, car cette dame est Mara des Acoma, pair de l'empire, et de la famille de l'empereur de Tsuranuanni.

Le chef caressa sa moustache, faisant tourner les petites perles à ses extrémités.

— Tiens donc ?

La pause se prolongea, et le silence ne fut troublé que par le claquement des assiettes en bois et des cuillères tandis que ses compères terminaient leur repas.

— Si cette femme est vraiment le noble pair, où se trouvent ses bannières ? Son armée ? Sa grande et illustre tente de commandement ? (Un sourire méprisant se dessina sur les lèvres du chef alors qu'il reprenait de sa voix de baryton :) J'ai vu comment les nobles tsurani voyagent en territoire étranger ! Ils emportent la moitié de leurs biens avec eux, comme des marchands ! Je dis que tu mens, étranger ! Ou alors, pourquoi est-elle... (Il fit un geste désobligeant en direction de Mara.)... escortée par si peu de gardes ? Nous sommes un pays ennemi, après tout.

En entendant cela, la vieille assise sur le banc-coffre posa son cardage, et grimaça de dégoût.

— Pourquoi ne lui demandes-tu pas toi-même ? Elle a dit qu'elle était venue chercher des informations. Cela doit être très important pour elle.

— Ferme la grande caverne qui te sert de bouche, vieille femme ! (Fulminant dans son indignation, le chef pointa une main qui tenait encore une croûte de pain en direction du groupe de Mara, refusant de s'adresser à la dame elle-même.) Contrairement à ce que pensent les Tsurani, nous ne sommes pas des barbares, vous savez.

Mara perdit son calme.

— Ah bon ? (Comme elle aurait aimé parler la langue des Thurils. Mais pour le moment, la sienne devrait suffire.) Et vous appelez faire dormir ma garde d'honneur dans un enclos à bestiaux une conduite *civilisée* ? Dans mon pays, même les esclaves ne vivent pas aussi misérablement !

Décontenancé et embarrassé par les rires étouffés d'Antaha et de ses guerriers, le chef s'éclaircit la gorge.

— Vous me posiez une question à propos d'informations... (Il plissa les yeux.) Ennemi, de quel droit viens-tu ici en formulant des exigences ?

Mais avant que Mara ne puisse répondre, Iayapa se glissa avec détermination devant Saric.

— Mais la dame Mara n'est pas venue comme une ennemie. Ses guerriers ont déposé leurs armes sur son ordre, et pas une fois ils n'ont répondu aux insultes, bien que les villageois et les gardes de Loso aient fait de leur mieux pour les provoquer.

— Il dit la vérité, intervint Mara, ne voulant pas céder à la stupide coutume thuril qui voulait qu'un homme ne doive pas prêter publiquement attention aux paroles d'une femme.

Comme si elle admirait son cran, la vieille femme assise sur le banc-coffre sourit. Mara continua :

— En ce qui concerne les informations que je cherche... ?

Elle laissa sa question en suspens.

Le chef semblait hésiter, et la vieille femme lui frappa le dos de son orteil.

— Elle attend que tu lui dises qui tu es, espèce d'idiot au cerveau mou.

Se retournant pour foudroyer du regard la femme, qui ne pouvait être que son épouse pour ne pas être châtiée pour de telles libertés, le chef hurla :

— Je sais cela, femme ! (Il se retourna vers Mara, se redressant et se pavanant pour montrer son importance.) Oui, ce doit être des informations importantes...

— Ton nom... le houspilla calmement la vieille femme.

Toujours sans se préoccuper de son morceau de pain, le chef agita les poings.

— Silence, femme ! Combien de fois dois-je te dire de te taire dans la maison du conseil ? Harcèle-moi encore une fois, et je ferai sentir à ton dos gras la caresse d'une baguette d'épines !

La femme ignora la menace et reprit l'ouvrage qu'elle avait déposé. Le chef gonfla sa poitrine, ce qui ne fit qu'exposer aux yeux de tous les taches de sauce d'âges divers parsemant sa veste.

— Mon nom est Hotaba. Je suis le chef des Cinq Tribus de Malapia et, pour cette saison, le haut-chef du conseil à Darabaldi. (Désignant l'homme assis le plus loin de lui, portant lui aussi une mèche de guerrier et une moustache, il continua :) Voici Brazado, chef des Quatre Tribus de Suwaka. (Puis indiquant le dernier homme, qui ne portait pas la moustache, il ajouta :) Voici Hidoka, son fils. (Ses yeux glissèrent sur Mara pour se fixer sur Saric, et il termina :) Mon propre fils, Antaha...

D'une voix acerbe, Mara le coupa :

— Nous nous sommes déjà présentés.

Dans un geste de colère intense, le haut-chef fit soudain retomber violemment ses poings sur ses genoux. Des miettes volèrent de tous côtés alors que son morceau de pain se brisait sous la force du coup, et son front se plissa de façon menaçante. Mara résista à une terrible envie de reculer. Cette fois, elle s'était montrée trop téméraire et elle était allée trop loin... Les Thurils allaient réagir devant son interruption.

Mais la vieille femme assise près du foyer s'éclaircit bruyamment la gorge.

Le regard d'Hotaba glissa dans sa direction puis perdit de sa fureur, et il haussa les épaules, résigné.

— Cette femme qui parle trop et qui se mêle de ce qui ne la regarde pas est Mirana, mon épouse. (Comme avec une arrière-pensée, il ajouta :) Si elle n'était pas si douée pour la cuisine et pour le ménage, je l'aurais fait découper en morceaux depuis longtemps pour nourrir mes chiens.

Antaha intervint :

— Le chef de Loso a pensé qu'il valait mieux vous envoyer directement les prisonniers, plutôt que d'attendre la prochaine caravane de commerce, père.

Le chef se tapota la moustache, faisant tinter ses perles.

— Il n'a pas besoin de beaucoup de gardes, ces temps-ci, hein ? Les Tsurani sont aussi doux que de petits gachagas...

Mara reconnut le terme et sut qu'il était peu flatteur, avant même de voir le regard contrarié que Iayapa lança vers Lujan et Saric. Mais après ce qu'ils avaient enduré au bord de la rivière le matin, les deux hommes montrèrent une parfaite indifférence devant la comparaison à ces petits rongeurs qui volent le grain.

Comme le haut-chef attendait toujours la réaction des Tsurani devant son commentaire méprisant, Mirana intervint :

— Tu n'as toujours pas demandé à dame Mara ce qu'elle souhaite savoir.

Hotaba bondit sur ses pieds, et donna l'impression d'être sur le point de commettre un meurtre.

— Vas-tu te taire, femme ! Tu continues à parler au conseil ! J'aurais dû te faire bouillir, te jeter aux oiseaux charognards, et aller chercher dans un raid une nouvelle épouse, jeune, obéissante et *muette* !

Les autres Thurils présents dans la longue bâtisse ne semblaient pas plus se soucier de ces menaces que Mirana. Les mains de la vieille femme ne perdaient pas le rythme de son ouvrage, et seul son pied tapotait le plancher comme si elle retenait son impatience. Hotaba parut considérer son calme comme un avertissement. Il reprit son souffle et, à travers ses dents serrées, demanda à Mara :

— Que désires-tu savoir, Tsurani ?

Mara lança un coup d'œil à Lujan et à Saric, qui observaient l'échange, impassibles. Son conseiller répondit par un petit haussement d'épaules. Il pouvait difficilement la guider durant la négociation. Selon le point de vue tsurani, les Thurils étaient grossiers et indisciplinés, prompts aux démonstrations théâtrales d'émotions, et de vrais rustres. Le dernier jour et la demi-journée passés en leur compagnie les avait complètement mystifiés quant à la nature d'une offense impardonnable. Aucun affront de langage ne paraissait dérouter ces gens ; pour eux, les pires insultes semblaient de simples plaisanteries. Mara décida qu'une courtoisie honnête serait l'approche la plus sûre.

— Hotaba, j'ai besoin de parler avec l'un de vos magiciens.

Les joues bouffies d'Hotaba s'affaissèrent, mais son visage resta empourpré. Il sembla remarquer pour la première fois le morceau de pain complètement écrasé dans son poing.

— Un magicien ?

D'après ce que Mara pouvait interpréter de l'expression d'un parfait inconnu, il semblait sidéré. Elle profita de son avantage :

— J'ai besoin de savoir certaines choses, que seul un magicien qui n'appartient pas à l'Assemblée de notre empire pourra me révéler. Je suis venue dans la Confédération thuril, parce que l'on m'a fait comprendre que je pourrai trouver des réponses dans votre pays.

L'expression de surprise d'Hotaba disparut et il arbora un sourire rusé. Mara se rendit compte qu'il n'était pas inquiet d'aborder ce sujet, car ses yeux brillants allaient et venaient, étudiant ses compagnons. La dame des Acoma se déplaça un peu sur le côté, tentant de protéger la jeune fille qui tremblait de peur derrière elle, mais la chevelure pâle de Kamlio était visible, même dans l'ombre. Pire, Antaha vit la direction du regard de son père, et saisit l'ouverture pour gagner une faveur. Il s'avança et tira Kamlio par le bras jusqu'à ce qu'elle se trouve sur le devant de la scène.

— Père, regardez ! Nous avons une prise de guerre sur ces Tsurani.

Mara s'étouffa de colère, indignée à la fois par la terreur de Kamlio, et par le brusque abandon du sujet qu'elle avait osé aborder. Mais en voyant la convoitise qui brillait dans les yeux du vieux chef, elle se rendit compte qu'elle ne pouvait pas prendre ombrage de l'intervention sans risquer de provoquer une démonstration de fierté masculine.

Les autres membres du conseil laissèrent échapper des sifflements d'admiration. Ils observèrent tous la courtisane avec des yeux avides et appréciateurs, et même le regard noir de Mirana ne put éteindre l'intérêt de son époux. Les yeux d'Hotaba s'attardèrent sur les courbes généreuses de Kamlio, comme ceux d'un homme à qui l'on sert un plat raffiné. Il s'humecta les lèvres.

— Elle est belle, murmura-t-il à l'adresse d'Antaha. Exceptionnellement belle. (Il inclina la tête vers son fils.) Retire sa robe. Voyons quel fruit délicat elle dissimule.

Mara se raidit.

— Hotaba, vous pouvez dire à votre fils que ni moi ni ma servante Kamlio ne devons être considérées comme des prises de guerre. Nous ne vous appartenons pas, chef thuril ! Le corps de Kamlio lui appartient, même si elle est à mon service et fait ce que je lui demande. Et je ne la fais pas coucher avec des étrangers.

Hotaba sursauta comme s'il s'éveillait d'un rêve. Il observa Mara, la jaugeant. Puis sa bouche acide et flasque se fendit dans un sourire cruel.

— Tu n'es pas en position d'avoir des exigences, femme.

Mara ne tint pas compte de cette déclaration. Comme si ses officiers n'avaient pas les mains liées comme des esclaves, et comme si elle n'était pas décoiffée et entièrement dépourvue de l'apparat d'une grande dame tsurani, la fureur lui redressa l'échine.

Son sang-froid fit une grande impression, si ce n'est la meilleure. Le sourire d'Hotaba s'élargit, et Mirana arrêta même son cardage. Un calme tendu et dangereux régnait sur la pièce étouffante.

— Dame, annonça le chef avec un sarcasme tranchant, je vous propose un marché : l'information que vous cherchez contre votre servante aux cheveux blonds. Une offre plus qu'équitable, je pense. La femme est d'une valeur inestimable, car sa beauté est aussi rare que les magiciens honnêtes dans votre peuple. Les connaissances que vous venez chercher valent largement le corps d'une servante, surtout que vous gouvernez des milliers d'âmes sur vos domaines impériaux...

Mara ferma les yeux pour résister à l'écœurement, et serra les dents pour retenir un vif désir de hurler des imprécations inutiles. Sa bouche était sèche et elle avait la sensation de manger des cendres. Qui était-elle, pour marchander la vie et le bonheur de Kamlio, même pour le bien de sa famille ? En tant que souveraine, Mara détenait ce droit selon les lois de l'empire, mais elle eut beaucoup de mal à répondre :

— Non.

Au moins, sa voix semblait résolue, même si son esprit était envahi de doutes. Par les dieux, quel être sans honneur était-elle devenue, pour échanger la vie d'une servante maussade contre le bien-être et la survie de sa maison, de son époux et de ses enfants ! Qu'était donc une misérable courtisane devant son honneur, ses êtres chers et, finalement, le pouvoir d'Ichindar lui-même ? Autrefois, elle aurait ordonné à un domestique ou un esclave de faire ce que les Thurils demandaient, mais aujourd'hui, alors que tout dépendait d'elle, elle ne pouvait pas exiger ce sacrifice.

Dans un silence lourd, alors que les hommes étaient trop stupéfaits pour réagir et que Saric s'efforçait de dissimuler sa surprise et sa consternation, Mirana prit la parole. Comme si les problèmes de sa maisonnée avaient plus d'importance que les vies et les destins des personnes présentes, elle annonça :

— J'ai terminé mon cardage.

Mais Mara se rendit compte que les mains de la vieille femme tremblaient, alors qu'elle déposait la laine et les outils dans le panier qui était posé sur ses genoux. Hotaba se retourna simplement et hocha la tête en direction de son épouse. La vieille femme se leva, enveloppa ses épaules de plusieurs châles frangés, et fit signe à Mara de la suivre.

La dame des Acoma hésita. Elle pensait qu'elle devait insister pour rester avec ses officiers et ses gens et veiller à leur bien-être, étant leur souveraine. Mais Mirana secoua légèrement la tête, comme si elle pouvait deviner les pensées de Mara.

Saric reçut quelques conseils rapides d'Iayapa et se pencha vers elle pour lui transmettre son opinion.

— Allez, ma dame. Cette culture ne ressemble pas à la nôtre, et vous avez dit ce que vous aviez à dire. Vous risqueriez de faire du tort à votre cause si vous restiez pour continuer à discuter. Iayapa me signale que Mirana connaît parfaitement son époux. Il faut la suivre, pense-t-il, et je partage son avis.

Mara décocha un dernier regard hautain à Hotaba, lui faisant comprendre qu'elle agissait de son plein gré, et non pour obéir à un Thuril quelconque. Puis, le dos raide, elle rejoignit Mirana qui se dirigeait vers la porte.

Quand Lujan commença à bouger pour la suivre, Mara lui fit un geste discret pour qu'il reste dans la maison. Aucun d'eux n'était en sécurité parmi ces barbares ; et, sans armes, un guerrier ne pouvait pas faire grand-chose pour protéger sa maîtresse des montagnards qui l'avaient capturée. Mirana sembla le comprendre, car elle prit la parole une dernière fois :

— Reste avec mon époux, et vante-toi de ta férocité au combat et de tes prouesses au lit, soldat. Je ne retiendrai pas ta maîtresse très longtemps. (Elle ajouta à l'adresse de Mara :) Votre servante ne sera pas touchée, soyez-en assurée, jusqu'à ce que ce problème soit résolu.

Puis, avec une force surprenante, Mirana passa son bras sous celui de Mara et la poussa dehors.

L'air plus froid frappa le visage des femmes avec une violence qui leur rougit la peau. Mirana partit d'un pas rapide, forçant Mara à s'éloigner de la longue bâtisse sans lui laisser le temps de changer d'avis. Elle entra dans une ruelle où, à l'odeur, les boulangers terminaient leur travail de la journée, et où un petit chien dévorait des quignons de pain que lui donnait une gamine aux cheveux nattés. Se souvenant de sa propre fille, qui pourrait ne pas atteindre l'âge d'avoir un animal de compagnie, Mara trébucha.

Mirana la poussa en avant.

— Pas de ça, fit-elle dans un tsurani fortement accentué. Vous avez été assez forte pour quitter votre patrie, pour défier l'Assemblée et pour venir ici. Ne vous apitoyez pas sur votre sort maintenant.

Mara releva le menton. Stupéfaite, elle demanda :

— Quelle importance mon sort a-t-il pour vous ?

— Très peu, répondit Mirana d'un air très détaché.

Ses yeux sombres se fixèrent sur la dame des Acoma, attendant une sorte de réaction. Mara resta impassible. Après un moment, l'épouse du chef ajouta :

— Très peu, si vous étiez comme les autres Tsurani que nous avons rencontrés. Mais ce n'est pas le cas. Hotaba s'en est assuré quand il vous a offert le marché pour acheter votre servante.

Mara releva le menton encore plus.

— Elle ne m'appartient pas et je ne peux pas l'offrir. Même pour sauver ma famille des périls qui la menacent. Je lui ai donné le choix, et elle reste avec moi de son plein gré. Ce n'est pas une esclave...

Mirana haussa les épaules, ce qui fit tourbillonner et s'emmêler les franges de ses châles dans la bise glaciale.

— Exactement. Selon nos lois aussi, elle ne vous appartient pas et vous ne pouvez pas la marchander. Mais les seigneurs de votre pays font ce qu'ils veulent des vies de leurs serviteurs, de leurs esclaves et de leurs enfants, quotidiennement, et ils pensent que les dieux leur en ont octroyé le droit.

— C'est ce qu'ils croient, répondit prudemment Mara.

— Et vous ?

La question de Mirana fut aussi soudaine qu'une ruade de querdidra.

— Je ne sais pas ce que je crois, avoua Mara, en fronçant les sourcils. Sauf que comme pair de l'empire, j'ai autrefois placé ma nation au-dessus de mon propre sang. Maintenant, je ne peux plus placer mon propre sang au-dessus de celui de quelqu'un d'autre. Kamlio est avec moi car j'ai fait serment à une personne de la protéger comme elle le ferait elle-même. Mon honneur n'est pas moindre que celui de l'homme qui m'a confié sa sécurité. Il y a un honneur qui est une soumission abrutissante à la tradition, et il existe un honneur qui est... plus que cela.

Le regard de Mirana devint perçant.

— Vous êtes vraiment différente, songea-t-elle à voix haute, plus pour son bénéfice que pour celui de Mara. Priez vos dieux pour qu'une telle différence soit suffisante pour gagner votre liberté. Vous aurez mon soutien. Mais n'oubliez jamais que chez les Thurils, les hommes parlent plus librement et accordent plus de concessions quand les femmes ne sont pas présentes. Notre terre est dure, et un homme qui se montre trop doux ne garde pas l'épouse qu'il a enlevée.

— Un autre homme lui volera sa femme ? demanda Mara, surprise.

Les lèvres ridées de Mirana s'ouvrirent et un sourire franc lui fendit le visage.

— Peut-être. Ou pire, son épouse quittera sa maison et son foyer, et remplira ses couvertures de neige pour le châtier de sa folie.

En dépit de ses soucis, Mara se mit à rire.

— Vous faites cela, ici ?

— Oh oui !

Mirana remarqua que son invitée était transie de froid. Elle se dégagea de l'un de ses châles et l'entoura autour des épaules de la dame des Acoma ; l'étoffe sentait le feu de bois et, plus légèrement, la laine écrue huilée.

— Allons donc rendre visite à ma boulangerie favorite, où les petits pains sucrés seront tout frais sortis du four à cette heure et encore chauds. Je vous dirai ce que nous faisons d'autre ici, à part faire semblant de prendre au sérieux les cocoricos de jiga de nos hommes.

Alors que l'atmosphère dans la maison du conseil avait été étouffante, l'air de la boulangerie retenait la chaleur sèche des fours, réconfortante dans le climat humide des hautes terres. Mara s'assit maladroitement sur une chaise de bois taillée à la main. Les coussins tsurani auraient été inadaptés aux planchers de pierre de ces collines glaciales. Remuant sans cesse, passant d'une fesse à l'autre pour tenter de trouver une position confortable, Mara se résigna à une nouvelle soirée de bavardages mondains. Comme l'épouse du chef de Loso, Mirana semblait se contenter d'entretenir une conversation sur des sujets légers, pendant que le conseil des anciens de la ville continuait sans elle.

— Les hommes peuvent être de grands enfants, ne pensez-vous pas ?

Mara se força à esquisser un sourire poli.

— Alors votre mari ressemble à un enfant coléreux.

Mirana rit de bon cœur, en s'installant sur la chaise placée de l'autre côté d'une table de bois, dont la surface était rainurée car les clients de la boutique y découpaient leurs miches de pain fraîches tout en discutant avec des amis. Après avoir retiré plusieurs châles, révélant ainsi des cheveux blancs tressés avec des cordelettes de laine, Mirana soupira avec indulgence.

— Hotaba ? C'est un moulin à paroles, mais je l'aime. Il menace de me battre pour me faire taire depuis quarante-deux ans... Pratiquement depuis le jour où il m'a enlevée sur ses épaules, et où il a couru dans les collines pour échapper à mon père et à mes frères. Il n'a encore jamais posé la main sur moi par colère. Notre peuple adore les menaces grandiloquentes et les insultes, Mara. La vantardise est un art ici, et une insulte bien formulée exprime plus d'admiration que de mépris pour l'homme injurié.

Elle s'arrêta, alors qu'un jeune garçon portant une blouse de laine arrivait près de la table avec un plateau. Mirana changea de langue pour commander des pains sucrés et du cidre chaud et épicé. Puis, après un regard vers les yeux cernés de Mara, elle demanda aussi du vin. Le garçon accepta les trois jetons de bois percés de Mirana, et partit précipitamment. Il tourna la tête par-dessus son épaule quand il pensa que l'épouse du chef ne le regardait plus, pour observer les vêtements étranges de Mara.

Mirana se contenta de bavarder en attendant leur commande, puis le garçon revint avec la nourriture et les boissons, et Mara fit mine de manger. La nervosité lui coupait l'appétit, bien que le pain brun grossier sente merveilleusement bon, et que la boisson ne soit pas le vin acide que les vétérans tsurani des guerres thuril disaient être la production du peuple des collines.

Dehors, l'obscurité descendait dans les rues, alors que des jeunes filles passaient en bavardant, surveillées par de jeunes hommes – des serviteurs ou peut-être des frères – qui portaient des torches fumantes pour éclairer leur route. Derrière les tables grossières de la boutique, le fils du boulanger nettoyait les fours, où les braises grisonnaient sous une pellicule de cendre.

Réchauffée par le vin, mais les mains recouvertes d'une sueur froide par l'inquiétude, Mara rongeait son frein. Alors qu'elle bavardait sur des sujets futiles, où était Kamlio ? Qu'arrivait-il à Saric, à Lujan et à ses guerriers ? Pire, Hokanu avait-il le moindre indice quant à l'endroit où elle était partie, depuis le jour où elle avait quitté le domaine acoma pour visiter le temple de Turakamu ? Son départ semblait être un rêve, les affaires de l'empire paraissant si éloignées de cet endroit, avec ses hommes vantards à la voix forte et ses montagnes nuageuses.

— Pourquoi êtes-vous venue ici chercher des pratiquants de la magie ? demanda Mirana avec une franchise soudaine et déconcertante.

Mara sursauta, manquant lâcher la chope d'argile qui contenait encore un peu de vin. Le bavardage, comprit-elle soudain, n'avait été qu'une excuse pour attendre le bon moment. Elle n'avait plus aucune raison de cacher la vérité.

— Au cours des ans, j'ai compris que l'Assemblée des magiciens paralyse la culture de l'empire. Nos traditions maintiennent des injustices que j'aimerais changer. Les magiciens ont imposé des restrictions à la maison Acoma à cause d'une guerre de sang avec la maison Anasati, mais les sanctions ne sont pas appliquées avec équité dans les deux camps. Les magiciens ont laissé les Anasati lancer des assassins sur mes alliés ; malheureusement, le père de mon époux a été tué. Il est maintenant prouvé que l'édit des Très-Puissants interdisant la vengeance des Acoma n'est qu'un faux-semblant, un prétexte pour dissimuler le véritable problème. Je veux provoquer des changements, contre les vœux de l'Assemblée, et pour cela mes enfants et moi-même sommes en danger.

— Ainsi ces objectifs nobles ne sont en réalité que le simple besoin de survivre ?

Mara regard attentivement la vieille femme, comprenant qu'elle avait l'esprit aussi acéré que celui de dame Isashani.

— Peut-être. J'aime à penser que j'aurais continué à suivre cette voie dans l'intérêt de mon peuple, même si ma propre maison et ceux que j'aime n'étaient pas en péril...

— Vous avez quitté votre pays pour venir chez les Thurils, l'interrompit Mirana. Pourquoi ?

Mara fit tourner la chope presque vide entre ses doigts nerveux.

— Les Cho-ja m'ont fait des suggestions énigmatiques qui pointaient vers l'est. Un magicien de la voie mineure qui éprouvait une profonde amertume envers l'Assemblée m'a suppliée de mener mes recherches ici, si je voulais trouver des réponses. Je suis venue chez les Thurils parce que ma lignée périra si je ne trouve pas de réponse, et parce que j'ai vu trop de malheurs infligés au nom de la politique et du jeu du Conseil – un grand nombre de ceux que j'aimais sont maintenant dans le palais du dieu Rouge à cause de notre soif de pouvoir. L'injustice et le meurtre au nom de l'honneur ne cesseront pas, si l'on permet à l'Assemblée de rejeter le règne de l'empereur et de rétablir le titre de seigneur de guerre.

Mirana sembla réfléchir à tout cela, les yeux fixés sur la table jonchée de miettes de pain, les bras tranquillement croisés. Finalement elle sembla prendre une décision.

— Vous serez entendue.

Mara n'eut pas le temps de réfléchir à la façon dont Mirana pourrait influencer le conseil des hommes. Pas plus qu'elle ne la vit échanger ou envoyer le moindre signe. Mais dans la minute, le rabat de la porte de la boulangerie s'écarta, laissant entrer une rafale de vent glacé. La bourrasque éteignit trois des quatre lampes à huile qui éclairaient la boutique vide à l'exception des deux femmes.

Une silhouette emmitouflée dans une lourde cape de montagnard entra alors dans la boulangerie. Comme la lumière de la dernière lampe était en contre-jour, ses traits étaient à peine discernables à la lueur rougeoyante des braises mourantes du four. Ses nombreuses robes de laine sentaient le querdidra, et ses oreilles, visibles sous la capuche, étaient ornées de disques de corcara qui s'agitaient et étincelaient à chaque pas. Mara distinguait très difficilement son visage, n'apercevant qu'une peau ridée dissimulée dans l'ombre de la cape.

— Levez-vous, murmura Mirana avec insistance. Témoignez du respect devant notre Kaliane, qui vient vous entendre.

Mara haussa les sourcils devant le mot étranger.

— Kaliane est le nom traditionnel que portent les plus puissants de ceux qui pratiquent les mystères, lui expliqua Mirana pour dissiper sa confusion.

La silhouette encapuchonnée se rapprocha, et un reflet montra que sa cape était bordée de rares et coûteux sequins d'argent. Les motifs semblaient former des runes, ou dessinaient peut-être des totems plus complexes que ceux qui ornaient les chambranles des portes des maisons. Mara s'inclina avec le même respect que celui qu'elle aurait témoigné à un Très-Puissant venu lui rendre visite dans son manoir.

Le thaumaturge thuril ne réagit pas, et se contenta de lever une main ridée pour faire tomber sa volumineuse capuche. Mara vit une crinière de cheveux argentés, nattés comme ceux de Mirana, mais en un entrelacement rituel formant presque une couronne. De l'ombre émergea soudain le visage ridé d'une très vieille femme...

Une femme ! Oubliant les bonnes manières, la dame des Acoma eut un hoquet de surprise.

— Votre assemblée de magiciens autorise la présence de femmes ?

La vieille femme releva brusquement la tête en faisant cliqueter ses lourdes boucles d'oreille. Elle avait l'air d'être dangereusement vexée.

— Nous n'avons rien qui ressemble à votre Assemblée dans ce pays, que les dieux en soient remerciés, Mara des Acoma.

Deux villageoises parurent sur le seuil de la boulangerie, pour faire une dernière emplette. Alors qu'elles étaient sur le point d'entrer, elles découvrirent la présence de l'enchanteresse emmitouflée, s'inclinèrent dans une révérence rapide et ressortirent en silence dans la rue. Un jeune homme qui se trouvait sur leurs talons fit aussi demi-tour, et se hâta de partir. Le rabat de cuir retomba, mais toute chaleur avait quitté la pièce.

— Pardonnez-moi, murmura Mara, en bégayant presque. Dame Kaliane, je suis désolée, mais je n'aurais pu deviner...

— Je n'ai pas de titre. Vous pouvez m'appeler la Kaliane, répondit sèchement la vieillarde, en s'asseyant dans un grand mouvement de robes. (Elle disposa confortablement ses longues manches, plia des mains minuscules, et sembla soudain très humaine et très triste.) Je sais que dans votre empire, les mages de l'Assemblée (elle cracha presque le mot) assassinent toutes les filles possédant le don qu'ils découvrent. La personne qui assumait cette charge avant moi était une réfugiée de la province de Lash, qui avait réussi à s'enfuir et à sauver difficilement sa vie. Ses trois sœurs n'eurent pas cette chance.

Légèrement malade à cause de sa nervosité et du vin que son inquiétude rendait acide, Mara se mordit les lèvres.

— Un magicien de la voie mineure qui haïssait l'Assemblée m'avait dit une telle chose. Mais au fond de mon cœur, je n'avais pu me résoudre à le croire.

Les yeux pâles de la Kaliane recelaient des profondeurs insondables lorsqu'elle fixa son regard sur celui de Mara.

— Croyez-le, car cela est vrai.

Bouleversée, et éprouvant une nouvelle peur pour ceux qu'elle aimait et qu'elle avait laissés derrière elle, Mara serra les dents pour les empêcher de claquer. Bien que la Kaliane soit petite et emmitouflée comme une vieille grand-mère dans des couches de vêtements pour résister au climat, elle irradiait une puissance plus mordante que le froid des montagnes. Consciente que chacune de ses paroles serait soupesée et jugée, Mara parla avant que son courage ne la déserte.

— On m'a dit que l'Assemblée vous craignait. Pourquoi ?

— C'est la vérité, lança la Kaliane. (Elle lâcha un ricanement grinçant qui faisait froid dans le dos.) Dans votre empire, les esclaves sont maltraités, et on leur dit que c'est la volonté de vos dieux. Vos seigneurs luttent et tuent pour l'honneur, mais qu'accomplissent-ils ? Ils ne gagnent aucune gloire. Ni la faveur du ciel, oh non. Ils perdent des fils, s'engagent dans des guerres, et tombent même sur leurs propres épées... Et tout cela pour rien, dame Mara. Ils ont été dupés. Leur honneur tant vanté n'est rien que les chaînes qui fragmentent la puissance de votre pays. Tandis que les maisons s'affrontent au jeu du Conseil, l'Assemblée a les mains libres. Son pouvoir est grand, mais il n'est pas sans limites, et il n'a pas toujours été aussi fort.

Touchée par l'espoir à la lumière d'un aveu aussi franc, Mara demanda :

— Alors, vous pourriez m'aider ?

Le visage de la Kaliane devint un masque de rides impénétrable.

— Vous aider ? Cela doit encore être déterminé. Vous devez m'accompagner pour un petit voyage.

Effrayée à l'idée de laisser Lujan, Saric et, pire que tout, Kamlio entre les mains de leurs ravisseurs thuril, Mara fut envahie par une vague de terreur.

— Où irions-nous ?

— Il y a des choses que vous devez voir. Un conseil de mes semblables doit entendre vos raisons et votre histoire, et vous interroger. (Puis, comme si elle percevait directement la source du malaise de Mara, la Kaliane adoucit explicitement sa demande.) Nous ne serons pas parties plus longtemps que le temps qu'il faut à deux femmes pour bavarder, de peur que vos guerriers s'inquiètent pour vous, et tentent quelque chose de stupide par désespoir.

— Je remets mon sort entre vos mains, alors, répondit Mara, sa résolution prenant le pas sur l'indécision qui régnait dans son cœur.

D'éducation tsurani, et pas assez immergée dans son désir de changement pour renier tous les codes de l'honneur de son peuple, elle ne pouvait cependant échapper à la sensation qu'on ne lui offrirait pas de seconde chance. Elle accepta la proposition de la Kaliane par désespoir, mais elle n'était pas préparée à la rapidité de la réaction après son acquiescement. La vieille Thurile tendit la main au-dessus de l'étroite table, prit le poignet de Mara entre ses doigts secs et sûrs, et prononça un mot.

Mara n'entendit que la première syllabe sifflante. Le rugissement qui retentit dans ses oreilles, féroce comme les bourrasques d'une tempête en mer, noya le reste. Le sol fondit sous ses pieds, tout comme la chaise sur laquelle elle était assise. Les murs plongés dans l'ombre de la boulangerie s'évanouirent aussi, remplacés en un clin d'œil par une grande étendue de vide gris et hurlant.

Le temps se figea. L'air devint glacial et se raréfia. Mara eut peur de mourir, et aurait pu faire honte à ses ancêtres en hurlant de terreur, mais le vide disparut brusquement, ne laissant que l'impression de son passage.

Retrouvant maladroitement la terre ferme, Mara fut soudain sur une place éclairée par des globes cho-ja. La main ferme de la Kaliane agrippait toujours son poignet, et elle tremblait comme un roseau secoué par la tempête. Alors que les villes tsurani sont bâties sur un sol plat, les bâtiments de cet endroit avaient été creusés en gradins à la surface d'abruptes collines de granite. Au fond de la vallée, la place où se trouvait Mara était encerclée de terrasses, chaque niveau étant envahi par des portes, des fenêtres et des devantures. La dame des Acoma leva les yeux et découvrit des rangées de colonnes et d'arcs-boutants, des arches innombrables, disposées avec un art stupéfiant dans le décor de la nuit. Les totems soutenaient des balcons aux balustrades de bois et de pierre, certains sculptés pour ressembler à des dragons ou aux grands serpents de la mer et du ciel qui figurent si souvent dans les mythes thuril. Des flèches et des dômes s'élançaient dans le ciel étoilé ou transperçaient des bancs de brume éclairés par des lampes. Mara eut le souffle coupé de ravissement devant cette beauté que son esprit tsurani n'aurait pu imaginer. Elle n'aurait jamais pensé trouver une telle ville dans ces terres arides !

Les rues étaient bondées de montagnards portant des kilts très simples et des braies. La plupart des jeunes guerriers se promenaient torse nu en dépit de la fraîcheur de la soirée, mais quelques-uns arboraient des chemises tissées de couleurs vives. Les femmes portaient de longues jupes et des chemisiers amples, les plus jeunes laissant entrevoir un bras mince ou une poitrine arrondie pour attirer les regards admiratifs des jeunes hommes qui passaient.

— Quel est cet endroit ? murmura Mara, prenant une profonde inspiration et identifiant une odeur d'encens.

Elle regardait toutes ces merveilles comme l'idiot d'un village de campagne venant pour la première fois à la grande ville.

— Doralès, répondit la Kaliane. Vous êtes sans doute la première Tsurani à voir cette cité. (D'une voix plus sinistre, elle ajouta :) Vous pourriez aussi être la dernière.

La phrase étrange de l'enchanteresse fit frissonner Mara. Elle avait l'impression de rêver, tant cet endroit lui semblait bizarre et vaste ; comme si cette vision était trop merveilleuse pour être réelle. Les flèches élancées, les milliers de fenêtres et de portes brillamment éclairées, les totems inquiétants, la bousculade et la foule dans la rue... Tout cela lui donnait un sentiment de précarité, comme si à n'importe quel moment elle pouvait être projetée contre son gré dans un cauchemar. La stupéfaction et l'appréhension auraient continué à paralyser la dame si la Kaliane ne l'avait pas poussée en avant, avec la même impatience brusque qu'une mère aurait pu montrer envers un enfant manquant d'enthousiasme.

— Venez ! Le cercle des anciens vous attend, et vous ne gagnerez aucune indulgence en les faisant attendre.

Mara avança en titubant, l'air hébété.

— Vous dites que je suis attendue ? Comment cela se fait-il ?

Mais la Kaliane n'avait pas beaucoup de patience pour ce qu'elle considérait comme des questions inutiles. Elle remorqua Mara à travers la foule, attirant ainsi l'attention des passants. On les observait et on les désignait du doigt, et quelques personnes crachèrent par terre en un geste de mépris. La fierté tsurani permit à la dame des Acoma d'ignorer de telles insultes en les jugeant en dessous de sa dignité, mais elle n'avait plus la moindre incertitude : ces gens la considéraient comme une ennemie à qui l'on ne pardonne pas. Des doutes atroces et insidieux l'assaillaient. Dans leur ignorance méprisante, les seigneurs impériaux avaient osé appeler les Thurils des barbares ; cette cité et ses merveilles architecturales prouvaient le contraire de façon très spectaculaire.

Curieuse malgré sa honte, Mara demanda :

— Pourquoi mon peuple n'a-t-il jamais entendu parler de cet endroit ?

La Kaliane la faisait se presser, et dépassa un chariot peint tiré par deux querdidra au mauvais caractère, conduit par un homme ridé portant une cape de patchwork aux couleurs vives. Il portait un étrange instrument de musique, et les passants lui jetaient des pièces ou lui criaient des encouragements joyeux pour qu'il joue. Il leur répondait par des imprécations colorées et virulentes, un sourire dessinant des fossettes sur ses joues écarlates.

— Si des gens de votre peuple entendaient parler de cet endroit, votre Assemblée les tuerait pour leur imposer le silence, répondit la Kaliane d'un ton acerbe. Les tours que vous admirez et tout le creusement de la roche ont été façonnés par la magie. Si l'on vous permettait d'entrer dans la Cité des magiciens à Tsuranuanni, vous pourriez voir de telles merveilles. Mais dans votre pays, les Très-Puissants gardent pour eux seuls les splendeurs que peuvent créer leurs pouvoirs.

Mara fronça les sourcils, silencieuse. Elle pensa à Milamber, et à sa répugnance à parler de son expérience comme membre de l'Assemblée. Après avoir été témoin des pouvoirs terribles qu'il avait déchaînés dans l'arène impériale, elle fut frappée par une conclusion effrayante : les serments qui le liaient à l'Assemblée devaient être extraordinairement puissants, pour forcer quelqu'un de son envergure à garder le silence. Elle ne savait rien du caractère des magiciens, mais grâce à Hokanu, elle avait compris que Fumita n'était pas un homme cupide. Puissant, oui, et versé dans les mystères, mais ce n'était pas une personne qui aurait placé l'égoïsme au-dessus du bien commun de l'empire.

Comme si la Kaliane disposait de moyens surnaturels pour lire les pensées de Mara, elle haussa les épaules sous sa lourde cape.

— Qui sait pourquoi les magiciens de votre pays se montrent si secrets ? Ce ne sont pas tous de mauvais hommes. La plupart sont simplement des érudits qui ne souhaitent qu'approfondir les mystères de leur art. Peut-être que leur fraternité a été initialement créée pour contrer quelque menace, ou pour détruire la magie sauvage et dangereuse des magiciens renégats qui refusaient d'apprendre à contrôler leurs pouvoirs, ou qui les utilisaient pour faire le mal. Les dieux seuls le savent. Mais s'il existait dans le passé des raisons bonnes et convaincantes pour utiliser de tels procédés, le temps les a corrompus. Des milliers de jeunes filles ont été assassinées pour supprimer leur don, et cela est inexcusable au plus haut point selon la loi thuril.

Effleurée par une possibilité déplaisante, Mara demanda :

— Dois-je passer en procès pour les injustices de tout Tsuranuanni ?

La Kaliane inclina la tête et la fixa avec un regard qui inspirait la terreur.

— En partie, dame Mara. Si vous souhaitez obtenir notre aide pour combattre l'Assemblée, vous devrez nous convaincre. Si nous agissons, ce ne sera pas pour la survie des Acoma, ni pour votre bénéfice personnel, pas même pour que l'empire devienne une nation plus juste. Car l'honneur de vos ancêtres, et même les vies de vos enfants n'ont pour nous pas plus d'importance que la poussière dans le vent.

Mara aurait pu s'arrêter et se figer sur place. Qu'y avait-il de plus innocent que les vies de sa petite fille et de son fils ? Mais la vieillarde agrippait son poignet d'une main de fer, aussi solidement que des chaînes, et la tirait inexorablement vers l'arche majestueuse d'un bâtiment imposant à plusieurs étages.

— Qu'est-ce qui pourrait émouvoir votre peuple, si ce n'est la vie des enfants ?

En dépit de tous ses efforts, la consternation de Mara était visible.

La réponse de la Kaliane resta aussi impersonnelle que le bruissement des vagues sur la plage.

— Si nous pleurons quelque chose, c'est la perte des mages morts sans que leur don se soit éveillé. Avec le décès de chacun d'eux, des connaissances inestimables ont été perdues. Et si nous désespérons pour le sort d'un peuple, c'est pour celui des Cho-ja. Les pouvoirs de leurs maîtres mages dépassent de loin ceux des plus grands initiés, et dans votre pays, on leur dénie la magie qui est la gloire de leur race.

— L'Interdit ! (Encouragée et excitée, Mara oublia un moment sa peur.) La reine cho-ja se référait-elle aux pouvoirs magiques, quand elle parlait de l'Interdit ?

Plongeant dans l'ombre alors qu'elle entrait sous l'immense arche sculptée, la Kaliane répondit indirectement :

— Cela, dame Mara, est le secret que vous devez découvrir si vous voulez survivre à votre lutte contre les Très-Puissants. Mais d'abord, vous devrez convaincre le cercle des anciens de Thuril de votre mérite. Nous vous écouterons et nous jugerons. Choisissez soigneusement vos paroles, car lorsque vous aurez contemplé cet endroit, les périls que vous affronterez redoubleront.

Derrière la porte s'étendait un labyrinthe de couloirs voûtés comme des tunnels et éclairés par des rangées de globes cho-ja. Les sols étaient de marbre. La beauté des piliers cannelés coupa le souffle de Mara : même le palais de l'empereur ne contenait pas d'ouvrages de pierre polie à un tel degré de lustre. Les gens rassemblés dans les antichambres et sur le seuil des portes portaient des costumes perlés, des coiffes de plumes, et certains le kilt simple des serviteurs. D'autres étaient vêtus de robes blanches, et la Kaliane indiqua qu'ils étaient des acolytes étudiant l'art. Tous sans exception s'inclinaient sur son passage, et Mara sentait le poids de leur regard dans son dos comme des charbons ardents. La magie régnait ici, avec un poids qui rendait même les résonances de l'air oppressantes. Mara souhaita avec ferveur se retrouver chez elle, environnée de murs familiers et de coutumes qu'elle comprenait.

La Kaliane la guida vers une salle plus grande qui débouchait sur une antichambre emplie d'échos. Des milliers de chandelles l'éclairaient, leur lumière intense brûlant les yeux de Mara. Derrière se trouvait une pièce encore plus immense, entourée d'une galerie soutenue par des piliers sculptés et ornés d'innombrables motifs complexes. Des douzaines de silhouettes vêtues de robes se pressaient sur les paliers qui encerclaient la pièce, s'élevant sur six niveaux. Des échelles et une succession d'étroits escaliers en colimaçon permettaient d'atteindre les étages les plus élevés.

— Voici nos archives, expliqua la Kaliane. C'est ici que nous abritons toutes nos connaissances et des copies de tous les écrits parlant de notre art. Elles servent aussi de salle de réunion, dans les rares occasions où les magiciens de Thuril se rassemblent. C'est ce qui se rapproche le plus chez nous d'une quelconque organisation. Nous n'avons pas de confrérie comme votre Assemblée, et nous n'avons pas de fonction officielle à part celle de Kaliane, qui n'a que le pouvoir d'un porte-parole.

Mara fut conduite au niveau le plus bas, en passant par une ouverture ménagée dans une balustrade. Ses coudes frôlèrent des murs incrustés de coquilles de corcara et d'ébène, formant des motifs en spirale qui la mettaient mal à l'aise. Les pilastres étaient sculptés de totems, pourvus de becs, de griffes et arborant des expressions féroces. Les créatures avaient des écailles ou des ailes en plumes, et les pupilles de leurs yeux avaient l'obliquité prédatrice de celles d'un serpent.

La Kaliane fit avancer Mara sur une surface de sol nu intimidant. Il n'y avait aucun meuble, pas même de motifs, à part un cercle au centre. Son périmètre semblait être délimité par une ligne de lumière dorée, indéniablement l'effet d'un sortilège. Consciente des paliers qui la surplombaient, la dame des Acoma se sentit comme un objet de sacrifice exposé avant le rituel qui scellerait son destin final.

— Ici. (La Kaliane désigna le cercle magique.) Entrez dans ce cercle et restez-y, si vous avez assez de courage pour être jugée. Mais je vous préviens, dame Mara, pair de l'empire. Ceux qui franchissent cette ligne ne peuvent proférer ni mensonge ni supercherie.

Mara rejeta ses cheveux en arrière ; ils s'étaient détachés et tombaient librement sur ses épaules, en l'absence des soins habituels de ses servantes.

— Je ne crains pas la vérité, répondit-elle hardiment.

La Kaliane relâcha alors son étreinte de fer sur son poignet.

— Qu'il en soit ainsi.

Un sentiment de pitié semblait presque briller dans ses yeux.

Mara avança sans appréhension vers la ligne. Elle ne craignait pas la vérité au moment où elle leva le pied pour franchir la barre de lumière jaune. Mais à cet instant, elle se sentit transpercée par une force qui annihilait toute sa volonté, et au moment où son pied toucha le sol dans le cercle du sortilège, tout vestige de confiance en soi lui fut arraché.

Elle avait à moitié franchi la ligne, et ne pouvait plus reculer. La partie de son corps qui se trouvait dans le cercle était figée comme si elle avait été enchaînée. Elle n'avait pas d'autre choix que d'avancer l'autre jambe et d'entrer complètement, même si cela la terrifiait maintenant au-delà de toute pensée cohérente.

L'impuissance et la vulnérabilité acquéraient une nouvelle dimension. Ses oreilles n'entendaient plus aucun son, et ses yeux ne voyaient plus que le chatoiement doré de la toile d'énergie. Elle était physiquement incapable de bouger, de s'asseoir ou de croiser les bras sur sa poitrine pour contenir les martèlements de son cœur qui battait la chamade. L'esclavage semblait presque une liberté, devant la magie et sa coercition ; même ses pensées étaient retenues prisonnières. Mara combattit le désespoir qui montait en elle, lorsque quelqu'un dans les galeries hautes posa une question.

La Kaliane répéta la demande en tsurani.

— Dame des Acoma, vous êtes venue ici pour demander du pouvoir. Vous assurez que vous l'utiliserez pour vous défendre et pour aider au bien commun. Montrez-nous comment vous en êtes venue à croire cela.

Mara tenta de prendre son souffle, et se rendit compte qu'elle était dans l'impossibilité de répondre. Son corps ne répondait plus à ses désirs ; la magie l'empêchait de parler. La panique la mit en colère. Comment pourrait-elle expliquer ses motivations si le sortilège l'empêchait de parler ? L'instant suivant, elle découvrit que ses pensées avaient aussi échappé à son contrôle. Son esprit sembla se retourner, puis tournoyer comme une toupie d'enfant. Les souvenirs défilèrent dans son œil intérieur... Elle n'était plus dans la salle des magiciens ou dans un cercle magique. Elle était assise dans son cabinet de travail sur le vieux domaine acoma, se querellant violemment avec le barbare Kevin.

L'illusion de sa présence était si réelle que la minuscule part de Mara qui gardait une conscience séparée de ce souvenir brûlait de se réfugier dans ses bras. De plus en plus inquiète, elle comprit le fonctionnement du sort de vérité des Thurils : on ne lui permettrait pas de répondre verbalement.

Ces mages poseraient des questions, et trouveraient les réponses directement dans ses souvenirs et son passé. Elle n'aurait aucune possibilité de se justifier, de légitimer les conséquences d'un événement par des explications. Ces magiciens observeraient ses actions telles qu'elles étaient survenues, puis ils jugeraient. Elle passait véritablement en procès, sa seule défense étant les actes de sa vie passée.

Mara comprit tout cela un instant avant que le sortilège ne l'engloutisse totalement. Puis elle *fut* dans son cabinet de travail avec Kevin, en ce jour lointain, l'affrontant dans une colère noire alors qu'il criait, « Vous me poussez comme un pion d'échecs... de shâh ! Ici ! Là ! Maintenant à nouveau ici, parce que cela vous convient, mais jamais une explication, et jamais une seconde d'avertissement ! J'ai fait ce que vous vouliez – pas pour l'amour de vous, mais pour sauver la vie de mes compatriotes. »

Puis Mara lui répondait, le visage empourpré par l'exaspération : « Mais je t'ai donné le rang de maître d'esclaves et je t'ai permis de prendre en charge tes compagnons midkemians, fit-elle en désignant d'un geste les ardoises. Tu as utilisé ton autorité pour leur donner du confort. J'ai vu qu'ils mangeaient du jiga, des pièces de needra, des fruits et des légumes frais en plus de leur bouillie de thyza. »

Et la scène continuait à se dérouler, aussi réelle qu'au moment où elle était survenue, même jusqu'à sa conclusion dans l'enchevêtrement ardent de la passion. Mara ressentait une désorientation déstabilisante tandis que, rencontre après rencontre, sa relation avec Kevin se développait, dans la douceur et l'amertume, avec ses joies et ses frustrations, et ses difficiles leçons. Obligée de considérer les choses rétrospectivement, Mara reconnut sa propre arrogance et son étroitesse d'esprit ; quel miracle que Kevin l'esclave ait pu, malgré la dureté apparente de sa maîtresse, discerner en elle quelque chose lui permettant de l'aimer et de la choyer ! Les jours avançaient par bonds étourdissants alors que les magiciens manipulaient sa mémoire. Elle endura une nouvelle fois l'horreur de la Nuit des épées sanglantes, quand des vagues et des vagues d'assassins furent repoussées de ses appartements, au palais impérial. Elle se retrouva à nouveau sur la colline balayée par le butana, pour discuter avec Tasaio des Minwanabi. Elle vit l'empereur Ichindar briser le sceptre symbolisant le pouvoir du seigneur de guerre, et son élévation au titre de pair de l'empire.

Elle vit une nouvelle fois Ayaki mourir...

Puis, par bonheur, vint une autre question, et la scène changea. Dans la chaleur odorante du jardin de kekali, Arakasi s'humiliait devant elle, la suppliant de lui laisser prendre sa propre vie. Elle partagea à nouveau les soirées du seigneur Chipino, dans l'air sec et parfumé de sa tente de commandement, durant la campagne contre les hommes du désert de Tsubar.

Le temps tournoyait, virevoltait, revenait en arrière ; et les souvenirs se succédaient. Quelquefois, elle revenait dans son enfance ou dans les salles de méditation silencieuses du temple de Lashima. D'autres fois, elle souffrait de la brutalité de son premier époux. Elle se retrouva devant le père endeuillé de Buntokapi, se disputant le corps emmailloté d'un enfant, maintenant mort lui aussi par traîtrise.

Avec un déchirement, elle revécut ses relations avec Hokanu, et entendit une nouvelle fois les pressentiments incroyablement justes de son époux. À travers les yeux de ces magiciens thuril, elle comprit que les intuitions exceptionnelles d'Hokanu venaient en réalité de son don pour la magie, qui n'avait jamais été cultivé. Un caprice du destin aurait pu le faire devenir membre de l'Assemblée, plutôt que son époux. Comme sa vie aurait été plus pauvre sans lui, comprit-elle. Une partie de son cœur souffrait de la distance qui s'était installée entre eux, et entre deux manipulations du sort de vérité, Mara fit le vœu de dissiper le malentendu qui les séparait depuis la naissance de Kasuma.

Enfin, la dame des Acoma se vit elle-même dans la longue maison d'Hotaba, refusant catégoriquement d'échanger sa servante Kamlio contre la liberté de continuer ses recherches à Thuril. Une sonde aussi acérée qu'une aiguille la transperça, mais ne trouva que la sincérité dans son cœur.

Le tourbillon de souvenirs s'arrêta un instant, et des paroles lui parvinrent, prononcées par un inconnu. C'était du thuril, mais elle réussit à en comprendre le sens.

Une voix disait :

— Elle est vraiment différente des autres Tsurani : elle voit de l'honneur chez un esclave, et reconnaît le droit à la liberté d'une servante, les faisant passer avant sa famille de sang.

Et la Kaliane répondait :

— C'est ce que je pense, sinon je ne l'aurais pas amenée ici.

Une nouvelle voix rejoignit la première :

— Mais devons-nous nous préoccuper du bien-être des Tsurani ?

Une autre voix de l'esprit répondit :

— Il est toujours désirable que ses voisins soient gouvernés avec justice, et peut-être...

Puis une autre pensée intervint :

— Il existe une possibilité de corriger l'immense tort...

D'autres paroles semblèrent s'entremêler ; quelqu'un mentionna un risque, et quelqu'un d'autre parla de l'empire cho-ja.

Mara perdit le sens de l'ouïe. Elle se sentit soudain très faible et ses genoux commencèrent à se dérober sous elle. Puis l'anneau de lumière dorée qui la maintenait prisonnière se dissipa, et elle se sentit s'effondrer.

Les mains puissantes de la Kaliane la rattrapèrent à temps.

— Dame, c'est terminé.

Aussi faible qu'un nourrisson, et honteuse de découvrir qu'elle avait pleuré sous l'influence du sortilège, Mara lutta pour retrouver les lambeaux de son calme.

— Vous ai-je convaincus ?

— Non. Nous allons en discuter toute la nuit, avoua la Kaliane. La nouvelle de notre décision vous parviendra à l'aube. Pour le moment, je vais vous rendre à Mirana, qui veillera à ce que vous puissiez vous reposer.

— Je préférerais attendre ici, protesta Mara, mais elle manquait de volonté pour résister. Toute force la quitta, et elle ne perçut plus rien à part une obscurité ressemblant à la nuit entre les étoiles.

21

LA DÉCISION

Mara s'éveilla.

Il faisait sombre ; elle sentit l'odeur du bois de hêtre qui brûlait, et les effluves plus âcres de la laine de querdidra. Elle distingua des poutres en bois au-dessus de sa tête, dont les ombres étaient légèrement soulignées par la faible lumière rouge du foyer. Des couvertures la recouvraient. Elle s'y était emmêlé les jambes en se tournant sur elle-même, déconcertée par son environnement.

Elle avait mal à la tête. La mémoire des événements lui revint lentement, puis brusquement, en voyant le panier de cardage que Mirana avait rapporté de la longue maison et qu'elle avait utilisé durant le conseil avec son époux thuril. Mara se souvenait maintenant de l'excursion à la boulangerie et de la visite presque onirique de Doralès, en compagnie de la Kaliane. Étouffant soudain dans la chaleur sombre et sous les couvertures, elle se redressa.

— Dame ? hasarda une voix hésitante sortant de l'ombre.

Mara se retourna et vit le visage ovale de Kamlio, éveillée et inquiète.

— Je vais bien, petite fleur, murmura-t-elle, utilisant le surnom que lui donnait Lujan.

Cette fois, Kamlio ne tressaillit pas en entendant le sobriquet. Elle sortit de dessous ses couvertures et se prosterna dans un avilissement servile sur les planches poncées du sol.

Mara n'était pas flattée, mais gênée, bien que des domestiques et des esclaves aient fait de tels gestes devant elle durant toute sa vie. Telles étaient les manières des Tsurani ; il fallait se montrer d'une loyauté totale pour plaire à son maître. Cependant, après l'expérience du sortilège du cercle d'or, cette tradition écœura Mara.

— Relève-toi, Kamlio. Je t'en prie.

La jeune fille ne bougea pas, et ses épaules se convulsèrent sous la rivière de ses cheveux pâles.

— Dame, dit-elle d'une voix affligée, pourquoi m'avez-vous placée avant votre famille ? Pourquoi ? Je ne mérite pas un tel sacrifice : que vous ne me cédiez pas à ces Thurils pour protéger vos enfants.

Mara soupira, courba son dos fatigué, et prit les poignets que Kamlio lui tendait. Elle la tira vers elle pour la relever, sans résultat, car elle était trop affaiblie par le sort de vérité.

— Kamlio, s'il te plaît, relève-toi. Il est vrai que mon inquiétude pour mes enfants est extrême, mais la vie d'une personne libre ne m'appartient pas pour que je la marchande, même pour la survie de ceux que j'aime. Tu n'as pas pris mon honneur pour tien ; tu n'as aucune obligation envers la maison Acoma.

Kamlio se laissa persuader de se redresser. Empêtrée dans une chemise de nuit empruntée aux Thuriles, bien trop grande pour ses courbes minces, elle s'accroupit sur le bord de son lit. Ses yeux étaient aussi profonds que des puits d'obscurité. En voyant un métier à tisser rangé dans un coin et des caisses de tissus partout, Mara comprit qu'elles dormaient dans ce qui devait être la salle de couture de Mirana. Elle tentait toujours de se réorienter après le traumatisme d'avoir revécu son passé, provoqué par le sort de vérité, quand l'ex-courtisane prit la parole :

— Arakasi, dit Kamlio d'une voix hachée et pitoyable. Vous avez fait cela pour lui.

Épuisée, mais compatissante, Mara secoua la tête.

— Je n'ai pas du tout agi pour Arakasi – bien qu'il se soit souvent sacrifié pour ma famille.

Kamlio ne semblait pas convaincue. Mara enroula une couverture autour de ses épaules, et se percha sur le bord de son lit, face à la jeune fille.

— Tu n'as aucune dette envers mon maître espion. (La dame des Acoma fit un geste emphatique.) Et s'il le faut, je te le répéterai jusqu'à ce que tu deviennes vieille et sourde, ou que tu décides de me croire.

Le silence suivit la tentative d'humour de Mara. Dans la cheminée, les charbons sifflèrent, avivés par le chuchotement du vent autour des avant-toits. Dans les hautes terres des Thurils, les brises jouaient sans cesse et ne mouraient qu'à l'aube. Dans la nuit, Mara ne pouvait pas savoir l'heure qu'il était, et le fait qu'à Doralès les magiciens et la Kaliane débattent encore de leur décision mettait ses nerfs à rude épreuve. Elle se concentra sur les problèmes de Kamlio pour oublier ses propres soucis.

— Arakasi, répéta l'ex-courtisane, en fronçant les sourcils. Mais que voit-il en moi ? Il est sûrement assez intelligent pour faire venir n'importe quelle femme sur sa natte.

Mara réfléchit attentivement avant de répondre.

— Je ne peux faire que des suppositions, hasarda-t-elle finalement. Mais je pense qu'il voit son salut en toi. Une guérison, si tu veux, pour certaines déceptions de la vie. Et je suppose qu'il souhaite également te donner ce qu'il n'a pas pu offrir à sa propre famille : le bonheur, la sécurité, et un amour que l'on ne peut ni acheter ni marchander.

— Vous avez trouvé un tel amour avec Hokanu, remarqua Kamlio d'une voix accusatrice.

Mara s'obligea à ne pas se sentir froissée.

— En partie. Chez Hokanu, je trouve une compréhension presque parfaite. Il est le compagnon de mon esprit. Auprès d'un autre homme, j'ai découvert l'amour tel que tu pourrais le connaître avec Arakasi. En ce qui concerne les autres femmes qui partagent la couche de mon maître espion, je n'affirme rien. Honnêtement, je ne connais ni ses appétits, ni ses passions. Mais cet homme ne partage pas facilement ses sentiments ou son affection. Arakasi t'offre une confiance très solennelle. Un être aussi réservé que lui ne l'aurait jamais fait, s'il n'avait pas pensé initialement que tu la méritais.

— On dirait que vous l'admirez.

— Absolument. (Mara s'arrêta pour prendre le temps de reconnaître la vérité.) C'est un homme d'une formidable intelligence, qui a longtemps considéré sa vie comme un grand jeu de stratégie. Je pense qu'il lui a fallu faire preuve d'un grand courage pour accepter la compassion en lui. Auparavant, il savait toujours où il en était et pouvait anticiper la plupart des manœuvres de ses confrères. Aujourd'hui, Arakasi est comme un marin qui dérive sur une mer inconnue. Il doit tracer sa carte personnelle pour retrouver la route d'un port familier. Il a jeté aux orties ses compétences pour apprendre à se connaître. Pour quelqu'un comme lui, cela doit être l'entreprise la plus effrayante qu'il puisse imaginer. Mais je ne l'ai jamais vu s'enfuir devant un défi, même ceux que les autres hommes considéreraient comme impossibles à réaliser. (Regardant un moment la jeune fille dans les yeux, Mara ajouta :) Ces paroles ne traduisent que maladroitement ce que l'on éprouve lorsqu'on connaît bien cet homme.

Kamlio digéra lentement ces informations. Ses petites mains froissaient sa chemise, tordant le tissu dans tous les sens.

— Je ne peux pas l'aimer, avoua-t-elle. (Les circonstances semblaient lui arracher les mots des lèvres aussi cruellement qu'elle traitait le pauvre tissu.) Lui, ou aucun autre homme, je crois. Ses mains m'ont autrefois donné du plaisir, c'est vrai, mais les plaisirs du sexe ne sont pour moi qu'un passe-temps vide de sens. (Ses yeux paraissaient regarder dans le vague, alors qu'elle retrouvait de lointains souvenirs.) J'ai fini par haïr le crépuscule, car c'était l'heure où mon maître venait me rejoindre. (Elle s'arrêta, puis ajouta d'une voix amère :) À certains moments, j'avais l'impression d'être un chien bien dressé. Va chercher cette robe ! Frictionne cet endroit ! Tourne-toi de ce côté ! (Regardant à nouveau Mara, elle précisa :) Il n'y a aucun sentiment ou amour dans la connaissance du corps d'un homme, dame, pour quelqu'un comme moi. (Elle baissa les yeux.) Je le confesse, la véritable attirance que j'ai éprouvée en prenant un amant plus jeune que mon maître était dans le danger encouru. Arakasi m'a donné du plaisir, dame, parce qu'il risquait la mort en couchant avec moi. (Des larmes perlèrent au coin de ses yeux.) Par les dieux, dame, ne voyez-vous pas quelle créature perverse je suis devenue ? J'ai pensé au suicide durant des mois entiers, sauf que je me sentais trop inférieure, trop indigne, pour souiller une lame avec mon sang.

La fierté tsurani, pensa Mara. Elle brûlait du désir de prendre la jeune fille angoissée dans ses bras et de la rassurer ; sauf que pour Kamlio, un contact corporel n'avait aucune résonance émotionnelle. Même si des paroles seules lui semblaient froides, Mara n'avait pas d'autre réconfort à lui offrir.

— Arakasi comprend cela bien mieux que tu ne le penses.

Elle attendit un moment pour laisser à Kamlio le temps de comprendre sa phrase.

Pensivement, l'ex-courtisane hocha la tête.

— Il est vrai qu'il n'a pas tenté une seule fois de me toucher à partir du moment où il a acheté ma liberté. Depuis que vous m'avez dit qu'il était le fils d'une femme du Roseau, je comprends pourquoi. Mais sur le moment, la mort de ma sœur m'avait rendue trop furieuse pour que je le remarque.

Mara prit cela pour un encouragement.

— Si tu ne peux pas l'aimer, sois son amie. Il a une intelligence vive et un esprit acéré.

Kamlio leva le regard, les yeux brillants de larmes retenues.

— Il se contentera de si peu ?

— Mets-le à l'épreuve, sourit Mara. L'amour n'exige pas ; il accepte. Il m'a fallu toute une vie pour l'apprendre. (Baissant la voix, elle ajouta :) Et les dons de deux hommes exceptionnels. (Regardant franchement Kamlio, elle prit une voix conspiratrice.) Je n'avais jamais vu une chose, ou un homme, capable de faire perdre son sang-froid à Arakasi. Le défi de ton amitié pourrait lui enseigner une humilité bien nécessaire.

Kamlio rejeta en arrière sa magnifique chevelure dorée, son visage arborant maintenant une expression malicieuse.

— Vous voulez dire que je pourrais me venger de lui pour sa présomption à mon égard ?

— Je pense que vous pouvez beaucoup apprendre l'un de l'autre, finit Mara. (Puis elle regarda autour de la pièce.) Mais cela dépend de notre retour de ces montagnes.

Le bref bonheur de Kamlio s'effaça.

— Ils pourraient vous forcer à m'échanger ?

L'assurance de Mara revint avec la vivacité d'un claquement de fouet.

— Non. Je suis une dame, et je suis tsurani. Je tiens ma parole. Ta vie ne m'appartient pas et je ne peux pas la marchander. Soit ma requête est acceptée pour mes mérites, soit j'affronte le destin que les dieux nous ont réservé. Si cela te fait tomber dans une captivité permanente, Kamlio, je te donne ma bénédiction pour prendre ta propre vie par la lame ou pour t'échapper et retrouver la liberté si tu le peux ; tu es une femme libre. Il est hors de question que tu croies que ton sang ou tes désirs sont moins honorables que ceux de Lujan, de Saric, ou des autres guerriers de ma garde d'honneur. (Soudain écrasée par la fatigue, Mara étouffa un bâillement derrière les couvertures.) Mais je ne pense pas que les choses en arrivent là. Les derniers événements de la soirée me font supposer que l'offre d'Hotaba était une épreuve. Une épreuve pour moi. Si j'ai gagné une concession, nous ne le saurons pas avant le matin. Dors maintenant, Kamlio. Nous ne pouvons qu'attendre patiemment le verdict durant le reste de cette nuit.

L'aube et le silence alors que les vents se calmaient trouvèrent la dame et la courtisane en train de dormir. Mara gisait recroquevillée dans un enchevêtrement de cheveux noirs, les couvertures étroitement emmêlées autour de ses épaules à cause de ses rêves agités. Elle se redressa vivement, en prenant une rapide inspiration, quand la main de Mirana l'effleura.

— Dame, levez-vous et habillez-vous rapidement, la pressa doucement l'épouse du chef. La Kaliane est revenue pour vous annoncer la décision prise à Doralès.

Mara se jeta hors du lit et eut le souffle coupé par l'air glacial. Le feu s'était éteint durant la nuit. Pendant que son hôte enfilait ses robes glacées, Mirana ranimait le feu avec du petit bois, pour que Kamlio puisse s'éveiller dans un meilleur confort. La fente entre les volets montrait une aube grise. Des nuages ou de la brume obscurcissaient le lever du soleil, et Mara sentit une certaine raideur dans ses articulations.

Des cheveux argentés étaient pris dans son peigne lorsqu'elle acheva de se coiffer. L'appréhension lui faisait battre le cœur trop rapidement, et ses pensées tournaient en rond, revenant vers son foyer, ses enfants et Hokanu. Gagnerait-elle la chance de réparer son mariage ? *Dieux*, pria-t-elle, *ne me laissez pas mourir sur une terre étrangère. Et que Kamlio puisse retourner au domaine, pour Arakasi.*

Pour la première fois en ce qui concernait la jeune fille, Mara entrevit un espoir dans le lien maudit qu'elle avait avec son maître espion. La captivité chez les Thurils avait arraché l'enfant à son cynisme amer, et lui avait fait reconsidérer sa propre valeur et les fragments de sa vie qui étaient maintenant sous son contrôle.

— Dépêchez-vous, dit Mirana à voix basse, pour ne pas réveiller Kamlio. La Kaliane n'est pas connue pour sa patience.

Mara laça ses sandales sur ses pieds gelés. Les semelles en étaient maintenant très amincies, et distendues à cause de l'humidité et des glissades sur l'argile des sentiers de montagne. Le cuir était effiloché au niveau de l'un des orteils. Dans l'empire, qui l'aurait reconnue comme le noble pair, sans son maquillage, et portant des robes aussi simples que celles d'une cuisinière ? Se lever et marcher jusqu'à la porte pour rencontrer la Kaliane sans porter le moindre symbole de son rang lui demandait une dose énorme de courage.

Mara s'efforçait sans succès de feindre l'insouciance. Mais ses paumes transpiraient et ses mains tremblaient... Elle était reconnaissante à la brume épaisse et moite de cacher l'humidité de ses yeux.

Les souvenirs rappelés dans le cercle d'or la troublaient bien plus qu'elle ne voulait l'admettre. Si Kevin avait été là, il aurait fait des commentaires humoristiques atroces, même dans un moment aussi tendu. Son sens de l'humour irrévérencieux qui intervenait toujours à contre-courant et qu'aucune réprimande n'était parvenue à corriger, manquait à Mara. Elle n'était pas encore prête, mais Mirana la harcela pour qu'elle aille sur la place principale. Hotaba l'y attendait, portant des vêtements toujours aussi bigarrés et outranciers, en compagnie d'une silhouette voûtée vêtue de multiples robes et dont émanait une présence encore plus redoutable que celle de l'empereur.

Mara ravala sa fierté et s'inclina très bas.

— J'attends la décision de la Kaliane, murmura-t-elle.

De vieilles mains griffues la redressèrent.

— Dame, relevez-vous. Ici, la révérence est une insulte.

La Kaliane observait la dame des Acoma avec un regard aussi perçant que le morceau de verre que Jican utilisait pour grossir les sceaux de guilde suspects et vérifier leur authenticité.

— Dame Mara, dit l'enchanteresse de sa voix de vieille sorcière, nous avons pris notre décision. Nous avons décidé de soutenir en partie votre cause : vous recevrez la permission de voyager, avec une personne de votre compagnie que vous désignerez. On vous guidera sur la route des cols, vers les portes de Chakaha, la cité cho-ja où vivent leurs maîtres en magie.

Mara écarquilla les yeux. *L'Interdit !* pensa-t-elle. Si les Cho-ja pouvaient donner naissance à des mages, et si le *traité* de l'Assemblée leur interdisait de pratiquer la magie dans les frontières de Tsuranuanni, une grande partie de la réticence de la reine cho-ja s'expliquait. Son excitation grandit.

La Kaliane sembla le percevoir, car ses paroles suivantes furent sévères :

— Dame Mara, sachez que la cause du peuple tsurani n'est pas la nôtre. Les Thurils ne font la guerre que lorsque leurs terres sont envahies. Nous ne considérons pas qu'il est de notre devoir de nous préoccuper de la politique d'une nation ennemie. Cependant, les Cho-ja peuvent voir les choses différemment. Dans les frontières tsurani, leur peuple est une nation captive. Vous aurez l'occasion d'être entendue par eux, et peut-être de gagner leur alliance. Mais soyez avertie : la fourmilière cho-ja vous considérera comme une ennemie. Notre peuple peut vous conduire en toute sécurité jusqu'aux frontières de la fourmilière, mais pas plus loin. Nous ne pouvons pas vous servir de porte-parole. Pas plus que nous n'interviendrons pour vous épargner, si les Cho-ja vous sont hostiles. Comprenez-moi bien : vous pouvez mourir, malgré toutes vos bonnes intentions.

C'était un pas en avant hésitant, reconnut Mara dans la demi-seconde qui suivit. Mais un pas en avant, néanmoins... Elle répondit d'une voix claire :

— Je n'ai pas le choix. Je dois partir. J'emmènerai Lujan, mon commandant et, en son absence, mon conseiller Saric commandera ma garde d'honneur.

Les yeux de la Kaliane cillèrent avec ce qui pouvait être une admiration circonspecte, ou peut-être de la pitié.

— Vous avez du courage, admit-elle, puis elle soupira. Vous ne savez pas non plus ce que vous affronterez. Très bien... Soyez assurée que votre servante et vos guerriers recevront notre hospitalité, comme des invités, jusqu'à ce que votre sort soit connu. Si vous revenez, ils vous seront rendus. Si vous mourez, ils emporteront votre dépouille dans votre patrie. Ainsi a parlé la Kaliane.

Mara inclina la tête pour sceller son accord et indiquer que ces dispositions étaient satisfaisantes.

— Très bien, lança Mirana qui se tenait sur le côté. Et alors, Hotaba, vas-tu rester ici bouche bée, remâchant ta déception de ne pas avoir pu obtenir la fille aux cheveux d'or pour notre fils, ou vas-tu te rendre dans l'enceinte des soldats et réveiller le commandant Lujan ?

— Tais-toi, vieille femme ! La paix de l'aube est sacrée, et tu profanes la vie elle-même avec ton caquetage.

Il redressa les épaules et la fixa, jusqu'à ce que la Kaliane lui lance un regard désapprobateur. Il partit alors rapidement d'un pas chaloupé assez comique, pour faire la course que son épouse lui avait demandée.

Tandis qu'il disparaissait, la Kaliane rassembla ses robes pour se protéger de la brume dense. Elle déclara à Mara :

— Vous partirez dès que les provisions auront été rassemblées pour votre voyage. Vous continuerez à pied, car les montagnes sont trop escarpées pour un autre moyen de transport. (Elle s'arrêta, comme si elle réfléchissait à quelque pensée intérieure, puis ajouta :) Gittania, l'une de nos acolytes, vous servira de guide dans les cols. Que les dieux sourient à vos efforts, dame Mara. Vous ne vous êtes pas chargée d'une tâche facile, car les Cho-ja sont une race féroce, et leur mémoire ne les prédispose pas au pardon.

Une heure plus tard, après un repas chaud, Mara et sa délégation d'une personne étaient prêts à partir. Une petite foule d'enfants bruyants et de matrones oisives, conduite par Hotaba et son conseil, se rassembla pour leur dire au revoir. Ils furent rejoints par l'acolyte Gittania, qui se révéla être une mince jeune fille aux cheveux châtains, un peu perdue dans les plis volumineux de la cape de son ordre, un vêtement tissé d'un motif éclatant rouge sur blanc, et qui lui arrivait aux genoux. Elle avait des joues rouges, un nez pointu et le sourire aux lèvres. Les couleurs sobres et ternes des Thurils leur permettaient de se fondre dans le paysage, mais les vêtements de Gittania la désigneraient comme une cible.

Lujan fut rapide à faire un commentaire à ce sujet.

— Peut-être, dit-il avec philosophie et une pointe d'humour, qu'elle porte ces couleurs criardes comme ces oiseaux venimeux ou ces baies empoisonnées : comme un avertissement, indiquant que ses pouvoirs magiques châtieront tous ceux qui oseront l'attaquer.

Bien qu'il parlât doucement, l'acolyte l'entendit.

— En fait, non, guerrier. Nous qui prononçons nos vœux sommes ainsi marqués parce que nous souhaitons être vus. Durant toutes les années de notre apprentissage, nous devons servir les hommes et les femmes qui ont besoin d'aide. La cape sert à nous reconnaître, pour que l'on puisse facilement nous trouver.

Emmitouflée pour se protéger de la brume épaisse, Mara demanda :

— Combien d'années passez-vous en apprentissage auprès de vos maîtres ?

Gittania répondit avec un sourire triste :

— Pour certains, jusqu'à vingt-cinq ans. D'autres n'atteignent jamais le passage, et portent le blanc et l'écarlate leur vie durant. Selon nos archives, le plus jeune maître est resté en apprentissage pendant dix-sept ans. C'était un génie. Ses accomplissements n'ont pas été égalés pendant un millier d'années.

— Les exigences de vos pairs sont difficiles, en effet, remarqua Lujan.

La guerre était la carrière d'un homme jeune, et il avait des difficultés à appréhender la patience dont il faut faire preuve pour passer la moitié de sa vie à étudier.

Mais Gittania ne semblait pas nourrir de ressentiments devant des exigences aussi ardues.

— Un maître manie de grands pouvoirs, et porte donc une terrible responsabilité. Ses années comme acolyte lui enseignent la tempérance, la patience, et par-dessus tout l'humilité. Elles lui laissent le temps de devenir sage. Quand on s'est occupé de bébés malades à la demande de toutes les femmes de bergers vivant dans les montagnes, on apprend peu à peu que les petites choses comptent autant, ou peut-être même plus, que les grandes affaires du gouvernement et de la politique. (La jeune fille eut alors un sourire oblique et impertinent.) Tout du moins, c'est ce dont m'assurent les anciens. Mes années ne sont pas encore assez nombreuses pour que je puisse comprendre l'influence des fesses irritées d'un bébé sur le bon fonctionnement de l'univers.

Malgré sa fatigue, Mara rit de bon cœur. L'honnêteté et la bonne humeur de Gittania étaient un changement agréable après le caractère difficile et l'amertume boudeuse de Kamlio. Même si la dame éprouvait de nombreuses craintes quant à l'issue de sa prochaine rencontre avec les Cho-ja thuril, elle attendait impatiemment le début de son voyage. Cette expédition lui donnerait le temps de calmer ses nerfs mis à rude épreuve, et de réfléchir à la façon dont elle mènerait son audience avec la reine cho-ja étrangère. L'humour joyeux de Gittania serait certainement un baume pour soulager la tension.

La Kaliane avait silencieusement écouté la conversation, pendant que les sacs de nourriture et les outres étaient chargés sur le dos d'un querdidra.

— Les Cho-ja sont secrets, méfiants, confia-t-elle dans un conseil de dernière minute. Autrefois, ce n'était pas le cas. Leurs maîtres et les nôtres se rencontraient fréquemment, échangeant des idées et des connaissances. En fait, la majeure partie de notre enseignement fondamental de la magie est issue de la philosophie cho-ja. Mais la guerre qui s'est déroulée il y a des siècles entre les Cho-ja et Tsuranuanni a appris à ces créatures que les hommes doués de pouvoirs magiques peuvent être félons. Depuis, les fourmilières se sont toujours montrées réticentes à notre égard, et les rares fois où elles prennent contact avec nous, il semble qu'elles le fassent à contrecœur. (Elle avança pour se placer devant Mara et ajouta :) Je ne sais pas ce que vous affronterez, noble pair. Mais je vous avertis une dernière fois : les Tsurani sont un anathème pour ces Cho-ja. Ils ne pardonnent pas ce qui est arrivé aux fourmilières de l'autre côté de la frontière, et ils peuvent très bien vous tenir pour responsable, comme si vous étiez la personne qui leur a imposé ce traité.

Devant la surprise de Mara, la Kaliane réagit sévèrement.

— Croyez-moi, dame Mara. Les Cho-ja *n'oublient pas*, et pour eux, le bien ne doit pas tolérer la répression ou la présence du mal. Des hommes justes, diront-ils, auraient dissous depuis longtemps le prétendu traité qui interdit la magie aux Cho-ja tsurani. Chaque jour qui passe sans cette révocation renouvelle le crime. Pour eux, l'insulte des siècles passés est commise en ce moment même. Dans les fourmilières de Thuril, vous risquez de ne pas trouver d'alliés contre votre Assemblée, mais seulement une mort rapide.

Bien que ces paroles lui donnent à réfléchir, Mara ne fut pas découragée.

— Ne pas les rencontrer c'est embrasser la défaite.

Avec un hochement de tête à l'adresse de Lujan et un geste vers Gittania pour indiquer qu'elle était prête, elle se tourna vers les portes de la ville.

Derrière eux, Kamlio observait le départ de sa maîtresse les yeux écarquillés. Mara avait gagné son admiration. Si la dame avait regardé en arrière, elle aurait pu voir les lèvres de l'ex-courtisane prononcer un vœu : si le groupe survivait et revenait sur les domaines acoma, elle donnerait à la dame ce qu'elle espérait manifestement... Elle tenterait de devenir l'amie d'Arakasi. Kamlio inclina la tête alors que Mara disparaissait et que le plumet de Lujan s'évanouissait dans la brume. Elle prononça son serment, rendue humble en comprenant que la peur qui semblait l'écraser n'avait que peu de substance quand elle la comparait aux dangers que Mara partait affronter le dos droit et la tête haute, sans le moindre signe d'appréhension.

L'itinéraire vers les hauts cols de Thuril se révéla une piste ardue. Après un jour de voyage, le sol devint plus abrupt ; les hauts plateaux couverts d'ajoncs laissèrent la place à des affleurements rocheux nus, érodés par le vent. Le ciel était toujours couvert de nuages fuyants, et des bancs de brume s'enroulaient au-dessus des torrents et des rivières, envahissant les vallées. Mara avançait avec difficulté sur le sol pierreux, soutenue sur les zones les plus dangereuses par Lujan, qui l'aidait à conserver son équilibre. Ses sandales étaient de plus en plus entaillées par les roches sédimentaires, et il ne lui restait plus assez de souffle pour parler.

Gittania ne semblait pas plus troublée par la dureté du chemin que le querdidra qu'ils avaient emmené pour porter leurs provisions et leur literie. Elle bavardait presque constamment. Grâce à ses commentaires lorsqu'ils dépassaient telle ou telle vallée abritant un petit village ou un regroupement de hameaux de bergers, Mara en apprit un peu plus sur la vie des Thurils. Les montagnards étaient un peuple brutal, férocement attaché à son indépendance, mais contrairement à ce que pensaient la plupart des Tsurani, ils n'étaient pas belliqueux.

— Oh, nos jeunes hommes jouent à la bataille, reconnut Gittania, durant une pause, en s'appuyant sur le grand bâton de berger qu'elle utilisait pour équilibrer sa marche.

Lujan supposa qu'elle devait aussi l'utiliser comme une arme, ou peut-être même comme bâton de magie. Mais cette hypothèse vola en éclats quand Gittania le brisa accidentellement. Sans faire de cérémonie, elle acheta un nouveau bâton à un homme qui dressait des chiens de berger. Puis ses doigts parcoururent le bâton de haut en bas, pour retirer les morceaux d'écorce rugueuse qui risquaient de lui donner des ampoules.

— Les raids, les combats, ce sont des choses que font les jeunes hommes pour gagner les qualités leur permettant de voler leurs épouses. Quelques vantards s'aventurent sur les terres de l'empire. La plupart ne reviennent pas. S'ils sont pris pour s'être battus, cela signifie qu'ils ont brisé le traité ; ce sont alors des hors-la-loi.

Son visage s'assombrit lorsqu'elle prononça ces dernières paroles.

Mara se souvint des captifs condamnés à mourir dans l'arène pour l'amusement des nobles tsurani, et sentit la honte lui monter aux joues. Les maîtres des jeux qui organisaient de telles atrocités savaient-ils que les hommes qu'ils envoyaient se battre à mort n'étaient que de jeunes garçons qui croyaient n'avoir fait qu'une simple farce ? Les guerriers et les fonctionnaires impériaux s'étaient-ils donné la peine d'interroger ceux qui s'étaient aventurés de l'autre côté de la frontière, nus et peints comme s'ils partaient à la guerre ?

Gittania ne sembla pas remarquer la méditation mélancolique de la dame. Elle désigna de son bâton la vallée couverte de buissons, parsemée ici et là de troupeaux de querdidra élevés pour leur lait et leur laine.

— Pour la plupart, nous sommes un peuple de commerçants et de bergers. Notre terre est bien trop pauvre pour être cultivée, et le tissage reste notre meilleure industrie. Les teintures, bien sûr, sont très chères, car elles sont importées de vos terres, plus chaudes, et de Tsubar.

Gittania se sermonna pour ses bavardages décousus, et pressa Mara et Lujan de repartir. Elle leur imposait un rythme de marche rapide. Les jours étaient plus courts dans les hauteurs, car le crépuscule tombait plus tôt à cause des collines. Ils montèrent finalement leur camp dans une cuvette entre deux buttes couronnées de rochers. Un ruisseau jaillissait d'une source, et des petits arbres rabougris par le vent leur offraient un maigre abri.

— Enroulez-vous bien dans vos couvertures, conseilla Gittania alors qu'elle et Mara nettoyaient la vaisselle du dîner dans l'eau glacée. Les nuits sont froides en altitude. Même en été, nous avons de temps en temps des gelées.

Au matin, les feuilles et les brins d'herbe étaient recouverts d'une patine argentée de cristaux de glace. Mara s'émerveilla devant la complexité de leurs motifs, et admira la beauté fragile du paysage lorsqu'un rayon de soleil venu par hasard enflamma les crêtes comme de l'or. Cette terre n'était peut-être pas fertile, mais elle possédait une beauté sauvage très particulière.

La piste devint encore plus abrupte. Lujan devait aider Mara à grimper de plus en plus souvent, car ses sandales de guerre cloutées lui assuraient de meilleurs points d'appui que les chaussures à la semelle de cuir lisse de sa dame. Le plafond nuageux semblait assez proche pour qu'on puisse le toucher, et les troupeaux de querdidra s'espacèrent, l'herbe devenant trop rare pour pouvoir les nourrir. À cette altitude, les seuls bruits étaient les éclaboussements et les cascades des torrents alimentés par les sources, et le gémissement du vent.

Le col lui-même était une corniche venteuse qui serpentait entre des parois d'ardoise à pic, d'un noir luisant là où l'eau filtrait. Mara prenait de profondes inspirations dans l'air raréfié, et fit une remarque sur l'étrange odeur pénétrante que semblaient amener les rafales de vent.

— De la neige, expliqua Gittania, les joues rougies par le froid.

Son sourire était encore plus chaleureux par contraste. Elle ramena sur ses mains ses manches écarlate et blanc pour être un peu plus à l'aise, et ajouta :

— Si les nuages étaient moins denses, vous pourriez voir de la glace sur les cimes. Je parie que ce n'est pas un spectacle auquel les Tsurani sont habitués.

Mara secoua la tête, trop essoufflée pour parler. Plus endurant qu'elle, Lujan répondit :

— Nous avons des glaciers dans la chaîne de montagnes que nous appelons la Grande Muraille. On dit que les riches seigneurs des provinces septentrionales postent des coursiers dans les collines, pour rapporter de la glace pour leurs boissons. Moi-même, je n'ai jamais vu de l'eau durcie par le froid.

— C'est une magie de la nature, reconnut Gittania.

Remarquant la lassitude de Mara, elle proposa une nouvelle pause de courte durée.

Ils finirent par franchir le col, et la piste redescendit. Sur ce versant des montagnes, les terres étaient moins arides, et les feuilles des végétaux épineux étaient d'un gris argenté. Gittania expliqua à ses compagnons que la pluie était plus fréquente de ce côté.

— Les nuages s'éclairciront bientôt, et nous verrons alors dans le lointain la cité cho-ja de Chakaha

Aucun troupeau de querdidra ne paissait sur ces pentes, la végétation étant trop épineuse pour être comestible. Mais quelques familles y vivaient, récoltant les plantes fibreuses pour les tresser et en faire des cordes.

— Une existence dure, reconnut Gittania. Le cordage fabriqué ici est l'un des meilleurs pour sa résistance et sa solidité. Mais cette vallée se trouve très loin des marchés maritimes, avec des pistes difficiles. Les chariots ne peuvent pas passer le col, et le transport doit se faire avec des bêtes de somme ou à dos d'homme.

Mara se dit que les Cho-ja au pas sûr pourraient porter ces charges sur les pistes accidentées avec une facilité que ne pourraient égaler les hommes. Mais elle n'était pas assez sûre des relations que les fourmilières de Thuril entretenaient avec les humains pour proposer cette solution. Puis elle oublia cette idée, car alors que la piste tournait et descendait, la couverture nuageuse s'amincit et s'écarta pour révéler la vallée en contrebas qui s'étalait comme une tapisserie sous le ciel thuril vert pâle.

— Oh ! s'exclama Mara, oubliant complètement le protocole.

Le spectacle qui les accueillait était encore plus merveilleux que la beauté complexe qu'elle avait contemplée à Doralès.

Les montagnes s'écartaient, et la végétation épineuse et les étendues rocheuses laissaient la place à une vallée tropicale luxuriante. La brise apportait l'odeur de la jungle, des fleurs exotiques et d'une terre riche et fertile. D'immenses arbres étalaient leur couronne de feuillage vers le ciel comme un éventail, et sous eux s'élevaient les fourmilières cho-ja, plus délicates que les filigranes d'or sculptés par les plus grands joailliers de l'empereur.

— Chakaha, dit Gittania. Voici la cité de cristal des Cho-ja...

Des spirales et des volutes que l'on aurait dit tissées dans du verre s'élevaient de dômes pastel étincelant de myriades de couleurs, comme des pierres précieuses sur une couronne. Des arches roses, bleu-vert et améthyste d'une délicatesse incroyable les reliaient. Des ouvriers cho-ja d'un noir luisant, ressemblant à des rangs de perles d'obsidienne dans le lointain, trottinaient sur ces passerelles étroites. Mara se délectait du spectacle de cette architecture arachnéenne et miroitante, et fut encore plus stupéfaite. Des Cho-ja ailés survolaient la cité. Ils n'étaient pas du noir de jais auquel elle était habituée, mais bronze et bleu, avec des rayures brunes.

— Ils sont merveilleux ! souffla-t-elle. À Tsuranuanni, nos reines ne donnent naissance qu'à des Cho-ja noirs. Les seules couleurs que j'aie jamais vues étaient les teintes d'une reine immature, et elle s'est assombrie pour ressembler aux autres en atteignant sa maturité.

— Les magiciens cho-ja sont toujours de couleurs brillantes, soupira Gittania. Vous n'en avez pas dans l'empire, parce qu'ils y sont interdits. Pour notre grande peine, noble pair, et pour votre perte éternelle. Ils sont sages dans leur pouvoir.

Mara ne répondit pas immédiatement, car elle était subjuguée par la vision de Chakaha. Les flèches de verre se détachaient sur le fond d'une chaîne de montagnes bleues, dont les sommets étincelaient de blanc contre le ciel.

— De la glace ! supposa Lujan. Il y a de la glace sur ces cimes. Ah, comme j'aimerais que Papéwaio soit ici pour contempler cette merveille ! Et Keyoke... Le vieil homme ne nous croira jamais, quand nous lui raconterons ce que nous avons vu, à notre retour.

— Si vous retournez chez vous, intervint Gittania avec une acidité inhabituelle chez elle. (Elle haussa les épaules pour s'excuser devant Mara.) Dame, je ne peux pas aller plus loin. À partir d'ici, vous devez suivre seuls la piste qui descend dans la vallée, et chercher vous-mêmes votre route pour rejoindre Chakaha. Il y aura des sentinelles. Elles vous intercepteront bien avant que vous n'atteigniez les portes de cristal. Les dieux vous accompagnent, et puissent-ils vous permettre d'avoir une audience auprès de la reine cho-ja. (L'acolyte retomba maladroitement dans le silence. Elle plongea la main sous sa cape et en tira un petit objet de forme oblongue, sombre comme de l'obsidienne.) C'est une pierre de lecture, expliqua-t-elle. Elle contient un enregistrement des souvenirs que le conseil a examinés lorsque vous vous trouviez dans le cercle d'or de la vérité. Il montre pourquoi nous vous avons accordé le passage sur nos terres, et donne notre avis aux fourmilières de Chakaha. Les magiciens cho-ja peuvent lire son contenu, s'ils le désirent. (Elle plaça l'objet dans la paume de Mara, les mains glacées par la nervosité.) Dame, j'espère que les souvenirs enregistrés dans la pierre vous aideront. La Kaliane m'a parlé de quelques-uns d'entre eux. Ils forment un témoignage éloquent en faveur de votre cause. C'est lorsque vous établirez le contact que vous courrez le plus grand danger, car ces Cho-ja peuvent tuer très rapidement.

— Merci.

Mara retourna la pierre plusieurs fois dans ses mains, puis la glissa dans sa robe. Heureuse que les armes de son commandant lui aient été rendues, car elle n'aimait pas l'idée d'avancer désarmé dans un territoire potentiellement hostile, Mara prit congé de Gittania.

— Je vous en prie, transmettez mes remerciements à votre Kaliane. Avec la grâce des dieux et de la chance, nous nous reverrons.

Ce disant, elle hocha la tête en direction de Lujan, et fit le premier pas vers la vallée verdoyante où était construite la cité de Chakaha. Gittania vit que ni elle ni son beau commandant ne regardait en arrière. Cela l'attrista, car durant leur marche de trois jours, elle avait commencé à apprécier le noble pair, dont la curiosité recelait tant de compassion pour les autres, et qui avait l'espoir de changer l'avenir de Tsuranuanni.

La piste descendait abruptement, et les pierres roulaient sous leurs pieds. Lujan tenait sa dame par le coude, et bien que sa poigne soit sûre, Mara ressentait toujours la précarité de leur position. Chaque pas les emportait un peu plus loin dans l'inconnu.

Élevée sur le domaine acoma surpeuplé, accoutumée aux foules des villes tsurani et à la présence continuelle des domestiques, des esclaves et des nombreux officiers qui constituaient les maisonnées des nobles, elle ne parvenait pas à se souvenir d'une époque de sa vie où elle s'était sentie aussi seule. Au temple de Lashima, sa cellule de méditation n'avait été isolée des autres que par l'épaisseur d'un mur, et chez elle, même durant ses méditations vespérales les plus solitaires, un simple mot suffisait à faire instantanément accourir des domestiques ou des guerriers venus satisfaire ses désirs.

Sur ces terres lointaines, il n'y avait que l'étendue sauvage des pentes envahies par la brume derrière eux, et la jungle avec sa population indigène de Cho-ja devant eux. La culture de ces insectoïdes devait être très différente de celle qu'elle connaissait, sécurisée par le commerce et liée par le traité.

Au cours de sa vie, elle ne s'était jamais sentie aussi petite et le monde qu'elle parcourait ne lui avait jamais paru aussi grand. Il lui fallut déployer toute la force de sa volonté pour ne pas faire demi-tour, rappeler Gittania, et lui demander de la reconduire vers le territoire des Thurils. Maintenant, il ne lui semblait plus aussi étrange ou menaçant, mais simplement et naturellement humain. Mais dans le village thuril l'attendait le reste de sa garde d'honneur ; et Kamlio, dont l'avenir dépendait de ses efforts. Tout comme celui de sa famille, de ses enfants et celui de toutes les personnes qui vivaient sur les trois grands domaines dépendant des Shinzawaï et des Acoma. Elle ne pouvait pas les décevoir, et devait leur assurer un refuge contre la prochaine colère des magiciens. Mara dirigea résolument son regard vers l'avant, et recourut à la conversation pour calmer ses nerfs.

— Lujan, dis-moi... Quand tu étais guerrier gris, comment as-tu pu supporter de vivre sans l'espoir de mener une existence honorable ?

Alors que Lujan considérait la question avec attention, son casque se releva. Mara vit dans ses yeux que lui aussi percevait l'immensité et le vide du paysage qui les environnait, et qu'il était assez tsurani pour que cette solitude le mette mal à l'aise. *Comme nous nous comprenons bien,* pensa-t-elle. *Les difficultés respectives de nos vies ont entremêlé nos efforts pour tisser cette relation spéciale, si précieuse.* Puis la réponse de son commandant interrompit ses réflexions.

— Dame, quand un homme a perdu tout ce que ses pairs et ses camarades considèrent comme important, quand il mène une vie qui n'a plus aucun sens selon les principes de son éducation, alors il ne lui reste plus que ses rêves. J'étais très entêté. Je me suis accroché à mes rêves. Et un jour, je me suis réveillé en me rendant compte que mon existence n'était pas si misérable que cela. J'ai vu que je pouvais encore rire. Que je pouvais encore ressentir des émotions... Festoyer d'un gibier remplissait agréablement mon estomac, et batifoler avec une gentille femme faisait toujours s'emballer mon sang et s'envoler mon esprit. Un homme sans honneur souffrira peut-être dans l'avenir, quand Turakamu prendra son esprit et que la Roue de la vie réduira son destin en poussière. Mais au jour le jour ? L'honneur n'accentue pas la joie. (L'homme qui dirigeait les armées acoma depuis près de vingt ans eut un haussement d'épaules gêné.) Dame, j'étais le chef de voleurs, de brigands et de malchanceux. Notre bande n'avait peut-être pas le grand honneur que les couleurs d'une maison peuvent donner à un homme. Mais nous ne vivions pas sans principes.

Mara vit que son commandant était embarrassé et gardait le silence. Consciente que cette gêne venait d'un problème personnel, et aussi que la curiosité n'était pas le seul sentiment qui motivait ses questions, la dame des Acoma demanda avec empressement :

— Dis-moi. Tu as certainement compris que je ne respectais pas les traditions pour elles-mêmes.

Lujan laissa échapper un petit rire.

— Nous sommes semblables en plus de points que vous ne le croyez, dame. Très bien... Les hommes que je dirigeais avaient promis de respecter une convention avec moi. Nous étions peut-être des exclus rejetés par les dieux, mais nous étions encore des hommes. Nous formions ce que l'on aurait pu appeler notre propre maison. Nous avions prêté un serment de loyauté les uns envers les autres, et avions promis que ce qui arriverait à l'un d'entre nous serait partagé par tous. Vous voyez, Mara, quand vous êtes venue nous proposer un service honorable, nous n'aurions pu accepter que tous ensemble. Quand Papé a inventé sa ruse astucieuse pour trouver des parents éloignés afin que nous puissions entrer au service des Acoma, si l'un d'entre nous avait été refusé, nous nous serions tous détournés de vous.

Mara regarda son commandant avec surprise. En voyant l'air penaud qui se dessinait sur son visage tanné, elle fit une nouvelle déduction.

— Cette convention dont tu parles, elle existe toujours.

Elle ne posait pas une question, mais affirmait une vérité.

Lujan s'éclaircit la gorge.

— Oui. Mais quand nous avons prêté serment de loyauté devant le natami des Acoma, nous avons apporté un additif à notre vœu : nos souhaits, nos besoins et notre honneur viendraient en second après les vôtres. Mais au sein de votre armée loyale, il existe toujours une petite bande d'hommes qui ressentent un lien particulier les uns envers les autres. Un lien que nous ne pouvons pas partager avec vos autres soldats, quel que soit leur honneur... C'est un symbole d'honneur unique entre nous, comme le bandeau noir des condamnés de Papéwaio était sa consécration spéciale.

— Remarquable.

Mara resta silencieuse, baissant les yeux comme si elle négociait un sentier particulièrement hasardeux. Mais le sol était beaucoup moins rocheux maintenant, et la piste de terre battue bordée par les premiers feuillages et une végétation clairsemée commençait à annoncer la jungle. Les tours de verre de Chakaha avaient disparu alors qu'ils descendaient, éclipsées par les frondaisons denses et hautes des arbres tropicaux. Le danger qu'ils couraient n'était pas moindre, bien au contraire, mais Mara oublia son inquiétude et consacra un moment à réfléchir à ce que son commandant lui avait révélé : il était un chef-né, et sa loyauté était rare et immense. Même après son avancement à un grade élevé, il avait gardé sa parole envers les brigands devenus soldats qu'il avait autrefois dirigés. Cela était remarquable, pensait Mara. Cet homme avait un sens inné de son identité et de ses responsabilités personnelles, qui allait plus loin que celui de la plupart des seigneurs dirigeant les états de l'empire. Lujan avait accompli tout cela dans la plus grande discrétion, sans reconnaissance, sans même que la dame qu'il servait le sache... Tout du moins jusqu'à maintenant.

Mara lança un regard à Lujan, et vit que son visage avait repris le masque d'impassibilité tsurani convenable pour un guerrier au service d'une grande maison. Elle était heureuse que l'occasion d'apprendre ce qui s'était réellement passé entre eux se soit présentée. Il ne lui restait plus qu'à demander aux dieux d'avoir l'opportunité de s'assurer que des qualités et des talents aussi particuliers s'épanouissent pleinement. S'ils survivaient, décida Mara, cet homme aurait une récompense dépassant la reconnaissance ordinaire d'un service exemplaire.

Ses pensées furent interrompues par un bruissement dans le sous-bois. Les premiers grands arbres se trouvaient devant eux ; leurs troncs anciens étaient assez larges pour que cinq hommes joignant leurs mains éprouvent des difficultés à les encercler. Alors que leur ombre profonde tombait froidement sur Mara et Lujan, un cercle de sentinelles cho-ja d'un noir luisant, silencieuses et vêtues uniquement de leur carapace de chitine polie, sembla surgir de nulle part. Les pattes avant tranchantes étaient tournées vers l'extérieur, selon un angle agressif.

Lujan tira brusquement Mara en arrière pour l'arrêter. Il retint son second mouvement instinctif qui avait été de la placer derrière elle, à l'écart du danger, et de tirer son épée. Car il avait vu qu'ils étaient encerclés. Ces Cho-ja ne portaient aucun des insignes de rang que leurs homologues de l'empire utilisaient, et ils se déplaçaient dans un silence surnaturel.

Pendant un long moment, les deux envahisseurs humains et les sentinelles insectoïdes restèrent immobiles.

Mara fut la première à rompre le silence, faisant la révérence complète qu'un émissaire utilise pour accueillir une délégation étrangère.

— Nous venons en paix.

Ses paroles furent ponctuées par un claquement sec lorsque les sentinelles levèrent leurs bras à l'unisson et se mirent en garde. L'un d'entre eux avança d'un demi-pas, ses plaques faciales indéchiffrables. Ces Cho-ja de Chakaha ne faisaient aucun effort pour imiter les expressions humaines, et cela mettait Mara mal à l'aise. Ces insectoïdes étrangers pouvaient les attaquer et les massacrer sur place, et même l'œil rapide de Lujan ne pourrait détecter le signal qui déclencherait la boucherie.

— Nous venons en paix, répéta-t-elle, incapable cette fois de maîtriser le tremblement de sa voix.

Pendant un moment de tension, personne ne bougea. Par-dessus le bruissement des insectes de la jungle, Mara crut percevoir le bourdonnement aigu qu'elle avait entendu auparavant – dans la chambre de la reine qui habitait sur son domaine. Mais le son cessa avant qu'elle puisse en être certaine.

Puis le Cho-ja qui s'était avancé, et que l'on pouvait qualifier de chef de troupe, prit la parole :

— Vous venez de l'empire, humains. Chez les gens de votre sorte, la paix n'est qu'un prélude à la trahison. Vous êtes des intrus. Faites demi-tour et partez, et vous vivrez.

Mara prit une inspiration tremblante.

— Lujan, déclara-t-elle d'une voix qu'elle espérait convaincante, dépose tes armes. Montre que nous ne voulons aucun mal à ceux que nous voudrions appeler des amis, en leur donnant ta lame.

Le commandant leva la main pour lui obéir, bien qu'elle puisse voir à sa tension qu'il n'aimait pas l'idée d'abandonner le peu de défense qu'il pouvait lui offrir.

Mais avant qu'il puisse poser la main sur la poignée de son épée, il entendit le brusque claquement caractéristique produit par les Cho-ja, lorsqu'ils quittent leur position de garde pour se préparer à charger en basculant leur poids vers l'avant. Leur porte-parole déclara :

— Si tu touches ton arme, homme, vous mourrez tous les deux.

En entendant ces paroles, Lujan releva le menton et explosa de colère.

— Tuez-nous, alors ! cria-t-il, le visage empourpré. Mais si vous faites cela alors que mon intention est de me rendre, j'affirme que vous êtes tous des lâches. Avec mon épée ou sans elle, nous serons morts dès le début de votre charge.

Puis il regarda Mara, lui demandant tacitement sa permission.

Sa maîtresse lui répondit par un hochement de tête rigide.

— Pose tes armes, répéta-t-elle. Montre-leur que nous sommes des amis. S'ils nous attaquent, alors notre mission sera de toute façon inutile, car la dame des Acoma, pair de l'empire, ne traite pas avec une race de meurtriers.

Lentement, délibérément, Lujan tendit la main vers son épée. Mara l'observait, baignée de sueur, alors que sa main touchait la poignée de son arme, puis se refermait dessus.

Les Cho-ja ne bougèrent pas. Peut-être que, par-dessus le crissement des insectes, leur communication bourdonnante leur permettait de discuter avec leur reine, mais Mara n'en savait rien. Ses oreilles étaient engourdies par la nervosité et les battements violents et rapides de son cœur.

— Je vais dégainer mon épée et la déposer sur le sol, prévint Lujan d'une voix claire.

Il faisait des gestes prudents et semblait parfaitement confiant, mais Mara voyait les gouttelettes de sueur glisser le long de sa mâchoire, sous son casque. Toujours très lentement, il tira l'épée du fourreau, prit la lame dans sa main gauche nue pour que son intention de ne pas combattre soit clairement comprise, et plaça l'arme sur le sol, la pointe vers lui.

Mara vit les Cho-ja porter leur poids en avant à l'unisson, un mouvement qu'elle avait déjà observé en d'autres temps. Ils chargeraient dans une seconde, en dépit de ses protestations de paix. Aussi fort qu'elle le put, elle imita les sons de bienvenue qu'elle avait appris auprès de la reine de son domaine, une pauvre tentative humaine pour produire les cliquetis et les claquements de gorge des Cho-ja.

Les Cho-ja se figèrent instantanément comme des statues, arrêtés à un battement de cœur du meurtre. Même lorsque l'épée de Lujan fut posée sur le sol et que le guerrier se redressa, sans arme, leur posture resta menaçante.

Leur chef restait parfaitement silencieux. Un long moment s'écoula, puis une grande rafale de vent se leva, décoiffant complètement Mara et faisant cligner des yeux Lujan, gêné par des larmes involontaires. La silhouette d'un Cho-ja descendait à travers le feuillage de la jungle, élancée et rayée de couleurs brillantes. L'insectoïde possédait une beauté surnaturelle qui, d'une certaine façon, semblait presque maléfique. Au-dessus de ses membres soigneusement repliés, son corps presque délicat était suspendu à des ailes cristallines qui battaient en provoquant un tourbillon de vent.

Un magicien cho-ja était venu !

Mara prit une inspiration pour pousser un cri involontaire de joie, mais sa gorge resta paralysée. L'air autour d'elle sembla miroiter soudainement, et les silhouettes des sentinelles cho-ja se dispersèrent dans une confusion de couleurs. Les pieds de Mara perdirent tout contact avec le sol, et elle n'eut plus conscience de la présence de Lujan à ses côtés. Les arbres, la jungle et le ciel avaient disparu. Rien de ce que ses sens percevaient ne lui était familier, sauf un chaos de lumières tournoyantes.

Elle retrouva la voix, et son cri devint un hurlement de terreur :

— Que nous faites-vous ?

Une réponse surgit de nulle part, résonnant dans son esprit.

— Les ennemis qui se rendent deviennent des prisonniers, la réprimanda la voix.

Puis toutes les sensations de Mara furent englouties par une immense vague de ténèbres.

22

LE DÉFI

Mara s'éveilla.

Dans son dernier souvenir, elle se trouvait à l'air libre, dans une jungle luxuriante et devant une patrouille de sentinelles cho-ja. Cela ne cadrait pas avec son environnement actuel : une étroite pièce hexagonale, sans fenêtre et aux murs nus. Le sol était de pierre polie, le plafond façonné dans une substance miroitante qui reflétait la lumière de l'unique globe cho-ja pendu au centre de la pièce.

Mara se souleva sur ses coudes, puis sur ses genoux, et découvrit que Lujan était debout à côté d'elle, éveillé, et s'efforçant visiblement de lutter contre une crise de nervosité.

— Où sommes-nous ? demanda la dame des Acoma. Le sais-tu ?

Son commandant se retourna pour la regarder, le visage livide, contrôlant difficilement sa colère.

— Je ne sais pas. Mais le « où » n'a que peu d'importance, car nous sommes les prisonniers de la cité-État de Chakaha.

— Nous sommes considérés comme des ennemis ? (Mara accepta la main que Lujan lui tendait pour l'aider à se relever. Elle remarqua que son fourreau d'épée était vide, ce qui expliquait en partie sa nervosité.) Alors, nous avons été amenés ici au moyen de la magie ?

Lujan passa ses doigts dans ses cheveux trempés de sueur, puis par habitude resserra la lanière qui assujettissait son casque.

— La magie a dû nous transporter depuis la clairière. Et seule la magie permettra notre libération. Si vous regardez autour de vous, vous verrez qu'il n'existe pas de porte.

Mara vérifia rapidement. Les murs étaient droits et lisses, dénués de toute ouverture. Ne pouvant s'expliquer la fraîcheur de l'air, la dame en déduisit que la pièce entière devait être façonnée par un sortilège cho-ja.

La conclusion la fit trembler.

Elle ne traitait plus avec des êtres humains, avec qui elle pouvait, de par leur nature même, partager une certaine empathie. Glacée par l'appréhension, Mara sut que Lujan et elle avaient été entraînés dans l'inconnu de la conscience collective de la fourmilière. Elle était plus que jamais confrontée à une espèce étrangère et incompréhensible, dont la « mémoire » et « l'expérience » s'étendaient sur des millénaires, et dont la structure rationnelle ne jugeait que par la prospérité et la survie collectives. Pire, à la différence de la fourmilière avec laquelle elle avait conversé dans les frontières de l'empire, ces Cho-ja étrangers et libres ne coexistaient avec les humains que selon des critères de leur choix. Elle ne bénéficierait même pas de la compréhension partielle qu'elle partageait avec la reine qu'elle fréquentait depuis des années.

Lujan perçut le désespoir de sa dame.

— Il nous reste encore de l'espoir, dame. Les créatures qui nous retiennent captifs sont civilisées. Elles ne doivent pas vouloir nous tuer sur le champ, sinon, nous serions morts sur le sentier.

Mara soupira, et n'exprima pas ses pensées suivantes à voix haute. S'ils étaient considérés comme des ennemis, ce n'était pas pour leurs actes personnels, mais pour les exactions commises par les Tsurani au cours des siècles. Les archives cho-ja devaient contenir d'innombrables traités sincères brisés par des trahisons sanglantes, et durant la vie de Mara, les principes du jeu du Conseil avaient souvent poussé des fils à tuer leur père, et des frères de clans à s'entre-déchirer. Même ses mains à elle étaient loin d'être propres.

Ses manipulations avaient provoqué le suicide rituel de son premier époux ; ainsi, même si la conscience collective voulait la juger selon ses actes personnels, elle trouverait un grand nombre de contradictions – entre les vœux qu'elle avait prononcés lors de son mariage, et la haine qu'elle avait entretenue en son cœur contre le frère de Jiro ; et dans sa trahison de Kevin, le barbare qu'elle aimait, et qu'elle avait renvoyé contre sa volonté sans lui apprendre qu'elle portait son enfant. Elle pensa, en se mordant les lèvres pour ne pas pleurer de honte, que les Cho-ja n'apprenaient jamais en tirant la leçon de leurs erreurs. Car toutes les fautes commises par leurs ancêtres étaient disponibles dans leur mémoire vivante. C'était une race dont le passé ne s'effaçait pas. Contrairement à l'humanité pour qui le pardon reste une ressource sans cesse renouvelable – ils pouvaient nourrir leur rancune pendant des millénaires.

— Lujan ? (L'écho de la voix de Mara dans cette pièce confinée était teinté de peur.) Quel que soit le sort final qui nous attend, nous devons trouver le moyen d'être entendus !

Son commandant tourna sur lui-même, décrivant, dans sa rage, un cercle.

— Que nous reste-t-il à faire, dame, si ce n'est frapper ces murs avec mes poings ?

Mara entendit le désespoir qu'il tentait de masquer derrière cette bravade. Sa détresse la dégrisa ; depuis qu'il avait quitté le *Coalteca*, Lujan n'avait pas pu se servir de ses compétences de guerrier. Il n'avait aucune armée à commander. Le jour où les Thurils leur avaient tendu une embuscade sur la piste, elle lui avait interdit de la défendre. À Loso, il avait subi des insultes pour lesquelles il aurait dû verser le sang, au lieu de les supporter. Il avait été humilié, ligoté comme un esclave, ce qui allait à l'encontre de toute son éducation. Séparé de ses soldats, il avait perdu pied, et il devait trouver sa situation incroyablement sombre.

Lujan avait de l'humour, de l'intelligence et du courage ; mais il n'avait pas la fascination détachée d'Arakasi pour l'inconnu. Suffisamment lucide pour reconnaître les terribles exigences qu'elle avait imposées à l'âme loyale de son commandant, Mara lui toucha le poignet.

— Prends patience, Lujan. Soit la fin est proche, soit notre objectif se trouve à portée de main.

Confirmant la sûreté de son analyse, Lujan répondit :

— Je me sens parfaitement inutile, dame. Vous auriez mieux fait de demander à Arakasi de vous accompagner, ou de garder Saric à vos côtés.

Mara tenta de répondre avec humour.

— Quoi ? Et endurer les questions incessantes de Saric, même quand les dieux eux-mêmes imposent le silence ? Et Arakasi ? Lujan, crois-tu qu'il aurait supporté de voir Kamlio emmenée, sans bondir au visage des gardes armés ? À moins, bien sûr, qu'elle ne l'ait réduit en pièces sur le *Coalteca* avant même notre débarquement. Non, je ne pense pas que je préférerais avoir Saric ou Arakasi avec moi en ce moment. Les dieux œuvrent comme ils l'entendent. Je dois faire confiance au destin ; il t'a conduit ici pour une bonne raison.

Mara savait que sa dernière phrase manquait de conviction. En réalité, elle n'éprouvait que de l'appréhension. Mais ses efforts arrachèrent tout de même une esquisse de sourire à son officier dont les doigts cessèrent de tambouriner sur son fourreau vide.

— Dame, reconnut-il avec ironie, prions pour que vous ayez raison.

Des heures fastidieuses s'écoulèrent, sans aucune lumière naturelle pour leur indiquer le passage du jour à la nuit, et sans interruption ni bruit pour briser la monotonie de leur captivité. Lujan faisait les cent pas dans la pièce minuscule, pendant que Mara restait assise et tentait sans succès de méditer. La sérénité lui échappait sans cesse, anéantie encore et encore par le désir de revoir ses enfants et son époux. Elle s'agitait, nerveuse, craignant de ne plus avoir l'occasion de faire la paix avec Hokanu. Des inquiétudes irrationnelles la rongeaient... Si elle ne parvenait pas à rentrer chez elle, Hokanu pouvait se remarier et engendrer des fils, et la petite Kasuma n'hériterait jamais du domaine qui était légitimement le sien. Justin pouvait être tué avant d'atteindre l'âge d'homme, et la lignée des Acoma s'éteindre. Jiro, avec le soutien de l'Assemblée, pouvait renverser le nouvel ordre d'Ichindar, et l'empereur assis sur le trône d'or redeviendrait l'esclave des cérémonies religieuses. Le titre de seigneur de guerre serait restauré, et le jeu du Conseil reprendrait avec ses luttes intestines et ses effusions de sang. Et les Cho-ja de l'empire resteraient à jamais liés et soumis à un traité injuste.

Mara ouvrit brusquement les yeux. Une pensée lui vint, et son rythme cardiaque s'accéléra. Ces Cho-ja ne se laisseraient peut-être pas émouvoir par un Tsurani, un ennemi juré – mais tourneraient-ils le dos à leurs frères captifs dans l'empire ? Elle devait leur faire comprendre qu'elle seule, en tant qu'unique adversaire de l'Assemblée ayant le rang et l'influence pour la menacer, offrait aux Cho-ja de Tsuranuanni un espoir de changement.

— Nous devons trouver un moyen d'être entendus ! marmonna Mara...

Elle rejoignit Lujan et se mit elle aussi à faire les cent pas.

De nouvelles heures s'écoulèrent. La faim commença à tenailler les prisonniers, tout comme des besoins corporels urgents trop longtemps refoulés.

Finalement, Lujan fit remarquer avec ironie :

— Nos geôliers auraient pu au moins penser à équiper notre cellule de latrines. S'ils ne nous laissent pas d'autre choix, je serai obligé de faire honte à mon éducation et de soulager ma vessie sur leur sol.

Mais avant que ce moment de crise ne survienne, un éclair d'une intense lumière blanche frappa les yeux de la dame et de son officier. Clignant des paupières pour s'éclaircir la vue, Mara vit que les murs qui les emprisonnaient semblaient s'être dissous. Elle n'avait ressenti aucun moment de désorientation, ni entendu le moindre son ; et cependant, quelque chose avait déclenché le sortilège de libération, car elle n'était plus confinée entre des murs lisses. Elle se demanda si leur prison n'avait pas été qu'une illusion complexe. La lumière du jour, teintée de violet pâle, traversait un grand dôme transparent. Mara se trouvait en compagnie de Lujan au centre d'un motif magnifique, dessiné par des dalles de verre et des pierres précieuses disposées avec un extraordinaire sens artistique. Les mosaïques que Mara avaient admirées dans le palais de l'empereur de Tsuranuanni semblaient aussi maladroites qu'un gribouillage d'enfant par comparaison. Saisie d'une admiration muette, elle aurait pu rester figée des heures devant cet ouvrage merveilleux, mais une escouade de deux colonnes de guerriers cho-ja la poussa en avant.

Elle regarda frénétiquement autour d'elle pour retrouver Lujan. Il n'était plus à ses côtés ! Le sol l'avait hypnotisée, et elle n'avait pas vu qu'on l'avait conduit ailleurs. Un garde la poussa une nouvelle fois, et la fit trébucher. Elle remarqua qu'un Cho-ja avec des marques jaunes sur le thorax dirigeait les colonnes de guerriers. En observant les outils et la sacoche suspendus à sa ceinture, elle devina qu'il s'agissait d'un scribe. Il marchait sur les talons d'une autre silhouette immense, qui traînait ce que Mara avait d'abord pris pour une sorte de cape arachnéenne. Mais un examen plus attentif lui révéla qu'il s'agissait d'ailes, superposées dans des plis aussi complexes que la traîne d'une dame. Elles glissaient sur le sol poli avec un très léger bruissement, produisant des étincelles de lumière qui dansaient et mouraient dans l'air. La puissance qui émanait de cette créature donnait la chair de poule à Mara, et elle comprit qu'elle contemplait de près un magicien cho-ja.

Une crainte respectueuse la rendait muette. La créature était si grande ! Avec ses pattes grêles ressemblant à des échasses, elle se déplaçait avec une grâce qui rappelait à Mara la description que Kevin lui avait autrefois faite des elfes du monde de Midkemia. Mais cet être étrange possédait plus que la beauté. Sa tête lisse et large était couronnée d'antennes qui émettaient une sorte de lueur. Les griffes de ses pattes avant étaient ornées d'anneaux de métaux précieux, de l'argent, du cuivre, du fer... Ce qui de loin avait semblé être des marques et des rayures tracées sur le corps était en réalité des entrelacs complexes de fines lignes, qui paraissaient avoir une signification, comme les runes des temples. C'était peut-être un texte qui dépassait la perception et l'entendement humains. La curiosité de Mara luttait contre sa peur, jusqu'à ce que seule l'incertitude sur son sort la garde silencieuse. L'avenir de l'empire reposait sur elle et, comme tous ses prédécesseurs nommés pairs de l'empire par les souverains du passé, elle sentait le poids de cette responsabilité sur ses épaules.

On lui fit traverser un couloir, puis franchir une porte extérieure qui conduisait vers une passerelle construite à une hauteur vertigineuse. Celle-ci croisait une arche reliant deux tours, offrant une vue spectaculaire sur la cité de verre, la jungle environnante et les chaînes de montagnes qui encerclaient la vallée. Mara vit d'autres magiciens cho-ja voler au-dessus de la ville, avant que son escorte de guerriers ne lui fasse accélérer le pas. Elle fut conduite le long de la passerelle, qui n'avait pas de rambardes mais dont la surface était recouverte d'une étrange substance, presque collante, qui permettait aux pieds de ne pas déraper. À l'autre extrémité du passage, une entrée à colonnade s'ouvrait sur une grande pièce en dôme.

D'autres Cho-ja accroupis en demi-cercle attendaient. Ils portaient les mêmes marques que celui que Mara avait deviné être un scribe. Leurs couleurs la déconcertaient, car elle était accoutumée au noir uniforme des créatures de son pays. Elle fut conduite au centre de la pièce, puis l'immense magicien se retourna et fixa ses yeux de rubis sur elle.

— Tsurani-humain, qui es-tu ?

Mara prit une profonde inspiration.

— Je suis Mara, dame des Acoma et pair de l'empire. Je suis venu plaider la cause de...

— Tsurani-humain, l'interrompit le magicien d'une voix sonore. Ceux qui se tiennent devant vous sont vos juges, et ils vous ont déjà condamnée. Vous n'avez pas été conduite ici pour plaider votre cause, car votre sort a déjà été déterminé.

Mara devint rigide comme si elle avait reçu un coup.

— Condamnée ! Mais pour quel crime ?

— Le crime de votre nature. D'être ce que vous êtes. Les actions de vos ancêtres ont été votre témoignage.

— Je dois mourir pour ce que mes ancêtres ont fait dans le passé ?

Le magicien cho-ja ignora sa question.

— Avant que la sentence ne soit lue, et pour le bien de Tsuranuanni, la fourmilière-maison humaine qui vous a donné naissance, notre coutume vous donne le droit de faire votre testament. Ainsi votre espèce ne sera pas privée de la sagesse que vous souhaiteriez transmettre. Vous avez le droit de parler jusqu'à la tombée de la nuit. Nos scribes noteront tout ce que vous direz, et leurs écrits seront envoyés à votre fourmilière-maison par l'intermédiaire des marchands thuril.

Mara regarda les traits ornés de motifs complexes du magicien cho-ja, et la rage l'envahit. Comme Lujan, elle avait désespérément besoin de satisfaire des besoins naturels. Elle ne pouvait pas réfléchir avec la vessie pleine, et elle ne pouvait pas accepter ce que le bref discours du magicien avait impliqué. Pour eux, elle n'était qu'un membre d'une fourmilière, et son absence permanente n'avait pas d'autre conséquence que quelques connaissances gagnées ou perdues.

Les yeux de rubis du magicien ne montraient aucune pitié. Elle savait que toute argumentation serait futile. Les bravades qui lui avaient permis d'obtenir une audience auprès du conseil des Thurils ne lui serviraient à rien ici. Humiliée par le sentiment que cette civilisation rendait les réalisations de l'empire aussi dérisoires que les châteaux d'un bébé dans un bac à sable, elle réprima son désir de hurler de frustration devant ce jugement. Aux yeux de cette race, elle n'était qu'une enfant : une enfant dangereuse et meurtrière, mais néanmoins une enfant. Eh bien, elle allait satisfaire la curiosité qui la dévorait ! Peut-être trouverait-elle ainsi une inspiration. Poussée par une rage noire et une impulsion soudaine, Mara oublia son inquiétude pour sa famille et son pays. Elle céda aux instincts d'une enfant.

— Je n'ai pas un grand héritage de sagesse à transmettre, annonça-t-elle d'une voix audacieuse. Plutôt que de donner des connaissances, je préfère demander ceci : sur ma terre natale, un traité retient captifs les Cho-ja de ma nation. Dans mon pays, en parler ou transmettre des informations sur la guerre qui a provoqué sa rédaction est interdit. Si le souvenir de cette grande bataille et des conditions de l'armistice est conservé à Chakaha, je veux connaître ces événements. Je veux savoir la vérité sur le passé qui m'a condamnée.

Un bourdonnement s'éleva parmi le tribunal, puis les sifflements crûrent jusqu'à devenir une cacophonie qui fit grincer les dents de Mara. Les gardes cho-ja s'accroupirent derrière elle, immobiles, comme s'ils pouvaient garder leur position jusqu'à la fin des temps. Le scribe qui se tenait près du magicien tressaillit une fois, puis changea de position comme s'il hésitait. Le magicien lui-même ne bougea pas, jusqu'à ce qu'il déploie soudainement ses ailes. Les voiles arachnéens se déplièrent dans un sifflement d'air, et les ailes s'ouvrirent avec un claquement sec qui fit immédiatement régner le silence dans la pièce. Mara les regardait, bouche bée, comme un paysan à qui l'on montre des merveilles, remarquant que les membranes étaient attachées aux pattes avant et arrière de la créature, presque comme une palmure mais aussi vaste que des voiles. Les pattes avant disposaient de nombreuses articulations, et s'étendaient en hauteur presque jusqu'à toucher le sommet du dôme.

Le magicien se tourna sur ses pattes ressemblant à des échasses. Son regard maintenant irrité parcourut le tribunal immobile, et lorsqu'il eut fini d'en faire le tour, il baissa à nouveau la tête vers Mara.

— Vous êtes une créature curieuse, déclara-t-il.

Mara s'inclina, bien que ses genoux menacent de céder sous elle.

— Oui, Très-Puissant.

Le magicien cho-ja siffla, produisant un son très aigu.

— Ne me donnez pas le titre que votre espèce accorde aux auteurs de la trahison, les félons de l'Assemblée.

— Seigneur, alors, reprit Mara. Je vous offre mes humbles respects, car j'ai aussi souffert de l'oppression de l'Assemblée.

À ces paroles, un gazouillement s'éleva des rangs des juges, puis se calma. Le regard du magicien sembla transpercer la chair de Mara et toucher le cœur même de ses pensées. Envahie par une sensation de viol, durant un instant qu'elle perçut comme une fièvre ou la douleur d'une flamme, elle eut un mouvement de recul et retint un hurlement. Puis l'impression disparut, la laissant étourdie. Elle éprouva des difficultés à conserver son équilibre et à rester debout.

Lorsque ses sens s'éclaircirent, le magicien parlait rapidement au tribunal :

— Elle dit la vérité. (Sa voix était devenue musicale, ce qui traduisait peut-être sa surprise.) Cette Tsurani ne connaît absolument pas les actes de ses ancêtres ! Comment cela peut-il être ?

Mara rassembla les lambeaux de sa dignité et répondit elle-même :

— Parce que mon espèce ne possède pas de conscience, ni de mémoire collectives. Nous ne connaissons que ce que nous expérimentons par nous-mêmes, ou ce que d'autres nous apprennent, durant toute notre vie. Des bibliothèques préservent l'histoire de notre passé, mais ce ne sont que de simples archives, sujettes aux ravages du temps et aux restrictions imposées par les factions qui les ont rédigées. Nos mémoires sont imparfaites. Nous n'avons pas de...

Puis elle produisit le cliquetis que la reine de ses terres avait utilisé pour désigner la conscience collective de la fourmilière.

— Silence, Tsurani ! (Le magicien replia ses grandes ailes ; un soupir résonna dans les courants d'air et une étincelle de lumière surgit d'une source invisible.) Nous ne sommes pas des enfants. Nous savons que les humains ne possèdent pas de conscience collective. Ce concept est difficile, et s'accommode mal de nos processus de pensée. Nous savons que vous utilisez des bibliothèques et des professeurs pour transmettre de génération en génération la sagesse de votre fourmilière-nation.

Mara profita de ce qui semblait être un moment de neutralité.

— L'une des vôtres m'a dit un jour que la conscience collective résidait dans les reines. Ce que vit une reine, toutes les autres le savent. Mais que se passe-t-il si une reine meurt sans successeur ? Que deviennent ses ouvriers et ses mâles, et tous les individus qui composent la société de la fourmilière ?

Le magicien fit claquer ses mandibules.

— Ses sujets n'ont plus d'esprit, reconnut-il. Si un malheur tuait une reine, ses rirari, les serviteurs choisis pour la reproduction, décapiteraient tous les survivants par mansuétude. Car sans esprit, ils erreraient et finiraient par mourir.

Il fit cette déclaration sans aucun sentiment de culpabilité, son concept du meurtre étant différent de celui d'un humain.

— Alors, devina audacieusement Mara, ils ne pourraient pas chercher de nourriture ou s'alimenter pour survivre ?

— Ils ne le peuvent pas. (Du métal étincela lorsque le magicien fit un bref geste de l'avant-bras.) Ils n'ont d'autre but que la survie de la fourmilière. Je ne suis pas différent. La reine qui m'a engendré est la seule volonté qui me guide. Je suis ses yeux, ses mains et, si vous voulez, ses oreilles. Je suis son instrument, tout comme ce tribunal est son bras justicier. Une partie de moi est consciente, et je peux agir en toute indépendance si cela est bénéfique à la fourmilière, mais tout ce que je suis, tout ce que je sais, restera dans la fourmilière quand ce corps cessera de fonctionner.

— Eh bien, je vous affirme que les humains ne sont pas comme les sujets cho-ja. Comme chacune de vos reines, nous avons tous notre propre esprit, nos objectifs et nos directives pour assurer notre survie. Tuez nos dirigeants et nos seigneurs, et nous continuerons à suivre nos affaires. Si vous laissez en vie ne serait-ce qu'un enfant, ou un homme, il vivra jusqu'à la fin de ses jours en suivant ses propres désirs.

Le magicien cho-ja semblait déconcerté.

— Nous avons pensé pendant des générations que la fourmilière tsurani était démente ; si elle doit répondre aux directives de millions d'esprits, nous comprenons pourquoi !

— C'est ce que nous appelons l'individualité, expliqua Mara. En tant que personne, je n'ai que peu de choses importantes à offrir à la nation tsurani. Je préfère répéter ma requête : je voudrais connaître les actions de mes ancêtres qui ont conduit votre tribunal à me condamner sans m'écouter.

La créature qui ressemblait à un scribe et qui attendait près du magicien regarda attentivement Mara, et parla pour la première fois :

— Le récit peut prendre jusqu'au crépuscule, ce qui est tout le temps qui vous est alloué.

— Qu'il en soit ainsi, répondit Mara, plus calme maintenant qu'elle avait au moins réussi à engager une conversation avec ces étranges Cho-ja.

Elle commença surtout à se soucier des besoins réprimés de son corps, et du temps pendant lequel elle serait encore obligée de les négliger.

Mais les Cho-ja, après tout, n'étaient pas totalement insensibles. Le scribe du magicien reprit la parole :

— Votre curiosité sera satisfaite, et vous disposerez de tout le confort que vous désirerez jusqu'à l'heure du crépuscule.

Mara baissa la tête en guise de remerciement, puis s'inclina. Quand elle se redressa, le magicien cho-ja était parti, sans bruit, sans cérémonie, comme s'il s'était évanoui dans l'air. Le scribe cho-ja était resté, dirigeant un groupe d'ouvriers non marqués qui venaient d'arriver et qu'il envoya s'occuper des besoins de Mara.

Plus tard, rafraîchie et allongée sur des coussins précieux devant un grand plateau de fruits, de pain et de fromages, Mara vit sa requête acceptée. Devant le tribunal, un orateur cho-ja se présenta pour combler les lacunes de l'histoire de l'empire et lui donner les connaissances interdites dans les frontières de Tsuranuanni.

Soulagée et confortablement installée, Mara fit signe à l'orateur cho-ja de commencer à parler. Alors que les ombres violettes de l'après-midi s'allongeaient entre les fenêtres à colonnades et que le ciel au-dessus du dôme de cristal s'assombrissait peu à peu, elle écouta un récit d'une grande tristesse, parlant de fourmilières brûlées par d'effroyables décharges de foudre magique, de milliers et de milliers de Cho-ja impitoyablement décapités par les rirari des reines massacrées. Elle entendit parler de nombreuses atrocités, d'œufs volés et de magiciens cho-ja soumis à d'inutiles tortures.

À cette époque, les Cho-ja étaient mal préparés aux réalités d'une guerre occulte. Leur magie leur permettait de construire des merveilles, de rendre la nature plus belle, de s'attirer la chance ou d'invoquer un climat favorable. Dans ces arts paisibles, les mages insectoïdes possédaient la sagesse accumulée de nombreux siècles, et les carapaces des plus vieux d'entre eux étaient ornées des spirales et des rayures d'un million de sortilèges.

Mara osa une interruption.

— Vous voulez dire que les marques sur le corps de vos mages indiquent leur expérience ?

L'orateur hocha la tête.

— Exactement, dame. Avec le temps, elles en deviennent l'emblème. Chaque sortilège qu'ils maîtrisent s'inscrit sur leurs corps, et plus leurs pouvoirs sont grands, plus leur marquage est complexe.

L'orateur continua et insista sur le fait que les mages cho-ja de l'ère du Pont d'Or ne connaissaient aucun sortilège pour la guerre et la violence. Ils pouvaient lancer des enchantements protecteurs ou bénéfiques, mais ne pouvaient rivaliser avec la magie agressive de l'Assemblée. Les guerres utilisant la magie n'étaient plus des batailles, mais de véritables massacres. Les Cho-ja de l'empire n'acceptèrent le traité qui les réduisait à la servitude que pour des raisons de survie.

— Les termes en sont durs, termina l'orateur sur une note qui aurait pu être de la tristesse. Aucun mage ne doit éclore dans Tsuranuanni. Les Cho-ja n'ont pas le droit de porter les marques qui indiquent leur âge ou leur rang, et doivent rester de couleur noire durant toute leur vie adulte. Un peu comme vos esclaves humains qui sont obligés de porter des vêtements gris. Le commerce avec les Cho-ja à l'extérieur de vos frontières n'est pas autorisé ; les échanges d'informations, de nouvelles, ou de connaissances magiques sont spécifiquement interdits. Nous soupçonnons que les reines de votre pays ont été contraintes d'exciser de la mémoire des fourmilières toutes les connaissances occultes et les moyens d'utiliser la magie cho-ja. Si tous les Tsurani périssaient et que le décret de l'Assemblée devienne caduc, il est douteux qu'une reine engendrée dans l'empire puisse encore pondre un œuf de mage. Et ainsi les cités aériennes de notre espèce sont oubliées, réduites par les décrets humains à d'humides labyrinthes souterrains. Nos nobles frères sont obligés de vivre dans la terre comme des larves, ayant perdu à jamais l'art du tissage des sortilèges.

À ce moment-là, le crépuscule avait assombri le ciel derrière l'arche. Le tribunal, qui jusque-là était resté assis dans une immobilité absolue, se leva, tandis que l'orateur se taisait, obéissant sans doute à une sorte de signal muet. Une sentinelle cho-ja poussa doucement Mara dans le dos, pour la faire se lever des coussins, et le scribe du magicien inclina la tête d'une façon qui suggérait le regret.

— Dame, le moment de votre dernier testament est maintenant passé, et celui de la sentence est arrivé. Si vous avez une dernière volonté, nous vous demandons de l'exprimer maintenant.

— Une dernière volonté ? (Le vin et les fruits sucrés avaient émoussé l'appréhension de Mara, et la familiarité partagée avec l'orateur durant tout l'après-midi l'avait rendue audacieuse.) Que voulez-vous dire ?

Le scribe du magicien passa son poids d'une patte sur l'autre, puis devint d'une immobilité implacable. Le plus grand des cho-ja du tribunal lui donna la réponse :

— La sentence, dame Mara de Tsuranuanni. Quand votre dernier testament sera terminé, il sera annoncé officiellement que vous serez exécutée à l'aube du lendemain.

— Exécutée !

Mara redressa ses épaules sous l'influence d'une décharge d'adrénaline et de la peur, et la colère embrasa ses yeux. Elle abandonna tout protocole.

— Qu'est donc votre espèce, si ce n'est une race barbare, pour condamner un émissaire sans l'avoir écouté !

Les membres du tribunal s'agitèrent et les sentinelles cho-ja se penchèrent en avant d'une façon agressive, mais Mara était déjà trop effrayée pour le remarquer.

— C'est une reine de votre propre race qui m'a envoyée ici traiter avec vous. Elle a de l'espoir pour les Cho-ja captifs dans les frontières de notre empire, et elle a vu en moi la possibilité de corriger les mauvaises actions des humains dans le passé. Vous voulez m'exécuter sans réfléchir, alors que je suis l'adversaire de l'Assemblée, venue ici pour vous demander de l'aide afin de combattre sa tyrannie ?

Le tribunal l'observa avec des yeux durs comme des pierres précieuses, sans se laisser émouvoir.

— Dame, déclara son porte-parole, exposez votre dernière volonté, si vous en avez une.

Mara ferma les yeux. Tous ses efforts allaient-ils se terminer ici, avec sa vie ? N'avait-elle été pair de l'empire, épouse d'un excellent seigneur, souveraine des Acoma et conseillère de l'empereur que pour mourir dans la honte sur une terre étrangère ? Elle réprima un violent frisson, et se força à garder les mains immobiles. Elle brûlait d'éponger la sueur de son front, provoquée par la terreur absolue qu'elle éprouvait. Il ne lui restait en ce moment que la dignité de son peuple. Elle ne croyait plus en son honneur, après avoir entendu ce que ses ancêtres avaient fait sur le champ de bataille contre une civilisation pacifique. Sa voix résonna étrangement, très calme, lorsqu'elle déclara :

— Voici ma dernière volonté : prenez ceci.

Elle tendit la pierre magique que lui avait donnée Gittania, qui aurait dû être son témoignage devant cette race hostile. Elle se força à continuer :

— Prenez cet enregistrement, et incorporez-le à la mémoire de la fourmilière avec tous les détails de mon *exécution*. Ainsi, tous les membres de votre espèce se souviendront que l'humanité n'est pas la seule race à perpétrer des atrocités. Si mon époux et mes enfants – en vérité, si la famille qui est ma fourmilière doit me perdre pour que vous vous vengiez du traité de l'Assemblée, au moins les intentions de mon cœur survivront dans la conscience collective de mes assassins.

Un bourdonnement bruyant accueillit sa déclaration. Mara ne céda pas et continua sur sa lancée, résolue et glaciale :

— Ceci est ma dernière volonté ! Honorez-la comme mon souhait de mort, ou puissent les dieux maudire votre espèce jusqu'à la fin des temps pour avoir perpétré la même injustice que celle que vous nous reprochez !

— Silence !

L'ordre ébranla la salle, se répercutant sur le dôme de cristal avec assez de force pour assourdir l'assistance. Reculant devant l'impact du son, Mara mit un peu de temps à comprendre que l'ordre n'était pas venu du tribunal, mais d'un magicien cho-ja venu de nulle part, et qui s'était matérialisé au centre de la pièce. Ses ailes étaient totalement déployées, et ses marques assez complexes pour que l'œil soit saisi de vertige. Il marcha vers Mara, les yeux ressemblant à des turquoises, durs comme la glace qui recouvrait les lointaines montagnes. Quand il s'arrêta devant la dame, son attitude était menaçante.

— Donnez-moi votre pierre, ordonna-t-il.

Mara lui tendit l'objet, certaine qu'elle n'aurait pu faire autrement même si elle avait eu l'idée de résister. La voix du Cho-ja contenait une magie qui exigeait une réponse de son corps.

Le mage récupéra la pierre d'un geste gracieux, effleurant à peine sa peau. Prête à lancer un appel qu'elle n'eût pas l'occasion d'énoncer, Mara sursauta dans un éclair aveuglant. La lumière l'enveloppa, dense, implacable comme une suffocation... Quand elle retrouva l'usage de ses sens après le choc du sortilège, le dôme du tribunal avait disparu, comme s'il n'avait jamais existé. Elle se rendit compte qu'elle était revenue dans la cellule hexagonale, sans fenêtre ni porte, mais maintenant le sol de pierre était parsemé de coussins colorés et de deux nattes de couchage de style tsurani. Lujan était accroupi sur la plus proche d'entre elles, la tête entre les mains, dans une attitude de désespoir total.

À l'arrivée de sa dame, il bondit sur ses pieds et lui fit la révérence d'un guerrier. Son attitude paraissait correcte dans ses moindres détails, mais le désespoir s'attardait dans son regard.

— Vous avez entendu le sort qui nous est réservé ? demanda-t-il à Mara.

Une note sèche de fureur résonnait dans sa voix.

La dame soupira, trop découragée pour parler, et refusant d'admettre qu'elle avait parcouru tout ce chemin pour être sommairement condamnée à une mort aussi injuste.

— Vous ont-ils demandé votre dernière volonté avant de lire la sentence ? demanda Lujan à Mara.

Elle hocha la tête d'un air hébété ; et entre le désespoir et le chagrin, elle pensa à un petit détail qui lui apporta un peu de réconfort : les Cho-ja de Chakaha ne lui avaient pas lu la sentence la concernant. D'une certaine façon, la pierre et le chaos provoqué par la réapparition du mage cho-ja avaient interrompu la procédure habituelle.

Refusant de reprendre espoir devant cette petite anomalie, Mara s'efforça d'entretenir la conversation.

— Qu'as-tu demandé comme dernière volonté ?

Lujan lui répondit par un sourire ironique. Comme si tout allait très bien, il offrit sa main à Mara et l'aida à s'asseoir confortablement sur les coussins.

— Je n'ai pas demandé, reconnut-il. J'ai exigé. Comme un guerrier en a le droit quand l'État le condamne pour des crimes commis par son maître, j'ai réclamé la mort en combat singulier.

Mara haussa les sourcils, trop soucieuse pour être amusée, mais saisissant immédiatement toutes les implications de ce développement. Le droit à la mort au combat était une coutume tsurani ! Pourquoi ces Cho-ja de Chakaha acceptaient-ils d'honorer une telle tradition ?

— Le tribunal qui t'a jugé a-t-il accédé à ta requête ?

Le sourire ironique de Lujan lui répondit avant même qu'il ne prenne la parole :

— Au moins, j'aurai la satisfaction de découper un peu de chitine avant qu'ils ne fassent tomber ma tête.

Devant sa véhémence, Mara étouffa une crise montante de fou rire hystérique.

— Qui les Cho-ja de Chakaha ont-ils choisi comme champion ?

Lujan haussa les épaules.

— Cela a-t-il de l'importance ? Leurs guerriers se ressemblent tous, et la conscience collective s'assure probablement qu'ils soient d'une compétence équivalente. Ma seule satisfaction est que je serai mis en pièces au combat avant que leur bourreau puisse me couper le cou. (Il laissa échapper un rire amer.) Autrefois, j'aurais considéré une telle mort à votre service comme l'honneur d'un guerrier, et les hymnes qui m'auraient accueilli lors de mon entrée dans le palais de Turakamu auraient été la seule récompense que je désirais.

Il retomba dans le silence, comme s'il replongeait dans ses pensées.

Mara devina la conclusion de sa déclaration.

— Mais aujourd'hui, ton concept de l'honneur a changé. Maintenant, la mort d'un guerrier te semble dépourvue de sens à côté des occasions qu'offre la vie.

Lujan lança un retard tourmenté vers sa dame.

— Je n'aurais pas pu résumer les choses aussi clairement, mais c'est bien cela. Kevin de Zūn m'a ouvert les yeux sur des principes et des aspirations auxquels la façon de voir tsurani ne peut jamais répondre. Je vous ai vue oser défier les traditions mêmes de notre culture, comme aucun souverain homme n'aurait pu le faire par crainte du ridicule. Nous avons changé, dame, et l'empire se tient en équilibre sur le bord de ce changement avec nous. (Il regarda autour de lui, comme pour savourer ce qu'il lui restait à vivre.) Je ne me soucie pas de ma propre vie. Qui me pleurera et qui ne me suivra pas bientôt dans la mort, si nous échouons. (Il secoua la tête.) Ma frustration vient du fait que, d'une certaine façon, nous perdons l'occasion... de transmettre ce que nous avons appris, pour que ces connaissances ne périssent pas avec nous.

Mara parla avec conviction pour dissimuler ses propres accès d'angoisse :

— Hokanu restera, tout comme nos enfants, pour continuer après nous. D'une façon ou d'une autre, ils redécouvriront ce que nous avons appris, et trouveront un moyen d'agir sans faire l'erreur de tomber dans ce piège cho-ja. (Elle laissa échapper un profond soupir. Regardant son vieux compagnon, elle ajouta :) Bizarrement, mon dernier regret est celui d'une épouse et d'une femme. Je serai éternellement désolée de ne pas pouvoir revenir pour faire la paix avec Hokanu. Il avait toujours été l'âme même de la sensibilité et de la raison : quelque chose d'important a dû l'influencer pour qu'il ait cette attitude envers Kasuma. Je pense que je l'ai injustement calomnié, en l'accusant d'avoir un préjugé contraire à sa nature. Maintenant, il est trop tard et cela n'a plus d'importance. Je dois mourir sans avoir la réponse à la question qui pourrait restaurer notre complicité. Pourquoi, alors que je pourrais facilement avoir un autre garçon, Hokanu s'est-il montré si mécontent quand il a appris que son premier-né était une fille ?

Ses yeux cherchèrent ceux de Lujan, dans une supplique muette.

— Commandant, tu es un homme qui connaît bien le jeu entre les sexes. Tout du moins, c'est ce que j'ai cru comprendre grâce aux commérages des cuisines... Les marmitons ne se lassent jamais de décrire les servantes et les dames de la Maison du roseau qui languissent de ta compagnie. (La dame eut un sourire ironique.) En fait, s'il faut les croire, ces femmes sont innombrables. Comment se fait-il qu'un époux aussi sage qu'Hokanu ne se réjouisse pas de la naissance d'une fille, en bonne santé et parfaite ?

L'attitude de Lujan s'adoucit, et il faillit montrer de la pitié.

— Dame, Hokanu ne vous l'a jamais dit ?

— Dit quoi ? demanda brusquement Mara. J'ai été trop dure avec mon époux et j'ai parlé avec amertume. J'ai cru si profondément en la malveillance de sa conduite que je l'ai repoussé et éloigné de moi. Maintenant, je regrette la dureté de mon cœur. Peut-être que Kamlio m'a appris à écouter plus attentivement. Car comme ces Cho-ja des territoires thuril, j'ai condamné mon époux sans jamais écouter sa défense.

Lujan resta un long moment à la regarder. Puis, comme s'il avait pris une décision, il plia ses genoux devant lui.

— Les dieux me pardonnent, murmura-t-il doucement, car je n'ai pas le droit de briser un secret entre un seigneur et son épouse. Mais demain, nous allons mourir, et j'ai toujours été votre loyal officier. Dame Mara, je ne voudrais pas que vous quittiez cette vie sans la réponse que vous désirez. Hokanu a été frappé par un profond chagrin, mais il n'aurait jamais voulu vous l'expliquer, même si vous étiez revenue et l'aviez supplié de parler. Je connais la raison de la tristesse qui l'afflige. J'étais dans la chambre, lorsque le guérisseur d'Hantukama a appris à votre époux ce que lui, dans sa bonté, a juré de ne jamais vous révéler : après l'empoisonnement par les tong qui a provoqué la mort de votre bébé avant sa naissance, vous ne pouviez plus porter qu'un seul enfant. Kasuma était votre dernier descendant. Hokanu a gardé le secret, parce qu'il souhaitait que vous conserviez l'espoir d'une nouvelle grossesse. Sa fille est une joie pour lui, n'en doutez pas, et l'héritière qu'il a reconnue pour porter le sceptre des Shinzawaï après lui. Mais il sait que vous ne pourrez jamais lui donner le fils qu'il désire si ardemment dans son cœur, et cela le rend triste.

Mara fut frappée de stupeur. Elle demanda d'une petite voix :

— Je suis stérile ? Et il le savait ?

La pleine mesure de la résolution courageuse d'Hokanu la frappa de plein fouet, lui infligeant une douleur aussi vive que l'épine la plus acérée. Il avait été élevé sans connaître sa mère, et l'Assemblée des magiciens avait emporté loin de lui son véritable père... Hokanu avait grandi dans un univers de camaraderie masculine, auprès de son oncle devenu son père adoptif, et de son cousin devenu son frère. C'était la source de son immense désir d'avoir un fils.

Mais c'était aussi un homme d'une rare sensibilité, qui savait apprécier une compagnie intellectuelle. Un autre seigneur avec moins de cœur aurait exercé son droit divin de mâle et pris des courtisanes, mais Hokanu l'avait aimée pour son esprit. Sa soif d'égalité s'était réalisée dans le mariage, auprès d'une femme avec laquelle il pouvait partager ses idées les plus inspirées. Il refusait avec mépris les concubines, la compagnie des femmes de la Maison du roseau, et les plaisirs que l'on peut acheter avec des créatures comme Kamlio.

Maintenant, Mara comprenait comment il s'était retrouvé devant un choix qu'il abhorrait : amener une autre femme sur sa natte, une femme qui ne signifiait rien pour lui, à part sa capacité à concevoir et porter un enfant... Ou vivre sans fils – abandonner à jamais la camaraderie qu'il avait partagée avec son père adoptif, son frère et Justin, qu'il avait rendu à Mara pour la pérennité du nom des Acoma.

— Dieux, faillit pleurer Mara. J'ai eu un cœur de pierre !

Lujan fut instantanément à côté d'elle, ses bras puissants soutenant les épaules de sa dame. Mara s'appuya contre lui.

— Dame, murmura-t-il à son oreille, vous parmi toutes les femmes n'êtes pas insensible. Hokanu comprend pourquoi vous avez réagi comme vous l'avez fait.

Lujan la tenait dans ses bras comme un frère aurait pu le faire, lui offrant sa compagnie sans rien demander en échange. Mara réfléchissait à toute vitesse à toutes les implications de cette révélation. À la fois triste et pleine d'espoir, elle se dit que, si elle mourrait ici, son bien-aimé Hokanu aurait Kasuma comme héritière, et la liberté de prendre une nouvelle épouse pour porter le fils qu'il désirait tant. Mara s'accrocha à cette pensée. Finalement, pour échapper à son propre chagrin, elle demanda :

— Et toi, Lujan ? Tu ne penses sûrement pas à quitter cette vie sans regret ?

Les doigts de Lujan caressèrent son épaule avec une tendresse maladroite.

— J'en ai un.

Mara tourna la tête et vit qu'il semblait étudier le tissage des coussins. Elle ne le poussa pas à la confidence, et après un moment, il haussa les épaules.

— Dame, c'est étrange comme la vie nous montre nos folies. J'ai toujours apprécié les faveurs de nombreuses femmes, mais je n'ai jamais eu le désir de me marier et de me contenter d'une seule.

Lujan avait le regard fixe, timide, mais étrangement libéré de tout embarras, car à l'aube il affronterait la fin de sa vie, la fin de ses rêves. La proximité du jugement de Turakamu leur donnait à tous deux le réconfort de l'honnêteté.

— Je me suis toujours dit que tous mes vagabondages étaient la conséquence de mon admiration à votre égard.

(Ses yeux étincelèrent et il adressa à Mara un regard de véritable adoration.) Dame, il y a de nombreuses choses en vous qu'un homme apprécierait, et une solidité qui font paraître les autres femmes... non pas inférieures... mais de moindre envergure. (Il eut un geste de frustration retenue devant l'insuffisance des mots à traduire sa pensée.) Dame, notre voyage à Thuril m'a appris à trop bien me connaître, je pense, pour ma tranquillité d'esprit.

Mara haussa les sourcils.

— Lujan, tu as toujours été un guerrier exemplaire. Keyoke a surmonté sa méfiance à l'égard des guerriers gris pour te choisir parmi tous les autres, comme successeur à son poste de commandant. Ces dernières années, je pense que tu as occupé dans son cœur une place aussi chère que celle de Papéwaio.

— C'est un grand hommage. (Les lèvres de Lujan se relevèrent pour esquisser un sourire, puis son expression se durcit.) Mais je n'ai pas été honnête envers moi-même, maintenant que mon esprit approche de son jugement. Cette nuit, je suis triste de n'avoir jamais trouvé une femme pour partager mon foyer et ma demeure.

Mara regarda la tête penchée de son commandant. Voyant que d'une certaine manière Lujan souhaitait soulager son cœur, elle lui demanda très doucement :

— Qu'est-ce qui t'a empêché de fonder une famille et d'élever des enfants ?

— J'ai survécu à mon maître des Tuscaï, avoua-t-il, la gorge serrée. La misère d'un guerrier gris est indescriptible, car il vit en dehors de la société. J'étais un homme jeune, fort, et habile aux armes. Et cependant, il y eut des moments où j'ai failli ne pas survivre. Comment un enfant ou une femme se débrouilleraient-ils, s'ils se retrouvaient sans maison ? J'ai vu les épouses et les enfants de mes camarades guerriers devenir des esclaves, devant porter à jamais le gris et répondre aux exigences d'un maître qui se souciait peu de leur bien-être. (La voix de Lujan devint presque un murmure.) Je comprends maintenant que j'ai eu peur qu'un jour, ces enfants soient les miens et que mon épouse soit utilisée par un autre homme selon son bon plaisir.

Lujan regardait maintenant sa maîtresse droit dans les yeux. Il y avait une profondeur déroutante dans son regard et une note particulière dans sa voix lorsqu'il ajouta :

— Comme il était plus simple de vous admirer de loin, dame, et de consacrer ma vie à vous protéger, plutôt que de vivre la possibilité d'un cauchemar qui, aujourd'hui encore, me fait me réveiller en sueur.

Mara tendit les doigts et toucha les mains de Lujan, les massant jusqu'à ce qu'elles se détendent et desserrent leur prise furieuse.

— Ni toi ni un enfant de toi qui n'est pas encore né, ne resterez sans maître dans ce tour de la Roue de la vie, dit-elle doucement. Car je doute fort que l'un de nous deux sorte vivant de cette prison.

Lujan souriait maintenant, avec une étrange expression de sérénité que Mara n'avait jamais vue.

— J'ai été très fier de vous servir, dame Mara. Et si nous survivons à l'aube de demain, je vous demande une faveur : ordonnez-moi de trouver une épouse et de me marier ! Car je pense qu'avec les magiciens comme ennemis, des difficultés comme celles-ci peuvent facilement se renouveler. Si je dois mourir à votre service, je préférerais ne pas affronter une seconde fois le dieu de la mort avec le même regret dans mon esprit !

Mara le regarda avec un sourire de profonde affection.

— Lujan, te connaissant comme je te connais, je doute d'avoir besoin de t'ordonner ce qui est clairement dans ton cœur. Mais nous devons d'abord survivre à l'aube de demain. (Croisant les bras comme pour se protéger du froid, elle déclara :) Nous devons dormir, brave Lujan. Car l'aube viendra bientôt...

23

LE DUEL

Trouver le sommeil était impossible.

Depuis l'étrange échange de confidences avec Lujan, Mara ne se sentait plus l'envie de discuter. Le commandant des armées acoma n'avait montré aucune inclination à dormir, et s'était assis en tailleur sur sa natte. Les Cho-ja avaient confisqué son armure en même temps que son épée. Il ne lui restait que le gambison matelassé qui protégeait sa peau des frottements, et il semblait à la fois nu et vulnérable. Les cicatrices de combat normalement dissimulées par ses vêtements étaient dévoilées, et bien qu'il soit soucieux de sa propreté comme tous les officiers tsurani, sa dernière occasion de prendre un bain avait été dans une rivière glaciale, sous les quolibets des Thurils. Ses vêtements étaient gris de poussière, et ses cheveux hérissés et bouclés par les longues heures passées sous le casque de commandant. Lujan était musclé mais, d'une certaine façon, il semblait diminué sans son équipement et son plumet d'officier.

En le regardant, Mara fut forcée de reconnaître son côté humain, sa virilité qui ne connaîtrait jamais la joie d'être père, et le réconfort étrangement tendre que ses mains plus accoutumées à saisir une épée meurtrière lui avaient procuré. Comme si sa mort prochaine n'avait pas de conséquences, il méditait paisiblement, sa discipline de soldat chassant l'inquiétude pour économiser ses forces pour les exigences du combat.

En dépit de l'enseignement qu'elle avait reçu au temple de Lashima, Mara ne trouvait pas ce réconfort de l'esprit.

Cette fois, les rituels ne l'apaisaient pas. Même si elle n'éprouvait aucun regret pour les êtres chers qu'elle avait perdus, elle ressentait une rage profonde contre un destin intolérant, qui la condamnait à l'échec et l'empêchait de protéger ceux qui étaient encore en vie. Malgré tous ses efforts, elle ne parvenait pas à calmer ses pensées et à trouver la sérénité.

L'ignominie de cet emprisonnement où elle n'avait aucun moyen de contacter ses geôliers l'exaspérait. La chambre magique gardait effectivement les condamnés à l'écart de tous les autres êtres vivants. Mara se demanda avec aigreur si les dieux mêmes pouvaient entendre les prières dans un tel endroit. Sans fenêtre, sans même le bruit d'une activité extérieure, les minutes semblaient interminables. L'obscurité elle-même aurait été une bénédiction, mais le globe cho-ja pendait toujours, avec sa lumière crue et constante.

L'aube viendrait, inévitablement.

Et cependant, malgré cette attente angoissante, l'aube surprit Mara. Ses pensées tournaient toujours en rond... Elle revoyait sans cesse les événements, remettant en question une action, une parole ou une décision qui, prise différemment, aurait pu gagner une alliance et leur liberté. Ses réflexions futiles lui infligèrent un mal de tête accablant. Lorsque le tourbillon de lumière magique aveuglante signala la dissolution de leur prison, Mara se sentait fatiguée et déprimée.

Une double colonne de gardes cho-ja avança pour escorter les prisonniers. Mara eut assez de présence d'esprit pour se lever et rejoindre Lujan qui l'attendait, déjà debout.

Elle prit les mains sèches de son commandant entre les siennes, qui étaient moites. Puis elle regarda son visage impassible et déclara les paroles rituelles :

— Guerrier, tu as servi avec le plus grand honneur. Ta maîtresse te donne la permission de réclamer la mort de ton choix. Combats bien. Combats bravement. Entre en chantant dans le palais de Turakamu.

Lujan tomba à genoux pour faire une profonde révérence. Son geste de courtoisie sembla épuiser la patience de leurs geôliers, car les gardes cho-ja avancèrent et le remirent brusquement debout. Mara fut aussi saisie et emmenée comme un berger pourrait conduire un jeune needra à l'abattoir. Elle perdit Lujan de vue quand les corps des guerriers cho-ja se pressèrent autour d'elle. Ils ne lui laissèrent pas l'occasion de protester, mais la firent avancer dans le labyrinthe de couloirs de la cité de Chakaha.

Mara releva le menton, bien que la fierté lui semblât dénuée de sens. Les Cho-ja de ces terres n'étaient pas impressionnés par l'honneur, pas plus qu'ils ne se souciaient de la dignité humaine. Elle supposa qu'elle saluerait très bientôt les esprits des ancêtres ; mais pas comme elle s'y était toujours attendu. À Chakaha, en cet instant, ses plus grands succès tsurani et même son titre illustre de pair de l'empire lui semblaient vides de sens. Elle aurait tout échangé contre une dernière vision fugitive de ses enfants ou la tendre étreinte de son époux.

Kevin avait raison, bien plus qu'elle ne l'avait jamais su. L'honneur n'était qu'un mot vain pour désigner le vide, et ne pouvait remplacer sainement la promesse de la vie. Pourquoi lui avait-il fallu attendre jusqu'à aujourd'hui pour comprendre pleinement ce qui motivait son opposition à l'Assemblée ? Puisqu'elle n'avait pas pu obtenir ici une aide pour briser l'emprise des Robes Noires sur l'empire, et puisque ces Cho-ja thuril ne voulaient pas conclure d'alliance, où Hokanu trouverait-il les moyens de mettre fin à la tyrannie que les magiciens protégeaient si jalousement ? Ces questions mystérieuses devraient rester sans réponse.

Les gardes cho-ja étaient aussi indifférents que des êtres de pierre. Ils avançaient d'un pas vif dans les couloirs, et sur deux passerelles qui étincelaient comme du verre. Mara regarda le ciel clair, qui ne lui avait jamais semblé aussi vert et frais que maintenant. Elle huma la fragrance riche de la terre et de la végétation de la jungle, mêlée aux parfums des fleurs tropicales ; et elle sentit dans la brise l'odeur de la glace, venant des cimes avoisinantes. Elle but avidement tous ces plaisirs de la vie et la beauté des tours de Chakaha. Elle avançait, apaisée par les flèches de lumière colorées par les rayons de soleil qui traversaient les tours, et son esprit se ferma devant sa mort prochaine insensée, l'abandon de tout espoir et la fin de tous les rêves.

Trop rapidement, les gardes cho-ja rejoignirent le dôme translucide violet où le tribunal l'avait jugée la veille. Plus aucun officiel n'était présent, pas même un scribe. Seul un mage cho-ja à la silhouette grêle les attendait dans la pièce. Il se tenait dans une alcôve surmontée d'un dôme. À ses pieds, une ligne écarlate dessinait un cercle parfait sur le sol de marbre.

Mara reconnut la signification de ce motif. Il avait un diamètre de douze pas, et un symbole simple était inscrit à l'est et à l'ouest, là où deux guerriers se présenteraient pour s'affronter. Elle contemplait le Cercle de la mort, tracé traditionnellement dans l'empire depuis l'aube des temps. Deux guerriers y combattraient jusqu'à ce que l'un d'eux perde la vie, dans l'ancien rite de défi que Lujan avait choisi à la place d'une exécution indigne.

Mara se mordit les lèvres pour dissimuler une appréhension inconvenante. Elle avait été autrefois témoin du suicide rituel de son époux avec moins de peur dans le cœur. Ce jour-là, elle avait regretté le gaspillage de la vie d'un homme jeune, rendu vulnérable à ses manipulations par la négligence de sa propre famille. En réalité, cela avait été le premier moment où le jeu du Conseil lui avait semblé moins un code rigide de l'honneur qu'une pâle excuse pour exploiter les défauts d'un homme. Maintenant, l'honneur lui-même semblait vide.

Mara contemplait Lujan, debout entre des gardes cho-ja de l'autre côté de la pièce. Elle le connaissait assez bien pour comprendre son attitude et vit, avec un terrible serrement de cœur, que le guerrier qui allait prendre les armes pour mourir ne souscrivait plus aux croyances de sa culture. Il accordait bien moins de valeur à l'estime qu'il gagnerait dans le palais du dieu Rouge qu'à la chance perdue de se marier et d'élever des enfants.

Pour Mara, le défi de Lujan était un geste tragique et dénué de sens. L'honneur qu'il pourrait gagner pour son âme ressemblerait à la pyrite que les escrocs midkemians faisaient passer pour de l'or auprès des marchands naïfs. Mais la comédie serait jouée jusqu'à sa conclusion absurde.

Lujan était à la fois plus et moins que le guerrier gris, sans maître, que Mara avait arraché à l'oubli dans les montagnes. Sa culpabilité et sa propre responsabilité dans ce changement lui serrèrent la gorge. Elle éprouvait des difficultés à respirer et ne parvenait pas à rester impassible et droite comme une dame noble tsurani se devait de l'être en public.

Le mage cho-ja agita une patte avant, et un domestique se précipita dans la pièce, portant les armes confisquées de Lujan et l'armure anonyme qu'il avait emportée à Thuril. En faisant preuve d'un certain respect, il s'accroupit et déposa l'équipement aux pieds du guerrier.

— Notre fourmilière ne connaît pas la manière dont ces protections sont utilisées, déclara le mage cho-ja.

Mara interpréta ces paroles comme une excuse que l'ouvrier ne puisse offrir à Lujan la courtoisie de l'aider à s'armer.

Elle avança sur une impulsion.

— Je vais aider mon commandant.

Ses paroles résonnèrent sous le dôme. Mais à la différence d'un rassemblement d'humains, aucun Cho-ja présent ne tourna la tête. Seul le mage remua légèrement une patte avant pour permettre à Mara de rejoindre Lujan. Elle se pencha et choisit une jambière sur le sol, puis lança un regard vers le visage du soldat. En voyant la légère courbure de ses sourcils, elle vit qu'il était surpris par son geste, mais aussi secrètement content. Elle lui adressa subrepticement un demi-sourire, puis se pencha pour lacer la première pièce de l'armure. Elle resta silencieuse. Sa conduite sans précédent lui ferait comprendre à quel point elle l'estimait.

Et en vérité, le maniement d'une armure ne lui était pas étranger. Elle avait aidé Hokanu à revêtir ses armes un grand nombre de fois, et avant lui, son premier époux le seigneur Buntokapi. Enfant, elle avait joué à cette conduite adulte avec son frère, Lanokota, quand il portait son épée de bois pour aller s'entraîner avec Keyoke.

Lujan hocha la tête dans la direction de sa dame pour lui indiquer que le laçage était correct – assez serré pour que la jambière tienne bien, mais pas trop pour qu'elle ne restreigne pas ses mouvements. Mara termina par la lourde épée laminée qui avait arrêté plus d'une fois des ennemis à sa porte. Quand la dernière boucle du ceinturon d'épée fut fermée, elle se releva et prit la main de Lujan dans un geste d'adieu.

— Puissent les dieux chevaucher ta lame, murmura-t-elle, phrase rituelle qu'un guerrier s'attendant à mourir dit à un autre, avant de charger.

Lujan caressa les cheveux de Mara, et replaça une mèche décoiffée derrière son oreille. Cette familiarité aurait pu être une impertinence, mais Lujan occupait dans son cœur la place de son défunt frère.

— Dame, ne soyez pas triste. Si je devais refaire les choix de ma jeunesse, je les vivrais tous à nouveau. (Les commissures de ses lèvres se relevèrent, esquissant son habituel sourire insolent.) Enfin, peut-être pas tous. Il y aurait un ou deux paris peu sages, et puis cette grosse mère maquerelle que j'ai insultée une fois...

Le mage cho-ja frappa le pavage de sa patte arrière, produisant un bruit qui ressemblait au craquement d'un maillet.

— Le moment du combat est venu ! déclara-t-il, et sans autre signal visible, l'un des gardes cho-ja s'avança et rejoignit le bord du cercle.

Il attendit là, ses pattes avant aiguisées luisant dans la douce lumière du dôme.

Lujan lança à Mara son sourire le plus insouciant, puis redevint sérieux, prenant la mine sévère qu'il arborait chaque fois qu'il se préparait au combat. Sans un regard en arrière ni le moindre signe de regret, il marcha jusqu'au cercle et prit sa place en face de son adversaire cho-ja.

Mara se sentit seule et vulnérable. Gênée, elle remarqua que les gardes cho-ja avaient refermé l'espace qu'elle avait traversé ; ils se trouvaient maintenant disposés dans son dos, comme s'ils se préparaient à bloquer sa retraite, ou tout autre geste désespéré qu'elle pourrait tenter. Ses genoux tremblèrent. Montrer même cette petite faiblesse l'embarrassa.

Elle était Acoma ! Elle ne fuirait pas son destin, pas plus qu'elle ne ferait honte à Lujan en refusant de prendre place au bord du cercle. Cependant, lorsque le mage cho-ja expliqua le déroulement du combat, indiquant qu'à son signal Lujan et le guerrier cho-ja désigné pour l'affronter devraient traverser la ligne et commencer le duel, la dame lutta contre l'envie écrasante de fermer les yeux, pour ne pas voir la lutte futile qui serait la seule épitaphe de Lujan.

Le commandant des armées Acoma serra la poignée de son épée. Sa main était ferme, et ses tendons ne tremblaient pas d'appréhension. Toute nervosité semblait l'avoir quitté et, en vérité, il semblait plus assuré aux yeux de Mara que lors de tous ses combats passés. Cette bataille serait sa dernière, et le savoir le tranquillisait. Sur la ligne du cercle du défi, aucun fait inconnu ne pouvait l'inquiéter : le résultat de cet affrontement serait le même, qu'il combatte bien ou mal, qu'il gagne ou qu'il perde. Il ne quitterait pas le cercle vivant. Souhaiter un autre déroulement des événements lui ferait gaspiller ses forces, et diminuerait son courage inné, qu'il avait été éduqué pour montrer. Selon le credo du guerrier tsurani, il n'avait pas failli. Il avait servi sa maîtresse au mieux de ses possibilités ; il n'avait jamais montré son dos à l'ennemi. Selon tous les préceptes de sa culture, la mort par l'épée était une fin convenable, le couronnement de l'honneur qui était plus sacré que la vie elle-même aux yeux des dieux.

Calme et prêt au combat, Lujan inspecta le tranchant de son épée une dernière fois à la recherche d'un défaut. Elle n'en avait aucun. Depuis son départ de Tsuranuanni, il ne l'avait dégainée que pour l'aiguiser.

Puis il mit fin à toutes ces considérations lorsque le mage cho-ja prit la parole :

— Écoutez-moi, combattants. Une fois la ligne du cercle traversée, un sortilège s'activera. Traverser la ligne une nouvelle fois, que ce soit de l'intérieur ou de l'extérieur, si quelqu'un voulait intervenir, provoquera la mort. Les règles du combat sont fixées par les traditions tsurani : le condamné mourra en combattant à l'intérieur du cercle ou, s'il est vainqueur, aura le droit de choisir la main de son bourreau. Moi, mage de la cité-État de Chakaha, serai le témoin exigé par cette coutume.

Lujan fit un bref salut au mage cho-ja. Le guerrier qu'il devait combattre ne donna aucun signe d'accord, à part un changement de position. Il quitta son attitude de repos pour se pencher selon l'angle qui signalait une charge prochaine. Des perles de lumière se réfléchissaient sur les tranchants aiguisés de ses pattes avant, et ses yeux étincelaient d'une façon inhumaine. Si la pitié et le regret faisaient partie de la conscience collective de la fourmilière, de telles émotions n'étaient pas transmises au bras armé de sa société. Le guerrier cho-ja n'avait qu'une seule directive : combattre et tuer. Dans les conflits tsurani, Lujan avait vu des compagnies de ces créatures transformer un champ de bataille en boucherie. Car à moins qu'il ne fasse froid, la vitesse et les réflexes d'un guerrier humain étaient bien inférieurs à ceux des Cho-ja. Au mieux, jugea-t-il en humant l'air humide qui flottait dans cette pièce, il placerait quelques parades avant de se faire mettre en pièces. Son passage vers le palais de Turakamu serait rapide et presque sans douleur.

Les commissures de ses lèvres se relevèrent pour esquisser le fantôme d'un sourire ironique. S'il avait de la chance, il boirait de la bière de hwaet avec son vieil ami Papéwaio avant le coucher du soleil.

— Traversez la ligne et commencez à mon signal, déclara le mage cho-ja.

Puis il frappa le sol de sa patte arrière, provoquant un bruit qui résonna comme un coup de gong.

La désinvolture de Lujan s'évanouit. Il bondit dans le cercle, à peine conscient de l'éclair rouge dans son dos qui annonçait l'activation du sortilège de mort. Le guerrier cho-ja chargeait à la vitesse à laquelle il s'attendait, et Lujan avait à peine parcouru trois pas lorsque sa lame s'écrasa contre de la chitine. Il courait un double danger contre cet ennemi, car les Cho-ja possèdent deux pattes avant pour frapper et taillader leurs adversaires. Cependant, sa lame plus longue lui donnait une meilleure allonge ; et les humains adoptent plus naturellement une position bipède, ce qui signifiait qu'il aurait de temps à autre l'avantage de la taille.

Mais le Cho-ja possédait une cuirasse naturelle superbe. Sa chitine ne pouvait être endommagée que par un coup d'estoc puissant, ou un coup de taille d'une arme à deux mains assez lourde. Les articulations étaient les seuls points vulnérables, mais trop souvent la rapidité des Cho-ja excluait cette tactique. Pour le moment, Lujan se contentait de parer. Son jeu de jambes restait léger pour éviter les attaques doubles du Cho-ja. Il plissait les yeux, décrivait des cercles, et faisait tournoyer sa lame dans des enchaînements serrés qui s'étaient révélés avec le temps la meilleure défense contre un Cho-ja. Sa lame frappa la chitine alors qu'il essayait un angle d'attaque, car ces créatures avaient généralement un côté préféré. La patte droite pouvait avoir tendance à protéger, et la gauche être privilégiée pour l'attaque. L'épée et les pattes avant tournoyaient en une danse mortelle. Lujan se rendit compte que sa prise devenait moite ; la fatigue le faisait transpirer. Il jura intérieurement. Quand les lanières de cuir de la poignée de son épée seraient trempées, elles commenceraient à se desserrer. Sa prise risquait de glisser, rendant son escrime maladroite. Contre un adversaire cho-ja, même le plus petit changement d'angle serait fatal. La force des attaques était telle qu'un coup direct sur la courbure extérieure d'une épée tsurani laminée pouvait faire éclater son tranchant.

Lujan repoussa une nouvelle attaque, se redressant alors que la patte de protection du Cho-ja tentait de lui entailler les genoux. Un saut en arrière le sauva, mais la sensation brûlante sur ses talons lorsqu'il atterrit le prévint que sa manœuvre d'esquive l'avait dangereusement rapproché du cercle du sortilège. Il feinta, utilisa une manœuvre de désengagement que le barbare Kevin lui avait apprise, et fut presque fatalement surpris quand son coup mordit la chitine et fit une entaille à l'articulation d'une patte arrière.

Le guerrier cho-ja siffla et recula bruyamment, les griffes raidies par la frayeur.

Et sa riposte faillit frapper Lujan au cou. Le guerrier s'était si peu attendu à ce petit succès qu'il s'était dangereusement exposé. Il se tourna à demi par réflexe, et reçut à l'épaule un coup oblique qui traversa l'armure et coupa suffisamment sa chair pour le cuire cruellement. La parade qu'il remonta juste à temps pour dévier le coup de la patte de garde l'ébranla jusqu'aux sandales.

Il lui fallut un saut périlleux d'acrobate pour s'échapper et ne pas être acculé contre la ligne écarlate du cercle. Il esquiva le tourbillon des attaques du Cho-ja, désespérément conscient du danger qu'il courait. Il avait besoin de reprendre son souffle, et le combat ne lui en fournirait pas l'occasion. Alors que la lame de cuir durci s'écrasait à nouveau contre la chitine, il utilisa son gantelet pour dévier la patte de garde, tandis que celle d'attaque sifflait vers sa gorge. Il se fendit, faisant confiance à son élan pour se placer à l'intérieur de la trajectoire de l'attaque principale du Cho-ja. Il toucha l'articulation de la patte avant sur le côté émoussé du coude, et elle se replia, le côté tranchant dévié sans danger contre la dossière de sa cuirasse.

Le coup avait tout de même eu assez de force pour couper le souffle au Cho-ja. Lujan recula prestement d'un demi-pas et remit son épée dans l'axe, tandis que son adversaire haletait d'étonnement. Lujan enchaîna avec une riposte classique, et son épée courbe s'enfonça dans la jointure où une patte de milieu rejoignait le thorax. Blessé, le Cho-ja recula précipitamment. Sa patte du milieu n'était plus correctement repliée et pendait, inerte, contre son flanc. Stupéfait que son attaque ait porté, Lujan sentit poindre une révélation : ces Cho-ja n'avaient pas l'expérience du combat contre les hommes ! Ils étaient assez bien entraînés pour combattre selon les formes anciennes de l'escrime tsurani, qu'ils avaient affrontée dans des temps reculés. Mais la fermeture des frontières les avait empêchés de connaître les innovations qui avaient suivi le traité. Les fourmilières situées à l'extérieur de l'empire n'avaient jamais rencontré les nouveaux raffinements introduits par les guerres contre Midkemia ni le style transformé par l'escrime barbare. Le guerrier de Chakaha s'en tenait aux vieilles méthodes, et en dépit de sa rapidité supérieure, en dépit de son style à deux lames, un humain tsurani avait l'avantage : ses nouvelles techniques n'étaient pas prévisibles, et Lujan s'était entraîné contre des guerriers cho-ja dans le passé.

Réfléchir durant un combat ralentit l'action ; Lujan reçut une entaille au mollet et une autre à l'avant-bras, derrière son gantelet gauche. En dépit de ses blessures, il comprit que le Cho-ja retenait ses attaques. Peut-être que les enchaînements peu orthodoxes de Lujan le faisaient hésiter, car ses deux coups auraient pu facilement trancher un membre. Quelque chose l'avait empêché d'accompagner son mouvement en y appliquant toute sa force.

Lujan prêta particulièrement attention à ses déplacements, si importants dans le style midkemian. Il détourna le coup suivant du Cho-ja comme il aurait paré un bâton d'entraînement, puis tenta un nouveau désengagement. À sa grande satisfaction, le Cho-ja recula, confirmant sa théorie qu'il ne comprenait rien aux techniques d'escrime midkemianes.

Lujan sourit dans une exultation sauvage, chargée d'adrénaline. Il s'était entraîné avec des bâtons de nombreuses fois contre Kevin le barbare et, plus doué que la plupart de ses compatriotes, avait maîtrisé cette technique étrangère. Bien qu'elle soit plus adaptée à une épée droite qu'à la lame plus large que préférait sa culture, il connaissait des manœuvres qu'un escrimeur tsurani pouvait exécuter en obtenant de bons résultats. Le Cho-ja était maintenant désavantagé et hésitant et, pour la première fois depuis qu'il avait réclamé son droit au duel, Lujan envisagea la possibilité d'une victoire.

Il feinta, se fendit et sentit son coup toucher. Souriant plus largement, il vit jaillir le liquide laiteux qui sert de fluide vital aux Cho-ja. Son adversaire s'appuya brièvement sur sa patte du milieu intacte lorsqu'il contre-attaqua ; mais la posture à quatre pattes est un signe sûr qu'un Cho-ja se prépare à faire retraite. Lujan se fendit vers cette ouverture, pour porter un coup net sur le cou de son adversaire. Il ne se souciait pas de la riposte, qui transpercerait son cœur. Ce serait sa victoire, son dernier coup mortel. Il gagnerait la récompense tsurani – honorée de tout temps – de la mort au combat par la lame d'un ennemi.

Mais alors que son corps entraîné répondait sans faillir à ses ordres et que des réflexes profondément enracinés lui permettaient de lancer le coup qui terminerait la lutte, son esprit renâcla.

Que serait cette mort, sinon futile ?

N'avait-il rien appris durant ses années de service auprès de Mara ? Tuer ce Cho-ja, contre lequel il n'avait aucune querelle, leur permettrait-il d'avancer d'un pas vers l'objectif de sa dame ?

Cela ne servirait à rien, vit-il dans une vague de colère frustrée. Cela ne servirait à rien, si ce n'est à confirmer les méthodes tsurani dans la conscience collective des Cho-ja de Chakaha.

Que valent ma vie ou ma mort ? Lujan réfléchissait, piégé dans une demi-seconde qui s'éternisait entre deux mouvements. Vaincre au combat, non, tuer son adversaire sans raison ne servirait personne : ni Mara, ni cette fourmilière, ni la nation cho-ja captive dans l'empire tsurani.

Dieux, enragea-t-il durant une seconde d'angoisse déchirante. *Je ne peux plus vivre uniquement selon le code du guerrier ; et je ne peux plus mourir non plus selon ses préceptes.*

Ses mains suivirent l'hérésie de ses pensées. Lujan retint son coup.

La manœuvre fut maladroitement exécutée par nécessité, et cela lui coûta cher. Il reçut une nouvelle entaille à la cuisse, cette fois assez profonde pour le handicaper.

Il recula en trébuchant, sautillant sur sa bonne jambe. Son adversaire cho-ja avait senti faiblir sa détermination et se cabra. Une patte avant tournoyante frappa de haut en bas Lujan qui dévia le coup de justesse. Son front fut ouvert jusqu'à l'os, et lorsque le sang coula sur son visage et l'aveugla à moitié, il entendit le cri étouffé de Mara.

Il recula en trébuchant. Le Cho-ja le suivit. Il sentit la pierre chaude derrière son pied, et fut soulagé : il avait atteint le bord du cercle. S'il traversait la ligne, il mourrait.

Il périrait de toute façon, mais peut-être pas pour rien. Sa mort pouvait permettre de faire une dernière déclaration. Alors même que son adversaire se précipitait sur lui pour l'achever, il para furieusement, et cria vers la silhouette imposante du mage cho-ja qui se tenait encore au-dessus de lui, le jugeant :

— Je ne suis pas venu ici pour tuer ! Vous, Cho-ja de Chakaha, n'êtes pas les ennemis de ma maîtresse, dame Mara. (Sa lame résonna contre la chitine alors que, désespérant de se faire entendre, il parait une nouvelle attaque.) Je ne combattrai pas plus longtemps un être dont elle voulait devenir l'ami.

Il para à nouveau, se fendit pour repousser momentanément son adversaire, et durant cette demi-seconde de répit, jeta son épée par terre de dégoût. Il fit une demi-volte sur sa bonne jambe, tournant le dos au coup qui allait le tuer.

La ligne écarlate du cercle brillait devant lui. Il était content, en ce moment où le temps semblait suspendu, d'avoir correctement estimé sa position : le guerrier cho-ja ne pourrait pas se placer devant lui sans violer le sortilège de mort. S'il voulait le tuer, il devrait le frapper comme un lâche, comme un assassin, et l'achever d'un coup dans le dos.

Lujan prit une inspiration tremblante, levant les yeux vers le mage cho-ja.

— Frappez-moi dans le dos, moi qui voulais être votre ami et votre allié, et voyez comme votre exécution injuste est perpétrée.

Lujan entendit un sifflement dans l'air quand la patte avant aiguisée du guerrier cho-ja plongea vers lui. Il se prépara à recevoir le coup qui lui briserait les os. La conclusion était courue d'avance. À ce point, un homme maniant une épée ne pouvait plus arrêter l'inertie de son coup et retenir son bras.

Mais les réflexes d'un Cho-ja ne sont pas humains.

La patte s'arrêta, silencieuse et immobile, à un cheveu du cou de Lujan.

Le mage cho-ja se cabra, ses ailes se levant telles des voiles, comme s'il était effrayé.

— Qu'est-ce que cela veut dire ? lança-t-il avec une intonation qui dénotait de toute évidence de la surprise. Vous brisez la tradition des Tsurani. Vous êtes un guerrier et cependant vous abandonnez votre honneur ?

Frissonnant maintenant sous l'effet de la nervosité et de l'adrénaline, Lujan parvint à répondre d'une voix ferme :

— Qu'est la tradition, si ce n'est une habitude ? (Il haussa les épaules avec raideur, sentant la morsure de ses blessures.) Les habitudes peuvent être changées. Et comme tous les Tsurani pourront vous le confirmer, il n'y a aucun honneur à tuer un allié.

Du sang coulait sur son œil gauche, obscurcissant sa vue. Il ne pouvait pas voir si Mara approuvait ou non son geste. Une seconde plus tard, cela n'eut plus aucune importance, car le sang reflua de sa tête dans un rugissement. Sa jambe blessée céda sous lui... Il s'évanouit et tomba dans un fracas d'armure. Le cercle rouge mourut dans une gerbe d'étincelles, et la grande salle sous le dôme se fit silencieuse.

Lujan s'éveilla en sentant le picotement aigu de la souffrance. Il hoqueta, ouvrit les yeux, et vit la tête d'un Cho-ja penchée à quelques centimètres de la sienne. Il reposait sur ce qui lui semblait être une natte. Des appendices pointus semblables à des griffes rapprochaient les lèvres des plaies de son avant-bras et de sa cuisse, et en sentant la piqûre de ce qui ressemblait à une aiguille, il comprit qu'un ouvrier cho-ja médecin recousait ses blessures.

Les compétences médicales de ces créatures étaient excellentes et leur ouvrage était net et soigné, mais elles avaient peu d'expérience dans l'art de pratiquer sur des humains. Lujan étouffa une deuxième grimace de douleur, et jugea que leurs connaissances avaient de profondes lacunes en matière d'anesthésiques. Même sur le champ de bataille, on lui aurait donné de l'alcool pour atténuer la souffrance.

Il lui fallut donc quelques instants pour remarquer une autre sensation, plus agréable, celle de petits doigts chauds agrippant la main de son bras indemne.

Il tourna la tête.

— Mara ?

Elle lui sourit. Il vit que la dame des Acoma était au bord des larmes, non de tristesse mais de joie.

— Que s'est-il passé, dame ?

Il se rendit alors compte qu'ils ne se trouvaient plus sous le dôme du jugement, ni dans la pièce où ils avaient été enfermés, mais dans une chambre merveilleusement aménagée, en haut d'une tour. Une fenêtre derrière Mara montrait le ciel et des nuages, et baignait la dame d'une brillante lumière. Elle serra sa main dans une excitation enfantine, bien qu'en vérité cette expédition l'ait vieillie. Les mèches grises dans sa chevelure sombre étaient devenues plus prononcées, et des pattes d'oie dues à l'exposition prolongée aux intempéries se dessinaient au coin de ses yeux. Et cependant, jamais auparavant son visage n'avait semblé plus beau ; la maturité lui avait donné une profondeur, un mystère hors d'atteinte pour les visages lisses de la jeunesse.

— Lujan, tu as gagné le plus grand honneur qui soit pour les Acoma, dit-elle rapidement. Grâce à ton geste dans le cercle, tu as prouvé aux Cho-ja de Chakaha que la tradition tsurani n'est pas la façon de vivre sans retenue qu'ils croyaient. Ils comprenaient tout ce que je leur disais, et savaient même grâce à leur magie que je croyais en mes convictions, mais leur propre passé leur enseignait que de telles démonstrations de pacifisme ne sont que le prélude à la violence et la trahison.

Mara prit une profonde inspiration de soulagement.

— Nous avons gagné un sursis, grâce à ton courage et à ton innovation. Tes actions sont allées dans le même sens que mes paroles, et les ont convaincus que nous sommes peut-être différents de nos ancêtres. Le mage cho-ja qui assistait au duel a été stupéfié par ton acte, et a été convaincu de regarder la pierre de mémoire que nous avait laissée Gittania. Ma rencontre avec la reine de la fourmilière du vieux domaine acoma y était enregistrée, et sa supplication a fait une certaine impression.

— Les sentences sont annulées ? Nous sommes libres, maintenant ? haleta Lujan, durant une pause du médecin cho-ja dans son travail.

— Mieux que cela. (Les yeux de Mara brillaient de fierté.) Nous avons le droit de traverser librement Thuril pour rejoindre notre navire, et quand nous retournerons à Tsuranuanni deux mages cho-ja nous accompagneront. La cité-État de Chakaha a décidé de nous aider, dans l'espoir que l'empereur puisse libérer les Cho-ja tsurani. J'ai promis d'utiliser ma position pour intercéder en leur faveur ; je suis presque certaine que lorsque j'aurai expliqué à Ichindar les vérités que nous avons apprises, il ne rejettera pas cette requête.

— Dieux ! s'exclama Lujan. Tout ce que nous aurions pu demander a été accordé.

Il était si excité qu'il oublia ses blessures et tenta de bouger.

Le médecin cho-ja intervint alors :

— Dame Mara, les blessures de ce guerrier sont graves. Ne l'énervez pas, car il doit se reposer pendant plusieurs semaines, pour que sa jambe guérisse convenablement. (Les yeux noirs à facettes se tournèrent à nouveau vers Lujan.) Ou l'estimable commandant préfère-t-il boiter jusqu'à la fin de ses jours ?

Lujan se sentit soudain envahi par une force joyeuse, et rit de bon cœur.

— Je peux me montrer patient pendant que mon corps se répare. Mais pas suffisamment pour rester alité durant des semaines !

Il tourna sa tête sur l'oreiller, le cœur réchauffé une nouvelle fois par le sourire de Mara.

— Repose-toi bien, lui ordonna sa maîtresse. Ne te préoccupe pas du délai. Nous enverrons des nouvelles à Hokanu par l'intermédiaire des villages thuril, puis de navires marchands. Car nous avons du temps maintenant, Lujan. Et pendant que tes blessures guériront, je tenterai de persuader nos hôtes de la fourmilière de nous montrer des merveilles.

24

LE RETOUR

La péniche s'éloigna de la rive.

Mara s'appuya contre le bastingage et prit une profonde inspiration, savourant la chaleur de la brise. L'odeur familière de la terre humide, de l'eau fraîche du lac, des planches humides, et les légers effluves de la sueur des esclaves qui manœuvraient les avirons la firent frissonner. Elle rentrait chez elle ! Dans moins d'une heure, elle atteindrait le domaine. Elle appréciait la chaleur du soleil sur sa peau.

C'était la première fois qu'elle voyait le ciel et la lumière du jour depuis le débarquement nocturne secret du *Coalteca*, suivi de semaines de voyage souterrain à travers l'empire dans les tunnels cho-ja. Car les mages cho-ja lui avaient confirmé ce que jusqu'alors elle n'avait fait que supposer : l'Assemblée des magiciens ne pouvait pas l'espionner à travers la noirceur de la terre. Ce qui se passait dans les tunnels cho-ja dépassait leurs capacités de vision, une concession difficile à obtenir à l'époque du traité. Son escorte de guerriers d'élite, sa servante Kamlio, et les deux Cho-ja de Chakaha étaient donc entrés secrètement dans l'empire.

Ils avaient accompli cette prouesse sans la permission ou l'aide des Cho-ja locaux, car abriter des mages de Chakaha d'une quelconque façon aurait rompu les termes du traité. La présence des mages avait été cachée avec un soin scrupuleux, pour qu'aucun Cho-ja de l'empire ne puisse dire les avoir vus ou avoir appris leur présence. La demande de Mara que tous les Cho-ja évacuent les tunnels devant elle, jusqu'à ce qu'elle soit passée, avait été acceptée par les reines cho-ja tsurani sans qu'elles posent de questions. Elles pouvaient soupçonner ce qui se passait, mais pourraient répondre sincèrement qu'elles ne savaient rien de ce que tentait de faire Mara.

À cause de cet isolement presque total, Mara se sentait cruellement en manque d'informations. Seules quelques bribes de nouvelles lui avaient été données par les ouvriers cho-ja qu'elle avait rencontrés, en attendant l'autorisation de la reine locale pour faire passer son escorte dans la fourmilière sans qu'elle soit observée. La seule information importante avait été qu'un Très-Puissant maintenait toujours une surveillance à l'entrée du temple du dieu Rouge à Sulan-Qu, attendant qu'elle sorte de sa retraite.

Cet acharnement aurait pu être amusant, s'il ne lui avait pas révélé le danger qu'elle courait. Qu'un membre de l'Assemblée, même mineur, juge une telle surveillance encore nécessaire après plusieurs mois signifiait que ses prochaines actions devraient être préparées et exécutées à la perfection. Elle sentait jusque dans la moelle de ses os que seul son rang unique la gardait en vie. Certains membres de l'Assemblée devaient sûrement être à bout de patience.

Mara n'avait pas osé s'arrêter en chemin pour prendre contact avec le réseau d'Arakasi. La rapidité qu'elle avait imposée à son escorte pour rejoindre le cœur de l'empire avait été implacable. Comme elle n'avait pas voulu prendre le risque de se révéler ou de compromettre les fourmilières qui l'avaient abritée, elle ne savait pas comment Jiro avait employé ses mois d'absence. Elle ne savait même pas si son époux avait réussi à calmer ses cousins dissidents et les rivaux de son clan, dont les ambitions risquaient de menacer son héritage. Grâce aux ouvriers travaillant sur les quais, Mara venait juste d'apprendre qu'Hokanu était revenu vivre au domaine du lac, et que dame Isashani tentait par jeu de lui offrir une concubine qui n'avait pas réussi à plaire à l'un des nombreux bâtards de son défunt époux. Hokanu avait envoyé un refus charmant. Bien que Mara ne puisse trouver aucune menace implicite dans ces commérages, elle avait demandé par précaution que les mages étrangers restent enfermés dans une pièce inoccupée de la fourmilière la plus proche du domaine. Elle leur avait laissé deux guerriers pour veiller à leurs besoins, et ceux-ci avaient juré de garder le secret absolu. Ils ne sortiraient que la nuit pour aller chercher des provisions, et ne divulgueraient leur mission ni aux patrouilles acoma ni aux Cho-ja locaux. Mara donna aux soldats une feuille où elle avait apposé son sceau personnel de pair de l'empire, expliquant que les deux guerriers avaient la permission de circuler sans qu'on leur pose de questions. Une telle précaution ne leur procurerait aucune protection contre ses adversaires, mais elle empêcherait des amis ou des alliés de découvrir par erreur son secret.

Mara se pencha dans la brise et sourit légèrement. Elle avait tellement de choses à raconter à Hokanu ! Les merveilles qu'elle avait contemplées durant la convalescence de Lujan à Chakaha défiaient toute description rationnelle, depuis les fleurs exotiques que les ouvriers cho-ja cultivaient et qui fleurissaient dans un mélange de couleurs inconnu ailleurs, jusqu'aux alcools rares distillés à partir du miel d'abeilles rouges, ou autres élixirs qu'ils échangeaient avec leurs voisins humains de l'Est. Elle rapportait dans ses bagages des médicaments, certains confectionnés à partir de moisissures, d'autres extraits de graines ou de rares sources minérales, et dont ses guérisseurs considéreraient les propriétés curatives comme miraculeuses. Elle avait regardé le façonnage à chaud du verre, dans les ateliers où les Cho-ja fabriquaient de nombreux objets, depuis des vases jusqu'à des couverts en passant par des matériaux de construction, dont les couleurs claires brillaient comme des pierres précieuses.

Elle avait vu des apprentis mages maîtriser leurs premiers sortilèges, et les fines ornementations en volutes apparaître sur leurs carapaces vierges de toute marque. Elle avait vu œuvrer le plus ancien des mages, recouvert d'un labyrinthe de couleurs. Il lui avait montré des images du lointain passé, et une vision embrumée par un brouillard de probabilités non résolues qui montrait l'avenir informe. Cela ressemblait beaucoup à des teintures dispersées dans un aquarium, mais avec des mouchetures étincelantes, comme du métal doré.

— Si ceci est mon avenir, avait dit Mara en riant, je mourrai peut-être très riche.

Le mage cho-ja ne lui avait rien répondu, mais l'espace d'un instant, ses yeux d'azur brillant avaient semblé tristes.

Mara ne pouvait pas contenir son excellente humeur. Elle regarda une bande d'échassiers prendre leur essor au-dessus des massifs de roseaux, et se souvint des modèles réduits de Chakaha qui volaient comme des oiseaux... Elle se rappela aussi les vrais oiseaux vivants, sauvages, charmés par magie pour chanter en contrepoint. Elle avait vu des animaux dont la fourrure colorée était aussi brillante que de la soie exotique. La magie cho-ja permettait de filer les fibres de la pierre pour les tisser, et de façonner l'eau en câbles tressés qui remontaient les collines. Elle avait festoyé de temps en temps de nourritures exotiques et de plats épicés aussi enivrants que du vin. Il existait assez de possibilités commerciales avec Chakaha pour pousser Jican à commettre des sacrilèges. Aussi excitée qu'une enfant, Mara désirait ardemment que son dangereux conflit avec l'Assemblée soit résolu, pour pouvoir se plonger dans des projets plus pacifiques. Ses difficultés n'étaient pas terminées, mais son excellente humeur la poussait à croire que les choses tourneraient en sa faveur.

Cette humeur frivole l'avait poussée à ne pas tenir compte de l'avis plus raisonnable de Saric, qui lui avait conseillé de rester dans les tunnels cho-ja jusqu'à ce qu'ils soient le plus près possible du manoir. Mara avait tellement le mal du pays et avait tellement envie de revoir et de sentir Tsuranuanni, qu'elle avait fait revenir sa compagnie à l'air libre sol près des rives du lac, et fait appeler l'une de ses péniches commerciales pour terminer son voyage sur l'eau.

Une ombre obscurcit le pont. Sa rêverie interrompue, Mara leva les yeux. Lujan avait traversé le pont et s'était arrêté à côté d'elle. Il avait terminé son inspection complète de sa garde d'honneur, et si les armures des soldats ne portaient pas les couleurs d'une maison, leurs parements de laque étincelaient au soleil. Lujan avait mis à son casque son plumet vert d'officier acoma. Il boitait encore légèrement, mais sa blessure avait convenablement guéri grâce aux soins des médecins cho-ja. Avec le temps, il retrouverait pleinement ses capacités. À présent, ses yeux luisaient d'espièglerie, et Mara sut que son excitation égalait la sienne.

— Dame, déclara-t-il en la saluant de la main. Vos hommes sont prêts pour leur retour chez eux. (Les commissures de ses lèvres se relevèrent avec ironie.) Pensez-vous que nous allons donner une frayeur bleue aux sentinelles des quais ? Nous sommes partis depuis si longtemps ; en voyant nos amures sans couleurs, elles pourraient penser que nous sommes des esprits revenus du royaume des morts.

Mara rit de bon cœur.

— C'est vrai, dans un sens.

Une seconde silhouette s'approcha et s'arrêta près d'elle, de l'autre côté. Le soleil faisait miroiter une cape de soie cho-ja, décorée par les mages de Chakaha avec des motifs d'une complexité qui aurait fait pâlir d'envie une épouse impériale. Mara vit une cascade de cheveux d'or sous la capuche et son cœur se réchauffa.

— Kamlio, l'accueillit-elle. Tu es extraordinairement belle.

En fait, c'était la première fois que Mara ou les guerriers qui s'étaient aventurés en territoire thuril voyaient la jeune fille vêtue autrement que simplement.

Kamlio baissa ses paupières dans un silence timide. Mais l'embarras croissant provoqué par le regard admiratif de Lujan l'obligea à donner une explication à contrecœur.

— Après nos aventures chez les Thurils, j'ai appris à faire confiance à la parole de ma dame : je ne serai pas mariée ou donnée à un homme que je n'aurai pas choisi. (Elle eut un haussement d'épaules timide qui fit voleter dans la brise les franges colorées de ses vêtements.) Sur votre domaine, je n'ai pas besoin de me cacher sous des guenilles.

Elle renifla, peut-être par dédain, peut-être par soulagement. Lujan reçut un coup d'œil furtif qui le prévint de ne pas insister.

— Nos hommes ne volent pas leurs épouses dans des raids, et si le maître espion Arakasi se trouve par hasard sur les quais, je ne voudrais pas qu'il pense que je suis ingrate devant le statut supérieur qui m'a été accordé.

— Oho ! rit Lujan. Vous avez fait beaucoup de progrès, petite fleur. Vous pouvez maintenant dire son nom sans le cracher !

Kamlio rejeta sa capuche en arrière et envoya au commandant une moue boudeuse qui aurait très bien pu être le prélude à une gifle. C'est du moins ce que pensa Lujan, car il leva sa main dans une peur feinte pour se protéger des conséquences de la fureur féminine.

Mais Mara intervint, se plaçant entre son officier et l'ancienne courtisane :

— Tenez-vous bien, tous les deux. Sinon, les sentinelles du quai ne vous prendront pas pour des fantômes, mais pour des scélérats que l'on envoie pour être punis. Il y a sûrement assez de latrines sales dans les baraquements pour vous occuper tous les deux à les nettoyer pendant une semaine.

Comme Lujan ne répondait pas par une repartie insolente à cette menace, Mara leva les yeux pour voir ce qui n'allait pas. Elle se rendit compte que toute gaieté s'était enfuie du visage de son commandant, et que son expression était aussi sévère qu'à l'instant précédant la charge dans une bataille. Son regard était tourné vers la rive lointaine.

— Dame, dit-il d'une voix aussi dure que le granite, quelque chose ne va pas.

Mara suivit son regard, les battements de son cœur accélérés par une peur soudaine. De l'autre côté d'une bande d'eau qui s'amincissait se trouvaient le débarcadère, les murs de pierre et les corniches pointues du manoir. Au premier abord, tout semblait tranquille. Une péniche commerciale ressemblant beaucoup à celle sur laquelle son groupe naviguait était amarrée au débarcadère. Des balles et des caisses étaient empilées sur le quai, examinées après le déchargement par un comptable et deux assistants esclaves. Des recrues en demi-armure couraient sur le terrain d'entraînement, comme si elles venaient juste de terminer leurs exercices. De la fumée montait en spirale des cheminées des cuisines, et sur un sentier un jardinier ratissait les feuilles mortes dans un jardin.

— Quoi ? demanda impatiemment Mara, mais la réponse fut évidente lorsque le soleil frappa et étincela sur un éclat d'or.

L'anomalie attira son regard, et elle vit le messager impérial qui courait dans l'allée venant au manoir.

Le malaise de Mara se transforma en terreur, car de tels messagers apportent rarement de bonnes nouvelles. La douceur de la brise ne la réconfortait plus, pas plus que la beauté des collines verdoyantes ne lui réchauffait le cœur.

— Capitaine, ordonna-t-elle. Conduisez-nous le plus vite possible à la rive !

Une série d'ordres répondit à sa demande, et les rameurs se penchèrent sur leurs avirons à une cadence redoublée. La lourde péniche commerciale s'élança en avant, des embruns jaillissant de sa proue émoussée. Mara retint l'envie irrésistible de faire les cent pas dans sa folle impatience. Elle payait maintenant pour son impulsion imprudente. Si elle avait écouté la suggestion plus raisonnable de Saric et continué sous terre jusqu'à l'entrée de la fourmilière la plus proche du manoir, elle aurait déjà reçu des informations d'un messager envoyé à sa rencontre. Maintenant, elle était impuissante et ne pouvait que regarder et attendre, pendant que son imagination déroulait tous les scénarios possibles de désastre. Kamlio semblait terrifiée, et Lujan transpirait, saisi d'une hâte fiévreuse. Il craignait que les troupes qu'il aurait dû être en train de commander se rendent sur le champ de bataille sans qu'il sache pourquoi. *Il pourrait être contraint de reprendre son épée bien plus tôt que prévu,* pensa Mara. À en juger par l'activité fiévreuse sur les quais, il était évident qu'il n'aurait pas l'occasion de laisser à ces blessures le temps de guérir dans le calme.

Des tambours résonnaient déjà dans le manoir, les notes graves et puissantes appelant au rassemblement de la garnison.

— Ce doit être la guerre, supposa Lujan, d'une voix sèche. Le rythme est court, par intervalle de trois battements. Ce code annonce un appel à la mobilisation générale, et Irrilandi ne ferait pas marcher ses vieux jarrets aussi rapidement s'il n'y avait pas de graves troubles.

— Keyoke doit avoir participé à cette décision, pensa Mara à voix haute. Même avant d'être désigné conseiller pour la guerre, il n'était pas le genre d'officier à prendre sans raison des mesures extrêmes. Les mains de Jiro sont sans doute encore liées par l'Assemblée, alors que se passe-t-il ? Est-il possible qu'une tête brûlée ait lancé un appel à l'honneur du clan, ou pire, que la maison Shinzawaï soit attaquée ?

Les nerfs tendus à se rompre, Lujan caressa la poignée de son épée, aussi malheureux que Mara.

— Il est impossible de savoir ce qui se passe, dame, mais je ne peux chasser l'impression que nous assistons au commencement de quelque chose de bien pire que cela.

Mara tourna le dos au bastingage. Elle trouva son conseiller Saric en train d'observer le manoir. Devant le silence de sa maîtresse qui ne desserrait pas les lèvres, il proposa :

— Dois-je secouer le capitaine de la péniche pour l'obliger à faire aller les rameurs plus vite ?

Le visage aussi impassible que du marbre, la dame des Acoma hocha la tête.

— Fais-le.

Les flancs de la péniche étaient assez vastes pour transporter un grand nombre de marchandises, et ses lignes ne convenaient pas du tout à la vitesse. L'accélération, alors que les esclaves appliquaient toutes leurs forces sur les rames, fut négligeable. La seule différence visible était que la proue semblait projeter plus d'embruns, et le roulement des coups d'avirons agiter plus de tourbillons. Mara vit les corps des rameurs se couvrir de sueur en quelques minutes. L'activité sur les quais s'intensifia, alors même qu'elle s'armait de courage pour observer les événements.

Un grand groupe de guerriers emportaient les balles et les caisses qui, quelques minutes auparavant, étaient étalées pour être comptées. La péniche qui n'était qu'à moitié déchargée avait coupé ses amarres, et le comptable qui se trouvait à bord agitait frénétiquement les bras, plongé dans une panique totale. Il bondit en criant vers la proue, tandis qu'un officier à plumet écartait son embarcation du quai en la poussant du pied. Il ne lui restait plus que deux esclaves musclés pour manœuvrer la péniche vers un ancrage sûr, et ses cris d'indignation retentissaient sur le lac comme les glapissements des oiseaux pêcheurs. Ils furent bientôt couverts par des roulements de tambour. Comme les guerriers qui se rassemblaient sur le débarcadère, Mara ne se préoccupait absolument pas du sort du comptable et de la péniche. Sur toute la longueur des hangars bordant les quais, on ouvrait les grandes doubles portes qui donnaient sur les berges, dégageant les rails de bois permettant le lancement des embarcations qui y étaient rangées au sec. À l'intérieur, des dizaines d'esclaves s'affairaient dans l'ombre. Les navires de guerre acoma surgirent de l'obscurité, de longues embarcations à double coque stabilisées par des balanciers, pourvues de plates-formes d'archers construites à la perpendiculaire des carènes élancées. Des esclaves les poussaient vers le débarcadère, où des compagnies entières d'archers embarquaient. Quand les navires étaient pleins, on les poussait sur les eaux du lac, les avirons baissés comme les ailes d'un grand oiseau aquatique. Avant même que les balanciers ne soient complètement stabilisés, les archers avaient pris position le long des étroites plates-formes de tir courant au sommet de chaque flotteur.

Lujan comptait les embarcations sur ses doigts. Après avoir dénombré une douzaine de navires et étudié les bannières qui flottaient à la proue et à la poupe de chacun d'eux, il comprit quelles compagnies avaient été lancées dans l'action. Sa conclusion fut terrifiante.

— C'est un déploiement défensif complet, maîtresse. Une attaque doit être imminente.

L'appréhension de Mara se dissipa dans une vague de colère furieuse. Elle n'avait pas traversé la mer, traité avec des barbares et faillit perdre la vie à Chakaha pour voir tout tomber en ruine à son retour. Elle avait envoyé un message à Hokanu pour lui annoncer qu'elle revenait dans l'empire ; mais une lettre détaillée aurait été trop dangereuse, une invitation pour ses ennemis à préparer une embuscade si le courrier tombait dans de mauvaises mains. Et quand le secret n'était plus nécessaire, pour son propre plaisir égoïste, elle n'avait pas communiqué le moment de leurs retrouvailles dans l'espoir de faire une heureuse surprise à ceux qu'elle aimait. Mais il n'y aurait pas de fête pour son retour. Laissant de côté l'impatience et la déception, elle s'endurcit et se tourna vers Saric.

— Déployez l'étendard des Acoma et mon pennon personnel. Il est temps de faire connaître notre présence. Prions pour qu'il reste au moins une sentinelle qui ne soit pas partie en courant revêtir son armure de guerre, afin qu'elle puisse apporter la nouvelle de notre arrivée et annoncer à Hokanu que sa dame est de retour sur la terre acoma !

La garde d'honneur qui attendait sur le pont de la péniche poussa des acclamations en entendant ces paroles courageuses, et la bannière verte portant le symbole du shatra monta sur une perche au sommet de la poupe. À peine était-elle déployée dans la brise qu'un cri retentit sur la rive. L'une des minuscules silhouettes s'agitant sur le quai les désigna du doigt, et l'armée qui se rassemblait et se préparait à embarquer poussa un grand cri de joie. Le cri se transforma en chant, et Mara entendit son nom répété inlassablement, accompagné du titre que lui avait accordé l'empereur, pair de l'empire ! Pair de l'empire ! Son inquiétude faillit céder la place aux larmes, devant une telle démonstration d'affection au moment de son retour alors que de terribles ennuis menaçaient.

Le capitaine de la péniche criait ses ordres à en devenir aphone. Son embarcation était lentement poussée avec des perches dans l'espace dégagé à la hâte sur le quai encombré, pour permettre à Mara de débarquer. Une silhouette vêtue d'une armure bleue éraflée se frayait rapidement un chemin dans la foule. Sous le casque à crête qui indiquait le rang du seigneur des Shinzawaï, la dame reconnut le visage d'Hokanu, l'inquiétude et la joie se disputant pour faire voler en éclats la réserve tsurani traditionnelle.

Qu'il porte son armure de bataille éraflée et pâlie par le soleil, et non la tenue de cérémonie réservée aux occasions officielles, suffisait à indiquer que les effusions de sang étaient imminentes. Les seigneurs ne marchaient avec leurs troupes que dans les engagements les plus importants. Mais après presque une demi-année d'absence, avec la torture de l'incompréhension, Mara ne prêta pas attention à de tels détails. Elle ne parvint pas à s'arrêter pour un salut formel, mais courut sur le quai dès l'instant où la passerelle fut posée contre le bastingage. Elle se précipita à terre comme une petite fille, dépassant tous ses officiers, et se jeta dans les bras de son époux.

Comme si elle n'avait pas totalement oublié le protocole, Hokanu la serra très fort contre lui.

— Que les dieux bénissent ton retour, murmura-t-il dans ses cheveux.

— Hokanu, répondit Mara, la joue pressée contre la courbe dure de la cuirasse d'Hokanu, comme tu m'as manqué ! (Puis l'inquiétude du moment gâcha leurs retrouvailles, dissipant leur joie fugace, lorsque Mara se rendit compte de l'absence de ses chers enfants.) Mon époux ! Que se passe-t-il ? Où sont les enfants ?

Hokanu la tint à bout de bras. Ses yeux sombres et inquiets semblaient boire le spectacle de son visage. Elle était si mince, si brûlée par le soleil et si pleine de vie ! Son désir brûlant de poser les questions les plus simples pour s'enquérir de sa santé était douloureux à lire sur son visage. Mais la panique dissimulée par la question de Mara exigeait une réponse. L'urgence de la situation lutta contre le tact instinctif d'Hokanu, mais il opta finalement pour la franchise.

— Justin et Kasuma sont saufs pour le moment. Ils se trouvent encore au palais impérial, mais de mauvaises nouvelles viennent d'arriver. (Il prit une profonde inspiration, autant pour se conforter lui-même que pour laisser un instant à Mara pour se préparer.) Mon amour, la Lumière du Ciel a été assassiné.

Mara recula comme si on l'avait poussée, mais Hokanu la retint rapidement pour l'empêcher de tomber dans le lac. Le choc avait chassé tout le sang de son visage. De toutes les calamités qu'elle avait imaginées pouvoir survenir durant son absence, après tous les périls auxquels elle avait échappé pour revenir en compagnie de mages de Chakaha, la mort de l'empereur était le dernier événement qu'elle aurait pu anticiper. Elle réussit néanmoins à rassembler assez de présence d'esprit pour demander :

— Comment ?

Hokanu secoua tristement la tête.

— La nouvelle vient juste de nous parvenir. Apparemment, un cousin des Omechan a assisté au petit dîner impérial hier. Il se nomme Lojawa, et devant trente témoins, il a poignardé Ichindar dans le cou avec un couteau de table empoisonné. Il avait dû dissimuler la fiole de poison dans les plis de ses robes. Un prêtre guérisseur est arrivé en quelques minutes, mais il était déjà trop tard. (Calmement, presque avec douceur, Hokanu termina :) Le poison était à effet très rapide.

Mara frissonna, abasourdie. Cette atrocité semblait impossible ! L'homme mince et digne, assis sur le trône d'or, miné par les soucis et rendu presque fou par ses nombreuses épouses querelleuses, ne pourrait plus jamais tenir audience dans sa haute salle ! Mara le pleurait de tout son cœur. Elle ne lui offrirait plus jamais ses conseils dans l'intimité de ses appartements éclairés par des lampes à huile... Elle n'apprécierait plus son humour ironique et doux. Ichindar avait été un homme sérieux, profondément soucieux du bien-être de son peuple, et négligeant souvent sa santé sous la charge écrasante de son règne. La grande joie de Mara était de parvenir à le faire rire, et quelquefois les dieux lui avaient permis de réussir, libérant enfin son sens de l'humour. La Lumière du Ciel n'avait jamais été pour elle un emblème, comme il l'avait été pour les multitudes qu'il avait gouvernées. Car malgré tout l'apparat et la pompe que son titre exigeait – il devait toujours apparaître aux nations de l'empire comme un dieu sur terre — il avait été son ami. Sa mort était bouleversante et le monde semblait plus pauvre sans lui. S'il n'avait pas eu le courage de saisir toutes les occasions, et de sacrifier son bonheur pour la charge d'un règne absolu, tous les rêves de Mara, pour lesquels elle s'était rendue à Thuril, n'auraient jamais dépassé le stade de la pure fantaisie.

La dame des Acoma se sentit vieille, trop ébranlée pour dépasser son deuil personnel. Et cependant, la morsure des doigts d'Hokanu sur ses épaules lui rappela qu'elle devait se ressaisir. Cette tragédie aurait des répercussions terribles, et pour que les maisonnées combinées des Acoma et des Shinzawaï ne sombrent pas, elle devait se mettre au courant de la situation politique actuelle.

Elle se fixa d'abord sur le nom qu'Hokanu avait mentionné, celui d'un complet étranger.

— Lojawa ? (Le chagrin fissurait sa façade tsurani.) Je ne le connais pas. Tu dis que c'est un Omechan ?

Dans son désespoir, elle faisait appel à son époux, dont les conseillers connaissaient les événements récents, et lui avaient probablement proposé quelques théories.

— Quelle motivation aurait pu pousser un Omechan à accomplir un tel acte ? De toutes les grandes familles capables de s'emparer du titre restauré de seigneur de guerre, les Omechan seraient les plus éloignés du blanc et d'or. Six autres maisons peuvent placer leur propre candidat sur le trône avant les Omechan...

— La nouvelle vient juste de nous parvenir, répéta Hokanu, perdu lui aussi. Il fit signe à un chef de troupe qui attendait de continuer à diriger l'embarquement des troupes à bord des navires. Par-dessus le piétinement des sandales de bataille cloutées, il ajouta :

— Incomo n'a pas encore eu le temps de donner un sens à tous les détails.

— Non, pas pour le titre de seigneur de guerre... intervint Saric, trop enflammé par une soudaine intuition pour respecter le protocole.

Le regard de Mara changea de direction et se fixa sur son conseiller. Elle murmura :

— Non, tu as raison. Pas pour le titre de seigneur de guerre. (Son visage déjà pâle devint blanc comme la mort.) Le trône d'or lui-même est maintenant le trophée à conquérir !

La silhouette voûtée aux cheveux gris, qui se frayait un chemin à coups de coude dans la foule pour les rejoindre, entendit la remarque. Incomo était ébouriffé, avait les yeux rougis, et semblait plus recroquevillé par l'âge que Mara ne s'en souvenait. Les soucis du moment rendaient sa voix grincheuse et perçante.

— Mais il n'y a pas de fils impérial.

Saric expliqua rapidement sa conclusion :

— La personne qui obtiendra la main de la fille aînée d'Ichindar, Jehilia, deviendra le quatre-vingt-douzième empereur de Tsuranuanni ! Une fillette d'à peine douze ans est maintenant l'héritière du trône. Plus d'une centaine de cousins royaux peuvent faire venir leur armée pour s'emparer des remparts du palais impérial et tenter de la réclamer comme épouse.

— Jiro ! s'écria Mara. Quelle brillante manœuvre ! Sinon, pourquoi aurait-il étudié et construit en secret des machines de siège durant toutes ces années ! Il devait travailler à ce complot depuis le début.

Cela signifiait que ses enfants n'étaient plus simplement en danger, mais qu'ils risquaient leur vie. Car si les Anasati entraient dans le palais impérial avec leurs armées, tous les enfants qui appartenaient à des familles ennemies et qui avaient un lien avec la lignée impériale seraient en grand péril.

Comprenant son silence horrifié, Saric laissa échapper :

— Par tous les dieux, Justin !

Mara ravala sa panique devant l'interprétation cruelle de son conseiller. Son plus grand honneur œuvrait maintenant contre elle : en tant que pair de l'empire, elle avait été officiellement adoptée dans la famille d'Ichindar. Selon la loi et la tradition, son fils était légitimement de sang royal. Non seulement Justin avait droit à tous les privilèges royaux, mais il pouvait sans doute devenir l'un des prétendants au trône en tant que neveu royal, et parent mâle *le plus proche* d'Ichindar.

Jiro se serait fait un plaisir d'arranger la mort de Justin et de Kasuma pour vider sa querelle personnelle avec les

Acoma. Mais avec le trône impérial en jeu, il serait encore plus implacable et veillerait à la mort de Justin. Les autres prétendants à la main de Jehilia ne seraient pas non enclins à faire preuve de pitié envers un héritier rival. Justin n'était qu'un petit garçon, mais des *accidents* fatals surviennent facilement en temps de guerre.

Mara retint une terrible envie de lancer des imprécations contre les dieux devant ce cruel coup du destin. Elle avait dû combattre l'Assemblée depuis le début, mais elle comptait sur son décret pour tenir Jiro à l'écart jusqu'à ce que les magiciens soient neutralisés. Cet assassinat tragique avait une nouvelle fois placé la vie de ses enfants dans le tourbillon de la politique – et les avait même placés au cœur du conflit !

Mara vit dans le regard d'Hokanu qu'il comprenait enfin le péril, et un Incomo à moitié abasourdi exprima à voix haute leurs pires peurs :

— Les Acoma et les Shinzawaï pourraient se retrouver sans héritier en un seul coup.

Se rappelant soudain que des problèmes aussi importants ne devaient pas être discutés au milieu des troupes sur le quai, Mara réagit devant l'insistance d'Hokanu, et se fraya un chemin vers le manoir dans les rangs des guerriers. D'une voix pleine d'appréhension, elle déclara :

— Je vois que vous avez déjà mobilisé notre garnison. Pour sauver nos enfants, nous devons aussi envoyer des messagers à nos alliés et à nos vassaux, et leur ordonner de se préparer à la guerre.

Hokanu la dirigea vers le seuil avec des mains qui, par miracle, ne tremblaient pas. Il n'objecta pas qu'un tel appel aux armes provoquerait certainement une réaction de l'Assemblée, mais ajouta d'une voix de glace :

— Incomo, occupe-t'en. Envoie nos messagers les plus rapides ; choisis les plus loyaux, qui seront prêts à donner leur vie pour cette mission. (À Mara, il précisa :) En ton absence, j'ai placé des relais de messagers entre le lac et le domaine shinzawaï. Arakasi m'a aidé, bien qu'il n'ait pas approuvé le projet. Cela a été fait à la hâte et demande beaucoup d'hommes, mais ces précautions étaient nécessaires pour envoyer nos dépêches sans prendre de retard.

Mon cousin Devacaï a provoqué suffisamment de troubles pour qu'on le considère comme l'un des alliés de Jiro.

Alors qu'Incomo partait en hâte, ses jambes maigres s'activant sous l'ourlet battant de sa robe de conseiller, Mara fit signe à Lujan et à Saric de rester pour la conseiller. Découvrant que Kamlio semblait perdue, Mara indiqua à la jeune fille qu'elle devait les suivre, elle aussi.

Puis son esprit revint vers les problèmes plus immédiats, alors qu'Hokanu ajoutait :

— Nos alliés viendront rapidement ajouter leurs forces aux nôtres. Pendant un certain temps, nous pourrons dissimuler certaines de nos troupes sous leurs bannières, mais la supercherie ne tiendra pas longtemps. Que les dieux sourient à notre cause, et envoient le chaos et la poussière pour troubler le regard des Très-Puissants ! Ce sera un soulagement de voir enfin le terme de cette inaction ! (Ses yeux s'étrécirent.) Les Anasati ont échappé trop longtemps à la vengeance des Shinzawaï, pour avoir ordonné l'assassinat de mon père.

Puis il s'arrêta, faisant tournoyer Mara dans ses bras, s'abandonnant enfin à la longue étreinte qu'il avait évitée en public, sur les quais.

— Mon aimée, quel terrible retour. Tu es partie à Thuril pour éviter les horreurs de la guerre, et aujourd'hui tu reviens pour retrouver le jeu du Conseil provoquant de nouvelles effusions de sang.

Il regarda le visage de Mara et attendit, plein de tact, des nouvelles sur le succès de sa mission.

Mara comprit le sens de ses questions muettes. Parmi elles, elle sentit l'émerveillement d'Hokanu qu'elle ne semble plus lui tenir rigueur de sa conduite maladroite lors de la naissance de Kasuma. Avoir frôlé la mort avait remis de l'ordre dans ses priorités. Comme si le destin n'avait pas placé un désastre imminent au-dessus de leurs deux maisons, elle murmura la réponse au sujet le plus proche de son cœur :

— J'ai appris un certain fait que tu aurais dû me révéler, sans tarder. (Les commissures de ses lèvres se relevèrent en un petit sourire triste.) Je sais que je ne peux plus avoir d'enfants. Cela ne doit pas être un obstacle pour que tu engendres le fils que tu désires.

Les sourcils d'Hokanu se levèrent pour protester, d'abord parce qu'elle semblait admettre une telle nouvelle avec sérénité, et ensuite parce qu'elle n'avait pas abordé l'objectif le plus important de son voyage. Mais avant qu'il puisse parler, Mara ajouta :

— Mon époux, on m'a montré des merveilles. Mais nous en parlerons plus tard, en privé. (Elle caressa sa joue et l'embrassa puis, aimant toujours le regarder, elle demanda sans détourner les yeux :) Arakasi a-t-il envoyé des messages ?

— Une douzaine depuis que tu es partie, mais rien depuis hier. Ou alors, ils ne sont pas encore arrivés.

Les mains d'Hokanu se serrèrent autour de la taille de Mara, comme s'il craignait qu'elle s'écarte de lui lorsque les exigences de son rôle de souveraine accapareraient son attention.

Mara ordonna à Saric :

— Envoie un message par le réseau. Je veux qu'Arakasi revienne ici le plus vite possible.

Mara se tourna et vit Kamlio qui attendait, la mine à la fois craintive et déterminée. Tout ce qu'elle avait dit à Mara dans les lointaines montagnes de Thuril, en parlant du maître espion, s'évanouissait maintenant car elle comprenait qu'il serait bientôt là. L'ancienne courtisane remarqua les yeux de Mara posés sur elle, et se jeta à terre pour faire la révérence totale d'une esclave.

— Dame, je ne vous mécontenterai pas.

— Alors ne tourmente pas Arakasi en ce moment, répondit la dame. Car toutes nos vies risquent de dépendre de lui. Lève-toi. (Kamlio obéit et Mara ajouta plus doucement :) Va, et rafraîchis-toi. Les dieux savent que nous avons enduré un voyage épuisant, et que nous disposerons de très peu de temps pour nous reposer, dans les jours à venir. (Alors que la jeune fille partait discrètement, Mara dit vivement à Lujan :) Aide Irrilandi à terminer le déploiement de nos soldats, et quand ils se seront rendus à leur point de rassemblement... (Elle s'arrêta et demanda à son époux :) Quel point de rassemblement as-tu désigné ?

Hokanu lui répondit avec un demi-sourire où l'anxiété l'emportait sur l'amusement :

— Nous nous regroupons sur les rives, aux frontières du domaine, en présumant que Jiro enverra le gros de son armée par le fleuve, en descendant le Gagajin. L'Assemblée ne peut pas nous reprocher la violation de son décret si nous manœuvrons à l'intérieur de nos propres frontières. Sous les couleurs du clan, les troupes shinzawaï marcheront vers Kentosani depuis le Nord, et une garnison mixte de forces tuscalora et acoma venant de ton domaine de Sulan-Qu empruntera la route pour intercepter toutes les compagnies d'alliés traditionalistes ou les troupes anasati qui prendront la voie plus lente, par la terre.

— Jiro s'est sans doute préparé depuis longtemps, supposa Mara.

Lujan reprit son train de pensées.

— Les engins de siège ? Pensez-vous qu'il les a dissimulés dans les forêts, au sud de la Cité sainte ?

— Au sud ou au nord, répondit Hokanu. Arakasi a rapporté que l'emplacement choisi par les ingénieurs anasati est un secret étroitement gardé. Plusieurs des messages qu'il a envoyés en ton absence mentionnent que les engins ont été démontés et envoyés par des routes détournées vers des points inconnus. Il a aussi écrit que les saboteurs que nous avons envoyés avec les plans du fabricant de jouets n'ont pu transmettre qu'un seul rapport. Selon le code utilisé, nous pensons que tout se passe bien, et qu'ils sont en place auprès des engins de siège. Mais le secret du lieu où ils travaillent a été effectivement bien gardé.

J'aurais aussi caché mes troupes, si j'avais été à la place de Jiro, songea Mara. Puis elle finit de donner ses ordres à Lujan avant de lui signifier son congé.

— Je veux une conférence avec Irrilandi et toi avant que les derniers navires ne quittent les quais. Nous ne connaissons aucun des plans de déploiement de Jiro ?

Elle lut une réponse négative sur le visage d'Hokanu, et sut que lui aussi partageait les craintes d'Arakasi : le réseau d'espionnage de Chumaka avait peut-être évolué jusqu'à surpasser celui des Acoma. Sinon, comment des machines aussi massives auraient-elles pu être déplacées sans que personne ne le remarque ? Mara reprit :

— Nous ne pouvons qu'émettre des suppositions et concevoir notre campagne pour faire face à toutes les éventualités.

Alors que le commandant des armées acoma saluait sa dame et sortait en hâte, Hokanu observa sa femme avec une exaspération affectueuse.

— Mon brave commandant, penses-tu que nous sommes restés oisifs durant ton absence ?

Il l'attira sous l'arche et la fit entrer dans le scriptorium. Des coussins étaient disposés pour une réunion de conseil, et une table de sable remplaçait maintenant les bureaux des copistes. Sous la forme d'argile modelée, Mara vit une réplique complète de la province de Szetac, parsemée des aiguilles et des pions que les tacticiens utilisent pour représenter des compagnies en campagne.

Mara observa attentivement la situation militaire. Elle se redressa avec raideur, la détermination peinte sur le visage.

— Ce que je vois est un déploiement défensif.

Son regard quitta la table de sable et s'attarda sur Saric, le dernier de ses conseillers encore présent. Elle termina par une demande à l'adresse de son époux.

— Nous voulions empêcher le retour d'un seigneur de guerre tout-puissant, mais cela nous a conduits à une situation bien pire : il n'existe plus de Grand Conseil pour ratifier les droits héréditaires de Jehilia et lui permettre d'accéder au trône en tant qu'impératrice. À moins que l'Assemblée elle-même n'intervienne, Justin est pris dans les mâchoires d'un coup d'État, en tant qu'héritier légitime. Il deviendra une marionnette ou une arme aiguisée, que tout contingent dissident pourra utiliser comme excuse pour plonger cette terre dans la guerre civile. Sans le Conseil, nous ne pouvons pas désigner un régent qui stabilisera le gouvernement jusqu'à ce que la solution rationnelle d'un mariage puisse restaurer un nouvel empereur de la dynastie. Même si nous avions assez d'alliés loyaux dans l'enceinte impériale pour réunir à nouveau le conseil et en prendre le contrôle, nous nous trouverions dans une impasse. Les querelles et les meurtres qui s'ensuivraient feraient paraître la Nuit des épées sanglantes comme un combat d'entraînement entre deux compagnies de jeunes recrues. La violence continuerait jusqu'à ce qu'une maison se montre suffisamment puissante pour forcer les autres à soutenir sa cause.

Saric avait une mine sinistre.

— Quelle cause, maîtresse ? Après l'audace d'Ichindar qui s'est emparé du pouvoir absolu, quel seigneur satisferait son ambition en se contentant de la restauration du titre de seigneur de guerre ?

— Tu as tout compris. (Les paroles de Mara étaient brusques.) Une ratification serait impossible. Même avec notre soutien absolu, peux-tu imaginer une fillette de douze ans en train de gouverner ? Avec la première épouse pomponnée d'Ichindar comme régente ? Si le seigneur Kamatsu était encore en vie et chancelier impérial, peut-être que notre détermination suffirait à placer sur le trône une femme qui, pour l'instant, n'est qu'une enfant. Mais si je comprends bien ta remarque, Hokanu, le soutien du clan Kanazawaï s'est fragmenté sous la pression de tes cousins rivaux et des mécontents. Tu détiens le titre, mais tu ne disposes pas du clan unifié que ton père avait forgé. Peut-être qu'Hoppara des Xacatecas s'avancerait pour s'allier à nous, mais Frasaï des Tonmargu est toujours le commandant impérial. C'est un vieil homme, faible de caractère, mais il est toujours le supérieur d'Hoppara, et surtout le frère de clan de Jiro. Si le chaos se déclenche, je doute qu'il puisse maintenir un cap loyal et indépendant. Non, un nouveau conseil ne pourrait plus empêcher les effusions de sang, maintenant. En fait, le premier seigneur qui prendra le contrôle du palais obligera les prêtres à placer Jehilia sur le trône, puis la prendra comme épouse et se fera lui-même couronner empereur.

Comme toujours, Saric conclut par une nouvelle question :

— Vous pensez que Jiro est l'instigateur de l'assassinat de l'empereur par les Omechan ?

Mais personne ne l'écoutait plus. Hokanu contemplait les profondeurs des yeux de son épouse avec un sentiment se rapprochant de l'horreur absolue. Il parla très doucement, d'une voix empreinte d'une note de menace ou de grande douleur :

— Tu ne songes pas à une défense, dame. Tu ne rallies pas nos troupes pour nous joindre aux gardes blancs impériaux et nous opposer à la tempête qui assaillira bientôt Kentosani ?

— Non, admit Mara avec un calme glacial. Ce n'est pas mon objectif. Si j'arrive à la Cité sainte la première, j'ai l'intention d'attaquer.

— Justin ? (La voix de Saric contenait une note de terreur respectueuse.) Vous placeriez votre propre fils sur le trône, comme époux de Jehilia ?

Mara se retourna aussi rapidement qu'un animal acculé.

— Et pourquoi pas ? (La tension et la nervosité la faisaient trembler de tout son corps.) Il est l'un des prétendants légaux pour le titre divin d'empereur. (Puis, dans le silence choqué qui s'ensuivit, elle lança un cri déchirant :) Vous ne comprenez donc pas ? Ni l'un ni l'autre ? Ce n'est qu'un petit garçon, et c'est le seul moyen de lui sauver la vie !

L'esprit de Saric avait toujours été agile. Il fut le premier à trier toutes les ramifications, et à voir au-delà de la peur et de l'angoisse de Mara. Devant un Hokanu au visage figé, il ajouta sans la moindre trace de son tact coutumier :

— Ma dame a raison. Justin représente une menace pour toutes les factions qui veulent s'emparer de la fillette et la contraindre au mariage. Quelle que soit la puissance de l'armée de l'empereur autoproclamé, il attirera ses ennemis vers le trône avec lui. Aucun point de loi ne sera oublié, et la popularité de Mara comme pair de l'empire les forcera à reconnaître le lien de parenté par adoption de Justin, que nous le voulions ou non. D'autres pourraient même vouloir nous tuer tous, pour placer le garçon sur le trône et en faire leur marionnette.

— La guerre civile, soupira Mara, le cœur serré dans un étau d'acier. Si Jiro ou un autre seigneur s'empare de la couronne, nous n'aurons pas d'empereur, pas de Lumière du Ciel révérée, mais seulement un seigneur de guerre glorifié. Ce serait la pire fusion des deux titres, alors que nous espérions marier le meilleur de leurs responsabilités.

Hokanu bougea soudain. Il attrapa Mara par les épaules, et tourna son visage pour qu'elle puisse l'appuyer à temps contre sa poitrine et dissimuler sa crise de larmes. Puis il la caressa avec une douceur et une tristesse infinies.

— Dame, ne crains jamais de perdre mon soutien. Ne le crains jamais...

Recroquevillée dans la chaleur des bras de son époux, Mara répondit :

— Alors, tu ne désapprouves pas ?

Hokanu lissa les cheveux qui s'étaient échappés de sa coiffure dans la fièvre de leur précédente étreinte. Son visage fut soudain ridé par les soucis et une certaine appréhension.

— Je ne peux pas prétendre que j'aime cette idée, dame de mon cœur. Mais tu as raison. Justin deviendra un souverain sage, quand il atteindra l'âge adulte. Jusque-là, nous sommes ses gardiens, et nous devons continuer à rejeter les atrocités du jeu du Conseil et imposer une nouvelle stabilité à l'empire. Tout le monde devra s'incliner devant sa revendication combinée à celle de Jehilia, et les dieux savent que la malheureuse fillette mérite un compagnon plus proche de son âge et de ses inclinations. Elle serait en réalité très malheureuse, comme marionnette mariée à un homme cruel et dévoré par l'ambition, comme l'est Jiro.

Puis, sentant que le souvenir de la mort d'Ayaki risquait de venir s'ajouter à cette menace glaciale envers Justin, et que le réconfort était ce dont Mara avait le plus besoin pour le moment, Hokanu souleva sa dame du sol et la prit dans ses bras. Il la berça tendrement contre son armure et l'emporta hors du scriptorium. Alors qu'il empruntait le couloir menant à leur chambre à coucher, il déclara à Saric par-dessus son épaule :

— Si vous avez rapporté de Thuril un moyen pour retenir la main de l'Assemblée des magiciens, prie les dieux pour qu'il fonctionne. Car à moins que je ne me trompe complètement, ce sera bientôt Jiro des Anasati que nous affronterons sur le champ de bataille.

Dans l'intimité de leurs appartements, Mara se débattit impatiemment contre l'étreinte tendre d'Hokanu.

— Nous avons tant de choses à faire et si peu de temps !

Ignorant ses efforts, Hokanu se pencha et la déposa sur les somptueux coussins de leur natte de couchage. Seuls ses réflexes de combattant lui permirent d'être assez rapide pour attraper les poignets de Mara alors qu'elle tentait immédiatement de se relever.

— Dame, nous n'avons pas été surpris et nous sommes bien préparés. Arakasi nous a tenus informés et Keyoke est un stratège bien plus habile que toi ou moi ; Saric ne perdra pas de temps pour les informer que la prétention de Justin doit par nécessité être mise en avant. (Alors que les yeux de Mara transperçaient furieusement les siens, il la secoua assez fort.) Prends une heure de repos ! Tes gens se débrouilleront bien mieux en étant libres de toute distraction. Laisse ton commandant consulter Irrilandi et Keyoke et faire son travail ! Puis, quand il aura eu le temps d'organiser ses idées, nous pourrons tenir conseil et choisir ensemble le cap le plus sage.

Mara semblait une nouvelle fois sur le point de s'effondrer.

— Tu n'es pas inquiet pour tes terres shinzawaï au nord, ou des manigances de ton cousin Devacaï ?

— Non, répondit Hokanu d'une voix ferme. J'ai hérité de Dogondi comme premier conseiller des Shinzawaï, tu te souviens ? Mon père s'est reposé sur lui pendant des années, particulièrement lorsqu'il était absent du domaine pour assumer ses responsabilités de chancelier impérial. Dogondi est le plus rusé des hommes que je connaisse, et, avec notre nouveau système de relais de messagers, il saura demain, avant le coucher du soleil, que nous devons soutenir la cause de Justin. Incomo et lui ont travaillé ensemble comme de vieux compères. Garde confiance en l'efficacité de tes excellents officiers, dame. Tu as gagné sans vergogne mes propres serviteurs à ta cause. Tous les hommes qui portent le bleu shinzawaï n'hésiteront pas à donner leur vie pour toi, mais ce ne sera pas le cas si tu imposes maintenant ton opinion non informée dans leur travail.

Un nouveau frisson violent secoua le corps de Mara.

— Comment ai-je fait sans toi durant tous ces mois ? s'émerveilla-t-elle d'une voix rendue fragile par une tension extrême. Bien sûr, tu as raison.

Hokanu la sentit se détendre. Quand il jugea le moment venu, il ouvrit les bras et fit signe à une femme de chambre d'aider la dame à retirer ses vêtements de voyage. Tandis que la jeune femme s'attelait à la tache, il se rendit bientôt compte qu'il ne pouvait résister à l'envie de se joindre au déshabillage. Lorsque la robe supérieure de la dame fut enlevée, et les liens de sa robe inférieure dénoués, il caressa la douce chaleur de la peau de Mara.

— Un retour bien amer, songea-t-il à voix haute.

— Ce n'est pas celui que j'aurais choisi, mon époux. Tu m'as manqué.

La femme de chambre aurait pu être invisible.

Hokanu sourit.

— Toi aussi, tu m'as manqué.

Il leva les bras pour déboucler les attaches de sa cuirasse, mais perdit sa concentration dans cette tâche si simple lorsque la servante laissa retomber la robe du dessous de Mara. La vue de sa dame, même fatiguée et recouverte de la poussière du voyage, avec sa chevelure libre dégagée de ses épingles, lui coupa le souffle. Mara remarqua sa perplexité et réussit enfin à sourire. Plaçant ses mains sur celles de son époux, elle commença à faire jouer les lanières de cuir et à ouvrir les boucles jusqu'à ce qu'il pose ses lèvres sur les siennes et l'embrasse. Après cela, ni l'un ni l'autre ne remarquèrent que la femme de chambre avait repris la tâche de dévêtir Hokanu, puis s'était inclinée devant son maître et sa maîtresse avant de sortir discrètement de la pièce.

Plus tard, alors qu'ils se reposaient, rassasiés d'amour, Hokanu fit doucement courir un doigt sur la joue de Mara. La lumière qui filtrait à travers les cloisons argentait les mèches blanches qui commençaient à parsemer ses cheveux noirs, et éclairait sa peau qui s'était hâlée sous le soleil plus cruel des terres du sud. Alors qu'il la caressait, Mara remua et murmura une nouvelle fois :

— Nous avons tant de choses à faire et si peu de temps !

Elle se redressa sur un coude, avec une impatience dans ses manières qui refusait maintenant d'être calmée.

Hokanu ouvrit son étreinte, sachant qu'il ne pouvait plus la retenir. Une guerre les attendait, durant laquelle ils devraient encourir ouvertement la désapprobation de l'Assemblée ; la vie de Justin en dépendait.

Mais alors que Mara se levait et frappait dans ses mains pour que sa femme de chambre vienne la vêtir de sa tenue de bataille, son époux la regardait avec une émotion poignante et terrible. Plus rien ne serait jamais pareil entre eux. Soit Jiro s'assiérait sur le trône d'or, et Mara et tous ceux qu'il aimait seraient détruits ; soit ils périraient dans leur tentative de faire couronner Justin ; soit, et c'était peut-être la fin la plus douloureuse, la dame des Acoma gouvernerait Tsuranuanni. Il n'avait simplement pas le choix. Pour l'avenir de sa propre fille, il devait exploiter ses dons pour la guerre et faire confiance à la chance légendaire du noble pair pour les garder en vie, ainsi que leurs enfants. Il se releva de la natte, rejoignit Mara en un pas et, alors qu'elle passait le bras dans un vêtement, prit son visage entre ses mains et doucement, avec amour, l'embrassa. Puis il déclara :

— Prends le temps d'un bain. Je vais te précéder et m'entretenir avec Lujan et Irrilandi.

Mara lui rendit son baiser, et lui lança un sourire éclatant.

— Aucun bain ne pourrait autant me détendre que celui que nous pourrions partager.

Hokanu eut le cœur réjoui par cette remarque, mais alors qu'il reprenait ses vêtements épars et qu'il se hâtait de s'habiller pour rejoindre le conseil de guerre, il ne put s'empêcher de penser que leurs vies seraient inévitablement transformées par cet immense conflit, qu'ils triomphent ou qu'ils perdent. Il ne pouvait se défaire de la crainte que les événements placeraient de la distance entre lui et la dame qu'il chérissait plus que tout au monde.

25

L'ASSEMBLÉE

Chumaka sourit.

Il se frotta vigoureusement les mains comme un homme pourrait le faire pour les réchauffer, bien que la chaleur de la journée pénétrât par la fenêtre ouverte. En fait, le premier conseiller des Anasati réagissait à un frisson de profonde excitation.

— Enfin, enfin, marmonnait-il.

Il plongea la main dans un amas de papiers et de correspondance pour attraper ce qui ressemblait à d'insignifiantes marques de comptage sur un morceau de papier froissé. Mais les marques constituaient un code complexe, et le message qu'elles dissimulaient était précisément celui pour lequel Chumaka avait tant sondé, comploté et cajolé.

Ignorant les sourcils levés et l'air interrogateur de son secrétaire, Chumaka se hâta de partir à la recherche de son maître.

Jiro préférait passer le milieu de la journée dans l'indolence. Dans les moments chauds de la journée, il ne faisait jamais de sieste, pas plus qu'il ne s'amusait à des jeux lascifs avec des concubines, comme le faisaient de nombreux souverains. Les goûts de Jiro étaient ascétiques. Il considérait le bavardage des femmes comme une distraction, au point que par caprice, il avait autrefois ordonné que toutes ses cousines soient consignées dans les temples et entrent dans les ordres. Chumaka rit sous cape à ce souvenir. Ces cousines n'auraient pas de fils qui deviendraient des rivaux, ce qui faisait de la décision arbitraire et coléreuse du maître une manœuvre bien plus sage qu'il ne s'en était douté. Jiro préférait instinctivement l'intimité. À cette heure, Chumaka pourrait le trouver dans son bain, ou en train de lire sous le portique ombragé et rafraîchi par la brise qui reliait la bibliothèque à la salle de copie des scribes.

Il s'arrêta à l'intersection de deux couloirs légèrement parfumés par la cire et l'huile servant à entretenir les planchers, et faiblement éclairés, puisque aucune lampe ne brûlait dans cette chaleur. Ses narines minces frémirent.

— Le seigneur n'est pas aux bains, aujourd'hui, marmonna-t-il, car il ne sentait dans l'air aucune trace de l'odeur laissée par le passage des esclaves de bain de Jiro.

Le maître était méticuleux dans sa propreté au point d'en devenir maniaque. Il aimait que sa nourriture soit épicée de façon à garder une haleine douce, et il appréciait les parfums dans l'eau de son bain.

Devant la bibliothèque, les vieux ulo aux branches tombantes qui bordaient le portique rafraîchissaient l'air même lors des étés les plus étouffants. Jiro était assis sur un banc de pierre, un parchemin à la main, d'autres répandus pêle-mêle à ses pieds. Un esclave sourd-muet attendait près du maître, prêt à obéir au moindre signe pour satisfaire ses désirs. Mais Jiro éprouvait rarement le besoin de faire appel à ses services, sauf pour demander une boisson fraîche de temps en temps. Le seigneur des Anasati restait souvent à lire jusqu'au milieu de l'après-midi, puis il rencontrait son hadonra pour discuter des finances du domaine, assistait à un récital de poésie, ou marchait dans les magnifiques jardins que son arrière-grand-mère avait dessinés, et qu'il s'était fait un plaisir de remettre en état.

Plongé dans sa lecture, Jiro ne réagit pas immédiatement au claquement rapide des sandales de Chumaka sur les dalles de terre cuite du portique. Quand il remarqua finalement le bruit, il leva les yeux en fronçant les sourcils, comme s'il s'agissait d'une intrusion. Ses manières raides montraient qu'il s'efforçait néanmoins de contenir son irritation.

Son expression se transforma immédiatement en un masque de résignation. Chumaka était le serviteur qu'il avait le plus de mal à congédier sans être obligé de faire valoir son rang de souverain. Jiro avait tendance à considérer qu'il était humiliant de donner des ordres directs ; c'était un procédé grossier, et il tirait fierté de sa subtilité. Mais Chumaka connaissait cette vanité de son maître et savait l'exploiter à la perfection.

— Que se passe-t-il ? soupira Jiro.

Puis il changea d'attitude, en remarquant que son premier conseiller souriait de toutes ses dents, une expression qu'il réservait aux grandes nouvelles. Le visage du seigneur des Anasati s'illumina aussi.

— C'est Mara, devina-t-il. Elle est rentrée chez elle pour se trouver dans une position désavantageuse, c'est bien cela ?

Chumaka agita son message codé.

— Exactement, maître, et plus encore. Je viens juste de recevoir la nouvelle de notre espion implanté dans le service de messagers d'Hokanu. Nous disposons de la description précise du déploiement de troupes qu'elle prévoit.

L'enthousiasme du premier conseiller des Anasati se refroidit à cette remarque, car il se souvint de la difficulté qu'il avait éprouvée à percer le code de la correspondance privée d'Hokanu.

Comme s'il pressentait qu'il risquait d'entendre un nouveau cours sur de telles subtilités, Jiro fit avancer la discussion.

— Et...

— Et ?

Un instant, Chumaka sembla perdu, tandis qu'il retrouvait le fil de ses pensées. Mais ses yeux n'avaient jamais perdu de leur acuité, et son esprit travaillait à une vitesse impressionnante.

— Et notre ruse a fonctionné.

Jiro retint un froncement de sourcils. Comme toujours, Chumaka s'attendait à ce que son maître comprenne ses références toujours très vagues, sans donner d'explications supplémentaires.

— De quelle ruse parles-tu ?

— Mais, de celle concernant la construction des engins de siège et les plans du fabricant de jouets. Dame Mara pense que nous avons été dupes, et que nous avons engagé ses faux ouvriers. Elle n'a préparé aucune attaque pour répondre à nos forces qui se préparent à s'emparer des remparts de Kentosani. (Chumaka eut un geste désinvolte.) Oh, elle a cajolé son époux pour qu'il fasse venir du nord ses troupes shinzawaï. Elle espère que ces unités attaqueront notre flanc nord, pendant que nous serons plongés dans la confusion provoquée par nos premiers tirs de balistes et par nos béliers, censés répandre la mort dans nos rangs.

— Nos engins fonctionneront parfaitement, songea Jiro à voix haute, l'expression de son visage en lame de couteau s'adoucissant enfin. Ils réduiront en miettes ces vieilles fortifications et nos hommes seront déjà à l'intérieur. (Il laissa échapper un bref aboiement de rire.) Les troupes shinzawaï arriveront juste à temps pour rendre hommage à leur nouvel empereur !

— Et pour enterrer le corps de leur jeune hériter, ajouta Chumaka à voix basse.

Il se frotta à nouveau les mains.

— Passons à Justin, maintenant. Devrions-nous annoncer qu'il a été tué par un moellon tombé du plafond, ou qu'il a été pris par erreur pour un jeune domestique et qu'il a été donné comme butin au maître des esclaves ? Il existe de nombreuses façons déplaisantes de mourir pour un petit garçon, dans les enclos à esclaves.

Jiro serra les lèvres dans une moue de désapprobation et plissa les yeux. Il n'était pas à l'aise avec ces pratiques qu'il considérait comme brutales, ou frustres à dessein. Après une enfance pendant laquelle il avait été sans cesse tyrannisé par son jeune frère Buntokapi, il ne faisait preuve d'aucune patience dans ce domaine.

— Je veux que ce soit fait rapidement et proprement, sans souffrance inutile ; une lance « dont la trajectoire aura été déviée » devrait suffire, répondit-il d'un ton sec. (Puis sa voix devint pensive.) Sauf pour Mara, cependant.

Si le pair de l'empire devait tomber vivante entre les mains de nos troupes, ce serait une tout autre chose.

Cette fois, ce fut Chumaka qui détourna la conversation. Il était assez tsurani pour prendre toutes les dispositions nécessaires pour faire torturer ou tuer des hommes quand de telles mesures étaient nécessaires, mais il ne se réjouissait pas à l'idée de faire souffrir le pair de l'empire. La lueur brillant dans les yeux de Jiro chaque fois qu'il pensait à la dame Mara lui donnait une irrésistible envie de frissonner.

— Avec votre permission, maître, je vais faire parvenir au commandant Omelo ces nouvelles informations sur le déploiement des Acoma et des Shinzawaï.

Jiro lui donna son accord d'un geste alangui, ses pensées toujours focalisées sur sa vengeance.

Attendant à peine son signe d'approbation, Chumaka recula, s'inclina, sa bonne humeur revenant presque immédiatement. Avant même que Jiro ne reprenne son parchemin pour continuer sa lecture, le premier conseiller des Anasati était déjà parti, marmonnant des idées et des plans :

— Les guerriers minwanabi qui n'ont pas prêté serment à Mara quand elle a reçu le titre de pair de l'empire. Aujourd'hui... (Une lueur méchante s'alluma dans son regard.) Oui... Oui.. Je pense que le moment est venu de les rappeler de leur garnison frontalière et de les intégrer dans nos plans, pour la plus grande confusion de nos ennemis.

Chumaka hâta le pas, sifflotant maintenant que son maître ne pouvait plus l'entendre.

— Par les dieux, s'interrompit-il un instant avant de reprendre son air guilleret, que serait la vie sans la politique ?

L'empire était en deuil. À l'annonce de la mort d'Ichindar, les portes de l'enceinte impériale s'étaient refermées avec un claquement sonore, et les bannières rouges traditionnelles de deuil avaient été déployées contre les murs. Les messagers avaient envahi les routes terrestres et le fleuve Gagajin. Les gongs et les carillons de métal précieux des temples des Vingt Dieux Majeurs avaient sonné pour rendre hommage à Ichindar : quatre-vingt-onze coups, un pour chaque génération de sa dynastie. La cité resterait fermée au commerce pour les vingt jours traditionnels de deuil, et toutes les boutiques et étals qui n'étaient pas essentiels à la subsistance avaient scellé leurs portes par de longues guirlandes rouges. À l'intérieur de Kentosani, les rues étaient calmes, les cris des marchands de nourriture et d'eau s'étant tus. Les chants des prêtres plongés dans leurs prières pour le divin défunt résonnaient dans le silence du deuil. Selon la tradition, les conversations étaient interdites dans les rues, et même les mendiants licenciés de la ville devaient demander l'aumône en faisant une pantomime. Le dieu Rouge Turakamu avait réduit au silence la Voix du Ciel sur Terre, et pendant que le corps embaumé d'Ichindar reposait en grande pompe au milieu d'un double cercle de cierges et de prêtres, la Cité sainte observait le silence pour exprimer son respect et son chagrin.

Le vingt et unième jour, la Lumière du Ciel serait déposée sur son bûcher funéraire, et son successeur, couronné par les prêtres des Dieux Majeurs et Mineurs, monterait sur le trône d'or pendant que ses cendres refroidiraient.

En attendant ce jour, les complots se multipliaient et les armées se mobilisaient. Et l'Assemblée était parfaitement consciente de l'agitation de toute cette humanité.

Les péniches des commerçants qui avaient été surpris hors de Kentosani par l'observation du deuil de l'empereur étaient ancrées le long du fleuve, devant les portes de la ville, ou s'entassaient sur les quais de Silmani et de Sulan-Qu. Les prix de location des entrepôts montaient en flèche tandis que les marchands rivalisaient pour mettre à l'abri leurs biens périssables, ou ceux qui étaient trop précieux pour être laissés sur des navires sous une garde insuffisante. Les intendants moins fortunés louaient de l'espace de stockage dans des greniers et des caves privés, et les plus malchanceux perdaient leurs marchandises dans la marée montante de la guerre.

Les clans se rassemblaient et les compagnies des maisons s'armaient. La poussière de la fin de l'été, soulevée par des milliers de pieds, finit par obscurcir les routes. Des flottilles de péniches et de navires de guerre, transportant des soldats, encombrèrent les fleuves. Les commerçants souffraient mille tourments, car leurs marchandises étaient jetées à l'eau sans le moindre remord, pour faire de la place aux cargaisons humaines. Des pénuries commencèrent à se faire sentir dans les villes, car la nourriture que les colporteurs transportaient par chariots entiers était vendue avant même d'atteindre les marchés. Le marchandage sur le bord des routes se faisait souvent à la pointe d'une lance. Les fermiers étaient harcelés, les riches se plaignaient des prix élevés, les marchands de pénuries désespérantes... Et les plus pauvres avaient faim et se rassemblaient dans les rues pour former une foule agitée.

Les souverains qui auraient pu organiser des patrouilles pour calmer la population et restaurer l'ordre se préoccupaient de tout autre chose. Ils envoyaient leurs guerriers soutenir telle ou telle faction, ou exploitaient le chaos ambiant pour lancer des raids contre les ennemis qui avaient dégarni leurs garnisons pour se préparer à la bataille. Des émeutes menaçaient d'éclater dans les quartiers pauvres, pendant que les profiteurs s'engraissaient grâce à la hausse des prix.

Les diverses factions de l'empire s'armaient et se rassemblaient en de grandes armées. Cependant, parmi toutes les couleurs des maisons qui envoyaient leurs troupes vers Kentosani, les bannières de trois familles éminentes détonnaient par leur absence : le vert des Acoma, le bleu des Shinzawaï et le rouge et jaune des Anasati.

Dans une haute tour de la Cité des magiciens, enfermé dans un cabinet de travail encombré de livres et de parchemins, dominé par un samovar exotique d'argile ébréché, le Très-Puissant Shimone réfléchissait, ses doigts osseux tenant une tasse de thé. Il s'était pris de passion pour les milliers de variantes de cette boisson midkemiane raffinée, et demandait à ses domestiques de garder jour et nuit des braises chaudes sous le samovar. Les coussins sur lesquels il était assis étaient aussi minces que ses goûts ascétiques permettaient de le supposer. Les images d'armées qui se rassemblaient dansaient sur le cristal de vision incrusté dans une longue table à trois pieds. La Robe Noire observa rapidement Mara et Hokanu en conférence avec leurs conseillers, puis Jiro qui gesticulait pour expliquer un point délicat à un seigneur des Omechan ; celui-ci gardait les lèvres serrées et se montrait peu enthousiaste.

Shimone soupira. Ses doigts tapotèrent un rythme agité sur sa tasse tiède.

Mais ce fut Fumita, assis devant lui, presque invisible dans l'ombre, qui énonça l'évidence :

— Ils ne trompent personne, nous moins que quiconque. Chacun attend que l'autre commence ses manœuvres. Ainsi, lorsque nous apparaîtrons, ils pourront dire avec une conscience irréprochable, « Mais nous ne faisions que nous défendre... »

Aucun des deux magiciens n'insista sur la conclusion triste et évidente : en dépit de leur appui personnel aux idées radicales de Mara, le sentiment dominant de l'Assemblée allait contre le pair de l'empire. Les Acoma et les Anasati avaient embouché les trompettes de la guerre. Que Mara ou Jiro déploient ou non officiellement leurs bannières, qu'ils aient ou non annoncé formellement leurs intentions et envoyé une pétition au grand prêtre du dieu de la guerre pour briser le sceau du temple de Jastur, toutes les factions sauf les plus éloignées prenaient modèle d'une façon ou d'une autre sur les Anasati ou les Acoma. Inévitablement, l'Assemblée des magiciens serait obligée d'intervenir. Dans le triste silence tendu qui suivit la déclaration de Fumita, un bourdonnement se fit entendre de l'autre côté de la porte. Puis un bruit sourd et un pas rapide résonnèrent, et le loquet de bois se souleva.

— Hochopepa, dit Shimone, gardant ses yeux profonds mi-clos.

Il reposa sa tasse, puis agita sèchement la main pour faire disparaître les silhouettes du cristal de vision.

Fumita se leva.

— Si Hocho se dépêche, cela signifie qu'un nombre suffisant de Très-Puissants se sont rassemblés pour que l'Assemblée atteigne le quorum, devina-t-il. Nous ferions mieux de le rejoindre dans la grande salle.

La porte des appartements privés de Shimone s'ouvrit en grand, et un Hochopepa au visage écarlate se glissa à l'intérieur, gêné par sa large corpulence.

— Vous feriez mieux de vous dépêcher. Une tête brûlée vient juste de proposer au conseil de réduire en cendres la moitié de la population de la province de Szetac.

Fumita fit claquer sa langue.

— Aucune distinction n'a été faite entre les guerriers portant des lances et les familles de paysans qui s'enfuient devant les armées ?

Hochopepa prit une profonde inspiration, arrondissant ses joues potelées.

— Aucune.

La respiration sifflante, il recula pour libérer le seuil de la porte, faisant signe à ses compagnons de le suivre.

— Pire encore... Le point que vous venez juste de souligner a été le seul argument qui a arrêté le vote. Sinon, un idiot serait là-bas en ce moment même pour transformer en ruines fumantes tout ce qui se trouve dans son champ de vision !

Il retourna dans le couloir et partit sans attendre de voir si les autres le suivaient.

En fait, Fumita avait franchi le seuil de la porte sur les talons du mage corpulent.

— Eh bien, je pense que nous avons assez d'imagination à nous tous pour élever encore quelques objections, et les ralentir le plus possible. (Il regarda par-dessus son épaule pour réprimander Shimone, qui semblait montrer autant de répugnance à se déplacer rapidement qu'à participer à une discussion.) On ne peut rien y faire, mon ami. Cette fois, vous serez obligé de prendre la parole, tout comme nous, pour aider la cause.

Le mage ascétique fronça les sourcils, tandis qu'une lueur d'indignation étincelait dans ses yeux.

— Prendre la parole est une dépense d'énergie bien différente de celle d'un bavardage stérile !

Alors que le magicien maigre dirigeait son regard vers le chef corpulent de leur petit groupe, ce fut au tour d'Hochopepa de sembler offensé. Mais avant qu'il puisse se lancer dans une argumentation passionnée, Fumita le poussa en avant.

— Gardez votre énergie, dit-il en cachant un sourire derrière sa solennité. Nous ferions mieux de rassembler notre inspiration pour la salle du conseil. Ils sont probablement en train de se quereller comme des singes midkemians, là-bas, et nous allons nous y précipiter pour rendre la situation encore plus confuse.

Sans autre discussion, les trois mages se hâtèrent de parcourir le couloir pour se rendre dans la haute salle du conseil.

Le débat que les partisans de Mara se dépêchaient de rejoindre se prolongea pendant des jours. Durant l'histoire de l'empire, des querelles avaient divisé l'Assemblée en de nombreuses occasions, mais aucune n'avait fait rage aussi longtemps et aussi passionnément. Des brises vagabondes tournoyaient dans la grande pièce qui servait de salle de réunion aux Magiciens, alors que de plus en plus de membres arrivaient. Les grands gradins étaient remplis presque au maximum de leur capacité, un événement qui n'avait été récemment égalé qu'à l'occasion des débats sur l'exil de Milamber et l'abolition du titre de seigneur de guerre. Les seuls absents étaient les Très-Puissants devenus trop gâteux pour participer aux sessions. Une foule aussi nombreuse rendait l'atmosphère étouffante, et comme aucune réunion de l'Assemblée ne pouvait se terminer sans qu'une décision finale n'ait été prise, la discussion se prolongeait durant des jours et des nuits.

Puis une nouvelle aube grise filtra à travers les hautes fenêtres du dôme, argentant les dalles laquées du sol et révélant la lassitude inscrite sur tous les visages. Elle n'éclairait de ses couleurs ternes qu'une seule personne active : au milieu de la vaste salle, un magicien corpulent faisait les cent pas en déclamant son discours.

La fatigue creusait les traits d'Hochopepa. Il agitait son bras potelé et parlait d'une voix éraillée, devenue rauque après des heures de discours ininterrompu.

— Et je presse chacun d'entre vous de réfléchir : de grands changements ont commencé, qui ne pourront pas être défaits !

Il leva l'autre bras et frappa ses paumes l'une contre l'autre pour souligner son propos. Plusieurs des plus vieilles Robes Noires sursautèrent sur leur siège, tirées de leur somnolence.

— Nous ne pouvons pas simplement agiter les mains et obliger l'empire à revenir aux anciennes habitudes ! Les jours du règne du seigneur de guerre sont révolus !

Des cris de désaccord tentèrent d'interrompre son argumentation.

— Des armées puissantes marchent pendant que nous délibérons, cria Motecha.

Il appartenait à la faction des Très-Puissants qui désapprouvaient ouvertement la récente politique d'Ichindar.

Au centre de la pièce, le magicien corpulent leva la main pour réclamer le silence. En réalité, il était très reconnaissant à celui qui l'avait interrompu pour ce répit momentané. Sa gorge était à vif à force de parler.

— Je sais ! (Il attendit que le silence s'installe et reprit :) Nous avons été défiés. Ou du moins, c'est ce qu'un grand nombre d'entre vous répète encore et encore... (Il regarda autour de la pièce, conscient qu'un changement parcourait l'auditoire comme le mouvement d'une marée.)... et encore et encore.

Même les membres les plus guindés du conseil remuaient maintenant sur leur siège. À force d'être assis, leurs fesses étaient engourdies, et ils ne se contentaient plus de rester tranquilles et d'écouter poliment. Les impatients n'étaient plus les seuls à crier et à faire des interruptions, et un certain nombre de magiciens s'étaient levés de façon assez agressive. Hochopepa s'avoua qu'il devrait bientôt céder la place, et espéra que Fumita ou le rusé Teloro trouvent une stratégie pour prolonger encore les discussions.

— Nous ne sommes pas des dieux, mes frères, résuma Hochopepa. Nous sommes puissants, certes, mais nous ne sommes que des hommes. Si nous intervenons brutalement en utilisant la force, par colère ou par peur de l'inconnu, nous ne ferons qu'augmenter les risques d'endommager durablement l'empire. Je vous préviens tous : quelles que soient les passions qui se sont enflammées, les conséquences de nos actions auront de très longues répercussions. Quand les émotions se seront enfin calmées, devrons-nous regretter ce que nous aurons fait, et que même nous, nous ne pourrons pas défaire ?

Il termina son discours en baissant lentement les bras, puis traversa la pièce d'un pas lent et traînant. La lourdeur de ses gestes alors qu'il s'effondrait sur son siège n'était pas feinte ; il avait réussi à garder la parole pendant deux jours et demi.

Le maître des débats revint au milieu de la salle en clignant des yeux, comme s'il était un peu perplexe.

— Nous remercions Hochopepa pour sa sagesse.

Alors que l'immense salle résonnait du bourdonnement croissant des conversations et que des douzaines de Robes Noires se levaient pour réclamer la parole, Fumita se pencha au-dessus de Shimone et murmura à son compagnon épuisé :

— Bien joué, Hocho !

Shimone ajouta une remarque ironique :

— Peut-être que dans les prochains jours, nous aurons la chance d'avoir un compagnon moins loquace lorsque nous nous retrouverons pour partager un verre de vin.

Le maître des débats Hodiku déclara :

— La parole est maintenant à Motecha !

Le petit magicien au nez en bec d'aigle, et dont les deux cousins avaient autrefois été surnommés « les toutous du seigneur de guerre », quitta son siège. Motecha rejoignit le centre de la salle d'un pas alerte, et se retourna dans un grand tournoiement de robes. Ses yeux vifs et profondément enfoncés passèrent brièvement sur l'Assemblée, puis il se lança :

— Bien qu'il ait été dans une large mesure intéressant d'entendre notre frère Hochopepa retracer la chronologie des événements, avec force détails, cela ne change pas les faits. Deux armées jouent en ce moment même des coudes pour s'affronter sur le champ de bataille. Des escarmouches ont déjà eu lieu, et seuls les plus stupides d'entre nous sont trompés par le travestissement des couleurs de leurs maisons derrière les bannières de leurs cousins de clan ou de leurs alliés ! Mara des Acoma a défié notre décret. Alors même que nous parlons, ses guerriers marchent et s'engagent dans une guerre illicite !

— Pourquoi la nommer avant Jiro des Anasati ? intervint un Sevean impulsif.

Teloro saisit l'occasion de cette interruption pour jeter de l'huile sur le feu :

— Vous considérez les déplacements de ces armées comme un geste de défi. Je vous conseille vivement de vous rappeler un fait essentiel : la Lumière du Ciel a été assassiné ! Il ne faut pas oublier, Motecha, que ce sont les circonstances qui ont forcé l'appel aux armes. Le seigneur Hokanu des Shinzawaï doit tout naturellement défendre la famille royale. Mara était le partisan le plus puissant d'Ichindar. Je vous rappelle aussi que Jiro a construit des engins de siège et a engagé des ingénieurs pour soutenir ses ambitions, et non pour stabiliser l'empire.

Motecha croisa les bras, ce qui accentua l'arrondi de ses épaules.

— Seraient-ce les circonstances qui ont conduit Jiro des Anasati, Mara des Acoma et son consort à ordonner à leurs armées d'entrer en campagne ? Aucun de leur domaine n'était menacé ! Ce conflit est-il vraiment inévitable ? Le supposé « bien de l'empire » *oblige-t-il* Mara à ordonner à la garnison secondaire de son domaine natal d'empêcher les forces des Anasati et de leurs alliés d'utiliser les routes publiques qui mènent à Sulan-Qu ?

— Voyons ! lança Shimone. (Sa voix pouvait être autoritaire quand il le désirait, et à cet instant la colère couvait sous son calme apparent.) Comment savez-vous si c'est bien Mara qui a fomenté l'attaque, Motecha ? Je n'ai pas entendu parler d'une bataille, mais plutôt d'une simple escarmouche qui s'est terminée par un retrait des deux camps vers leurs lignes. Allons-nous pleurnicher en hurlant à la guerre civile quand il n'y a eu que quelques échanges d'insultes et d'injures et des tirs de flèches sporadiques ?

Teloro souligna un deuxième point :

— Je voudrais vous faire remarquer une autre chose : la bannière en première ligne près de Sulan-Qu n'est pas celle des Acoma, mais celle du seigneur Jidu des Tuscalora. Il est peut-être le vassal de Mara, mais son domaine se trouve directement sur la route de l'armée de Jiro. Le seigneur des Tuscalora pourrait défendre légitimement ses terres d'une invasion.

Motecha plissa les yeux.

— Notre collègue Tapek est allé sur le champ de bataille et a observé les événements, Teloro. Je ne suis peut-être pas aussi doué en histoire que votre ami Hochopepa, mais je peux certainement faire la différence entre une position défensive et une armée qui lance un assaut !

— Et la ribambelle d'engins de siège que Jiro a caché dans les forêts, devant Kentosani ? Serait-ce une position défensive ? cria Shimone, mais son argument fut noyé dans le vacarme général.

Le maître des débats cria pour rétablir l'ordre :

— Confrères ! Les affaires dont nous discutions exigent de l'ordre.

Motecha tira sur ses robes pour les remettre en place comme un jiga aurait lissé ses plumes. Il désigna les gradins du doigt.

— Un vassal de Mara et des guerriers anasati dissimulés sous la bannière du clan Ionani ont tiré des flèches. Allons-nous rester assis à discuter jusqu'à ce que notre décret soit défié une seconde fois ? Tapek a rapporté que des troupes ont abattu des arbres pour construire des abris donnant une meilleure couverture à leurs archers.

Après s'être éclairci la gorge, Hochopepa croassa d'une voix rauque :

— Eh bien... Tapek aurait pu ordonner que l'on arrête les tirs. (Sa remarque provoqua un rire et une vague de commentaires désobligeants.) Ou le fait que les flèches perdues montrent peu de considération pour la majesté d'une Robe Noire aurait-il poussé notre ami Tapek à la prudence ?

À ces mots, Tapek bondit sur ses pieds, ses cheveux roux flamboyant sur ses robes noires. Il cria :

— Nous avons déjà ordonné une fois à Mara de s'arrêter ! A-t-elle oublié si rapidement la troupe de guerriers que nous avons détruite pour faire un exemple, sur le champ de bataille ?

— Motecha a la parole pour le moment, objecta le maître des débats. Vous devez rester assis, à moins que vous n'ayez reçu officiellement la permission de conduire la discussion, mon cher Tapek.

Le mage roux se rassit, marmonnant à l'adresse du contingent de jeunes magiciens qui s'étaient rassemblés autour de lui.

Motecha reprit son argumentation :

— Je déclare que Jiro des Anasati n'a lancé aucune manœuvre agressive. Ses engins de siège cernent peut-être les remparts de Kentosani, mais ils ne tirent pas ! Et ils pourraient ne jamais le faire, si l'on empêche Mara de rejoindre son allié à l'intérieur de l'enceinte impériale.

— Quel allié ? Insinuez-vous que Mara a participé à la trahison ? cria Shimone. Il a déjà été parfaitement établi qu'elle n'a absolument pas trempé dans le complot omechan pour tuer Ichindar !

Le désordre régna une nouvelle fois dans l'Assemblée. Le maître des débats Hodiku dut lever les mains pendant plusieurs minutes pour réclamer le silence. Les conversations s'éteignirent à contrecœur, et Sevean fut surpris en train de gesticuler et de crier alors qu'il expliquait un point à un collègue. Il baissa la voix, l'air confus.

Hochopepa essuya la sueur de son front.

— Je commence à avoir l'impression que je n'aurais pas dû me donner la peine de m'enrouer par un long discours. (Il rit doucement sous cape.) Nos adversaires se débrouillent très bien tous seuls pour semer le chaos.

— Pas pour longtemps, je le crains, dit Shimone d'une voix sinistre.

Motecha ajouta d'autres accusations, beaucoup plus ouvertement que tous ses prédécesseurs :

— Je dis que Mara des Acoma est coupable ! Son indifférence, non, son mépris pour la tradition est parfaitement connu. Comment en est-elle venue à porter le titre de pair de l'empire ? C'est un problème que je laisse à d'autres... Mais je déclare que le défunt empereur et elle se... comprenaient. C'est Justin, son fils, qu'elle élève comme prétendant au trône d'or, et j'approuve le droit de Jiro à se défendre contre cette démonstration excessive de l'ambition acoma !

— Ca y est, dit tristement Fumita. Tôt ou tard, le privilège d'adoption des enfants de Mara allait être évoqué. Il fallait que quelqu'un implique le garçon dans la querelle.

Il y avait une véritable note de tristesse dans sa voix, peut-être en souvenir du fils auquel il avait dû renoncer pour rejoindre l'Assemblée. Mais ce qu'il aurait pu ajouter fut noyé dans une grande clameur. Des magiciens bondirent sur leurs pieds, et plusieurs semblaient luire d'une colère intérieure. Le maître des débats Hodiku agitait vainement son bâton pour faire cesser le tumulte, et finalement il abandonna le terrain à un jeune mage nommé Akani.

Que plusieurs anciens expérimentés aient dû passer leur tour en faveur d'une Robe Noire qui sortait à peine de son apprentissage eut un effet immédiat, et le silence se rétablit.

Excellent orateur, Akani gardait un contrôle parfait de sa voix.

— La présomption de faits ne constitue pas une preuve, résuma-t-il d'une voix sèche. Nous ne savons rien d'un complot de Mara des Acoma. Nous ne pouvons pas nier qu'elle a perdu son fils aîné. Justin est son seul héritier. Si elle avait monté un complot pour le faire couronner empereur, elle aurait difficilement pu mettre une telle intrigue en œuvre en étant absente de la cour. Seul un imbécile laisserait le jeune garçon seul durant une guerre de succession, sans la présence de protecteurs acoma ou shinzawaï. Justin habite avec les filles d'Ichindar, dans les appartements impériaux réservés aux enfants. Je vous rappelle que le palais est en quarantaine pour les vingt jours de deuil après la mort de l'empereur ! Un enfant peut être victime d'un millier d'accidents durant un tel laps de temps. Si les troupes acoma sont en marche, c'est pour sauver la vie de leur futur seigneur. Mes amis, finit Akani d'une voix acerbe, je vous adjure de ne pas vous laisser influencer par des *spéculations* et des *commérages de rue* pour prendre votre décision.

Shimone leva ses sourcils gris fournis, pendant que le jeune magicien continuait son argumentation d'une voix posée et dénuée de passion.

— Excellent choix d'arguments. Ce garçon raisonne comme un juge de la cour impériale.

Hochopepa rit sous cape.

— Akani étudiait pour obtenir ce poste avant que ses pouvoirs magiques se révèlent, et le forcent à devenir une Robe Noire. Pourquoi pensez-vous que j'ai réclamé à Hodiku la faveur de le choisir quand la discussion tournerait à la violence ? On ne doit pas permettre aux partisans de Jiro, comme notre bon Tapek, si direct, de nous tyranniser pour nous pousser à agir sans réfléchir.

Cependant, même les qualités de juriste d'Akani ne lui permirent pas de garder la parole très longtemps. Les sentiments étaient exacerbés, et maintenant, même les Robes Noires qui étaient restées neutres dans la querelle réclamaient une décision, ne serait-ce que pour terminer cette longue et épuisante session.

La pression s'exerça de tous les côtés pour pousser les débats à leur fin. Akani avait épuisé ses arguments et, pour faire justice à sa déclaration précédente, le maître des débats Hodiku dut céder la parole à Tapek.

— Et voici les ennuis, articula Shimone d'une voix monocorde.

Hochopepa fronça les sourcils, et Fumita devint aussi rigide qu'une statue.

Tapek ne perdit pas de temps à convaincre son auditoire par un long discours.

— C'est un fait, compagnons, que l'Assemblée a déjà parlé d'une seule voix, et a ordonné à Mara de ne pas attaquer Jiro. Pour le bien de l'empire, je demande qu'on lui ôte la vie !

Hochopepa bondit sur ses pieds, étonnamment rapide pour un homme de sa corpulence.

— Je refuse cette demande.

Tapek tourna sur ses talons pour faire face au magicien replet.

— Au cours de notre longue histoire, quel mortel a pu continuer à vivre après avoir défié notre décret ?

— J'en dénombre plusieurs, rétorqua Hochopepa, mais je doute que cela règle le problème. (Le magicien corpulent n'avait plus qu'un mince filet de voix. Il préféra renoncer aux longues phrases alambiquées.) N'agissons pas de manière impulsive. Nous pourrons tuer Mara à loisir, si nous le décidons. Mais en ce moment, nous avons des problèmes plus pressants à considérer.

— Il va nous obliger à voter, murmura Fumita à Shimone d'une voix inquiète. Cela pourrait provoquer un désastre.

Les sourcils de Shimone semblaient figés dans un regard noir lorsqu'il répondit :

— Laissez-le faire. De toute façon, le désastre est inévitable.

Hochopepa descendit l'escalier entre les gradins. Ressemblant à un clown, avec sa corpulence, son visage rouge et son sourire joyeux, il ne semblait pas du tout querelleur. Une attitude aussi joviale au milieu de débats si tendus lui donna une certaine liberté, ne serait-ce que par le soulagement provoqué par cet effet comique. Le maître des débats Hodiku ne le réprimanda pas alors qu'il revenait au centre de la salle et commençait à faire les cent pas avec Tapek. Hochopepa était obligé d'allonger son pas plus court pour rester à la hauteur du grand magicien. Sa graisse se trémoussait sous sa robe, et la fatigue empourprait ses joues. Il renforça son apparence ridicule en agitant une main dodue juste sous le nez de Tapek, dans une gesticulation véhémente.

Pendant que Tapek reculait prestement le menton pour éviter d'être égratigné par un ongle, Hochopepa déclarait :

— Je suggère que nous tentions de trouver d'autres solutions avant *d'anéantir le pair de l'empire*.

Plusieurs membres de l'Assemblée firent la grimace devant une phrase aussi brutale, et Hochopepa s'empara audacieusement de cet avantage pour souligner son point de vue.

— Avant de commettre un acte sans précédent dans toute l'histoire de l'empire et de nos nations – détruire le détenteur du *titre le plus honorable qu'un citoyen puisse obtenir* – je vous demande de réfléchir.

— Nous avons réfléchi... l'interrompit Tapek, s'arrêtant net.

Hochopepa continua à marcher et, avec une apparente maladresse, sembla percuter son jeune confrère, le déséquilibrant. Tapek trébucha et fut obligé de partir en avant pour ne pas tomber de tout son long. Énervé, à court de paroles, il fut balayé par Hochopepa qui continuait son monologue.

— Nous devrions d'abord arrêter les effusions de sang, puis ordonner à Mara et à Jiro de se rendre à la Cité sainte. En ce lieu, ils pourront être retenus sous bonne garde pendant que nous jugerons de ce problème d'une façon moins confuse. Et si nous votions ?

Le maître des débats déclara :

— Une question est soumise au vote.

— J'ai encore la parole ! objecta Tapek.

À ce moment-là, Hochopepa marcha lourdement sur les orteils chaussés de simples chaussons du jeune magicien. Tapek ouvrit la bouche, ses joues blanchirent puis devinrent écarlates. Furieux, il se pencha vers Hochopepa, qui pesait de tout son poids sur son pied, comme s'il ne se rendait compte de rien. Pendant que Tapek était distrait par la douleur, Hodiku se hâtait de faire avancer la procédure.

— Eh bien, cette session a été longue et ennuyeuse, murmura Hochopepa à Tapek. Pourquoi ne pas nous asseoir pour retrouver notre calme et réfléchir très sérieusement à notre vote ?

Tapek grogna entre ses dents serrées. Il savait qu'il était trop tard pour interrompre le protocole et contrecarrer l'appel à un vote officiel. Alors qu'Hochopepa soulevait sa masse de ses orteils, le magicien offensé n'eut pas d'autre choix que de partir en boitant, grommelant, pour rejoindre le petit groupe de jeunes loups. Le maître des débats leva la main.

— Voici la motion : Oui ou non devons-nous ordonner l'arrêt des combats et demander à Mara et à Jiro d'aller à la Cité sainte pour rendre compte de leurs actes devant notre confrérie ?

Chaque magicien présent dans l'immense salle leva une main. Une lumière surgit des paumes levées, le bleu indiquant l'accord, le blanc l'abstention et le rouge le désaccord. La lueur bleue dominait clairement, et le maître des débats déclara :

— Le problème est réglé. La séance de l'Assemblée est ajournée, pour que nous puissions nous alimenter et nous reposer. Nous nous retrouverons à une date ultérieure pour décider qui sera envoyé pour transmettre notre convocation aux deux parties, Mara des Acoma et Jiro des Anasati.

— Brillant ! s'exclama Shimone, sans prêter attention aux regards furibonds que lui lançaient Tapek et Motecha.

Autour d'eux, des magiciens se levaient avec raideur, soupirant d'impatience à l'idée d'un repas et d'un long repos. La session s'était tellement prolongée qu'il faudrait de nombreux jours pour retrouver l'énergie nécessaire pour rassembler un quorum et désigner un nouveau maître des débats. De plus, quand un problème était officiellement résolu par un vote de l'Assemblée plénière, il était impossible à des magiciens comme Tapek d'agir de façon indépendante. Les lèvres minces et ascétiques de Shimone s'étirèrent d'une façon qui suggérait un sourire.

— Personnellement, je pense que je pourrai dormir pendant au moins une semaine.

— Vous ne le ferez pas, l'accusa Fumita. Vous vous installerez confortablement avec une bouteille de vin devant votre cristal de vision, comme nous tous.

Hochopepa laissa échapper un profond soupir et déclara :

— Nous avons réussi à empêcher ce qui aurait peut-être été l'acte le plus destructeur de toute notre longue histoire. (Il regarda autour de lui pour s'assurer qu'aucun témoin ne faisait particulièrement attention à eux.) Et nous avons gagné quelques jours de sursis. Je prie pour que Mara ait quelque plan astucieux dans sa manche, que je ne discerne pas, ou que son voyage à Thuril lui ait permis de gagner une protection qu'elle peut déployer rapidement. Si ce n'est pas le cas et que nous la perdions, nous retomberons dans les atrocités du jeu du Conseil pour encore quelques millénaires...

Fumita fut encore plus catégorique.

— Dans le chaos.

Hochopepa redressa les épaules.

— Ma gorge a besoin de quelque chose de liquide et de doux.

Les yeux de Shimone étincelèrent.

— J'ai encore un peu de ce vin keshian que vous aimez tant, caché quelque part dans mes appartements.

Hochopepa fronça les sourcils, surpris et indigné.

— Je ne savais pas que vous traitiez avec les marchands midkemians !

— Ce n'est pas le cas, répondit Shimone en reniflant, la voix pleine de reproches. Simplement, une boutique près des quais de la Cité sainte semble toujours en avoir dans ses réserves. Mon serviteur ne demande pas comment le propriétaire parvient à se procurer des bouteilles qui ne portent pas le cachet impérial, mais qui voudrait discuter quand le prix semble très raisonnable... ?

Alors que les trois magiciens se frayaient un chemin dans la grande salle de réunion, leur conversation alla vers des banalités, comme si des paroles insouciantes et un sentiment de camaraderie pouvaient, d'une certaine façon, écarter l'immense crise qui risquait de submerger leur terre et leur culture.

26

BATAILLE

Le camp brûlait.

Une fumée âcre tourbillonnait sur le champ de bataille, empestant le cuir brûlé et la laine finement tissée des coussins et des tentures qui ornaient habituellement les tentes de campagne des seigneurs et officiers tsurani. Les chiens de guerre aboyaient et grognaient, tandis qu'un jeune messager courait à la recherche d'un guérisseur pour s'occuper d'un officier blessé. Mara cligna des paupières pour chasser les larmes de ses yeux, et tourna le dos aux soldats qui fouillaient dans les cendres pour rassembler les cadavres et les armes. Le raid lancé à l'aube avait été un succès. Un autre allié traditionaliste de Jiro était mort dans sa tente de commandement, pendant que ses officiers et ses guerriers s'extirpaient de leurs couvertures dans un désordre complet. Lujan restait sans égal pour monter des embuscades et des raids surprises. Il était bien meilleur que les autres commandants qui n'avaient jamais connu les rigueurs de l'existence d'un guerrier gris, et il savait comment tirer avantage du subterfuge et de la ruse. La plupart des combats avaient impliqué des alliés mineurs et des vassaux des Acoma et des Anasati ; d'autres confrontations étaient survenues entre des maisons ayant de vieilles dettes de sang à régler. Les magiciens condamneraient rapidement une attaque en masse sur un champ de bataille officiel, mais des luttes plus réduites comme celle-ci s'étaient déroulées jusqu'à maintenant sans entraîner leur châtiment.

Mara savait qu'une telle indulgence ne durerait pas éternellement. Elle se tourna, épuisée, vers le petit abri sans ornement, hâtivement monté sur une bande de terre restée intacte après les combats. Lujan le savait, lui aussi. Il se jetait dans chaque escarmouche avec une énergie presque fanatique, comme s'il ne pouvait pas se reposer tant qu'il n'aurait pas abattu un ennemi de plus.

Étouffant, fatiguée et la peau mise à vif par le poids d'une armure complète à laquelle elle n'était pas habituée, Mara souleva le rabat de ses quartiers personnels. Des tourbillons de poussière entrèrent avec elle. Elle agita une main, et une servante surgit de l'obscurité pour délacer les lanières de ses sandales de guerre. Elle ne disposait pas du confort somptueux de son immense tente de commandement, qui était restée empaquetée au domaine, et utilisait à la place une tente simple prise dans les réserves, qui servait autrefois d'abri aux bouviers. Depuis son voyage à Thuril, le point de vue de Mara sur certaines coutumes tsurani s'était aigri et, de toute façon, la tente de commandement teinte en verte avec ses bannières de soie, ses ornements et ses pompons n'aurait servi qu'à annoncer aux magiciens où elle se trouvait.

La tente des bouviers était suffocante. La toile filtrait la lumière directe du soleil, et un peu le bruit, alors que les officiers lançaient des ordres et que les hommes blessés gémissaient, plongés dans les affres de la souffrance.

— De l'eau, demanda Mara.

Elle leva une main maculée de terre et déboucla la mentonnière de son casque.

— Grande dame, laissez-moi vous aider.

Kamlio se hâta de franchir le rabat grossier qui divisait la tente en deux. Mieux éduquée que la servante pour répondre aux besoins des hommes, les boucles des armures lui étaient familières. Elle s'appliqua à la tâche d'une façon experte, et lorsque les couches encombrantes de plaques laquées furent ôtées les unes après les autres, Mara soupira de soulagement.

— Bénie sois-tu, murmura-t-elle, et elle hocha la tête pour remercier la servante qui lui tendait une tasse d'eau fraîche.

Plus jamais elle ne considérerait un tel service comme allant de soi.

Kamlio ouvrit une autre boucle et remarqua le léger tressaillement de Mara.

— Vous avez des ampoules, dame ?

Mara hocha tristement la tête.

— Partout. Il semble que je ne parvienne pas à avoir des cals assez rapidement.

Elle portait rarement l'armure de chef de guerre du clan Hadama, mais les insignes de son titre et de son rang devaient plus que jamais être mis en évidence. Elle participait à une campagne militaire et commandait des troupes dans une alliance sans précédent dans l'histoire moderne. Elles marchaient peut-être sous les bannières d'une centaine de maisons mineures, et ses propres forces se dissimulaient sous les étendards de son clan ; mais la dame des Acoma avait rassemblé soixante-dix mille hommes, plus de la moitié de la puissance militaire de l'empire. Elle était responsable de leurs vies, sinon de leur survie ultime.

Cette guerre est survenue bien trop rapidement ! enrageait-elle intérieurement, pendant que Kamlio retirait les jambières et la cuirasse, et terminait par les lanières des gantelets. Les armées s'étaient rassemblées avant qu'elle ait eu le temps de mettre en place un plan d'action, ou même d'organiser une réunion entre Keyoke et les mages cho-ja de Chakaha. L'assassinat d'Ichindar était survenu alors que toutes les pièces de la victoire se trouvaient entre ses mains, mais sans qu'elle ait eu l'occasion de réfléchir à la meilleure façon de les utiliser.

Kamlio venait juste de déboucler la cuirasse de Mara quand des bruits de pas retentirent devant la tente. Alors qu'on lui enlevait le lourd casque décoré de bosselures et de plumes, Mara ferma les yeux de lassitude. Elle repoussa en arrière les cheveux plaqués en mèches mouillées sur son front et son cou.

— Ouvre le rabat de la tente, ordonna-t-elle à sa servante. Si c'est Lujan qui revient déjà, je crains qu'il ne s'agisse de mauvaises nouvelles.

La servante releva la pièce de cuir de needra qui tenait lieu de porte, pendant que Kamlio fouillait dans la tente à la recherche de nourriture et de tasses pour offrir de l'eau. Les guerriers étaient en campagne depuis l'aube, et l'officier qui approchait pour faire son rapport serait sûrement affamé et assoiffé.

Une ombre soulignée par un panache de fumée obscurcit la lumière. Mara ferma brièvement ses paupières pour soulager ses yeux qui la piquaient, et distingua le plumet de son commandant lorsqu'il la salua, le poing sur le cœur. Elle avait dû avoir une expression inquiète, car la bouche de Lujan se fendit immédiatement en un large sourire destiné à la rassurer, rendu encore plus éclatant par la suie qui noircissait son visage.

— Dame, les Zanwaï et les Sajaio sont en pleine débâcle. La victoire est à nous ! Si l'on peut se réjouir d'avoir gagné une malheureuse bande de marais à ngaggi, les cendres de quelques tentes, et six chiens de guerre bâtards qui ont tendance à déchirer la gorge de tout ce qui bouge – l'un des morts était leur dresseur – alors réjouissez-vous. La petite troupe qui a tenté d'organiser la retraite a été rapidement mise en déroute, surtout parce que les officiers responsables n'avaient pas plus de cervelle que les chiens de la maison Sajaio.

Mara regarda le ciel grisâtre obscurci par la fumée, puis répondit d'une voix amère :

— Combien de temps devrons-nous rester sur cette ligne défensive, pour empêcher le passage des forces Anasati bloquées au sud-est de Sulan-Qu ?

Savoir que Jiro avait d'autres forces dissimulées au nord l'irritait profondément. Elle s'attendait chaque jour à recevoir la nouvelle que la Cité sainte était assiégée. L'armée shinzawaï d'Hokanu avançait à marche forcée, mais elle se trouvait encore à plusieurs jours de Silmani et du Gagajin. Mara n'avait pas d'autre choix que de se reposer sur les plans du fabricant de jouets et sur les ingénieurs qu'elle avait envoyés infiltrer l'opération de Jiro. Elle restait éveillée toutes les nuits, priant pour que son sabotage soigneusement préparé fonctionne et pour que, lorsque Jiro ordonnerait à ses grandes machines d'abattre les remparts, les mécanismes se dérèglent et sèment le chaos dans ses troupes.

Les mages cho-ja ne pouvaient pas l'aider dans cette guerre. Leur magie devait être tenue secrète, jusqu'au moment le plus désespéré où l'Assemblée agirait enfin. Car avec les factions rivales qui se regroupaient pour descendre sur Kentosani, un conflit à grande échelle n'était plus qu'une question de temps. Les troupes ennemies ne pouvaient se contenter de s'observer que pendant un temps réduit, en se limitant à des escarmouches et à de petits engagements. Elles ne seraient pas dissuadées par la douzaine de petites armées qui tentaient d'accaparer les positions les plus avantageuses, dans l'espoir de s'emparer des restes que les grandes maisons laisseraient dans leur sillage de destruction.

Mara fit signe au commandant d'entrer dans sa tente.

— Combien de temps ? Jiro devra bientôt manœuvrer, soit pour briser nos lignes, soit pour ordonner à ses alliés disposés à l'ouest de commencer le siège de la Cité sainte. Combien de temps pourrons-nous rester en arrière, sans mettre en péril le soutien que nous devons apporter à Hokanu ? Si quelque chose tournait mal...

La voix de Mara faiblit ; elle se sentait abattue par l'angoisse de l'attente, son armée prête à intervenir, mais incapable d'avancer. Si elle ordonnait au gros de ses troupes de marcher sur Kentosani, elle laissait la voie libre aux Anasati. Ceux-ci pourraient rejoindre le fleuve ou les routes commerciales, ou l'attaquer par-derrière. Tant que les forces acoma gardaient leurs lignes, le commandant de Jiro ne pouvait pas attaquer et se frayer un chemin à travers Sulan-Qu par la force, sans provoquer le courroux de l'Assemblée.

Mais Mara ne supportait plus de devoir rester sur place, sachant que l'assassinat d'Ichindar n'était que la première étape d'un complot machiavélique. Jiro n'avait pas passé des années à construire des engins de siège, payé des pots-de-vin somptueux et gagné des alliances dans les domaines entourant Inrodaka pour rien. La menace envers Justin viendrait de l'ouest, elle en était sûre, et si ses ennemis perçaient les défenses de l'enceinte impériale avant qu'elle puisse rejoindre la Cité sainte, ses enfants risquaient de mourir. Les gardes blancs impériaux étaient de bons guerriers, mais après la mort d'Ichindar, qui commandait leur loyauté ? Sa première épouse ne parvenait même pas à contrôler sa propre fille... Le commandant impérial défendrait l'enceinte du palais, mais sans une autorité supérieure clairement définie, ses hommes resteraient un facteur inconnu. Ils combattraient, mais défendraient-ils le palais avec le même dévouement et la même abnégation que les troupes acoma ? Chaque soldat était susceptible d'hésiter, car le seigneur ordonnant l'assaut de l'enceinte impériale risquait fort d'être le prochain empereur. Maintenant plus que jamais, Mara percevait les défauts du mode de gouvernement tsurani.

— Par les dieux, s'exclama-t-elle dans sa contrariété, cette campagne serait sanglante mais directe, si nous pouvions préparer nos plans sans l'interférence de l'Assemblée !

Lujan observa avec inquiétude l'agitation de sa maîtresse. Il connaissait bien la fragilité des hommes que l'on gardait trop longtemps sur le qui-vive, et qui attendaient la bataille sans combattre. Sa maîtresse était tellement tendue qu'elle approchait du point de rupture. La tunique matelassée qu'elle portait sous son armure était trempée de sueur. Toujours entêtée, Mara avait tenu à surveiller l'action en restant sous le soleil. Lujan prit sa voix la plus douce pour suggérer :

— Vous devriez profiter de la moindre occasion pour vous asseoir et vous reposer, dame. (Pour lui donner l'exemple, il retira délibérément son casque et s'assit en tailleur sur le coussin le plus proche.) L'action peut reprendre à n'importe quel moment, et vous ne pourrez rien faire de bon si vous êtes épuisée ou si vous vous êtes évanouie à cause de la chaleur. (Il se gratta le menton, incapable de réduire au silence l'inquiétude qui le rongeait.) Même s'il est évident pour tout le monde que les magiciens se font remarquer par leur absence.

— Un mauvais signe, reconnut Mara. Hokanu suppose qu'ils délibèrent pour nous délivrer un ultimatum solidaire. Si Jiro ou moi engageons directement nos forces, ils agiront immédiatement, tu peux en être sûr. (Elle laissa la servante lui retirer sa tunique matelassée trempée, et fit signe qu'on lui en apporte une sèche.) Je me baignerai plus tard, quand la fumée se sera déposée et que les vêtements auront une chance de rester propres.

Lujan se frotta un coude meurtri, mais interrompit son geste quand Kamlio lui tendit une tasse d'eau. Il but avidement, les yeux tournés vers la carte de commandement déroulée sur la terre nue, à côté de la table. Des pierres en retenaient les coins, et le centre était encombré de spirales et de lignes de pions colorés, montrant la disposition des troupes de chaque faction depuis les derniers rapports. L'impatience qui dévorait sa dame était partagée par tous les hommes sous son commandement. Lujan savait qu'il leur faudrait bientôt agir, pour garder leur esprit attentif et empêcher que la frustration ne provoque des gestes inconsidérés. Même un petit engagement serait utile, focalisant l'attention et maintenant la discipline. Ceci lui permettrait de garder les troupes au mieux de leur forme. Il réfléchit intensément en contemplant la carte, puis tira son épée pour s'en servir comme d'une règle.

— Il est clair qu'un groupe de seigneurs neutres s'est mis en position défensive le long de la branche orientale du fleuve Gagajin, entre la fourche au nord du Grand Marais et la cité de Jamar. Ils pourraient marcher à l'ouest et harceler le flanc de Jiro, mais ils se contenteront probablement d'attendre et de se déclarer à la fin pour le vainqueur.

Mara répondit tandis que sa servante lui épongeait et lui séchait le visage, puis lui présentait une tunique propre :

— À quoi penses-tu ? À une diversion ? Si nous pouvions les exciter et les obliger à se déplacer, la situation ne serait-elle pas assez confuse pour dissimuler l'avance de quelques-unes de nos compagnies ?

— Keyoke a suggéré de prendre quelques prisonniers, de voler leurs armures et leurs bannières, puis de glisser l'une de nos compagnies vers le nord sous une fausse identité.

Les lèvres de Lujan dessinèrent un sourire amusé.

— Ce n'est pas du tout honorable, dame, mais vous disposez d'hommes assez loyaux pour ne pas s'en soucier. (Son regard montrait sa franche admiration pour la condition physique et la minceur de Mara, et pour sa capacité à supporter les ampoules sans se plaindre.) Mais il nous faut décider quelles forces nous pourrions lancer dans une escarmouche, qui ne serait pas trop évidente à nos ennemis.

— Je peux vous arranger cela, je pense, intervint une voix de velours.

Une ombre sortit de la fumée, attendant sur le seuil de la tente. Comme toujours, Arakasi était apparu dans un silence parfait. Bien que Mara soit accoutumée à ses arrivées inattendues, elle faillit tressaillir. Mais Kamlio, surprise, renversa la cruche d'eau sur la carte. Les pions furent emportés par le flot, et l'eau se rassembla sinistrement dans le creux qui représentait Kentosani. Personne ne bougea dans la tente lorsqu'Arakasi contempla la jeune fille pour la première fois depuis son retour de Thuril. Il écarquilla les yeux un instant, dévoilant un regard presque implorant. Puis il retrouva sa maîtrise et son sang-froid, et son regard revint vers la carte. Les réflexes toujours aussi vifs, il reprit ses explications :

— L'eau renversée a joliment résumé la situation que nous avons construite. Dame, avez-vous reçu mes rapports ?

— Certains d'entre eux. (Mara toucha la main de Kamlio, et la pressa de sortir ou de s'asseoir.) Laisse la servante essuyer la carte, lui murmura-t-elle gentiment.

Kamlio n'avait jamais autant ressemblé à une gazen surprise et vulnérable, dissimulée derrière un mince buisson. Et cependant les terres de Thuril l'avaient changée. Elle ne se mit pas à bouder ni ne se raidit, mais rassembla son courage et s'assit.

Arakasi prit une rapide inspiration, et fronça les sourcils d'une façon interrogatrice. Puis, revenant à ses affaires, il s'agenouilla près de la table et croisa les mains sur ses cuisses, comme s'il les défiait de s'agiter ou de trembler devant son auditoire. Il ne semblait pas fatigué, jugea Mara, mais simplement obsédé ; il ne portait aucun déguisement, à part une simple robe noire galonnée de blanc. Bien qu'ils aient communiqué depuis son retour du sud, c'était la première fois qu'il faisait une apparition en personne depuis l'assassinat de l'empereur.

— Dame, c'est bien ce que nous craignions. Les Inrodaka et leurs deux vassaux se sont ligués avec Jiro ; leurs déclarations de neutralité ne sont qu'une feinte. Les engins de siège sont cachés dans les forêts et avancent actuellement vers Kentosani.

— Où ? demanda brusquement Lujan.

Arakasi comprit l'inquiétude du commandant.

— Au sud-est de la Cité sainte. (Il résuma le pire.) Des traditionalistes de la province de Neshka se sont impliqués comme alliés, et au nord, les Inrodaka ont envoyé des troupes qui harcèleront certainement la marche d'Hokanu vers Kentosani. Les troupes du seigneur des Shinzawaï sont en nombre supérieur ; elles ne seront pas arrêtées, mais elles subiront des pertes et seront retardées.

— Des alliés de Neshka ? dit Mara. Ceux-là, nous avons le droit de les combattre. (Elle demanda à Lujan :) La garnison de mon domaine de Sulan-Qu peut-elle marcher vers l'ouest et les intercepter ?

Arakasi les interrompit brutalement, ce qui n'était pas dans ses habitudes :

— Les troupes sont déjà trop près de Kentosani. Vous ne pourriez que harceler l'arrière-garde ou au mieux obliger quelques compagnies à faire demi-tour pour nous affronter. Cela diminuerait les forces impliquées dans le siège, mais ne les arrêterait pas.

— Et vos terres ancestrales n'auraient plus assez de troupes pour les défendre efficacement, ajouta Lujan. (Il ajouta, en réfléchissant à toute vitesse :) Votre marché initial avec la reine cho-ja vous donne deux compagnies de guerriers. Elles permettraient de repousser une force indépendante qui tenterait de piller ou de lancer un raid sur le domaine, mais pas d'arrêter l'armée de Jiro s'il choisissait de concentrer ses efforts dans cette direction.

— Les magiciens ont interdit cette manœuvre, contra Mara, se penchant sur le côté afin de permettre à la servante de passer une serviette pour éponger l'eau répandue sur la carte. Mon domaine près de Sulan-Qu devrait être sacro-saint. (Elle tapotait ses doigts les uns contre les autres, plongée dans une réflexion douloureuse.) Kentosani doit être notre premier souci. Si Jiro gagne le trône d'or, notre cause est perdue. Nous n'avons que les plans du fabricant de jouets pour déjouer son attaque. Si ce stratagème réussit, de nombreux ennemis mourront lorsque les engins de siège seront utilisés. Le nombre de troupes impliquées devient donc critique. Si on le réduit, Jiro risque de ne pas avoir assez d'hommes pour escalader les murs avant l'arrivée d'Hokanu. Non, il faut risquer la sécurité du domaine près de Sulan-Qu. La seule inconnue à craindre est la réaction de l'Assemblée. Que feront les magiciens si nous dépouillons les terres acoma près de Sulan-Qu de leurs troupes, et que nous affrontons les traditionalistes de la province de Neshka ?

— Personne ne peut le savoir, reconnut Arakasi.

Comme s'il n'était pas conscient de Kamlio qui suivait le moindre de ses mouvements, il se servit sur le plateau de nourriture qu'avait apporté la servante de Mara après avoir fini d'éponger l'eau.

— Je pense que le seigneur des Anasati s'est peut-être montré trop rusé, ajouta-t-il. Il a pris grand soin de s'assurer que ses partisans de Neshka donnent l'impression d'agir de leur propre initiative. Jiro se prépare une façade commode de neutralité, au cas où il gagnerait le trône et où l'Assemblée l'accuserait de se montrer trop ambitieux. Il pourra objecter que l'alliance pour le porter au pouvoir a été formée par l'opinion populaire, qu'il n'a pas tenté de s'emparer de la couronne impériale, et que ce sont les traditionalistes qui l'ont choisi comme le candidat le plus estimable. (Entre deux bouchées de pain, le maître espion précisa :) Maîtresse, votre opposition à une telle manœuvre pourrait être encouragée par l'Assemblée, car c'est un équilibre normal des puissances.

— Il faudra peut-être sacrifier la propriété de Sulan-Qu, sur cette supposition, l'avertit Lujan.

Il écarta les pions trempés avec son épée, pour dégager cette région sur la carte.

L'exaspération de Mara se montra lorsqu'elle répondit :

— Nous sommes comme deux duellistes à qui l'on a dit que certaines manœuvres provoqueraient l'intervention de l'arbitre qui les abattrait, mais à qui l'on n'a pas révélé la nature de ces manœuvres.

Arakasi déposa sa croûte de pain pour remettre à jour la position des pions, et sous ses mains un mélange sinistre de couleurs se déploya vers Kentosani.

— Jiro contrôle peut-être la position la plus critique pour attaquer l'enceinte impériale, mais nous disposons de troupes plus importantes et de meilleures ressources.

Mara reprit la pensée qu'il n'avait pas terminée :

— Nous avons le soutien sans faille du seigneur Hoppara des Xacatecas, mais il est bloqué à Kentosani. Son titre ne lui donne pas le droit d'agir sans l'ordre d'un empereur, sauf pour la défense du palais ; à Ontoset, Isashani ne peut que lui envoyer des forces Xacatecas pour réagir aux événements. (Mara soupira.) Politiquement, nous sommes désavantagés. Les seigneurs qui aimeraient un retour à l'ancienne formule du Conseil sont plus nombreux que ceux qui nous soutiennent. Non, cette guerre ne durera pas longtemps. Soit nous gagnons de façon décisive et rapidement, soit Jiro aura de plus en plus de partisans.

Lujan passa le doigt sur le fil de son épée, comme s'il était contrarié par les encoches qui devraient être réparées après les combats du matin.

— Vous craignez la désertion et la trahison ?

— Je ne les crains pas, répondit Mara. Mais si nous faiblissons, je m'y attends. (Alors que l'ordre était rétabli sur la carte, elle se mordit les lèvres et prit sa décision.) Nous devons à tout prix menacer le siège. Il faut risquer le domaine près de Sulan-Qu. Lujan, comment devrions-nous procéder ?

Le commandant des armées Acoma reprit son casque trempé de sueur.

— Nous pouvons demander à notre ami le seigneur Benshaï des Chekowara de commencer à se déplacer vers le nord, vers votre ancien domaine, mais de rester sur la rive occidentale du fleuve. Jiro se demandera s'il vient renforcer notre garnison ici, ou s'il continuera vers la Cité sainte.

Mara lui rendit un sourire de satisfaction féroce.

— Si nous le poussons à engager une fraction même minime des troupes anasati pour gêner la maison Chekowara, il révélera à l'Assemblée qu'il s'est directement impliqué dans l'attaque.

— Si Jiro traverse le fleuve pour intercepter Benshaï, celui-ci s'enfuira comme un calley paniqué, continua Arakasi avec ironie. Ses domestiques disent derrière son dos qu'il marmonne des paroles de lâche durant son sommeil.

Mara soupira.

— Si nous avons de la chance, Jiro ne le sait pas.

Arakasi reprit la parole, une certaine frustration transparaissant dans sa voix :

— Jiro le sait très certainement. Son conseiller Chumaka pourrait tout aussi bien avoir son oreille près de la bouche dodue du seigneur des Chekowara, écoutant chacune de ses respirations. Mes agents ont la preuve qu'il a plongé le clan Hadama dans la confusion durant toutes les années où il a été son chef de guerre. En dépit de la richesse de ses robes et de la mine sévère de ses soldats, Benshaï des Chekowara n'est qu'apparence et n'a aucune substance. Non, il peut marcher résolument jusqu'au fleuve, mais la moindre possibilité d'une attaque anasati provoquera sa fuite vers le sud. Jiro saura immédiatement que votre domaine près de Sulan-Qu ne sera plus protégé, car la moitié des courtisanes de Benshaï sont des espionnes de Chumaka.

Kamlio se redressa en entendant la véhémence d'Arakasi. Elle faillit prendre une inspiration pour lui répondre, puis ses joues devinrent écarlates. Elle baissa le regard, plongée dans un embarras douloureux.

Mara le remarqua un peu avant Lujan. Elle effleura le poignet de son commandant sous la table, pour arrêter la discussion. Les sujets sérieux attendraient un peu, pour permettre au courant de tension entre le maître espion et l'ex-courtisane de provoquer une réaction.

Arakasi parla le premier, un écho aussi dur que le fer des barbares résonnant dans sa voix de velours :

— Je n'aime pas les habitudes du seigneur des Chekowara. (Son dégoût était visible lorsqu'il ajouta :) Les jeunes filles qui sont en réalité des espionnes sont une spécialité de Chumaka. Mara a failli autrefois être tuée par l'une d'elles. Elle se nommait Teani. (Il s'arrêta, levant les sourcils d'un air interrogateur.) Si vous voulez connaître mes pensées sur un sujet particulier, il vous suffit de me le demander. Arrêtez simplement de me regarder fixement comme si j'étais un parchemin, un puzzle, ou une sorte d'animal de compagnie parlant.

Kamlio bondit sur ses pieds, visiblement troublée.

— Je ne pense pas à vous de cette façon.

Elle semblait essoufflée, comme si elle avait couru. Elle commença à s'incliner, se préparant à demander à Mara la permission de sortir ; mais l'expression neutre du visage de sa maîtresse ne lui promit aucune pitié. Elle cligna des yeux, releva le menton, et regarda le maître espion, les yeux grands ouverts, et très vulnérable.

— Je ne sais pas quoi vous demander. Je ne sais pas quoi penser de vous. Vous m'effrayez jusqu'au tréfonds de mon âme, voilà la vérité. (Ses doux yeux en amande s'emplirent de larmes.) Je suis terrifiée et je ne sais pas pourquoi.

Durant un instant, le maître espion et la jeune fille se firent face, troublés et angoissés. Lujan restait paralysé, serrant trop fortement son épée.

Après une seconde insupportable, Mara comprit que c'était à elle de briser la tension.

— Kamlio, tu as peur parce tu sais enfin ce que l'on éprouve quand on risque de perdre quelque chose. Va maintenant, trouve de l'eau fraîche et lave-toi le visage.

Comme si elle avait été retenue par des fils invisibles qui venaient d'être tranchés, la jeune fille s'inclina, soulagée et reconnaissante, et se hâta de passer de l'autre côté de la tenture qui donnait un peu d'intimité à la partie arrière de la tente.

Devant l'air blessé d'Arakasi, Mara eut un sourire de gamine.

— Tu es en train de gagner, murmura-t-elle. Elle t'a laissé voir ses sentiments.

Arakasi laissa ses mains retomber sur ses genoux. Tendu et osant à peine espérer, il demanda :

— Vous pensez ?

Lujan éclata d'un grand rire et donna au maître espion une grande claque amicale sur l'épaule.

— Mon ami, crois-moi sur parole. La plupart d'entre nous endurent ces bêtises quand ils sont encore de jeunes garçons, mais ton adolescence semble arriver plus tard que de coutume. Dame Mara a raison. La jeune fille rejoindra tes couvertures, si tu es prêt à lui montrer que tu as besoin de son aide.

Arakasi restait assis, les sourcils levés dans une expression de perplexité assez comique.

— Quoi ?

— Elle doit voir que tu as besoin d'elle, lui expliqua Mara.

Comme le maître espion semblait toujours aussi mystifié, Lujan ajouta :

— Par les dieux, elle ne t'a jamais vu commettre une seule erreur. Tu as tué des assassins tong, et tu as survécu ; tu lui as fait l'amour sur la natte de son maître, et si tu transpirais, c'était par passion et non par peur. Tu l'as émue comme peu d'hommes pouvaient le faire, je le parierais, ce qui signifie que tu as été la première personne encore en vie qui a entrevu ses sentiments. Cela l'effraye, parce que cela signifie que sa beauté et son éducation ont failli, ou que tu es trop intelligent pour succomber à sa séduction. Dans ses bras, un homme n'est pas supposé conserver assez d'esprit pour penser à autre chose qu'à son membre raidi. Alors elle est effrayée. Aucune de ses compétences ne lui servira en ce qui te concerne. Elle ne peut pas porter de masque pour se protéger. On lui offre un homme qui peut la comprendre, mais dont elle ne peut pas lire les sentiments. Les plaisirs de la chambre à coucher l'ennuient, parce qu'aimer un homme ne fait pas partie de son expérience. Il faudra qu'on la guide et qu'on lui montre comment faire. Mais pour cela, elle doit perdre sa crainte mêlée d'admiration pour toi. Essaie de trébucher sur une pierre et de tomber à ses pieds, un jour. Tu verras, elle se précipitera vers toi pour essayer de soigner immédiatement tes genoux écorchés.

Mara intervint :

— Pour un voyou qui profite des femmes, tu as quelquefois des intuitions surprenantes, Lujan.

Alors que le commandant souriait, Arakasi déclara :

— Je vais y réfléchir.

— Si tu réfléchis ne serait-ce qu'une seule fois à propos d'une femme, tu es perdu, dit Lujan en riant. À ma connaissance, personne n'est jamais tombé amoureux grâce à la logique.

— Lujan a raison, l'encouragea Mara, consciente instinctivement de la vérité.

Hokanu et elle partageaient une compréhension parfaite, une harmonie du corps et de l'esprit. Mais avec Kevin, têtu, franc et querelleur, qui quelquefois l'avait fait hurler de frustration, elle avait connu une passion que les années n'avaient pas estompée. Durant un instant, son cœur battit plus vite à ce souvenir – jusqu'à ce qu'une rafale d'air enfumé pénètre dans la tente, lui rappelant la bataille et les problèmes du jour, qui demandaient son attention immédiate.

— Fais venir notre conseiller pour la guerre, dit-elle. Nous devons préparer des plans pour toutes les éventualités, et réussir une chose jusqu'à ce que les choses en arrivent au point critique : rester en vie.

La tente resta silencieuse pendant un moment, avant que quiconque ne bouge ; le vent apportait les bruits d'un camp armé, attendant de s'engager bientôt dans une grande guerre, ou d'être transformé en un cercle de cendres par les Très-Puissants de l'Assemblée.

La bourrasque cessa, et le bruit de la pluie qui dégouttait des arbres mouillés se mêla aux cris des officiers dirigeant leurs troupes pour installer le camp. Les guerriers n'arboraient aucune marque distinctive sur leurs armures, et les tentes qu'ils s'efforçaient de monter étaient d'un brun terne. Pour un observateur peu attentif, rien ne distinguait le campement de cette compagnie des milliers d'autres installés dans des points stratégiques dans tout l'empire. Sauf que cette troupe ne semblait garder aucun carrefour, pont, gué, ou autre lieu important. Elle se préparait à passer la nuit dans une forêt touffue, à quatre jours de marche au nord-ouest de Kentosani et à des lieues de toute possibilité de combat.

Il ne s'agissait pas d'un exercice et la discipline était loin d'être relâchée, tandis que les serviteurs et les hommes du rang s'efforçaient d'enfoncer les piquets de tente et de lever les toiles. Sur une légère pente, sous un bosquet de résineux trempés, un homme faisait nerveusement les cent pas, pendant qu'une silhouette plus petite et plus maigre enveloppée dans une cape de laine huilée trottait sur ses talons pour ne pas être distancée.

— Combien de temps dois-je encore attendre ? s'exclama Jiro d'une voix sèche et exaspérée.

Un serviteur se porta à sa rencontre et s'inclina. Jiro le contourna ; accoutumé aux humeurs massacrantes de son maître depuis que les armées s'étaient mises en marche, le domestique appuya son visage contre les feuilles humides et moisies.

— Votre tente de commandement sera bientôt prête, mon seigneur.

Jiro se retourna, les yeux plissés par le mécontentement.

— Je ne parlais pas de toi !

Le malheureux auquel il s'adressait s'humilia en s'allongeant dans la boue pour expier le mécontentement de son maître, et le seigneur des Anasati se retourna vers son premier conseiller qui venait juste de le rattraper.

— J'ai dit, combien de temps encore ?

Chumaka essuya la goutte d'eau qui descendait le long de son nez. Il semblait satisfait de lui, en dépit de ses vêtements trempés et de la longue marche de la journée dans une forêt sauvage et sans sentier.

— Patience, maître. Une fausse manœuvre gâcherait toute l'organisation que nous avons eu tant de mal à mettre en place durant toutes ces années.

— Ne détourne pas le sens de mes questions, rétorqua Jiro, qui n'était pas d'humeur à supporter la rhétorique de son premier conseiller. Je t'ai demandé, combien de temps ? Nous ne pouvons pas laisser indéfiniment les engins de siège inutilisés, autour de Kentosani. Chaque jour qui passe augmente les risques : le seigneur des Omechan à qui nous avons laissé la responsabilité de l'opération risque de s'impatienter, ou de satisfaire ses propres ambitions. Et le retard permet aux forces shinzawaï de se rapprocher toujours plus, pour venir prêter main-forte à la garde impériale. Nous ne devons pas croire que l'Assemblée n'espionne pas nos actions. Elle peut intervenir à n'importe quel moment et interdire notre attaque ! Au nom des dieux, Chumaka, qu'est-ce que nous attendons ?

Si le premier conseiller des Anasati fut surpris par cette tirade, il ne réagit pas et se contenta de s'arrêter. Son visage ridé resta de marbre, pendant que Jiro continuait à tourner en rond. Six pas énergiques plus loin, le seigneur remarqua finalement que le serviteur à qui il avait ordonné de répondre ne le suivait plus. Il se retint de lâcher une imprécation. Comme toujours, Chumaka avait prévu toutes les éventualités. Soit Jiro devait reconnaître qu'il s'agitait stérilement, en revenant sur ses pas pour obtenir sa réponse, soit il devait ordonner à son premier conseiller de le rejoindre. La distance qui les séparait était juste suffisante pour que le maître soit obligé d'élever la voix, et de montrer à toutes les personnes à portée d'ouïe qu'il avait besoin d'affirmer sa supériorité pour régler un point mineur.

Jiro aurait pu crier juste pour soulager sa mauvaise humeur, mais comme il avait invité un contingent omechan, il dut capituler et revenir vers Chumaka.

Il était surtout irrité par d'autres raisons, et cette défaite personnelle ne provoqua pas sa rancœur. En fait, il admirait la finesse de son premier conseiller. Un seigneur qui montrait sa nervosité et son mauvais caractère devant tout le monde n'avait aucune dignité ; et quelqu'un qui aspirait à la couronne impériale devait apprendre à oublier les irritations insignifiantes. Chumaka lui donnait une leçon subtile et experte, sans lui faire de reproches devant des guerriers et des serviteurs qui pourraient révéler le manque de sang-froid de leur maître.

De tels traits de caractère feraient de Chumaka un conseiller impérial idéal, songea Jiro. Les commissures de ses lèvres se relevèrent et manquèrent d'esquisser un sourire. D'une humeur bien meilleure maintenant, le seigneur des Anasati regarda son conseiller dont le dos voûté était souligné par les vêtements humides plaqués contre son corps.

— Pourquoi laisser à Mara plus de temps pour faire progresser ses propres intérêts ? Ton réseau de renseignements a confirmé qu'elle a l'intention de réclamer le trône d'or pour Justin.

Chumaka se tapota la joue avec un doigt, comme s'il réfléchissait ; mais en voyant la lueur calculatrice dans ses yeux, Jiro sut qu'il l'observait attentivement.

— Maître, finit par répondre Chumaka, votre tente de commandement est montée. Je vous suggère de discuter de ce problème à l'intérieur, dans le confort et la tranquillité.

Jiro se mit à rire.

— Tu es encore plus glissant qu'un poisson qui sort de l'eau, Chumaka. Très bien, prenons le temps de nous sécher et de demander aux serviteurs de nous apporter un thé chaud. Mais après cela, plus de détours ! Par les dieux, tu me donneras ta réponse. Et après tous ces retards et toutes ces excuses, tu as intérêt à t'expliquer clairement !

Maintenant, c'était Chumaka qui souriait. Il fit une brève révérence, comme pour se dénigrer lui-même.

— Maître, ai-je jamais manqué de faire correspondre mes actions à vos désirs ?

D'une humeur aussi changeante que les nuages poussés par les vents au-dessus de sa tête, Jiro répondit entre ses dents serrées :

— Mara est toujours en vie. Rapporte-moi sa tête, et je dirai alors que tu n'as jamais manqué à tes devoirs.

Pas le moins du monde intimidé par ce qu'un autre homme aurait pu considérer comme une menace directe du seigneur des Anasati, Chumaka répondit :

— Oui, maître, c'est exactement ce à quoi je travaille.

— Ha ! (Jiro avança dans les bois sombres pour rejoindre la grande tente.) Ne me tente pas, vieil homme. Tu travaillerais jusqu'à t'user les os pour le simple amour de l'intrigue.

Chumaka tordit le bord de sa cape dégoulinante de pluie et suivit son maître dans la tente de commandement.

— Mon seigneur, c'est un point subtil, mais si je faisais une telle chose pour le plaisir, ce serait de la vanité. Les dieux n'aiment pas ce défaut chez un homme. Je travaille pour la gloire de votre cause, seigneur, et là s'achève le problème. Je reste à jamais votre loyal serviteur.

Jiro mit fin à la discussion d'un geste réprobateur. Il préférait philosopher dans ses livres, qui n'avaient pas la tendance irritante de Chumaka à insister indéfiniment sur chaque point.

L'aménagement intérieur de la tente de commandement était en cours. Une lanterne avait été allumée, et des serviteurs s'activaient pour déballer les coussins et les tentures. Vus du dehors, les quartiers de Jiro semblaient simples, mais à l'intérieur, le seigneur disposait de tout son confort, avec des tapisseries de soie raffinées et deux coffres de parchemins. Ces derniers temps, il lisait des documents sur d'obscurs problèmes légaux, à propos des différentes fonctions impériales, et aussi sur les cérémonies devant être célébrées par certains prêtres des Vingt Dieux pour rendre convenable aux yeux du ciel le couronnement d'un empereur.

La lecture avait été fastidieuse, surtout que les lanternes attiraient les mouches et ne donnaient que peu de lumière. Le seigneur des Anasati fit claquer ses doigts, et le jeune garçon qui lui servait de valet de chambre se précipita pour s'occuper de lui.

— Retire mon armure. Veille à ce que les lanières soient bien huilées, pour qu'elles ne raidissent pas en séchant.

Aussi immobile qu'une statue, Jiro attendait que le garçon défasse les premières boucles.

Bien que son poste élevé lui donne droit aux attentions d'un domestique, Chumaka haïssait cette prétention. Il ôta sa cape de laine humide et s'assit. La domesticité silencieuse et efficace de Jiro venait juste de lui apporter une tasse de thé brûlant quand un bourdonnement résonna dans l'air.

— Un Très-Puissant arrive ! lança-t-il en guise d'avertissement.

Jiro se débarrassa de son dernier brassard et se retourna rapidement, pendant que derrière lui, ses serviteurs tombaient comme un seul homme à plat ventre sur le sol. Lorsqu'une rafale secoua la toile et fit onduler les tentures sur les perches qui les soutenaient, Chumaka reposa la théière et s'évanouit dans l'ombre, au fond de la tente.

Le magicien apparut au centre du seul tapis qui avait été déroulé. Sa chevelure d'un roux flamboyant s'échappait de son capuchon, et il semblait ne pas se soucier de marcher sur des coussins de soie lorsqu'il s'approcha du seigneur des Anasati. Sous son capuchon, ses yeux étaient pâles et perçants... Il observa les lieux, puis fixa enfin son attention sur le seigneur qui attendait, son armure empilée à ses pieds.

— Mon seigneur des Anasati, le salua Tapek de l'Assemblée des magiciens. J'ai été délégué pour vous ordonner de vous rendre à la Cité sainte. Des troupes ont été déployées, et pour le bien de l'empire, l'Assemblée exige une explication afin d'éviter le déclenchement d'une guerre ouverte.

Heureux que ses cheveux mouillés cachent la sueur qui perlait sur son front, le seigneur Jiro releva le menton. Il fit une révérence respectueuse et parfaite.

— À vos ordres, Très-Puissant. Je ne serai pas l'Anasati qui brisera votre décret. Mais puis-je être assez audacieux pour souligner le fait que si je pars, qui veillera à ce que Mara des Acoma et son époux shinzawaï respectent le décret interdisant un conflit armé ?

Tapek fronça les sourcils.

— Ce n'est pas votre problème, seigneur Jiro ! N'ayez pas la présomption de poser des questions.

Bien que le Très-Puissant soit loin d'être un opposant à la cause anasati, il n'aimait pas qu'un seigneur quelconque ose exprimer une objection, ne serait-ce que par principe. Mais alors que Jiro courbait la tête en signe de déférence, Tapek s'adoucit.

— La dame Mara a reçu une convocation similaire. On lui a aussi ordonné de venir à Kentosani. Comme vous, elle dispose de dix jours pour s'exécuter ! Au lendemain de la fin du deuil impérial, vous vous présenterez tous les deux devant les membres de l'Assemblée pour plaider votre cause.

Jiro réfléchit rapidement et réprima un sourire de satisfaction. Dix jours de marche rapide seraient à peine suffisants pour permettre à Mara d'atteindre la Cité sainte. Il se trouvait beaucoup plus près, non pas avec son armée principale au sud comme tout le monde le supposerait, mais dans cet endroit secret, près de Kentosani, pour préparer le siège de la ville. Mara devrait faire la course pour obéir à la demande de l'Assemblée, alors qu'il disposerait de jours entiers de liberté pour manœuvrer et chercher un avantage. Voulant dissimuler le tour que prenaient ses pensées, le seigneur des Anasati déclara :

— Les temps sont instables, Très-Puissant. Aucun seigneur ne peut voyager en sécurité sur les routes, alors que de nombreux ambitieux s'agitent avec leurs armées. Mara est peut-être restreinte par votre sanction et ne peut pas attaquer mon convoi personnel, mais elle dispose de partisans et de sympathisants. De nombreux amis du défunt empereur veulent ma mort pour des raisons politiques, parce que je dirige la faction traditionaliste.

— Cela est vrai. (Tapek eut un geste magnanime.) Vous avez le droit de voyager avec une garde d'honneur pour assurer votre sécurité. Quand vous atteindrez la Cité sainte, vous pourrez vous faire accompagner de cent guerriers à l'intérieur des murs. Comme les gardes blancs impériaux font toujours régner l'ordre dans la ville, cela devrait suffire à vous protéger des assassins.

Jiro s'inclina profondément.

— À vos ordres, Très-Puissant.

Il garda sa posture de déférence durant le bourdonnement qui signalait le départ de Tapek. Quand il se releva, il trouva Chumaka à nouveau assis sur les coussins, époussetant entre deux gorgées de thé les empreintes de pas laissées par le magicien. Ses manières restaient énigmatiques, comme si cette grande visite n'était jamais survenue ; sauf qu'une rougeur de satisfaction impie colorait le visage en lame de couteau du premier conseiller.

— Pourquoi es-tu si content de toi ? demanda Jiro, en arrachant des mains de son valet la robe sèche qu'il lui apportait.

Le seigneur enjamba son armure abandonnée et, après avoir vérifié qu'aucune saleté ne souillait son coussin personnel, il s'assit en tailleur devant son conseiller.

Chumaka déposa sa tasse, tendit la main vers la théière et versa tranquillement du thé à son maître.

— Envoyez votre messager chercher l'héritier des Omechan. (Le premier conseiller des Anasati tendit la tasse à son maître, puis se frotta les mains, les yeux brillants de plaisir anticipé.) Notre stratagème mûrit bien, seigneur ! En fait, sans le savoir, l'Assemblée vient de nous aider !

Jiro prit la tasse comme si elle était remplie d'un médicament au goût affreux.

— Tu uses une nouvelle fois de faux-fuyants, l'avertit-il

Mais il savait qu'il valait mieux ne pas tarder à envoyer son messager accomplir la course que Chumaka avait suggérée.

Lorsque le jeune garçon fut parti, Jiro observa son conseiller par-dessus le bord de sa tasse, puis but une gorgée.

— Nous serons à l'intérieur des murs de Kentosani dans quatre jours, avec cent de mes meilleurs combattants, reconnut-il. Que mijote encore ton cerveau retors ?

— De grandes actions, maître. (Chumaka leva la main et énuméra les points sur ses doigts.) Nous quitterons ce camp et partirons pour Kentosani, pour obéir à la lettre à la convocation des Très-Puissants. Ensuite, nous admettrons que Mara agira de même – ce qui est une supposition sans risque, car si elle n'obtempère pas, l'Assemblée se chargera de lui régler son sort, et nous aurons gagné. Qu'importe, admettons qu'elle n'est pas idiote ; alors qu'elle se trouvera encore à plusieurs jours de marche au sud de Kentosani, nous serons déjà à l'intérieur des murs et nous organiserons en secret le raid sur l'enceinte impériale. (Chumaka sourit, et tapota son annulaire.) Pendant ce temps, le commandant des Omechan suivra les ordres de son maître et commencera le siège de la Cité sainte, comme nous l'avons préparé depuis le début. Mais un excellent changement vient de survenir, grâce à la courtoisie de l'Assemblée : maître, vous serez innocent de cette attaque, car vous vous trouverez déjà dans la Cité sainte. Si les magiciens protestent contre la rupture de la paix impériale, vous ne pourrez pas être impliqué. Après tout, vous ne pouviez pas prévoir qu'un mouvement populaire veuille vous placer sur le trône. Hélas pour les gardes blancs impériaux, les vieux remparts sont très fragilisés. Voici qu'une brèche est faite, et qu'une armée envahit les rues...

Les yeux de Chumaka étincelèrent. Moins excitable, toujours cynique et prudent, Jiro reposa son thé.

— Nos alliés, dirigés par les Omechan, entrent par une brèche dans l'enceinte impériale, continua-t-il. Les enfants de Mara sont victimes d'un malheureux accident, puis le deuil impérial se termine, et un nouvel empereur est assis sur le trône d'or au moment où dame Mara arrive à Kentosani. Il se nomme Jiro...

Puis le léger dédain qui transparaissait dans la voix de Jiro devint une franche irritation.

— Premier conseiller, tes idées ont plusieurs défauts, si je peux les souligner ?

Chumaka inclina la tête, son enthousiasme ressemblant à des braises couvant sous la cendre, pouvant rallumer un feu de joie à tout moment.

— Mara, devina-t-il. Je n'ai pas parlé de la chienne acoma dont vous désirez si ardemment la mort.

— Oui, Mara ! (Fatigué de la conversation de son conseiller, qui par moments semblait aussi alambiquée que sa tactique au shâh, Jiro laissa libre cours à son irritation.) Revenons donc à Mara !

— Elle sera morte.

Chumaka laissa une pause dramatique s'installer, alors qu'il soulevait légèrement les fesses pour permettre à un domestique d'étendre un nouveau tapis sur le sol. Puis il reprit :

— Pensez-vous que l'Assemblée retiendrait sa main si ses troupes attaquaient votre armée principale, près de Sulan-Qu ?

Cette fois, Jiro comprit où Chumaka voulait en venir.

— Les Très-Puissants la tueront à ma place ! (Il se pencha en avant, renversant presque le thé sur la table.) C'est brillant ! Penses-tu que nous pouvons la provoquer, et la pousser à attaquer ?

Chumaka sourit de toutes ses dents et se versa une seconde tasse de thé. Dans la pénombre de la tente, il laissait s'épanouir son sentiment de satisfaction.

— J'en suis sûr, répondit-il. La vie de ses enfants est en jeu, et c'est une femme. Elle risquera tout pour les défendre, soyez-en assuré. Si elle ne se lance pas à l'attaque, vos troupes dans le sud lèveront le camp et contourneront ses lignes pour soutenir votre nouveau règne, en contrôlant les terres devant les remparts de Kentosani. Son maître espion si intelligent le lui dira avec une certitude absolue, car ce sera la vérité.

Rendu perplexe par ces diverses implications, Jiro fit écho au sourire de son conseiller.

— Les magiciens seront occupés à châtier Mara, pendant que je m'emparerai du trône d'or. Bien sûr, nous risquons de perdre toute notre armée anasati, mais cela n'aura plus d'importance à la fin. Les Acoma seront annihilés, et je recevrai le plus grand honneur de tout l'empire. Cinq mille gardes blancs impériaux seront à ma disposition, et tous les seigneurs s'inclineront devant ma volonté.

Le rabat de la tente s'ouvrit, interrompant les spéculations rêveuses de Jiro. Le visage du seigneur devint immédiatement impassible, puis il se tourna pour voir qui entrait.

Un jeune homme se baissa pour franchir le seuil, marchant d'un pas vif. Son armure ne portait aucune marque distinctive, mais son nez retroussé et ses joues aplaties l'identifiaient sans la moindre erreur comme un Omechan.

— Vous m'avez fait appeler, seigneur Jiro ? demanda-t-il d'une voix d'alto assez arrogante.

Le seigneur des Anasati se leva, encore légèrement empourpré par son excitation.

— Oui, Kadamogi. Vous allez retourner le plus rapidement possible auprès de votre père, et lui dire que le moment est venu. Dans cinq jours, il attaquera Kentosani en utilisant les engins de siège que je lui ai fournis.

Kadamogi s'inclina.

— Je le lui dirai. Puis vous tiendrez la promesse que vous nous avez faite pour obtenir notre soutien, mon seigneur des Anasati : quand vous vous serez emparé du trône d'or, votre premier acte en tant qu'empereur sera de rétablir le Grand Conseil, et de veiller à ce qu'un Omechan reçoive le blanc et or comme seigneur de guerre !

Les lèvres de Jiro se retroussèrent dans une expression de dégoût à peine dissimulée.

— Je ne suis pas sénile, et je n'ai pas oublié si rapidement ma promesse à votre père. (Puis, alors que le jeune Omechan se raidissait dans un sentiment d'affront, le seigneur des Anasati ajouta pour le calmer :) Nous perdons du temps. Pour votre mission, prenez mon meilleur palanquin et mes porteurs les plus rapides. De mon côté, je dois consulter mon commandant pour surveiller la désignation de ma garde d'honneur.

— Une garde d'honneur ? (La confusion assombrit les traits lourds de Kadamogi.) Pourquoi auriez-vous besoin d'une garde d'honneur ?

Dans un changement d'humeur lunatique, Jiro se mit à rire.

— Je me rends à Kentosani, par ordre de l'Assemblée. Les Très-Puissants m'ont convoqué pour que je m'explique sur le déploiement de mes troupes !

Le visage de Kadamogi s'éclaircit tandis qu'il répondait avec un rire de gorge :

— Excellent ! Vraiment ! La réussite de notre plan pour restaurer le Grand Conseil est pratiquement courue d'avance.

Jiro eut un geste d'impatience excitée.

— Exactement. Le siège sera court, grâce à l'aide intérieure, et les partisans du noble pair seront attaqués par l'Assemblée. (La jubilation teintait sa voix lorsqu'il termina :) Les magiciens tueront Mara à notre place. Elle est peut-être pair de l'empire, mais elle mourra dans les flammes magiques, rôtie comme une pièce de gibier !

Les lèvres épaisses de Kadamogi s'étirèrent pour dessiner un sourire.

— Nous devrions boire un verre de vin en l'honneur de cette fin, avant que je vous quitte, non ?

— C'est une excellente idée !

Jiro tapa dans ses mains pour faire venir ses domestiques. Ce n'est qu'à ce moment qu'il remarqua que les coussins où Chumaka s'était assis n'étaient plus occupés. La tasse de thé vide sur la table avait aussi disparu... Le premier conseiller n'avait laissé aucune trace de son passage dans la tente.

Cet homme est encore plus rusé que le dieu des facéties lui-même, pensa Jiro ; et quand le vin arriva, il s'installa pour une soirée de franche camaraderie en compagnie de l'héritier du sceptre des Omechan.

Devant la tente de commandement, dans la bruine du crépuscule, une ombre se déplaçait entre les arbres. Chumaka portait sur le bras la cape de laine huilée que dans sa hâte, il n'avait pas eu le temps de revêtir. Alors qu'il marchait d'un pas vif vers la tente où se reposaient les messagers anasati, il semblait compter sur ses doigts. Mais ce n'étaient pas à propos de centis qu'il marmonnait dans son étrange monologue.

— Ces anciens guerriers minwanabi qui n'ont pas prêté serment à Mara... Bien... Je pense qu'il est temps qu'ils méritent leur pitance. Juste une précaution, au cas où Mara glisserait entre les mains de l'Assemblée... Elle est intelligente... Il nous est impossible de connaître tous les détails de son conseil privé. Le temps qu'elle a prétendument passé dans une retraite religieuse n'a pas encore été expliqué d'une façon satisfaisante. Comment a-t-elle pu se trouver là-bas, puis soudain sur son domaine... ?

Chumaka se pressait, sans jamais trébucher sur les racines ou se cogner dans les arbres, bien qu'il fasse très sombre et que le camp ne lui soit pas familier. Il semblait préoccupé, mais il enjambait sans hésiter les cordes et les piquets des tentes, tout en peaufinant son plan de secours.

— Oui, nous devons préparer une série d'armures laquées de vert acoma pour ces hommes, et les infiltrer dans la garde d'honneur de la dame. Ils resteront cachés jusqu'à la dernière minute, et quand la dame prendra la fuite, ils se glisseront parmi ses guerriers et massacreront ses défenseurs. Se faisant passer pour des Acoma loyaux, ils la captureront et la livreront aux Robes Noires... Ou ils prendront leur plaisir et la tueront eux-mêmes, pour venger leur maître Minwanabi dont elle a anéanti la lignée. Oui... voilà la chose à faire.

Chumaka atteignit l'endroit où la tente des messagers était installée. Il fit sursauter une sentinelle lorsqu'il sortit de la pénombre, et faillit recevoir un coup d'épée dans la poitrine.

— Que les dieux nous protègent de nos propres hommes ! s'exclama-t-il, reculant d'un bond et jetant sa cape devant lui pour détourner la lame. Je suis Chumaka, espèce d'idiot aveugle ! Trouve-moi un messager qui n'est pas fatigué, et rapidement, avant que je ne décide de rapporter ton incompétence au maître.

Le soldat inclina la tête dans une déférence craintive, car on savait que tous ceux qui mécontentaient le premier conseiller connaissaient de grandes difficultés. Il entra dans la tente des messagers, pendant que derrière lui, dans la pluie qui retombait doucement, Chumaka reprenait ses songeries en chantonnant.

27

LE DÉFI

Le palanquin cahota.

Le choc réveilla Mara en sursaut. Elle resta désorientée un moment par le lieu confiné où elle se trouvait, jusqu'à ce qu'elle se souvienne des derniers événements. Elle ne se trouvait pas dans sa tente, mais sur la route, pour répondre à la convocation de l'Assemblée en se rendant à la Cité sainte. Depuis deux jours maintenant, elle voyageait le plus rapidement possible dans son palanquin officiel extrêmement ornementé, mangeant sans faire de pause. Les trente porteurs nécessaires pour soulever cette monstruosité se relayaient. C'était la nuit ; elle ne savait pas quelle heure il était.

Une brise légère annonçant la pluie agita les rideaux, tandis que Keyoke, assis devant elle, se penchait audehors. Le sommeil lui brouillait encore les idées, mais elle entendait son conseiller pour la guerre discuter avec quelqu'un à l'extérieur. Apparemment il y avait un problème.

Mara se redressa sur ses coussins.

— Que se passe-t-il, Keyoke ?

Le vieil homme repassa la tête à l'intérieur du palanquin. À la lumière de la lampe à huile suspendue à un anneau au-dessus de leurs têtes, son visage couturé semblait plus que jamais ciselé dans du granite.

— Des ennuis, devina Mara.

Keyoke répondit par un bref hochement de tête.

— Un messager envoyé par Arakasi a apporté de mauvaises nouvelles. (Puis, conscient qu'un tel détail n'était pas sans importance, il ajouta :) Le messager est venu à notre rencontre à dos de cho-ja.

Mara sentit son cœur battre la chamade, saisi d'une peur soudaine.

— Par les dieux, qu'est-ce qui va mal ?

Le vieux soldat savait comment annoncer au mieux clairement la nouvelle.

— Nous savons enfin où se trouve Jiro. Il n'était pas avec les troupes anasati, comme nous le supposions. Il est devant nous, à moins d'un jour de marche de Kentosani.

Mara s'enfonça dans les coussins, écrasée par un soudain accès de désespoir.

— Cela lui laisse cinq jours pour susciter des troubles sans que personne ne s'oppose à lui, puisque ce vieux fou de seigneur Frasaï a trouvé bon de renvoyer Hoppara des Xacatecas chez lui après le meurtre de l'empereur.

— Maîtresse, l'interrompit Keyoke d'une voix inquiète, ce n'est pas tout.

Chassant les images horribles de la mort de ses enfants, Mara se força à concentrer son attention sur le problème actuel. Voyant l'expression grave peinte sur le visage de Keyoke, elle devina le pire :

— Les engins de siège de Jiro...

Sa voix était assombrie par l'étendue du désastre, qui semblait grandir de seconde en seconde.

Keyoke lui répondit par le bref hochement de tête qu'il utilisait lors des conseils de guerre.

— L'attaque des remparts est sur le point de commencer, et Arakasi a découvert que notre tentative de sabotage a échoué. Les plans du fabricant de jouets que nous avons eu tant de mal à concevoir n'ont jamais été concrétisés. Apparemment, les ingénieurs que nous avions envoyés ont été capturés et tués, et le réseau nous a envoyé de faux rapports de réussite. Arakasi sait seulement que l'assaut contre les remparts de Kentosani se déroulera sans incident, sous les couleurs des Omechan. Comme Jiro aura rejoint l'enceinte impériale auparavant, il gardera les mains propres. Il pourra légitimement justifier ses prétentions au trône d'or comme une tentative pour restaurer la paix.

Mara se mordit les lèvres suffisamment fort pour se blesser.

— Il n'est pas encore dans l'enceinte impériale ?

Le visage de Keyoke restait de marbre.

— Pas encore. Mais les nouvelles du messager ne sont pas fraîches, et de nombreux événements ont pu survenir depuis qu'il est parti vers le sud.

— Nous ne sommes pas prêts pour cela ! explosa Mara. Dieux, comment pourrions-nous l'être ?

Sa voix trembla de désespoir. Depuis son retour de Thuril, les désastres semblaient s'accumuler à une vitesse hallucinante. Le destin était cruel, la plongeant dans un conflit sans lui laisser le temps de se préparer, alors qu'elle avait à portée de main le moyen d'arrêter une ruine totale. Si seulement elle avait disposé d'un peu de tranquillité pour arrêter ses plans, et exploiter les avantages que lui procurait la présence des mages de Chakaha !

— Maîtresse ? demanda doucement Keyoke.

Consciente que son silence avait duré trop longtemps, Mara s'obligea à rassembler ses esprits.

— Selon toutes les probabilités, nous avons déjà perdu, mais je ne peux pas abandonner sans combattre. Si je n'agis pas, mes enfants seront bientôt assassinés, et sans eux, ma lignée se terminera avec moi. (Forçant sa voix à prendre de l'aplomb, elle ajouta :) Je ne veux pas que mes fidèles serviteurs se retrouvent maudits par le ciel, sans maîtresse, lorsque j'irai docilement me présenter à la justice de l'*empereur* Jiro.

— Tous préféreront périr en combattant au service des Acoma, plutôt que de survivre comme guerriers gris, commenta Keyoke.

Mara réprima un violent frisson.

— Alors, nous sommes d'accord pour reconnaître que les circonstances sont extrêmes.

Elle se pencha et écarta les rideaux du palanquin.

— Lujan ! appela-t-elle.

Le commandant des armées acoma la salua vivement, des gouttelettes s'envolant de son plumet.

— À vos ordres, dame.

— Envoie les porteurs à une certaine distance et ordonne-leur de se reposer, répondit Mara avec une certaine brusquerie. Quand ils seront installés assez loin pour ne rien entendre, déploie ma garde d'honneur en cercle défensif autour du palanquin. Puis je veux voir le messager d'Arakasi, le cho-ja qui l'a conduit jusqu'ici, Saric, Incomo et toi. Nous devons tenir conseil sur le champ et prendre des décisions immédiates.

Ses ordres furent exécutés avec célérité, en dépit de l'obscurité et de la pluie. Mara passa ce laps de temps à réfléchir à toute vitesse, pendant que Keyoke attachait les rideaux pour permettre aux conseillers de se rassembler autour de la litière. Comme les côtés du palanquin étaient ouverts sur la nuit, la lumière de la lanterne tombait sur les coussins faiblissant peu à peu, illuminant un cercle de visages familiers. Au-delà de ce cercle, les ténèbres étaient absolues.

Mara regarda chacun de ses conseillers. Keyoke, qu'elle connaissait depuis l'enfance... Saric, promu tout jeune homme à son poste de premier conseiller... Incomo, un ancien ennemi prisonnier ayant échappé à la mort et à l'esclavage. Tous avaient fait des miracles à son service. Maintenant, elle était obligée de leur demander encore plus. De demander, en fait, que certains d'entre eux sacrifient leur vie. Elle n'avait plus le temps de se laisser aller à des récriminations, ni même à ses sentiments. Le pragmatisme était d'une importance suprême ; elle leur donna donc ce qu'elle pensait être ses derniers ordres dans cette vie. Si elle permettait à ses sentiments de s'exprimer, elle provoquerait une terrible crise émotionnelle.

Mara s'adressa d'abord au cho-ja, qui ressemblait avec son œil mal entraîné à un vieil ouvrier.

— D'abord, et le plus important, je remercie votre reine pour le prêt de vos services.

L'ouvrier cho-ja inclina la tête.

— Mes services ont été achetés, dame Mara.

— Votre reine a ma gratitude, en plus du paiement monétaire. Faites-le lui savoir, si vous en avez les moyens. (Mara attendit, et entendit le léger bourdonnement aigu qui signalait une communication entre les Cho-ja. Quand le bruit cessa, elle demanda :) Est-il séant que je vous pose une question, brave ouvrier ? Et puis-je vous demander un autre travail, sans compromettre les besoins de repos de votre corps ?

Le Cho-ja inclina à nouveau la tête.

— L'air nocturne est doux, dame Mara. Je n'ai pas besoin de me reposer, à moins qu'il ne fasse froid. Dites ce dont vous avez besoin.

Mara soupira, éprouvant un vif soulagement. Un petit obstacle de moins...

— J'ai besoin que mon commandant, Lujan, se rende dans le sud le plus vite possible, pour rejoindre mon armée près de la ville de Sulan-Qu. Il doit voyager avec la plus grande hâte ; la survie de ma lignée en dépend.

— Mes services vous sont acquis, déclara le Cho-ja. Je porterai bien volontiers votre officier.

— Si je survis, la reine de votre fourmilière pourra exiger une dette de moi, répondit Mara avec gratitude et sincérité. Je vous demanderai aussi de donner à mon conseiller Saric des informations précises, nous permettant de trouver l'entrée de la fourmilière cho-ja la plus proche de notre position actuelle. (Alors que l'ouvrier cho-ja inclinait la tête pour signifier son accord, Mara ajouta :) Saric, accompagne-le. Vois où se trouve la fourmilière ; choisis dix soldats de mon escorte qui peuvent se déplacer rapidement ; emprunte aussi pour moi une demi-armure qui pourra me faire passer dans le noir pour un guerrier.

Saric s'inclina rapidement et quitta le cercle des conseillers. *Un visage de moins*, pensa Mara. Elle avala difficilement sa salive. L'ordre qu'elle devait donner ensuite était encore plus difficile.

— Lujan ?

Son commandant se pencha vers elle, les cheveux trempés sur les tempes, et la main reposant sur son épée.

— Belle dame, quels sont vos désirs ?

Son ton était désinvolte. Mara réprima un rire qui manqua se transformer en sanglot.

— J'exige l'impossible, soldat. (Elle s'obligea à sourire.) Même si les dieux savent que tu m'as déjà offert l'impossible dans le cercle de duel à Chakaha.

Lujan eut un geste modeste. Ses yeux brillaient un peu trop fort à la faible lueur de la lanterne.

— Continuez, dame. Il n'est nul besoin d'hésitation entre nous – particulièrement après Chakaha.

Mara réprima un tremblement de nervosité.

— Commandant, je te demande de rejoindre mon armée dans le sud. Si les forces anasati tentent de forcer nos lignes et d'avancer, que ce soit au nord, à l'est ou à l'ouest, envoie toutes tes compagnies attaquer celles du seigneur Jiro. Combats pour les immobiliser ; empêche-les de rejoindre leur maître à la Cité sainte. Quand les Robes Noires arriveront pour vous châtier, retenez leur colère de toutes les manières que vous pourrez. (Elle dut s'arrêter pour rassembler assez de volonté afin de garder son sang-froid.) Lujan, je te demande de sacrifier la vie des guerriers acoma jusqu'au dernier, avant de permettre à l'armée du seigneur Jiro de se rapprocher d'un seul pas de Kentosani.

Lujan frappa son cœur de son poing en guise de salut.

— Dame Mara, je vous en donne ma parole solennelle. Votre armée l'emportera, ou j'engagerai un combat si rapproché que les Robes Noires devront tous nous anéantir, Anasati et Acoma. (Il baissa la tête dans une courte révérence et se redressa.) Pour votre honneur, dame.

La nuit l'avala lui aussi. La dame des Acoma passa ses mains sur son visage. Elle se sentait poisseuse, à cause de la brume ou peut-être de la sueur. *Si Lujan survit à cette bataille, et que nous nous revoyons*, se promit Mara, *je lui donnerai une récompense qu'il ne peut imaginer, même dans ses rêves*. Mais ils n'avaient tous qu'une chance infime de survivre, et seulement si Justin s'asseyait sur le trône d'or. Même si les Acoma l'emportaient, Lujan risquait de n'être jamais récompensé. Car aucun de ceux qui défiaient l'Assemblée ne survivait... Mara releva le menton et posa la question qu'elle ne pouvait éviter :

— Fidèle Keyoke, grand-père de mon cœur, vois-tu une autre option ?

Le vieil homme la contempla, endurci par des années passées sur les champs de bataille.

— Je n'en vois aucune, fille de mon cœur. Céder à votre ennemi la vie de votre fils innocent ne sauverait rien.

Si Jiro monte sur le trône d'or, nos vies et l'honneur acoma ne seront plus que poussière. Quelle importance si l'Assemblée nous réduit en cendres d'abord ? (Il sourit avec l'humour que seuls les vieux soldats qui affrontent la mort savent manier.) Si nous mourons dans l'honneur, nous serons connus dans l'histoire comme la seule maison ayant osé défier l'Assemblée. Ce n'est pas une mince réussite.

Mara regarda droit devant elle. Il n'y avait aucune alternative. Elle devait maintenant aller de l'avant, et donner son dernier ordre, le plus dur de tous :

— Keyoke, Incomo. (Sa voix trembla. Elle posa ses mains raidies sur ses genoux et s'obligea à croire en une force qui n'était qu'une bravade.) À partir d'ici, nos chemins doivent se séparer. Vous devez continuer avec le palanquin et la garde d'honneur. Restez sur la route de Kentosani et conduisez-vous comme si tout était normal. Cela peut vous sembler un petit service comparé à la mission que j'ai confiée à Lujan, mais à la vérité, votre tâche risque d'être la plus importante. Les Robes Noires ne doivent savoir qu'au dernier moment que ma route a divergé. Vos vies sont très précieuses pour moi, et pour la pérennité du nom des Acoma. Mais aucune dame de mon rang ne se rendrait à une convocation des magiciens dans la Cité sainte, sans être accompagnée de ses plus anciens conseillers. Votre présence est essentielle pour sauver les apparences. La possibilité de sauver Kasuma et Justin dépend de vous...

— Mara-anni... (Keyoke utilisa le diminutif tendre de son enfance.) Oubliez votre peur. Je suis un vieil homme. Les amis qui se souviennent de ma jeunesse sont déjà pour la plupart au palais de Turakamu. Et si les dieux sont miséricordieux et m'accordent mon vœu le plus cher, je voudrais leur demander de rencontrer le dieu Rouge de nombreuses années avant vous. (Keyoke marqua une pause puis, presque comme une arrière-pensée, lui adressa un sourire affectueux.) Dame, je voudrais que vous sachiez une chose. Vous m'avez enseigné le véritable sens du code du guerrier. N'importe quel homme peut mourir en combattant ses ennemis. Mais la véritable épreuve de courage pour un homme est de vivre et d'apprendre à s'aimer lui-même. Durant ma longue vie, j'ai accompli de nombreuses prouesses. Mais il aura fallu que vous m'offriez ce poste de conseiller, pour me montrer la signification de ma réussite. (Une lueur suspecte brilla dans les yeux de Keyoke alors qu'il formulait sa dernière requête :) Maîtresse, avec votre permission, je vous demande l'autorisation d'aider Saric à choisir les dix guerriers qui vous accompagneront jusqu'à Kentosani.

Incapable de prononcer le moindre mot, Mara inclina la tête, dissimulant ses larmes soudaines, tandis que Keyoke plongeait la main dans les coussins pour chercher sa béquille et se lever. Il partit dans l'obscurité, aussi droit que dans sa jeunesse, et avec ce dévouement qui lui avait permis de survivre à une vie de combats. Quand Mara trouva enfin le courage de relever la tête, il avait disparu ; mais elle entendait sa voix demander que l'on sorte une épée et un casque des réserves pour les lui remettre.

— La barbe ! s'écria-t-il, utilisant un juron midkemian quand quelqu'un lui suggéra de voyager dans le palanquin, de façon plus confortable et plus digne. J'avancerai armé, et à pied ! Le premier homme qui osera suggérer le contraire devra croiser l'épée avec moi et recevoir une correction !

Mara renifla. Seuls deux visages restaient à ses côtés : le messager d'Arakasi, qui était un virtuel inconnu, et Incomo, qu'elle avait à peine eu le temps de connaître, car il ne portait pas les couleurs acoma depuis longtemps. Le vieux conseiller aux os fragiles et à la silhouette voûtée avait servi deux maisons et survécu à l'anéantissement d'un maître de la main même de Mara. Et cependant, il ne semblait pas mal à l'aise devant la maîtresse qu'il avait juré de servir. Bien qu'il soit généralement timide, sa voix était en cet instant exceptionnellement forte :

— Dame Mara, sachez que j'ai appris à vous aimer et à vous respecter. Je vous laisse tout ce que je peux vous donner : mes conseils, aussi pauvres soient-ils. Pour le bien de l'empire que nous révérons tous deux, je vous charge de vous accrocher à vos objectifs. Emparez-vous du trône d'or avant Jiro, et sachez que vous agissez en toute justice, pour le bien de cette terre et de son peuple. (Il sourit timidement.) Moi, qui ai autrefois fidèlement servi votre ennemi le plus acharné, ai reçu plus d'honneur et de joie à votre service que j'aurais pu l'imaginer. Quand je servais les Minwanabi, je le faisais par devoir et pour l'honneur de ma maison. Si Tasaio avait été vaincu par un autre souverain, je serais mort comme un esclave. Je connais donc au plus profond de mon âme la valeur de vos principes. Les changements pour lesquels vous œuvrez sont justes. Faites couronner Justin empereur, et gouvernez avec bonté et sagesse. Recevez tout mon dévouement et ma gratitude éternelle.

Maladroit avec son corps comme il l'était avec ses émotions, Incomo se leva. Il fit à sa maîtresse une profonde révérence, un nouveau sourire timide, puis se hâta de remplir les oreilles de Saric de conseils de dernière minute, que ce dernier le désire ou non.

Mara avala sa salive malgré le nœud qui lui serrait la gorge. Elle regarda le messager d'Arakasi, qui était assez fatigué pour s'être endormi sur les coussins sans même s'allonger.

— Peux-tu me dire si les nouvelles que tu as apportées ont aussi été transmises à mon époux ? lui demanda-t-elle doucement, répugnant à interrompre son repos.

L'homme cligna des yeux et s'éveilla.

— Maîtresse, le seigneur Hokanu a dû entendre tout cela bien avant vous, puisqu'il était plus proche de Kentosani. Arakasi a envoyé un autre courrier porter la nouvelle aux Shinzawaï quand le premier de nos relais est parti vers vous.

Mara brûlait de savoir ce qu'Hokanu avait fait quand il avait entendu les mauvaises nouvelles. Elle pourrait ne jamais l'apprendre ; ou elle pourrait survivre et regretter de le savoir, finalement. Qu'elle ait ou non mis en péril la vie de son époux par les ordres donnés à Lujan, en méprisant de façon flagrante le décret de l'Assemblée, elle soupçonnait au fond de son cœur que son mari n'aurait jamais permis à Jiro d'atteindre le sanctuaire de Kentosani. La vengeance pour le meurtre de son père ne le lui permettait pas, et la vie de son héritière était en jeu.

Hokanu aurait agi en tout honneur et aurait attaqué, pensa Mara, *qu'il ait ou non une chance de succès.*

La dame des Acoma regarda le messager épuisé et lui donna ses dernières instructions qui, espérait-elle, lui fourniraient une meilleure chance de survivre.

— Tu vas quitter cette compagnie, lui ordonna-t-elle d'une voix impérieuse. (Le messager fut instantanément alerte et écouta attentivement ses ordres.) Tu partiras immédiatement, et tu vas me jurer que tu ne t'arrêteras que lorsque tu auras atteint le courrier suivant de ton relais. Tu dois envoyer les instructions suivantes à Arakasi : dis-lui de chercher le bonheur. Il saura où le trouver, et s'il soulève des objections, dis-lui que c'est l'ordre de sa maîtresse, et que son honneur exige qu'il obéisse.

Totalement éveillé maintenant, le messager s'inclina. S'il trouvait le message bizarre, il devait simplement penser qu'il s'agissait d'un code astucieux.

— À vos ordres, dame.

Il se leva et partit dans le noir.

Seule dans le palanquin, Mara referma les rideaux. La soie précieuse tomba avec un soupir, lui offrant un rare moment d'intimité alors qu'elle enfouissait son visage dans ses mains. Le sursis qu'elle avait gagné à Chakaha semblait maintenant dérisoire. Si elle était morte là-bas, le résultat aurait été identique : la vie de son fils allait être sacrifiée sur l'autel de l'ambition de Jiro. S'apitoyant sur son sort, elle se demanda si le destin ne l'aurait pas traitée différemment si, tant d'années auparavant, elle n'avait pas insulté Jiro en lui préférant son frère Buntokapi comme époux.

Ce désastre politique, complexe et vicieux, n'était-il pas la vengeance des dieux pour sa vanité ? Était-elle punie pour avoir sacrifié la vie d'un homme, pour son besoin égoïste et passionné de préserver le nom et l'honneur de sa famille ? Elle n'avait épousé Buntokapi que pour provoquer sa mort grâce à ses intrigues. Avait-il silencieusement maudit le nom des Acoma, à l'instant où il s'était jeté sur son épée ? Mara sentit un frisson parcourir son corps. Tout cela avait peut-être été décrété depuis le début, et ses enfants mourraient tous comme Ayaki, pions sacrifiés au jeu du Conseil.

Les épaules de Mara furent secouées par un spasme alors qu'elle étouffait un sanglot. Au cours des ans, chaque manœuvre du grand jeu avait fait monter les enjeux. Maintenant, seul le trône impérial pouvait assurer la sécurité de sa famille. Pour protéger ses enfants, elle devait changer le cours de l'histoire de l'empire et abandonner des siècles de traditions. Elle se sentait frêle et vulnérable et ne parvenait pas à chasser un sentiment de désespoir et de défaite. Puis elle mit fin à son moment d'introspection ; elle n'avait plus le temps de réfléchir si elle voulait survivre pour accompagner ses enfants de ce côté de la Roue de la vie. Saric revenait vers le palanquin les bras chargés d'une armure empruntée.

— Ma dame ? s'enquit-il doucement. Nous devons nous hâter. La fourmilière cho-ja la plus proche se trouve à un jour et demi de marche. Si nous voulons garder un espoir d'atteindre Kentosani à temps pour agir, nous ne devons pas perdre une seconde.

Mara se rendit compte que son conseiller portait lui-même une armure. Observateur à l'extrême, il surprit son regard d'étonnement alors qu'il s'agenouillait pour l'aider à s'armer.

— J'étais autrefois soldat, lui rappela-t-il. Je peux le redevenir – je n'ai pas entièrement perdu mes compétences d'escrimeur. Tout cela est à notre avantage. Une petite compagnie de guerriers qui marchent rapidement attirera peut-être moins l'attention si elle n'est pas accompagnée d'un homme vêtu d'une robe de grand conseiller, ne pensez-vous pas ?

L'habitude de Saric de s'exprimer par questions eut l'effet de distraire l'esprit de Mara des problèmes insolubles. Forcée de répondre malgré son inquiétude, elle admit la sagesse du déguisement.

— Que les dieux nous protègent, nous risquons d'avoir besoin d'une épée supplémentaire avant que tout soit dit et terminé.

Saric s'appliquait à boucler d'une main experte les attaches de la cuirasse de Mara. Pendant ce temps, sous une fausse apparence de normalité, le porteur d'eau de la compagnie faisait sa ronde avec son seau et sa louche, comme lors d'une pause ordinaire.

Lujan glissa du Cho-ja, laissant des marques dans la poussière qui formait une pellicule sur la carapace de sa monture. Ses muscles engourdis le firent légèrement trébucher, mais il fut rattrapé et sauvé de la chute par la réaction rapide de la sentinelle qui montait la garde devant la tente de commandement.

— Où se trouve le chef de bataillon Irrilandi ? croassa le commandant des armées acoma malgré sa gorge desséchée. J'apporte des ordres de dame Mara.

Le chef de patrouille de service arriva, essoufflé, ayant vu le Cho-ja courir vers la tente. Après un regard vers son officier supérieur épuisé, il aida Lujan à s'asseoir sur un coussin, à l'ombre.

— Irrilandi a fait une sortie avec une patrouille d'éclaireurs. On a rapporté des mouvements des troupes du seigneur Jiro. Il est allé se rendre compte par lui-même, résuma-t-il.

— Envoie notre courrier le plus rapide pour le ramener, ordonna Lujan.

Les domestiques qui dormaient dans la tente de commandement, réveillés par la sentinelle de jour, arrivèrent avec de l'eau fraîche et des serviettes. Lujan accepta une boisson, puis les éloigna d'un geste pour qu'ils s'occupent du Cho-ja qui l'avait porté et veillent à ce qu'il soit confortablement installé. La voix plus forte depuis qu'il avait lavé la poussière de sa gorge, il ajouta :

— Quoi que demande cette créature, veillez à ce que le moindre de ses besoins soit satisfait.

Les domestiques s'inclinèrent et s'éloignèrent pour se rassembler autour du Cho-ja épuisé. Lujan massa les muscles douloureux de ses cuisses, donnant rapidement ses ordres, et comme un tourbillon dans un profond courant, le campement se mit en mouvement pour lui obéir.

Alors que des courriers se précipitaient pour organiser une réunion des officiers et commencer un rassemblement général, Lujan fit appeler le soldat le plus gradé et lui posa une série de questions rapides.

Les réponses de l'officier étaient directes, et tandis qu'il utilisait son épée pour dessiner le déploiement des troupes ennemies, Lujan perçut lui aussi la disposition qui avait inquiété Irrilandi.

— Les troupes de Jiro se sont rassemblées pour marcher, résuma-t-il.

— Vous le voyez, vous aussi.

Les yeux inquiets de l'officier suivaient les mains de son commandant, qui s'étaient resserrées avec férocité sur la poignée de son épée.

— Seuls les dieux savent pourquoi le seigneur des Anasati a donné un tel ordre. Son armée ne peut attaquer nos terres ou nos forces sans déclencher le courroux des Robes Noires.

Lujan releva brusquement la tête.

— J'ai des nouvelles. Jiro a commencé ses manœuvres pour s'emparer du trône, à Kentosani. Que je sois maudit si je comprends comment la nouvelle a voyagé si vite depuis sa position au nord jusqu'à son commandant.

L'officier essuya la sueur de son visage.

— Je peux répondre à cette question. Il utilise des oiseaux.

Lujan haussa les sourcils.

— Quoi ?

— Des oiseaux, insista l'officier. Importés de Midkemia. Ils sont dressés pour voler vers un point précis, en portant un petit tube contenant un message attaché à leur patte. On les appelle des pigeons. Nos archers en ont abattu deux, mais les autres ont réussi à passer.

— Les messages étaient codés ? demanda Lujan, puis il trouva lui-même la réponse. L'une des méthodes de décodage d'Arakasi a-t-elle fonctionné ?

Le guerrier hocha la tête pour indiquer que les codes anasati n'avaient toujours pas été décryptés.

Lujan força son corps douloureux à lui obéir, et se releva.

— Accompagne-moi, ordonna-t-il. (Il ajouta à l'adresse de l'officier de service :) Quand Irrilandi arrivera, qu'il me retrouve dans la tente de commandement devant la table de sable.

La pénombre à l'intérieur du pavillon ne lui offrit aucun soulagement ; la pluie avait cessé et le soleil frappait durement les parois de cuir, réchauffant l'air qui dégageait une vapeur étouffante. Lujan déboucla son casque. Il renversa le reste de sa tasse d'eau sur ses cheveux déjà trempés de sueur. Puis, essuyant les gouttelettes salées de ses cils, il s'appuya sur le rebord de la table de sable.

— Ces indications sont-elles exactes ? demanda-t-il en faisant référence aux rangées de petits drapeaux de soie colorée et de pions représentant les différentes unités.

— Mises à jour ce matin, répondit l'officier.

Le silence retomba. De l'extérieur, le brouhaha des guerriers qui se précipitaient pour le rassemblement filtrait à travers les parois de la tente, aussi luxueuse que celle de tous les commandants de l'empire. Lujan prêtait une oreille attentive aux activités du camp tandis que ses yeux étudiaient la table de sable, pour se faire rapidement une idée de la situation.

— Là, annonça-t-il finalement, ses mains poussiéreuses saisissant et réarrangeant dans de grands gestes des compagnies entières de pions. La plaine de Nashika. C'est là que nous engagerons le combat.

Le soldat laissa échapper un hoquet de peur et devint pâle comme un linge.

— Nous attaquons le seigneur Jiro ? Commandant, et les Robes Noires ?

Lujan n'arrêta pas de déplacer les pions.

— Les Robes Noires feront ce qu'elles voudront. Mais pour obéir aux ordres de notre dame, nous attaquons. Si nous hésitons ou si nous manquons à notre devoir envers elle, tous les hommes de cette armée se retrouveront sans maître, des guerriers gris maudits par les dieux.

Le rabat de la tente s'écarta, laissant entrer un tourbillon de poussière et une silhouette qui avançait à grandes enjambées : le chef de bataillon Irrilandi. Mince et tanné comme une écorce desséchée, le vieil homme retira ses gantelets et se plaça près de la table de sable, à l'opposé de son supérieur. Il ne perdit pas une seconde en salutations, mais balaya la carte du regard et vit immédiatement que la disposition des pions avait changé.

— Nous attaquons, alors, devina-t-il, son discours concis habituel animé par une pointe de plaisir. Bien... Aux premières lueurs de l'aube, je suppose ?

Lujan releva la tête. Son visage avait une dureté que sa maîtresse n'avait vue qu'une seule fois, à l'instant précédant son entrée dans le cercle du duel à Chakaha.

— Pas aux premières lueurs de l'aube, corrigea-t-il. Aujourd'hui, dès la tombée de la nuit.

Irrilandi eut un sourire vorace.

— L'obscurité ne nous offrira aucune couverture. Vous ne tromperez pas les Robes Noires.

— Je suis bien d'accord, acquiesça Lujan. Mais nous pourrons avoir la satisfaction de verser une grande quantité de sang anasati avant que l'aube ne vienne. Les Très-Puissants ne se rendront compte de ce qui s'est passé que lorsqu'ils sortiront du sommeil et contempleront le résultat de nos activités nocturnes.

Irrilandi étudia la table de sable.

— La plaine de Nashika ? Un excellent choix.

— Quelle tactique employer ? l'interrogea laconiquement Lujan. J'aimerais avoir votre opinion avant de rencontrer nos officiers et de nous lancer dans l'engagement.

Ce fut Irrilandi qui étouffa cette fois un rire.

— Combattons dans une formation large et déployée, avec de nombreuses petites forces et de multiples vecteurs d'attaque. Nous sommes assez nombreux pour cela, et les dieux savent que nous disposons de douzaines de messagers pour transmettre les ordres et les informations. Pas d'attaque unique en pointe de flèche, cette fois, avec des feintes et de faux déploiements... Une nuée de flèches frappant en une vingtaine d'endroits de la ligne de front !

Lujan s'arrêta un instant, perplexe, pour évaluer la proposition. Puis il comprit l'idée du chef de bataillon. Il rejeta la tête en arrière et rit de bon cœur, plein d'admiration.

— Espèce de vieux fils d'harulth ! C'est le meilleur conseil que j'aie jamais entendu durant toutes mes années de service. Créer le plus de confusion possible, pour gagner du temps et infliger le plus de dommages possible !

— Si nous devons forcer l'Assemblée à nous incinérer, emmenons un maximum d'ennemis avec nous dans le palais de Turakamu pour chanter un immense chant d'honneur. (Irrilandi releva la tête avec une expression glaciale qui aurait pu faire passer le visage de Keyoke, dans ses moments les moins réceptifs, pour animé.) Espérons que cette tactique fonctionnera. Que les dieux nous prennent en pitié, c'est une contre-mesure assez maigre à présenter devant la puissance et la fureur des magiciens.

L'après-midi se déroula dans un tourbillon d'activités, organisées pour la plupart par le chef de bataillon Irrilandi, pendant que Lujan tentait de rattraper un peu de sommeil. Bien que les ordres transmis soient une condamnation à mort virtuelle, aucun des milliers de soldats de Mara ne rechigna à la tâche. Mourir était tsurani, et rencontrer le dieu Rouge au combat, la plus grande consécration du guerrier. Si le nom des Acoma perdurait, montait en prestige et en puissance, les hommes auraient de bien meilleures chances de gagner un statut plus élevé sur le prochain tour de la Roue de la vie.

Quelle ironie, pensait Lujan alors qu'après s'être levé au crépuscule, il prenait un repas rapide. Les traditions et les croyances qui galvanisaient ces guerriers étaient celles que Mara voulait changer, si Justin survivait et devenait la prochaine Lumière du Ciel de l'empire. Certains officiers connaissaient cette farce du destin ; si cela était possible, ce paradoxe les faisait travailler encore plus dur. Si un guerrier pouvait avoir un cauchemar récurrent, c'était de s'éveiller, un jour, en vie, prisonnier d'un ennemi. Selon la coutume, les officiers étaient tués, mais un vainqueur particulièrement cruel pouvait les garder en vie et leur faire mener une vie d'esclave, sans possibilité de rédemption. Si Mara voulait supprimer la gloire d'une mort sanglante au combat, elle éradiquerait aussi la dégradation de l'esclavage qui broie un homme, quels que soient son talent ou ses mérites.

Le coucher du soleil baigna le ciel d'or et de cuivre, puis l'horizon s'assombrit pour faire place à une nuit étoilée. Sous le couvert de l'obscurité, les guerriers de Mara se mirent en formation sur les bords de la plaine de Nashika. L'ordre était d'attaquer l'ennemi dans le silence total, quand le moment viendrait.

Aucun cor ne retentit, les tambours restèrent silencieux et les guerriers ne hurlèrent pas le nom de leur maîtresse ou un cri de bataille acoma. Le début du plus grand conflit de succession de Tsuranuanni commença sans la fanfare qui accompagnait traditionnellement les guerres.

Le seul avertissement que l'armée massée des Anasati reçut fut le bruit assourdissant de milliers de pieds qui foulaient la terre, lorsque les forces acoma chargèrent. Pour une fois, les Anasati n'étaient pas servis par l'intelligence supérieure de Chumaka. Ils avaient logiquement pensé que l'armée des Acoma se mettait en position pour attaquer à l'aube.

Puis la nuit retentit du fracas des épées et des cris des hommes blessés à mort. Le combat était vicieux et impitoyable. Dès la première heure, le sol fut transformé en boue, trempé d'écarlate par le sang des morts. Lujan et Irrilandi se relayèrent pour surveiller l'action depuis une petite éminence, déplaçant des pions sur une table de sable à la lumière d'une lanterne, tandis que les messagers allaient et venaient avec leurs rapports. Des ordres étaient envoyés, les formations avançaient ou reculaient, attirant l'ennemi dans des poches. Elles perdaient ou gagnaient du terrain, avec un coût terrible en vies. Sous la table, des pions commencèrent à joncher le sol poussiéreux tandis que le chef de bataillon et le commandant jetaient les épingles colorées pour tenir compte des pertes ruineuses. Chaque homme combattait avec une énergie furieuse, préférant courtiser la mort par l'épée plutôt que de risquer de périr dans les flammes de la magie.

Les deux officiers supérieurs de Mara chevauchaient à tour de rôle l'ouvrier cho-ja pour aller remonter le moral des troupes, ou tirer l'épée et apporter leur aide pour resserrer une ligne quand cela se révélait nécessaire.

La lune se leva, baignant le champ de bataille d'une lumière de cuivre doré. Le combat se divisa en petites poches, où les lignes étaient minces ; les hommes devaient crier le nom de Mara ou de Jiro pour faire connaître leur loyauté. Les couleurs des armures ne se distinguaient pas dans le noir, et il était pratiquement impossible de distinguer l'ami de l'ennemi. Le sang teintait les épées, et les guerriers devaient se fier à leur expérience pour que leurs coups atteignent leur cible. L'œil ne pouvait pas suivre les mouvements rapides des lames ternies par le sang.

L'aube vint, obscurcie par un manteau de brume et de poussière. La grande plaine était jonchée de corps, piétinés par les vivants qui luttaient encore. Les épées craquaient sous la force des coups d'estoc et des parades, et les lames des morts étaient peu à peu réutilisées.

Lujan s'appuyait contre la table de sable, et frottait la poussière de ses yeux.

— Nous avons perdu moins d'hommes que les Anasati... peut-être trois cents de moins.

Conscient de son poignet qui le lançait, mais ne se souvenant pas du coup d'épée qui lui avait fendu la peau, Lujan éprouva des difficultés à se concentrer sur la table de sable. Si les pertes avaient diminué la taille des troupes, la disposition des lignes était devenue, si cela était possible, encore plus complexe durant les dernières heures.

Il demanda à Irrilandi :

— Si le Cho-ja accepte d'entreprendre une nouvelle mission, qu'il vous emmène jusqu'au front ouest. Retirez-y une demi-compagnie et utilisez-la pour soulager la pression sur les unités dirigées par le chef de troupe Kanaziro.

Il désigna le centre du front, où avaient eu lieu les combats les plus sanglants.

Irrilandi le salua brusquement et alla parler avec le Cho-ja ; après quelques phrases, la créature s'éloigna en portant le chef de bataillon sur son dos.

Lujan s'appuya avec lassitude contre la table de sable. Il se demandait où était Mara : si elle avait réussi à atteindre les tunnels cho-ja, ou dans le cas contraire, si les Robes Noires l'avaient rattrapée sans qu'il le sache. Justin avait peut-être déjà hérité du sceptre des Acoma, sans qu'aucun conseiller acoma ne connaisse son accession au titre de seigneur. La fin était peut-être déjà survenue, pendant que dans la plaine de Nashika, des hommes combattaient et mouraient pour une raison futile.

De telles pensées étaient un véritable poison, le résultat de la tension et de la fatigue. Lujan se força à se concentrer sur les pions disposés sur la table et à écouter le rapport d'un éclaireur qui signalait un nouveau changement sur le front. L'armée de Jiro avait cette fois perdu du terrain. Dans cinq minutes, la colline en question serait à nouveau perdue, comme elle l'avait été à maintes reprises durant cette nuit qui paraissait interminable. Lujan se rendit compte en voyant l'ombre se rassembler sous ses mains que le soleil était maintenant totalement levé et qu'il montait dans le ciel.

Il sentit une brise lui effleurer le cou, et presque comme une arrière-pensée, il comprit que le bourdonnement dans ses oreilles n'était pas l'effet naturel de l'épuisement et d'un trop grand manque de sommeil. Se retournant, il vit trois hommes vêtus de robes noires se matérialiser à quelques pas de distance.

Le plus jeune d'entre eux s'avança d'un pas vif, son visage aux pommettes hautes solennel.

— Commandant, annonça-t-il, je cherche votre maîtresse.

Lujan tomba à terre dans une profonde révérence, la crainte respectueuse se mêlant à la peur sur son visage. S'éclaircissant la gorge pour chasser la poussière, il dit la simple vérité :

— Ma maîtresse est absente.

Le magicien avança. Ses pieds étaient chaussés de chaussons, remarqua Lujan, lacés sur le devant, avec une semelle de cuir souple qui ne convenait pas pour l'extérieur. Ce simple fait le fit frissonner intérieurement. Le magicien s'attendait à une obéissance absolue et immédiate, et pensait ne pas avoir besoin de se donner le mal de faire plus de quelques pas.

Conscient des battements frénétiques de son cœur et de son visage trempé d'une sueur nerveuse, Lujan se força à raisonner. *Ce sont des hommes puissants, mais seulement des hommes*, se souvint-il. Il humecta ses lèvres sèches, se rappelant un jugement qu'il avait dû prononcer quand il était un guerrier gris. Il avait été obligé de mettre un homme à mort, pour un crime perpétré contre la compagnie du camp. Il avait accompli lui-même l'exécution, avec son épée personnelle, et il se souvenait combien il lui avait été difficile de frapper le condamné. Lujan ne pouvait qu'espérer que même un Très-Puissant puisse hésiter avant de prendre une vie.

Le commandant acoma resta immobile, mais ses muscles le trahirent et il commença à trembler ; le désir irrésistible de se redresser et d'affronter la menace, ou de s'abandonner à la faiblesse et de s'enfuir, était une véritable torture.

Le magicien tapa du pied, dans son chausson pointu et recourbé.

— Elle n'est pas ici ? dit-il en faisant sèchement référence à Mara. Au moment de son triomphe ?

Lujan gardait le visage tourné vers la terre et répondit maladroitement par un haussement d'épaules. Sachant que chaque seconde volée pourrait faire gagner à sa maîtresse une amélioration infinitésimale de ses chances de survie, il parla lentement :

— La victoire n'est pas encore acquise, Très-Puissant.

Il s'arrêta, toussant légèrement. Le bruit rauque donna de la crédibilité à son besoin de s'arrêter pour s'éclaircir la gorge une nouvelle fois.

— Ce n'est pas à moi de discuter les ordres de ma maîtresse, Très-Puissant. Elle seule connaît les problèmes qui ont exigé sa présence ailleurs. Elle a donc remis le commandement de cette bataille entre mes pauvres mains.

— Maudite soit cette rhétorique, Akani, dit une autre voix d'un ton sec.

Lujan prit conscience d'une nouvelle paire de pieds devant son visage, portant cette fois des bottes de style midkemian, avec des clous de bois. Le magicien rouquin, le plus grand des trois délégués, et de toute évidence le plus enclin à s'emporter, continua :

— Nous perdons du temps. Nous savons que Mara se dirige au nord vers Kentosani, dans son palanquin. Même un imbécile peut se rendre compte depuis cette colline qu'une guerre est en cours entre les troupes acoma et anasati. Nous avons été défiés ! Un châtiment immédiat est nécessaire.

La Robe Noire qui portait le nom d'Akani répondit d'une voix plus modulée :

— Voyons, Tapek, calmez-vous. Ne tirons pas de conclusions hâtives. Ces forces sont en train de combattre, c'est vrai, mais comme aucun de nous n'a vu la bataille commencer, nous ne savons pas quel camp est l'agresseur.

— Cela n'a aucune importance ! répondit Tapek entre ses dents serrées. Elles combattent, et notre décret a interdit un conflit armé entre les Acoma et les Anasati !

Après un court silence, durant lequel les magiciens échangèrent des regards furieux, Akani s'adressa une nouvelle fois à Lujan :

— Dis-moi ce qui s'est passé ici.

Lujan releva la tête du sol, juste assez pour cligner des yeux à travers la poussière qui formait un rideau dans l'air.

— La bataille est serrée, Très-Puissant. L'ennemi occupe peut-être une meilleure position, mais les Acoma sont en nombre supérieur. Par moments, je pense que nous prévaudrons, à d'autres, je désespère et compose mes prières pour le dieu Rouge.

— Ce guerrier nous prend pour des imbéciles, objecta Tapek à Akani. Il répond à côté de la question, comme un marchand qui tente de vendre des marchandises de mauvaise qualité. (Une botte cloutée se leva et poussa Lujan au niveau de l'épaule.) Comment cette bataille a-t-elle commencé, guerrier ? C'est ce que nous t'avons demandé.

— Cela, vous devrez le demander à ma maîtresse, insista Lujan, se mettant à plat ventre et pressant son front contre la terre.

Bien qu'il frôle la désobéissance ouverte devant l'un des hommes les plus puissants de l'empire, il interprétait la question de Tapek dans le sens le plus large possible. Après tout, Mara n'avait jamais discuté des racines anciennes de la rivalité entre la maison Acoma et la maison Anasati. Ce genre d'histoire faisait plus partie du domaine de compétence de Saric. Gardant sa posture de serviteur loyal, Lujan pria pour qu'aucun magicien ne reformule la question pour lui demander qui avait ordonné la première attaque.

Risquant un bref regard, Lujan étudia les Robes Noires comme il aurait examiné une nouvelle recrue : il osa les évaluer en tant qu'hommes. Il se dit qu'Akani était intelligent, certainement pas un imbécile, et qu'il n'était pas mal disposé envers Mara ou les forces acoma. Tapek, le mage aux cheveux roux, prendrait des mesures extrêmes et agirait sans réfléchir ; c'était lui le plus dangereux. Le troisième semblait un simple témoin, observant l'échange comme un courtier sans ambition, et sans intérêt pour le résultat de la démarche. Il ne semblait pas le moins du monde bouleversé.

Tapek le tapota encore du bout de sa botte.

— Commandant ?

Conscient qu'il mourrait sur le champ s'il ne répondait pas directement à la requête de Tapek, Lujan jeta la prudence aux quatre vents. Il réagit comme si la tension lui avait fait perdre l'esprit et avait interrompu le fil de ses pensées. D'une voix craintive et respectueuse, il demanda :

— Très-Puissant ?

La peau pâle de Tapek rougit. Sur le point d'exploser dans une démonstration de colère, il fut calmé par un contact d'Akani, qui intervint habilement :

— Commandant Lujan, retirez les troupes acoma et cessez cette bataille.

Lujan écarquilla les yeux.

— Très-Puissant ? répéta-t-il comme si l'ordre le stupéfiait.

Tapek se dégagea de la main d'Akani et hurla :

— Tu as entendu ? Ordonne aux forces acoma de faire retraite et mets fin à cette bataille !

Lujan s'allongea sur la terre dans une démonstration de prostration servile. Il prolongea son geste d'obéissance presque jusqu'à en être ridicule, puis répondit d'une voix onctueuse :

— À vos ordres, Très-Puissant. Bien sûr, je vais ordonner la retraite. (Il s'arrêta, fronça les sourcils à dessein, puis ajouta :) Me permettriez-vous d'arranger la retraite d'une manière qui minimisera les risques pour mes guerriers ? Si le but est d'éviter de nouvelles effusions de sang...

Akani agita la main.

— Je ne veux pas voir de morts inutiles. Arrange la retraite de la manière qui te plaît.

Lujan s'efforça de ne pas soupirer de soulagement lorsqu'il se remit à genoux. Il fit signe à un messager qui attendait à proximité, et lui dit rapidement :

— Des ordres pour le seigneur des Tuscalora. Qu'il retire ses soldats vers le sud, puis qu'il attende là-bas et soutienne ceux qui le rejoindront bientôt... (Il lança un regard vers les Robes Noires, et reçut un petit hochement de tête d'Akani, un regard furieux de Tapek, et un vague geste du troisième magicien du groupe)... pour protéger leur retraite, comprends-tu ? termina-t-il précipitamment.

Le messager était à demi-paralysé de peur. Il lui fallut un moment pour comprendre qu'il avait reçu son congé. Alors qu'il partait en hâte porter ses ordres, Lujan fit signe à un autre courrier et lui donna une longue série d'instructions pour lancer des manœuvres de contournement. Pour une oreille profane, ce jargon militaire était incompréhensible. Quand le dernier messager s'éloigna en hâte, Lujan s'inclina à nouveau vers le groupe de magiciens.

— Puis-je vous offrir une collation, Très-Puissants ?

— Un jus de fruit serait très agréable dans la chaleur de cette journée, acquiesça la Robe Noire indifférente. Ces robes ne sont pas confortables en plein soleil.

Alors que Tapek passait son poids d'une jambe sur l'autre, et tapait du pied dans son irritation, Lujan frappa dans ses mains pour faire venir des domestiques. Il fit tout un spectacle du choix du vin que l'on devait apporter, et de la sorte de ration militaire convenable pour des visiteurs de haut rang. Les tractations menacèrent de durer un certain temps, jusqu'à ce que Tapek déclare d'une voix sèche qu'aucun mets délicat n'était nécessaire ; un simple jomach et de l'eau conviendraient parfaitement aux besoins de ses collègues.

— Mais certainement pas, objecta Akani d'une voix posée et légère. Je pense personnellement que le vin importé de Midkemia semble délicieux.

— Vous n'avez qu'à rester pour déguster un verre avec ce simple d'esprit qui se prend pour un commandant, cria presque Tapek. Certains d'entre nous ont des problèmes importants à régler, et je pense que dans l'intérêt de l'Assemblée qui nous a délégués ici comme émissaires, l'un de nous devrait rester comme observateur et s'assurer que les armées sont véritablement en train de rompre l'engagement sur le champ de bataille.

Akani lança au jeune magicien un regard de réprimande.

— Le commandant a obéi sans poser de questions et a ordonné à ses troupes de se retirer. Mettez-vous en doute sa parole d'honneur ?

— Je n'en ai pas besoin, gronda presque Tapek.

À ce moment-là, le troisième magicien, qui avait vaguement regardé les armées qui se déplaçaient dans le lointain, intervint :

— En fait, je pense que Tapek a soulevé un point intéressant. Depuis ce poste d'observation avantageux, je ne vois aucun signe de diminution des combats.

Au grand étonnement de Lujan, Akani répondit par un geste désinvolte.

— D'après ce que je sais, ce genre de choses prend du temps. (Lançant un regard aigu en direction du commandant acoma, il se caressa le menton.) Commandant, n'avez-vous pas parlé d'un vassal qui devait rester en position de soutien, pendant qu'une autre compagnie faisait retraite... Qu'en est-il exactement ?

Lujan réprima un sursaut de compréhension. Un peu de sa crainte respectueuse le quitta lorsqu'il comprit que les Robes Noires n'étaient que des hommes ! Ils étaient divisés en factions, tout comme les souverains rivaux du jeu du Conseil. Selon toutes les apparences, le magicien Akani tentait d'aider avec tact la cause de Mara, sans entrer ouvertement en contradiction avec le décret de l'Assemblée. Lujan étouffa une bouffée de confiance injustifiée et répondit :

— C'est bien cela, Très-Puissant. Le seigneur des Tuscalora...

— Oh, ne nous assomme pas avec des détails ! intervint Tapek. Dis-nous simplement pourquoi Mara des Acoma a osé penser qu'elle pouvait ordonner cette attaque sans être châtiée, alors qu'elle avait reçu l'interdiction absolue d'engager une bataille contre Jiro des Anasati.

Lujan s'humecta les lèvres, sa nervosité n'étant pas feinte.

— Je ne peux pas le savoir.

Sous ses genoux, la terre poussiéreuse lui entrait dans la chair, et la pose inhabituelle lui faisait mal au dos. Une torture encore pire lui tourmentait l'esprit. Il risquait de provoquer la mort de Mara s'il ne choisissait pas correctement ses mots. Par les dieux, il était doué pour les combats, mais le tour de main de Saric pour la diplomatie ne faisait pas partie de ses talents. Il bredouilla, cherchant à éviter la vérité crue :

— Les instructions que j'ai reçues étaient d'empêcher l'armée des traditionalistes de marcher au nord, vers Kentosani. Comme vous l'avez dit, ma dame se rend à la Cité sainte, sur ordre de l'Assemblée.

— Ah ah ! Elle obéit, donc. (Tapek croisa les bras et caressa ses manches avec satisfaction.) Maintenant, nous allons entendre la vérité. Quelle route a-t-elle prise pour se rendre là-bas ? Et pas de paroles rusées ! Réponds directement, sous peine de mort.

À ces mots, Tapek leva un doigt et des flammes s'épanouirent au-dessus de sa main, brûlant l'air avec un sifflement.

— Réponds maintenant !

Lujan se releva et se redressa de toute sa taille. S'il devait être tué, ou perdre Mara par ses déclarations, il le ferait comme un homme et un guerrier, debout.

— À vos ordres, Très-Puissant. Ma dame a prévu d'emprunter les routes secondaires, accompagnée d'une garde d'honneur au cas où elle rencontrerait des troubles.

Le plus silencieux des magiciens, Kerolo, demanda :

— Et si elle rencontrait des troubles ?

Lujan avala sa salive et se rendit compte que sa gorge était sèche comme un vieux parchemin. Il toussa et se força à retrouver sa voix qui, lors de ce dernier échange, était égale et forte, comme il le désirait.

— Elle chercherait alors refuge dans la fourmilière cho-ja la plus proche.

Les magiciens Kerolo et Tapek échangèrent un regard troublé et, d'un même geste, activèrent leurs mécanismes de téléportation. Un bourdonnement résonna dans l'air, couvrant les cris de bataille qui diminuaient et le lointain fracas des épées. Puis une brise écarta le nuage de poussière... Les deux magiciens avaient disparu, laissant Akani étudier Lujan dans un silence clairement troublé. Un moment passa. Lujan restait immobile, aussi raide et correct qu'une nouvelle recrue subissant l'inspection d'un officier supérieur. Une compréhension sembla passer entre les deux hommes, bien que leur statut soit différent. Le regard d'Akani devint rusé.

Il déclara :

— Plus de ruse, maintenant. Ta maîtresse a, sinon des alliés, au moins des oreilles sympathisantes dans l'Assemblée. Mais ces personnes resteront à l'écart si elle nous défie ouvertement. Pour quelle raison Mara compte-t-elle sur l'aide des Cho-ja ?

Lujan abandonna toute tentative de subterfuge. Avec cette Robe Noire, toutes ses ruses seraient rapidement déjouées. Il choisit cependant ses mots avec le plus grand soin, craignant de trop en révéler.

— Elle est depuis très longtemps l'amie de la reine cho-ja de son domaine natal. Au cours des ans, elle a acheté un grand nombre de faveurs à la fourmilière, le plus souvent pour défendre les Acoma.

Akani fronça les sourcils, son expression encore plus terrifiante par le fait qu'elle était réservée.

— Les Cho-ja vivant au-delà des frontières de son domaine épouseront-ils sa cause ?

Lujan leva ses paumes ouvertes vers le ciel dans le geste traditionnel du haussement d'épaules tsurani.

— Je ne peux pas le savoir, Très-Puissant. Seule ma dame connaît les marchés qu'elle a conclus.

Le regard d'Akani devint plus perçant, semblant tourner et retourner les pensées du commandant, et les exposer à une lumière aveuglante. Des frissons parcoururent la peau de Lujan et il se mit à trembler. Et puis la sensation passa.

— Tu dis la vérité, reconnut Akani. Mais je te préviens, l'Assemblée ira au fond de ce problème. Malheureusement, cela risque de prouver que nous serons obligés de nous séparer, malgré notre cause commune, commandant des armées Acoma.

Avec un hochement de tête qui pouvait signifier du respect, Akani activa son mécanisme de téléportation et partit dans une rafale de vent.

Lujan tendit la main et s'accrocha au bord de la table de sable pour ne pas s'effondrer et tomber à genoux. *Mara*, pensa-t-il avec désespoir ; que lui arriverait-il ? Car même si l'armée de Jiro ne pouvait plus avancer vers Kentosani par la grâce de l'Assemblée, le véritable ennemi était alerté. Lujan avait déjà vu sa dame réussir l'impossible, et bien qu'il ait une foi incommensurable en son génie de l'improvisation, même un pair de l'empire ne pouvait pas défier longtemps l'Assemblée et survivre.

28

CHÂTIMENT

Le palanquin était lourd.

Huit porteurs étaient nécessaires pour porter la litière de bois précieux, incrustée de coquilles de corcara, et ornée de rares clous de fer. Si les coûteuses tentures de soie, très brodées et pourvues de franges et de pompons, émerveillaient les passants, il avait fallu sacrifier à la splendeur l'entrée de la lumière et le rafraîchissement d'une atmosphère étouffante. Depuis que l'aube s'était levée et que le ciel s'était suffisamment éclairci pour permettre la lecture, le seigneur Jiro des Anasati avait ordonné à ses domestiques d'ouvrir les tentures et de les retenir avec des lanières de cuir.

L'effet n'était peut-être pas aussi élégant que lorsque les draperies étaient baissées, mais Jiro ne s'en souciait pas. Il n'y avait personne d'important pour le remarquer.

Aucune caravane ni aucun voyageur noble ne circulait sur cette route forestière située au sud-est de Kentosani. À part un messager assermenté occasionnel et quelques réfugiés, elle était vide de monde ; la nourriture était rare, et les familles des quartiers pauvres étaient les premières à souffrir de la faim. Ces gens déguenillés, couverts de plaies et vêtus de haillons, portaient dans leurs bras des nourrissons en pleurs, ou tiraient des enfants plus âgés qui titubaient, affaiblis par la malnutrition. Les aïeuls étaient portés sur leur dos par des hommes plus jeunes. La campagne offrait au moins une petite chance d'attraper du gibier ou de ramasser des noix et des baies.

Jiro ne prêtait aucune attention à ces malheureux : leur pauvreté était voulue par les dieux. Les soldats de son avant-garde dégageaient le chemin pour que son escorte puisse passer, et sauf pour les enfants en pleurs, ils ressemblaient tous dans la poussière à des ombres qui se prosternaient.

Alors que ses porteurs épuisés par la marche forcée suaient à grosses gouttes, le seigneur des Anasati était confortablement assis sur ses nombreux coussins, avec des piles de parchemins déroulés sur les genoux. Il les maintenait en place sur ses chevilles grâce au pommeau de son épée, coincée entre ses genoux protégés de plaques d'armure.

Long et efflanqué comme un chien de chasse, le premier conseiller Chumaka marchait en rythme à côté du palanquin. Aussi endurci qu'un guerrier, il ne semblait pas gêné par la fatigue alors qu'il répondait aux rares questions de son maître. Celles-ci portaient sur de nombreux sujets, tirés de longs et ennuyeux traités de législation impériale.

— Je n'accorde aucune confiance au Shinzawaï, déclara Jiro d'une voix sèche, apparemment sans provocation. Son frère Kasumi a passé des années à combattre sur le monde barbare. Il faisait partie du complot de la Roue bleue pour miner le pouvoir du seigneur de guerre, et les manières rusées et sans honneur des Midkemians ont aussi déteint sur Hokanu.

Chumaka posa un regard attentif sur son maître et ne dit rien pendant un long et désagréable laps de temps. Et comme si son conseiller possédait le pouvoir de lire les pensées, Jiro sut : Chumaka avait compris qu'il se souvenait de Tasaio des Minwanabi ; un brillant général dont l'armée avait été humiliée par celle de Mara, grâce à une tactique inattendue née des conseils d'un esclave barbare. Il était inutile de mentionner que la maison Minwanabi n'existait plus. Les peurs nerveuses n'avaient pas besoin d'être avivées ni d'être embrasées par une étincelle. S'abstenant de prononcer une réprimande, Chumaka répondit :

— Mon seigneur, tout ce que les mains et l'esprit des hommes peuvent réaliser a été fait pour assurer votre succès. Maintenant, tout se trouve entre les mains du destin, de la chance et des dieux... Vous vous assiérez ou non sur le trône d'or selon ce qu'ils permettront.

Jiro s'appuya contre ses coussins, remuant pour échapper aux morsures inconfortables de son armure. Il n'était pas vaniteux, mais il comprenait parfaitement l'importance des apparences. Aussi maniaque pour son habillement qu'un artiste, il aurait préféré porter une robe de soie légère aux couleurs anasati, avec des fleurs de gaganjan brodées sur les poignets. Mais depuis l'assassinat d'Ichindar, aucun noble n'osait voyager sur les routes publiques sans porter une armure. Jiro était encore plus irrité par le fait que Chumaka avait raison ; toujours et encore... Il avait entendu tous les rapports ; il avait présidé un grand nombre de réunions et de conseils. Il savait ce que l'on disait des mouvements de l'ennemi.

Et les nouvelles étaient bonnes.

Hokanu des Shinzawaï se trouvait toujours à au moins deux jours de marche au nord de Kentosani, alors que le cortège du seigneur des Anasati franchirait les grandes portes à la fin de l'après-midi, sans doute au crépuscule. Jiro se répétait sans cesse les mêmes faits pour se rassurer : il atteindrait la Cité sainte sans être arrêté par les alliés de Mara ; quand les Shinzawaï arriveraient, ils seraient épuisés ; les Très-Puissants avaient été insultés par les Acoma quand les forces de Mara s'étaient lancées au sud contre l'armée anasati. Les magiciens concentraient leur attention sur Mara, et ignoraient le seigneur des Anasati qui donnait l'apparence d'une parfaite obéissance à leurs ordres.

Les mains de Jiro se serrèrent sur les parchemins étalés sur ses genoux. Sursautant en entendant le craquement des feuilles sèches, il jura, irrité d'avoir infligé par distraction un mauvais traitement aux vieilles archives. Fronçant les sourcils et se concentrant, il lissa le parchemin froissé à l'encre vieillie et pâlie ; pendant ce temps, Chumaka semblait encore interpréter ses pensées les plus intimes.

— Vous avez analysé le message envoyé par pigeon hier soir, le rassura le premier conseiller par un commentaire faussement désinvolte.

Jiro ne s'y trompait pas. Les yeux rusés de Chumaka étaient fixés sur la route, droit devant lui, comme s'il pouvait lire le passé dans la poussière soulevée par l'avant-garde de la garde d'honneur anasati. Le premier conseiller semblait absorbé par la marche ; choisissant astucieusement ses paroles, il ajouta :

— Le commandant de Mara a lancé l'attaque le premier, sans être provoqué. À cette heure, l'Assemblée a déjà dû réagir. Pensez-y.

Jiro serra les lèvres, manquant d'esquisser un sourire. Son imagination lui donnait des images détaillées du spectacle de Mara incinérée par magie. Mais l'évocation de toutes les tortures qui frappaient son ennemie ne lui apportait aucun réconfort. Il souhaitait voir le cadavre de la femme qui l'avait éconduit transpercé par l'acier ; il brûlait du désir d'avoir les crânes de ses enfants à sa disposition, des enfants qu'elle avait osé faire engendrer par d'autres hommes, pour les écraser sous son pied comme des coquilles d'œuf. Il voulait piétiner leurs cervelles, et s'assurer de son triomphe. Et pourtant... La chance d'un pair de l'empire était légendaire, bien plus qu'une superstition. Le titre de Mara accordait une bénédiction divine qu'aucun homme ne pouvait aisément nier. Plus d'une fois, Jiro avait cru que les jours de Mara étaient comptés, pour la voir ensuite triompher d'une façon ou d'une autre.

Le malaise continuait à le ronger. Sans qu'il le remarquât, ses mains serrèrent à nouveau le parchemin. La peau fragile craqua, et des morceaux de dorure précieuse se décollèrent et adhérèrent à ses paumes en sueur.

— Vous ne vous sentirez pas en sécurité tant que vous ne serez pas assis sur le trône d'or, résuma Chumaka. Quand les prêtres des Vingt Dieux Majeurs s'inclineront à vos pieds et confirmeront votre droit à la succession, quand la foule vous acclamera en se prosternant devant vous comme leur nouvelle Lumière du Ciel, alors vos nerfs cesseront de vous tourmenter.

Jiro l'entendit, mais ne put s'empêcher d'observer la route qui menait à la Cité sainte. Intérieurement, il se répétait tous les arguments logiques qui montraient que la voie vers la victoire finale était ouverte. L'Assemblée ne le gênerait pas, une fois Mara morte. En fait, elle soutiendrait sa cause, ne serait-ce que pour éviter le chaos et l'anarchie qui ravageaient la paix de l'empire depuis que Lojawa avait assassiné Ichindar. Personne ne soupçonnait que Jiro avait été l'instigateur du meurtre ; le stratagème avait été ourdi secrètement durant de longues années de préparation. La culpabilité ne pouvait pas remonter au-delà des Omechan, et même la torture ne parviendrait pas à faire éclater la vérité. Grâce au titre de seigneur de guerre promis à leur lignée, les Omechan seraient bien bêtes de révéler la conspiration. Jiro changea d'axe de réflexion. Cela ne le chagrinait pas trop que l'armée dont il avait hérité avec le sceptre des Anasati doive être détruite pour retenir les guerriers de Mara, et tourner le courroux de l'Assemblée vers elle. La mort de ses soldats serait un honneur, car elle servirait à élever leur seigneur au-dessus de tous les autres nobles de l'empire. Leurs esprits seraient accueillis triomphalement dans le palais du dieu Rouge, quand les ennemis de Jiro seraient forcés de reconnaître sa suprématie.

Le seigneur des Anasati ferma les yeux, envahi par le plaisir de l'anticipation. Hoppara des Xacatecas serait le premier à se prosterner devant le trône impérial. Ce chiot arriviste était resté dans les jupes de Mara depuis le début, et sa mère qui se mêlait de tout n'était pas intervenue ! Malgré son appréciation si vantée de la virilité, Isashani n'avait jamais encouragé son fils à couper les ponts et à se débrouiller seul, comme un homme le devait. La souveraine douairière et son fils soumis avaient déjoué plus d'un complot conçu pour humilier les Acoma ! Jiro se mit à transpirer, se souvenant combien de fois Hoppara avait affermi la résolution du vieux Frasaï des Tonmargu, au point que celui-ci avait soutenu les intérêts du défunt empereur avant ceux de ses propres frères du clan Ionani !

L'humeur de Jiro s'échauffa tandis qu'il passait en revue la liste des affronts. Pour lui, la mansuétude était une faiblesse. Il n'était pas le genre d'homme qui oublie par qui ses plans ont été contrecarrés.

Il fronça les sourcils alors qu'il se demandait quel ennemi il humilierait ensuite. Si les magiciens se montraient magnanimes après avoir châtié Mara pour sa désobéissance, Hokanu pouvait aussi survivre pour embrasser le sol devant l'estrade du trône d'or.

Jiro étouffa un petit rire. La souveraineté absolue que les partisans de Mara s'étaient donné tant de mal à octroyer à Ichindar lui reviendrait à lui, un Anasati ! Cette omnipotence tomberait entre ses mains, oh oui... Il rétablirait le Grand Conseil et le titre de seigneur de guerre, mais il présiderait en exerçant une suprématie sans précédent, y compris sur les temples. Ses pouvoirs seraient quasi divins, et aucune femme de l'empire ne refuserait de se prosterner devant sa gloire. Il ferait venir dans sa couche toutes les jeunes filles qu'il désirerait, et aucune ne lui refuserait ses faveurs ! Que Mara des Acoma l'ait autrefois rejeté n'aurait plus aucune importance, car sa lignée serait réduite en poussière. Lui, Jiro, quatre-vingt-douzième empereur, resterait dans les mémoires comme l'homme qui avait réussi à humilier et à abattre un pair de l'empire. Son acte sans précédent serait un mémorial aux yeux des dieux ; le coup le plus parfait du jeu du Conseil, car aucun seigneur n'avait jamais osé s'attaquer à un ennemi adulé par les foules.

Quelqu'un cria dans les bois. Arraché à sa rêverie, Jiro se redressa. Les parchemins et leurs étuis tombèrent en cascade à ses pieds. Le seigneur ne s'en soucia pas, car il fixait son attention sur les mouvements de ses soldats.

— Que se passe-t-il ? demanda-t-il d'une voix hachée, découvrant à cet instant que Chumaka ne se trouvait plus à côté du palanquin.

Son conseiller faisait souvent preuve d'une indépendance inopportune. Jiro bouillait de rage lorsqu'il découvrit la tête grisonnante de son premier conseiller penchée vers le casque à plumet du commandant Omelo.

L'irritation de Jiro se dissipa quand il vit l'expression soucieuse peinte sur le visage de l'officier.

— Que se passe-t-il ? répéta-t-il d'une voix plus forte.

Omelo se redressa avec le calme que l'on pouvait attendre d'un commandant. Il avança jusqu'au palanquin, Chumaka sur les talons, les yeux brillants.

— L'un de nos éclaireurs a retrouvé son équipier, que j'avais envoyé faire une reconnaissance sur notre flanc.

Jiro fronça encore plus les sourcils.

— L'homme tentait-il de paresser ?

Le visage d'Omelo ne cilla pas d'un pouce.

— Non, seigneur. Bien au contraire. Il est mort. Tué. (Toujours concis quand il s'agissait de mauvaises nouvelles, il termina :) Une flèche dans le dos.

Brisant complètement le protocole, Chumaka intervint :

— Était-il immobile ou en train de courir ?

Omelo se retourna à moitié vers Chumaka, en plissant les yeux. Maniaque du protocole, il revint ensuite vers son maître, et répondit comme si Jiro s'était adressé à lui :

— Seigneur, notre homme a été abattu alors qu'il courait. L'éclaireur a bien lu les traces. (Il fit un salut bref, le poing sur le cœur, et s'inclina.) Avec la permission de mon seigneur ? Nous ferions mieux de disposer nos guerriers en formation plus serrée. Quelles que soient les nouvelles que voulait nous apporter le soldat mort, quelqu'un l'a assassiné pour le faire taire. Et l'empennage de la flèche ne porte aucun signe distinctif.

— Des bandits ? Ou un allié des Acoma ? Penses-tu que nous courons un danger ? rétorqua Jiro, puis il se reprit.

Le moindre délai risquait de s'avérer fatal ; retrouvant son autorité, il fit signe à son commandant de retourner à sa tâche et se tourna vers son premier conseiller. L'expression qu'il lut sur le visage de Chumaka n'était pas du tout celle à laquelle il s'attendait. Elle reflétait un intérêt pensif, comme si le vieil homme était confronté à une énigme délicieuse.

— Tu ne sembles pas inquiet, remarqua Jiro, d'une voix sèche et sarcastique.

— Seuls les imbéciles s'inquiètent. (Chumaka haussa les épaules.) L'homme sage s'efforce d'être attentif. Ce qui doit arriver arrivera, et l'inquiétude ne sert à rien. Bien appréhender une situation peut permettre de survivre.

Dans le tohu-bohu des guerriers qui resserraient les rangs, Jiro étudia la route. Aucun réfugié n'encombrait les bas-côtés. Cela en soi était déjà un avertissement ; comme les oiseaux, ces gens timorés étaient prompts à s'enfuir au moindre trouble. La voie qui s'étendait devant eux était vide, chauffée à blanc par le soleil et enveloppée d'écharpes de poussière. Par contraste, l'ombre impénétrable qui régnait sous les arbres évoquait la nuit. Devant eux, après un virage peu appuyé, la route descendait puis traversait une gorge où la lumière et l'ombre formaient de grandes plaques mouchetées. Des insectes bourdonnaient, scintillant dans le soleil, mais toutes les créatures à sang chaud restaient silencieuses. Nerveux, Jiro baissa le ton :

— Je ne vois rien dont il faudrait se méfier.

Mais un malaise inexprimable le poussa à triturer la poignée de son épée. En dépit de ses paroles paisibles, Chumaka semblait aussi tendu que lui.

Seul un imbécile ne s'inquiéterait pas, s'avoua silencieusement Jiro. Il lutta pour réprimer son impatience. Les enjeux qu'il avait engagés étaient énormes, les plus grands de l'histoire de l'empire. Il ne s'attendait pas à s'emparer du trône impérial sans que personne ne s'oppose à lui. Il ouvrit sa main moite et lâcha la poignée de son arme, puis il tira sur la lanière passée autour de son cou, à laquelle était fixée une petite pochette de documents, cachée sous son armure. Sur le parchemin, en termes légaux précis, il avait inscrit tous les points officiels qui devaient être inclus dans son contrat de mariage avec Jehilia.

Il caressa le cuir comme un talisman. Aucune erreur ne serait commise, aucun détail omis, une fois les portes de Kentosani franchies. Dans les bibliothèques, aucune page n'avait échappé à son inspection. Chumaka et lui avaient consulté toutes les archives légales sur toutes les dynasties existantes. Seul le sceau impérial apposé par la première épouse d'Ichindar, Tamara, manquait pour sceller officiellement la désignation de Jiro comme soupirant royal. L'ascension au trône suivrait logiquement. Aucun juge de la cour ou premier conseiller d'une maison, aucun juriste de l'empire, ne pourrait réfuter la prétention anasati grâce à ces documents. D'autres nobles présenteraient peut-être une revendication aussi valable que celle de Jiro, mais aucune ne serait meilleure que la sienne – une fois

Justin des Acoma mort – et personne n'oserait défier le droit des Anasati.

Un cri fit sursauter Jiro, et il regarda l'orée du bois. Sa main blanchit sur son épée. Quelque chose avait-il bougé, juste à la limite de son champ de vision ? Jiro libéra son pied du tas de parchemins, en s'efforçant d'observer les ombres de la profonde forêt. Un faible roulement de tonnerre résonna dans l'air immobile. Les guerriers s'agitèrent, prêts à bondir, déjà tendus.

L'un des plus vieux soldats se raidit.

— Commandant, aventura-t-il, je connais ce bruit.

— Qu'est-ce que c'est ? demanda Omelo.

Jiro se tourna et identifia l'homme qui avait parlé. C'était l'un des survivants de la garde d'honneur autrefois envoyée avec son frère, lorsque la délégation d'Ichindar s'était rendue sur le monde barbare de Midkemia. La tentative de paix s'était terminée par un massacre, le sang d'un millier de fils aînés tsurani imprégnant la terre. Halesko des Anasati était tombé lors de la première attaque ; un seul homme de sa garde d'honneur avait survécu pour revenir par la Faille et ramener avec trois autres soldats le corps inconscient de l'empereur. En récompense pour avoir sauvé la vie de la Lumière du Ciel, il avait reçu une place parmi les gardes du corps de Jiro. Il parlait maintenant avec insistance :

— J'ai entendu ce bruit en combattant les barbares, seigneur. (Alors que le grondement se rapprochait, venant de la forêt, il éleva la voix.) L'ennemi est à cheval ! Des chevaux ! Ils montent des chevaux !

L'instant suivant, le chaos surgit d'entre les arbres.

Une ligne de guerriers vêtus de bleu, chevauchant les animaux barbares à quatre pattes, chargeait à une vitesse effrénée vers la compagnie. Omelo hurla des ordres ; il avait étudié les rapports des soldats qui avaient affronté autrefois la cavalerie de Midkemia. Une seule tactique avait une chance de succès pour des fantassins. Les guerriers qui escortaient leur seigneur étaient la crème des soldats anasati. Ils obéirent sans hésitation, se déployant pour éviter d'être piétinés. Des hommes qui n'avaient jamais eu l'expérience d'une charge de cavalerie se seraient trompés et seraient restés sur place pour être renversés. Terrifiés, les porteurs de Jiro firent maladroitement demi-tour et repartirent en arrière, plaçant le plus grand nombre possible de soldats de la garde d'honneur entre leur maître et la cavalerie shinzawaï qui se précipitait sur eux.

Jiro ravala sa panique. Les Shinzawaï ne se trouvaient pas à deux jours de distance de la Cité sainte, ils étaient ici ! Ces animaux étaient rapides ! Et massifs ! Leurs sabots arrachaient des mottes de terre et faisaient trembler le sol. Les porteurs du palanquin trébuchèrent, avançant d'un pas hésitant. Projeté contre un montant de la litière, Jiro le remarqua à peine. Les chevaux arrivèrent en une vague furieuse, les lances des cavaliers brillant au soleil.

Les premiers rangs des guerriers affrontèrent la charge. Ils se montrèrent courageux, calmes et déterminés, mais ils n'eurent pas la moindre chance. Ils furent empalés sur les lances, hurlant, ou fauchés comme du hwaet par les sabots des chevaux. Les plus agiles réussirent à s'esquiver sur le côté, pour venir périr sur les épées des cavaliers en armure bleue. Seul le vétéran des guerres midkemianes en réchappa. Son coup rapide frappa une bête au jarret, par-derrière, et elle s'effondra lourdement en décochant des ruades. Le cavalier roula sur le côté, mêlant ses jurons aux cris de sa monture, qui semblaient étrangement humains. Les épées s'entrechoquèrent, le vainqueur du combat englouti par un nuage de poussière ocre.

Le second rang ne se comporta pas beaucoup mieux. Un homme frappa un cheval au poitrail avant d'être renversé. Les cavaliers embrochèrent la plupart des défenseurs, mais leurs lances devenaient maintenant inutiles. Celles qui n'étaient pas brisées ou fichées dans de la chair humaine étaient trop longues pour parer les coups d'ennemis se trouvant au contact.

Jiro sentit de la sueur couler sous son armure. Il ouvrit la bouche pour laisser échapper une bordée de jurons. Il risquait de mourir sur cette route ! Quel gâchis... Mourir comme Halesko au beau milieu d'une bataille ! Périr par l'épée comme n'importe quel idiot illettré, aveuglé par sa soif d'honneur ! Jiro refusa une telle mort. Il voulait d'abord humilier Mara !

Il se dégagea à grands coups de pied de ses coussins et bondit hors de son palanquin, aussi dangereux qu'un sarcat acculé.

Omelo était toujours debout, en train de crier des ordres. Le premier impact de la charge était émoussé et les autres rangs suivaient en ordre disparate, car les chevaux des Shinzawaï faisaient des écarts pour éviter les cadavres. Les lances avaient abattu un homme sur deux. Maintenant les cavaliers tournoyaient, faisant corps avec leur monture infernale, et engageaient les fantassins qui toussaient dans la poussière. Les guerriers anasati ne bronchèrent jamais. Ils tinrent bon avec un immense courage, mais ils étaient taillés en pièces, désavantagés contre des adversaires plus hauts qu'eux.

L'escrime tsurani n'était pas du tout efficace contre les coups qui venaient d'en haut. Les meilleurs hommes tombèrent, le casque fendu, et leur sang imprégna la route poussiéreuse.

Et les cavaliers arrivaient toujours. Ils convergeaient vers le palanquin et la garde personnelle de Jiro qui serrait les rangs. Constituant la dernière et la plus solide des défenses, les soldats hurlaient leurs défis. Mais même les plus téméraires se rendaient bien compte qu'ils n'étaient pas assez nombreux.

Omelo hurla un blasphème. Chumaka semblait avoir disparu. Les épées fendaient l'air ; certaines étaient bloquées par une parade, d'autres étaient déviées. Un bien trop grand nombre mordait dans les armures rouges, répandant un sang écarlate encore plus précieux.

La cavalerie d'Hokanu piétinait les soldats tombés à terre. Un autre cheval tomba en se débattant, et un guerrier qui se trouvait trop près de lui fut abattu d'une ruade. Jiro ravala la nausée qui lui montait aux lèvres. Il leva sa lame. La guerre n'était pas son fort ; mais il devait combattre, ou mourir.

Les cris des agonisants faisaient grincer des dents. Il se prépara à porter son premier coup, étourdi et écrasé par la réalité brutale du combat. Seule la fierté de sa famille le tenait debout.

Un cheval rejoignit le front et se cabra, sa silhouette noire se découpant sur le ciel ardent tandis que ses sabots fendaient l'air. Des dents d'une blancheur éclatante brillèrent sous un casque portant le plumet d'un seigneur. Jiro reconnut le cavalier : Hokanu !

Le seigneur des Anasati contempla des yeux où ne brillait aucune lueur de pitié, des yeux aussi sombres et marqués que ceux de Kamatsu. D'un regard, Hokanu mit Jiro à nu et le reconnut pour ce qu'il était : un meurtrier et un lâche.

Jiro lut sa fin dans ce regard foudroyant.

Le seigneur des Anasati intercepta la première épée posément, comme on le lui avait appris. Il réussit à parer un second coup. Un guerrier mourait sous ses pieds ; il marcha sur lui, et faillit trébucher. De la bile monta dans sa gorge. Il n'avait plus de forces. Et Hokanu se ruait vers lui, sa monture se faufilant entre les soldats comme un démon, son épée brandie vers le ciel.

Jiro trébucha, fit quelques pas en arrière. Non ! C'était impossible ! Lui, qui tirait fierté de son intelligence, allait être tué par une épée ! Engourdi par la terreur, il pivota et s'enfuit à toutes jambes.

Toute idée de déshonneur l'abandonna devant l'horreur qui grondait sur ses talons. Il éprouvait des difficultés à respirer. Ses tendons hurlaient de fatigue, sans qu'il en prenne conscience. Il devait atteindre les bois. L'intelligence pouvait l'emporter sur l'épée, mais seulement s'il survivait aux cinq prochaines minutes. Il était le dernier des trois fils de son père. Il n'était pas honteux, mais logique, de survivre quel qu'en soit le prix, pour que Mara, que son nom soit maudit, meure avant lui. Ensuite les dieux pourraient faire de lui ce qu'ils voudraient.

Le bruit du combat s'amenuisait, ponctué par le claquement sec des sabots frappant le sol poussiéreux. Le souffle de Jiro s'étranglait dans sa gorge alors qu'il atteignait les arbres et qu'il escaladait un petit escarpement rocheux pour rejoindre ce qu'il pensait être un endroit sûr.

L'haleine du cheval ne soufflait plus dans ses oreilles. L'animal s'était arrêté ; la forêt l'avait empêché d'avancer. Jiro cligna des paupières pour éclaircir sa vision. Des ombres semblaient troubler sa vue, après l'éblouissement du soleil de midi. Il se jeta, haletant, contre un tronc d'arbre.

— Retourne-toi et bats-toi, lança une voix, un demi-pas sur ses talons.

Jiro pivota. Hokanu était descendu de cheval. Il attendait, l'épée haute, le visage dissimulé dans l'ombre comme celui d'un bourreau.

Jiro ravala un gémissement. Il était trahi ! Chumaka s'était trompé, se fourvoyant à un point incroyable, et maintenant c'était la fin. Une colère noire l'emporta sur la panique. Le seigneur des Anasati leva son arme et chargea.

Hokanu dévia l'épée de Jiro sur le côté comme s'il s'agissait d'un jouet. Vétéran de plusieurs guerres, il avait une poigne de fer. Jiro sentit les lames s'entrechoquer dans une vibration douloureuse. Le choc lui ébranla les nerfs, affaiblissant sa prise. Son arme étincela, tournoya et lui échappa des mains. Il n'entendit pas le bruit de sa chute dans les broussailles.

— Omelo ! hurla-t-il en proie à une panique absolue. Quelqu'un, n'importe qui, même un guerrier de sa garde d'honneur, devait être en vie et répondre à son appel. Il fallait qu'on le sauve !

Son intelligence se remit à fonctionner.

— Le déshonneur sera sur toi, si tu tues un ennemi désarmé.

Les dents découvertes d'Hokanu ne dessinaient pas le moindre sourire.

— Comme mon père était désarmé ? Tué dans son sommeil par une fléchette empoisonnée ? Je sais que tu as payé son assassin. (Jiro commença à nier, mais Hokanu hurla :) Je possède les archives du tong !

Le seigneur des Shinzawaï semblait la terreur incarnée alors qu'il baissait sa lame... Puis, d'un tour de poignet, il en plongea la pointe dans la terre, la laissant vibrer quand il lâcha la poignée.

— Tu es de la boue... Non, tu es moins que de la boue, à pleurnicher en me parlant d'honneur !

Il avança.

Jiro se baissa, se préparant à lutter. *Bien !* pensait-il. L'intelligence allait triompher, après tout ! Il avait convaincu cet honorable imbécile de Shinzawaï de l'affronter à mains nues ! Bien que le seigneur des Anasati ne soit pas un excellent lutteur, la mort serait plus lente que par un coup d'épée. Il avait gagné du temps, peut-être assez pour que l'un de ses gardes puisse le rejoindre et le sauver.

Cherchant toujours à gagner du temps, Jiro recula. Il fut trop lent. Hokanu avait les réflexes d'un chasseur et était poussé par la soif de vengeance. Des mains brutales saisirent Jiro aux épaules. Il leva un bras pour se libérer, et sentit que l'on attrapait et tordait son poignet. Une force impitoyable le repoussa, encore et encore, jusqu'à ce que l'os et les tendons tremblent et protestent.

Jiro siffla entre ses dents. Des larmes troublaient sa vue. La prise cruelle ne fit que se resserrer. Clignant des paupières pour éclaircir sa vision, Jiro releva les yeux. Hokanu était penché sur lui, un reflet de soleil étincelant sur son casque.

Jiro tenta de parler. Sa bouche articulait, mais aucune parole intelligible ne franchit ses lèvres. Jamais dans sa vie d'adulte choyé, il n'avait enduré la souffrance, et l'étreinte lui ôtait toute raison.

Comme un homme peut saisir un chiot, Hokanu le secoua et le releva d'une main. Ses yeux étaient fous ; il ressemblait à un démon dont la soif ne serait pas étanchée par le sang. Ses doigts étaient de véritables griffes qui arrachèrent le casque somptueux de Jiro dans un craquement qui lui tordit le cou.

La sueur de Jiro se transforma en glace. Il hoqueta quand il comprit ce qui allait suivre.

Et Hokanu se mit à rire d'une façon terrible.

— Tu pensais que je lutterais, n'est-ce pas ! Imbécile ! J'ai déposé ma lame parce que tu ne mérites pas l'honneur d'un guerrier ; toi qui as acheté l'assassinat de mon père, tu mérites la mort d'un chien.

Jiro s'étrangla, la respiration sifflante. Tandis qu'il cherchait désespérément une façon d'implorer la pitié, Hokanu le secoua. Dans un murmure qui ressemblait à un sanglot, une seule pensée parvint à s'exprimer :

— C'était un vieil homme...

— Je l'aimais ! rugit Hokanu. C'était mon père. Et ta vie souille le monde où il a vécu.

Hokanu remit Jiro à genoux, dévoilant dans son geste la pochette de documents. Le seigneur des Shinzawaï attrapa la lanière d'une main. Terrifié, Jiro se jeta brusquement en arrière, sans la moindre grâce.

— Vous ne souillerez pas vos mains en me tuant, si je suis une créature si misérable que cela.

— Et pourquoi pas ?

Les paroles d'Hokanu n'étaient plus qu'un feulement quand la lanière se resserra brusquement. Jiro sentit la morsure d'un garrot d'étrangleur autour de son cou.

Il se débattit et tenta de griffer son adversaire. Ses ongles se cassèrent sur l'armure bleue. Hokanu tira encore sur la lanière. La gorge de Jiro se serra et le sang se mit à battre dans sa tête. De la salive coula de ses lèvres qui remuaient, et ses yeux sortirent de leurs orbites. Il prenait conscience du déshonneur de sa mort, et il se débattait et ruait, plongé dans un désespoir frénétique alors que son visage s'empourprait.

Mais Hokanu était un soldat endurci par les batailles, qui n'avait jamais cessé de s'entraîner. Il s'acharna sur Jiro avec une haine sans limites qui faisait bouillir son sang de fureur, tout aussi dépourvue de raison que la marée montante. Pour son enfant mort-né et pour son père assassiné, Hokanu tordit la lanière jusqu'à ce que la couleur du visage de Jiro s'assombrisse, devienne rouge sombre, puis violette et enfin bleue. Il continua à exercer une pression longtemps après que Jiro eut cessé de bouger. Après la peau, le cuir mordait profondément la trachée et la chair. Pleurant, frissonnant en réaction à son acte libérateur, Hokanu continua à tordre, jusqu'à ce qu'un chef de troupe shinzawaï retrouve son seigneur penché sur le corps de son ennemi. Il fallut des mains puissantes pour séparer le maître du cadavre.

Les mains vides, Hokanu s'assit sur ses talons, sur le tapis de feuilles mortes. Il couvrit son visage de ses doigts ensanglantés.

— C'est fait, père, dit-il d'une voix rendue rauque par l'émotion. Et de ma main seule. Le chien a été étranglé.

Le chef de troupe au plumet bleu attendait avec patience. Il était au service du maître depuis de longues années, et il le connaissait bien. Avisant la pochette de documents enroulée autour de la gorge de Jiro, il en récupéra le contenu, supposant que son maître souhaiterait les lire quand il aurait retrouvé ses esprits.

Après un moment, Hokanu s'arrêta de trembler. Il se leva, regardant toujours ses mains. Son visage était totalement dénué d'expression. Puis, comme si la saleté étalée sur ses doigts n'était rien de plus qu'une banale poussière, et que le cadavre étendu misérablement à ses pieds dans son armure rouge ne fût qu'une pièce de gibier, il se détourna et s'éloigna.

Le chef de troupe suivit son maître. À ses compagnons engagés dans de furieux combats singuliers sur la route, il cria :

— Faites passer ! Jiro des Anasati est mort ! La victoire est à nous ! Shinzawaï !

La nouvelle de la mort de Jiro se répandit comme un incendie dans un champ d'herbes sèches. Debout près du palanquin renversé, Chumaka entendit lui aussi le cri :

— Le seigneur des Anasati est tombé ! Jiro est mort !

Pendant un moment, le premier conseiller des Anasati regarda les documents éparpillés à ses pieds et pensa aux autres parchemins que Jiro portait sous ses vêtements. Que se passerait-il quand on les découvrirait ? Il soupira...

— Petit imbécile, murmura Chumaka. Assez lâche pour s'enfuir, mais pas assez pour se cacher.

Puis il haussa les épaules. Omelo qui était tombé à genoux se relevait ; une entaille sur son crâne faisait couler du sang sur sa joue. Il semblait toujours prêt à combattre, plus fier que jamais, sauf que quelque chose était mort dans ses yeux. Il regarda le premier conseiller des Anasati et demanda :

— Que nous reste-t-il ?

Chumaka considéra les restes brisés de la garde d'honneur de Jiro, les vivants comme les morts. Sur une centaine d'hommes, moins de vingt étaient encore debout. *Un résultat honorable contre des chevaux*, analysa-t-il. Il résista à l'envie irrésistible de s'asseoir ; il ne pouvait pleurer. L'amour ne l'avait jamais motivé. C'était le devoir, et l'orgueil de se montrer plus intelligent que les ennemis des Anasati. Maintenant, tout était fini. Il lança un regard aux cavaliers shinzawaï qui se rapprochaient, formant un cercle d'armures infranchissable.

Chumaka siffla entre ses dents. Il déclara au commandant qu'il connaissait depuis sa plus tendre enfance :

— Omelo, mon ami, bien que je te respecte comme soldat, tu es un traditionaliste. Si tu souhaites tomber sur ton épée, je te suggère de le faire avant que nous soyons désarmés. Mais je te supplie de ne pas le faire. En ce qui me concerne, je vais ordonner aux survivants de déposer les armes, et espérer que Mara sera aussi miséricordieuse maintenant qu'elle l'a été dans le passé. (Presque trop doucement pour être entendu, de peur que son espoir ne soit trop visible, il ajouta :) Et prier pour qu'il lui reste quelques postes à pourvoir, auxquels nous serions utiles.

Omelo lança l'ordre de déposer les armes. Puis, tandis que les épées tombaient les unes après les autres de doigts engourdis, et que les guerriers anasati vaincus l'observaient avec des yeux brûlants, il regarda les traits ridés et énigmatiques de Chumaka. Ni l'un ni l'autre ne prêtèrent attention aux guerriers shinzawaï qui envahissaient leurs rangs pour recevoir la reddition des Anasati. Omelo humecta ses lèvres sèches.

— Tu gardes un tel espoir ?

Les deux hommes savaient qu'il ne se référait pas au passé de Mara, connue pour sa clémence. Leur vie – voire leur liberté – dépendait de la miséricorde d'une dame marquée pour la mort. Si par miracle elle survivait au courroux de l'Assemblée, il y avait encore la dernière et la plus amère cohorte de guerriers minwanabi, vêtus du vert acoma et envoyés vers Mara. Les ordres de Chumaka répondaient à leurs aspirations les plus profondes : tuer la dame des Acoma par tous les moyens, pour que Jiro puisse accomplir ses desseins.

Chumaka regardait de part et d'autre, puis ses yeux étincelèrent comme ceux d'un joueur.

— Elle est pair de l'empire. Avec notre aide, elle pourrait encore survivre à l'Assemblée.

Omelo cracha et lui tourna le dos.

— Aucune femme au monde ne possède une telle chance. (Ses épaules se voûtèrent, comme celles d'un needra devant l'aiguillon le forçant à l'obéissance.) En ce qui me concerne, tu as raison ; je suis un traditionaliste. Ces nouvelles coutumes ne sont pas faites pour des gens comme moi. Nous devons tous mourir un jour, et je préfère que ce soit comme un homme libre plutôt que dans la peau d'un esclave. (Il regarda le ciel, puis déclara :) Aujourd'hui est un bon jour pour saluer le dieu Rouge.

Chumaka ne fut pas tout à fait assez rapide pour détourner la tête avant qu'Omelo ne se jette en avant, et tombe dans une étreinte finale sur la lame de sa propre épée.

Alors que le sang écarlate jaillissait de la bouche du vieux soldat, et que le seigneur des Shinzawaï poussait un cri et se hâtait de rejoindre le dernier Anasati à tomber, Chumaka se pencha, enfin ébranlé. Il posa une main flétrie contre la joue d'Omelo et entendit les dernières paroles que murmurait le commandant.

— Veille à ce que mes guerriers soient sains et saufs, et libres, si Mara vit. Si elle ne survit pas, dis-leur que je les accueillerai... aux portes du... palais de Turakamu.

Le tonnerre gronda dans un ciel limpide. Ses échos résonnèrent et firent trembler les arbres de la forêt jusqu'à leurs racines. Deux magiciens se manifestèrent, planant comme des dieux des temps anciens. Des robes noires voletaient et claquaient dans la brise de leur passage alors qu'ils rasaient les frondaisons.

Le magicien rouquin utilisa ses arts magiques pour s'élever encore plus haut. Il ne fut bientôt plus qu'un point dans le ciel, ressemblant à un faucon décrivant des cercles. Il observait la route qui serpentait entre les collines et les gorges, dans sa course vers le nord-ouest, vers

Kentosani. La magie de Tapek lui accordait peut-être un point de vue avantageux et une vision égale à celle d'un rapace ; mais les ombres obscurcissaient toujours le paysage, et les feuillages et les branchages dissimulaient le sol. Il fronça les sourcils, ses jurons s'envolant dans le vent. Ils étaient ici, et il les trouverait !

Il perçut un mouvement du coin de l'œil. Il se retourna, aussi élégant dans son vol qu'un mythique esprit de l'air, et étudia ce qui avait attiré son attention. Des points bruns en mouvement : un troupeau de gatania tachetés – des cerfs à six pattes – et non des chevaux.

Il reprit sa quête, irrité et maussade. Et il découvrit enfin ce qu'il cherchait : un palanquin laqué de rouge, renversé, dont les ornementations en coquille de corcara brillaient sous le soleil. Un objet somptueux, ne pouvant appartenir qu'à un seigneur de très haut rang, et dont les rideaux étaient aux couleurs des Anasati.

Tapek plongea en piqué, presque comme un rapace.

Moins passionné par la poursuite, Kerolo ne fut cependant pas surpris par son mouvement. Il repéra la descente de son collègue magicien, et accéléra son vol pour le rejoindre.

Les lèvres retroussées en une grimace qui semblait exprimer du mépris, le mage roux désigna un nuage de poussière qui retombait lentement, un peu plus loin sur la route.

— Là. Vous voyez ?

Kerolo prit le temps d'observer attentivement les survivants de la tragédie qui s'était déroulée sur la route : des chevaux, encore couverts d'écume après leur charge ; des guerriers en bleu shinzawaï, démontés, gardant à la pointe de l'épée les survivants de la garde d'honneur du seigneur Jiro, blottis les uns contre les autres ; Omelo mort à l'intérieur du cercle, empalé sur la lame de sa propre épée ; Chumaka attendant à côté du corps de l'officier, choqué au point d'en avoir pour une fois perdu la faculté de raisonner. Le premier conseiller des Anasati était replié sur lui-même, le visage enfoui dans ses mains, plus proche des larmes qu'il ne l'avait jamais été depuis son enfance.

— Le seigneur ne se trouve pas avec ses hommes, remarqua Tapek de sa voix la plus glaciale. Pendant ce temps, ses yeux allaient et venaient sur la route, comptant les cadavres.

— Il ne se trouve pas avec ses guerriers, déclara doucement Kerolo, d'une voix presque triste par comparaison. Et un commandant aussi loyal qu'Omelo ne se jetterait pas sur son épée sans raison valable.

— Jiro est mort, croyez-vous ?

Tapek se retourna ; une sauvagerie ressemblant à de la joie dansait dans ses yeux nerveux. Soudain il se raidit, comme s'il se trouvait sur la terre ferme.

— Regardez ! Sous les arbres.

Plus lentement, Kerolo obtempéra. Après un moment, il vit lui aussi le corps qui gisait à côté d'une petite éminence ; et à moins de dix pas, l'épée abandonnée d'Hokanu, toujours plantée dans la terre, immaculée.

Avant que Kerolo ne puisse soupirer ou déplorer que la vengeance doive continuellement s'obtenir dans le sang, Tapek lança :

— Il a été étranglé ! Le seigneur Jiro est mort dans le déshonneur. Nous avons encore été défiés !

Kerolo haussa les épaules à la mode tsurani, une lueur de regret brillant dans ses yeux doux.

— Nous sommes arrivés trop tard pour empêcher sa mort. Mais personne ne peut dénier au seigneur Hokanu son droit traditionnel d'exercer des représailles. On sait qui était responsable de l'assassinat de son père.

Tapek ne semblait pas l'entendre.

— C'est l'œuvre de Mara. Son époux s'est toujours accroché à ses jupes. Pense-t-elle que nous ne réagirons pas devant ce massacre, simplement parce que ses mains semblent être propres ?

Kerolo enfonça ses mains dans ses manches volumineuses, sans être convaincu.

— C'est une simple supposition. D'autant plus que l'Assemblée doit déjà décider quelle action entreprendre à propos de l'engagement de son armée dans la plaine de Nashika.

— *Décider* ? (Tapek haussa les sourcils d'indignation.) Vous ne songez tout de même pas à réunir une nouvelle fois le conseil ? Nos débats et nos retards ont déjà coûté une grande maison à l'empire !

— Ce n'est pas vraiment le cas. (La douceur de Kerolo devint plus fragile, comme la lame d'une épée aiguisée trop longtemps sur une meule.) Il reste des cousines pour relever le nom des Anasati : une demi-douzaine de jeunes femmes consignées dans des temples et qui n'ont pas encore prononcé leurs vœux de service éternel.

Tapek ne fut pas apaisé.

— Quoi ? Placer une nouvelle fois le pouvoir entre les mains d'une femme inexpérimentée ? Vous me stupéfiez ! Ce sera une pauvre fille qui verra son héritage détruit avant qu'un an ne se soit écoulé depuis son accession au titre de souveraine, ou ce sera une *autre Mara* ! Il y a vingt ans, c'est précisément ce choix, dans les mêmes circonstances, qui a engendré nos difficultés actuelles.

— L'Assemblée désignera un successeur anasati après avoir résolu le problème des Shinzawaï et des Acoma, insista Kerolo. Nous devons retourner à la Cité des magiciens. Dès maintenant. Cette nouvelle doit être immédiatement annoncée.

À ces mots, Tapek plissa les yeux.

— Imbécile ! Nous pouvons nous emparer d'elle, maintenant, dans toute sa culpabilité !

Kerolo garda pour lui son soupçon d'une collusion possible avec les Cho-ja. Il ne divulgua pas sa peur intérieure : que Mara ait déjà gagné un allié plus puissant qu'un simple empereur.

— Jiro est déjà mort, argumenta-t-il doucement. Quel est l'intérêt de se presser, maintenant ? Il n'y aura plus de conflit, après la mort de Jiro.

Tapek faillit hurler.

— Pensez-vous que Jiro était la raison de mon opposition rigoureuse à Mara ? Elle *nous* menace, espèce d'idiot ! Elle a de plus grandes ambitions que la mort d'un rival.

Irrité par ce rappel à l'ordre, Kerolo s'efforça de retrouver son calme.

— Je ne suis ni aveugle ni esclave du protocole. Mais je dois insister, mon frère. Notre décret est toujours en vigueur. Même si Mara était aussi assoiffée de sang que le disent certains seigneurs de notre connaissance, aucun prétendant anasati ne peut être pourchassé. *Nous* devrons décider qui est le plus apte à reprendre le sceptre des Anasati. Venez ; le problème est trop important pour que nous agissions isolément. Nous devons consulter nos frères et connaître leurs vœux.

— Ce sont des idiots, ou pire, des complices ! enrageait Tapek. (Il faisait les cent pas dans l'air, et se tourna brusquement pour désigner son compagnon du doigt.) Je ne resterai pas les bras croisés durant cette crise ! Je dois agir, pour le bien de l'empire !

Le visage impassible, Kerolo s'inclina pour exprimer sa désapprobation devant l'invocation de la phrase rituelle.

— Mon rôle est d'informer nos frères.

Il plongea la main dans sa poche et son mécanisme de téléportation bourdonna comme un insecte irrité.

— Imbécile ! cracha Tapek dans l'air vide, ses paroles à moitié avalées par l'aspiration d'air provoquée par le départ de son confrère.

Il regarda en contrebas. Sous un ciel de midi vide de nuages, les Anasati et les Shinzawaï terminaient la danse rituelle et traditionnelle du vainqueur et du vaincu.

Puis, comme si leurs actions n'avaient pas plus de conséquences que des batailles d'insectes, il les abandonna à leur sort. Il se saisit à son tour de son mécanisme de téléportation et disparut.

29

DESTRUCTION

L'air crépita.

Tapek se matérialisa à quinze mètres au-dessus du sol, à de nombreuses lieues au sud du site de la mort de Jiro. L'expression du magicien traduisait son irritation. Sa recherche du palanquin de Mara promettait d'être difficile, car, à la différence de Jiro, elle avait choisi sa route pour le subterfuge. Le commandant avait bien été obligé de le reconnaître, quand il avait confessé le choix de sa maîtresse d'emprunter des routes secondaires. Tapek secoua la tête pour écarter la mèche de cheveux qui lui retombait sur les yeux, et observa attentivement le paysage. Des champs de hwaet s'étendaient en contrebas, l'or des épis prenant une teinte brun terne, car les récoltes étaient négligées en ces temps troublés. La route poussiéreuse suivait un chemin parallèle au cours d'un ruisseau, asséché par les rigueurs de la saison. Rien ne bougeait, à part un needra parcourant le périmètre de son enclos. Un jeune bouvier était installé sous un arbre, écartant les mouches d'un geste nonchalant dans la chaleur étouffante. Comme il n'avait aucune raison de lever le regard, le garçon ne remarqua pas le magicien qui planait juste au-dessus de lui.

Du point de vue de Tapek, le jeune esclave n'avait pas plus d'importance que les mouches. Le magicien croisa les bras, et ses doigts tambourinèrent sur sa manche. Une recherche visuelle ne lui servirait pas à grand-chose : le territoire où Mara devait se trouver était tout simplement trop vaste. Un sentiment d'urgence le dévorait. Kerolo lui avait tu quelque chose d'important, le mage à la chevelure rousse en était convaincu. Sinon, pourquoi quelqu'un de sa compétence magique aurait-il éprouvé le besoin de se précipiter comme un enfant pour faire son rapport à l'Assemblée ?

Que Mara complotait-elle donc, pour oser donner à ses troupes l'ordre d'attaquer dans la plaine de Nashika ? Tapek s'humecta les lèvres, tout en ruminant. Cette femme avait l'esprit tortueux. Même si la mort de Jiro n'était pas de son fait, mais de la responsabilité pleine et entière d'Hokanu, quelqu'un représentant l'Assemblée devait néanmoins la chercher, ne serait-ce que pour rendre sa capture plus facile quand les moulins à paroles obèses comme Hochopepa seraient finalement obligés de reconnaître ses transgressions. L'Assemblée abandonnerait les discussions pour déclencher une action punitive, Tapek n'avait pas le moindre doute à ce sujet. C'était la conséquence normale de la remise en question de l'autorité absolue des magiciens.

Un sortilège de recherche suffirait à retrouver la dame, décida Tapek. Il ne lui était pas nécessaire de planer pour une telle invocation, et il se laissa descendre doucement vers le sol. Lorsque ses pieds touchèrent la terre, le needra s'ébroua en poussant un grognement de peur, releva la queue et s'enfuit. Son gardien sursauta. Le jeune esclave vit le magicien et bondit sur ses pieds. Puis, avec un cri de frayeur, il s'aplatit en une révérence terrifiée, le ventre touchant la terre.

Dans un bruit de tonnerre, le needra fonça vers la clôture la plus éloignée, puis fit demi-tour et se mit à décrire des cercles. Ses sabots faisaient voler de l'herbe grasse. Mais en la présence terrifiante d'une Robe Noire, l'esclave avait peur de se relever pour le calmer.

Voilà une attitude convenable, raisonna Tapek ; la populace ne devait ressentir qu'une crainte respectueuse envers les personnes de son rang. Le magicien ignora le gamin et l'animal. Absorbé dans ses pensées, il resta près de l'esclave tremblant et murmura une incantation.

Plaçant ses paumes l'une contre l'autre pour rassembler son pouvoir, il ferma les yeux puis le libéra. Des vrilles d'une énergie invisible jaillirent de son corps. Elles se répandirent dans toute la campagne, cherchant. Quand les détecteurs magiques touchaient des routes ou des voies secondaires – même les pistes rudimentaires utilisées par les fermiers pour transporter leurs récoltes – ils brillaient, se divisaient et en suivaient le tracé. Comme des fils invisibles, ils parcouraient jusqu'aux plus petits sentiers. En quelques minutes, Tapek se trouva au centre d'une immense toile de fibres magiques. Ses sondes devinrent une extension de lui-même, un réseau étendu et sensible aux mouvements. Comme une araignée au centre de sa toile, il attendait. Un tremblement de ses nerfs dirigea son attention vers un chemin ombragé où deux domestiques faisaient une promenade romantique. Le magicien laissa ce fil lui échapper et tourna son attention vers le reste du réseau. Il dépassa une petite bande de guerriers gris, chassant un troupeau de needra qui n'était pas gardé ; la faim les avait poussés vers des terres normalement peuplées et défendues. Ce n'était pas la seule bande de ce genre ; les voleurs étaient devenus plus audacieux depuis que les troubles s'étaient répandus dans tout l'empire. Mais Tapek restait indifférent à ces présences. Ces gens miséreux qui se livraient à des actes illégaux ne le concernaient pas. Il abandonna les guerriers gris, cherchant une autre compagnie ; moins prédatrice peut-être, et mieux armée, mais se déplaçant tout aussi furtivement. Il identifia deux petites gardes d'honneur appartenant à des nobles mineurs ; ces guerriers se hâtaient tout simplement d'escorter leur maître qui rejoignait la protection d'un bienfaiteur plus puissant.

Ses sondes s'élancèrent ensuite sur les terres boisées et les champs laissés à l'abandon. Elles traversèrent des plantations de thyza asséchées, les pousses fanées sortant de la terre comme des rangs de piquants bruns et barbelés. Des oiseaux picoraient et se disputaient les épis de grains racornis.

Cependant, les déplacements des oiseaux n'étaient pas les seuls à troubler ce secteur. Derrière les champs arides, sous la couverture d'un bosquet de jeunes ulo, le réseau de Tapek perçut quelque chose : un reflet sur une armure verte et des piétinements rapides. Les lèvres du magicien tressaillirent. Enfin, il avait pris contact avec une force assez importante, comptant une centaine de personnes. C'était elle : sa proie.

Tapek concentra son esprit sur ce site, et sa puissance lui permit d'obtenir une image plus précise. Un palanquin laqué de couleurs sombres, avec des tentures brodées de shatra, avançait rapidement sur une route de campagne. Les porteurs, choisis pour leur force et leur rapidité, étaient encadrés par la garde d'honneur de Mara, vêtue d'armures vertes éblouissantes. Les guerriers étaient en pleine forme, prêts au combat, et portaient une armure convenant aussi bien à la bataille qu'aux cérémonies. Ce qui les distinguait des autres escortes, c'était la présence d'un conseiller en robe, qui portait un casque de soldat, et suivait la colonne d'un pas vif en s'appuyant sur une béquille. Ses riches robes longues ne dissimulaient pas entièrement le fait qu'il avait perdu sa jambe gauche.

Tapek reconnut Keyoke et un sourire dévoila ses dents blanches. La maison de Mara était la seule de l'empire à garder un infirme à un poste élevé. Le vieil homme avait cependant conservé sa fierté, car il ne laissait pas son infirmité ralentir l'allure. Sa présence confirmait la culpabilité de Mara, se dit Tapek. Le vénérable ex-commandant n'aurait pas été risqué dans une campagne, à moins que la dame n'ait ressenti un grand besoin d'être rassurée. Le magicien termina rapidement son observation. Une autre tête grise accompagnait Mara : Incomo, un conseiller de haut rang que la dame avait appris à apprécier, depuis qu'il était entré à son service après la défaite de ses ennemis minwanabi.

Incomo n'avait jamais été homme à approuver les grandes innovations. Mais l'attrait et le charisme de la dame étaient tels que même ses anciens ennemis étaient poussés à la soutenir dans sa conspiration. Tapek ressentit un élan de colère. Que cette simple femme pense pouvoir agir en dehors des lois, et qu'elle revendique même implicitement les droits réservés à l'Assemblée, était dangereux. Ses actions étaient blasphématoires. Les dieux eux-mêmes devaient en être indignés.

Tapek évalua la distance qui le séparait de l'escorte. La tension fit trembler ses paupières fermées lorsqu'il laissa s'effondrer son réseau magique. Il ne garda que la sonde qui le reliait au groupe de Mara. Un vertige soudain le traversa lorsqu'il rééquilibra ses pouvoirs et les dirigea vers cet unique fil. Il disparut silencieusement de son site d'observation dans le pâturage, abandonnant l'esclave stupéfait, toujours prosterné, et le needra furieux dont personne ne s'occupait.

Le magicien réapparut sur un sentier, à des lieues de distance, sous l'ombre mouchetée de taches de soleil, légèrement à l'arrière de la colonne de Mara.

Son arrivée se fit sans fanfare. Cependant, sa venue avait peut-être été envisagée, car l'arrière-garde acoma s'arrêta rapidement et les soldats firent demi-tour pour s'interposer sur son passage. Ils tenaient leurs épées prêtes, même si elles n'étaient pas encore dégainées... Comme si lui, une Robe Noire, représentait la menace d'un vulgaire bandit !

Un moment s'écoula, et il devint évident que ses vêtements sombres avaient dû être reconnus pour ce qu'ils représentaient : il était impossible de confondre la robe d'un magicien avec les haillons des voleurs de grand chemin. En dépit de cela, les guerriers de Mara ne s'inclinèrent pas, ni ne relâchèrent leur vigilance. Les deux conseillers restaient silencieux et immobiles.

Quelle insolence ! enragea Tapek. Le problème était incontestable. Irrité que l'Assemblée continue à perdre son temps dans des conseils et des discours, Tapek laissa involontairement échapper un sifflement de colère. L'entourage de Mara faisait preuve d'un manque de respect absolu en s'interposant ainsi devant lui. Comme si on pouvait le menacer avec de simples armes de guerre !

Leur audace doit être châtiée, résolut Tapek.

Il prit une expression effrayante.

En dépit d'un ordre bref de Keyoke qui leur demandait de ne pas bouger, les domestiques et les esclaves qui marchaient au milieu de l'escorte s'éparpillèrent et s'enfuirent en passant entre les gardes. Les porteurs du palanquin tremblaient visiblement, mais une voix de femme venant de derrière les rideaux calma leur panique. Puis, obéissant à un signal invisible, ils repartirent à toutes jambes, le palanquin se balançant et oscillant au rythme de leur course maladroite.

Abasourdi, Tapek restait figé sur place. L'obstination était une chose : mais ceci ! Que les serviteurs de Mara osent ne pas se prosterner immédiatement en sa présence était impensable !

Puis le chef de troupe de la garde d'honneur de Mara cria :

— Ne vous approchez pas, Très-Puissant.

Tapek frissonna d'indignation. Depuis son enfance – quand son don n'avait pas encore été découvert – aucune personne autre qu'un magicien n'avait osé élever la voix contre lui ! Une telle insolence choqua le mage et le plongea dans une fureur noire. Prêt à cracher de révulsion, ou à déchaîner son pouvoir, Tapek cria :

— Mes paroles ont force de loi, et votre maîtresse a transgressé notre décret ! Écartez-vous, sinon vous mourrez !

L'officier acoma tremblait peut-être, mais ses mots ne dénotaient aucune conciliation :

— Alors, nous périrons en défendant notre dame, et nous entrerons dans le palais du dieu Rouge comme des guerriers acoma honorables !

Il lança un signal à ses hommes. Dans un ensemble parfait, la compagnie en armure verte se déploya, bloquant la route de la Robe Noire.

Le palanquin qui fuyait prenait de la distance. Keyoke échangea quelques paroles avec l'officier. Tapek reconnut Sujanra, l'un des deux plus anciens chefs de bataillon des Acoma. L'officier hocha brièvement la tête à l'adresse de Keyoke. Une béquille le salua, signalant une décision. Puis Keyoke se tourna sur sa bonne jambe, et, en sautant et se balançant, il partit vers sa maîtresse qui battait en retraite.

Alimentée par l'effronterie inconcevable de cette résistance armée futile, et par le fait que des Tsurani fassent preuve devant lui d'autre chose qu'une servilité abjecte, la colère de Tapek se déchaîna sous la forme d'une pure énergie.

Le mage leva les mains. Des étincelles crépitèrent et se rassemblèrent autour de ses avant-bras. Puis elles se regroupèrent au-dessus de ses paumes, formant une couronne lumineuse trop flamboyante pour être contemplée.

Les guerriers de Mara étaient peut-être éblouis et aveuglés, mais ils réagirent en tirant leurs épées. Tapek entendit le sifflement des lames qui quittaient leurs fourreaux, par-dessus le grésillement de ses forces magiques. Sa rage l'empêchait de réfléchir. Il concentra sa furie meurtrière en une boule d'énergie surnaturelle. La magie fusionna dans sa main pour former un arc-en-ciel de couleurs qui étincelèrent et se mêlèrent, puis devinrent d'un rouge incandescent.

— Contemplez le destin que vous a réservé la folie de votre maîtresse ! hurla Tapek lorsqu'il déchaîna sa puissance sur la garde d'honneur.

La boule de lumière incandescente bondit, s'élançant avec un crépitement qui fit trembler le sol. Les guerriers les plus proches de Tapek furent engloutis par l'énergie magique, et la mort, violente et ardente, se répandit dans leurs rangs. Sautant comme un être vivant, les flammes nées de la magie bondissaient d'homme en homme, et, en un instant, la chair vive s'enflammait comme une torche. Le feu provoquait une torture infinie. Les hommes hurlaient, même si leurs cris les obligeaient à respirer... Les flammes leur brûlaient les poumons, tandis que le sortilège était aspiré dans leur corps pour ravager leurs tissus internes. Quelles que soient leur bravoure et leur détermination, les guerriers touchés tombaient à genoux, puis s'effondraient et se tordaient sur le sol dans une souffrance absolue. Les armures vertes noircissaient et se couvraient de cloques. Le spectacle de l'agonie des soldats était effroyable, au-delà de l'endurance humaine ; sauf pour le magicien qui les regardait avec un cœur de pierre. Ses cheveux roux voletaient et s'emmêlaient dans les volutes de fumée, tandis que ses narines se pinçaient devant la puanteur âcre des cheveux et de la chair brûlés.

Le sort ne fut pas annulé. Tapek laissa les minutes passer jusqu'à ce que les flammes s'éteignent d'elles-mêmes, par manque de combustible. Il ne restait plus de chair ou de tendons à brûler. Il ne restait plus que des squelettes, des phalanges fumantes agrippant des armes noircies. Des étincelles dansaient dans les orbites des crânes, comme si la vie s'attardait encore à l'intérieur, ressentant toujours la douleur, hurlant toujours dans une agonie horrible. Les bouches béaient, figées dans un cri éternel.

Tapek savourait sa satisfaction. Devant lui ne se tenait plus que le noyau ultime des guerriers, le dernier rang resté en arrière pour garder la route et protéger le palanquin qui disparaissait peu à peu. Derrière eux attendaient les officiers de haut rang, le chef de bataillon Sujanra et le conseiller Incomo. Tous restaient droits, affrontant la mort comme de vrais soldats acoma ; même le vieux conseiller tremblant.

Tapek avança, d'une démarche raidie par l'incrédulité. Arrivé au-delà de la colère ou de la stupéfaction et ressentant un léger vertige à cause de la puissance magique qu'il avait déchaînée, le mage lutta pour rassembler ses esprits.

— Qu'est ceci ? Êtes-vous aveugles ? Ou idiots ? Vous avez vu ce qui est arrivé à vos compagnons ?

Il désigna d'un geste les cendres de ce qui avait été autrefois des hommes, et sa voix s'éleva en un cri amplifié par la magie.

— *Pourquoi n'êtes-vous pas à plat ventre, en train d'implorer ma miséricorde ?*

Aucun des survivants de la garde d'honneur de Mara ne bougea. Les officiers gardaient un visage sévère et restaient silencieux.

Tapek fit un autre pas en avant. Les plus lents des esclaves qui avaient pris la fuite s'étaient jetés à plat ventre, toute volonté annihilée par la démonstration du courroux d'une Robe Noire. Ils étaient allongés dans les fossés, à une douzaine de pas de la route, pleurant et tremblant, le front pressé contre la terre. Tapek les ignora comme s'ils n'avaient pas de visage, comme s'ils étaient moins importants que l'herbe fanée qu'il foulait. Des cendres soulevées par le vent lui piquaient les yeux alors qu'il traversait les rangs des soldats incinérés. Des morceaux d'armure craquelés et des os s'écrasaient sous ses pieds.

Il se rapprochait, encore et encore... L'escorte de Mara tenait bon.

Plus loin sur la route, ses rideaux volant en tous sens, le palanquin laqué de vert tressautait tandis que les porteurs continuaient leur course. Keyoke les avaient rattrapés, en dépit de sa béquille.

Tapek observa cette fuite vaine avec mépris, puis il s'adressa aux guerriers qui se trouvaient devant lui :

— Quelle importance votre loyauté aura-t-elle à la fin ? Votre maîtresse ne survivra pas et ne pourra pas s'échapper.

Les défenseurs de la dame refusèrent de lui répondre. Les plumes du casque de Sujanra s'agitaient et frissonnaient, mais ce détail ne donna aucune satisfaction au mage. Ce mouvement n'était pas provoqué par la couardise, mais seulement par le souffle du vent. La volonté du chef de bataillon était comme un roc, sa détermination intacte. Incomo se tenait comme un prêtre sur le sol sacré de son temple, son visage révélant une expression de profonde résignation.

Tapek regarda chacun de ces guerriers qui avaient assisté au déchaînement de son courroux, mais qui ne le craignaient toujours pas. Une seule chose pouvait encore les blesser et briser leur front de solidarité et de défi.

Sa colère s'enflammant à nouveau, Tapek évalua la distance qui le séparait du palanquin de Mara, qui venait de disparaître derrière un virage. Il regarda attentivement un arbre frappé par la foudre et, en exerçant sa volonté, se transporta par magie à cet endroit.

Lorsque la Robe Noire apparut, Keyoke se retourna brusquement et s'arrêta. Appuyé sur sa béquille, il se mit en position de garde, entre le mage et le palanquin de sa maîtresse.

— Dis aux porteurs de ta dame de s'arrêter ! exigea Tapek.

— Ma dame commande ses esclaves comme elle le désire.

Keyoke fit glisser sa béquille de sous son bras et la leva, faisant jouer un ressort caché. Le bois lisse se fendit avec un sifflement clair et net, signalant qu'une lame surgissait d'un logement dissimulé à l'intérieur. La voix n'était pas celle d'un vieil homme, mais résonnait comme celle d'un général sur le champ de bataille lorsque le conseiller déclara :

— Et je ne m'écarterai pas, sauf si ma dame me l'ordonne.

Tapek avait dépassé le stade de l'étonnement. Il lança un regard noir à Keyoke, mais vit qu'il ne céderait pas. Le visage du vieux soldat ressemblait à du cuir tanné, parcouru de trop de rides et marqué par de trop nombreuses années d'une dure vie, pour que son expression se modifie et montre de la faiblesse. Ses yeux n'étaient peut-être plus aussi clairs ces derniers temps, mais la certitude de sa propre valeur brûlait dans ses prunelles. Keyoke avait affronté le pire qu'un guerrier puisse imaginer, survivre et surmonter la honte d'une vie d'infirme. Son regard déterminé semblait dire que la mort n'était plus un mystère pour lui, mais seulement un repos final et tranquille.

— Ce n'est pas nécessaire, vieil homme, lança le magicien.

Il avança vers le fourré où les porteurs s'étaient enfoncés, pour mettre le palanquin de Mara à l'abri.

Keyoke se déplaça avec une vitesse surprenante. Le magicien se retrouva la cible de la pointe d'une épée, maniée par un infirme.

La vitesse de l'attaque confondit Tapek, qui ne l'esquiva qu'avec difficulté.

— Tu oses ! cria-t-il.

Malgré tout ce qui venait de se dérouler, Tapek ne parvenait pas à imaginer qu'un homme tente d'user de violence contre lui. Non seulement Keyoke osa, mais il répéta son geste. Son épée s'abattit, déchirant le tissu noir de la robe. Tapek sauta en arrière – ses mouvements bien moins gracieux que ceux de l'escrimeur unijambiste – échappant de peu à un coup mortel. La lame changea d'angle, frappa et le força à reculer une nouvelle fois. Harcelé et presque déséquilibré, Tapek ne parvenait pas à se concentrer. Canaliser sa volonté pour accéder à sa magie lui était impossible, car il devait se baisser, esquiver et reculer devant les attaques du vieil homme.

— Cesse ! Cesse immédiatement ! criait le magicien.

Peu accoutumé aux efforts physiques, il avait de plus en plus de mal à ne pas haleter.

Keyoke accompagna sa feinte suivante d'une moquerie :

— Eh bien, vous ne pouvez même pas me distancer à la course ?

Obligé de se téléporter pour se mettre hors d'atteinte, Tapek réapparut un peu plus loin, respirant difficilement. Assez tsurani pour brûler de honte devant sa retraite et s'étranglant à moitié de rage, il se redressa avec autant de dignité qu'il put en rassembler. Depuis le puits sans fond d'une colère noire, il rassembla son pouvoir. La magie se concentra autour de lui et l'ozone crépita dans l'air. Des éclairs bleus se déchaînèrent, comme s'il était le cœur d'un minuscule orage.

Mais Keyoke refusait de montrer sa peur. Il s'appuya sur la lame logée dans sa béquille, et son visage habituellement impassible exprima un mépris cinglant. Il remarqua à haute voix :

— Ma maîtresse a raison. Les gens de votre sorte ne sont que des hommes, pas plus sages ou plus nobles que les autres. (Voyant que ses paroles vexaient le magicien, qui tremblait maintenant, il ajouta :) Et des hommes craintifs et puérils, en plus...

Derrière eux, parmi la poignée de survivants de la garde d'honneur, un guerrier ricana.

Tapek rugit, en proie à une fureur insensée. Il libéra sa puissance concentrée. Ses mains firent le geste de trancher l'air, et une forme ombreuse apparut. L'apparition se redressa, puis les domina de toute sa taille, obscure comme une nuit sans lune. Elle resta immobile pendant un battement de cœur, puis se tourna et plongea vers Keyoke.

Par réflexe, le vieil homme leva sa lame pour parer. Aussi rapide qu'un homme plus jeune, il affronta la créature avec détermination. Mais cette fois, son adversaire n'avait rien de tangible. Son arme traversait l'obscurité d'un noir d'encre sans rien trancher. Le vieux soldat ne tenta pas d'esquiver sur le côté pour essayer de s'enfuir, alors même que le sortilège passait sa garde. Keyoke affronta le sort sans fléchir, et fut frappé en pleine poitrine.

Une armure aurait pu le ralentir ; la soie miroitante de ses robes de conseiller n'arrêta pas la forme ténébreuse. Son contact immonde flétrit le tissu. Puis le contrôle de Keyoke vola en éclats. Le fier guerrier, qui avait fait sauter Mara sur ses genoux durant son enfance, se raidit. Ses doigts s'ouvrirent. Son épée tomba de ses mains alors que l'ombre le mordait à pleines dents. Ses yeux perdirent leur détermination, écarquillés par l'agonie et la terreur.

Et cependant, le guerrier eut finalement la victoire. Son cœur fatigué ne put supporter le choc et la souffrance qu'un homme plus jeune aurait pu endurer. Son âme, qui avait vécu si longtemps, n'avait gardé qu'une emprise légère sur la vie, ces dernières années. Keyoke tituba, le menton levé vers le ciel comme pour saluer ses dieux. Puis il s'effondra d'un bloc, le corps aussi mort que les pierres du sentier, le visage détendu et paisible.

La rage de Tapek n'était pas assouvie. Il avait voulu que le vieil homme hurle et le supplie, qu'il crie en proie à une souffrance animale, que Mara, tremblante dans son palanquin, sache que son bien-aimé conseiller pour la guerre avait souffert comme un chien, pour le caprice de sa maîtresse. Tapek jura. La déception ne fit qu'augmenter sa fureur. Il avait voulu que Mara meure avant que la vie du vieux guerrier ne finisse par s'éteindre, pour que Keyoke la voie partir avant lui vers Turakamu, en sachant que l'œuvre de sa vie avait échoué. Consumé par une colère noire, le magicien se précipita vers le palanquin, abandonné par les porteurs et oublié au cœur du fourré. Tapek marmonna des incantations pour invoquer un sortilège cruel. Chaque parole et inspiration étaient ponctuées de gestes complexes. Son invocation créa une dizaine de disques argentés, qui planaient au-dessus de ses mains en tournoyant sur eux-mêmes. Leurs bords étaient plus tranchants que la lame d'un poignard, et une brise dissonante s'élevait sur leur passage.

— Allez ! leur ordonna le mage.

Les disques de mort s'élancèrent dans l'air, si vite que l'œil ne pouvait les suivre, et se frayèrent un chemin dans le fourré. Leur contact buvait toute vie. Les herbes vertes et les jeunes arbres se flétrissaient, s'atrophiant en quelques secondes pour n'être plus que du foin et des brindilles secs. Aucun objet ne pouvait les arrêter, aucun obstacle ne pouvait ralentir leur course. Ils traversaient la pierre comme s'il s'agissait d'une ombre, et ils franchirent les rideaux du palanquin sans déchirer un seul fil. Lorsqu'ils convergèrent à l'intérieur de la litière, le cri étouffé d'une femme retentit dans la clairière. Puis un silence absolu retomba, pas même brisé par des chants d'oiseaux.

Toutes les créatures sauvages s'étaient enfuies depuis longtemps.

Il restait encore les guerriers qui attendaient derrière Tapek. Profondément indigné par l'attaque sur le palanquin de leur maîtresse, le chef de troupe ordonna la charge.

Tapek laissa échapper un rire de dément lorsqu'il pivota pour leur faire face. Les épées qu'ils brandissaient lui semblaient stupides, et la soif de combat sur leurs visages la grimace de fous. Le magicien amplifia son sortilège. Il agita les mains, envoyant disque après disque frapper les rangs des soldats qui se précipitaient sur lui.

Les hommes tombèrent. Ils ne hurlaient pas, n'ayant pas même le temps de prendre une inspiration. À un instant, ils vivaient et couraient en criant des cris de bataille acoma. La seconde suivante, ils se flétrissaient, taillés en pièces par les disques assassins du mage. Leurs jambes se dérobaient sous eux, et ils tombaient comme des figurines de bois sur la terre sèche. La fureur de Tapek atteignait son paroxysme. Comme s'il était déterminé à brûler et tuer tout ce qu'il voyait, il continuait à utiliser sa magie. Ses mains ne cessaient de lancer des éclairs, tandis qu'il façonnait des sortilèges de destruction les uns après les autres. Les projectiles tournoyants continuèrent à tinter et chanter dans l'air bien longtemps après la mort du dernier guerrier de Mara. Incomo gisait parmi eux, ses robes de soie, incongrûment semblables à une fleur piétinée.

Les forces de Tapek diminuèrent brusquement.

Épuisé, pris de vertige et la vision troublée, le magicien dut s'arrêter pour reprendre son souffle. Il ne jubilait pas.

Le ressentiment le consumait encore ; de simples hommes avaient osé le défier ! Il ne regrettait pas de les avoir tués, mais d'avoir dû tuer Mara aussi rapidement. Elle aurait mérité une fin longue et douloureuse, pour la punir des problèmes qu'elle avait causés à l'Assemblée.

Tapek remit ses robes en ordre, puis se fraya un chemin entre les cadavres vers ce qui avait été autrefois un fourré. Les esclaves et les domestiques étaient toujours éparpillés autour du sentier, allongés, gémissant et le visage pressé contre terre. Les sortilèges de mort avaient aussi frappé parmi eux, et les rares survivants étaient devenus à moitié fous. Tapek les dépassa et s'enfonça dans le fourré dévasté et les branches noircies, vers la zone de terre morte entourant le palanquin acoma. Les feuilles sèches et les brindilles fragiles tombèrent en poussière à son passage.

Seule la laque brillante du palanquin n'avait pas été ternie, épargnée par la magie qui drainait la vie. Brillant de mille feux sous la lumière du soleil, elle semblait presque irréelle. Tapek s'avança et écarta les rideaux brodés à l'emblème du shatra.

Une femme sans vie était allongée sur les coussins, les yeux grands ouverts figés dans une expression d'étonnement absolu. Elle était vêtue des robes d'une grande dame, mais ses traits n'étaient pas ceux de Mara.

Les jurons de Tapek retentirent sur les ruines de l'escorte.

Il n'avait rien accompli, si ce n'est l'exécution d'une femme de chambre qui portait les robes de Mara. On l'avait dupé ! Lui, un mage de l'Assemblée, avait été trompé par la présence de Keyoke et d'une poignée d'officiers et de soldats ; il avait cru qu'il avait rattrapé la dame. C'était elle qui avait remporté une victoire sur lui, anticipant sa colère. Les soldats avaient tous su, avant de mourir, que Mara avait vaincu un Très-Puissant de l'Assemblée ; tout comme le vieux soldat. Keyoke l'avait joué tout du long, sans le moindre doute pour son plus grand amusement.

Terriblement frustré, Tapek observa les bois. Sauf pour une poignée d'esclaves tremblant de peur, ses sortilèges avaient détruit toute vie. Toutes les personnes de la suite acoma ayant un statut suffisant pour savoir où se trouvait la dame avaient été massacrées. Et il ne pourrait tirer aucune satisfaction de l'interrogatoire ou de la torture d'esclaves stupides.

Les jurons de Tapek ne suffisaient pas à l'apaiser. Pas plus qu'il ne pouvait se calmer et ravaler tranquillement l'ironie du triomphe de Mara. Il releva brusquement la main, créant un tourbillon de couleurs scintillantes au-dessus de sa tête. Il rassembla de nouvelles énergies, puis d'un geste du poignet, lança un arc-en-ciel mortel vers les bois. La magie frappa les arbres et les broussailles, provoquant un crépitement et un miroitement qui explosèrent dans une lumière bleu et blanc. L'air brûlé avait la puanteur du métal chauffé, et tous les êtres vivants furent immolés. Là où les esclaves s'étaient trouvés, il n'y avait plus rien, ni os, ni ombres, mais seulement la brûlure d'un sortilège inconcevable.

La brillance diminua, puis s'éteignit. Trempé de sueur, Tapek haletait. Ses yeux allaient et venaient, examinant l'étendue du carnage. Devant ses pieds s'ouvrait un cratère dépourvu de toute terre, où la roche même était mise à nu. Sur des mètres, dans toutes les directions, plus rien ne rampait ou ne volait. Il vit aussi les domestiques acoma qui étaient parvenus à s'enfuir un peu plus loin. Ils n'étaient plus abrités par les broussailles, mais gisaient sur le sol, recroquevillés par la magie qui les avait frappés. Leurs visages et leurs chairs n'étaient plus que du cuir boursouflé et noirci ; leurs mains calcinées n'avaient plus de doigts. Quelques hommes remuaient encore, expirant en une longue agonie qu'ils ne pouvaient même pas soulager en hurlant.

— Splendide, dit une voix semblant surgir de nulle part.

Tapek sursauta, se retourna et vit Akani qui arrivait de la Cité des magiciens. Le mage était enveloppé d'une sphère pour se protéger des attaques magiques, qui étincelait comme une bulle de savon sous le soleil de l'après-midi.

Trop fatigué pour saluer son confrère, Tapek s'affaissa. Ses forces étaient au plus bas, mais il reprit courage devant ce renfort inattendu.

— Bien. Votre présence est nécessaire. Je suis épuisé. Trouvez...

Akani l'interrompit, d'une voix acerbe et irritée :

— Je ne ferai rien de ce que vous me demanderez. En fait, j'ai été envoyé à votre recherche. Kerolo nous a révélé que vous agissiez sans réfléchir. (Avec un regard glacial qui enregistrait le moindre détail, Akani examina le paysage ravagé.) Je pense que sa déclaration était bien en dessous de la vérité. Vous vous êtes comporté comme un imbécile, Tapek. On peut s'attendre à ce qu'un enfant réagisse aux provocations, mais un mage de l'Assemblée au faîte de sa puissance ? Vos excès donnent une mauvaise réputation à toute notre confrérie.

Tapek grimaça de rage.

— Ne vous moquez pas de moi, Akani. Mara avait préparé un piège astucieux pour nous défier !

Le juge devenu magicien répondit d'une voix méprisante :

— Inutile. Vous avez vous-même accompli une œuvre exceptionnelle pour aider sa cause.

— Quoi ? Je ne suis pas l'un de ses alliés !

Tapek tituba vers son confrère, terriblement irrité d'avoir épuisé toute sa puissance.

Akani dissipa son bouclier, une insulte subtile soulignant le fait que Tapek en était réduit à une rage impuissante. Avec un regard vers les corps des domestiques de Mara qui remuaient encore, il reprit :

— Vous vous rendez compte que si dame Mara a quitté son palanquin sous un déguisement, vous n'avez laissé personne en vie pour nous révéler sa nouvelle apparence.

Vexé, Tapek répondit :

— Alors utilisez votre magie pour la retrouver ! J'ai complètement épuisé mes forces dans cette cause.

— Dire que vous les avez gaspillées serait plus approprié. Mais je n'agirai pas dans ce sens. (Akani avança vers son collègue.) J'ai été envoyé par l'Assemblée pour vous ramener. Vous avez agi sans autorisation, dans un problème qui était *encore l'objet d'un débat* ; c'est une entorse honteuse à notre pacte, et la situation est bien plus grave que vous ne le croyez. On vous avait exhorté à la prudence, et vous avez laissé vos passions vous gouverner. Si le noble pair n'est pas déjà mort, vous avez détruit les seuls officiers dont nous disposions, et qui auraient pu nous révéler l'étendue de son complot contre nous.

Tapek fronça les sourcils.

— Un complot ? Contre l'Assemblée ? Vous voulez dire qu'elle a fait plus que nous défier ?

Akani soupira. Son jeune visage semblait fatigué. Poussé par ses études juridiques à étudier tous les points de vue dans un problème, il avoua :

— Nous l'y avons contrainte. Hélas, dame Mara a peut-être l'intention de bouleverser notre traité avec les Cho-ja.

— Elle n'oserait jamais ! explosa Tapek, mais le souvenir du défi audacieux de Keyoke contredisait cette supposition. *Il n'y a rien que cette garce acoma maudite des dieux ne tenterait. Rien.*

— Les seigneurs de l'empire ne s'étaient pas attendus à ce qu'elle survive à la puissance des Minwanabi, et encore moins à ce qu'elle les détruise, précisa sèchement Akani. Les gens de notre sorte ont longtemps échappé aux luttes, grâce à leur position exaltée. Nous avons oublié de nous protéger contre la compétition, et notre complaisance passée nous met en péril.

Puis, alors qu'il voyait l'agressivité montrer dans les yeux de son confrère, l'ex-juge ajouta :

— Votre rôle dans ce problème est terminé, Tapek, par décret de l'Assemblée. Maintenant, venez avec moi.

Prenant son mécanisme de téléportation en main, Akani l'activa, puis agrippa fermement l'épaule de Tapek. Les deux magiciens disparurent dans un tourbillon d'air qui aspira la fumée planant sur le sentier, et fit venir de l'air frais au-dessus des derniers spasmes d'agonie des domestiques acoma.

L'audace de la dame l'avait sauvée. Tapek, dans sa recherche improvisée, n'avait jamais pensé à regarder ailleurs que sur les routes et à explorer les sous-bois épais et profonds. Il avait cru que Mara était une dame pomponnée, tenant à l'apparat comme tous les autres nobles. Il n'aurait jamais pu imaginer la profonde transformation opérée par son voyage chez les Thurils. En plus de son choix hardi de quitter les sentiers pour s'enfoncer dans la nature, Mara n'avait pas pris la direction de Kentosani quand elle avait abandonné son palanquin et son escorte principale. Elle avait préféré couper vers le sud-est, pour rejoindre directement les tunnels cho-ja les plus proches.

La petite troupe voyagea sans se reposer durant deux nuits. Le crépuscule de la seconde journée n'était plus très loin, et la dame trébuchait de plus en plus souvent. Saric marchait à ses côtés, la retenant par le coude pour l'empêcher de tomber, bien qu'il soit à peine capable de rester debout lui-même.

Le seul éclaireur qui était parvenu à rester vigilant leva la main. Ce n'est que lorsque Mara fut retenue doucement par Saric qu'elle comprit la raison de son signal.

Les oiseaux perchés dans le feuillage dense et haut des ulo avaient cessé de chanter.

Elle fit signe à l'arrière-garde de s'arrêter et demanda :
— Que se passe-t-il ?

Saric, prêt à réagir, écoutait attentivement. Le chef de troupe placé en tête indiqua silencieusement à ses guerriers d'observer la cime des arbres.

— Risquons-nous d'être pris dans une embuscade ? demanda Mara dans un murmure.

L'éclaireur qui avait lancé le premier avertissement secoua la tête.

— C'est peu probable, ici. Même des voleurs mourraient de faim s'ils rôdaient dans cette partie de la forêt. Il n'y a aucun trafic pour les alimenter. (Il pencha la tête, et fut le premier à remarquer le bruit d'une bande armée qui approchait.) Je pense que c'est une patrouille, dame.

— Ce n'est pas l'une des nôtres, conclut Saric.

Il regarda le chef de troupe Azawari, qui hocha la tête, pendant que la petite bande de guerriers triés sur le volet tiraient leurs épées. Le conseiller acoma demanda à l'éclaireur avec inquiétude :
— À quelle distance sommes-nous de l'entrée du tunnel ?

— Une demi-lieue, au mieux.

C'était trop loin pour courir dans l'état d'épuisement de la compagnie, même si elle n'avait pas été harcelée à l'arrière.

Saric se plaça devant sa dame, qui transpirait sous son armure d'emprunt. Elle avait assez bien supporté le poids supplémentaire, mais sa peau était mise à vif par les mouvements de la marche auxquels elle n'était pas habituée. Cependant, elle préservait vaillamment les apparences et tendit la main vers l'épée suspendue à son côté.

Saric retint la main de Mara en une étreinte glaciale, oubliant dans l'urgence son penchant pour les questions.

— Non. Si nous sommes attaqués, vous devez vous enfuir et chercher à vous cacher. Gardez l'épée pour vous-même, si vous vouliez tomber sur votre lame pour éviter d'être capturée. Mais tenter de résister ici serait une folie. (Il ajouta plus doucement :) Vous n'avez reçu aucun entraînement, maîtresse. Le premier coup que vous tenteriez de parer vous couperait en deux.

Mara le regarda sévèrement dans les yeux.

— Si je dois fuir, tu me suivras. Nacoya ne t'a pas formé pour ce poste pour que tu gaspilles ta vie au combat.

Saric réussit un haussement d'épaules désinvolte.

— Un coup d'épée serait plus miséricordieux que le sortilège d'un magicien.

Car il n'avait aucune illusion. En se déplaçant rapidement, leur petit groupe avait peut-être échappé à l'attention de l'Assemblée, mais pas pour longtemps. Pour rester hors de portée d'un châtiment magique et survivre, sa dame devait trouver refuge dans les tunnels des Cho-ja.

Mara remarqua le silence sévère de son conseiller. Elle tenta de ne pas penser, comme il le faisait, aux Très-Puissants. Si elle ouvrait son esprit à de telles peurs, elle s'effondrerait sûrement, et pleurerait : pour Lujan et Irrilandi, peut-être morts avec toutes ses armées ; pour Keyoke, le chef de bataillon Sujanra et Incomo, les derniers survivants de sa vieille garde, partis comme appât avec son palanquin, leurs vies devenant un leurre et leur sacrifice le dernier espoir de Justin.

Seuls les dieux savaient où se trouvait Hokanu. Mara ne supportait pas d'imaginer qu'il soit mort, lui aussi, de façon horrible. Elle refusait de penser à la pire hypothèse qui rongeait son esprit : que Justin puisse survivre et réclamer l'héritage du trône d'or, mais au prix de toutes les vies qui lui étaient chères.

Mara se mordit les lèvres. Prête à fuir avec Saric, elle reprit le contrôle de ses nerfs pour s'empêcher de trembler.

Le bruit de brindilles qui craquaient et d'hommes en marche se rapprochait. La piste de son groupe était facile à suivre ; ils n'avaient pas pris la peine d'effacer leurs traces, car ils étaient arrivés assez loin de la route pour que leur présence ne risque pas d'attirer l'attention. Quand ils s'étaient enfoncés dans les profondeurs de la forêt, la rapidité avait été jugée plus essentielle.

C'est ce qu'avait décidé son conseil réduit d'officiers, et ils payaient maintenant pour leur erreur de jugement.

Le chef de troupe Azawari examina ses options et prit une décision.

— Déployez-vous, murmura-t-il à ses guerriers. Ne leur offrez pas un rang solide, vulnérable à une charge. Engagez le combat à un contre un, de la façon la plus confuse possible, pour cacher la fuite de notre dame aussi longtemps que nous le pourrons.

Les doigts de Saric se resserrèrent sur la main de Mara.

— Venez, chuchota-t-il à son oreille. Partons.

Elle lui résista, figée et entêtée.

Puis l'éclaireur de l'arrière-garde se redressa et poussa un cri joyeux :

— Ce sont des nôtres !

Il rit dans un pur soulagement et désigna les armures vertes que l'on apercevait fugitivement entre les arbres.

Les hommes qui avaient commencé à s'éparpiller se rassemblèrent en un groupe compact. Les épées regagnèrent leur fourreau, et des sourires brillèrent dans l'ombre profonde des bois. Quelqu'un donna une claque sur l'épaule cuirassée d'un autre soldat, et l'on entendit dans les rangs un pari :

— Dix contre un que le vieux Keyoke a gagné et nous a envoyé des renforts !

— Chut ! les tança leur chef de troupe. Formez les rangs et gardez le silence.

La sévérité d'Azawari leur rappela qu'ils courraient encore un grave danger. Les nouveaux arrivants pouvaient être porteurs de mauvaises nouvelles.

Maintenant les autres guerriers approchaient, marchant d'un pas vif dans la forêt. Ils semblaient en pleine forme. Leurs armures étaient correctes, même si leur vernis était égratigné par la marche forcée dans les broussailles enchevêtrées. Mara lutta contre l'envie de s'asseoir, pour voler un moment de repos pendant que ses deux troupes échangeraient des nouvelles et se regrouperaient.

Seule la main de fer de Saric la fit rester debout sur ses pieds douloureux et couverts d'ampoules.

— Il y a quelque chose qui ne va pas, murmura-t-il. Cette armure. Les détails ne sont pas corrects.

Mara se raidit. Comme lui, elle aiguisa son regard pour observer les visages. Le danger lui fit dresser les cheveux sur la nuque. Ces hommes étaient tous des étrangers, et cela l'angoissa. Elle ne connaissait plus ses gens de vue, depuis que ses armées s'étaient agrandies au cours des ans.

Ce fut Saric, qui avait été tout d'abord remarqué pour son poste parce qu'il n'oubliait aucun visage, qui siffla :

— Je les connais. C'étaient des Minwanabi autrefois.

La troupe qui avançait comptait trente soldats, et elle se rapprochait en une formation implacable. Le chef de troupe à l'avant leva la main en un salut amical et appela le chef de troupe qui se trouvait près de Mara par son nom.

Discrète dans sa tenue de guerrier, Mara regarda fixement Saric. Son visage avait pâli. Même ses lèvres étaient blanches.

— Des Minwanabi !

Saric hocha légèrement la tête.

— Des renégats. Ils font partie de ceux qui n'ont jamais prêté serment à votre natami. Cet homme aux cheveux sombres avec la cicatrice sur la joue : lui, je le reconnais parfaitement.

Mara se souvint qu'elle s'était laissée aller à la pitié, dans un moment de mansuétude. Maintenant, la trahison la récompensait de la clémence qui l'avait poussée à laisser partir ses ennemis. Elle n'avait qu'une demi-seconde pour juger ; car dans cinq pas, ces guerriers auraient rejoint ses rangs, et deviendraient aussi dangereux que des vipères quand ils retourneraient leurs vestes.

Son âme était déchirée à la pensée qu'ils pouvaient être loyaux ; mais la mémoire de Saric était infaillible. Keyoke et Lujan l'avaient tous deux vantée. Elle prit une profonde inspiration et hocha brusquement la tête vers son premier conseiller.

Saric donna l'alarme, pour que la voix de femme de Mara ne puisse pas être reconnue.

— Des ennemis ! Azawari, lance la charge !

Les ordres du chef de troupe résonnèrent dans le chaos général, alors que les premiers traîtres abandonnaient leur mascarade, dégainaient leurs épées et se ruaient au combat.

Mara sentit son bras à moitié arraché de son épaule lorsque Saric la projeta hors des rangs, derrière lui.

— Va ! lança-t-il.

Même sous la pression, son conseiller continuait à utiliser des subterfuges.

— Cours et va porter la nouvelle aux autres ! hurla-t-il, comme si Mara était un jeune soldat envoyé comme messager.

Les premières épées s'entrechoquèrent alors que les deux compagnies vêtues de vert engageaient le combat. Les hommes grognaient, juraient ou lançaient des cris de bataille acoma. Ils clignaient leurs yeux qui les piquaient et luttaient, priant leurs dieux pour arriver à distinguer les amis des ennemis.

Car tous portaient les mêmes armures vertes, aux couleurs de Mara.

Le chef de troupe Azawari lança des encouragements, puis tendit le bras et tira Saric hors du combat. Des années d'entraînement lui avaient donné des réflexes de sarcat, et il se glissa à la place du conseiller, parant le coup de l'ennemi déjà engagé.

— Garde notre messager, dit-il d'une voix sèche. Tu sais où il doit aller !

Saric grimaça de frustration. Il avait été un guerrier avant d'être un conseiller ; il pouvait le redevenir. Le besoin en hommes était extrême, ici. Mais l'enseignement de la vieille Nacoya le força à envisager toutes les possibilités. Il songea à sa dame, courant difficilement entre les arbres, trébuchant sur les racines dans son armure trop grande. Elle ne savait pas manier une épée. Elle ne devait pas rester sans protection ni conseils, et le don de Saric pour raisonner efficacement en une fraction de seconde lui montra la sagesse du choix d'Azawari.

— Arrache le cœur de ces chiens ! grogna-t-il d'une voix rauque. Je vais veiller à ce que notre messager atteigne la colonne principale. Nous serons revenus avant que vous n'ayez le temps de tous les tuer !

Puis il courut, en proie à une colère noire. Bien sûr, il n'existait aucune colonne avancée. Les gardes qui défendaient la dame étaient tous là et devaient combattre à trois contre un. Que sa dame soit arrivée si loin, ait triomphé des périls de Thuril et sacrifié les serviteurs qu'elle aimait le plus, pour cela ! Une trahison mesquine, sans aucun doute l'œuvre du seigneur des Anasati. Un tel complot ne pouvait – non, n'arriverait pas ! – à abattre l'honorable pair de l'empire. Elle pouvait tout risquer pour sauver ses enfants, mais Saric avait compris que cette course avait de plus grands enjeux que la vie d'un garçon et d'une fillette, même s'il les aimait beaucoup.

Il courut dans les bois ; il n'était plus déchiré entre des désirs contradictoires, mais poussé à de plus grands efforts par la lutte inégale qu'affrontaient ses camarades. Derrière lui, il entendait le vacarme et le fracas des épées frappant des armures. Des cris retentissaient entre les grognements d'effort des hommes. Les faux soldats de Mara avançaient dans les rangs des Acoma loyaux avec une résistance dévastatrice ; ces Minwanabi attendaient depuis si longtemps ce raid de vengeance. Ils ne se souciaient pas de leurs pertes.

Les hommes de Mara avaient plus de soucis pesant sur leur esprit, alors qu'ils luttaient pour endiguer la charge de l'ennemi. Ils ne combattaient pas simplement pour protéger l'honneur de leur dame. Ils tuaient leurs adversaires quand ils le pouvaient, les harcelaient dans le cas contraire, et tentaient surtout de rester en vie pour prolonger la lutte le plus longtemps possible.

Leur férocité ne manqua pas d'être remarquée.

Quelques minutes plus tard, l'un des attaquants se souvint du messager qui avait été envoyé faire un rapport. Il parla à son officier de l'escorte improbable que lui avait adjointe un chef de troupe qui pouvait difficilement se passer d'une épée.

— Ha! cria l'officier minwanabi sous ses fausses couleurs acoma. (La satisfaction épaississait sa voix.) Vous n'êtes pas une arrière-garde! Votre dame ne voyage pas dans un palanquin, sous une meilleure protection, hein?

Azawari n'avait d'autre réponse que la férocité de son escrime. Il enfonça sa lame dans le casque d'un adversaire, et recula alors que son ennemi s'effondrait.

— À toi de le trouver, invita-t-il sinistrement.

— Pourquoi le devrions-nous? (Un autre chien minwanabi souriait.) Soldats! ordonna-t-il. Rompez le combat et poursuivez ce messager!

Saric entendit l'ordre alors qu'il courait derrière Mara pour la rattraper. Il jura, et s'enfonça dans un entrelacs de branches entre lesquelles sa maîtresse plus légère s'était glissée. Des cris retentirent dans le feuillage, dans son dos. Les faux gardes étaient maintenant lancés à sa poursuite et se trouvaient sur ses talons. Aucun Acoma ne pouvait se dégager du combat pour les arrêter. Toutes les épées loyales étaient déjà occupées, car l'ennemi était en nombre supérieur.

Saric essuya la sueur de ses yeux.

— Continuez, continuez, encourageait-il Mara.

Il souffrait de la voir trébucher. Elle devait avoir une endurance d'acier pour rester ainsi debout.

Il devait lui faire gagner du temps! Car elle devrait bientôt se reposer. S'il ralentissait la charge de ses poursuivants, elle trouverait peut-être un recoin pour se cacher, au moins jusqu'à ce que ses vrais guerriers réduisent le nombre de ses ennemis.

Saric courait. Il rejoignit Mara, la prit par le coude et la fit s'envoler en la hissant au-dessus d'un tronc d'arbre abattu.

— Courez ! haleta-t-il. Ne vous arrêtez pas, jusqu'à ce que vous n'entendiez plus le moindre bruit de poursuite. Puis cachez-vous. Vous vous éclipserez au crépuscule.

Elle atterrit sur ses pieds, dérapa sur le côté, et écarta une branche, toujours en courant. Saric passa une dernière seconde à la regarder. Les poursuivants minwanabi étaient sur lui.

Il virevolta. Trois épées s'abattaient sur lui. Il para celle qui importait, et laissa l'arbre mort arrêter les autres lames. Un Minwanabi recula en trébuchant, s'étouffant avec son sang, la poitrine transpercée.

Saric dégagea sa lame d'un coup sec, se baissant pour éviter un coup latéral. Une branche lui frappa les côtes, la même qui un instant auparavant lui avait sauvé la vie. Il leva sa lame ensanglantée et frappa vers le bas. Rencontrant une parade solide, il laissa son mouvement suivre l'épée ennemie, puis cassa net son élan en pliant le coude. Son arme glissa sous la garde de son adversaire, qu'il tua. L'ancien officier devenu conseiller haleta.

— Pas si mal. Je n'ai pas trop perdu la main.

Le soldat qui était encore en vie chercha à l'esquiver. Il tentait de s'extirper de l'enchevêtrement de branches mortes pour se rapprocher de la silhouette adolescente qu'il soupçonnait être dame Mara. Saric se fendit pour l'intercepter. Une vive douleur dans le dos, au niveau de l'épaule, l'avertit de son erreur. Un autre garde s'était précipité sur lui. Acculé contre l'arbre mort, le conseiller se retourna et décocha un coup violent, atteignant son attaquant à la gorge. L'autre soldat s'était maintenant dégagé et le dépassait en courant. Saric marmonna une prière irrévérencieuse. Sa route était claire : il devait continuer. La fatigue devenait une véritable agonie, alors qu'il torturait ses muscles épuisés pour reprendre la course. Il repartit en gémissant, cherchant à reprendre son souffle. Il rattrapa le guerrier portant des couleurs usurpées, et le frappa par-derrière. L'armure dévia son coup. Il se retrouva engagé dans un nouveau combat, pendant qu'un autre ennemi se glissait sur le côté et les dépassait, courant après Mara qui fuyait.

Saric combattit, gêné par l'épaule qu'il ne pouvait plus utiliser. Du sang coulait le long de son bras et éclaboussait le sol à ses pieds. Ses sandales glissaient sur les feuilles mouillées. Il éprouvait des difficultés à se défendre. Ses muscles semblaient envahis de vagues de faiblesse. Son ennemi souriait, un mauvais signe. Dans un instant, ses efforts se termineraient dans la tristesse. Puis un soldat l'appela par son nom.

Saric ouvrit les lèvres, dans un sourire sans joie. Azawari vivait toujours. Alors que le chef de troupe acoma courait pour venir à l'aide du conseiller, et que d'autres Minwanabi convergeaient vers lui pour l'en empêcher, Saric réussit à échanger un bref regard avec lui entre deux coups.

Chaque homme connaissait son destin. Ils souriaient, accueillant la certitude, le soulagement final que la chair mortelle ne pouvait plus renier. Saric fut frappé au flanc. La blessure le fit trébucher, lui arrachant un hoquet de douleur. Le chef de troupe acoma affrontait trois adversaires. Il criait, apparemment en proie à une rage noire, mais Saric reconnut le froid calcul derrière ses insultes et ses défis.

— Venez, marionnettes des Anasati ! (Azawari dansait et brandissait son épée.) Vous pourrez dire à vos enfants que vous avez envoyé Azawari, chef de troupe du pair de l'empire, dans le palais du dieu Rouge ! Si vous survivez pour avoir des enfants ! S'ils daignent reconnaître comme pères des hommes qui les humilient en portant des couleurs honorables auxquelles ils n'ont aucun droit. Mourez pour votre insolence, chiens minwanabi !

Mais les guerriers ne répondirent pas à ses provocations, et préférèrent garder leurs distances. Celui du milieu bondit vers Azawari, pendant que les deux autres passaient sur les côtés, reprenant la poursuite de Mara. Azawari se lança sur le côté. Le guerrier qui se fendait vers lui manqua son coup, et celui qui passait sur la gauche hurla lorsqu'une épée s'enfonça entre ses côtes. Celui qui passait à droite changea sa course, incertain. Azawari n'eut pas la moindre hésitation. Il se lança après lui, sans se soucier de l'épée qui sifflait dans l'air et venait vers lui. Il reçut une blessure au flanc, mais abattit le coureur d'un coup d'estoc.

Saric vit le casque au plumet vert s'effondrer. Il cligna des yeux pour chasser des larmes furieuses, conscient que le vaillant chef de troupe avait gagné de précieuses secondes pour Mara. Car le dernier du trio de traîtres dut arrêter sa course et frapper le corps d'Azawari deux fois pour s'assurer de sa mort.

Le premier conseiller leva sa lame ; trop lentement, car ses muscles étaient épuisés. Il manqua sa parade. Une violente douleur lui brûla le cou, et la brillance du monde sembla soudain se ternir et s'éloigner. Saric trébucha et tomba. Les dernières choses qu'il perçut avant que les ténèbres n'engloutissent ses sens furent la riche odeur de la mousse, et les pas des soldats ennemis qui quittaient le site d'une victoire sanglante pour poursuivre la dernière silhouette qui s'enfuyait : celle de Mara. Saric lutta pour prononcer une prière pour le noble pair, mais les mots ne franchirent pas ses lèvres. Il n'avait plus de souffle, et semblait avoir épuisé sa réserve de paroles, finalement. Sa dernière pensée, alors que la mort l'emportait, fut pour Nacoya, qui l'avait éduqué. L'invincible mégère pousserait des cris stridents quand il la rencontrerait dans le palais de Turakamu, et qu'elle verrait qu'il était tombé avec l'honneur d'un guerrier, en dépit de tous ses efforts pour l'élever à un statut supérieur. Impatient de croiser verbalement le fer avec son prédécesseur susceptible, car son esprit était loin de s'avouer vaincu, Saric sourit presque.

30

POURSUITE

Mara courait.
Des broussailles lui fouettaient les chevilles, et sa respiration lui brûlait la gorge. Elle luttait pour avancer, haletante. Elle avait dépassé depuis longtemps le point où son corps avait exigé de se reposer, et elle savait que si elle s'arrêtait, elle mourrait. Des ennemis la poursuivaient impitoyablement. Lorsqu'elle se baissa pour éviter quelques branches, elle les entraperçut : des silhouettes en vert qui couraient derrière elle.

Il y avait quelque chose de profondément maléfique dans la vision d'hommes portant les couleurs de sa maison qui la poursuivaient avec des intentions meurtrières. Mara s'enfonça dans un enchevêtrement de plantes grimpantes, poussée par un autre sentiment que la peur. Cette armure verte avait toujours représenté des hommes prêts à mourir pour elle, voulant la protéger à n'importe quel prix ; voir des ennemis porter les couleurs acoma la menait au bord du désespoir.

Combien étaient morts à cause de cette dernière trahison conjointe des Minwanabi et des Anasati ? Saric et Azawari, deux de ses meilleurs jeunes officiers, ceux qu'elle était déterminée à épargner. Les soldats qui l'accompagnaient avaient été des hommes en pleine forme, endurants, choisis pour leur fiabilité en cas d'urgence. Mais, les yeux fixés sur l'Assemblée des magiciens, qui parmi eux aurait pu deviner que le piège pour les frapper si près de leur but serait si terre à terre, et pourtant si meurtrier ?

Les tunnels des Cho-ja n'étaient plus qu'à une courte distance.

Bien qu'elle ait toujours entretenu sa forme, Mara n'était cependant plus la jeune fille qui avait repris le sceptre des Acoma. Les matchs de lutte et les courses avec son frère étaient trente ans derrière elle, et son souffle lui brûlait maintenant la poitrine. Elle ne pouvait pas continuer ; mais elle le devait.

Derrière elle, les soldats se rapprochaient. Encombrés par une armure plus lourde, les Minwanabi avaient parcouru une certaine distance avant de rencontrer les Acoma ; pendant un temps, la course avait été équilibrée. Maintenant elle ne l'était plus. Le pas suivant de Mara la fit trébucher. Ses adversaires se rapprochaient. Durant des minutes angoissantes, les seuls bruits qu'elle entendit furent ceux de pieds chaussés de sandales frappant la terre, et sa propre respiration laborieuse.

L'essoufflement et le chagrin empêchaient Mara de parler. Deux hommes étaient sur ses talons, l'un un pas derrière elle, et l'autre à peine à un demi-pas de plus, arrivant à toute vitesse. Elle pouvait presque sentir la lame levée dans son dos. À chaque instant, elle s'attendait à ressentir le choc d'un coup d'épée, suivi par la douleur et une chute en spirale dans les ténèbres.

Mourir par la lame est un honneur, pensait-elle sauvagement. Mais elle ne ressentait qu'une rage noire. Tout ce pour quoi elle avait lutté durant toute sa vie allait être gaspillé à cause de l'étroitesse d'esprit, de la haine et de la rancune d'un guerrier. Elle ne pouvait rien faire ; seulement malmener son corps pour avancer et accomplir ce qui risquait d'être le dernier pas de sa vie. C'est ainsi que mourait une gazen, clouée durant sa fuite par les griffes puissantes du sarcat qui chassait son repas.

Le terrain commença à monter. Mara se lança sur la pente et trébucha. Elle tomba durement. Une épée cingla l'air là où s'était trouvé son corps une seconde plus tôt, et un guerrier jura sur un ton bourru.

Mara roula dans les feuilles sèches. Son armure la gênait, et l'épée dont elle n'avait pas pensé à se débarrasser se coinça dans une racine et la piégea.

Elle leva les yeux et vit un mélange flou de verdure et de taches de lumière. Puis, dans un cauchemar, un visage ennemi se superposa aux couleurs amies. Mara vit l'épée se lever pour la tailler en pièce et l'abattre. Elle n'avait plus de souffle pour crier, et ne pouvait que se jeter en arrière en se débattant, dans un effort vain pour s'échapper.

Le guerrier qui courait à un pas derrière eux les rejoignit à cet instant. Sa lame se leva et retomba, plus rapide d'une fraction de seconde ; et la chair qu'elle trancha était celle de l'ennemi.

Sanglotant en réaction, épuisée, Mara comprit que toutes les armures vertes n'étaient pas celles des traîtres seulement lorsque l'agonisant s'effondra en travers de ses jambes. Un visage familier avait survécu, saignant d'une entaille à la joue.

— Xanomu, cria-t-elle. Que les dieux soient bénis.

Il souleva le cadavre, la releva d'une secousse, et la poussa en trébuchant loin de lui.

— Partez, maîtresse, haleta-t-il. (La douleur rendait sa voix rauque, à cause de blessures plus graves qu'il avait reçues sur le corps.) Trouvez les Cho-ja. Je retarderai vos ennemis.

Mara voulait le féliciter, lui exprimer sa gratitude pour son courage. Elle ne pouvait reprendre son souffle.

Xanomu vit ses efforts.

— Dame, partez ! D'autres ennemis arrivent, et je suis le seul à pouvoir les retenir.

Mara se tourna, à moitié aveuglée par les larmes. Le rêve de Xanomu de la voir en sécurité auprès des Cho-ja était un faux espoir : les insectoïdes ne combattraient pas. Ils en étaient empêchés par le traité de l'Assemblée, et ils savaient sûrement maintenant qu'elle avait défié le décret des Très-Puissants.

Elle courut néanmoins. L'alternative était d'être réduite en pièces sur place. Deux guerriers massifs surgirent des broussailles, et il ne restait plus que les forces déclinantes de Xanomu pour les retarder.

La lutte fut brève, à peine une demi-douzaine de coups d'épée avant que retentisse le gémissement gargouillant d'un homme frappé au cou. Xanomu était tombé, offrant sa vie pour acheter à sa maîtresse quelques mètres de plus dans la forêt. Les arbres s'espaçaient, pensa Mara ; ou peut-être que sa vue commençait à la trahir, troublée par le début d'un évanouissement.

Elle cligna des yeux pour chasser les larmes, ou peut-être des gouttelettes de sueur, et l'obscurité se leva comme un grand mur pour l'engloutir.

Elle tendit la main devant elle, comme pour amortir une chute, et ses ongles grincèrent contre de la chitine.

Des Cho-ja ! Elle avait atteint le monticule de la fourmilière. Des corps noirs se rapprochèrent d'elle, la pressant de tous côtés pour la maintenir debout. Prisonnière et impuissante, Mara hoqueta, haletante. Ce n'étaient pas des guerriers mais des ouvriers, une bande de cueilleurs qui semblait retourner vers la fourmilière.

Mara savait parfaitement qu'elle n'était pas en sécurité. Entre deux hoquets, elle souffla,

— Vous... êtes obligés d'obéir... au décret... de l'Assemblée ! Vous ne devez... pas combattre !

Les Cho-ja l'ignorèrent. Ils ne pouvaient pas se battre de toute façon, car les ouvriers n'étaient pas spécialisés pour le combat. Ils ne portaient ni outil ni arme. Mais tandis qu'ils se regroupaient autour d'elle, toujours plus nombreux, et que ses poursuivants surgissaient d'entre les arbres, elle comprit : les insectoïdes ne pouvaient pas combattre, seulement mourir...

Le guerrier de tête hurlait en direction de ses compagnons, et ils chargèrent précipitamment. Les épées luirent dans le soleil de fin d'après-midi, alors que les Minwanabi abattaient un ouvrier qui marchait en ligne avec ses semblables.

Il tomba sans émettre le moindre son, ruant et se tordant de douleur. Comme s'ils prenaient seulement maintenant conscience de la menace, les ouvriers survivants se pressèrent les uns contre les autres, pour former un seul corps, Mara coincée en leur centre. Elle était serrée si étroitement qu'il lui était impossible de tomber ; pas plus qu'elle ne pouvait se frayer un chemin contre le courant des insectoïdes. Ils avançaient simultanément, en une course si effrénée que les dents de Mara s'entrechoquaient. Comme un débris saisi par le courant, elle était emportée par les ouvriers. La poussière et les corps couverts de chitine lui obscurcissaient la vue. La terre se détachait sous ses pieds. Elle perdit une sandale. Puis l'ouverture de la fourmilière s'éleva soudain devant eux, et ils descendirent dans l'obscurité.

Les Minwanabi en armure acoma crièrent et s'élancèrent après elle dans le tunnel.

Mara se laissa aller, incapable de penser. Portée par les ouvriers, et aveuglée dans un bourbier d'odeurs et de bruits qui ne lui étaient pas familiers, elle ne fit aucun effort pour analyser la situation. Ses yeux s'accoutumèrent lentement aux ténèbres, et elle tourna la tête pour donner un sens au vacarme et aux cris derrière elle. Durant un long moment, elle n'identifia pas le fracas étrange et dissonant de lames frappant une chitine non protégée.

Les corps des Cho-ja jonchaient le sol du tunnel, et les faux Acoma continuaient d'avancer. Les ouvriers groupés autour de Mara ralentirent le pas, ce qui la secoua un peu, puis un bourdonnement aigu frappa ses oreilles.

L'instant suivant, une marée noire éclipsait la dernière lumière de l'entrée. Elle comprit que des ouvriers s'inséraient sur le trajet de sa fuite, et que les soldats la poursuivant ne pourraient l'atteindre qu'en se frayant un chemin à coups d'épée à travers un mur de corps vivants.

Mara se sentait trop épuisée pour pleurer de chagrin ou de soulagement. Elle éprouvait une profonde angoisse à l'idée que, même si la fourmilière était attaquée, ses défenseurs n'oseraient risquer une riposte de peur que l'Assemblée n'accuse ses habitants de rompre le traité. Bien qu'elle sache que les Cho-ja considéraient les vies individuelles – celles des ouvriers en particulier – comme négligeables si besoin était, elle regrettait que même une telle vie doive être sacrifiée pour la sauver.

La dernière lueur du jour s'évanouit, lorsque les Cho-ja empruntèrent un virage. Mara fut emmenée dans l'obscurité la plus complète. Depuis son séjour à Chakaha, elle savait que les Cho-ja étaient par nature des créatures diurnes, et elle percevait une stratégie dans ce manque d'éclairage. Son escorte d'ouvriers la conduisait toujours plus profondément dans la fourmilière, en effectuant d'innombrables tours et détours. Les Minwanabi étaient attirés à sa suite. Leur sort était réglé : ils ne sortiraient pas vivants de ce labyrinthe. Les Cho-ja n'avaient pas besoin de s'ennuyer à les tuer. Les humains qui se perdraient dans les souterrains erreraient jusqu'à ce qu'ils périssent de faim et de soif.

— Transmettez mes remerciements à votre reine, murmura Mara.

Les ouvriers cho-ja ne daignèrent pas répondre. Le traité les obligeait sans doute à garder le silence, ou peut-être ressentaient-ils de la peine pour leurs semblables assassinés. Mara sentait le contact de leurs corps contre le sien, qui ne l'écrasait plus et était tendre, comme si elle était bercée par un poing géant. Il lui vint à l'esprit que, dernièrement, elle avait été presque aveuglée par son inquiétude pour Justin. Ces Cho-ja ne lui faisaient peut-être pas une faveur, mais peut-être l'aidaient-ils à leur façon pour faire avancer leur propre cause, puisqu'elle avait ramené des mages cho-ja dans le dessein de vaincre l'Assemblée.

Ces êtres voyaient leur liberté dans sa survie.

Mara se rendit compte que les ouvriers, ressemblant à des esclaves, n'avaient peut-être pas l'autorisation de communiquer. Mais leur reine n'agissait sans doute pas dans une stricte neutralité et, d'une façon discrète, se faisait l'alliée de la cause humaine de Mara.

Les ouvriers avançaient rapidement. Ils ne semblaient pas vouloir s'écarter les uns des autres pour la relâcher. Et s'ils avaient été envoyés pour accomplir une *mission* qui devait volontairement coïncider avec la direction qu'elle voulait prendre ? Ou pire, et s'ils allaient accomplir machinalement leurs tâches quotidiennes, la transportant dans une direction où elle ne souhaitait pas se rendre ? Le temps était primordial. La survie de ses enfants dépendait de la rapidité de ses actions.

Mara prit une profonde inspiration. Ses jambes ne pouvaient plus la porter. Même si elle l'avait voulu, elle n'aurait pas pu faire un pas sans être aidée. Pas plus qu'elle ne pouvait rester, en sécurité, coincée par les carapaces d'une douzaine de corps qui se déplaçaient rapidement et dont la destination lui était inconnue.

Si elle l'osait, elle pourrait demander à monter sur le dos de l'un d'entre eux.

L'effronterie de cette supposition risquait de la faire tuer – si, encombrée par son armure, elle glissait en chevauchant un Cho-ja en train de courir, encombrée par son armure, les autres risquaient de l'ignorer et de la piétiner.

À la différence des Tsurani, les ouvriers cho-ja n'avaient aucune conception de la dignité. Mais Mara ne parvenait pas à penser à eux comme à de simples bêtes de somme, et ce préjugé, ainsi que les forces qui lui revenaient, lui firent garder le silence. Elle se souvint de l'expression de Lujan en ce jour lointain, à Dustari, quand l'esclave Kevin avait fait la suggestion saugrenue qui avait conduit ses armées à la victoire sur le dos de guerriers cho-ja.

Des larmes envahirent ses yeux à ce souvenir. Lujan avait semblé pâle et nauséeux tandis qu'il contemplait le corps large et noir sur lequel il devait monter. Mais il l'avait fait, et était parti gagner une guerre.

Qui était-elle, pour risquer la vie de gens tels que lui dans la plaine de Nashika et ne pas oser tenter les mêmes exploits ?

Son cœur faiblit à cette idée. Mais elle était perdue si elle ne trouvait pas le moyen d'unir les Cho-ja dans une rébellion contre leurs oppresseurs, et de rejoindre les mages de Chakaha qui attendaient, dissimulés dans un terrier sur son domaine. Son fils et sa fille mourraient, assassinés par le premier rival qui réclamerait le trône d'or. Et si le prétendant n'était pas Jiro, les autres seigneurs se montreraient tout aussi impitoyables.

Et tant qu'elle vivrait, l'Assemblée des magiciens ne lui pardonnerait jamais l'affront qu'elle avait fait à leur omnipotence.

Il lui restait une dernière carte à jouer, le plan final et désespéré qu'elle avait évoqué durant son dernier conseil avant que la guerre n'éclate. Pour cela, elle devait rejoindre la reine de cette fourmilière et obtenir une audience.

Mara ne se sentait pas audacieuse et dut se forcer à se montrer brave. Quand elle réussit enfin à rassembler son courage pour prendre la parole, sa voix lui parut tremblante.

— Conduisez-moi à votre reine, demanda-t-elle.

Les ouvriers ne réagirent pas.

— Je dois parler avec votre souveraine, insista Mara d'une voix plus forte.

Les ouvriers ne répondirent pas, mais s'arrêtèrent. La soudaine secousse accompagnant leur immobilité faillit faire tomber Mara.

— Je dois voir votre reine, cria-t-elle, hurlant maintenant, et soulevant un tonnerre d'échos.

De la lumière s'épanouit dans un couloir latéral. Mara se tourna de ce côté et, au-dessus des carapaces bosselées du groupe d'ouvriers, elle vit approcher une bande de guerriers. C'étaient des Cho-ja engendrés dans la culture tsurani, coiffés de casques comme des hommes, avec à leur tête un chef de troupe portant un plumet. Ils atteignirent l'intersection des tunnels et le chef de troupe tourna ses yeux semblables à de l'onyx vers la femme aux vêtements en désordre qui attendait au milieu des ouvriers.

— Je suis Tax'ka. Je suis venu pour répondre à votre requête et vous conduire auprès de la reine de cette fourmilière.

Mara oublia sa lassitude dans une grande vague de soulagement. Alors que les ouvriers s'écartaient pour lui ouvrir la route, elle avança et faillit hurler de colère quand ses genoux épuisés la trahirent et qu'elle s'effondra.

Le chef de troupe cho-ja s'agenouilla.

— Vous pouvez monter sur mon dos, proposa-t-il. Notre reine n'aimerait pas être obligée d'attendre à cause de votre fatigue.

Mara était trop épuisée pour s'offusquer de cette remarque qui, venue d'un humain, aurait été une insulte. Elle s'efforça de se remettre debout et accepta l'aide d'un ouvrier pour monter sur le thorax du chef de troupe. Elle s'installa à califourchon, peu assurée sur la carapace noire et glissante. Ses mains couvertes de sueur ne trouvaient aucune prise qui lui semblât fiable, et le Cho-ja, silencieux, ne semblait pas vouloir s'inquiéter de son confort.

— Allez, dit-elle, résolue. Conduisez-moi à votre reine en toute hâte.

Le Cho-ja bondit pour prendre sa course ; sa démarche était étonnante de fluidité. Mara s'accrocha sans plus s'inquiéter, se penchant en avant pour s'agripper fermement au cou chitineux du guerrier. Elle n'avait aucun indice quant à l'éloignement de la caverne de la reine par rapport à ce tunnel excentré. Certaines fourmilières étaient si vastes qu'elle pourrait chevaucher le Cho-ja pendant des heures avant de les avoir traversées. L'air épicé du tunnel lui fouettait le visage. Sa sueur sécha, et sa respiration redevint normale.

Mara eut alors le temps de remarquer de petits inconforts : crampes de muscles trop sollicités, et brûlures insupportables des ampoules sous l'armure. Les tunnels que le chef de troupe et sa compagnie empruntaient n'étaient pas éclairés. Totalement aveugle, Mara en était réduite à s'accrocher à la carapace pendant que son escorte avançait à toute allure.

Ce voyage était le plus étrange qu'elle ait jamais vécu. Les ténèbres étaient absolues, et ne ressemblaient pas aux clairs-obscurs de noirs et de gris que l'on rencontrait à la surface lors des nuits d'orage. Secouée et ballottée, Mara ne pouvait qu'espérer que sa vue revienne. Mais chaque moment d'attente était suivi d'un autre, jusqu'à ce qu'elle soit obligée de serrer les dents pour étouffer le cri qui montait dans sa gorge.

À un certain point du voyage, Tax'ka s'enquit de son confort. Mara lui répondit par de vagues assurances, bien qu'elle n'en ressente aucune ; le déplacement rapide dans l'obscurité complète devint un voyage intemporel, un exercice de méditation. La fatigue et la tension lui troublaient l'esprit, provoquant des visions qui devaient être des hallucinations. Des mouvements imaginaires entraperçus à la limite de son champ de vision lui faisaient battre le cœur, et sa respiration devint plus rapide et superficielle. Finalement, Mara ferma les yeux pour que les ténèbres lui semblent moins menaçantes. Cette mesure était provisoire, et ne lui donna aucun sentiment de sécurité. Elle oubliait sans cesse qu'elle devait garder les paupières closes et elle rouvrait les yeux, pour ne rencontrer que l'obscurité. Sa terreur redoublait alors.

Finalement elle chercha à trouver le calme par des chants silencieux de méditation.

Un moment interminable plus tard, une voix l'appela par son nom.

Mara ouvrit les yeux. La lumière vive la fit cligner des paupières, car non seulement des globes cho-ja bleus luisaient autour d'elle, mais des lampes à huile brûlaient avec une flamme blanche et ardente.

Elle mit maladroitement pied à terre.

Le chef de troupe qui l'avait portée la salua et déclara :
— Je suis à vos ordres, maîtresse. Notre reine vous attend.

Mara observa rapidement la caverne. Devant elle s'élevait une forme presque familière, une estrade de terre battue. La reine cho-ja y reposait, la masse énorme de son abdomen cachée aux regards derrière de riches tentures. Alors que Mara croisait le regard de la créature qui la surplombait, ses genoux ne tremblèrent pas uniquement de fatigue.

La reine cho-ja l'observait avec des yeux ressemblant à de la glace noire, alors que sa visiteuse humaine se redressait après sa révérence. Avant que Mara ne puisse prononcer la moindre salutation polie, la reine prit la parole :
— Nous ne pouvons pas vous secourir, dame Mara. Par vos actions, vous avez dressé l'Assemblée des magiciens contre vous, et nous avons l'interdiction d'aider ceux qu'ils considèrent comme des ennemis.

Mara se força à se redresser. Elle retira son casque et passa les doigts dans les mèches humides de sa chevelure, comme un peigne. Laissant le casque inutile pendre au bout de ses doigts par sa jugulaire, elle hocha la tête. Elle n'avait plus le choix maintenant, et devait prendre la voie la plus audacieuse qu'elle ait jamais osé tenter.

— Dame reine, déclara-t-elle d'une voix aussi ferme que sa nervosité le lui permettait, je vous supplie de modifier votre opinion. Vous devez m'aider. Le choix vous en a été redonné, car les termes de votre traité avec l'Assemblée sont dès maintenant brisés.

Le silence tomba avec la soudaineté d'un coup de tonnerre. La reine se cabra violemment.

— Vous parlez par ignorance, dame Mara.

Plus que jamais consciente du danger qu'elle courait, Mara ferma les yeux et déglutit. Elle lutta contre l'envie irrationnelle de s'enfuir ; elle se trouvait sous terre, à une grande profondeur. Se sauver ne lui servirait à rien. Elle était à la merci de ces Cho-ja, et si elle ne parvenait pas à les convaincre de l'aider, tout était perdu.

Mara répondit :

— Je ne suis pas aussi ignorante que vous le pensez.

La reine restait neutre. Elle ne se rallongea pas sur son estrade.

— Continuez, dame Mara.

Mara tenta le destin.

— Votre traité a été violé, aventura-t-elle. Pas par votre espèce, noble reine. Par moi.

Le silence était si parfait dans la chambre qu'elle avait l'impression d'être sourde. Mara ravala sa peur et reprit :

— J'ai brisé votre traité, qui selon un jugement impartial est totalement inique. Je me suis rendue à Chakaha. J'ai parlé avec vos congénères, et j'ai vu comment vous devriez vivre, libres, à la surface. Je me suis permis de faire un jugement, noble reine. Un jugement pour le bien de votre race, autant que pour celui de mon peuple. J'ai osé demander une alliance, et quand je suis revenue sur les rivages de l'empire, j'étais accompagnée de deux mages cho-ja envoyés pour aider votre cause.

Le silence devint encore plus pesant à cette nouvelle. Mara avait l'impression de parler contre un poids écrasant de désapprobation muette.

— Ces mages s'abritent dans un terrier inutilisé de la fourmilière qui se trouve près de mon domaine. L'Assemblée ne prendra pas le temps de réfléchir, pour savoir si votre espèce est innocente de leur dissimulation. Les mages agiront comme si tous les Cho-ja étaient complices. Ainsi, le traité est déjà brisé de ma main, pour l'avenir de cet empire, pour que les Cho-ja puissent réclamer leur juste part de liberté.

Le silence lourd se prolongea.

— Avez-vous quelque chose d'autre à dire ?

La voix de la reine tintait comme un cristal que l'on frappe.

Mara s'inclina profondément en répondant :

— Les paroles que je vous destinais sont toutes prononcées.

La reine expulsa un sifflement d'air. Elle oscilla d'avant en arrière, une fois, deux fois, puis se rallongea sur son estrade. Ses yeux luisaient.

— Dame, nous ne pouvons toujours pas vous aider.

— Quoi ?

L'exclamation quitta les lèvres de Mara avant qu'elle puisse réfléchir. Elle remédia à son écart de conduite par une nouvelle révérence, cette fois assez profonde pour être considérée comme presque servile.

— Les termes du traité sont brisés. Ne vous lèverez-vous pas pour saisir cette opportunité, pour tenter de recouvrer votre liberté et réclamer votre juste destinée ?

La reine cho-ja semblait triste lorsqu'elle répondit :

— Dame, nous ne le pouvons pas. Nous avons donné notre parole. La rupture du traité est de votre fait, votre trahison. Vous ne connaissez vraiment pas nos mœurs. Il ne nous est pas possible de violer un serment.

Mara fronça les sourcils. Cette entrevue ne se déroulait absolument pas comme elle l'avait imaginé. Poussée par une terrible peur, elle déclara :

— Je ne comprends pas.

— Rompre une promesse est une caractéristique humaine, déclara la reine, sans la moindre trace de réprimande dans la voix.

Toujours perplexe, Mara s'efforça de comprendre.

— Je sais que votre espèce n'oublie jamais un souvenir, songea-t-elle à voix haute, tentant de dénouer cette impasse.

La reine expliqua plus en détail :

— Notre parole donnée ne peut être brisée. C'est pourquoi au cours des ans les humains ont toujours pris le dessus sur nous. Chaque guerre s'est terminée par un traité que nous étions obligés par notre nature même de respecter. Les humains n'ont pas de telles contraintes instinctives. Ils manquent à l'honneur, mais ils n'en meurent pas. Nous trouvons que c'est une conduite étrange, mais nous ne pouvons...

— Ils n'en meurent pas ! l'interrompit Mara, choquée. Vous voulez dire que vous ne pouvez pas survivre à la rupture d'une promesse ?

La reine inclina la tête pour le confirmer.

— Exactement. La parole donnée nous lie, et est inextricablement liée à notre conscience collective, à notre santé mentale et à notre vie. Pour nous, une promesse est aussi contraignante que des murs et des chaînes le seraient pour un être humain – non, plus encore. Nous ne pouvons pas nous rebeller contre les principes de nos ancêtres sans plonger la fourmilière dans la folie, une folie qui provoque la mort. Car nous cesserions de nous nourrir, de nous reproduire, de nous protéger. Pour nous, penser est agir, et agir est penser. Vous n'avez pas de mot pour décrire ce concept.

Mara s'abandonna à la faiblesse de ses genoux. Elle s'assit brusquement sur la terre nue, son armure grinçant dans le silence. Elle avait une petite voix, qui semblait presque apaisée :

— Je ne savais pas.

La reine ne répondit rien, et ne chercha pas à disculper Mara.

— C'est la réponse habituelle des humains qui perçoivent enfin leur erreur. Mais cela ne change rien. Vous n'avez pas prêté serment de respecter les termes de l'Interdit. Vous ne pouvez briser ce qui ne vous lie pas. Seuls les Cho-ja ou l'Assemblée peuvent violer cet ancien pacte.

Mara se maudit pour sa fierté et sa vanité. Elle avait osé penser qu'elle était différente des autres souverains ; elle avait présumé qu'elle connaissait bien ses amis cho-ja, et avait été coupable d'une atrocité aussi grande que toutes celles que son espèce avait perpétrées dans le passé contre la race insectoïde.

Le conseil de Chakaha lui avait fait confiance : à tort, semblait-il. Elle refusa de penser au moment où, finalement, les mages qu'elle avait cajolés pour qu'ils viennent dans l'empire sauraient combien elle s'était trompée.

Combien de fois Ichindar, sur son trône, avait-il souffert de ses faiblesses humaines, quand elles avaient lésé le peuple que son destin lui avait ordonné de gouverner ? Mara se sentit diminuée et honteuse. Elle avait aspiré à placer son fils sur le trône d'or ; *pour sauver sa vie,* pensait-elle.

Comme elle avait peu reconnu les conséquences de ses actes à ce moment-là, pour déposer sur les épaules inexpérimentées d'un petit garçon le poids d'une responsabilité que même elle ne pouvait comprendre dans son ensemble.

Mara enfouit son visage dans ses mains, accablée par un sentiment pire que le simple désespoir. Elle réfléchissait à la finalité de la mort, qu'elle avait avec entêtement considérée comme un gaspillage de ressources ; maintenant, elle n'en était plus très sûre. Les bases de sa philosophie s'étaient modifiées sans qu'elle s'en rende compte, jusqu'à ce que plus aucune action ne lui semble sûre.

— Les magiciens vont lancer des représailles contre votre race, aventura finalement Mara. (Elle regarda humblement la reine.) Que ferez-vous ?

Le grand insectoïde la regarda avec une expression qu'aucun être humain ne pouvait interpréter.

— Certains d'entre nous mourront, répondit la reine avec l'honnêteté implacable de sa race. Cette fourmilière sera très probablement la première à être détruite, puisque vous avez reçu la permission d'y entrer et d'avoir une audience.

— Ne pouvez-vous pas fuir ?

Mara voulait désespérément entendre une parole d'espoir ou d'encouragement, disant que tout n'était pas perdu pour ces créatures dont l'amitié l'avait soutenue durant toute une vie d'épreuves et de difficultés.

La reine agita une patte avant, peut-être l'équivalent cho-ja d'un haussement d'épaules.

— Je suis déjà dans la chambre la plus profonde de cette fourmilière. Il n'est pas possible de me déplacer ailleurs. Quand nos reines ont suffisamment grandi pour pondre, elles perdent leur mobilité. Ici, au moins, je survivrai jusqu'à la fin. Vos Très-Puissants pourront détruire mon corps, mais la conscience collective préservera mes souvenirs et les archives de tout ce qui se sera passé ici. Une autre fourmilière protégera notre conscience, et quand une nouvelle reine sera engendrée, l'esprit se renouvellera avec elle.

Une maigre consolation, pensa Mara, *de ne pas être oublié pour l'éternité.* Elle ne parla pas du sombre pressentiment qui lui déchirait le cœur, que le résultat soit pire encore ; ce pourrait vraiment être la fin, sans souvenirs, pour la nation cho-ja retenue captive dans l'empire. Sa témérité risquait de provoquer leur extermination définitive. Elle se souvint de la confiance qu'elle avait gagnée auprès du conseil de Chakaha, et son envie de pleurer devint presque douloureuse.

Mara n'eut pas l'occasion de s'attarder sur sa culpabilité ou sur ses craintes. L'instant suivant, la reine inclina la tête sur le côté comme si elle écoutait.

La reine échangea quelques bourdonnements rapides et aigus avec ses serviteurs. Puis la communication cessa, comme si elle avait été brusquement coupée. Des ouvriers et des guerriers sortirent, et la reine inclina la tête vers son invité humaine.

— Que se passe-t-il ? demanda Mara, redoutant d'entendre la réponse.

— Des Très-Puissants sont arrivés, répondit la reine. Une délégation de trente personnes a cerné l'entrée de ma fourmilière. Ils nous accusent faussement d'avoir rompu le traité, et ils exigent que nous vous remettions entre leurs mains.

— Je vais sortir et les rejoindre, dit Mara, le tremblement de ses genoux s'accentuant. (Elle se demanda si elle pourrait forcer son corps éprouvé à se relever.) Je ne veux pas causer de nouveaux ennuis à votre race.

La reine cho-ja agita une patte avant dans un geste évident de dénégation.

— Vous n'êtes pas notre prisonnière. Nous n'avons brisé aucun serment. C'est vous qui avez fait franchir les frontières aux mages, et aucun paragraphe du traité ne nous interdit de vous donner une audience. Vous pouvez partir. Vous pouvez rester. Ou les Robes Noires peuvent venir vous chercher. Aucune de ces options ne nous concerne.

Mara haussa les sourcils, choquée. Elle se retint de répondre immédiatement, s'efforçant d'éviter une nouvelle erreur d'interprétation. Elle soupesa soigneusement ses paroles :

— Si je choisis de ne pas me rendre, vous devez savoir que l'Assemblée interprétera faussement cette décision. Les mages croiront à votre complicité et déclencheront des représailles.

La reine ne semblait pas vraiment sereine, mais plutôt dure comme de l'obsidienne.

— Ils le croiront à tort, si ce que vous supposez est exact.

Mara avala sa salive. Elle avait l'impression que la terre ferme pouvait à tout moment s'effondrer sous ses pieds.

— Votre peuple pourrait souffrir d'un tel malentendu.

La reine ne céda pas.

— Alors il souffrira. Cela ne rendra pas plus vraie l'erreur de jugement des Robes Noires. Nous avons respecté les termes de notre traité, comme tous ceux de notre espèce le doivent. Si les humains agissent dans l'erreur, *alors l'erreur sera sur leurs têtes, tout comme ses conséquences*.

Mara fronça les sourcils, réfléchissant à la signification cachée des paroles de la reine. La dame des Acoma avait déjà abordé de façon oblique des sujets proscrits, cherchant des indices concernant l'Interdit. Maintenant, incapable de réprimer l'espoir qui s'éveillait en elle, elle se demandait si ces Cho-ja rusés ne *cherchaient* pas, en fait, à provoquer cette erreur de jugement.

Alors qu'elle prenait une inspiration pour exprimer cette pensée, une soudaine terreur l'étreignit. L'air dans la pièce devint trop dense, comme si une pression extrême se précipitait dans les tunnels pour l'écraser. Couvrant ses oreilles douloureuses, comme percées par des coups de poignard, Mara haleta sous le choc. Une explosion fit trembler le sol, la jetant à terre. Elle tomba sur le flanc. Un cri jaillit de ses lèvres, tandis que la pièce autour d'elle était envahie d'éclairs et de flammes.

Malgré la commotion due à l'air qui résonnait comme un coup de tonnerre, la reine hurla dans son agonie et dans ce qui devait être une pure rage cho-ja :

— Les magiciens nous attaquent ! Notre fourmilière est détruite ! Le traité qui nous lie est rompu !

Puis le langage fut abandonné. La voix de la reine s'éleva dans une dissonance douloureuse alors qu'elle bourdonnait sa dernière communication à ses congénères.

Mara étouffait dans l'air brûlant. Ses yeux étaient remplis de larmes, et sa peau brûlée par le début d'une agonie incandescente. *Justin,* pensa-t-elle, *Kasuma... Je vous ai fait défaut à tous les...*

Ses yeux furent aveuglés par un éclair de lumière éblouissant, puis plongés dans une obscurité totale.

Elle hurla. Le monde qu'elle connaissait s'inversa. Elle ne sentait plus la terre contre son corps, ni la gravité. Après la chaleur, sa chair se recroquevillait sous la morsure d'un froid glacial.

Puis les ténèbres s'étendirent au-delà de l'éternité...

31

KENTOSANI

Mara reprit conscience.

Elle cligna des yeux, les sens troublés. Elle tenta de s'orienter, mais son esprit n'acceptait d'analyser que des rudiments de sensations cohérentes. Son corps était allongé sur ce qui ressemblait à des coussins. Un air chaud l'enveloppait et un éclairage doux régnait dans la pièce. Elle ne distinguait rien d'autre, ne percevant aucun détail de son environnement. Le cauchemar brûlant et angoissant de la sorcellerie destructrice semblait banni, comme un mauvais rêve au réveil.

— Où suis-je ? murmura-t-elle.
— En sécurité, répondit une voix.

En entendant cette voix bourdonnante et désincarnée, Mara comprit qu'un miracle était survenu. Elle avait échappé de justesse au courroux de l'Assemblée, et devait se trouver auprès des mages cho-ja. Dans Chakaha, ils lui avaient fait la démonstration de leurs pouvoirs permettant de déplacer une personne par magie d'un endroit à un autre. C'était ce qu'ils avaient dû faire, la tirant des ruines de la fourmilière au moment même où les Robes Noires parachevaient sa destruction. Savoir que les Cho-ja avaient souffert ne provoqua étrangement aucune détresse dans son cœur. Alarmée, Mara se redressa.

Son inquiétude se dissipa immédiatement, s'écoulant comme une eau claire. Elle distingua les silhouettes des mages cho-ja, accroupis à ses côtés. Ils n'avaient pas perdu de temps en son absence. Le terrier qu'ils habitaient était maintenant décoré de meubles créés par magie. La paix que Mara ressentait actuellement était aussi due à leur influence.

— Vous pratiquez déjà vos arts, lanceurs de sortilèges ?

Un mage répondit par un geste destiné à la rassurer, les avant-bras tournés de manière à ce que leurs bords tranchants soient éloignés, pour ne pas risquer un accident.

— Votre aura était teintée de peur et de colère. Si nous avons trop présumé en soulageant votre esprit, veuillez nous pardonner. Mais le moment est venu d'avoir les idées claires, n'est-ce pas ?

Mara déglutit.

— La fourmilière a été détruite par l'Assemblée, je suis désolée.

Le second mage bougea dans un bruissement d'ailes.

— C'était un sacrifice nécessaire, déclara-t-il brièvement, sans la moindre trace d'émotion. La mémoire de la reine est préservée et intacte, et le traité injuste a enfin été brisé. Les guerriers cho-ja sont libres de marcher dans l'empire. Ils soutiendront maintenant votre cause, pair de l'empire.

Sa cause ! Mara se sentit glacée à ses paroles. Elle avait souhaité assurer la sécurité de ses enfants, et effacer la stagnation et la cruauté de la culture de son peuple. Mais une fourmilière cho-ja entière avait été sacrifiée pour la sauver, et maintenant on lui demandait de tenir le serment qu'elle avait fait au conseil de Chakaha. Les reines de l'empire conservaient l'espoir qu'elle continuerait à lutter pour libérer leur race.

— Oui, déclara le mage cho-ja accroupi à sa gauche, comme pour répondre à ses pensées. Un document portant le sceau impérial et l'accord des temples, rendant aux Cho-ja leur citoyenneté totale, devrait être suffisant pour révoquer le jugement injuste de l'Assemblée.

Mara rassembla ses forces.

— Il faut d'abord vaincre les Très-Puissants, les avertit-elle.

La perspective d'une confrontation directe avec les magiciens la terrifiait.

Les mages inclinaient leurs têtes avec une sérénité exaspérante.

— Nous en avons les moyens. Mais le temps presse.

La vitesse à laquelle les événements rattrapaient la dame des Acoma était écrasante, et Mara devait lutter contre un désespoir croissant. Elle avait perdu ses conseillers. Seuls les dieux savaient où se trouvait Arakasi. Le sort de Lujan lui était inconnu. Les armées des Acoma avaient peut-être été réduites en cendres, et son époux anéanti par l'Assemblée au moment où les mages l'avaient considérée comme une ennemie. Jiro des Anasati pouvait se trouver dans la Cité sainte, et ses enfants être déjà morts. Et même si par miracle l'enceinte impériale était encore intacte et sous la protection des gardes blancs impériaux, il restait les armées des Anasati et des Omechan, prêtes à agir devant les remparts.

Mara se sermonna. Évoquer toutes les ramifications possibles du malheur ne servait à rien, si ce n'est à amoindrir le mince avantage que les mages de Chakaha lui avaient permis de gagner. La mort attendait à chaque tournant, qu'elle agisse ou non. Il valait mieux se battre et prendre les choses en main, au mieux de ses possibilités. Que Justin et Kasuma aillent bien ou non, ou qu'un prétendant omechan ou anasati se soit déjà emparé du trône d'or, elle devait aux Cho-ja qui l'avaient sauvée de combattre honorablement de toutes ses forces.

— J'ai besoin d'informations, demanda-t-elle, en se levant immédiatement.

Son corps entier était douloureux. Ignorant les élancements de ses muscles, elle se tourna vivement vers les mages de Chakaha.

— Votre aide sera nécessaire. Quand j'aurai compris la disposition des forces agencées contre nous, j'aurai besoin de rejoindre la Cité sainte plus rapidement que le vent.

Les mages de Chakaha se levèrent de leur position accroupie. Ils s'inclinèrent devant elle et se placèrent de chaque côté.

— Nous sommes à vos ordres, dame Mara, dirent-ils à l'unisson. Demandez-nous ce que vous voulez savoir. Nous utiliserons nos arts pour vous renseigner.

Pleine d'appréhension devant les pertes qu'elle devait maintenant compter, Mara se força à endurer la situation.

— Mon époux, Hokanu, commença-t-elle, maîtrisant difficilement le tremblement de sa voix. Où se trouve-t-il ?

— Fermez les yeux, la prièrent les mages de Chakaha.

Mara obéit, anxieuse. Une énergie tinta en la traversant : de la magie. Elle contemplait plus que l'obscurité derrière ses paupières ; prise dans une sensation ressemblant au vertige, elle vit Hokanu penché sur une carte tactique de la Cité sainte. Il désignait du geste des rangées d'épingles blanches sur les remparts, le casque logé au creux de son coude, et le visage inquiet. Il donnait l'impression de ne pas avoir dormi depuis quinze jours.

La vue de son époux fut plus que Mara ne pouvait supporter.

— Il est vivant ! cria-t-elle, au bord des larmes.

Sa joie et ses remerciements aux dieux pour ce coup de chance sapèrent ses forces. Puis elle réprima son émerveillement et revint aux choses pratiques. Les mages l'informèrent qu'Hokanu et sa compagnie de cavalerie légère avaient franchi les portes de la ville avant que le siège ne soit établi. Les compagnies d'infanterie des Shinzawaï venant du nord avançaient toujours, mais elles ne seraient d'aucune utilité, même comme renfort. En effet, grâce aux mages cho-ja, Mara vit des Robes Noires interdire aux guerriers vêtus de bleu l'accès à la Cité sainte.

Mara avait été déclarée « ennemie de l'Assemblée », et l'on interdisait à ses alliés de l'aider. Sans ordre leur demandant de défier les Très-Puissants, l'éducation tsurani reprenait le dessus et les guerriers d'Hokanu obéissaient.

Les gardes blancs impériaux, songea Mara. *Ils défendront la ville. Qui, en dehors d'Hokanu, pourrait les commander ?* Elle reçut en réponse une nouvelle vision de la pièce où un conseil discutait tactique. Mara identifia les silhouettes rassemblées autour du seigneur des Shinzawaï dont les rêves ressemblaient aux siens : Arakasi, silencieux comme une ombre, avec une mine sinistre ; près de lui se tenait le premier conseiller des Shinzawaï, Dogondi, l'air implacable, qui discutait de façon animée avec une autre personne que Mara reconnut avec un sursaut de surprise : Chumaka, le premier conseiller des Anasati.

Sans réfléchir, elle posa la question à voix haute :

— Que fait donc Chumaka ici ?

Les mages lui montrèrent d'autres scènes : une clairière dans une forêt, où Hokanu tordait une lanière de cuir, étranglant peu à peu Jiro. Les couleurs pastel et les ondulations de la vision lui firent comprendre qu'il s'agissait d'un événement passé. Mara vit Jiro s'affaisser dans l'étreinte d'Hokanu. Le seigneur des Anasati était mort !

Et cependant, d'après les activités actuelles de son époux, Kentosani subissait un siège.

— Qui dirige l'attaque lancée contre la Cité sainte ? voulut-elle savoir.

La scène derrière ses paupières changea et se concentra sur d'autres images. Elle contempla des armées et des engins de siège en bois, et un commandant portant les couleurs des Omechan. Les remparts extérieurs étaient effondrés et des brèches avaient été percées. L'enceinte impériale elle-même était attaquée, et les plumets sur les murs montraient qu'une armée était venue aider les gardes blancs impériaux et s'était portée à la défense du palais. Stupéfaite, Mara distingua le violet et jaune des Xacatecas.

— Hoppara se trouve à Kentosani ?

— Envoyé par sa mère, Isashani, déclara l'un des mages de Chakaha. Celui que vous nommez Hoppara a rejoint Kentosani avant l'attaque, et a organisé les gardes blancs impériaux pour la défense. Le seigneur des Omechan sait que Jiro est mort, mais il rêve de faire sienne l'intrigue des Anasati. Vous avez toujours un ennemi qui souhaite gouverner sur les cadavres de vos enfants.

Mara se mordit les lèvres. Ses propres armées – si elles avaient échappé à la destruction et si les magiciens ne leur avaient pas déjà interdit de se déplacer – se trouvaient trop loin au sud pour attaquer les forces qui menaçaient l'enceinte impériale. Ses autres alliés semblaient s'être enfuis ou cherchaient à temporiser, craignant de faire retomber sur eux le courroux de l'Assemblée.

Sa consternation devait être évidente.

— Dame, intervint l'un des mages, vous disposez d'une armée. Tous les guerriers cho-ja de l'empire sont à vos ordres.

— Comment peuvent-ils l'être ? répondit Mara d'une voix sinistre. La reine de la fourmilière sacrifiée m'a fait comprendre que les Cho-ja ne peuvent jamais rompre une promesse. Les guerriers que vous m'offrez sont déjà engagés au service d'autres souverains. Votre peuple a des contrats de service qui durent depuis des générations.

Les mages bourdonnèrent de façon particulière, un bruit que Mara interprétait maintenant comme le rire cho-ja.

— Plus maintenant, rétorqua le premier.

— Fermez les yeux, lui conseilla le second, et laissez-nous vous montrer.

Gagnée par un émerveillement croissant, Mara obtempéra. Elle contemplait un champ aride sur lequel les armées de deux nobles mineurs s'engageaient dans une bataille. Un jeune homme obèse vêtu des couleurs des Ekamchi exhortait l'un de ses chefs de troupe.

— Mais enfin, ils ne peuvent pas quitter le champ de bataille ! criait-il, l'extrémité de son épée s'agitant dangereusement près du visage de son vieux conseiller.

Le serviteur bondit en arrière, contrarié, tandis que son maître continuait à tempêter :

— Ces Cho-ja nous doivent allégeance, à mon père et à moi.

Le chef de troupe secoua la tête, le visage impassible.

— Ils disent que non, maître.

— Comment ? (Le fils des Ekamchi s'empourprait sous son casque de combat.) Leur race est une race esclave ! Ils ne brisent jamais une alliance !

— Ils le font maintenant.

Le chef de troupe se détourna de son commandant et fixa un regard glacé sur les dizaines de rangs de guerriers cho-ja qui quittaient le combat, et sortaient en bon ordre du champ de bataille.

— C'est impossible ! cria l'héritier des Ekamchi. (Il courut en avant et se planta sur le chemin du chef de troupe cho-ja le plus gradé.) Vous êtes des traîtres, l'accusa-t-il. Vous rompez votre serment.

L'officier cho-ja répondit par un cliquetis indiquant son mépris.

— Trois mille centis en métaux et en pierres précieuses ont été livrés au trésor de votre père. Tel était le prix de nos services. Tous les marchés et alliances passés sont terminés ; tous les paiements ont été restitués.

Le jeune Ekamchi bafouilla, mais lorsque l'officier cho-ja prit une posture signifiant une menace d'attaque, il fut forcé de céder le passage.

Mara ouvrit les yeux, secouée par un fou rire.

— Quelle surprise pour la plupart des souverains de constater que les Cho-ja n'étaient rien de plus, ou peut-être de moins, que des mercenaires loyaux.

— Les êtres humains ont beaucoup à apprendre, en ce qui concerne notre espèce, acquiescèrent avec tact les mages de Chakaha. Les anciennes coutumes ont changé. Même l'Assemblée ne pourra plus obliger notre peuple à conclure un traité comme celui que nous avons enduré, dans une telle misère, durant des milliers d'années. Quand la guerre des Mages a été perdue, notre magie n'avait pas été développée dans des buts défensifs. Mais nous avons remédié à cette faiblesse dans les terres lointaines, au-delà de l'empire.

Mara observa la lueur dangereuse qui brillait dans les yeux des mages de Chakaha, et son sang se figea. Les traditions étaient brisées et le danger planait. C'était maintenant ou jamais le moment de saisir l'avantage pour assurer la paix du prochain âge. Elle maîtrisa son appréhension et déclara :

— Il faut envoyer des messages et lancer certaines actions pour assurer la prétention de Justin au trône d'or, avant que l'Assemblée n'intervienne. Voici ce qu'il faut faire.

Mara attendit, refoulant le profond frisson de peur qui l'agitait. Ses cheveux étaient coiffés en chignon, les mèches tressées et nouées de façon complexe, et fixées par des épingles de métaux précieux. *Des épingles d'or*, pensa-t-elle ; l'arrogance d'oser porter l'or impérial la faisait se sentir encore plus petite et hésitante. Et cependant, elle ne pouvait pas prendre de demi-mesures, si l'empire devait survivre en tant que nation.

La tête lui tournait quand elle se souvenait des ordres qu'elle avait donnés entre son bain et sa séance d'habillage. Elle prit une profonde inspiration. Elle demanda au commandant cho-ja accroupi près d'elle :

— Où sommes-nous exactement ?

Comme ses congénères libres de Chakaha, ce guerrier rejetait les insignes des commandants humains. Sa carapace d'un noir d'encre avait commencé à montrer des bandes d'un faible bleu turquoise, peut-être une décoration, peut-être une marque de rang. Mara se réjouissait à l'avance d'avoir la chance d'étudier de telles distinctions, si les dieux voulaient bien lui accorder la victoire. Puis elle oublia ses spéculations lorsque le guerrier désigna la surface et répondit :

— L'antichambre impériale se trouve exactement au-dessus de nos têtes. Les personnes dont vous avez demandé la présence pour un couronnement légal attendent déjà dans la salle d'audience. Tous les préparatifs sont en ordre, et vos gens attendent votre arrivée.

Mara se prépara. Elle congédia d'un geste la femme de chambre venue du palais impérial, qui s'était glissée entre les rangs des guerriers pour ajuster une dernière fois ses vêtements. La robe qu'elle portait maintenant était légèrement froissée, car elle avait été retrouvée dans un grenier. Elle avait appartenu à la dernière impératrice douairière, une femme plus grande que Mara ; mais c'était la robe dont la couleur se rapprochait le plus du vert Acoma que l'on avait pu trouver, et elle avait dû s'en contenter. Quelques points rapides avaient permis de resserrer la taille, et l'on avait refait l'ourlet avec des aiguilles. Mara se sentait engoncée comme si elle portait une pelote d'épingles. Les lourds tissus frottaient sur les plaies provoquées par son armure, et la poudre de thyza ne parvenait pas à cacher entièrement les égratignures et les écorchures qu'elle s'était faites durant sa fuite éperdue dans la forêt.

Se sentant un parfait garçon manqué enveloppé dans des vêtements d'apparat, elle déclara :

— Quand vous découperez dans ce tunnel une ouverture vers l'extérieur, les Robes Noires sauront que quelque chose se prépare.

Les mages inclinèrent la tête.

— Nous sommes prêts à les contrer, au mieux de nos possibilités.

Mara maîtrisa sa nervosité, qui semblait monter de minute en minute.

— Alors, envoyez-moi Arakasi. Je voudrais m'entretenir avec lui avant que nous lancions la dernière manœuvre.

La dame était encore déconcertée par la rapidité des mages à traduire ses simples souhaits en ordres. À peine avait-elle fini de parler que son maître espion se trouvait en sa présence, plus mécontent que jamais.

Jeté à terre par le sortilège, Arakasi se releva en maugréant. À la différence des femmes de chambre impériales qui plus tôt étaient venues par magie pour s'occuper des vêtements de Mara, le maître espion ne perdit pas la tête. Il fronça les sourcils un bref instant, puis il regarda autour de lui et reconnut les Cho-ja. Son regard se fixa enfin sur sa maîtresse, presque méconnaissable dans ses robes impériales.

Il se jeta à genoux en s'inclinant profondément.

— Dame. (Sa voix auparavant sans expression contenait maintenant une note de joie tremblante.) Je suis heureux de voir que vous allez bien.

— Lève-toi, lui ordonna Mara. (Malgré sa nervosité, elle était prête à éclater de rire.) Justin ne porte pas encore la couronne, et une telle révérence n'est pas nécessaire. C'est une coutume dont j'aimerais me dispenser, si nos plans réussissent comme nous l'espérons.

Dans la pénombre, elle observa son maître espion qui lui avait tant manqué ; décontenancé par l'intensité de son examen, Arakasi baissa la tête.

— Tu portes les vêtements d'un laveur de carrelage ! s'exclama Mara.

Son maître espion lui répondit par un rire franc.

— N'est-ce pas la meilleure façon d'espionner ses supérieurs sans attirer l'attention, dame ? (Son nez se retroussa.) Il est vrai que j'aurais préféré assister au mariage et au couronnement de Justin dans des vêtements qui ne soient pas incrustés de sable de lavage.

La dame et le maître espion se calmèrent soudain, la pression des événements les forçant à la sobriété.

— Les prêtres de tous les ordres sont rassemblés, affirma Arakasi. Quelques-uns auront peut-être une tenue un peu négligée, car un certain nombre ont été sortis de leur sommeil. Quand toutes ces honorables personnes ont été rassemblées dans la grande salle d'audience, on ne pouvait plus autoriser ceux qui se plaignaient à sortir. D'après les recherches légales de Chumaka, la prétention de Justin pourrait être remise en cause si un seul grand prêtre n'assistait pas à la cérémonie. Faire venir la fraternité de Sibi a été la tâche la plus difficile – même le grand prêtre de Turakamu ne voulait pas la contacter.

— Comment y êtes-vous parvenus ? demanda Mara.

— Je n'avais pas le choix, alors je suis simplement allé au temple moi-même. On m'a laissé vivre assez longtemps pour expliquer pourquoi j'avais fait ce que peu d'autres hommes avaient osé.

Arakasi sourit légèrement à ce souvenir. Il avait peut-être été le seul pétitionnaire depuis des siècles à entrer dans le temple de Sibi sans y avoir été invité. Il était certainement le seul à qui l'on avait permis de repartir.

— Les temples soutiennent votre cause en ce moment, car l'alternative les placerait plus fermement encore sous le joug de l'Assemblée. Mais leur sentiment pourrait changer si l'ordre civil n'est pas rapidement restauré. Nous n'aurons pas de seconde chance. Les Très-Puissants sont nombreux en ville. Plus d'une douzaine surveillent les entrées du palais, car ils sont certains que vous tenterez d'une façon ou d'une autre de dissimuler votre arrivée dans la confusion générale.

Le froncement de sourcils de Mara fut instinctif.

— Ils sont entrés dans une ville menacée par la guerre civile, et ils n'ont rien fait pour arrêter le siège des Omechan ?

Arakasi avait une mine sinistre.

— Exactement. Selon moi, ils ont complètement oublié leur insistance à vouloir rétablir la paix, et ne songent plus qu'à leurs propres soucis. (Il regarda attentivement la minuscule femme qui semblait à moitié étouffée par le poids de ses robes impériales.) Je ne sais pas ce que vous avez réussi dans le sud, mais je hasarderais une supposition, dame : les Robes Noires ont appris à vous craindre.

— Pas moi, le corrigea Mara, embarrassée. Eux.

Elle désigna les mages cho-ja qui se tenaient à ses côtés comme des sentinelles.

Arakasi regarda ces compagnons non-humains, les yeux écarquillés devant la splendeur de leurs ailes multicolores.

— Je ne savais pas que votre race pouvait être aussi belle, dit-il avec une révérence craintive.

Les mages de Chakaha écartèrent avec tact ces flatteries humaines. Le Cho-ja de gauche s'adressa à Mara :

— Noble pair, le danger croît tandis que nous parlons. Des guerriers humains sont entrés dans les tunnels sur les ordres des Très-Puissants, cherchant à savoir où vous vous cachez.

— Où ? demanda Mara. (L'horreur de la fourmilière incinérée d'où elle s'était échappée de justesse était un souvenir encore trop récent.) Du sang a-t-il été versé ?

— Pas encore, répondit le second mage. Les guerriers obéissent aux ordres de l'Assemblée et ne se battront que s'ils rencontrent une opposition. Et les Cho-ja n'entreront dans le conflit que lorsqu'ils n'auront plus d'autre possibilité. Pour l'instant, ils abandonnent les fourmilières envahies, laissant de nombreuses galeries et tunnels vides et obscurs, qui sont fouillés inutilement. Les armées humaines ne progressent que très lentement. En ce moment, elles concentrent leurs efforts dans le sud, près de votre domaine natal. Mais les recherches seront étendues, très bientôt. Vos Très-Puissants ne sont pas stupides.

— Alors, l'heure est venue, dit Mara, insufflant à toutes les personnes présentes une force apparemment indomptable. Nous allons aller de l'avant.

À ces mots, les mages cho-ja donnèrent un signal. Un groupe d'ouvriers se plaça à l'avant du tunnel et commença à creuser vers la surface. De la terre tomba en fine pluie, puis des morceaux de mortier et de dallage. Une lumière jaune perça la pénombre, venant de la verrière en dôme de l'antichambre impériale.

Un Cho-ja passa la tête par l'ouverture. Il bourdonna une brève communication, et le mage à la gauche de Mara annonça :

— Aucun ennemi ne se trouve dans l'antichambre. Votre époux et votre fils vous attendent. (Puis il s'arrêta, comme s'il hésitait.) Dame, déclara-t-il, nous vous souhaitons bonne chance et un vaillant destin. Mais agissez rapidement. Nos sortilèges ne pourront pas retenir indéfiniment les attaques des Robes Noires. Vous n'aurez que peu de temps pour réussir tout ce que vous devez faire, puis viendront le chaos et un choc en retour dévastateur d'énergies contrariées. Si vous échouez ou si nous chutons, sachez que c'est pour cette bataille que nous sommes venus de Chakaha. Nous sommes plus que vos défenseurs, noble pair ; nous sommes une ambassade venue apporter un nouvel ordre.

Mara leva la tête pour contempler les visages des mages cho-ja qui la dominaient, arborant une expression qu'aucun humain ne pouvait vraiment déchiffrer. Elle remarqua qu'ils avaient tous deux déployé leurs ailes dans une posture de combat, alors qu'ils se préparaient à affronter la puissance conjuguée de l'Assemblée. Leur courage l'émut jusqu'aux larmes.

— Sachez, mes amis, que tant que je vivrai, je ne vous ferai pas défaut. Nous triompherons ou nous mourrons ensemble.

Elle se retourna et se plaça face à l'ouverture, avant que son courage ne l'abandonne sous le poids des dangers qui la menaçaient. Droite, le dos raide sous ses robes parsemées d'or, le pair de l'empire avança vers l'ouverture.

À pas maladroits, Mara se fraya un chemin parmi la terre et les débris de dalles et de mortier. Arakasi avançait discrètement à ses côtés, lui soutenant le coude. Elle lui lança un sourire reconnaissant, heureuse de son contact humain après la compagnie de tous ces Cho-ja.

Puis elle fut dehors, éblouie par la lumière du soleil de l'après-midi et par un reflet sur une magnifique armure d'or.

Mara retint son souffle. Des cheveux roux sortaient du casque d'or impérial ; les cheveux roux de Justin, comprit-elle dans un grand battement de cœur. Il ne ressemblait pas du tout à un garçonnet en armure, revêtu de l'éblouissante armure impériale. Mara trembla en comprenant que l'heure du mariage de son enfant était venue.

Sa démarche vacilla légèrement lorsque le garçon s'inclina devant elle comme un fils devant sa mère, ainsi que l'exigeaient les conventions. Tout cet or brillant l'intimidait ; elle avait l'impression que c'était elle qui devait s'incliner jusqu'au sol, comme elle le faisait autrefois devant Ichindar.

Puis le garçon se redressa et laissa échapper un cri peu digne de son rang.

— Mère ! hurla-t-il en courant vers elle.

Mara oublia ses robes magnifiques et lui ouvrit les bras. Son fils s'y précipita, plus grand et plus fort maintenant, se rapprochant de façon impressionnante de la puberté. Lorsque les bras de l'enfant se refermèrent autour de son cou, elle se rendit compte qu'elle n'avait plus besoin de se baisser pour l'embrasser. Ses épaules avaient commencé à s'élargir d'une façon qui lui semblait bien trop familière. Il était bien le fils de Kevin, pensa Mara, et il aurait la grande taille de son père. Le choc de cette prise de conscience lui rendit sa dignité.

Son fils s'écarta d'elle, et la regarda d'un air égal avec des yeux qui étaient la réplique de ceux de son père barbare.

— Je suis prêt, noble pair. La princesse Jehilia nous attend.

La voix manqua à Mara. Elle avait déjà perdu deux enfants, Ayaki, et le petit garçon empoisonné avant sa naissance. Maintenant, le seul fils qui lui restait se tenait devant elle, résolu, prêt à donner sa vie pour son honneur. Ce moment était plus qu'elle ne pouvait en supporter.

Puis le visage de Justin se fendit en un sourire d'une telle insouciance, qu'elle se souvint à nouveau des jours passés et de l'humour irrépressible de Kevin.

— Nous ferions mieux de nous dépêcher, la sermonna son fils. La première épouse du défunt empereur ne cesse d'avoir des crises d'hystérie, et tout son maquillage va se mettre à couler.

Mara reprit ses esprits.

— Et Jehilia ? A-t-elle fait une crise d'hystérie, elle aussi ?

Justin eut un haussement d'épaules de gamin.

— Elle a beaucoup crié. Elle s'est enfermée dans sa chambre. Puis quelqu'un lui a demandé si elle préférerait épouser un Omechan avec un gros ventre et des cheveux gris, et elle a laissé ses femmes de chambre l'habiller.

La fillette a du bon sens, pensa Mara, alors qu'elle prenait sa place à côté de Justin et se préparait à entrer dans la grande salle d'audience. Arakasi se tenait près d'elle, prêt à la soutenir, et personne ne semblait remarquer qu'il portait encore les robes d'un domestique tandis que les portes cloutées de fer s'ouvraient en grand et que les musiciens commençaient à jouer la fanfare annonçant l'arrivée du marié.

Mara avançait d'un pas résolu, consciente de la moiteur de sa main qui tenait celle de Justin. En passant entre les rangées de prêtres des vingt ordres supérieurs, elle se demandait si les dieux la foudroieraient pour sa fierté ou pour la pure arrogance d'oser placer son fils sur le trône, faisant de lui la nouvelle Lumière du Ciel, le quatre-vingt-douzième empereur de Tsuranuanni. Mais le représentant du temple de Juran, le dieu de la justice, ne semblait pas mécontent, et le grand prêtre de Turakamu lui fit un petit sourire d'encouragement. À l'écart des autres, derrière le prêtre du dieu Rouge, se tenaient trois femmes voilées de noir, les sœurs de Sibi, la déesse de la mort. Même ces silhouettes glaciales semblèrent rassurer Mara d'une légère inclinaison de tête. Le grand prêtre de Jastur, le dieu de la guerre, frappa sa poitrine de son poing ganté pour saluer Mara quand elle le dépassa, son coup résonnant sur le fer précieux de sa cuirasse.

Mara fit un nouveau pas, puis un autre, sa confiance revenant peu à peu. Alors qu'elle avançait, les prêtres des ordres majeurs et mineurs commençaient à se disposer devant l'estrade, deux par deux selon leur vocation, les prêtres de Lashima, la déesse de la sagesse, près de ceux de Salana, la Mère de la Vérité. Le prêtre de Turakamu escorta les sœurs de Sibi, pendant que le grand prêtre de Jastur était rejoint par le grand prêtre de Baracan, le Seigneur des Épées.

Une petite fille aux cheveux blonds voilés par un tissu d'or étincelant les attendait sur l'estrade impériale. *Jehilia*, reconnut Mara, alors que ses servantes retiraient sa coiffe ; la fillette avait encore des taches de rousseur pour avoir trop fait l'école buissonnière dans les jardins impériaux. Et si elle semblait pâle sous le fard et la poudre de son maquillage, elle sourit quand elle vit le noble pair.

— Que les portes soient fermées et que la cérémonie de mariage commence ! déclara le prêtre de Chochocan, le dieu Bon, prononçant la première phrase rituelle.

Derrière lui et sur sa droite se tenait le grand prêtre de Tomachca, le dieu des enfants, qui commençait une prière silencieuse. Mara l'observa un moment, se souvenant que le frère mineur de Chochocan était aussi le Père de la Paix. Et elle pria pour que celle-ci naisse aujourd'hui.

Justin serra une dernière fois la main de sa mère avant de la lâcher pour prendre sa place à côté de la princesse. Mara avança jusqu'à l'endroit où l'attendait Hokanu, et tandis que la cérémonie commençait, elle glissa la main dans celle de son époux.

Le palais impérial était en effervescence. Des messagers se pressaient de tous côtés, et des serviteurs traversaient les cours d'un pas décidé, anxieux d'accomplir au plus vite leurs tâches. Appuyé sur un coude dans l'encadrement d'une fenêtre, Shimone de l'Assemblée observait leur agitation, ses yeux profonds impénétrables. Son visage était plus austère que d'habitude, et, si c'était possible, il se montrait encore plus avare de mots. Il inclina légèrement la tête, faisant remarquer le niveau inhabituel d'animation.

Son geste fut perçu par Hochopepa, assis sur des coussins devant une table basse et un plateau de fruits sucrés à moitié vide. Le magicien potelé montra d'un hochement de tête qu'il avait compris, et parla doucement pour que seul Shimone l'entende.

— Quelque chose de plus important que la routine quotidienne se prépare. J'ai compté cinq prêtres dissimulés sous des capuchons et, à l'odeur qui flotte dans l'air, les cuisines sont en train de préparer un banquet. Un étrange menu pour une ville assiégée.

Comme pour ponctuer ses observations, un gros rocher projeté par un engin de siège traversa les airs et s'écrasa dans une cour proche. Un chien errant s'enfuit en aboyant. Hochopepa regarda de l'autre côté de la cloison fendue en plissant les yeux.

— Ces maudites pierres commencent à m'irriter. Si une autre arrive aussi près, je vais sortir et... (Sa menace fut interrompue par l'arrivée d'un nouveau groupe de nobles bizarrement vêtus, qui passaient d'un pas pressé devant la fenêtre.) Nous nous attendions à un afflux de souverains venant se réunir dans l'ancienne salle du Conseil, mais ceci semble être différent.

Shimone remua, se redressant un peu.

— C'est bien plus que cela. Nous ne parviendrons pas à empêcher plus longtemps Motecha de réagir.

Hochopepa regarda les reliefs de son repas avec un regret mélancolique.

— *Je* ne resterai pas plus longtemps sans réagir, le corrigea-t-il avec un léger reproche. Je pense que la dame est déjà ici, et que nous perdons notre temps avec cette surveillance futile.

Shimone ne répondit pas, se contentant de hausser les sourcils et de s'écarter de la fenêtre. Ne voulant pas rester en arrière, lorsque le grand mage ascétique sortit de la pièce, Hochopepa s'extirpa de ses coussins et se hâta de le suivre.

Des serviteurs engagés dans diverses activités s'enfuirent ou se prosternèrent, terrifiés, quand les deux hommes descendirent dans le passage. Bien que les couloirs du palais forment un labyrinthe de constructions ajoutées les unes aux autres au cours des siècles, les Robes Noires n'avaient pas besoin d'indications. Ils avancèrent sans se tromper vers une porte peinte en rouge et décoré d'un sceau impérial émaillé. Ils ne frappèrent pas à la porte et entrèrent dans le bureau du chancelier impérial.

Dajalo des Keda s'y trouvait, resplendissant dans les insignes majestueux de sa charge, plusieurs robes rouges et noires superposées, avec un galon d'or étincelant au col et aux manches. Sa coiffe massive était bien droite. Il semblait calme, bien que pâle. Les membres de son personnel semblaient plus nerveux. Son secrétaire tremblait de tous ses membres, à moitié malade de peur, pendant que l'esclave messager assis près de la cloison extérieure se recroquevillait de terreur. La raison d'une telle crainte était évidente : les coussins réservés aux pétitionnaires pour les audiences étaient tous occupés par une demi-douzaine de Très-Puissants. Motecha faisait les cent pas. Il n'avait pas du tout l'air content, mais il continuait l'interrogatoire en cours :

— Aucune nouvelle d'elle ?

Il était inutile de préciser de qui il parlait.

— Aucune, Très-Puissant.

Dajalo s'inclina devant les nouveaux venus et, en courtisan adroit, il profita de ce mouvement pour éponger discrètement la sueur qui coulait sur son front. Il se redressa, dans une attitude toujours raide et cérémonieuse. Si le chancelier impérial se sentait mal à l'aise en présence de tant de Robes Noires, il parvenait très bien à le dissimuler.

Hochopepa passa derrière le bureau imposant ; il s'appropria le coussin du chancelier qui se trouvait sur le sol, et le déposa près de l'embrasure de la fenêtre, où une brise rafraîchissait l'air. La pièce avait été surpeuplée durant toute la matinée, et les domestiques s'étaient montrés trop timides pour s'aventurer à l'intérieur afin d'ouvrir les cloisons. Hochopepa s'assit. Il attrapa une sucrerie dans une poterie disposée à l'intention des invités et mâcha son bonbon, dangereusement concentré pour un homme au visage rond et joyeux.

— Oh ! Elle viendra certainement, marmonna-t-il la bouche pleine. Le Grand Conseil se réunit en ce moment même, et la dame des Acoma mourrait plutôt que de manquer d'y assister. Personne n'a jamais pratiqué le grand jeu aussi bien que Mara.

— Exactement, lâcha Motecha d'une voix irritée. Elle mourrait d'abord. C'est ce qui se passera, à la seconde où nous découvrirons l'endroit où elle se cache.

Shimone semblait légèrement écœuré.

— Nous devons tous mourir ; c'est une loi de la nature.

Le chancelier impérial cacha sa gêne derrière un masque d'urbanité étudié.

Motecha regardait un visage après l'autre, mais ne dit rien. Ses collègues restaient calmes. Le soupçon que Mara était coupable d'avoir découvert certains des secrets les mieux gardés de l'Assemblée, des secrets qui étaient une condamnation à mort pour un étranger, semblait colorer l'air. Même Hochopepa et Shimone n'avaient pu nier que la bonne volonté dont les Cho-ja avaient fait preuve pour l'abriter suggérait quelque chose de pire : qu'elle ait pu semer la rébellion, et provoquer la rupture du traité qui avait tenu durant des milliers d'années. Aussi convaincants que Shimone et les autres aient pu l'être, argumentant que le pair de l'empire méritait d'être écouté avant qu'on ne mette fin à sa vie, cette fois, leurs efforts avaient été vains.

L'Assemblée avait voté. L'exécution de Mara n'était plus sujette à discussion.

Peu auraient la présomption d'agir seuls contre le pair de l'empire, mais Tapek l'avait fait, et des troubles pires en avaient résulté. Des Robes Noires sursautaient devant des ombres, subodorant que leur statut privilégié était menacé. Maintenant, des enjeux plus critiques que l'inconséquence d'un confrère étaient en jeu. Hochopepa et Shimone échangèrent des regards entendus. À leur façon, ils avaient admiré Mara, qui avait accompli tant de choses pour l'empire.

Mais elle avait trop osé. Le magicien corpulent se sentait en conflit avec lui-même : sa loyauté envers l'Assemblée et les vœux qu'il avait prononcés, quand il avait revêtu la robe noire, s'opposaient à l'attrait de nouvelles idées, dont un grand nombre lui avaient été suggérées par les concepts hérétiques que le barbare Milamber lui avait expliqués.

Hochopepa accordait une grande valeur à l'héritage de son amitié avec Milamber. Au fil des ans, la Robe Noire tsurani avait de plus en plus employé ses arts pour le bien du peuple. Maintenant, avec des changements dans l'air trop importants pour que même sa pensée progressiste puisse les comprendre, il souhaitait disposer de plus de temps pour réfléchir. Hochopepa désirait ardemment se faire une opinion claire, pour savoir quelle était la route la plus juste : travailler avec la faction de Motecha pour la destruction immédiate de Mara, ou satisfaire son désir de réforme et considérer l'impensable après un vote de la majorité : s'opposer à la résolution de l'Assemblée, peut-être même sauver la vie de la souveraine des Acoma...

Soudain Shimone fit un long pas rapide vers la fenêtre. Il accompagna son mouvement d'un regard pénétrant vers Hochopepa, qui avala son bonbon rapidement qu'il ne l'aurait voulu.

— Vous le ressentez, vous aussi, déclara le magicien rondouillard à Shimone.

— Ressentir quoi ? l'interrompit Motecha. Puis il sombra lui aussi dans le silence, alors qu'il percevait ce qui avait alerté les autres.

Un froid progressif envahissait l'air ; ce n'était pas le simple froid de l'ombre, ni même la sensation moite provoquée par la nervosité. Chaque magicien présent reconnaissait le tintement subliminal et reconnaissable d'une magie puissante.

Shimone était tendu comme un chien à l'arrêt.

— Quelqu'un élève un sortilège de protection ! annonça-t-il d'une voix hachée.

Hochopepa se remit maladroitement debout.

— Aucune Robe Noire n'a créé ce sortilège.

Il avoua cela à contrecœur, car il aurait profondément souhaité dire autre chose.

— Les Cho-ja ! s'écria Motecha. (Son visage s'empourpra.) Elle a ramené des mages de Chakaha !

La petite pièce plongea dans le chaos tandis que les autres Robes Noires bondissaient sur leurs pieds. Ils arboraient tous une expression orageuse. Le chancelier impérial, tremblant, fut repoussé à l'écart, derrière son bureau, mais personne ne prêta attention à sa gêne.

— Mara mourra pour cela ! continua Motecha. Sevean, faites venir immédiatement des renforts.

Même Hochopepa ne protesta pas contre cet ordre.

— Dépêchez-vous, pressait-il Shimone, et pendant que l'indignation des magiciens rassemblés se transformait en une rage brûlante, le magicien replet et son maigre compagnon furent les premiers à sortir.

Le couloir de l'autre côté de la porte était désert. Même les domestiques s'étaient enfuis.

— Je n'aime pas cela. (Les paroles d'Hochopepa résonnèrent contre le plafond voûté de l'aile du palais qui était vide maintenant.) En fait, j'ai la très nette impression qu'il n'y a pas que le Grand Conseil qui a répondu à une convocation interdite.

Shimone resta silencieux, mais saisit son mécanisme de téléportation, l'activa et disparut.

— Hrrumf, s'exclama Hochopepa, frustré. Me prévenir de l'endroit où vous vous rendez n'aurait pas exactement été un bavardage oiseux !

La voix de Shimone retentit dans l'air :

— Voulez-vous dire que nous avons la possibilité de choisir notre destination ?

Dégoûté que la ceinture de sa robe lui semble soudain trop serrée, Hochopepa fouilla dans ses vêtements jusqu'à ce qu'il retrouve sa poche. Il attrapa son mécanisme de téléportation et le déclencha, au moment même où Sevean, Motecha et les autres criaient dans l'antichambre du bureau du chancelier impérial. Alors qu'il disparaissait du couloir, la dernière pensée déconcertée d'Hochopepa fut interrompue par la désorientation du transfert : quel groupe exécuterait Mara ? Shimone et lui, qui n'agissaient que dans le but de protéger l'Assemblée, ou les autres, conduits par Motecha, qui brûlaient de se venger ?

— Elle nous a fait passer pour des idiots, et pire encore !

La voix de Sevean résonnait encore dans l'air avant qu'Hochopepa ne soit téléporté.

Pire, conclut le magicien corpulent en réapparaissant, essoufflé, dans la splendeur d'une cour illuminée par le soleil, devant l'antichambre de la salle d'audience impériale. Mara avait fait venir un nouveau pouvoir pour combattre le pouvoir absolu, et l'empire risquait d'être déchiré par bien pire qu'une guerre civile.

La cour elle aussi était déserte. Les arbres en fleur qui bordaient le mur et l'allée conduisant vers les grandes marches étaient immobiles dans l'air de midi. Aucun oiseau ne volait, et aucun insecte ne bourdonnait parmi les fleurs. Le vacarme des armées qui s'affrontaient sur les remparts, et le martèlement incessant des rochers lancés par les engins de siège semblaient lointains et faibles. Si le bruit était inopportun, aucune Robe Noire ne prit des mesures pour l'étouffer.

Il valait mieux que les guerriers qui défendaient l'enceinte impériale soient distraits, pour qu'ils ne prennent pas conscience de la tempête qui se déchaînerait bientôt sur la salle d'audience.

Shimone se tenait au centre de la place, la tête légèrement penchée.

— Ici, déclara-t-il. Le sortilège de protection commence ici.

Dans l'air de midi, rien de visible ne ressemblait à de la magie.

— Vous ne pouvez pas passer ? haleta Hochopepa.

Il cligna des yeux, se concentra et étendit ses sens à leur paroxysme. Finalement, il détecta un faible miroitement qui aurait pu être provoqué par la chaleur ; sauf que lorsqu'il le regardait directement, le phénomène disparaissait. Il fouilla dans son autre poche, en sortit un mouchoir aux couleurs criardes et essuya son front brûlant.

— Si c'est un sortilège de protection, il ne paraît pas vraiment solide.

Shimone se tourna vers lui avec un air de reproche.

— Tentez donc de le percer.

Hochopepa étendit sa puissance, et écarquilla soudain les yeux lorsqu'un arc de couleurs miroita devant lui. Comme si elle avait été écartée sans effort, sa magie se dissipa le long de la barrière créée par le ou les Cho-ja.

Hochopepa en resta bouche bée d'étonnement. Puis un fragment de rocher projeté par les catapultes se rapprocha en sifflant de sa tête. Il retrouva son aplomb et dévia le projectile aussi facilement qu'un homme eut chassé une mouche. Durant tout ce temps, son attention était restée concentrée sur la protection mise en œuvre par les Cho-ja.

— Il est extrêmement puissant, n'est-ce pas ? Fascinant. Un ouvrage exceptionnellement subtil. La façon dont il vous laisse le sonder, puis siphonne votre énergie et la tisse pour la mêler à la sienne...

Plongé dans son analyse érudite, il mit un certain temps à comprendre que les Cho-ja disposaient de mages dont les compétences avaient considérablement évolué depuis le traité qui les avait bannis.

— C'est troublant...
— Très.

Shimone choisit de ne pas entrer dans les détails, car, derrière lui, d'autres magiciens arrivaient dans la cour centrale. Ils étaient plus nombreux que ceux qui avaient monté la garde dans le bureau du chancelier impérial. Ils étaient près de deux douzaines, et leur nombre allait croissant.

— Il ne peut plus y avoir de discussion, maintenant. La force reste le seul recours, conclut tristement Shimone.

Motecha reprit sa dernière déclaration :

— Nous devrions réduire ce palais en cendres, jusqu'à ses fondations ! Brûler l'esprit de ceux qui ont osé fomenter la rébellion contre nous, jusqu'à ce qu'ils en perdent la raison !

Sevean avança.

— Je ne suis pas d'accord. Briser cette protection interdite, oui, par nécessité. Nous devons aussi détruire les mages cho-ja qui ont violé le traité et exécuter dame Mara. Mais détruire le palais impérial ? C'est excessif. Nous sommes peut-être en dehors de la loi, mais nous devons tout de même répondre de nos actes devant les dieux. Je doute que le ciel autoriserait que les prêtres de tous les ordres de l'empire meurent en même temps que Mara.

— Les ordres religieux peuvent être ses complices ! accusa l'une des Robes Noires nouvellement arrivées.

— Absolument, intervint Shimone. Ou ils pourraient avoir été contraints par la force à l'aider. Il vaut mieux entendre leurs explications, avant d'user de violence contre leurs personnes sacrées.

— Le sort de protection seulement, alors, résuma Hochopepa.

Il tira sur sa ceinture trop serrée puis tapota son front avec son mouchoir humide. Malgré toute sa détermination apparente, son regard restait troublé.

— Nous devons entrer sans risquer la vie de ceux qui se trouvent dans la salle d'audience.

Les magiciens se regroupèrent en silence, comme des charognards contemplant les cadavres sur un champ de bataille. Ils immobilisèrent leurs esprits et leurs corps, puis l'air sembla frissonner, traversé par une vibration subliminale tandis qu'ils fusionnaient leurs efforts en une seule volonté.

Le ciel s'assombrit, bien qu'il n'y ait aucun nuage. Les jardins de la cour perdirent de leur netteté, comme couverts d'une lueur verdâtre.

— Maintenant ! cria Motecha.

La magie s'élança, brillante comme la foudre, sous la forme d'un éclair grésillant qui sembla fendre les cieux. Il frappa le sortilège de protection dans un crépitement d'étincelles violettes, mais celui-ci s'empara de son pouvoir, le dévia sur la courbe de sa surface, puis l'absorba. Une vague de chaleur brûlante surgit et reflua vers les Très-Puissants. Les façades de pierre des bâtiments se trouvant dans son axe noircirent et se fendirent. Les arbres roussirent, l'eau d'une fontaine ornementale se mit à bouillir, et tarit brusquement dans un nuage de vapeur.

N'ayant pas été touchés par le choc en retour grâce à leurs propres sortilèges, les magiciens rassemblés échangèrent des regards sombres et étonnés. Ils s'unirent pour une nouvelle tentative. Un arc-en-ciel d'énergie magique cascada sur la barrière cho-ja. Celle-ci renvoya une noirceur opaque.

Les magiciens de l'Assemblée augmentèrent la force de leur attaque. Des étincelles jaillirent de tous côtés, et le tonnerre gronda. Une pluie de feu tomba du ciel, puis des boules de foudre incandescentes.

— Continuez l'assaut, cria Sevean. N'épargnez aucun effort. Le sortilège de protection finira bien par s'affaiblir.

Le vent hurla et les flammes se déchaînèrent. Des secousses firent trembler la terre et le pavage se fendit tandis que des crevasses s'ouvraient dans la cour. La bulle magique qui protégeait la salle d'audience sembla se cabrer, puis rétrécir légèrement vers l'intérieur.

— Oui !

Motecha redoubla ses efforts. Des éclairs frappèrent la surface invisible, et les vents soulevés par les forces occultes hurlèrent autour des flèches et des dômes de l'enceinte impériale, comme le hurlement de démons libérés de leurs prisons infernales.

L'une des Robes Noires, moins résistante que ses confrères, s'effondrera sur le pavé. Les autres tinrent bon, sûrs d'eux maintenant : la protection finirait bien par se briser avec le temps. Aucune défense magique ne pouvait supporter une telle attaque concentrée pendant très longtemps. Alors que les forces surnaturelles luttaient et s'affrontaient, et que les rafales de vent couvraient même le vacarme des armées qui assiégeaient les remparts extérieurs, les magiciens de l'Assemblée s'immergeaient dans leurs sortilèges. Dans leur fureur collective, un seul objectif demeurait : la salle d'audience impériale devait être ouverte, quel qu'en soit le prix en vies humaines ; y compris les leurs.

Les hautes fenêtres du dôme de la salle d'audience impériale s'assombrirent. Plongés dans une soudaine pénombre, les courtisans et les prêtres rassemblés s'agitèrent nerveusement. Le seul éclairage restant provenait de lampes aux flammes vacillantes, allumées en l'honneur des Vingt Dieux Majeurs. Sur l'estrade, le prêtre de Chochocan qui présidait la cérémonie du mariage impérial se mit à bafouiller.

Le claquement d'un coup de tonnerre secoua les murs. De nombreuses personnes commençaient à trembler de peur, et plusieurs prêtres faisaient des signes pour se protéger de la fureur du ciel, quand la voix de Justin s'éleva par-dessus les premiers murmures de confusion.

— Continuez, déclara-t-il d'une voix claire.

Le cœur de Mara faillit exploser de fierté. Le garçon ferait un excellent souverain ! Puis elle se mordit les lèvres ; il devait d'abord survivre à son mariage et à son couronnement.

À côté de son futur époux, la princesse Jehilia était blanche de frayeur. Elle luttait pour garder le menton levé, comme le doivent les personnes de sang royal ; mais elle semblait vouloir plus que tout au monde se recroqueviller derrière ses voiles. La main de Justin avança subrepticement et se serra autour de la sienne, tentant désespérément de la réconforter.

Après tout, ils n'étaient encore que des enfants.

Le sol trembla sous une autre commotion. Le prêtre de Chochocan regarda autour de lui, comme s'il cherchait un refuge.

Mara se redressa. Tout n'allait pas être abandonné parce qu'un prêtre se sentait défaillir et perdait courage ! Elle se tendit, se préparant à intervenir, bien que cela représentât un risque : les religieux s'offusqueraient peut-être d'une nouvelle pression de sa part. Si elle les poussait trop durement, ils pourraient se méprendre sur ses motivations et son ambition, ou pire : ils pouvaient lui retirer leur appui et déclarer que le mariage de Justin et de Jehilia allait contre la volonté du ciel.

Le temps leur était trop compté, et les circonstances étaient trop dangereuses, pour qu'elle perde son souffle en justifications verbeuses. Même s'il existait des preuves circonstancielles que l'attaque du sort de protection des Cho-ja était lancée par des mortels qui se trouvaient être des magiciens, et que leur volonté n'était pas plus celle du ciel que celle d'un quelconque souverain qui assassinait par cupidité ou ambition...

Dehors, le bruit atteint un nouveau sommet alors qu'une nouvelle attaque magique frappait la barrière mystique. Des arcs de lumière irisée jouèrent derrière les fenêtres, baignant la pièce de couleurs surnaturelles. La nervosité de Mara augmenta, tandis que les prêtres et fonctionnaires assistant à la cérémonie commençaient à s'agiter. Le vieux Frasaï des Tonmargu tremblait visiblement et était sans doute sur le point de craquer.

Un soutien vint alors d'une source inattendue, quand le prêtre du dieu Rouge se plaça devant les représentants des temples rassemblés face à l'estrade impériale.

— Frère, exhorta-t-il son collègue qui vacillait, nous rejoignons tous Turakamu à la fin. Si le ciel était mécontent, nous serions déjà foudroyés, et je n'entends aucun reproche de mon dieu, qui reste silencieux. Je vous en prie, continuez la cérémonie.

Le grand prêtre de Chochocan hocha la tête. Il passa la langue sur sa lèvre supérieure pour en ôter la sueur et prit une profonde inspiration. Puis sa voix sonore reprit les phrases du rituel.

Mara soupira de soulagement. À ses côtés, le grand prêtre de Juran lui envoya un regard entendu.

— Prenez votre mal en patience, très noble pair. Vous avez des alliés.

Mara lui répondit d'un léger hochement de tête. Elle avait des alliés ; beaucoup plus qu'elle ne le croyait. L'attaque magique pouvait s'intensifier, mais tous les prêtres ne seraient pas si facilement effrayés. Au cours des siècles, les tours et les détours de la politique leur avaient appris à se montrer malins. S'ils perdaient leur emprise maintenant, si le mariage de Justin ne s'accomplissait pas selon la loi et si son prochain couronnement ne tenait pas, ils savaient que l'autorité des temples serait subordonnée à celle de l'Assemblée. Les sœurs de Sibi ressemblaient à des créatures venues du royaume des morts et ne paraissaient pas troublées par la possibilité que le palais impérial s'effondre sur leurs têtes.

Qu'une parcelle de l'influence et de la puissance du ciel tombent entre des mains humaines était une voie périlleuse, une voie qui provoquerait le mécontentement divin. Les dieux maudiraient alors l'humanité, et leur courroux ferait ressembler la colère de l'Assemblée à la crise de rage d'un enfant gâté.

La réponse de Justin à la question suivante résonna puissamment par-dessus le fracas d'une autre attaque. Le tonnerre gronda, dans un roulement qui semblait sans fin. Une perle ornementale se détacha du trône impérial et roula sur les marches pyramidales en tintant. Les vitres des fenêtres explosèrent, et des éclats de verre miroitant vinrent se briser sur le sol de marbre.

Personne, heureusement, ne fut blessé.

Mara ferma les yeux. *Tenez bon, mes enfants*, pria-t-elle. La main d'Hokanu se serra sur la sienne.

Elle lui rendit un demi-sourire, qui devint plus chaleureux lorsque Jehilia répondit au prêtre. La princesse était subjuguée, sage et modeste comme il convenait à sa position ; et si elle s'accrochait à son nouvel époux, elle était toujours de sang royal. Elle resta parfaitement droite quand les cages d'osier contenant les oiseaux rituels du mariage furent levées pour être bénies. Les liens des portes d'osier furent solennellement tranchés par le couteau du prêtre.

Mara se mordit les lèvres, retenant ses larmes, tandis que les deux oiseaux prenaient leur envol et s'élançaient vers la liberté. *Envolez-vous*, souhaita-t-elle de toutes ses forces, *envolez-vous, unissez-vous et trouvez le bonheur*.

Le présage des oiseaux lors de son premier mariage n'avait pas été favorable. Elle souhaitait de tout son cœur que ce soit différent pour ce mariage. Hokanu et elle ne laissaient peut-être pas les présages et les traditions gouverner leurs vies, mais de vieux prêtres étaient présents pour qui cela était important.

Les oiseaux s'élancèrent au moment où un nouveau coup de tonnerre fendait l'air. Ils volèrent au-dessus de l'assistance, alarmés, puis, dans un ensemble parfait, ils s'élancèrent vers le ciel et sortirent par une fenêtre brisée.

— Les dieux soient remerciés, murmura Hokanu.

Sa main serra celle de Mara. Les larmes coulaient sans retenue sur les joues de son épouse ; elle ne pouvait plus contenir son émotion. Elle ne vit pas deux gardes blancs impériaux, portant l'armure de cérémonie de chef de bataillon, avancer avec un manteau bordé d'or et de fourrure de sarcat : le manteau de l'empereur de Tsuranuanni, qu'ils placèrent sur les épaules de Justin.

Même s'il avait beaucoup grandi, le garçon semblait perdu dans le vêtement d'apparat. Mara s'essuya les yeux, et fut frappée par un souvenir poignant d'Ichindar. Lui aussi était très mince, et à la fin il avait été écrasé par le poids de la charge impériale.

Justin résistait vaillamment à la tension du moment. Il prit la main de Jehilia, comme si la galanterie envers les dames lui était innée, et la conduisit en haut des marches de l'estrade.

— Il est bien le fils de son père, murmura fièrement Hokanu.

Des acolytes suivaient en chantant les louanges des nouveaux époux, accompagnant le prêtre de Juran qui portait le coussin d'or orné de pierres précieuses soutenant la couronne impériale. Le chant était irrégulier, souvent interrompu et à demi couvert par le grondement sourd des attaques magiques continuelles.

Les coups étaient de plus en plus espacés.

À l'arrière de la salle, un pilier se fendit dans un claquement ressemblant à un coup de fouet. Mara sursauta. Elle se força à se concentrer sur la scène qui se déroulait sur l'estrade. Elle ne pouvait pas ignorer les signes de péril imminent : l'air devenait de plus en plus chaud. Le vernis de la balustrade de bois, devant l'estrade, où s'arrêtaient les pétitionnaires pour s'agenouiller devant leur Lumière du Ciel, commençait à se décoller. Le sol de pierre était assez chaud pour provoquer des cloques, et les courtisans passaient leur poids d'un pied sur l'autre, comme si le cuir de leurs sandales ne réussissait pas à les protéger de la chaleur croissante.

— Les mages cho-ja éprouvent des difficultés, murmura Hokanu à l'oreille de Mara.

Le tonnerre retentit une nouvelle fois, ébranlant la salle. Des prêtres tendirent la main pour retenir leurs confrères, et plusieurs grands prêtres présidant sur l'estrade semblaient effrayés. Mais ils continuaient leur office avec une mine sinistre.

Mara regardait la scène alors que le prêtre de Lashima, la déesse de la sagesse, avançait pour oindre les tempes de son fils. Ses vêtements étaient de travers et ses mains tremblaient. Une grande partie de l'huile sainte se renversa sur la bordure ouvragée du manteau de Justin. Jehilia était sur le point de céder à la panique, sa main blanche serrée autour de celle de son époux. Le prêtre de Baracan vint ensuite, et présenta à Justin l'ancienne épée d'or d'empereur, que l'on ne ressortirait que pour le couronnement du prochain empereur. Justin leva la main et la posa sur la lame sacrée ; angoissée, Mara vit que ses jeunes doigts tremblaient.

Elle ne devait pas envisager l'échec ! Irritée par sa nervosité, elle releva le menton et risqua un regard en arrière. Les mages cho-ja se tenaient près de la porte. Ils ne dominaient plus la situation, tenant leurs magnifiques ailes déployées sur toute leur hauteur. Ils étaient maintenant accroupis sur le sol, chantant des contre-sorts avec un bourdonnement qui semblait dissonant dans le fracas et le grondement des coups extérieurs. La force des insectoïdes était grande, mais ils ne pouvaient pas s'opposer indéfiniment aux pouvoirs conjugués des mages de l'Assemblée. Ils affichaient leur position de la façon la plus claire possible : quelle que soit l'ampleur des provocations ou du péril, Chakaha les gouvernait toujours et ils n'utiliseraient en aucune circonstance la magie pour attaquer.

Quand le sortilège de protection finirait par céder, l'Assemblée pourrait librement exercer son courroux sur le conclave réuni dans la salle d'audience.

Étrangement, Mara ne ressentait plus aucune peur. Elle avait trop risqué, et trop perdu. Comme si une part d'elle-même avait été cautérisée peu à peu depuis les événements qui l'avaient tourmentée à Thuril, la perspective d'une mort horrible ne l'effrayait plus. Elle avait dépassé le stade où elle prenait les risques en compte. Dans cet état de confiance absolue, elle semblait irradier un pouvoir surnaturel.

Même Hokanu la regardait avec le début d'une crainte respectueuse. Elle le remarqua à peine. Elle quitta les rangs des participants au couronnement de Justin qui se pressaient devant l'estrade, disant rapidement :

— Félicite notre nouvelle Lumière du Ciel pour moi, quand la couronne sera finalement posée.

Son époux manifesta de la surprise, une nouvelle fois totalement déconcerté par l'assurance de Mara, alors qu'il pensait tout connaître de son caractère.

— Que prépares-tu ?

Sa voix était faussement assurée ; même lui reconnaissait que les mages qui les défendaient étaient en train de perdre la bataille surnaturelle.

Mara lui rendit un regard assuré.

— Un subterfuge, murmura-t-elle. Que nous reste-t-il d'autre ?

Il s'inclina devant elle.

— Noble pair.

Puis il la regarda d'un air stupéfait alors qu'elle se rendait au fond de la salle. Il se souviendrait toujours d'elle à ce moment, résolut-il, et il chérirait son esprit indomptable, même lorsque les sortilèges de l'Assemblée feraient voler leur protection en éclat et qu'ils seraient tous consumés par les flammes magiques.

Mara ne fit rien d'extraordinaire. Elle gagna les portes voûtées de la salle et s'inclina avec respect devant chaque mage cho-ja. Ils étaient trop durement sollicités pour répondre autrement que par un très léger mouvement d'une patte avant. Puis elle s'arrêta près des portes et toucha le poignet des deux hérauts impériaux postés de part et d'autre.

Elle conféra brièvement avec eux. Hokanu était mystifié. Que faisait-elle donc ? Elle leva les yeux et croisa son regard : regarde la cérémonie, semblait-elle le réprimander.

Il haussa à demi les épaules et se retourna vers l'estrade.

La terre vacilla. Sur les marches pyramidales, les incantations des prêtres perdirent leur rythme, et cependant, avec obstination, ils persistaient à célébrer la cérémonie. Des étincelles parcouraient les cloisons fermées. Une brèche avait été percée dans le sortilège de protection. Ils étaient vaincus. Le prochain coup ferait éclater la barrière.

Le couronnement était presque terminé.

— Vive l'empereur ! crièrent les prêtres.

Ils s'inclinèrent, alors que le sol tremblait sous l'effet d'une détonation assourdissante.

— Vive l'empereur !

Le grand prêtre de Chochocan leva la couronne. Il prononça frénétiquement la dernière bénédiction.

Un éclair brilla. Une pierre tomba du dôme et s'écrasa dans un fracas épouvantable sur le sol d'agate. La couronne glissa des doigts nerveux du prêtre et tomba de travers, posant finalement sur la chevelure rousse de Justin.

Le couronnement était terminé ! L'héritier des Acoma, l'enfant d'un esclave, portait les insignes impériaux sacrés de Tsuranuanni, et aucun pouvoir ne pouvait abroger son autorité consacrée, si ce n'est ceux du ciel.

— Vive l'empereur ! crièrent les prêtres du conclave. Salut à toi, Justin, quatre-vingt-douzième empereur et nouvelle Lumière du Ciel !

Leurs paroles se mêlèrent au craquement assourdissant du tonnerre et au cri de Mara vers les hérauts :

— Maintenant !

Rutilant d'or dans leurs tabards de cérémonie, poussés par une rafale de vent hurlant, les hérauts avancèrent. Ils marchèrent jusqu'aux grandes portes alors même que les mages cho-ja s'affaissaient, attrapèrent les anneaux et ouvrirent les battants en grand.

Devant le mur de Robes Noires qui se précipitait vers eux, ils accomplirent leurs révérences dans une simultanéité parfaite.

— Vive la nouvelle Lumière du Ciel ! lancèrent-ils à l'unisson.

Le visage pâle, mais indéniablement fermes, ils se redressèrent et celui dont la voix était la plus imposante ajouta :

— Très-Puissants de l'Assemblée, entendez-moi ! Par ma voix, vous êtes convoqués à la cour impériale.

Les premiers rangs des Robes Noires trébuchèrent et s'arrêtèrent brusquement.

— Convoqués ? cria un Motecha stupéfait. (De la suie tachait ses vêtements, et son visage empourpré luisait de sueur.) Par qui ?

Les hérauts impériaux étaient parfaitement versés dans l'art de garder un calme absolu devant des courtisans intransigeants. Ils accomplirent une révérence impeccable.

— Par la Lumière du Ciel, Très-Puissant.
— Quoi !

Sevean se fraya un chemin vers la salle d'audience, ses confrères se pressant sur ses talons.

Les hérauts maintinrent leur dignité. Depuis l'estrade, à côté des grands prêtres, le sénéchal impérial annonça :

— Justin ! Quatre-vingt-douzième empereur !

Motecha se mit à bredouiller. Sevean semblait renversé par l'étonnement. Pour la première fois de sa vie, Hochopepa avait perdu l'usage de la parole, et même l'austère Shimone ne pensa pas à illustrer la situation en utilisant la magie, tandis que tous les hommes et toutes les femmes présents dans la salle s'inclinaient devant leur souverain absolu.

Entre les silhouettes des deux mages de Chakaha, complètement épuisés, qui se relevaient lentement, Mara réprimait son exultation. Les hérauts s'étaient comportés d'une façon admirable. Leur assurance avait semblé si irréprochable que même les Très-Puissants n'avaient pas encore pensé à remettre en question la conclusion implicite de l'ouverture des portes : les défenses des alliés de Mara n'étaient pas totalement épuisées, et le sortilège de protection ne s'était pas en fait effondré, mais avait été dissipé volontairement.

— Nous n'avons plus de pouvoir, chuchota le mage de Chakaha placé à la gauche de Mara, sur une fréquence presque inaudible.

Mara agita une main rassurante.

— Le grand jeu, murmura-t-elle. Maintenant, nous devons tous y jouer ou mourir.

32

L'EMPEREUR

Les Robes Noires restaient bouche bée.

Flanquant l'entrée de la salle d'audience, les gardes blancs impériaux en armure bordée d'or maintenaient un garde-à-vous impeccable. Nul guerrier aux couleurs acoma ou shinzawaï ne se trouvait dans la pièce, contrairement à ce que les magiciens attendaient.

Ils pensaient trouver les traces d'une lutte, avec des soldats triomphants protégeant leur prétendant jusqu'au moment où les perdants feraient serment d'allégeance. C'est ainsi que les successions controversées s'étaient déroulées dans le passé. Mais le noble pair n'avait pas utilisé la force pour garantir son triomphe. Personne ne se jeta aux pieds des Robes Noires, se prosternant pour les supplier de le prendre en pitié, plaidant pour un renversement de l'usurpation d'autorité de Mara. Bien au contraire, les magiciens au premier rang de leur groupe remarquèrent que la gêne peinte sur les visages était provoquée par leur propre arrivée précipitée. Toutes les personnes présentes semblaient impliquées dans la conspiration que Mara avait réussie.

Des tambours frappèrent un rythme puissant, réduisant Motecha au silence. Il agita les bras en vain, pendant que ses confrères étaient irrités par la fanfare de trompettes et de cors, que l'on n'avait pas entendue en ville depuis la mort d'Ichindar. Les notes noyèrent même le grondement sourd des roches lancées par les engins de siège.

Arrivant derrière les magiciens de tête, Hochopepa se pencha pour parler à Shimone :

— Les domestiques ont dû travailler subrepticement dans la salle durant des heures, pour préparer la cérémonie.

Bien que ses paroles soient privées, Sevean les entendit.

— Vous semblez penser que ce plan a bénéficié d'une longue préparation.

Shimone envoya à son confrère un regard qui dissimulait son mépris.

— De tous les souverains de l'empire, Mara des Acoma n'a jamais réussi *quoi que ce soit* sans de longues préparations.

La fanfare s'éteignit, remplacée par un profond silence.

— Vous êtes convoqués, répétèrent les hérauts impériaux, reculant pour libérer l'entrée.

Un long couloir s'ouvrit entre les rangs des courtisans et des fonctionnaires qui attendaient à l'intérieur de la salle d'audience. Un Motecha fulminant se dépêcha d'entrer, le reste des magiciens se pressant sur ses talons. Tous observèrent la scène d'un air incrédule. Tous les personnages rassemblés au centre de la salle formaient un spectacle impressionnant.

Les grands prêtres et grandes prêtresses des Vingt Dieux Majeurs et des Vingt Dieux Mineurs se tenaient en grande tenue au pied de l'estrade impériale. Un tel conclave se réunissait uniquement lors du couronnement ou de la mort d'un empereur.

Ils portaient de grandes coiffes incurvées encadrant leurs visages, étincelantes de laque, de pierres précieuses et de métaux rares. Chacun d'eux était assisté de deux acolytes, portant les insignes officiels que chaque prélat avait le droit d'arborer. Les attributs aussi étaient incrustés de joyaux ou ornés de bandes de métal et de rubans de soie. Seules les sœurs de Sibi étaient vêtues sobrement ; leur apparence noire et indistincte formait un contraste sinistre avec la panoplie de plumes et de tissus de prix des autres prêtres. La communauté des temples était représentée dans sa totalité. La délégation de cent vingt personnes représentant les ordres religieux de toutes les divinités importantes de l'empire formait un spectacle impressionnant.

Les Très-Puissants finirent par céder à une crainte respectueuse.

Hochopepa se faufila près de Fumita et de Shimone, devant cette démonstration emphatique du soutien des temples aux intrigues de Mara. Bien qu'aucun prêtre pris isolément ne puisse rivaliser en pouvoir brut avec un magicien, les révérends pères supérieurs de Turakamu et de Jastur, ainsi que les sœurs de Sibi, imposaient le respect, même à des Très-Puissants. Un sortilège avait gardé la salle d'audience intacte, en dépit des invocations les plus puissantes de l'Assemblée. Hochopepa n'était pas assez irrévérencieux envers la volonté du ciel pour ne pas prendre en compte la faveur divine.

Il se dit que la prudence était nécessaire.

L'encens tourbillonnait dans l'air. Le sol de marbre poli était saupoudré de poussière de plâtre et d'éclats de verre, provenant des verrières brisées. De tels signes de violence n'empêchèrent pas les magiciens de remarquer d'autres détails, quand ils approchèrent de la grande estrade : deux cages en osier vides, festonnées de rubans blancs. Sous les trônes impériaux, le tapis était recouvert des voiles d'une coiffe de mariée, ôtés dans l'ordre rituel de la cérémonie, honorée depuis toujours, des mariages d'État tsurani.

Quand la délégation consternée des Très-Puissants arriva à la balustrade des suppliants, un héraut impérial frappa trois fois le sol avec un bâton lesté de bronze et annonça :

— Justin, quatre-vingt-douzième empereur !

La garde d'honneur impériale, en armure d'or, s'agenouilla pour rendre hommage au garçon vêtu de robes étincelantes, lorsqu'il se leva du trône. Les nobles rassemblés tombèrent à genoux. Le garçon ne semblait pas effrayé ; il avait les épaules droites et le menton haut en dépit du poids de son armure d'or et de la couronne massive ornée de topazes. Près de lui, Jehilia se leva à son tour. Elle n'était plus princesse mais impératrice de plein droit, le bandeau de métal incrusté de diamants de son titre posé sur sa coiffe de mariée. Au moment où les magiciens s'arrêtaient, Justin tendit la main à sa dame. Elle le rejoignit et se plaça à ses côtés.

Motecha devint blanc comme un linge. Autour de lui, certains magiciens s'inclinaient depuis la taille, dans la révérence qu'un Très-Puissant offre traditionnellement à la Lumière du Ciel. Shimone, Fumita et Hochopepa furent parmi les premiers à donner à l'empereur et à son épouse la reconnaissance qui leur était due, pendant que d'autres Robes Noires délibéraient encore, stupéfaites.

Motecha retrouva sa voix :

— Quelle est donc cette farce ?

Le grand prêtre de Juran avança, arborant une mine désapprobatrice.

— Nous sommes venus honorer la nouvelle Lumière du Ciel, Très-Puissant. (Il ajouta ostensiblement :) Comme c'est le devoir de tout homme convenable.

Sevean s'écria :

— De quel droit ce... garçon prétend-il diriger l'empire ?

Il désigna Justin du doigt, mais ses yeux cherchaient la dame Mara, qui avait rejoint le pied de l'estrade, et se tenait au milieu des prêtres, vêtue de robes aussi belles que celles de son fils.

Elle ne daigna pas répondre, mais permit au grand prêtre de Juran de parler à sa place :

— Justin est de sang impérial, son adoption dans la famille d'Ichindar a été formalisée quand sa mère a été nommée pair de l'empire. (À ces mots, le prêtre s'inclina respectueusement vers Mara.) Il est l'époux élu de l'impératrice Jehilia – l'héritière directe d'Ichindar par le sang – et le mariage qui vient d'être célébré a été autorisé par le consort impérial, dame Tamara. Tout a été fait selon les lois de l'homme et la Loi plus haute encore du ciel. Même s'il a été un peu hâté, le mariage a strictement suivi la coutume.

L'un des traditionalistes les plus fervents, le seigneur Setark des Ukudabi, se frayait un chemin dans le groupe de Très-Puissants, après avoir franchi les doubles portes qui étaient restées ouvertes. Il était resté bloqué à l'intérieur de la ville, avec son armée, se préparant à aider Jiro si les Omechan manquaient leur attaque sur les remparts. La mine désapprobatrice, il écouta le prêtre réciter le protocole puis lança un cri de réfutation :

— Le Grand Conseil n'a jamais ratifié ce choix !

Les prêtres et les magiciens se firent face, dans une confrontation embarrassée. La tension redoubla après l'éclat du seigneur Setark, mais maintenant, la ligne était tracée : reconnaître Justin comme la nouvelle Lumière du Ciel, ou s'en remettre à la force des armes et laisser les nobles les plus puissants s'entre-déchirer pour s'emparer du pouvoir.

Comme les Omechan assaillaient déjà les remparts, la faillite du second choix se ferait immédiatement sentir. Et la majorité guindée des magiciens répugnait toujours à s'impliquer dans les imbroglios politiques. Ils ne participaient pas au grand jeu du Conseil ; ils étaient au-dessus de lui.

Akani se porta au premier rang, le tournoiement de sa robe noire formant le seul mouvement de ce tableau figé. Il se plaça près de Motecha et éleva sa voix d'orateur :

— Je crains que votre demande de ratification soit nulle et non avenue. Selon les archives, le Grand Conseil a été dissous par la quatre-vingt-onzième Lumière du Ciel et, en dépit de pétitions répétées, *il ne s'est jamais réuni de nouveau.*

Le grand prêtre de Chochocan s'inclina dans une révérence aussi polie que ferme.

— Les formes ont été observées. La succession est établie. Justin des Acoma est la quatre-vingt-douzième Lumière du Ciel, et les dieux eux-mêmes sont ses juges. Son accession au trône d'or est confirmée, et les temples frapperont d'hérésie tous ceux qui oseront troubler son règne. (Il regarda Motecha droit dans les yeux en déclarant :) Même s'il s'agissait de Très-Puissants.

Le regard noir de Motecha s'accentua.

— Vous osez !

Puis une voix qui écorchait les oreilles comme un cri de souffrance lança :

— Ne vous opposez pas à nous, Très-Puissant.

Les plus timides eurent un mouvement de recul, tandis que les plus braves se tournaient vers la silhouette voilée de l'aînée des sœurs de Sibi, dont les paroles résonnaient sous les profondeurs de son capuchon. Aucune lumière ne révélerait jamais ses traits – on disait que les sœurs embrassaient la mort quand elles rejoignaient l'ordre de leur déesse.

— Voudriez-vous que nous libérions nos Danseurs fous dans la Cité des magiciens ?

De nombreux nobles frissonnèrent à la mention de ces guerriers qui servaient la mort ; leur simple contact était fatal, alors qu'ils bondissaient et tournoyaient jusqu'à ce que l'épuisement les tue.

Le grand prêtre de Jastur frappa sa cuirasse de métal de son gantelet.

— Et vous affronteriez mes prêtres guerriers ? Nous ne craignons pas votre magie, Très-Puissant, quand notre dieu est invoqué pour nous servir de bouclier. Pourrez-vous affronter avec impunité nos marteaux de guerre bénits, quand nous écraserons les murs de votre cité ?

Motecha éprouvait les mêmes sentiments que n'importe quel Tsurani ordinaire ; son assurance et son autorité n'avaient pas entièrement effacé ses croyances enracinées depuis l'enfance. Dans un effort pour se montrer conciliant, il déclara :

— Nous ne remettons pas en question la légitimité de l'empereur Justin.

Il paraissait irrité lorsque, pour concéder ce point, il inclina son dos âgé dans la révérence dont il s'était abstenu auparavant. Puis il se redressa et pointa un doigt accusateur vers la dame qui attendait au pied de l'estrade, et dont les actions avaient échappé à toute modération.

— Dame Mara des Acoma, déclara-t-il, vous avez bafoué la tradition jusqu'à ce que vos actes empuantissent les narines de nos ancêtres. Vous vous êtes cachée derrière votre titre, avez manipulé l'opinion populaire, et provoqué la confusion dans les rangs de l'Assemblée, tout cela dans le but de briser notre édit vous interdisant d'entrer en guerre contre les Anasati. Vos armées ont attaqué dans la plaine de Nashika, et le seigneur Jiro est mort des mains de votre époux. Je vous déclare coupable, et je suis mandaté comme Très-Puissant de l'empire pour faire ce que l'Assemblée a jugé être le meilleur pour les nations de l'empire ! Les gens de notre sorte sont en dehors de la loi ! Votre fils sera empereur, qu'il vive longtemps et qu'il gouverne sagement, mais vous n'aurez pas la liberté de devenir sa régente !

— Et qui désigneriez-vous à la place de Mara ? s'écria Shimone d'une voix acerbe. Les Omechan ?

Son commentaire fut ignoré. Avant que ses confrères n'interviennent, Motecha leva un bras très haut. Une énergie verte étincela autour de son poignet, et il commença à chanter dans une langue gutturale connue uniquement des magiciens.

Hochopepa et Shimone tressaillirent quand ils entendirent ces paroles et Akani s'écarta rapidement. Fumita s'écria :

— Non !

Motecha continua son incantation, sûr de son droit de Robe Noire.

Dame Mara devint très pâle, mais ne tressaillit pas, ni ne s'enfuit. La lumière du sortilège que Motecha invoquait se reflétait sur son visage et lançait des reflets dans ses yeux. Calmement, la dame des Acoma murmura quelque chose d'inaudible pour les assistants.

Les lèvres de Motecha se retroussèrent de mépris alors qu'il s'écriait entre deux incantations :

— La prière ne vous sauvera pas, dame ! Pas plus que ces prêtres, quels que soient les pouvoirs qu'ils ont maniés pour nous empêcher d'entrer dans cette salle ! Les dieux eux-mêmes pourraient vous sauver, mais c'est la seule puissance qui en soit capable.

— Les prêtres n'ont joué aucun rôle dans le sortilège de protection ! rétorqua Mara d'une voix claire. Vous pouvez lancer vos sortilèges sur moi, Motecha, mais écoutez mon avertissement. Votre magie ne blessera plus personne, moi encore moins que les autres.

Motecha grimaça de fureur. La dame n'était même pas effrayée ! Sa fin serait douloureuse, se promit-il, alors qu'il prenait une inspiration pour libérer le sortilège de mort qu'il avait invoqué. Le châtiment que dame Mara avait plus que mérité l'incinérerait, et ne laisserait qu'une coquille vide à la place de son corps.

Mara ferma les yeux, enfin émue par l'imminence du péril.

— Non ! lança une voix dont les résonances n'avaient rien d'humain.

Son timbre provoqua des frissons chez toutes les personnes présentes. Deux silhouettes se redressèrent, une de chaque côté de Mara, invisibles tant qu'elles étaient restées accroupies au milieu des grandes robes d'apparat des prêtres. Leurs corps étaient décorés de motifs colorés complexes, et elles déployèrent des ailes irisées de quatre mètres d'envergure dans un claquement sec. La splendeur des mages cho-ja rendait les coûteux vêtements impériaux presque clinquants par comparaison.

— Personne ne fera de mal à la dame Mara ! crièrent à l'unisson les deux créatures. Elle est placée sous la protection des mages de Chakaha !

Stupéfait, Fumita laissa échapper enfin une phrase.

— L'Interdit ! Ma fille, qu'avez-vous fait ?

Motecha était paralysé ; l'énergie qu'il avait rassemblée crépita puis se dissipa dans l'air, le sort s'évanouissant alors que sa concentration était bouleversée par le choc qu'il avait reçu. D'autres magiciens pâlirent alors qu'ils comprenaient la signification de la présence des créatures qui se trouvaient devant eux.

— Dame Mara n'est pas à blâmer, répliquèrent les mages cho-ja, leurs discours prononcés dans une harmonie flûtée à deux voix. Ce sont vos propres actes, magiciens, qui ont rompu l'ancien pacte. Jusqu'à ce que vous détruisiez une fourmilière, les reines de l'empire restaient liées par les exigences du traité. Pas une seule fois les arts magiques ne furent employés et aucune aide extérieure ne fut donnée à Mara, jusqu'à ce que vous brisiez vos engagements ! Vous en portez seuls la responsabilité ! Ce sont les arts cho-ja qui ont protégé cette salle. Dans les terres éloignées des frontières impériales, humain, nos arts ont grandi et prospéré. Vous ne pouvez rivaliser avec nous pour la protection et la défense. Si nous le désirons, nous, mages de Chakaha, pouvons protéger dame Mara de vos sortilèges de mort pour le reste de sa vie.

Dans un ensemble parfait, les Robes Noires hésitèrent. Jamais dans l'histoire un humain dépourvu du don de magie n'avait osé défier l'Assemblée, ni conçu un plan aussi retors : pousser les magiciens à détruire eux-mêmes le traité que leurs prédécesseurs avaient conclu.

Aucune Robe Noire ne pouvait douter des capacités des mages cho-ja ; leur espèce ne pouvait pas mentir. Selon leurs propres dires, ils avaient le moyen de déjouer les sortilèges les plus destructeurs des Très-Puissants. Tous les candidats à l'Assemblée avaient étudié les anciens textes ; tous ceux qui étaient parvenus à endosser une robe de maître comprenaient la signification des marques sur les magiciens cho-ja. La complexité des motifs qui décoraient leurs corps croissait avec l'augmentation de leur maîtrise ; les deux insectoïdes alliés à dame Mara pratiquaient leur art depuis très longtemps, et leur puissance devait défier l'imagination.

Cependant, certaines Robes Noires n'étaient pas calmés. Le grand prêtre de Chochocan fit un signe de protection alors que Sevean se riait des Cho-ja :

— Vous êtes des étrangers ! Comment *osez-vous* utiliser vos arts pour protéger une condamnée ?

— Attendez !

Tous les yeux se tournèrent vers Mara alors qu'elle avançait sur le devant de la scène, réclamant audacieusement l'autorité dans ce nouvel ordre qu'elle avait rêvé de créer. Sa ceinture traditionnelle frangée d'or la proclamait régente impériale, même si la nomination n'était pas encore officielle.

— J'ai une proposition à faire.

Les personnes rassemblées dans la salle s'immobilisèrent, comme si elles attendaient quelque chose, et toutes se tournèrent vers le pair de l'empire pour entendre ce qu'elle avait à dire.

Mara enfouit ses doutes au plus profond de son cœur. Bien qu'ils aient laissé supposer le contraire, les mages de Chakaha avaient épuisé leurs pouvoirs pour protéger la haute salle. Après un long repos, ils seraient peut-être capables de la défendre comme ils avaient audacieusement poussé les Robes Noires à le croire. Non seulement leur magie s'était améliorée au cours des siècles, mais ils avaient aussi appris à connaître leurs ennemis. Les Cho-ja avaient habilement manipulé la vérité, impliquant ce que Mara avait toutes les raisons de croire : si la fourmilière-mère de Chakaha envoyait des renforts à Kentosani, l'Assemblée ne pourrait plus lui faire de mal jusqu'à la fin de sa vie.

Mais maintenant, elle ne disposait plus que d'apparences pour déstabiliser ses adversaires. Elle n'osait pas faire mettre à l'épreuve les capacités des mages cho-ja. Pour éviter une mort horrible, elle n'avait d'autre arme que des mots, le bluff et la politique du grand jeu. Et les Robes Noires n'étaient pas des imbéciles. Mara reprit le contrôle de ses nerfs et répondit directement à Sevean :

— Les mages cho-ja n'osent rien, mais agissent au nom de la justice ! L'ambassade de Chakaha est venue demander que l'on mette fin à l'oppression imposée par nos ancêtres à son peuple.

Motecha agita le poing.

— Cela est interdit ! Tous les Cho-ja de l'empire qui soutiennent la rébellion sont félons ! Le Grand Traité entre les Races a tenu pendant des milliers d'années.

— Des milliers d'années de cruauté ! rétorqua Mara. Votre précieux Interdit ! Votre crime abominable contre une civilisation qui ne faisait que résister à la conquête rapace de ses terres ! J'ai voyagé jusqu'à Thuril. J'ai vu comment vivent les Cho-ja de Chakaha. Qui d'entre vous peut dire la même chose, magicien ?

Elle n'avait pas utilisé le titre honorifique de « Très-Puissant », ce qui ne passa pas inaperçu. De nombreux souverains en eurent le souffle coupé de surprise et d'admiration. Les gardes blancs impériaux restaient droits comme des épées, sans rompre les rangs, et Jehilia et Justin se tenaient la main.

Les prêtres maintenaient un formalisme solennel tandis que Mara continuait :

— J'ai contemplé la beauté des villes construites par la magie, et la paix de cette grande culture. J'ai vu ce que notre empire tant vanté avait volé aux Cho-ja, et je suis déterminée à le leur restituer.

Hochopepa s'éclaircit la gorge.

— Dame Mara, vous aviez des alliés dans nos rangs, jusqu'à maintenant. Mais cette... obscénité – il fit un geste pour désigner les magiciens cho-ja – nous unira tous jusqu'au dernier contre vous.

— N'êtes-vous pas déjà unis ? répondit Mara d'une voix cinglante et pleine de sarcasme. La destruction de mon palanquin et de mes plus proches serviteurs n'indiquait-elle pas la décision de votre Assemblée, en ce qui concerne mon exécution ?

À ces mots, quelques Très-Puissants oscillèrent d'un pied sur l'autre, apparemment embarrassés, car l'acte impulsif de Tapek n'avait pas été considéré favorablement. Mais l'Assemblée était elle aussi tsurani ; elle n'admettrait jamais publiquement qu'un de ses membres avait fait honte à sa charge.

Mara plissa les yeux.

— En ce qui concerne cette prétendue obscénité, c'est une fausse accusation ! Pourquoi ? (Elle désigna les créatures ailées qui l'entouraient.) Parce que ces êtres paisibles, qui ne nourrissent aucune mauvaise intention contre nous en dépit de vos persécutions, pratiquent des arts supérieurs aux vôtres ? (Sa voix devint un murmure accusateur et menaçant.) Hochopepa, comment leur présence peut-elle être considérée comme une obscénité par des hommes qui tuent les enfants qui possèdent le don de la magie *quand ce sont des filles* ?

À cette révélation, plusieurs Robes Noires laissèrent échapper un profond soupir de consternation. Motecha virevolta et fit un geste vers le soldat le plus proche.

— Tue-la ! lança-t-il. Je te l'ordonne.

Le commandant des gardes blancs impériaux se plaça devant Mara, l'épée à demi dégainée.

— Je couperai en deux le premier homme, soldat ou magicien, qui menacera le noble pair, même si je dois en mourir. Je dois protéger la famille impériale, sur ma vie et mon honneur. Devant les dieux, je ne renierai pas mon premier devoir.

Motecha ne cria pas, mais des vagues de pouvoir jaillirent de son corps alors qu'il exigeait :

— Écarte-toi !

Le commandant impérial croisa le regard autoritaire du magicien.

— Je refuse, Très-Puissant.

Il fit un geste sec de la main. D'autres guerriers vêtus de blanc se rapprochèrent de l'estrade. Leurs armures étaient peut-être cérémonielles, mais leurs lames étaient tranchantes, étincelant dans la pénombre alors qu'ils tiraient leurs armes à l'unisson. Akani se précipita et arrêta le seul guerrier qui avait bougé par peur pour obéir à Motecha.

— Non, attends !

Motecha avança vers son confrère comme s'il affrontait un adversaire dont il avait juré la mort.

— Vous reniez la loi !

— Si cela ne vous dérange pas, je préférerais éviter de transformer le palais impérial en charnier. (Le jeune magicien eut un haussement d'épaules ironique à l'adresse de Mara.) Noble pair, nous nous trouvons dans une impasse difficile.

Il montra les Très-Puissants réunis derrière lui, dont un grand nombre était impatient d'ordonner une attaque immédiate contre elle, une centaine de gardes bancs impériaux, et deux mages cho-ja qui pouvaient être – ou ne pas être – assez doués pour la défendre.

— Si nous ne trouvons pas rapidement une solution, un grand nombre de gens mourront. (Il sourit avec un humour acide.) Je ne sais pas si nous devons prendre vos amis cho-ja au mot, ou tenter une épreuve pour voir qui sera capable des plus grandes prouesses magiques. (Il lança un regard à Motecha.) Mais étant donné la difficulté que nous avons éprouvée à entrer dans cette pièce, j'ai l'intuition qu'un grand désastre pourrait en résulter. (Il observa une nouvelle fois Mara, d'un regard qui n'était pas entièrement dépourvu de sympathie.) Je n'ai pas le moindre doute que vous souhaitez vivre et guider votre fils vers la maturité. (Il soupira et reconnut :) Et certains membres de l'Assemblée sacrifieraient volontiers leur vie pour vous éradiquer immédiatement et châtier votre rébellion. D'autres préféreraient la paix et profiter de cette occasion pour améliorer, grâce à nos confrères cho-ja, notre connaissance des grands arts. J'exhorte tous les hommes et tous les mages à prendre du recul et à s'abstenir d'une destruction inutile jusqu'à ce que nous ayons épuisé *toutes* les autres possibilités.

Le magicien cho-ja à la droite de Mara replia ses ailes ; son compagnon l'imita et déclara :

— En cela, nous pouvons peut-être vous aider.

Il prononça un petit sortilège dans sa langue natale et agita l'un de ses avant-bras courts. Une perturbation invisible sembla parcourir la pièce, et la tension entre les combattants commença à se dissiper.

Motecha résista pour conserver sa colère.

— Créature ! cria-t-il. Cesse immédiatement...

Mais son discours mourut dans sa gorge. Contre sa volonté, son visage grimaçant se détendit.

Le magicien cho-ja le réprimanda doucement :

— Magicien, votre fureur obscurcit votre jugement. Que la paix soit mon présent.

Akani étudia la magnifique carapace ornée, voilée maintenant par les ailes translucides. Ses épaules se détendirent.

— Bien que je révère nos traditions, avoua-t-il, embrassant tous ses confrères d'un regard, je reconnais aussi la vérité que je perçois chez ces émissaires de Chakaha. Regardez bien et attentivement. Ils nous apportent quelque chose... de rare. (À l'adresse de Motecha, il ajouta :) Leur présence n'est pas une offense Nous sommes des imbéciles pour nous accrocher sans réfléchir à la tradition, refusant d'explorer les merveilles qui nous sont offertes.

Hochopepa se plaça au premier rang.

— Oui, je le ressens aussi. (Il soupira.) Je ressens à la fois... l'émerveillement et... (l'admettre lui fut difficile)... la honte.

Mara brisa le calme :

— Un Très-Puissant peut-il nier qu'aucune haine ou colère ne motive cet acte de bonté ?

Hochopepa permit à la vague de calme de l'envelopper entièrement. Il sourit.

— Non. (Puis son pragmatisme reprit le dessus, et il déclara :) L'accession de votre fils au Trône du Ciel respecte peut-être la loi. Mais vos transgressions sont... sans précédent, noble pair. Nous risquons de ne jamais vous pardonner, dame Mara.

Des murmures étouffés reprirent parmi certains des souverains qui se trouvaient dans la salle, mais aucune opposition ouverte ne se déclara. Motecha ajouta :

— La position de l'Assemblée est claire. Nous ne pouvons accepter comme régent de Justin un souverain qui nous a défiés. Le précédent est dangereux. Nous sommes en dehors de la loi pour des raisons valables.

Alors qu'il étudiait calmement Mara, toute colère dissipée par la magie cho-ja, le raisonnement clair de Motecha provoqua l'approbation de ses confrères.

— J'ai accepté le couronnement de Justin, mais cela n'exempte pas dame Mara de sa responsabilité. Quand elle nous a désobéi, elle a renié la loi ! (Se plaçant devant l'estrade impériale, il foudroya Mara du regard.) Vous déshonorerez votre rang et votre héritage si vous vous abritez derrière une magie étrangère, dame des Acoma ! Vous devez rejeter cette protection et accepter votre juste châtiment. Justice doit être rendue.

— Absolument, répondit doucement Mara.

Ses épaules ne restaient droites que par habitude. Elle n'avait plus aucune ruse à sa disposition ; elle seule était suffisamment proche des mages cho-ja pour percevoir les légers tremblements d'épuisement qui parcouraient leurs corps. Le sort d'apaisement avait été pris dans des réserves déjà épuisées. Ils n'avaient plus aucun miracle à lui offrir. Trop doucement pour que quiconque puisse l'entendre, à part les personnes les plus proches d'elle et les Cho-ja, elle déclara :

— Vous avez fait de votre mieux. Nous avons gagné une révision des termes du Grand Traité, quel que soit le sort qui m'est destiné.

Le mage à sa gauche lui caressa doucement le poignet.

— Dame, déclara-t-il dans son esprit, votre souvenir ne mourra jamais dans la mémoire de notre race.

Mara se força à relever le menton. Devant toutes les personnes rassemblées dans la salle d'audience, elle déclara :

— Autrefois, j'avais songé à vouer ma vie au service du temple de Lashima. Mais le destin décréta que je devais reprendre le sceptre des Acoma. Écoutez-moi. Les dieux ont placé sous ma responsabilité bien plus que ma maison et ma famille. (Sa voix s'affermit, portant jusqu'aux recoins les plus éloignés de l'immense pièce.) J'ai entrepris de changer des traditions qui nous avaient enchaînés dans la stagnation. J'ai vu la cruauté, l'injustice et la débauche gaspiller des vies précieuses. Pour cela, je suis devenue une femme sage, pour que notre peuple puisse renaître et éviter la mort qui le guette...

Personne ne l'interrompit lorsqu'elle reprit son souffle.

— Vous connaissez tous les ennemis que j'ai vaincus. Ils ont varié dans leur ruse, du plus stupide au plus brillant.

Son regard passait de visage en visage ; elle voyait son appel émouvoir certaines personnes qui se trouvaient devant elle. Motecha et bien d'autres se contentaient de l'écouter.

— Nos souverains ont soif de pouvoir pour l'honneur, pour le prestige, pour leurs propres plaisirs, sans penser aux souffrances des sujets qu'ils gouvernent. Nos nobles familles et nos clans s'adonnent au jeu du Conseil, pour des enjeux qui versent le sang sans raison ! Me tuer au nom de la justice, avant que mon fils ait atteint l'âge d'homme et puisse gouverner sans être guidé par un régent, serait condamner une nouvelle fois l'empire à la stagnation et à la ruine. Notre empire tombera, à cause de nos défauts. C'est le prix de ma mort, Très-Puissants. C'est l'épitaphe que votre justice écrira pour notre avenir. C'est le coût que notre peuple devra payer pour votre *privilège* d'agir en dehors de la loi !

Le silence régna dans la salle d'audience, tandis que toutes les personnes présentes réfléchissaient à l'importance des propos de Mara. Elle-même restait droite, rigide, pendant que derrière elle les prêtres s'agitaient et chuchotaient entre eux. La fierté interdisait à Mara de regarder autour d'elle. Elle lut de l'inquiétude sur le visage d'Hokanu. Mara n'osa pas reconnaître le souci qu'il se faisait pour elle, pas même par un regard. Croiser les yeux de son époux lui ferait perdre son sang-froid et elle risquerait de pleurer en public.

Elle se tenait aussi droite qu'une statue, pair de l'empire et fille des Acoma, préparée à rencontrer son destin.

Les magiciens étaient une fois de plus troublés, les effets de la magie cho-ja commençant à s'estomper.

— Elle est allée trop loin maintenant, murmura Shimone. Aucun argument ne peut plus la sauver, car notre Assemblée n'est pas responsable devant la loi. Ceci *ne doit pas* être interprété comme un privilège. C'est notre droit !

Fumita détourna le regard ; Hochopepa semblait troublé.

Sevean déclara :

— Vous mourrez, dame Mara. Rejetez votre alliance avec les émissaires de Chakaha, ou ils périront avec vous. J'affirme qu'ils ne peuvent pas vous défendre. Quand nous vous détruirons, les prêtres regagneront leur juste place dans les temples et laisseront à d'autres les soucis de la politique. (Hochant la tête en direction du grand prêtre de Jastur et des sœurs de Sibi, il continua :) Ou alors, qu'ils nous défient s'ils s'y sentent obligés. Nous sommes toujours suprêmes dans nos arts ! Nos pouvoirs ont brisé le sortilège de protection de cette pièce ! Peut-être que ces Cho-ja ont appris à mentir dans les terres lointaines ! Je déclare que vous tentez de nous tromper, dame Mara, et que vous ne disposez d'aucun moyen pour vous défendre.

Un instant, Motecha sembla stupéfait. Puis son expression se durcit. Il étudia les magiciens de Chakaha et vit qu'ils ne faisaient aucun geste pour protéger dame Mara. Ses yeux s'étrécirent lorsqu'il sentit le pouvoir de Sevean se manifester. Motecha leva une nouvelle fois les mains, et sa magie fusionna pour former une lanière ardente de lumière verte. Plongé dans une concentration féroce, il marmonna une incantation gutturale,

Cette fois, rien ne les empêcherait, lui et ses confrères, d'abattre le noble pair.

Les prêtres semblaient plongés dans le désarroi. Un grand nombre d'entre eux reculèrent, comme s'ils tentaient de mettre de la distance entre eux et le pair de l'empire. Hokanu semblait angoissé, au point que son premier conseiller, Dogondi, s'interposa pour lui cacher la détresse de Mara.

— Ne regardez pas, seigneur, murmura-t-il.

Assise sur le trône de l'estrade impériale, Jehilia serrait la main de Justin, pendant que le garçon regardait sa mère avec des yeux durs et écarquillés, d'où toute peur avait été bannie.

— Les Très-Puissants paieront cher pour cela, jura le jeune empereur d'une voix monocorde. S'ils la tuent, je veillerai à ce qu'ils soient détruits !

Jehilia lui tira la main avec anxiété.

— Chut ! Ils vont t'entendre.

Mais les Très-Puissants ne prêtaient aucune attention aux enfants assis sur les trônes du pouvoir. Ils s'unirent, joignant leurs pouvoirs au sortilège de Motecha. Seuls trois d'entre eux restèrent à l'écart, tandis que l'incantation du sort de mort atteignait son apogée : Hochopepa, qui avait l'air misérable ; Shimone, une grimace de regret sur son visage sévère ; et Fumita, qui ne pouvait se libérer entièrement de ses liens familiaux et participer au meurtre d'une femme qui était en réalité sa belle-fille.

Mara se tenait droite sur le sol de pierre polie devant l'estrade impériale. À ses côtés, les mages de Chakaha étaient maintenant accroupis, les ailes repliées. Derrière elle se tenait le grand prêtre de Turakamu, vieux, au visage tanné, mais très droit sous les insignes de sa charge. Il posa une main fine sur l'épaule de Mara, comme pour réconforter quelqu'un qui saluerait bientôt son divin maître, au moment exact où Motecha ouvrait brusquement les bras.

Une lumière verte explosa dans un flamboiement aveuglant ; une détonation déchira l'air, jetant à terre de nombreux notables du premier rang. Mara et le prêtre furent engloutis au cœur des flammes magiques... La pierre vira au rouge et fondit. Une colonne s'effondra comme une chandelle trop chauffée, et le pavement de pierre se plissa pour former une flaque de lave.

— Contemplez le prix que payent ceux qui défient les Très-Puissants qui sont en dehors de la loi ! s'écria Motecha.

Il frappa ses paumes l'une contre l'autre, et le sortilège disparut dans un claquement sec.

La lumière s'évanouit. Les yeux emplis de larmes et douloureux, les spectateurs virent sur le sol un cercle calciné, tandis que des vagues de chaleur provenant de la roche surchauffée faisaient miroiter l'air. Au milieu de cette zone où la violence avait déformé même les matériaux naturels, la dame se tenait indemne. Ses robes ne portaient aucune salissure, pas un seul de ses cheveux n'était déplacé. Les deux mages de Chakaha s'inclinèrent tous deux vers le prêtre pour lui rendre hommage, pendant que ce dernier entonnait d'une voix tremblante un hymne de remerciement à son dieu.

— Qu'est-ce que cela signifie ? cria Motecha. (Il était secoué, pâle jusqu'à la racine des cheveux.) Elle vit ! Comment est-ce possible ?

Le prêtre de Turakamu cessa son chant. Il avança vers le magicien, souriant avec patience.

— Très-Puissant, vous pouvez proclamer que vous êtes en dehors de la loi des mortels. Mais vous devez encore répondre à l'ordre supérieur du ciel.

— Comment ? commença Mara d'une petite voix, et les mages cho-ja la soutinrent alors qu'elle vacillait.

Le prêtre du dieu Rouge tourna le dos aux magiciens abasourdis et s'adressa à elle :

— Dame Mara, vous avez autrefois rendu visite au révérend père supérieur du temple de Turakamu, à Sulan-Qu. Il vous a montré ses pouvoirs et vous a expliqué que mon dieu n'agit pas avant son heure. Votre politique ranime notre peuple. Vous n'avez jamais traité les temples avec mépris dans vos manipulations politiques – vous avez toujours été une femme respectueuse de la foi, à la différence de ceux qui proclament leur loyauté envers les traditions et qui méprisent la vertu spirituelle.

— Mais comment ? reprit Mara, un peu plus fort, alors que son esprit stupéfait acceptait l'impossible : elle vivait encore.

Le grand prêtre devint solennel.

— Les temples vous soutiennent. Notre engagement n'était pas simplement politique. Nous avons décidé entre nous que mon dieu, qui garde l'instant de la mort de tous les hommes, déterminerait si ce moment était le vôtre. Si vous n'aviez pas eu le soutien du ciel, vous seriez morte. (Dans un cliquetis de crânes et de corcara, il se retourna vers les Très-Puissants.) Ce qui n'est pas le cas !

La voix glaciale de la Sœur Aînée de Sibi ajouta :

— Et si le petit frère de notre Sombre Dame n'appelle pas dame Mara, notre déesse refuse de l'envoyer au Palais Rouge. (La capuche sans ornements de sa robe se déplaça, tandis qu'elle observait d'un œil de rapace toutes les âmes de la pièce.) Il y a d'autres personnes ici que ma maîtresse divine y enverrait bien volontiers.

Même certains des magiciens firent des signes de protection contre le mal. Imperturbable, et même amusé par leur attitude, le prêtre de Turakamu déclara :

— Mon dieu a accordé au noble pair sa divine protection. Sa vie est sacro-sainte, par la volonté du ciel. Tout homme, magicien ou non, qui agira contre elle le fera à ses risques et périls !

Motecha de l'Assemblée accepta sa défaite avec raideur, mais son expression restait implacable.

— La vie de la dame n'est pas à nous, et nous ne pouvons la prendre ; cela a été prouvé sans équivoque. Mais son droit de régence est toujours contestable. Le seigneur Jiro des Anasati avait aussi prétendu au trône d'or. Comme Mara, il a tenté de s'emparer du pouvoir à n'importe quel prix. Les ambitions de la dame ne sont-elles pas les mêmes, si elle règne comme régent jusqu'aux vingt-cinq ans de Justin ? Pourquoi ne pas donner le poste à un Omechan, ou à un Xacatecas, ou à une maison mineure qui n'a aucune prétention au titre de seigneur de guerre. Pourquoi pas les Netoha ou les Corandaro ?

Mara avait retrouvé son calme après avoir frôlé la mort et avait une mine sévère et résolue. Elle ne laissa pas aux partisans des traditionalistes l'occasion de saisir cette ouverture.

— Non. Je vous offre un choix.

Une vague de calme traversa la foule de prêtres et de courtisans, partant de la haute estrade et sa toute nouvelle Lumière du Ciel, passant sur le groupe de magiciens massés dans la grande allée centrale, et allant jusqu'aux doubles portes de l'entrée, toujours surveillées par les deux hérauts de rigueur et les rangs immobiles de gardes blancs impériaux. Tous attendaient que dame Mara fasse connaître ses intentions. Mara monta sur la première marche de l'estrade. Contemplant une mer de visages attentifs, elle éleva la voix.

— Je peux rester dans ce palais, comme régente de mon fils. Son règne sera stabilisé par une alliance de seigneurs qui comprennent, comme tous le feront finalement un jour, que l'empire doit changer. Les Cho-ja accepteront volontiers de servir de médiateurs, pour assurer un nouvel ordre qui mettra fin au mal qui leur a été infligé depuis des siècles. Leurs guerriers arrêteront les querelles internes entre les maisons nobles et mettront fin à cette guerre civile. Car le premier acte de Justin en tant que quatre-vingt-douzième empereur sera de les libérer de toutes les contraintes imposées par les humains.

Mara s'arrêta pour reprendre son souffle. Mais avant que les souverains se rebellent et se mettent à crier pour l'empêcher de parler, elle poursuivit son discours :

— Je vous offre le changement dans la paix ! En tant qu'ancienne conseillère du défunt empereur, je connais bien le fonctionnement du gouvernement impérial. En tant que pair de l'empire, moi seule possède le pouvoir et le prestige, aussi bien auprès des souverains que du peuple, nécessaires pour éteindre les émeutes. L'alternative est simple. Les Omechan ont déjà engagé leurs troupes et assiègent Kentosani. Ils seront bientôt rejoints par les alliés du défunt seigneur Jiro et d'autres seigneurs qui soutiennent le parti traditionaliste. Si ce mouvement n'est pas arrêté, nous aurons une guerre civile sans précédent, qui provoquera la ruine totale de l'empire que nous déclarons servir.

Hochopepa laissa échapper une toux sèche.

— Cette justification a déjà été offerte par le passé, dame. Dans la plupart des cas, les effusions de sang n'en ont pas été diminuées pour autant.

Mara réprima un geste de colère, irritée qu'on lui prête les motifs de ses ennemis passés, avides de pouvoir.

— Des effusions de sang, dites-vous, magicien ? Dans quel but ? Il n'y a plus de titre de seigneur de guerre à gagner. Le Grand Conseil a été aboli !

De nombreux seigneurs s'agitèrent dans un mouvement de protestation, mais une nouvelle fois Mara passa outre.

— Notre goût pour les luttes politiques meurtrières doit cesser. Le jeu du Conseil ne doit plus être une justification pour la guerre et l'assassinat. Notre concept de l'honneur doit renaître, et nos traditions qui approuvent la cruauté rejetées. Nous serons une nation de lois ! Quel que soit le crime, du plus petit au plus grand, *tous* les hommes et femmes devront répondre également de leurs actes devant la justice impériale. Et ce nouveau code de décence n'exclura pas même les actions de notre Lumière du Ciel.

Motecha agita le poing.

— Mais nous sommes en dehors de la loi !

Mara descendit la marche et avança jusqu'à ce que seule la balustrade séparant la haute estrade de l'empereur des pétitionnaires se trouve entre elle et les Très-Puissants. Elle regarda Motecha droit dans les yeux, puis observa ses frères en robes noires regroupés derrière lui.

— Tous les hommes et toutes les femmes, insista-t-elle avec fermeté. Aucun souverain qui accomplira un meurtre ne sera applaudi, même si les formes traditionnelles ont été observées. Les mendiants, les esclaves et les enfants de la noblesse seront légalement châtiés pour leurs actes criminels ; les membres de l'Assemblée encore plus que les autres. Les gens de votre sorte ne seront plus libres de garder de hideux secrets, comme assassiner les petites filles et les femmes chez qui se manifeste le pouvoir de magie.

Un murmure naquit, car cette fois son accusation était assez audible pour être vraiment publique. Les Robes Noires ne furent pas seules à s'agiter dans la haute salle.

— Oui ! cria Mara par-dessus le tumulte qui s'élevait parmi les seigneurs et les courtisans. Je dis la vérité ! Depuis des siècles, l'Assemblée a perpétré ces meurtres, et pour des raisons que nos dieux n'approuveront jamais.

Le prêtre de Lashima brandit le bâton de sa charge, orné de rubans et de jetons de coquille de corcara, pour attirer l'attention.

— Écoutez la dame. Elle ne ment pas pour plaider sa cause. L'année dernière, une jeune femme qui devait passer l'épreuve pour devenir acolyte a été emmenée, dans la cour même du temple. Personne ne l'a revue, ni nos prêtres ni sa famille, depuis le jour où le Très-Puissant est venu la chercher.

Hokanu se sentit légèrement écœuré ; parmi les Robes Noires, Fumita fixait le sol. Il n'osait pas regarder son fils. Plus d'un noble de la cour fut choqué en apprenant que les filles emmenées par les Très-Puissants n'étaient plus en vie dans la Cité des magiciens. Des yeux pleins de colère se tournèrent vers les Robes Noires, pendant que Mara reprenait rapidement le fil de son discours pour rediriger une vague montante de ressentiment :

— En tant que communauté, vous continuerez à vous gouverner vous-mêmes – comme devront le faire les souverains de toutes les familles...

Le soulagement se peignit sur le visage des nobles, rassurés de garder leurs prérogatives de souverains.

— Mais dans les limites de la loi ! lança Mara. L'Assemblée n'aura plus aucun privilège. Elle ne commandera plus l'étude des arts occultes. Tous ceux qui veulent pratiquer la magie auront le droit de poursuivre librement leurs études. Les magiciens mineurs et les femmes qui développent un talent pour la magie pourront étudier auprès de l'Assemblée, *s'ils le désirent* ! Ceux qui préféreront chercher la connaissance ailleurs auront le droit de le faire.

Le mage de Chakaha le plus proche des Très-Puissants leva une patte.

— Nous serons heureux d'enseigner tous ceux qui veulent utiliser sagement leurs dons.

Bien que l'offre paraisse apaiser quelques magiciens, d'autres semblaient mécontents. Mara ajouta :

— J'ai marché dans les sandales d'une captive à Thuril, et j'ai partagé le poids des décisions impériales auprès d'Ichindar. Moi seule dans cette assistance peux affirmer la véracité de cette vérité : tous les hommes, femmes et enfants méritent d'être protégés. Ce n'est que lorsque cette... (elle fronça les sourcils alors qu'elle cherchait le terme que son bien-aimé Kevin avait mentionné avec une telle passion)... Grande Liberté sera accordée à tous que nous serons en sécurité. Le jeu du Conseil est devenu trop périlleux et trop meurtrier, dépassant l'endurance humaine, et je veux y mettre fin. Le véritable honneur ne tolère pas le meurtre. Le véritable pouvoir se doit de protéger les faibles, que les nobles ont piétinés sans considération pendant des siècles.

Motecha avança et s'appuya contre la balustrade pour exprimer son désaccord. Mara lui renvoya son regard avec mépris. Elle s'adressa à lui seul, mais ses paroles portèrent jusqu'au point le plus éloigné de la salle bondée :

— Vous, les Robes Noires, n'avez pas le droit de détruire tout ce qui ne vous plaît pas. Les dieux ne vous ont pas donné vos talents magiques pour que vous puissiez prendre des vies par caprice.

Le grand prêtre de Juran fit résonner son bâton rayé de blanc sur le sol.

— Le noble pair dit la vérité.

Une autre Robe Noire, arrivée avec le dernier contingent de la Cité des magiciens, se fraya un chemin dans les rangs de ses frères pour rejoindre Motecha. Tapek rejeta l'inhibition due à sa récente disgrâce. Ses cheveux étaient repoussés en arrière et ses joues empourprées dans un refus passionné.

— Vous voulez nous dépouiller de nos anciens droits !

— Le pouvoir est utilisé à la discrétion de celui qui le détient, répondit la dame, sans se laisser intimider, bien qu'elle se trouvât à portée de main. Vous devriez comprendre cela mieux que tout autre, magicien. Vos confrères ont été de bien mauvais intendants, gouvernant dans l'arrogance, usurpant le jugement qui appartient légitimement au ciel. Après votre tentative d'exécution arrêtée – non, annulée ! – par le pouvoir des dieux, j'affirme aujourd'hui que c'est *moi* qui détiens le pouvoir.

Les autres magiciens échangèrent des regards gênés, mais personne n'ajouta un mot. Leur magie avait été annihilée, rendue inopérante sur cette femme qui leur avait infligé un échec qu'ils étaient mal préparés à supporter. Ils n'avaient aucun précepte auquel se rattraper, aucun point pour se rallier.

Seul le regard d'Hochopepa restait fixé sur Mara.

— Vous avez parlé d'un choix ?

Si les circonstances avaient été moins graves, et les occupants de la salle d'audience un peu moins tendus, Mara aurait pu sourire devant la finesse du magicien corpulent.

— Oui, Très-Puissant, un choix, déclara-t-elle d'une voix forte. Pendant des siècles, votre Assemblée a exercé une autorité sans responsabilités. Les Robes Noires ont fait tout ce qui leur plaisait « pour le bien de l'empire », quelle que soit la nature capricieuse, perverse ou destructrice de leurs actes.

Derrière ses paroles se dissimulait le souvenir de deux jeunes enfants, massacrés par leur père Minwanabi à cause de la disgrâce que lui avaient imposée les Très-Puissants. Bien que Tasaio ait été un ennemi, Mara trouvait encore le meurtre de ses héritiers intolérable, une tragédie encore plus impardonnable parce qu'elle aurait pu être évitée par l'Assemblée qui avait condamné le père. D'une voix sèche, elle conclut :

— Comme notre communauté de magiciens a montré peu d'inclination à l'autodiscipline, l'heure est maintenant venue de rendre des comptes. Vous pouvez accepter le premier choix que je vous ai proposé, et vous occuper de vos propres affaires dans votre cité d'hommes craintifs et introvertis – que les dieux vous prennent en pitié – ou vous pouvez prendre la seule autre voie qui évitera une guerre féroce...

Le visage rond d'Hochopepa se plissa de mécontentement, et il tapa du pied, très gêné.

— Je commence à voir où vous voulez en venir...
— Vraiment ?

Mara retira une dague ornementale de sa ceinture et la pointa sur sa poitrine.

— Les dieux ont peut-être déclaré que mon heure n'était pas encore venue. Mais je peux toujours exercer mon libre arbitre en tant que dame des Acoma. Si vous le choisissez, je peux prendre ma propre vie, maintenant, pour expier ma désobéissance à votre décret. Si je fais cela, Justin abdiquera et retournera chez lui comme seigneur des Acoma. Jehilia régnera et son époux ne sera qu'un consort, qui aura fait le serment de ne jamais lever la main contre vous, ou toute autre Robe Noire. (Les yeux de Mara s'étrécirent alors qu'elle prononçait sa dernière réplique, et la lame dans sa main ne trembla pas une seule fois.) Mais alors *vous* devrez régner !

Le visage rond d'Hochopepa se fendit d'un large sourire. Shimone et Akani hochaient la tête, pendant que Tapek semblait plongé dans une extrême confusion.

— Dame, que dites-vous ? demanda le magicien à la chevelure rousse.

— Vous n'avez que le pouvoir de détruire, de mener la guerre ou de vous opposer aux autres, déclara Mara. Mes alliés ne résisteront pas. Avant le crépuscule, si vous me l'ordonnez, je mettrai fin à ma vie honorablement, par la lame.

Son regard balaya la salle, ne s'arrêtant que brièvement sur les nobles rassemblés qui tentaient d'entendre toutes ses paroles et qui, déjà, espéraient profiter de l'occasion d'un faux pas pour piétiner leurs voisins et saisir leur chance. Sa lame plongerait peut-être dans son cœur, et le jeu du Conseil reprendrait comme si elle n'avait jamais vécu ; comme si les rêves d'un empereur assassiné et d'un esclave barbare n'avaient jamais provoqué de changements. Le moment était venu de choisir l'avenir. Les prêtres s'occuperaient de leurs dieux et prieraient pour que le destin les favorise. Se concentrant en particulier sur Motecha et Tapek, Mara termina son résumé :

— Oh, vous trouverez un autre souverain qui voudra jouer à l'empereur ou au seigneur de guerre pendant un temps, n'en doutez pas – jusqu'à ce qu'un voisin ambitieux ou un rival décide qu'il est temps de changer l'ordre de la succession.

» Mais considérez ceci : l'illusion s'est dissipée. Les hommes savent maintenant que l'on peut s'opposer à l'Assemblée. Et les temples ne se laisseront plus reléguer à un rôle secondaire. Soyez assurés que le dernier acte de l'empereur Justin sera d'émanciper les Cho-ja, pour qu'ils puissent à nouveau utiliser leur magie et construire leurs merveilleuses cités de cristal. Manquant de soldats, comment maintiendrez-vous l'ordre, magiciens ? Comment empêcherez-vous les luttes et les jeux de pouvoir entre seigneurs, à qui la tradition donne les insignes de l'honneur ? Le jeu du Conseil est une impasse, mais nos souverains sont pour la plupart trop querelleurs ou trop rapaces pour créer un nouvel ordre. Magiciens, êtes-vous prêts à endosser une armure et à saisir une épée ? Tapek ? Sevean ? Motecha ?

L'expression confondue des trois hommes était presque comique. Ils n'avaient jamais envisagé la possibilité d'être obligés de se salir les mains dans une bataille ! Et cependant, leur faiblesse ainsi exposée, ils reconnaissaient que la magie ne suffirait plus à provoquer la peur et le respect. D'autres personnes aussi audacieuses que Mara provoqueraient des soulèvements, et l'Assemblée serait poussée par la politique et les circonstances à prendre parti. Ils n'auraient pas d'autre choix que d'abandonner leurs chères études pour s'occuper du gouvernement.

Pour une communauté habituée à agir selon les caprices individuels de ses membres, cette perspective était fort désagréable et bien décourageante.

Motecha semblait bouleversé. Sevean se glissait discrètement derrière Shimone, pendant que Tapek masquait sa consternation en bredouillant :

— Nous ne sommes pas un conseil de seigneurs qui marchandent sur des choses triviales ! Notre vocation est plus noble que de mandater le châtiment de maisons en guerre !

Hochopepa se mit à rire sans retenue.

Mara fit une révérence faussement modeste. Mais la lame restait dans sa main, inébranlablement pointée sur sa poitrine. Les yeux de la dame étaient durs comme la pierre.

— Voici votre choix, Très-Puissants. Soit vous administrez cet empire, soit vous cessez d'interférer avec les actions de ceux qui le gouvernent.

Devant le visage immobile et abasourdi de ses confrères, Hochopepa agita un bras fatigué.

— C'est fini...

Tapek semblait encore prêt à discuter, mais Akani intervint :

— Je suis d'accord. En tant qu'organisme, l'Assemblée ne souhaitera pas plus gouverner l'empire qu'elle ne l'avait désiré dans le passé. Par les dieux, nos débats ont duré des jours entiers pour trancher un seul problème ! (Incapable de retenir un regard lourd de sens vers Shimone et Hochopepa, il soupira, et s'inclina gravement devant le pair de l'empire.) Dame, vous ne devrez pas prendre votre vie avant le crépuscule. Le peuple réagirait par un soulèvement général, et mes confrères en porteraient probablement le blâme. L'alternative est claire : le chaos ou un nouvel ordre. Vous avez été la première à voir que certains d'entre nous ne maîtrisaient pas assez leur nature et tuent sans hésitation. Cependant, la plupart des magiciens auraient du mal à blesser un insecte. Non. Notre pouvoir sur l'empire est né d'une obéissance aveugle, qui s'est développée au cours des siècles. Sans cela, nous sommes... impuissants.

— Impuissants ! enragea Tapek. Pas moi, Akani.

Fumita retint le magicien rouquin d'une main de fer.

— Tapek, un acte stupide et presque impardonnable vous a déjà profondément humilié. Écoutez la voix de la raison, pour changer ! Mara n'agit pas pour elle-même. Elle ne l'a jamais fait ! Si seulement vous pouviez vous en rendre compte... Vous ne convaincrez jamais l'Assemblée de cautionner la guerre civile et le chaos. Et nous aurons des effusions de sang sans précédent si votre petite bande de têtes brûlées n'accepte pas l'inévitable. Je vous suggère instamment de commencer à redorer votre réputation en apparaissant sur les remparts, et en ordonnant aux assaillants de cesser leurs tirs et de déposer les armes.

— J'irai avec Tapek, annonça Shimone.

Il tourna un visage sévère, et même impitoyable, vers son jeune confrère, puis attrapa son mécanisme de téléportation et disparut. Peu de magiciens dans l'empire osaient contrarier Shimone quand celui-ci était de mauvaise humeur. Cependant, Fumita ne fit pas le moindre geste pour relâcher sa prise jusqu'à ce que Tapek baisse les yeux et cède devant sa volonté. Il libéra alors le jeune magicien, qui disparut pour rejoindre Shimone.

Hochopepa réussit à hausser les épaules de façon affable devant les représentants des ordres religieux et les seigneurs de haut rang qui soutenaient Mara.

— Je n'ai aucune envie de gouverner, pas plus que je n'ai l'intention de tenter d'assassiner les prêtres les plus puissants de l'empire.

Cette déclaration fut dirigée expressément vers Motecha, qui cherchait toujours l'appui et le soutien de ses confrères, mais qui voyait le groupe de ses partisans se fondre peu à peu. Après le départ de Shimone, Sevean s'était faufilé derrière Fumita. Plusieurs magiciens hochèrent la tête pour exprimer leur accord devant la capitulation du magicien corpulent. Hochopepa tendit doucement la main et retira le poignard des doigts de Mara.

Puis il annonça d'une voix forte :

— Un homme remarquable, le magicien Milamber de Midkemia, nous avait autrefois exhortés à prendre conscience de la stagnation de notre empire, qui déclinait à cause d'une adhésion rigide à nos traditions. Je pense qu'il avait raison ! (Le magicien trapu lança à Mara et aux magnifiques mages de Chakaha un sourire d'admiration.) Sinon, pourquoi les dieux auraient-ils sauvé cette femme remarquable ?

Il se tourna vers Mara.

— Dame, si la Lumière du Ciel le permet, nous allons nous retirer et nous réunir de façon solennelle. Mais vous pouvez déjà être assurée de ce que sera notre position officielle.

Puis il fut le premier parmi les Robes Noires à s'avancer et à répéter sa révérence d'hommage, reconnaissant sans discussion que le garçon assis sur le trône était la quatre-vingt-douzième Lumière du Ciel.

Tous les autres magiciens l'imitèrent, la plupart assez humiliés pour le faire tranquillement, bien que l'on en entendît grommeler quelques-uns dans le fond. Fumita foudroya du regard ces contestataires, tandis que les mages de Chakaha les fixaient tous avec un œil d'agate, qui rappelait la capacité singulière de la conscience collective cho-ja à se souvenir de tout.

Mara ressentit un soulagement vertigineux, devant la capitulation sans équivoque des ennemis les plus terribles qu'elle ait jamais osé provoquer. Tandis que les Robes Noires reconnaissaient la souveraineté de son fils, ses genoux commencèrent à faiblir. Mais Hokanu, toujours aussi prévenant, avait anticipé son besoin. Mara accepta avec reconnaissance son soutien alors qu'il la rejoignait et passait son bras autour de sa taille.

Alors que les Très-Puissants sortaient en file indienne et que le centre de la salle se vidait lentement, le seigneur des Keda, chancelier impérial, avança dans les robes étincelantes de sa charge. Ayant vaincu sa crise de nervosité, le vieil homme n'avait pas perdu une once de son autorité ni ses dons d'orateur. Il claironna :

— En tant que chancelier impérial, permettez-moi d'être le premier seigneur à prêter serment de fidélité à l'empereur Justin.

Il s'agenouilla et prononça le serment traditionnel, et la tension de la foule sembla s'évanouir. Ce qui aurait pu devenir un camp armé se transforma soudain en une salle pleine d'hommes agenouillés, répétant les paroles de dévotion à un garçon conçu par un esclave, et qui s'était élevé de son statut d'héritier des Acoma pour devenir le quatre-vingt-douzième empereur de Tsuranuanni.

Quand les membres de sa nouvelle cour qui venaient de lui prêter serment se levèrent, Justin se tortilla sur son trône, le désarroi se lisant sur son visage. Il chuchota de façon audible à sa mère et au père qui l'avait adopté comme son propre fils :

— Vous m'avez expliqué tout le reste, mais qu'est-ce que je dois faire, maintenant ?

Jehilia semblait mortifiée par sa gaffe.

Plusieurs prêtres étouffèrent un petit rire derrière leur masque de cérémonie, pendant qu'Hokanu retirait son casque de bataille et riait de bon cœur.

— Dites à votre peuple : Que la fête commence !

Justin sauta du trône, manquant faire tomber le lourd casque d'or orné d'une couronne qui symbolisait sa dignité impériale. Tirant son épouse par la main, il était loin d'avoir l'air solennel – il ressemblait plutôt à un garçon qui se prépare à commettre une bêtise au moment où ses aînés ne le regardent pas.

— Que la fête commence ! cria-t-il.

Une acclamation fit trembler la salle d'audience, rendue encore plus assourdissante par le brusque silence des engins de siège des Omechan. Plus aucun rocher ne s'écrasait dans l'enceinte impériale. Et quand la clameur s'éteignit pour atteindre un niveau plus raisonnable, les grands gongs des temples des Vingt Dieux résonnèrent, appelant le peuple à sortir dans les rues pour profiter des largesses de Justin, quatre-vingt-douzième empereur de Tsuranuanni.

Au milieu de toute cette agitation, alors que la grande salle se vidait et que les hérauts impériaux annonçaient la nouvelle dans toute la ville, la petite silhouette de souris de Jican fondit sur le personnel du palais. Il ne se laissa arrêter qu'une seconde par la masse imposante du hadonra impérial. Après une discussion animée, l'immense fonctionnaire capitula, fit toute une histoire en affirmant que la bienséance impériale allait être irrémédiablement ruinée, puis s'enfuit dans ses appartements. Jican tourna sa langue acerbe sur le reste des serviteurs du palais, et en quelques minutes la maisonnée impériale fut mise sens dessus dessous. Il fallait organiser une fête pour le nouvel empereur, ordonna Jican, même si le dernier marmiton devait mourir à la tâche. Sa détermination se révéla contagieuse. Quelques heures après, les nobles présents avaient échangé leur armure de bataille contre des robes de soie, et les artistes convergeaient vers les fonctionnaires impériaux, rivalisant pour avoir l'honneur d'offrir leur musique ou leur poésie. Dans toute la ville, les fêtes commençaient alors que la nouvelle se répandait : une nouvelle Lumière du Ciel avait été choisie ! Mieux encore, dame Mara, pair de l'empire, avait pris en main la gestion de l'empire.

33

LE CONSEIL IMPÉRIAL

Dans toutes les rues des lampes brûlaient.

Leurs lumières transformaient la nuit en un kaléidoscope de couleurs tandis que les fêtards dansaient dans les rues et que des comédiens aux masques extravagants présentaient sur scène des divertissements joyeux. Le bruit des cloches laquées et des rires remplaçait les impacts sourds des engins de siège. Dans une suite richement décorée des appartements royaux du palais impérial, Mara était assise devant une cloison peinte. Les échos de la joie populaire lui procuraient une profonde satisfaction, mais le demi-sourire de contentement qui relevait les commissures de ses lèvres n'était destiné qu'à la petite fille endormie dans ses bras. L'expression de sérénité de la dame était si intense qu'Hokanu, arrivant à la porte, hésita à la déranger.

Mais Mara avait toujours été sensible à sa présence. Bien qu'il n'ait fait aucun bruit, elle leva les yeux. Son visage s'épanouit en un sourire de bienvenue.

— Hokanu.

Son salut exprimait tout : la tendresse, l'amour profond et la douleur de la séparation qui s'était prolongée durant ces temps troublés.

Le seigneur des Shinzawaï traversa la pièce d'un pas presque silencieux. Il portait une robe de soie, et non son armure, et avait remplacé ses sandales de combat cloutées par des chaussures à semelle de cuir et à lanières de tissu. Il rejoignit sa femme, s'agenouilla et offrit sa main à Kasuma. Le bébé attrapa son doigt, réconforté par la présence de son père, même s'il ne s'était pas complètement réveillé.

— Elle a tellement grandi ! murmura Mara. Quand elle était partie pour Thuril, Kasuma n'était qu'un nourrisson. Elle faisait aujourd'hui ses premiers pas et balbutiait déjà ses premiers mots. Les doigts de la dame suivirent le contour des sourcils de sa fille.

— Elle aura ton air renfrogné, commenta Mara. Cela signifie qu'elle a probablement aussi hérité de ton obstination.

Hokanu rit de bon cœur.

— Elle en aura besoin.

Mara se joignit à son rire.

— Sûrement. Il vaut mieux qu'elle développe aussi une langue acérée, si elle doit tenir en main ton cousin Devacaï. Peut-être devrions-nous l'envoyer à Isashani pour qu'elle parachève son éducation ?

Hokanu resta étonnamment silencieux après cette remarque. Les moments de silence de son époux avaient manqué à Mara, car elle était émue par le souvenir de Nacoya, la nourrice irascible qui l'avait élevée et lui avait enseigné tout ce qu'une souveraine doit savoir. Puis elle oublia sa mélancolie lorsque les mains d'Hokanu soulevèrent Kasuma et la déposèrent délicatement sur sa natte de couchage. Il tendit ensuite les bras vers son épouse, dans l'intention d'accomplir le même geste.

— Tes batailles ne t'ont pas épuisé, à ce que je vois, dit Mara alors que son époux s'installait auprès d'elle, et qu'elle commençait à dénouer les liens de la robe d'Hokanu. Que les dieux en soient remerciés, car tu m'as terriblement manqué. Je ne pense pas que j'aurais pu endurer une nouvelle nuit d'insomnie à me demander si tu étais vivant ou mort, ou si nos enfants allaient tomber, victimes de la politique...

Elle s'arrêta, laissant les caresses d'Hokanu chasser le souvenir désagréable de ses craintes. Quelque part dans la ville, le gong d'un temple chantait des notes de félicité ; un couple de danseurs courut en riant, le pied léger, sous leur fenêtre. Mara s'installa au creux des bras de son époux.

— Je suppose que tu viens de la suite impériale. Comment notre Justin se conduit-il ?

Hokanu étouffa un éclat de rire dans la chaleur de la chevelure de son épouse.

— Le petit barbare, répondit-il quand il put enfin parler. Le gamin est venu me voir en tremblant, le visage aussi rouge que ses cheveux, et m'a demandé s'il fallait qu'il accomplisse son devoir d'époux avec Jehilia... Ce soir...

Mara sourit.

— J'aurais dû penser qu'il poserait la question avant que quelqu'un prenne le temps de l'informer. Il observe les femmes de chambre en sous-vêtements depuis qu'il est assez grand pour grimper sur les meubles. Que lui as-tu répondu ?

— Tu veux dire quand je suis arrivé à garder une expression sérieuse ? Je lui ai dit qu'il devrait attendre pour ce privilège d'avoir célébré sa cérémonie de passage à l'âge d'homme, à vingt-cinq ans.

Poussant son époux pour plaisanter, Mara s'exclama :
— Non ! Tu n'as pas fait cela ?

Hokanu sourit.

— Je ne crois pas avoir jamais vu autant de regret et de soulagement aussi intimement mêlés. Puis je lui ai expliqué que Jehilia a deux ans de plus que lui, et qu'elle pourrait décider de visiter sa chambre quand elle atteindra cet âge. Comme il n'aura alors que vingt-trois ans, cela serait sa décision à elle.

Mara explosa de rire.

— Oh, c'est parfait ! Le pauvre garçon croit qu'il devra rester un époux chaste pendant encore onze ans !

Hokanu haussa les épaules.

— Il finira bien assez vite par comprendre les choses.

— Ne laisse jamais Jehilia découvrir ce que tu as dit à Justin. Elle lui rendrait la vie dure.

Hokanu déposa un baiser sur le front de Mara.

— Au moins, il y réfléchira à deux fois avant d'être tenté à nouveau de pousser la fillette dans un bassin.

— Elle est impératrice, rit Mara. Elle aura légalement le droit de le tirer dans l'eau après elle.

— Et j'espère qu'un jour, dans un an ou deux, ces jeux brutaux deviendront amicaux, et que les inquiétudes de Justin sur son devoir d'époux s'évanouiront. (Se déplaçant pour placer son visage au-dessus de celui de sa femme, Hokanu ajouta :) En parlant de devoir d'époux...

La conversation mourut alors que les lèvres d'Hokanu trouvaient celles de Mara, et leur étreinte s'épanouit lentement en passion.

Beaucoup plus tard, les lanternes brillaient encore. Les fêtards étaient moins nombreux dans les rues, mais toujours aussi joyeux et bruyants. La dame des Acoma et le seigneur des Shinzawaï se reposaient dans les bras l'un de l'autre, rassasiés d'amour. Aucun d'eux n'avait envie de dormir. Ils avaient un grand nombre de choses à l'esprit, et c'était le premier moment paisible dont ils disposaient pour parler de problèmes personnels.

Hokanu fut le premier à aborder le sujet.

— Dame, Justin doit maintenant perpétuer la lignée impériale. Tu te retrouves à nouveau sans héritier pour les Acoma.

Mara se retourna dans les bras de son époux, ses mains caressant son épaule ferme et musclée par le maniement de l'épée. Elle prit un long moment avant de répondre :

— Je suis contente. Si ma lignée doit se terminer, il n'existe pas de façon plus honorable que celle-ci. Et il se peut que Jehilia soit féconde, ou que Justin engendre des fils avec une autre épouse. Ses enfants pourraient être assez nombreux pour que l'un d'entre eux puisse reprendre mon sceptre sans gêner la succession impériale.

Un moment plus tard, elle ajouta :

— Je pourrais aussi adopter un enfant.

Mais la dame et son époux savaient tous deux qu'elle ne le ferait pas. La tradition exigeait que l'enfant ait un lien de parenté avec la famille adoptive, et aucun parent par le sang n'avait survécu aux premiers jours de la guerre des Minwanabi contre les Acoma. On pourrait sans aucun doute trouver un lien éloigné, mais la lignée des Acoma avait un nom trop ancien et trop honorable pour être transmis à un enfant de descendance obscure.

Hokanu lissa les cheveux de Mara.

— Le problème est déjà résolu, murmura-t-il.

Mara sentit une légère tension l'envahir ; elle comprit ! Hokanu avait déjà accompli quelque chose d'irrévocable, dont il était certain avant même d'en parler que son épouse en débattrait.

— Qu'as-tu fait, Hokanu ? demanda vivement Mara, soudain envahie par la peur, l'inquiétude et l'anxiété. (Et puis, par sa répugnance même à répondre, elle devina.) Kasuma, laissa-t-elle échapper. Tu l'as...

Il lui vola ses mots, les prononçant à sa place, sans la note d'indignation dans la voix.

— Je l'ai donnée aux Acoma.

Mara se redressa brusquement, mais il la rattrapa. Il arrêta son flot de paroles d'un geste d'une grande douceur, et la secoua, tendrement, pour la calmer.

— Mon épouse, c'est déjà fait ! Tu ne peux révoquer les serments qui ont été prononcés aujourd'hui. Fumita et les prêtres d'une demi-douzaine d'ordres en ont été témoins, et la renonciation de Kasuma à l'héritage des Shinzawaï a été célébrée sur l'autel du temple de Juran. Puis j'ai fait le serment qu'elle appartient aux Acoma, comme cela est mon droit en tant que père. Elle perpétuera ta maison et ta lignée, comme cela est convenable et juste. Tu sauras mieux que quiconque instruire une fille destinée à devenir souveraine.

Les doigts d'Hokanu s'écartèrent, laissant Mara frappée de stupeur. Hokanu comprit qu'elle n'éprouvait pas de la joie, mais de la douleur et une certaine rage devant son sacrifice.

— Tu abandonnes ton héritage ! dit-elle finalement. C'est bien trop dangereux, en ces temps troublés, avec Devacaï qui complote pour prendre ton titre. Les Omechan et les autres alliés Ionani peuvent céder et jurer fidélité à Justin, mais de nombreux seigneurs rancuniers et jaloux fomenteront une rébellion traditionaliste. Tu seras menacé durant les prochaines années, Hokanu. Justin et Jehilia ont besoin de tous les avantages que nous pourrons leur apporter, et cela signifie que la succession shinzawaï doit être protégée ! (Les larmes l'étranglaient à moitié, alors qu'elle ajoutait :) Ne tente pas nos ennemis de te choisir comme cible pour un meurtre ! Je ne pourrai pas supporter de te voir mourir comme ton père, frappé par l'ambition vénale d'un autre seigneur !

Hokanu la serra dans ses bras.

— Tu as raison d'avoir peur, murmura-t-il dans ses cheveux, tout comme j'ai raison de placer Kasuma sous la protection de l'héritage acoma. C'est ma fille !

Le ton de sa voix était plein de fierté maintenant ; il n'avait jamais rejeté sa fille. Mara le sut avec un serrement de cœur, triste d'avoir un jour douté de lui.

— Je suis son père, répéta Hokanu. Et à ma connaissance, les lois et les traditions garantissent encore mon droit de prendre cette décision. (Il caressa la ligne de la mâchoire de son épouse.) Ma dame, ta volonté ne peut pas l'emporter dans ce domaine, peut-être pour la première fois de ta vie.

La réponse de Mara fut une explosion de larmes. Avoir Kasuma comme héritière était une grande joie, mais elle la ressentirait plus tard. Pour le moment, elle était consumée par la douleur de savoir à quoi Hokanu avait renoncé pour lui offrir ce don suprême et faire ce sacrifice.

Elle savait parfaitement ce qu'il lui cachait : elle ne pourrait jamais lui donner un enfant qui grandirait et hériterait du bleu shinzawaï.

— J'ai des douzaines et des douzaines de cousins, continuait-il d'une voix faussement allègre. Ils ne sont pas tous avides comme Devacaï. En fait, la plupart sont honorables et valeureux. Je pourrais résoudre en partie mes problèmes familiaux en choisissant un héritier parmi mes rivaux. Cela diviserait la faction de Devacaï.

Mara réussit à retrouver sa voix, rendue rauque par l'émotion :

— Tu ne prendras pas de concubine.

Ce n'était pas une question. Et l'immobilité d'acier de son époux fut sa réponse, jusqu'à ce qu'il admette la vérité.

— Ma dame, tu es la seule femme que je souhaite avoir en ce monde. Tant que tu seras à mes côtés, je n'en aurai pas d'autre.

Mara se mordit les lèvres en entendant la déclaration de son époux. Elle perçut dans sa voix l'immense désir personnel qu'il avait fait taire en s'endurcissant. Une dureté similaire entra dans son cœur. Mais elle ne dit rien de la décision qu'elle venait de prendre, quand les bras d'Hokanu se refermèrent sur ses épaules et que leurs lèvres se cherchèrent dans les premières lueurs de l'aube.

Les portes de la grande salle d'audience s'ouvrirent avec fracas, et la fanfare des joueurs de trompe et de tambour retentit. Dehors, sur la place, les gens du peuple qui fêtaient encore l'accession au trône du nouvel empereur se turent par respect. Deux hérauts impériaux avancèrent jusqu'à l'entrée, annonçant d'une même voix que le conseil inaugural de la quatre-vingt-douzième Lumière du Ciel était officiellement convoqué. Ils continuèrent en criant le nom des personnes qui devaient se présenter devant Sa Majesté Impériale, Justin.

Les premiers appelés furent les grands fonctionnaires et les grands serviteurs impériaux, qui avaient occupé une fonction durant le règne d'Ichindar. Ils entrèrent l'un après l'autre, au fur et à mesure qu'on citait leur nom, vêtus de tenues éblouissantes, le visage sobre ou anxieux. Le seigneur des Keda menait le cortège. Il avança entre les rangs des seigneurs rassemblés et, devant la balustrade bordant l'estrade pyramidale, il fit sa révérence.

Le jeune Justin lui confirma officiellement sa charge de chancelier impérial. Le seigneur des Keda fit une profonde révérence au jeune souverain bien sûr mais aussi à la dame assise sur un coussin parmi les prêtres, sur la cinquième marche de la pyramide.

Dame Mara portait encore le rouge de la cérémonie du souvenir à laquelle elle avait assisté à l'aube. Le profond chagrin qu'elle éprouvait l'avait épuisée, et ses joues étaient pâles et creuses. Le seigneur des Keda ressentit un élan de compassion pour elle. Elle avait vaincu d'innombrables ennemis pour remporter une victoire impossible ; mais son triomphe avait eu un prix élevé. Keyoke, ses conseillers Saric et Incomo, avaient donné leur vie pour sa cause ; un plus grand nombre encore d'officiers mineurs et de guerriers étaient tombés dans la lutte. La maison Acoma ne possédait plus qu'une poignée de ses grands serviteurs de ce côté de la Roue de la vie. Le seigneur des Keda salua personnellement la dame. Rares étaient les souverains de l'empire qui auraient risqué autant, ou sacrifié presque tout ce qu'ils chérissaient, au nom du bien commun.

Les hérauts annonçant un autre titre, le seigneur des Keda s'inclina et se retira. Il prit sa place parmi les souverains alors que les ministres de la cour étaient appelés un par un. Un grand nombre retrouvèrent leur ancien poste. Quelques-uns furent promus. D'autres furent renvoyés dans la honte, sans qu'aucune raison ne soit mentionnée en public.

Le temps passant, le seigneur des Keda vit que le jeune Justin prenait ses répliques auprès d'une silhouette mince, qui portait l'armure d'un garde blanc impérial et qui s'était placée comme un garde du corps à la droite de l'enfant. Le seigneur des Keda étudia l'homme, dont le visage semblait se perdre dans l'ombre. Il n'avait jamais vu cet officier auparavant, ce qui était étrange. Tous les gardes impériaux de haut rang lui étaient connus en raison de ses longues années de service passées auprès d'Ichindar. Le seigneur des Keda aurait volontiers élevé la voix pour exprimer son inquiétude, mais il remarqua que la dame Mara semblait parfaitement au courant et ne réagissait pas.

La liste des fonctionnaires impériaux se termina. Puis, rang après rang, les souverains s'approchèrent pour prêter allégeance à la Lumière du Ciel. Pour certains, c'était clairement un moment heureux, pour d'autres il semblait plus amer. Quand la dernière famille de l'empire se fut agenouillée, Justin se leva et prit la parole :

— Mes seigneurs, qui formiez autrefois le Conseil des Nations de l'empire, j'accueille avec plaisir votre acceptation de notre assess... (Il buta sur le mot, et l'officier impérial près de lui chuchota quelque chose)... accession au Trône du Ciel. Certains d'entre vous étaient nos ennemis, mais ce n'est plus vrai. À partir de ce jour, je déclare une amnistie générale, et toutes les rébellions contre l'empire sont pardonnées. Que l'on sache aussi... (l'officier aida une nouvelle fois le garçon)... que toutes les guerres de sang et rivalités sont abolies. Celui qui lève la main contre son voisin lève la main contre moi... Je veux dire contre nous. L'empire.

Le garçon rougit, mais personne ne rit de sa maladresse. Car par cette déclaration, la jeune Lumière du Ciel décrétait que son empire serait en effet gouverné par des lois, et que quiconque chercherait à rallumer le sanglant jeu du Conseil risquerait d'encourir le courroux impérial.

L'empereur hocha la tête vers ses hérauts, et une mèche de cheveux de feu s'échappa de son casque d'or. Son visage constellé de taches de rousseur se fendit d'un large sourire lorsque le doyen des hérauts appela :

— Lujan, commandant des Acoma ! Présentez-vous devant votre empereur !

Lujan fit son apparition, à moitié sidéré de surprise et d'embarras. Il portait sa meilleure armure en l'honneur de Mara, mais il n'avait jamais rêvé qu'il serait officiellement présenté à la cour. Il s'agenouilla devant le nouvel empereur et la maîtresse qu'il servait depuis si longtemps, qui lui semblait une étrangère avec la tiare de régente posée sur sa coiffe de deuil rouge.

Mara adressa à son commandant quelques mots, que seuls les seigneurs privilégiés occupant les premiers rangs entendirent :

— Saric, Keyoke et Irrilandi ont donné leur vie pour la plus grande de nos victoires. Lujan, tu es appelé par ton empereur, pour recevoir ta récompense pour des années de service dignes d'éloges. Que tes actions et ta loyauté servent d'exemple à tous les guerriers de l'empire. Aucune personne vivante n'a égalé ton dévouement à notre service.

Lujan semblait toujours abasourdi, lorsque Mara se leva et descendit de sa place officielle. Elle prit sa main, le pria de se lever et le conduisit le long de la balustrade vers le côté, où deux gardes blancs impériaux ouvrirent une petite porte et le saluèrent impeccablement, pendant que la dame le faisait venir vers elle. Le commandant Lujan, qui avait osé diriger des armées en désobéissant au décret de l'Assemblée, pâlit d'appréhension. Il avançait précautionneusement, comme si l'air était trop rare pour être respiré et comme si le sol sous ses sandales était trop poli pour qu'il puisse y marcher.

Sur la grande estrade, l'empereur Justin lui fit signe de monter, à une hauteur honorifique qu'il n'aurait jamais rêvé atteindre.

À la fin, il hésita, et dame Mara dut subrepticement le pousser vers les marches.

Il reprit ses esprits juste avant de trébucher ; lui, un si grand escrimeur, qui n'avait jamais été déséquilibré. Il réussit sans bien savoir comment à monter les marches sans incident. Au sommet, il s'inclina aux pieds de Justin, ses plumes vertes frôlant le tapis.

— Lève-toi, Lujan.

Le garçon lui souriait avec la même affection que le jour où il avait pour la première fois touché son professeur dans une fente d'escrime, lors d'un entraînement avec son épée de bois.

Lujan semblait trop déconcerté pour répondre. Finalement, le garde blanc impérial qui avait le visage dans l'ombre le poussa de sa sandale et murmura quelque chose que personne d'autre n'entendit. Le commandant des Acoma se remit debout comme si on lui avait donné un coup de pied et regarda enfin le visage de son empereur.

Le sourire de Justin prit une note effrontée.

— L'empereur accorde solennellement à Lujan, officier des Acoma, une patente officielle pour fonder sa propre maison. Que tous sachent que les enfants, les serviteurs et les soldats de ce guerrier porteront les couleurs de son choix et prêteront serment sur le natami de la maison Lujan. La pierre sacrée attend son nouveau seigneur et maître au temple de Chochocan. Les documents de la patente seront remis de la main du noble pair, dame Mara. (Le bonheur de Justin menaçait de le faire rire aux éclats.) Tu peux maintenant t'incliner devant ton empereur et prêter serment d'allégeance, seigneur Lujan de la maison des Lujan.

Lujan qui, tout au long de sa vie, n'avait jamais été à court d'une répartie ironique, restait bouche bée et muet comme une carpe. Il s'inclina et battit en retraite, parvenant à descendre les marches selon le protocole. Mais au bas de l'estrade, il se trouva devant Mara, dont les yeux brillaient d'une bien étrange façon.

— Dame, dit Lujan d'une voix rauque, ébahi par l'incrédulité.

Mara inclina la tête.

— Seigneur.

Elle lui saisit la main lorsqu'il tressaillit en entendant son nouveau titre, la leva et plaça dans sa paume trois parchemins. Un seul d'entre eux était scellé par des rubans d'or impériaux. Les deux autres avaient des rubans verts et portaient le sceau au shatra des Acoma.

Mara sourit.

— Ma première recrue, le plus audacieux des guerriers gris qui ait jamais prêté serment au service des Acoma, et le plus vieil ami qui me reste : dès cet instant, je vous libère officiellement, avec joie, de vos vœux envers le natami des Acoma, car vous servirez maintenant votre propre destinée. Aujourd'hui, une grande maison est née. Au titre de souverain que notre Lumière du Ciel a jugé bon de vous accorder, les Acoma ajoutent des présents de remerciement. (Elle serra la main de Lujan.) D'abord, la maison des Lujan possédera les titres de mon domaine natal. Toutes les terres et le bétail du domaine près de Sulan-Qu sont désormais vôtres, pour que vous les gériez et les transmettiez à vos héritiers ; le jardin de méditation sera consacré pour accueillir le natami de votre maison.

— Ma dame, balbutia Lujan.

Mara ne lui laissa pas l'occasion de parler.

— Mon seigneur, avec ce domaine, en tant que dame des Acoma, je vous accorde le service de cinq cents guerriers. Il sera formé, en premier lieu, de tous ceux qui sont liés à vous par le pacte de votre bande de guerriers gris. Vous choisirez les autres à votre gré, parmi ceux qui accepteront de vous servir, dans la garnison qui se trouve déjà sur le domaine de Sulan-Qu.

Lujan avait maintenant suffisamment retrouvé son aplomb pour sourire.

— Par les dieux, murmura-t-il, attendez que les hommes l'apprennent. Ils ont commencé en volant deux needra pour un repas, et maintenant, ils seront les officiers de ma maison !

Il se mit à rire sous cape, puis haussa les épaules et faillit rompre le protocole en riant aux éclats, mais Mara l'arrêta en désignant le dernier parchemin qu'il tenait.

— Le clan Hadama vous offre une place d'honneur en son sein, si vous le désirez, termina-t-elle. Si Keyoke était encore en vie aujourd'hui, il aurait dit que vous avez bien appris. Il considérait Papéwaio comme le fils de son cœur, après mon frère Lanokota. Vous étiez son plus jeune fils... et à la fin, celui dont il était le plus fier.

Lujan ressentit un instant de chagrin poignant pour le vieil homme qui l'avait toujours traité avec équité, et qui avait été parmi les premiers à reconnaître et à récompenser ses dons pour le commandement. Comme pour saluer la mémoire de son ancien officier, il porta les parchemins à son front, acceptant leur contenu avec un geste théâtral.

— Vous êtes trop généreuse, murmura-t-il à Mara. Si tous les voleurs de needra de cet empire apprenaient qu'ils peuvent s'élever si haut, vous seriez la souveraine du désordre. (Puis il redevint sérieux et s'inclina.) Dans mon cœur, vous serez toujours ma maîtresse, dame Mara. Voici quelles seront les couleurs de la maison Lujan : le gris et vert. Gris en souvenir de mes origines, et vert pour symboliser mon service envers les Acoma, qui m'a conduit au pinacle de l'honneur.

— Le gris et vert seront les couleurs de la maison Lujan ! s'écria le héraut impérial près de l'estrade, pour que tous les seigneurs l'entendent et en prennent bonne note.

Mara sourit de plaisir devant cet hommage.

— Maintenant, sauvez-vous ! murmura-t-elle à son galant ancien officier. Tenez la promesse que vous m'avez fait jurer de vous faire respecter à Chakaha. Trouvez une bonne épouse, ayez des enfants, et vivez jusqu'à un âge avancé !

Lujan lui fit un salut guilleret, tourna sur ses talons, et traversa les rangs de ses pairs, pendant que le garde blanc impérial à la droite de l'empereur murmurait :

— Je parie qu'il sera ivre mort dans moins d'une heure.

Justin regarda le visage familier d'Arakasi.

— Ne prends pas cet air suffisant. Ton tour viendra bientôt.

Le maître espion des Acoma envoya à son jeune empereur un regard interrogateur, mais Justin refusa de s'expliquer plus avant. Il regardait droit devant lui, ses jeunes épaules droites et raides. Toutes les décisions impériales de ce jour ne seraient pas aussi agréables que l'anoblissement de Lujan. Il hocha la tête vers son héraut, et le nom d'Hokanu des Shinzawaï fut annoncé dans la salle d'audience.

Plusieurs souverains échangèrent des regards discrets et entendus, parfois empreints de jalousie. Dame Mara avait promis d'être une régente juste, mais maintenant, nombreux étaient les seigneurs qui présumaient qu'elle montrerait sa vénalité en faisant nommer son époux à un poste élevé.

Si cela était vrai, le visage d'Hokanu, alors qu'il approchait de l'estrade impériale, restait figé dans des lignes aussi dures que la roche. Il ne semblait ni content ni irrité. Il fit sa révérence devant la Lumière du Ciel, sobre et déterminé.

Il s'était incliné devant Justin ; mais ses yeux, alors qu'il se redressait, étaient tournés immuablement vers dame Mara. Elle ne semblait pas réjouie d'être le sujet de l'attention de son époux. Raide et solennelle, encore plus pâle qu'elle ne l'avait été plus tôt, elle gardait son regard fixé droit devant elle, tandis que Sa Majesté Impériale prononçait une proclamation officielle :

— Que toutes les personnes présentes écoutent et entendent : votre empereur fait ce qu'il doit pour le bien de l'empire. Il a été dûment noté, selon une cérémonie tenue hier dans le temple de Juran, que l'enfant Kasuma avait été consacrée par son père pour devenir l'héritière du sceptre des Acoma. (Justin s'arrêta, déglutit et, avec une maîtrise dépassant le nombre de ses années, força sa voix à rester calme.) Cela a attiré notre attention sur les Shinzawaï, dont la maison est maintenant sans héritier. Dame Mara, qui a été déclarée stérile par les prêtres d'Hantukama, nous a présenté une pétition de divorce. (Justin baissa les yeux et, gêné, regarda ses pieds.) En tant que Lumière du Ciel, et pour le bien de l'empire, j'ai jugé bon de lui accorder sa requête.

Des murmures balayèrent la salle d'audience.

Hokanu semblait pétrifié, mais son visage ne changea pas d'expression. Seuls ses yeux, fixés sur ceux de Mara, hurlaient silencieusement sa souffrance.

Justin cacha derrière un poignet un bruit qui aurait pu être un reniflement étouffé.

— Les Shinzawaï sont une maison trop noble et trop importante pour l'empire, pour inviter à une lutte interne en restant sans héritier. Le seigneur Hokanu reçoit donc aujourd'hui l'ordre de son empereur de chercher une épouse et de se remarier, pour engendrer des enfants sains de corps et d'esprit.

Ce fut Mara qui descendit de l'estrade pour donner les parchemins du divorce avec leurs sceaux impériaux. Elle se déplaça dans un silence choqué, puis dans un murmure général, car tout le monde voyait clairement qu'elle aimait profondément son époux. Son sacrifice tuait dans l'œuf les pensées mesquines des souverains les plus ambitieux. Elle n'était pas ce qu'ils avaient présumé, mais une véritable servante de l'empire, agissant sans penser à elle quand la nécessité la blessait.

Les anciens époux se rencontrèrent devant l'estrade. Exposés aux regards publics, ils ne purent tomber dans les bras l'un de l'autre et pleurer. Mara en était presque reconnaissante. Seule la fierté de ses ancêtres l'empêchait de crier pour faire révoquer cette décision. Son cœur ne voulait pas participer à ce choix brutal. Elle brûlait du désir de se jeter aux pieds d'Hokanu et de le supplier de plaider sa cause, pour faire annuler les documents que Justin avait signés le matin même, les larmes aux yeux.

Elle voulait ne rien dire, mais les paroles quittèrent ses lèvres malgré elle.

— Je le devais ! Par tous les dieux qui me sont chers, je t'aime, mais c'...

Elle s'arrêta, retenant ses larmes.

— ... c'était nécessaire, répondit Hokanu d'une voix grinçante, aussi brisée que la sienne. L'empire exige toute notre force.

Sa claire compréhension de leurs obligations était aussi tranchante qu'une épée, un cadeau qui menaçait de saper toute la résolution de Mara. Elle gardait le parchemin, avec ses mots cruels et ses sceaux officiels, comme s'il était collé à sa peau.

Délicatement, Hokanu lui prit le document des mains.

— Tu seras toujours ma dame, murmura-t-il. Je pourrai engendrer des fils avec une autre femme, mais mon cœur restera toujours auprès de toi.

Ses mains tremblaient, faisant voleter et étinceler les rubans d'or dans la lumière. Ses yeux étaient durs, lointains, tandis qu'il se rappelait douloureusement le prêtre d'Hantukama qui l'avait autrefois accusé de trop aimer sa dame ; au point de se négliger lui-même, l'avait réprimandé le saint homme. Hokanu comprenait seulement maintenant, avec une grande amertume, l'étendue de cette vérité. Il avait failli laisser son amour pour Mara mettre en péril la maison Shinzawaï.

L'empire ne pouvait pas se permettre la moindre faiblesse, encore moins une faiblesse provoquée par les élans du cœur. Mara avait raison, malgré la souffrance que sa pétition lui infligeait, à l'heure de leur triomphe. Elle avait vu la nécessité de leur séparation. Et sans le savoir, il avait rendu son choix encore plus inéluctable par son propre réalisme lors des dispositions qu'il avait prises pour Kasuma.

Sa voie était claire, si elle était douloureuse. Il devait accepter immédiatement, de peur que le courage ne lui manque. Pour le bien de l'empire, lui aussi devait faire ce sacrifice. Il tendit doucement un doigt, releva le menton de Mara et la força à croiser son regard.

— Ne deviens pas une étrangère, dame et pair, murmura-t-il. Tu seras toujours la bienvenue si tu viens rechercher ma compagnie et mes conseils, et tu seras toujours la première dans mon cœur.

Mara avala sa salive, muette. Comme toujours, la compréhension parfaite d'Hokanu avait le pouvoir de capturer son cœur. Sa compagnie constante lui manquerait, tout comme sa présence tendre et attentionnée sur sa natte. Et cependant, elle aussi savait : si elle ne l'avait pas forcé par cette décision, il serait mort sans fils, sans héritier. Qu'il ne puisse transmettre sa douceur et sa capacité à choisir des actions justes et miséricordieuses quand cela était nécessaire, aurait été un crime contre l'humanité.

— Je t'aime, murmura-t-elle.

Mais il s'était déjà incliné et avait pris congé, d'un pas aussi ferme que lorsqu'il marchait au combat.

Tous les seigneurs étaient impressionnés. Le courage d'Hokanu les rendait humbles et la souffrance silencieuse de Mara les décontenançait. L'empire entrait dans un nouvel ordre, et il semblait que le couple remarquable qui avait préparé sa renaissance constituait lui-même un exemple éclatant. Des hommes qui avaient accueilli les changements avec ressentiment étaient maintenant contraints de réévaluer la situation. Ils venaient d'être témoins de l'incarnation de l'honneur. Ne pas arriver à vivre selon les critères que venaient d'établir la dame Mara et le seigneur Hokanu donnait une nouvelle signification à la honte.

Sur le trône d'or, le garçon qui venait à l'instant de renoncer à son père bien-aimé ravala le nœud qui lui serrait la gorge. Il lança un regard à son épouse, Jehilia, et déglutit à nouveau. Puis il redressa ses épaules qui lui semblaient soudain écrasées par le poids du manteau impérial, et fit signe à son héraut.

La personne appelée fut dame Mara des Acoma, pair de l'empire.

Elle sembla d'abord ne pas entendre, les yeux fixés sur l'allée vide par laquelle Hokanu venait de s'éloigner. Puis elle aussi se redressa, et monta les marches de la grande estrade, pour s'incliner devant la Lumière du Ciel.

Justin en avait assez des discours qu'il avait répétés. Il ne réussit pas à respecter les formes.

— Mère ! annonça-t-il, un sourire éclairant son visage espiègle. Vous, qui avez surpassé tous les pairs de l'empire par votre service envers nos nations...

Justin s'arrêta, et reçut de Jehilia un coup de coude dans les côtes. Il lui lança un regard surpris, et continua :

— Vous accepterez la régence de notre règne jusqu'à notre vingt-cinquième anniversaire.

Des applaudissements polis emplirent la salle d'audience, montant en volume jusqu'à ce qu'une acclamation retentisse, poussée d'abord par la garde d'honneur acoma, puis reprise par les gardes blancs impériaux et les guerriers shinzawaï. Finalement, tous les souverains se mirent debout les uns après les autres et crièrent leur admiration pour dame Mara. Justin agita la main pour rétablir le décorum, mais l'ordre mit beaucoup de temps à revenir.

— Pour vous, dame Mara, le plus grand de tous les pairs de l'empire, nous jugeons bon de créer un nouveau titre. (Justin se mit debout, levant les bras.) Nous nommons dame Mara, *maîtresse de l'empire !*

Le bruit devint assourdissant. Au centre d'un cercle de visages admiratifs, Mara semblait abasourdie, contente... et triste.

Elle n'avait jamais voulu le pouvoir ou l'adulation générale. Elle avait seulement lutté pour garder en vie le nom de sa famille.

Comme cela était étrange... Durant les années que les dieux lui avaient permis de vivre, elle en était venue à considérer tout l'empire comme sa famille, jusqu'à ce que son fils, l'enfant d'un esclave barbare, occupe le trône suprême et porte le titre de Lumière du Ciel.

La curiosité du seigneur des Keda à propos de l'homme mystérieux qui portait l'armure d'un garde blanc impérial ne fut satisfaite que dans l'après-midi, quand le jeune empereur convoqua une réunion privée dans son cabinet de travail personnel.

La pièce n'était pas une petite chambre, mais une grande salle aux cloisons étincelantes bordées d'or, décorée de peintures anciennes. Justin avait retiré l'armure impériale. Pour cette réunion, il portait une robe galonnée d'or, empruntée à la garde-robe de son prédécesseur. Le tissu pendait un peu sur sa jeune silhouette, et était retenu sur les épaules et à l'ourlet par des agrafes de métal précieux.

Le seigneur des Keda entra. Il s'inclina devant l'estrade basse où la jeune Lumière du Ciel était appuyée sur des coussins, puis il regarda avec intérêt les autres personnes présentes.

Dame Mara portait encore le rouge du deuil. Près d'elle se tenait le mystérieux garde du corps, les cheveux encore mouillés par un bain récent. Sa maigre silhouette pleine d'assurance n'était plus dissimulée par une armure blanche ; il portait maintenant une robe ordinaire, subtilement galonnée de vert. Son visage était immobile et circonspect. Des mains agiles étaient impeccablement posées sur ses genoux. Seuls ses yeux trahissaient son intelligence et observaient sans cesse les lieux, ne laissant échapper aucun détail. Cet homme devait être très rapide, se dit le seigneur des Keda, car il avait un certain talent pour juger les hommes. Celui-ci se comporterait bien en cas de crise ; sauf qu'en ce moment, il semblait flotter autour de lui un air d'abstraction hantée, qui le mettait à l'écart des autres.

Mara remarqua l'examen attentif du seigneur des Keda.

— Laissez-moi vous présenter Arakasi, un précieux serviteur des Acoma, qui a droit à notre plus grand respect.

L'intérêt du seigneur des Keda s'accentua. Cet homme ordinaire, avec cette attention presque inhumaine... Se pourrait-il qu'il s'agisse du légendaire maître espion qui informait miraculeusement les Acoma ?

L'homme répondit directement, comme s'il pouvait lire par magie les pensées du seigneur des Keda en regardant les expressions passant sur son visage.

— J'ai démissionné de mon ancien poste, avoua-t-il, d'une voix ressemblant à du velours frottant la pierre. J'étais autrefois le maître espion des Acoma. Maintenant, j'ai découvert que la vie et la nature abritaient des secrets plus profonds que les intrigues des hommes.

Le seigneur des Keda réfléchit à cette remarquable déclaration, fasciné par l'homme qui l'avait prononcée.

Mais l'empereur était encore trop jeune pour percevoir des nuances aussi subtiles. Il s'agitait impatiemment sur ses coussins dorés, et frappa dans ses mains pour appeler son coursier.

— Que l'on fasse venir le prisonnier.

Deux gardes blancs impériaux entrèrent, encadrant un homme mince aux ongles rongés et aux yeux rusés. Le seigneur des Keda reconnut Chumaka, qui avait servi le défunt seigneur Jiro comme premier conseiller. Le chancelier impérial fronça les sourcils, se demandant pourquoi il avait été convoqué à ce conseil privé, car sa charge n'était pas de rendre la justice. Son rôle était plutôt celui d'un administrateur, et il n'avait pas l'autorité d'un tribunal pour formuler une accusation de trahison.

Car le seigneur Jiro avait sûrement été l'instigateur de l'assassinat de l'empereur Ichindar. Les Omechan avaient hérité de ses engins de siège et leurs armées avaient été placées pour soutenir le complot anasati pour s'emparer du trône. Chumaka avait été forcément impliqué dans ces intrigues ; très probablement, il avait lui-même conçu ce plan dévastateur.

Mara calma les craintes du seigneur des Keda.

— Vous avez été appelé comme témoin, expliqua-t-elle calmement.

Puis son attention se reporta vers le prisonnier alors que Chumaka faisait une profonde révérence devant l'empereur. Il continua en s'inclinant devant Mara et murmura :

— Grande dame, je connais votre réputation. Je me mets à votre merci, et je vous supplie humblement d'épargner ma vie.

Le seigneur des Keda fronça les sourcils. Cet homme avait été le conseiller du seigneur Jiro ; il avait sûrement participé au meurtre du père d'Hokanu et à l'empoisonnement de dame Mara elle-même.

Mara le savait aussi, cela se lisait sur son visage. Ses lèvres serrées suggéraient une profonde souffrance intérieure : sans l'intervention de cet homme, et une tentative d'assassinat contre elle presque réussie, elle serait encore capable de porter des enfants. L'époux auquel elle avait été obligée de renoncer aurait pu se trouver encore à ses côtés.

Chumaka restait prosterné devant elle, les mains tremblant légèrement. Il n'y avait plus aucune arrogance en lui ; son humilité semblait profonde et sincère.

— Justin, murmura Mara d'une voix rauque.

Le garçon envoya à sa mère un regard presque rebelle.

La dame se prépara à intervenir, mais ce fut Arakasi qui répéta les choses au garçon.

— Majesté, dit-il d'une voix grinçante comme de la vieille rouille, il y a des moments pour entretenir sa rancune, et d'autres pour se montrer clément. Je vous conseille vivement de choisir comme un homme et un empereur. Réfléchissez sagement. L'homme qui s'est jeté à vos pieds pour implorer votre miséricorde est l'adversaire le plus brillant que j'aie jamais connu. Vous avez déjà pardonné à tous vos autres ennemis dans l'empire, mais celui-ci doit avoir un traitement particulier. Ordonnez son exécution, un bannissement à vie, ou faites-lui prêter serment d'allégeance et donnez-lui une charge. Car il est bien trop dangereux pour courir libre dans l'empire.

Les sourcils roux de Justin se réunirent en un froncement. Il réfléchit longuement et intensément.

— Je ne peux pas décider, déclara-t-il enfin. Mère, cet homme a été responsable de plus de souffrances que tout autre. Sa vie est vôtre, pour que vous en disposiez selon votre bon vouloir.

La dame vêtue du rouge du deuil remua légèrement. Elle regarda le crâne dégarni de l'homme accroupi à ses pieds. Il lui fallut un long moment avant de parler :

— Lève-toi, Chumaka.

Le prisonnier obéit, toute ruse absente de ses manières. Il regarda la dame dont le choix déterminerait son destin. Par la profonde immobilité de ses yeux, toutes les personnes présentes comprirent qu'il savait qu'il n'existait aucune raison sous le ciel pour que Mara se montre clémente.

— Je suis aux ordres de ma dame, murmura-t-il d'une voix morte.

Le regard de Mara le transperça.

— Réponds-moi sur ton honneur ; jure par ton esprit qui sera lié sur la Roue de la vie à la fin de cette existence : pourquoi l'as-tu fait ?

Elle ne spécifia pas de quels crimes il devait répondre. Peut-être que les nommer séparément lui était trop douloureux. Plus probablement, elle était trop engourdie par les événements pour s'en soucier ; ou elle était astucieuse et laissait Chumaka décider lui-même, pour deviner ses motivations les plus profondes d'après son choix.

L'intelligence vive de Chumaka s'embrouillait. Il soupira, lui concédant le point. Comme elle l'avait questionné, il répondit en termes généraux. Et, pour la première fois de sa vie longue et mensongère, il dit la simple vérité :

— En partie pour le service de mon maître... Mais principalement, pour mon amour du grand jeu, dame. En cela, je me suis servi moi-même, et non Jiro, ou Tecuma avant lui. J'étais certes loyal envers la maison Anasati ; mais pas tout à fait. Je faisais ce que m'ordonnait mon seigneur, mais la joie des manipulations politiques était toujours une chose personnelle et privée. Vous avez été le meilleur adversaire que les dieux aient placé sur terre et sous le soleil, et vous vaincre... (il haussa les épaules)... aurait été la victoire la plus glorieuse de toute l'histoire du grand jeu.

Arakasi prit une profonde inspiration. De toute évidence, il avait compris le sens des paroles de l'homme qui avait failli le vaincre ; un homme qui était presque aussi intelligent que lui et presque aussi doué pour les subterfuges, les complots et les meurtres.

— Ce fut mon erreur, murmura-t-il, comme si Chumaka et lui étaient seuls. J'ai présumé que vous agissiez pour l'honneur de votre maître. C'est là que vous m'avez presque trompé : au plus profond de votre cœur, les motivations étaient toujours les vôtres, et que l'honneur de Jiro soit damné.

Chumaka inclina la tête.

— Oui, mon objectif a toujours été de gagner. L'honneur du maître *est* dans la victoire. (Puis il se retourna vers dame Mara.) Personne ne comprend cela mieux que vous, maîtresse. Car le gagnant décide de ce qu'est l'honneur et de ce qu'il n'est pas.

Il retomba dans le mutisme, attendant la sentence.

La maîtresse de l'empire serrait ses poings de toutes ses forces sur ses genoux. Finalement, elle ne parla pas pour elle-même :

— Servirais-tu l'empire, Chumaka ?

Une lumière ardente brilla dans les yeux de l'ancien conseiller anasati.

— Avec joie, maîtresse. En dépit de leurs serments d'obéissance et de loyauté, un grand nombre des seigneurs qui festoieront à votre table et boiront votre vin ce soir, comploteront pour vous renverser demain. Empêcher ce nouvel empire de s'effondrer sera le plus grand défi qu'un homme puisse relever.

Mara tourna son regard vers Arakasi.

— Pourrais-tu remettre ton réseau entre les mains de cet homme ?

Le maître espion des Acoma plissa les yeux et répondit presque sans aucune hésitation :

— Oui. Il pourra diriger mes agents bien mieux que moi. La fierté qu'il met dans son ouvrage les gardera plus en sécurité que je ne pourrais jamais le faire, même si je n'avais pas perdu mon doigté.

Mara hocha lentement la tête.

— C'est bien ce que je pensais. Tu as trouvé ton cœur. Nous n'aurons pas à craindre que cela arrive à Chumaka. Il n'en a pas, sauf pour exécuter son travail.

Elle se tourna vers Chumaka.

— Tu vas prêter serment pour servir ton empereur comme maître espion. Comme punition pour tes crimes passés contre cet empire et comme pénitence, tu serviras la nouvelle Lumière du Ciel jusqu'à ton dernier souffle. Le seigneur des Keda en sera le témoin.

Alors que Chumaka regardait la dame remarquable qui avait assez de grandeur dans le cœur pour lui pardonner certaines des plus grandes douleurs de sa vie, et que l'incrédulité cédait la place à une joie naissante, il perdit l'occasion de la remercier. Elle le congédia sommairement, le laissant aux soins du seigneur des Keda pour qu'il prête serment d'allégeance et qu'il consigne ses paroles sous le sceau impérial.

Puis les gardes blancs impériaux et le chancelier quittèrent la pièce, laissant Mara et Justin seuls avec Arakasi. La dame regarda l'homme aux talents remarquables qui avait revêtu d'innombrables déguisements, depuis celui de mendiant galeux allongé dans le caniveau jusqu'à l'armure brillante et bordée d'or d'un guerrier d'élite de la suite de Justin. Elle lui devait en partie tout ce qu'elle avait accompli. Sa capacité à percevoir les choses sans *a priori* l'avait servie bien plus que la loyauté, bien plus que le devoir, bien plus qu'un trésor ou des richesses.

— Il ne reste qu'un poste qui n'a pas été attribué, dit-elle enfin, ses lèvres esquissant un sourire. Revêtiras-tu les robes de premier conseiller impérial ? Je doute très fort qu'il existe un homme ayant l'esprit plus vif que le tien pour empêcher Justin de commettre des bêtises.

Arakasi lui rendit un sourire étonnant de spontanéité.

— Qu'en pense Justin ?

Mara et l'ancien maître espion regardèrent le garçon, dont le visage semblait complètement déconfit.

— Il pense qu'il perdra toutes ses occasions d'escapade, conclut Mara avec un rire. Ce qui règle la question. Acceptes-tu, Arakasi ?

— J'en serais honoré, répondit-il solennellement. (Puis une joie profonde fit s'écrouler sa façade tsurani.) Bien plus, j'en serais très heureux.

— Alors prépare-toi à prendre tes fonctions dès demain, termina Mara. Cette nuit est à toi, pour aller chercher ta dame Kamlio.

Arakasi haussa un sourcil, arborant une expression que personne ne lui avait jamais vue.

— Que se passe-t-il ? demanda doucement Mara. A-t-elle rejeté ta demande ?

Arakasi semblait perplexe.

— Pas du tout. En fait, elle a accepté que je lui fasse la cour... Pour une ancienne courtisane, elle semble très à cheval sur les convenances. Son humeur est toujours changeante, mais elle n'est plus l'enfant maussade que vous avez emmenée à Thuril. (Il secoua un peu la tête, presque soucieux.) Maintenant qu'elle a découvert sa propre valeur, il reste à voir si je suis capable de me hausser à *son* niveau.

— Tu l'es, le rassura Mara. Je l'ai vu. N'en doute pas.

Puis elle regarda attentivement l'homme dont les pensées l'avaient stimulée pour atteindre de nouvelles hauteurs, et qui lui avait permis d'avoir d'excellentes intuitions.

— Tu souhaites demander une faveur, devina-t-elle.

Arakasi semblait chagriné, ce qui ne lui était pas habituel.

— En fait, oui...

— Parle, dit Mara. Si c'est en mon pouvoir, elle t'est déjà accordée.

L'homme vêtu d'une robe discrète bordée de vert et qui porterait bientôt le blanc et or du service impérial, sourit timidement.

— Je vous demande de faire entrer Kamlio au service d'Isashani des Xacatecas, demanda-t-il d'une voix embarrassée et précipitée.

Mara rit de bon cœur.

— Brillant ! dit-elle quand elle put enfin parler. Excellente idée ! Personne, homme ou femme, n'a jamais échappé au charme de la dame douairière des Xacatecas. Kamlio sera très bien avec elle, et tu gagneras une épouse superbement entraînée. (Les yeux d'Arakasi brillèrent.) Elle deviendra certainement une manipulatrice aussi douée que moi.

Mara le congédia d'un geste.

— Tu as besoin d'une épouse intelligente pour garder toute ton acuité, le gronda-t-elle affectueusement. Pars maintenant et va dire à dame Isashani que le mariage le plus difficile à arranger dans tout l'empire se trouve maintenant entre ses mains. Elle sera ravie de te rendre ce service, j'en suis certaine.

— Pourquoi ? demanda ouvertement Justin, alors qu'Arakasi faisait une révérence gracieuse et sortait silencieusement, comme à son habitude. Toutes les femmes s'amusent-elles de cette façon ?

La maîtresse de l'empire soupira et regarda affectueusement son fils, dont la franchise pouvait être une gêne. Sa capacité à traduire en mots des vérités qui enfreignaient les bonnes manières lui empourprait bien trop souvent les oreilles.

— Rends visite au harem de ton prédécesseur, de temps en temps, et tu verras, répondit-elle. (Puis, lorsque les yeux de Justin se mirent à briller d'une lueur espiègle, elle ajouta hâtivement :) À la réflexion, cette partie de ton éducation peut attendre que tu aies grandi. Tu ressembles trop à ton père pour qu'on te lâche parmi des femmes rivales à un âge aussi tendre.

— Qu'est-ce que tu veux dire ? demanda Justin.

Mara répondit à son fils par un sourire distrait.

— Quand tu seras plus vieux, et que je ne serai plus ta régente, tu comprendras...

Le jardin était retiré, un havre d'ombre et de verdure parsemé de fleurs et de fontaines. Mara errait sur les sentiers, cherchant la paix. Hokanu marchait à ses côtés, parlant de temps à autre.

— Tu vas me manquer, dit-il, changeant de sujet dans un instant déchirant.

— Toi aussi, répondit rapidement Mara, de peur de perdre totalement l'usage de la parole. Plus que je ne saurais le dire...

Hokanu lui rendit un brave sourire, dissimulant soigneusement son chagrin.

— Tu as certainement relancé les commérages, et dame Isashani sera obligée de prendre son temps pour réfléchir. Elle va être très occupée à écrire des lettres pour me trouver une épouse, et je vais devoir me battre pour échapper à ses efforts d'entremetteuse.

Mara tenta de sourire devant cette tentative d'humour.

— Tu es le meilleur époux que puisse souhaiter une femme. Tu donnes ton amour sans condition. Tu ne m'as jamais écartée de ma destinée.

— Aucun homme ne l'aurait pu, répondit Hokanu d'un air narquois.

Derrière ses paroles se dissimulait la colère qu'il éprouvait contre l'assassin envoyé par Jiro ; sans l'abominable poison des tong, il n'aurait pas perdu la seule femme dont l'esprit occuperait toujours le sien.

Mara cueillit une fleur blanche, et Hokanu la lui prit doucement des mains. Comme il l'avait fait autrefois, il la glissa dans les cheveux de la dame. Quelques mèches avaient maintenant la teinte des pétales...

— Tu m'as donné une fille merveilleuse pour me succéder, murmura Mara. Un jour, elle aura des frères, qui seront tes fils.

Hokanu hocha doucement la tête. Après un long moment pendant lequel il se contenta de marcher à côté de sa dame, il reprit :

— Il y a une certaine élégance dans le fait que Kasuma te succède comme souveraine. (Son sourire était doux-amer.) Notre fille... Mon père aurait été heureux de savoir que nos enfants dirigeront deux grandes maisons.

— Il l'est, déclara une voix.

Le seigneur et la dame se retournèrent, surpris. Dissimulé dans le mystère de ses robes noires, Fumita s'inclina devant eux.

— Plus que tu ne peux le savoir... mon fils.

La reconnaissance de leur lien de parenté ne lui avait pas été arrachée. C'était une déclaration heureuse que le changement de statut de l'Assemblée rendait désormais possible. Le visage sévère du magicien se fendit en un sourire étonnamment éclatant.

— Dame Mara, j'ai toujours pensé à vous comme si vous étiez ma propre fille. (Puis ses manières redevinrent impassibles, alors qu'il délivrait son message officiel.) J'ai demandé à être le messager qui informerait la grande maîtresse de l'empire du vote de l'Assemblée. La décision a été prise à contrecœur, mais les magiciens ont accédé à vos demandes. Notre ordre répondra de ses actes devant la nouvelle loi de l'empire, telle que l'établira l'empereur Justin.

Mara inclina la tête avec respect. Elle s'attendait à moitié à ce que Fumita parte brusquement, comme il en avait l'habitude, une fois sa mission terminée.

Mais comme si son aveu de parenté avait ouvert les écluses du changement, il s'attarda.

— Mon fils, ma fille, je souhaite que vous sachiez tous deux que vos actes courageux sont approuvés. Vous avez fait honneur aux Acoma et aux Shinzawaï. J'aurais aimé que mon frère – le père adoptif d'Hokanu – soit encore en vie pour en être témoin.

Hokanu garda un visage impassible, mais Mara perçut sa grande fierté. Un fin sourire fissura finalement sa façade de guerrier, imité presque immédiatement par celui qui se dessina sur le visage de Fumita.

— Je suppose qu'aucun fils des Shinzawaï n'est doué pour maintenir les traditions, remarqua le magicien. (Il ajouta à l'intention de Mara :) Vous ne saurez jamais combien il nous était difficile, par moments, d'abandonner la vie que nous connaissions avant que notre don ne soit reconnu. C'était encore pire pour des gens comme moi, qui étaient adultes quand leurs pouvoirs se sont manifestés et qui avaient une famille. Je pense quelquefois que les secrets de l'Assemblée ont paralysé nos sentiments. Cela a été une erreur tragique. Nous avons été forcés d'emprisonner nos émotions, et ainsi la cruauté de nos actes nous semblait lointaine... Ce changement nous revitalisera et nous réveillerons notre humanité. Finalement, les membres de l'Assemblée grandiront et auront des raisons de vous remercier, et de bénir le souvenir de la dame Mara.

La maîtresse de l'empire prit le magicien dans ses bras avec une familiarité qu'elle n'aurait jamais osée auparavant.

— Rendez-nous souvent visite à la cour impériale, Fumita. Votre petite-fille doit grandir avec la joie de connaître son grand-père.

Comme s'il se sentait mal à l'aise devant cette vague de sentiments et le don d'une famille retrouvée, Fumita s'inclina brusquement. Un battement de cœur plus tard, il s'évanouissait dans un bruissement d'air, laissant Mara et Hokanu partager leur dernier moment d'intimité.

Les fontaines chantaient et les fleurs libéraient leur parfum dans l'air du crépuscule. Le page qui arriva les dérangea. En s'inclinant, il annonça :

— Ma dame, la Lumière du Ciel requiert la présence de son père et de la maîtresse de l'empire, pour son conseil.

— La politique, soupira Mara. Est-ce la danse ou nous-mêmes qui en sommes les maîtres ?

— C'est la danse qui nous maîtrise, bien sûr, sourit Hokanu. Sinon, je ne vous quitterais jamais, dame.

Puis il se tourna et offrit son bras à son ex-épouse. Avec une dignité née d'un profond courage et d'une paix intérieure inébranlable, il l'escorta vers la suite impériale et son nouveau rôle de régente et maîtresse de l'empire.

Épilogue

RETROUVAILLES

Le héraut frappa le gong.

Dame Mara, maîtresse de l'empire, s'installa plus confortablement sur le coussin brodé d'or, qui n'arrivait pas à adoucir le marbre inflexible de son siège officiel sur l'estrade impériale. Son trône était peut-être moins somptueux que celui de Justin, recouvert d'or, mais il était tout aussi inconfortable. Même après deux années passées à présider aux devoirs publics de Justin, elle n'était pas parvenue à s'y habituer.

Les pensées de Mara vagabondaient. Gagnant en expérience, Justin était de plus en plus capable de se débrouiller et de prendre seul les décisions sur les raisons qu'on lui soumettait le Jour des Appels. Il avait le talent de sa mère pour discerner les motivations des problèmes les plus complexes, et la capacité de son père à trancher au cœur du sujet. La plupart du temps, Mara lui servait plus de conseiller que de régente ; parfois, elle restait assise, perdue dans ses souvenirs, endurant les longues heures des conseils d'État, faisant confiance à Justin pour lui faire savoir quand son attention était nécessaire.

Le crépuscule était proche, elle le voyait à l'angle de la lumière qui entrait par le dôme de la grande salle d'audience. Le Jour des Appels allait enfin se terminer... Les derniers pétitionnaires se présentant devant l'empereur approchaient de la balustrade, en contrebas. Mara résista à l'envie de frotter ses yeux fatigués pendant que Justin, quatre-vingt-douzième empereur, prononçait les paroles traditionnelles qui donnaient au sujet qui approchait le droit de parler.

— Seigneur Hokanu des Shinzawaï, sachez que vous avez l'oreille des dieux par notre intermédiaire.

La voix de Justin se brisa, adoptant presque le timbre de baryton qu'il aurait à l'âge adulte. La joie à l'arrivée de son père adoptif lui fit oublier de rougir quand sa voix le trahit.

— Le ciel sourit sur la félicité de votre visite, et nous vous souhaitons avec joie la bienvenue.

Mara sortit en sursaut de sa rêverie. Hokanu était ici ! Son cœur bondit lorsqu'elle baissa le regard pour voir comment il allait. Des mois s'étaient écoulés depuis que leurs chemins s'étaient croisés pour la dernière fois, lors d'une réunion d'État. Le seigneur des Shinzawaï avait quitté la cour, se rappelait-elle, pour s'occuper de son épouse, enceinte de son héritier.

Ses héritiers, se corrigea Mara, car le héraut impérial annonçait deux noms, et elle voyait deux paquets dans les bras d'Hokanu. Une nourrice et deux servantes restaient non loin de là, ainsi qu'une autre personne, une belle jeune femme mince dont les yeux étaient baissés et timides en présence de son empereur.

Justin souriait. Un autre trait qu'il avait hérité de son père venu d'un autre monde était qu'il dédaignait l'habitude tsurani de garder un visage protocolaire impassible. Depuis peu, certains des plus jeunes nobles se mettaient à l'imiter, affectant ses expressions animées et son franc-parler. Les jeunes filles à marier pouvaient peut-être se laisser séduire par cette mode populaire, à la plus grande gêne des seigneurs plus âgés. L'empereur donna à sa mère impressionnante un petit coup de coude malicieux.

— Mère, vous devriez avoir un mot pour cette occasion.

Mara n'en avait pas. Elle ne put que sourire pendant une longue minute, les larmes aux yeux, au père qui débordait de fierté. Les bébés étaient merveilleux, parfaits. Elle n'avait pas pu porter ces enfants, mais elle bénit les dieux que la fertilité de la douce Elumani ait accordé à son époux son plus grand désir.

— Des fils ? réussit enfin à chuchoter Mara.

Hokanu hocha la tête, muet. Ses yeux reflétaient la joie qui brillait dans les siens et le même regret douloureux. L'esprit vif de Mara lui manquait et l'aisance de sa compagnie. Elumani était une jeune femme douce, mais elle n'avait pas été choisie pour son esprit passionné. Toutefois elle lui avait donné ce que Mara ne pouvait lui offrir : la maison des Shinzawaï avait maintenant des enfants pour perpétuer sa lignée. Hokanu avait ses fils, qui grandiraient et remplaceraient les compagnons qu'il avait perdus.

Le héraut impérial s'éclaircit la gorge.

— Le seigneur Hokanu des Shinzawaï présente à la Lumière du Ciel ses héritiers, Kamatsu et Maro.

Justin énonça la reconnaissance officielle des enfants :

— Puissent-ils grandir dans la joie et dans la force, avec la bénédiction du ciel.

Mara retrouva sa voix :

— Je suis heureuse pour vous deux. Dame Elumani, je suis particulièrement flattée et fière. (Elle marqua une pause, profondément touchée par le cadeau inattendu de voir un fils d'Hokanu prénommé en son honneur. Elle dut se forcer à ne pas pleurer pour continuer.) Quand vos fils seront assez grands, je serai très heureuse qu'ils nous rendent visite dans les appartements des enfants impériaux et qu'ils fassent la connaissance de leur demi-sœur Kasuma.

La minuscule jeune femme aux cheveux auburn qui se tenait au côté d'Hokanu fit une révérence gracieuse. Elle ne leva toujours pas les yeux, et ses joues se colorèrent de rose devant cette reconnaissance royale.

— Je suis profondément honorée, dit-elle d'une voix qui ressemblait au chant mélodieux d'un oiseau. La maîtresse de l'empire est trop bonne.

Le groupe Shinzawaï fit bien trop rapidement sa révérence pour saluer l'empereur, avant de prendre congé. Mara regardait avec nostalgie la silhouette en armure bleue qui sortait avec toute la grâce d'un guerrier, et dont elle se souvenait si bien. Puis ses émotions la submergèrent. Elle leva son éventail de cérémonie et l'ouvrit d'un geste sec pour cacher ses larmes soudaines. Des fils pour les Shinzawaï : ce vœu était maintenant réalisé, et n'était plus un rêve pour l'avenir de l'empire. *Des jumeaux !* Mara secoua la tête, perplexe. Il semblait que la générosité des dieux se soit surpassée, pour compenser son pauvre enfant mort avant même de naître.

Le sentiment de solitude qu'elle éprouvait valait bien une telle récompense. Voir Hokanu, passer du temps avec lui, n'était plus possible, et il lui manquait, mais un temps viendrait où il pourrait lui rendre visite sans qu'elle en souffre, parce qu'une profonde amitié avait formé le cœur de leur mariage.

Le gong résonna une nouvelle fois. La voix du héraut impérial retentit, annonçant la présentation du nouvel ambassadeur du Royaume des Isles, récemment arrivé de Midkemia.

Mara jeta subrepticement un coup d'œil au groupe qui approchait, puis releva rapidement son éventail lorsque son cœur menaça une nouvelle fois de s'arrêter.

Elle ne pourrait jamais contempler des hommes vêtus à la mode de Midkemia sans penser à son impétueux amant barbare, qui avait provoqué tant de changements dans sa vie. Trois émissaires étaient minces et grands, et l'un d'entre eux marchait avec une boiterie à peine perceptible. La gêne du mouvement lui évoqua un souvenir.

Elle se sermonna. Aujourd'hui, elle s'était beaucoup trop apitoyée sur ses affaires de cœur passées. Elle se reprit, se préparant à endurer la rencontre d'un étranger qui parlerait tsurani avec l'étrange accent nasal des Midkemians et qui, bien qu'il soit grand, ne serait pas Kevin. Que ces hommes ne portent pas le gris des esclaves, mais de riches vêtements de soie et de velours, avec le blason du roi des Isles brodé sur le tabard des officiers, ne faisait aucune différence. Mara détourna le regard, repoussant ainsi le souvenir cruel de sa perte personnelle.

L'ambassadeur des Isles et sa compagnie arrivèrent à la balustrade. L'émissaire officiel qui lui avait plusieurs fois rendu visite pour organiser cet échange d'ambassadeurs, le baron Michael de Krondor, s'adressa à la cour.

— Votre Majesté, j'ai l'honneur de vous présenter l'ambassadeur du Royaume des Isles...

Un silence soudain poussa Mara à regarder les Midkemians.

L'ambassadeur avait une main à demi levée, pour ôter son chapeau à plume et saluer l'empereur à la manière de son pays. Mais il restait paralysé. Sa main dissimulait son visage. Les courtisans qui observaient la scène s'immobilisèrent aussi ; certains des gardes blancs impériaux les plus proches éprouvaient tout particulièrement des difficultés à dissimuler leur étonnement.

Puis l'ambassadeur barbare ôta son chapeau et s'inclina, lentement, ses yeux ne quittant pas le visage de Justin. Un murmure traversa la cour... Mara regarda une nouvelle fois le nouvel ambassadeur, et son cœur faillit cette fois s'arrêter pour de bon. L'homme qui lui avait rappelé son amour perdu replaçait son chapeau exotique, avec la plume blanche et l'insigne d'or. Ses yeux menacèrent à nouveau de la trahir, et elle s'éventa rapidement le visage, de peur que des rumeurs ne traversent la ville cette nuit, disant que la régente impériale s'était abandonnée sans aucune raison à une crise de larmes inexplicable. Elle entendit le baron Michael terminer la présentation :

— ... l'émissaire de son Altesse Royale Lyam, roi des Isles.

— Vous pouvez approcher, autorisa la Lumière du Ciel, cette fois d'une voix totalement enfantine.

Mara entendit un mouvement lorsque les gardes blancs impériaux s'écartèrent et ouvrirent la porte de la balustrade, invitant l'ambassadeur à monter sur l'estrade pour présenter ses lettres de créance.

Le Midkemian monta la première marche. Ses pieds bottés firent résonner son pas dans une salle figée dans une immobilité absolue. Mara referma délicatement son éventail, alors que l'émissaire du Royaume des Isles grimpait les dernières marches qui les séparaient.

Il s'arrêta trois pas avant le trône et salua à nouveau l'empereur. Cette fois, il ne remit pas son chapeau lorsqu'il se redressa. Mara contempla son visage.

Un léger cri lui échappa. Le profil de l'homme et celui de son fils dans ses robes d'apparat galonnées d'or, étaient aussi semblables qu'un reflet dans un miroir. Mais là où les traits juvéniles de l'empereur commençaient à peine à prendre la fermeté d'un visage adulte, ceux de l'ambassadeur étaient marqués par de profondes rides, comme celles qui vieillissent une peau claire exposée trop longtemps au soleil. Les cheveux autrefois roux étaient maintenant parsemés de blanc, et les yeux étaient écarquillés, sidérés.

La maîtresse de l'empire le vit enfin. Elle fut obligée d'accepter ce que tous les seigneurs présents à la cour avaient vu, à l'instant même où l'ambassadeur avait fait son entrée. Seuls le chapeau, l'angle élevé de l'estrade, et le moment de lâcheté qui l'avait fait se cacher derrière son éventail, avaient permis qu'elle découvre la dernière qui se tenait devant elle, avec un air de stupéfaction exacerbée.

— Kevin, articula silencieusement Mara.

Arakasi, en tant que premier conseiller impérial, s'avança pour recevoir les lettres de créance de l'ambassadeur. Arborant un sourire inhabituel, il déclara :

— Vous avez changé.

Kevin le reconnut enfin. Répondant avec un rire, il rétorqua :

— Vous aussi. Je ne vous avais pas reconnu sans déguisement.

Jetant à peine un coup d'œil aux documents, Arakasi se tourna et déclara :

— Votre Majesté, voici l'ambassadeur du Royaume des Isles, Kevin, baron de la cour royale.

Justin hocha la tête et répondit :

— Vous êtes le bienvenu.

Mais sa voix montrait que lui aussi était très près de perdre tout sens du protocole. Car devant lui se tenait son véritable père qu'il n'avait jamais vu.

Mara porta la main à sa bouche, comme pour s'empêcher de parler. Ce simple mouvement fit frissonner Kevin. Ses yeux se tournèrent vers elle – bien plus bleus qu'elle ne s'en souvenait. Elle contempla le visage familier que les années avaient peu changé, après tout, et sur lequel un sourire luttait contre un froncement de sourcils.

— Je m'attendais à vous trouver ici, dit-il d'une voix rendue rauque par l'émotion et que seules les personnes présentes sur l'estrade entendirent. Qui d'autre aurait pu porter le titre de « maîtresse de l'empire » sur cette terre ? Mais ceci... votre Lumière du Ciel...

Ses mains larges et habiles désignèrent Justin et ses yeux brillèrent, aussi intenses qu'un coup de poignard...

— Dame, pourquoi ne me l'avez-vous pas dit ?

Les deux anciens amants auraient tout aussi bien pu se trouver seuls dans cette immense salle.

Mara déglutit. Elle se rappelait bien trop clairement leur séparation : l'homme qu'elle aimait gisant dans la rue, meurtri et à moitié assommé, résistant aux gardiens d'esclaves qui agissaient sur son ordre pour le renvoyer de force dans sa patrie.

Elle n'avait pas réussi à parler à ce moment-là. Aujourd'hui, les paroles se bousculaient sur ses lèvres.

— Je n'ai pas osé te le dire. Un fils t'aurait gardé de ce côté de la Faille, et cela aurait été un crime contre tout ce que tu m'avais appris. Tu ne te serais jamais marié, tu n'aurais jamais vécu pour toi-même. Justin a été élevé en sachant qui était son père. Es-tu en colère contre moi ?

— Justin, répéta Kevin, essayant le mot sur sa langue. Le nom de mon propre père ?

Alors que Mara lui répondait par un timide hochement de tête, il lança un regard brillant vers le garçon, assis droit et raide sur le trône d'or. Puis il frissonna une nouvelle fois.

— En colère ?

Mara tressaillit. Il avait toujours parlé à des moments inopportuns, d'une voix qui résonnait bien trop fort.

Il la regarda, diminuant le volume de sa voix, bien que son inflexion soit toujours aussi dure.

— Oui, je suis en colère. J'ai été volé. J'aurais aimé voir grandir mon fils.

Mara rougit. Il n'avait pas perdu sa capacité à la désarçonner. Oubliant de montrer un calme tsurani réservé, elle se défendit.

— Tu n'aurais jamais eu d'autres enfants si je t'avais prévenu.

Kevin frappa sa main contre son genou. Bien qu'il parlât bas, sa réponse porta jusqu'aux personnes qui attendaient au pied de l'estrade.

— Dame, pourquoi me parlez-vous d'enfants ? Je n'en ai aucun ! Je ne me suis jamais marié. Je suis entré au service du prince Arutha ; pendant une douzaine d'années, j'ai combattu des gobelins et des elfes noirs aux côtés des barons des frontières, à Hautetour et aux Portes du Nord. Puis de nulle part, j'ai été rappelé à Krondor, où l'on m'a appris – pour mon plus grand chagrin – que l'empereur de Tsuranuanni avait demandé un échange d'ambassadeurs. J'étais presque trop qualifié pour ce poste : je suis de naissance noble, je n'ai aucune chance d'hériter, avec des frères plus âgés et presque une douzaine de neveux, et je parle le tsurani couramment. Alors mon roi me l'a ordonné – ou plutôt, le prince Arutha m'a désigné au nom de son frère – et soudain, je me suis retrouvé baron de cour enrubanné, m'inclinant comme une sorte de singe dressé devant mon propre fils !

L'ambassadeur de Midkemia se tourna alors pour regarder l'empereur. Son irritation se calma alors qu'il déclarait :

— Il me ressemble, n'est-ce pas ?

Puis il sourit et fit un clin d'œil à Justin. Le regard qu'il tourna vers Mara était aussi tranchant que de la glace, dénué à nouveau de toute joie.

— J'espère que votre époux ne va pas venir me poursuivre avec une épée ! finit-il sur ce ton de moquerie ironique qui avait le don de réjouir ou d'enrager Mara.

La maîtresse de l'empire cligna des yeux, comprenant à quel point Kevin ignorait tout de ces quatorze dernières années.

— Hokanu a adopté Justin, en sachant toute la vérité sur sa conception.

Ce fut Kevin qui, cette fois, fut confondu.

— Ne viens-je pas de voir le seigneur des Shinzawaï, en compagnie d'une femme-enfant et de deux bébés ?

Mara hocha la tête, ne pouvant plus parler.

N'étant pas homme à perdre l'usage de la parole, Kevin demanda :

— Vous n'êtes pas mariée ? (Mara ne put que secouer la tête pour répondre non.) Mais vous avez eu un époux. Quel méandre de tradition tsurani explique cette absurdité ?

— Cette absurdité est appelée un divorce pour raison de stérilité. Hokanu avait besoin d'héritiers, pour garantir la stabilité du règne de Justin et pour le bien de l'empire. Tu viens d'en observer le résultat.

Mara tenta de réprimer les émotions qui menaçaient de lui faire perdre contenance. Elle était en public, devant toute la cour ; son image de dame tsurani devait être risible en ce moment.

Voyant la réaction de Mara, Arakasi annonça :

— Le Jour des Appels est terminé. Que tout le monde se retire et remercie notre Lumière du Ciel.

Puis commença un départ très lent, car la plupart des nobles de la cour s'attardaient, curieux d'entendre l'étrange conversation qui se déroulait au sommet de l'estrade impériale. Le groupe de nobles midkemians qui avaient accompagné Kevin échangèrent des signes hésitants, ne sachant pas s'ils devaient attendre leur chef ou se retirer sans lui.

Mara vit une centaine de paires d'yeux se tourner vers elle, pour voir comment elle réagirait. Et soudain, elle s'en moqua complètement. Elle prit sa pose la plus digne et la plus officielle.

— Kevin, baron de la cour, ambassadeur du roi des Isles midkemian, j'ai été négligente dans mes devoirs de mère. Je vous présente votre fils par le sang : Justin, quatre-vingt-douzième empereur et Lumière du Ciel de Tsuranuanni. Je prie humblement qu'il vous plaise et fasse honneur à la fierté de votre famille.

Le doyen des hérauts impériaux, les yeux écarquillés de stupéfaction par ce qu'il venait d'entendre, regarda Arakasi pour recevoir des instructions. Le premier conseiller impérial haussa les épaules et hocha la tête, et le héraut éleva la voix pour claironner à l'assemblée des nobles tsurani :

— Kevin de Rillanon, ambassadeur du roi Lyam, et père de notre Lumière du Ciel !

Dame Mara faillit sauter au plafond en entendant l'acclamation puissante des jeunes nobles de la cour, qui étaient déjà à mi-chemin des grandes portes. Ils revinrent en courant vers la balustrade et se mirent à frapper du pied et à applaudir pour manifester leur approbation. Cet éclat fit comprendre à Mara avec quelle rapidité les changements politiques survenus au cours des deux dernières années s'étaient profondément enracinés. Car il n'y avait qu'une seule façon pour un Midkemian d'être le père d'un garçon de quatorze ans : il s'était trouvé auparavant dans l'empire comme esclave et prisonnier de guerre.

Il n'y a pas si longtemps, l'idée même de l'enfant d'un esclave devenant empereur aurait provoqué une rébellion sanglante, une guerre pour venger l'insulte et racheter l'honneur de l'empire. Cette seule raison aurait été utilisée comme prétexte par chaque seigneur nourrissant des ambitions secrètes de voir sa maison triompher sur ses ennemis.

Mais alors que Mara observait les visages en contrebas, elle vit surtout de la perplexité, de la surprise et une franche admiration. Sauf pour quelques esprits étroits, les lois de la Grande Liberté remplaçaient déjà le jeu du Conseil. De plus en plus de fils de nobles préféraient obtenir une charge impériale plutôt que de servir dans l'armée familiale. C'étaient ces jeunes hommes, se libérant des traditions de leurs ancêtres, qui poussaient les plus vives acclamations.

Une nouvelle fois, Mara avait réussi l'impensable. Le peuple de l'empire commençait à s'attendre à ce qu'elle agisse ainsi, car il avait pris l'habitude d'accepter sans sourciller de tels revirements.

Puis Justin quitta de son trône, laissant son manteau et sa couronne aux soins de son valet de chambre. Il se jeta dans les bras du père qu'il n'avait jamais connu, mais dont le nom était devenu une légende : ses exploits étaient racontés d'une voix respectueuse par les plus anciens serviteurs acoma.

Mara les regarda, de nouvelles larmes brillant dans ses yeux, jusqu'à ce que l'immense bras de Kevin la fasse se lever de son coussin pour partager une embrassade à trois.

La dame fut surprise et se mit à rire. Elle avait oublié combien cet homme était impulsif et sa force incroyable.

— Maîtresse de l'empire, murmura-t-il par-dessus des acclamations redoublées. Vous êtes une dame bien surprenante ! Je pense que j'aurai l'occasion de passer un peu de temps dans la suite impériale, pour apprendre à connaître mon fils et renouveler une vieille relation avec sa mère ?

Mara prit une profonde inspiration, sentant l'odeur bizarre d'une fourrure venue d'un autre monde, d'étranges épices et de velours tissés très loin d'ici, dans un pays plus froid qu'elle visiterait peut-être un jour, de l'autre côté de la Faille. Son sang s'accéléra sous l'effet d'une passion qui faillit la renverser.

— Tu auras toute une vie à partager avec ton fils, murmura-t-elle à Kevin pour qu'il soit le seul à l'entendre. Et toutes les années que tu désires en compagnie de sa mère, tant que ton roi le permettra.

Kevin rit de bon cœur.

— Je pense que Lyam est très content de se débarrasser de moi. Les choses sont bien trop tranquilles sur les frontières pour un fauteur de troubles comme moi.

Puis il la serra contre lui, pour la simple joie de la tenir dans ses bras.

À ce moment-là, les gongs du temple résonnèrent dans la Cité sainte. Une douce musique retentit dans l'enceinte impériale, tandis que les prêtres des Vingt Dieux Majeurs chantaient leurs dévotions vespérales. Officiellement, le Jour des Appels était terminé.

Kevin s'écarta et sourit à la dame qui avait régné sur son cœur chaque jour de sa vie.

— Vous êtes la maîtresse de bien plus que cet empire, dit-il en riant, et les acclamations des seigneurs de Tsuranuanni ne s'arrêtèrent pas lorsqu'il descendit de la haute estrade avec Mara, main dans la main, accompagné par son fils devenu empereur.

8260

Composition PCA
Achevé d'imprimer en France (La Flèche)
par Brodard et Taupin
le 23 août 2007 - 43277
Dépôt légal août 2007. EAN 9782290356029
1ᵉʳ dépôt légal dans la collection : février 2007

Éditions J'ai lu
87, quai Panhard-et-Levassor, 75013 Paris
Diffusion France et étranger : Flammarion